© Hulton Deutsch Collection/
John Chillingworth

CLIVE STAPLES LEWIS (1898–1963) fue uno de los intelectuales más importantes del siglo veinte y podría decirse que fue el escritor cristiano más influyente de su tiempo. Fue un Fellow y Tutor de literatura inglesa en la Universidad Oxford hasta 1954, cuando fue nombrado Profesor de Literatura Medieval y Renacentista en Cambridge, cargo que desempeñó hasta que se jubiló. Sus contribuciones a la crítica literaria, literatura infantil, literatura fantástica y teología popular le trajeron fama y aclamación a nivel internacional. C. S. Lewis escribió más de treinta libros, lo cual le permitió alcanzar una enorme audiencia, y sus obras aún llaman la atención de miles de nuevos lectores cada año. Sus más distinguidas y populares obras incluyen *Las Crónicas de Narnia, Los Cuatro Amores, Cartas del Diablo a Su Sobrino* y *Mero Cristianismo.*

Las Crónicas de

NARNIA

OTROS LIBROS POR C. S. LEWIS

Las Crónicas de
NARNIA

C. S. LEWIS

Con Ilustraciones por Pauline Baynes

rayo

Una rama de HarperCollinsPublishers

NARNIA®

Aunque *El Sobrino del Mago* fue escrito varios años después de que C.S. Lewis hubiese comenzado a escribir *Las Crónicas de Narnia*®, él quiso que fuera el primer libro en la serie. HarperCollins tiene el placer de presentar estos libros en el orden que prefería el Profesor Lewis.

Las siete Crónicas de Narnia (en su orden de lectura) fueron publicadas por primera vez en Gran Bretaña de la siguiente manera:

El Sobrino del Mago copyright © 1955 por C.S. Lewis Pte. Ltd.
Copyright renovado 1983 por C.S. Lewis Pte. Ltd.
Traducción copyright © 2005 por Gemma Gallart.
El León, la Bruja y el Ropero © 1950 por C.S. Lewis Pte. Ltd.
Copyright renovado 1978 por C.S. Lewis Pte. Ltd.
Traducción copyright © 2000 por Editorial Andrés Bello (Traducción por Margarita Valdés E. y Editorial Andrés Bello, revisada por Teresa Mlawer)
El Caballo y el Muchacho © 1954 por C.S. Lewis Pte. Ltd.
Copyright renovado 1982 por C.S. Lewis Pte. Ltd.
Traducción copyright © 2005 Gemma Gallart.
El Príncipe Caspian © 1951 por C.S. Lewis Pte. Ltd.
Copyright renovado 1979 por C.S. Lewis Pte. Ltd.
Traducción copyright © 2005 Gemma Gallart.
La Travesía del Viajero del Alba © 1952 por C.S. Lewis Pte. Ltd.
Copyright renovado 1980 por C.S. Lewis Pte. Ltd.
Traducción copyright © 2005 Gemma Gallart.
La Silla de Plata © 1953 por C.S. Lewis Pte. Ltd.
Copyright renovado 1981 por C.S. Lewis Pte. Ltd.
Traducción copyright © 2005 Gemma Gallart.
La Última Batalla © 1956 por C.S. Lewis Pte. Ltd.
Copyright renovado 1984 por C.S. Lewis Pte. Ltd.
Traducción copyright © 2005 Gemma Gallart.

Las Crónicas de Narnia
Ilustraciones por Pauline Baynes; copyright © 1950, 1951, 1952, 1953, 1954, 1955, 1956.

Library of Congress ha catalogado la edición en inglés.

ISBN-13: 978-0-06-119900-4
ISBN-10: 0-06-1199001

06 07 08 09 10 DIX/RRD 10 9 8 7 6 5 4 3 2 1

ÍNDICE

El Sobrino del Mago

EL SOBRINO DEL MAGO

ÍNDICE

PARA LA FAMILIA KILMER

CAPÍTULO UNO

LA PUERTA EQUIVOCADA

Éste es el relato de algo que sucedió hace mucho tiempo, cuando tu abuelo era un niño. Es una historia muy importante porque muestra cómo empezaron todas las idas y venidas entre nuestro mundo y el de Narnia.

En aquellos tiempos Sherlock Holmes vivía aún en la calle Baker y los Bastable buscaban tesoros en Lewisham Road. En aquellos tiempos, los niños tenían que llevar un rígido cuello almidonado a diario, y las escuelas eran por lo general más desagradables que hoy en día. Aunque las comidas eran mejores; y en cuanto a los dulces, ¡no quiero ni contarte lo baratos y deliciosos que eran, porque sólo conseguiría que se te hiciera la boca agua en vano! Y en esa época vivía en Londres una niña llamada Polly Plummer.

La niña vivía en una de las viviendas que, pegadas unas a otras, formaban una larga hilera. Una mañana, mientras estaba en el jardín trasero de su casa, un niño se encaramó desde el jardín de al lado y sacó la cabeza por encima del muro. Polly se sorprendió mucho porque hasta aquel momento no había habido niños en la casa contigua, únicamente el señor Ketterley y la señorita Ketterley, que eran hermanos y solteros, algo mayores ya, y vivían allí juntos. Por ese motivo, la niña alzó la vista, llena de curiosidad. El rostro del niño desconocido estaba mugriento, y no podría haber estado más sucio si el muchacho se hubiera restregado las manos en la tierra, después se hubiera puesto a llorar y a continuación se hubiera secado el rostro con las manos. A decir verdad, aquello era casi exactamente lo que había ocurrido.

—Hola —saludó Polly.

—Hola —respondió él—. ¿Cómo te llamas?

—Polly —dijo ella—. ¿Y tú?

—Digory.

—Vaya, ¡qué nombre más gracioso! —comentó Polly.

—No es ni la mitad de gracioso que Polly —replicó él.

—Sí, sí que lo es —dijo Polly.

—No, no lo es —protestó Digory.

—Por lo menos yo me lavo la cara —dijo Polly—, que es lo que deberías hacer, especialmente después de... —Y allí se detuvo.

Había estado a punto de decir «después de haber lloriqueado», pero pensó que no resultaría muy educado.

—Pues sí que lo he hecho, ¿y qué? —repuso Digory en voz mucho más alta, igual que un niño que se siente tan desgraciado que no le importa quién sepa que ha llorado—. Y también tú llorarías —prosiguió— si hubieras vivido toda tu vida en el campo y hubieras tenido un poni y un río al fondo del jardín, y de repente te hubieran traído a vivir a un agujero repugnante como éste.

—Londres no es un agujero —replicó Polly muy indignada.

Pero el niño estaba demasiado exaltado para prestarle atención y siguió hablando:

—Y si tu padre estuviera en la India..., y hubieras venido a vivir con una tía y un tío que está loco, dime tú a quién le gustaría...; y si el motivo fuera que tienen que cuidar de tu madre... y tu madre estuviera enferma y se fuera a... se fuera a... morir.

En aquel momento su rostro se alteró totalmente, como sucede cuando intentas contener las lágrimas.

—No lo sabía. Lo siento —se disculpó Polly humildemente.

Y a continuación, puesto que apenas sabía qué decir, y también para desviar los pensamientos de Digory hacia temas más alegres, preguntó:

—¿De verdad está loco el señor Ketterley?

—Bueno, o está loco —dijo Digory— o algo raro pasa. Tiene un estudio en el desván y tía Letty dice que no debo subir jamás allí. De entrada, eso ya parece sospechoso, y además hay otra cosa. Siempre que intenta decirme algo a la hora de las comidas, porque jamás habla con mi tía, ella siempre lo hace callar, diciendo: «No molestes al niño, Andrew», o «Estoy segura de que Digory no quiere oír hablar de *eso*», o también: «¿Qué te parece, Digory? ¿No te gustaría salir a jugar al jardín?».

—¿Qué clase de cosas intenta decirte?

—No lo sé. Nunca llega a decirme nada. Y todavía hay más. Una noche, mejor dicho, ayer por la noche, cuando pasaba por delante de la escalera que conduce al desván para ir a acostarme, y por cierto, no es que me guste mucho pasar por delante de esa escalera, estoy seguro de que oí un alarido.

—A lo mejor tiene a una esposa loca encerrada ahí arriba.

—Sí, ya lo he pensado.

—O quizá es falsificador de billetes.

—O tal vez de joven fuera pirata, como el que sale al principio de *La isla del te-soro,* y ahora se viera obligado a esconderse de sus antiguos camaradas.

—¡Qué emoción! —exclamó Polly—. No sabía que tu casa fuera tan interesante.

—Quizá tú la encuentres interesante —refunfuñó él—, pero no te gustaría si tuvieras que dormir allí. ¿Qué te parecería permanecer despierta en la cama mientras oyes los pasos del tío Andrew avanzando sigilosamente por el pasillo hacia tu habitación? Y tiene unos ojos horribles.

Así fue como Polly y Digory se conocieron; y puesto que acababan de empezar las vacaciones de verano y ninguno de ellos se iba a la playa aquel año, se veían casi a diario.

Sus aventuras se debieron en gran medida a que fue uno de los veranos más lluviosos y fríos que había habido en muchos años, y eso los obligó a realizar actividades de interior; se las podría llamar «exploraciones caseras». Resulta maravilloso lo mucho que se puede explorar con el cabo de una vela en una casa grande, o en una hilera de casas. Hacía tiempo que Polly había descubierto que si se abría cierta puertecita del desván de su casa se encontraba el depósito de agua y un lugar oscuro detrás de él al que se podía acceder trepando con cuidado. El lugar oscuro era como un túnel largo con una pared de ladrillos a un lado y un tejado inclinado al otro, y en el tejado había pequeños retazos de luz entre las tejas de pizarra. Aquel túnel no tenía suelo: había que pisar de viga en viga, y entre ellas no había más que una capa de yeso. Si la pisabas, ésta cedía y te precipitabas a la habitación situada debajo. En el trozo de túnel que había justo al lado del depósito, Polly había acondicionado la Cueva del Contrabandista, y había subido pedazos de cajas viejas de embalaje y sillas de cocina rotas, y cosas por el estilo, y lo había esparcido todo de una viga a otra para crear un pedazo de suelo. Allí guardaba un cofre que contenía distintos tesoros, un cuento que estaba escribiendo y, por lo general, también unas cuantas manzanas. A menudo había bebido en aquel lugar alguna que otra botella de gaseosa de jengibre, y las botellas viejas contribuían a dar al lugar el aspecto de una cueva de contrabandistas.

A Digory le gustaba bastante la cueva, a pesar de que Polly no le permitía ver el cuento; de todas formas, él estaba más interesado en explorar.

—Oye —le dijo un día—, ¿hasta dónde llega este túnel? Quiero decir, ¿acaba donde termina tu casa?

—No —respondió Polly—, las paredes no llegan hasta el tejado. Sigue adelante. No sé hasta dónde.

—En ese caso podríamos ir de un extremo a otro de toda la hilera de casas.

—¡Pues claro! —asintió ella—. Y ¡espera!

—¿Qué?

—Podríamos «entrar» en las otras casas.

—Sí, ¡y nos encerrarían por ladrones! No, gracias.

—No te pases de listo. Pensaba en la casa situada al otro lado de la tuya.

—¿Qué le pasa?

—Pues que está vacía. Papá dice que ha estado vacía desde que llegamos aquí.

—En ese caso, supongo que deberíamos echarle un vistazo —dijo Digory.

Estaba mucho más entusiasmado de lo que reflejaba su comentario, pues desde luego pensaba, igual que habrías hecho tú, en todas las razones por las que la casa habría permanecido vacía durante tanto tiempo. Lo mismo le sucedía a Polly. Ninguno de los dos mencionó la palabra «encantada», y ambos pensaron que una vez hecha la sugerencia, no podían echarse atrás.

—¿Lo intentamos ahora? —preguntó Digory.

—De acuerdo.

—No tienes por qué hacerlo si no quieres —indicó él.

—Si tú te atreves, yo también —respondió ella.

—¿Cómo sabremos que estamos en la casa que nos interesa?

Decidieron que tendrían que salir al desván y recorrerlo dando pasos tan largos como los que mediaban entre una viga y la siguiente. Eso les daría una idea de cuántas vigas tenía una habitación. Luego calcularían unas cuatro más para el pasillo entre los dos desvanes de la casa de Polly, y a continuación el mismo número que en el desván para la habitación de la criada. La operación les proporcionaría la longitud de la casa. Cuando hubieran recorrido dos veces aquella distancia habrían llegado al final de la casa de Digory; cualquier puerta que encontraran después de eso los conduciría a un desván de la casa vacía.

—Pero no creo que esté vacía del todo —declaró Digory.

—¿Ah, no?

—Creo que alguien vive allí en secreto, alguien que entra y sale sólo por la noche, con una linterna sorda. Probablemente descubriremos a una banda de criminales peligrosos y obtendremos una recompensa. No tiene sentido que una casa esté vacía tantos años si no es que oculta algún misterio.

—Papá pensaba que la culpa era de los desagües —comentó la niña.

—¡Bah! A los adultos siempre se les ocurren explicaciones aburridas —respondió su compañero.

Ahora que hablaban a la luz del día en el desván, en lugar de a la luz de la vela en la Cueva del Contrabandista, parecía mucho menos probable que la casa vacía estuviera encantada.

Una vez hubieron medido el desván, tuvieron que conseguir un lápiz y efectuar una suma. Al principio los dos obtuvieron resultados distintos y, cuando por fin coincidieron sus sumas, no es muy seguro de que los cálculos fueran correctos, ya que tenían mucha prisa por iniciar la exploración.

—No debemos hacer el menor ruido —dijo Polly mientras volvían a trepar por detrás del depósito.

Debido a la importancia de la ocasión, tomaron una vela cada uno, pues Polly tenía una buena provisión de ellas en su cueva.

El lugar estaba muy oscuro, polvoriento y surcado por numerosas corrientes de aire. Avanzaron de viga en viga sin decir una palabra excepto cuando se susurraron el uno el otro: «Ahora estamos frente a "tu" desván», o «Sin duda hemos recorrido ya la mitad de "nuestra" casa». Por suerte, ninguno tropezó ni se apagaron las velas, y por fin llegaron a un lugar donde se distinguía una puertecita en la pared de ladrillos de su derecha. Desde luego no había ni cerrojo ni picaporte en aquel lado, pues la puerta había sido construida para entrar en el túnel, no para salir; pero había un pestillo —como los que suele haber en la parte interior de las puertas de las alacenas— que estaban convencidos de poder abrir.

—¿Lo hago? —preguntó Digory.

—Si tú te atreves, yo también —contestó Polly, tal como había dicho antes.

Los dos se daban cuenta de que aquello iba cada vez más en serio, pero ninguno estaba dispuesto a retroceder. Digory descorrió el pestillo con cierta dificultad. La puerta se abrió de par en par y la repentina luz del día los hizo parpadear. Entonces, con un gran sobresalto, descubrieron que contemplaban, no un desván desierto, sino una habitación amueblada. Aunque era muy espaciosa, y en ella reinaba un silencio sepulcral. A Polly la pudo la curiosidad y, apagando de un soplo su vela, entró en la extraña estancia, tan sigilosa como un ratón.

Desde luego, la habitación tenía la forma de un desván, pero estaba amueblada como una sala de estar. Todas las paredes aparecían cubiertas de arriba abajo de estanterías y todas las estanterías estaban repletas de libros. Ardía un buen fuego en la chimenea —no hay que olvidar que aquel año el verano fue muy frío y lluvioso— y frente al hogar, de espaldas a ellos, había un sillón de respaldo alto. Entre el sillón y Polly, y ocupando casi toda la parte central de la habitación, había una mesa enorme llena de toda clase de cosas: libros, cuadernos en blanco, frascos de tinta, plumas, lacre y un microscopio. Sin embargo, en lo que la niña se fijó primero fue en una bandeja de madera de un rojo brillante que contenía unos anillos. Estaban dispuestos de dos en dos, uno amarillo y uno verde, después un espacio, y luego otro amarillo junto a otro verde. No eran mayores que cualquier anillo corriente, pero resplandecían de tal modo que era imposible no verlos. Eran los objetos más hermosos y brillantes que uno pueda imaginar, y si Polly hubiera sido algo más pequeña sin duda habría corrido a meterse uno en la boca.

La habitación estaba tan silenciosa que advirtieron inmediatamente el tictac del reloj. Y no obstante, tal como descubrió entonces Polly, tampoco permanecía en un silencio absoluto. Se oía un débil —un muy, muy débil— zumbido, y si las aspiradoras ya se hubieran inventado por aquel entonces, Polly habría pensado que se trataba del sonido de uno de éstos aspirando a mucha distancia, varias habitaciones más allá y unos cuantos pisos más abajo. No obstante era un sonido más agradable, mucho más musical, aunque tan débil que apenas se oía.

—Todo va bien... aquí no hay nadie —dijo Polly a su compañero, volviendo la cabeza por encima del hombro.

Su voz sonó poco más alta que un susurro, y tras ella salió Digory, parpadeando y con un aspecto sumamente sucio, igual que el de Polly.

—Esto no vale —declaró—. ¡La casa no está vacía! Será mejor que pongamos pies en polvorosa antes de que venga alguien.

—¿Qué crees que son? —inquirió Polly, señalando los anillos de colores.

—Está bien, vamos —dijo Digory—. Cuanto antes...

No llegó a terminar lo que iba a decir pues en aquel momento sucedió algo. El sillón de respaldo alto colocado ante el fuego se movió de repente y de él se alzó —igual que un demonio de pantomima saliendo por una trampilla— la alarmante figura del tío Andrew. No se encontraban en la casa desierta; ¡estaban en casa de Digory y en el estudio prohibido! Los dos niños lanzaron un «¡Ooooh!» y comprendieron su terrible error, también se dieron cuenta de que deberían haber sabido desde el principio que no habían andado lo suficiente.

El tío Andrew era alto y muy delgado. Tenía un rostro lampiño con una nariz puntiaguda y ojos sumamente brillantes, y una enmarañada mata de pelo de color gris.

Digory se quedó sin habla, pues su tío le parecía mil veces más inquietante de lo que antes había creído. Polly no se sentía tan asustada aún; pero no tardó en estarlo, pues lo primero que hizo el anciano fue cruzar la habitación en dirección a la puerta, cerrarla, y girar la llave en la cerradura; luego se dio la vuelta, clavó los brillantes ojos en los niños y sonrió, mostrando todos los dientes.

—¡Ya está! —dijo—. ¡Ahora la tonta de mi hermana no podrá encontraros!

Era algo espantosamente distinto de lo que se esperaría que hiciera cualquier adulto. A Polly le dio un vuelco el corazón, y ella y Digory empezaron a retroceder en dirección a la portezuela por la que habían entrado. El tío Andrew fue demasiado rápido para ellos. Pasó por detrás de ambos, cerró la puerta y se quedó de pie frente a ella. Hecho eso, se frotó las manos e hizo chasquear los nudillos. Tenía unos dedos muy largos y blancos.

—Estoy encantado de veros —dijo—. Dos niños son exactamente lo que necesitaba.

—Por favor, señor Ketterley —suplicó Polly—, es casi la hora de cenar y tengo que ir a casa. Déjenos salir, por favor.

—Todavía no —respondió el tío Andrew—. Ésta es una oportunidad demasiado buena para dejarla escapar. Quería dos niños. Veréis, estoy en mitad de un gran experimento. Lo he probado con un conejillo de Indias y pareció funcionar, aunque, claro está, un conejillo de Indias no puede contarte nada. Y uno no puede explicarle cómo regresar.

—Mira, tío Andrew —intervino Digory—, realmente es hora de cenar y nos estarán buscando dentro de un instante. Tienes que dejarnos salir.

—¿Ah, sí? —preguntó el tío Andrew.

Digory y Polly intercambiaron una mirada. No se atrevieron a decir nada, pero sus miradas significaban: «Esto es horrible» y «Tenemos que seguirle la corriente».

—Si deja que nos marchemos a cenar ahora —dijo Polly—, podríamos regresar dentro de un rato.

—Ya, pero ¿cómo sé que vais a volver? —inquirió el tío Andrew con una astuta sonrisa, y a continuación pareció cambiar de idea—. Bueno, bueno, si realmente tenéis que marcharos, supongo que debéis hacerlo. No puedo esperar que dos jovencitos como vosotros encuentren muy divertido conversar con un vejestorio como yo. —Suspiró y siguió diciendo—: No tenéis ni idea de lo solo que me siento a veces. Pero no importa. Id a cenar. Aunque debo daros un regalo antes de que os marchéis. No todos los días entra una jovencita en mi deprimente y destartalado estudio; en especial, si se me permite decirlo, una joven dama tan atractiva como tú.

Polly empezó a pensar que, después de todo, el anciano no estaba tan loco.

—¿Te gustan los anillos, bonita? ¿Quieres uno? —preguntó el tío Andrew a Polly.

—¿Se refiere usted a uno de esos amarillos y verdes? —preguntó ella—. ¡Son preciosos!

—Los verdes no —advirtió el tío Andrew—, me temo que no puedo regalar los de color verde. Sin embargo me encantaría darte uno de los amarillos: con todo mi cariño. Ven y pruébate uno.

Polly ya casi había superado su miedo y estaba segura de que el anciano caballero no estaba loco; y desde luego existía algo extrañamente atractivo en aquellos brillantes anillos. Se acercó a la bandeja.

—¡Vaya! —dijo—. Aquí se oye más el zumbido. Es casi como si lo produjeran los anillos.

—Qué idea tan ridícula, chiquilla —respondió el tío Andrew con una carcajada.

Sonó como una carcajada muy natural, pero Digory había visto una expresión ansiosa, casi codiciosa en su rostro.

—¡Polly! ¡No seas tonta! —gritó—. ¡No los toques!

Demasiado tarde. Exactamente mientras lo decía, la mano de la niña fue a tocar uno de los anillos, y al instante, sin un centelleo ni un ruido ni la menor advertencia, Polly desapareció. Digory y su tío estaban solos en la habitación.

CAPÍTULO DOS

DIGORY Y SU TÍO

Fue tan repentino y tan terriblemente distinto de todo lo que le había sucedido a Digory en su vida, incluso en sus pesadillas, que éste gritó. Al instante, la mano del tío Andrew cayó sobre su boca.

—¡Nada de eso! —le susurró al oído—. Si empiezas a hacer ruido tu madre lo oirá, y ya sabes lo que puede afectarle un susto.

Tal como dijo Digory más tarde, la horrible mezquindad de intimidar a una persona de «aquel» modo casi le provocó náuseas, aunque, desde luego, no volvió a gritar.

—Eso está mejor —dijo el tío Andrew—. Supongo que no has podido evitarlo. Realmente uno siente un sobresalto terrible la primera vez que ve desaparecer a alguien. Si incluso yo me llevé un buen susto cuando le sucedió lo mismo al conejillo de Indias la otra noche.

—¿Fue esa la noche que lanzaste un alarido? —preguntó Digory.

—Vaya, entonces lo oíste, ¿no es así? Espero que no me hayas estado espiando.

—No, no lo he hecho —respondió su sobrino, indignado—; pero ¿qué le ha sucedido a Polly?

—Felicítame, querido muchacho —indicó su tío, frotándose las manos—. Mi experimento ha tenido éxito. La niña se ha ido, se ha esfumado, de este mundo.

—¿Qué le has hecho?

—Enviarla a... digamos... otro lugar.

—¿Qué quieres decir? —preguntó Digory.

—Bueno —dijo el tío Andrew, sentándose—, te lo contaré todo. ¿Has oído hablar alguna vez de la anciana señora Lefay?

—¿No era una tía abuela o algo parecido? —inquirió Digory.

—No exactamente —respondió él—, era mi madrina. Mira hacia la pared; ésa de ahí es ella.

Digory miró y vio una fotografía descolorida que mostraba el rostro de una anciana con una toca. Recordó entonces que una vez había visto una fotografía del mismo rostro en un cajón de su casa, en el campo. Había preguntado a su madre quién era, pero ella no había mostrado mucho interés en hablar de aquel tema. No era un rostro agradable en absoluto, se dijo Digory, aunque desde luego con aquellas fotografías tan antiguas era muy difícil estar seguro.

—¿Había... no había... algo raro respecto a ella, tío Andrew?

—Bueno —dijo su tío con una risita ahogada—, depende de a qué llames «raro». La gente tiene una mentalidad muy cerrada. Desde luego se volvió muy excéntrica en sus últimos años de vida, e hizo cosas muy imprudentes. Por ese motivo la encerraron.

—¿En un manicomio, quieres decir?

—No, no, no —respondió su tío, escandalizado—. Nada de eso; sólo la llevaron a la cárcel.

—¡Vaya! —exclamó Digory—. ¿Qué había hecho?

—Ah, pobre mujer —respondió el anciano—. Había sido muy imprudente. Hubo un gran número de hechos diversos, pero no es necesario que entremos en detalles. Siempre fue muy amable conmigo.

—Pero oye, ¿qué tiene todo esto que ver con Polly? Realmente me gustaría que...

—Todo a su debido tiempo, muchacho —dijo el tío Andrew—. Pusieron en libertad a la vieja señora Lefay antes de que muriera y yo fui una de las poquísimas personas a las que permitió que la visitaran durante sus últimos meses de vida. Le resultaba antipática a la gente corriente e ignorante, como comprenderás. A mí me sucede lo mismo. Sin embargo, ella y yo estábamos interesados en la misma clase de cosas, y fue sólo unos pocos días antes de su muerte cuando me dijo que fuera a una vieja cómoda de su casa, abriera un cajón secreto y le trajera una cajita que encontraría allí. En cuanto así la caja me di cuenta por el hormigueo de mis dedos que sostenía un gran secreto en mis manos. Me la entregó y me hizo prometerle que la quemaría en cuanto ella muriera, sin abrirla, y con ciertas ceremonias. Promesa que no cumplí.

—Bien, pues en ese caso te comportaste de un modo repugnante —lo reprendió Digory.

—¡Repugnante! —exclamó él con una expresión perpleja—. Bueno, ya lo entiendo. Quieres decir que los niños deben mantener sus promesas. Muy cierto: es lo más correcto y decente, estoy seguro, y me alegro de que te hayan enseñado a obrar así. Aunque desde luego debes comprender que normas de esa clase, por muy excelentes que puedan ser para muchachitos, criados, mujeres, e incluso la gente en general, no pueden aplicarse bajo ningún concepto a estudiantes concienzudos, grandes pensadores y sabios. No, Digory; los hombres como yo, que poseen un saber oculto, estamos libres de las normas corrientes del mismo modo que también estamos excluidos de los placeres corrientes. El nuestro, muchacho, es un destino sublime y solitario.

Mientras lo decía suspiró y adoptó una expresión tan seria, noble y misteriosa que por un segundo Digory realmente pensó que estaba diciendo algo magnífico; pero entonces recordó la desagradable expresión que había visto en el rostro de su tío justo antes de que Polly se esfumara, e inmediatamente vio más allá de las grandilocuentes palabras del tío Andrew.

«Lo único que significa eso —se dijo— es que cree que puede hacer lo que le parezca para conseguir lo que desea.»

—Desde luego —siguió el anciano—, no me atreví a abrir la caja durante mucho tiempo, pues sabía que podría contener algo sumamente peligroso, ya que mi madrina era una mujer excepcional. Lo cierto es que fue una de los últimos mortales de este país que tenía sangre mágica, como las hadas; decía que había habido otras dos durante su época: una era una duquesa y la otra una asistenta. De hecho, Digory, en estos momentos hablas, posiblemente, con el último hombre que realmente tuvo un hada madrina. ¡Vaya! Eso será algo que podrás recordar cuando también seas anciano.

«Seguro que era un hada mala», pensó el niño; y en voz alta añadió:

—Pero ¿qué pasa con Polly?

—¡Qué pesado estás con eso! —se quejó el tío Andrew—. ¡Como si eso fuera lo importante! Mi primera tarea fue desde luego estudiar la caja misma. Era muy antigua, y yo sabía lo suficiente incluso entonces como para comprender que no era ni griega, ni del antiguo Egipto, ni babilónica, ni hitita, ni china, sino que era mucho más vieja que cualquiera de esas naciones. Ah..., entonces llegó un gran día en que descubrí la verdad. La caja procedía de la Atlántida; provenía de la isla perdida de la Atlántida. Eso significaba que tenía muchos más siglos de antigüedad que cualquiera de las cosas de la Edad de Piedra que se desentierran en Europa. Tampoco se trataba de algo primitivo y tosco como suelen ser esas cosas, pues en los albores de los tiempos la Atlántida era una gran ciudad con palacios, templos y sabios.

Hizo una pausa durante unos momentos como si esperara que Digory dijera algo; pero el niño encontraba a su tío más desagradable a cada minuto que pasaba, de modo que no dijo nada.

—Entretanto —prosiguió el tío Andrew—, yo aprendía muchas cosas por otros medios, que no resultaría apropiado explicar a un niño, sobre magia en general. Eso significó que llegué a tener una buena idea de la clase de cosas que podría haber en la caja. Reduje las posibilidades mediante varias pruebas, que me obligaron a conocer a algunas, digamos, personas diabólicamente peculiares, y pasar por algunas experiencias muy desagradables. Eso fue lo que hizo que mi pelo encaneciera. Uno no se convierte en mago sin tener que dar algo a cambio. Al final mi salud se debilitó, pero mejoró, y finalmente ¡lo supe!

A pesar de que no existía realmente la menor posibilidad de que alguien pudiera oírlos, el anciano se inclinó hacia delante y casi susurró cuando dijo:

—La caja de la Atlántida contenía algo que había sido traído de Otro Mundo cuando el nuestro apenas empezaba a existir.

—¿Qué? —preguntó Digory, que en aquellos momentos se sentía interesado muy a su pesar.

—Sólo había polvo —respondió el tío Andrew—. Un fino polvo seco. Nada espectacular en apariencia; no gran cosa como resultado de toda una vida de trabajo, podrías decir. Ah, pero cuando miré aquel polvo —y tuve buen cuidado de no tocarlo—, pensé que cada grano había estado en el pasado en Otro Mundo, y no me refiero a otro planeta, ¿me explico?; porque los demás planetas son parte de nuestro mundo y podrías llegar hasta ellos si viajaras lo bastante lejos, sino realmente Otro Mundo, otra naturaleza, otro universo, un lugar al que jamás podrías llegar aunque viajaras por el espacio de este universo eternamente, un mundo que sólo se puede alcanzar mediante la magia, ¡eso es!

Llegado a aquel punto, el tío Andrew se frotó las manos hasta que los nudillos crujieron igual que fuegos artificiales.

—Comprendí —siguió—, que si alguien conseguía darle la forma correcta, aquel polvo lo conduciría de vuelta al lugar del que procedía. Sin embargo, la dificultad estaba en darle la forma correcta. Mis primeros experimentos acabaron todos en fracaso. Los probé con conejillos de Indias, pero algunos se limitaron a morir. Unos cuantos estallaron como pequeñas bombas...

—¡Qué cruel! —le reprendió Digory, que en una ocasión había tenido su propio conejillo de Indias.

—¡Es que no puedes dejar de cambiar de tema! Para eso eran las criaturas. Las compré yo mismo. Veamos... ¿por dónde iba? Ah, sí. Por fin logré crear los anillos: los anillos amarillos. Pero entonces surgió una nueva dificultad. Por aquel entonces yo estaba convencido de que un anillo amarillo era capaz de enviar a cualquier criatura que lo tocara al Otro Lugar, pero ¿de qué me iba a servir si no podía hacer que volvieran para contarme qué habían encontrado allí?

—Y ¿qué iba a pasar con las criaturas? —inquirió el niño—. ¡En menudo lío estarían si no podían regresar!

—Te empeñas en mirarlo todo desde el punto de vista equivocado —replicó el tío Andrew con una expresión de impaciencia—. ¿Es qué no comprendes que esto es un gran experimento? Lo que pretendo al enviar a alguien al Otro Lugar es averiguar cómo es ese sitio.

—Bueno, en ese caso ¿por qué no fuiste tú mismo?

Digory no había visto jamás a nadie con una expresión tan asombrada y ofendida como la que mostró su tío ante aquella sencilla pregunta.

—¿Yo? ¿Yo? —exclamó éste—. ¡El chico sin duda está loco! ¡Un hombre de mi edad, y con mi precaria salud, exponerse al sobresalto y a los peligros de ser arrojado repentinamente a un universo distinto? ¡Jamás en la vida había oído nada tan absurdo! ¿Te das cuenta de lo que dices? Piensa en lo que el Otro Mundo significa..., puede encontrarse uno con cualquier cosa... cualquier cosa.

—Y supongo que has enviado a Polly a enfrentarse con todo eso en tu lugar —dijo Digory, y sus mejillas ardían de cólera en aquel momento—. Y todo lo que puedo decir —añadió—, incluso aunque seas mi tío..., es que te has comportado como un cobarde, al enviar a una niña a un sitio al que tienes miedo de ir tú mismo.

—¡A callar, señor mío! —ordenó el anciano, descargando la mano sobre la mesa—. No pienso permitir que un mugriento colegial me hable de ese modo. No lo comprendes. Soy el gran estudioso, el mago, el experto, que «realiza» el experimento. Claro que necesito sujetos sobre los que efectuarlo. ¡Dios mío, lo próximo que me dirás es que debería haber pedido permiso a los conejillos de Indias antes de utilizarlos! Es imposible alcanzar gran sabiduría sin sacrificios; pero la idea de que fuera yo mismo resulta ridícula. Es igual que pedir a un general que pelee como un soldado raso. Imaginemos que muero, ¿qué sería del trabajo de toda mi vida?

—Basta, deja de cotorrear de una vez —dijo su sobrino—. ¿Vas a traer de vuelta a Polly?

—Iba a decirte, cuando me interrumpiste de un modo tan grosero —respondió el tío Andrew—, que finalmente encontré un modo de efectuar el viaje de vuelta. Los anillos verdes te traen de regreso.

—Pero Polly no tiene un anillo verde.

—No —respondió su tío con una sonrisa cruel.

—En ese caso no puede regresar —gritó Digory—, y eso es justo lo mismo que si la hubieras asesinado.

—Puede regresar —indicó el tío Andrew—, si otra persona va tras ella, con un anillo amarillo puesto y llevando consigo dos anillos verdes, uno para regresar él y el otro para traerla a ella de vuelta.

Y entonces, claro está, Digory vio la trampa en la que había caído; miró con asombro al tío Andrew, sin decir nada, totalmente boquiabierto, y con las mejillas muy pálidas.

—Espero —dijo su tío al poco tiempo en voz muy alta y potente, como si fuera un tío perfecto que acaba de dar una generosa propina y unos cuantos buenos consejos—, espero, Digory, que no seas una persona propensa a la cobardía. Me apenaría muchísimo pensar que alguien de nuestra familia carece de honor y caballerosidad suficientes para ir en ayuda de... ah... una dama en apuros.

—¡Cállate, por favor! —gritó su sobrino—. Si tú tuvieras algo de honor y todo eso, irías tú mismo; pero sé que no lo harás. De acuerdo. Ya veo que tengo que ir yo. No obstante, debo decirte que eres repugnante. Supongo que lo planeaste todo, de modo que ella se marchara sin saberlo y luego yo tuviera que ir en su busca.

—Desde luego —respondió él, con aquella sonrisa tan odiosa.

—Muy bien. Iré, pero hay algo que pienso decir de todos modos. No creía en la magia hasta hoy, y ahora veo que existe. Bien, pues si es así, supongo que todos los viejos cuentos de hadas son más o menos ciertos, y en ese caso, eres sencillamente un mago perverso y cruel como los que aparecen en los relatos. Además, no he leído jamás un cuento en el que la gente de esa clase no acabara recibiendo su merecido al final, y apuesto a que a ti también te sucederá. Y lo tendrás bien merecido.

De todas las cosas que Digory había dicho aquélla fue la primera que realmente dio en el blanco. El tío Andrew saltó y en su rostro apareció tal expresión de horror que, a pesar de lo odioso que era, casi hacía que se sintiera pena por él. Sin embargo, al cabo de un segundo consiguió borrarla y dijo con una carcajada bastante forzada:

—Bien, bien, supongo que es natural que un niño piense eso, en especial uno que ha crecido entre mujeres, como es tu caso. Cuentos de viejas, ¿no es así? No creo que debas preocuparte por el peligro que yo pueda correr. ¿No sería mejor que te preocuparas por el peligro que puede correr tu amiguita? Hace ya un buen rato que se marchó. Si existen peligros, en el Otro Lado, creo que sería una lástima llegar cuando fuera demasiado tarde.

—Seguro que a ti te importa un bledo —le recriminó Digory con ferocidad—, pero estoy harto de tanta palabrería. ¿Qué debo hacer?

—Realmente tienes que aprender a controlar ese genio, muchacho —indicó el tío Andrew con la mayor frescura—; de lo contrario, cuando crezcas, serás igual que tu tía Letty. Ahora, presta atención.

Se levantó, se puso un par de guantes y fue hacia la bandeja que contenía los anillos.

—Sólo funcionan —dijo— si tocan directamente la piel. Con los guantes puestos, puedo agarrarlos, así, y no sucede nada. Si llevaras uno en el bolsillo no sucedería nada: pero por supuesto tienes que tener cuidado de no introducir la mano en el bolsillo y tocarlo sin querer. En cuanto rozas el anillo amarillo, desapareces de este mundo. Cuando estés en el Otro Lugar espero, claro que esto no ha sido probado todavía, pero «espero» que en cuanto toques un anillo verde desaparezcas de aquel mundo y confío en que reaparezcas en éste. Veamos. Tomo estos dos de color verde y los dejo caer en tu bolsillo derecho. Recuerda con suma atención en qué bolsillo están los verdes. «V» por verde y «D» por derecho. «V. D.» ¿lo ves?; las dos son consonantes de la palabra verde. Hay uno para ti y otro para la niña. Y ahora toma el amarillo para ti. Si yo estuviera en tu lugar, me lo pondría en el dedo, así existirán menos posibilidades de que lo dejes caer.

Digory estaba a punto de tomar el anillo amarillo cuando se detuvo de repente.

—¡Escucha! —dijo—. ¿Y mamá? ¿Y si pregunta por mí?

—Cuanto antes te vayas, antes regresarás —respondió el tío Andrew alegremente.

—Pero en realidad no sabes si puedo regresar.

El anciano se encogió de hombros, fue hasta la puerta, hizo girar la llave, la abrió de par en par y dijo:

—Muy bien, pues. Como desees. Baja y cena. Deja que esa niñita sea devorada por animales salvajes, se ahogue o se muera de hambre en el Otro Mundo o se quede allí para siempre. A mí me da lo mismo. Pero tal vez, antes de cenar, deberías ir a ver a la señora Plummer y explicarle que nunca volverá a ver a su hija porque tienes miedo de ponerte un anillo.

—¡Vaya! —exclamó Digory—. ¡No sabes cuánto desearía ser mayor para darte un buen puñetazo!

Dicho eso se abotonó la chaqueta, aspiró con fuerza y tomó el anillo. Al hacerlo pensó, y nunca dejó de pensarlo, que sinceramente no tenía otra opción.

Capítulo tres

El Bosque entre los Mundos

El tío Andrew y su estudio se desvanecieron al instante, y luego, por un momento, todo se volvió confuso. Lo siguiente que supo Digory fue que había una suave luz verde que caía sobre él desde lo alto, y oscuridad a sus pies. No tenía la impresión de estar de pie sobre nada, ni sentado, ni acostado; no parecía estar en contacto con nada.

—Me parece que estoy en el agua —dijo—, o «debajo» del agua.

Aquello lo asustó por un segundo, pero casi al mismo tiempo sintió que ascendía a toda velocidad. Luego su cabeza salió repentinamente al aire libre y se encontró gateando hacia tierra firme, sobre un terreno llano cubierto de hierba situado al borde de un estanque.

Mientras se ponía en pie advirtió que no chorreaba agua ni le faltaba el aliento, como habría sido de esperar tras un buen chapuzón. Tenía la ropa perfectamente seca y estaba de pie junto al borde de un pequeño estanque —no había más de tres metros de un extremo a otro— en el interior de un bosque. Los árboles crecían muy juntos y eran tan frondosos que no se podía entrever ni un pedazo de cielo. La única luz que le llegaba era una luz verde que se filtraba por entre las hojas: pero sin duda existía un sol potente en lo alto, pues aquella luz natural verde era brillante y cálida. Era el bosque más silencioso que se pueda imaginar. No había pájaros, ni insectos, ni animales, y no soplaba viento. Casi se podía sentir cómo crecían los árboles. El estanque del que acababa de salir no era el único. Había docenas de estanques, uno cada pocos metros hasta donde alcanzaban sus ojos, y creía percibir cómo los árboles absorbían el agua con sus raíces. Era un bosque lleno de vida y al intentar describirlo más tarde, Digory siempre decía: «Era un lugar apetitoso: tan apetitoso como un pastel de ciruelas».

Lo más extraño de todo fue que, incluso antes de haber mirado a su alrededor, Digory ya había medio olvidado cómo había llegado allí. Desde luego no pensaba en Polly, ni en el tío Andrew, ni siquiera en su madre, y además no estaba nada asustado, ni nervioso, ni tampoco sentía curiosidad. Si alguien le hubiera preguntado: «¿De dónde has venido?», probablemente habría respondido: «Yo siempre he estado aquí». Aquélla era la sensación que producía, como si uno hubiera estado siempre en aquel lugar y jamás se hubiera aburrido a pesar de que allí nunca sucedía nada. Tal como explicó mucho más tarde.

«En este sitio no sucede nada. Los árboles se dedican a crecer, eso es todo.»

Al cabo de un buen rato de contemplar el bosque, Digory se dio cuenta de que había una niña acostada de espaldas a los pies de un árbol a unos metros de allí. Los ojos de la pequeña estaban medio cerrados, como si estuviera entre el sueño y la vigilia. Por ese motivo, el niño se dedicó a contemplarla durante un buen rato sin decir nada. Finalmente, ella abrió los ojos y lo miró durante mucho tiempo, sin pronunciar palabra tampoco, hasta que por fin le habló, con una voz soñolienta y complacida.

—Creo que nos hemos visto antes —declaró.

—A mí también me lo parece —respondió Digory—. ¿Llevas mucho tiempo aquí?

—Toda la vida —dijo ella—. Al menos... no sé... mucho tiempo.

—Yo también.

—No, tú no —indicó la niña—, porque acabo de verte salir de aquel estanque.

—Sí, puede ser —concedió Digory con expresión perpleja—. Lo había olvidado.

Después se pasaron un buen rato en silencio.

—Oye —dijo la niña finalmente—, me pregunto si ya nos conocíamos. Tengo una vaga idea, una especie de imagen en la cabeza, de un niño y una niña, como nosotros, que vivían en un lugar muy distinto y hacían toda clase de cosas. A lo mejor fue sólo un sueño.

—Pues creo que he tenido ese mismo sueño —repuso Digory—. De un niño y una niña que vivían en casas contiguas..., y gateaban entre las vigas. Recuerdo que la niña tenía un rostro muy sucio.

—¿Estas seguro? En mi sueño era el niño quién tenía la cara sucia.

—No recuerdo el rostro del niño —indicó Digory y luego añadió—: ¡Vaya! ¿Qué es eso?

—¡Toma! Es un conejillo de Indias —dijo la niña.

Y eso era, un rechoncho conejillo de Indias, que husmeaba por entre la hierba, con una cinta alrededor de la barriga que sujetaba a su lomo un brillante anillo amarillo.

—¡Mira! ¡Mira! —gritó Digory—. ¡El anillo! Y ¡fíjate! Tú llevas uno en el dedo, y yo también.

La niña se sentó entonces, interesadísima en el hallazgo. Ambos se miraron fijamente, intentando recordar. Y entonces, a la vez, ella exclamó, «¡El señor Ketterley!», y él gritó, «¡El tío Andrew!», y supieron quiénes eran y empezaron a recordar todo lo sucedido. Tras unos minutos de intensa conversación consiguieron por fin tenerlo todo claro, y Digory explicó el detestable comportamiento del tío Andrew.

—¿Qué hacemos ahora? —quiso saber Polly—. ¿Agarrar el conejillo de Indias y volver a casa?

—No hay prisa —respondió él, con un enorme bostezo.

—Creo que sí la hay —indicó ella—. Este lugar es demasiado silencioso. Resulta tan... tan maravilloso. Estás casi dormido. Si nos dejamos dominar por él nos acostaremos y dormitaremos eternamente.

—Se está muy bien aquí —repuso Digory.

—Sí, ya lo creo —asintió ella—, pero tenemos que regresar.

Se puso en pie y empezó a avanzar con cautela en dirección al conejillo de Indias, pero entonces cambió de idea.

—Podríamos dejar al conejillo aquí —dijo—. Es feliz en este sitio, y tu tío sin duda haría algo horrendo con él si lo lleváramos de vuelta.

—Apuesto a que sí —respondió Digory—. Mira cómo nos ha tratado a nosotros. Por cierto, ¿cómo regresaremos a casa?

—Volviéndonos a meter en el estanque, supongo.

Fueron hacia él y permanecieron de pie junto al borde, contemplando la lisa superficie del agua. La cubría el reflejo de las verdes y frondosas ramas, que hacían que pareciera tener una gran profundidad.

—No tenemos traje de baño —observó Polly.

—No lo necesitaremos, boba —dijo Digory—. Vamos a meternos con la ropa puesta. ¿Acaso no recuerdas que al ascender no nos mojamos?

—¿Sabes nadar?

—Un poco. ¿Y tú?

—Bueno, no mucho.

—No creo que tengamos que nadar —indicó Digory—. Queremos ir hacia «abajo», ¿no es cierto?

A ninguno de los dos le gustaba demasiado la idea de saltar al interior del estanque, pero ninguno se lo mencionó al otro. Se tomaron de la mano y dijeron: «Uno... dos... y tres... ¡Ya!» y saltaron. Hubo un gran chapoteo y desde luego cerraron los ojos; pero cuando los abrieron de nuevo descubrieron que seguían estando allí, con las manos entrelazadas, en medio del frondoso bosque y con el agua a la altura de los tobillos. Al parecer el estanque apenas tenía unos centímetros de profundidad. Chapotearon de vuelta a tierra firme.

—¿Qué diablos ha salido mal? —inquirió Polly con voz asustada; pero no tan atemorizada como cabría esperar, porque resultaba difícil sentirse realmente asustado en aquel bosque. El lugar era demasiado tranquilo.

—Ya sé —dijo Digory—. Claro que no funciona. Todavía llevamos puestos los anillos amarillos, y son para el viaje de ida, ya sabes. Son los verdes los que te devuelven a casa. Debemos cambiar de anillos. ¿Tienes bolsillos? Estupendo. Guarda tu amarillo en el de la izquierda. Yo tengo dos de color verde; toma, aquí tienes uno.

Se pusieron los anillos y regresaron al estanque. Sin embargo, antes de que intentaran otro salto Digory lanzó un prolongado «¡Oooooh!».

—¿Qué sucede? —quiso saber Polly.

—Acabo de tener una idea realmente maravillosa. ¿Qué son todos los otros estanques?

—¿Qué quieres decir?

—Pues que si podemos regresar a nuestro propio mundo saltando al interior de este estanque, ¿no podríamos ir a parar a algún otro sitio si saltamos dentro de uno de los otros? Supongamos que existe un mundo en el fondo de cada estanque.

—Pero creía que ya nos encontrábamos en el Otro Mundo u Otro Lugar o comoquiera que él lo llame, al que se refería tu tío. No dijiste que...

—¡Bah!, al cuerno con el tío Andrew —interrumpió Digory—. No creo que sepa nada sobre él, porque jamás tuvo el coraje de venir aquí él mismo. Sólo hablaba de «un» Otro Mundo, pero supongamos que existieran docenas...

—¿Te refieres a que este bosque podría ser únicamente uno de ellos?

—No, ni siquiera creo que este bosque sea un mundo. Me parece que es una especie de lugar intermedio.

Polly mostró una expresión perpleja.

—¿No te das cuenta? —inquirió Digory—. No, escucha. Piensa en nuestro túnel por debajo de las tejas. No puede considerarse una habitación de alguna casa. En cierto modo, no forma parte de ninguna de ellas, pero una vez que estás en el túnel puedes seguirlo y entrar en cualquiera de las casas de la fila. ¿No podría ocurrir lo mismo con este bosque? Es un lugar que no se encuentra en ninguno de los mundos, pero que permite entrar en todos ellos.

—Bueno, incluso aunque puedas... —empezó a decir Polly, pero Digory siguió hablando como si no la hubiera oído.

—Y desde luego eso lo explica todo —dijo—. Por eso aquí está todo tan tranquilo y soñoliento. Aquí no sucede nunca nada. Igual que en nuestro hogar, es en las casas donde la gente habla, actúa y come. En los lugares intermedios no pasa nada; ni detrás de las paredes, ni encima de los techos ni debajo de los suelos, ¡ni en nuestro túnel! Pero cuando sales del túnel puedes encontrarte en «cualquier» casa. ¡Creo que podemos salir de este lugar e ir a parar a cualquier otro sitio! No es necesario que saltemos de nuevo al interior del mismo estanque por el que vinimos, o al menos todavía no.

—El Bosque entre los Mundos —observó Polly como en sueños—; suena muy bien.

—Vamos —le instó Digory—, ¿qué estanque probamos?

—Mira —dijo ella—, no pienso probar ningún estanque nuevo hasta que no nos hayamos asegurado de que podemos regresar por el viejo. Ni siquiera estamos seguros aún de que vaya a funcionar.

—Sí —repuso él—, ¡y que el tío Andrew nos atrape y nos quite los anillos antes de que hayamos podido divertirnos! No, gracias.

—¿No podríamos descender simplemente una parte del trayecto por nuestro estanque? —sugirió Polly—. Sólo para comprobar si funciona. Entonces si lo hace, nos cambiamos los anillos y subimos otra vez antes de que estemos de vuelta en el estudio del señor Ketterley.

—¿Podemos descender una parte del camino?

—Bueno, se tardaba un poco en subir. Supongo que harán falta unos segundos para regresar.

Digory hizo unos cuantos aspavientos al respecto, pero finalmente tuvo que acceder a la idea porque Polly se negó en redondo a explorar ningún mundo nuevo hasta que se hubieran asegurado de poder regresar al antiguo. Era una niña casi tan valiente como él acerca de algunos peligros (como las avispas, por ejemplo), pero no estaba tan interesada en descubrir cosas de las que nadie había oído hablar antes; en cambio Digory era la clase de persona que quiere saberlo todo, y cuando creció se convirtió en el famoso profesor Kirke que aparece en otros libros.

Tras discutirlo mucho, acordaron ponerse los anillos verdes («Verde símbolo de seguridad —dijo Digory—, así no olvidaremos cuál es cuál»), tomarse de la mano y saltar. No obstante, en cuanto pareciera que estaban a punto de regresar al estudio del tío Andrew, o incluso a su propio mundo, Polly debía gritar, «Cambio». Entonces se quitarían los anillos verdes y se pondrían los de color amarillo. Digory quería ser quien gritara «Cambio», pero Polly se negó a aceptarlo.

Se pusieron los anillos verdes, entrelazaron las manos, y de nuevo gritaron: «Uno... dos... y tres... ¡Ya!». Esa vez funcionó, aunque resulta muy difícil explicar qué sensación producía, pues todo sucedió en un abrir y cerrar de ojos. Al principio hubo luces brillantes que se movían en un cielo negro; Digory sigue pensando que eran estrellas e incluso jura que vio a Júpiter muy de cerca; lo bastante cerca como para ver su luna. Pero casi al mismo tiempo aparecieron hileras e hileras de tejados y cañones de chimeneas a su alrededor, y distinguieron la catedral de San Pablo y supieron que contemplaban Londres. Sólo que uno podía ver a través de las paredes de todas las casas. Entonces vieron al tío Andrew, de un modo muy vago y nebuloso, pero volviéndose cada vez más nítido y sólido, igual que si estuviera materializándose; pero antes de que se tornara completamente real Polly gritó «Cambio» y efectuaron el cambio, y nuestro mundo se desvaneció como un sueño, y la luz verde de lo alto adquirió más y más fuerza, hasta que por fin sus cabezas surgieron del estanque y los dos gatearon hasta la orilla. Y allí estaba el bosque rodeándolos, tan verde, luminoso y silencioso como siempre. Todo aquello había tenido lugar en menos de un minuto.

—¡Ya está! —dijo Digory—. Funciona. Ahora corramos nuestra aventura. Cualquier estanque servirá. Ven, probemos ése.

—¡Detente! —ordenó Polly—. ¿No vamos a marcar «este» estanque?

Se miraron fijamente y palidecieron al comprender el espantoso error que Digory había estado a punto de cometer; pues había varios estanques en el bosque, y los estanques eran todos iguales y también los árboles eran idénticos, de modo que si hubieran dejado atrás aquel que conducía a nuestro propio mundo sin efectuar alguna especie de marca, las posibilidades de volver a encontrarlo habrían sido casi nulas.

A Digory le temblaba la mano cuando abrió su cortaplumas y con su ayuda extrajo una larga tira de hierba de la orilla del estanque. La tierra, que olía de un modo muy agradable, era de un intenso marrón rojizo y destacaba perfectamente entre el verde.

—¡Menos mal que por lo menos uno de nosotros tiene un poco de sentido común! —observó Polly.

—Bueno, ahora no te pases todo el tiempo presumiendo —replicó él—. Vamos, quiero ver qué hay en otro estanque.

Y Polly le dedicó una respuesta bastante mordaz y él le respondió algo aún más desagradable. La riña duró varios minutos pero resultaría tedioso reflejarla por escrito, de modo que pasemos al momento en que se encontraron, con el corazón palpitante y el rostro asustado, ante el borde del estanque desconocido con los anillos amarillos puestos y las manos entrelazadas y volvieron a decir: «Uno... dos... y tres... ¡Ya!».

¡Chaff! De nuevo no había funcionado. Aquel estanque parecía no ser más que eso, un estanque, pues en lugar de llegar a un mundo nuevo sólo consiguieron mojarse los pies y salpicarse las piernas por segunda vez aquella mañana; si es que se trataba de una mañana, pues en el Bosque entre los Mundos siempre parece que sea la misma hora.

—¡Caray! —exclamó Digory—. Y ¿qué ha salido mal ahora? Llevamos puestos los anillos amarillos. Dijo que el amarillo era para el viaje de ida.

Lo cierto era que el tío Andrew, que no sabía nada del Bosque entre los Mundos, tenía una idea bastante equivocada respecto a los anillos. Los de color amarillo no eran anillos «de ida» y los verdes no eran anillos «de regreso a casa»; al menos, no tal como él lo pensaba, aunque la sustancia de la que estaban hechos ambos anillos había salido del bosque. La sustancia de los anillos amarillos poseía el poder de atraerte al bosque; era una materia que quería regresar al lugar al que pertenecía, el lugar intermedio. Sin embargo la sustancia de los anillos verdes intentaba abandonar el lugar al que pertenecía: de modo que un anillo verde te sacaría del bosque y te conduciría a un mundo. El tío Andrew, por lo visto, trataba con cosas que en realidad no comprendía; muchos magos lo hacen. Ni siquiera Digory comprendió la verdad con tanta claridad o, al menos, no hasta más adelante. Pero una vez que lo hubieron discutido, decidieron probar los anillos verdes en el estanque nuevo, sólo para ver qué sucedía.

—Si tú te atreves, yo también —dijo Polly.

En realidad lo dijo porque, en lo más recóndito de su corazón, estaba segura de que ninguna clase de anillo funcionaría en el nuevo estanque, y por lo tanto no había nada que temer salvo otro chapoteo en el agua. Me huele que Digory tenía la misma sensación. En cualquier caso, tras ponerse los anillos verdes y regresar al borde del agua, volvieron a entrelazar las manos y se sintieron sin lugar a dudas mucho más animados y menos preocupados que la primera vez.

—Uno... dos... y tres... ¡Ya! —exclamó Digory.

Y saltaron.

Capítulo cuatro

La campana y el martillo

No hubo duda respecto a la magia en esa ocasión. Cayeron y cayeron como una exhalación, primero a través de oscuridad y luego por entre una masa de formas vagas y arremolinadas que podrían haber sido casi cualquier cosa. Clareó un poco, y entonces, de repente, notaron que estaban de pie sobre algo sólido. Al cabo de un instante todo adquirió nitidez y pudieron mirar a su alrededor.

—¡Qué lugar más original! —dijo Digory.

—No me gusta —indicó Polly, con algo parecido a un estremecimiento.

Lo primero que les llamó la atención fue la luz. No se parecía a la luz del sol, ni podía compararse con la luz eléctrica, las lámparas, las velas, ni cualquier otra clase de luz que conocieran. Era una luz apagada y más bien rojiza, en absoluto alegre, y además era estable, sin parpadeos. Estaban de pie sobre una superficie plana pavimentada y a su alrededor se alzaban varios edificios. No había techo; se hallaban en una especie de patio. El cielo era extraordinariamente oscuro, de un tono entre azul y negro. Después de haber visto aquel cielo uno se preguntaba cómo podía existir la luz en ese lugar.

—Hace un tiempo muy curioso —comentó Digory—. Me pregunto si no habremos llegado justo en el momento de presenciar una tormenta; o un eclipse.

—No me gusta —repitió Polly.

Los dos, sin saber muy bien por qué, hablaban en susurros, y a pesar de que no existía un motivo por el que debieran seguir con las manos entrelazadas tras su salto, no se soltaron.

Las paredes se alzaban muy altas alrededor de todo aquel patio, y tenían enormes ventanas, ventanas sin cristales, a través de las cuales no se veía otra cosa que negra oscuridad. Más abajo había enormes arcos sostenidos por pilares, que se abrían negros como las bocas de los túneles del ferrocarril. Hacía bastante frío.

La piedra en la que estaba construido todo parecía roja, pero el efecto podía deberse meramente a la curiosa luz. Resultaba evidente que el lugar era muy antiguo. Muchas de las losas planas que cubrían el patio estaban agrietadas; ninguna encajaba bien y las puntiagudas esquinas estaban desgastadas. Una de las entradas en forma de arco estaba medio tapada por escombros. Los dos niños no hacían más que girar y girar para contemplar los distintos extremos del patio, y uno de los motivos que tenían para hacer eso era que temían que alguien —o algo— los mirara desde aquellas ventanas cuando estuvieran de espaldas.

—¿Crees que aquí vive alguien? —preguntó Digory por fin, todavía en un susurro.

—No —respondió Polly—. Está todo en ruinas, y no hemos oído ni un ruido desde que llegamos.

—Quedémonos muy quietos y escuchemos durante un rato —sugirió él.

Permanecieron inmóviles y aguzaron el oído, pero todo lo que oyeron fue el sordo golpeteo de sus corazones. Aquel lugar estaba al menos tan silencioso como el Bosque entre los Mundos; pero se trataba de una quietud distinta. El silencio del bosque había sido plácido y cálido —casi se podía sentir cómo crecían los árboles—, y lleno de vida; aquél era un silencio sin vida, frío y vacío. Era inimaginable que creciera algo en él.

—Vámonos a casa —propuso Polly.

—Pero no hemos visto nada aún —protestó Digory—. Ahora que estamos aquí, sencillamente debemos echar un vistazo.

—Estoy segura de que no hay nada interesante en este lugar.

—De poco sirve encontrar un anillo mágico que te permite entrar en otros mundos si tienes miedo de echarles un vistazo cuando has llegado a ellos.

—¿Quién habla de tener miedo? —dijo Polly, soltando la mano de su compañero.

—Bueno, no pareces muy entusiasmada con la idea de explorar este sitio.

—Iré a donde tú vayas.

—Podemos marcharnos en cuanto queramos —dijo Digory—. Será mejor que nos saquemos los anillos verdes y los guardemos en el bolsillo derecho. Todo lo que tenemos que hacer es recordar que los amarillos se encuentran en los bolsillos de la izquierda. Puedes mantener la mano tan cerca del bolsillo como quieras, pero no la metas o tocarías el anillo amarillo y desaparecerías.

Así lo hicieron y se acercaron sin hacer ruido a una de las enormes entradas en forma de arco que conducían al interior del edificio. Cuando se hallaron en el umbral y pudieron mirar al interior, descubrieron que dentro no estaba tan oscuro como habían pensado en un principio. La entrada llevaba a un inmenso y tenebroso vestíbulo que parecía vacío; pero en el otro extremo había una hilera de columnas con arcos entre ellas y a través de aquellos arcos penetraba un poco más de la misma luz cansina. Atravesaron el vestíbulo, andando con sumo cuidado por temor a que hubiera agujeros en el suelo o cualquier cosa caída con la que pudieran tropezar. Les pareció una caminata muy larga. Cuando llegaron al otro lado salieron por las arcadas y se encontraron en otro patio aún más grande.

—Eso no parece muy seguro —dijo Polly, indicando un punto donde la pared se curvaba hacia fuera y daba la impresión de estar a punto de caer al patio.

En una zona faltaba parte de un pilar entre dos arcos y el pedazo de piedra que descendía hasta donde debería haber estado la columna colgaba allí, sin nada que lo sostuviera. Evidentemente, el lugar había estado abandonado durante cientos, tal vez miles, de años.

—Si ha aguantado hasta ahora, supongo que aguantara un poco más —indicó Digory—. Pero debemos ser muy silenciosos. Ya sabes que un ruido a menudo hace que las cosas se derrumben; como un alud en los Alpes.

Salieron del patio, atravesando otro portal, ascendieron una gran escalinata y recorrieron salas inmensas que se sucedían hasta conseguir que uno se sintiera mareado por el impresionante tamaño del lugar. De vez en cuando les parecía que iban a salir al exterior y ver qué clase de terreno rodeaba el enorme palacio; pero en cada una de esas ocasiones sólo iban a parar a un nuevo patio. Sin duda tenían que haber sido unas estancias magníficas en la época en que la gente vivía en ellas. En uno de los patios había existido una fuente. Un gran monstruo de piedra de alas extendidas se alzaba con la boca abierta y aún se podía ver un pedazo de tubería que sobresalía de ella, por el que el agua había brotado en el pasado. Debajo de la figura había una amplia pila de piedra para contener el agua; pero estaba tan seca como un hueso. En otros lugares se veían los tallos secos de alguna especie de planta trepadora que se había enroscado a las columnas y ayudado a derribar algunas de ellas. Aquella planta también había muerto hacía mucho tiempo, y no había ni hormigas ni arañas ni tampoco los seres vivos que uno espera encontrar en las ruinas; y en los puntos en los que la tierra reseca aparecía por entre las losas rotas no había ni hierba ni musgo.

Resultaba todo tan deprimente y tan idéntico que incluso Digory pensaba en que lo mejor sería que se pusieran los anillos amarillos y regresaran al cálido y verde bosque vivo del Lugar Intermedio, cuando llegaron ante dos enormes puertas de un metal que posiblemente podría ser oro. Una se encontraba algo entreabierta; así que, claro está, fueron a echar un vistazo. Ambos dieron un salto y aspiraron profundamente: allí por fin había algo digno de contemplar.

Por un segundo pensaron que la habitación estaba llena de gente; cientos de personas, todas sentadas y totalmente inmóviles. Polly y Digory, como puedes imaginar, permanecieron también completamente quietos durante un buen rato, mirando el interior. Finalmente decidieron que lo que veían no podía ser gente real. Ni una sola se movía; tampoco se oía el sonido de una sola respiración. Eran como las figuras de cera más maravillosas que uno hubiera visto jamás.

En esa ocasión fue Polly quién tomó la iniciativa. Había algo en aquella habitación que le interesaba más que a Digory: todas las figuras lucían vestidos magníficos. Si a uno le gustaban los vestidos, no podía evitar entrar para verlos más de cerca. Además el resplandor de sus colores hacía que la habitación pareciera, no exactamente alegre, pero al menos señorial y majestuosa después de todo el polvo y la desolación de las otras. Y, tenía más ventanas y mucha más luz.

Apenas puedo describir sus ropas. Todas las figuras llevaban regias vestiduras y coronas en la cabeza. Las prendas eran de color carmesí, de color gris plateado, de un púrpura intenso y también de un verde brillante, y lucían estampados y dibujos de flores y animales desconocidos, bordados por todas partes. Piedras preciosas de sorprendente tamaño y luminosidad observaban fijamente desde las coronas, colgaban en cadenas alrededor de sus cuellos y atisbaban desde todos aquellos lugares en los que había algo abrochado.

—¿Por qué no se han podrido todas estas prendas? ¡Con el tiempo que deben de llevar aquí! —inquirió Polly.

—Magia —musitó Digory—. ¿No la percibes? Apuesto a que toda la habitación está atiborrada de hechizos. Me di cuenta en cuanto entramos.

—Cualquiera de estos vestidos valdría cientos de libras esterlinas —dijo ella.

Pero Digory estaba más interesado en los rostros, y desde luego eran todos dignos de ser contemplados. Las figuras estaban sentadas en sus tronos de piedra bordeando la habitación y el suelo quedaba libre en la parte central, de modo que se podía recorrer la sala de un extremo a otro e ir contemplando los rostros de uno en uno.

—Parecen buena gente —declaró el niño.

Polly asintió. Todos los rostros que veían eran tranquilizadores. Tanto hombres como mujeres parecían bondadosos y sensatos, y daban la impresión de provenir de una raza hermosa. No obstante, después de avanzar unos pasos más por la habitación, los niños se encontraron con rostros que tenían un aspecto algo distinto. Se trataba de caras muy solemnes. Si se tropezase uno con personas vivas que tuvieran aquella expresión, debería tener cuidado de no meter la pata. Tras avanzar un poco más, se encontraron entre caras que no les gustaron: esto sucedió más o menos en la parte central de la habitación. Los rostros de aquella zona tenían un aspecto muy enérgico y también orgulloso y feliz, pero parecían gente cruel; un poco más adelante parecían más crueles todavía. Más allá seguían siendo crueles pero ya no parecían felices. Eran incluso rostros desesperados: como si la gente a la que pertenecían hubiera hecho cosas espantosas y también padecido cosas horribles. La última de todas las figuras era la más interesante; era una mujer vestida con más suntuosidad aún que los demás, muy alta —aunque todas las figuras de aquella habitación eran más altas que la gente de nuestro mundo—, con una expresión tal de ferocidad y orgullo que lo dejaba a uno sin respiración. Sin embargo, al mismo tiempo era hermosa. Años después, cuando era un anciano, Digory decía que jamás en la vida había conocido a una mujer tan bella. De todos modos es justo decir también que Polly siempre declaró que no pudo ver nada especialmente hermoso en ella.

Esa mujer, como decía, era la última figura: pero quedaba un gran número de sillas vacías después de ella, como si la habitación hubiera estado pensada para una colección mucho mayor de imágenes.

—¡Me encantaría conocer la historia que hay detrás de todo esto! —dijo Digory—. Retrocedamos y echemos un vistazo a esa especie de mesa que hay en el centro de la habitación.

Lo que había en el centro de la habitación no era exactamente una mesa. Era una columna cuadrada de un metro veinte de altura, aproximadamente, y sobre ella se alzaba un pequeño arco dorado del que colgaba una campanilla dorada; y junto a ésta descansaba un martillo también dorado, con el cual se golpeaba la campana.

—Me pregunto... me pregunto... me pregunto —empezó a decir Digory.

—Mira, parece que hay algo escrito —indicó Polly, inclinándose para observar el lateral de la columna.

—¡Caramba! Parece que sí —confirmó él—; pero naturalmente no podremos leerlo.

—¿No podremos? No estoy tan segura.

Ambos miraron con atención y, tal como era de esperar, las letras talladas en la piedra eran desconocidas. Pero entonces tuvo lugar un gran prodigio: pues a medida que miraban, a pesar de que la forma de las extrañas letras no cambió en ningún momento, descubrieron que las entendían. Si Digory hubiera recordado lo que él mismo había dicho apenas unos minutos antes, acerca de que la sala estaba encantada, habría podido adivinar que el hechizo empezaba a actuar; pero la curiosidad lo embargaba de tal modo que no podía pensar en eso. Cada vez ansiaba más averiguar lo que estaba escrito en la columna y, por suerte, no tardaron en saberlo. Lo que decía era algo parecido a esto; al menos éste es el significado del texto, aunque la poesía en la lengua original era mejor:

> *Haz tu elección, aventurero desconocido;*
> *golpea la campana y aguarda el peligro,*
> *o pregúntate hasta enloquecer,*
> *qué habría sucedido si lo llegas a hacer.*

—¡Ni hablar! —exclamó Polly—. No queremos correr peligros de ninguna clase.

—Pero ¿no te das cuenta de que no sirve de nada? —dijo Digory—. Ahora no podemos escapar. Nos pasaremos la vida preguntándonos qué habría sucedido si hubiéramos golpeado la campana. No pienso regresar a casa para luego volverme loco pensando en eso. ¡Ni hablar!

—No seas bobo —repuso Polly—. ¡Cómo si eso fuera a pasarle a alguien! ¿Qué importa lo que habría sucedido?

—Supongo que cualquiera que haya llegado tan lejos se verá obligado a hacerse preguntas continuamente hasta acabar chiflado. Ésa es la magia que posee, ¿comprendes? Ya noto cómo empieza a hacerme efecto.

—Bueno, pues yo no —indicó Polly, malhumorada—. Y dudo mucho que tú lo notes. ¡Estás fingiendo!

—Eso es lo que dices tú —dijo Digory—. ¡No lo entiendes porque eres una chica! Las chicas nunca quieren saber nada que no sean habladurías y tonterías sobre bodas de blanco...

—¡Has puesto la misma expresión que tu tío! —le increpó Polly.

—¿Por qué te vas siempre por las ramas? De lo que estamos hablando es...

—¡Típico de hombres! —exclamó ella con una voz muy adulta; pero se apresuró a añadir, con su tono de siempre—: Y no digas que eso es típico de mujeres, o serás un copión asqueroso.

—Jamás se me ocurriría llamar mujer a una niña como tú —respondió Digory con altivez.

—Ah, así que soy una niña, ¿no es eso? —dijo Polly, que estaba furiosa de verdad—. Bien, pues no tendrás que preocuparte más por tener a una niña a tu lado. Me voy. Estoy harta de este lugar. Y también estoy harta de ti..., ¡cerdo repugnante, presumido y testarudo!

—¡Nada de eso! —exclamó Digory en un tono de voz mucho más desagradable de lo que era su intención; pues vio que la mano de Polly se dirigía hacia su bolsillo para tomar el anillo amarillo.

No puedo disculpar lo que hizo a continuación si no es diciendo que lo lamentó muchísimo después, y también lo lamentaron muchas otras personas. Antes de que la mano de la niña llegara al bolsillo, le sujetó con fuerza la muñeca, inclinando su espalda contra el pecho de su amiga. Luego, manteniendo la otra mano de Polly apartada con el codo, se inclinó hacia delante, levantó el martillo y asestó a la campana dorada un ligero y rápido golpecito. Hecho eso soltó a la niña y ambos se separaron mirándose fijamente el uno al otro y con la respiración entrecortada. Polly empezó a llorar, no de miedo ni tampoco debido a que él le hubiera hecho daño en la muñeca, sino presa de una gran cólera. Sin embargo, en cuestión de dos segundos, los dos tuvieron algo en lo que pensar que les hizo olvidar totalmente su pelea.

En cuanto recibió el golpe, la campana emitió una nota, una nota melodiosa tal como se habría esperado de ella, y no muy fuerte. No obstante, en lugar de apagarse de nuevo, la nota siguió sonando; y a medida que sonaba fue subiendo de volumen. Antes de transcurrido un minuto sonaba ya el doble de alto de lo que lo había hecho al principio, y muy pronto fue tan potente que si los niños hubieran intentado hablar —aunque no pensaban en hablar en aquellos momentos; se limitaban a permanecer allí de pie boquiabiertos— no se habrían oído el uno al otro. Muy pronto fue tan fuerte que ni siquiera gritando se habrían oído mutuamente. Y el sonido siguió aumentando: siempre basado en una nota, un melodioso sonido ininterrumpido, aunque había algo inquietante en su dulzura, hasta que toda la atmósfera de aquella enorme habitación vibró con él y notaron cómo el suelo de piedra temblaba bajo sus pies. Luego, por fin, empezó a mezclarse con otro sonido, vago y catastrófico, que al principio recordó al rugir de un tren lejano y luego al estampido de un árbol al desplomarse. Oyeron algo parecido a grandes pesos que caían. Finalmente, con una repentina ráfaga de aire y un retumbo, y una sacudida que casi los derribó al suelo, más o menos una cuarta parte del techo situado en un extremo de la habitación se vino abajo, enormes bloques de mampostería cayeron alrededor de los niños, y las paredes se bambolearon. El sonido de la campana se apagó. Las nubes de polvo se disolvieron. Todo volvió a quedar muy silencioso.

Jamás se descubrió si la caída del techo fue parte de la magia o si aquel insoportable y fuerte sonido procedente de la campana había emitido por casualidad una nota que era más de lo que las medio desmoronadas paredes podían soportar.

—¡Ya está! Espero que estés satisfecho —jadeó Polly.

—Bueno, al menos se ha acabado.

Y los dos pensaron que así era; pero jamás habían estado tan equivocados.

La Palabra Deplorable

Los niños estaban frente a frente, uno a cada lado del pilar en el que colgaba la campana, temblorosa aún, aunque ya no emitía ninguna nota. De improviso escucharon un ruido quedo procedente del extremo de la habitación que seguía intacto, y se volvieron veloces como el rayo para averiguar qué era. Una de las figuras de largas vestiduras, la más alejada, la mujer que Digory consideraba tan hermosa, se alzaba en aquellos momentos de su asiento. Una vez en pie, los niños se dieron cuenta de que era aún más alta de lo que habían pensado. Y podía verse al instante, no sólo por su corona y ropajes, sino por el centelleo de los ojos y la curva de los labios, que era una gran reina. La mujer paseó la mirada por la habitación y vio los destrozos y también a los niños, pero su rostro no dejaba adivinar qué pensaba de ninguna de las dos cosas, ni si se sentía sorprendida. Se adelantó con zancadas largas y veloces.

—¿Quién me ha despertado? ¿Quién ha roto el hechizo? —preguntó.

—Creo que he sido yo —respondió Digory.

—¡Tú! —exclamó la reina, posando la mano en el hombro del niño; era una mano blanca y hermosa, pero Digory también notó que era fuerte como unas tenazas de acero—. ¿Tú? Pero si no eres más que un niño, un niño vulgar. Cualquiera puede darse cuenta a primera vista de que no posees ni una gota de sangre real o noble en tus venas. ¿Cómo se ha atrevido alguien como tú a entrar en esta casa?

—Hemos venido de otro mundo; mediante la magia —dijo Polly, que pensó que ya era hora de que la reina le prestara un poco de atención a ella además de a Digory.

—¿Es eso cierto? —inquirió la mujer, sin dejar de mirar al niño y sin dedicar ni una mirada a Polly.

—Sí —respondió él.

La reina puso la otra mano bajo la barbilla del niño y tiró hacia arriba de ella para poder contemplar mejor su rostro. Digory intentó sostenerle la mirada pero no tardó en bajar la vista. Había algo en los ojos de la mujer que lo intimidaba. Tras estudiarlo durante más de un minuto, la dama le soltó la barbilla y declaró:

—No eres mago. No tienes la marca. Debes de ser sólo el sirviente de un mago. Para viajar hasta aquí te has servido de la magia de otro.

—La de mi tío Andrew —dijo Digory.

En aquel momento, no en la habitación misma pero procedente de un lugar muy próximo, se escuchó, primero un retumbo, luego un crujido y por fin el estruendo de la mampostería al caer; a continuación el suelo tembló.

—Este lugar es muy peligroso —indicó la reina—. Todo el palacio se está haciendo pedazos. Si no salimos de él en unos minutos quedaremos enterrados bajo las ruinas. —Lo dijo con la tranquilidad de quien pregunta qué hora es—. Vamos —añadió, y tendió una mano a cada niño.

Polly, a quien la mujer no le inspiraba confianza y se sentía más bien malhumorada, no habría permitido que la tomara de la mano de haber podido evitarlo; pero aunque la mujer hablaba con calma, sus movimientos era tan veloces como el pensamiento. Antes de que la niña supiera qué le sucedía, su mano derecha había quedado atrapada en una mano que superaba tan ampliamente en tamaño y fuerza a la suya que no pudo hacer nada para impedirlo.

«Es una mujer terrible —pensó—. Tiene tanta fuerza que puede romperme el brazo con un movimiento. Y ahora que me sujeta la mano izquierda no puedo alcanzar el anillo amarillo. Si intentara alargar el brazo e introducir la mano derecha en el bolsillo izquierdo me sería imposible alcanzarlo antes de que ella me preguntara qué hago. Pase lo que pase no debemos permitir que conozca la existencia de los anillos. Realmente espero que Digory tenga el sentido común de mantener la boca cerrada. Ojalá pudiera hablar con él a solas.»

La reina los condujo fuera de la Galería de las Imágenes a un largo pasillo y luego a través de todo un laberinto de vestíbulos, escaleras y patios. Una y otra vez oían cómo se desplomaban partes del enorme palacio, a veces muy cerca de ellos. En una ocasión un arco enorme se precipitó con un gran estruendo al suelo apenas unos instantes después de que ellos lo hubieran cruzado. La mujer andaba rápido —los niños se veían obligados a trotar para mantenerse a su altura— pero no mostraba ningún temor. Digory pensaba: «Es tan increíblemente valiente. Y fuerte. ¡Es lo que yo llamo una reina! Deseo con todas mis fuerzas que nos cuente la historia de este lugar».

En realidad sí que les contó algunas cosas mientras avanzaban:

«Ésa es la puerta de las mazmorras», les decía, por ejemplo, o «Aquel pasillo conduce a las principales cámaras de tortura», o «Ésta es la vieja sala de banquetes donde mi bisabuelo invitó a setecientos nobles a un festín y los mató a todos antes de que hubieran tenido tiempo de beber hasta hartarse, porque habían pensado en rebelarse».

Llegaron por fin a un vestíbulo mucho más grande y soberbio que ninguno de los otros que ya habían visto. A juzgar por su tamaño y las enormes puertas situadas al otro extremo, Digory se dijo que debían de estar llegando por fin a la entrada principal. En eso no se equivocaba. Las puertas eran de un negro opaco que podía ser madera de ébano o de algún metal negro que no se encontraba en nuestro mundo. Estaban atrancadas mediante grandes barras, la mayoría de ellas situadas a demasiada altura para poder alcanzarlas y todas excesivamente pesadas para conseguir alzarlas. El niño se preguntó cómo saldrían.

La reina le soltó la mano y alzó el brazo, y a continuación se irguió todo lo que pudo y se quedó muy tiesa. Luego dijo algo que no entendieron, pero que sonó horrible, e hizo un movimiento como si lanzara algo en dirección a las puertas. Y aquellas puertas enormes y pesadas temblaron durante un segundo como si estuvieran hechas de seda y luego se desintegraron hasta que no quedó de ellas más que un montón de polvo en el umbral.

—¡Vaya! —exclamó Digory.

—¿Tiene tu señor mago, tu tío, poder como el mío? —preguntó la reina, volviendo a agarrar con firmeza la mano del niño—. Ya lo averiguaré más tarde. Entretanto, recordad lo que habéis visto. Esto es lo que les sucede a las cosas y a las personas que se convierten en un obstáculo en mi camino.

Por el umbral ahora despejado penetraba mucha más luz de la que habían visto hasta el momento en aquel país y, cuando la mujer los condujo al exterior a través de él, no los sorprendió encontrarse al aire libre. El viento que soplaba sobre sus rostros era frío, pero a la vez un poco viciado. Observaban desde una terraza elevada, y a sus pies se extendía un amplio panorama.

Muy bajo y cerca de la línea del horizonte flotaba un enorme sol rojo, mucho mayor que el nuestro. Digory tuvo inmediatamente la impresión de que también era mucho más viejo: un sol que se hallaba cerca del final de su existencia, cansado de contemplar aquel mundo. A la izquierda del sol, y algo más alta, había una única estrella, grande y luminosa. Aquéllas eran las únicas dos cosas que se podían ver en el oscuro firmamento; formaban un grupo deprimente. Y en tierra, en todas direcciones hasta donde alcanzaba la vista, se extendía una ciudad inmensa en la que no se veía ni un ser vivo. Y todos los templos, torres, palacios, pirámides y puentes proyectaban largas sombras de aspecto desastroso a la luz de aquel sol marchito. En el pasado un gran río había discurrido a través de la ciudad, pero el agua había desaparecido hacía ya mucho tiempo, y en aquellos momentos no quedaba otra cosa que una amplia zanja de polvo gris.

—Contemplad bien lo que ningún ojo volverá a ver nunca jamás —anunció la reina—. Esto era Charn, la gran ciudad, la ciudad del Gran Rey, el asombro del mundo, tal vez de todos los mundos. ¿Gobierna tu tío una ciudad tan grande como ésta, muchacho?

—No —respondió Digory.

Estaba a punto de explicar que el tío Andrew no gobernaba ninguna ciudad, pero ella siguió diciendo:

—Ahora está en silencio. Sin embargo, yo he estado aquí cuando el aire estaba lleno de los ruidos de Charn; el sonido de las pisadas, el crujido de las ruedas, el chasquear de los látigos y el gemir de los esclavos, el retumbar de los carruajes, y el golpear de los tambores para los sacrificios de los templos. He estado aquí, pero eso fue cerca del final, cuando el tronar de la batalla emergió de todas las calles y el río de Charn fluyó rojo. —Hizo una pausa y añadió—: En un solo instante una mujer la aniquiló para siempre.

—¿Quién? —inquirió Digory con voz desfallecida; pero ya había adivinado la respuesta.

—Yo —declaró la reina—. Yo, Jadis, la última reina, pero la Reina del Mundo.

Los dos niños permanecieron callados, temblando por el aire helado.

—Fue culpa de mi hermana —siguió ella—. Me empujó a hacerlo. ¡Que la maldición de todos los Poderes caiga sobre ella para siempre! Yo estaba dispuesta a firmar la paz en cualquier momento; sí, y a perdonarle la vida también, si me hubiera entregado el trono. Pero no quiso. Su orgullo ha destruido el mundo entero. Incluso después del inicio de la guerra, se hizo una solemne promesa de que ningún bando utilizaría la magia. Sin embargo, cuando ella rompió su promesa, ¿qué podía hacer yo? ¡Estúpida! ¡Cómo si no supiera que poseía más magia que ella! Incluso sabía que yo tenía el secreto de la Palabra Deplorable. ¿Pensaba acaso, pues siempre fue un ser débil, que no la utilizaría?

—¿Cuál era? —quiso saber Digory.

—Ése era el mayor secreto de todos los secretos —respondió la reina Jadis—. Desde tiempos inmemoriales los grandes reyes de nuestra raza habían sabido que existía una palabra que, si se pronunciaba con el ceremonial adecuado, destruiría a todos los seres vivos excepto al que la pronunciase. Sin embargo, los antiguos reyes eran débiles y blandos y, mediante terribles juramentos, se obligaron a sí mismos y a todos los que les sucedieran a no intentar averiguar jamás cuál era esa palabra. Pero yo la aprendí en un lugar recóndito y pagué un precio altísimo por ella. No la usé hasta que ella me obligó a hacerlo. Intenté derrotarla por todos los demás medios posibles. Vertí la sangre de mis ejércitos como si fuera agua...

—¡Sabandija! —masculló Polly.

—La última gran batalla —prosiguió la mujer— se prolongó encarnizadamente durante tres días aquí, en la misma Charn. Durante tres días contemplé los combates desde este mismo sitio. No utilicé mi poder hasta que no hubo caído el último de mis soldados, y la miserable mujer, mi hermana, a la cabeza de sus rebeldes, había ascendido ya la mitad de esa gran escalinata que conduce desde la ciudad al mirador. Entonces aguardé hasta que estuvimos tan cerca que podíamos vernos las caras. Sus perversos y horribles ojos centellearon sobre mi persona y dijo: «Victoria». «Sí», respondí, «victoria, pero no para ti.» Entonces pronuncié la Palabra Deplorable. Al cabo de un instante yo era el único ser vivo bajo el sol.

—Pero ¿y la gente? —preguntó Digory con voz entrecortada.

—¿Qué gente, muchacho?

—Toda la gente de a pie —dijo Polly— que no le había hecho a usted ningún daño. ¿Y las mujeres, los niños y los animales?

—¿Es qué no lo comprendes? —replicó la reina, que se dirigía siempre a Digory únicamente—. Yo era la reina. Todos eran mis súbditos. ¿Para qué otra cosa servían si no era para cumplir mi voluntad?

—Pues vaya mala suerte que tuvieron —indicó él.

—Había olvidado que no eres más que un muchacho vulgar. ¿Cómo podrías comprender las razones de Estado? Debes aprender, niño, que lo que podría resultar incorrecto para ti o para cualquier persona corriente no lo es para una gran reina como yo. El peso del mundo descansa sobre nuestros hombros, y por lo tanto debemos estar libres de toda regla. El nuestro es un destino sublime y solitario.

Digory recordó de repente que el tío Andrew había usado exactamente las mismas palabras, aunque sonaron mucho más solemnes cuando la reina Jadis las pronunció; tal vez se debiera a que su tío no medía más de dos metros de estatura ni poseía una belleza deslumbrante.

—Y ¿qué hizo usted entonces? —preguntó el niño.

—Con anterioridad ya había lanzado poderosos hechizos en la Galería que ocupan las imágenes de mis antepasados, y aquellos hechizos poseían la facultad de hacer que yo durmiera entre ellos, como si también fuera una imagen, sin necesitar comida ni fuego, aunque transcurrieran mil años, hasta que llegara alguien, golpeara la campana y me despertara.

—¿Fue la Palabra Deplorable la que hizo que el sol se volviera así? —preguntó Digory.

—¿Cómo? —inquirió Jadis.

—Tan grande, tan rojo, y tan frío.

—Siempre ha sido así. Al menos, durante cientos de miles de años. ¿Tenéis un sol distinto en vuestro mundo?

—Sí, es más pequeño y amarillo. Y desprende mucho más calor.

La reina profirió un prolongado «¡Aaaah!», y el niño vio en su rostro aquella misma expresión ansiosa y codiciosa que no hacía mucho había observado en su tío.

—De modo que —dijo la mujer— el vuestro es un mundo más joven.

Calló unos instantes para mirar una vez más la desierta ciudad —y si lamentaba todo el mal que había causado allí, desde luego no lo demostró— y luego dijo:

—Ahora, pongámonos en marcha. Hace frío aquí, en el fin de todas las eras.

—Y ¿adónde vamos a ir? —preguntaron al unísono los dos niños.

—¿Adónde? —repitió Jadis, sorprendida—. Pues a vuestro mundo, desde luego.

Polly y Digory se miraron estupefactos. Polly había sentido antipatía por la reina desde el principio; e incluso Digory, ahora que había oído el relato, sentía que ya había tenido bastante y no quería saber nada más de ella. Desde luego, no era en absoluto la clase de persona que a uno le gustaría llevar a casa, y aunque quisieran hacerlo, tampoco sabían cómo podrían. Lo que deseaban era escapar, pero Polly no podía alcanzar su anillo y, evidentemente, Digory no podía marcharse sin ella. Digory enrojeció profundamente y tartamudeó.

—A... a... nuestro mundo. No sabía que usted quisiera ir allí.

—¿Para qué otra cosa te enviaron si no era para venir a buscarme? —inquirió Jadis.

—Estoy seguro de que no le gustaría nada nuestro mundo —declaró él—. No es la clase de sitio al que está acostumbrada, ¿verdad, Polly? Es muy aburrido; no es digno de ser contemplado, en realidad.

—No tardará en ser digno de ser contemplado cuando yo lo gobierne —respondió la reina.

—Eh..., pero no puede —dijo Digory—. No se hace así. No la dejarían, ¿sabe? La reina le dedicó una desdeñosa sonrisa.

—Muchos grandes reyes —declaró— creyeron que podían oponerse a la Casa de Charn. Sin embargo, todos fueron vencidos, ¡y hasta sus nombres han caído en el olvido! ¡Niño estúpido! ¿Crees que yo, con mi belleza y mi magia, no podré tener a todo tu mundo a mis pies antes de que haya transcurrido un año? Prepara tus sortilegios y condúceme allí de inmediato.

—Esto es espantoso —dijo Digory a Polly.

—Tal vez temas por ese tío tuyo —comentó Jadis—. Pero si me honra como es debido, conservará la vida y el trono. No voy a ir a combatir contra él. Sin duda es un gran mago, si ha encontrado el modo de enviarte aquí. ¿Es rey de todo tu mundo o sólo de una parte?

—No es rey de ningún sitio —respondió Digory.

—Mientes —replicó ella—. ¿Acaso no va la magia siempre unida a la sangre real? ¿Quién oyó hablar jamás de personas normales y corrientes que fueran magos? Distingo la verdad tanto si la dices como si no. Tu tío es el gran rey y hechicero de tu mundo. Mediante su arte ha obtenido la visión de mi rostro, en algún espejo mágico o estanque encantado; y por amor a mi belleza ha creado un poderoso conjuro que ha estremecido tu mundo hasta sus cimientos y te ha enviado través del inmenso abismo que separa unos mundos y otros para buscar mi favor y conducirme hasta él. Respóndeme: ¿es así como sucedió?

—Pues, no exactamente.

—¿No exactamente? —gritó Polly—. Pero ¡si esto no tiene ni pies ni cabeza! ¡Vaya majadería!

—¡Esbirros! —exclamó la reina, revolviéndose enfurecida contra Polly a la vez que la agarraba del pelo, por la parte de la coronilla, que es donde más duele; pero al hacerlo soltó las manos de ambos niños.

—Ahora —gritó Digory.

—¡Rápido! —chilló Polly.

Hundieron la mano izquierda en el bolsillo, y no necesitaron siquiera ponerse los anillos. En cuanto los tocaron, todo aquel mundo sombrío se esfumó de su vista, y se encontraron ascendiendo a toda velocidad, en dirección a una cálida luz verde que brillaba sobre sus cabezas.

Capítulo seis

El principio de los problemas del tío Andrew

—¡Suelta! ¡Suelta! —aulló Polly.

—¡No te estoy tocando! —protestó Digory.

Entonces sus cabezas salieron del estanque y, de nuevo, la soleada quietud del Bosque entre los Mundos los envolvió, y éste pareció más espléndido y tranquilo que nunca tras la rancidez y las ruinas del lugar que acababan de abandonar. Creo que, de haber tenido la oportunidad, habrían olvidado otra vez quiénes eran y de dónde venían; se habrían acostado en el suelo y habrían disfrutado, medio dormidos, escuchando crecer los árboles. Pero en aquella ocasión hubo algo que los mantuvo más que despiertos, pues en cuanto salieron y se encontraron sobre la hierba, descubrieron que no estaban solos. La reina, o la bruja, como uno prefiera llamarla, había ascendido con ellos, bien sujeta a los cabellos de Polly. Ése era el motivo por el que la niña gritaba «¡Suelta! ¡Suelta!».

Aquello demostró, de paso, otra cosa sobre los anillos que el tío Andrew no le había dicho a Digory porque él tampoco lo sabía. Para poder saltar de mundo en mundo mediante uno de aquellos anillos no era necesario llevarlo puesto ni tocarlo uno mismo; era suficiente si uno tocaba a alguien que lo estuviera tocando. De modo que funcionaban igual que un imán; y todo el mundo sabe que si levantas un alfiler con un imán, cualquier otro alfiler que toque al primero se levantará también.

Ahora que la veían en el bosque, la reina Jadis tenía un aspecto distinto. Estaba mucho más pálida que antes; tan pálida que apenas conservaba su belleza. Además, andaba encorvada y parecía que le costara trabajo respirar, como si el aire de aquel lugar la ahogara. Ninguno de los niños le tuvo el menor miedo entonces.

—¡Suéltame el pelo! —ordenó Polly—. ¿Qué pretendes con eso?

—¡Vamos! Suéltale el pelo. Ahora mismo —instó Digory.

Los dos giraron y forcejearon con la mujer. Eran más fuertes que ella y en unos pocos segundos la obligaron a soltarlos. La reina retrocedió tambaleante, entre jadeos, y en sus ojos había una expresión de terror.

—¡Rápido, Digory! —dijo Polly—. Cambiemos de anillos y entremos en el estanque que lleva a casa.

—¡Socorro! ¡Socorro! ¡Tened compasión! —chilló la bruja con voz débil, yendo tras ellos con pasos vacilantes—. Llevadme con vosotros. No puede ser que queráis abandonarme en este lugar horrible. Me está matando.

—Es una razón de Estado —respondió Polly con rencor—. Igual que cuando mataste a toda esa gente en tu propio mundo. Apresúrate, Digory.

Se habían puesto los anillos verdes, pero el niño dijo:

—¡Caramba! ¿Qué debemos hacer? —No podía evitar sentir lástima por la reina.

—¡No seas tonto! —increpó Polly—. Diez a uno a que sólo está fingiendo. Anda, vamos.

Y a continuación los dos niños se sumergieron en el estanque que conducía a casa. «¡Suerte que hicimos esa marca!», pensó Polly. Mientras saltaban, no obstante, Digory sintió que un dedo largo y frío y un pulgar lo habían sujetado de la oreja, y a medida que se hundían y las formas confusas de nuestro propio mundo empezaban a aparecer, la presión de aquel dedo y aquel pulgar fue creciendo. Al parecer la bruja empezaba a recuperar fuerzas. Digory forcejeó y asestó patadas, pero no le sirvió absolutamente de nada. Al cabo de un instante se encontraron en el estudio del tío Andrew; y allí estaba su tío en persona, contemplando boquiabierto a la maravillosa criatura que Digory había traído desde el más allá.

Y ya lo creo que tenía motivos para mirarla con asombro. Digory y Polly también lo hacían. No existía la menor duda de que la bruja se había recuperado de su desmayo; y ahora que uno la contemplaba en nuestro propio mundo, con objetos corrientes a su alrededor, realmente lo dejaba a uno sin aliento. En Charn había resultado inquietante: en Londres, resultaba aterradora. En primer lugar, no se habían dado cuenta hasta entonces de lo grande que era. «No parece humana», fue lo que pensó el niño al mirarla; y tal vez estaba en lo cierto, pues hay quien dice que hay sangre de gigantes en la familia real de Charn. Pero su estatura no era nada comparada con su belleza, su fiereza y su brutalidad. Parecía diez veces más viva que la mayoría de la gente con la que uno se tropieza en Londres, y el tío Andrew no dejaba de hacer reverencias y de frotarse las manos, con una expresión, la verdad sea dicha, sumamente asustada. Parecía una criatura insignificante al lado de la bruja. Y sin embargo, tal como Polly dijo después, existía una especie de parecido entre el rostro de la mujer y el de él, algo en la mirada. Era la expresión que tienen todos los magos perversos, la «Marca» que Jadis había dicho que no encontraba en el rostro de Digory. Algo bueno que resultó de verlos a los dos juntos fue que Digory ya no sentiría miedo del tío Andrew jamás, igual que uno tampoco sentiría miedo de un gusano después de haberse tropezado con una serpiente de cascabel ni le temería a una vaca después de enfrentarse a un toro enloquecido.

«¡Bah! —pensó Digory—. ¿"Él", un mago? ¡No! ¡"Ella" sí que es genuina!»

El tío Andrew seguía frotándose las manos y haciendo reverencias. Intentaba decir algo muy educado, pero se le había secado la boca de tal modo que no podía hablar. El éxito de su «experimento» con los anillos, como él lo llamaba, se le escapaba de las manos, pues, aunque había mantenido escarceos con la magia durante años, siempre había dejado que todos los peligros, en la medida de lo posible, recayeran en otras personas. Nada parecido a aquello le había sucedido jamás.

Entonces Jadis habló, no muy fuerte, pero había algo en su voz que hizo que toda la habitación se estremeciera.

—¿Dónde está el mago que me ha traído a este mundo?

—Ah... ah... señora —jadeó el tío Andrew—. Me siento muy honrado... sumamente satisfecho... Un muy inesperado placer... Si al menos hubiera tenido tiempo de efectuar algunos preparativos...

—¿Dónde está el mago, estúpido? —insistió Jadis.

—Yo... yo, señora. Espero que disculpe cualquier... eh... libertad que estos traviesos chiquillos puedan haberse tomado. Le aseguro que no existía la menor intención de...

—¿Tú? —dijo la reina con una voz aún más terrible.

Luego, de una zancada, cruzó la habitación, agarró un buen puñado de los grises cabellos del tío Andrew y le echó hacia atrás la cabeza de modo que el rostro del hombre se alzara hacia el de ella. A continuación estudió su cara del mismo modo que había estudiado la de Digory en el palacio de Charn. El anciano pestañeó y se lamió los labios nerviosamente durante todo el escrutinio. Finalmente la mujer lo soltó, de un modo tan repentino que lo envió, trastabillando, contra la pared.

—Ya veo —dijo la reina en tono despectivo—, eres un mago... más o menos. Levántate, perro, y no te quedes ahí tumbado como si hablaras con tus iguales. ¿Cómo es que sabes magia? No tienes sangre real, podría jurarlo.

—Bien... ah... tal vez no en el sentido estricto de la palabra —tartamudeó el tío Andrew—. No exactamente real, señora. Los Ketterley son, no obstante, una familia muy antigua. Un antigua familia del condado de Dorset, señora.

—Silencio —dijo la bruja—, ya comprendo lo que eres: un insignificante mago mercachifle que actúa siguiendo normas y libros; no existe auténtica magia ni en tu sangre ni en tu corazón. En mi mundo acabamos con los de tu clase hace mil años, pero aquí te permitiré que seas mi siervo.

—Me sentiría muy feliz... estaría encantado de ser de utilidad... todo un pla...placer, se lo aseguro.

—¡Silencio! Hablas demasiado. Presta atención a tu primera tarea. Veo que nos encontramos en una ciudad grande, así que consígueme un carruaje o una alfombra voladora o un dragón bien adiestrado, o lo que acostumbre utilizar la gente de la realeza y la nobleza en tu país. Luego llévame a lugares donde pueda conseguir ropas, joyas y esclavos dignos de mi categoría. Mañana iniciaré la conquista de este mundo.

—I...i...iré a pedir un coche de caballos al instante —jadeó el tío Andrew.

—Detente —le dijo la bruja, justo cuando alcanzaba la puerta—. Ni sueñes siquiera con traicionarme. Mis ojos pueden ver a través de paredes y en las mentes de los hombres. Estarán puestos en ti vayas a donde vayas. A la primera señal de desobediencia lanzaré tales hechizos sobre tu persona que cualquier cosa sobre la que te sientes te parecerá un hierro al rojo vivo, y cada vez que te acuestes en una cama habrá bloques invisibles de hielo a tus pies. ¡Ahora vete!

El anciano salió, igual que un perro con el rabo entre las piernas.

Los niños temieron entonces que Jadis tuviera algo que decirles sobre lo sucedido en el bosque. No obstante, lo cierto fue que jamás lo mencionó, ni entonces ni después. Creo, igual que opina Digory, que su mente era incapaz de recordar aquel lugar silencioso, y no importaba lo a menudo que uno la llevara allí ni el tiempo que la dejara en aquel lugar, la mujer seguía sin saber que existía. Al quedarse sola entonces con los niños, tampoco prestó la menor atención a ninguno de ellos; lo que también era muy propio de ella. En Charn no había prestado atención a Polly, hasta el último momento, porque era Digory la persona que deseaba utilizar. Supongo que la mayoría de brujas se comportan así, y no sienten interés por cosas o personas a menos que puedan utilizarlas; son criaturas terriblemente prácticas. Así pues reinó el silencio en la habitación durante un minuto o dos, aunque uno podía darse cuenta por el modo en que Jadis golpeaba con el pie en el suelo que la mujer empezaba a impacientarse.

—¿Qué está haciendo ese viejo idiota? —dijo por fin, como si hablara consigo misma—. Debería haber traído un látigo.

Dicho eso abandonó la habitación majestuosamente en persecución del tío Andrew sin dedicar ni una mirada a los niños.

—¡Uf! —exclamó Polly, soltando un largo suspiro de alivio—. Y ahora debo ir a casa. Es tremendamente tarde. Me regañarán.

—De acuerdo, pero regresa tan pronto como puedas —dijo Digory—. Es espantoso tenerla aquí. Debemos organizar algún plan.

—Eso es cosa de tu tío —declaró ella—. Fue él quien empezó a jugar con la magia.

—De todas formas, regresarás, ¿verdad? Diablos, no puedes dejarme solo en un apuro como éste.

—Regresaré a casa por el túnel —replicó Polly con bastante frialdad—. Será el modo más rápido de hacerlo. Y si quieres que regrese, ¿no deberías decir que lo sientes?

—¿Sentirlo? —exclamó él—. Vaya, ¡a ver si eso no es típico de una chica! ¿Qué he hecho?

—Nada, desde luego —repuso ella en tono sarcástico—. Tan sólo estuviste a punto de desenroscarme la muñeca en la sala de las figuras de cera, como un vulgar matón cobarde; golpeaste la campana con el martillo, como un idiota, y retrocediste allá en el bosque de modo que ella tuvo tiempo de agarrarte antes de que saltásemos al interior de nuestro estanque. Eso es todo.

—¡Oh! —dijo Digory, muy sorprendido—. Bueno, de acuerdo. Lo siento. De verdad lamento lo sucedido en la habitación de las figuras de cera. Ya está: ya he dicho que lo siento. Y ahora, sé buena chica y regresa. Estaré en un aprieto increíble si no lo haces.

—No veo qué puede sucederte. Es el señor Ketterley quien se va a sentar sobre sillas al rojo vivo y encontrará hielo en su cama, ¿no es cierto?

—No se trata de eso. Lo que me preocupa es mi madre. Supongamos que esa criatura entrara en su habitación. Podría darle un susto de muerte.

—Vaya, comprendo —respondió Polly, en un tono de voz distinto—. De acuerdo; hagamos las paces. Regresaré, si puedo. Pero ahora debo irme.

Y se deslizó por la puertecilla al interior del túnel; y aquel lugar oscuro situado entre las vigas que había parecido tan emocionante y lleno de aventuras unas pocas horas antes, le resultó entonces tranquilo y acogedor.

Pero volvamos al tío Andrew, pues su pobre y viejo corazón latía violentamente mientras descendía tambaleante la escalera del desván y no dejaba de secarse la frente con un pañuelo. Cuando llegó a su dormitorio, que se encontraba en el piso de abajo, se encerró en él con llave, y lo primero que hizo fue buscar a tientas en el armario una botella y una copa que siempre ocultaba allí, donde la tía Letty no podía encontrarlas. Se sirvió un trago de alguna desagradable bebida de adultos y la vació de un trago. A continuación aspiró con fuerza.

—¡Madre mía! —dijo para sí—. Estoy alteradísimo. ¡Esto es increíble! ¡Y a mi edad!

Se sirvió una segunda copa y también la vació; luego empezó a cambiarse de ropa. Tú no habrás visto nunca prendas como aquéllas, pero yo las recuerdo bien. Se puso un cuello almidonado, muy alto y brillante, de esos que te obligaban a mantener la barbilla alzada todo el tiempo. Se colocó un chaleco blanco con bordados y dispuso la cadena de oro de su reloj sobre la parte frontal. Se enfundó en su mejor levita, la que guardaba para bodas y funerales, y a continuación tomó su mejor sombrero de copa y le sacó lustre. Sobre el tocador había un jarrón con flores, que la tía Letty había colocado allí, así que tomó una y se la puso en el ojal. También sacó un pañuelo limpio, uno muy bonito, de los que ya no se encuentran hoy en día, del cajón pequeño de la izquierda y depositó unas gotas de perfume en él. Para finalizar, asió su monóculo, uno con una gruesa cinta negra, y se lo encajó en el ojo; hecho todo eso, se contempló en el espejo.

Los niños hacen tonterías a su manera, como es bien sabido, y los adultos también, pero de otro modo. En aquel momento el tío Andrew empezaba a hacer el ridículo de un modo propio de un adulto. Ahora que la bruja ya no estaba en la misma habitación que él, comenzaba a olvidar rápidamente cómo lo había asustado y pensaba cada vez más en su maravillosa belleza. No dejaba de decirse: «Una mujer magnífica, sí señor, una mujer magnífica. Una criatura espléndida». También se las había arreglado para olvidar que habían sido los niños quienes habían encontrado a la «criatura espléndida»: se sentía como si él mismo, gracias a su magia, la hubiera hecho venir desde un mundo desconocido.

—Andrew, amigo mío —se dijo mientras se contemplaba en el espejo—, te conservas increíblemente bien para tu edad. Eres un hombre de aspecto distinguido.

Como puedes ver, el iluso anciano realmente empezaba a imaginar que la bruja se enamoraría de él. Seguro que las dos copas tenían algo que ver con la idea, y también sus mejores ropas. De todos modos, él siempre era tan presumido como un pavo real; por eso se había convertido en mago.

Abrió la puerta, bajó la escalera, envió a la criada en busca de un coche de caballos —todo el mundo tenía gran cantidad de criados en aquellos tiempos— y echó una ojeada al salón. Allí, como ya esperaba, encontró a la tía Letty, muy ocupada en remendar un colchón que estaba colocado en el suelo, cerca de la ventana, con ella arrodillada encima.

—Ah, Letitia, querida —saludó—. Tengo... ah... tengo que salir. Necesito que me prestes cinco libras, anda, sé una buena *xica*.

Tío Andrew siempre decía «xica» en lugar de chica.

—No, Andrew, querido —respondió la tía Letty con su voz firme y tranquila, sin alzar los ojos de su tarea—; te he dicho innumerables veces que *no te prestaré* dinero.

—Oh, vamos, no seas pesada, mi querida *xica* —insistió el tío Andrew—. Es muy importante. ¿Es que no ves que me colocas en una posición muy incómoda si no lo haces?

—Andrew —replicó la tía Letty, mirándolo directamente a la cara—, me sorprende que no te dé vergüenza pedirme dinero.

Existía una larga y aburrida historia de adultos tras aquellas palabras, pero todo lo que necesitas saber al respecto es que el tío Andrew, entre mucho decir que él se ocuparía de «administrar las cuestiones financieras de la querida Letty por ella» sin llegar a hacerlo nunca, y contraer enormes deudas por la compra de coñac y tabaco (facturas que la tía Letty pagaba una y otra vez), había dejado a su hermana bastante más pobre de lo que lo era treinta años atrás.

—Mi querida muchacha —insistió él—, no lo comprendes. Me han surgido unos cuantos gastos inesperados. Debo atender ciertos compromisos sociales. Vamos, no seas pesada.

—Y ¿con quién, pregunto yo, tienes ese compromiso social, Andrew? —inquirió ella.

—Un... una visitante muy distinguida acaba de llegar.

—¡Distinguida, bobadas! —exclamó la tía Letty—. Nadie ha llamado a la campanilla de la puerta durante la última hora.

En ese momento la puerta se abrió violentamente de par en par. Tía Letty volvió la mirada y vio con asombro que una mujer enorme, vestida con gran magnificencia, con los brazos al descubierto y ojos centelleantes, se hallaba de pie en el umbral. Era la bruja.

Capítulo siete

Lo que sucedió ante la puerta principal

—Y bien, esclavo, ¿cuánto tiempo debo esperar mi carruaje? —tronó la bruja.

El tío Andrew se encogió, asustado. Ahora que la mujer estaba presente de verdad, todas las ideas estúpidas que había tenido mientras se contemplaba en el espejo se esfumaron. Por su parte, la tía Letty abandonó al momento su posición arrodillada y avanzó hacia el centro mismo de la habitación.

—Y ¿quién es esta joven, Andrew, si se me permite preguntarlo? —dijo con voz glacial.

—Una distinguida extranjera..., un... una per... persona muy importante —tartamudeó.

—¡Tonterías! —exclamó la tía Letty, y luego, volviéndose hacia la bruja—: Sal de mi casa inmediatamente, desvergonzada, o llamaré a la policía.

Pensaba que la desconocida pertenecía a un circo y no le parecía correcto que la gente fuera por ahí con los brazos al descubierto.

—¿Quién es esta mujer? —inquirió Jadis—. De rodillas, sierva, antes de que te fulmine.

—En esta casa nadie me levanta la voz, jovencita —la reprendió la tía Letty.

Al instante, al menos así se lo pareció al tío Andrew, la reina se irguió a una mayor altura, si eso era posible. Sus ojos relampaguearon, y extendió el brazo con el mismo gesto y las mismas palabras horribles que hacía poco habían convertido en polvo las puertas del palacio de Charn. Pero nada sucedió excepto que la tía Letty, pensando que aquellas palabras tan horrorosas eran una frase hecha muy vulgar, exclamó:

—Ya decía yo... Esta mujer está borracha. ¡Borracha! Ni siquiera es capaz de hablar con claridad.

Para la bruja fue sin duda un momento terrible cuando comprendió, de repente, que su poder para convertir en polvo a las personas, que había sido muy real en su propio mundo, no iba a funcionar en el nuestro. Sin embargo, no perdió el coraje ni siquiera por un instante. Sin malgastar un solo pensamiento en la decepción sufrida, se abalanzó al frente, agarró a tía Letty por el cuello y las rodillas, la alzó por encima de su cabeza como si no pesara más que una muñeca, y la arrojó al otro extremo de la habitación. Mientras la tía Letty volaba aún por los aires, la criada —que estaba disfrutando de una mañana de lo más emocionante— introdujo la cabeza por la puerta y dijo:

—Con su permiso, señor, el coche de caballos espera.

—Te sigo, esclavo —indicó la bruja al tío Andrew.

El anciano empezó a refunfuñar algo sobre «violencia lamentable... realmente debo protestar», pero una simple mirada de Jadis lo hizo enmudecer de golpe. La mujer lo sacó de la habitación y de la casa; Digory bajó corriendo la escalera a tiempo de ver que la puerta de la calle se cerraba tras ellos.

—¡Cáscaras! —exclamó—. Ahora anda suelta por la ciudad. Y con el tío Andrew. Me gustaría saber qué sucederá ahora.

—Vaya, señorito Digory —dijo la criada, que disfrutaba una barbaridad—. Me parece que la señorita Ketterley se ha hecho daño.

Los dos se precipitaron al salón para averiguar qué había sucedido.

Si la tía Letty hubiera caído sobre tablas desnudas o incluso sobre la alfombra, supongo que se le habrían roto todos los huesos: pero por una inmensa suerte había ido a caer sobre el colchón. La mujer era una anciana dura de pelar: las mujeres a menudo lo eran en aquellos tiempos. Una vez que hubo aspirado unas cuantas sales y permanecido sentada muy quieta unos minutos, declaró que se hallaba perfectamente, aparte de tener unas cuantas marcas de golpes. No tardó en tomar el control de la situación.

—Sarah —dijo a la criada que, vuelvo a repetir, jamás se había divertido tanto—, ve a la comisaría en seguida y diles que hay una lunática peligrosa suelta por ahí. Ya le subiré yo el almuerzo a la señora Kirke.

La señora Kirke era, claro está, la madre de Digory.

Una vez que se hubieron ocupado del almuerzo de su madre, Digory y la tía Letty tomaron el suyo, y después de eso el niño se dedicó a pensar muy seriamente.

El problema era cómo devolver a la bruja a su propio mundo, o por lo menos sacarla del nuestro, lo antes posible. Sucediera lo que sucediese, no se le debía permitir que se dedicara a arrasar la casa; su madre no debía verla. Y, si era posible, tampoco se le debía permitir que corriera a sus anchas por Londres. Digory no había estado en el salón cuando intentó «fulminar» a la tía Letty, pero la había visto «fulminar» las puertas de Charn: por lo tanto conocía sus terribles poderes y no sabía que los había perdido al llegar a nuestro mundo. También sabía que la mujer tenía la intención de conquistar nuestro mundo. En aquel momento, por lo que él sabía, podría estar volando el palacio de Buckingham o el Parlamento, y era casi seguro que un cierto número de policías habrían quedado reducidos ya a montoncitos de polvo. Además, no creía que él pudiera hacer nada para evitarlo. «Pero los anillos parecen funcionar como imanes —pensó—. Si pudiera tocarla mientras me pongo el amarillo, los dos iríamos al Bosque entre los Mundos. ¿Volvería ella a perder las fuerzas allí? ¿Acaso el lugar provoca su debilidad, o fue tan sólo debido al sobresalto de verse arrancada de su propio mundo? Supongo que tendré que arriesgarme. Y ¿cómo voy a encontrar a esa fiera? No creo que tía Letty vaya a dejarme salir, no, a menos que le diga a donde voy. Y no tengo más que dos peniques. Necesitaría una buena cantidad de dinero para autobuses y tranvías si tuviera que buscar por todo Londres. De todos modos, no tengo la menor idea de dónde buscar. Me gustaría saber si el tío Andrew sigue con ella.»

Finalmente se dijo que lo único que podía hacer era aguardar y confiar en que el tío Andrew y la bruja regresaran. Si lo hacían, tenía que salir corriendo, sujetar a la mujer y ponerse el anillo amarillo antes de que ella tuviera oportunidad de entrar en la casa. Eso significaba que debía controlar la puerta de la calle como un gato que vigila el agujero de una ratonera; no tenía que abandonar su puesto ni un instante. Así pues entró en el comedor y «pegó la cara», como suele decirse, a la ventana. Era una ventana en forma de mirador desde la que se podían observar los peldaños que ascendían hasta la puerta principal y ver a ambos lados de la calle, de modo que nadie podía llegar a la puerta sin que él lo supiera.

«Me pregunto qué está haciendo Polly», pensó Digory.

Se hizo muchas preguntas al respecto mientras transcurría la primera y lenta media hora; pero tú no tienes que ponerte a elucubrar, porque yo voy a contarte qué hacía. Polly había llegado tarde a comer, con los zapatos y las medias muy mojados; y cuando le preguntaron dónde había estado y qué había hecho, respondió que había estado por ahí con Digory Kirke. Sometida a un interrogatorio más detallado dijo que se había mojado los pies en un estanque, y que el estanque estaba en un bosque. Cuando le preguntaron dónde se hallaba el bosque, contestó que no lo sabía. Cuando le preguntaron si estaba en uno de los parques, respondió sin faltar a la verdad que suponía que debía de encontrarse en una especie de parque. De todo eso la madre de Polly sacó la idea de que la niña se había marchado, sin decírselo a nadie, a alguna parte de Londres que no conocía, y entrado en un parque desconocido en el que se había divertido saltando en los charcos. Como consecuencia le dijeron que había sido muy desobediente y que no se le permitiría volver a jugar con «ese chico Kirke» nunca más si volvía a suceder algo parecido. A continuación le sirvieron la comida pero sin incluir aquello que más le gustaba y la enviaron a dormir durante dos horas enteras. Eran cosas que a uno le sucedían bastante a menudo en aquellos tiempos.

Así pues, mientras Digory miraba con atención por la ventana del comedor,

Polly permanecía acostada en la cama, y ambos pensaban en lo terriblemente despacio que podía transcurrir el tiempo. Si me hubieran dado a elegir, creo que habría preferido estar en el lugar de Polly, ya que ella sólo tenía que aguardar el final de sus dos horas, mientras que cada pocos minutos Digory oía un coche de caballos o el carromato del panadero o un empleado de la carnicería que doblaban la esquina y pensaba «Ahí viene», y a continuación descubría que no era así. Y entre tales falsas alarmas, durante lo que parecieron horas innumerables, el reloj siguió marcando la hora y una mosca enorme —en lo alto y totalmente lejos de su alcance— se dedicó a zumbar contra la ventana. Era una de esas casas que se tornan muy silenciosas y aburridas después del mediodía y que siempre parecen oler a cordero.

Durante su larga vigilancia y espera sucedió una minucia que tendré que mencionar porque algo importante surgió de ella más tarde. Llegó una señora de visita con unas uvas para la madre de Digory; y puesto que la puerta del comedor estaba abierta, éste no pudo evitar oír a la tía Letty y a la visita mientras hablaban en el vestíbulo.

—¡Qué uvas más exquisitas! —dijo la voz de la tía Letty—. Estoy segura de que si algo puede hacerle bien, son estas uvas. ¡Mi querida Mabel, pobrecita! Aunque me temo que haría falta fruta del país de la juventud para ayudarla ahora. Nada de este mundo le servirá de gran cosa.

Luego las dos bajaron la voz y dijeron muchas más cosas que él no consiguió oír.

De haber oído la mención del país de la juventud unos pocos días antes habría creído que la tía Letty se limitaba a hablar sin referirse a nada en concreto, como hacen los adultos, y no le habría interesado. Estuvo a punto de pensar lo mismo entonces; pero de improviso le vino a la mente que ahora sabía —incluso aunque su tía no lo supiera— que existían realmente otros mundos y que él mismo había estado en uno de ellos. Así pues, podría ser que existiera un auténtico País de la Juventud en alguna parte. Podría existir casi cualquier cosa. ¡Podría haber fruta en algún otro mundo capaz de curar para siempre a su madre! Y, ay, ay, ay... Bueno, ya sabes qué se siente cuando uno empieza a tener esperanzas de conseguir algo que desea desesperadamente; casi se lucha contra la esperanza porque ese algo es demasiado bonito para ser cierto; uno ya se ha visto decepcionado en demasiadas ocasiones. Así era como se sentía Digory en aquellos instantes. De todos modos no servía de nada intentar suprimir aquella esperanza, porque podía, de verdad que podía, resultar cierta. Habían sucedido tantas cosas raras hasta el momento. Y además tenía los anillos mágicos. Sin duda existían mundos a los que se podía acceder a través de cada uno de los estanques del bosque, y él podía buscar en todos ellos. Y luego, ¡su madre volvería a estar bien! Todo volvería a ir bien. Se olvidó completamente de vigilar el regreso de la bruja, y su mano penetraba ya en el bolsillo donde guardaba el anillo amarillo, cuando de improviso oyó un galope.

«¡Vaya! ¿Qué es eso? —pensó—. ¿Un coche de bomberos? Me preguntó qué casa está en llamas. ¡Válgame Dios, pero si viene hacia aquí! Pero, si es ella».

No necesito decirte a quién se refería al decir «ella».

Primero apareció el cabriolé. No había nadie en el asiento del cochero. En el techo —no sentada, sino de pie sobre el techo— balanceándose con soberbio equilibrio mientras doblaba a toda velocidad la esquina con una rueda en el aire, estaba Jadis, la Gran Reina y el Terror de Charn. Mostraba los dientes en una mueca, sus ojos relucían como si llamearan, y la larga melena ondeaba a su espalda como la cola de un cometa. La mujer azotaba al caballo sin piedad, y la nariz del animal estaba dilatada y enrojecida, y sus costados salpicados de espuma. El caballo galopó enloquecido hasta la puerta principal, esquivando la farola por cuestión de centímetros, y luego se alzó sobre los cuartos traseros. El carruaje chocó contra la farola y se partió en varios pedazos. La bruja, de un magnífico salto, había abandonado el cabriolé justo a tiempo, pasando sobre el lomo del caballo. La mujer se acomodó a horcajadas y se inclinó al frente, musitándole cosas al oído; cosas que sin duda no estaban pensadas para tranquilizarlo sino para enloquecerlo. El animal volvió a alzarse sobre los cuartos traseros al instante, y su relincho fue como un grito; el corcel era todo cascos, dientes, ojos y crines alborotadas. Únicamente un espléndido jinete habría podido mantenerse sobre su lomo.

Antes de que Digory hubiera recuperado el aliento, empezaron a suceder muchas otras cosas. Un segundo cabriolé apareció a toda velocidad detrás del primero: de él saltaron un hombre gordo con levita y un policía. A continuación apareció un tercer carruaje con dos policías más en él. Tras éste llegaron unas veinte personas —la mayoría chicos de los mandados— en bicicleta, todos haciendo sonar los timbres y lanzando aclamaciones y silbidos. Cerrando la marcha se presentó una multitud de gente a pie: estaban muy sofocados de tanto correr, pero evidentemente divertidos con todo aquello. Se abrieron de inmediato las ventanas de todas las casas de aquella calle y una sirvienta o un mayordomo aparecieron ante todas y cada una de las puertas principales. Todos querían contemplar la diversión.

Entretanto, un anciano caballero había empezado a abrirse paso, temblorosamente, fuera de los restos del primer coche de caballos. Varias personas se adelantaron para ayudarlo; pero como unas tiraban de él en una dirección y otras en otra distinta, tal vez habría salido más de prisa por sí mismo. Digory supuso que el anciano caballero debía ser el tío Andrew, aunque era imposible verle el rostro, ya que le habían calado el sombrero de copa hasta la barbilla.

Digory salió veloz y se unió a la muchedumbre.

—Ésa es la mujer, ésa es la mujer —gritó el hombre gordo, señalando a Jadis—. Cumpla con su deber, agente. Se ha llevado cosas por valor de cientos de miles de libras de mi tienda. Mire esa ristra de perlas que lleva al cuello. Es mía. Y además me ha puesto un ojo morado.

—¡Ya lo creo, jefe! —dijo un miembro de la multitud—. ¡Menuda obra de arte le ha hecho en ese ojo! ¡Vaya! ¡Sí que es fuerte!

—Debería ponerse un pedazo de carne cruda sobre él, señor, eso es lo que necesita —aconsejó un aprendiz de carnicero.

—Y bien —dijo el más importante de los policías—, ¿qué sucede aquí?

—Yo se lo diré, ella... —empezó el hombre gordo, cuando otra persona gritó:

—No dejéis que ese sujeto del coche de caballos se escape. Él la incitó a hacerlo.

El anciano caballero que, desde luego, era el tío Andrew, acababa de conseguir ponerse en pie y se frotaba las contusiones en aquel momento.

—Muy bien —dijo el policía, volviéndose hacia él—. ¿Qué es todo esto?

—Mmm..., pomi... chomf —surgió la voz de tío Andrew desde el interior del sombrero.

—¡Vamos! ¡Basta de tonterías! —ordenó el policía con severidad—. ¡Esto no es cosa de risa! Quítese el sombrero, ¿quiere?

Eso era más fácil de decir que de hacer; pero después de que el anciano hubiera forcejeado en vano con el sombrero durante un rato, otros dos policías lo agarraron por el ala y se lo extrajeron de un tirón.

—Gracias, gracias, gracias —dijo el tío Andrew con voz débil—. Gracias. Cielos, me siento terriblemente agitado. Si alguien pudiera darme una copita de coñac...

—Haga el favor de prestarme atención —lo instó el policía, sacando un cuaderno muy grande y un lápiz muy pequeño—. ¿Está usted a cargo de esa joven de ahí?

—¡Cuidado! —gritaron varias voces, y el policía dio un salto atrás justo a tiempo.

El caballo le había lanzado una coz que sin duda habría podido matarlo. Luego la bruja hizo girar al animal de modo que ahora ella miraba a la multitud y las patas traseras del caballo estaban sobre la acera. La mujer sujetaba un reluciente cuchillo y había estado ocupada cortando los correajes que sujetaban el animal a los restos del cabriolé.

Durante todo aquel tiempo Digory había intentado colocarse en un lugar que le permitiera tocar a la bruja. No era tarea fácil ya que, en el lado más próximo a él, había demasiada gente, y para poder dar la vuelta hasta el otro lado tenía que pasar por entre los cascos del caballo y las verjas de la «zona» que rodeaba la casa; pues la mansión de los Ketterley tenía un sótano. Cualquiera que esté familiarizado con los caballos, y en especial que hubiera visto cómo se hallaba el animal en ese momento, comprendería que aquélla era una acción un tanto peliaguda. Digory sabía muy bien lo peligrosos que podían ser los caballos, pero apretó los dientes y se preparó para echar a correr hacia allí en cuando viera una oportunidad.

Un hombre de rostro enrojecido con un sombrero hongo se había abierto paso en aquel momento hasta la parte delantera de la multitud.

—¡Eh, policía! —llamó—. El caballo que está mareando es mío, y el coche que se ha hecho trizas es mío.

—De uno en uno, por favor, de uno en uno —dijo el policía.

—Pero no hay tiempo —protestó el cochero—. Conozco ese caballo mejor que usted. Su padre fue caballo de batalla de un oficial, ya lo creo. Y si esa muchacha sigue poniéndolo nervioso, correrá la sangre. Vamos, ¡sólo quiero acercarme a él!

El policía se sintió más que satisfecho de poder tener un buen motivo para apartarse aún más del caballo, y el cochero dio un paso al frente, alzó los ojos hacia Jadis y dijo en un tono de voz no precisamente severo:

—Vamos, señorita, yo le sujeto la cabeza y usted se baja. Es una dama y no querrá que todos esos matones se le echen encima, ¿verdad? Seguro que quiere irse a casa y tomar una buena taza de té y acostarse un rato; luego se sentirá muchísimo mejor. —Al tiempo que hablaba alargó la mano hacia la cabeza del caballo, diciendo—: Calma, *Fresón*. Tranquilo, tranquilo.

Entonces la bruja habló por primera vez.

—¡Perro! —dijo con una voz fría y nítida, que resonó con fuerza por encima del resto de ruidos—. Perro, suelta a nuestro corcel real. Estás ante la emperatriz Jadis.

Capítulo ocho

La pelea junto al farol

—¡Eh! Así que eres emperatriz, ¿no? Ya lo veremos —dijo una voz.

Luego otra voz gritó: «¡Tres hurras por la emperatriz de Colney Hatch!», y varias voces se le unieron. Un cierto sonrojo apareció en el rostro de la bruja y ésta hizo una leve reverencia; pero las aclamaciones se apagaron para dar paso a estruendosas carcajadas y comprendió que sólo se burlaban de ella. Su expresión se alteró y pasó el cuchillo a la mano izquierda. Luego, sin advertencia previa, hizo algo que resultó un espectáculo terrible. Con agilidad, como si fuera lo más normal del mundo, alargó el brazo derecho y arrancó uno de los brazos del farol. Puede que hubiera perdido algunos poderes mágicos en nuestro mundo, pero no había perdido la fuerza; era capaz de romper una barra de hierro como si se tratara de una barrita de azúcar. Arrojó su nueva arma al aire, volvió a atraparla, la blandió e instó al caballo a que siguiera adelante.

«Ahora es la mía», pensó Digory. Se introdujo a toda velocidad entre el caballo y la barandilla y empezó a avanzar. Si al menos el animal se quedara quieto un instante podría sujetar el talón de la bruja. Mientras corría, escuchó un escalofriante estrépito y un golpe sordo. La bruja había descargado la barra sobre el casco del jefe de policía: el hombre se desplomó de golpe.

—De prisa, Digory. Hay que detener esto —dijo una voz junto a él; era Polly, que había bajado corriendo en cuanto le permitieron levantarse.

—Eres una amiga de verdad —dijo Digory—. Sujétate a mí con fuerza. Tendrás que encargarte tú del anillo. Amarillo, recuerda. Y no te lo pongas hasta que grite.

Se oyó un segundo estrépito y otro policía se desplomó. Un enojado rugido surgió de la muchedumbre:

—Derribadla. Tomad unos cuantos adoquines. Llamad a los militares.

De todos modos la mayoría se alejaban tanto como podían. El cochero, no obstante, evidentemente el más valiente además de la persona más amable de entre todos los presentes, se mantenía pegado al caballo, regateando a un lado y a otro para esquivar la barra de metal, pero sin dejar de intentar agarrar la cabeza de *Fresón*.

La multitud abucheó y bramó otra vez. Una piedra silbó por encima de la cabeza de Digory. Entonces se oyó la voz de la bruja, clara como una enorme campana, y sonando como si, por una vez, la mujer se sintiera casi feliz.

—¡Basura! Pagaréis muy caro por esto cuando haya conquistado vuestro mundo. No quedará ni una piedra de esta ciudad. Haré con ella lo mismo que con Charn, que con Felinda, que con Sorlis, que con Bramandin.

Digory consiguió por fin sujetarla por el tobillo. La mujer lanzó una patada con el talón y lo golpeó en la boca, y el niño, debido al dolor, la soltó. Tenía un corte en el labio y la boca llena de sangre. De algún punto muy cercano llegó la voz del tío Andrew en una especie de tembloroso chillido.

—Señora, mi querida joven, por el amor de Dios, cálmese.

Digory intentó alcanzar de nuevo el talón, y fue repelido otra vez. Más hombres cayeron bajo el impacto de la barra de hierro. El niño hizo un tercer intento: agarró el talón, y se aferró a él como si le fuera la vida en ello, a la vez que gritaba a Polly.

—¡Ya!

Entonces... ¡gracias a Dios! Los rostros enojados y asustados se habían desvanecido; las voces enfurecidas y atemorizadas habían callado. Todas excepto la del tío Andrew. Muy cerca de Digory en la oscuridad, el anciano seguía gimoteando:

—No, no, ¿estoy delirando? ¿Es esto el fin? No puedo soportarlo. No es justo. Jamás quise ser mago. Todo es un malentendido. Es todo culpa de mi madrina; ¡no hay derecho! En mi estado de salud, además. Una familia muy antigua del condado de Dorset.

«¡Diablos! —pensó Digory—. No queríamos traerlo también a él. ¡Caracoles!, qué fiesta.»

—¿Estas ahí, Polly? —preguntó en voz alta.

—Sí, estoy ahí. Deja de empujar.

—No te empujo —empezó a decir él, pero antes de que pudiera añadir nada más, sus cabezas salieron a la cálida y verdosa luz solar del bosque.

—¡Mira! —gritó Polly mientras abandonaban el estanque—. También hemos traído al viejo caballo con nosotros. Y al señor Ketterley. Y al cochero. ¡En qué lío nos hemos metido!

En cuanto la bruja vio que volvía a estar en el bosque palideció y se encorvó hasta que su rostro rozó las crines del caballo. Era evidente que se sentía terriblemente enferma. El tío Andrew temblaba. Sin embargo, *Fresón*, el caballo, sacudió la cabeza, lanzó un alegre relincho y pareció sentirse mejor. Se tranquilizó por primera vez desde que Digory lo había visto. Las orejas que habían estado echadas hacia atrás y pegadas al cráneo, regresaron a su posición correcta, y el fuego desapareció de sus ojos.

—Eso es, viejo amigo —dijo el cochero, palmeando el cuello de *Fresón*—. Eso está mejor. Tranquilo.

Fresón hizo entonces la cosa más natural del mundo; puesto que estaba sediento, lo que no era extraño, se encaminó despacio al estanque más próximo y penetró en él para beber. Digory sujetaba aún el talón de la bruja y Polly sujetaba la mano de Digory. Una de las manos del cochero estaba posada en el caballo; y el tío Andrew, todavía tambaleante, acababa de agarrar la otra mano del cochero.

—Rápido —dijo Polly, lanzando una mirada a Digory—. ¡Verdes!

Así pues el caballo jamás consiguió beber. En lugar de ello, todo el grupo se vio sumergido en una total oscuridad. *Fresón* relinchó; el tío Andrew lloriqueó.

—¡Qué suerte hemos tenido! —declaró Digory.

Se produjo una corta pausa, y a continuación Polly dijo:

—¿No deberíamos estar ya casi allí?

—Parece como si estuviéramos en alguna parte —dijo Digory—. Al menos estoy de pie sobre algo sólido.

—¡Vaya! También yo, ahora que lo pienso —asintió Polly—. Pero ¿por qué está tan oscuro? Digo yo, ¿crees que habremos entrado en el estanque equivocado?

—A lo mejor esto es Charn —indicó Digory—. Sólo que hemos regresado en plena noche.

—Esto no es Charn —dijo la voz de la bruja—. Esto es un mundo vacío. Esto es la Nada.

Y realmente resultaba extraordinariamente parecido a la Nada. No había estrellas, y estaba tan oscuro que no se podían ver entre sí y tampoco existía ninguna diferencia entre tener los ojos cerrados o abiertos. Bajo los pies tenían algo frío y plano que podría haber sido tierra, y que desde luego no era ni hierba ni madera. El aire era frío y seco y no soplaba viento.

—Mi fin ha llegado —declaró la bruja con una voz asombrosamente tranquila.

—Vamos, no diga eso —balbuceó el tío Andrew—. Mi querida joven, se lo ruego, no diga tales cosas. No puede estar tan mal. Ah..., cochero..., buen hombre..., ¿no llevará una botellita con usted? Una gota de licor es justo lo que necesito.

—Bueno, bueno —oyeron decir al cochero, con voz firme y valerosa—, que nadie se ponga nervioso, eso es lo que yo digo. ¿Alguien se ha roto algo? Bien. Pues ¡podemos dar gracias! ¡Es una suerte y más después de semejante caída! Tal vez hemos caído en un hoyo, a lo mejor es para las obras de la nueva estación de metro. Dentro de poco vendrá alguien a sacarnos de aquí. ¡Ya lo veréis! Y si estamos muertos, que no niego que pueda ser, bueno, pues pensad que en el mar pasan cosas peores y ¡que algún día hay que morirse! Y no hay nada que temer si uno ha llevado una vida honrada. Y yo creo que lo mejor que podemos hacer para pasar el rato es cantar.

Y así lo hizo. Empezó a entonar al instante un himno de agradecimiento por la cosecha, que decía algo sobre cosechas «puestas a buen recaudo». No era muy apropiado para un lugar en el que daba la impresión de que nada había crecido jamás desde el principio de los tiempos, pero era el que mejor recordaba. Poseía una voz hermosa y los niños se unieron a él; resultó muy reconfortante. El tío Andrew y la bruja no cantaron.

Hacia el final del canto, Digory sintió que alguien tiraba de su codo y por el olor general a coñac, tabaco y ropa buena decidió que debía de tratarse del tío Andrew. El anciano lo apartaba cautelosamente de los otros. Una vez que se hubieron alejado un poco, el hombre acercó tanto la boca a la oreja de su sobrino que le hizo cosquillas, y susurró:

—Ahora, muchacho. Ponte el anillo y vámonos.

Pero la bruja tenía el oído muy fino.

—¡Estúpido! —le gritó y saltó del caballo—. ¿Has olvidado que puedo escuchar los pensamientos de los hombres? Suelta al muchacho. Si intentas traicionarme me vengaré de ti en un modo que nunca se ha conocido en ningún mundo desde el principio de los tiempos.

—Y —añadió Digory— si crees que soy un cerdo tan mezquino como para marcharme y dejar abandonada a Polly y al cochero y al caballo en un lugar como éste, estás muy equivocado.

—Eres un chiquillo muy malo e impertinente —declaró el tío Andrew.

—¡Silencio! —exclamó el cochero, y todos aguzaron el oído.

En la oscuridad empezaba a suceder algo por fin. Una voz había comenzado a cantar. Sonaba muy distante y a Digory le costaba mucho decidir de qué dirección provenía. En ocasiones parecía provenir de todas a la vez; otras veces casi creía que surgía de la tierra bajo sus pies, pues las notas bajas eran lo bastante graves como para ser la voz de la tierra misma. No había palabras. Apenas si existía una melodía. Sin embargo se trataba, sin comparación posible, del sonido más hermoso que había oído jamás. Resultaba tan hermoso que apenas podía soportarlo. Al caballo también parecía gustarle; emitió la clase de relincho que emitiría un caballo si, tras años de ser un caballo de tiro, se encontrara de vuelta en el campo donde había jugado cuando era un potro, y viera a alguien, que recordaba y quería, cruzando el terreno para darle un terrón de azúcar.

—¡Caray! —exclamó el cochero—. ¡Qué voz!

En ese momento ocurrieron dos prodigios al mismo tiempo. Uno fue que a la voz se le unieron de repente otras voces; tantas que era imposible contarlas. Estaban en armonía con ella, pero situadas en un punto mucho más alto de la escala: voces frías, tintineantes y brillantes. El segundo prodigio fue que la oscuridad sobre sus cabezas se llenó, de improviso, de fulgurantes estrellas. Éstas no surgieron suavemente de una en una, como sucede en una tarde de verano, sino que, de una total oscuridad, se pasó a miles y miles de puntos de luz que se materializaron todos a la vez: estrellas individuales, constelaciones y planetas, más brillantes y grandes que los de nuestro mundo. No había nubes. Las nuevas estrellas y las nuevas voces nacieron justo al mismo tiempo, y si las hubieses visto y escuchado, como lo hizo Digory, te habrías sentido muy seguro de que eran las mismas estrellas las que cantaban, y de que fue la primera voz, la voz profunda, la que las había hecho aparecer y cantar.

—¡Esto es la gloria! —exclamó el cochero—. ¡Me habría portado mejor de haber sabido que existían cosas así!

La voz situada en la tierra sonaba ahora más fuerte y triunfante; pero las voces del cielo, tras cantar sonoramente con ella durante un rato, empezaron a debilitarse. Y algo más empezó a suceder.

A lo lejos, y cerca de la línea del horizonte, el firmamento fue tornándose gris, y comenzó a soplar una suave brisa, muy fresca. Justo en aquel punto, el cielo adquirió poco a poco una tonalidad más clara, y se pudieron distinguir las formas de colinas que se recortaban oscuras contra él. La voz no dejó de cantar ni un solo momento.

Pronto hubo luz suficiente para que pudieran verse los rostros. El cochero y los dos niños estaban boquiabiertos y les brillaban los ojos; escuchaban embelesados el sonido y daba la impresión de que les recordaba algo. El tío Andrew también estaba boquiabierto, pero no de alegría; parecía más bien como si su barbilla se hubiera desencajado del resto de la cara. Tenía los hombros encorvados y le temblaban las rodillas; no le gustaba la voz, y si hubiese podido alejarse de ella introduciéndose en el interior de la madriguera de una rata, lo habría hecho. Por su parte, la bruja parecía comprender la música mucho mejor que ninguno de ellos. Tenía la boca cerrada y apretaba con fuerza labios y puños. Desde el mismo instante en que se inició la canción había percibido que todo aquel mundo estaba lleno de una magia distinta de la suya y más poderosa, y lo odiaba. Habría hecho pedazos todo el mundo, o todos los mundos, si con ello hubiera podido detener la canción. El caballo permanecía allí con las orejas bien erguidas al frente y en movimiento. De vez en cuando resoplaba y pateaba el suelo, y ya no parecía un viejo y cansado caballo de cabriolé; en aquellos momentos era fácil creer que su padre había participado en batallas.

Por el este, el cielo cambió de blanco a rosa y de rosa a dorado. La voz creció y creció, hasta que todo el aire se estremeció con ella, y justo cuando alcanzaba el sonido más potente y glorioso que había producido hasta el momento, el sol se alzó.

Digory no había contemplado jamás un sol como aquél. El sol que brillaba sobre las ruinas de Charn daba la impresión de ser más viejo que el nuestro: éste parecía más joven. Uno podía imaginarlo riendo feliz mientras se alzaba. Y a medida que sus rayos recorrían la tierra, los viajeros vieron por vez primera en qué clase de lugar se encontraban. Era un valle por el que serpenteaba un río amplio y veloz, fluyendo hacia el este en dirección al sol. Al sur había montañas, al norte colinas más bajas. No obstante era un valle de simple tierra, rocas y agua; no se veían árboles, ni arbustos, ni una brizna de hierba. La tierra tenía muchos colores: colores frescos, cálidos e intensos, que hacían que uno se sintiera emocionado... hasta que vieron al cantor, y entonces olvidaron todo lo demás.

Era un león. Enorme, peludo y radiante, se hallaba de cara al sol que acababa de alzarse. Cantaba con las fauces abiertas de par en par y se encontraba a unos trescientos metros de distancia.

—Éste es un mundo terrible —dijo la bruja—. Debemos huir de inmediato. Prepara la magia.

—Estoy totalmente de acuerdo con usted, señora —respondió el tío Andrew—. Es un lugar de lo más desagradable. Completamente salvaje. Si fuera más joven y tuviera un arma...

—¿Cómo? —dijo el cochero—. No pensará dispararle, ¿verdad?

—Y ¿quién querría hacerlo? —intervino Polly.

—Prepara la magia, viejo estúpido —ordenó Jadis.

—Desde luego, señora —respondió el tío Andrew con astucia—; debo tener a los dos niños a mi lado. En contacto conmigo. Ponte el anillo de vuelta a casa, Digory. —El anciano deseaba marcharse sin la bruja.

—Ah, son anillos, ¿no es eso? —exclamó la mujer.

Habría introducido las manos en el bolsillo del niño en un santiamén, pero Digory agarró la mano de Polly y chilló:

—Id con cuidado. Si cualquiera de vosotros se acerca medio centímetro más, los dos nos esfumaremos y os quedaréis aquí para siempre. Sí, tengo un anillo en el bolsillo que nos llevará a Polly y a mí a casa. ¡Y fijaos! Tengo la mano preparada. Así que mantened la distancia. Lo siento por usted —miró al cochero—, y por el caballo, pero no puedo evitarlo. En cuando a vosotros dos —miró entonces al tío Andrew y a la reina—, los dos sois magos, de modo que tendría que gustaros vivir juntos.

—¡Silencio! —indicó el cochero—. Quiero escuchar la música.

La canción acababa de cambiar.

La fundación de Narnia

El león iba y venía por aquel territorio vacío y entonaba una nueva canción. Era más dulce y melodiosa que la que había cantado para invocar a las estrellas y al sol; una suave música susurrante. Y mientras andaba y cantaba, el valle se llenó de hierba verde que se desparramaba a partir del león como un estanque. La hierba ascendió por las faldas de las pequeñas colinas como una oleada, y en pocos minutos trepaba ya por las laderas inferiores de las lejanas montañas, convirtiendo aquel mundo joven en algo cada vez más mullido. Ya se oía el suave viento que rizaba la hierba, y muy pronto hubo otras cosas además de hierba. Las laderas más altas se oscurecieron con matas de brezo, y retazos de un verde más tosco y encrespado aparecieron en el valle. Digory no supo lo que eran hasta que uno empezó a brotar cerca de él. Era un menudo objeto puntiagudo que echó docenas de ramificaciones y los cubrió de verde mientras crecía a un ritmo de tres centímetros cada dos segundos. Docenas de aquellas cosas rodeaban ya al pequeño, y cuando fueron casi tan altas como él se dio cuenta de lo que eran.

—¡Árboles! —exclamó.

Lo fastidioso de aquello, tal como dijo Polly después, era que no te dejaban tranquilo para que pudieras observarlo. Justo mientras decía «¡Árboles!», Digory tuvo que dar un salto porque el tío Andrew había vuelto a acercársele furtivamente y se disponía a hurgar en su bolsillo; aunque poco provecho habría sacado de haber tenido éxito, pues apuntaba al bolsillo derecho porque pensaba aún que los anillos verdes eran «de regreso a casa». De todos modos Digory no deseaba perder ni unos ni otros.

—¡Detente! —gritó la bruja—. Retrocede. No, más atrás. Si alguien se acerca a más de diez pasos de cualquiera de los niños, le abriré la cabeza.

Balanceaba en la mano la barra de hierro que había arrancado del farol, lista para lanzarla, y, sin saber por qué, nadie dudó de su buena puntería.

—¡Vaya! —siguió—. Así que estabas dispuesto a regresar a escondidas a tu mundo con el niño y dejarme aquí.

El mal genio del tío Andrew finalmente pudo más que sus temores.

—Pues sí, señora —declaró—. ¡Sin lugar a dudas! Estaría en mi perfecto derecho a hacerlo. He sido tratado de un modo de lo más vergonzoso y abominable. He hecho todo lo que estaba en mi mano para mostrarle toda la cortesía posible. ¿Y cuál ha sido mi recompensa? Ha robado, me veo obligado a repetir la palabra, «robado» a un joyero respetable. Ha insistido en que la invitara a un almuerzo sumamente caro, por no decir ostentoso, a pesar de que me vi obligado a empeñar el reloj y la cadena para poder hacerlo; y permita que le diga, señora, que nadie de nuestra familia ha tenido por costumbre frecuentar las tiendas de empeño, excepto mi primo Edward, y él estaba en el cuerpo voluntario de caballería del condado. Durante esa indigesta comida, y me siento fatal sólo de pensar en ella ahora, su comportamiento y conversación atrajeron la desfavorable atención de todos los presentes. Me doy cuenta de que he sido deshonrado públicamente. Jamás podré volver a aparecer por ese restaurante. Ha atacado a la policía. Ha robado...

—Ya, cierre el pico, jefe, haga el favor de cerrar el pico —dijo el cochero—. Ahora hay que mirar y escuchar, no hablar.

Desde luego había muchas cosas que observar y escuchar. El árbol que había llamado la atención de Digory se había convertido en un haya adulta cuyas ramas se balanceaban suavemente por encima de su cabeza. Estaban de pie sobre hierba fresca y verde, espolvoreada de margaritas y ranúnculos, y algo más allá, a lo largo de la orilla del río, crecían sauces. Al otro lado, marañas de grosellas en flor, lilas, rosas silvestres y rododendros los rodeaban. El caballo se dedicaba a arrancar deliciosos bocados de hierba fresca.

Durante todo aquel tiempo la canción del león, y su majestuoso vagabundeo a un lado y a otro, de aquí para allá, siguieron sin pausa, y lo que resultaba más bien alarmante era que con cada giro se acercaba un poco más. A Polly la canción le resultaba cada vez más interesante porque le parecía empezar a ver una conexión entre la música y las cosas que sucedían. Cuando una hilera de abetos negros brotó en una loma a unos cien metros de distancia, sintió que se debían a una serie de profundas y prolongadas notas que el león había entonado un segundo antes; y cuando el animal emitió una rápida sucesión de notas más ligeras no le sorprendió ver que, de improviso, aparecían prímulas en todas direcciones. Así pues, con una inenarrable emoción, se sintió muy segura de que todas las cosas salían —así lo dijo ella— «de la cabeza del león». Cuando uno escuchaba su canción oía las cosas que creaba; cuando miraba a su alrededor, las veía. Aquello resultaba tan emocionante que no tenía tiempo de asustarse. Sin embargo, Digory y el cochero no podían evitar sentirse un poco nerviosos al ver que cada giro en el paseo del animal lo conducía más cerca de ellos. En cuanto al tío Andrew, los dientes le castañeteaban, pero las rodillas le temblaban de tal modo que le resultaba imposible salir huyendo.

De repente la bruja avanzó decidida en dirección al león. Éste seguía acercándose, sin dejar de cantar, con paso lento y meditado. Se encontraba a sólo doce metros de distancia, cuando la mujer alzó el brazo y le arrojó la barra directamente a la cabeza.

Nadie, y aún menos Jadis, podría haber fallado a aquella distancia. La barra alcanzó al animal justo entre los ojos, rebotó y cayó a la hierba con un golpe sordo. El león siguió avanzando y su paso no era ni más lento ni más rápido que antes; era imposible saber si era consciente de que lo habían golpeado. A pesar de que sus blandas patas no producían el menor sonido, uno notaba cómo la tierra temblaba bajo su peso.

La bruja lanzó un alarido y echó a correr, desapareciendo entre los árboles en unos instantes. El tío Andrew intentó hacer lo mismo, tropezó con una raíz y cayó de bruces en un pequeño arroyo que discurría hacia el río. Los niños eran incapaces de moverse, aunque tampoco estaban muy seguros de querer hacerlo. El león no les prestó atención. La enorme boca roja estaba abierta, pero abierta para cantar, no para rugir. Pasó tan cerca de ellos que podrían haberle tocado la melena. Los pequeños tenían un miedo atroz a que se volviera y los mirara, y a la vez, curiosamente, deseaban que lo hiciera. De todos modos, les prestó la misma atención que si hubieran sido invisibles y no olieran a nada. Una vez que hubo pasado junto a ellos e ido unos pasos más allá, se dio la vuelta, pasó de nuevo a su lado y prosiguió la marcha en dirección este.

El tío Andrew, entre toses y farfulleos, se puso en pie.

—Bien, Digory —anunció—, nos hemos librado de esa mujer y ese horrible león se ha ido. Dame la mano y ponte el anillo inmediatamente.

—No me toques —dijo Digory, apartándose de él—. Mantente alejada de él, Polly. Ven aquí, a mi lado. Te lo advierto, tío Andrew, no te acerques ni un paso más o desapareceremos.

—¡Haz el favor de obedecer, señorito! —ordenó el tío Andrew—. Eres un niño sumamente desobediente y maleducado.

—Ni hablar. Queremos quedarnos y ver qué sucede. Creí que deseabas saber cosas de otros mundos. ¿No te gusta ahora que estás aquí?

—¡Gustarme! —exclamó él—. ¡Mírame! ¡Estoy hecho un desastre! Y era mi mejor levita y mi mejor chaleco.

Desde luego en aquellos momentos su aspecto era horrible pues, por supuesto, cuanto más elegante se viste uno, peor aspecto tiene después de haberse arrastrado fuera de un coche de caballos hecho trizas y de haber caído en un arroyo cenagoso.

—No estoy diciendo —añadió— que éste no sea un lugar de lo más interesante. Si yo fuera más joven, claro..., tal vez pudiera conseguir que algún joven enérgico viniera aquí primero. Uno de esos cazadores de caza mayor. Se le podría sacar algún provecho a este país. El clima es delicioso. Jamás había respirado un aire así. Estoy seguro de que me habría hecho mucho bien si... si las circunstancias hubieran sido más favorables. Si al menos tuviéramos un arma.

—Al diablo con las armas —dijo el cochero—. Voy a darle un buen masaje a *Fresón*. Ese caballo tiene más sentido común que muchas personas que yo conozco...

Regresó junto al caballo y empezó a proferir los siseos habituales de los peones de cuadra.

—¿Todavía crees que a ese león lo podría matar un arma? —preguntó Digory—. No pareció inmutarse con la barra de hierro.

—A pesar de todos sus defectos —repuso el tío Andrew—, es una *xica* valerosa, muchacho. Fue una acción muy audaz. —Se frotó las manos e hizo chasquear los nudillos, como si volviera a olvidar lo mucho que la bruja lo atemorizaba cuando estaba presente.

—Fue algo malvado —protestó Polly—. ¿Qué daño le había hecho él?

—¡Vaya! ¿Qué es eso? —dijo Digory, que había salido disparado al frente para examinar algo situado unos pocos metros más allá—. Eh, Polly —llamó—. Ven a echar un vistazo.

El tío Andrew fue con ella; no porque quisiera verlo sino porque quería mantenerse cerca de los niños, por si se le presentaba una oportunidad de robarles los anillos. Sin embargo, cuando vio lo que Digory contemplaba, incluso él empezó a mostrar cierto interés. Era un modelo perfecto de un farol, de poco menos de un metro de altura, aunque iba creciendo, y adquiriendo grosor de forma proporcionada, mientras lo observaban; en realidad, crecía igual que lo habían hecho los árboles.

—También está vivo..., quiero decir, está encendido —indicó Digory.

Así era; aunque desde luego la luminosidad del sol hacía que la pequeña llama del farol resultara difícil de percibir, a menos que la sombra de uno cayera sobre él.

—Impresionante, vaya que sí —murmuró el tío Andrew—. Ni siquiera yo había soñado jamás con magia como ésta. Nos hallamos en un mundo donde todo, incluso un farol, adquiere vida y crece. Me gustaría saber de qué semilla crece un farol...

—¿No te das cuenta? —dijo Digory—. Aquí es donde cayó la barra; la barra que ella arrancó del farol en nuestro país. Se clavó en el suelo y ahora brota en forma de joven farol.

En realidad no tan joven en aquellos momentos, pues ya había alcanzado la altura de Digory mientras él hablaba.

—¡Eso es! Prodigioso, prodigioso —asintió el tío Andrew, frotándose las manos con más energía que nunca—. ¡Ja, ja! Se rieron de mi magia. Esa estúpida hermana mía cree que soy un lunático. Me gustaría saber qué dirán ahora. He descubierto un mundo donde todo rebosa vida y desarrollo. ¡Colón, vaya! ¡Y hablan de Colón! Pero ¿qué fue América comparada con esto? Las posibilidades comerciales de este país son ilimitadas. Se traen unos viejos restos de chatarra, se entierran, y en seguida brotarán en forma de flamantes locomotoras, buques de guerra, cualquier cosa que uno desee. No me costarían nada y podría venderlos en Inglaterra por un dineral. Seré millonario. ¡Y además, el clima! Ya me siento varios años más joven. Podría convertirlo en un balneario. Un buen sanatorio aquí podría producir unas veinte mil libras al año. Desde luego tendré que revelar el secreto a unos cuantos. Lo primero es conseguir que maten a ese animal.

—Es usted igual que la bruja —dijo Polly—. No piensa en otra cosa que en matar.

—Y en lo que respecta a mí —prosiguió el anciano, sumido en su feliz ensoñación—, es imposible saber cuánto tiempo podría vivir si me instalase aquí. Y eso es algo que hay que tener en cuenta cuando uno ha cumplido ya los sesenta. ¡No me sorprendería no envejecer ni un día más en este país! ¡Formidable! ¡El País de la Juventud!

—¿Cómo? —gritó Digory—. ¡El País de la Juventud! ¿Realmente crees que lo es? —Pues, naturalmente, recordaba lo que la tía Letty había dicho a la señora que había traído las uvas, y aquella dulce esperanza volvió a embargarlo—. Tío Andrew —dijo—, ¿crees que aquí hay algo que pueda curar a mi madre?

—¿De qué hablas? —replicó él—. Esto no es una farmacia. Pero tal como decía...

—Mi madre te importa un comino —le espetó Digory con rabia—. Pensaba que te importaba; al fin y al cabo es tu hermana además de mi madre. Bueno, me da igual. Pienso ir a preguntarle al león en persona si puede ayudarme.

Dio media vuelta y se alejó a buen paso. Polly aguardó unos instantes y luego fue tras él.

—¡Eh! ¡Detente! ¡Regresa! Este chico se ha vuelto loco —dijo el tío Andrew.

El anciano siguió a los niños a una distancia prudente; pues no deseaba alejarse demasiado de los anillos verdes ni acercarse en exceso al león.

En unos minutos Digory llegó al límite del bosque y se detuvo allí. El león seguía cantando; pero la canción había vuelto a cambiar. Era mucho más parecida a lo que llamaríamos una melodía, pero también era mucho más desenfrenada. Hacía que se quisiera correr, saltar y trepar; hacía que entraran ganas de gritar; hacía que se deseara correr hacia otras personas y abrazarlas o pelear con ellas. Hizo que el rostro de Digory se sonrojara y acalorara, y también ejerció un cierto efecto sobre el tío Andrew, ya que el niño lo oyó decir:

—Una *xica* valerosa, sí, señor. Es una lástima que tenga ese genio, pero es una mujer realmente magnífica de todos modos, una mujer realmente magnífica.

Pero el efecto que la canción tenía sobre los dos humanos no era nada comparado con el que tenía sobre el territorio.

¿Eres capaz de imaginar un prado cubierto de hierba que borbotea como el agua en una olla? Pues ésta es la mejor descripción de lo que estaba sucediendo. El terreno se iba llenando de montecillos por todas partes. Eran de tamaños muy distintos, algunos no mayores que madrigueras de topos, otros tan grandes como carretillas, dos del tamaño de casitas de campo. Y los montecillos se movieron e hincharon hasta estallar, y la tierra desmoronada se derramó por los costados, y de cada montículo surgió un animal. Los topos salieron de la tierra igual que salen en Inglaterra. Los perros surgieron ladrando en cuanto les quedó libre la cabeza y forcejeaban como se los ve hacer cuando atraviesan un túnel estrecho o un cerco. Los ciervos fueron los más curiosos de observar, puesto que las cornamentas salieron mucho antes de que apareciera el resto de ellos, de modo que en un principio Digory pensó que se trataba de árboles. Las ranas, que surgieron todas cerca del río, fueron directas a éste con un *plof-plof* y un sonoro croar. Las panteras, leopardos y animales de ese estilo, se sentaron inmediatamente para lamerse la tierra de los cuartos traseros y luego se apoyaron en los árboles para afilar las zarpas delanteras. Avalanchas de pájaros salieron de los árboles. Las mariposas revolotearon, y las abejas se pusieron a trabajar en las flores como si no tuvieran un segundo que perder. No obstante, el momento más espectacular fue cuando el montículo más grande se quebró como por un pequeño terremoto y emergió el lomo inclinado, la enorme cabeza sabia, y las cuatro patas llenas de pliegues de un elefante. Y entonces apenas se oía ya la canción del león, debido a la gran cantidad de graznidos, arrullos, cacareos, rebuznos, relinchos, aullidos, ladridos, balidos y bramidos.

Sin embargo, a pesar de no oír ya al león, Digory sí lo veía. Era tan grande y reluciente que no podía apartar los ojos de él. Los otros animales no parecían tenerle miedo. A decir verdad, en aquel mismo instante, Digory oyó el sonido de cascos a su espalda, y al cabo de unos segundos el viejo caballo del cabriolé pasó trotando por su lado para ir a reunirse con las otras bestias. Al parecer el aire le había sentado tan bien como al tío Andrew, pues ya no parecía el viejo y desdichado esclavo que había sido en Londres; alzaba bien los cascos al andar y mantenía la cabeza bien erguida. Y ahora, por vez primera, el león estaba callado; paseaba de un lado a otro por entre los animales, y de vez en cuando se acercaba a dos de ellos —siempre de dos en dos— y les rozaba el hocico con el suyo. Tocaba a dos castores de entre todos los castores, a dos leopardos de entre todos los leopardos, a un ciervo y una cierva de entre todos los ciervos, y dejaba a los demás. Algunas clases de animales las pasaba por alto tranquilamente. Las parejas que había tocado abandonaban al instante a sus congéneres y lo seguían. Finalmente el león se quedó quieto y todas las criaturas que había tocado se acercaron y formaron un amplio círculo a su alrededor.

Aquellos que no había tocado empezaron a dispersarse, y sus sonidos se fueron desvaneciendo en la distancia. Los animales elegidos que se quedaban permanecían en un silencio absoluto, con los ojos muy fijos en el león. Aquellos que pertenecían a la familia de los felinos agitaban de vez en cuando la cola pero, aparte de eso, se mantenían inmóviles. Por vez primera aquel día se hizo un completo silencio, sólo interrumpido por el fluir del agua del río. El corazón de Digory latía con violencia; sabía que algo muy solemne estaba a punto de ocurrir. No había olvidado a su madre, pero sabía perfectamente que, ni siquiera por ella, podía interrumpir algo como aquello.

El león, cuyos ojos no pestañeaban jamás, contempló a los animales con tanta severidad como si fuera a abrasarlos sólo con mirarlos, y poco a poco se efectuó un cambio en ellos. Los más pequeños —conejos, topos y seres parecidos— se volvieron bastante más grandes. Los que era muy grandes —resultaba más visible en los elefantes— se volvieron un poco más pequeños. Muchos animales se sentaron sobre los cuartos traseros, y la mayoría ladeó la cabeza como si pusieran mucho empeño en comprender. El león abrió las fauces, pero no salió ningún sonido; exhalaba, un largo y cálido aliento, que pareció balancear a todos los animales igual que el viento balancea una hilera de árboles. En las alturas, desde un punto situado más allá del velo de cielo azul que las ocultaba, las estrellas volvieron a cantar; era una música pura, serena e intrincada. Entonces se produjo un veloz fogonazo parecido a una llamarada —que no quemó a nadie— procedente del cielo o del mismo león, los niños sintieron que toda su sangre hormigueaba, y la voz más profunda e impetuosa que habían oído jamás empezó a decir:

—Narnia, Narnia, Narnia, despierta. Ama. Piensa. Habla. Sed Árboles Andantes. Sed Bestias Parlantes. Sed Aguas Divinas.

Capítulo diez

El primer chiste y otras cuestiones

Desde luego se trataba de la voz del león. Hacía tiempo que los niños estaban seguros de que podía hablar: sin embargo, sintieron un sobresalto entre terrible y delicioso cuando lo hizo.

De los árboles surgieron gentes estrafalarias, dioses y diosas del bosque; salieron acompañados de faunos, sátiros y enanos. Del río emergió el dios del río con sus hijas náyades. Y todos aquellos seres y todas las bestias y aves en sus diferentes voces, graves o agudas, apagadas o claras, respondieron:

—Salve, Aslan. Escuchamos y obedecemos. Estamos despiertos. Amamos. Pensamos. Hablamos. Sabemos.

—Pero, bueno, ¡todavía nos queda por aprender! —dijo una voz nasal y resoplante; y aquello sí que hizo dar un salto a los niños, pues era el caballo del cabriolé quien había hablado.

—El bueno de *Fresón* —dijo Polly—. Me alegro de que fuera uno de los que eligió para ser una Bestia Parlante.

—¡Caray! —dijo el cochero, que se hallaba ahora de pie junto a los niños—. Ya decía yo que este caballo era muy listo.

—Criaturas, os doy vuestro ser —dijo la voz potente y alegre de Aslan—. Os entrego para siempre este país de Narnia. Os doy los bosques, las frutas, los ríos. Os doy las estrellas y me entrego yo mismo a vosotros. Las criaturas mudas que no he elegido también os pertenecen. Tratadlas con cariño y amadlas pero no volváis a comportaros como ellas, no sea que dejéis de ser Bestias Parlantes. Pues provenís de ellas y a ellas podéis regresar. No lo hagáis.

—No, Aslan, no lo haremos, no lo haremos —dijeron todos.

Y un descarado cuervo añadió en voz alta: «¡Ni hablar!» y, puesto que todos los demás habían dejado de hablar justo antes de que lo dijera, sus palabras sonaron con total nitidez en medio de un profundo silencio; tal vez tú ya hayas descubierto lo terrible que eso puede resultar..., pongamos por caso, en una fiesta. El cuervo se sintió tan avergonzado que ocultó la cabeza bajo el ala como si fuera a dormirse, en tanto que los demás animales emitían varios ruiditos curiosos que eran sus distintos modos de reír y que, desde luego, nadie ha oído jamás en nuestro mundo. Al principio intentaron contener la risa, pero Aslan dijo:

—Reíd y no temáis, criaturas. Ahora que ya no sois mudas ni necias, no tenéis por qué mostraros siempre solemnes. Pues los chistes, igual que la justicia, van unidos al habla.

Así pues todos los animales y seres fantásticos se relajaron. Y fue tal el júbilo que el cuervo reunió valor suficiente de nuevo y se encaramó a la cabeza del caballo del cabriolé, entre sus orejas. Aplaudió con las alas y dijo:

—¡Aslan! ¡Aslan! ¿Me he inventado el primer chiste? ¿Le contarán siempre a todo el mundo cómo inventé el primer chiste?

—No, amiguito —respondió el león—. No has «inventado» el primer chiste, simplemente has «sido» el primer chiste.

Entonces rieron más que nunca; pero al cuervo no le importó y rió igual de fuerte hasta que el caballo sacudió la cabeza y el ave perdió el equilibrio y cayó, aunque recordó que tenía alas —todavía no estaba acostumbrada a ellas— antes de llegar al suelo.

—Así pues —declaró Aslan—, Narnia queda establecida. Ahora debemos pensar en mantenerla a salvo. Convocaré a algunos de vosotros a mi consejo. Venid acá conmigo, jefe enano, y tú, dios del río, y tú, roble y tú, búho, y los dos cuervos y el elefante. Debemos hablar. Pues aunque el mundo no tiene ni cinco horas de vida una criatura malvada ha entrado ya en él.

Las criaturas que había nombrado se adelantaron y el león marchó en dirección este con ellas. Las otras se pusieron a hablar, diciendo cosas como:

—¿Qué ha dicho que había entrado en el mundo?... Una criatura *malada*... ¿Qué es una criatura *malada*?

—No, no ha dicho *malada*, sino una criatura *valada*.

—Bueno, ¿y qué es eso?

—Oye —dijo Digory a Polly—, tengo que ir tras él..., tras Aslan, quiero decir, el león. Debo hablar con él.

—¿Crees que podemos? Yo no me atrevería.

—Debo hacerlo —respondió Digory—. Se trata de mi madre. Si alguien puede darme algo que la cure, es él.

—Voy con vosotros —ofreció el cochero—. Me ha caído bien. Y no creo que las otras bestias vayan a atacarnos. Y quiero hablar con el viejo *Fresón*.

Así que los tres avanzaron con osadía —o más bien con tanta osadía como fueron capaces— en dirección a la asamblea de animales. Las criaturas estaban tan ocupadas conversando entre ellas y trabando amistad, que no se dieron cuenta de la presencia de los tres seres humanos hasta que éstos estuvieron muy cerca; tampoco oyeron al tío Andrew, que estaba de pie temblando en sus botines a bastante distancia y gritaba, aunque no muy convencido:

—¡Digory! ¡Regresa! Regresa inmediatamente cuando te lo ordenan. Te prohíbo que des un paso más.

Cuando por fin se encontraron justo en medio de los animales, éstos dejaron de hablar y los miraron con asombro.

—¿Bien? —dijo finalmente el castor macho—. ¿Qué son estas cosas, por el amor de Aslan?

—Por favor —empezó a decir Digory casi sin resuello, cuando un conejo intervino, diciendo:

—Son una especie de lechugas gigantes, o eso creo yo.

—No, no somos lechugas, de verdad que no —se apresuró a asegurar Polly—. No tenemos buen sabor.

—¡Vaya! —dijo el topo—. Pueden hablar. ¿Quién ha oído hablar jamás de una lechuga parlanchina?

—A lo mejor son el segundo chiste —sugirió el cuervo.

Una pantera, que estaba lavándose la cara, paró por un momento para decir:

—Bueno, pues si lo son, no son ni la mitad de buenos que el primero. Al menos, no veo nada divertido en ellos. —Bostezó y prosiguió con su lavado.

—Por favor —suplicó Digory—. Tengo muchísima prisa. Quiero ver al león.

Mientras ellos hablaban, el cochero intentaba llamar la atención de *Fresón*, hasta que finalmente lo consiguió.

—Hola, *Fresón*, viejo amigo —dijo—. Tú me conoces. No te quedes ahí como si no supieras quién soy.

—¿De qué habla esa cosa, caballo? —preguntaron varias voces.

—Bueno —dijo *Fresón* muy despacio—, no lo sé exactamente. Creo que a muchos de nosotros todavía nos queda mucho por aprender. Pero tengo una vaga idea de haber visto algo parecido. Me da la sensación de haber vivido en otro lugar, o haber sido otra cosa, antes de que Aslan nos despertara a todos hace unos minutos. Está todo muy confuso. Es como un sueño. Pero en él había cosas similares a estos tres.

—¿Qué? —exclamó el cochero—. ¿No me conoces? ¿Yo, que te daba una papilla de salvado caliente las noches que estabas alicaído? ¿Yo, que te cepillaba bien? ¿Yo, que nunca olvidaba ponerte la manta cuando hacía frío? ¡Nunca lo hubiera dicho, *Fresón*!

—Ahora empiezo a recordar —dijo el caballo, pensativo—. Sí. Deja que piense, deja que piense. Sí, solías atar una horrible cosa negra a mi espalda y luego me pegabas para que corriera, y por muy lejos que llegara esa cosa negra venía siempre traqueteando detrás de mí.

—Había que ganarse el pan, ¿sabes? —respondió el cochero—. Tú y yo, ¡los dos! Y sin trabajo ni látigo, no habría habido establo ni heno ni papilla de salvado, y tampoco avena. Porque a ti te gustaba la avena, ¡nadie lo negará!

—¿Avena? —inquirió el caballo, irguiendo las orejas—. Sí, recuerdo vagamente. Sí, empiezo a recordar cada vez más cosas. Siempre estabas sentado muy erguido en algún lugar detrás de mí y yo siempre corría delante, tirando de ti y de la cosa negra. Sé que yo hacía todo el trabajo.

—En verano, lo admito —respondió él—. Trabajo abrasador para ti y un asiento fresco para mí. Pero ¿qué hay del invierno, cuando tú te mantenías caliente y yo estaba sentado allí arriba con los pies como témpanos de hielo, la nariz enrojecida por el viento helado y las manos tan agarrotadas que apenas podía sujetar las riendas?

—Era un país duro y cruel —dijo *Fresón*—. No había hierba. Todo eran piedras duras.

—¡Qué razón tienes, compañero! —asintió el cochero—. ¡El mundo es duro! Siempre he dicho que los adoquines no son buenos para los caballos. Pero ¡así es Londres, ya lo creo! A mí me gusta tan poco como a ti. Tú eras un caballo de campo, y yo era un hombre de campo. ¡Hasta cantaba en el coro! ¡Ya lo creo que sí! Pero en el campo no podía ganarme la vida.

—Basta, por favor —intervino Digory—. ¿Podríamos seguir? El león se aleja cada vez más, y es urgentísimo que hable con él.

—Mira, *Fresón* —dijo el cochero—. El joven está preocupado porque necesita hablar con el león; ése al que llamáis Aslan. ¿Por qué no lo dejas montar sobre tu lomo, cosa que él agradecerá muchísimo, y lo llevas trotando hasta el león? Y la jovencita y yo os seguiremos a pie.

—¿Montar? —inquirió el animal—. Ah, ahora recuerdo. Significa sentarse sobre mi lomo. Recuerdo que había un pequeño de dos patas como tú que lo hacía mucho tiempo atrás. Acostumbraba a darme pequeños terrones cuadrados de una sustancia blanca. Tenían un sabor... ah, maravilloso, más dulce que la hierba.

—Ah, debía de ser azúcar —dijo el cochero.

—Por favor, *Fresón* —rogó Digory—, deja, deja que suba y llévame hasta Aslan.

—Bueno, no me importa —respondió el caballo—. Pero sólo una vez. Sube.

—Buen chico, *Fresón* —dijo el cochero—. Vamos, jovencito, te echaré una mano.

Digory no tardó en estar instalado sobre el lomo del animal, y bastante cómodo, además, pues ya había montado sin silla antes en su poni.

—Arre, *Fresón* —indicó.

—¿No tendrás por casualidad un poco de esa sustancia blanca, supongo? —inquirió su montura.

—No; me temo que no.

70

—Bueno, qué le vamos a hacer —respondió él, y se pusieron en marcha.

En aquel momento un enorme bulldog, que había estado olisqueando y mirando con suma atención, dijo:

—¡Mirad! ¿No hay ahí otra de esas criaturas curiosas...? ¡Ahí, junto al río, bajo los árboles!

Entonces todos los animales miraron y vieron al tío Andrew, de pie, muy quieto entre los rododendros y confiando en que nadie advirtiera su presencia.

—¡Vamos! —dijeron varias voces—. Vayamos a averiguarlo.

Así que, mientras *Fresón* se alejaba trotando a buen paso con Digory en una dirección —con Polly y el cochero siguiéndolos a pie—, la mayoría de las criaturas corrieron hacia el tío Andrew entre rugidos, ladridos, gruñidos y otros ruidos que indicaban un alegre interés.

Ahora debemos retroceder un poco y explicar cómo había interpretado toda la escena el tío Andrew. Ésta no le había producido la misma impresión que al cochero y a los niños; pues lo que uno ve y oye depende en gran medida del lugar donde esté, y también depende de la clase de persona que uno sea.

Desde el momento en que habían aparecido los animales, el tío Andrew había ido retrocediendo más y más hacia el interior del bosquecillo. Los observaba con suma atención; pero lo que atraía su interés no era ver lo que hacían, sino vigilar por si se abalanzaban sobre él. Al igual que la bruja, era sumamente práctico. No se dio cuenta de que Aslan elegía a una pareja de cada clase de animales; todo lo que vio, o creyó ver, fue a un montón de peligrosos animales salvajes que deambulaban de un modo impreciso, y no dejó de preguntarse por qué los otros animales no huían del enorme león.

Cuando llegó el gran momento y las bestias hablaron, no se enteró absolutamente de nada; por un motivo muy interesante. Cuando el león había empezado a cantar por primera vez, hacía ya mucho rato, cuando todo estaba aún bastante oscuro, había comprendido que el ruido era una canción, y ésta no le había gustado nada. Le hacía pensar y sentir cosas que no quería pensar ni sentir. Luego, cuando salió el sol y vio que el cantor era un león —«nada más que un león», como se dijo para sus adentros—, intentó por todos los medios convencerse de que no cantaba y jamás había cantado; de que sólo rugía como lo haría cualquier león en un zoológico de nuestro mundo. «Es imposible que haya cantado —pensó—, debo de haberlo imaginado. No he hecho nada para impedir que mis nervios se descontrolen. ¿Quién ha oído jamás que un león pueda cantar?» Y cuanto más bellamente cantaba el animal, con más ahínco intentaba el tío Andrew convencerse de que no oía otra cosa que rugidos. Ahora bien, el principal inconveniente de intentar volverse más estúpido de lo que realmente se es, es que muy a menudo se consigue. El tío Andrew lo consiguió. Pronto ya no oyó nada más que rugidos en la canción de Aslan; al poco rato habría sido incapaz de oír otra cosa aunque lo hubiera deseado. Y cuando por fin el león habló y dijo: «Narnia, despierta», no oyó palabras: oyó únicamente un gruñido.

Luego, cuando los animales hablaron en respuesta, a él sólo le llegaron ladridos, gruñidos y aullidos; y cuando rieron..., bueno, resulta fácil imaginarlo. Aquello fue peor para el tío Andrew que cualquier cosa que hubiera sucedido hasta entonces; las bestias hambrientas emitieron el clamor más horrendo y ávido de sangre que había oído en toda su vida. Luego, con gran cólera y horror por su parte, vio como los otros tres humanos salían a campo abierto para ir al encuentro de los animales.

—¡Idiotas! —dijo para sí—. Ahora esas bestias se comerán los anillos junto con los niños y jamás podré regresar a casa. ¡Qué muchacho más egoísta es Digory! Y los otros son iguales. Si quieren desperdiciar su vida, es cosa suya. Pero ¿qué sucede conmigo? ¡Les importa un rábano! Nadie piensa en mí.

Finalmente, cuando todo el grupo de animales se abalanzó hacia él, dio media vuelta y salió huyendo precipitadamente. En aquel momento quedó bien claro que el aire de aquel mundo joven realmente le estaba sentando de maravilla al anciano caballero. En Londres era demasiado mayor para correr, pero ahora corría a una velocidad que le habría asegurado el triunfo en la carrera de los cien metros de cualquier escuela primaria de Gran Bretaña. Los faldones de la levita ondeando a su espalda resultaban todo un espectáculo. Pero, claro está, no le sirvió de nada. Muchos de los animales que lo perseguían eran criaturas veloces; era la primera carrera que habían hecho en sus vidas y todos ansiaban hacer uso de sus nuevos músculos.

—¡Tras él! ¡Tras él! —gritaron—. ¡A lo mejor es esa criatura *malada*! ¡Vamos! ¡A la carrera! ¡Cortadle el paso! ¡Rodeadlo! ¡Seguid! ¡Hurra!

En pocos minutos algunos de ellos lo adelantaron, luego se colocaron en fila y le cerraron el paso. Otros lo rodearon por detrás. Mirara a donde mirase, todo le producía pavor. Las cornamentas de alces enormes y el inmenso rostro de un elefante se alzaron amenazadores sobre su persona; pesados y serios osos y jabalíes gruñeron a su espalda, y leopardos y panteras de mirada insolente y expresiones sarcásticas —en su opinión— lo contemplaron fijamente y menearon la cola. Lo que más le impresionó fue la cantidad de fauces abiertas. Los animales en realidad habían abierto las bocas para jadear, pero él pensó que lo habían hecho para devorarlo.

El tío Andrew se detuvo tembloroso y balanceándose de un lado a otro. Para empezar, jamás le habían gustado los animales, pues por lo general le inspiraban temor; y, desde luego, años de crueles experimentos con animales le habían hecho odiarlos y temerlos aún más.

—Bien, señor —dijo el bulldog en tono práctico—, ¿es usted animal, vegetal o mineral?

Eso fue lo que dijo realmente; pero todo lo que el tío Andrew oyó fue «¡Grrrrr!».

Capítulo once

Digory y su tío tienen problemas

Se puede pensar que los animales tenían que ser muy tontos para no darse cuenta en seguida de que el tío Andrew era la misma clase de criatura que los dos niños y el cochero; pero hay que recordar que los animales no sabían lo que era la ropa. Creían que el vestido de Polly, el traje Norfolk de Digory y el sombrero hongo del cochero formaban parte de ellos igual que las pieles y plumas de los animales. No habrían comprendido que los tres eran de la misma especie si no les hubieran hablado y si *Fresón* no hubiera pensado lo mismo. Además, el tío Andrew era mucho más alto que los niños y bastante más delgado que el cochero. Iba todo vestido de negro excepto por el chaleco blanco —que ya no estaba muy blanco a aquellas alturas—; y la enorme pelambrera gris —para entonces, más que enmarañada— no se parecía a nada que hubieran visto en los otros tres humanos. Así pues, era muy natural que se sintieran perplejos. Y lo peor era que, aquel ser no parecía capaz de hablar.

En realidad había intentado hacerlo. Cuando el bulldog le habló o, como pensó él, primero le rugió y luego le gruñó, alargó la temblorosa mano y jadeó: «Vamos, sé un perrito bueno, soy un pobre anciano». Sin embargo, los animales eran tan incapaces de entenderlo a él como él a ellos. No oyeron palabra alguna: únicamente un vago chisporroteo. Quizá fuera mejor que no lo hicieran, porque a ningún perro que yo conozca, y mucho menos a un perro parlante de Narnia, le gusta que lo llamen «perrito bueno»; igual que a ti tampoco te gustaría que te llamaran «hombrecito mío».

A continuación el tío Andrew cayó redondo al suelo, desvanecido.

—¡Vaya! —dijo un jabalí—. No es más que un árbol. Ya lo decía yo.

Hay que recordar que ellos nunca habían visto desmayarse ni caerse a nadie.

El perro, que había estado olisqueando al tío Andrew de pies a cabeza, alzó el hocico y declaró:

—Es un animal. Sin duda alguna es un animal, y probablemente de la misma clase que aquellos otros.

—No lo entiendo —dijo uno de los osos—. Un animal no se caería redondo al suelo de ese modo. Somos animales y no nos desplomamos. Nos mantenemos en pie. Así. —Se alzó sobre las patas traseras, dio un paso atrás, tropezó con una rama baja y cayó de espaldas cuan largo era.

—¡El tercer chiste, el tercer chiste, el tercer chiste! —exclamó el cuervo muy emocionado.

—Sigo pensando que es una especie de árbol —insistió el jabalí.

—Si es un árbol —dijo el otro oso—, podría haber un nido de abejas en él.

—Estoy seguro de que no es un árbol —declaró el tejón—. Me dio la impresión de que intentaba hablar antes de desplomarse.

—Fue únicamente el viento en sus ramas —indicó el jabalí.

—¡No querrás decir —dijo el cuervo al tejón— que crees que es un animal «parlante»! No pronunció ni una sola palabra.

—Y sin embargo, no sé —intervino el elefante, que en realidad era una elefanta, pues no hay que olvidar que a su esposo se lo había llevado Aslan con él—, y sin embargo, bueno, podría ser algún tipo de animal. ¿Acaso no podría ser una especie de rostro la protuberancia blanquecina de este extremo? ¿Y no podrían ser dos ojos y una boca esos agujeros? No hay nariz, claro. Pero de todos modos... ejem... no debemos mostrar una mentalidad estrecha. Muy pocos tenemos lo que podría denominarse exactamente una nariz. —Miró de soslayo la extensión de su propia trompa con excusable orgullo.

—Me opongo enérgicamente a ese comentario —protestó el perro.

—La elefanta tiene razón —indicó el tapir.

—¡Os diré qué pienso! —dijo el asno alegremente—. Tal vez sea un animal que no sabe hablar pero que cree que sí sabe.

—¿Podemos ponerlo en pie? —inquirió la elefanta, pensativa.

Agarró suavemente la figura inerte del tío Andrew con la trompa y lo colocó en posición vertical: boca abajo, por desgracia, de modo que dos medios soberanos, tres medias coronas y una moneda de seis peniques cayeron de su bolsillo. No sirvió de nada, de todos modos, y el anciano caballero se limitó a desplomarse otra vez.

—¡Ya lo veis! —exclamaron varias voces—. No es un animal. No está vivo.

—Te digo que sí es un animal —insistió el bulldog—. Huélelo tú mismo.

—Oler no lo es todo —repuso la elefanta.

—Vaya —dijo el perro—, pues si uno no puede confiar en su olfato, ¿en qué va a confiar?

—Bueno, tal vez en su cerebro —respondió ella con suavidad.

—Me opongo enérgicamente a ese comentario —declaró el bulldog.

—Bien, pues debemos hacer algo al respecto —repuso la elefanta—. Porque podría ser la criatura *malada*, y debemos mostrársela a Aslan. ¿Qué piensa la mayoría? ¿Es un animal o una especie de árbol?

—¡Árbol! ¡Árbol! —gritaron una docena de voces.

—Muy bien —asintió la elefanta—. Entonces, si es un árbol necesita que lo planten. Debemos cavar un agujero.

Los dos topos resolvieron aquella parte de la cuestión muy de prisa, y luego tuvo lugar una pequeña polémica sobre en qué sentido había que colocar al tío Andrew en el agujero, y éste se salvó por los pelos de ser colocado boca abajo. Varios animales declararon que sus piernas eran sin duda las ramas y que por lo tanto la cosa gris y esponjosa —en realidad se referían a la cabeza— debía de ser la raíz; sin embargo, otros afirmaron que su extremo ahorquillado era el más enlodado y que se extendía más, como deberían hacer las raíces. Así pues, finalmente lo plantaron de pie, y una vez que hubieron aplastado bien la tierra, ésta le llegó hasta la altura de las rodillas.

—¡Pobrecillo! ¡Mirad qué marchito está! —declaró el asno.

—Desde luego, necesita que lo rieguen —coincidió la elefanta—. Creo que puedo haceros notar, sin ánimo de ofender a ninguno de los presentes, que, tal vez, para esa clase de trabajo una nariz como la que poseo...

—Me opongo enérgicamente a ese comentario —dijo el bulldog.

Pero la elefanta se fue tranquilamente en dirección al río, llenó la trompa de agua y regresó para ocuparse del tío Andrew. El sagaz animal siguió con aquella tarea hasta haberlo rociado con litros y más litros de agua, y conseguido que el agua discurriera por los faldones de su levita como si hubiera tomado un baño con toda la ropa puesta. Al final, tanta agua lo reanimó, y salió de su desvanecimiento. ¡Y qué despertar el suyo! Pero será mejor que lo dejemos meditando sobre su perversa acción, suponiendo que sea capaz de algo tan sensato, y volvamos nuestra atención a cuestiones más importantes.

Fresón trotó con Digory sobre el lomo hasta que el ruido de los otros animales se extinguió, y por fin se hallaron muy cerca del grupito formado por Aslan y los concejales que había elegido. Digory sabía que de ningún modo podía interrumpir una reunión tan solemne, pero no hubo necesidad de hacerlo. A una palabra de Aslan, el elefante, los cuervos y el resto de animales se hicieron a un lado. Digory descendió del caballo y se encontró cara a cara con el león. Y Aslan era más grande, más hermoso, más reluciente y más terrible de lo que había pensado. No se atrevía a mirarlo a los enormes ojos.

—Por favor... señor león... Aslan... señor —empezó a decir—, podría usted... yo... por favor, ¿me dará alguna fruta mágica de este país para que mi madre se cure?

Había esperado ansiosamente que el león dijera «Sí»; había sentido el horrible temor de que pudiera decir «No». Pero se quedó desconcertado cuando no hizo ninguna de las dos cosas.

—Éste es el muchacho —anunció Aslan, mirando, no a Digory, sino a sus concejales—. Éste es el muchacho que lo hizo.

«Vaya por Dios —pensó él—, ¿qué he hecho ahora?»

—Hijo de Adán —siguió el león—. Hay una bruja malvada paseando por mi nuevo país de Narnia. Di a estas buenas bestias cómo llegó aquí.

Una docena de cosas distintas que podía decir pasaron fugazmente por la mente de Digory, pero tuvo el buen sentido de no decir nada que no fuera la pura verdad.

—Yo la traje, Aslan —respondió en voz baja.

—¿Con qué propósito?

—Quería sacarla de mi mundo y devolverla al suyo. Creí que la conducía de regreso a su casa.

—¿Cómo fue a parar a tu mundo, Hijo de Adán?

—Me... mediante la magia.

El león no dijo nada y Digory comprendió que no había contado suficientes cosas.

—Fue mi tío, Aslan —dijo—. Nos envió fuera de nuestro mundo mediante anillos mágicos, al menos yo tuve que ir porque envió a Polly primero, y luego encontramos a la bruja en un lugar llamado Charn y ella se aferró a nosotros cuando...

—¿Encontrasteis a la bruja? —inquirió Aslan en una voz baja que llevaba en ella la amenaza de un gruñido.

—Despertó —respondió él, desconsolado; y a continuación, palideciendo intensamente—. Quiero decir, la desperté. Porque quería saber qué sucedería si golpeaba la campana. Polly no quería. No fue culpa suya. Peleé con ella. Sé que no debería haberlo hecho. Creo que estaba un poco hechizado por lo que había escrito debajo de la campana.

—¿De verdad? —preguntó Aslan; hablando aún con voz baja y profunda.

—No. Ahora me doy cuenta que no era así. Solamente lo fingía.

Se produjo una larga pausa, durante la cual Digory no dejó de pensar, «Lo he estropeado todo. Ahora ya no hay posibilidad de conseguir nada para ayudar a mi madre».

Cuando el león volvió a hablar, no fue a Digory a quien habló.

—Ya veis, amigos —dijo—, que antes de que el mundo nuevo y puro que os entregué haya cumplido siete horas de vida, una fuerza del mal ha penetrado ya en él; despertada y traída aquí por este Hijo de Adán.

Todos los animales, incluso *Fresón*, clavaron los ojos en Digory hasta conseguir que éste deseara que la tierra se lo tragase.

—Pero no os sintáis abatidos —siguió Aslan, hablando aún a los animales—. Surgirá maldad de ese mal, pero ese momento está aún muy lejano y me encargaré de que lo peor recaiga sobre mi persona. Entretanto, tomemos medidas para que durante muchos cientos de años éste sea un país feliz y un mundo lleno de alegría. Y puesto que la raza de Adán ha causado el daño, la raza de Adán ayudará a repararlo. Acercaos, vosotros dos.

Las últimas palabras iban dirigidas a Polly y al cochero que acababan de llegar. Polly, toda ojos y boca, miraba fijamente a Aslan y sujetaba con fuerza la mano del cochero, quien, tras echar una ojeada al león, se quitó el sombrero hongo: nadie lo había visto aún sin él. Cuando se lo hubo quitado, el hombre adquirió un aspecto más joven y agradable, y más parecido al de un campesino y menos al de un conductor de coches de caballos de Londres.

—Hijo —dijo Aslan al cochero—. Hace tiempo que te conozco. ¿Sabes quién soy?

—Pues, no, señor. Por lo menos, no en el sentido corriente de la palabra. Pero, ahora que lo dice, tengo la impresión, y no sé por qué, de que nos conocemos.

—Eso está bien —repuso el león—. Sabes más de lo que crees saber, y vivirás para conocerme mejor aún. ¿Qué te parece este país?

—Es un lugar magnífico, señor —respondió el cochero.

—¿Te gustaría vivir aquí siempre?

—Bueno, verá, señor, estoy casado. Si mi esposa estuviera aquí, yo diría que ninguno querría volver jamás a Londres. En realidad, los dos somos gente de campo.

Aslan alzó la peluda cabeza, abrió la boca, y profirió una única y prolongada nota; no muy fuerte, pero llena de poder. A Polly le dio un vuelco el corazón al oírla. Estaba segura de que se trataba de una llamada, y de que cualquiera que oyera aquella llamada querría obedecerla y, lo que es más, sería capaz de hacerlo, por muchos mundos y eras que mediaran. Por lo tanto, aunque la invadía el asombro, no se sintió realmente sorprendida ni sobresaltada cuando de improviso una joven de rostro amable y sincero surgió de la nada y se detuvo a su lado. La niña supo en seguida que se trataba de la esposa del cochero, sacada de nuestro mundo no mediante unos aburridos anillos mágicos, sino de un modo rápido, sencillo y dulce, tal como un ave vuela a su nido. Al parecer, la joven se hallaba en pleno lavado de ropa, pues llevaba puesto un delantal, tenía las mangas enrolladas hasta los codos y había espuma de jabón en sus manos. Si hubiera tenido tiempo de ponerse sus mejores galas —su mejor sombrero lucía cerezas artificiales— habría tenido un aspecto horrible; en cambio tal como estaba, resultaba más bien bonita.

Desde luego la joven pensó que soñaba, y por ese motivo no corrió al encuentro de su esposo y le preguntó qué diablos les había sucedido a ambos. Sin embargo, cuando miró al león ya no se sintió tan segura de que se tratara de un sueño, aunque, por algún motivo, no parecía muy asustada. Luego realizó una media reverencia, del modo en que algunas muchachas del campo las hacían aun en aquellos tiempos, y después se acercó, colocó la mano en la del cochero y se quedó allí mirando a su alrededor con cierta timidez.

—Hijos míos —dijo Aslan, clavando los ojos en ambos—, seréis el primer rey y la primera reina de Narnia.

El cochero abrió la boca asombrado, y su esposa enrojeció violentamente.

—Gobernaréis y pondréis nombre a todas estas criaturas, y haréis justicia entre ellas. También las protegeréis de sus enemigos cuando los enemigos surjan; y surgirán, pues hay una bruja malvada en este mundo.

El cochero tragó saliva con energía dos o tres veces y carraspeó.

—Disculpe, señor —dijo—, muchas gracias, de verdad, seguro que mi señora piensa igual que yo, pero no estoy hecho para un empleo como ése. No tengo estudios.

—Bien —replicó Aslan—, ¿sabes usar una pala y un arado, y sacar alimentos de la tierra?

—Sí, señor, eso sí sé hacerlo, porque me enseñaron de pequeño.

—¿Puedes gobernar a estas criaturas con bondad e imparcialidad, recordando que no son esclavos como las bestias mudas del mundo en el que naciste, sino animales parlantes y súbditos libres?

—Ya lo creo, señor —respondió el cochero—. Procuraría ser justo con todos.

—¿Y enseñarías a tus hijos y nietos a hacer lo mismo?

—Lo intentaría, señor. Haría todo lo posible, y ella también, ¿no es cierto, Nellie?

—¿Y no tendrías favoritos ni entre tus hijos ni entre las demás criaturas, ni permitirías que ninguno sometiera a otro o lo tratase mal?

—¡Ni en un millón de años, señor! ¡Pobres de ellos si los pescara haciéndolo! —declaró el cochero, con una voz que durante aquella conversación se había ido tornando más lenta y sonora; más parecida a la voz de campesino que sin duda tenía de muchacho y menos similar a la voz aguda y chillona de un habitante de los suburbios de Londres.

—¿Y si los enemigos atacaran el país, pues aparecerán enemigos, y se produjera una guerra, serías el primero en el ataque y el último en la retirada?

—Bien, señor —respondió el cochero muy despacio—, hay que verse en la situación. A lo mejor soy un poco blandengue porque nunca he peleado de verdad. Pero lo intentaría... bueno, supongo que intentaría... cumplir con mi obligación.

—Si te comportas así —indicó Aslan—, habrás hecho todo lo que debería hacer un rey. Tu coronación se celebrará en seguida. Y tú y tus hijos y nietos seréis bienaventurados, y algunos serán reyes de Narnia, y otros serán reyes de Archenland, que se encuentra allá lejos, al otro lado de las montañas meridionales. Y a ti, hijita —al decir esto se volvió hacia Polly—, te doy la bienvenida. ¿Has perdonado al muchacho por haber usado la fuerza contigo en la Galería de las Imágenes en el sombrío palacio de la execrable Charn?

—Sí, Aslan, hemos hecho las paces —confirmó Polly.

—Eso está bien —dijo el león—. Y ahora vamos a ocuparnos del muchacho.

Capítulo doce

La aventura de *Fresón*

Digory mantuvo la boca bien cerrada. Cada vez se sentía más incómodo, aunque confiaba en que, sucediera lo que sucediese, no empezaría a lloriquear o hacer algo ridículo.

—Hijo de Adán —dijo Aslan—, ¿estás dispuesto a enmendar el mal que has causado a mi dulce Narnia el mismo día de su nacimiento?

—Bueno, no veo qué puedo hacer —respondió él—. La reina huyó y...

—Pregunto: ¿estás dispuesto? —insistió el león.

—Sí —respondió Digory.

Por un segundo había tenido la loca idea de decir: «Intentaré ayudarte si prometes ayudar a mi madre», pero comprendió a tiempo que el león no era la clase de ser con el que se pueden hacer tales tratos. Sin embargo en cuanto dijo «Sí», pensó en su madre, y en las grandes esperanzas que había albergado, y en cómo se iban desvaneciendo todas ellas, y se le hizo un nudo en la garganta y afloraron lágrimas a sus ojos, y soltó:

—Pero por favor, por favor..., querrás... ¿no puedes darme algo que cure a mi madre?

Hasta aquel momento sus ojos habían estado puestos en las enormes patas del león y las grandes zarpas que tenían; pero entonces, en su desesperación, alzó la vista hacia su rostro. Lo que vio lo sorprendió más que nada en el mundo, pues el rostro leonino estaba inclinado cerca del suyo y —¡oh, gran maravilla!— había enormes lágrimas brillantes en los ojos del león. Eran tan grandes y resplandecientes comparadas con las lágrimas de Digory que, por un momento, el niño creyó que el animal sentía más pena por su madre que él mismo.

—Hijo mío, hijo mío —dijo Aslan—. Lo sé. La pena es muy grande. Únicamente tú y yo en este país lo sabemos por el momento. Vamos a ayudarnos el uno al otro. Pero también debo pensar en cientos de años de la vida de Narnia. La bruja que has traído a este mundo regresará a Narnia. Pero no tiene por qué suceder aún. Es mi deseo plantar en Narnia un árbol al que no se atreverá a acercarse, y ese árbol protegerá al país de ella durante muchos años. De ese modo, esta tierra disfrutará de una larga y brillante mañana antes de que ninguna nube cubra el sol. Tienes que conseguirme la semilla de la que brotará ese árbol.

—Sí, señor —respondió Digory.

No sabía cómo podría hacerlo pero en aquellos momentos se sentía muy seguro de que sería capaz de llevarlo a cabo. El león aspiró con fuerza, inclinó aún más la cabeza y le dio un beso de león. Al instante Digory se sintió imbuido de una nueva energía y valentía.

—Querido hijo —siguió Aslan—, te diré lo que debes hacer. Date la vuelta, mira al oeste y dime qué ves.

—Veo unas montañas enormes, Aslan —respondió Digory—. Veo el río que desciende por los riscos en forma de catarata. Y más allá del acantilado hay elevadas colinas verdes cubiertas de bosques. Y detrás de ellas hay cordilleras más altas aún que casi parecen negras. Y luego, todavía más lejos, hay grandes montañas nevadas todas amontonadas, igual que un dibujo de los Alpes. Y detrás de ésas no hay otra cosa que el cielo.

—Ves bien —indicó el león—. El territorio de Narnia termina allí donde desciende la catarata, y una vez que hayas llegado a lo alto de los acantilados estarás fuera de Narnia y en el interior del Territorio Salvaje del oeste. Debes viajar a través de esas montañas hasta que encuentres un valle verde con un lago azul en su interior, cercado por montañas de hielo. En el extremo del lago hay una empinada colina verde, y en lo alto de esa colina, un jardín. En el centro del jardín hay un árbol. Arranca una manzana de ese árbol y tráemela.

—Sí, señor —volvió a decir Digory.

No tenía la menor idea de cómo escalaría el acantilado y encontraría el camino en medio de todas aquellas montañas, pero no quiso decirlo por temor a que sonara a excusa. Lo que sí dijo fue:

—Aslan, espero que no sea algo muy urgente. No podré ir y volver muy rápido.

—Pequeño Hijo de Adán, tendrás ayuda —respondió el león.

Se volvió entonces hacia el caballo, que había permanecido muy quieto junto a ellos todo el tiempo, sacudiendo la cola para mantener alejadas las moscas, y sin dejar de escuchar con la cabeza ladeada, como si la conversación fuera un poco difícil de comprender.

—Querido amigo —dijo Aslan al caballo—, ¿te gustaría ser un caballo alado?

Fue todo un espectáculo el modo en que el caballo agitó las crines e hinchó los ollares, y después dio un golpecito en el suelo con uno de los cascos traseros. Estaba claro que le encantaría ser un caballo alado, aunque se limitó a responder:

—Si lo deseas, Aslan, si realmente lo dices en serio... no sé por qué debo ser yo..., no soy un caballo muy inteligente.

—He aquí tus alas. Serás el padre de todos los caballos alados —rugió el león con una voz que hizo temblar el suelo—. Tu nombre es Alado.

El caballo dio un respingo, igual que lo había hecho en aquellos deprimentes días en que tiraba de un cabriolé. Luego lanzó un sonoro relincho y echó con fuerza el cuello hacia atrás, como si una mosca le picara en los hombros y quisiera rascárselos. Y entonces, exactamente del mismo modo en que los animales habían surgido de la tierra, brotaron de los hombros de Alado alas que se desplegaron y crecieron, más grandes que las de las águilas, más grandes que las de los cisnes, más grandes que las de los ángeles que aparecen en las vidrieras de las iglesias; y las plumas brillaban con tonalidades castañas y cobrizas. Agitó con fuerza las alas y se elevó en el aire. A seis metros por encima de Aslan y Digory, lanzó un bufido, relinchó y corveteó. Luego, tras efectuar un vuelo en círculo alrededor de ellos, descendió al suelo, con los cuatro cascos juntos y cierta expresión de timidez y sorpresa, pero sumamente complacido.

—¿Te gusta, Alado? —preguntó Aslan.

—Me encanta, Aslan.

—¿Estás dispuesto a llevar a este pequeño Hijo de Adán sobre el lomo hasta el valle de las montañas que he mencionado?

—¿Qué? ¿Ahora? ¿En este momento? —inquirió *Fresón*, o Alado, como debemos llamarlo a partir de ahora—. ¡Hurra! Monta, pequeño, ya he llevado cosas como tú en el lomo antes. Hace mucho, mucho tiempo. Cuando había campos de pastos y terrones de azúcar.

—¿Qué murmuran las dos Hijas de Eva? —preguntó Aslan, volviéndose de improviso hacia Polly y la esposa del cochero, que se habían hecho muy amigas.

—Por favor, señor —dijo la reina Helen, pues así se llamaba ahora Nellie, la esposa del cochero—. Creo que a la niña le encantaría acompañarlos, si no es molestia.

—¿Qué tiene que decir Alado al respecto? —inquirió el león.

—Ah, no me importa llevar a los dos, ¡con lo pequeños que son! —respondió el aludido—. Pero espero que el elefante no desee venir también.

El elefante no estaba pensando en eso, así que el nuevo rey de Narnia ayudó a los dos niños a subir: es decir, dio a Digory un buen empujón y colocó a Polly con tanta suavidad y delicadeza sobre el lomo del caballo como si estuviera hecha de porcelana y pudiera romperse.

—Tuyos, *Fresón*... que digo, Alado. ¡Vaya lío!

—No voléis demasiado alto —aconsejó Aslan—. No intentéis pasar por encima de los picos de las enormes montañas de hielo. Buscad los valles, los luga-res con vegetación, y volad a través de ellos. Siempre habrá un paso. Y ahora, marchad con mi bendición.

—¡Alado! —dijo Digory, inclinándose al frente para palmear el lustroso cue-llo del caballo—. ¡Qué divertido! Sujétate fuerte, Polly.

Al minuto siguiente el suelo quedó atrás por debajo de ellos, y empezó a dar vueltas cuando Alado, como una enorme paloma, describió uno o dos círculos antes de iniciar el largo vuelo hacia el oeste. Al mirar abajo, Polly apenas pudo distinguir al rey y a la reina, e incluso Aslan era solamente una mancha amarilla sobre la hierba verde. Muy pronto el viento sopló en su rostro y las alas del caba-llo se pusieron a batir el aire con movimientos regulares.

Toda Narnia, con su paisaje multicolor de pastos, rocas, brezos y distintas clases de árboles, se extendió a sus pies, con el río serpenteando por ella como una cinta de mercurio. A su derecha veían más allá de las cumbres de las colinas bajas situadas al norte; detrás de aquellas colinas, un extenso páramo ascendía suavemente hasta la línea del horizonte. A su izquierda las montañas eran mucho más altas, pero de vez en cuando aparecía una abertura por la que se conseguía ver, entre empinados bosques de coníferas, una fugaz visión de las tierras del sur situadas al otro lado, azuladas y lejanas.

—Allí debe de estar Archenland —dijo Polly.

—Sí, ¡pero mira al frente! —indicó Digory.

Pues en aquel momento una enorme barrera de riscos se alzaba ante ellos y se vieron casi deslumbrados por la luz del sol que danzaba en la gran catarata me-diante la cual el río descendía entre rugidos y burbujeos al interior de Narnia proce-dente de las altas tierras del oeste en las que nacía. Volaban tan alto ya que el tronar de aquellos saltos de agua les llegaba únicamente como un sonido débil y apagado, pero no se hallaban a suficiente altura como para volar por encima de las cumbres de los riscos.

—Aquí tendremos que zigzaguear un poco —advirtió Alado—. Sujetaos bien fuerte.

Empezaron a volar a un lado y a otro, elevándose con cada giro. El aire re-frescó y oyeron el grito de las águilas por debajo de ellos.

—¡Eh, vuelve la cabeza! ¡Mira hacia atrás! —exclamó Polly.

Al hacerlo pudieron ver todo el valle de Narnia que se extendía hasta donde, junto antes de alcanzar el horizonte oriental, se veía un destello del mar. Y se encontraban entonces a tal altura que distinguieron escarpadas montañas de aspecto diminuto que se alzaban más allá de los páramos del noroeste, y llanu-ras de lo que parecía arena a lo lejos, en el sur.

—Ojalá tuviéramos a alguien que nos dijera qué son todos esos lugares —dijo Digory.

—No creo que sean ningún sitio aún —indicó Polly—. Quiero decir, allí no vive nadie, y no sucede nada. Este mundo ha nacido hoy.

—Sí, pero con el tiempo la gente los poblará —replicó Digory—. Y entonces tendrán historia, ya sabes.

—Bueno, pues es estupendo que de momento no la tengan. Porque así no pueden obligar a nadie a que se la aprenda. Batallas y fechas y todas esas tonterías.

Se encontraban ya por encima de los acantilados y en unos minutos el valle de Narnia desapareció de la vista, a sus espaldas. En aquellos instantes volaban por encima de un territorio salvaje de colinas empinadas y bosques oscuros, siguiendo aún el curso del río. Las montañas grandes de verdad se elevaban amenazadoras al frente; pero entonces el sol daba en los ojos de los viajeros y éstos no podían ver las cosas con demasiada claridad en aquella dirección. El sol siguió descendiendo hasta que el cielo occidental pareció un enorme horno lleno de oro fundido; y se puso por fin tras un escarpado pico que se perfilaba en aquella luminosidad tan nítido y plano como si estuviera recortado en una cartulina.

—No es que haga mucho calor aquí arriba —comentó Polly.

—Y empiezan a dolerme las alas —dijo Alado—. No se ve ni rastro del valle con un lago en su interior, tal como dijo Aslan. ¿Y si descendemos y buscamos un lugar adecuado para pasar la noche? Hoy no llegaremos a ese lugar.

—Sí, y sin duda debe de ser ya hora de cenar —dijo Digory.

Así pues, Alado descendió poco a poco y, a medida que se acercaban a la tierra y penetraban entre las colinas, el aire se tornó más cálido y tras viajar tantas horas sin tener nada que escuchar aparte del batir de las alas del caballo, resultó agradable oír otra vez los familiares sonidos de tierra firme; el canturreo del río sobre su lecho de piedra y el crujido de los árboles mecidos por la suave brisa. Un cálido y agradable olor a tierra calentada por el sol y a hierba y flores ascendió hasta ellos. Finalmente Alado tomó tierra, y Digory saltó al suelo y ayudó a Polly a desmontar. Ambos se alegraron de estirar las entumecidas piernas.

El valle al que habían descendido se encontraba en el corazón de las montañas; cumbres nevadas, una de ellas con una tonalidad entre rosa y rojiza por el reflejo de la puesta de sol, se alzaban por encima de sus cabezas.

—Tengo hambre —dijo Digory.

—Bueno, pues sírvete —indicó Alado, tomando un gran bocado de hierba.

A continuación alzó la cabeza, masticando aún y con briznas de hierba sobresaliendo a cada lado de la boca como si fueran bigotes, y añadió:

—Vamos, vosotros dos. No seáis tímidos. Hay cantidad suficiente para todos nosotros.

—Pero no podemos comer hierba —se quejó Digory.

—Hum, hum —respondió el caballo, que hablaba con la boca llena—. Bueno... hum... pues no sé qué haréis entonces. Además, es una hierba muy buena.

Polly y Digory intercambiaron miradas de desaliento.

—Vaya, alguien podría haber pensado en la comida —declaró el niño.

—Estoy segura de que Aslan os habría preparado algo si se lo hubierais pedido —dijo el caballo.

—¿No se le podía ocurrir a él solo? —inquirió Polly.

—Yo no digo que no se le ocurriera —repuso el caballo, con la boca todavía llena—. Pero tengo la impresión de que le gusta que le pidan las cosas.

—Pero ¿qué diablos vamos a hacer? —quiso saber Digory.

—La verdad es que no lo sé —respondió Alado—. A menos que probéis la hierba. A lo mejor os gusta más de lo que pensáis.

—¡No seas ridículo! —dijo Polly, golpeando el suelo con el pie—. Está claro que los humanos no podemos comer hierba, del mismo modo que tú no puedes comer carne de cordero.

—¡Por Dios, no hables de carne ni cosas así! —protestó Digory—. ¡Se me hace la boca agua!

Digory dijo que lo mejor sería que Polly regresara a casa con la ayuda del anillo y consiguiera algo de comer allí; él no podía hacerlo porque había prometido cumplir directamente las instrucciones de Aslan y, si aparecía una vez por casa, podía suceder cualquier cosa que impidiera su regreso. Pero Polly dijo que no pensaba abandonarlo, y el niño respondió que eso era algo muy decente por su parte.

—¿Sabes qué? —dijo Polly—. Todavía tengo los restos de aquella bolsa de caramelos en la chaqueta. Será mejor que nada.

—Mucho mejor —convino Digory—. Pero ten cuidado de introducir la mano en el bolsillo sin tocar el anillo.

Fue una tarea difícil y delicada pero finalmente consiguieron llevarla a cabo. La pequeña bolsa de papel estaba muy blanda y pegajosa cuando por fin la sacaron, de modo que fue más una cuestión de arrancar la bolsa de los caramelos que de sacar los caramelos de la bolsa. Algunos adultos —ya se sabe lo quisquillosos que pueden ser con esta clase de cosas— habrían preferido pasar sin cenar antes que comer aquellos caramelos. Había nueve en total, y fue Digory quien tuvo la brillante idea de que comieran cuatro cada uno y plantaran el noveno; pues, como dijo:

—Si la barra arrancada del farol se convirtió en un arbolito de luz, ¿por qué no podría esto convertirse en un árbol de caramelo?

Así pues, abrieron un agujerito en la tierra y enterraron el caramelo. Luego se comieron los otros, haciéndolos durar todo lo que pudieron. Fue una comida más que ligera, ¡y eso que comieron también algún trocito de papel que no pudieron despegar!

Alado se acostó en el suelo una vez finalizada su excelente cena. Los niños se le acercaron entonces y se sentaron uno a cada lado, apoyados contra su cálido cuerpo, sintiéndose realmente a gusto cuando él los tapó con las alas. Mientras las brillantes y jóvenes estrellas de aquel mundo nuevo hacían su aparición se dedicaron a conversar sobre todo lo sucedido: cómo Digory había esperado conseguir algo para su madre y cómo, en su lugar, lo habían enviado a realizar aquel encargo. Y se repitieron el uno al otro todas las señales por las que identificarían los lugares que buscaban, que eran el lago azul y la colina con un jardín en la cumbre. La conversación empezaba a hacerse más lenta a medida que se adormilaban, cuando de improviso Polly se sentó muy erguida y totalmente espabilada y dijo:

—¡Chist!

Todos aguzaron el oído cuanto pudieron.

—A lo mejor sólo era el viento que sopla en los árboles —sugirió Digory al rato.

—No estoy tan seguro —dijo Alado—. De todos modos... ¡esperad! Ahí va otra vez. Por Aslan, sí que hay algo.

El caballo se incorporó con mucho ruido y una gran agitación; los niños estaban ya en pie y observaban. El animal trotó a un lado y a otro, olisqueando y relinchando, mientras los niños avanzaban sigilosamente aquí y allá para mirar detrás de todos los árboles y matorrales. A cada momento pensaban que veían algo, y hubo una ocasión en que Polly estuvo totalmente segura de haber visto una figura alta y oscura que se alejaba rápidamente y en silencio en dirección oeste. De todos modos no consiguieron descubrir nada y al final Alado se acostó de nuevo y los niños volvieron a acomodarse —si ésa es la palabra correcta— bajo sus alas. Se durmieron de inmediato. Alado permaneció despierto mucho más tiempo, moviendo las orejas de un lado a otro en la oscuridad y estremeciéndose ligeramente de vez en cuando, como si una mosca se hubiera posado sobre su piel; pero, finalmente, también él se durmió.

Capítulo trece

Un encuentro inesperado

—Despierta, Digory; despierta, Alado —oyeron decir a Polly—. ¡Es verdad! ¡Se ha convertido en un árbol de caramelo! Y hace una mañana deliciosa.

La suave luz temprana del sol penetraba a raudales a través del bosque y la hierba mostraba un tono gris debido al rocío mientras que las telarañas eran como hilos de plata. Justo a su lado había un pequeño árbol de madera oscura, aproximadamente del tamaño de un manzano. Las hojas eran blanquecinas y con aspecto de papel, como la planta llamada lunaria, y estaba cargado de pequeños frutos marrones que recordaban dátiles.

—¡Hurra! —chilló Digory—. Pero voy a darme un chapuzón primero. —Y atravesó a toda velocidad unos cuantos matorrales floridos en dirección a la orilla del río.

¿Te has bañado alguna vez en un río de montaña que discurre en forma de cascadas superficiales sobre piedras rojas, azules y amarillas con los rayos del sol cayendo sobre sus aguas? Es como si fuera el mar: en cierto modo, incluso mejor. Lo malo es que Digory tuvo que volver a vestirse sin secarse pero valió la pena. Cuando regresó, fue Polly quién bajó y se dio un baño; al menos eso fue lo que dijo que había estado haciendo, pero nosotros sabemos que no era demasiado buena nadadora y tal vez sea mejor no hacer demasiadas preguntas. Alado también visitó el río pero se limitó a permanecer inmóvil en mitad de la corriente, inclinándose para tomar un buen trago de agua y agitando luego las crines mientras relinchaba varias veces.

Polly y Digory se pusieron a almacenar la cosecha del árbol de caramelo. La fruta era deliciosa; no era exactamente igual que un caramelo —más blanda, en primer lugar, y jugosa— sino una fruta que recordaba un caramelo. Alado también tomó un excelente desayuno; probó una de las frutas de caramelo y le gustó, pero dijo que prefería la hierba a aquella hora de la mañana. A continuación, y con cierta dificultad, los niños montaron sobre su lomo y se inició el segundo viaje.

Fue aún mejor que el día anterior, en parte porque todos se sentían muy descansados, y en parte porque el sol que acababa de salir se hallaba a sus espaldas y, claro está, todo muestra un aspecto más bonito cuando la luz lo ilumina sin cegar. Fue un paseo maravilloso. Las enormes montañas nevadas se alzaban por encima de sus cabezas en todas direcciones. Los valles, abajo, a sus pies, eran sumamente verdes, y todos los arroyos que caían desde los glaciares al interior del río principal eran tan azules que era como volar sobre alhajas gigantescas. Les habría gustado que aquella parte de la aventura durara más; pero no tardaron en olfatear el aire y empezar a decir: «¿Qué es esto?» y «¿No hueles algo?» y «¿De dónde viene?». Un aroma divino, cálido y dorado, como si proviniera de las frutas y flores más deliciosas del mundo, ascendía hasta ellos desde algún punto situado más adelante.

—Procede de ese valle que tiene un lago —indicó Alado.

—Es cierto —corroboró Digory—. ¡Y mirad! Hay una colina verde en el extremo opuesto del lago. Y fijaos en lo azul que es el agua.

—Ése debe de ser el Lugar —dijeron los tres a la vez.

Alado empezó a descender poco a poco en amplios círculos. Los picos helados se fueron alzando más y más sobre sus cabezas, y el aire les llegó más cálido y fragante por momentos, tan fragante que casi arrancaba lágrimas de los ojos. El caballo planeó entonces con las alas extendidas e inmóviles, y agitaba los cascos en preparación para el aterrizaje en tierra firme. La empinada colina verde corrió veloz a su encuentro y en unos instantes se posaron en su ladera, no sin cierta torpeza. Los niños saltaron de su montura, cayeron sin hacerse daño sobre la cálida y delicada hierba y se pusieron en pie algo jadeantes.

Les quedaba sólo una cuarta parte del camino para llegar a lo alto de la colina, y emprendieron la marcha inmediatamente para alcanzar la cumbre; aunque, en mi opinión, Alado no habría logrado subir sin las alas, que lo ayudaban a mantener el equilibrio y lo impulsaban con un aleteo de vez en cuando. Toda la parte superior de la colina estaba rodeada por un gran muro de verde hiedra, y al otro lado de la pared crecían árboles. Sus ramas colgaban por encima del muro, y las hojas no sólo eran de color verde sino también de color azul y plata cuando el viento las agitaba. Una vez que alcanzaron la cima, los viajeros tuvieron que dar la vuelta a casi todo el perímetro del muro verde antes de encontrar las puertas: grandes portones de oro, cerrados a cal y canto, que miraban al este.

Hasta aquel momento creo que Alado y Polly habían tenido la idea de que entrarían con Digory; pero entonces ya no pensaron lo mismo. Si había una propiedad privada en el mundo, era ésa. A simple vista se veía que pertenecía a alguien. Únicamente un tonto soñaría con entrar a menos que lo hubieran enviado allí por un asunto muy especial. El mismo Digory comprendió al momento que los otros no debían ni podían entrar con él, de modo que avanzó solo hacia las puertas.

Cuando las tuvo cerca vio las palabras escritas con letras de plata sobre las puertas de oro. Decían algo parecido a esto:

Entra por las puertas de oro o no entres,
toma mi fruta para otros o abstente,
pues aquellos que roban o que mis muros escalan,
junto a lo que buscan, la desesperación hallan.

—«Toma mi fruta para otros» —dijo Digory para sí—. Vaya, pues eso es lo que voy a hacer. Supongo que eso significa que no debo comer ninguna fruta. No sé qué significa toda esa palabrería de la última línea. «Entra por las puertas de oro.» Vaya, ¡quién va a querer escalar una pared si puede entrar por la puerta! Pero ¿cómo se abren las puertas? —Apoyó la mano en ellas y las puertas se separaron, abriéndose hacia dentro y girando sobre sus goznes sin hacer el menor ruido.

Ahora que veía el interior del lugar, éste parecía más privado que nunca. Entró solemnemente, mirando a su alrededor. Todo estaba muy tranquilo allí dentro. Incluso la fuente que se alzaba cerca del centro del jardín emitía un sonido apenas audible. El embriagador olor estaba por todas partes: era un lugar feliz pero muy formal.

Supo cuál era el árbol correcto al instante, por una parte porque se alzaba justo en el centro y por otra porque las grandes manzanas plateadas que lo cubrían brillaban con fuerza y proyectaban una luz propia sobre las zonas de sombra que no alcanzaban los rayos del sol. Fue directo hacia él, tomó una manzana y la guardó en el bolsillo superior de su chaqueta; aunque no pudo evitar contemplarla y olerla antes de guardarla.

Habría sido mejor que no lo hubiese hecho, pues una sed y un hambre terribles se apoderaron de él, junto con un ansia de probar aquella fruta. La introdujo a toda prisa en el bolsillo; pero había muchas otras. ¿Estaría mal probar una? Al fin y al cabo, se dijo, tal vez el aviso de la puerta no fuera exactamente una orden; quizá se tratase únicamente de un consejo... y ¿a quién le importan los consejos? Incluso aunque se tratara de una orden, ¿la estaría desobedeciendo si comía una manzana? Ya había obedecido la parte que se refería a tomar una «para otros».

Mientras meditaba sobre todo aquello dio la casualidad de que miró a lo alto a través de las ramas en dirección a la copa del árbol. Allí, sobre una rama situada encima de su cabeza, dormitaba una hermosa ave. Digo «dormitaba» porque parecía casi dormida; tal vez no del todo, pues tenía un ojo abierto, apenas una diminuta rendija. Era más grande que un águila, con el pecho de color azafrán, la cabeza coronada por una cresta escarlata y la cola de color morado.

«—Y eso sencillamente demuestra —dijo Digory más tarde cuando se lo contó a sus compañeros— que uno no puede bajar la guardia en estos lugares mágicos. Nunca se sabe quién puede estar observando.»

Pero creo que Digory no habría tomado una manzana para sí de todos modos. Cosas como «No robar» eran inculcadas en los niños, creo, con mucha más severidad en aquellos tiempos que ahora. Con todo, nunca se puede estar seguro.

Digory giraba ya para regresar a las puertas cuando se detuvo para echar una última ojeada a su alrededor. Se llevó un gran sobresalto. No estaba solo. Allí, apenas a unos pocos metros de distancia, estaba la bruja, que en aquellos momentos arrojaba al suelo el corazón de una manzana que acababa de comerse. El jugo era más oscuro de lo que cabría esperar y le había dejado una horrible mancha alrededor de la boca. Digory supuso al instante que debía de haber entrado trepando por encima del muro, y empezó a comprender qué podía significar aquel último verso sobre obtener lo que más deseas y encontrar a la vez la desesperación. La bruja parecía más poderosa y orgullosa que nunca, e incluso, en cierto modo, triunfante; pero su rostro mostraba una palidez cadavérica, estaba blanca como la sal.

Todo aquello pasó como un relámpago por la mente de Digory en un segundo; luego puso pies en polvorosa y corrió en dirección a las puertas a toda velocidad; la bruja fue tras él. En cuanto salió, las puertas se cerraron a su espalda por sí solas. Aquello le proporcionó una ventaja pero no durante mucho tiempo. Para cuando alcanzó a los otros y les gritó: «¡De prisa, monta, Polly! ¡Arriba, Alado!», la bruja ya había escalado el muro, o saltado por encima, y le pisaba los talones.

—Quédese donde está —gritó Digory, volviéndose para mirarla—, o desapareceremos todos. No se acerque ni un centímetro.

—¡Niño estúpido! —dijo la bruja—. ¿Por qué huyes de mí? No quiero hacerte daño. Si no te detienes y me escuchas ahora, te perderás una información que podría hacerte feliz toda la vida.

—Bueno, pues no quiero oírla, gracias —respondió él; pero sí quería.

—Sé qué te ha traído aquí —prosiguió la bruja—, porque era yo quien estaba muy cerca de vosotros en el bosque anoche y oí todos vuestros secretos. Te has llevado fruta de ese jardín de ahí. La guardas en el bolsillo ahora y vas a llevársela, sin probarla, al león; para que él se la coma, para que él la utilice. ¡Eres un estúpido! ¿Sabes qué es esa fruta? Te lo diré. Es la manzana de la juventud, la manzana de la vida. Lo sé porque la he probado; y noto ya esos cambios en mí misma que sé que jamás envejeceré ni moriré. Cómetela, muchacho, cómetela; y tú y yo viviremos para siempre y seremos el rey y la reina de todo este mundo..., o de tu mundo, si decidimos regresar allí.

—No, gracias —respondió Digory—. No sé si me gustaría mucho seguir viviendo después de que todos los que conozco hubieran muerto. Prefiero vivir el tiempo habitual y morir e ir al cielo.

—Pero ¿qué pasa con esta madre tuya a la que dices querer tanto?

—¿Qué tiene que ver ella con esto?

—¿No te das cuenta, estúpido, de que un mordisco de esa manzana la curaría? La tienes en el bolsillo. Estamos aquí solos y el león está muy lejos. Usa tu magia y regresa a tu mundo. Dentro de un minuto podrías estar junto a la cabecera de tu madre, dándole la fruta. Al cabo de cinco minutos verás como el color regresa a su rostro. Te dirá que el dolor ha desaparecido y no tardará en decirte que se siente más fuerte. Entonces se dormirá... piensa en ello; horas de dulce sueño natural, sin dolor, sin medicamentos. Al día siguiente todos comentarán el modo tan maravilloso en que se ha recuperado, y muy pronto volverá a encontrarse bien del todo. Todo volverá a estar bien. Tu hogar volverá a ser feliz. Serás como los demás muchachos.

—¡Vaya! —exclamó Digory como si lo hubieran herido, y se llevó la mano a la cabeza; en aquel momento supo que tenía ante él el más terrible de los dilemas.

—¿Qué ha hecho el león por ti para que te conviertas en su esclavo? —inquirió la bruja—. ¿Qué puede hacerte una vez que hayas regresado a tu mundo? ¿Y qué pensaría tu madre si supiera que «podías» haberle quitado el dolor y devuelto la vida y evitado que a tu padre se le partiera el corazón, y que no «quisiste»; que preferiste hacer recados para un animal salvaje en un mundo extraño que no te incumbe?

—No... no creo que sea un animal salvaje —dijo Digory con voz reseca—. Es... no sé...

—Entonces es algo peor —insistió la bruja—. Mira lo que te ha hecho ya; mira en lo despiadado que te ha convertido. Eso es lo que hace con todos los que le escuchan. ¡Muchacho cruel y desalmado! Dejarías morir a tu madre antes que...

—¡Por favor, cállese! —espetó el desdichado Digory, todavía con la misma voz—. ¿Cree que no me doy cuenta? Pero... lo prometí.

—Ah, pero no sabías lo que prometías. Y no hay nadie aquí que pueda impedírtelo.

—A mi madre —dijo él, pronunciando las palabras con dificultad— no le gustaría..., es terriblemente estricta con lo de cumplir las promesas... y lo de no robar... y con todas esas cosas. Si estuviera aquí, «ella» me diría que no lo hiciera, sin pensárselo.

—Pero no tiene por qué saberlo nunca —siguió la bruja, hablando con más dulzura de la que correspondía a alguien con un rostro tan feroz—. Tú no le dirás cómo has conseguido la manzana. Tu padre tampoco tiene por qué saberlo nunca. Nadie en tu mundo tiene por qué saber nada de toda esta historia. No tienes por qué llevar a la niña de vuelta contigo, ¿sabes?

Ahí fue donde la bruja cometió su fatal error. Desde luego, Digory sabía que Polly podía marcharse gracias a su anillo con la misma facilidad con que él podía hacerlo con el suyo; pero, al parecer, la bruja no lo sabía. Y lo ruin de la sugerencia de que debía dejar a Polly allí de repente hizo que todas las otras cosas que la mujer le había dicho sonasen falsas y sin sentido. E incluso en medio de toda su desdicha, su mente se aclaró de improviso, y dijo, con una voz diferente y mucho más potente:

—Oiga, ¿usted qué hace aquí? ¿Por qué siente tanto cariño por mi madre tan de repente? ¿Qué tiene eso que ver con usted? ¿A qué juega?

—Muy bien dicho, Digory —musitó Polly en su oído—. ¡Rápido! Vámonos ya.

La niña no se había atrevido a decir nada durante la discusión porque, naturalmente, no era su madre quien se estaba muriendo.

—Arriba, pues —dijo Digory, izándola sobre el lomo de Alado y subiéndose luego él tan rápido como le fue posible.

El caballo desplegó las alas.

—Marchaos pues, estúpidos —chilló la bruja—. ¡Piensa en mí, muchacho, cuando te veas viejo, débil y moribundo, y recuerda cómo desperdiciaste la oportunidad de una juventud eterna! No se te volverá a ofrecer.

Estaban ya tan altos que apenas la oían. Tampoco malgastó tiempo la bruja en alzar los ojos para mirarlos; vieron cómo se ponía en camino hacia el norte descendiendo por la ladera de la colina.

Se habían puesto en marcha temprano aquella mañana y lo sucedido en el jardín no había durado demasiado tiempo, de modo que tanto Alado como Polly dijeron que sin duda estarían de vuelta en Narnia antes del anochecer. Digory no dijo ni palabra en todo el camino de regreso, y sus compañeros no se atrevieron a hablarle. El niño se sentía muy triste y ni siquiera estaba seguro de haber hecho lo correcto; pero cada vez que recordaba las brillantes lágrimas de los ojos de Aslan recuperaba la seguridad.

Durante todo el día, el caballo voló sin parar con alas incansables; siempre al este con el río como guía, a través de montañas y por encima de agrestes colinas cubiertas de árboles, y luego sobre la gran catarata y descendiendo más y más, en dirección al punto donde los bosques de Narnia quedaban oscurecidos por la sombra del imponente risco, hasta que por fin, cuando el cielo enrojecía ya con el crepúsculo tras ellos, vio un lugar en el que estaban reunidas muchas criaturas junto al río. Pronto distinguió a Aslan en persona en medio de todas ellas. Alado planeó en dirección al suelo, extendió las cuatro patas, plegó las alas y aterrizó al trote. Luego frenó. Los niños desmontaron. Digory vio que todos los animales, enanos, sátiros, ninfas y otros seres se apartaban a izquierda y derecha para dejarle paso. Avanzó hacia Aslan, le entregó la manzana y dijo:

—Le he traído la manzana que quería, señor.

Capítulo catorce

Se planta el árbol

—Bien hecho —lo felicitó Aslan con una voz que hizo temblar la tierra.

En aquel momento Digory supo que todos los narnianos habían oído las palabras y que su historia pasaría de padres a hijos en aquel nuevo mundo durante cientos de años y tal vez para siempre. Sin embargo, no había peligro de que eso lo volviera un engreído, pues ni siquiera pensaba en ello ahora que se hallaba cara a cara con Aslan. En aquella ocasión descubrió que podía mirar directamente a los ojos del león; había olvidado sus preocupaciones y se sentía totalmente complacido.

—Bien hecho, Hijo de Adán —repitió el león—. Por esta fruta has pasado hambre y sed, y has llorado. Ninguna mano que no sea la tuya sembrará la semilla del árbol que protegerá Narnia. Arroja la manzana en dirección a la orilla del río donde la tierra es blanda.

Digory hizo lo que le indicaba Aslan. Todos se habían quedado tan silenciosos que se oyó cómo la fruta producía un ruido sordo al caer en el barro.

—La has lanzado bien —proclamó Aslan—. Procedamos ahora a la coronación del rey Frank de Narnia y de Helen, su reina.

Los niños advirtieron entonces su presencia por vez primera. Iban vestidos con ropas extrañas y hermosas, y de sus hombros caían lujosos mantos que se extendían a sus espaldas hasta donde cuatro enanos sostenían la cola del rey y cuatro ninfas del río la de la reina. Llevaban la cabeza descubierta, pero Helen se había soltado el pelo y mejorado enormemente su aspecto. Sin embargo no eran ni el pelo ni el atuendo lo que les daba un aspecto distinto; sus rostros mostraban una expresión nueva, en especial el del rey. Toda la severidad, astucia y carácter pendenciero que había adquirido como cochero en Londres parecían haber sido eliminados, y el valor y la amabilidad que siempre había tenido resultaban más fáciles de distinguir. Tal vez fuera la atmósfera del joven mundo la que lo había conseguido, o hablar con Aslan, o ambas cosas.

—¡Caramba! —susurró Alado a Polly—. ¡Mi antiguo amo ha cambiado casi tanto como yo! Vaya, ahora sí que es un auténtico señor.

—Sí, pero no murmures así en mi oído —se quejó ella—. Me haces cosquillas.

—Ahora —anunció Aslan—, que algunos de vosotros desaten la maraña que habéis hecho con esos árboles y veamos qué encontramos ahí.

Digory vio entonces que en un lugar donde crecían cuatro árboles muy juntos se habían entrelazado sus ramas o las habían atado con varillas para crear una especie de jaula. Los dos elefantes con sus trompas y unos cuantos enanos con sus pequeñas hachas no tardaron en deshacerlo todo. Había tres cosas en su interior. Una era un árbol joven que parecía hecho de oro; la segunda, un árbol joven que parecía hecho de plata; pero la tercera era un objeto miserable con ropas embarradas, que permanecía sentado, encorvado, entre ellos.

—¡Cielos! —musitó Digory—. ¡El tío Andrew!

Para explicar todo eso debemos retroceder un poco. Los animales, como se recordará, habían intentado plantarlo y regarlo. Cuando el riego le devolvió el conocimiento, el anciano se encontró empapado de agua, enterrado hasta los muslos en tierra que rápidamente se convertía en barro, y rodeado de más animales salvajes de lo que jamás había soñado. No resulta por lo tanto nada sorprendente que el anciano caballero se pusiera a chillar y aullar; aunque en cierto modo aquello fue bueno para él, pues al fin consiguió persuadir a todo el mundo —incluido el jabalí— de que estaba vivo. Así pues lo habían vuelto a desenterrar; los pantalones habían quedado en un estado francamente lastimoso tras aquella experiencia. En cuanto sus piernas quedaron libres intentó salir huyendo, pero un veloz giro de la trompa de la elefanta alrededor de su cintura no tardó en poner fin a tal intentona. Todos pensaron entonces que había que mantenerlo a buen recaudo en algún lugar hasta que Aslan tuviera tiempo de acercarse, verlo y decir qué debía hacerse con él. Así pues, construyeron una especie de jaula o corral a su alrededor, y a continuación le ofrecieron todo lo que se les ocurrió para que comiera.

El asno reunió grandes cantidades de cardos y los arrojó al interior, pero el tío Andrew no parecía muy emocionado con ellos. Las ardillas lo bombardearon con andanadas de nueces, pero él se limitó a cubrirse la cabeza con las manos y a intentar mantenerse alejado. Varios pájaros volaron a un lado y a otro arrojándole gusanos diligentemente. El oso se mostró especialmente amable. Durante la tarde encontró un panal de abejas salvajes y en lugar de comérselo —algo que le habría encantado hacer—, la noble criatura se lo llevó al tío Andrew. El oso lanzó la pegajosa masa por encima del cercado y, por desgracia, ésta fue a golpear de lleno al tío Andrew en el rostro, con el agravante de que no todas las abejas estaban muertas. El animal, al que no habría importado en absoluto que le arrojaran a la cara un panal, no comprendió por qué el tío Andrew retrocedió tambaleándose, resbaló y cayó sentado al suelo. Y también fue mala suerte que el buen señor fuera a caer sobre el montón de cardos. «Y de todos modos —como dijo el jabalí—, una buena cantidad de miel ha ido a parar a la boca del extraño ser y seguro que le ha sentado bien.» Realmente todos empezaban a sentir cariño por su curiosa mascota y esperaban que Aslan les permitiera conservarla. Los más listos estaban convencidos de que al menos algunos de los ruidos que surgían de su boca tenían significado, y lo bautizaron con el nombre de Coñac porque era un sonido que emitía bastante a menudo.

Al final, no obstante, tuvieron que dejarlo allí hasta la mañana siguiente. Aslan estuvo ocupado todo el día dando instrucciones al nuevo rey y la nueva reina y realizando otras tareas de importancia, y no pudo prestar atención al «pobre Coñac». De todos modos éste, entre las nueces, peras, manzanas y plátanos que le habían lanzado, disfrutó de una cena nada desdeñable; aunque no sería justo afirmar que pasó una noche plácida.

—Sacad a la criatura —ordenó Aslan.

Uno de los elefantes levantó al tío Andrew con la trompa y lo colocó a los pies del león. El anciano caballero estaba tan asustado que ni se movió.

—Por favor, Aslan —dijo Polly—. ¿Podrías decir algo para... para que dejara de tener miedo? ¿Y luego podrías decir algo que le impidiera volver aquí jamás?

—¿Crees que desea hacerlo? —inquirió el león.

—Bueno, Aslan —siguió la niña—, podría enviar a otra persona. Está tan emocionado porque la barra arrancada al farol se ha convertido en un árbol farol que piensa que...

—Piensa grandes disparates, chiquilla —respondió Aslan—. Este mundo rebosa vida estos días porque la canción que usé para darle vida todavía flota en el aire y retumba en el suelo. Eso no durará mucho tiempo. Pero no puedo decírselo a este viejo pecador, y tampoco puedo consolarlo; por su propia voluntad, se ha vuelto incapaz de oír mi voz. Si le hablo, no oirá más que rugidos y gruñidos. Oh, Hijos de Adán, ¡con qué habilidad os defendéis de todo lo que os puede hacer bien! Sin embargo le concederé el único don que todavía es capaz de recibir.

Inclinó la cabeza con cierta tristeza y sopló suavemente sobre el aterrorizado rostro del mago:

—Duerme —dijo—. Duerme y permanece separado durante unas cuantas horas de todos los tormentos que has concebido para ti mismo.

El tío Andrew se acostó inmediatamente con los ojos cerrados y empezó a respirar apaciblemente.

—Llevadlo a un lado y depositadlo en el suelo —indicó Aslan—. Bien, ¡qué vengan los enanos! Mostrad vuestra destreza como herreros. Veamos cómo creáis dos coronas para vuestros reyes.

Más enanos de los que uno pueda imaginar se abalanzaron sobre el Árbol Dorado. Lo despojaron de todas sus hojas y también de algunas de sus ramas en menos que canta un gallo, y entonces los niños descubrieron que no sólo parecía de oro sino que era de auténtico oro blando. En realidad había brotado a partir de las monedas de diez chelines que habían caído del bolsillo del tío Andrew cuando lo colocaron boca abajo; del mismo modo que el de plata había crecido de las medias coronas. De la nada, al menos ésa fue la impresión que dio, surgieron montones de leña seca para servir de combustible, un pequeño yunque, martillos, tenazas y fuelles, y al cabo de un instante —¡hay que ver lo que les gusta su trabajo a los enanos!— ardía un buen fuego, rugían los fuelles, el oro se fundía y los martillos repiqueteaban. Dos topos, a los que Aslan había puesto a cavar a primera hora del día, pues era lo que hacían mejor, derramaron un montón de piedras preciosas a los pies de los enanos, y bajo los hábiles dedos de los menudos herreros tomaron forma dos coronas; no se trataba de objetos feos y pesados como las modernas coronas europeas, sino ligeros y delicados aros bellamente moldeados y cómodos de llevar, que, además, favorecían mucho. La del rey estaba incrustada de rubíes y la de la reina de esmeraldas.

Una vez que hubieron enfriado las coronas en el río, Aslan hizo que Frank y Helen se arrodillaran ante él y colocó las coronas en la cabeza de los soberanos. Luego dijo:

—Alzaos, rey y reina de Narnia, padre y madre de muchos reyes que reinarán en Narnia, en las Islas y en Archenland. Sed justos, compasivos y valerosos. Os doy mi bendición.

Entonces, todos lanzaron aclamaciones, aullaron, relincharon, bramaron o batieron las alas, y la real pareja permaneció allí inmóvil con expresión solemne y un poco tímida, pero más noble aún por aquella timidez. Y mientras seguían lanzando aclamaciones, Digory oyó la profunda voz de Aslan a su lado, que decía:

—¡Mirad!

Todos los reunidos volvieron la cabeza, y a continuación aspiraron profundamente, sorprendidos y gozosos. Un poco más allá, alzándose sobre sus cabezas, vieron un árbol que, desde luego, no estaba allí antes. Debía de haber crecido en silencio, aunque igual de rápido que se alza una bandera cuando se iza en el asta, mientras se hallaban todos ocupados con la coronación. Las extendidas ramas parecían proyectar una luz en lugar de una sombra, y manzanas plateadas asomaban como estrellas por debajo de cada hoja; pero era el olor que desprendía, incluso más que su visión, lo que había hecho que todo el mundo contuviera la respiración. Por un momento todos eran incapaces de pensar en otra cosa.

—Hijo de Adán —dijo Aslan—, has sembrado bien. Y vosotros, narnianos, que sea vuestra primera preocupación custodiar este árbol, ya que es vuestra protección. La bruja de quien os hablé ha huido al norte del mundo; vivirá allí a través de los tiempos, y su oscura magia será cada vez más poderosa. Sin embargo, mientras ese árbol florezca, jamás vendrá a Narnia. No se atreverá a acercarse a menos de doscientos kilómetros del árbol, pues su aroma, que es fuente de alegría, vida y salud para vosotros, es muerte, horror y desesperación para ella.

Todos contemplaban solemnemente el árbol cuando el león giró de improviso la cabeza, derramando destellos de luz desde la melena al hacerlo, y clavó sus enormes ojos en los niños.

—¿Qué sucede, niños? —preguntó, pues los descubrió intercambiando susurros y codazos.

—Eh... Aslan, señor —respondió Digory, enrojeciendo—. Olvidé decírtelo. La bruja ya ha probado las manzanas, ha comido una como la que hizo crecer ese árbol.

No había dicho en realidad todo lo que pensaba, pero Polly lo dijo al instante por él, pues el muchacho siempre tenía más miedo que ella a parecer un estúpido.

—Así que pensamos, Aslan —dijo ella—, que debe de haber algún error, y que en realidad no parece molestarle el olor de esas manzanas.

—¿Por qué piensas eso, Hija de Eva? —inquirió el león.

—Bueno, se comió una.

—Chiquilla —replicó él—, por ese motivo ahora el resto le produce pavor. Eso es lo que sucede a aquellos que arrancan y comen frutas cuando no deben hacerlo. La fruta es buena, pero la aborrecen a partir de ese momento.

—Vaya, entiendo —dijo Polly—. Y supongo que puesto que la tomó de un modo indebido no funcionará con ella. Quiero decir que no hará que sea siempre joven y todo eso, ¿verdad?

—¡Ay! —suspiró Aslan, sacudiendo la cabeza—. Sí lo hará. Las cosas siempre actúan de acuerdo con su naturaleza. Ha obtenido lo que más deseaba; posee energía inagotable e infinitos días de vida, como una diosa. Pero una vida larga con un corazón malvado no es otra cosa que un sufrimiento interminable y ya empieza a darse cuenta de ello. Todos obtienen lo que desean; no a todos les gusta.

—Yo... yo estuve a punto de comer una —dijo Digory—. Me habría...

—Sí, muchacho. Pues la fruta siempre funciona, debe funcionar, pero no produce un resultado feliz con aquellos que la arrancan a voluntad. Si cualquier narniano, espontáneamente, hubiera robado una manzana y la hubiera plantado aquí para proteger Narnia, habría protegido Narnia; pero lo habría hecho convirtiendo Narnia en otro imperio poderoso y cruel como Charn, no en el país bondadoso que quiero que sea. Y la bruja te tentó para que hicieras otra cosa, hijo mío, ¿no es así?

—Sí, Aslan. Quería que me llevara una manzana a casa para mi madre.

—Comprende, pues, que sí la habría curado; pero no os habría producido felicidad ni a ti ni a ella. Habría llegado el día en que ambos mirarais atrás y dijerais que lo mejor hubiera sido morir de aquella enfermedad.

Y Digory fue incapaz de decir nada, pues las lágrimas ahogaron su voz y abandonó toda esperanza de salvar la vida de su madre; pero al mismo tiempo comprendió que el león sabía lo que habría sucedido, y que podría haber cosas más terribles que ver cómo la muerte te arrebata a un ser querido. Aslan volvió a hablar, no obstante, casi en un susurro.

—Eso es lo que habría ocurrido, muchacho, con una manzana robada. Pero no es lo que sucederá ahora. La que yo te doy traerá alegría. No concederá, en tu mundo, vida eterna, pero sanará. Ve. Arranca una manzana del árbol para tu madre.

Durante un instante Digory se quedó perplejo. Fue como si todo el mundo se hubiera vuelto del revés y puesto boca abajo. Y luego, como en sueños, se encontró andando hasta el árbol, y el rey y la reina lo aclamaban y todas las criaturas lo aclamaban también. Tomó una manzana y la guardó en el bolsillo; luego regresó junto a Aslan.

—Por favor —dijo—, ¿podemos regresar a casa ahora?

Olvidó decir «Gracias», pero lo pensaba, y Aslan lo comprendió.

CAPÍTULO QUINCE

EL FINAL DE ESTA HISTORIA Y EL INICIO DE TODAS LAS DEMÁS

—No necesitáis anillos si estoy con vosotros —indicó la voz de Aslan. Los niños parpadearon y miraron a su alrededor. Volvían a estar en el Bosque entre los Mundos; el tío Andrew yacía sobre la hierba, dormido aún; el león estaba junto a ellos.

—Venid —dijo Aslan—, es hora de que regreséis. Pero hay dos cosas que debéis ver primero; una advertencia y una orden. Mirad aquí, niños.

Miraron y vieron un pequeño hueco en la tierra, con el fondo cubierto de hierba caliente y seca.

—La última vez que estuvisteis aquí —explicó Aslan—, ese hueco era un estanque, y cuando saltasteis a su interior fuisteis a parar al mundo donde un sol moribundo brillaba sobre las ruinas de Charn. Ahora ya no existe el estanque. Ese mundo ya no existe, es como si jamás hubiera estado allí. Que la raza de Adán y Eva tome buena nota.

—Sí, Aslan —respondieron los dos niños; aunque Polly añadió:

—Pero no somos tan malos como ese mundo, ¿verdad, Aslan?

—Aún no, Hija de Eva. Aún no. Pero cada vez os parecéis más a él. No es seguro que alguien malvado de vuestra raza no encuentre un secreto tan diabólico como la Palabra Deplorable y lo use para destruir a todos los seres vivos. Y pronto, muy pronto, antes de que seáis ancianos, grandes naciones de vuestro mundo estarán gobernadas por tiranos a quienes importará tan poco la felicidad, la justicia y la compasión como a la emperatriz Jadis. Que vuestro mundo tenga cuidado. Ésa es la advertencia. Ahora la orden. En cuanto os sea posible, quitad a ese tío vuestro sus anillos mágicos y enterradlos de modo que nadie pueda volver a utilizarlos.

Los dos niños tenían los ojos alzados hacia el rostro del león mientras éste les hablaba. Y de repente, aunque jamás supieron exactamente cómo sucedió, el rostro pareció un mar revuelto de oro en el que ellos flotaban, y tal dulzura y poder se movió a su alrededor, sobre ellos, y penetró en su ser que sintieron que jamás habían sido realmente felices, sabios o buenos, ni tampoco habían estado vivos y despiertos, antes de aquel momento. Y el recuerdo de ese instante permaneció con ellos para siempre, de modo que mientras vivieron, si alguna vez se sentían tristes, asustados o enojados, el recuerdo de toda aquella bondad dorada, y la sensación de que seguía allí, muy cerca, justo al doblar la esquina o detrás de una puerta, regresaba y les proporcionaba la seguridad, en lo más hondo de su ser, de que todo iba bien. Al cabo de un segundo los tres —con el tío Andrew despierto ya— penetraban dando tumbos en el ruido, calor y olor a comida de Londres.

Se encontraron en la acera que había frente a la puerta principal de los Ketterley, y con la excepción de que la bruja, el caballo y el cochero ya no estaban, todo se hallaba exactamente igual que como lo habían dejado. Allí estaba el farol, con un brazo menos; también estaban allí los restos del cabriolé; e igualmente seguía reunida allí la muchedumbre. Todos seguían hablando y había gente arrodillada junto al policía lesionado, diciendo cosas como: «Ya despierta» o «¿Cómo se encuentra, amigo?» o «La ambulancia llegará en un santiamén».

«¡Válgame Dios! —pensó Digory—. Creo que toda la aventura no ha durado ni un minuto.»

La mayoría de personas buscaba frenéticamente con la mirada a Jadis y al caballo, y nadie prestó atención a los niños, ya que no los habían visto marchar ni habían advertido su regreso. En cuanto al tío Andrew, entre el estado de su ropa y la miel del rostro, nadie lo habría reconocido. Por fortuna, la puerta principal de la casa estaba abierta y la doncella de pie en el umbral contemplando boquiabierta toda la diversión —¡la joven estaba pasando un día la mar de entretenido!—, así que a los niños no les fue difícil empujar apresuradamente al tío Andrew al interior antes de que nadie les hiciera preguntas.

El anciano corrió escaleras arriba por delante de ellos y al principio temieron que se dirigiera a su buhardilla para ocultar los anillos que le quedaban. No tendrían que haberse preocupado. En lo que éste pensaba era en la botella que guardaba en el armario, así que desapareció en un santiamén en su dormitorio, y cerró la puerta con llave. Cuando volvió a salir, al cabo de un buen rato, llevaba puesta la bata y se dirigió directamente al cuarto de baño.

—¿Puedes ir a buscar tú los demás anillos, Polly? —preguntó Digory—. Quiero ir a ver a mi madre.

—De acuerdo. Te veré luego —respondió ella y ascendió atropelladamente por la escalera que conducía al desván.

Entonces Digory dedicó unos instantes a recuperar el aliento, y luego entró sin hacer ruido en la habitación de su madre. Allí estaba ella, en la cama, tal como la había visto tantas otras veces, recostada en las almohadas, con el rostro delgado y pálido que daba ganas de llorar con sólo mirarlo. Digory sacó la Manzana de la Vida del bolsillo.

Del mismo modo que la bruja Jadis tenía un aspecto distinto cuando uno la veía en nuestro mundo en lugar de en el suyo, también la fruta de aquel jardín de la montaña tenía un aspecto diferente. Sin duda había toda clase de cosas de vivos colores en el dormitorio: la colcha estampada de la cama, el papel de la pared, los rayos de sol que entraban por la ventana y el bonito peinador azul claro de su madre; pero en cuanto Digory sacó la manzana del bolsillo, todas aquellas cosas parecieron palidecer. Cada una de ellas, incluso la luz del sol, pareció descolorida y opaca. El brillo de la manzana proyectaba curiosas luces sobre el techo, y no había nada que valiera la pena contemplar: uno no podía mirar ninguna otra cosa. Y el olor de la Manzana de la Vida hacía imaginarse que había una ventana en la habitación que daba directamente al cielo.

—Cariño, qué bonita —dijo la madre de Digory.

—¡Cómetela, por favor! Vamos, di que sí —suplicó él.

—No sé qué diría el doctor —respondió ella—. Pero la verdad es que... creo que no tendría inconveniente.

El niño la peló y cortó a trocitos y se la dio pedazo a pedazo. En cuanto se la terminó, su madre sonrió, dejó caer la cabeza sobre la almohada y se durmió: con un sueño auténtico, natural y dulce, sin ninguna de aquellas medicinas desagradables, que era, como Digory bien sabía, lo que ella más deseaba en aquel mundo. Se sintió seguro entonces de que su rostro tenía un aspecto algo diferente. Se inclinó y la besó con suavidad, y luego abandonó la habitación con el corazón latiéndole con violencia. Se llevo consigo el corazón de la manzana. Durante el resto del día, cada vez que contemplaba las cosas que lo rodeaban, y veía lo normales y corrientes que eran, apenas se atrevía a tener esperanzas; pero cuando recordaba el rostro de Aslan la esperanza regresaba.

Aquel atardecer enterró el corazón de la manzana en el jardín trasero.

A la mañana siguiente, cuando el doctor realizó su visita habitual, Digory se inclinó sobre la baranda para escuchar. Oyó cómo el doctor salía con la tía Letty y decía:

—Señorita Ketterley, éste es el caso más extraordinario que he visto en todos los años que hace que soy médico. Es... es como un milagro. Yo no le diría nada al pequeño por el momento; no debemos crear falsas esperanzas. Pero en mi opinión... —Entonces su voz descendió demasiado para que pudiera seguir oyéndolo.

A primera hora de aquella misma tarde, Digory bajó al jardín y silbó la señal secreta que había acordado con Polly, ya que ésta no había podido regresar el día anterior.

—¿Ha habido suerte? —preguntó ella, mirando por encima del muro—. Quiero decir, respecto a tu madre.

—Sí, creo que todo irá bien —respondió Digory—. Pero si no te importa preferiría no hablar de eso aún. ¿Qué hay de los anillos?

—Los tengo todos. Mira, no hay peligro, llevo guantes. Vamos a enterrarlos.

—Sí, hagámoslo. He marcado el lugar donde ayer enterré el corazón de la manzana.

Polly saltó entonces al otro lado del muro y juntos fueron hasta allí. Sin embargo, resultó que no hacía falta que Digory hubiera marcado el lugar, pues algo empezaba ya a brotar. No crecía tan rápido como los árboles en Narnia, pero sobresalía ya un buen trecho del suelo. Buscaron una pala y enterraron todos los anillos mágicos, incluidos los suyos, en un círculo a su alrededor.

Aproximadamente una semana después de aquello ya no existía la menor duda de que la madre de Digory mejoraba. Unas dos semanas después ya se sentaba en el jardín y, al cabo de un mes, toda la casa se había transformado en un lugar distinto. La tía Letty hacía todo lo que le gustaba a su madre; se abrieron las ventanas, se corrieron las desaliñadas cortinas para que entrara más luz a las habitaciones, se colocaron flores frescas por todas partes, se prepararon cosas deliciosas para comer, incluso afinaron el viejo piano y su madre volvió a cantar, y jugaba a tales juegos con Digory y Polly que la tía Letty acostumbraba a comentar:

—Vaya, Mabel, pero si tú eres la más niña de los tres.

Cuando las cosas marchan mal, uno descubre que por lo general acostumbran a ir de mal en peor, pero cuando las cosas por fin empiezan a ir bien, a menudo mejoran y mejoran sin parar. Al cabo de unas seis semanas de aquella agradable existencia llegó una carta de su padre, desde la India, con noticias magníficas. El anciano tío abuelo Kirke había muerto y eso significaba, al parecer, que su padre era ahora muy rico; por ese motivo iba a licenciarse y a regresar a casa desde la India para quedarse definitivamente. Y la enorme casa situada en el campo, sobre la que Digory había oído hablar toda su vida y no había visto jamás, sería entonces su hogar; la enorme casa con armaduras, cuadras, perreras, el río, el parque, los invernaderos, las viñas, los bosques y las montañas situadas detrás de ella. Así pues, Digory se sintió tan seguro como el que más de que iban a vivir muy felices a partir de entonces. No obstante, tal vez te interese saber una o dos cosas más.

Polly y Digory fueron siempre buenos amigos y ella iba casi todos los años a pasar las vacaciones con ellos en su hermosa casa en el campo; y fue allí donde la niña aprendió a montar a caballo, a nadar, a ordeñar, a hornear y a escalar.

En Narnia los animales vivieron en paz y alegría, y ni la bruja ni ningún otro enemigo fue a perturbar aquel apacible país durante muchos cientos de años. El rey Frank, la reina Helen y sus hijos vivieron felices en Narnia y su segundo hijo se convirtió en el rey de Archenland. Los chicos se casaron con ninfas y las chicas con deidades del bosque y del río. El farol que la bruja había plantado —sin saberlo— brilló día y noche en el bosque narniano, de modo que el lugar donde creció acabó llamándose el Erial del Farol; y cuando, muchos años más tarde, otra niña de nuestro mundo entró en Narnia, una noche nevada, la pequeña encontró el farol todavía encendido. Y aquella aventura estuvo, en cierto modo, conectada con las que te acabo de contar.

La cosa sucedió así. El árbol que surgió del corazón de la manzana que Digory plantó en el jardín trasero, vivió y creció hasta convertirse en un árbol espléndido. Al crecer en el suelo de nuestro mundo, muy lejos del sonido de la voz de Aslan y lejos del aire juvenil de Narnia, no dio manzanas capaces de revivir a una mujer moribunda como había sucedido con la madre de Digory, aunque sí dio las manzanas más hermosas de todo el país, que además eran sumamente saludables, aunque no del todo mágicas. Sin embargo, en su interior, en su misma savia, el árbol —por así decirlo— jamás olvidó aquel otro árbol de Narnia al que pertenecía. En ocasiones se movía de un modo misterioso cuando no soplaba viento: creo que cuando eso sucedía soplaban fuertes vientos en Narnia y el árbol inglés se estremecía porque, en aquel momento, el árbol de Narnia se balanceaba y oscilaba bajo un fuerte vendaval del sudoeste. Fuera como fuese, se demostró más tarde que quedaba aún magia en su madera; pues cuando Digory era ya un hombre de mediana edad —que se había convertido además en famoso erudito, catedrático y gran viajero— y la vieja casa de los Ketterley le pertenecía, estalló una gran tormenta en todo el sur de Inglaterra que derribó el árbol. Como no soportaba la idea de hacer que lo cortaran para convertirlo en leña, pidió que construyeran un armario con parte de la madera, que luego colocó en su enorme casa en el campo. Él no descubrió las propiedades mágicas de aquel armario, pero otra persona sí lo hizo, y así empezaron todas las idas y venidas entre nuestro mundo y el de Narnia, sobre las que puedes leer en otros libros.

Cuando Digory y su familia fueron a vivir a la gran casa de campo, se llevaron al tío Andrew a vivir con ellos, pues como el padre de Digory dijo:

—Debemos intentar impedir que el buen hombre cometa disparates, y no es justo dejar que la tía Letty se encargue siempre de él.

El tío Andrew jamás intentó volver a jugar con la magia. Había aprendido la lección y cuando ya era muy anciano se volvió más amable y menos egoísta que antes. Sin embargo, siempre le gustó recibir visitas a solas en la sala del billar y contarles historias sobre una misteriosa dama, perteneciente a una realeza extranjera, con la que había paseado en coche de caballos por Londres.

—Tenía un genio terrible —acostumbraba a decir—. Pero era una mujer magnífica, sí, señor, una mujer magnífica.

El León, la Bruja y el Ropero

EL LEÓN, LA BRUJA Y EL ROPERO

ÍNDICE

A Lucía Barfield

Querida Lucía,

Escribí esta historia para ti, sin darme cuenta de que las niñas crecen más rápido que los libros. El resultado es que ya estás demasiado grande para cuentos de hadas, y cuando éste se imprima serás mayor aún. Sin embargo, algún día llegarás a la edad en que nuevamente gozarás de los cuentos de hadas. Entonces podrás sacarlo de la repisa más alta, desempolvarlo y darme tu opinión sobre él. Probablemente, yo estaré demasiado sordo para escucharte y demasiado viejo para comprender lo que dices. Pero aún seré tu padrino que te quiere mucho.

C. S. Lewis

Capítulo uno

Lucía investiga en el ropero

Había una vez cuatro niños cuyos nombres eran Pedro, Susana, Edmundo y Lucía. Esta historia relata lo que les sucedió cuando, durante la guerra y a causa de los bombardeos, fueron enviados lejos de Londres a la casa de un viejo profesor. Éste vivía en medio del campo, a diez millas de la estación más cercana y a dos millas del correo más próximo. El profesor no era casado, así es que un ama de llaves, la señora Macready, y tres sirvientas atendían su casa. (Las sirvientas se llamaban Ivy, Margarita y Betty, pero ellas no intervienen mucho en esta historia.)

El anciano profesor tenía un aspecto curioso, pues su cabello blanco no sólo le cubría la cabeza sino también casi toda la cara. Los niños simpatizaron con él al instante, a pesar de que Lucía, la menor, sintió miedo al verlo por primera vez, y Edmundo, algo mayor que ella, escondió su risa tras un pañuelo y simuló sonarse sin interrupción.

Después de ese primer día y en cuanto dieron las buenas noches al profesor, los niños subieron a sus habitaciones en el segundo piso y se reunieron en el dormitorio de las niñas para comentar todo lo ocurrido.

—Hemos tenido una suerte fantástica —dijo Pedro—. Lo pasaremos muy bien aquí. El viejo profesor es una buena persona y nos permitirá hacer todo lo que queramos.

—Es un anciano encantador —dijo Susana.

—¡Cállate! —exclamó Edmundo. Estaba cansado, aunque fingía no estarlo, y esto lo ponía siempre de un humor insoportable—. ¡No sigas hablando de esa manera!

—¿De qué manera? —preguntó Susana—. Además ya es hora de que estés en la cama.

—Tratas de hablar como mamá —dijo Edmundo—. ¿Quién eres para venir a decirme cuándo tengo que ir a la cama? ¡Eres tú quien debe irse a acostar!

—Mejor será que todos vayamos a dormir —interrumpió Lucía—. Si nos encuentran conversando aquí, habrá un tremendo lío.

—No lo habrá —repuso Pedro, con tono seguro—. Éste es el tipo de casa en la que a nadie le preocupará lo que nosotros hagamos. En todo caso, ninguna persona nos va a oír. Estamos como a diez minutos del comedor y hay numerosos pasillos, escaleras y rincones entremedio.

—¿Qué es ese ruido? —dijo Lucía de repente.

Ésta era la casa más grande que ella había conocido en su vida. Pensó en todos esos pasillos, escaleras y rincones, y sintió que algo parecido a un escalofrío la recorría de pies a cabeza.

—No es más que un pájaro, tonta —dijo Edmundo.

—Es una lechuza —agregó Pedro—. Éste debe ser un lugar maravilloso para los pájaros... Bien, creo que ahora es mejor que todos vayamos a la cama, pero mañana exploraremos. En un sitio como éste se puede encontrar cualquier cosa. ¿Vieron las montañas cuando veníamos? ¿Y los bosques? Puede ser que haya águilas, venados... Seguramente habrá halcones...

—Y tejones —dijo Lucía.

—Y zorros —dijo Edmundo.

—Y conejos —agregó Susana.

Pero a la mañana siguiente caía una cortina de lluvia tan espesa que, al mirar por la ventana, no se veían las montañas ni los bosques; ni siquiera la acequia del jardín.

—¡Tenía que llover! —exclamó Edmundo.

Los niños habían tomado el desayuno con el profesor, y en ese momento se encontraban en una sala del segundo piso que el anciano había destinado para ellos. Era una larga habitación de techo bajo, con dos ventanas hacia un lado y dos hacia el otro.

—Deja de quejarte, Ed —dijo Susana—. Te apuesto diez a uno a que aclara en menos de una hora. Por lo demás, estamos bastante cómodos y tenemos un montón de libros.

—Por mi parte, yo me voy a explorar la casa —dijo Pedro.

La idea les pareció excelente y así fue como comenzaron las aventuras. La casa era uno de aquellos edificios llenos de lugares inesperados, que nunca se conocen por completo. Las primeras habitaciones que recorrieron estaban totalmente vacías, tal como los niños esperaban. Pero pronto llegaron a una sala muy larga con las paredes repletas de cuadros, en la que encontraron una armadura. Después pasaron a otra completamente cubierta por un tapiz verde y en la que había un arpa arrinconada. Tres peldaños más abajo y cinco hacia arriba los llevaron hasta un pequeño zaguán. Desde ahí entraron en una serie de habitaciones que desembocaban unas en otras. Todas tenían estanterías repletas de libros, la mayoría muy antiguos y algunos tan grandes como la Biblia de una iglesia. Más adelante entraron en un cuarto casi vacío. Sólo había un gran ropero con espejos en las puertas. Allí no encontraron nada más, excepto una botella azul en la repisa de la ventana.

—¡Nada por aquí! —exclamó Pedro, y todos los niños se precipitaron hacia la puerta para continuar la excursión. Todos menos Lucía, que se quedó atrás. ¿Qué habría dentro del armario? Valía la pena averiguarlo, aunque, seguramente, estaría cerrado con llave. Para su sorpresa, la puerta se abrió sin dificultad. Dos bolitas de naftalina rodaron por el suelo.

La niña miró hacia el interior. Había numerosos abrigos colgados, la mayoría de piel. Nada le gustaba tanto a Lucía como el tacto y el olor de las pieles. Se introdujo en el enorme ropero y caminó entre los abrigos, mientras frotaba su rostro contra ellos. Había dejado la puerta abierta, por supuesto, pues comprendía que sería una verdadera locura encerrarse en el armario. Avanzó algo más y descubrió una segunda hilera de abrigos. Estaba bastante oscuro ahí adentro, así es que mantuvo los brazos estirados para no chocar con el fondo del ropero. Dio un paso más, luego otros dos, tres... Esperaba siempre tocar la madera del ropero con la punta de los dedos, pero no llegaba nunca hasta el fondo.

—¡Éste debe de ser un guardarropa gigantesco! —murmuró Lucía, mientras caminaba más y más adentro y empujaba los pliegues de los abrigos para abrirse paso. De pronto sintió que algo crujía bajo sus pies.

«¿Habrá más naftalina?», se preguntó.

Se inclinó para tocar el suelo. Pero en lugar de sentir el contacto firme y liso de la madera, tocó algo suave, pulverizado y extremadamente frío. «Esto sí que es raro», pensó y dio otros dos pasos hacia adelante.

Un instante después advirtió que lo que rozaba su cara ya no era suave como la piel sino duro, áspero e, incluso, hincaba.

—¿Cómo? ¡Parecen ramas de árboles! —exclamó.

Entonces vio una luz frente a ella; no estaba cerca del lugar donde tendría que haber estado el fondo del ropero, sino muchísimo más lejos. Algo frío y suave caía sobre la niña. Un momento después se dio cuenta de que se encontraba en medio de un bosque; además era de noche, había nieve bajo sus pies y gruesos copos caían a través del aire.

Lucía se asustó un poco, pero a la vez se sintió llena de curiosidad y de excitación. Miró hacia atrás y entre la oscuridad de los troncos de los árboles pudo distinguir la puerta abierta del ropero e incluso la habitación vacía desde donde había salido. (Por supuesto, ella había dejado la puerta abierta, pues pensaba que era la más grande de las tonterías encerrarse uno mismo en un guardarropa.) Parecía que allá era de día. «Puedo volver cuando quiera, si algo sale mal», pensó, tratando de tranquilizarse. Comenzó a caminar —*cranch-cranch*— sobre la nieve y a través del bosque, hacia la otra luz, delante de ella.

Cerca de diez minutos más tarde, Lucía llegó hasta un farol. Se preguntaba qué significado podría tener éste en medio de un bosque, cuando escuchó unos pasos que se acercaban. Segundos después, una persona muy extraña salió de entre los árboles y se aproximó a la luz.

Era un poco más alta que Lucía. Sobre su cabeza llevaba un paraguas todo blanco de nieve. De la cintura hacia arriba tenía el aspecto de un hombre, pero sus piernas, cubiertas de pelo negro y brillante, parecían las extremidades de un cabro. En lugar de pies tenía pezuñas.

En un comienzo, la niña no advirtió que también tenía cola, pues la llevaba enrollada en el brazo que sostenía el paraguas para evitar que se arrastrara por la nieve. Una bufanda roja le cubría el cuello y su piel era también rojiza. El rostro era pequeño y extraño pero agradable; tenía una barba rizada y un par de cuernos a los lados de la frente. Mientras en una mano llevaba el paraguas, en la otra sostenía varios paquetes con papel de color café. Éstos y la nieve hacían recordar las compras de Navidad. Era un fauno. Y cuando vio a Lucía, su sorpresa fue tan grande que todos los paquetes rodaron por el suelo.

—¡Cielos! —exclamó el Fauno.

CAPÍTULO DOS

LO QUE LUCÍA ENCONTRÓ ALLÍ

—Buenas tardes —saludó Lucía. Pero el Fauno estaba tan ocupado recogiendo los paquetes que no contestó. Cuando hubo terminado le hizo una pequeña reverencia.

—Buenas tardes, buenas tardes —dijo. Y agregó después de un instante—: Perdóname, no quisiera parecer impertinente, pero ¿eres tú lo que llaman una Hija de Eva?

—Me llamo Lucía —respondió ella, sin entenderle muy bien.

—Pero ¿tú eres lo que llaman una niña?

—¡Por supuesto que soy una niña! —exclamó Lucía.

—¿Verdaderamente eres humana?

—¡Claro que soy humana! —respondió Lucía, todavía un poco confundida.

—Seguro, seguro —dijo el Fauno—. ¡Qué tonto soy! Pero nunca había visto a un Hijo de Adán ni a una Hija de Eva. Estoy encantado.

Se detuvo como si hubiera estado a punto de decir algo y recordar a tiempo que no debía hacerlo.

—Encantado, encantado —repitió luego—. Permíteme que me presente. Mi nombre es Tumnus.

—Encantada de conocerle, señor Tumnus —dijo Lucía.

—Y se puede saber, ¡oh, Lucía, Hija de Eva!, ¿cómo llegaste a Narnia? —preguntó el señor Tumnus.

—¿Narnia? ¿Qué es eso?

—Ésta es la tierra de Narnia —dijo el Fauno—, donde estamos ahora. Todo lo que se encuentra entre el farol y el gran castillo de Cair Paravel en el mar del este. Y tú, ¿vienes de los bosques salvajes del oeste?

—Yo llegué..., llegué a través del ropero que está en el cuarto vacío —respondió Lucía, vacilando.

—¡Ah! —dijo el señor Tumnus con voz melancólica—, si hubiera estudiado geografía con más empeño cuando era un pequeño fauno, sin duda sabría todo acerca de esos extraños países. Ahora es demasiado tarde.

—¡Pero si ésos no son países! —dijo Lucía casi riendo—. El ropero está ahí, un poco más atrás..., creo... No estoy segura. Es verano allí ahora.

—Ahora es invierno en Narnia; es invierno siempre, desde hace mucho... Pero si seguimos conversando en la nieve nos vamos a resfriar los dos. Hija de Eva, de la lejana tierra del Cuarto Vacío, donde el eterno verano reina alrededor de la luminosa ciudad del Ropero, ¿te gustaría venir a tomar el té conmigo?

—Gracias, señor Tumnus, pero pienso que quizás ya es hora de regresar.

—Es a la vuelta de la esquina, nomás. Habrá un buen fuego, tostadas, sardinas y torta —insistió el Fauno.

—Es muy amable de su parte —dijo Lucía—. Pero no podré quedarme mucho rato.

—Agárrate de mi brazo, Hija de Eva —dijo el señor Tumnus—. Llevaré el paraguas para los dos. Por aquí, vamos.

Así fue como Lucía se encontró caminando por el bosque del brazo de esta extraña criatura, igual que si se hubieran conocido durante toda la vida.

No habían ido muy lejos aún, cuando llegaron a un lugar donde el suelo se tornó áspero y rocoso. Hacia arriba y hacia abajo de las colinas había piedras. Al pie de un pequeño valle el señor Tumnus se volvió de repente y caminó derecho hacia una roca gigantesca. Sólo en el momento en que estuvieron muy cerca de ella, Lucía descubrió que él la conducía a la entrada de una cueva. En cuanto se encontraron en el interior, la niña se vio inundada por la luz del fuego. El señor Tumnus cogió una brasa con un par de tenazas y encendió una lámpara.

—Ahora falta poco —dijo, e inmediatamente puso la tetera a calentar.

Lucía pensaba que no había estado nunca en un lugar más acogedor. Era una pequeña, limpia y seca cueva de piedra roja con una alfombra en el suelo, dos sillas («una para mí y otra para un amigo», dijo el señor Tumnus), una mesa, una cómoda, una repisa sobre la chimenea, y más arriba, dominándolo todo, el retrato de un viejo fauno con barba gris. En un rincón había una puerta; Lucía supuso que comunicaba con el dormitorio del señor Tumnus. En una de las paredes se apoyaba un estante repleto de libros. La niña miraba todo mientras él preparaba la mesa para el té. Algunos de los títulos eran *La vida y las cartas de Sileno, Las ninfas y sus costumbres, Hombres, monjes y deportistas, Estudio de la leyenda popular, ¿Es el hombre un mito?,* y muchos más.

—Hija de Eva —dijo el Fauno—, ya está todo preparado.

Y realmente fue un té maravilloso. Hubo un rico huevo dorado para cada uno, sardinas en pan tostado, tostadas con mantequilla y con miel, y una torta espolvoreada con azúcar. Cuando Lucía se cansó de comer, el Fauno comenzó a hablar. Sus relatos sobre la vida en el bosque eran fantásticos. Le contó acerca de bailes en la medianoche, cuando las ninfas que vivían en las vertientes y las dríades que habitaban en los árboles salían a danzar con los faunos; de las largas partidas de cacería tras el Venado Blanco, en las cuales se cumplían los deseos del que lo capturaba; sobre las celebraciones y la búsqueda de tesoros con los enanos rojos salvajes, en minas y cavernas muy por debajo del suelo. Por último, le habló también de los veranos, cuando los bosques eran verdes y el viejo Sileno los visitaba en su gordo burro. A veces llegaba a verlos el propio Baco y entonces por los ríos corría vino en lugar de agua y el bosque se transformaba en una fiesta que se prolongaba por semanas sin fin.

—Ahora es siempre invierno —agregó taciturno.

Entonces para alegrarse tomó un estuche que estaba sobre la cómoda, sacó de él una extraña flauta que parecía hecha de paja y empezó a tocar.

Al escuchar la melodía, Lucía sintió ansias de llorar, reír, bailar y dormir, todo al mismo tiempo. Debían haber transcurrido varias horas cuando despertó bruscamente, y dijo:

—Señor Tumnus, siento interrumpirlo, pero tengo que irme a casa. Sólo quería quedarme unos minutos...

—No es bueno *ahora*, tú sabes —le dijo el Fauno, dejando la flauta. Parecía acongojado por ella.

—¿Que no es bueno? —dijo ella, dando un salto. Asustada e inquieta agregó—: ¿Qué quiere decir? Tengo que volver a casa al instante. Ya deben de estar preocupados.

Un momento después, al ver que los ojos del Fauno estaban llenos de lágrimas, volvió a preguntar:

—¡Señor Tumnus! ¿Cuál es realmente el problema?

El Fauno continuó llorando. Las lágrimas comenzaron a deslizarse por sus mejillas y pronto corrieron por la punta de su nariz. Finalmente se cubrió el rostro con las manos y comenzó a sollozar.

—¡Señor Tumnus! ¡Señor Tumnus! —exclamó Lucía con desesperación—. ¡No llore así! ¿Qué es lo que pasa? ¿No se siente bien? Querido señor Tumnus, cuénteme qué es lo que está mal.

Pero el Fauno continuó estremeciéndose como si tuviera el corazón destrozado. Aunque Lucía lo abrazó y le prestó su pañuelo, no pudo detenerse. Solamente tomó el pañuelo y lo usó para secar sus lágrimas que continuaban cayendo sin interrupción. Y cuando estaba demasiado mojado, lo estrujaba con sus dos manos. Tanto lo estrujó, que pronto Lucía estuvo de pie en un suelo completamente húmedo.

—¡Señor Tumnus! —gritó Lucía en su oído, al mismo tiempo que lo sacudía—. No llore más, por favor. Pare inmediatamente de llorar. Debería avergonzarse. Un fauno mayor, como usted. Pero dígame, ¿por qué llora usted?

—¡Oh!, ¡oh!, ¡oh! —sollozó—, lloro porque soy un fauno malvado.

—Yo no creo eso. De ninguna manera —dijo Lucía—. De hecho, usted es el fauno más encantador que he conocido.

—¡Oh! No dirías eso si tú supieras —replicó el señor Tumnus entre suspiros—. Soy un fauno malo. No creo que nunca haya habido uno peor que yo desde que el mundo es mundo.

—Pero, ¿qué es lo que ha hecho? —preguntó Lucía.

—Mi viejo padre —dijo el Fauno— jamás hubiera hecho una cosa semejante. ¿Lo ves? Su retrato está sobre la chimenea.

—¿Qué es lo que no hubiera hecho su padre?

—Lo que yo he hecho —respondió el Fauno—. Servir a la Bruja Blanca. Eso es lo que yo soy. Un sirviente pagado por la Bruja Blanca.

—¿La Bruja Blanca? ¿Quién es?

—¡Ah! Ella es quien tiene a Narnia completamente en sus manos. Ella es quien mantiene el invierno para siempre. Siempre invierno y nunca Navidad. ¿Te imaginas lo que es eso?

—¡Qué terrible! —dijo Lucía—. Pero ¿qué trabajo hace usted para que ella le pague?

—Eso es lo peor. Soy yo el que rapta para ella. Eso es lo que soy: un raptor. Mírame, Hija de Eva. ¿Crees que soy la clase de Fauno que cuando se encuentra con un pobre niño inocente en el bosque, se hace su amigo y lo invita a su casa en la cueva, sólo para dormirlo con música y entregarlo luego a la Bruja Blanca?

—No —dijo Lucía—. Estoy segura de que usted no haría nada semejante.

—Pero lo he hecho —dijo el Fauno.

—Bien —continuó Lucía, lentamente (porque quería ser muy franca, pero, a la vez, no deseaba ser demasiado dura con él)—, eso es muy malo, pero usted está tan arrepentido que estoy segura de que no lo hará de nuevo.

—¡Hija de Eva! ¿Es que no entiendes? —exclamó el Fauno—. No es algo que yo haya hecho. Es algo que estoy haciendo en este preciso instante.

—¿Qué quiere decir? —preguntó Lucía, poniéndose blanca como la nieve.

—Tú eres el niño —dijo el señor Tumnus—. La Bruja Blanca me había ordenado que si alguna vez encontraba a un Hijo de Adán o a una Hija de Eva en el bosque, tenía que aprehenderlo y llevárselo. Tú eres la primera que yo he conocido. Fingí ser tu amigo, te invité a tomar el té y he esperado todo el tiempo que estuvieras dormida para llevarte hasta ella.

—¡Ah, no! Usted no lo hará, señor Tumnus —dijo Lucía—. Realmente usted no lo hará. De verdad, no debe hacerlo.

—Y si yo no lo hago —dijo él, comenzando a llorar de nuevo—, ella lo sabrá. Y me cortará la cola, me arrancará los cuernos y la barba. Agitará su vara sobre mis lindas pezuñas divididas por la mitad y las transformará en horribles y sólidas, como las de un desdichado caballo. Pero si ella se enfurece más aún, me convertirá en piedra y seré sólo una estatua de Fauno en su horrible casa, y allí me quedaré hasta que los cuatro tronos de Cair Paravel sean ocupados. Y sólo Dios sabe cuándo sucederá eso o si alguna vez sucederá.

—Lo siento mucho, señor Tumnus —dijo Lucía—. Pero, por favor, déjeme ir a casa.

—Por supuesto que lo haré —dijo el Fauno—. Tengo que hacerlo. Ahora me doy cuenta. No sabía cómo eran los humanos antes de conocerte a ti. No puedo entregarte a la Bruja Blanca; no ahora que te conozco. Pero tenemos que salir de inmediato. Te acompañaré hasta el farol. Espero que desde allí sabrás encontrar el camino al Cuarto Vacío y al Ropero.

—Estoy segura de que podré.

—Debemos irnos muy silenciosamente. Tan callados como podamos —dijo el señor Tumnus—. El bosque está lleno de *sus espías.* Incluso algunos árboles están de su parte.

Ambos se levantaron y, dejando las tazas y los platos en la mesa, salieron. El señor Tumnus abrió el paraguas una vez más, le dio el brazo a Lucía y comenzaron a caminar sobre la nieve. El regreso fue completamente diferente a lo que había sido la ida hacia la cueva del fauno. Sin decir una palabra se apresuraron todo lo que pudieron y el señor Tumnus se mantuvo siempre en los lugares más oscuros. Lucía se sintió bastante reconfortada cuando llegaron junto al farol.

—¿Sabes cuál es tu camino desde aquí, Hija de Eva? —preguntó el Fauno.

Lucía concentró su mirada entre los árboles y en la distancia pudo ver un espacio iluminado, como si allá lejos fuera de día.

—Sí —dijo—. Alcanzo a ver la puerta del ropero.

—Entonces corre hacia tu casa tan rápido como puedas —dijo el señor Tumnus—. ¿Podrás perdonarme alguna vez por lo que intenté hacer?

—Por supuesto —dijo Lucía, estrechando fuertemente sus manos—. Espero de todo corazón que usted no tenga problemas por mi culpa.

—Adiós, Hija de Eva. ¿Sería posible, tal vez, que yo guarde tu pañuelo como recuerdo?

—¡Está bien! —exclamó Lucía y echó a correr hacia la luz del día, tan rápido como sus piernas se lo permitieron. Esta vez, en lugar de sentir el roce de ásperas ramas en su rostro y la nieve crujiente bajo sus pies, palpó los tablones y de inmediato se encontró saltando fuera del ropero y en medio del mismo cuarto vacío en el que había comenzado toda la aventura. Cerró cuidadosamente la puerta del guardarropa y miró a su alrededor mientras recuperaba el aliento. Todavía llovía. Pudo escuchar las voces de los otros niños en el pasillo.

—¡Estoy aquí! —gritó—. ¡Estoy aquí! ¡He vuelto y estoy muy bien!

Capítulo tres

Edmundo y el ropero

Lucía salió corriendo del cuarto vacío y en el pasillo se encontró con los otros tres niños.

—Todo está bien —repitió—. He vuelto.

—¿De qué hablas, Lucía? —preguntó Susana.

—¡Cómo! —exclamó Lucía asombrada—. ¿No estaban preocupados por mi ausencia? ¿No se han preguntado dónde estaba yo?

—Entonces, ¿estabas escondida? —dijo Pedro—. Pobre Lu, ¡se escondió y nadie se dio cuenta! Para otra vez vas a tener que desaparecer durante un rato más largo, si es que quieres que alguien te busque.

—Estuve afuera por horas y horas —dijo Lucía.

—Mal —dijo Edmundo, golpeándose la cabeza—. Muy mal.

—¿Qué quieres decir, Lucía? —preguntó Pedro.

—Lo que dije —contestó Lucía—. Fue precisamente después del desayuno, cuando entré en el ropero, y he estado afuera por horas y horas. Tomé té y me han sucedido toda clase de acontecimientos.

—No seas tonta, Lucía. Hemos salido de ese cuarto hace apenas un instante y tú estabas allí —replicó Susana.

—Ella no se está haciendo la tonta —dijo Pedro—. Está inventando una historia para divertirse, ¿no es verdad, Lucía?

—No, Pedro. No estoy inventando. El armario es mágico. Adentro hay un bosque, nieve, un fauno y una bruja. El lugar se llama Narnia. Vengan a ver.

Los demás no sabían qué pensar, pero Lucía estaba tan excitada que la siguieron hasta el cuarto sin decir una palabra. Corrió hacia el ropero y abrió la puerta de par en par.

—¡Ahora! —gritó—. ¡Entren y compruébenlo ustedes mismos!

—¡Cómo! ¡Eres una gansa! —dijo Susana, después de introducir la cabeza dentro del ropero y apartar los abrigos—. Éste es un ropero común y corriente. Miren, aquí está el fondo.

Todos miraron, movieron los abrigos y vieron —Lucía también— un armario igual a los demás. No había bosque ni nieve. Sólo el fondo del ropero y los colgadores. Pedro saltó dentro y golpeó sus puños contra la madera para asegurarse.

—¡Menuda broma la que nos has gastado, Lu! —exclamó al salir—. Realmente nos sorprendiste, debo reconocerlo. Casi te creímos.

—No era broma. Era verdad —dijo Lucía—. Era verdad. Todo fue diferente hace un instante. Les prometo que era cierto.

—¡Vamos, Lu! —dijo Pedro—. ¡Ya, basta! Estás yendo un poco lejos con tu broma. ¿No te parece que es mejor terminar aquí?

Lucía se puso roja y trató de hablar, a pesar de que ya no sabía qué estaba tratando de decir. Estalló en llanto.

Durante los días siguientes se sintió muy desdichada. Podría haberse reconciliado fácilmente con los demás niños, en cualquier momento, si hubiera aceptado que todo había sido sólo una broma para pasar el tiempo. Sin embargo, Lucía decía siempre la verdad y sabía que estaba en lo cierto. No podía decir ahora una cosa por otra.

Los niños, que pensaban que ella había mentido tontamente, la hicieron sentirse muy infeliz. Los dos mayores, sin intención; pero Edmundo era muy rencoroso y en esta ocasión lo demostró. La molestó incansablemente; a cada momento le preguntaba si había encontrado otros países en los aparadores o en los otros armarios de la casa. Lo peor de todo era que esos días fueron muy entretenidos para los niños, pero no para Lucía. El tiempo estaba maravilloso; pasaban de la mañana a la noche fuera de la casa, se bañaban, pescaban, se subían a los árboles, descubrían nidos de pájaros y se tendían a la sombra. Lucía no pudo gozar de nada, y las cosas siguieron así hasta que llovió nuevamente.

Ese día, cuando llegó la tarde sin ninguna señal de cambio en el tiempo, decidieron jugar a las escondidas. A Susana le correspondió primero buscar a los demás. Tan pronto los niños se dispersaron para esconderse, Lucía corrió hasta el ropero, aunque no pretendía ocultarse allí. Sólo quería dar una mirada dentro de él. Estaba comenzando a dudar si Narnia, el Fauno y todo lo demás había sido un sueño. La casa era tan grande, complicada y llena de escondites, que pensó que tendría tiempo suficiente para dar una mirada en el interior del armario y buscar luego cualquier lugar para ocultarse en otra parte. Pero justo en el momento en que abría la puerta, sintió pasos en el corredor. No le quedó más remedio que saltar dentro del guardarropa y sujetar la puerta tras ella, sin cerrarla del todo, pues sabía que era muy tonto encerrarse en un armario, incluso si se trataba de un armario mágico.

Los pasos que Lucía había oído eran los de Edmundo. El niño entró en el cuarto en el momento preciso en que ella se introducía en el ropero. De inmediato decidió hacer lo mismo, no porque fuera un buen lugar para esconderse, sino porque podría seguir molestándola con su país imaginario. Abrió la puerta. Estaba oscuro, olía a naftalina, y allí estaban los abrigos colgados, pero no había un solo rastro de Lucía.

»Cree que es Susana la que viene a buscarla —se dijo Edmundo—; por eso se queda tan quieta».

Sin más, saltó adentro y cerró la puerta, olvidando que hacer eso era una verdadera locura. En la oscuridad empezó a buscar a Lucía y se sorprendió de no encontrarla de inmediato, como había pensado. Decidió abrir la puerta para que entrara un poco de luz. Pero tampoco pudo hallarla. Todo esto no le gustó nada y empezó a saltar nerviosamente hacia todos lados. Al fin gritó con desesperación:

—¡Lucía! ¡Lu! ¿Dónde te has metido? Sé que estás aquí.

No hubo respuesta. Edmundo advirtió que su propia voz tenía un curioso sonido. No había sido el que se espera dentro de un armario cerrado, sino un sonido al aire libre. También se dio cuenta de que el ambiente estaba extrañamente frío. Entonces vio una luz.

—¡Gracias a Dios! —exclamó—. La puerta se tiene que haber abierto por sí sola.

Se olvidó de Lucía y fue hacia la luz, convencido de que iba hacia la puerta del ropero. Pero en lugar de llegar al cuarto vacío, salió de un espeso y sombrío conjunto de abetos a un claro en medio del bosque.

Había nieve bajo sus pies y en las ramas de los árboles. En el horizonte, el cielo era pálido como el de una mañana despejada de invierno. Frente a él, entre los árboles, vio levantarse el sol muy rojo y claro. Todo estaba en silencio como si él fuera la única criatura viviente. No había ni siquiera un pájaro o una ardilla entre los árboles, y el bosque se extendía en todas direcciones, tan lejos como alcanzaba la vista. Edmundo tiritó.

En ese momento recordó que buscaba a Lucía. También se acordó de lo antipático que había sido con ella al molestarla con su «país imaginario». Ahora se daba cuenta de que en modo alguno era imaginario. Pensó que no podía estar muy lejos y llamó:

—¡Lucía! ¡Lucía! Estoy aquí también. Soy Edmundo.

No hubo respuesta.

—Está enojada por todo lo que le he dicho —murmuró.

A pesar de que no le gustaba admitir que se había equivocado, menos aún le gustaba estar solo y con tanto frío en ese silencioso lugar.

—¡Lu! ¡Perdóname por no haberte creído! ¡Ahora veo que tenías razón! ¡Ven, hagamos las paces! —gritó de nuevo.

Tampoco hubo respuesta esta vez.

«Exactamente como una niña —se dijo—. Estará enfurruñada por ahí y no aceptará una disculpa».

Miró a su alrededor: ese lugar no le gustaba nada. Decidió volver a la casa cuando, en la distancia, oyó un ruido de campanas. Escuchó atentamente y el sonido se hizo más y más cercano. Al fin, a plena luz, apareció un trineo arrastrado por dos renos.

El tamaño de los renos era como el de los *ponies* de Shetland, y su piel era tan blanca que a su lado la nieve se veía casi oscura. Sus cuernos ramificados eran dorados y resplandecían al sol. Sus arneses de cuero rojo estaban cubiertos de campanillas. El trineo era conducido por un enano gordo que, de pie, no tendría más de tres pies de altura. Estaba envuelto en una piel de oso polar, y en la cabeza llevaba un capuchón rojo con un largo pompón dorado en la punta; su enorme barba le cubría las rodillas y le servía de alfombra. Detrás de él, en un alto asiento en el centro del trineo, se hallaba una persona muy diferente: era una señora inmensa, más grande que todas las mujeres que Edmundo conocía. También estaba envuelta hasta el cuello en una piel blanca. En su mano derecha sostenía una vara dorada y llevaba una corona sobre su cabeza. Su rostro era blanco, no pálido, sino blanco como el papel, la nieve o el azúcar. Sólo su boca era muy roja. A pesar de todo, su cara era bella, pero orgullosa, fría y severa.

Mientras se acercaba a Edmundo, el trineo presentaba una magnífica visión con el sonido de las campanillas, el látigo del enano que restallaba en el aire y la nieve que parecía volar a ambos lados del carruaje.

—¡Detente! —exclamó la Dama, y el enano tiró tan fuerte de las riendas que por poco los renos caen sentados. Se recobraron y se detuvieron mordiendo los frenos y resoplando. En el aire helado, la respiración que salía de sus hocicos se veía como si fuera humo.

—¡Por Dios! ¿Qué eres tú? —preguntó la Dama a Edmundo.

—Soy... soy..., mi nombre es Edmundo —dijo el niño con timidez.

La Dama puso mala cara.

—¿Así te diriges a una reina? —preguntó con gran severidad.

—Le ruego que me perdone, su Majestad. Yo no sabía...

—¿No conoces a la Reina de Narnia? —gritó ella—. ¡Ah! ¡Nos conocerás mejor de ahora en adelante! Pero..., te repito, ¿qué eres tú?

—Por favor, su Majestad —dijo Edmundo—, no sé qué quiere decir usted. Yo estoy en el colegio..., por lo menos, estaba... Ahora estoy de vacaciones.

Capítulo cuatro

Delicias turcas

—Pero, ¿qué eres tú? —preguntó la Reina otra vez—. ¿Eres un enano super-desarrollado que se cortó la barba?

—No, su Majestad. Nunca he tenido barba. Soy un niño —dijo Edmundo, sin salir de su asombro.

—¡Un niño! —exclamó ella—. ¿Quieres decir que eres un Hijo de Adán?

Edmundo se quedó inmóvil sin pronunciar palabra. Realmente estaba de-masiado confundido como para entender el significado de la pregunta.

—Veo que eres idiota, además de ser lo que seas —dijo la Reina—. Contés-tame de una vez por todas, pues estoy a punto de perder la paciencia. ¿Eres un ser humano?

—Sí, Majestad —dijo Edmundo.

—¿Se puede saber cómo entraste en mis dominios?

—Vine a través de un ropero, su Majestad.

—¿Un ropero? ¿Qué quieres decir con eso?

—Abrí la puerta y... me encontré aquí, su Majestad —explicó Edmundo.

—¡Ah! —dijo la Reina más para sí misma que para él—. Una puerta. ¡Una puerta del mundo de los hombres! Había oído cosas semejantes. Eso puede arruinarlo todo. Pero es uno solo y parece muy fácil de manipular...

Mientras murmuraba estas palabras, se levantó de su asiento y con ojos llameantes miró fijamente a la cara de Edmundo. Al mismo tiempo levantó su vara.

Edmundo tuvo la seguridad de que ella iba a hacer algo espantoso, pero no fue capaz de moverse. Entonces, cuando él ya se daba por perdido, ella pareció cambiar sus intenciones.

—Mi pobre niño —le dijo con una voz muy diferente—. ¡Cuán helado pareces! Ven a sentarte en el trineo a mi lado y te cubriré con mi manto. Entonces podremos conversar.

Esta solución no le gustó nada a Edmundo. Sin embargo, no se hubiera atrevido jamás a desobedecerle. Subió al trineo y se sentó a los pies de la Reina. Ella desplegó su piel alrededor del niño y lo envolvió bien.

—¿Te gustaría tomar algo caliente? —le preguntó.

—Sí, por favor, su Majestad —dijo Edmundo, cuyos dientes castañeteaban.

La Reina sacó de entre los pliegues de su manto una pequeñísima botella que parecía de cobre. Entonces estiró el brazo y dejó caer una gota de su contenido sobre la nieve, junto al trineo. Por un instante, Edmundo vio que la gota resplandecía en el aire como un diamante. Pero, en el momento que tocó la nieve, se produjo un ruido leve y allí apareció una taza adornada de piedras preciosas, llena de algo que hervía. Inmediatamente el enano la tomó y se la entregó a Edmundo con una reverencia y una sonrisa; pero no fue una sonrisa muy agradable.

Tan pronto comenzó a beber, Edmundo se sintió mucho mejor. En su vida había tomado una bebida como ésa. Era muy dulce, cremosa y llena de espuma. Sintió que el líquido lo calentaba hasta la punta de los pies.

—No es bueno beber sin comer, Hijo de Adán —dijo la Reina un momento después—. ¿Qué es lo que te apetecería comer?

—*Delicias turcas,* por favor, su Majestad —dijo Edmundo.

La Reina derramó sobre la nieve otra gota de su botella y al instante apareció una caja redonda atada con cintas verdes de seda. Edmundo la abrió: contenía varias libras de las mejores *delicias turcas.* Eran dulces y esponjosas. Edmundo no recordaba haber probado jamás algo semejante.

Mientras comía, la Reina no dejaba de hacerle preguntas. Al comienzo, Edmundo trató de recordar que era vulgar hablar con la boca llena. Pero luego se olvidó de todas las reglas de educación y se preocupó únicamente de comer tantas *delicias turcas* como pudiera. Y mientras más comía, más deseaba seguir comiendo.

En ningún momento le pasó por la mente preguntarse por qué su Majestad era tan inquisitiva. Ella consiguió que él le contara que tenía un hermano y dos hermanas y que una de éstas había estado en Narnia y había conocido al Fauno. También le dijo que nadie, excepto ellos, sabía nada sobre Narnia. La Reina pareció especialmente interesada en el hecho de que los niños fueran cuatro y volvió a ese punto con frecuencia.

—¿Estás seguro de que ustedes son sólo cuatro? Dos Hijos de Adán y dos Hijas de Eva, ¿nada más ni nada menos?

Edmundo, con la boca llena de *delicias turcas,* se lo reiteraba. «Sí, ya se lo dije», repetía olvidando llamarla «su Majestad». Pero a ella eso no parecía importarle ahora.

Por fin las *delicias turcas* se terminaron. Edmundo mantuvo la vista fija en la caja vacía con la esperanza de que ella le ofreciera algunas más. Probablemente la Reina podía leer el pensamiento del niño, pues sabía —y Edmundo no— que esas *delicias turcas* estaban encantadas y que quien las probaba una vez, siempre quería más y más. Y si le permitía continuar, no podía detenerse hasta que enfermaba y moría. Ella no le ofreció más; en lugar de eso, le dijo:

—Hijo de Adán, me gustaría mucho conocer a tus hermanos. ¿Querrías traérmelos hasta aquí?

—Trataré —contestó Edmundo, todavía con la vista fija en la caja vacía.

—Si tú vuelves, pero con ellos por supuesto, podré darte *delicias turcas* de nuevo. No puedo darte más ahora. La magia es sólo para una vez, pero en mi casa será diferente.

—¿Por qué no vamos a tu casa ahora? —preguntó Edmundo.

Cuando Edmundo subió al trineo, había sentido miedo de que ella lo llevara muy lejos, a algún lugar desconocido desde el cual no pudiera regresar. Ahora parecía haber olvidado todos sus temores.

—Mi casa es un lugar encantador —dijo la Reina—. Estoy segura de que te gustará. Allí hay cuartos completamente llenos de *delicias turcas.* Y, lo que es más, no tengo niños propios. Me gustaría tener un niño bueno y amable a quien yo podría educar como príncipe y que luego sería Rey de Narnia, cuando yo falte. Y mientras fuera príncipe, llevaría una corona de oro y podría comer *delicias turcas* todo el día. Y tú eres el joven más inteligente y buen mozo que yo conozco. Creo que me gustaría convertirte en príncipe... algún día..., cuando hayas traído a tus hermanos a visitarme.

—¿Y por qué no ahora? —insistió Edmundo.

Su cara se había puesto muy roja, y sus dedos y su boca estaban muy pegajosos. No se veía buen mozo ni parecía inteligente, aunque la Reina lo dijera.

—¡Ah! Si te llevo ahora a mi casa —dijo ella—, yo no conocería a tu hermano ni a tus hermanas. Realmente quiero que traigas a tu encantadora familia. Tú serás príncipe y, con el tiempo, rey; eso está claro. Deberás tener cortesanos y nobles. Yo haré duque a tu hermano y duquesas a tus hermanas.

—No hay nada de especial en ellos —dijo Edmundo—, pero de cualquier forma los puedo traer en el momento que quiera.

—¡Ah, sí! Pero si hoy te llevo a mi casa, podrías olvidarte de ellos por completo. Estarías tan feliz que no querrías molestarte en ir a buscarlos. No. Tienes que ir a tu país ahora y regresar junto a mí otro día, pero *con ellos,* entiéndelo bien. No te servirá de nada volver sin ellos.

—Pero yo ni siquiera conozco el camino de regreso a mi país —rogó Edmundo.

—Es muy fácil. ¿Ves aquel farol? —dijo la Reina, mientras apuntaba con la varilla.

Edmundo miró en la dirección indicada. Entonces vio el mismo farol bajo el cual Lucía había conocido al Fauno.

—Derecho, más allá, está el Mundo de los Hombres —continuó la Reina. Luego señaló en dirección opuesta y agregó—: Dime si ves dos pequeñas colinas que se levantan sobre los árboles.

—Creo que sí —dijo Edmundo.

—Bien, mi casa está entre esas dos colinas. La próxima vez que vengas, sólo tendrás que encontrar el farol, buscar las dos colinas y atravesar el bosque hasta llegar a mi casa. Pero recuerda..., debes traer a tus hermanos. Me enfureceré de verdad, tanto como yo puedo enfurecerme, si vuelves solo.

—Haré lo que pueda —dijo Edmundo.

—Y, a propósito... —agregó la Reina—, no necesitas hablarles de mí. Será mucho más divertido guardar el secreto entre nosotros. Les daremos una sorpresa. Sólo tráelos hacia las colinas con cualquier pretexto; a un niño inteligente como tú se le ocurrirá alguno fácilmente. Y cuando llegues a mi casa, podrás decirles, por ejemplo: «Veamos quién vive aquí» o algo por el estilo. Estoy segura de que eso será lo mejor. Si tu hermana ya conoce a uno de los faunos, puede haber oído historias extrañas acerca de mí. Cosas malas que pueden hacerle sentir temor de mí. Los faunos dicen cualquier cosa, ¿sabes? Vete ahora.

—¡Por favor, por favor! —rogó Edmundo—. ¿Puede darme una *delicia turca* para comer durante el regreso a casa?

—¡Oh, no! —dijo la Reina con una sonrisa sardónica—. Tendrás que esperar hasta la próxima vez.

Mientras hablaba hizo una señal al enano para indicarle que se pusiera en marcha. Antes de que el trineo se perdiera de vista, la Reina agitó la mano para decir adiós a Edmundo, al mismo tiempo que gritaba:

—¡Hasta la vista! ¡No te olvides! ¡Vuelve pronto!

Edmundo miraba todavía como desaparecía el trineo cuando oyó que alguien lo llamaba. Dio media vuelta y divisó a Lucía que venía hacia él desde otro punto del bosque.

—¡Oh, Edmundo! —exclamó—. Tú también viniste. Dime si no es maravilloso.

—Bien, bien —dijo Edmundo—. Tenías razón después de todo. El armario es mágico. Te pediré perdón, si quieres... Pero ¿me puedes decir dónde te habías metido? Te he buscado por todas partes.

—Si hubiera sabido que tú también estabas aquí, te habría esperado —dijo Lucía. Estaba tan contenta y excitada que no advirtió el tono mordaz con el que hablaba Edmundo, ni lo extraña y roja que se veía su cara—. Estuve almorzando con el querido señor Tumnus, el Fauno. Está muy bien y la Bruja Blanca no le ha hecho nada por haberme dejado en libertad. Piensa que ella no se ha enterado, así es que todo va a andar muy bien.

—¿La Bruja Blanca? —preguntó Edmundo—. ¿Quién es?

—Es una persona terrible —aseguró Lucía—. Se llama a sí misma Reina de Narnia, a pesar de que no tiene ningún derecho. Todos los faunos, dríades y náyades, todos los enanos y animales —por lo menos los buenos— simplemente la odian. Puede transformar a la gente en piedra y hacer toda clase de maldades horribles. Con su magia mantiene a Narnia siempre en invierno; siempre es invierno, pero nunca llega la Navidad. Anda por todas partes en un trineo tirado por renos, con su vara en la mano y la corona en la cabeza.

Edmundo comenzaba a sentirse incómodo por haber comido tantos dulces. Pero cuando escuchó que la Dama con quien había hecho amistad era una bruja peligrosa, se sintió mucho peor todavía. Pero aun así, tenía ansias de comer *delicias turcas*. Lo deseaba más que cualquier otra cosa.

—¿Quién te dijo todo eso acerca de la Bruja Blanca? —preguntó.

—El señor Tumnus, el Fauno —contestó Lucía.

—No puedes tomar en serio todo lo que los faunos dicen —dijo Edmundo, dándose aires de saber mucho más que Lucía.

—Y a ti, ¿quién te ha dicho una cosa semejante? —preguntó Lucía.

—Todo el mundo lo sabe —dijo Edmundo—. Pregúntale a quien quieras. Además es una tontería que sigamos aquí, parados sobre la nieve. Vamos a casa.

—Vamos —dijo Lucía—. ¡Oh, Edmundo, estoy tan contenta de que tú hayas venido también! Los demás tendrán que creer en Narnia, ahora que ambos hemos estado aquí. ¡Qué entretenido será!

Pero Edmundo pensaba secretamente que no sería tan divertido para él como para ella. Debería admitir ante los demás que Lucía tenía razón. Por otra parte, estaba seguro de que todos estarían de parte de los faunos y los animales. Y ya estaba casi totalmente del lado de la Bruja. No sabía qué iba a decir, ni cómo guardaría su secreto cuando todos estuvieran hablando de Narnia.

Habían caminado ya un buen trecho cuando de pronto sintieron alrededor de ellos el contacto de las pieles de los abrigos, en lugar de las ramas de los árboles. Un par de pasos más y se encontraron fuera del ropero, en el cuarto vacío.

—¡Edmundo! Te ves muy mal —dijo Lucía, al mirar detenidamente a su hermano—. ¿No te sientes bien?

—Estoy muy bien —respondió Edmundo, pero no era verdad. Se sentía realmente enfermo.

—Vamos, entonces, muévete. Busquemos a los otros —dijo Lucía—. ¡Imagínate todo lo que tenemos que contarles! ¡Y qué maravillosas aventuras nos esperan ahora que todos estaremos juntos en esto!

Capítulo cinco

De regreso a este lado de la puerta

Lucía y Edmundo tardaron algún tiempo en encontrar a sus hermanos, ya que continuaban jugando a las escondidas. Cuando por fin estuvieron todos juntos (lo que sucedió en la sala larga donde estaba la armadura), Lucía estalló:

—¡Pedro! ¡Susana! Todo es verdad. Edmundo también lo vio. Hay un país al otro lado del ropero. Nosotros dos estuvimos allá. Nos encontramos en el bosque. ¡Vamos, Edmundo, cuéntales!

—¿De qué se trata esto, Edmundo? —preguntó Pedro.

Y aquí llegamos a una de las partes más feas de esta historia. Hasta ese momento, Edmundo se sentía enfermo, malhumorado y molesto con Lucía porque ella había tenido razón. Todavía no decidía qué actitud iba a tomar, pero cuando de pronto Pedro lo interpeló, resolvió hacer lo peor y lo más odioso que se le pudo ocurrir: dejar a Lucía en mal lugar ante sus hermanos.

—Cuéntanos, Ed —insistió Susana.

Edmundo, como si fuera mucho mayor que Lucía (ellos tenían solamente un año de diferencia), se dio aires de superioridad, y en tono despectivo dijo:

—¡Oh, sí! Lucía y yo hemos estado jugando, como si todo lo del país al otro lado del ropero fuera verdad… Sólo para entretenernos, por supuesto. Lo cierto es que allá no hay nada.

La pobre Lucía le dio una sola mirada y salió corriendo de la sala.

Edmundo, que se transformaba por minutos en una persona cada vez más despreciable, creyó haber tenido mucho éxito.

—Allí va otra vez. ¿Qué será lo que le pasa? Esto es lo peor de los niños pequeños; ellos siempre…

—¡Mira, tú! —exclamó Pedro, volviéndose hacia él con fiereza—. ¡Cállate! Te has portado como un perfecto animal con Lu desde que ella empezó con esta historia del ropero. Ahora le sigues la corriente y juegas con ella sólo para hacerla hablar. Pienso que lo haces simplemente por rencor.

—Pero todo esto no tiene sentido... —dijo Edmundo, muy sorprendido.

—Por supuesto que no —respondió Pedro—; ése es justamente el asunto. Lu estaba muy bien cuando dejamos nuestro hogar, pero, desde que estamos aquí, está rara, como si algo pasara en su mente o se hubiera transformado en la más horrible mentirosa. Sin embargo, sea lo que fuere, ¿crees que le haces algún bien al burlarte de ella y molestarla un día para darle ánimos al siguiente?

—Pensé..., pensé... —murmuró Edmundo, pero la verdad fue que no se le ocurrió qué decir.

—Tú no pensaste nada de nada —dijo Pedro—. Es sólo rencor. Siempre te ha gustado ser cruel con cualquier niño menor que tú. Ya lo hemos visto antes, en el colegio...

—¡No sigan! —imploró Susana—. No arreglaremos nada con una pelea entre ustedes. Vamos a buscar a Lucía.

No fue una sorpresa para ninguno de ellos cuando, mucho más tarde, encontraron a Lucía y vieron que había estado llorando. Tenía los ojos rojos. Nada de lo que le dijeron cambió las cosas. Ella se mantuvo firme en su historia.

—No me importa lo que ustedes piensen. No me importa lo que digan. Pueden contarle al Profesor o escribirle a mamá. Hagan lo que quieran. Yo sé que conocí a un fauno y... desearía haberme quedado allá. Todos ustedes son unos malvados.

La tarde fue muy poco agradable. Lucía estaba triste y desanimada. Edmundo comenzó a darse cuenta de que su plan no caminaba tan bien como había esperado. Los dos mayores temían realmente que Lucía estuviese mal de la cabeza, y se quedaron en el pasillo hablando muy bajo hasta mucho después de que ella se fue a la cama.

A la mañana siguiente, ambos decidieron que le contarían todo al Profesor.

—Él le escribirá a papá si considera que algo anda mal con Lucía —dijo Pedro—. Esto no es algo que nosotros podamos resolver. Está fuera de nuestro alcance.

De manera que se dirigieron al despacho del Profesor y llamaron a la puerta.

—Entren —les dijo.

Se levantó, buscó dos sillas para los niños y les dijo que estaba a su disposición. Luego se sentó frente a ellos, con los dedos entrelazados, y los escuchó sin hacer ni una sola interrupción hasta que terminaron toda la historia. Después carraspeó y dijo lo último que ellos esperaban escuchar.

—¿Cómo saben ustedes que la historia de su hermana no es verdadera?

—¡Oh!, pero... —comenzó Susana, y luego se detuvo. Cualquiera podía darse cuenta, con sólo mirar la cara del anciano, que él hablaba en serio. Susana se armó de valor nuevamente y continuó—: Pero Edmundo dijo que ellos sólo estaban imaginando...

—Ése es un punto —dijo el Profesor— que, ciertamente, merece considera- ción. Una cuidadosa consideración. Por ejemplo, me van a disculpar la pre- gunta, la experiencia que ustedes tienen, ¿les hace confiar más en su hermano o en su hermana? ¿Cuál de los dos es más sincero?

—Precisamente, eso es lo más curioso, señor —dijo Pedro—. Hasta ahora, yo habría dicho que Lucía, siempre.

—¿Qué piensa usted, querida? —preguntó el Profesor, volviéndose hacia Susana.

—Bueno —dijo Susana—, en general, yo diría lo mismo que Pedro; pero este asunto no puede ser verdad; todo esto del bosque y del Fauno...

—Esto es más de lo que yo sé —declaró el Profesor—. Acusar de mentirosa a una persona en la que siempre se ha confiado es algo muy serio. Muy serio, cier- tamente —repitió.

—Nosotros tememos que a lo mejor ella ni siquiera está mintiendo —dijo Susana—. Pensamos que algo puede andar mal en Lucía.

—¿Locura, quieren decir? —preguntó fríamente el Profesor—. ¡Oh! Eso pueden descartarlo muy rápidamente. No tienen más que mirarla para darse cuenta de que no está loca.

—Pero entonces... —comenzó Susana. Se detuvo. Ella nunca hubiera espe- rado, ni en sueños, que un adulto les hablaría como lo hacía el Profesor. No supo qué pensar.

—¡Lógica! —dijo el Profesor como para sí—. ¿Por qué hoy no se enseña lógica en los colegios? Hay sólo tres posibilidades: su hermana miente, está loca o dice la verdad. Ustedes saben que ella no miente y es obvio que no está loca. Por el momento, y a no ser que se presente otra evidencia, tenemos que asu- mir que ella dice la verdad.

Susana lo miró fijamente y por su expresión pudo deducir que, en realidad, no se estaba riendo de ellos.

—Pero, ¿cómo puede ser cierto, señor? —dijo Pedro.

—¿Por qué dice eso?

—Bueno, en primer lugar —contestó Pedro—. Si esa historia fuera real, ¿por qué no encontramos ese país cada vez que abrimos el ropero? No había nada allí cuando fuimos todos a ver. Incluso Lucía reconoció que no había nada.

—¿Qué tiene que ver eso con todo esto? —preguntó el Profesor.

—Bueno, señor, si las cosas son reales, deberían estar allí todo el tiempo.

—¿Están? —dijo el Profesor. Pedro no supo qué contestar.

—Pero ni siquiera hubo tiempo —interrumpió Susana—. Lucía no tuvo tiempo de haber ido a ninguna parte, aunque ese lugar existiera. Vino corriendo tras de nosotros en el mismo instante en que salíamos de la habitación. Fue menos de un minuto y ella pretende haber estado afuera durante horas.

—Eso es, precisamente, lo que hace más probable que su historia sea verda- dera —dijo el Profesor—. Si en esta casa hay realmente una puerta que conduce hacia otros mundos (y les advierto que es una casa muy extraña y que incluso yo sé muy poco sobre ella); si, como les digo, ella se introdujo en otro mundo, no me sorprendería en absoluto que éste tuviera su tiempo propio. Así, no tendría importancia cuánto tiempo permaneciera uno allá, pues no tomaría nada de *nuestro* tiempo. Por otro lado, no creo que muchas niñas de su edad puedan inventar una idea como ésta por sí solas. Si ella hubiera imaginado toda esa historia, se habría escondido durante un tiempo razonable antes de aparecer y contar su aventura.

—¿Realmente usted piensa que puede haber otros mundos como ése en cualquier parte, así, a la vuelta de la esquina? —preguntó Pedro.

—No imagino nada que pueda ser más probable —dijo el Profesor. Se sacó los anteojos y comenzó a limpiarlos mientras murmuraba para sí—: Me pregunto, ¿qué es lo que enseñan en estos colegios?

—Pero ¿qué vamos a hacer nosotros? —preguntó Susana. Ella sentía que la conversación comenzaba a alejarse del problema.

—Mi querida jovencita —dijo el Profesor, mirando repentinamente a ambos niños con una expresión muy penetrante—, hay un plan que nadie ha sugerido todavía y que vale la pena probar.

—¿De qué se trata? —preguntó Susana.

—Podríamos tratar todos de preocuparnos de nuestros propios asuntos.

Y ése fue el final de la conversación.

Después de esto las cosas mejoraron mucho para Lucía. Pedro se preocupó especialmente de que Edmundo dejara de molestarla y ninguno de ellos —Lucía, menos que nadie— se sintió inclinado a mencionar el ropero para nada. Éste se había transformado en un tema más bien inquietante. De este modo, por un tiempo pareció que todas las aventuras habían llegado a su fin. Pero no sería así.

La casa del Profesor, de la cual él mismo sabía muy poco, era tan antigua y famosa que gente de todas partes de Inglaterra solía pedir autorización para visitarla. Era el tipo de casa que se menciona en las guías turísticas e, incluso, en las historias. En torno a ella se tejían toda clase de relatos. Algunos más extraños aun que el que yo les estoy contando ahora. Cuando los turistas solicitaban visitarla, el Profesor siempre accedía. La señora Macready, el ama de llaves, los guiaba por toda la casa y les hablaba de los cuadros, de la armadura y de los antiguos y raros libros de la biblioteca.

A la señora Macready no le gustaban los niños, y menos aún, ser interrumpida mientras contaba a los turistas todo lo que sabía. Durante la primera mañana de visitas había dicho a Pedro y a Susana (además de muchas otras instrucciones): «Por favor, recuerden que no deben entrometerse cuando yo muestro la casa».

—Como si alguno de nosotros quisiera perder la mañana dando vueltas por la casa con un tropel de adultos desconocidos —había replicado Edmundo.

Los otros niños pensaban lo mismo. Así fue cómo las aventuras comenzaron nuevamente.

Algunas mañanas después, Pedro y Edmundo estaban mirando la armadura. Se preguntaban si podrían desmontar algunas piezas, cuando las dos hermanas aparecieron en la sala.

—¡Cuidado! —exclamaron—. Viene la señora Macready con una cuadrilla completa.

—¡Justo ahora! —dijo Pedro.

Los cuatro escaparon por la puerta del fondo, pero cuando pasaron por la pieza verde y llegaron a la biblioteca, sintieron las voces delante de ellos. Se dieron cuenta de que el ama de llaves había conducido a los turistas por las escaleras de atrás en lugar de hacerlo por las de delante, como ellos esperaban.

¿Qué pasó después? Quizás fue que perdieron la cabeza, o que la señora Macready trataba de alcanzarlos, o que alguna magia de la casa había despertado y los llevaba directo a Narnia... Lo cierto es que los niños se sintieron perseguidos desde todas partes, hasta que Susana gritó:

—¡Turistas antipáticos! ¡Aquí! Entremos en el cuarto del ropero hasta que ellos se hayan ido. Nadie nos seguirá hasta este lugar.

Pero en el momento en que estuvieron dentro de esa habitación, escucharon las voces en el pasillo. Luego, alguien pareció titubear ante la puerta y entonces ellos vieron que la perilla daba vuelta.

—¡Rápido! —exclamó Pedro, abriendo el guardarropa—. No hay ningún otro lugar.

A tientas en la oscuridad, los cuatro niños se precipitaron dentro del ropero. Pedro sostuvo la puerta junta, pero no la cerró. Por supuesto, como toda persona con sentido común, recordó que uno jamás debe encerrarse en un armario.

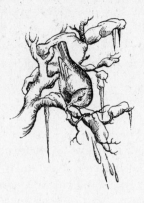

CAPÍTULO SEIS

EN EL BOSQUE

—Ojalá la señora Macready se apresure y se lleve pronto de aquí a toda esa gente —dijo Susana, poco después—. Estoy terriblemente acalambrada.

—¡Qué fuerte olor a alcanfor hay aquí! —exclamó Edmundo.

—Seguro que los bolsillos de estos abrigos están llenos de bolas de alcanfor para espantar las polillas —repuso Susana.

—Algo se me está clavando en la espalda —dijo Pedro.

—Además hace un frío espantoso —agregó Susana.

—Ahora que tú lo dices, está muy frío, y también mojado. ¿Qué pasa en este lugar? Estoy sentado sobre algo húmedo. Esto está cada minuto más húmedo —dijo Pedro y se puso de pie.

—Salgamos de aquí —dijo Edmundo—. Ya se fueron.

—¡Oh!, ¡oh! —gritó Susana, de repente; y, cuando todos preguntaron qué le pasaba, ella exclamó—: ¡Estoy apoyada en un árbol!... ¡Miren! Allí está aclarando.

—¡Santo Dios! —gritó Pedro—. ¡Miren allá... y allá! Hay árboles por todos lados. Y esto húmedo es nieve. De verdad creo que hemos llegado al bosque de Lucía después de todo.

Ahora no había lugar a dudas. Los cuatro niños se quedaron perplejos ante la claridad de un frío día de invierno. Tras ellos colgaban los abrigos en sus perchas; al frente se levantaban los árboles cubiertos de nieve.

Pedro se volvió inmediatamente hacia Lucía.

—Perdóname por no haberte creído. Lo siento mucho. ¿Me das la mano?

—Por supuesto —dijo Lucía, y así lo hizo.

—Y ahora —preguntó Susana—, ¿qué haremos?

—¿Que qué haremos? —dijo Pedro—. Ir a explorar el bosque, por supuesto.

—¡Uf! —exclamó Susana, golpeando sus pies en el suelo—. Hace demasiado frío. ¿Qué tal si nos ponemos algunos de estos abrigos?

—No son nuestros —dijo Pedro, un tanto dudoso.

—Estoy segura de que a nadie le importará —replicó Susana—. Esto no es como si nosotros quisiéramos sacarlos de la casa. Ni siquiera los vamos a sacar del ropero.

—Nunca lo habría pensado así —dijo Pedro—. Ahora veo, tú me has puesto en la pista. Nadie podría decir que te has llevado el abrigo mientras lo dejes en el lugar en que lo encontraste. Y yo supongo que este país entero está dentro de este ropero.

Inmediatamente llevaron a cabo el plan de Susana. Los abrigos, demasiado grandes para ellos, les llegaban a los talones. Más bien parecían mantos reales. Pero todos se sintieron muy cómodos y, al mirarse, cada uno pensó que se veían mucho mejor en sus nuevos atuendos y más de acuerdo con el paisaje.

—Imaginemos que somos exploradores árticos —dijo Lucía.

—A mí me parece que la aventura ya es suficientemente fantástica como para imaginarse otra cosa —dijo Pedro, mientras iniciaba la marcha hacia el bosque. Densas nubes oscurecían el cielo y parecía que antes de anochecer volvería a nevar.

—¿No creen que deberíamos ir más hacia la izquierda si queremos llegar hasta el farol? —preguntó Edmundo. Olvidó por un instante que debía aparentar que jamás había estado antes en aquel bosque. En el momento en que esas palabras salieron de su boca, se dio cuenta de que se había traicionado. Todos se detuvieron, todos lo miraron fijamente. Pedro lanzó un silbido.

—Entonces era cierto que habías estado aquí, como aseguraba Lucía —dijo—. Y tú declaraste que ella mentía...

Se produjo un silencio mortal.

—Bueno, de todos los seres venenosos... —dijo Pedro, y se encogió de hombros sin decir nada más. En realidad no había nada más que decir y, de inmediato, los cuatro reanudaron la marcha. Pero Edmundo pensaba para sus adentros: «Ya me las pagarán todos ustedes, manada de pedantes, orgullosos y vanidosos».

—¿Hacia dónde vamos? —preguntó Lucía, sólo con la intención de cambiar de tema.

—Yo pienso que Lu debe ser nuestra guía —dijo Pedro—. Bien se lo merece. ¿Hacia dónde nos llevarás, Lu?

—¿Qué les parece si vamos a ver al señor Tumnus? Es ese fauno tan encantador de quien les he hablado.

Todos estuvieron de acuerdo. Caminaron animadamente y pisando fuerte. Lucía demostró ser una buena guía. En un comienzo ella tuvo dudas. No sabía si sería capaz de encontrar el camino, pero pronto reconoció el árbol viejo en un lugar y un arbusto en otro y los llevó hasta el sitio donde el sendero se tornaba pedregoso. Luego llegaron al pequeño valle y, por fin, a la entrada de la caverna del señor Tumnus. Allí los esperaba una terrible sorpresa.

La puerta había sido arrancada de sus bisagras y hecha pedazos. Adentro, la caverna estaba oscura y fría. Un olor húmedo, característico de los lugares que no han sido habitados por varios días, lo invadía todo. La nieve amontonada fuera de la cueva, poco a poco había entrado por el hueco de la puerta y, mezclada con cenizas y leña carbonizada, formaba una espesa capa negra sobre el suelo.

Aparentemente, alguien había tirado y esparcido todo en la habitación, y luego lo había pisoteado. Platos y tazas, la vajilla..., todo estaba hecho añicos en el suelo. El retrato del padre del Fauno había sido cortado con un cuchillo en mil pedazos.

—Este lugar no sirve para nada —dijo Edmundo—. No valía la pena venir hasta aquí.

—¿Qué es esto? —dijo Pedro, agachándose. Había encontrado un papel clavado en la alfombra, sobre el suelo.

—¿Hay algo escrito? —preguntó Susana.

—Sí, creo que sí. Pero con esta luz no puedo leer. Vamos afuera, al aire libre.

Salieron hacia la luz del día y todos rodearon a Pedro mientras él leía las siguientes palabras:

El dueño de esta morada, Fauno Tumnus, está bajo arresto y espera ser juzgado por el cargo de Alta Traición contra su Majestad Imperial Jadis, Reina de Narnia, Señora de Cair Paravel, Emperadora de las Islas Solitarias, etc. También se le acusa de prestar auxilio a los enemigos de su Majestad, de encubrir espías y de hacer amistad con humanos.

Firmado MAUGRIM, Capitán de la Policía Secreta,
   ¡VIVA LA REINA!

Los niños se miraron fijamente unos a otros.

—No sé si me va a gustar este lugar, después de todo —dijo Susana.

—¿Quién es esta reina, Lu? —preguntó Pedro—. ¿Sabes algo de ella?

—No es una verdadera reina; de ninguna manera —contestó Lucía—. Es una horrible bruja, la Bruja Blanca. Toda la gente del bosque la odia. Ella ha sometido a un encantamiento al país entero y, desde entonces, aquí es siempre invierno y nunca Navidad.

—Me pregunto si tiene algún sentido seguir adelante —dijo Susana—. Éste no parece ser un lugar seguro, ni tampoco divertido. Cada minuto hace más frío y no trajimos nada para comer. ¿Qué les parece si regresamos?

—No podemos. Realmente no podemos —dijo Lucía—. ¿No ven lo que ha pasado? No podemos ir a casa después de todo esto. El Fauno está en problemas por mi culpa. Él me escondió de la Bruja Blanca y me mostró el camino de vuelta. Ése es el significado de «prestar auxilio a los enemigos de la Reina y hacer amistad con los humanos». Debemos tratar de rescatarlo.

—¡Como si nosotros pudiéramos hacer mucho! —exclamó Edmundo—. Ni siquiera tenemos algo para comer.

—¡Cállate! —le contestó Pedro, que todavía estaba enojado con él—. ¿Qué crees tú, Susana?

—Tengo la horrible sospecha de que Lucía tiene razón —dijo Susana—. No quisiera avanzar un solo paso más. Incluso desearía no haber venido jamás. Sin embargo, creo que debemos hacer algo por el señor no-sé-cuánto..., quiero decir el Fauno.

—Eso es también lo que yo siento —dijo Pedro—. Me preocupa no tener nada para comer. Les propongo volver y buscar algo en la despensa, aunque, según creo, no hay ninguna seguridad de que se pueda regresar a este país una vez que se lo abandona. Bueno, creo que debemos seguir adelante.

—Yo también lo creo así —dijeron ambas niñas al mismo tiempo.

—Si solamente supiéramos dónde fue encerrado ese pobre fauno.

Estaban todavía sin saber qué hacer cuando Lucía exclamó:

—¡Miren! ¡Allí hay un pájaro de pecho rojo! Es el primer pájaro que veo en este país. Me pregunto si aquí en Narnia ellos hablarán. Parece como si quisiera decirnos algo.

Entonces la niña se volvió hacia el Petirrojo y le dijo:

—Por favor, ¿puedes decirme dónde ha sido llevado el señor Tumnus?

Lucía dio unos pasos hacia el pájaro. Inmediatamente éste voló, pero sólo hasta el próximo árbol. Desde allí los miró fijamente, como si hubiera entendido todo lo que Lucía le había dicho. De forma casi inconsciente, los cuatro niños avanzaron uno o dos pasos hacia el Petirrojo. De nuevo éste voló hasta el árbol más cercano y volvió a mirarlos muy fijo. (Seguro que ustedes no han encontrado jamás un petirrojo con un pecho tan rojo ni ojos tan brillantes como ése.)

—¿Saben? Realmente creo que pretende que nosotros lo sigamos —dijo Lucía.

—Yo pienso lo mismo —dijo Susana—. ¿Qué crees tú, Pedro?

—Bueno, podemos tratar de hacerlo.

El pájaro pareció entender perfectamente el asunto. Continuó de árbol en árbol, siempre unos pocos metros delante de ellos, pero siempre muy cerca para que pudieran seguirlo con facilidad. De esta manera los condujo a la parte de abajo de la colina. Cada vez que el Petirrojo se detenía, una pequeña lluvia de nieve caía de la rama en la que se había posado. Poco después, las nubes en el cielo se abrieron y dieron paso al sol del invierno; alrededor de ellos la nieve adquirió un brillo deslumbrante.

Llevaban poco más de media hora de camino. Las dos niñas iban adelante. Edmundo se acercó a Pedro y le dijo:

—Si no te crees todavía demasiado grande y poderoso como para hablarme, tengo algo que decirte y será mejor que me escuches.

—¿Qué cosa?

—¡Silencio! No tan fuerte. No sería bueno asustar a las niñas —dijo Edmundo—. ¿Te has dado cuenta de lo que estamos haciendo?

—¿Qué? —preguntó Pedro nuevamente en un murmullo.

—Estamos siguiendo a un guía que no conocemos. ¿Cómo podemos saber de qué lado está ese pájaro? Perfectamente podría conducirnos a una trampa.

—¡Qué idea tan desagradable! —dijo Pedro—. Es un petirrojo. Son unos pájaros buenos en todas las historias que he leído. Estoy seguro de que un petirrojo no se equivoca de lado.

—Y ahora que hablamos de eso, ¿cuál es el lado bueno? ¿Cómo podemos saber con certeza que los faunos están en el lado bueno y la Reina (sí, ya sé que nos han dicho que es una bruja) en el lado malo? Realmente no sabemos nada de ninguno.

—El Fauno salvó a Lucía.

—Él *dijo* que lo había hecho. Pero ¿cómo podemos saber que es así? Además, otra cosa. ¿Alguno de nosotros tiene la menor idea de cuál es el camino de vuelta desde aquí?

—¡Caramba! No había pensado en eso —dijo Pedro.

—Y tampoco tenemos ninguna posibilidad de comer —agregó Edmundo.

Capítulo siete

Un día con los Castores

Los dos hermanos hablaban en secreto cuando, de pronto, las niñas se detuvieron.

—¡El Petirrojo! —gritó Lucía—. ¡El Petirrojo! ¡Se ha ido!

Y así era... El Petirrojo había volado hasta perderse de vista.

—¿Qué vamos a hacer ahora? —preguntó Edmundo, mientras miraba a Pedro con cara de «¿qué te había dicho yo?».

—¡Chsss! ¡Miren! —exclamó Susana.

—¿Qué? —preguntó Pedro.

—Algo se mueve entre los árboles... por allí, a la izquierda.

Todos miraron atentamente, ninguno de ellos muy tranquilo.

—¡Allí está otra vez! —dijo Susana.

—Esta vez yo también lo vi —dijo Pedro—. Todavía está ahí. Desapareció detrás de ese gran árbol.

—¿Qué es? —preguntó Lucía, tratando por todos los medios de que su voz no reflejara su nerviosismo.

—No sé —dijo Pedro—, pero en todo caso es algo que se está escabullendo; algo que no quiere ser visto.

—Vámonos a casa —murmuró Susana.

Entonces, aunque nadie lo dijo en voz alta, en ese momento todos se dieron cuenta de que estaban perdidos, tal como Edmundo le había dicho en secreto a Pedro.

—¿A qué se parece? —preguntó Lucía, volviendo a fijar su atención en aquello que se movía.

—Es una especie de animal —dijo Susana—. ¡Miren! ¡Rápido! ¡Allí está!

Esta vez todos lo vieron. Una cara barbuda los miraba desde detrás de un árbol. Pero ahora no desapareció inmediatamente. En lugar de eso, el animal acercó las garras a la boca, en un gesto idéntico al de los humanos que ponen los dedos en los labios cuando quieren que alguien guarde silencio. Luego se escondió de nuevo. Los niños se quedaron inmóviles, conteniendo la respiración.

Momentos más tarde, el extraño ser reapareció tras el árbol. Miró hacia todos lados, como si temiera que alguien lo estuviese observando, y dijo «silencio», o algo parecido. Después hizo unas señales a los niños como para indicarles que se reunieran con él en lo más espeso del bosque, y desapareció otra vez.

—Ya sé qué es —dijo Pedro—. Es un castor. Le vi la cola.

—Quiere que nos acerquemos a él —dijo Susana—, y nos ha prevenido para que no hagamos el menor ruido.

—Así me parece —dijo Pedro—. ¿Qué haremos? ¿Vamos con él o no? ¿Qué piensas tú, Lucía?

—Yo creo que es un buen castor —dijo ésta.

—Sí, pero ¿cómo podemos saberlo? —replicó Edmundo.

—Tendremos que arriesgarnos —dijo Susana—. Por otra parte, no ganamos nada con seguir parados aquí, pensando en que tenemos hambre.

El Castor se asomó nuevamente detrás del árbol y, con gran ansiedad, comenzó a hacerles señas con la cabeza.

—Vamos —dijo Pedro—. Démosle una oportunidad. Pero tenemos que mantenernos muy unidos frente al Castor, por si resulta ser un enemigo.

Los niños, muy juntos unos a otros, caminaron hacia el árbol. Efectivamente, tras él encontraron al Castor. Éste retrocedió aún más y con voz ronca murmuró:

—Más acá, vengan más acá. ¡No estaremos a salvo en este espacio tan abierto!

Sólo cuando los hubo conducido a un lugar oscuro, en el que había cuatro árboles tan juntos que sus ramas entrecruzadas cerraban incluso el paso a la nieve y en el suelo se veían la tierra café y las agujas de los pinos, se decidió a hablar.

—¿Son ustedes los Hijos de Adán y las Hijas de Eva?

—Sí. Somos algunos de ellos —dijo Pedro.

—¡Chsss! —dijo el Castor—. No tan alto, por favor. Ni siquiera aquí estamos a salvo.

—¿Por qué? ¿A quién le tiene miedo? —preguntó Pedro—. En este lugar no hay nadie más que nosotros.

—Están los árboles —dijo el Castor—. Están siempre oyendo. La mayoría de ellos está de nuestro lado, pero hay algunos que nos traicionarían ante *ella*... Saben a quién me refiero, supongo —agregó.

—Si estamos hablando de tomar partido, ¿cómo podemos saber que usted es un amigo? —dijo Edmundo.

—No queremos parecer mal educados, señor Castor —dijo Pedro—, pero, como usted ve, nosotros somos extranjeros.

—Está bien, está bien —dijo el Castor—. Aquí está mi distintivo.

Con estas palabras levantó hacia ellos un objeto blanco y pequeño. Todos se quedaron mirándolo sorprendidos, hasta que Lucía exclamó:

—¡Oh! ¡Por supuesto! Es mi pañuelo... el que le di al pobre señor Tumnus.

—Exactamente —dijo el Castor—. Pobre amigo... le llegó el anuncio del arresto un poco antes de que lo apresaran. Me dijo que si algo le sucedía, debía encontrarme contigo y llevarte a...

Aquí la voz del Castor se transformó en silencio e inclinó una o dos veces la cabeza de un modo muy misterioso. Luego hizo una seña a los niños para que se acercaran a él, tanto que casi los rozó con sus bigotes mientras murmuraba:

—Dicen que Aslan se ha puesto en movimiento... Quizás ha aterrizado ya.

En ese momento sucedió una cosa muy curiosa.

Ninguno de los niños sabía quién era Aslan, pero en el mismo instante en que el Castor pronunció esas palabras, cada uno de ellos experimentó una sensación diferente.

A lo mejor les ha pasado alguna vez en un sueño que alguien dice algo que uno no entiende, pero siente que tiene un enorme significado... Puede ser aterrador, lo cual transforma el sueño en pesadilla. O bien, encantador, demasiado encantador para traducirlo en palabras. Esto hace que el sueño sea tan hermoso que uno lo recuerda durante toda la vida y siempre desea volver a soñar lo mismo.

Una cosa así sucedió ahora. El nombre de Aslan despertó algo en el interior de cada uno de los niños. Edmundo tuvo una sensación de misterioso horror. Pedro se sintió de pronto valiente y aventurero. Susana creyó que alrededor de ella flotaba un aroma delicioso, a la vez que escuchaba algunos acordes musicales bellísimos. Lucía experimentó un sentimiento como el que se tiene al despertar una mañana y darse cuenta de que ese día comienzan las vacaciones o el verano.

—¿Y qué pasa con el señor Tumnus? —preguntó Lucía—. ¿Dónde está?

—¡Chsss! —dijo el Castor—. No está aquí. Debo llevarlos a un lugar donde realmente podamos tener una verdadera conversación y, también, comer.

Ninguno de los niños, excepto Edmundo, tuvo dificultades para confiar en el Castor; pero todos, incluso él, se alegraron al escuchar la palabra «comer». Siguieron con estusiasmo a este nuevo amigo, que los condujo, durante más de una hora, a un paso sorprendentemente rápido y siempre a través de lo más espeso del bosque.

De pronto, cuando todos se sentían muy cansados y muy hambrientos, comenzaron a salir del bosque. Frente a ellos los árboles eran ahora más delgados y el terreno comenzó a descender de forma abrupta. Minutos más tarde estuvieron bajo el cielo abierto y se encontraron contemplando un hermoso paisaje.

Estaban en el borde de un angosto y escarpado valle, en cuyo fondo corría —es decir, debería correr si no hubiera estado completamente congelado— un río medianamente grande. Justo debajo de ellos había sido construido un dique que lo atravesaba. Cuando los niños lo vieron, recordaron de pronto que los castores siempre construyen enormes diques y no les cupo duda de que ése era obra del Castor. También advirtieron que su rostro reflejaba cierta expresión de modestia, como la de cualquier persona cuando visita un jardín que ella misma ha plantado o lee un cuento que ella ha escrito. De manera que su habitual cortesía obligó a Susana a decir:

—¡Qué maravilloso dique!

Y esta vez el Castor no dijo «silencio».

—¡Es sólo una bagatela! ¡Sólo una bagatela! Ni siquiera está terminado.

Hacia el lado de arriba del dique estaba lo que debió haber sido un profundo estanque, pero ahora, por supuesto, era una superficie completamente lisa y cubierta de hielo de color verde oscuro. Hacia el otro lado, mucho más abajo, había más hielo, pero, en lugar de ser liso, estaba congelado en espumosas y ondeadas formas, tal como el agua corría cuando llegó la helada. Y donde ésta había estado goteando y derramándose a través del dique, había ahora una brillante cascada de carámbanos, como si ese lado del muro que contenía el agua estuviera completamente cubierto de flores, guirnaldas y festones de azúcar pura.

En el centro y, en cierto modo, en el punto más importante y alto del dique, había una graciosa casita que más bien parecía una enorme colmena. Desde su techo, a través de un agujero, se elevaba una columna de humo. Cuando uno la veía (especialmente si tenía hambre), de inmediato recordaba la comida y se sentía aún más hambriento.

Esto fue lo que los niños observaron por encima de todo; pero Edmundo vio algo más. Río abajo, un poco más lejos, había un segundo río, algo más pequeño, que venía desde otro valle a juntarse con el río más grande. Al contemplar ese valle, Edmundo pudo ver dos colinas. Estaba casi seguro de que eran las mismas dos colinas que la Bruja Blanca le había señalado cuando se encontraban junto al farol, momentos antes de que él se separara de ella. Allí, sólo a una milla o quizás menos, debía estar su palacio. Pensó entonces en las *delicias turcas,* en la posibilidad de ser rey («¿Qué le parecería esto a Pedro?», se preguntó) y en varias otras ideas horribles que acudieron a su mente.

—Hemos llegado —dijo el Castor—, y parece que la señora Castora nos espera. Yo los guiaré... ¡Cuidado, no vayan a resbalar!

Aunque el dique era suficientemente amplio, no era (para los humanos) un lugar muy agradable para caminar porque estaba cubierto de hielo. A un costado se encontraba, al mismo nivel, esa gran superficie helada; y al otro veíase una brusca caída hacia el fondo del río. Mientras marchaban en fila india, dirigidos por el Castor, a través de toda esta ruta, los niños pudieron observar el largo camino del río hacia arriba y el largo y descendente camino del río hacia abajo.

Cuando llegaron al centro del dique, se detuvieron ante la puerta de la casa.

—Aquí estamos, señora Castora —dijo el Castor—. Los encontré. Aquí están los Hijos e Hijas de Adán y Eva.

Lo primero que al entrar atrajo la atención de Lucía fue un sonido ahogado y lo primero que vio fue a una anciana castora de mirada bondadosa, que estaba sentada en un rincón, con un hilo en la boca, trabajando afanada ante su máquina de coser. Precisamente de allí venía el extraño sonido. Apenas los niños entraron en la casa, dejó su trabajo y se puso de pie.

—¡Por fin han venido! —exclamó, con sus arrugadas manos en alto—. ¡Al fin! ¡Pensar que siempre he vivido para ver este día! Las papas están hirviendo; la tetera, silbando, y me atrevo a decir que el señor Castor nos traerá pescado.

—Eso haré —dijo él y salió de la casa, llevando un balde (Pedro lo siguió). Caminaron sobre la superficie de hielo hasta el lugar donde el Castor había hecho un agujero, que mantenía abierto trabajando todos los días con su hacha.

El Castor se sentó tranquilamente en el borde del agujero (parecía no importarle para nada el intenso frío), y se quedó inmóvil, mirando el agua con gran concentración. De pronto hundió una de sus garras a toda velocidad y antes de que uno pudiera decir «amén», había agarrado una hermosa trucha. Una y otra vez repitió la misma operación hasta que consiguió una espléndida pesca.

Mientras tanto las niñas ayudaban a la señora Castora. Llenaron la tetera, arreglaron la mesa, cortaron el pan, colocaron las fuentes en el horno, pusieron la sartén al fuego y calentaron la grasa gota a gota. También sacaron cerveza de un barril que se encontraba en un rincón de la casa, y llenaron un enorme jarro para el señor Castor. Lucía pensaba que los Castores tenían una casita muy confortable, aunque no se asemejaba en nada a la cueva del señor Tumnus. No se veían libros ni cuadros y, en lugar de camas, había literas adosadas a la pared, como en los barcos. Del techo colgaban jamones y trenzas de cebollas. Y alrededor de la habitación, contra las paredes, había botas de goma, ropa impermeable, hachas, grandes tijeras, palas, llanas, vasijas para transportar materiales de construcción, cañas de pescar, redes y sacos. Y el mantel que cubría la mesa, aunque muy limpio, era áspero y tosco.

En el preciso momento en que el aceite chirriaba en la sartén, el Castor y Pedro regresaron con el pescado ya preparado para freírlo. El Castor lo había abierto con su cuchillo y lo había limpiado antes de entrar en la casa. Pueden ustedes imaginar qué bien huele mientras se fríe un pescado recién sacado del agua y cuánto más hambrientos estarían los niños antes de que la señora Castora dijera:

—Ahora estamos casi listos.

Susana retiró las papas del agua en la que se habían cocido y las puso en una marmita para secarlas cerca del fogón, mientras Lucía ayudaba a la señora Castora a disponer las truchas en una fuente. En pocos segundos cada uno tomó un banquillo (todos eran de tres patas, sólo la señora Castora tenía una mecedora especial cerca del fuego) y se preparó para ese agradable momento. Había un jarro de leche cremosa para los niños (el Castor prefería su cerveza), y, en el centro de la mesa, un gran trozo de mantequilla, para que cada uno le pusiera a las papas toda la que quisiese. Los niños pensaron —y yo estoy de acuerdo con ellos— que no había nada más exquisito en el mundo que un pescado recién salido del agua y cocinado al instante. Cuando terminaron con las truchas, la señora Castora retiró del horno un inesperado, humeante y glorioso bizcocho con mermelada. Al mismo tiempo, movió la tetera en el fuego para preparar el té. Así, después del postre, cada uno tomó su taza de té, empujó su banquillo para arrimarlo a la pared, y volvió a sentarse cómodo y satisfecho.

—Y ahora —dijo el Castor, empujando lejos su jarro de cerveza ya vacío y acercando su taza de té—, si ustedes esperan sólo a que yo encienda mi pipa, podremos hablar de nuestros asuntos. Está nevando otra vez —agregó, volviendo los ojos hacia la ventana—. Me parece espléndido, porque así no tendremos visitas; y si alguien ha tratado de seguirnos, ya no podrá encontrar ninguna huella.

Capítulo ocho

Lo que sucedió después de la comida

—Cuéntenos ahora, por favor, qué le pasó al señor Tumnus —dijo Lucía.

—¡Ah, eso está mal! —dijo el Castor, moviendo la cabeza—. Es un asunto muy, muy malo. No hay duda alguna de que se lo llevó la policía. Lo supe por un pájaro que estuvo presente cuando lo apresaron.

—Pero ¿a dónde lo llevaron? —preguntó Lucía.

—Bueno, ellos iban rumbo al norte la última vez que los vieron. Todos sabemos lo que eso significa.

—Nosotros no —dijo Susana.

El Castor movió la cabeza con desaliento.

—Temo que lo llevaron a la casa de *ella*.

—Pero ¿qué le harán, señor Castor? —insistió Lucía, con ansiedad.

—No se puede saber con certeza. No son muchos los que han regresado después de haber sido llevados allá. Estatuas... Dicen que ese lugar está lleno de estatuas. En el jardín, en las escalinatas, en el salón... Gente que ella ha transformado... (se detuvo y se estremeció), transformado en piedra.

—Pero, señor Castor —dijo Lucía—, nosotros podemos..., mejor dicho, debemos hacer algo para salvarlo. Es demasiado espantoso que todo esto sea por mi culpa.

—No me cabe duda de que tú lo salvarías si pudieras, cariño —dijo la señora Castora—. Sin embargo, no hay ninguna posibilidad de entrar en esa casa contra la voluntad de ella, ni menos de salir con vida.

—¿No podríamos planear alguna estratagema? —preguntó Pedro—. Como disfrazarnos o fingir que somos... buhoneros o cualquier cosa..., o vigilar hasta que ella salga... o... ¡Caramba! Tiene que haber una manera. Este fauno se arriesgó para salvar a mi hermana. No podemos permitir que se convierta..., que sea..., que hagan eso con él.

—Eso no serviría para nada, Hijo de Adán —dijo el Castor—. Tu intento sería muy complicado para todos y no serviría para nada. Pero ahora que Aslan está en movimiento...

—¡Oh, sí! Cuéntenos de Aslan —dijeron varias voces al mismo tiempo. Otra vez los invadió ese extraño sentimiento..., como si para ellos hubiera llegado la primavera, como si hubieran recibido muy buenas noticias.

—¿Quién es Aslan? —preguntó Susana.

—¿Aslan? ¡Cómo! ¿Es que ustedes no lo saben? Es el Rey. Es el Señor de todo el bosque, pero no viene muy a menudo. Jamás en mi tiempo, ni en el tiempo de mi padre. Sin embargo, corre la voz de que ha vuelto. Está en Narnia en este momento y pondrá a la Reina en el lugar que le corresponde. Él va a salvar al señor Tumnus; no ustedes.

—¿Y no lo transformará en piedra? —preguntó Edmundo.

—¡Por Dios, Hijo de Adán! ¡Qué simpleza dices! —dijo el Castor y rió a carcajadas—. ¿Convertirlo *a él* en piedra? Si ella logra sostenerse en sus dos piernas y mirarlo a la cara, eso será lo más que pueda hacer y, en todo caso, mucho más de lo que yo creo. No, no. Él pondrá todo en orden, como dicen estos antiguos versos:

> El mal se trocará en bien, cuando Aslan
> [aparezca.
> Ante el sonido de su rugido, las penas
> [desaparecerán.
> Cuando descubra sus dientes, el invierno
> [encontrará su muerte.
> Y cuando agite su melena, tendremos
> [nuevamente primavera.

—Entenderán todo cuando lo vean —concluyó el Castor.

—Pero ¿lo veremos? —preguntó Lucía.

—Para eso los traje aquí, Hija de Eva. Los voy a guiar hasta el lugar adonde se encontrarán con él.

—¿Es..., es un hombre? —preguntó Lucía, dudando.

—¡Aslan, un hombre! —exclamó el Castor, con voz severa—. Ciertamente, no. Ya les dije que es el Rey del bosque y el hijo del gran Emperador-de-Más-Allá-del-Mar. ¿No saben quién es el Rey de los Animales? Aslan es un león... *El León*, el gran León.

—¡Oh! —exclamó Susana—. Pensé que era un hombre. Y él..., ¿se puede confiar en él? Creo que me sentiré bastante nerviosa al conocer a un león.

—Así será, cariño —dijo la señora Castora—. Eso es lo normal. Si hay alguien que pueda presentarse ante Aslan sin que le tiemblen las rodillas, o es más valiente que nadie en el mundo, o es, simplemente, un tonto.

—Entonces, es peligroso —dijo Lucía.

—¿Peligroso? —dijo el Castor—. ¿No oyeron lo que les dijo la señora Castora? ¿Quién ha dicho algo sobre peligro? ¡Por supuesto que es peligroso! Pero es bueno. Es el Rey, les aseguro.

—Estoy deseoso de conocerlo —dijo Pedro—. Aunque sienta miedo cuando llegue el momento.

—Eso está bien, Hijo de Adán —dijo el Castor, dando un manotazo tan fuerte sobre la mesa que hizo cascabelear las tazas y los platillos—. Lo conocerás. Corre la voz de que ustedes se reunirán con él, mañana si pueden, en la Mesa de Piedra.

—¿Dónde queda eso? —preguntó Lucía.

—Les mostraré el camino —dijo el Castor—. Es río abajo, bastante lejos de aquí. Los guiaré hacia él.

—Pero, entretanto, ¿qué pasará con el pobre señor Tumnus? —dijo Lucía.

—El modo más rápido de ayudarlo es ir a reunirse con Aslan —dijo el Castor—. Una vez que esté con nosotros, podemos comenzar a hacer algo. Pero esto no quiere decir que no los necesitemos a ustedes también. Hay otro antiguo poema que dice así:

Cuando la carne de Adán y los huesos de Adán
se sienten en el Trono de Cair Paravel,
los malos tiempos para siempre partirán.

—Por esto —agregó el Castor—, deducimos que todo está cerca del fin: él ha venido y ustedes también. Nosotros sabíamos de la venida de Aslan a estos lugares desde hace mucho tiempo. Nadie puede precisar cuándo. Pero nunca uno de la raza de ustedes se había visto antes por aquí, jamás.

—Eso es lo que yo no entiendo, señor —dijo Pedro—. La Bruja, ¿no es un ser humano?

—Eso es lo que ella quiere que creamos —dijo el Castor—. Y precisamente en eso se basa ella para reclamar su derecho a ser reina. Pero ella no es Hija de Eva. Viene de Adán, el padre de ustedes... (aquí el Castor hizo una reverencia) y de su primera mujer, que ellos llaman Lilith. Ella era uno de los *Jinn*. Esto es por un lado. Por el otro, ella desciende de los gigantes. No, no. No hay una gota de sangre humana en la Bruja.

—Por eso ella es tan malvada —agregó la señora Castora.

—Verdaderamente —asintió el Castor—. Puede haber dos tipos de personas entre los humanos (sin pretender que esto sea una ofensa para quienes nos acompañan), pero no hay dos tipos para lo que parece humano y no lo es.

—Yo he conocido enanos buenos —dijo la señora Castora.

—Yo también, ahora que lo mencionas —dijo su marido—, aunque bastante pocos, y éstos eran los menos parecidos a los hombres. Pero, en general (oigan mi consejo), cuando conozcan algo que va a ser humano pero todavía no lo es, o que era humano y ya no lo es, o que debería ser humano y no lo es, mantengan los ojos fijos en él y el hacha en la mano. Por eso es que la Bruja siempre está vigilando que no haya humanos en Narnia. Ella los ha estado esperando por años, y si supiera que ustedes son cuatro, se tornaría mucho más peligrosa.

—¿Qué tiene que ver todo esto con lo que hablamos? —preguntó Pedro.

—Es otra profecía —dijo el Castor—. En Cair Paravel (el castillo que está en la costa, en la desembocadura de este río y donde tendría que estar la capital del país, si todo fuera como debería ser) hay cuatro tronos. En Narnia, desde tiempos inmemoriales, se dice que cuando dos Hijos de Adán y dos Hijas de Eva ocupen esos cuatro tronos, no sólo el reinado de la Bruja Blanca llegará a su fin sino también su vida. Por eso debíamos ser tan cautelosos en nuestro camino. Si ella supiera algo de ustedes cuatro, sus vidas no valdrían ni siquiera un pelo de mi barba.

Los niños estaban tan concentrados en lo que el Castor les estaba contando, que nada fuera de esto llamó su atención por un largo rato. Entonces, en un momento de silencio que siguió a las últimas palabras del Castor, Lucía preguntó sobresaltada:

—¿Dónde está Edmundo?

Hubo una pausa terrible y luego todos comenzaron a preguntar: «¿Quién había sido el último que lo vio? ¿Cuánto tiempo hacía que no estaba allí? ¿Estaría fuera de la casa?». Corrieron a la puerta. La nieve caía espesa y constantemente. Toda la superficie de hielo verde había desaparecido bajo un grueso manto blanco y desde el lugar donde se encontraba la pequeña casa, en el centro del dique, difícilmente se divisaba cualquiera de las dos orillas del río. Salieron y dieron vueltas alrededor de la casa en todas direcciones, mientras se hundían hasta las rodillas en la suave nieve recién caída. «¡Edmundo, Edmundo!», llamaron hasta quedar roncos. Pero el silencioso caer de la nieve parecía amortiguar sus voces y ni siquiera un eco les respondió.

—¡Qué horror! —exclamó Susana, cuando por fin volvieron a entrar desesperados—. ¡Cómo me arrepiento de haber venido!

—¡Dios mío!... ¿Qué podemos hacer, señor Castor? —dijo Pedro.

—¿Hacer? —dijo el Castor, que ya se estaba poniendo las botas para la nieve—. ¿Hacer? Debemos irnos inmediatamente, sin perder un instante.

—Mejor será que nos dividamos en cuatro —dijo Pedro—, y así todos iremos en distintas direcciones. El que lo encuentre, deberá volver aquí de inmediato y...

—¿Dividirnos, Hijo de Adán? —preguntó el Castor—. ¿Para qué?

—Para encontrar a Edmundo, por supuesto —dijo Pedro, un tanto alterado.

—No vale la pena buscarlo a él —contestó el Castor.

—¿Qué quiere decir? —preguntó Susana—. No puede estar muy lejos y tenemos que encontrarlo. Pero ¿qué quiere decir usted con eso de que no servirá de nada buscarlo?

—La razón por la que les digo que no vale la pena buscarlo es porque todos sabemos dónde está.

Los niños lo miraron sorprendidos.

—¿No entienden? —insistió el Castor—. Se ha ido con ella, con la Bruja Blanca. Nos traicionó a todos.

—¡Oh..., imposible! Él no puede haber hecho eso —exclamó Susana.

—¿No puede? —dijo el Castor mirando duramente a los tres niños.

Todo lo que ellos querían decir murió en sus labios. Cada uno tuvo, de pronto, la certeza de que era eso, exactamente, lo que Edmundo había hecho.

—Pero ¿conocerá siquiera el camino? —preguntó Pedro.

El Castor contestó con otra pregunta:

—¿Había estado aquí antes? ¿Había estado alguna vez él solo aquí?

—Sí —dijo Lucía, casi en un murmullo—; me temo que sí.

—¿Y les contó lo que había hecho o con quién se había encontrado?

—No, no lo hizo —dijo Pedro.

—Tomen nota de mis palabras entonces —dijo el Castor—. Conoció a la Bruja Blanca, está de su parte, y sabe dónde vive. No quise mencionar esto antes (después de todo él es hermano de ustedes), pero en el momento en que puse mis ojos en ese niño, me dije a mí mismo: «Es un traidor». Tenía la mirada de los que han estado con la Bruja Blanca y han probado su comida. Si uno ha vivido largo tiempo en Narnia, los distingue de inmediato. Hay algo en sus ojos, en su modo de mirar.

—Igual tenemos que buscarlo —dijo Pedro con voz ahogada—. Es nuestro hermano, a pesar de todo, aunque esté actuando como una pequeña bestia. Es sólo un niño.

—¿Ir a casa de la Bruja? —dijo la señora Castora—. ¿No ven que la única manera de salvarlo a él o de salvarse ustedes es permanecer lejos de ella?

—¿Qué quiere decir, señora Castora? —dijo Lucía.

—Todo lo que ella desea en este mundo es atraparlos a ustedes, a los cuatro. Ella siempre está pensando en esos cuatro tronos de Cair Paravel. Una vez que se encuentren dentro de su casa, su trabajo estará concluido..., y habrá cuatro nuevas estatuas en su colección, antes de que ustedes puedan siquiera hablar. En cambio, ella mantendrá vivo a su hermano, mientras sea el único que ella tiene, porque lo usará como señuelo, como carnada para atraparlos a todos.

—¡Oh! ¿Y nadie podrá ayudarnos?

—Sólo Aslan —dijo el Castor—. Tenemos que ir a su encuentro de inmediato. Es nuestra única posibilidad.

—A mí me parece importante, queridos amigos —dijo la señora Castora—, saber en qué momento escapó Edmundo. Lo que pueda informarle a ella depende de cuánto haya oído. Por ejemplo, ¿habíamos hablado de Aslan antes de que se fuera? Si no lo oyó, estaríamos bien, pues ella no sabe que Aslan ha venido a Narnia, ni que planeamos encontrarnos con él. Así la cogeremos completamente desprevenida en ese sentido.

—No recuerdo si él estaba aquí cuando hablamos de Aslan... —comenzó a decir Pedro, pero Lucía lo interrumpió.

—¡Oh, sí! Estaba —dijo sintiéndose realmente enferma—. ¿No te acuerdas de que fue él quien preguntó si la Bruja podría transformar a Aslan en piedra?

—¡Claro que sí! —dijo Pedro—. Exactamente la clase de cosas que él dice, por cierto.

—De mal en peor —dijo el Castor—. Y luego está este otro punto: ¿Se acuerdan de si él estaba aquí cuando hablamos de encontrar a Aslan en la Mesa de Piedra?

Nadie supo cuál era la respuesta a esa pregunta.

—Porque si él estaba —continuó el Castor—, entonces ella se dirigirá en su trineo en esa dirección y se interpondrá entre nosotros y la Mesa de Piedra. Nos descubrirá en el camino y de hecho, imposibilitará nuestro encuentro con Aslan.

—No es eso lo que ella hará primero —dijo la señora Castora—. No, si la conozco bien. En el preciso instante en que Edmundo le cuente que ustedes están aquí, saldrá a buscarlos; esta misma noche. Como él debe haber partido hace ya cerca de media hora, ella llegará en unos veinte minutos más.

—Tienes razón —dijo su marido—. Tenemos que salir todos de aquí inmediatamente. No hay un minuto que perder.

Capítulo nueve

En casa de la Bruja

Ahora, por supuesto, ustedes quieren saber qué le había sucedido a Edmundo. Había comido de todo en la casa del Castor, pero no pudo gozar de nada, porque durante ese tiempo sólo pensó en las *delicias turcas,* y no hay nada que eche a perder más el gusto de una buena comida como el recuerdo de otra comida mágica pero perversa. También había escuchado la conversación, la cual tampoco le agradó mucho porque él seguía convencido de que los demás no lo tomaban en cuenta ni le hacían ningún caso. A decir verdad, no era así, pero lo imaginaba.

Escuchó lo que hablaban hasta el momento en que el Castor se refirió a Aslan y a los preparativos para encontrarlo en la Mesa de Piedra. Fue entonces cuando comenzó a avanzar muy despacio y disimuladamente hacia la cortina que colgaba sobre la puerta. El nombre de Aslan le provocaba un sentimiento misterioso de horror, así como en los demás producía sólo sensaciones agradables.

Cuando el Castor les repetía el verso sobre *La carne de Adán y los huesos de Adán,* justo en ese momento Edmundo daba vuelta silenciosamente a la manija de la puerta. Antes de que el Castor les relatara que la Bruja no era realmente humana, sino mitad gigante y mitad *Jinn,* Edmundo salió de la casa, y con el mayor cuidado cerró la puerta tras él.

A pesar de todo, ustedes no deben pensar que Edmundo era tan malvado como para desear que sus hermanos fueran transformados en piedra. Lo que sí quería era comer *delicias turcas* y llegar a ser príncipe (y, más tarde, rey) y, también, desquitarse con Pedro por haberlo llamado «animal».

En cuanto a lo que la Bruja pudiera hacer a los demás, no quería que fuera muy amable con sus hermanos —no quería, por supuesto, que los pusiera a la misma altura que a él—, pero creía, o trataba de convencerse de que ella no les haría nada especialmente malo. «Porque —se dijo— todas esas personas que hablan mal de ella y cuentan cosas horribles, son sus enemigos. A lo mejor ni siquiera la mitad de lo que dicen es verdad. Fue muy encantadora conmigo, mucho más que todos ellos. Confío en que ella es, verdaderamente, la Reina legítima. ¡De todas maneras, debe de ser mejor que el temible Aslan!».

Al fin, ésa fue la excusa que elaboró en su propia mente. Sin embargo no era una buena excusa, pues en lo más profundo de su ser sabía que la Bruja Blanca era mala y cruel.

Cuando Edmundo salió, lo primero que vio fue la nieve que caía alrededor de él; se dio cuenta entonces de que había dejado su abrigo en casa del Castor y, por supuesto, ahora no tenía ninguna posibilidad de volver a buscarlo. Ése fue su primer tropiezo. Luego advirtió que la luz del día casi había desaparecido. Eran cerca de las tres de la tarde en el momento en que se habían sentado a comer, y en el invierno los días son muy cortos. No había contado con este problema; tendría que arreglárselas lo mejor que pudiera. Se subió el cuello y caminó por el dique (afortunadamente no estaba tan resbaladizo desde que había nevado) hacia la lejana ribera del río.

Cuando llegó a la orilla, las cosas se pusieron peores. Estaba cada vez más oscuro, y esto, junto a los copos de nieve que caían a su alrededor como un remolino, no lo dejaba ver a más de tres pies delante de él. Tampoco existía un camino. Se deslizó muy profundamente por montones de nieve, se arrastró por lodazales helados, tropezó con árboles caídos, resbaló en la ribera del río, golpeó sus piernas contra las rocas... hasta que estuvo empapado, muerto de frío y completamente magullado. El silencio y la soledad eran aterradores. Realmente creo que podría haber olvidado su plan y regresado para recuperar la amistad de los demás, si no se le hubiera ocurrido decirse a sí mismo: «Cuando sea rey de Narnia, lo primero que haré será construir buenos caminos». Por supuesto, la idea de ser rey y de todas las cosas que podría hacer, le dio bastante ánimo.

En su mente decidió qué clase de palacio tendría, cuántos autos; pensó con lujo de detalles en cómo sería tener su propia sala de cine; por dónde correrían los principales trenes; las leyes que dictaría contra los castores y sus diques... Estaba dando los toques finales a algunos proyectos para mantener a Pedro en su lugar, cuando el tiempo cambió. Primero dejó de nevar. Luego se levantó un viento huracanado y sobrevino un frío intenso que congelaba hasta los huesos. Finalmente las nubes se abrieron y apareció la luna. Había luna llena y brillaba de tal forma sobre la nieve que todo se iluminó como si fuera de día. Sólo las sombras producían cierta confusión.

Si la luna no hubiera aparecido en el momento en que llegaba al otro río, Edmundo nunca habría encontrado el camino. Ustedes recordarán que él había visto (cuando llegaron a la casa del Castor) un pequeño río que, allá abajo, desembocaba en el río grande. Ahora había llegado hasta allí y debía continuar por el valle. Pero éste era mucho más abrupto y rocoso que el que acababa de dejar. Estaba tan lleno de matorrales y arbustos, que si hubiera estado oscuro no habría podido avanzar. Incluso así, el niño se empapó porque debía caminar inclinado para pasar bajo las ramas y éstas estaban cargadas de nieve, y la nieve se deslizaba continuamente y en grandes cantidades sobre su espalda. Cada vez que esto sucedía, pensaba más y más en cuánto odiaba a Pedro..., como si realmente todo lo que le pasaba fuera culpa de él.

Al fin llegó a un lugar en el que la superficie era más suave y lisa, y donde el valle se abría. Allí, al otro lado del río, bastante cerca de él, en el centro de un pequeño plano entre dos colinas, vio lo que debía de ser la casa de la Bruja Blanca. La luna alumbraba ahora más que nunca. La casa era en realidad un castillo con una infinidad de torres. Pequeñas torres largas y puntiagudas se alzaban al cielo como delgadas agujas. Parecían inmensos conos o gorros de bruja. Brillaban a la luz de la luna y sus largas sombras se veían muy extrañas en la nieve. Edmundo comenzó a sentir miedo de esa casa.

Pero era demasiado tarde para pensar en regresar. Cruzó el río sobre el hielo y se dirigió al castillo. Nada se movía; no se oía ni el más leve ruido en ninguna parte. Incluso sus propios pasos eran silenciados por la nieve recién caída. Caminó y caminó, dio la vuelta a una esquina tras otra de la casa, pasó torrecilla tras torrecilla... Tuvo que rodear el lado más lejano antes de encontrar la puerta de entrada. Era un inmenso arco con grandes rejas de hierro que estaban abiertas de par en par. Edmundo se acercó cautelosamente y se escondió tras el arco. Desde allí miró el patio, donde vio algo que casi paralizó los latidos de su corazón. Dentro de la reja se encontraba un inmenso león; estaba encogido sobre sus patas como si estuviera a punto de saltar. La luz de la luna brillaba sobre el animal. Oculto en la sombra del arco, Edmundo no sabía qué hacer. Sus rodillas temblaban y continuar el camino lo asustaba tanto como regresar. Permaneció allí tanto rato que sus dientes habrían castañeteado de frío si no hubieran castañeteado antes de miedo. ¿Por cuántas horas se prolongó esta situación? Realmente no lo sé, pero para Edmundo fue como una eternidad.

Por fin se preguntó por qué el león estaba tan inmóvil. No se había movido ni una pulgada desde que lo descubrió. Se aventuró un poco más adentro, pero siempre se mantuvo en la sombra del arco, tanto como le fue posible. Ahora observó que, por la posición del león, no podía haberlo visto. («Pero ¿y si volviera la cabeza?», pensó Edmundo.) En efecto, el león miraba fijamente hacia otra cosa..., miraba a un pequeño enano que le daba la espalda y que se encontraba a poco más de cuatro pies de distancia.

—¡Ajá! —murmuró Edmundo—. Cuando el león salte sobre el enano, yo tendré la oportunidad de escapar.

Sin embargo, el león no se movió y tampoco lo hizo el enano. Y ahora, por fin, Edmundo se acordó de lo que le habían contado: la Bruja Blanca transformaba a sus enemigos en piedra. A lo mejor éste no era más que un león de piedra. Y tan pronto como pensó en esto, advirtió que la espalda del animal, así como su cabeza, estaba cubierta de nieve. ¡Efectivamente era una estatua! Ningún animal vivo se habría quedado tan tranquilo mientras se cubría de nieve. Entonces, muy lentamente y con el corazón latiendo como si fuera a estallar, Edmundo se arriesgó a acercarse al león. Casi no se atrevía a tocarlo, hasta que, por fin, rápidamente puso una mano sobre él. ¡Era sólo una fría piedra! ¡Había estado aterrado por una simple estatua!

El alivio fue tan grande que, a pesar del frío, Edmundo sintió que una ola de calor lo invadía hasta los pies. Al mismo tiempo acudió a su mente una idea que le pareció la más perfecta y maravillosa: «Probablemente, éste es Aslan, el gran León. Ella ya lo atrapó y lo convirtió en estatua de piedra. ¡Éste es el final de todas esas magníficas esperanzas depositadas en él! ¡Bah! ¿Quién le tiene miedo a Aslan?».

Se quedó ahí, rondando la estatua, y repentinamente hizo algo muy tonto e infantil. Sacó un lápiz de su bolsillo y dibujó unos feos bigotes sobre el labio superior del león y un par de anteojos sobre sus ojos. Entonces dijo:

—¡Ya! ¡Aslan, viejo tonto! ¿Qué tal te sientes convertido en piedra? ¿Te creías muy poderoso, eh?

A pesar de los garabatos, la gran bestia de piedra se veía tan triste y noble, con su mirada dirigida hacia la luna, que Edmundo no consiguió divertirse con sus propias burlas. Se dio media vuelta y comenzó a cruzar el patio.

Ya traspasaba el centro cuando advirtió que en ese lugar había docenas de estatuas: sátiros de piedra, lobos de piedra, osos, zorros, gatos monteses de piedra..., todas inmóviles como si se tratara de las piezas en un tablero de ajedrez, cuando el juego está a mitad de camino. Había figuras encantadoras que parecían mujeres, pero eran, en realidad, los espíritus de los árboles. Allí se encontraban también la gran figura de un centauro, un caballo alado y una criatura larga y flexible que Edmundo tomó por un dragón. Se veían todos tan extraños parados allí, como si estuvieran vivos y completamente inmóviles, bajo el frío brillo de la luz de la luna. Todo era tan misterioso, tan espectral, que no era nada fácil cruzar ese patio.

Justo en el centro había una figura enorme. Aunque tan alta como un árbol, tenía forma de hombre, con una cara feroz, una barba hirsuta y una gran porra en su mano derecha. A pesar de que Edmundo sabía que ese gigante era sólo una piedra y no un ser vivo, no le agradó en absoluto pasar a su lado.

En ese momento vio una luz tenue que mostraba el vano de una puerta en el lado más alejado del patio. Caminó hacia ese lugar. Se encontró con unas gradas de piedra que conducían hasta una puerta abierta. Edmundo subió. Atravesado en el umbral yacía un enorme lobo.

—¡Está bien! ¡Está bien! —murmuró—. Es sólo otro lobo de piedra. No puede hacerme ningún daño.

Alzó un pie para pasar sobre él. Instantáneamente el enorme animal se levantó con el pelo erizado sobre el lomo y abrió una enorme boca roja.

—¿Quién está ahí? ¿Quién está ahí? ¡Quédate quieto, extranjero, y dime quién eres! —gruñó.

—Por favor, señor —dijo Edmundo; temblaba de tal forma que apenas podía hablar—; mi nombre es Edmundo y soy el Hijo de Adán que su Majestad encontró en el bosque el otro día. Yo he venido a traerle noticias de mi hermano y mis hermanas. Están ahora en Narnia..., muy cerca, en la casa del Castor. Ella..., ella quería verlos.

—Se lo diré a su Majestad —dijo el Lobo—. Mientras tanto, quédate quieto aquí, en el umbral, si en algo valoras tu vida.

Entonces desapareció dentro de la casa. Edmundo permaneció inmóvil y esperó con los dedos adoloridos por el frío y el corazón que martillaba en su pecho. Pronto, el lobo gris, Maugrim, el jefe de la policía secreta de la Bruja, regresó de un salto y le dijo:

—¡Entra! ¡Entra! Eres el afortunado favorito de la Reina... o quizás no tan afortunado.

Edmundo entró con mucho cuidado para no pisar las garras del lobo. Se encontró en un salón lúgubre y largo, con muchos pilares. Al igual que el patio, estaba lleno de estatuas. La más cercana a la puerta era la de un pequeño fauno con una expresión muy triste. Edmundo no pudo menos que preguntarse si éste no sería el amigo de Lucía. La única luz que había allí provenía de una pequeña lámpara, tras la cual estaba sentada la Bruja Blanca.

—He regresado, su Majestad —dijo Edmundo, adelantándose hacia ella.

—¿Cómo te atreves a venir solo? —dijo la Bruja con una voz terrible—. ¿No te dije que debías traer a los otros contigo?

—Por favor, su Majestad —dijo Edmundo—, hice lo que pude. Los he traído hasta muy cerca. Están en la pequeña casa, en lo más alto del dique sobre el río, con el señor y la señora Castor.

Una sonrisa lenta y cruel se dibujó en el rostro de la Bruja.

—¿Ésas son todas tus noticias?

—No, su Majestad —dijo Edmundo, y le contó todo lo que había escuchado antes de abandonar la casa del Castor.

—¡Qué! ¿Aslan? —gritó la Reina—. ¿Aslan? ¿Es cierto eso? Si descubro que me has mentido...

—Por favor..., sólo repito lo que ellos dijeron —tartamudeó Edmundo. Pero la Reina, que ya no lo escuchaba, dio una palmada. De inmediato apareció el mismo enano que Edmundo había visto antes con ella.

—Prepara nuestro trineo —ordenó la Bruja—, y usa los arneses sin campanas.

Capítulo diez

El hechizo comienza a romperse

Ahora debemos volver donde el señor y la señora Castor y los otros tres niños. Tan pronto como el Castor dijo: «No hay tiempo que perder», todos comenzaron a ponerse sus abrigos, excepto la señora Castora. Ella tomó unos sacos y los dejó sobre la mesa.

—Ahora, señor Castor —dijo—, bájame ese jamón. Aquí hay un paquete de té, azúcar y fósforos. Si alguien quiere, puede tomar dos o tres panes de esa vasija, allá, en el rincón.

—¿Qué hace, señora Castora? —preguntó Susana.

—Preparo una bolsa para cada uno de nosotros, cariño —dijo con voz serena—. ¿Ustedes no han pensado que estaremos afuera durante una jornada sin nada que comer?

—¡Pero no tenemos tiempo! —replicó Susana, abotonando el cuello de su abrigo—. Ella puede llegar en cualquier momento.

—Eso es lo que yo digo —intervino el Castor.

—Adelántate con todos ellos —le dijo calmadamente su mujer—. Pero piénsalo con tranquilidad: ella no puede llegar hasta aquí por lo menos hasta un cuarto de hora más.

—Pero ¿no es mejor que tengamos la mayor ventaja posible —dijo Pedro— para llegar a la Mesa de Piedra antes que ella?

—Usted tiene que recordar eso, señora Castora —dijo Susana—. Tan pronto como ella descubra que no estamos aquí, se irá hacia allá con la mayor velocidad.

—Eso es lo que ella hará —dijo la señora Castora—. Pero nosotros no podremos llegar antes que ella, hagamos lo que hagamos, porque ella viajará en su trineo y nosotros iremos a pie.

—Entonces..., ¿no tenemos ninguna esperanza? —preguntó Susana.

—¡Por Dios! ¡No te pongas nerviosa ahora! —exclamó la señora Castora—. Toma inmediatamente media docena de pañuelos de ese cajón... ¡Claro que tenemos esperanzas! Es imposible llegar antes que ella, pero podemos mantenernos a cubierto, avanzar de una manera inesperada para ella y, a lo mejor, logramos llegar.

—Muy cierto, señora Castora —dijo su marido—. Pero ya es hora de que salgamos de aquí.

—¡No empieces tú también a molestar! —dijo ella—. Así está mejor. Aquí están las bolsas. La más pequeña, para la menor de todos nosotros. Ésa eres tú, cariño —agregó mirando a Lucía.

—¡Oh! ¡Por favor, vamos! —dijo Lucía.

—Bien, estoy casi lista —contestó la señora Castora, y al fin permitió que su marido la ayudara a ponerse las botas para la nieve—. Me imagino que la máquina de coser es demasiado pesada para llevarla...

—Sí, lo es —dijo el Castor—. Mucho más que demasiado pesada. No pretenderás usarla durante la fuga, supongo...

—No puedo siquiera soportar la idea de que esa Bruja la toque —dijo la señora Castora—, o la rompa o se la robe..., lo crean o no.

—¡Oh, por favor, por favor, por favor! ¡Apresúrese! —exclamaron los tres niños.

Por fin salieron y el Castor echó llave a la puerta («Esto la demorará un poco», dijo) y se fueron. Cada uno llevaba su bolsa sobre los hombros.

Había dejado de nevar y la luna salía cuando ellos comenzaron la marcha. Caminaban en una fila..., primero el Castor; lo seguían Lucía, Pedro y Susana, en ese orden. La última era la señora Castora.

El Castor los condujo a través del dique, hacia la orilla derecha del río. Luego, entre los árboles y a lo largo de un sendero muy escabroso, descendieron por la ribera. Ambos lados del valle, que brillaban bajo la luz de la luna, se elevaron sobre ellos.

—Lo mejor es que continuemos por este sendero mientras sea posible —dijo el Castor—. Ella tendrá que mantenerse en la cima, porque nadie puede conducir un trineo aquí abajo.

Habría sido una escena magnífica si se la hubiera mirado a través de una ventana y desde un cómodo sillón. Incluso, a pesar de las circunstancias, Lucía se sintió maravillada en un comienzo. Pero como luego caminaron..., caminaron y caminaron, y el saco que cargaba a su espalda se le hizo más y más pesado, empezó a preguntarse si sería capaz de continuar así. Se detuvo y miró la increíble luminosidad del río helado, con sus caídas de agua convertidas en hielo, los blancos conjuntos de árboles nevados, la enorme y brillante luna, las incontables estrellas..., pero sólo pudo ver delante de ella las cortas piernas del Castor que iban —*pad-pad-pad-pad*— sobre la nieve como si nunca fueran a detenerse.

La luna desapareció y comenzó nuevamente a nevar. Lucía estaba tan cansada que casi dormía al mismo tiempo que caminaba. De pronto se dio cuenta de que el Castor se alejaba de la ribera del río hacia la derecha y los llevaba cerro arriba por una empinada cuesta, en medio de espesos matorrales.

Tiempo después, cuando ella despertó por completo, alcanzó a ver que el Castor desaparecía en una pequeña cueva de la ribera, casi totalmente oculta bajo los matorrales y que no se veía a menos que uno estuviera sobre ella. En efecto, en el momento en que la niña se dio cuenta de lo que sucedía, ya sólo asomaba la ancha y corta cola de Castor. Lucía se detuvo de inmediato y se arrastró después de él. Entonces, tras ella oyó ruidos de gateos, resoplidos y palpitaciones, y en un momento los cinco estuvieron adentro.

—¿Qué lugar es éste? —preguntó Pedro con voz que sonaba cansada y pálida en la oscuridad. (Espero que ustedes sepan lo que yo quiero decir con eso de una voz que suena pálida.)

—Es un viejo escondite para castores, en malos tiempos —dijo el señor Castor—, y un gran secreto. El lugar no es muy cómodo, pero necesitamos algunas horas de sueño.

—Si todos ustedes no hubieran organizado ese tremendo e insoportable alboroto antes de partir, yo podría haber traído algunos cojines —dijo la Castora.

Lucía pensaba que esa cueva no era nada agradable, menos aún si se la comparaba con la del señor Tumnus... Era sólo un hoyo en la tierra, seco, polvoriento y tan pequeño que, cuando todos se tendieron, se produjo una confusión de pieles y ropa alrededor de ellos. Pero, a pesar de todo, estaban abrigados y, después de esa larga caminata, se sentían allí bastante cómodos. ¡Si sólo el suelo de la cueva hubiera sido más blando!

En medio de la oscuridad, la Castora tomó un pequeño frasco y lo pasó de mano en mano para que los cinco bebieran un poco... La bebida provocaba tos, hacía farfullar y picaba en la garganta; sin embargo uno se sentía maravillosamente bien después de haberla tomado... Y todos se quedaron profundamente dormidos.

A Lucía le pareció que sólo había transcurrido un minuto (a pesar de que realmente fue horas y horas más tarde) cuando despertó. Se sentía algo helada, terriblemente tiesa y añoraba un baño caliente. Le pareció que unos largos bigotes rozaban sus mejillas y vio la fría luz del día que se filtraba por la boca de la cueva.

Instantes después ella estaba completamente despierta, al igual que los demás. En efecto, todos se encontraban sentados, con los ojos y las bocas muy abiertos, escuchando un sonido..., precisamente el sonido que ellos creían (o imaginaban) haber oído durante la caminata de la noche anterior. Era un sonido de campanas.

En cuanto las escuchó, el Castor, como un rayo, saltó fuera de la cueva. A lo mejor a ustedes les parece, como Lucía pensó por un momento, que ésta era la mayor tontería que podía hacer. Pero, en realidad, era algo muy bien pensado. Sabía que podía trepar hasta la orilla del río entre las zarzas y los arbustos, sin ser visto, pues, por encima de todo, quería ver qué camino tomaba el trineo de la Bruja. Sentados en la cueva, los demás esperaban ansiosos. Transcurrieron cerca de cinco minutos. Entonces escucharon voces.

—¡Oh! —susurró Lucía—. ¡Lo han visto! ¡Ella lo ha atrapado!

La sorpresa fue grande cuando, un poco más tarde, oyeron la voz del Castor que los llamaba desde afuera.

—¡Todo está bien! —gritó—. ¡Salga, señora Castora! ¡Salgan, Hijos e Hijas de Adán y Eva! Todo está bien. No es *suya*.

Por supuesto que eso era un atentado contra la gramática, pero así hablan los castores cuando están excitados; quiero decir en Narnia..., en nuestro mundo ellos no hablan...

La señora Castora y los niños se atropellaron para salir de la cueva. Todos pestañearon a la luz del día. Estaban cubiertos de tierra, desaliñados, despeinados y con el sueño reflejado en los ojos.

—¡Vengan! —gritaba el Castor, que casi bailaba de gusto—. ¡Vengan a ver! ¡Éste es un golpe feo para la Bruja! Parece que su poder se está desmoronando.

—¿Qué quiere decir, señor Castor? —preguntó Pedro anhelante, mientras todos juntos trepaban por la húmeda ladera del valle.

—¿No les dije —respondió el Castor— que ella mantenía siempre el invierno y no había nunca Navidad? ¿No se lo dije? ¡Bien, vengan a mirar ahora!

Todos estaban ahora en lo alto y vieron...

Era un trineo y *eran* renos con campanas en sus arneses. Pero éstos eran mucho más grandes que los renos de la Bruja, y no eran blancos sino de color café. En el asiento del trineo se encontraba una persona a quien reconocieron en el mismo instante en que la vieron. Era un hombre muy grande con traje rojo (brillante como la fruta del acebo), con un capuchón forrado de piel y una barba blanca que caía como una cascada sobre su pecho. Todos lo conocían porque, aunque a esta clase de personas sólo se las ve en Narnia, sus retratos circulan incluso en nuestro mundo..., en el mundo *a este lado* del armario. Pero cuando ustedes los ven realmente en Narnia, es algo muy diferente. Algunos de los retratos de Papá Noel en nuestro mundo muestran sólo una imagen divertida y feliz. Pero ahora los niños, que lo miraban fijamente, pensaron que era muy distinto..., tan grande, tan alegre, tan real. Se quedaron inmóviles y se sintieron muy felices, pero también muy solemnes.

—He venido por fin —dijo él—. Ella me ha mantenido fuera de aquí por un largo tiempo, pero al fin logré entrar. Aslan está en movimiento. La magia de ella se está debilitando.

Lucía sintió un estremecimiento de profunda alegría. Algo que sólo se siente si uno es solemne y guarda silencio.

—Ahora —dijo Papá Noel—, sus regalos. Aquí hay una máquina de coser nueva y mejor para usted, señora Castora. Se la dejaré en su casa, al pasar.

—Por favor, señor —dijo la Castora haciendo una reverencia—, mi casa está cerrada.

—Las cerraduras y los pestillos no tienen importancia para mí —contestó Papá Noel—. Usted, señor Castor, cuando regrese a su casa encontrará su dique terminado y reparado, con todas las goteras arregladas. También le colocaré una nueva compuerta.

El Castor estaba tan complacido que abrió la boca muy grande y descubrió entonces que no podía decir ni una palabra.

—Tú, Pedro, Hijo de Adán —dijo Papá Noel.

—Aquí estoy, señor.

—Estos son tus regalos. Son herramientas y no juguetes. El tiempo de usarlos tal vez se acerca. Consérvalos bien.

Con estas palabras entregó a Pedro un escudo y una espada. El escudo era del color de la plata y en él aparecía la figura de un león rampante, rojo y brillante como una fresa madura. La empuñadura de la espada era de oro, y ésta tenía un estuche, un cinturón y todo lo necesario. Su tamaño y su peso eran los adecuados para Pedro. Éste se mantuvo silencioso y muy solemne mientras recibía sus regalos, pues se daba perfecta cuenta de que éstos eran muy importantes.

—Susana, Hija de Eva —dijo Papá Noel—. Éstos son para ti.

Y le entregó un arco, un carcaj lleno de flechas y un pequeño cuerno de marfil.

—Tú debes usar el arco sólo en caso de extrema necesidad —le dijo—, porque yo no pretendo que luches en batalla. Éste no falla fácilmente. Cuando lleves el cuerno a los labios y soples, dondequiera que estés, alguna ayuda vas a recibir.

Por último dijo:

—Lucía, Hija de Eva.

Lucía se acercó a él.

Le dio una pequeña botella que parecía de vidrio (pero la gente dijo más tarde que era de diamante) y una pequeña daga.

—En esta botella —le dijo— hay una bebida confortante, hecha del jugo de la flor del fuego que crece en la montaña del sol. Si tú o alguno de tus amigos es herido, con unas gotas se restablecerá. La daga es para que te defiendas cuando realmente lo necesites. Porque tú tampoco vas a estar en la batalla.

—¿Por qué no, señor? —preguntó Lucía—. Yo pienso..., no lo sé..., pero creo que puedo ser suficientemente valiente.

—Ése no es el punto —le contestó Papá Noel—. Las batallas son horribles cuando luchan las mujeres. Ahora —de pronto su aspecto se vio menos grave—, aquí tienen algo para este momento y para todos.

Sacó (yo supongo que de una bolsa que guardaba detrás de él, pero nadie vio bien lo que él hacía) una gran bandeja que contenía cinco tazas con sus platillos, un azucarero, un jarro de crema y una enorme tetera silbante e hirviente. Entonces gritó:

—¡Feliz Navidad! ¡Viva el verdadero rey!

Hizo chasquear el látigo en el aire, y él y los renos desaparecieron de la vista de todos antes de que nadie se diera cuenta de su partida.

Pedro había desenvainado su espada para mostrársela al Castor, cuando la señora Castora dijo:

—Ahora, pues..., no se queden ahí parados mientras el té se enfría. ¡Todos los hombres son iguales! Vengan y ayuden a traer la bandeja, aquí, abajo, y tomaremos el desayuno. ¡Qué acertada estuve al acordarme de traer el cuchillo del pan!

Descendieron por la húmeda ribera y volvieron a la cueva; el Castor cortó el pan y el jamón para unos emparedados y la señora Castora sirvió el té. Todos se sintieron realmente contentos. Pero demasiado pronto, mucho antes de lo que hubieran deseado, el Castor dijo:

—Ya es tiempo de que nos pongamos en marcha. Ahora.

Capítulo once

Aslan está cerca

Mientras tanto, Edmundo vivía momentos de gran desilusión. Cuando el enano salió para preparar el trineo, creyó que la Bruja se comportaría amablemente con él, igual que en su primer encuentro. Pero ella no habló. Por fin Edmundo se armó de valor y le dijo:

—Por favor, su Majestad, ¿podría darme algunas *delicias turcas*? Usted..., usted..., dijo...

—¡Silencio, mentecato!

Luego ella pareció cambiar de idea y dijo como para sus adentros:

—Tampoco me servirá de mucho que este rapaz desfallezca en el camino...

Dio otra palmada y otro enano apareció.

—Tráele algo de comer y de beber a esta criatura humana —ordenó.

El enano se fue y volvió rápidamente. Traía un tazón de hierro con un poco de agua y un plato, también de hierro, con una gruesa rebanada de pan duro. Sonrió de un modo repulsivo, puso todo en el suelo al lado de Edmundo, y dijo:

—*Delicias turcas* para el principito. ¡Ja, ja, ja!

—Lléveselo —dijo Edmundo, malhumorado—. No quiero pan duro.

Pero repentinamente la Bruja se volvió hacia él con una expresión tan fiera en su rostro que Edmundo comenzó a disculparse y a comer pedacitos de pan, aunque estaba tan añejo que casi no lo podía tragar.

—Deberías estar muy contento con esto, pues pasará mucho tiempo antes de que pruebes el pan nuevamente —dijo la Bruja.

Mientras todavía masticaba, volvió el primer enano y anunció que el trineo estaba preparado. La Bruja se levantó y, ordenando a Edmundo que la siguiera, salió. Nuevamente nevaba cuando llegaron al patio, pero ella, sin fijarse siquiera, indicó a Edmundo que se sentara a su lado en el trineo. Antes de partir, llamó a Maugrim, quien acudió dando saltos como un perro y se detuvo junto al trineo.

—¡Tú! Reúne a tus lobos más rápidos y anda de inmediato hasta la casa del Castor —dijo la Bruja—. Mata a quien encuentres allí. Si ellos se han ido, vayan a toda velocidad a la Mesa de Piedra, pero no deben ser vistos. Espérenme allí, escondidos. Mientras tanto yo debo ir muchas millas hacia el oeste antes de encontrar un paso para cruzar el río. Pueden alcanzar a estos humanos antes de que lleguen a la Mesa de Piedra. ¡Ya saben qué hacer con ellos si los encuentran!

—Escucho y obedezco, ¡oh, Reina! —gruñó el Lobo.

Inmediatamente salió disparado, tan rápido como galopa un caballo. En pocos minutos había llamado a otro lobo y momentos después ambos estaban en el dique y husmeaban la casa del Castor. Por supuesto, la encontraron vacía. Para el Castor, su mujer y los niños habría sido horroroso si la noche se hubiera mantenido clara, porque los lobos podrían haber seguido sus huellas... con todas las posibilidades de alcanzarlos antes de que ellos llegaran a la cueva. Pero ahora había comenzado nuevamente a nevar y todos los rastros y pisadas habían desaparecido.

Mientras tanto el enano azotaba a los renos y el trineo salía llevando a la Bruja y a Edmundo. Pasaron bajo el arco y luego siguieron adelante en medio del frío y de la oscuridad. Para Edmundo, que no tenía abrigo, fue un viaje horrible. Antes de un cuarto de hora de camino estaba cubierto de nieve... Muy pronto dejó de sacudírsela de encima, pues en cuanto lo hacía, se acumulaba nuevamente sobre él. Era en vano y estaba tan cansado... En poco rato estuvo mojado hasta los huesos. ¡Oh, qué desdichado era! Ya no creía, en absoluto, que la Reina tuviera intención de hacerlo rey. Todo lo que ella le había dicho para hacerle creer que era buena y generosa y que su lado era realmente el lado bueno, le parecía estúpido. En ese momento habría dado cualquier cosa por juntarse con los demás..., ¡incluso con Pedro! Su único consuelo consistía en pensar que todo esto era sólo un mal sueño del que despertaría en cualquier momento. Y como siguieron adelante hora tras hora, todo llegó a parecerle como si efectivamente fuera un sueño.

Esto se prolongó mucho más de lo que yo podría describir, aunque utilizara páginas y páginas para relatarlo. Por eso, prefiero pasar directamente al momento en que dejó de nevar cuando llegó la mañana, y ellos corrían velozmente a la luz del día. Los viajeros seguían adelante, sin hacer ningún ruido, excepto el perpetuo silbido de la nieve y el crujido de los arneses de los renos. Y entonces, al fin, la Bruja dijo:

—¿Qué tenemos aquí? ¡Alto!

Y se detuvieron.

Edmundo esperaba con ansias que ella dijera algo sobre la necesidad de desayunar. Pero eran muy diferentes las razones que la habían hecho detenerse. Un poco más allá, a los pies de un árbol, se desarrollaba una alegre fiesta. Una pareja de ardillas con sus hijos, dos sátiros, un enano y un viejo zorro estaban sentados en el suelo alrededor de una mesa. Edmundo no alcanzaba a ver lo que comían, pero el aroma era muy tentador. Le parecía divisar algo como un pudín de ciruelas y también decoraciones de acebo. Cuando el trineo se detuvo, el Zorro, que era evidentemente el más anciano, se estaba levantando con un vaso en la mano como si fuera a pronunciar unas palabras. Pero cuando todos los que se encontraban en la fiesta vieron el trineo y a la persona que viajaba en él, la alegría desapareció de sus rostros. El papá ardilla se quedó con el tenedor en el aire y los pequeños dieron alaridos de terror.

—¿Qué significa todo esto? —preguntó la Reina.

Nadie contestó.

—¡Hablen, animales asquerosos! ¿O desean que mi enano les busque la lengua con su látigo? ¿Qué significa toda esta glotonería, este despilfarro, este desenfreno? ¿De dónde sacaron todo esto?

—Por favor, su Majestad —dijo el Zorro—, nos lo dieron. Y si yo me atreviera a ser tan audaz como para beber a la salud de su Majestad...

—¿Quién les dio todo esto? —interrumpió la Bruja.

—P-P-Papá Noel —tartamudeó el Zorro.

—¿Qué? —gruñó la Bruja. Saltó del trineo y dio grandes zancadas hacia los aterrados animales—. ¡Él no ha estado aquí! ¡No puede haber estado aquí! ¡Cómo se atreven...! ¡Digan que han mentido y los perdonaré ahora mismo!

En ese momento, uno de los pequeños hijos de la pareja de ardillas contestó sin pensar.

—¡Ha venido! ¡Ha venido! —gritaba golpeando su cucharita contra la mesa.

Edmundo vio que la Bruja se mordía el labio hasta que una gota de sangre apareció en su blanco rostro. Entonces levantó la vara.

—¡Oh! ¡No lo haga! ¡Por favor, no lo haga! —gritó Edmundo; pero mientras suplicaba, ella agitó su vara y, en un instante, en el lugar donde se desarrollaba la alegre fiesta había sólo estatuas de criaturas (una con el tenedor a medio camino hacia su boca de piedra) sentadas alrededor de una mesa de piedra, con platos de piedra y un pudín de ciruelas de piedra.

—En cuanto a ti —dijo la Bruja a Edmundo, dándole un brutal golpe en la cara cuando volvió a subir al trineo—, ¡que esto te enseñe a no interceder en favor de espías y traidores! ¡Continuemos!

Edmundo, por primera vez en el transcurso de esta historia, tuvo piedad por alguien que no era él. Era tan lamentable pensar en esas pequeñas figuras de piedra, sentadas allí durante días silenciosos y oscuras noches, año tras año, hasta que se desmoronaran o sus rostros se borraran.

Ahora avanzaban constantemente otra vez. Pronto Edmundo observó que la nieve que salpicaba el trineo en su veloz carrera estaba más derretida que la de la noche anterior. Al mismo tiempo advirtió que sentía mucho menos frío y que se acercaba una espesa niebla. En efecto, minuto a minuto aumentaba la neblina y también el calor. El trineo ya no se deslizaba tan bien como unos momentos antes. Al principio pensó que quizás los renos estaban cansados, pero pronto se dio cuenta de que no era ésa la verdadera razón. El trineo avanzaba a tirones, se arrastraba y se bamboleaba como si hubiera chocado con una piedra. A pesar de los latigazos que el enano propinaba a los renos, el trineo iba más y más lentamente. También parecía oírse un curioso ruido, pero el estrépito del trineo con sus tirones y bamboleos, y los gritos del enano para apurar a los renos, impidieron que Edmundo pudiera distinguir qué clase de sonido era, hasta que, de pronto, el trineo se atascó tan fuertemente que no hubo forma de seguir. Entonces sobrevino un momento de silencio. Y en ese silencio, Edmundo, por fin, pudo escuchar claramente. Era un ruido extraño, suave, susurrante y continuo... y, sin embargo, no tan extraño, porque él lo había escuchado antes. Rápidamente, recordó. Era el sonido del agua que corre. Alrededor de ellos, por todas partes aunque fuera de su vista, los riachuelos cantaban, murmuraban, burbujeaban, chapoteaban y aun (en la distancia) rugían. Su corazón dio un gran salto (a pesar de que él no supo por qué) cuando se dio cuenta de que el hielo se había derretido. Y mucho más cerca había un *drip-drip-drip* desde las ramas de todos los árboles. Entonces miró hacia uno de ellos y vio que una gran carga de nieve se deslizaba y caía y, por primera vez desde que había llegado a Narnia, contempló el color verde oscuro de un abeto.

Pero no tuvo tiempo de escuchar ni de observar nada más porque la Bruja gritó:

—¡No te quedes ahí sentado con la mirada fija, tonto! ¡Ven a ayudar!

Por supuesto, Edmundo tuvo que obedecer. Descendió del trineo y caminó sobre la nieve —aunque realmente ésta era algo muy blando y muy mojado— y ayudó al enano a tirar del trineo para sacarlo del fangoso hoyo en el que había caído. Lo lograron por fin. El enano golpeó con su látigo a los renos con gran crueldad y así consiguió poner el trineo de nuevo en movimiento. Avanzaron un poco más. Ahora la nieve estaba derretida de veras y en todas direcciones comenzaban a aparecer terrenos cubiertos de pasto verde. A menos que uno haya contemplado un mundo de nieve durante tanto tiempo como Edmundo, difícilmente sería capaz de imaginar el alivio que significan esas manchas verdes después del interminable blanco.

Pero entonces el trineo se detuvo una vez más.

—Es imposible continuar, su Majestad —dijo el enano—. No podemos deslizarnos con este deshielo.

—Entonces, caminaremos —dijo la Bruja.

—Nunca los alcanzaremos si caminamos —rezongó el enano—. No con la ventaja que nos llevan.

—¿Eres mi consejero o mi esclavo? —preguntó la Bruja—. Haz lo que te digo. Amarra las manos de la criatura humana a su espalda y sujeta tú la cuerda por el otro extremo. Toma tu látigo y quita los arneses a los renos. Ellos encontrarán fácilmente el camino de regreso a casa.

El enano obedeció. Minutos más tarde, Edmundo se veía forzado a caminar tan rápido como podía, con las manos atadas a la espalda. Resbalaba a menudo en la nieve derretida, en el lodo o en el pasto mojado. Cada vez que esto sucedía, el enano echaba una maldición sobre él y, a veces, le daba un latigazo. La Bruja, que caminaba detrás del enano, ordenaba constantemente:

—¡Más rápido! ¡Más rápido!

A cada minuto las áreas verdes eran más y más grandes, y los espacios cubiertos de nieve disminuían y disminuían. A cada momento los árboles se sacudían más y más de sus mantos blancos. Pronto, hacia cualquier lugar que mirara, en vez de formas blancas uno veía el verde oscuro de los abetos o el negro de las espinosas ramas de los desnudos robles, de las hayas y de los olmos. Entonces la niebla, de blanca se tornó dorada y luego desapareció por completo. Cual flechas, deliciosos rayos de sol atravesaron de un golpe el bosque, y en lo alto, entre las copas de los árboles, se veía el cielo azul.

Así se sucedieron más y más acontecimientos maravillosos. Repentinamente, a la vuelta de una esquina, en un claro entre un conjunto de plateados abedules, Edmundo vio el suelo cubierto, en todas direcciones, de pequeñas flores amarillas... El sonido del agua se escuchaba cada vez más fuerte. Poco después cruzaron un arroyo. Más allá encontraron un lugar donde crecían miles de campanitas blancas.

—¡Preocúpate de tus propios asuntos! —dijo el enano cuando vio que Edmundo volvía la cabeza para mirar las flores, y con gesto maligno dio un tirón a la cuerda.

Pero, por supuesto, esto no impidió que Edmundo pudiera ver. Sólo cinco minutos más tarde observó una docena de azafranes que crecían alrededor de un viejo árbol..., dorado, rojo y blanco. Después llegó un sonido aún más hermoso que el ruido del agua. De pronto, muy cerca del sendero que ellos seguían, un pájaro gorjeó desde la rama de un árbol. Algo más lejos, otro le respondió con sus trinos. Entonces, como si ésta hubiera sido una señal, se escucharon gorjeos y trinos desde todas partes y en el espacio de cinco minutos el bosque entero estaba lleno de la música de las aves. Hacia dondequiera que Edmundo mirara, las veía aletear en las ramas, volar en el cielo y aun disputar ligeramente entre ellas.

—¡Más rápido! ¡Más rápido! —gritaba la Bruja.

Ahora no había rastros de la niebla. El cielo era cada vez más y más azul, y de tiempo en tiempo algunas nubes blancas lo cruzaban apresuradas. Las prímulas cubrían amplios espacios. Brotó una brisa suave que esparció la humedad de los ramos inclinados y llevó frescas y deliciosas fragancias hacia el rostro de los viajeros. Los árboles comenzaron a vivir plenamente. Los alerces y los abedules se cubrieron de verde; los ébanos de los Alpes, de dorado. Pronto las hayas extendieron sus delicadas y transparentes hojas. Y para los viajeros que caminaban bajo los árboles, la luz también se tornó verde. Una abeja zumbó al cruzar el sendero.

—Esto no es deshielo —dijo entonces el enano deteniéndose de pronto—. Es la *primavera*. ¿Qué vamos a hacer? Su invierno ha sido destruido. ¡Se lo advierto! Esto es obra de Aslan.

—Si alguno de ustedes menciona ese nombre otra vez —dijo la Bruja—, morirá al instante.

Capítulo doce

La primera batalla de Pedro

Mientras el enano y la Bruja Blanca hablaban, a millas de distancia los Castores y los niños seguían caminando, hora tras hora, como en un hermoso sueño. Hacía ya mucho que se habían despojado de sus abrigos. Ahora ni siquiera se detenían para exclamar «¡Allí hay un martín pescador!», «¡Miren cómo crecen las campanitas!», «¿Qué aroma tan agradable es ése?» o «¡Escuchen a ese tordo!»... Caminaban en silencio aspirándolo todo; cruzaban terrenos abiertos a la luz y el calor del sol, y se introducían en frescos, verdes y espesos bosquecillos, para salir de nuevo a anchos espacios cubiertos de musgo a cuyo alrededor se alzaban altos olmos muy por encima del frondoso techo; luego atravesaban densas masas de groselleros floridos y espesos espinos blancos, cuyo dulce aroma era casi abrumador.

Al igual que Edmundo, se habían sorprendido al ver que el invierno desaparecía y el bosque entero pasaba, en pocas horas, de enero a mayo. Por cierto, ni siquiera sabían (como lo sabía la Bruja) que esto era lo que debía suceder con la llegada de Aslan a Narnia. Sin embargo, todos tenían conciencia de que eran los poderes de la Bruja los que mantenían ese invierno sin fin. Por eso cuando esta mágica primavera estalló, todos supusieron que algo había resultado mal, muy mal, en los planes de la Bruja. Después de ver que el deshielo continuaba durante un buen tiempo, ellos se dieron cuenta de que la Bruja no podría utilizar más su trineo. Entonces ya no se apresuraron tanto y se permitieron descansos más frecuentes y algo más largos. Estaban muy cansados, por supuesto, pero no lo que yo llamo exhaustos...; sólo lentos y soñadores, tranquilos interiormente, como se siente uno al final de un largo día al aire libre. Sólo Susana tenía una pequeña herida en un talón.

Antes ellos se habían desviado del curso del río un poco hacia la derecha (esto significaba un poco hacia el sur) para llegar al lugar donde estaba la Mesa de Piedra. Y aunque ése no hubiera sido el camino, no habrían podido continuar por la orilla del río una vez que empezó el deshielo. Con toda la nieve derretida, el río se convirtió muy pronto en un torrente —un maravilloso y rugiente torrente amarillo—, y dentro de poco el sendero que seguían estaría inundado.

Ahora que el sol estaba bajo, la luz se tornó rojiza, las sombras se alargaron y las flores comenzaron a pensar en cerrarse.

—No falta mucho ya —dijo el Castor, mientras los guiaba colina arriba, sobre un musgo profundo y elástico (lo percibían con mucho agrado bajo sus cansados pies), hacia un lugar donde crecían inmensos árboles, muy distantes entre sí. La subida, al final del día, los hizo jadear y respirar con dificultad. Justo cuando Lucía se preguntaba si realmente podría llegar a la cumbre sin otro largo descanso, se encontraron de pronto en la cima. Y esto fue lo que vieron.

Estaban en un verde espacio abierto desde el cual uno podía ver el bosque que se extendía hacia abajo en todas direcciones, hasta donde se perdía la vista..., excepto hacia el este: muy lejos, algo resplandecía y se movía.

—¡Gran Dios! —cuchicheó Pedro a Susana—. ¡Es el mar!

Exactamente en el centro del campo, en lo más alto de la colina, estaba la Mesa de Piedra. Era una inmensa y áspera losa de piedra gris, suspendida en cuatro piedras verticales. Se veía muy antigua y estaba completamente grabada con extrañas líneas y figuras, que podían ser las letras de una lengua desconocida. Cuando uno las miraba, producían una rara sensación.

En seguida vieron una bandera clavada a un costado del campo. Era una maravillosa bandera —especialmente ahora que la luz del sol poniente se retiraba de ella— cuyos bordes parecían ser de seda color amarillo, con cordones carmesí e incrustaciones de marfil. Y más alto, en un asta, un estandarte, que mostraba un león rampante de color rojo, flameaba suavemente con la brisa que soplaba desde el lejano mar. Mientras contemplaban todo esto, escucharon a su derecha un sonido de música. Se volvieron en esa dirección y vieron lo que habían venido a ver.

Aslan estaba de pie en medio de una multitud de criaturas que, agrupadas en torno a él, formaban una media luna. Había Mujeres-Árbol y Mujeres-Vertiente (Dríades y Náyades como antes las llamaban en nuestro mundo) que tenían instrumentos de cuerda. Ellas eran las que tocaban la música. Había cuatro centauros grandes. Su mitad caballo se asemejaba a los inmensos caballos ingleses de campo, y la parte humana, a un gigante severo pero hermoso. También había un unicornio, un toro con cabeza de hombre, un pelícano, un águila y un perro grande. Al lado de Aslan se encontraban dos leopardos: uno transportaba su corona, y el otro, su estandarte.

En cuanto a Aslan mismo, los Castores y los niños no sabían qué hacer o decir cuando lo vieron. La gente que no ha estado en Narnia piensa a veces que una cosa no puede ser buena y terrible al mismo tiempo. Y si los niños alguna vez pensaron así, ahora fueron sacados de su error. Porque cuando trataron de mirar la cara de Aslan, sólo pudieron vislumbrar una melena dorada y unos ojos inmensos, majestuosos, solemnes e irresistibles. Se dieron cuenta de que eran incapaces de mirarlo.

—Adelante —dijo el Castor.

—No —susurró Pedro—. Usted primero.

—No, los Hijos de Adán antes que los animales.

—Susana —murmuró Pedro—. ¿Y tú? Las señoritas primero.

—No, tú eres el mayor.

Y mientras más demoraban en decidirse, más incómodos se sentían. Por fin Pedro se dio cuenta de que esto le correspondía a él. Sacó su espada y la levantó para saludar.

—Vengan —dijo a los demás—. Todos juntos.

Avanzó hacia el León y dijo:

—Hemos venido..., Aslan.

—Bienvenido, Pedro, Hijo de Adán —dijo Aslan—. Bienvenidas, Susana y Lucía. Bienvenidos, Castor y Castora.

Su voz era ronca y profunda y de algún modo les quitó la angustia. Ahora se sentían contentos y tranquilos y no les incomodaba quedarse inmóviles sin decir nada.

—¿Dónde está el cuarto? —preguntó Aslan.

—Él ha tratado de traicionar a sus hermanos y de unirse a la Bruja Blanca, ¡oh Aslan! —dijo el Castor.

Entonces algo hizo a Pedro decir:

—En parte fue por mi culpa, Aslan. Yo estaba enojado con él y pienso que eso lo impulsó hacia un camino equivocado.

Aslan no dijo nada; ni para excusar a Pedro ni para culparlo. Solamente lo miró con sus grandes ojos dorados. A todos les pareció que no había más que decir.

—Por favor..., Aslan —dijo Lucía—. ¿Hay algo que se pueda hacer para salvar a Edmundo?

—Se hará todo lo que se pueda —dijo Aslan—. Pero es posible que resulte más difícil de lo que ustedes piensan.

Luego se quedó nuevamente en silencio por algunos momentos. Hasta entonces, Lucía había pensado cuán majestuosa, fuerte y pacífica parecía su cara. Ahora, de pronto, se le ocurrió que también se veía triste. Pero, al minuto siguiente, esa expresión había desaparecido. El León sacudió su melena, golpeó sus garras («¡Terribles garras —pensó Lucía— si él no supiera cómo suavizarlas!»), y dijo:

—Mientras tanto, que se prepare un banquete. Señoras, lleven a las Hijas de Eva al Pabellón y provéanlas de lo necesario.

Cuando las niñas se fueron, Aslan posó su garra —y a pesar de que lo hacía con suavidad, era muy pesada— en el hombro de Pedro y dijo:

—Ven, Hijo de Adán, y te mostraré a la distancia el castillo donde serás rey.

Con su espada todavía en la mano, Pedro siguió al León hacia la orilla oeste de la cumbre de la colina, y una hermosa vista se presentó ante sus ojos. El sol se ponía a sus espaldas, lo cual significaba que ante ellos todo el país estaba envuelto en la luz del atardecer..., bosques, colinas y valles alrededor del gran río que ondulaba como una serpiente de plata. Más allá, millas más lejos, estaba el mar, y entre el cielo y el mar, cientos de nubes que con los reflejos del sol poniente adquirían un maravilloso color rosa. Justo en el lugar en que la tierra de Narnia se encontraba con el mar —en la boca del gran río— había algo que brillaba en una pequeña colina. Brillaba porque era un castillo y, por supuesto, la luz del sol se reflejaba en todas las ventanas que miraban hacia el poniente, donde se encontraba Pedro. A éste le pareció más bien una gran estrella que descansaba en la playa.

—Eso, ¡oh Hombre! —dijo Aslan—, es el castillo de Cair Paravel con sus cuatro tronos, en uno de los cuales tú deberás sentarte como rey. Te lo muestro porque eres el primogénito y serás el Rey Supremo sobre todos los demás.

Una vez más, Pedro no dijo nada. Luego un ruido extraño interrumpió súbitamente el silencio. Era como una corneta de caza, pero más dulce.

—Es el cuerno de tu hermana —dijo Aslan a Pedro en voz baja, tan baja que era casi un ronroneo, si no es falta de respeto pensar que un león pueda ronronear.

Por un instante Pedro no entendió. Pero en ese momento vio avanzar a todas las otras criaturas y oyó que Aslan decía agitando su garra:

—¡Atrás! ¡Dejen que el Príncipe gane su espuela!

Entonces comprendió y corrió tan rápido como le fue posible hacia el pabellón. Allí se enfrentó a una visión espantosa.

Las Náyades y Dríades huían en todas direcciones. Lucía corrió hacia él tan veloz como sus cortas piernas se lo permitieron, con el rostro blanco como un papel. Después vio a Susana saltar y colgarse de un árbol, perseguida por una enorme bestia gris. Pedro creyó en un comienzo que era un oso. Luego le pareció un perro alsaciano, aunque era demasiado grande... Por fin se dio cuenta de que era un lobo..., un lobo parado en sus patas traseras con sus garras delanteras apoyadas en el tronco del árbol, aullando y mordiendo. Todo el pelo de su lomo estaba erizado. Susana no había logrado subir más arriba de la segunda rama. Una de sus piernas colgaba hacia abajo y su pie estaba a sólo dos pulgadas de aquellos dientes que amenazaban con morder. Pedro se preguntaba por qué ella no subía más o, al menos, no se afirmaba mejor, cuando cayó en la cuenta de que estaba a punto de desmayarse, y si se desmayaba, caería al suelo.

Pedro no se sentía muy valiente; en realidad se sentía enfermo. Pero esto no cambiaba en nada lo que tenía que hacer. Se abalanzó derecho contra el monstruo y, con su espada, le asestó una estocada en el costado. El golpe no alcanzó al Lobo. Rápido como un rayo, éste se volvió con los ojos llameantes y su enorme boca abierta en un rugido de furia. Si no hubiera estado cegado por la rabia, que sólo le permitía rugir, se habría lanzado directo a la garganta de su enemigo. Por eso fue que —aunque todo sucedió demasiado rápido para que él lo alcanzara a pensar— Pedro tuvo el tiempo preciso para bajar la cabeza y enterrar su espada, tan fuertemente como pudo, entre las dos patas delanteras de la bestia, directo en su corazón. Entonces sobrevino un instante de horrible confusión, como una pesadilla. Él daba un tirón tras otro a su espada y el Lobo no parecía ni vivo ni muerto. Los dientes del animal se encontraban junto a la frente de Pedro y alrededor de él todo era pelo, sangre y calor. Un momento después descubrió que el monstruo estaba muerto y que él ya había retirado su espada. Se enderezó y enjugó el sudor de su cara y de sus ojos. Sintió que lo invadía un cansancio mortal.

En un instante Susana bajó del árbol. Ella y Pedro estaban trémulos cuando se encontraron frente a frente. Y no voy a decir que no hubo besos y llantos de parte de ambos. Pero en Narnia nadie piensa nada malo por eso.

—¡Rápido! ¡Rápido! —gritó Aslan—. ¡Centauros! ¡Águilas! Veo otro lobo en los matorrales. ¡Ahí, detrás! Ahora se ha dado la vuelta. ¡Síganlo todos! Él irá donde su ama. Ahora es la oportunidad de encontrar a la Bruja y rescatar al cuarto Hijo de Adán.

Instantáneamente, con un fuerte ruido de cascos y un batir de alas, una docena o más de veloces criaturas desaparecieron en la creciente oscuridad.

Pedro, aún sin aliento, se dio la vuelta y se encontró con Aslan a su lado.

—Has olvidado limpiar tu espada —dijo Aslan.

Era verdad. Pedro enrojeció cuando miró la brillante hoja y la vio toda manchada con la sangre y el pelo del Lobo. Se agachó y la restregó y la limpió en el pasto; luego la frotó y la secó en su chaqueta.

—Dámela y arrodíllate, Hijo de Adán —dijo Aslan. Cuando Pedro lo hubo hecho, lo tocó con la hoja y añadió—: Levántate, Caballero Pedro, Terror de los Lobos. Pase lo que pase, nunca olvides limpiar tu espada.

CAPÍTULO TRECE

MAGIA PROFUNDA DEL AMANECER DEL TIEMPO

Ahora debemos volver a Edmundo. Después de haberlo hecho caminar mucho más de lo que él imaginaba que alguien podía caminar, la Bruja se detuvo por fin en un oscuro valle ensombrecido por los abetos y los tejos. El niño se dejó caer y se tendió de cara contra el suelo, sin hacer nada y sin importarle lo que sucedería después con tal de que lo dejaran tendido e inmóvil. Se sentía tan cansado que ni siquiera se daba cuenta de lo hambriento y sediento que estaba. El enano y la Bruja hablaban muy bajo junto a él.

—No —decía el enano—. No tiene sentido ahora, oh Reina. A estas alturas tienen que haber llegado a la Mesa de Piedra.

—A lo mejor el Lobo nos encuentra con su olfato y nos trae noticias —dijo la Bruja.

—Si lo hace no serán buenas noticias —replicó el enano.

—Cuatro tronos en Cair Paravel —dijo la Bruja—. Y ¿qué tal si se llenaran sólo tres de ellos? Eso no se ajustaría a la profecía.

—¿Qué diferencia puede suponer eso, ahora que *él* está aquí? —preguntó el enano, sin atreverse, ni siquiera ahora, a mencionar el nombre de Aslan ante su ama.

—Puede que él no se quede aquí por mucho tiempo. Entonces podríamos dejarnos caer sobre esos tres en Cair Paravel.

—Aún puede ser mejor —dijo el enano— mantener a éste (aquí dio un puntapié a Edmundo) y negociar.

—¡Sí!... Para que pronto lo rescaten —dijo la Bruja, desdeñosamente.

—Si es así —dijo el enano—, será mejor que hagamos de inmediato lo que tenemos que hacer.

—Yo preferiría hacerlo en la Mesa de Piedra —dijo la Bruja—. Ése es el lugar adecuado y donde siempre se ha hecho.

—Pasará mucho tiempo antes de que la Mesa de Piedra pueda volver a cumplir sus funciones —dijo el enano.

—Es cierto —dijo la Bruja. Y agregó—: Bien. Comenzaré.

En ese momento, con gran prisa y en medio de fuertes aullidos, apareció un lobo.

—¡Los he visto! —gritó—. Están todos en la Mesa de Piedra con *él*. Han matado a mi capitán Maugrim. Yo estaba escondido en los arbustos y lo vi todo. Uno de los Hijos de Adán lo mató. ¡Vuelen! ¡Vuelen!

—No —dijo la Bruja—. No hay necesidad de volar. Ve rápido y convoca a toda mi gente para que venga a reunirse aquí, conmigo, tan pronto como pueda. Llama a los gigantes, a los lobos, a los espíritus de los árboles que estén de nuestro lado. Llama a los Demonios, a los Ogros, a los Fantasmas y a los Minotauros. Llama a los Crueles, a los Hechiceros, a los Espectros y a la gente de los Hongos Venenosos. Pelearemos. ¿Acaso no tengo aún mi vara? ¿No se convertirán ellos en piedra en el momento en que se acerquen? Ve rápido. Mientras tanto, yo tengo que terminar algo aquí.

El inmenso bruto agachó su cabeza y partió al galope.

—¡Ahora! —dijo ella—. No tenemos mesa..., déjame ver... Sería mejor colocarlo contra el tronco del árbol.

Edmundo se vio de pronto rudamente obligado a levantarse. Entonces, con la mayor celeridad, el enano lo hizo apoyarse en el tronco y lo amarró. Él vio que la Bruja se quitaba su manto. Sus brazos estaban desnudos y horriblemente blancos. Y porque eran tan blancos, los podía ver, aunque no podía ver mucho más. Estaba todo tan oscuro en esa llanura, bajo los negros árboles...

—Prepara a la víctima —ordenó la Bruja.

El enano desabotonó el cuello de la camisa de Edmundo, y lo abrió. Luego agarró al niño del cabello y le echó la cabeza hacia atrás, de manera que tuvo que levantar el mentón. Después, Edmundo oyó un extraño ruido: *güizz-güizz-güizz*. Por un momento no pudo imaginar qué era, pero de repente se dio cuenta: era el sonido de un cuchillo al ser afilado.

En ese preciso momento escuchó fuertes gritos y ruidos que venían de todas direcciones: un tamborileo de pisadas..., un batir de alas..., un grito de la Bruja..., una total confusión alrededor de él.

Entonces sintió que lo desataban y que unos fuertes brazos lo rodeaban. Oyó voces compasivas y cariñosas:

—¡Déjalo recostarse! Denle un poco de vino... —decían—. Bebe..., estarás bien en un minuto.

Acto seguido escuchó voces que no se dirigían a él, sino a otras personas.

—¿Quién capturó a la Bruja?

—Yo creí que tú la tenías.

—No la vi después de que le arrebaté el cuchillo de la mano.

—Yo estaba persiguiendo al enano...

—¡No me digas que ella se nos escapó!

—Un muchacho no puede hacerlo todo al mismo tiempo... Pero ¿qué es eso?... ¡Oh! Lo siento, es sólo un viejo tronco.

Edmundo se desmayó en ese instante.

Entonces centauros y unicornios, venados y pájaros (eran parte del equipo de rescate enviado por Aslan en el capítulo anterior), todos regresaron a la Mesa de Piedra llevando a Edmundo con ellos. Pero si hubieran visto lo que sucedió en el valle después de que se alejaron, yo pienso que su sorpresa habría sido enorme.

Todo estaba muy quieto cuando asomó una brillante luna. Si ustedes hubieran estado allí, habrían podido ver que la luz de la luna iluminaba un viejo tronco de árbol y una enorme roca blanca. Pero si ustedes hubieran mirado detenidamente, poco a poco habrían comenzado a pensar que había algo muy extraño en ambos, en la roca y en el tronco. Y en seguida habrían advertido que el tronco se parecía de manera notable a un hombre pequeño y gordo, agachado sobre la tierra. Y si hubieran permanecido ahí durante más tiempo todavía, habrían visto que el tronco caminaba hacia la roca, ésta se sentaba y ambos comenzaban a hablar, porque, en realidad, el tronco y la roca eran simplemente el enano y la Bruja. Parte de la magia de ella consistía en que podía hacer que las cosas parecieran lo que no eran y tuvo la presencia de ánimo para recordar esa magia y aplicarla en el preciso momento en que le arrebataron el cuchillo de la mano. Ella también había logrado mantener su vara firmemente, de modo que ahora la guardaba a salvo.

Cuando los tres niños despertaron a la mañana siguiente (habían dormido sobre un montón de cojines en el pabellón), lo primero que oyeron —la señora Castora se lo dijo— fue la noticia de que su hermano había sido rescatado y conducido al campamento durante la noche. En ese momento estaba con Aslan.

Inmediatamente después de tomar el desayuno, los tres niños salieron. Vieron a Aslan y a Edmundo que caminaban juntos sobre el pasto lleno de rocío. Estaban separados del resto de la corte. No hay necesidad de contarles a ustedes qué le dijo Aslan a Edmundo (y nadie lo supo nunca), pero ésta fue una conversación que el niño jamás olvidó. Cuando los tres hermanos se acercaron, Aslan se dirigió hacia ellos llevando a Edmundo con él.

—Aquí está su hermano —les dijo—, y... no es necesario hablarle sobre lo que ha pasado.

Edmundo les dio la mano a cada uno y les dijo:

—Lo siento mucho...

—Todo está bien —respondieron. Y los tres quisieron entonces decir algo más para demostrar a Edmundo que volvían a ser amigos, algo sencillo y natural, pero a ninguno se le ocurrió nada.

Antes de que tuvieran tiempo de sentirse incómodos, uno de los leopardos se acercó a Aslan y le dijo:

—Señor, un mensajero del enemigo suplica que le des una audiencia.

—Deja que se aproxime —dijo Aslan.

El leopardo se alejó y volvió al instante seguido por el enano de la Bruja.

—¿Cuál es tu mensaje, Hijo de la Tierra? —preguntó Aslan.

—La Reina de Narnia, Emperatriz de las Islas Solitarias, desea un salvoconducto para venir a hablar contigo —dijo el enano—. Se trata de un asunto de conveniencia tanto para ti como para ella.

—¡Reina de Narnia! ¡Seguro! —exclamó el Castor—. ¡Qué descaro!

—Tranquilo, Castor —dijo Aslan—. Todos los nombres serán devueltos muy pronto a sus verdaderos dueños. Entretanto no queremos disputas... Dile a tu ama, Hijo de la Tierra, que le garantizo su salvoconducto, con la condición de que deje su vara tras ella, junto al gran roble.

El enano aceptó. Dos leopardos lo acompañaron en su regreso para asegurarse de que se cumpliera el compromiso.

—Pero ¿y si ella transforma a los leopardos en estatuas? —susurró Lucía al oído de Pedro.

Creo que la misma idea se les había ocurrido a los leopardos; mientras se alejaban, en todo momento la piel de sus lomos permaneció erizada, como también sus colas..., igual que cuando un gato ve un perro extraño.

—Todo irá bien —murmuró Pedro—. Aslan no los hubiera enviado si no fuera así.

Pocos minutos más tarde la Bruja en persona subió a la cima de la colina. Se dirigió derechamente a Aslan y se quedó frente a él. Los tres niños, que nunca la habían visto, sintieron que un escalofrío les recorría la espalda cuando miraron su rostro. Se produjo un sordo gruñido entre los animales. Y, a pesar de que el sol resplandecía, repentinamente todos se sintieron helados.

Los dos únicos que parecían estar tranquilos y cómodos eran Aslan y la Bruja. Resultaba muy curioso ver esas dos caras —una dorada y otra pálida como la muerte— tan cerca una de la otra. Pero la Bruja no miraba a Aslan exactamente a los ojos. La señora Castora puso especial atención en ello.

—Tienes un traidor aquí, Aslan —dijo la Bruja.

Por supuesto, todos comprendieron que ella se refería a Edmundo. Pero éste, después de todo lo que le había pasado y especialmente después de la conversación de la mañana, había dejado de preocuparse de sí mismo. Sólo miró a Aslan sin que pareciera importarle lo que la Bruja dijera.

—Bueno —dijo Aslan—, su ofensa no fue contra ti.

—¿Te has olvidado de la Magia Profunda? —preguntó la Bruja.

—Digamos que la he olvidado —contestó Aslan gravemente—. Cuéntanos acerca de esta Magia Profunda.

—¿Contarte a ti? —gritó la Bruja, con un tono que repentinamente se hizo más y más chillón—. ¿Contarte lo que está escrito en la Mesa de Piedra que está a tu lado? ¿Contarte lo que, con una lanza, quedó grabado en el tronco del Fresno del Mundo? ¿Contarte lo que se lee en el cetro del Emperador-de-Más-Allá-del-Mar? Al menos tú conoces la magia que el Emperador estableció en Narnia desde el comienzo mismo. Tú sabes que todo traidor me pertenece; que, por ley, es mi presa, y que por cada traición tengo derecho a matar.

—¡Oh! —dijo el Castor—, así es que eso fue lo que la llevó a imaginarse que era Reina..., porque usted era el verdugo del Emperador. Ya veo...

—Tranquilo, Castor —dijo Aslan, con un gruñido muy suave.

—Por lo tanto —continuó la Bruja—, esa criatura humana es mía. Su vida está en prenda y me pertenece. Su sangre es mía.

—¡Ven y llévatela, entonces! —dijo el Toro con cabeza de hombre, en un gran bramido.

—¡Tonto! —dijo la Bruja, con una sonrisa salvaje, que casi parecía un gruñido—. ¿Crees realmente que tu amo puede despojarme de mis derechos por la sola fuerza? Él conoce la Magia Profunda mejor que eso. Sabe que, a menos que yo tenga esa sangre, como dice la Ley, toda Narnia será destruida y perecerá en fuego y agua.

—Es muy cierto —dijo Aslan—. No lo niego.

—¡Ay, Aslan! —susurró Susana al oído del León—. No podemos... Quiero decir, usted no lo haría, ¿verdad? ¿Podríamos hacer algo con la Magia Profunda? ¿No hay algo que usted pueda hacer contra esa Magia?

—¿Trabajar contra la magia del Emperador? —dijo Aslan, volviéndose hacia ella con el ceño fruncido.

Nadie volvió a sugerir nada semejante.

Edmundo se encontraba al otro lado de Aslan y le miraba siempre a la cara. Se sentía sofocado y se preguntaba si debía decir algo. Pero un instante después tuvo la certeza de que no debía hacer nada, excepto esperar y actuar de acuerdo con lo que le habían dicho.

—Vayan atrás, todos ustedes —dijo Aslan—. Quiero hablar con la Bruja a solas.

Todos obedecieron. Fueron momentos terribles..., esperaban y, a la vez, tenían ansias de saber qué estaba pasando. Mientras tanto, la Bruja y el León hablaban con gran seriedad y en voz muy baja.

—¡Oh, Edmundo! —exclamó Lucía y empezó a llorar.

Pedro se quedó de pie dando la espalda a los demás y mirando el mar en la lejanía. Los castores permanecieron apoyados en sus garras, con las cabezas gachas. Los centauros, inquietos, rascaban el suelo con las pezuñas. Al fin todos se quedaron tan inmóviles que podían escucharse aun los sonidos más leves, como el zumbido de una abeja que pasó volando, o los pájaros allá abajo, en el bosque, o el viento que movía suavemente las hojas. La conversación entre Aslan y la Bruja continuaba todavía...

Por fin se escuchó la voz de Aslan.

—Pueden volver —dijo—. He arreglado este asunto. Ella renuncia a reclamar la sangre de Edmundo.

En la cumbre de la colina se escuchó un ruido como si todos hubieran estado con la respiración contenida y ahora comenzaran a respirar nuevamente, y luego el murmullo de una conversación. Los presentes empezaron a acercarse al trono de Aslan.

La Bruja ya se daba la vuelta para alejarse de allí con una expresión de feroz alegría en el rostro, cuando de pronto se detuvo y dijo:

—¿Cómo sabré que la promesa será cumplida?

—¡*Grrrr*! —gruñó Aslan, levantándose de su trono. Su boca se abrió más y más grande y el gruñido creció y creció.

La Bruja, después de mirarlo por un instante con sus labios entreabiertos, recogió sus largas faldas y corrió para salvar su vida.

Capítulo catorce

El triunfo de la Bruja

En cuanto la Bruja se alejó, Aslan dijo:

—Debemos dejar este lugar de inmediato porque será ocupado en otros asuntos. Esta noche tendremos que acampar en los Vados de Beruna.

Por supuesto, todos se morían por preguntarle cómo había arreglado las cosas con la Bruja; pero el rostro de Aslan se veía muy severo y en todos los oídos aún resonaba su rugido, de manera que nadie se atrevió a preguntar nada.

Después de un almuerzo al aire libre, en la cumbre de la colina (el sol era ya muy fuerte y secaba el pasto), bajaron la bandera y se preocuparon de empacar sus cosas. Antes de las dos ya marchaban en dirección noreste. Iban a paso lento, pues no tenían que llegar muy lejos.

Durante la primera parte del viaje, Aslan explicó a Pedro su plan de campaña.

—En cuanto termine lo que tiene que hacer en estos lugares —dijo—, es casi seguro que la Bruja, con su banda, regresará a su casa y se preparará para el asedio. Ustedes pueden ser o no ser capaces de atajarla y de impedir que ella alcance sus propósitos.

Luego el León trazó dos planes de batalla: uno para luchar con la Bruja y sus partidarios en el bosque y otro para asaltar su castillo. Pero, a la vez, continuamente aconsejaba a Pedro acerca de la forma de conducir las operaciones con frases como éstas: «Tienes que situar a los centauros en tal y tal lugar» o «Debes disponer vigías para observar que ella no haga tal cosa», hasta que por fin Pedro dijo:

—Usted estará ahí con nosotros, Aslan, ¿verdad?

—No puedo prometer nada al respecto —contestó el León, y continuó con sus instrucciones.

En la última parte del viaje, Lucía y Susana fueron las que estuvieron más cerca de él. Aslan no habló mucho y a ellas les pareció que estaba triste.

La tarde no había concluido aún cuando llegaron a un lugar donde el valle se ensanchaba y el río era poco profundo. Eran los Vados de Beruna. Aslan ordenó detenerse antes de cruzar el agua, pero Pedro dijo:

—¿No sería mejor acampar en el lado más alejado?... Ella puede intentar un ataque nocturno o cualquier otra cosa.

Aslan, que parecía pensar en algo muy diferente, se levantó y, sacudiendo su magnífica melena, preguntó:

—¿Eh? ¿Qué dijiste?

Pedro repitió todo de nuevo.

—No —dijo Aslan con voz apagada, como si se tratara de algo sin importancia—. No. Ella no atacará esta noche. —Entonces suspiró profundamente y agregó—: De todos modos, pensaste bien. Ésa es la manera en la que un soldado debe pensar. Pero eso no importa ahora, realmente.

Entonces procedieron a instalar el campamento.

La melancolía de Aslan los afectó a todos aquella tarde. Pedro se sentía inquieto también ante la idea de librar la batalla bajo su propia responsabilidad. La noticia de la posible ausencia de Aslan lo alteró profundamente.

La cena de esa noche fue silenciosa. Todos advirtieron cuán diferente había sido la de la noche anterior o incluso el almuerzo de esa mañana. Era como si los buenos tiempos, que recién habían comenzado, estuvieran llegando a su fin.

Estos sentimientos afectaron a Susana de tal forma que no pudo conciliar el sueño cuando se fue a acostar. Después de estar tendida contando ovejas y dándose vueltas una y otra vez, oyó que Lucía suspiraba largamente y se acercaba a ella en la oscuridad.

—¿Tampoco tú puedes dormir? —le preguntó.

—No —dijo Lucía—. Pensaba que tú estabas dormida. ¿Sabes...?

—¿Qué?

—Tengo un presentimiento horroroso..., como si algo estuviera suspendido sobre nosotros...

—A mí me pasa lo mismo...

—Es sobre Aslan —continuó Lucía—. Algo horrible le va a suceder, o él va a tener que hacer una cosa terrible.

—A él le sucede algo malo. Toda la tarde ha estado raro —dijo Susana—. Lucía, ¿qué fue lo que dijo sobre no estar con nosotros en la batalla? ¿Tú crees que se puede escabullir y dejarnos esta noche?

—¿Dónde está ahora? —preguntó Lucía—. ¿Está en el pabellón?

—No creo.

—Susana, vamos afuera y miremos alrededor. Puede que lo veamos.

—Está bien. Es lo mejor que podemos hacer en lugar de seguir aquí tendidas y despiertas.

En silencio y a tientas, las dos niñas caminaron entre los demás que estaban dormidos y se deslizaron fuera del pabellón. La luz de la luna era brillante y todo estaba en absoluto silencio, excepto el río que murmuraba sobre las piedras. De repente Susana cogió el brazo de Lucía y le dijo:

—¡Mira!

Al otro lado del campamento, donde comenzaban los árboles, vieron al León: caminaba muy despacio y se alejaba de ellos internándose en el bosque. Sin decir una palabra, ambas lo siguieron.

Tras él, las niñas subieron una empinada pendiente, fuera del valle del río, y luego torcieron ligeramente a la derecha..., aparentemente por la misma ruta que habían utilizado esa tarde en la marcha desde la colina de la Mesa de Piedra. Una y otra vez él las hizo internarse entre oscuras sombras para volver luego a la pálida luz de la luna, mientras un espeso rocío mojaba sus pies. De alguna manera él se veía diferente del Aslan que ellas conocían. Su cabeza y su cola estaban inclinadas y su paso era lento, como si estuviera muy, muy cansado. Entonces, cuando atravesaban un amplio claro en el que no había sombras que permitieran esconderse, se detuvo y miró a su alrededor. No había una buena razón para huir, así es que las dos niñas fueron hacia él. Cuando se acercaron, Aslan les dijo:

—Niñas, niñas, ¿por qué me siguen?

—No podíamos dormir —le dijo Lucía, y tuvo la certeza de que no necesitaba decir nada más y que Aslan sabía lo que ellas pensaban.

—Por favor, ¿podemos ir con usted, dondequiera que vaya? —rogó Susana.

—Bueno... —dijo Aslan, mientras parecía reflexionar. Entonces agregó—: Me gustaría mucho tener compañía esta noche. Sí; pueden venir si me prometen detenerse cuando yo se lo diga y, después, dejarme continuar solo.

—¡Oh! ¡Gracias, gracias! Se lo prometemos —dijeron las dos niñas.

Siguieron adelante, cada una a un lado del León. Pero ¡qué lento era su caminar! Llevaba su gran y real cabeza tan inclinada que su nariz casi tocaba el pasto. Incluso tropezó y emitió un fuerte quejido.

—¡Aslan! ¡Querido Aslan! —dijo Lucía—. ¿Qué pasa? ¿Por qué no nos cuenta lo que sucede?

—¿Está enfermo, querido Aslan? —preguntó Susana.

—No —dijo Aslan—. Estoy triste y abatido. Pongan las manos en mi melena para que pueda sentir que están cerca de mí y caminemos.

Entonces las niñas hicieron lo que jamás se habrían atrevido a hacer sin su permiso, pero que anhelaban desde que lo conocieron: hundieron sus manos frías en ese hermoso mar de pelo y lo acariciaron suavemente; así, continuaron la marcha junto a él. Momentos después advirtieron que subían la ladera de la colina en la cual estaba la Mesa de Piedra. Iban por el lado en el que los árboles estaban cada vez más separados a medida que se ascendía. Cuando estuvieron junto al último árbol (era uno a cuyo alrededor crecían algunos arbustos), Aslan se detuvo y dijo:

—¡Oh niñas, niñas! Aquí deben quedarse. Pase lo que pase, no se dejen ver. Adiós.

Las dos niñas lloraron amargamente (sin saber en realidad por qué), abrazaron al León y besaron su melena, su nariz, sus manos y sus grandes ojos tristes. Luego él se alejó de ellas y subió a la cima de la colina. Lucía y Susana se escondieron detrás de los arbustos, y esto fue lo que vieron.

Una gran multitud rodeaba la Mesa de Piedra y, aunque la luna resplandecía, muchos de los que allí estaban sostenían antorchas que ardían con llamas rojas y demoníacas y despedían humo negro.

Pero ¡qué clase de gente había allí! Ogros con dientes monstruosos, lobos, hombres con cabezas de toro, espíritus de árboles malvados y de plantas venenosas y otras criaturas que no voy a describir porque, si lo hiciera, probablemente los adultos no permitirían que ustedes leyeran este libro... Eran sanguinarias, aterradoras, demoníacas, fantasmales, horrendas, espectrales.

En efecto, ahí se encontraban reunidos todos los que estaban de parte de la Bruja, aquellos que el Lobo había convocado obedeciendo la orden dada por ella. Justo al centro, de pie cerca de la Mesa, estaba la Bruja en persona.

Un aullido y una algarabía espantosa surgieron de la multitud cuando aquellos horribles seres vieron que el León avanzaba paso a paso hacia ellos. Por un momento, la misma Bruja pareció paralizada por el miedo. Pronto se recobró y lanzó una carcajada salvaje.

—¡El idiota! —gritó—. ¡El idiota ha venido! ¡Átenlo de inmediato!

Susana y Lucía, sin respirar, esperaron el rugido de Aslan y su salto para atacar a sus enemigos. Pero nada de eso se produjo. Cuatro hechiceras, con horribles muecas y miradas salvajes, aunque también (al principio) vacilantes y algo asustadas de lo que debían hacer, se aproximaron a él.

—¡Átenlo, les digo! —repitió la Bruja.

Las hechiceras le arrojaron un dardo y chillaron triunfantes al ver que no oponía resistencia. Luego otros —enanos y monos malvados— corrieron a ayudarlas, y entre todos enrollaron una cuerda alrededor del inmenso León y amarraron sus cuatro patas juntas. Gritaban y aplaudían como si hubieran realizado un acto de valentía, aunque con sólo una de sus garras el León podría haberlos matado a todos si lo hubiera querido. Pero no hizo ni un solo ruido, ni siquiera cuando los enemigos, con terrible violencia, tiraron de las cuerdas en tal forma que éstas penetraron su carne. Por último comenzaron a arrastrarlo hacia la Mesa de Piedra.

—¡Alto! —dijo la Bruja—. ¡Que se le corte el pelo primero!

Otro coro de risas malvadas surgió de la multitud cuando un ogro se acercó con un par de tijeras y se agachó al lado de la cabeza de Aslan. *Snip-snip-snip* sonaron las tijeras y los rizos dorados comenzaron a caer y a amontonarse en el suelo. El ogro se echó hacia atrás, y las niñas, que observaban desde su escondite, pudieron ver la cara de Aslan, tan pequeña y diferente sin su melena. Los enemigos también se percataron de la diferencia.

—¡Miren, no es más que un gato grande, después de todo! —gritó uno.

—¿De *eso* estábamos asustados? —dijo otro.

Y todos rodearon a Aslan y se burlaron de él con frases como «Misu, misu. Pobre gatita», «¿Cuántos ratones cazaste hoy, gato?» o «¿Quieres un platito de leche?».

—¡Oh! ¿Cómo pueden? —dijo Lucía mientras las lágrimas corrían por sus mejillas—. ¡Qué salvajes, qué salvajes!

Pero ahora que el primer impacto ante su vista estaba superado, la cara desnuda de Aslan le pareció más valiente, más bella y más paciente que nunca.

—¡Pónganle un bozal! —ordenó la Bruja.

Incluso en ese momento, mientras ellos se afanaban junto a su cara para ponerle el bozal, un mordisco de sus mandíbulas les hubiera costado las manos a dos o tres de ellos. Pero no se movió. Esto pareció enfurecer a esa chusma. Ahora todos estaban frente a él. Aquellos que tenían miedo de acercarse, aun después de que el León quedó limitado por las cuerdas que lo ataban, comenzaron ahora a envalentonarse y en pocos minutos las niñas ya no pudieron verlo siquiera. Una inmensa muchedumbre lo rodeaba estrechamente y lo pateaba, lo golpeaba, le escupía y se mofaba de él.

Por fin, la chusma pensó que ya era suficiente. Entonces volvieron a arrastrarlo amarrado y amordazado hasta la Mesa de Piedra. Unos empujaban y otros tiraban. Era tan inmenso que, después de haber llegado hasta la Mesa, tuvieron que emplear todas sus fuerzas para alzarlo y colocarlo sobre la superficie. Allí hubo más amarras y las cuerdas se apretaron ferozmente.

—¡Cobardes! ¡Cobardes! —sollozó Susana—. ¡Todavía le tienen miedo, incluso ahora!

Una vez que Aslan estuvo atado (y tan atado que realmente estaba convertido en una masa de cuerdas) sobre la piedra, un súbito silencio reinó entre la multitud. Cuatro hechiceras, sosteniendo cuatro antorchas, se instalaron en las esquinas de la Mesa. La Bruja desnudó sus brazos, tal como los había desnudado la noche anterior ante Edmundo en lugar de Aslan. Luego procedió a afilar su cuchillo. Cuando la tenue luz de las antorchas cayó sobre éste, las niñas pensaron que era un cuchillo de piedra en vez de acero. Su forma era extraña y diabólica.

Finalmente, ella se acercó y se situó junto a la cabeza de Aslan. La cara de la Bruja estaba crispada de furor y de pasión; Aslan miraba el cielo, siempre quieto, sin demostrar enojo ni miedo, sino tan sólo un poco de tristeza. Entonces, unos momentos antes de asestar la estocada final, la Bruja se detuvo y dijo con voz temblorosa:

—Y ahora ¿quién ganó? Idiota, ¿pensaste que con esto tú salvarías a ese humano traidor? Ahora te mataré a ti en lugar de a él, como lo pactamos, y así la Magia Profunda se apaciguará. Pero cuando tú hayas muerto, ¿qué me impedirá matarlo también a él? ¿Quién podrá arrebatarlo de mis manos entonces? Tú me has entregado Narnia para siempre. Has perdido tu propia vida y no has salvado la de él. Ahora que ya sabes esto, ¡desespérate y muere!

Las dos niñas no vieron el momento preciso de la muerte. No podían soportar esa visión y cubrieron sus ojos.

Capítulo quince

Magia Profunda anterior al Amanecer del Tiempo

Las niñas aún permanecían escondidas entre los arbustos, con las manos en la cara, cuando escucharon la voz de la Bruja que llamaba:

—¡Ahora! ¡Síganme! Emprenderemos las últimas batallas de esta guerra. No nos costará mucho aplastar a esos insectos humanos y al traidor, ahora que el gran Idiota, el gran Gato, yace muerto.

En ese momento, y por unos pocos segundos, las niñas estuvieron en gran peligro. Toda esa vil multitud, con gritos salvajes y un ruido enloquecedor de trompetas y cuernos que sonaban chillones y penetrantes, marchó desde la cima de la colina y bajó la ladera justo por el lado de su escondite.

Las niñas sintieron a los Espectros que, como viento helado, pasaban muy cerca de ellas; también sintieron que la tierra temblaba bajo el galope de los Minotauros. Sobre sus cabezas se agitaron, como en una ráfaga de alas asquerosas, buitres muy negros y murciélagos gigantes. En cualquier otra ocasión ellas habrían muerto de miedo, pero ahora la tristeza, la vergüenza y el horror de la muerte de Aslan invadían sus mentes de tal modo que difícilmente podían pensar en otra cosa.

Apenas el bosque estuvo de nuevo en silencio, Susana y Lucía se deslizaron hacia la colina. La luna alumbraba cada vez menos y ligeras nubes pasaban sobre ellas, pero aún las niñas pudieron ver los contornos del gran León muerto con todas sus ataduras. Ambas se arrodillaron sobre el pasto húmedo, y besaron su cara helada y su linda piel —lo que quedaba de ella— y lloraron hasta que las lágrimas se les agotaron. Entonces se miraron, se tomaron de las manos en un gesto de profunda soledad y lloraron nuevamente. Otra vez se hizo presente el silencio. Al fin Lucía dijo:

—No soporto mirar ese horrible bozal. ¿Podremos quitárselo?

Trataron. Después de mucho esfuerzo (porque sus manos estaban heladas y era ya la hora más oscura de la noche) lo lograron. Cuando vieron su cara sin las amarras, estallaron otra vez en llanto. Lo besaron, le limpiaron la sangre y los espumarajos lo mejor que pudieron. Todo fue mucho más horrible, solitario y sin esperanza, de lo que yo pueda describir.

—¿Podremos desatarlo también? —dijo Susana.

Pero los enemigos, llevados sólo por su feroz maldad, habían amarrado las cuerdas tan apretadamente que las niñas no lograron deshacer los nudos.

Espero que ninguno que lea este libro haya sido tan desdichado como lo eran Lucía y Susana esa noche; pero si ustedes lo han sido —si han estado levantados toda una noche y llorado hasta agotar las lágrimas—, ustedes sabrán que al final sobreviene una cierta quietud. Uno siente como si nada fuera a suceder nunca más. De cualquier modo, ése era el sentimiento de las dos niñas. Parecía que pasaban las horas en esa calma mortal sin que se dieran cuenta de que estaban cada vez más heladas. Pero, finalmente, Lucía advirtió dos cosas. La primera fue que hacia el lado este de la colina estaba un poco menos oscuro que una hora antes. Y lo segundo fue un suave movimiento que había en el pasto a sus pies. Al comienzo no le prestó mayor atención. ¿Qué importaba? ¡Nada importaba ya! Pero pronto vio que eso, fuese lo que fuese, comenzaba a subir a la Mesa de Piedra. Y ahora —fuesen lo que fuesen— se movían cerca del cuerpo de Aslan. Se acercó y miró con atención. Eran unas pequeñas criaturitas grises.

—¡Uf! —gritó Susana desde el otro lado de la Mesa—. Son ratones asquerosos que se arrastran sobre él. ¡Qué horror!

Y levantó la mano para espantarlos.

—¡Espera! —dijo Lucía, que los miraba fijamente y de más cerca—. ¿Ves lo que están haciendo?

Ambas se inclinaron y miraron con atención.

—¡No lo puedo creer! —dijo Susana—. ¡Qué extraño! ¡Están royendo las cuerdas!

—Eso fue lo que pensé —dijo Lucía—. Creo que son ratones amigos. Pobres pequeñitos..., no se dan cuenta de que está muerto. Ellos piensan que hacen algo bueno al desatarlo.

Estaba mucho más claro ya. Las niñas advirtieron entonces cuán pálidos se veían sus rostros. También pudieron ver que los ratones roían y roían; eran docenas y docenas, quizás cientos de pequeños ratones silvestres. Al fin, uno por uno todos los cordeles estaban roídos de principio a fin.

Hacia el este, el cielo aclaraba y las estrellas se apagaban... todas, excepto una muy grande y muy baja en el horizonte, al oriente. En ese momento ellas sintieron más frío que en toda la noche. Los ratones se alejaron sin hacer ruido, y Susana y Lucía retiraron los restos de las cuerdas.

Sin las ataduras, Aslan parecía más él mismo. Cada minuto que pasaba, su rostro se veía más noble y, como la luz del día aumentaba, las niñas pudieron observarlo mejor.

Tras ellas, en el bosque, un pájaro gorjeó. El silencio había sido tan absoluto por horas y horas, que ese sonido las sorprendió. De inmediato otro pájaro contestó y muy pronto hubo cantos y trinos por todas partes.

Definitivamente era de madrugada; la noche había quedado atrás.

—Tengo tanto frío —dijo Lucía.

—Yo también —dijo Susana—. Caminemos un poco.

Caminaron hacia el lado este de la colina y miraron hacia abajo. La gran estrella casi había desaparecido. Todo el campo se veía gris oscuro, pero más allá, en el mismo fin del mundo, el mar se mostraba pálido. El cielo comenzó a teñirse de rojo. Para evitar el frío, las niñas caminaron de un lado para otro, entre el lugar donde yacía Aslan y el lado oriental de la cumbre de la colina, más veces de lo que pudieron contar. Pero ¡oh, qué cansadas sentían las piernas!

Se detuvieron por unos instantes y miraron hacia el mar y hacia Cair Paravel (que recién ahora podían descubrir). Poco a poco el rojo del cielo se transformó en dorado a todo lo largo de la línea en la que el cielo y el mar se encuentran, y muy lentamente asomó el borde del sol. En ese momento las niñas escucharon tras ellas un ruido estrepitoso..., un gran estallido..., un sonido ensordecedor, como si un gigante hubiera roto un vidrio gigante.

—¿Qué fue eso? —preguntó Lucía, apretando el brazo de su hermana.

—Me da miedo darme la vuelta —dijo Susana—. Algo horrible sucede.

—¡Están haciéndole algo todavía peor a *él*! —dijo Lucía—. ¡Vamos!

Se dio la vuelta y arrastró a Susana con ella.

Todo se veía tan diferente con la salida del sol —los colores y las sombras habían cambiado—, que por un momento no vieron lo que era importante. Pero pronto, sí: la Mesa de Piedra estaba partida en dos; una gran hendidura la cruzaba de un extremo a otro. Y allí no estaba Aslan.

—¡Oh, oh! —gritaron las dos niñas, corriendo velozmente hacia la Mesa.

—¡Esto es demasiado malo! —sollozó Lucía—. No debieron haberse llevado el cuerpo...

—Pero ¿quién hizo esto? —lloró Susana—. ¿Qué significa? ¿Será magia otra vez?

—Sí —dijo una voz fuerte a sus espaldas—. Es más magia.

Se dieron la vuelta. Ahí, brillando al sol, más grande que nunca y agitando su melena (que aparentemente había vuelto a crecer), estaba Aslan en persona.

—¡Oh Aslan! —gritaron las dos niñas, mirándolo con ojos dilatados de asombro y casi tan asustadas como contentas.

—Entonces no está muerto, querido Aslan —dijo Lucía.

—Ahora no.

—No es... no es un... —preguntó Susana con voz vacilante, sin atreverse a pronunciar la palabra *fantasma*.

Aslan inclinó la cabeza y con su lengua acarició la frente de la niña. El calor de su aliento y un agradable olor que parecía desprenderse de su pelo, la invadieron.

—¿Lo parezco? —preguntó.

—¡Es real! ¡Es real! ¡Oh Aslan! —gritó Lucía, y ambas niñas se abalanzaron sobre él y lo besaron.

—Pero ¿qué quiere decir todo esto? —preguntó Susana cuando se calmaron un poco.

—Quiere decir —dijo Aslan— que, a pesar de que la Bruja conocía la Magia Profunda, hay una magia más profunda aún que ella no conoce. Su saber se remonta sólo hasta el amanecer del tiempo. Pero si a ella le hubiera sido posible mirar más hacia atrás, en la oscuridad y la quietud, antes de que el tiempo amaneciera, hubiese podido leer allí un encantamiento diferente. Y habría sabido que cuando una víctima voluntaria, que no ha cometido traición, es ejecutada en lugar de un traidor, la Mesa se quiebra y la muerte misma comienza a trabajar hacia atrás. Y ahora...

—¡Oh, sí!, ¿ahora? —exclamó Lucía, saltando y aplaudiendo.

—Niñas —dijo el León—, siento que la fuerza vuelve a mí. ¡Niñas, alcáncenme si pueden!

Permaneció inmóvil por unos instantes, sus ojos iluminados y sus extremidades palpitantes, y se azotó a sí mismo con su cola. Luego saltó muy alto sobre las cabezas de las niñas y aterrizó al otro lado de la Mesa. Riendo, aunque sin saber por qué, Lucía corrió para alcanzarlo. Aslan saltó otra vez y comenzó una loca cacería que las hizo correr, siempre tras él, alrededor de la colina una y mil veces. Tan pronto no les daba esperanzas de alcanzarlo como permitía que ellas casi agarraran su cola; pasaba veloz entre las niñas, las sacudía en el aire con sus fuertes, bellas y aterciopeladas garras o se detenía inesperadamente de manera que los tres rodaban felices y reían en una confusión de piel, brazos y piernas. Era una clase de juego y de saltos que nadie ha practicado jamás fuera de Narnia. Lucía no podía determinar a qué se parecía más todo esto: si a jugar con una tempestad de truenos o con un gatito. Lo más extraño fue que cuando terminaron jadeantes al sol, las niñas no sintieron ni el más mínimo cansancio, sed o hambre.

—Ahora —dijo luego Aslan—, a trabajar. Siento que voy a rugir. Sería mejor que se pongan los dedos en los oídos.

Así lo hicieron. Aslan se puso de pie y cuando abrió la boca para rugir, su cara adquirió una expresión tan terrible que ellas no se atrevieron a mirarlo. Vieron, en cambio, que todos los árboles frente a él se inclinaban ante el ventarrón de su rugido, como el pasto de una pradera se dobla al paso del viento.

Luego dijo:

—Tenemos una larga caminata por delante. Ustedes irán montadas en mi lomo.

Se agachó y las niñas se instalaron sobre su cálida y dorada piel. Susana iba adelante, agarrada firmemente de la melena del León. Lucía se acomodó atrás y se aferró a Susana. Con esfuerzo, Aslan se levantó con toda su carga y salió disparado colina abajo y, más rápido de lo que ningún caballo hubiera podido, se introdujo en la profundidad del bosque.

Para Lucía y Susana esa cabalgata fue, probablemente, lo más bello que les ocurrió en Narnia. Ustedes, ¿han galopado a caballo alguna vez? Piensen en ello; luego quítenle el pesado ruido de los cascos y el retintín de los arneses e imaginen, en cambio, el galope blando, casi sin ruido, de las grandes patas de un león. Después, en lugar del duro lomo gris o negro del caballo, trasládense a la suave aspereza de la piel dorada y vean la melena que vuela al viento. Luego imaginen que ustedes van dos veces más rápido que el más veloz de los caballos de carrera. Y, además, éste es un animal que no necesita ser guiado y que jamás se cansa. Él corre y corre, nunca tropieza, nunca vacila; continúa siempre su camino y, con habilidad perfecta, sortea los troncos de los árboles, salta los arbustos, las zarzas y los pequeños arroyos, vadea los esteros y nada para cruzar los grandes ríos. Y ustedes no cabalgan en un camino, ni en un parque, ni siquiera por las colinas, sino a través de Narnia, en primavera, bajo imponentes avenidas de hayas, y cruzan asoleados claros en medio de bosques de encinas, cubiertos de principio a fin de orquídeas silvestres y guindos de flores blancas como la nieve. Y galopan junto a ruidosas cascadas de agua, rocas cubiertas de musgos y cavernas en las que resuena el eco; suben laderas con fuertes vientos, cruzan las cumbres de montañas cubiertas de brezos, corren vertiginosamente a través de ásperas lomas y bajan, y bajan, y bajan otra vez hasta llegar al valle silvestre para recorrer enormes superficies de flores azules.

Era cerca del mediodía cuando llegaron hasta un precipicio, frente a un castillo —un castillo que parecía de juguete desde el lugar en que se encontraban— con una infinidad de torres puntiagudas. El León siguió su carrera hacia abajo, a una velocidad increíble, que aumentaba cada minuto. Antes de que las niñas alcanzaran a preguntarse qué era, estaban ya al nivel del castillo. Ahora no les pareció de juguete sino, más bien, una fortaleza amenazante que se elevaba frente a ellas.

No se veía rostro alguno sobre los muros almenados y las rejas estaban firmemente cerradas. Aslan, sin disminuir en absoluto su paso, corrió directo como una bala hacia el castillo.

—¡La casa de la Bruja! —gritó—. Ahora, ¡afírmense fuerte, niñas!

En los momentos que siguieron, el mundo entero pareció girar al revés y las niñas experimentaron una sensación que era como si sus espíritus hubieran quedado atrás, porque el León, replegándose sobre sí mismo por un instante para tomar impulso, dio el brinco más grande de su vida y saltó —ustedes pueden decir que voló, en lugar de saltó— sobre la muralla que rodeaba el castillo.

Las dos niñas, sin respiración pero sanas y salvas en el lomo del León, cayeron en el centro de un enorme patio lleno de estatuas.

CAPÍTULO DIECISÉIS

LO QUE SUCEDIÓ CON LAS ESTATUAS

—¡Qué lugar tan extraordinario! —gritó Lucía—. Todos estos animales de piedra... y gente también. Es... es como un museo.

—¡Cállate! —le dijo Susana—. Aslan está haciendo algo.

En efecto, él había saltado hacia el león de piedra y sopló sobre él. Sin esperar un instante, giró violentamente —casi como si fuera un gato que caza su cola— y sopló también sobre el enano de piedra, el cual (como ustedes recuerdan) se encontraba a pocos pies del león, de espaldas a él. Luego se volvió con igual rapidez a la derecha para enfrentarse con un conejo de piedra y corrió de inmediato hacia dos centauros. En ese momento, Lucía dijo:

—¡Oh, Susana! ¡Mira! ¡Mira al león!

Supongo que ustedes habrán visto a alguien acercar un fósforo encendido a un extremo de un periódico, y luego colocarlo sobre el enrejado de una chimenea apagada. Por un segundo parece que no ha sucedido nada, pero de pronto ustedes advierten una pequeña llama crepitante que recorre todo el borde del periódico. Lo que sucedió ahora fue algo similar: un segundo después de que Aslan sopló sobre el león de piedra, éste se veía aún igual que antes. Pero luego un pequeño rayo de oro comenzó a bajar por su blanco y marmóreo lomo..., el rayo se esparció..., el color dorado recorrió completamente su cuerpo, como la llama lame todo un pedazo de papel... y, mientras sus patas traseras eran todavía de piedra, el león agitó la melena y toda la pesada y pétrea envoltura se transformó en ondas de pelo vivo. Entonces, en un prodigioso bostezo, abrió una gran boca roja y vigorosa... y luego sus patas traseras también volvieron a vivir. Levantó una de ellas y se rascó. En ese momento divisó a Aslan y se abalanzó sobre él, saltando de alegría y, con un sollozo de felicidad, le dio lengüetazos en la cara.

Las niñas lo siguieron con la vista, pero el espectáculo que se presentó ante sus ojos fue tan portentoso que olvidaron al león. Las estatuas cobraban vida por doquier. El patio ya no parecía un museo, sino más bien un zoo. Las criaturas más increíbles corrían detrás de Aslan y bailaban a su alrededor, hasta que él casi desapareció en medio de la multitud. En lugar de un blanco de muerte, el patio era ahora una llamarada de colores: el lustroso color castaño de los centauros; el azul índigo de los unicornios; los deslumbrantes plumajes de las aves; el café rojizo de zorros, perros y sátiros; el amarillo de los calcetines y el carmesí de las capuchas de los enanos. Y las niñas-abedul recobraron el color de la plata, las niñas-haya un fresco y transparente verde, las niñas-alerce un verde tan brillante que era casi un amarillo...

Y en vez del antiguo silencio de muerte, el lugar entero retumbaba con el sonido de felices rugidos, rebuznos, gañidos, ladridos, chillidos, arrullos, relinchos, pataleos, aclamaciones, hurras, canciones y risas.

—¡Oh! —exclamó Susana en un tono diferente—. ¡Mira! Me pregunto..., quiero decir, ¿no será peligroso?

Lucía miró y vio que Aslan acababa de soplar en el pie del gigante de piedra.

—No teman, todo está bien —dijo Aslan alegremente—. Una vez que las piernas le funcionen, todo el resto seguirá.

—No era eso exactamente lo que yo quería decir —susurró Susana al oído de Lucía. Pero ya era muy tarde para hacer algo; ni siquiera si Aslan la hubiera escuchado. El rayo ya trepaba por las piernas del Gigante. Ahora movía sus pies. Un momento más tarde, levantó la porra que apoyaba en uno de sus hombros y se restregó los ojos.

—¡Bendito de mí! Debo de haber estado durmiendo. Y ahora, ¿dónde se encuentra esa pequeña Bruja horrible que corría por el suelo? Estaba en alguna parte..., justo a mis pies.

Cuando todos le gritaron para explicarle lo que realmente había sucedido, el Gigante puso la mano en el oído y les hizo repetir todo de nuevo hasta que al fin entendió; entonces se agachó y su cabeza quedó a la altura de un almiar. Llevó la mano a su gorro repetidamente ante Aslan, con una sonrisa radiante que llenaba toda su fea y honesta cara (los gigantes de cualquier tipo son ahora tan escasos en Inglaterra y más aún aquellos de buen carácter, que les apuesto diez a uno a que ustedes jamás han visto un gigante con una sonrisa radiante en su rostro. Es un espectáculo que bien vale la pena contemplar).

—¡Ahora! ¡Entremos en la casa! —dijo Aslan—. ¡Dense prisa, todos! ¡Arriba, abajo y en la cámara de la señora! No dejen ningún rincón sin escudriñar. Nunca se sabe dónde pueden haber ocultado a un pobre prisionero.

Todos corrieron al interior de la casa. Y por varios minutos, en ese negro, horrible y húmedo castillo que olía a cerrado, resonó el ruido del abrir de las puertas y ventanas y de miles de voces que gritaban al mismo tiempo:

—¡No olviden los calabozos!

—¡Ayúdenme con esta puerta!

—¡Encontré otra escalera de caracol!

—¡Oh, aquí hay un pobre canguro pequeñito!

—¡Puf! ¡Cómo huele aquí!

—¡Cuidado al abrir las puertas! ¡Pueden caer en una trampa!

—¡Aquí! ¡Suban! ¡En el descanso de la escalera hay varios más!

Pero lo mejor de todo sucedió cuando Lucía corrió escaleras arriba gritando:

—¡Aslan! ¡Aslan! ¡Encontré al señor Tumnus! ¡Oh, venga rápido!

Momentos más tarde el pequeño Fauno y Lucía, tomados de la mano, bailaban y bailaban de felicidad. El Fauno no parecía mayormente afectado por haber sido una estatua; en cambio, estaba muy interesado en todo lo que la niña tenía que contarle.

Pero al fin terminó el registro de la fortaleza de la Bruja. El castillo quedó completamente vacío, con las puertas y ventanas abiertas, y todos aquellos rincones oscuros y siniestros fueron invadidos por esa luz y ese aire de la primavera que requerían con tanta urgencia. De vuelta en el patio, la multitud de estatuas liberadas se agitó. Fue entonces cuando alguien (creo que Tumnus) preguntó primero:

—Pero ¿cómo vamos a salir de aquí?

Porque Aslan había entrado de un salto y las puertas estaban todavía cerradas.

—Todo irá bien —dijo Aslan; se levantó sobre sus patas traseras y gritó al Gigante—: ¡Oye, tú! ¡Allá arriba! ¿Cómo te llamas?

—Gigante Rumblebuffin, su señoría —dijo el Gigante, llevando la mano a la gorra una vez más.

—Bien, Gigante Rumblebuffin —dijo Aslan—. ¿Podrás sacarnos de este lugar?

—Por supuesto, su señoría, será un placer —contestó el Gigante—. ¡Apártense de las puertas todos ustedes, pequeños!

Se aproximó de una zancada hasta las rejas y les dio un golpe..., otro golpe..., y otro golpe con su enorme porra. Al primer golpazo, las puertas rechinaron; al segundo, se rompieron estrepitosamente; y al tercero, se hicieron astillas. Entonces el Gigante embistió contra las torres, a cada lado de las puertas, y, después de unos minutos de violentos estrellones y sordos golpes, ambas torres y un buen pedazo de muralla cayeron estruendosamente convertidas en una masa de desechos y de piedras inservible; y cuando la polvareda se dispersó y el aire se aclaró, para todos fue muy raro encontrarse allí, en medio de ese seco y horrible patio de piedra y ver, a través del boquete, el pasto, los árboles ondulantes, los espumosos arroyos del bosque, las montañas azules más atrás y, más allá de todo, el cielo.

—Estoy completamente bañado en sudor —dijo entonces el Gigante—. Creo que no estaba en muy buenas condiciones físicas. ¿Alguna de las damas tendrá algo así como un pañuelo?

—Yo tengo uno —dijo Lucía, empinándose en la punta de sus pies y alzando el pañuelo tan alto como pudo.

—Gracias, señorita —dijo el Gigante Rumblebuffin, agachándose. Y siguió un momento más bien inquietante para Lucía, pues se vio suspendida en el aire, entre el pulgar y los demás dedos del Gigante. Pero cuando ella se encontró cerca de su enorme cara, éste se detuvo repentinamente y, con toda suavidad, volvió a dejarla en el suelo.

—¡Bendito! ¡He levantado a la niña! Perdóneme señorita, creí que *era* el pañuelo.

—¡No, no! —dijo Lucía, riendo—. ¡Aquí está el pañuelo!

Esta vez el Gigante se las arregló para tomarlo sin equivocarse; pero, para él, un pañuelo era del mismo tamaño que una pastilla de sacarina para ustedes. Por eso, cuando Lucía vio que, con toda solemnidad, él frotaba su gran cara roja una y otra vez, le dijo:

—Temo que ese pañuelo no le servirá de nada, señor Rumblebuffin.

—De ninguna manera. De ninguna manera —dijo el Gigante cortésmente—. Es el mejor pañuelo que jamás he tenido. Tan fino, tan útil... No sé cómo describirlo.

—¡Qué gigante tan encantador! —dijo Lucía al señor Tumnus.

—¡Ah, sí! —dijo el Fauno—. Todos los Buffins lo han sido siempre. Es una de las familias más respetadas de Narnia. No muy inteligentes quizás (yo nunca he conocido a un gigante que lo sea), pero una antigua familia, con tradiciones..., tú sabes. Si hubiera sido de otra manera, ella nunca lo habría transformado en estatua.

En ese momento, Aslan golpeó las garras y pidió silencio.

—El trabajo de este día no ha terminado aún —dijo—, y si la Bruja ha de ser derrotada antes de la hora de dormir, tenemos que dar la batalla de inmediato.

—Y espero que nos uniremos, señor —agregó el más grande de los centauros.

—Por supuesto —dijo Aslan—. ¡Y ahora, atención! Aquellos que no pueden resistir mucho —es decir, niños, enanos y animales pequeños— tienen que cabalgar a lomo de los que sí pueden —o sea, los leones, centauros, unicornios, caballos, gigantes y águilas—. Los que poseen buen olfato, deben ir adelante con nosotros los leones, para descubrir el lugar de la batalla. ¡Ánimo y mucha suerte!

Con gran alboroto y vítores, todos se organizaron. El más encantado en medio de esa muchedumbre era el otro león, que corría de un lado para otro aparentando estar muy ocupado, aunque en realidad lo único que hacía era decir a todo el que encontraba a su paso:

—¡Oyeron lo que dijo? *Nosotros, los leones.* Eso quiere decir «*él y yo*». *Nosotros, los leones.* Eso es lo que me gusta de Aslan. Nada de personalismos, nada de reservas. *Nosotros, los leones; él y yo.*

Y siguió diciendo lo mismo mientras Aslan cargaba en su lomo a tres enanos, una dríade, dos conejos y un puerco espín. Esto lo calmó un poco.

Cuando todo estuvo preparado (fue un gran perro ovejero el que más ayudó a Aslan a hacerlos salir en el orden apropiado), abandonaron el castillo saliendo a través del boquete de la muralla. Delante iban los leones y los perros, que olfateaban en todas direcciones. De pronto, un gran perro descubrió un rastro y lanzó un ladrido. En un segundo, los perros, los leones, los lobos y otros animales de caza corrieron a toda velocidad con sus narices pegadas a la tierra. El resto, una media milla más atrás, los seguía tan rápido como podía. El ruido se asemejaba al de una cacería de zorros en Inglaterra, sólo que mejor, porque de vez en cuando el sonido de los ladridos se mezclaba con el gruñido del otro león y algunas veces con el del propio Aslan, mucho más profundo y terrible.

A medida que el rastro se hacía más y más fácil de seguir, avanzaron más y más rápido. Cuando llegaron a la última curva en un angosto y serpenteante valle, Lucía escuchó, sobre todos esos sonidos, otro sonido... diferente, que le produjo una extraña sensación. Era un ruido como de gritos y chillidos y de choque de metal contra metal.

Salieron del estrecho valle y Lucía vio de inmediato la causa de los ruidos. Allí estaban Pedro, Edmundo y todo el resto del ejército de Aslan peleando desesperadamente contra la multitud de criaturas horribles que ella había visto la noche anterior. Sólo que ahora, a la luz del día, se veían más extrañas, más malvadas y más deformes. También parecían ser muchísimo más numerosas que ellos. El ejército de Aslan —que daba la espalda a Lucía— era dramáticamente pequeño. En todas partes, salpicadas sobre el campo de batalla, había estatuas, lo que hacía pensar en que la Bruja había usado su vara. Pero no parecía utilizarla en ese momento. Ella luchaba con su cuchillo de piedra. Luchaba con Pedro... Ambos atacaban con tal violencia que difícilmente Lucía podía vislumbrar lo que pasaba. Sólo veía que el cuchillo de piedra y la espada de Pedro se movían tan rápido que parecían tres cuchillos y tres espadas. Los dos contrincantes estaban en el centro. A ambos lados se extendían las líneas defensivas y dondequiera que la niña mirara sucedían cosas horribles.

—¡Desmonten de mi espalda, niñas! —gritó Aslan.

Las dos saltaron al suelo. Entonces, con un rugido que estremeció todo Narnia, desde el farol de occidente hasta las playas del mar de oriente, el enorme animal se arrojó sobre la Bruja Blanca. Por un segundo Lucía vio que ella levantaba su rostro hacia él con una expresión de terror y de asombro. El León y la Bruja cayeron juntos, pero la Bruja quedó bajo él. Y en ese mismo instante todas las criaturas guerreras que Aslan había guiado desde el castillo se abalanzaron furiosamente contra las líneas enemigas: enanos con sus hachas de batalla, perros con feroces dientes, el Gigante con su porra (sus pies también aplastaron a docenas de enemigos), unicornios con su cuerno, centauros con sus espadas y pezuñas...

El cansado batallón de Pedro vitoreaba y los recién llegados rugían. El enemigo, hecho un guirigay, lanzó alaridos hasta que el bosque respondió el eco con el ruido ensordecedor de esa embestida.

CAPÍTULO DIECISIETE

LA CAZA DEL CIERVO BLANCO

La batalla terminó pocos minutos después de que ellos llegaron. La mayor parte de los enemigos había muerto en el primer ataque de Aslan y sus compañeros; y cuando los que aún vivían vieron que la Bruja estaba muerta, se entregaron o huyeron. Lucía vio entonces que Pedro y Aslan se estrechaban las manos. Era extraño para ella mirar a Pedro como lo veía ahora..., su rostro estaba tan pálido y era tan severo que parecía mucho mayor.

—Edmundo lo hizo todo, Aslan —decía Pedro en ese momento—. Nos habrían arrasado si no hubiera sido por él. La Bruja estaba convirtiendo nuestras tropas en piedra a derecha y a izquierda. Pero nada pudo detener a Edmundo. Se abrió camino a través de tres ogros hacia el lugar en que ella, en ese preciso momento, convertía a uno de los leopardos en estatua. Cuando la alcanzó, tuvo el buen sentido de apuntar con su espada hacia la vara y la hizo pedazos, en lugar de tratar de atacarla a ella y simplemente quedar convertido él mismo en estatua. Ésa fue la equivocación que cometieron todos los demás. Una vez que su vara fue destruida, comenzamos a tener algunas oportunidades..., si no hubiéramos perdido a tantos ya. Edmundo está terriblemente herido. Debemos ir a verlo.

Un poco más atrás de la línea de combate encontraron a Edmundo: lo cuidaba la señora Castora. Estaba cubierto de sangre; tenía la boca abierta y su rostro era de un feo color verdoso.

—¡Rápido, Lucía! —llamó Aslan.

Entonces, casi por primera vez, Lucía recordó el precioso tónico que le habían obsequiado como regalo de Navidad. Sus manos tiritaban tanto que difícilmente pudo destapar el frasco. Pero se dominó al fin y dejó caer unas pocas gotas en la boca de su hermano.

—Hay otros heridos —dijo Aslan, mientras ella aún miraba ansiosamente el pálido rostro de Edmundo para comprobar si el remedio hacía algún efecto.

—Sí, ya lo sé —dijo Lucía con tono molesto—. Espere un minuto.

—Hija de Eva —dijo Aslan severamente—, otros también están a punto de morir. ¿Es necesario que muera *más* gente por Edmundo?

—Perdóneme, Aslan —dijo Lucía, y se levantó para salir con él.

Durante la media hora siguiente estuvieron muy ocupados..., la niña atendía a los heridos, mientras él revivía a aquellos que estaban convertidos en piedra. Cuando por fin ella pudo regresar junto a Edmundo, lo encontró de pie, no sólo curado de sus heridas: se veía mejor de lo que ella lo había visto en años; en efecto, desde el primer semestre en aquel horrible colegio, había empezado a andar mal. Ahora era de nuevo lo que siempre había sido y podía mirar de frente otra vez. Y allí, en el campo de batalla, Aslan lo invistió caballero.

—¿Sabrá Edmundo —susurró Lucía a Susana— lo que Aslan hizo por él? ¿Sabrá realmente en qué consistió el acuerdo con la Bruja?

—¡Cállate! No. Por supuesto que no —dijo Susana.

—¿No debería saberlo? —preguntó Lucía.

—¡Oh, no! Seguro que no —dijo Susana—. Sería espantoso para él. Piensa en cómo te sentirías tú si fueras él.

—De todas maneras creo que debe saberlo —volvió a decir Lucía; pero, en ese momento, las niñas fueron interrumpidas.

Esa noche durmieron donde estaban. Cómo Aslan proporcionó comida para ellos, es algo que yo no sé; pero de una manera u otra, cerca de las ocho, todos se encontraron sentados en el pasto ante un gran té. Al día siguiente comenzaron la marcha hacia oriente, bajando por el lado del gran río. Y al otro día, cerca de la hora del té, llegaron a la desembocadura. El castillo de Cair Paravel, en su pequeña loma, sobresalía. Delante de ellos había arenales, rocas, pequeños charcos de agua salada, algas marinas, el olor del mar y largas millas de olas verde-azuladas, que rompían en la playa desde siempre. Y, ¡oh el grito de las gaviotas! ¿Lo han oído ustedes alguna vez? ¿Pueden recordarlo?

Esa tarde, después del té, los cuatro niños bajaron de nuevo a la playa y se sacaron los zapatos y los calcetines para sentir la arena entre sus dedos. Pero el día siguiente fue más solemne. Entonces, en el Gran Salón de Cair Paravel —aquel maravilloso salón con techo de marfil, con la puerta del oeste adornada con plumas de pavo real y la puerta del este que se abre directo al mar—, en presencia de todos sus amigos y al sonido de las trompetas, Aslan coronó solemnemente a los cuatro niños y los instaló en los cuatro tronos, en medio de gritos ensordecedores:

—¡Que viva por muchos años el rey Pedro! ¡Que viva por muchos años la reina Susana! ¡Que viva por muchos años el rey Edmundo! ¡Que viva por muchos años la reina Lucía!

—Una vez rey o reina en Narnia, eres rey o reina para siempre. ¡Séanlo con honor, Hijos de Adán! ¡Séanlo con honor, Hijas de Eva! —dijo Aslan.

A través de la puerta del este, que estaba abierta de par en par, llegaron las voces de los tritones y de las sirenas que nadaban cerca del castillo y cantaban en honor de sus nuevos Reyes y Reinas.

Los niños sentados en sus tronos, con los cetros en sus manos, otorgaron premios y honores a todos sus amigos: a Tumnus el Fauno, a los Castores, al Gigante Rumblebuffin, a los leopardos, a los buenos centauros, a los buenos enanos y al león. Esa noche hubo un gran festín en Cair Paravel, regocijo, baile, luces de oro, exquisitos vinos... Y como en respuesta a la música que sonaba dentro del castillo, pero más extraña, más dulce y más penetrante, llegaba hasta ellos la música de la gente del mar.

Mas en medio de todo este regocijo, Aslan se escabulló calladamente. Cuando los reyes y reinas se dieron cuenta de que él no estaba allí, no dijeron ni una palabra, porque el Castor les había advertido. «Él estará yendo y viniendo», les había dicho. «Un día ustedes lo verán, y otro, no. No le gusta estar atado... y, por supuesto, tiene que atender otros países. Esto es rigurosamente cierto. Aparecerá a menudo. Sólo que ustedes no deben presionarlo. Es salvaje: ustedes lo saben. No es como un león domesticado y dócil.»

Y ahora, como ustedes verán, esta historia está cerca (pero no enteramente) del final. Los dos reyes y las dos reinas de Narnia gobernaron bien y su reinado fue largo y feliz. En un comienzo, ocuparon la mayor parte del tiempo en buscar y destruir los últimos vestigios del ejército de la Bruja Blanca. Y, ciertamente, por un largo período hubo noticias de perversos sucesos furtivos en los lugares salvajes del bosque...: un fantasma aquí y una matanza allá; un hombre lobo al acecho un mes y el rumor de la aparición de una bruja, el siguiente. Pero al final toda esa pérfida raza se extinguió. Entonces ellos dictaron buenas leyes, conservaron la paz, salvaron a los árboles buenos de ser cortados innecesariamente, liberaron a los enanos y a los sátiros jóvenes de ser enviados a la escuela y, por lo general, detuvieron a los entrometidos y a los aficionados a interferir en todo, y animaron a la gente común que quería vivir y dejar vivir a los demás. En el norte de Narnia atajaron a los fieros gigantes (de muy diferente clase que el Gigante Rumblebuffin), cuando se aventuraron a través de la frontera. Establecieron amistad y alianza con países más allá del mar, les hicieron visitas de estado y, a la vez, recibieron sus visitas.

Y ellos mismos crecieron y cambiaron con el paso de los años. Pedro llegó a ser un hombre alto y robusto y un gran guerrero, y era llamado rey Pedro el Magnífico. Susana se convirtió en una esbelta y agraciada mujer, con un cabello color azabache que caía casi hasta sus pies; los reyes de los países más allá del mar comenzaron a enviar embajadores para pedir su mano en matrimonio. Era conocida como reina Susana la Dulce. Edmundo, un hombre más tranquilo y más solemne que su hermano Pedro, era famoso por sus excelentes consejos y juicios. Su nombre fue rey Edmundo el Justo. En cuanto a Lucía, fue siempre una joven alegre y de pelo dorado. Todos los príncipes de la vecindad querían que ella fuera su reina, y su propia gente la llamaba reina Lucía la Valiente.

Así, ellos vivían en medio de una gran alegría, y siempre que recordaban su vida en este mundo era sólo como cuando uno recuerda un sueño.

Un año sucedió que Tumnus (que ya era un fauno de mediana edad y comenzaba a engordar) vino río abajo y les trajo noticias sobre el Ciervo Blanco, que una vez más había aparecido en los alrededores... El Ciervo Blanco que te concedía tus deseos si lo cazabas. Por eso los dos reyes y las dos reinas, junto a los principales miembros de sus cortes, organizaron una cacería con cuernos y jaurías en los Bosques del Oeste para seguir al Ciervo Blanco. No hacía mucho que había comenzado la cacería cuando lo divisaron. Y él los hizo correr a gran velocidad por terrenos ásperos y suaves, a través de valles anchos y angostos, hasta que los caballos de todos los cortesanos quedaron agotados y sólo ellos cuatro pudieron continuar la persecución. Vieron al ciervo entrar en una espesura en la cual sus caballos no podían seguirlo. Entonces el rey Pedro dijo (porque ellos ahora, después de haber sido durante tanto tiempo reyes y reinas, hablaban de una forma completamente diferente).

—Honorables hermanos, descendamos de nuestros caballos y sigamos a esta bestia en la espesura, porque en toda mi vida he cazado una presa más noble.

—Señor —dijeron los otros—, aun así permítenos hacerlo.

Desmontaron, ataron sus caballos en los árboles y se internaron a pie en el espeso bosque. Y tan pronto como entraron allí, la reina Susana dijo:

—Honorables hermanos, aquí hay una gran maravilla. Me parece ver un árbol de hierro.

—Señora —dijo el rey Edmundo—, si usted lo mira con cuidado, verá que es un pilar de hierro con una linterna en lo más alto.

—¡Válgame Dios, qué extraño capricho! —dijo el rey Pedro—. Instalar una linterna aquí en esta espesura donde los árboles están tan juntos y son de tal altura, que si estuviera encendida no daría luz a hombre alguno.

—Señor —dijo la reina Lucía—. Probablemente, cuando este pilar y esta linterna fueron instalados aquí había árboles pequeños, o pocos, o ninguno. Porque el bosque es joven y el pilar de hierro es viejo.

Por algunos momentos permanecieron mirando todo esto. Luego, el rey Edmundo dijo:

—No sé lo que es, pero esta lámpara y este pilar me han causado un efecto muy extraño. La idea de que yo los he visto antes corre por mi mente, como si fuera en un sueño, o en el sueño de un sueño.

—Señor —contestaron todos—, lo mismo nos ha sucedido a nosotros.

—Aun más —dijo la reina Lucía—, no se aparta de mi mente el pensamiento de que si nosotros pasamos más allá de esta linterna y de este pilar, encontraremos extrañas aventuras o en nuestros destinos habrá un enorme cambio.

—Señora —dijo el rey Edmundo—, el mismo presentimiento se mueve en mi corazón.

—Y en el mío, hermano —dijo el rey Pedro.

—Y en el mío también —dijo la reina Susana—. Por eso mi consejo es que regresemos rápidamente a nuestros caballos y no continuemos en la persecución del Ciervo Blanco.

—Señora —dijo el rey Pedro—, en esto le ruego a usted que me excuse. Pero, desde que somos reyes de Narnia, hemos acometido muchos asuntos importantes, como batallas, búsquedas, hazañas armadas, actos de justicia y otros como éstos, y siempre hemos llegado hasta el fin. Todo lo que hemos emprendido lo hemos llevado a cabo.

—Hermana —dijo la reina Lucía—, mi real hermano habla correctamente. Me avergonzaría si por cualquier temor o presentimiento nosotros renunciáramos a seguir en una tan noble cacería como la que ahora realizamos.

—Yo estoy de acuerdo —dijo el rey Edmundo—. Y deseo tan intensamente averiguar cuál es el significado de esto, que por nada volvería atrás, ni por la joya más rica y preciada en toda Narnia y en todas las islas.

—Entonces en el nombre de Aslan —dijo la reina Susana—, si todos piensan así, sigamos adelante y enfrentemos el desafío de esta aventura que caerá sobre nosotros.

Así fue como estos reyes y reinas entraron en la espesura del bosque, y antes de que caminaran una veintena de pasos, recordaron que lo que ellos habían visto era el farol, y antes de que avanzaran otros veinte, advirtieron que ya no caminaban entre ramas de árboles sino entre abrigos. Y un segundo después, todos saltaron a través de la puerta del ropero al cuarto vacío, y ya no eran reyes y reinas con sus atavíos de caza, sino sólo Pedro, Susana, Edmundo y Lucía en sus antiguas ropas. Era el mismo día y la misma hora en que ellos entraron al ropero para esconderse. La señora Macready y los visitantes hablaban todavía en el pasillo; pero afortunadamente nunca entraron en el cuarto vacío y los niños no fueron sorprendidos.

Éste hubiera sido el verdadero final de la historia si no fuera porque ellos sintieron que tenían la obligación de explicar al Profesor por qué faltaban cuatro abrigos en el ropero. El Profesor, que era un hombre extraordinario, no exclamó «no sean tontos» o «no cuenten mentiras», sino que creyó la historia completa.

—No —les dijo—, no creo que sirva de nada tratar de volver a través de la puerta del ropero para traer los abrigos. Ustedes no entrarán nuevamente a Narnia por *ese* camino. Y si lo hicieran, los abrigos ahora ya no sirven de mucho. ¿Eh? ¿Qué dicen? Sí, por supuesto que volverán a Narnia algún día. Una vez rey de Narnia, eres rey para siempre. Pero no pueden usar la misma ruta otra vez.

Realmente *no traten*, de ninguna manera, de llegar hasta allá. Eso sucederá cuando menos lo piensen. Y *no* hablen demasiado sobre esto, ni siquiera entre ustedes. No se lo mencionen a nadie más, a menos que descubran que se trata de alguien que ha tenido aventuras similares. ¿Qué dicen? ¿Que cómo lo sabrán? ¡Oh! Ustedes lo *sabrán* con certeza. Las extrañas cosas que ellos dicen —incluso sus apariencias— revelarán el secreto. Mantengan los ojos abiertos. ¡Dios mío!, ¿qué les enseñan en esos colegios?

Y éste es el verdadero final de las aventuras del ropero. Pero si el Profesor estaba en lo cierto, éste sólo sería el comienzo de las aventuras en Narnia.

El Caballo y el
Muchacho

Mt. Pire

Anvard

narrow gorge

DESERT

Rock

El Caballo y el Muchacho

Índice

PARA DAVID Y DOUGLAS GRESHAM

Capítulo uno

Shasta emprende un viaje

Éste es el relato de una aventura que sucedió en Narnia y Calormen, y en los territorios situados entre ambos países, en la época dorada, cuando Peter era Sumo Monarca de Narnia y su hermano y sus dos hermanas eran rey y reinas bajo su gobierno.

En aquellos tiempos, en una pequeña ensenada situada casi en el extremo sur de Calormen, vivía un pobre pescador llamado Arsheesh, y con él vivía un muchacho que lo llamaba padre. El nombre del muchacho era Shasta. Casi todos los días Arsheesh salía en su bote a pescar por la mañana, y por la tarde enganchaba su asno a un carro, cargaba el carro de pescado y recorría casi dos kilómetros en dirección sur hasta el pueblo para venderlo. Si había conseguido que se lo compraran a buen precio, regresaba a casa más o menos de buen humor y no le decía nada a Shasta, pero si no había obtenido las ganancias esperadas, se dedicaba a censurar todo lo que el muchacho hacía y a veces incluso le pegaba. Siempre había algo que criticar ya que Shasta tenía trabajo en abundancia: reparar y lavar las redes, preparar la cena y limpiar la cabaña en la que ambos vivían.

Shasta no sentía el menor interés por lo que estaba situado al sur de su hogar porque en una o dos ocasiones había estado en el pueblo con Arsheesh y sabía que allí no había nada interesante. En el pueblo sólo encontraba a otros hombres que eran iguales a su padre: hombres con largas túnicas sucias, zapatos de madera con las puntas vueltas hacia arriba, turbantes en las cabezas y el rostro barbudo, que hablaban entre sí muy despacio sobre cosas que parecían aburridas. Sin embargo, sí le atraía en gran medida todo lo que se encontraba al norte, porque nadie iba jamás en aquella dirección y a él tampoco le permitían hacerlo. Cuando estaba sentado en el exterior remendando redes, y totalmente solo, a menudo dirigía ansiosas miradas en aquella dirección. No se veía nada, a excepción de una ladera cubierta de hierba que se alzaba hasta una loma baja y, más allá, el cielo y tal vez unas cuantas aves en él.

En ocasiones, si Arsheesh estaba allí, Shasta decía:

—Padre mío, ¿qué hay al otro lado de la colina?

Y entonces, si estaba de malhumor, el pescador abofeteaba al muchacho y le decía que fuera a ocuparse de su trabajo. O, si se hallaba de un humor apacible, respondía:

—Hijo mío, no permitas que tu mente se distraiga con preguntas ociosas. Pues uno de los poetas ha dicho: «La dedicación al trabajo es la base de la prosperidad, pero aquellos que hacen preguntas que no les conciernen están dirigiendo la nave del desatino hacia la roca de la indigencia».

Shasta pensaba que al otro lado de la colina debía de existir algún magnífico secreto que su padre deseaba ocultarle. En realidad, no obstante, el pescador hablaba de aquel modo porque no sabía qué había al norte; ni le importaba. Poseía una mentalidad muy práctica.

Un día llegó del sur un extranjero que no se parecía a ningún hombre que Shasta hubiera visto antes. Montaba un recio caballo tordo de ondulantes crines y cola, y sus estribos y brida estaban adornados con incrustaciones de plata. La púa de un yelmo sobresalía de la parte central de su turbante de seda y llevaba una cota de malla. De su costado pendía una curva cimitarra; un escudo redondo tachonado con adornos de cobre colgaba a su espalda, y su mano derecha sujetaba una lanza. Su rostro era oscuro, pero eso no sorprendió a Shasta porque el de todos los habitantes de Calormen lo era; lo que sí lo sorprendió fue la barba del desconocido, que estaba teñida de color carmesí, y era rizada y relucía bañada en aceite perfumado. No obstante, Arsheesh sí sabía, por el oro que el extranjero lucía en el brazo desnudo, que se trataba de un tarkaan o gran señor y se inclinó arrodillándose ante él hasta que su barba tocó la tierra, e hizo señas a Shasta para que se arrodillara también.

El desconocido exigió hospitalidad para aquella noche, cosa que, desde luego, el pescador no se atrevió a negar. Todo lo mejor que tenían fue colocado ante el tarkaan para que cenara, aunque a éste no le pareció gran cosa, y como sucedía siempre que el pescador tenía compañía, a Shasta le dieron un pedazo de pan y lo echaron de la cabaña. En ocasiones como aquélla el niño acostumbraba a dormir con el asno en su pequeño establo de tejado de paja; pero era aún muy temprano para irse a dormir, y Shasta, al que jamás habían enseñado que estaba mal escuchar detrás de las puertas, se sentó en el suelo con la oreja pegada a una rendija de la pared de madera de la cabaña para escuchar lo que hablaban los adultos. Y esto fue lo que oyó:

—Y ahora, anfitrión mío —dijo el tarkaan—, me gustaría comprar a ese chico tuyo.

—Pero mi señor —respondió el pescador; y Shasta adivinó por su tono zalamero la expresión codiciosa que probablemente estaría apareciendo en su rostro mientras lo decía—, ¿qué precio podría inducir a este siervo vuestro a vender como esclavo a su único hijo y carne de su carne? ¿Acaso no ha dicho uno de los poetas: «El afecto innato es más fuerte que la sopa y la progenie, más preciosa que los rubíes»?

—Así es —respondió el invitado con sequedad—, pero otro poeta ha dicho también: «Aquel que intenta engañar al juicioso desnuda al hacerlo la propia espalda para el látigo». No cargues tu anciana boca con falsedades. Está bien claro que este muchacho no es hijo tuyo, pues tus mejillas son tan negras como las mías mientras que el muchacho es rubio y blanco como los odiosos pero hermosos bárbaros que habitan en el lejano norte.

—¡Qué bien se ha dicho —respondió el pescador— que las espadas pueden mantenerse alejadas mediante escudos pero que el ojo de la sabiduría atraviesa todas las defensas! Debéis saber entonces, mi formidable invitado, que debido a mi extrema pobreza no me he casado jamás y no tengo hijos. Pero en aquel mismo año en que el Tisroc, que viva eternamente, inició su augusto y benéfico reinado, una noche en que la luna estaba llena, complació a los dioses privarme de mi sueño. Por consiguiente me alcé de mi lecho en esta casucha y fui a la playa para refrescarme contemplando el agua y la luna y respirando el aire fresco. Al poco tiempo escuché un ruido como de remos que se acercaban hacia mí por el agua y luego, como si dijéramos, un débil grito. Y poco después, la marea llevó a tierra un pequeño bote en el que no había más que un hombre flaco por el hambre y la sed extremas que parecía recién fallecido, pues aún estaba caliente, y junto a él, un odre vacío y un niño todavía vivo. «Sin duda —me dije—, estos desdichados han escapado del naufragio de un gran barco, pero por los admirables designios de los dioses, el mayor se ha dejado morir de hambre para mantener al niño con vida y ha perecido al avistar tierra.» En consecuencia, recordando que los dioses nunca dejan de recompensar a aquellos que ayudan a los menesterosos, e impulsado por la compasión, pues vuestro siervo es un hombre de corazón tierno...

—Omite todas estas palabras fútiles en tu propia alabanza —interrumpió el tarkaan—. Ya es suficiente con saber que te llevaste al niño, y has obtenido de él, en trabajo, diez veces el valor del pan que consume cada día, como cualquiera puede ver. Y ahora dime inmediatamente qué precio le pones, pues estoy cansado de tu locuacidad.

—Vos mismo habéis dicho muy sabiamente —respondió Arsheesh— que el trabajo del muchacho me ha sido de un valor incalculable. Esto debe tomarse en cuenta en el momento de fijar el precio; pues si vendo al muchacho tendré sin duda que comprar o alquilar a otro para que realice su trabajo.

—Te daré quince mediaslunas por él —dijo el tarkaan.

—¡Quince! —exclamó Arsheesh con una voz que era una mezcla de gimoteo y alarido—. ¡Quince! ¡Por el puntal de mi vejez y deleite de mis ojos! No os burléis de mi barba gris, por muy tarkaan que seáis. Mi precio es setenta.

En aquel punto Shasta se puso en pie y se marchó de puntillas. Había oído todo lo que deseaba, pues a menudo había escuchado cuando los hombres regateaban en el pueblo y sabía cómo se llevaba a cabo. Estaba seguro de que Arsheesh lo vendería finalmente por una cantidad mucho mayor que quince mediaslunas y mucho menor que setenta, pero que él y el tarkaan tardarían horas en alcanzar un acuerdo.

No debes imaginar que Shasta se sentía en absoluto como tú o yo nos sentiríamos si acabáramos de oír por casualidad a nuestros padres hablando de vendernos como esclavos. En primer lugar, su vida no era mucho mejor que la de un esclavo; por lo que él sabía, el noble extranjero que montaba aquel magnífico caballo bien podría ser más bondadoso con él que Arsheesh. Por otra parte, el relato sobre cómo había sido encontrado en el bote lo había llenado de emoción y le había proporcionado una sensación de alivio. Siempre se había sentido inquieto porque, por mucho que lo intentara, jamás había podido querer al pescador, y sabía que un muchacho debía amar a su padre. Y ahora, al parecer, resultaba que no estaba en absoluto emparentado con Arsheesh, lo que le quitó un gran peso de encima.

«¡Vaya, pues si podría ser cualquiera! —pensó—. ¡Podría ser el hijo de un tarkaan... o el hijo del Tisroc, que viva eternamente... o de un dios!»

Mientras pensaba en todo aquello permanecía de pie, inmóvil, en la zona cubierta de hierba situada frente a la cabaña. El crepúsculo descendía rápidamente y una estrella o dos brillaban ya, pero los restos de la puesta de sol aún podían contemplarse en el oeste. No muy lejos, el caballo del forastero pastaba atado holgadamente a una argolla de hierro sujeta a la pared del establo del asno. Shasta fue hasta él y le palmeó el cuello. El animal siguió arrancando hierba sin prestarle ninguna atención.

Entonces otra idea pasó por la mente del muchacho.

—Me pregunto qué clase de hombre es ese tarkaan —dijo en voz alta—. Sería espléndido si fuera amable. Algunos de los esclavos de la casa de un gran señor no tienen prácticamente nada que hacer, y visten con ropas preciosas y comen carne a diario. Tal vez me llevaría a la guerra y yo le salvaría la vida en una batalla. Entonces él me concedería la libertad, me adoptaría como hijo suyo y me daría un palacio, una cuadriga y una armadura. Claro que también podría ser un hombre horriblemente cruel. Podría enviarme a trabajar a los campos encadenado. Ojalá lo supiera. ¿Cómo puedo saberlo? Seguro que el caballo lo sabe, si al menos pudiera decírmelo.

El caballo alzó la cabeza, y Shasta le acarició el hocico, suave como la seda, mientras decía:

—Ojalá pudieras hablar, amigo.

Y entonces por un segundo le pareció estar soñando, pues con toda claridad, aunque en voz baja, el animal respondió:

—¡Claro que puedo!

Shasta clavó la mirada en los enormes ojos del animal y los suyos se abrieron hasta volverse casi igual de grandes, debido a la sorpresa.

—¿Cómo has aprendido a hablar?

—¡Chist! No tan fuerte —respondió el caballo—. En el lugar del que yo vengo, casi todos los animales hablan.

—¿Dónde está eso? —inquirió Shasta.

—En Narnia —respondió él—. El feliz país de Narnia; Narnia, la de las montañas cubiertas de brezos y las colinas llenas de tomillo; Narnia, la de los muchos ríos, las cañadas cenagosas, las cavernas llenas de musgo y los espesos bosques en los que resuenan los martillos de los enanos. ¡Ay, la dulce brisa de Narnia! Una hora de vida allí es mucho mejor que mil años en Calormen. —Finalizó su declaración con un relincho que sonó muy parecido a un suspiro.

—¿Cómo llegaste aquí?

—Fui secuestrado —respondió el caballo—, o robado o capturado, como prefieras llamarlo. Entonces no era más que un potro. Mi madre me advirtió que no vagara por la laderas meridionales, que conducen al interior de Archenland y más allá, pero no le hice caso. Y por la Melena del León que he pagado por mi insensatez. Durante todos estos años he sido esclavo de los humanos, ocultando mi auténtica naturaleza y fingiendo ser mudo y bobo como sus caballos.

—¿Por qué no les dijiste quién eras?

—No soy tonto, ése es el motivo. Si hubieran descubierto en algún momento que sabía hablar me habrían exhibido en ferias y custodiado con más cuidado que nunca. Mi última esperanza de huir habría desaparecido.

—¿Y por qué...? —empezó Shasta, pero el caballo lo interrumpió.

—Mira —dijo—, no debemos malgastar tiempo en preguntas ociosas. Quieres averiguar cosas sobre mi amo el tarkaan Anradin. Bueno, pues es malo. No muy malo conmigo, pues un caballo de guerra cuesta demasiado para que lo traten muy mal. No obstante, sería mucho mejor para ti morir esta noche que partir mañana para convertirte en un esclavo humano en su casa.

—En ese caso será mejor que huya —declaró Shasta, palideciendo por el terror.

—Sí, será lo mejor —indicó el caballo—; pero ¿por qué no huyes conmigo?

—¿Vas a huir también?

—Sí, si vienes conmigo —respondió el corcel—. ¡Es nuestra oportunidad! Verás, si huyo sin un jinete, todos los que me vean dirán «un caballo perdido» y saldrán en mi persecución a toda velocidad. Con un jinete tengo posibilidades de conseguirlo. Ahí es donde puedes ayudarme. Por otra parte, tú no puedes llegar muy lejos con esas dos absurdas piernas tuyas, pues ¡hay que ver qué patas tan absurdas tenéis los humanos!, sin que te alcancen. Sin embargo, montado en mí puedes dejar atrás a cualquier otro caballo de este país. Ahí es donde puedo ayudarte yo. A propósito, ¿supongo que sabes montar?

—Sí, desde luego —respondió él—. Al menos he montado en el asno.

—¿Montado en «qué»? —replicó el caballo con sumo desdén.

Eso fue, al menos, lo que intentó transmitir, aunque en realidad surgió en forma de una especie de relincho: «¿Montado en quéeeee?», pues los caballos parlantes siempre adquieren un acento más «caballuno» cuando se enojan.

—En otras palabras —prosiguió—: no sabes montar. Eso es un inconveniente. Tendré que enseñarte mientras nos movemos. Si no sabes montar, ¿sabes caer por lo menos?

—Supongo que cualquiera sabe caer.

—Me refiero a si sabes caer y levantarte sin llorar y volver a montar y volver a caer pero no tener miedo a caerte de nuevo.

—Lo... lo intentaré —respondió Shasta.

—Pobre chiquillo —dijo el caballo en un tono más afable—. Olvido que no eres más que un potro. Con el tiempo llegaremos a convertirte en un magnífico jinete. Y ahora, no debemos ponernos en marcha hasta que esos dos de la cabaña duerman. Entretanto podemos hacer nuestros planes. Mi tarkaan va de camino al norte, hacia la gran ciudad, hacia la misma Tashbaan y la corte del Tisroc...

—Vaya —intervino Shasta en un tono de voz más bien escandalizado—, ¿no deberías añadir «que viva eternamente»?

—¿Por qué? —inquirió el otro—. Soy un narniano libre. ¿Por qué debería hablar como hablan los esclavos y los estúpidos? No deseo que viva para siempre, y sé que no va a vivir eternamente, tanto si yo lo deseo como si no. Y observo que también tú procedes de las tierras libres del norte. ¡Se acabó esa jerga del sur entre tú y yo! Y ahora, de vuelta a nuestros planes. Como dije, mi humano va de camino al norte, a Tashbaan.

—¿Significa eso que sería mejor que fuéramos hacia el sur?

—Creo que no. Verás, cree que soy mudo y bobo como sus otros caballos. Ahora bien, si realmente lo fuera, en cuanto estuviera suelto regresaría a casa, a mi establo y cercado, de vuelta a su palacio, que se encuentra a dos días de viaje hacia el sur. Ahí es donde me buscará. Jamás imaginará que haya podido marchar al norte por iniciativa propia; y, de todos modos, probablemente pensará que alguien del último pueblo que lo vio pasar nos ha seguido hasta aquí y me ha robado.

—¡Es magnífico! —exclamó Shasta—. Entonces iremos hacia el norte. He anhelado ir al norte toda mi vida.

—No me extraña —respondió el caballo—. Eso se debe a la sangre que llevas dentro. Estoy seguro de que perteneces al norte. Pero no hablemos demasiado fuerte. Creo que no tardarán en dormirse.

—Será mejor que regrese sigilosamente y eche un vistazo —sugirió Shasta.

—Buena idea; pero ten cuidado de que no te atrapen.

Estaba mucho más oscuro ya y reinaba un gran silencio, excepto por el sonido de las olas sobre la playa, que Shasta apenas percibía debido a que lo había oído día y noche desde que era capaz de recordar. Cuando se acercó a la cabaña, no se veía en ella ninguna luz; tampoco oyó sonido alguno. Dio la vuelta hasta la única ventana y allí captó, tras un segundo o dos, el familiar sonido del chirriante ronquido del anciano pescador. Resultaba gracioso pensar que si todo salía bien no tendría que volver a oírlo jamás. Conteniendo la respiración y sintiéndose un poco triste, aunque la tristeza era mucho menor que la alegría que experimentaba, Shasta se alejó con sigilo sobre la hierba y fue hasta el establo del asno, tanteó la pared hasta localizar el lugar donde sabía que estaba oculta la llave, abrió la puerta y localizó la silla y brida del caballo, que se habían depositado allí hasta el día siguiente. Inclinándose al frente, besó el hocico del asno.

—Siento que no podamos llevarte con nosotros —dijo.

—Por fin has llegado —lo reprendió el caballo cuando el muchacho regresó junto a él—. Empezaba a preguntarme qué te había sucedido.

—Estaba sacando tus cosas del establo —respondió él—. Y ahora, ¿puedes decirme cómo colocarlas?

Durante los minutos siguientes Shasta estuvo ocupado en aquella tarea, trabajando con sumo cuidado para evitar tintineos, mientras el caballo le daba instrucciones tales como: «Tensa esa cincha un poco más», o «Encontrarás una hebilla un poco más abajo», o «Tendrás que acortar bastante esos estribos». Cuando hubo terminado le indicó:

—Bien; tendremos que poner las riendas para aparentar, pero no las usarás. Átalas al arzón: muy flojas para que pueda hacer lo que quiera con la cabeza. Y, recuerda: no debes tocarlas.

—¿Para qué son, entonces? —inquirió Shasta.

—Por lo general para guiarme —respondió él—; pero como pienso ser yo el guía en este viaje, te agradeceré que mantengas las manos quietas. Y una cosa más: no pienso permitir que te agarres a mis crines.

—Pero si no puedo sujetarme a las riendas ni a tus crines, ¿cómo voy a aguantarme?

—Sujétate con las rodillas —respondió el caballo—. Ése es el secreto de la buena equitación. Agarra mi cuerpo entre tus rodillas con tanta fuerza como puedas; siéntate bien recto, tieso como un palo; mantén los codos pegados al cuerpo. Y a propósito, ¿qué has hecho con las espuelas?

—Ponérmelas en los tacones, claro —dijo Shasta—. Eso sí lo sé.

—En ese caso, ya te las puedes quitar y guardarlas en la alforja. Tal vez podamos venderlas cuando lleguemos a Tashbaan. ¿Listo? Ahora creo que ya puedes montar.

—¡Vaya! Eres tremendamente alto —jadeó Shasta tras su primer e infructuoso intento.

—Soy un caballo, eso es todo —fue la repuesta que recibió—. Pero ¡cualquiera pensaría que soy un pajar por el modo en que intentas subirte a mí! Ya, eso está mejor. Ahora siéntate con la espalda recta y recuerda lo que te he dicho sobre las rodillas. ¡Resulta gracioso pensar que yo, que he conducido cargas de caballería y ganado carreras, lleve a un saco de avena como tú sobre la silla! De todos modos, ahí vamos. —Rió por lo bajo, aunque no con rudeza.

Y hay que reconocer que inició su viaje nocturno con gran cautela. En primer lugar se dirigió al sur de la cabaña del pescador, hasta el riachuelo que se introducía en el mar, y tuvo buen cuidado de dejar en el barro unas cuantas marcas de cascos muy claras que señalaran al sur. No obstante, en cuanto se hallaron en el centro del vado giró corriente arriba y vadeó hasta que estuvieron a unos cien metros tierra adentro más allá de la cabaña. Entonces seleccionó un trecho de orilla lleno de grava en el que no se marcarían las huellas de su paso y salió del agua por el lado norte. A continuación, todavía al paso, marchó en esa dirección hasta que la cabaña, el solitario árbol, el establo del asno y la cala —de hecho, todo lo que Shasta había conocido en su vida— desaparecieron de la vista bajo la gris oscuridad de la noche veraniega. Habían estado yendo cuesta arriba y se encontraban ya en lo alto de la loma; la loma que había sido siempre la frontera del mundo que Shasta conocía. No pudo ver qué había al frente, excepto que era un vasto terreno de campo abierto y cubierto de pastos. Parecía infinito: salvaje, solitario y libre.

—¡Vaya! —comentó el caballo—. Tremendo lugar para un galope, ¿eh?

—Espera un poco —protestó Shasta—. Aún no. No sé cómo... por favor, caballo. No sé cómo te llamas.

—Breejy-jinny-brinny-joojy-ja —respondió él.

—Jamás conseguiré decir eso —dijo el muchacho—. ¿Puedo llamarte Bree?

—Bueno, si es lo único que sabes decir, ¡qué le vamos a hacer! Y ¿cómo tengo que llamarte yo?

—Mi nombre es Shasta.

—Hum —repuso Bree—. Pues vaya, ese sí que es un nombre difícil de pronunciar. Pero hablemos del galope. Es mucho más fácil que trotar si sabes cómo hacerlo; no tienes que ir rebotando sobre la silla. Aprieta las rodillas y mantén los ojos justo al frente por entre mis orejas. No mires al suelo. Si te parece que te vas a caer, limítate a apretar las rodillas con más fuerza y a sentarte más erguido. ¿Listo? Ahora: hacia Narnia y el norte.

Capítulo dos

Una aventura en el camino

Era casi mediodía del día siguiente cuando a Shasta lo despertó algo caliente y blando que se movía sobre su rostro. Abrió los ojos y se topó de bruces con el rostro alargado de un caballo; el hocico y los labios del animal casi lo tocaban. Recordó los emocionantes acontecimientos de la noche anterior y se sentó en el suelo; pero al hacerlo profirió un gemido.

—Uf, Bree —jadeó—, estoy dolorido. Me duele todo el cuerpo. Apenas puedo moverme.

—Buenos días, pequeño —dijo Bree—. Ya temía que pudieras sentirte un poco entumecido. No puede ser por las caídas. No caíste más de una docena de veces, y siempre sobre deliciosa, suave y mullida hierba en la que caer casi debió de ser un placer. Además, la única que podría haber sido molesta la paró aquel matorral de aulagas. No: es montar en sí lo que resulta más duro al principio. ¿Qué tal algo de desayuno? Yo ya he tomado el mío.

—¡A quién le importa el desayuno! No estoy de humor para nada —respondió Shasta—. Te digo que no puedo moverme.

Pero el caballo fue dándole suaves golpecitos con el hocico y un casco hasta que se vio obligado a levantarse. Y entonces miró a su alrededor y vio dónde estaban. A su espalda se extendía un bosquecillo; ante ellos el pastizal, salpicado de flores blancas, descendía hasta la cresta de un acantilado. A lo lejos, por debajo de ellos, de modo que el sonido del romper de las olas llegaba muy amortiguado, estaba el mar. Shasta no lo había contemplado jamás desde tal altura y tampoco había visto tal extensión de él, ni imaginado los muchos colores que tenía. A ambos lados, la costa se perdía en la lejanía, promontorio tras promontorio, y en algunos puntos se veía cómo la blanca espuma corría sobre las rocas pero sin hacer ningún ruido debido a la distancia a la que se hallaba. En lo alto

213

volaban las gaviotas y el calor se estremecía a ras de suelo; era un día deslumbrante. Sin embargo, lo que el muchacho advirtió principalmente fue el aire. No se le ocurría qué faltaba, hasta que por fin se dio cuenta de que no olía a pescado. Pues desde luego, ni en la cabaña ni entre las redes había estado jamás lejos de aquel olor. Y aquel aire nuevo resultaba tan delicioso, y toda su antigua vida parecía tan lejana, que olvidó por un momento las magulladuras y los músculos doloridos y dijo:

—Oye, Bree, ¿qué decías sobre el desayuno?

—Ah, sí —respondió éste—. Creo que encontrarás algo en las alforjas. Están ahí, en aquel árbol, donde las colgaste anoche... o más bien a primera hora de esta mañana.

Investigaron las alforjas y los resultados fueron prometedores; una empanada de carne, sólo ligeramente rancia, un bloque de higos secos y otro de queso, un frasquito de vino y algo de dinero; unas cuarenta mediaslunas en total, lo que era más de lo que Shasta había visto jamás.

Mientras el muchacho se sentaba —dolorosa y cautelosamente— con la espalda recostada en un árbol y empezaba con la empanada, Bree tomó unos cuantos bocados más de hierba para hacerle compañía.

—¿No será «robar» utilizar el dinero? —preguntó Shasta.

—Vaya —dijo el caballo, alzando la cabeza con la boca llena de hierba—. No se me había ocurrido. Ni los caballos libres ni los caballos parlantes deben robar, desde luego. Pero no creo que esto sea hacerlo. Somos prisioneros y cautivos en territorio enemigo. Ese dinero es un botín, un botín de guerra. Además ¿cómo vamos a conseguir comida para ti sin él? Supongo que, como todos los humanos, no comes comida natural como hierba y avena.

—No.

—¿Las has probado alguna vez?

—Sí, una. No consigo tragar la hierba. Tú tampoco podrías si fueras yo.

—Vosotros los humanos sois unas criaturas raras —comentó Bree.

Cuando Shasta hubo finalizado su desayuno —que fue de lejos el mejor que había comido—, Bree indicó:

—Creo que me daré un buen revolcón antes de que vuelvas a colocarme esa silla. —Y procedió a hacerlo—. Fantástico. Realmente fantástico —declaró, frotándose la espalda contra la hierba mientras agitaba las cuatro patas en el aire—. Tú también deberías darte uno, Shasta —resopló—. Resulta de lo más placentero.

—¡Qué gracioso resultas tumbado sobre el lomo! —exclamó Shasta, echándose a reír.

—No estoy de acuerdo —declaró Bree.

Pero a continuación rodó sin más sobre un costado, alzó la cabeza y miró con fijeza al muchacho, resoplando ligeramente.

—¿Esto te parece gracioso? —inquirió con voz ansiosa.

—Sí, sí me parece —respondió Shasta—, pero ¿qué importa eso?

—¿Acaso crees que es algo que los caballos parlantes no hacen nunca?... ¿Un truco bobo y torpe que he aprendido de los caballos mudos? Resultaría espantoso descubrir, cuando regrese a Narnia, que he adquirido una gran cantidad de costumbres vulgares y malas. ¿Qué crees tú, Shasta? Dilo con toda franqueza. No intentes evitar herir mis sentimientos. ¿Crees que los auténticos caballos libres, los que hablan, se revuelcan?

—¿Cómo podría saberlo? De todos modos, yo en tu lugar no me preocuparía por eso. Primero hemos de llegar allí. ¿Conoces el camino?

—Sé llegar hasta Tashbaan. Después está el desierto. Ya nos las arreglaremos allí, no temas. Porque entonces tendremos las montañas septentrionales a la vista. ¡Piénsalo! ¡Narnia y el norte nos esperan! Nada nos detendrá, aunque me alegraré cuando hayamos dejado atrás Tashbaan. Tú y yo estamos más seguros lejos de las ciudades.

—¿No podemos esquivarla?

—No sin recorrer un buen trecho tierra adentro, y eso nos conduciría a campos de cultivo y carreteras principales; y no sabría por dónde ir. No, lo que haremos será ir siguiendo tranquilamente la línea de la costa. Aquí arriba, en los valles, sólo encontraremos ovejas, conejos, gaviotas y unos pocos pastores. Y a propósito, ¿qué tal si nos ponemos en marcha?

A Shasta le dolían horrores las piernas mientras ensillaba a Bree y montaba, pero el caballo se mostró amable con él y avanzó a un paso tranquilo toda la tarde. Cuando llegó el atardecer descendieron siguiendo escarpados senderos hasta el interior de un valle y encontraron un pueblo. Antes de llegar a él Shasta desmontó y entró a pie para comprar una hogaza de pan, algunas cebollas y rábanos. El caballo dio un rodeo por los campos de cultivo bajo el crepúsculo y se reunió con Shasta en el otro extremo. Aquello se convirtió en su plan de acción habitual cada dos noches.

Fueron días magníficos para Shasta, y cada uno era mejor que el anterior, a medida que sus músculos se endurecían y se caía con menor frecuencia; de todos modos, incluso al final de su adiestramiento Bree siguió diciendo que montaba igual que un saco de harina.

—Incluso aunque fuera seguro, jovencito, me avergonzaría que me vieran contigo en el camino principal.

A pesar de sus rudas palabras, Bree era un maestro paciente. Nadie puede enseñar a montar tan bien como un caballo, y Shasta aprendió a trotar, a ir a medio galope, a saltar y a mantenerse en la silla incluso cuando Bree frenaba en seco o giraba inesperadamente a la izquierda o la derecha; lo que, como le indicó el caballo, era algo que uno podía tener que hacer en cualquier momento en una batalla. Y entonces, claro, Shasta quiso saber cosas sobre las batallas y las guerras en las que Bree había llevado sobre su lomo al tarkaan. El corcel le habló de marchas forzadas y ríos veloces que había tenido que vadear, de cargas y feroces combates entre caballerías en los que los caballos de guerra peleaban igual que los hombres, pues eran todos fieros sementales, adiestrados para morder y cocear, y alzarse en el momento adecuado de modo que el peso del caballo así como el del jinete cayeran sobre la cimera del enemigo en el momento de asestar un golpe con la espada o el hacha de guerra. Sin embargo, el caballo no deseaba hablar sobre las batallas tan a menudo como quería Shasta.

—No hables de ellas, jovencito —acostumbraba a decir—. Son sólo las guerras del Tisroc y luché en ellas como una bestia esclava y bobalicona. ¡Dame las guerras narnianas en las que pelearé como caballo libre entre mi propia gente! ¡Ésas serán guerras dignas de mención. ¡Narnia y el norte! ¡Bra-ja-ja! ¡Bro-jójo!

Shasta no tardó en aprender que, cuando Bree hablaba de aquel modo, debía prepararse para un galope.

Después de haber viajado durante semanas y más semanas, dejando atrás más bahías, cabos, ríos y pueblos de los que Shasta era capaz de recordar, llegó una noche iluminada por la luz de la luna en la que iniciaron el viaje tras ponerse el sol, y haber dormido durante el día. Habían dejado atrás las lomas y atravesaban una extensa llanura con un bosque a una distancia de un kilómetro a su izquierda. El mar, oculto por bajas dunas de arena, se hallaba aproximadamente a la misma distancia a su derecha. Llevaban más o menos una hora de paso tranquilo, trotando en ocasiones y otras al paso, cuando Bree se detuvo de repente.

—¿Qué sucede? —preguntó Shasta.

—¡Chist! —ordenó el caballo, estirando el cuello para mirar hacia atrás al tiempo que agitaba las orejas—. ¿Has oído algo? Escucha.

—Parece otro caballo; entre nosotros y el bosque —indicó Shasta después de haber aguzado el oído durante un minuto.

—Sí que es otro caballo —corroboró Bree—. Y eso es lo que no me gusta.

—¿No será un granjero que regresa tarde a casa? —sugirió el muchacho con un bostezo.

—Pero ¿qué dices? —exclamó Bree—. No puede ser un granjero a caballo. Tampoco se trata del caballo de un granjero. ¿No lo distingues por el sonido? Ese caballo tiene categoría. Y lo monta un auténtico jinete. Te diré lo que es, Shasta. Hay un tarkaan en el linde de ese bosque. Y no va montado en un caballo de guerra; suena demasiado ligero para serlo. Va en una yegua purasangre, diría yo.

—Bueno, pues sea lo que sea acaba de detenerse.

—Tienes razón —concedió el corcel—. Y ¿por qué tendría que detenerse justo cuando nosotros lo hacemos? Shasta, amigo mío, creo que nos sigue alguien.

—¿Qué haremos? —inquirió el muchacho en un susurro más tenue que antes—. ¿Crees que puede vernos además de oírnos?

—No con esta luz, siempre y cuando nos mantengamos quietos —respondió Bree—. Pero ¡mira! Se está acercando una nube. Aguardaré hasta que cubra la luna, y entonces marcharemos hacia la derecha tan silenciosamente como podamos, para descender hasta la playa. En el peor de los casos podemos ocultarnos entre las dunas.

Aguardaron hasta que la nube tapó la luna y entonces, primero al paso y luego a un suave trote, se encaminaron hacia la orilla.

La nube era mayor y más espesa de lo que parecía al principio y la noche no tardó en tornarse terriblemente oscura. Justo cuando Shasta se decía para sí: «Ya debemos de estar cerca de aquellas dunas», el corazón le dio un vuelco debido a que un sonido horroroso se había alzado de la oscuridad ante ellos; un largo rugido, melancólico y totalmente salvaje. Bree se desvió a un lado sin pensarlo dos veces y empezó a galopar tierra adentro otra vez con todas sus fuerzas.

—¿Qué es? —jadeó Shasta.

—¡Leones! —respondió el caballo, sin aminorar el paso ni volver la cabeza.

Después de aquello ya no hubo más que un frenético galope durante algún tiempo. Finalmente chapotearon a través de un ancho arroyo poco profundo y Bree fue a detenerse en el otro lado. Shasta se dio cuenta de que temblaba y sudaba de pies a cabeza.

—Esa agua tal vez le haya hecho perder nuestro rastro a las bestias —jadeó Bree cuando consiguió recuperar parcialmente el aliento—. Ahora podemos aflojar un poco el ritmo.

Mientras andaban el caballo siguió diciendo:

—Shasta, estoy avergonzado. Tengo tanto miedo como cualquier tonto caballo corriente de Calormen. Me siento como uno de ellos, no como un caballo parlante. No temo a espadas, lanzas y flechas, pero no puedo soportar a esas criaturas. Me parece que trotaré un poco.

Al cabo de un minuto, no obstante, volvió a iniciar un galope, y no era de extrañar, pues el rugido volvió a dejarse oír, en esa ocasión a su izquierda desde el lugar donde estaba el bosque.

—Son dos —gimió Bree.

Después de galopar varios minutos sin oír más a los leones, Shasta dijo:

—¡Oye! Aquel otro caballo galopa ahora junto a nosotros. Está sólo a dos pasos.

—Mucho me... mejor —jadeó Bree—. Lo monta un tarkaan... tendrá una espada... nos protegerá a todos.

—Pero ¡Bree! —protestó el muchacho—. Casi prefiero que nos maten los leones a que nos atrapen, sobre todo a mí. Me colgarán por robar un caballo.

Tenía menos miedo de los leones que Bree porque jamás se había tropezado con uno; Bree sí lo había hecho.

El caballo se limitó a resoplar como respuesta pero se desvió a su derecha. Curiosamente, el otro caballo también pareció desviarse, pero a la izquierda, de modo que en unos pocos segundos el espacio entre ambos aumentó considerablemente. No obstante, en cuando eso sucedió se oyeron otros dos rugidos de leones, que sonaron inmediatamente uno tras otro, uno a la derecha y el otro a la izquierda, y los caballos empezaron a acercarse de nuevo. Al parecer, eso mismo hicieron los leones. Los rugidos de las bestias situadas a cada lado sonaban cada vez más cercanos y éstas parecían capaces de mantenerse a la altura de los galopantes caballos sin problemas. Entonces la nube se alejó, y la luz de la luna, asombrosamente luminosa, lo alumbró todo como si fuera pleno día. Los dos caballos y los dos jinetes galopaban casi cabeza con cabeza y codo con codo igual que si participaran en una carrera. Como dijo Bree después, lo cierto era que no se había visto nunca una carrera mejor en Calormen.

Shasta se dio entonces por perdido y empezó a preguntarse si los leones lo mataban a uno de prisa o jugaban con su víctima como un gato juega con un ratón, y si le dolería mucho. Al mismo tiempo, y se acostumbra a hacer estas cosas en los momentos más espantosos, se fijó en todo. Vio que el otro jinete era una persona menuda y delgada, cubierta con una cota de malla, visible porque la luz de la luna se reflejaba sobre ella, y que montaba espléndidamente. Además no tenía barba.

Algo plano y reluciente se extendía ante ellos, y antes de que Shasta tuviera tiempo siquiera de adivinar de qué se trataba, se produjo un gran chapoteo y descubrió que tenía la boca medio llena de agua salada. La superficie brillante era un amplio brazo de mar. Los dos caballos nadaban y el agua le llegaba al muchacho hasta las rodillas. A sus espaldas se oyó un enfurecido rugido y, al mirar atrás, Shasta vio una enorme y peluda figura agazapada al borde del agua; pero sólo una. «Sin duda nos hemos deshecho del otro león», pensó.

Al parecer el león no consideraba que la presa mereciera un baño; en cualquier caso, no demostró la menor intención de meterse en el agua para ir tras ellos. Los dos caballos, uno al lado del otro, se encontraban ya casi en el centro de la ensenada y la orilla opuesta se distinguía con claridad. El tarkaan aún no había dicho ni una palabra. «Pero lo hará —pensó Shasta—. En cuanto estemos en tierra firme. ¿Qué le voy a decir? Tengo que empezar a inventar una historia.»

Entonces, de repente, dos voces hablaron junto a él.

—¡Estoy tan cansada! —dijo una.

—Cállate, Hwin, y no seas tonta —dijo la otra.

«Estoy soñando —pensó Shasta—. Juraría que he oído hablar al otro caballo.»

Muy pronto los caballos ya no nadaban sino que trotaban y en seguida, con un gran sonido de agua chorreando por sus costados y colas y con abundante crujir de guijarros bajo ocho cascos, salieron a la playa situada al otro lado del brazo de mar. El tarkaan, ante la sorpresa de Shasta, no mostraba deseos de hacer preguntas; ni siquiera miró al muchacho, sino que parecía ansioso por instar a su caballo al frente. Bree, no obstante, cortó inmediatamente el paso al otro animal.

—¡Bro-jo-ja! —resopló—. ¡Quieta ahí! Te he oído, ya lo creo. De nada sirve fingir, señora mía. Te he oído. Eres una yegua parlante, una yegua narniana como yo.

—¿Qué te importa a ti si lo es? —dijo el extraño jinete con ferocidad, posando una mano sobre la empuñadura de la espada; pero la voz que pronunció las palabras ya le había indicado algo a Shasta.

—¡Vaya, si no es más que una chica! —exclamó.

—¿Y qué te importa a ti si no soy más que una chica? —le espetó la desconocida—. Tú eres sólo un chico: un chico grosero y vulgar; un esclavo probablemente, que ha robado el caballo de su amo.

—¡Qué sabrás tú! —dijo Shasta.

—No es ningún ladrón, pequeña tarkina —intervino Bree—. A decir verdad, si se ha producido algún robo, podrías muy bien decir que fui yo quién lo robó a «él». Y en cuanto a que no es asunto mío, ¿no esperarías que pasara junto a una dama de mi propia raza en este país extranjero sin hablarle? Es lógico que lo haga.

—Yo también lo considero muy lógico —repuso la yegua.

—Ojalá te hubieras callado, Hwin —dijo la muchacha—. Mira en qué lío nos has metido.

—Yo no sé a qué líos te refieres —replicó Shasta—. Puedes marcharte cuando quieras. No vamos a retenerte.

—No, claro que no lo harás —repuso ella.

—Qué criaturas más pendencieras son estos humanos —dijo Bree a la yegua—. Son igual que las mulas. Intentemos hablar con un poco de sentido común. Me da la impresión, señora, de que tu historia es igual que la mía. ¿Capturada muy joven... años de esclavitud entre las gentes de Calormen?

—Muy cierto, señor —respondió la yegua con un melancólico relincho.

—Y ahora, quizá... ¿la huida?

—Dile que no se meta donde no lo llaman, Hwin —dijo la muchacha.

—No, no lo haré, Aravis —respondió la yegua, echando las orejas hacia atrás—. Ésta es mi huida tanto como la tuya. Y estoy segura de que un noble caballo de batalla como éste no va a traicionarnos. Intentamos escapar para ir a Narnia.

—¡Y eso mismo hacemos nosotros! ¡Vaya que sí! —repuso Bree—. Sin duda lo adivinaste en seguida. Un chiquillo andrajoso montando, o intentando montar, un caballo de batalla en plena noche no podía significar otra cosa que alguna clase de huida. Y, si se me permite decirlo, una tarkina de alta alcurnia montando sola de noche, vestida con la armadura de su hermano, y muy ansiosa porque todo el mundo se ocupe de sus propios asuntos y no le haga preguntas, bueno, ¡si eso no es sospechoso, puedes llamarme jaca!

—Muy bien, pues —dijo Aravis—. Lo habéis adivinado. Hwin y yo estamos huyendo. Intentamos llegar a Narnia. Y ahora, ¿qué tienes que decir?

—Pues, en ese caso, ¿qué nos impide ir todos juntos? —respondió Bree—. ¿Confío, señora Hwin, en que aceptará la ayuda y protección que pueda ofrecerle en el viaje?

—¿Por qué insistes en hablar con mi caballo en lugar de hablar conmigo? —preguntó la muchacha.

—Perdona, tarkina —respondió el caballo, con apenas una ligera inclinación hacia atrás de las orejas—, pero has hablado como los seres de Calormen. Nosotros somos narnianos libres, Hwin y yo, y supongo que, si huyes a Narnia, es porque también deseas ser uno de ellos. En ese caso Hwin ya no es «tu» yegua. Se podría decir más bien que tú eres «su» humana.

La muchacha abrió la boca para hablar pero, al instante, se detuvo. Era evidente que nunca antes había considerado la cuestión desde aquel punto de vista.

—De todos modos —dijo ella tras una breve pausa—, no veo por qué tenemos que ir todos juntos. ¿No sería así más fácil que nos descubrieran?

—Menos —respondió Bree.

—Está bien, vamos con ellos —intervino la yegua—. Me sentiría mucho más cómoda. Ni siquiera sabemos con certeza el camino. Estoy segura de que un gran caballo de batalla como éste sabe muchas más cosas que nosotras.

—Oh, vamos, Bree —dijo Shasta—, deja que sigan su camino. ¿No te das cuenta de que no nos quieren?

—Sí que te queremos —afirmó Hwin.

—Mira —dijo la muchacha—, no me importa ir contigo, señor Caballo de Batalla, pero ¿qué hay de este chico? ¿Cómo sé que no es un espía?

—¿Por qué no dices directamente que crees que no estoy a tu altura? —la increpó Shasta.

—Tranquilo, Shasta —aconsejó Bree—. La pregunta de la tarkina es muy razonable. Yo respondo por el muchacho, tarkina. Me ha sido leal y también es un buen amigo. Y desde luego es oriundo de Narnia o de Archenland.

—Muy bien, pues. Vayamos juntos.

Sin embargo, no le dijo nada a Shasta y era evidente que se había referido a Bree, no a él.

—¡Espléndido! —exclamó el caballo—. Y ahora que tenemos el agua entre nosotros y esos horribles animales, ¿qué os parece a vosotros dos, humanos, si nos quitáis las sillas de montar y descansamos todos mientras nos contamos nuestras respectivas historias?

Los dos chichos desensillaron sus caballos y éstos comieron un poco de hierba mientras Aravis sacaba unas cosas muy apetitosas para comer de su alforja. Pero Shasta estaba enfurruñado y dijo «No, gracias», y que no tenía hambre. Intentó adoptar lo que creía eran modales distinguidos y envarados, pero puesto que la cabaña de un pescador no es por lo general un buen lugar para aprender modales distinguidos, el resultado fue desastroso. Y como en cierto modo advirtió que no había tenido éxito, se sintió más enfurruñado e incómodo que nunca. Entretanto, los dos caballos se entendían a las mil maravillas. Recordaban los mismos lugares de Narnia —«los pastos en la parte alta del Dique de los Castores»— y descubrieron que eran una especie de primos segundos. Aquello hizo que la situación resultara aún más molesta para los humanos hasta que por fin Bree dijo:

—Y ahora, tarkina, cuéntanos tu historia. Y no te apresures... me siento muy a gusto en estos momentos.

Aravis empezó inmediatamente, sentándose muy quieta a la vez que adoptaba un tono y estilo bastante distintos de los que había tenido hasta entonces. Pues en Calormen, el arte de la narración, tanto si los relatos son ciertos como si son inventados, es algo que a uno le enseñan, del mismo modo que a los chicos y chicas de nuestro mundo se les enseña a escribir redacciones. La diferencia es que a la gente le gusta escuchar los relatos, mientras que nunca he sabido de nadie que quisiera leer las redacciones.

Capítulo tres

A las puertas de Tashbaan

—Me llamo tarkina Aravis —dijo la muchacha de inmediato— y soy la única hija del tarkaan Kidrash, hijo del tarkaan Rishti, hijo del tarkaan Kidrash, hijo del Tisroc Ilsombreh, hijo del Tisroc Ardeeb que descendía por línea directa del dios Tash. Mi padre es el señor de la provincia de Calavar y tiene derecho a permanecer de pie y calzado ante el mismísimo Tisroc, que viva eternamente. Mi madre, que en la paz de los dioses se halle, murió, y mi padre tomó otra esposa. Uno de mis hermanos cayó en combate contra los rebeldes del lejano oeste y el otro es un niño. Ocurrió que la mujer de mi padre, mi madrastra, me odiaba, y el sol sería oscuro ante sus ojos mientras yo viviera en la casa de mi padre. Por ese motivo lo persuadió para que me prometiera en matrimonio al tarkaan Ahoshta. Resulta que este Ahoshta es de baja cuna, aunque estos últimos años ha obtenido el favor del Tisroc, que viva eternamente, mediante adulación y malos consejos, y ha sido nombrado tarkaan, señor de muchas ciudades, y también es probable que sea elegido gran visir cuando al actual gran visir muera. Además de todo eso tiene al menos sesenta años de edad, una joroba en la espalda y un rostro que recuerda al de un mono. Sin embargo, mi padre, debido a la riqueza y poder de este Ahoshta, y persuadido por su esposa, envió mensajeros para ofrecerme en matrimonio; la oferta fue aceptada favorablemente y Ahoshta envió recado de que se casaría conmigo este mismo año a mitad del verano.

»Cuando me comunicaron la noticia el sol se oscureció ante mis ojos y me acosté en el lecho y lloré durante todo un día. Pero al llegar el segundo día me levanté, me lavé la cara, hice que ensillaran mi yegua Hwin, tomé una daga afilada que mi hermano había llevado en las guerras occidentales y salí a cabalgar sola. Y cuando se perdió de vista la casa de mi padre y llegué a una zona despejada en cierto bosque en el que no vive nadie, desmonté de Hwin, mi yegua, y saqué la daga. A continuación abrí mis vestiduras por donde pensé que se hallaba el camino más rápido a mi corazón y oré a todos los dioses para que en cuanto estuviera muerta pudiera encontrarme con mi hermano. Después de eso cerré los ojos y apreté los dientes y me dispuse a hundir la daga en mi pecho. Sin embargo, antes de que lo hubiera hecho, esta yegua habló con la voz de una de las hijas de los hombres y dijo: "Oh, mi señora, no te destruyas, pues si vives aún te quedará la esperanza de tener buena suerte, mientras que todos los muertos están muertos por igual".

—No lo dije ni la mitad de bien que eso —murmuró la yegua.

—Silencio, señora, silencio —instó Bree, que disfrutaba una barbaridad del relato—. Nos lo está contando en el solemne estilo de Calormen y ningún narrador de la corte de un Tisroc lo haría mejor. Por favor, sigue, tarkina.

—Cuando escuché la lengua de los hombres en boca de mi yegua —prosiguió Aravis—, me dije que el temor a la muerte había trastornado mi razón y me producía alucinaciones. Y me sentí terriblemente avergonzada ya que nadie de mi linaje debería temer a la muerte más de lo que teme a la picadura de un mosquito. Así pues, me dispuse una vez más a apuñalarme, pero Hwin se acercó a mí y colocó la cabeza entre mi persona y la daga y disertó acerca de las razones más excelentes y me regañó igual que una madre reprende a su hija. Por aquel entonces mi asombro era tal que me olvidé de que quería quitarme la vida y también de Ahoshta, y dije: «Yegua mía, ¿cómo has aprendido a hablar igual que una de las hijas de los hombres?». Y Hwin me contó lo que todos los aquí reunidos saben, que en Narnia hay animales que hablan y que a ella la robaron de allí cuando era una potranca. Me habló también de los bosques y ríos de Narnia y de los castillos y grandes navíos, hasta que dije: «En nombre de Tash y Azaroth y también de Zardeenah, Señora de la Noche, siento un gran deseo de hallarme en ese país de Narnia». «Mi señora —respondió la yegua—, si estuvieras en Narnia serías feliz, porque en ese país no se obliga a ninguna doncella a casarse en contra de su voluntad.»

»Después de haber conversado durante un largo rato la esperanza regresó a mí y me alegré de no haberme suicidado. Además, Hwin y yo acordamos que nos escabulliríamos juntas y lo planeamos de este modo. Regresamos a la casa de mi padre y me vestí con mis ropas más alegres, canté y dancé ante mi padre, y fingí sentirme encantada con el matrimonio que había preparado para mí. También le dije: "Padre mío y deleite de mis ojos, concédeme licencia y permiso para ir sola con una de mis doncellas durante tres días al bosque para realizar sacrificios secretos a Zardeenah, Señora de la Noche y de las Doncellas, como señala la costumbre para las muchachas que deben despedirse del servicio a Zardeenah y prepararse para el matrimonio". Y él respondió: "Hija mía y deleite de mis ojos, que así sea".

»Pero en cuanto abandoné la presencia de mi padre fui a ver al más anciano de sus esclavos, su secretario, que me había hecho saltar sobre sus rodillas cuando era un bebé y me amaba más que al aire y la luz. Y le hice jurar que guardaría el secreto y le rogué que escribiera cierta carta para mí. Lloró y me imploró que cambiara mi propósito pero al final dijo: "Escucho y obedezco", e hizo lo que yo deseaba. Sellé la carta y la oculté en mi pecho.

—Pero ¿qué decía esa carta? —inquirió Shasta.

—Silencio, jovencito —dijo Bree—. Estás estropeando la historia. Ya nos hablará sobre la carta cuando llegue el momento oportuno. Sigue, tarkina.

—Luego llamé a la doncella que debía acompañarme a los bosques a realizar los ritos de Zardeenah y le dije que me despertara muy temprano por la mañana. Y me puse a bromear con ella y le ofrecí vino; pero yo había mezclado tales cosas en su copa que sabía que dormiría una noche y un día. En cuanto los habitantes de la casa de mi padre se hubieron retirado a dormir me levanté y me puse una armadura de mi hermano que siempre guardaba en mis aposentos en su recuerdo. Coloqué en mi cinturón todo el dinero que tenía, junto con algunas joyas escogidas, hice acopio también de comida, ensillé la yegua con mis propias manos y marché aprovechando el segundo turno de vigilancia de la noche. Entonces, tomé rumbo pero no hacia los bosques, donde mi padre supondría que iría, sino al norte y al este, en dirección a Tashbaan.

»Sabía que durante los tres primeros días mi padre no me buscaría, engañado por lo que yo le había dicho. Al cuarto día llegamos a la ciudad de Azim Balda. Ahora bien, Azim Balda está situada en el punto de encuentro de muchas carreteras y desde allí los correos del Tisroc, que viva eternamente, cabalgan en veloces corceles hacia todos los puntos del imperio y es uno de los derechos y privilegios de los tarkaanes más importantes enviar mensajes a través de ellos. Por lo tanto fui a ver al jefe de los mensajeros en la Casa de los Correos Imperiales de Azim Balda y le dije: "Oh, expedidor de mensajes, aquí tienes una carta de mi tío el tarkaan Ahoshta para el tarkaan Kidrash, señor de Calavar. Toma estas cinco medialunas y haz que le sea enviada". Y el jefe de los mensajeros respondió: "Escucho y obedezco".

»Fingí que Ahoshta había escrito la carta, y esto era lo que decía: "Del tarkaan Ahoshta al tarkaan Kidrash, saludos y paz. En el nombre de Tash el irresistible, el inexorable. Debes saber que mientras realizaba mi viaje hacia tu casa para celebrar el contrato de matrimonio entre mi persona y tu hija la tarkina Aravis, quisieron la fortuna y los dioses que me encontrara con ella en el bosque cuando había finalizado los ritos y sacrificios de Zardeenah según la costumbre de las doncellas. Y cuando averigüé quién era, sintiéndome encantado con su belleza y discreción, me sentí inflamado por el amor y me pareció que el sol dejaría de brillar sobre mi persona si no me casaba con ella al momento. Así pues preparé los sacrificios necesarios y desposé a tu hija en la misma hora en que la conocí y he regresado con ella a mi propia casa. Y ambos te rogamos y solicitamos que vengas aquí con la mayor celeridad posible para que tengamos la oportunidad de deleitarnos con tu rostro y tus palabras; te suplicamos que asimismo traigas contigo la dote de mi esposa, que, por motivo de mis grandes cargas y gastos, necesito sin demora. Y puesto que tú y yo somos hermanos, estoy seguro de que no estarás enojado por lo apresurado de mi matrimonio, que fue totalmente motivado por el gran amor que siento por tu hija. Te confío al cuidado de todos los dioses".

»En cuanto hube hecho esto, cabalgué a toda velocidad lejos de Azim Balda, sin temer que me persiguieran y con la esperanza de que mi padre, al recibir aquella carta, enviaría mensajes a Ahoshta o iría en persona, y que antes de que todo quedara al descubierto yo habría dejado atrás Tashbaan. Y ésa es la esencia de mi historia hasta esta misma noche cuando fui perseguida por leones y os encontré mientras nadaba en las aguas saladas.

—¿Y qué le sucedió a la muchacha a la que drogaste? —preguntó Shasta.

—Sin duda fue azotada por quedarse dormida —respondió Aravis con frialdad—; pero era un instrumento y espía de mi madrastra. Me alegro mucho de que le pegaran.

—En mi opinión, eso no fue muy justo —dijo el muchacho.

—No hice ninguna de estas cosas para complacerte a ti —respondió Aravis.

—Y hay otra cosa que no comprendo sobre esa historia —siguió Shasta—. No eres adulta, no creo que seas mucho mayor que yo. Ni siquiera creo que tengas mi edad. ¿Cómo podrías casarte?

Aravis no respondió, pero Bree se apresuró a decir:

—Shasta, no exhibas tu ignorancia. Siempre se casan a esa edad en las grandes familias tarkaanas.

Shasta enrojeció profundamente, aunque apenas había luz suficiente para que los otros pudieran darse cuenta, y se sintió humillado. Aravis preguntó a Bree sobre su historia. Éste se la contó, y Shasta se dijo que el caballo añadía mucho más de lo que era necesario sobre las caídas y su mal estilo para montar. Evidentemente Bree lo consideraba muy divertido, pero Aravis no se rió. Una vez que Bree finalizó su relato todos se fueron a dormir.

Al día siguiente los cuatro, los dos caballos y los dos humanos, prosiguieron su viaje juntos. Shasta se dijo que le gustaba mucho más cuando él y Bree estaban solos, pues ahora eran Bree y Aravis quienes hablaban casi todo el tiempo. El caballo había vivido mucho tiempo en Calormen y había estado siempre rodeado de tarkaanes y caballos de tarkaanes, y por lo tanto conocía a gran parte de las personas y lugares que Aravis conocía. Ésta no hacía más que decir cosas como: «Pero, si estuviste en la batalla de Zulindreh, sin duda viste a mi primo Alimash», a lo que Bree contestaba: «Oh, sí, Alimash, sólo era capitán de los carros, ya sabes. No me gustan demasiado las cuadrigas ni la clase de caballos que tiran de carros. No es auténtica caballería. Pero él es un noble muy respetable. Llenó mi morral de azúcar después de la toma de Teebeth». O en otras ocasiones era Bree quien mencionaba: «Estuve en el lago de Mezreel ese verano», y Aravis respondía: «¡Oh, Mezreel! Tenía una amiga allí, la tarkina Lasaraleen. Es un lugar delicioso. ¡Con esos jardines, y el Valle de los Mil Perfumes!». Bree no intentaba en absoluto dejar a Shasta fuera de la conversación, aunque el muchacho lo creía así en ocasiones. La gente que comparte intereses comunes no puede evitar hablar sobre ellos, y si uno está presente no puede evitar pensar que lo están excluyendo.

Hwin, la yegua, se mostraba un tanto tímida ante un gran caballo de combate como Bree y apenas hablaba; y Aravis no se dirigía jamás a Shasta si podía evitarlo.

Sin embargo, no tardaron en tener cosas más importantes en las que pensar. Se acercaban a Tashbaan y encontraban muchos más pueblos, y más grandes, y también más gente en los caminos. Por ese motivo viajaban casi siempre de noche y se ocultaban lo mejor que podían durante el día. Y en cada parada discutían y discutían sobre lo que debían hacer cuando llegaran a Tashbaan. Todos habían estado aplazando aquella espinosa cuestión, pero ya no podía posponerse más. Durante aquellas discusiones Aravis se mostró un poco, sólo un poquitín, menos hostil con Shasta; por lo general uno acostumbra a llevarse mejor con la gente cuando se hacen planes que cuando se habla de cosas sin importancia.

Bree dijo que lo primero que había que hacer era fijar un lugar en el que todos prometieran reunirse en el otro extremo de Tashbaan si, por mala suerte, se veían obligados a separarse al pasar por la ciudad. Declaró que el mejor lugar serían las Tumbas de los Antiguos Reyes situadas en el borde mismo del desierto.

—Unas cosas que parecen enormes colmenas de piedra —explicó—. Es imposible no verlas. Y lo mejor de todo es que ningún calormeno se acerca a ellas porque creen que el lugar está frecuentado por espíritus y lo temen.

Aravis preguntó si realmente habitaban espíritus allí, pero Bree respondió que él era un caballo libre de Narnia y no creía en aquellos cuentos calormenos. Y a continuación Shasta declaró que él tampoco era un calormeno, así que le importaban un comino aquellas viejas historias de espectros. No era verdad, en realidad, pero impresionó bastante a Aravis, si bien de momento también le molestó un poco, y desde luego ésta se apresuró a afirmar que a ella tampoco le preocupaban los espectros. Así pues, quedó decidido que las Tumbas serían su punto de encuentro al otro lado de Tashbaan, y todos sintieron que se las arreglaban muy bien hasta que Hwin indicó humildemente que el auténtico problema no era adónde debían ir una vez hubieran atravesado Tashbaan sino cómo iban a atravesarla.

—Eso lo resolveremos mañana, señora —respondió Bree—. Es hora de dormir un poco.

Sin embargo, no fue algo fácil de resolver. La primera sugerencia de Aravis fue que cruzaran a nado y de noche el río que discurría a los pies de la ciudad y no entraran para nada en Tashbaan. No obstante, Bree tenía dos motivos para oponerse. Uno era que el cauce del río era muy ancho y sería un trayecto a nado demasiado largo para Hwin, en especial con un jinete sobre el lomo. El caballo también pensaba que sería un trayecto demasiado largo para él, pero no lo mencionó. El otro era que estaría lleno de barcos y que, desde luego, cualquier persona situada en la cubierta de una nave que viera pasar a dos caballos nadando se sentiría embargada por la curiosidad.

A Shasta se le ocurrió que debían ir río arriba hasta situarse por encima de la ciudad y cruzarlo allí donde resultara más estrecho. Pero Bree explicó que había jardines y casas de recreo en ambas orillas del río durante kilómetros y habría tarkaanos y tarkinas viviendo en ellas, cabalgando por los caminos y celebrando fiestas dentro del agua. En realidad sería el lugar donde tendrían más probabilidades de tropezarse con alguien que pudiera reconocer a Aravis o a él mismo.

—Tendremos que llevar un disfraz —indicó Shasta.

Hwin dijo que a ella le parecía que lo más seguro era atravesar la ciudad de una puerta a la otra porque era menos probable que alguien se fijase en ellos en medio de la multitud. De todos modos aprobó también la idea de llevar un disfraz.

—Los dos humanos tendrán que vestirse con harapos y parecer campesinos o esclavos. Y habrá que hacer fardos con toda la armadura de Aravis y nuestras sillas y cosas, y colocarlos sobre nuestros lomos, y los chicos deberán fingir que nos conducen y la gente creerá que sólo somos caballos de carga.

—¡Mi querida Hwin! —exclamó Aravis con cierto desdén—. ¡Cómo si alguien pudiera confundir a Bree con cualquier otra cosa que no fuera un caballo de batalla por muy disfrazado que vaya!

—Yo diría que nadie, desde luego —repuso Bree, profiriendo un resoplido a la vez que dejaba que las orejas se inclinaran ligeramente hacia atrás.

—Ya sé que no es un plan muy bueno —replicó la yegua—; pero creo que es nuestra única posibilidad. Además, nadie nos ha cepillado desde hace una eternidad y no tenemos nuestro aspecto de siempre; al menos yo estoy segura de no tenerlo. Realmente creo que si nos cubrimos bien de barro y avanzamos con las cabezas gachas como si estuviéramos muy cansados y fuéramos unos perezosos... y apenas alzamos los cascos..., podría ser que nadie se fijara en nosotros. Y habría que recortar más las colas: no bien recortadas, ya me entiendes, sino de un modo desigual.

—Mi querida señora —dijo Bree—, ¿se ha imaginado usted lo desagradable que resultaría llegar a Narnia en ese estado?

—Bueno —respondió ella con humildad, pues era una yegua muy sensata—, lo principal es llegar.

Aunque a nadie le gustaba demasiado, fue el plan de Hwin el que adoptaron al final. Resultó bastante molesto e implicó un poco de lo que Shasta llamó robar, y Bree denominó «una incursión». Un granjero perdió unos cuantos sacos aquella tarde, y otro un rollo de cuerda la siguiente: pero adquirieron y pagaron honradamente en un pueblo algunas andrajosas prendas viejas para Aravis. Shasta regresó con ellas luciendo una expresión triunfal justo al caer la tarde. Los otros lo esperaban entre los árboles, al pie de una cadena de bajas colinas boscosas situadas justo en el camino que debían seguir. Todos estaban muy emocionados, ya que aquella era la última elevación; cuando alcanzaran la cima contemplarían Tashbaan extendiéndose a sus pies.

—Cómo desearía haberla dejado ya atrás —musitó Shasta a Hwin.

—Yo también, yo también —respondió la yegua con gran fervor.

Aquella noche dieron un gran rodeo a través del bosque para ascender a lo alto de la colina usando el sendero abierto por un leñador, y cuando salieron del bosque en la cima pudieron contemplar miles de luces en el valle situado abajo. Shasta no tenía ni idea de cómo podría ser una gran ciudad y aquello lo asustó. Cenaron y los dos jóvenes se acostaron a dormir. Los caballos los despertaron a primeras horas de la mañana.

Las estrellas brillaban todavía y la hierba estaba terriblemente fría y húmeda, pero empezaba ya a amanecer, en la lejanía, a su derecha al otro lado del mar. Aravis se internó un poco en el bosque y regresó con un aspecto muy raro, ataviada con sus nuevas ropas harapientas y llevando las auténticas arrolladas en un ovillo. Éstas, junto con la armadura, el escudo, la cimitarra, las dos sillas de montar y el resto de los accesorios de los caballos los guardaron en los sacos. Entretanto, Bree y Hwin se habían cubierto de barro y desarreglado cuanto pudieron y sólo faltaba acortar sus colas. Puesto que la única herramienta para hacerlo era la cimitarra de Aravis, fue necesario deshacer uno de los fardos para sacarla. Fue una tarea más bien larga y que resultó bastante dolorosa para los caballos.

—¡Válgame el cielo! —dijo Bree—. ¡Si no fuera un caballo parlante, vaya coz te daría en la cara! Creía que ibas a cortarla, no a arrancarla. Y eso es lo que parece.

No obstante, a pesar de la semioscuridad y los dedos helados, todo acabó por hacerse: los grandes fardos quedaron bien sujetos a los animales, los ronzales de cuerda —que llevaban en aquellos momentos en lugar de las bridas y las riendas— pasaron a las manos de los dos muchachos, y dio comienzo el viaje.

—Recordad —dijo Bree—: manteneos juntos si es posible. Si no, nos encontraremos en las Tumbas de los Antiguos Reyes, y los que lleguen allí primero deben esperar a los demás.

—Y recordad también —añadió Shasta—: Vosotros dos, caballos, no os despistéis y empecéis a hablar, suceda lo que suceda.

CAPÍTULO CUATRO

SHASTA TROPIEZA CON LOS NARNIANOS

Al principio Shasta no pudo ver otra cosa en el valle situado a sus pies que no fuera un mar de bruma con unas cuantas cúpulas y pináculos sobresaliendo de él; pero a medida que la luz aumentaba y la neblina se disipaba, empezó a distinguir más cosas. Un ancho río se dividía en dos corrientes y en la isla situada entre ambas se alzaba la ciudad de Tashbaan, una de las maravillas del mundo. Alrededor del borde mismo de la isla, de modo que el agua chapoteaba contra la piedra, discurrían elevadas murallas reforzadas por tantas torres que no tardó en renunciar a contarlas. Dentro de los muros la isla se alzaba en una colina y cada trozo de aquella colina, hasta llegar al palacio del Tisroc y al gran templo de Tash, estaba cubierto por completo de edificios; había terrazas sobre terrazas, calles sobre calles, caminos zigzagueantes o enormes tramos de escalera bordeados de naranjos y limoneros, jardines en azoteas, balcones, pronunciadas arcadas, columnatas, espiras, almenas, minaretes, pináculos. Y cuando por fin el sol se alzó del mar y la enorme cúpula plateada del templo reflejó su luz con un centelleo, se sintió casi deslumbrado.

—Sigue adelante, Shasta —no dejaba de decirle Bree.

Las riberas del río a ambos lados del valle eran una masa tal de jardines que al principio parecían un bosque, hasta que uno se acercaba más y contemplaba las blancas paredes de innumerables casas que asomaban por debajo de los árboles. No mucho después de eso, Shasta percibió un delicioso aroma a flores y frutas. Unos quince minutos más tarde se hallaban entre ellos, avanzando como podían por una carretera plana con muros blancos a ambos lados y árboles que se inclinaban por encima de ellos.

—Caramba —dijo Shasta para manifestar su admiración—, ¡este lugar es maravilloso!

—Tal vez —respondió Bree—, pero desearía que lo hubiéramos atravesado ya de un extremo a otro. ¡Narnia y el norte nos esperan!

En aquel momento un zumbido bajo empezó a sonar aumentando gradualmente de volumen hasta que todo el valle pareció balancearse con él. Era un sonido musical, pero tan potente y solemne que resultaba algo atemorizador.

—Son las trompetas que suenan para que se abran las puertas de la ciudad —explicó Bree—. Estaremos allí dentro de un minuto. Ahora, Aravis, por favor inclina un poco la espalda, pisa con más fuerza e intenta parecerte menos a una princesa. Intenta imaginar que te han dado patadas y bofetones y te han insultado toda la vida.

—Pues respecto a eso —replicó ella—, ¿qué tal si tú también inclinas la cabeza un poco más, arqueas el cuello un poco menos e intentas no parecerte tanto a un caballo de batalla?

—¡Chist! —advirtió Bree—. Ya hemos llegado.

Y así era. Habían llegado al borde del río y la carretera que se extendía ante ellos discurría por un puente de muchos arcos. El agua danzaba centelleante bajo los primeros rayos del sol; a lo lejos, a su derecha, más cerca de la desembocadura del río, distinguieron mástiles de embarcaciones. Había bastantes viajeros dispuestos a cruzar el puente antes que ellos; la mayoría eran campesinos que conducían asnos y mulas cargados de mercancías o que transportaban cestos sobre la cabeza. Los dos muchachos y los caballos se unieron a la multitud.

—¿Sucede algo? —susurró Shasta a Aravis, que mostraba una expresión curiosa.

—¡Claro, para ti todo esto está muy bien! —murmuró ella con cierta ferocidad—. ¿Qué te importa a ti Tashbaan? Pero yo tendría que estar viajando en una litera precedida por soldados y con esclavos cerrando la marcha, y tal vez dirigirme a un banquete en el palacio del Tisroc, que viva eternamente, en lugar de penetrar furtivamente de este modo. Para ti es diferente.

A Shasta todo aquello le pareció ridículo.

En el otro extremo del puente las murallas de la ciudad se elevaban muy altas, por encima de sus cabezas, y las puertas de latón se hallaban abiertas en la entrada, que en realidad era amplia aunque parecía estrecha debido a su altura. Media docena de soldados, apoyados en sus lanzas, estaban ubicados a ambos lados, y Aravis no pudo evitar decirse: «Todos se cuadrarían y me saludarían si supieran de quién soy hija». Por el contrario, sus compañeros sólo pensaban en cómo conseguirían pasar, y esperaban que los soldados no les hicieran preguntas. Por suerte no lo hicieron. No obstante, uno de ellos tomó una zanahoria del cesto de un campesino y la arrojó a Shasta con una áspera carcajada, diciendo:

—¡Eh, chico del caballo! Te ganarás una buena paliza si tu amo descubre que has usado su caballo de montar para transportar carga.

Aquello asustó terriblemente a Shasta, ya que demostraba sin lugar a dudas que quien entendiera de caballos jamás tomaría a Bree por otra cosa que un caballo de batalla.

—¡Son órdenes de mi señor, para que te enteres! —respondió Shasta.

Pero habría sido mejor si se hubiera mordido la lengua, pues el soldado le dio un bofetón que casi lo derribó al suelo y le dijo:

—Toma, pequeña inmundicia, eso te enseñara cómo hablar a los hombres libres.

De todos modos consiguieron escabullirse dentro de la ciudad sin que los detuvieran, y Shasta sólo lloró un poquito, ya que estaba acostumbrado a los golpes.

Una vez atravesadas las puertas, Tashbaan no les pareció en un principio tan espléndida como de lejos. La primera calle era estrecha y apenas había ventanas en las paredes que se alzaban a cada lado, y además estaba mucho más atestada de gente de lo que el muchacho había esperado: llena en parte de campesinos que habían entrado con ellos y que se dirigían al mercado, pero también ocupada por aguadores, vendedores de dulces, mozos, soldados, mendigos, niños harapientos, gallinas, perros vagabundos y esclavos descalzos. Lo que más se notaba al llegar a la ciudad eran los olores, que provenían de gente desaseada, perros mugrientos, perfumes, ajos, cebollas y montones de basura que se apilaban por todas partes.

Shasta fingía ser quien guiaba pero en realidad era Bree quien conocía el camino y lo guiaba a él mediante leves golpecitos con el hocico. No tardaron en girar a la izquierda y en iniciar la ascensión por una empinada colina. Era un lugar mucho más fresco y agradable, pues la calle estaba bordeada de árboles y sólo había casas en el lado derecho; por el otro se podían contemplar los tejados de las casas de la ciudad baja y también ver un trecho río arriba. A continuación doblaron una curva cerrada a la derecha y siguieron su ascensión. Avanzaban en zigzag en dirección al centro de Tashbaan. En seguida llegaron a las calles más elegantes. Grandes estatuas de los dioses y héroes de Calormen —que son en su mayoría más impresionantes que agradables a la vista— se alzaban sobre relucientes pedestales. Palmeras y soportales sostenidos por columnas proyectaban sombras sobre las ardientes aceras y, a través de las entradas en forma de arco de más de un palacio, Shasta vislumbró ramas verdes, fuentes frescas y céspedes muy bien cuidados. «Seguro que se está muy bien allí dentro», se dijo.

En cada recodo, Shasta esperaba que consiguieran salir de entre la multitud, pero nunca sucedía. Aquello hacía su avance muy lento, y cada dos por tres se veían obligados a detenerse completamente. Esto acostumbraba a suceder porque una voz potente gritaba: «Abrid paso, abrid paso, abrid paso al tarkaan» o «abrid paso a la tarkina» o «al decimoquinto visir» o «al embajador», y la multitud se veía obligada a aplastarse contra las paredes; y por encima de sus cabezas Shasta conseguía ver en ocasiones al gran señor o la gran dama causantes de todo aquel alboroto, repantigados en una litera que cuatro o incluso seis esclavos gigantescos transportaban sobre los desnudos hombros. Pues en Tashbaan existe únicamente una norma de tráfico, que es que las personas menos importantes deben dejar paso a todo aquel que sea más importante que ellas; a menos que uno desee recibir la marca de un latigazo o un golpe del mango de una lanza.

Fue en una calle espléndida, muy cerca de la parte superior de la ciudad —el palacio del Tisroc era lo único que se alzaba por encima de ella—, donde tuvo lugar la más desastrosa de aquellas paradas.

—¡Abrid paso! ¡Abrid paso! ¡Abrid paso! —gritó la voz—. ¡Abrid paso al rey blanco bárbaro, el invitado del Tisroc, que viva eternamente! Abrid paso a los señores narnianos.

Shasta intentó apartarse y hacer que Bree retrocediera; pero ningún caballo, ni siquiera un caballo parlante de Narnia, retrocede con facilidad. Y una mujer con un cesto de esquinas muy afiladas en sus manos, situada justo detrás del muchacho, le clavó con fuerza el cesto contra los hombros, y dijo:

—¡Eh! ¿A quién estás empujando?

Y entonces alguien más le dio un empujón en el costado y en la confusión del momento soltó a Bree. A continuación todo el gentío situado a su espalda se tornó tan compacto y apelotonado que le resultó imposible moverse. Fue así como se encontró de repente, sin proponérselo, en primera fila y pudo disfrutar de una buena visión de la comitiva que avanzaba por la calle.

No se parecía en nada a ningún otro grupo que hubieran visto aquel día. El pregonero que avanzaba ante ellos gritando, «¡Abrid paso, abrid paso!», era el único calormeno de todos ellos, y no había litera; todo el mundo iba a pie. Eran una media docena de hombres y Shasta no había visto jamás a nadie como ellos. En primer lugar, todos tenían la piel clara como él, y la mayoría eran rubios. Además no se vestían como las gentes de Calormen. La mayoría llevaba las pantorrillas al descubierto. Sus túnicas eran de hermosos colores brillantes y atrevidos: un verde bosque, un amarillo vistoso o un azul vivo. En lugar de turbantes se cubrían con cascos de acero o plata, algunos de ellos adornados con joyas, y uno con unas diminutas alas a los costados. Unos pocos llevaban la cabeza descubierta. Las espadas que pendían de los lados eran largas y rectas, no curvas como las cimitarras de Calormen. Y en lugar de mostrar una expresión seria y misteriosa como la mayoría de calormenos, andaban con un balanceo y dejaban que brazos y hombros se movieran libremente, también charlaban y reían. Uno silbaba. Era evidente que deseaban ser amigos de todos aquellos que se mostraran simpáticos, y que les importaba un comino cualquiera que no lo fuera. Shasta se dijo que no había visto nada tan magnífico en toda su vida.

Pero no hubo tiempo para disfrutar del espectáculo pues inmediatamente sucedió algo espantoso. El jefe de los hombres rubios señaló de repente a Shasta, gritó: «¡Ahí está! ¡Ahí está nuestro fugitivo!», y agarró al muchacho del hombro.

Casi de inmediato asestó a Shasta un bofetón; no uno cruel para arrancar las lágrimas sino uno seco para dar a entender que uno ha caído en desgracia y añadió, tembloroso:

—¡Qué vergüenza, mi señor! ¡Qué vergüenza! La reina Susan tiene los ojos enrojecidos de tanto llorar por tu culpa. ¡Vaya! ¡Desaparecido durante toda una noche! ¿Dónde has estado?

Shasta se habría precipitado bajo el cuerpo de Bree y habría intentado desaparecer entre la muchedumbre de haber tenido la menor posibilidad de hacerlo; pero los hombres rubios lo rodeaban ya por completo y estaba bien sujeto.

Desde luego su primer impulso fue decir que no era más que el hijo del pobre pescador Arsheesh y que el señor extranjero sin duda lo había confundido con otra persona; pero, por otra parte, lo último que deseaba hacer en aquel lugar atestado de gente era empezar a explicar quién era y qué hacía. Si empezaba con aquello, no tardarían en preguntarle dónde había conseguido su caballo, y quién era Aravis; y entonces, adiós a toda posibilidad de conseguir salir de Tashbaan. Su siguiente impulso fue mirar a Bree en busca de ayuda, pero éste no tenía la menor intención de dejar que toda aquella gente supiera que podía hablar, y permaneció allí inmóvil con el mismo aspecto atontado que cualquier caballo corriente. En cuanto a Aravis, Shasta ni se atrevió a mirarla por no atraer la atención hacia ella. Tampoco tuvo mucho tiempo para pensar, pues el jefe de los narnianos dijo al instante:

—Toma una de las manos de su señoría, Peridan, si tienes la bondad, y yo tomaré la otra. Y ahora, sigamos. Nuestra real hermana se sentirá sumamente aliviada cuando vea a nuestro joven bribón a salvo en nuestro alojamiento.

Y de ese modo, antes incluso de que hubieran conseguido atravesar la mitad de Tashbaan, todos sus planes se vinieron abajo, y sin tener siquiera la posibilidad de despedirse de los otros Shasta se encontró marchando entre desconocidos y sin poder imaginar qué sucedería a continuación. El rey narniano —pues el muchacho empezó a comprender por el modo en que el resto se dirigía a él que debía de ser un rey— no dejaba de hacerle preguntas: dónde había estado, cómo había conseguido escapar, qué había hecho con sus ropas, y si no sabía acaso que había sido muy travieso. Sólo que el rey dijo «travieso» en lugar de «travieso».

Y Shasta no respondió, porque no se le ocurrió nada que decir que no pudiera resultar peligroso.

—¡Vaya! ¿Guardas silencio? —inquirió el rey—. Me veo obligado a decirte claramente, príncipe, que este silencio avergonzado es aún menos propio de una persona de tu linaje que tu huida. Escaparse puede ser considerado la travesura de un jovencito de cierto carácter. Pero el hijo del rey de Archenland debe reconocer sus acciones; no inclinar la cabeza como un esclavo calormeno.

Todo aquello le resultaba muy desagradable, pues Shasta sentía en todo momento que aquel joven rey era un adulto de los más amables y le habría gustado causarle una buena impresión.

Los forasteros lo condujeron —bien sujeto por ambas manos— por una calle estrecha y luego le hicieron bajar por un tramo de escalones bajos para a continuación subir otro hasta una amplia entrada, situada en una pared blanca, flanqueada por dos altos y oscuros cipreses. Tras cruzar el umbral, Shasta se encontró en un patio que era a la vez un jardín. En el centro había una pila de mármol llena de agua transparente que el agua de una fuente mantenía en constante movimiento. Unos naranjos crecían a su alrededor, plantados sobre una mullida hierba, y los cuatro muros blancos que rodeaban el césped estaban cubiertos de rosales trepadores. El ruido, el polvo y el gentío de las calles parecía de repente muy lejano. Le hicieron cruzar el patio a toda prisa y luego atravesar un oscuro portal. El pregonero se quedó en el exterior. Después de eso, lo condujeron por un pasillo, cuyo suelo de piedra resultaba deliciosamente frío a sus ardientes pies, y lo hicieron subir por una escalera. Al cabo de un instante se encontró parpadeando bajo la luz de una habitación enorme y bien ventilada, con las ventanas abiertas de par en par, todas mirando al norte, de modo que los rayos del sol no penetraban en ella. El suelo estaba cubierto por una alfombra teñida con los colores más hermosos que había visto nunca y sus pies se hundieron en ella como si pisaran una espesa capa de musgo. Alrededor de las paredes había sofás bajos cubiertos de suntuosos cojines, y la sala parecía llena de gente; «gente muy curiosa, en algunos casos», se dijo Shasta. Sin embargo no tuvo tiempo para recrearse pues la dama más hermosa que había visto se alzó de su asiento y lo rodeó con sus brazos al tiempo que lo besaba y decía:

—Oh Corin, Corin, ¿cómo has podido hacerlo? Tan buenos amigos como somos tú y yo desde que murió tu madre. ¿Y qué le habría dicho a tu real padre si hubiera regresado a casa sin ti? Habría sido motivo casi suficiente para una guerra entre Archenland y Narnia, que mantienen una amistad que se remonta a tiempo inmemorial. Has sido «traveso», compañero de juegos; es muy «traveso» por tu parte hacernos eso.

«Al parecer —pensó Shasta—, me confunden con un príncipe de Archenland, dondequiera que eso esté. Y ellos sin duda son narnianos. Me pregunto dónde está el auténtico Corin.»

Tales pensamientos, sin embargo, no lo ayudaron a decir nada en voz alta.

—¿Dónde has estado, Corin? —inquirió la hermosa dama, con las manos posadas aún sobre los hombros del muchacho.

—No... no lo sé —tartamudeó él.

—¡Ahí está, Susan! —dijo el rey—. No conseguí sacarle nada, ni verdadero ni falso.

—¡Majestades! ¡Reina Susan! ¡Rey Edmund! —llamó una voz.

Y cuando Shasta se volvió para mirar al que había hablado, casi se muere del susto debido a la sorpresa, pues se trataba de una de aquellas personas raras cuya presencia había advertido por el rabillo del ojo al entrar en la habitación. Era aproximadamente de la misma altura que Shasta, pero, aunque desde la cintura hacia arriba era igual que un hombre, las piernas eran peludas como las de una cabra y su forma era igual que las de éstas, y tenía pezuñas y cola de cabra. La piel era rojiza, los cabellos rizados, y lucía una barba corta y puntiaguda, y dos pequeños cuernos. Se trataba de un fauno, una criatura que Shasta no había visto nunca en un dibujo y de la que tampoco había oído hablar. Y si has leído un libro llamado *El león, la bruja y el armario* tal vez te interese saber que se trataba del mismo fauno, de nombre Tumnus, que la hermana de la reina Susan, Lucy, había conocido aquel primer día en que descubrió el modo de entrar en Narnia. Era mucho más viejo ahora pues por aquella época Peter, Susan, Edmund y Lucy hacía ya varios años que eran reyes y reinas de Narnia.

—Majestades —decía en aquellos momentos—, su alteza tiene una insolación. ¡Miradle! Está aturdido. No sabe dónde está.

En ese momento, claro está, todos dejaron de regañar a Shasta y de hacerle preguntas y todos se deshicieron en atenciones para con él e hicieron que se acostara en un sofá con almohadones bajo la cabeza, y también le dieron un helado en una copa dorada para que bebiera, y le dijeron que se estuviera muy quieto.

Nada parecido le había sucedido a Shasta en toda su vida. Jamás se había imaginado acostado en algo tan cómodo como aquel sofá o bebiendo nada tan delicioso como aquel helado. Se preguntaba aún qué habría sucedido con los otros y cómo conseguiría huir y reunirse con ellos en las Tumbas, y qué sucedería cuando el auténtico Corin apareciera de verdad; pero ninguna de aquellas preocupaciones parecían tan apremiantes ahora que se sentía tan cómodo. Además tal vez, más tarde, le dieran cosas deliciosas para comer...

Entretanto, las personas reunidas en aquella habitación fresca y bien ventilada resultaban muy interesantes. Además del fauno había dos enanos, que eran una clase de criatura que tampoco había visto jamás, y un cuervo muy grande. El resto eran todos humanos, adultos, pero jóvenes, y todos ellos, tanto hombres como mujeres, presentaban rostros y voces más agradables que la mayoría de los calormenos. Shasta no tardó en interesarse por la conversación que mantenían.

—Ahora, señora —decía el rey a la reina Susan, la dama que había besado a Shasta—, ¿qué piensas? Llevamos en esta ciudad tres semanas enteras. ¿Has decidido ya si te casarás con este enamorado tuyo de rostro oscuro, este príncipe Rabadash, o no?

—No, hermano —respondió la dama, sacudiendo la cabeza—, ni por todas las joyas de Tashbaan.

«¡Caramba! —pensó Shasta—. Aunque son rey y reina, son hermanos, no están casados entre sí.»

—Para ser sincero, hermana —dijo el rey—, debo decir que te habría querido bastante menos si lo hubieras aceptado. Y te informo de que en la primera visita de los embajadores del Tisroc a Narnia para tratar de este matrimonio, y más tarde cuando el príncipe fue nuestro invitado en Cair Paravel, me maravillaba que fueras capaz de mostrarle tanto aprecio.

—Eso fue un desatino por mi parte, Edmund —respondió la reina Susan—, por el cual te suplico benevolencia. De todos modos cuando estuvo con nosotros en Narnia, lo cierto es que este príncipe se comportó de otro modo a como lo hace ahora en Tashbaan. Pues pongo a todos por testigo de las maravillosas proezas que realizó en aquel gran torneo y competición de lanzas que nuestro hermano, el Sumo Monarca organizó para él, y de la humildad y cortesía con la que se comportó con nosotros durante siete días. Pero aquí, en su propia ciudad, ha mostrado otro rostro.

—¡Ah! —graznó el cuervo—. Hay un viejo dicho: contempla al oso en su madriguera antes de juzgar cómo es.

—Eso es muy cierto, Patas Amarillas —dijo uno de los enanos—. Y otro dice: Vive conmigo y me conocerás.

—Sí —asintió el rey—; ahora lo hemos visto tal como es: es decir, un tirano lleno de orgullo, sanguinario, ostentoso, cruel y pagado de sí mismo.

—Entonces, en el nombre de Aslan —dijo Susan—, abandonemos Tashbaan hoy mismo.

—Ahí está la dificultad, hermana —indicó Edmund—. Pues ahora debo confiaros a todos lo que ha estado pasando por mi mente estos últimos dos días. Peridan, si eres tan amable, echa un vistazo a la puerta y asegúrate de que nadie nos espía. ¿Todo bien? Estupendo; pues ahora debemos actuar en secreto.

Todos habían empezado a adoptar expresiones muy serias. La reina Susan se puso en pie de un salto y corrió hasta su hermano.

—¡Edmund, dime! —exclamó—. ¿Qué ocurre? Veo algo terrible en tu rostro.

Capítulo cinco

El príncipe Corin

—Mi querida hermana y gran señora —empezó el rey Edmund—, debes mostrar ahora toda tu valentía, pues te digo claramente que estamos en gran peligro.

—¿Cuál es, Edmund? —inquirió ella.

—Es éste: no creo que nos resulte fácil abandonar Tashbaan. Mientras el príncipe tenía esperanzas de que ibas a aceptarlo, hemos sido invitados de honor; pero, por la Melena del León, creo que en cuanto reciba tu categórica negativa no seremos tratados mejor que prisioneros.

Uno de los enanos emitió un apagado silbido.

—Ya se lo advertí a sus majestades, se lo advertí —dijo el cuervo Patas Amarillas—. Se entra fácilmente pero no se sale con la misma facilidad, ¡tal como dijo la langosta desde el interior del cesto!

—He estado con el príncipe esta mañana —prosiguió Edmund—. No está acostumbrado, y tanto peor para él, a que contraríen su voluntad, y se siente muy irritado por tus largas dilaciones y respuestas dubitativas. Esta mañana me ha insistido mucho en conocer tu decisión. Yo dejé la cuestión en el aire, con la intención al mismo tiempo de reducir sus esperanzas con algunas chanzas corrientes sobre los caprichos de las señoras, e insinué que era probable que su galanteo se viera rechazado. Se mostró muy enojado y peligroso. Hubo una especie de amenaza, aunque todavía velada bajo una muestra de cortesía, en cada una de sus palabras.

—Sí —corroboró Tumnus—, y cuando cené con el gran visir anoche, ocurrió lo mismo. Me preguntó qué me parecía Tashbaan, y yo, que no podía decirle que odiaba cada una de sus piedras y tampoco quería mentir, respondí que ahora, con la llegada de los días más calurosos del verano, mi corazón anhelaba los frescos bosques y las laderas cubiertas de rocío de Narnia. Me dedicó una sonrisa que no auguraba nada bueno y dijo: «No hay nada que te impida volver a danzar allí, pequeño cabritillo; siempre y cuando nos dejéis a cambio una novia para nuestro príncipe».

—¿Quieres decir que me convertiría en su esposa por la fuerza? —exclamó Susan.

—Eso es lo que temo, Susan —respondió Edmund—. Esposa, o esclava, que es peor.

—Pero ¿cómo puede hacerlo? ¿Cree el Tisroc que nuestro hermano, el Sumo Monarca, toleraría tal ultraje?

—Mi señor —dijo Peridan al rey—, no es posible que estén tan locos. ¿Creen acaso que no existen espadas y lanzas en Narnia?

—¡Ay! —dijo éste—. Lo que yo creo es que el Tisroc no siente demasiado temor de Narnia. Somos un país pequeño. Y países pequeños en las fronteras de un gran imperio siempre resultaron odiosos para los señores del gran imperio. Ansía suprimirlos, engullirlos. Cuando toleró que el príncipe fuera a Cair Paravel como tu pretendiente, hermana, puede que únicamente buscara un motivo para atacarnos. Lo más probable es que espere engullir de un bocado Narnia y Archenland a la vez.

—Que lo intente —declaró el segundo enano—. Para mar somos tan poderosos como él. Y para atacarnos por tierra tiene que cruzar el desierto.

—Cierto, amigo mío —repuso Edmund—. Pero ¿es el desierto una defensa segura? ¿Qué dice Patas Amarillas?

—Conozco bien el desierto —contestó el cuervo—, pues lo sobrevolé a lo largo y a lo ancho cuando era más joven...

Desde luego Shasta aguzó bien el oído para escuchar aquello.

—... Y una cosa es segura: si el Tisroc toma el camino del gran oasis no podrá conducir jamás un gran ejército hasta Archenland. Pues si bien podrían alcanzar el oasis al final de su primer día de marcha, los manantiales que hay allí son demasiado pequeños para la sed de todos esos soldados y sus animales. Pero existe otro camino.

Shasta escuchó con más atención aún.

—Quien quiera encontrar ese camino —siguió el cuervo— debe partir desde las Tumbas de los Antiguos Reyes y cabalgar al noroeste de modo que el pico doble del monte Pire quede siempre ante él. Y de este modo, tras un día de marcha o poco más, llegara al inicio de un valle pedregoso, que es tan estrecho que un hombre podría hallarse a doscientos metros de él y no darse cuenta de que está allí. Y al contemplar este valle no verá ni hierba ni agua ni nada que sea bueno. Pero si cabalga por él llegará a un río y siguiendo su curso penetrará en Archenland.

—¿Y conocen los calormenos este camino en dirección oeste? —inquirió la reina.

—Amigos, amigos —intervino Edmund—, ¿de qué sirve toda esta conversación? No se trata de si vencería Narnia o Calormen en caso de que estallara la guerra entre ellos. Queremos saber cómo salvar el honor de la reina y nuestras propias vidas al salir de esta ciudad malvada. Pues aunque mi hermano, Peter, el Sumo Monarca, derrotara al Tisroc una docena de veces, mucho antes de ese día nos habrían cortado el cuello y la reina sería la esposa, o con más probabilidad, la esclava, de ese príncipe.

—Tenemos nuestras armas, majestad —dijo el primer enano—, y esta casa se puede defender bastante bien.

—En cuanto a eso —respondió el rey—, no pongo en duda que cada uno de nosotros vendería cara su vida en la puerta y que sólo llegarían a la reina pasando por encima de nuestros cadáveres. De todos modos, no seríamos más que ratas peleando en una trampa al fin y al cabo.

—Muy cierto —graznó el cuervo—. Todo esto de hacerse fuerte en una casa ha dado origen a relatos muy interesantes, pero nada se consiguió jamás con ello. Tras verse rechazado unas cuantas veces, el enemigo siempre prende fuego a la casa.

—Yo soy la causa de todo esto —dijo Susan, prorrumpiendo en lágrimas—. ¡Ojalá no hubiera abandonado jamás Cair Paravel! Nuestro último día feliz fue antes de que llegaran aquellos embajadores de Calormen. Los topos estaban plantando un huerto para nosotros... ay... ay. —Y enterró el rostro en las manos y empezó a sollozar.

—Valor, Susan, valor —repuso Edmund—. Recuerda... pero ¿qué es lo que le sucede, señor Tumnus?

Pues el fauno se sujetaba los dos cuernos con las manos como si intentara mantener la cabeza en su sitio mediante ellas y se retorcía de un lado a otro como si sintiera un gran dolor en su interior.

—No me habléis, no me habléis —respondió Tumnus—. Estoy pensando. Estoy pensando de tal modo que apenas puedo respirar. Esperad, esperad, esperad, por favor.

Se produjo un momento de perplejo silencio y a continuación el fauno alzó los ojos, aspiró un buen rato, se secó la frente y dijo:

—La única dificultad es cómo bajar hasta nuestro barco, con algunas provisiones además, sin que nos vean y nos detengan.

—Sí —replicó un enano con frialdad—; del mismo modo que la única dificultad del mendigo cuando quiere cabalgar es que no tiene caballo.

—Aguardad, aguardad —insistió el señor Tumnus, impaciente—. Todo lo que necesitamos es algún pretexto para bajar a nuestro barco hoy y transportar material a bordo.

—Sí —dijo el rey Edmund en todo dubitativo.

—Bien, pues —siguió el fauno—, ¿qué os parecería si sus majestades rogaran al príncipe que asistiera a un gran banquete que se celebraría en nuestro galeón, el *Esplendor Diáfano*, mañana por la noche? Y que el mensaje esté redactado con toda la gentileza de que sea capaz la reina sin comprometer su honor, para dar al príncipe una esperanza de que empieza a ceder.

—Ésta es una buena trama, mi señor —graznó el cuervo.

—Y luego —continuó Tumnus, muy exaltado—, todo el mundo esperará que nos pasemos el día bajando al barco, para hacer todos los preparativos para nuestros invitados. Y algunos de nosotros podemos ir a los bazares y gastar todo lo que tengamos en los puestos de los fruteros, los vendedores de dulces y los comerciantes de vinos, como haríamos si estuviéramos organizando realmente un banquete. Y podemos contratar ilusionistas, malabaristas, bailarinas y flautistas, para que estén todos a bordo mañana por la noche.

—Entiendo, entiendo —repuso el rey Edmund, frotándose las manos.

—Y entonces —prosiguió Tumnus— estaremos todos a bordo esta noche. Y en cuanto oscurezca...

—¡Arriba las velas y fuera los remos...! —dijo el monarca.

—Y nos haremos a la mar —exclamó Tumnus, dando un salto e iniciando un baile.

—Y con la proa hacia el norte —añadió el primer enano.

—¡Corriendo hacia casa! ¡Narnia y el norte nos esperan! —respondió el otro.

—¡Y el príncipe despertará a la mañana siguiente y descubrirá que los pájaros han volado! —dijo Peridan, aplaudiendo.

—¡Oh, maese Tumnus, querido maese Tumnus! —exclamó la reina, tomándolo de las manos y dando vueltas con él mientras el fauno bailaba—. Nos has salvado a todos.

—El príncipe nos perseguirá —indicó otro noble, cuyo nombre no había oído Shasta.

—Ése es el menor de mis temores —repuso Edmund—. He visto todas las naves del río y allí no hay ningún gran barco de guerra ni galeras veloces. ¡Ojalá nos persiga! Porque el *Esplendor Diáfano* puede hundir cualquier nave..., en el caso de que nos diera alcance.

—Mi señor —dijo el cuervo—, no escucharíais mejor estratagema que la del fauno aunque permaneciéramos en consejo durante siete días. Y ahora, tal como decimos nosotras las aves, los nidos antes que los huevos, que viene a decir, comamos primero y luego pongámonos manos a la obra de inmediato.

Todos se levantaron al escuchar aquello y se abrieron las puertas y los nobles y las criaturas se colocaron a un lado para permitir que el rey y la reina salieran primero. Shasta se preguntó qué debía hacer, pero el señor Tumnus le dijo:

—Quedaos ahí acostado, alteza, y os traeré un buen almuerzo dentro de unos momentos. No es necesario que os mováis hasta que estemos listos para embarcar.

Así pues, Shasta apoyó la cabeza de nuevo en los almohadones y no tardó en quedarse solo en la habitación.

«Es terrible», pensó, y ni por un momento se le pasó por la cabeza contar a aquellos narnianos toda la verdad y solicitar su ayuda. Habiendo sido criado por un hombre duro y avaro como Arsheesh, tenía por costumbre no contar nada a los adultos si podía evitarlo: pensaba que siempre lo estropearían todo o impedirían cualquier cosa que uno intentara hacer. Se dijo que incluso aunque el rey de Narnia pudiera mostrarse amistoso con los dos caballos porque eran bestias parlantes de su país, odiaría a Aravis por ser una calormena, y o bien la vendería como esclava o la enviaría de regreso con su padre. En cuanto a él mismo, «Sencillamente no me atrevo a decirles que no soy el príncipe Corin —pensó—. He oído todos sus planes. Si supieran que no soy uno de ellos, jamás me dejarían salir con vida de esta casa. Temerían que los delatara al Tisroc. Me matarían. ¡Y si aparece el auténtico Corin, todo se sabrá! ¡Me van a matar!». No tenía, como puedes ver, ni idea del modo en que actúa la gente noble y que ha nacido libre.

«¿Qué voy a hacer? ¿Qué voy a hacer? —no dejaba de repetirse—. Vaya... ahí vuelve esa criatura que parece una cabra.»

El fauno trotó al interior, medio bailando, con una bandeja en las manos que era casi tan grande como él. La depositó sobre una mesa con adornos de marquetería situada junto al sofá de Shasta, y se sentó sobre el suelo alfombrado con las patas de cabra cruzadas.

—Ahora, principito —dijo—. Comed bien. Será vuestra última comida en Tashbaan.

Fue una comida magnífica al estilo de Calormen. No sé si a ti te habría gustado o no, pero a Shasta le gustó. Había langostas, ensalada, agachadiza rellena de almendras y trufas, un complejo plato realizado con hígados de pollo, arroz, pasas y nueces, y había melones fríos y dulces de grosellas y también de moras, y toda clase de cosas agradables que puedan hacerse con helado. También había una pequeña jarra de vino del que llaman «blanco», aunque en realidad sea amarillo.

Mientras Shasta comía, el buen fauno, que pensaba que el muchacho estaba todavía aturdido por una insolación, no dejó de hablarle sobre lo bien que iría todo cuando hubieran regresado a casa; sobre su anciano padre el rey Lune de Archenland y el castillo donde vivía, en las laderas meridionales del desfiladero.

—Y no olvidéis —le dijo el señor Tumnus—, que se os ha prometido vuestra primera armadura y vuestro primer caballo de batalla para el próximo cumpleaños. Y entonces su alteza empezará a aprender a participar en justas y torneos. Y dentro de unos cuantos años, si todo va bien, el rey Peter ha prometido a vuestro real padre que él mismo os nombrará caballero en Cair Paravel. Y mientras tanto tendrán lugar muchas idas y venidas entre Narnia y Archenland a través del paso de las montañas. Y desde luego, recordaréis que habéis prometido venir a quedaros conmigo toda una semana durante el festival de verano, y a lo largo de toda la noche habrá hogueras y bailes de faunos y driades en el corazón del bosque y, ¿quién sabe?... ¡a lo mejor veremos al mismo Aslan!

Terminada la comida el fauno indicó a Shasta que permaneciera tranquilamente donde estaba.

—Y no os haría ningún daño dormir un poco —añadió—. Os despertaré con tiempo más que suficiente para subir a bordo. Y luego, a casa. ¡Narnia y el norte nos esperan!

Shasta había disfrutado tanto con la comida y con todas las cosas que Tumnus le había contado que cuando se quedó solo sus pensamientos tomaron un giro distinto. Sólo deseaba que el auténtico príncipe Corin no regresara hasta que fuera demasiado tarde y que a él se lo llevaran a Narnia en el barco. Me temo que no se le ocurrió pensar en absoluto sobre lo que le podría suceder al auténtico Corin cuando se encontrara abandonado en Tashbaan. Le preocupaba un poco pensar que Aravis y Bree lo estarían esperando en las Tumbas; pero entonces se dijo: «Bueno, ¿y qué puedo hacer?» y «De todos modos, esa Aravis cree que es demasiado buena para andar por ahí conmigo, de modo que por mí puede ir sola», y al mismo tiempo no podía evitar pensar que resultaría mucho más agradable ir a Narnia por mar que avanzando penosamente por el desierto.

Una vez que hubo pensado en todo aquello, hizo lo que supongo que cualquiera habría hecho si se hubiera levantado muy temprano, efectuado una larga caminata, disfrutado de muchas emociones, devorado una comida deliciosa y luego se hallara acostado en un sofá en una habitación fresca y silenciosa salvo por el zumbido de alguna abeja que hubiera entrado por una de las ventanas abiertas: se durmió.

Lo despertó un fuerte estrépito y saltó del sofá con los ojos muy abiertos. Comprendió al instante, por el simple aspecto de la habitación —las luces y sombras tenían todas un aspecto distinto— que debía de haber dormido durante varias horas. También vio la causa del estrépito: un valioso jarrón de porcelana que había estado colocado sobre el alféizar de la ventana estaba en el suelo roto en treinta pedazos. Sin embargo apenas prestó atención a aquellas cosas; en lo que sí se fijó fue en dos manos que se sujetaban al alféizar desde el exterior. Se aferraron cada vez con más fuerza, hasta que los nudillos se tornaron blancos, y a continuación apareció una cabeza y un par de hombros. Al cabo de un instante, un muchacho de la misma edad que Shasta estaba sentado a horcajadas en la ventana, con una pierna colgando en el interior de la habitación.

Shasta no se había visto nunca el rostro en un espejo, y aunque lo hubiera hecho, podría no haberse dado cuenta de que, en condiciones normales, el otro muchacho debía de ser casi idéntico a él. En aquel momento, no obstante, el recién llegado no se parecía especialmente a nadie ya que tenía el ojo morado más espectacular que uno hubiera visto jamás; le faltaba un diente, y las ropas, que sin duda eran magníficas cuando se las puso, estaban desgarradas y sucias, y además tenía el rostro manchado de sangre y barro.

—¿Quién eres? —preguntó el muchacho en un susurro.

—¿Eres el príncipe Corin? —inquirió Shasta.

—Sí, claro. Pero ¿quién eres tú?

—No soy nadie, nadie en particular, quiero decir —repuso Shasta—. El rey Edmund me atrapó en la calle y me confundió contigo. Supongo que debemos de parecernos. ¿Puedo salir del mismo modo que entraste tú?

—Sí, si sabes trepar —dijo Corin—. Pero ¿por qué tienes tanta prisa? Caramba, sería divertido aprovechar eso de que nos confundan al uno con el otro.

—No, no —protestó Shasta—. Debemos intercambiar nuestros puestos inmediatamente. Resultaría espantoso si el señor Tumnus regresara y nos encontrara a los dos aquí. He tenido que fingir ser tú. Y te vas esta noche, en secreto. Por cierto, ¿dónde has estado todo este tiempo?

—Un muchacho de la calle contó un chiste repugnante sobre la reina Susan —explicó el príncipe Corin—, de modo que lo derribé de un puñetazo. Se marchó chillando a una casa y salió su hermano mayor, así que lo derribé a él también. Entonces todos salieron en mi persecución hasta que tropezamos con tres hombres mayores con lanzas a los que llaman la Ronda. Entonces peleé con la Ronda y ellos me derribaron. Empezaba a oscurecer para entonces, y la Ronda me llevó para encerrarme en alguna parte. Yo les pregunté si les gustaría una jarra de vino y dijeron que no les importaría tomarla, así que los conduje a una vinatería y les pedí un poco de vino y ellos se sentaron y bebieron hasta quedarse dormidos. Pensé que ya era hora de que me marchara; me fui en silencio y entonces encontré al primer muchacho, el que había empezado todo el embrollo, que todavía andaba por allí. De modo que le volví a pegar. Después de eso trepé por una tubería hasta el tejado de una casa y me quedé allí muy quieto hasta que empezó a amanecer. Desde entonces he estado intentando encontrar el camino de regreso. Oye, ¿hay algo de beber?

—No, me lo he bebido yo —respondió Shasta—. Y ahora, muéstrame cómo entraste. No hay tiempo que perder. Será mejor que te acuestes en el sofá y finjas..., pero me olvidaba. No servirá de nada con todos esos golpes y el ojo morado. Tendrás que decirles la verdad, una vez que yo me haya ido.

—¿Qué otra cosa pensabas que les diría? —inquirió el príncipe con una expresión más bien enojada—. ¿Y quién eres tú?

—No hay tiempo —respondió Shasta con un susurro histérico—. Soy un narniano, creo; de alguna parte del norte, seguro. Pero he pasado toda la vida en Calormen. Y voy a escapar: cruzando el desierto; con un caballo parlante llamado Bree. Y ahora, ¡rápido! ¿Cómo salgo?

—Mira —respondió Corin—, déjate caer desde esta ventana sobre el techo de la terraza. Pero debes hacerlo sin hacer ruido, disimuladamente, o te oirán.

Luego, si sigues hacia la izquierda podrás subir a lo alto de aquella pared si es que sabes trepar. A continuación sigue la pared hasta la esquina. Salta sobre el montón de basura que encontrarás en el exterior, y estarás fuera.

—Gracias —dijo Shasta, que estaba sentado ya en el alféizar.

Los dos muchachos se miraron mutuamente al rostro y de improviso descubrieron que eran amigos.

—Adiós —respondió Corin—. Y buena suerte. Espero que consigas escapar sin problemas.

—Adiós —repuso Shasta—. ¡Yo diría que has corrido una buena aventura!

—Nada comparada con la tuya —contestó el príncipe—. Ahora déjate caer; con cuidado... Oye —añadió mientras el otro saltaba—, espero que nos encontremos en Archenland. Ve a ver a mi padre, el rey Lune, y dile que eres un amigo mío. ¡Cuidado! Oigo acercarse a alguien.

Capítulo seis

Shasta entre las Tumbas

Shasta corrió sigilosamente, sin hacer ruido, por el techo, que estaba muy caliente y le quemaba los pies desnudos. Necesitó apenas unos pocos segundos para encaramarse a la pared del extremo opuesto, y cuando llegó a la esquina descubrió a sus pies una calle estrecha y maloliente, y allí estaba el montón de basura apoyado contra la pared, tal como Corin le había dicho. Antes de saltar echó una veloz mirada a su alrededor para orientarse. Al parecer había ido a parar a lo alto de la cima de la colina-isla sobre la que estaba construida Tashbaan. Todo descendía ante él, tejados lisos tras tejados lisos, bajando hasta las torres y almenas de la muralla septentrional de la ciudad. Más allá de ésta estaba el río y, pasado el río, una corta pendiente cubierta de jardines. Sin embargo, más allá aún había algo que no se parecía a nada que hubiera visto; una cosa enorme de un color amarillo grisáceo, llana como un mar en calma, y que se extendía durante kilómetros. Al otro extremo de aquello se veían enormes masas azules, aterronadas pero con bordes afilados, y algunas de ellas con la parte superior blanca.

«¡El desierto! ¡Las montañas!», pensó Shasta.

Saltó sobre el montón de basura y empezó a trotar colina abajo, tan de prisa como pudo, por la estrecha callejuela, que no tardó en conducirlo a una calle más ancha donde había más gente. Nadie se molestó en mirar al chiquillo harapiento que corría descalzo, pero, de todos modos, se sintió inquieto y preocupado hasta que dobló una esquina y vio las puertas de la ciudad ante sí. Aquí se vio apretujado y empujado ligeramente, pues había mucha gente que también se dirigía a la salida; y en el puente situado al otro lado de la entrada la multitud se convirtió en una lenta procesión, más parecida a una cola que a una muchedumbre. Allí en el exterior, con una transparente corriente de agua a ambos lados, el ambiente resultaba deliciosamente fresco tras el olor, el calor y el ruido de Tashbaan.

En cuanto alcanzó el otro extremo del puente, Shasta se encontró con que la multitud se disolvía: todo el mundo parecía dirigirse a la izquierda o a la derecha a lo largo de la orilla del río. El muchacho en cambio se dirigió directo al frente, ascendiendo por una carretera que no parecía muy utilizada, situada entre jardines. Al cabo de unos pocos metros se encontró totalmente solo, y unos cuantos metros más lo llevaron a lo alto de la cuesta. Allí se detuvo y abrió desmesuradamente los ojos. Era como llegar al fin del mundo, pues toda la maleza se detenía de un modo repentino ante él y allí empezaba la arena: una arena plana e interminable, como en una playa pero un poco más áspera porque no estaba nunca mojada. Las montañas, que entonces parecían más lejanas que antes, se elevaban amenazadoras al frente. Con gran alivio por su parte vio, a unos cinco minutos de marcha a su izquierda, lo que sin duda debían de ser las Tumbas, tal como las había descrito Bree; enormes masas de piedra desmoronada en forma de colmenas gigantes, pero un poco más estrechas. Parecían muy negras y siniestras, pues el sol empezaba a ponerse justo por detrás de ellas.

Volvió el rostro al oeste y corrió hacia las Tumbas. No pudo evitar buscar con insistencia cualquier señal de sus amigos, a pesar de que el sol que se ponía le daba directamente en el rostro y apenas podía ver nada. «Y de todos modos —pensó—, seguro que estarán al otro lado de la Tumba más alejada, no en este lado, donde cualquiera podría verlos desde la ciudad.»

Había unas doce Tumbas, cada una con una entradita en forma de arco que daba a una oscuridad total. Estaban desperdigadas por el terreno sin ninguna clase de orden, de modo que se tardaba bastante, dando la vuelta a ésa y rodeando aquélla, en poder estar seguro de que se había mirado en la parte posterior de todas y cada una de las tumbas. Eso fue lo que Shasta tuvo que hacer. Pero no encontró a nadie.

Allí, en el borde del desierto, reinaba un gran silencio, y el sol se había puesto ya por completo.

Repentinamente, de algún lugar situado detrás de él surgió un terrible sonido. Shasta sintió que el corazón le daba un gran vuelco y tuvo que morderse la lengua para evitar lanzar un grito. Al cabo de un momento supo de qué se trataba: eran las trompetas de Tashbaan que sonaban para anunciar el cierre de las puertas.

—No seas cobarde —se dijo Shasta—. Pero ¡si no es más que el sonido que has oído esta mañana!

Claro que existe una gran diferencia entre un sonido que te permite entrar con tus amigos por la mañana, y otro que te cierra el acceso cuando estás solo al anochecer. Y ahora que las puertas estaban cerradas comprendió que no existía la menor posibilidad de que los otros se reunieran con él aquella noche. «O bien se han quedado encerrados en Tashbaan para pasar la noche —pensó el muchacho— o se han ido sin mí. No me extrañaría nada que Aravis hiciera algo así. Pero Bree no lo haría. ¡No, él no me haría eso! ¿O sí?»

La idea que Shasta tenía de Aravis volvía a ser totalmente errónea. La chiquilla era orgullosa y podía ser muy difícil de tratar, pero era de fiar como el acero y jamás habría abandonado a un compañero, tanto si éste le caía bien como si no.

Ahora que sabía que tendría que pasar la noche solo y, a cada minuto que pasaba, oscurecía más; a Shasta empezó a gustarle cada vez menos el aspecto de aquel lugar. Había algo muy inquietante en aquellas enormes y silenciosas formas de piedra. Llevaba mucho rato haciendo un esfuerzo supremo para no pensar en espectros: pero ya no conseguía aguantar más.

—¡Uh! ¡Uh! ¡Socorro! —gritó de repente, pues en ese instante sintió que algo le tocaba la pierna.

No creo que pueda culparse a nadie por gritar si algo se le acerca por detrás y lo toca; no en un lugar como aquél y en un momento así, en que uno ya está asustado. El caso es que Shasta se sintió demasiado aterrorizado como para echar a correr. Cualquier cosa habría sido mejor que dar vueltas y más vueltas alrededor de las sepulturas de los Antiguos Reyes perseguido por algo a lo que no se atrevía a mirar. En su lugar, hizo sin duda lo más sensato que podía hacer. Volvió la cabeza; y el corazón casi le estalló de alivio. Lo que lo había tocado no era más que un gato.

La luz era demasiado pobre ya para que Shasta pudiera distinguir gran cosa del animal, excepto que era grande y muy solemne. Parecía como si hubiera vivido durante muchos, muchos años, entre las Tumbas, solo, y sus ojos hacían pensar que poseía secretos que no quería contar.

—Minino, minino —llamó Shasta—. Supongo que tú no eres un gato parlante.

El gato lo miró más fijamente que antes. Luego empezó a alejarse y sin pensárselo dos veces, Shasta lo siguió. El animal lo condujo por entre las Tumbas y lo apartó de ellas, hasta llegar al lado que daba al desierto; una vez allí se sentó muy tieso con la cola enrollada alrededor de las patas y con el rostro vuelto en dirección al desierto, a Narnia y al norte, tan inmóvil como si vigilara la llegada de algún enemigo. Shasta se acostó junto a él con la espalda en contacto con el gato y el rostro vuelto hacia las Tumbas, porque si uno se siente nervioso no hay nada como tener el rostro vuelto en dirección al peligro y algo cálido y sólido a la espalda. La arena no le habría parecido muy cómoda a otro, pero Shasta llevaba semanas durmiendo en el suelo y apenas lo notó. No tardó en dormirse, aunque incluso en sus sueños siguió preguntándose qué habría sucedido con Bree, Aravis y Hwin.

Lo despertó repentinamente un sonido que no había oído nunca.

—Tal vez sea sólo una pesadilla —se dijo.

En ese mismo instante se dio cuenta de que el gato ya no estaba a su espalda y lamentó que se hubiera ido. De todos modos se quedó acostado muy quieto, sin siquiera abrir los ojos, porque estaba seguro de que se sentiría más asustado si se incorporaba y paseaba la mirada por las Tumbas y la soledad; igual que cualquiera de nosotros se quedaría inmóvil con la cabeza bajo las sábanas. Pero entonces volvió a oírse el ruido; un grito penetrante y ronco que surgió a su espalda desde el interior del desierto. En esa ocasión, desde luego, sí que abrió los ojos y se incorporó.

La luna brillaba con fuerza. Las Tumbas —mucho más grandes y cercanas de lo que imaginaba— aparecían grises bajo la luz de la luna. En realidad, se parecían tremendamente a personas enormes, envueltas en túnicas grises que les cubrían cabezas y rostros; no eran en absoluto cosas que uno agradece tener cerca cuando se pasa la noche en un lugar desconocido. Sin embargo, el ruido procedía de la dirección opuesta, del desierto. Shasta se vio obligado a dar la espalda a las Tumbas, lo que no le hizo ninguna gracia, y fijar la mirada en la llanura de lisa arena. El salvaje grito volvió a sonar.

«Espero que no se trate de más leones», pensó. A decir verdad no se parecía mucho a los rugidos de león que había oído la noche que encontraron a Hwin y Aravis, y era en realidad el grito de un chacal; aunque, claro está, Shasta no lo sabía. Incluso, de haberlo sabido, tampoco habría sentido muchas ganas de encontrarse con un chacal.

Los gritos resonaron una y otra vez.

«Sea lo que sea, hay más de uno —pensó—. Y se van acercando.»

Supongo que si hubiera sido un muchacho sensato habría regresado por entre las Tumbas hasta llegar más cerca del río, donde había casas y era menos probable que se acercaran los animales salvajes. Claro que estaban, o él creía que estaban, los espectros, y regresar pasando por las Tumbas significaría pasar junto a las oscuras entradas de los sepulcros; y ¿qué podría salir de ellos? Tal vez fuera una estupidez, pero Shasta sintió que prefería arriesgarse con los animales salvajes. Luego, a medida que los gritos se fueron acercando más, empezó a cambiar de idea.

Estaba a punto de salir corriendo cuando de repente, entre él y el desierto, apareció un animal dando saltos. Como la luna quedaba a su espalda, parecía totalmente negro, y Shasta no supo lo que era, sólo distinguió que tenía una enorme cabeza peluda y andaba a cuatro patas. No pareció advertir la presencia del muchacho, pues se detuvo de repente, volvió la cabeza en dirección al desierto y profirió un rugido que resonó por entre las Tumbas y pareció estremecer la arena bajo los pies del niño. Los gritos de las otras criaturas cesaron súbitamente y al muchacho le pareció oír patas que se marchaban corriendo. Entonces la enorme bestia se volvió para estudiar a Shasta.

«Es un león, sé que es un león —pensó Shasta—. Estoy perdido. ¿Dolerá mucho? Ojalá ya hubiera acabado todo. Me pregunto si sucede algo después de morir. ¡Ooooh! ¡Ahí viene!» Cerró los ojos y apretó los dientes con fuerza.

No obstante, en lugar de colmillos y zarpas sólo sintió algo cálido que se tumbaba a sus pies, y cuando abrió los ojos exclamó:

—¡Caramba, pero si no es tan grande como creía! Es la mitad de lo que yo había pensado. No, no es ni una cuarta parte. ¡Vaya! Pero ¡si no es más que el gato! Debo de haber soñado todo eso de que era tan grande como un caballo.

Y tanto si había estado soñando como si no, lo que estaba en aquellos momentos tumbado a sus pies, y contemplándolo de un modo desconcertante con sus enormes y fijos ojos verdes, era el gato; aunque desde luego uno de los gatos más grandes que había visto jamás.

—Minino —jadeó Shasta—. Cuánto me alegro de verte de nuevo. He tenido unos sueños horribles.

Volvió a acostarse inmediatamente, su espalda en contacto en el lomo del gato, tal como habían estado al inicio de la noche, y el calor del animal embargó todo su cuerpo.

—Jamás volveré a hacerle una jugarreta a un gato mientras viva —prometió, medio al gato medio a sí mismo—. Lo hice una vez, ¿sabes? Arrojé piedras a un sarnoso gato callejero medio muerto de hambre. ¡Eh! Deja de hacer eso. —El gato se había dado la vuelta y lo había arañado—. Nada de eso —ordenó Shasta—. Cualquiera diría que comprendes lo que digo. —A continuación se quedó dormido.

A la mañana siguiente, cuando despertó, el gato se había ido, el sol ya había salido y la arena ardía. Shasta, muerto de sed, se sentó y se frotó los ojos. El desierto mostraba un blanco cegador y, aunque se oía un murmullo de voces procedente de la ciudad situada a su espalda, el lugar donde estaba sentado se hallaba en perfecto silencio. Cuando miró un poco hacia la izquierda y el oeste, para que el sol no le diera en los ojos, vio las montañas en el otro extremo del desierto, tan definidas y nítidas que parecían hallarse a pocos pasos de distancia. Advirtió especialmente una cima azulada que se dividía en dos picos en lo alto y decidió que aquello debía de ser el monte Pire. «Ésa es nuestra dirección, a juzgar por lo que dijo el cuervo —pensó—, así pues me aseguraré de ello, para no perder tiempo cuando los otros aparezcan.» De modo que efectuó un profundo surco bien definido con el pie, que señalaba directamente hacia el monte Pire.

La siguiente tarea, por supuesto, era conseguir algo de comer y beber. Shasta trotó de regreso por entre las Tumbas —ahora parecían normales y corrientes y se preguntó cómo podía haber sentido miedo de ellas— y descendió hasta los terrenos de cultivo situados junto al río. Había unas cuantas personas por allí, pero no muchas, ya que las puertas de la ciudad llevaban abiertas varias horas y las multitudes de primeras horas de la mañana ya habían entrado en ella. Debido a ello no tuvo demasiados problemas para efectuar una pequeña «incursión», como lo llamaba Bree. Requirió escalar el muro de un jardín y dio como resultado la obtención de tres naranjas, un melón, un higo o dos, y una granada. Después de eso, bajó a la orilla del río, pero no demasiado cerca del puente, y bebió. El agua resultaba tan agradable que se quitó las ardientes y sucias ropas y se dio un chapuzón; pues desde luego, al haber vivido en la playa toda su vida, Shasta había aprendido a nadar casi al mismo tiempo que a andar. Cuando salió se acostó en la hierba mirando por encima del agua a Tashbaan, contemplando todo su esplendor, poder y gloria. Aquello le hizo recordar también sus peligros. De repente se dio cuenta de que los otros podrían haber llegado a las Tumbas mientras él se bañaba —«y probablemente haberse marchado sin mí», se dijo— de modo que se vistió muy asustado y regresó corriendo a tal velocidad que estaba sudoroso y sediento cuando llegó y de nada le sirvió haberse dado un baño.

Tal como acostumbra a suceder cuando uno está solo y espera algo, aquel día pareció tener cien horas. Tuvo mucho tiempo para pensar, desde luego, pero permanecer sentado a solas, pensando únicamente, hace que el tiempo transcurra muy despacio. Pensó mucho en los narnianos y en especial en Corin, y se preguntó qué habría sucedido cuando descubrieron que el muchacho que había estado acostado en el sofá y escuchando todos sus planes secretos no era Corin en realidad. Resultaba muy desagradable pensar que todas aquellas personas tan amables lo tomarían por un traidor.

Sin embargo, mientras el sol ascendía muy lentamente hasta lo alto del cielo y luego volvía a descender muy despacio hacia el oeste, y no aparecía nadie ni sucedía nada, empezó a sentirse más y más inquieto. Y entonces se dio cuenta de que cuando acordaron esperarse mutuamente en las Tumbas nadie había dicho nada sobre «cuánto tiempo». ¡No podía aguardar allí durante el resto de su vida! Y muy pronto volvería a oscurecer, y tendría que pasar otra noche idéntica a la anterior. Una docena de planes distintos pasaron por su mente, todos ellos pésimos, y al final escogió el peor de todos. Decidió aguardar hasta que oscureciera y luego regresar al río, robar tantos melones como pudiera transportar y marchar en dirección al monte Pire solo, confiando, para determinar la dirección a seguir, en la línea que había dibujado aquella mañana en la arena. Era una idea disparatada y si hubiera leído tantos libros como tú sobre viajes por desiertos jamás se le habría ocurrido; pero Shasta no había leído un libro en su vida.

Antes de que se pusiera el sol sucedió algo. Shasta estaba sentado a la sombra de una de las Tumbas cuando alzó la mirada y vio dos caballos que iban hacia él. A continuación el corazón le dio un vuelco, pues reconoció en ellos a Bree y a Hwin. Pero al cabo de un momento se le cayó el alma a los pies de nuevo. No se veía ni rastro de Aravis. Los caballos los conducía un hombre extraño, un hombre armado elegantemente vestido, como un esclavo de rango superior en una familia importante. Bree y Hwin ya no iban disfrazados de caballos de carga, sino que llevaban silla y brida. ¿Qué podía significar todo aquello? «Es una trampa —pensó Shasta—. Alguien ha atrapado a Aravis. Tal vez la hayan torturado y ella lo haya confesado todo. ¡Quieren que salga, que corra hacia ellos y le hable a Bree, y entonces también me atraparán a mí! Y sin embargo, si no lo hago, puedo perder mi única oportunidad de reunirme con los demás. Cómo desearía saber qué ha sucedido.» Y se ocultó tras la Tumba, echando un vistazo cada pocos minutos, mientras se preguntaba qué era lo menos peligroso que podía hacer.

Capítulo siete

Aravis en Tashbaan

Lo que realmente había sucedido era esto. Cuando Aravis vio cómo los narnianos se llevaban a Shasta y se encontró sola con dos caballos que —muy sensatamente— no decían ni una palabra, no perdió los nervios ni por un segundo. Agarró el cabestro de Bree y permaneció quieta, sujetando a los dos caballos; y a pesar de que su corazón martilleaba con fuerza, no dejó traslucir nada. En cuanto los nobles narnianos hubieron pasado intentó seguir adelante otra vez; pero antes de que pudiera dar un paso, otro pregonero —«Qué pesada es toda esta gente», pensó Aravis— dejó oír su voz: «¡Abrid paso, abrid paso, abrid paso! ¡Abrid paso a la tarkina Lasaraleen!», e inmediatamente, siguiendo al pregonero, aparecieron cuatro esclavos armados y luego cuatro porteadores que transportaban una litera llena de revoloteantes cortinas de seda y tintineantes campanillas de plata que perfumó toda la calle con fragancias y flores. Detrás de la litera iban esclavas vestidas con hermosas prendas, y luego unos cuantos caballerizos, mensajeros, pajes y gente por el estilo. Y entonces Aravis cometió su primera equivocación.

Conocía bastante bien a Lasaraleen —casi como si hubieran ido juntas a la escuela— ya que a menudo se habían alojado en las mismas casas y asistido a las mismas fiestas, y por ese motivo no pudo evitar alzar los ojos para ver qué aspecto tenía Lasaraleen ahora que estaba casada y era, además, una persona muy importante.

Resultó fatal. Los ojos de las dos muchachas se encontraron, e inmediatamente Lasaraleen se incorporó en la litera y profirió a voz en grito:

—¡Aravis! ¿Qué diablos estás haciendo aquí? Tu padre...

No había un momento que perder. Sin la menor dilación, la muchacha soltó a los caballos, sujetó el borde de la litera, se izó junto a Lasaraleen y le murmuró furiosamente al oído:

—¡Cállate! ¿Me oyes? Cállate. Tienes que ocultarme. Di a tu gente...

—Pero, querida... —empezó la otra en el mismo elevado tono de voz, pues en realidad no le importaba en absoluto llamar la atención de la gente; de hecho más bien le gustaba.

—Haz lo que te digo o no te volveré a hablar —siseó Aravis—. Por favor, por favor, hazlo de prisa, Las. Es terriblemente importante. Di a tu gente que traiga a esos dos caballos. Echa todas las cortinas de la litera y marchemos a algún lugar donde no puedan encontrarme. Y hazlo rápido.

—De acuerdo, querida —respondió ella con su voz indolente—. ¡Oíd! Que dos de vosotros traigan los caballos de la tarkina —esto lo dijo dirigiéndose a los esclavos—. Y ahora a casa. Oye, cariño, ¿realmente crees que necesitamos tener las cortinas corridas en un día como éste? Quiero decir...

Pero Aravis ya había corrido las cortinas encerrando a Lasaraleen y a sí misma en una magnífica y perfumada, pero más bien mal ventilada, especie de tienda.

—No deben verme —explicó—. Mi padre no sabe que estoy aquí. ¡Estoy huyendo!

—Pero qué emocionante —exclamó la otra—. Me muero por enterarme de todo. Hermosa, estás sentada sobre mi vestido. ¿Te importa? Eso está mejor. Es nuevo. ¿Te gusta? Lo compré en...

—Las, por favor compórtate con seriedad —dijo Aravis—. ¿Dónde está mi padre?

—¿No lo sabías? —inquirió Lasaraleen—. Está aquí, desde luego. Llegó ayer a la ciudad y anda preguntando por ti en todas partes. ¡Y pensar que tú y yo estamos aquí juntas y él no sabe nada! Es lo más divertido que he oído jamás. —Y estalló en risitas ahogadas.

Siempre había sido una persona de risa fácil, como recordó entonces Aravis.

—Pues ¡a mí no me hace gracia! —replicó—. Es muy serio. ¿Dónde puedes esconderme?

—No existe ninguna dificultad al respecto, mi querida muchacha —repuso Lasaraleen—. Te llevaré a casa. Mi esposo está fuera y nadie te verá. ¡Uf! No me gusta nada llevar las cortinas corridas. Quiero ver gente. De nada sirve tener un vestido nuevo si una va a pasearse encerrada de este modo.

—Espero que nadie te haya oído cuando has gritado como lo has hecho —dijo Aravis.

—No, no, claro, querida —respondió su compañera distraídamente—. Pero ni siquiera me has dicho aún qué te parece mi vestido.

—Otra cosa —siguió Aravis—, debes decir a tu gente que trate a esos dos caballos con mucho respeto. Eso es parte del secreto. En realidad son caballos parlantes de Narnia.

—¡No me digas! —exclamó Lasaraleen—. ¡Qué emocionante! Por cierto, ¿has visto a la reina bárbara procedente de Narnia? Se encuentra en la ciudad en estos momentos. Dicen que el príncipe Rabadash está locamente enamorado de ella. Se han celebrado fiestas, cacerías y actividades maravillosas estos últimos quince días. A mí no me parece que ella sea tan bonita. Pero algunos de los hombres de Narnia son encantadores. Me llevaron a una fiesta en el río anteayer, y llevaba puesto mi...

—¿Cómo evitaremos que tu gente vaya diciendo que tienes un visitante, vestido como el hijo de un mendigo, en tu casa? Podría llegar fácilmente a oídos de mi padre.

—Vamos, no empieces a preocuparte por tonterías, sé buena chica —dijo Lasaraleen—. Te conseguiremos prendas adecuadas en un momento. ¡Y ya hemos llegado!

Los porteadores se habían detenido y la litera empezaba a descender al suelo. Una vez que se hubieron descorrido las cortinas, Aravis descubrió que se encontraba en un patio-jardín muy parecido a aquel al que habían llevado a Shasta pocos minutos antes en otra parte de la ciudad. Lasaraleen habría entrado inmediatamente en casa pero Aravis le recordó con un frenético susurro que recomendara a los esclavos que no hablaran a nadie de la extraña visitante de su señora.

—Lo siento, querida, se me había olvidado por completo —se disculpó su amiga—. Eh, todos vosotros, y también tú, portero: hoy no se permitirá salir a nadie de la casa; y todo aquel que encuentre hablando sobre esta joven dama será azotado hasta la muerte y luego quemado vivo y después de eso permanecerá a pan y agua durante seis semanas. He dicho.

Aunque Lasaraleen había mencionado que se moría de ganas de enterarse del relato de Aravis, no mostró ninguna señal de querer escucharlo de corazón. De hecho, era mucho mejor hablando que escuchando. Insistió en que su amiga tomara un largo y fastuoso baño —los baños de Calormen son famosos— y a continuación en vestirla con las ropas más elegantes antes de permitirle explicar nada. El alboroto que organizó para elegir los vestidos casi hizo enloquecer a Aravis. Recordó entonces que Lasaraleen había sido siempre así, interesada en los vestidos, las fiestas y los chismorreos, mientras que Aravis había sentido siempre más interés por los arcos, las flechas, los caballos, los perros y la natación. Es fácil adivinar que cada una consideraba tonta a la otra. No obstante, cuando por fin estuvieron las dos sentadas frente a una buena comida, compuesta principalmente por crema batida, gelatina y helado, en una hermosa habitación sostenida por columnas —que a Aravis le habría gustado más si el malcriado mono de su anfitriona no hubiera estado dando saltos por ella todo el rato—, Lasaraleen le preguntó finalmente por qué huía de casa.

—Pero, querida —dijo Lasaraleen, cuando Aravis finalizó su relato—, ¿por qué no te casas con el tarkaan Ahoshta? Todos están locos por él. Mi esposo dice que se está convirtiendo en uno de los hombres más importantes de Calormen. Acaban de nombrarlo gran visir ahora que el viejo Axartha ha muerto. ¿No lo sabías?

—No me importa. No soporto ni verlo —respondió ella.

—Pero, querida, ¡imagínatelo! Tres palacios, y uno de ellos es ese tan hermoso que hay junto al lago en Ilkeen. Muchos collares de perlas, según me han dicho. Baños de leche de burra. Y nos veríamos una barbaridad.

—Por lo que a mí respecta, puede quedarse con sus perlas y palacios —declaró ella.

—Siempre fuiste una chica rara, Aravis —dijo Lasaraleen—. ¿Qué más quieres?

Al final, no obstante, Aravis consiguió hacer que su amiga comprendiera que estaba resuelta, e incluso discutió sus planes con ella. Decidieron que no resultaría ningún problema conseguir que los dos caballos salieran por la puerta norte y luego fueran a las Tumbas. Nadie detendría ni haría preguntas a un caballerizo bien vestido que condujera un caballo de batalla y un caballo de silla de señora al río, y Lasaraleen tenía gran cantidad de caballerizos que enviar. No resultó tan fácil, sin embargo, decidir qué hacer respecto a Aravis. Ésta sugirió que la transportaran al exterior en una litera con las cortinas corridas, pero su amiga le dijo que las literas se usaban únicamente en la ciudad y que ver una saliendo por las puertas sin duda daría origen a preguntas.

Después de que hubieran hablado durante un buen rato —y fue tan larga la conversación porque a Aravis le costó mucho conseguir que su amiga se ciñera al tema— finalmente Lasaraleen dio una palmada y exclamó:

—¡Tengo una idea! Existe un modo de salir de la ciudad sin utilizar las puertas. El jardín del Tisroc, que viva eternamente, desciende directamente hasta el agua y hay una pequeña puertecita que da a la corriente. Sólo para los habitantes de palacio, claro... pero ya sabes, querida —aquí rió disimuladamente—, nosotros somos casi gente de palacio. Oye, ha sido una suerte que vinieras a mí. El querido Tisroc, que viva eternamente, es amabilísimo. Nos pide que vayamos a palacio casi cada día y es como un segundo hogar. Quiero a todos los príncipes y princesas y «adoro» con todas la letras al príncipe Rabadash. Puedo entrar allí cuando quiera y visitar a las damas de palacio a cualquier hora del día o de la noche. ¿Por qué no deslizarme en el interior contigo, después de oscurecer, y dejarte salir por la puerta del río? Siempre hay unas cuantas barquichuelas y otras embarcaciones atadas en el exterior. E incluso aunque nos alcanzaran...

—Todo se echaría a perder —zanjó Aravis.

—Querida, no te alteres tanto —protestó Lasaraleen—. Iba a decir que incluso si nos atraparan todos dirían simplemente que se trataba de una de mis alocadas bromas. Empiezan a conocerme bastante bien. El otro día, por ejemplo... escucha, querida, es divertidísimo...

—Quería decir que todo se echaría a perder para «mí» —indicó Aravis con cierta aspereza.

—Oh... ah... sí... realmente comprendo a lo que te refieres, querida. Bueno, ¿se te ocurre un plan mejor?

A Aravis no se le ocurría, y respondió:

—No; tendremos que arriesgarnos con éste. ¿Cuándo podemos ponerlo en práctica?

—Bueno, esta noche no —respondió su amiga—. Hay una gran fiesta, para la que por cierto tengo que empezar a peinarme dentro de unos minutos, y todo el lugar estará lleno de luces. ¡Y habrá también muchísima gente! Tendrá que ser mañana por la noche.

Aquello era una mala noticia para la muchacha, pero tuvo que conformarse. La tarde transcurrió muy despacio y fue un alivio cuando Lasaraleen se marchó al banquete, pues Aravis estaba ya muy cansada de sus risitas y su charla sobre vestidos y fiestas, bodas, noviazgos y escándalos. Se acostó temprano y aquella parte del día sí la disfrutó: resultaba muy agradable tener almohadas y sábanas de nuevo.

Sin embargo el día siguiente transcurrió muy despacio. Lasaraleen quería volverse atrás con respecto al acuerdo y no dejaba de decirle a Aravis que Narnia era un país de nieves y hielo eternos habitado por demonios y hechiceros, y que estaba loca por pensar en ir allí.

—¡Y con un muchacho campesino, además! —exclamó—. Querida, piénsalo detenidamente. No está bien.

Aravis había pensado mucho en ello, pero estaba tan cansada de las tonterías de Lasaraleen en aquellos momentos que, por vez primera, empezó a pensar que viajar con Shasta era realmente bastante más divertido que la elegante vida en Tashbaan. Así pues, se limitó a responder:

—Olvidas que no seré nadie, igual que él, cuando lleguemos a Narnia. Y de todos modos, lo prometí.

—Y pensar —siguió Lasaraleen, casi llorando— que si tuvieras algo de sentido común podrías ser la esposa de un gran visir...

Aravis se marchó y fue a hablar en privado con los caballos.

—Debéis ir con un caballerizo un poco antes de la puesta del sol hasta las Tumbas —explicó—. Ya no llevaréis esos fardos. Volveréis a llevar sillas y bridas; pero tendrá que haber comida en las alforjas de Hwin y un odre lleno agua en las tuyas, Bree. El hombre tiene órdenes de dejaros a los dos tomar un buen trago en el extremo opuesto del puente.

—Y luego, ¡Narnia y el norte nos esperan! —musitó Bree—. Pero ¿y si Shasta no está en las Tumbas?

—Lo esperaremos, desde luego —respondió ella—. ¿Os habéis sentido cómodos durante vuestra estancia?

—Jamás he estado en una cuadra mejor en toda mi vida —dijo Bree—. Pero si el esposo de esa tonta tarkina amiga tuya le paga a su caballerizo mayor para que consiga la mejor avena, creo que el caballerizo mayor lo está estafando.

Aravis y Lasaraleen cenaron en la habitación de las columnas.

Unas dos horas más tarde ya estaban listas para ponerse en marcha. Aravis iba vestida para parecer una esclava de rango superior de una gran casa y llevaba un velo sobre el rostro. Habían acordado que si les hacían preguntas, Lasaraleen fingiría que Aravis era una esclava que conducía como regalo a una de las princesas.

Las dos muchachas marcharon a pie, y al cabo de unos pocos minutos llegaron a las puertas del palacio. Desde luego, allí había soldados de guardia pero el oficial conocía bastante bien a Lasaraleen e hizo que sus hombres se cuadraran y saludaran. Pasaron inmediatamente a la Sala de Mármol Negro. Un buen número de cortesanos, esclavos y otras personas se movían aún por la zona, pero eso sólo sirvió para que las dos muchachas llamaran menos la atención. Pasaron a la Sala de las Columnas, luego a la Sala de las Estatuas y siguieron por la columnata, pasando junto a las enormes puertas de cobre batido del Salón del Trono. Todo era magnífico más allá de toda descripción; al menos, lo poco que podían ver bajo la tenue luz de las lámparas.

Al poco tiempo salieron al patio ajardinado que descendía por la colina en varias terrazas. Cruzando al otro extremo de éste llegaron al Palacio Viejo. Había oscurecido casi por completo y se encontraron entonces en un laberinto de pasillos iluminados por una que otra antorcha sujeta a la pared mediante unas abrazaderas. Lasaraleen se detuvo en un punto en el que había que torcer a la izquierda o a la derecha.

—Sigue, por favor, sigue —musitó Aravis, a quien el corazón le latía como un caballo desbocado y que todavía tenía la impresión de que su padre podía tropezarse con ellas en cualquier esquina.

—Sólo me preguntaba... —empezó Lasaraleen—. No estoy totalmente segura de qué camino seguir desde aquí. Creo que es a la izquierda. Sí, estoy casi segura de que es a la izquierda. ¡Qué divertido es esto!

Tomaron el camino que torcía a la izquierda y se encontraron en un corredor que apenas estaba iluminado y que no tardó en descender en forma de peldaños.

—Todo va bien —declaró Lasaraleen—. Estoy segura de que vamos en la dirección correcta ahora. Recuerdo estos peldaños.

Justo entonces apareció una luz en movimiento al frente, y al cabo de un segundo, doblando una lejana esquina, vieron las oscuras formas de dos hombres que andaban de espaldas y sostenían largas velas. Y desde luego únicamente ante la realeza camina la gente hacia atrás. Aravis notó como Lasaraleen la sujetaba con fuerza del brazo, con aquella clase de repentino apretón que es casi un pellizco y que significa que la persona que te sujeta está realmente muy asustada. Aravis consideró curioso que Lasaraleen tuviera tanto miedo al Tisroc si éste era en realidad tan amigo suyo, pero no había tiempo para pensar, pues su amiga la conducía ya apresuradamente de vuelta hasta lo alto de la escalera, mientras tanteaba con desesperación la pared.

—Aquí hay una puerta —susurró—. Rápido.

Entraron, cerraron la puerta con sumo cuidado a su espalda, y se encontraron sumidas en una oscuridad total. Aravis se dio cuenta por la forma de respirar de Lasaraleen que ésta se sentía aterrorizada.

—¡Que Tash nos proteja! —musitó Lasaraleen—. ¿Qué haremos si entra aquí? ¿Podemos escondernos?

Había una alfombra mullida bajo sus pies, así que avanzaron a tientas hacia el interior de la habitación y tropezaron con un sofá.

—Ocultémonos detrás de él —lloriqueó Lasaraleen—. ¡Ojalá no hubiéramos venido!

Existía un pequeño espacio entre el sofá y la pared cubierta por una cortina, y las dos jovencitas se acurrucaron allí. Lasaraleen se las arregló para colocarse en la mejor posición y quedaba totalmente oculta, mientras que la parte superior del rostro de Aravis sobresalía por detrás del mueble, de modo que si alguien entraba en aquella habitación con una luz y daba la casualidad de que mirara justo al lugar adecuado, no podría evitar verla. Aunque desde luego, debido a que llevaba velo, lo que se vería no parecería de inmediato una frente y un par de ojos. Aravis empujó con desesperación para intentar que su amiga le hiciera un poco de sitio, pero Lasaraleen, totalmente egoísta debido al pánico, se debatió y le pellizcó los pies. Ambas se dieron por vencidas y se quedaron muy quietas, algo jadeantes. Su respiración parecía sumamente ruidosa, pero no se oía ningún otro ruido.

—¿Estamos a salvo? —inquirió Aravis por fin en un susurro apenas audible.

—E... eso creo —empezó Lasaraleen—. Pero mis pobres nervios...

En ese momento se oyó el más terrible de los sonidos que podían haber oído en aquel momento: el ruido de la puerta al abrirse. A continuación apareció una luz, y puesto que Aravis no podía esconder la cabeza ni un centímetro más detrás del sofá, lo vio todo.

Primero entraron los dos esclavos —sordomudos, como Aravis ya había supuesto, y por lo tanto acostumbrados a los consejos más secretos— andando de espaldas y sosteniendo las velas, y fueron a colocarse uno a cada extremo del sofá. Aquello fue bueno, pues desde luego era mucho más difícil que alguien viera a Aravis una vez que tenía a un esclavo delante y ella miraba por entre sus talones. A continuación apareció un hombre anciano, muy gordo, que llevaba una curiosa gorra puntiaguda por la que ella lo reconoció de inmediato como el Tisroc. La más insignificante de las joyas que lo cubrían valía más que todas las ropas y armas juntas de los nobles narnianos: pero estaba tan gordo y era una masa tal de volantes, pliegues, encajes, botones, borlas y talismanes que Aravis no pudo evitar pensar que el estilo narniano —al menos para los hombres— resultaba mucho más bonito. Tras él entró un joven alto con un turbante adornado con plumas y joyas en la cabeza y una cimitarra en una funda de marfil al costado. Parecía muy agitado y sus ojos y dientes centelleaban con ferocidad a la luz de las velas. En último lugar apareció un anciano arrugado y un poco jorobado en quien reconoció con un escalofrío al nuevo gran visir y su propio prometido, el tarkaan Ahoshta en persona.

En cuanto los tres hubieron entrado en la habitación y la puerta se cerró, el Tisroc se sentó en el diván con un suspiro de satisfacción, el joven fue a colocarse de pie a su lado, y el gran visir se arrodilló, apoyó los codos en el suelo y aplastó el rostro contra la alfombra.

Capítulo ocho

En la residencia del Tisroc

—¡Padre mío y deleite de mis ojos! —empezó el joven, farfullando las palabras a toda velocidad y de mal humor, dando a entender que, desde luego, el Tisroc no era el deleite de sus ojos—. Ojalá vivas eternamente, pero me has destruido totalmente. Si me hubieras dado la más veloz de las galeras al amanecer, cuando descubrí que el barco de los malditos bárbaros había abandonado el lugar donde estaba atracado, tal vez los hubiera alcanzado. Pero me persuadiste de que enviara primero a ver si no se habían limitado a dar la vuelta al promontorio en busca de un mejor fondeadero. Y ahora se ha malgastado todo el día. ¡Y ellos se han ido, se han ido, fuera de mi alcance! Esa falsa mujerzuela, esa...

En este punto añadió un gran número de descripciones de la reina Susan que no quedarían nada bien impresas; pues, claro está, aquel joven era el príncipe Rabadash y desde luego la mujerzuela era Susan de Narnia.

—Sosiégate, hijo mío —respondió el Tisroc—, pues la partida de invitados produce una herida que cicatriza rápidamente en el corazón del anfitrión juicioso.

—Pero la quiero —chilló el príncipe—. Tiene que ser mía. Moriré si no la consigo, ¡a pesar de que es una perra falsa, orgullosa y perversa! No puedo dormir y mi comida carece de sabor. Y mis ojos se nublan debido a su belleza. Tengo que ser dueño de la reina bárbara.

—Qué bien lo expresó un poeta genial —comentó el visir, alzando el rostro polvoriento de la alfombra— cuando dijo que son deseables grandes tragos de la fuente de la razón para extinguir el fuego del amor juvenil.

Sus palabras parecieron exasperar al príncipe.

—Perro —gritó, dirigiendo una serie de certeras patadas al trasero del visir—, no te atrevas a citarme a los poetas. Me han lanzado máximas y versos todo el día y ya no aguanto más.

Me temo que Aravis no sintió la menor lástima por el visir.

El Tisroc se hallaba aparentemente sumido en profunda meditación, pero cuando, tras una larga pausa, advirtió lo que sucedía, dijo tranquilamente:

—Hijo mío, desiste de una vez de asestar patadas al venerable e instruido visir: pues igual que una joya costosa retiene su valor incluso oculta en un estercolero, también la edad avanzada y la discreción deben respetarse incluso en la despreciable persona de nuestros súbditos. Desiste pues, y dinos qué deseas y propones.

—Deseo y propongo, padre mío —respondió Rabadash—, que llames a tus invencibles ejércitos, invadas ese tres veces maldito país de Narnia, lo arrases a fuego y espada y lo añadas a tu ilimitado imperio, matando a su Sumo Monarca y a toda su familia excepto a la reina Susan. Pues debo tenerla por esposa, aunque aprenderá una buena lección primero.

—Comprende, hijo mío —dijo el Tisroc—, que nada de lo que puedas decir me incitará a iniciar una guerra contra Narnia.

—Si no fueras mi padre, eterno Tisroc —replicó el príncipe, haciendo rechinar los dientes—, diría que son las palabras de un cobarde.

—Y si no fueras mi hijo, mi muy irritable Rabadash —contestó su padre—, tu vida sería corta y tu muerte lenta cuando lo hubieras dicho.

Dijo aquellas palabras con una voz tranquila y plácida que a Aravis le heló la sangre en las venas.

—Pero, por qué, padre mío —dijo el príncipe; en aquella ocasión en un tono de voz mucho más respetuoso—, ¿por qué debemos pensar dos veces la invasión de Narnia cuando no lo hacemos para colgar a un esclavo holgazán o convertir a un caballo agotado en comida para perros? No tiene ni la cuarta parte del tamaño de una de tus provincias de menor importancia. Mil lanzas la conquistarían en cinco semanas. Es un borrón indecoroso en las afueras de tu imperio.

—Sin lugar a dudas —respondió el Tisroc—. Estos pequeños países bárbaros que se denominan a sí mismos «libres», lo que equivale a decir «ociosos, desordenados e improductivos», resultan irritantes para los dioses y para todas las personas con criterio.

—En ese caso ¿por qué has tolerado que un país como Narnia permanezca sin sojuzgar durante tanto tiempo?

—Debéis saber, príncipe iluminado —intervino el gran visir—, que hasta el día en que vuestro eminente padre inició su benéfico e interminable reinado, el territorio de Narnia estaba cubierto de hielo y nieve y se hallaba, además, gobernado por una hechicera muy poderosa.

—Eso lo sé perfectamente, mi locuaz visir —respondió el príncipe—; pero también sé que la hechicera está muerta. Y el hielo y la nieve han desaparecido, de modo que Narnia es ahora un lugar saludable, fértil y encantador.

—Y este cambio, muy instruido príncipe, sin duda ha sido provocado por los poderosos encantamientos de esas perversas personas que ahora se llaman a sí mismas reyes y reinas de Narnia.

—Pienso más bien —indicó Rabadash—, que se ha producido debido a la alteración de las estrellas y la actuación de causas naturales.

—Todo esto —terció el Tisroc— es un asunto que deberán discutir los estudiosos. Jamás creeré que una alteración tan grande y la eliminación de la vieja hechicera se llevaran a cabo sin la ayuda de una magia poderosa. Y hay que esperar tales cosas en ese territorio, que se halla habitado principalmente por demonios bajo la apariencia de animales que hablan como los hombres, y monstruos que son mitad hombres y mitad bestias. Todos los informes indican que el Sumo Monarca de Narnia, a quien los dioses repudien, tiene el respaldo de un demonio de aspecto repugnante y una maldad irresistible que se manifiesta bajo la forma de un león. Por lo tanto, atacar Narnia es una empresa siniestra y dudosa, y estoy decidido a no alargar la mano más allá de donde pueda retirarla.

—¡Bienaventurado es Calormen —exclamó el visir, alzando de nuevo el rostro— por tener un gobernante al que los dioses se han complacido en otorgar prudencia y circunspección! No obstante, tal como el irrefutable y sapiente Tisroc ha dicho, es horroroso vernos forzados a mantener nuestras manos lejos de un plato tan exquisito como es Narnia. Gran talento tenía el poeta que dijo... —pero al llegar a este punto Ahoshta advirtió un impaciente movimiento de la punta del pie del príncipe y dejó las palabras en el aire.

—Es horrible —coincidió el Tisroc con su voz profunda y tranquila—. Todas las mañanas el sol aparece nublado ante mis ojos, y cada noche mi sueño resulta menos reparador, porque recuerdo que Narnia es aún libre.

—Padre mío —indicó Rabadash—, ¿y si te mostrara un modo mediante el que puedes alargar el brazo para hacerte con Narnia y a la vez retirarlo indemne si el intento resultara desafortunado?

—Si puedes mostrarme eso, Rabadash —respondió el gobernante—, serás el mejor de los hijos.

—Escucha pues, padre. Esta misma noche y en esta misma hora tomaré únicamente doscientos hombres a caballo y cabalgaré a través del desierto. Y parecerá a ojos de todos que tú no estás enterado de mi marcha. Al llegar la segunda mañana me encontraré ante las puertas del castillo de Anvard, del rey Lune, en Archenland. Están en paz con nosotros y desprevenidos, de modo que tomaré Anvard antes de que hayan podido mover un dedo. Luego cruzaré el desfiladero situado por encima de Anvard y descenderé a través de Narnia hasta Cair Paravel. El Sumo Monarca no estará allí; cuando los dejé preparaba ya un ataque contra los gigantes de su frontera septentrional. Lo más probable es que encuentre Cair Paravel con las puertas abiertas, y entraré en él. Usaré prudencia y cortesía y derramaré tan poca sangre narniana como pueda. Y ¿qué me quedará entonces por hacer sino aguardar allí hasta que llegue el *Esplendor Diáfano*, con la reina Susan a bordo, capturar a mi ave extraviada, montarla sobre la silla, y luego, cabalgar, cabalgar y cabalgar de regreso a Anvard?

—Pero ¿no es probable, hijo mío, que en la captura de la mujer, o bien el rey Edmund o bien tú perdáis la vida? —indicó el Tisroc.

—Ellos serán un grupo reducido —repuso Rabadash—, y ordenaré a diez de mis hombres que lo desarmen y aten: reprimiré mi vehemente deseo de derramar su sangre para que así no exista una muerte que dé motivo alguno para una guerra entre el Sumo Monarca y tú.

—¿Y si el *Esplendor Diáfano* llega a Cair Paravel antes que tú?

—No es de esperar, con estos vientos, padre mío.

—Y finalmente, mi muy ingenioso hijo, has dejado claro cómo todo esto podría hacer que consiguieras a la mujer bárbara, pero no en qué sentido me sirve a mí para destruir Narnia.

—Padre mío, tal vez se te haya escapado que, aunque mis jinetes y yo entremos y salgamos de Narnia como una flecha disparada por un arco, tendremos Anvard para siempre... Y cuando poseas Anvard estarás sentado a las mismas puertas de Narnia, y tu guarnición allí puede ir aumentando poco a poco hasta convertirla en un gran ejército.

—Lo has expuesto con juicio y previsión. Pero ¿cómo retiro el brazo si todo esto se malogra?

—Dirás que lo hice sin tu conocimiento y en contra de tu voluntad, y sin tu bendición, obligado por la violencia de mi amor y la impetuosidad de la juventud.

—Y ¿qué sucederá si el Sumo Monarca exige que enviemos de vuelta a la mujer bárbara, su hermana?

—Padre mío, ten por seguro que no lo hará. Pues aunque el capricho de una mujer ha rechazado este matrimonio, el Sumo Monarca Peter es un hombre prudente y comprensivo que de ningún modo deseará perder el gran honor y provecho de estar aliado con tu noble casa y ver a su sobrino y a su sobrino nieto en el trono de Calormen.

—No verá eso si vivo para siempre, como no dudo que sea tu deseo —respondió el Tisroc en un tono de voz aún más seco que de costumbre.

—Y también, padre mío y deleite de mis ojos —indicó el príncipe, tras un momento de incómodo silencio—, escribiremos cartas como si procedieran de la reina para decir que me ama y no siente el menor deseo de regresar a Narnia. Pues es bien sabido que las mujeres son tan variables como las veletas. E incluso aunque no crean totalmente lo que dicen las cartas, no se atreverán a venir armados a Tashbaan para llevársela.

—Instruido visir —dijo el Tisroc—, ofrécenos tu sabiduría respecto a esta extraña propuesta.

—Eterno Tisroc —respondió el aludido—, la fuerza del afecto paternal no me es desconocida y a menudo he oído que los hijos son a los ojos de los padres más preciosos que los rubíes. ¿Cómo podría, pues, osar exponer libremente ante vos lo que pienso acerca de una cuestión que podría poner en peligro la vida de este eminente príncipe?

—Sin duda alguna osarás —replicó el Tisroc—, pues descubrirás que los peligros que implicaría no hacerlo son al menos igual de grandes.

—Escucho y obedezco —gimió el desdichado—. Sabed pues, muy razonable Tisroc, en primer lugar, que el peligro para el príncipe no es en conjunto tan grande como podría parecer. Pues los dioses han negado a los narnianos la discreción, ya que toda su poesía no está, como la nuestra, llena de selectas sentencias breves e ingeniosas y útiles máximas, sino que es toda amor o guerra. Por lo tanto nada les parecerá más noble y admirable que una empresa tan alocada como esta de... ¡uh! —exclamó, interrumpiéndose, pues el príncipe, al escuchar la palabra «alocada», le había asestado otra patada.

—Desiste, hijo mío —ordenó el Tisroc—. Y tú, estimable visir, tanto si desiste como si no, no permitas en modo alguno que se interrumpa el caudal de tu elocuencia. Pues nada es más apropiado a personas sobrias y con decoro que soportar inconveniencias menores con constancia.

—Escucho y obedezco —respondió el visir, ladeándose ligeramente para apartar el trasero aún más de la punta del pie de Rabadash—. Nada, digo, parecerá tan excusable, si no estimable, a sus ojos que este... ejem... aventurado intento, en especial porque se realiza por amor a una mujer. Así pues, si el príncipe cayera por desgracia en sus manos, ciertamente no lo matarían. Claro que no, incluso podría suceder que, aunque no hubiera conseguido llevarse a la reina, la visión de su gran valor y la extremidad de su pasión inclinaran el corazón de ésta hacia él.

—Eso no está nada mal, viejo charlatán —dijo Rabadash—. Está muy bien, aunque no sé cómo ha podido salir de esa horrible cabeza tuya.

—Las alabanzas de mis amos son la luz de mis ojos —repuso Ahoshta—. Y en segundo lugar, Tisroc, cuyo reinado debe ser y será interminable, creo que con la ayuda de los dioses es muy probable que Anvard caiga en poder del príncipe. Y de ser así, tenemos Narnia atrapada por el cuello.

Se produjo una larga pausa y la habitación quedó tan silenciosa que las dos muchachas apenas osaban respirar. Por fin el Tisroc dijo:

—Márchate, hijo mío. Y haz lo que has dicho. Pero no esperes ni ayuda ni apoyo de mí. No te vengaré si te matan y no te liberaré si los bárbaros te encarcelan. Y si, bien en el éxito o en el fracaso, derramas una gota de más de la noble sangre narniana y ello da origen a una guerra abierta, mi favor no volverá a recaer jamás en ti y tu siguiente hermano ocupará tu puesto en Calormen. Márchate ahora. Sé veloz, discreto y afortunado. Que la fuerza de Tash el inexorable, el irresistible, esté en tu espada y lanza.

—Escucho y obedezco —exclamó Rabadash, y tras arrodillarse un instante para besar las manos de su padre salió a toda prisa de la habitación.

Con gran desesperación por parte de Aravis, que se sentía terriblemente entumecida, el Tisroc y el visir siguieron en la estancia.

—Visir —continuó el Tisroc—, ¿es cierto que ningún ser viviente sabe nada de este consejo que hemos mantenido aquí los tres esta noche?

—Amo mío —respondió Ahoshta—, es imposible que lo sepa alguien. Por ese mismo motivo propuse, y vos en vuestra sabiduría aceptasteis, que nos reuniéramos en el Palacio Viejo, donde jamás se celebra ningún consejo y ninguno de los miembros del palacio tiene motivos para venir.

—Eso está bien. Si alguien lo supiera, me ocuparía de que muriera antes de transcurrida una hora. Y también tú, prudente visir, olvídalo todo. Borro de mi corazón y del tuyo todo conocimiento de los planes del príncipe. Éste se ha marchado sin mi conocimiento ni mi consentimiento, no sé adónde, debido a su temperamento violento y a la impetuosa y desobediente disposición de la juventud. Nadie se sentirá más asombrado que tú y yo cuando nos enteremos de que Anvard está en su poder.

—Escucho y obedezco —dijo Ahoshta.

—Por lo tanto, jamás pensarás ni en la parte más recóndita de tu corazón que soy el más insensible de los padres que envía así a su primogénito en una misión que probablemente le causará la muerte, no obstante lo agradable que debe resultarte eso a ti, que no sientes ningún afecto por el príncipe; pues puedo leerlo en el fondo de tu mente.

—Impecable Tisroc —repuso el visir—, comparado con tu persona, yo no amo ni al príncipe ni a mi propia vida ni el pan ni el agua ni tampoco la luz del sol.

—Tus sentimientos resultan elevados y correctos. Yo tampoco amo ninguna de estas cosas en comparación con la gloria y poder de mi trono. Si el príncipe tiene éxito, tendremos Archenland y tal vez más adelante Narnia. Si fracasa... tengo otros dieciocho hijos, y Rabadash, a la manera de los hijos mayores de los reyes, empezaba a resultar peligroso. Más de cinco Tisroc en Tashbaan han muerto antes de hora porque sus hijos mayores, príncipes iluminados todos ellos, se cansaron de aguardar su acceso al trono. Es mucho mejor que enfríe su sangre en el extranjero que la lleve a ebullición aquí estando inactivo. Y ahora, excelente visir, la desmesura de mi ansiedad paternal me incita al sueño. Llama a los músicos a mis aposentos. Pero antes de que te acuestes, retira el indulto que escribimos para el tercer cocinero. Siento en mi interior los claros presagios de una indigestión.

—Escucho y obedezco —respondió el gran visir.

Se arrastró de espaldas a cuatro patas, luego se alzó, hizo una reverencia y salió. Aun así el Tisroc permaneció sentado en silencio en el diván hasta que Aravis casi empezó a temer que se hubiera quedado dormido. Finalmente, no obstante, entre grandes crujidos y suspiros alzó su enorme cuerpo, hizo una seña a los esclavos para que lo precedieran con las luces, y abandonó la habitación. La puerta se cerró a su espalda, la habitación volvió a quedar totalmente a oscuras, y las dos muchachas pudieron volver a respirar con libertad.

Capítulo nueve

A través del desierto

—¡Qué horror! ¡Qué espanto! —gimoteó Lasaraleen—. ¡Querida, estoy asustadísima! Tiemblo de pies a cabeza. Tócame.

—Vamos —dijo Aravis, que también temblaba—. Han regresado al Palacio Nuevo. En cuanto hayamos salido de esta habitación puede decirse que estaremos a salvo. Pero se ha perdido una barbaridad de tiempo. Llévame hasta la puerta del río tan rápido como puedas.

—Querida, ¿cómo puedes? —chilló Lasaraleen con voz aguda—. No puedo hacer nada..., ahora no. ¡Mis pobres nervios! No: debemos quedarnos acostadas muy quietas un rato y luego regresar.

—¿Por qué regresar?

—¿Es que no lo entiendes? Eres tan poco compasiva... —replicó Lasaraleen, empezando a llorar.

Aravis decidió que no era un buen momento para sentir compasión.

—¡Oye! —dijo, sujetando a su amiga y zarandeándola con energía—. Si dices otra palabra sobre regresar, y si no te pones en camino para llevarme a la puerta del río inmediatamente... ¿sabes lo qué haré? Saldré corriendo al pasillo y gritaré. Entonces nos atraparán a las dos.

—Pero ¡nos ma... matarán a las dos! —exclamó Lasaraleen—. ¿No has oído lo que ha dicho el Tisroc, que viva eternamente?

—Sí, y antes prefiero estar muerta que casada con Ahoshta. Así que, vamos.

—Eres cruel —dijo Lasaraleen—. ¡Y yo me siento tan mal!

Finalmente, sin embargo, se vio obligada a ceder ante Aravis. Encabezó la marcha descendiendo por los mismos peldaños de antes y luego siguió por otro pasillo hasta que por fin salieron. Se encontraron entonces en el jardín del palacio que bajaba en forma de terrazas hasta la muralla de la ciudad. La luna brillaba con fuerza. Uno de los inconvenientes de las aventuras es que, al llegar a los lugares más hermosos, a menudo uno se siente muy inquieto y tiene demasiada prisa para apreciarlos; de modo que Aravis, aunque los recordó años después, sólo logró evocar una vaga impresión de céspedes grises, fuentes que borboteaban plácidamente y largas sombras negras de cipreses.

Cuando llegaron a la parte baja y el muro se alzó amenazador ante ellas, Lasaraleen temblaba tanto que no conseguía descorrer el cerrojo de la puerta. Tuvo que hacerlo Aravis. Allí, por fin, estaba el río, poblado de los reflejos de la luz de la luna, y un pequeño desembarcadero con unas cuantas embarcaciones de paseo.

—Adiós —dijo Aravis—, y gracias. Siento haber sido tan desagradable. Pero ¡recuerda de qué estoy huyendo!

—Aravis, querida —repuso Lasaraleen—. ¿No piensas cambiar de idea? ¡Ahora que has visto qué gran hombre es Ahoshta!

—¡Gran hombre! Es un repugnante esclavo servil que lisonjea cuando le dan patadas pero lo atesora todo y espera desquitarse incitando a ese horrible Tisroc a maquinar la muerte de su hijo. ¡Fu! Antes me casaría con el empleado de cocina de mi padre que con una criatura como ésa.

—¡Oh, Aravis! ¿Cómo puedes decir cosas tan horribles? ¡Y también sobre el Tisroc, que viva eternamente! ¡Tiene que estar bien si él va a hacerlo!

—Adiós —repitió Aravis—, y tus vestidos me parecieron encantadores. Y encuentro que tu casa también es encantadora. Estoy segura de que tendrás una vida encantadora; aunque a mí no me gustaría. Cierra la puerta a mi espalda sin hacer ruido.

Se arrancó de los afectuosos abrazos de su amiga, subió a una embarcación, soltó amarras, y al cabo de un momento se hallaba en mitad de la corriente con una enorme luna auténtica en el cielo y otra enorme luna reflejada en las profundidades del río. El aire era fresco y vivificante y al acercarse a la orilla opuesta escuchó el ulular de un búho. «¡Ah! ¡Eso está mejor!», pensó. Siempre había vivido en el campo y aborrecía cada minuto pasado en Tashbaan.

Cuando desembarcó se encontró rodeada de oscuridad, pues la elevación del terreno y los árboles tapaban la luz de la luna. Consiguió, no obstante, encontrar la misma carretera que Shasta y llegó tal como había hecho él al final de la vegetación y el inicio de la arena, y miró —igual que el muchacho— a su izquierda y vio las enormes y negras Tumbas. Y entonces finalmente, a pesar de lo valiente que era, su corazón se acobardó. «¡Supongamos que los otros no están ahí! ¡Supongamos que lo que hay son espectros!», se dijo. Sin embargo, alzó la barbilla, sacando también un poco la lengua, y marchó en dirección a las construcciones.

Antes de alcanzarlas ya vio a Bree y a Hwin y al caballerizo.

—Ya puedes regresar con tu señora —dijo Aravis, olvidando que el hombre no podía hacerlo hasta que abrieran las puertas de la ciudad a la mañana siguiente——. Aquí tienes dinero por las molestias.

——Escucho y obedezco ——respondió el mozo, y marchó al instante a una velocidad sorprendente en dirección a la ciudad.

No hubo necesidad de decirle que se apresurara: también él había estado pensado en los espectros.

Durante los siguientes segundos Aravis estuvo ocupada besando los hocicos y palmeando los cuellos de Hwin y Bree igual que si fueran caballos corrientes.

——¡Y aquí viene Shasta! ¡Gracias sean dadas al León! ——exclamó Bree.

Aravis volvió la cabeza, y allí, efectivamente, estaba Shasta, que había abandonado su escondite en cuanto vio que el caballerizo marchaba.

——Y ahora ——dijo Aravis——, no hay un momento que perder.

Y les contó apresuradamente lo que había oído sobre la expedición de Rabadash.

——¡Canallas traicioneros! ——exclamó Bree, sacudiendo la melena a la vez que golpeaba el suelo con un casco——. ¡Un ataque en tiempo de paz, sin haber enviado un desafío! Pero ya le ajustaremos cuentas. Estaremos allí antes de que llegue él.

——¿Podemos hacerlo? ——inquirió Aravis, montando en la silla de Hwin de un salto.

Shasta deseó poder montar de aquel modo.

——¡Bru-ju! ——resopló Bree——. Sube, Shasta. ¡Claro que podemos! ¡Y con una buena delantera!

——Dijo que iba a ponerse en marcha de inmediato ——indicó Aravis.

——Así es como hablan los humanos ——repuso Bree——; pero no se consigue una compañía de doscientos caballos y jinetes con bebidas y provisiones, armados, ensillados y listos para partir en un minuto. Veamos: ¿cuál es nuestra dirección? ¿Directo al norte?

——No ——intervino Shasta——, eso lo sé yo. He dibujado una línea. Os lo explicaré más tarde. Vosotros dos, caballos, torced un poco a nuestra izquierda. ¡Ah... aquí está!

——Ahora bien ——dijo Bree——, todo eso sobre galopar durante un día y una noche, como en las historias, en realidad no puede hacerse. Tiene que ser andar y trotar: pero con trotes enérgicos y trechos cortos al paso. Y cada vez que nosotros vayamos al paso, vosotros dos, humanos, podéis saltar al suelo y andar también. Bueno. ¿Estás lista, Hwin? En marcha. ¡Narnia y el norte nos esperan!

Al principio fue muy agradable. Hacía ya tantas horas que había anochecido que la arena casi había dejado de devolver todo el calor que había recibido durante el día, y la atmósfera era fresca, vivificante y despejada. Bajo la luz de la luna el desierto, en todas direcciones y hasta donde alcanzaba su vista, brillaba como si fuera una lisa superficie de agua o una bandeja de plata. Excepto por el ruido de los cascos de Bree y Hwin no se oía ni un sonido. Shasta casi se habría dormido si no hubiera tenido que desmontar y andar de vez en cuando.

Aquello pareció durar horas. Luego llegó un momento en que ya no hubo luna, y les pareció que cabalgaban en una profunda oscuridad durante horas y horas. Y después de eso llegó el instante en que Shasta advirtió que veía el cuello y la cabeza de Bree frente a él con un poco más de claridad que antes; y poco a poco, empezó a reparar en la enorme llanura gris que se extendía a ambos lados. Parecía totalmente muerta, como si estuvieran en un mundo sin vida; y Shasta se sintió terriblemente cansado y se dio cuenta de que empezaba a sentir frío y tenía los labios resecos. Y en todo momento los acompañaba el crujido del cuero, el tintineo de los bocados y el sonido de los cascos, no *catacloc-catacloc* como sonarían sobre una carretera dura, sino *flob-flob-flob* sobre la arena seca.

Tras horas de cabalgar, a lo lejos, a su derecha, apareció un largo haz de un gris más claro, muy abajo, sobre la línea del horizonte. Luego surgió un haz rojo. Por fin amanecía, pero sin una sola ave que lo anunciara con sus trinos. Se alegró entonces de los períodos en que le tocaba andar, pues sentía más frío que nunca.

Luego repentinamente el sol se alzó y todo cambió en un momento. La arena gris se tornó amarilla y centelleó como si estuviera cubierta de diamantes. A su izquierda, las sombras de Shasta, Hwin, Bree y Aravis, enormemente alargadas, corrían a su lado. El pico doble del monte Pire, a lo lejos frente a ellos, resplandeció bajo la luz del sol y Shasta se dio cuenta de que estaban algo desviados de la ruta.

—Un poco a la izquierda, un poco a la izquierda —gritó.

Lo mejor de todo, cuando se miraba atrás, era que Tashbaan resultaba ya pequeña y lejana; las Tumbas, invisibles, engullidas en el solitario montículo de laderas irregulares que era la ciudad del Tisroc. Todos se sintieron mejor.

Aunque no por mucho tiempo. Si bien Tashbaan parecía muy lejana la primera vez que la miraron, la ciudad se negaba a parecer mucho más lejana a medida que avanzaban, y Shasta acabó por dejar de volver la mirada hacia ella, ya que sólo le producía la sensación de que no se movían en absoluto. A continuación la luz se convirtió en una molestia. El resplandor de la arena le producía dolor en los ojos: pero sabía que no debía cerrarlos. Tenía que mantenerlos abiertos y no perder de vista el monte Pire mientras seguía gritando instrucciones. Luego llegó el calor. Lo notó por vez primera cuando tuvo que desmontar y andar: al saltar sobre la arena el calor que surgía de ella le azotó el rostro como si hubieran abierto la puerta de un horno. La siguiente vez fue peor; pero la tercera, cuando sus pies descalzos tocaron el suelo aulló de dolor y volvió a colocar un pie en el estribo y el otro medio encima del lomo de Bree en un santiamén.

—Lo siento, Bree —jadeó—. No puedo andar. Me quema los pies.

—¡Desde luego! —respondió éste con voz entrecortada—. ¡Cómo no lo he pensado! Sigue montado. No se puede hacer otra cosa.

—Para ti no hay problema —dijo Shasta a Aravis, que andaba junto a Hwin—. Tú llevas zapatos.

Aravis no dijo nada y adoptó una expresión remilgada. Esperemos que no lo hiciera adrede, pero lo cierto es que ésa fue su expresión.

Siguieron adelante, trotando, andando y volviendo a trotar, entre tintineos, crujidos, olor a caballo, olor a sudor, un resplandor cegador y dolor de cabeza. Y sin que cambiara nada un kilómetro tras otro. No había forma de que Tashbaan resultara más lejano, ni de que las montañas parecieran más cercanas. A uno le daba la impresión de que aquello había sido así desde siempre; tintineos, crujidos, olor a caballo, olor a sudor humano.

Desde luego se podían probar toda clase de juegos con uno mismo para intentar hacer pasar el tiempo: y desde luego no servían de nada. Y se intentaba con todas las fuerzas no pensar en bebidas —sorbete helado en un palacio en Tashbaan; transparente agua de manantial que tintinea con un oscuro sonido terroso; fría leche justo con la crema suficiente para no ser excesiva— y cuanto más se intentaba, más se pensaba en ello.

Por fin apareció algo diferente; una masa de roca que sobresalía de la arena de unos cincuenta metros de longitud y unos nueve metros de altura. No proyectaba demasiada sombra, pues el sol estaba entonces muy alto, pero sí un poco. Se apelotonaron bajo aquella sombra, y allí comieron un poco y bebieron algo de agua. No resulta fácil dar de beber a un caballo de un odre, pero Bree y Hwin se mostraron muy hábiles con los labios. Nadie tuvo suficiente ni mucho menos. Nadie habló. Los caballos estaban salpicados de espumarajos y respiraban ruidosamente. Los niños tenían el rostro pálido.

Tras un corto descanso volvieron a ponerse en marcha. Los mismos sonidos, los mismos olores, el mismo resplandor, hasta que por fin sus sombras empezaron a proyectarse por el lado derecho, y luego se hicieron más y más largas hasta que parecieron estirarse hasta el extremo oriental del mundo. Muy despacio, el sol se fue acercando al horizonte occidental. Y entonces por fin el muchacho pudo poner los pies en el suelo y, gracias a Dios, el despiadado resplandor desapareció, aunque el calor que ascendía de la arena seguía siendo tan terrible como antes. Cuatro pares de ojos buscaban ansiosamente cualquier señal del valle del que había hablado el cuervo Patas Amarillas; pero, kilómetro tras kilómetro, no había otra cosa que arena lisa. Y para entonces, el día casi había tocado a su fin, y la mayoría de estrellas brillaban ya, y los caballos seguían cabalgando y los muchachos subiendo y bajando de sus sillas, muertos de sed y cansancio. Cuando por fin salió la luna, Shasta —con el extraño graznido de quien tiene la boca totalmente seca— gritó:

—¡Ahí está!

No había error posible. Al frente, y un poco a su derecha, había por fin una pendiente: una pendiente que descendía y montecillos de roca a ambos lados. Los caballos estaban demasiado cansados para hablar pero giraron en dirección a ella y en un minuto o dos entraban en el barranco. Al principio fue peor allí dentro de lo que había sido fuera, en desierto abierto, pues las rocosas paredes provocaban una sensación de sofoco y penetraba menos cantidad de luz de luna. La pendiente continuó su empinado descenso y las rocas situadas a los lados se alzaron hasta alcanzar la altura de las rocas más altas. Entonces empezaron a encontrar vegetación; plantas llenas de espinas parecidas a las de un cactus y hierba áspera de la que es capaz de provocar pinchazos en los dedos. Los cascos de los caballos no tardaron en empezar a golpear sobre guijarros y piedras en lugar de arena. Al doblar cada recodo del valle —y había gran cantidad de recodos— todos buscaban ansiosamente la presencia de agua. Los caballos casi habían llegado al final de sus fuerzas, y Hwin, tropezando y jadeando, se iba quedando atrás de Bree. Estaban casi desesperados cuando por fin llegaron a una pequeña zona embarrada y a un diminuto hilo de agua que discurría por entre una hierba más blanda y tierna; el hilo se transformó en un arroyo, el arroyo en una corriente de agua con matorrales a ambos lados, la corriente pasó a ser un río y luego, tras más contratiempos de los que me sería posible describir, llegó un momento en que Shasta, que había estado dando una especie de cabezadas, advirtió de improviso que Bree se había detenido, y se encontró saltando a tierra. Ante ellos una pequeña cascada vertía sus aguas en una amplia charca, en la que los dos caballos ya se habían metido y, con las cabezas gachas, bebían, bebían y bebían sin parar.

—¡Ooh! —exclamó Shasta y se zambulló (el agua le llegaba más o menos a las rodillas), para a continuación introducir la cabeza bajo la cascada; fue el momento más maravilloso de su vida.

Unos diez minutos después, los cuatro —los dos niños empapados de pies a cabeza— salieron y empezaron a observar los alrededores. La luna estaba ya lo bastante alta como para atisbar el interior del valle. Había pastos tiernos a ambos lados del río y, más allá de éstos, árboles y matorrales ascendían hasta los pies de los riscos. Sin duda había algunos arbustos de flores maravillosas ocultos en la maleza envuelta en sombras, ya que todo el claro estaba lleno de los aromas más frescos y deliciosos. Y de una de las zonas más recónditas del bosque surgió un sonido que Shasta no había oído nunca antes: el canto de un ruiseñor.

Todos estaban demasiado agotados para hablar o comer, y los caballos, sin aguardar a que los desensillaran, se acostaron de inmediato. Eso mismo hicieron Aravis y Shasta.

—Pero no debemos dormirnos —dijo la prudente Hwin unos diez minutos más tarde. Tenemos que ir por delante de ese Rabadash.

—No —repuso Bree muy despacio—, no debemos dormir. Descansemos sólo un poco.

Shasta supo, por un momento, que todos se dormirían si él no se ponía en pie y hacía algo al respecto, y sintió que debía hacerlo. De hecho, decidió que se levantaría y los persuadiría de seguir adelante. Pero más tarde; aún no: todavía no...

La luna no tardó en brillar, y el ruiseñor cantó por encima de las cabezas de dos caballos y dos muchachos, todos profundamente dormidos.

Fue Aravis quien despertó primero. El sol estaba ya alto en el cielo y las frescas horas de la mañana se habían disipado.

—Es culpa mía —se dijo furiosa mientras se incorporaba de un salto y empezaba a despertar a los otros—. No podía esperar que los caballos se mantuvieran despiertos después de un día de trabajo como el pasado, incluso aunque sepan hablar. Y desde luego el chico no lo iba a hacer; no ha recibido una educación decente. Pero «yo» debería haberlo hecho.

Sus compañeros se mostraron aturdidos y atontados debido a la pesadez de su sueño.

—¡Ay... bru... ju! —exclamó Bree—. He dormido con la silla de montar, ¿eh? Nunca lo volveré a hacer. Resulta de lo más incómodo.

—Vamos, vamos —instó Aravis—. Ha transcurrido ya la mitad de la mañana. No hay un momento que perder.

—Tenemos derecho a un bocado de hierba, ¿no? —protestó Bree.

—Me temo que no podemos esperar —replicó ella.

—¿A qué viene esa terrible prisa? —inquirió Bree—. Hemos cruzado el desierto, ¿no es así?

—Pero todavía no estamos en Archenland —le recordó Aravis—. Y hemos de llegar allí antes que Rabadash.

—Sin duda nos hallamos a kilómetros por delante de él —repuso Bree—. ¿No hemos estado yendo por un camino más corto? ¿No dijo ese cuervo amigo tuyo que esto era un atajo, Shasta?

—No dijo que fuera «más corto» —respondió él—. Se limitó a decir «mejor», porque llegas a un río por aquí. Si el oasis se encuentra al norte de Tashbaan, entonces me temo que este camino pueda ser más largo.

—Bueno, pues no puedo seguir sin tomar un bocado —dijo Bree—. Quítame la brida, Shasta.

—Po... por favor —indicó Hwin, muy tímidamente—, siento, igual que Bree, que no puedo seguir adelante. Pero cuando los caballos llevan humanos, con espuelas y todo eso, sobre sus lomos, ¿no se les obliga a menudo a seguir adelante cuando se sienten así? Y luego ellos descubren que sí que pueden seguir. Qui... quiero decir... ¿no deberíamos ser capaces de hacer aún más, ahora que somos libres? Es todo por Narnia.

—Creo, señora —respondió Bree en tono aplastante—, que yo sé un poco más que usted sobre campañas y marchas forzadas y lo que un caballo puede soportar.

Para aquello Hwin no tuvo respuesta, siendo, como la mayoría de yeguas de buena raza, una criatura muy tímida y afable a la que se podía hacer callar con suma facilidad. En realidad tenía razón, y si en aquel momento Bree hubiera llevado sobre el lomo a un tarkaan que lo hiciera seguir adelante, habría descubierto que aún era capaz de cabalgar durante varias horas más. Sin embargo, uno de los peores resultados de ser un esclavo y verse obligado a hacer cosas es que cuando ya no hay nadie que lo obligue, uno descubre que casi ha perdido la energía para obligarse a sí mismo.

Así pues, tuvieron que esperar mientras Bree tomaba un bocado y bebía, y, claro está, Hwin y los chicos también comieron y bebieron. Debían de ser ya casi las once de la mañana cuando por fin volvieron a ponerse en marcha. E incluso entonces el caballo se tomó las cosas con mucha más tranquilidad que el día anterior, y fue en realidad Hwin, aunque era la más débil y la que estaba más cansada de los dos, quien marcó el paso.

El valle mismo, con su río marrón y fresco, y la hierba, el musgo, las flores silvestres y los rododendros, resultaba un lugar tan agradable que invitaba a cabalgar despacio.

Capítulo diez

El ermitaño del Linde Meridional

Después de haber cabalgado durante varias horas por el valle, éste se ensanchó y pudieron ver lo que había más adelante. El río que habían estado siguiendo se unió entonces a otro río más extenso, ancho y turbulento, que discurría de su izquierda a su derecha, en dirección al este. Más allá de aquel río, un delicioso territorio se alzaba suavemente en forma de colinas bajas, una loma tras otra, hasta las mismas montañas septentrionales. A la derecha, había pináculos rocosos, uno o dos de ellos con nieve aferrada a los salientes. A la izquierda, laderas cubiertas de coníferas, altas rocas amenazadoras, desfiladeros estrechos y picos azules se extendían hasta donde alcanzaba la vista. Shasta ya no distinguía el monte Pire. Justo delante de ellos, la cordillera se hundía en un boscoso collado que desde luego tenía que ser el paso que conducía de Archenland a Narnia.

—¡Bru-ju-ju, el norte, el verde norte! —relinchó Bree.

Ciertamente las colinas más bajas parecían más verdes y fértiles que nada que Aravis y Shasta, con sus ojos criados en el sur, hubieran podido imaginar jamás. Los ánimos remontaron mientras los viajeros descendían con estrépito al punto de encuentro de los dos ríos.

La corriente que fluía hacia el este, proveniente de las montañas más altas del extremo oeste de la cordillera, era excesivamente veloz y demasiado salpicada con rápidos para pensar que pudieran cruzarla a nado; pero tras un buen rato de buscar, recorriendo la orilla de un lado a otro, encontraron un lugar lo bastante poco profundo como para vadearlo. El rugir y tronar del agua, los grandes remolinos alrededor de las cernejas de los caballos, las ráfagas de aire fresco y el veloz movimiento de las libélulas embargaron a Shasta de una curiosa excitación.

—¡Amigos, nos encontramos en Archenland! —anunció Bree con orgullo mientras chapoteaba y se abría paso hasta la orilla norte—. Creo que el río que acabamos de cruzar recibe el nombre de Flecha Sinuosa.

—Espero que hayamos llegado a tiempo —murmuró Hwin.

Entonces empezaron a ascender, despacio y zigzagueando mucho, pues las colinas eran empinadas. Todo el territorio era como un parque sin carreteras ni casas a la vista, y por todas partes había árboles desperdigados, aunque nunca lo bastante juntos como para formar un bosque. Shasta, que había pasado toda su vida en un pastizal exento casi de árboles, no había visto nunca tantos ni de tantas clases distintas. De haber estado allí probablemente habríamos advertido —él no lo hizo— que contemplaba robles, hayas, abedules, serbales y castaños. Los conejos huían en todas direcciones a su paso, y más adelante vieron una auténtica manada de gamos que marchaba por entre los árboles.

—¡Esto es maravilloso! ¡No tengo palabras para describirlo! —exclamó Aravis.

Al alcanzar la primera cordillera Shasta se volvió sobre la silla y miró atrás. No había ni rastro de Tashbaan; el desierto, ininterrumpido excepto por la estrecha hendidura verde por la que habían viajado, se extendía hasta la línea del horizonte.

—¡Vaya! —exclamó de improviso—. ¿Qué es eso?

—¿Qué es qué? —inquirió Bree, dándose la vuelta.

Hwin y Aravis hicieron lo mismo.

—Eso —respondió Shasta, señalando—. Parece humo. ¿Es un fuego?

—Una tormenta de arena, diría yo —respondió Bree.

—No hay mucho viento para levantarla —señaló Aravis.

—¡Oh! —exclamó Hwin—. ¡Mirad! Centellean cosas en ella. ¡Mirad! Son yelmos... y armaduras. Y se mueve: se mueve hacia aquí.

—¡Por Tash! —gritó Aravis—. Es el ejército. Es Rabadash.

—Claro que lo es —dijo Hwin—. Justo lo que yo temía. ¡Rápido! Debemos llegar a Anvard antes que él.

Y sin decir nada más miró al frente y empezó a galopar hacia el norte. Bree sacudió la cabeza e hizo lo mismo.

—¡Vamos, Bree, vamos! —chilló Aravis por encima del hombro.

La carrera fue agotadora para los caballos. Cada vez que coronaban una elevación encontraban otro valle y otra cadena montañosa al otro lado; y aunque sabían que iban más o menos en la dirección correcta, nadie conocía a qué distancia se hallaba Anvard. Desde lo alto de la segunda elevación Shasta volvió a mirar atrás. En lugar de una nube de polvo en medio del desierto vio entonces una masa negra en movimiento, como si se tratara de hormigas, en la orilla más alejada del Flecha Sinuosa. Sin lugar a dudas buscaban un vado.

—¡Están en el río! —chilló con desesperación.

—¡Rápido! ¡Rápido! —gritó Aravis—. ¡Nuestro viaje habrá sido en vano si no alcanzamos Anvard a tiempo! Galopa, Bree, galopa. Recuerda que eres un caballo de batalla.

Shasta tuvo que hacer un gran esfuerzo para contenerse y no gritar instrucciones similares; pero pensó: «El pobre ya hace todo lo que puede», y se mordió la lengua. Y desde luego los dos caballos hacían, si no todo lo que podían, todo lo que ellos creían que podían hacer; lo que no es exactamente lo mismo. Bree había alcanzado a Hwin y ambos galopaban con un ruido atronador por el pastizal, el uno junto al otro. No parecía que la yegua fuera a poder mantener aquella marcha durante mucho más tiempo.

En ese momento, los sentidos de todos ellos se vieron totalmente alterados por un sonido que surgió a su espalda. No se trataba de lo que esperaban oír: el ruido de cascos y armaduras tintineantes, mezclado, tal vez, con gritos de guerra calormenos. Sin embargo, Shasta lo reconoció al instante. Era el mismo rugido furioso que había oído aquella noche de luna en que conocieron a Aravis y a Hwin. Bree también lo reconoció; sus ojos brillaron encendidos y las orejas se pegaron hacia atrás sobre su cráneo. Y el caballo descubrió entonces que no había ido tan rápido como podía ir. Shasta percibió el cambio en seguida. Entonces sí que iban a toda velocidad. En unos segundos habían dejado atrás a Hwin.

«Esto no es justo —pensó Shasta—. ¡Creía que aquí estaríamos a salvo de leones!»

Miró por encima del hombro. No cabía la menor duda. Una enorme criatura leonada, con el cuerpo pegado al suelo, igual que un gato cruzando veloz el césped hasta un árbol al ver que un perro ha entrado en el jardín, se hallaba detrás de ellos. Y se acercaba más y más con cada segundo que pasaba.

Volvió a mirar al frente y vio algo que no registró y sobre lo que ni siquiera pensó. Les cortaba el paso una lisa pared verde de unos tres metros de altura. En el centro de la pared había una puerta, abierta, y en medio de la entrada había un hombre alto cubierto, hasta los pies descalzos, con una túnica del color de las hojas en otoño, apoyado en un cayado recto. La barba le llegaba casi hasta las rodillas.

Shasta echó un vistazo a todo aquello y volvió a mirar atrás. El león estaba a punto de atrapar a Hwin e intentaba morderle las patas traseras, y no quedaba la menor esperanza en el rostro aterrorizado y cubierto de espumarajos de la yegua.

—¡Detente! —vociferó Shasta al oído de Bree—. Debemos dar la vuelta. ¡Tenemos que ayudarlas!

Bree siempre diría después que no oyó o no comprendió lo que le decían; y como por lo general era un caballo muy sincero debemos aceptar su palabra.

Shasta deslizó los pies fuera de los estribos, pasó las dos piernas al lado izquierdo, vaciló durante una espantosa centésima de segundo, y saltó. Sintió un dolor terrible y casi se quedó sin aliento; pero antes de llegar a darse cuenta de lo mucho que le dolía ya estaba regresando tambaleante para ayudar a Aravis. Nunca jamás había hecho nada parecido en toda su vida y apenas sabía por qué lo hacía en aquellos momentos.

Uno de los sonidos más terribles del mundo, el chillido de un caballo, brotó de los labios de Hwin. Aravis se había inclinado totalmente sobre el cuello de la yegua y parecía intentar desenvainar su espada. Y ya los tres —Aravis, Hwin y el león— habían llegado casi donde estaba Shasta. Pero antes de hacerlo, el león se alzó sobre las patas traseras, más grande de lo que uno creería que puede ser un león, y atacó a Aravis con la zarpa derecha. Shasta vio cómo se extendían todas las afiladas uñas. La muchacha gritó y se tambaleó en la silla. El león la alcanzó en la espalda. Shasta, medio enloquecido por el horror, consiguió abalanzarse sobre el animal. No tenía ningún arma, ni siquiera un palo o una piedra; pero le gritó al león, de un modo absurdo, igual que uno gritaría a un perro: «¡Vete a casa! ¡Vete a casa!». Durante una fracción de segundo se encontró mirando directamente a las enfurecidas fauces abiertas; a continuación, ante su completo asombro, el animal, todavía sobre las patas traseras, se detuvo bruscamente, cayó rodando sobre el suelo, se levantó y salió huyendo.

Shasta no supuso ni por un momento que se hubieran librado de él para siempre. Dio media vuelta y corrió hacia la puerta de la pared verde que, entonces por primera vez, recordó haber visto. Hwin, tambaleante y medio desvanecida, cruzaba el umbral en aquellos momentos; Aravis seguía montada pero tenía la espalda cubierta de sangre.

—Entra, hija mía, entra —decía el hombre barbudo de la túnica, y luego añadió—: Entra, hijo mío —cuando Shasta llegó jadeando ante él.

El muchacho oyó el sonido de la puerta al cerrarse a su espalda y vio que el barbudo desconocido ayudaba ya a Aravis a bajar de su montura.

Se encontraban en un recinto amplio y perfectamente circular, protegido por un elevado muro de turba verde. Un estanque de aguas totalmente inmóviles, tan lleno que casi rebosaba sobre el suelo, se hallaba situado ante él, y en un extremo del estanque, oscureciéndolo totalmente con sus ramas, crecía el árbol más enorme y hermoso que Shasta había contemplado jamás. Más allá del estanque pudo ver una casita baja de piedra con un tejado cubierto por una gruesa y antigua capa de paja. Se oían balidos y más allá, en el otro extremo del recinto, había unas cuantas cabras. El llano suelo estaba totalmente cubierto de los pastos más excelentes.

—¿Es... es... es usted —jadeó Shasta—, es usted el rey Lune de Archenland?

—No —respondió el anciano con voz sosegada, negando con la cabeza—; soy el ermitaño del Linde Meridional. Y ahora, hijo mío, no malgastes tiempo en preguntas y obedece. Esta muchacha está herida. Vuestros caballos están agotados. Rabadash ha encontrado en estos momentos un vado en el Flecha Sinuosa. Si corres ahora, sin descansar ni un instante, aún estarás a tiempo de advertir al rey Lune.

Shasta se sintió desfallecer al oír aquellas palabras pues dudaba de que le quedaran fuerzas. Y se enfureció interiormente ante lo que parecía la crueldad e injusticia de la exigencia. No había aprendido aún que si uno hace una buena acción la recompensa acostumbra a ser que te encarguen otra más difícil y mejor que la anterior. De todos modos se limitó a decir en voz alta:

—¿Dónde está el rey?

El ermitaño se volvió y señaló con el bastón.

—Mira —dijo—. Hay otra puerta, justo enfrente de esa por la que has entrado. Ábrela y sigue recto: siempre recto, tanto si el terreno es llano como si es empinado, sobre terreno liso y escarpado, sobre suelo seco o mojado. Mediante mis habilidades sé que encontrarás al rey Lune si sigues todo recto. Pero corre, corre: corre siempre.

Shasta asintió con la cabeza, corrió hasta la puerta norte y desapareció por ella. Entonces el ermitaño sujetó a Aravis, a la que durante todo aquel tiempo había estado sosteniendo con el brazo izquierdo, y medio la condujo, medio la llevó en brazos al interior de la casa. Al cabo de un largo rato volvió a salir.

—Ahora, primos —dijo a los caballos—. Es vuestro turno.

Sin aguardar una respuesta —en realidad los animales estaban demasiado exhaustos para hablar— les quitó bridas y sillas. A continuación los cepilló a conciencia, tan bien que un mozo de un establo real no podría haberlo hecho mejor.

—Ya está, primos —anunció—, olvidad las preocupaciones y tened ánimo. Aquí hay agua y allí, hierba. Tendréis salvado caliente cuando haya ordeñado a mis otras primas, las cabras.

—Señor —dijo Hwin, una vez hubo recuperado la voz—, ¿vivirá la tarkina? ¿La ha matado el león?

—Yo, que sé muchas cosas del presente mediante mis habilidades —replicó el ermitaño con una sonrisa—, tengo no obstante muy poca información sobre lo que sucederá en el futuro. Por lo tanto no sé si alguna mujer, hombre o bestia del mundo entero seguirán con vida cuando el sol se ponga esta noche. Pero ten esperanza. Es probable que la muchacha viva tanto tiempo como cualquiera de su edad.

Cuando Aravis recuperó el conocimiento se encontró acostada boca abajo en una cama baja extraordinariamente mullida en una fresca habitación sin muebles con paredes de piedra desnuda. No comprendía por qué la habían colocado boca abajo; pero cuando intentó darse la vuelta y sintió el ardiente dolor por toda la espalda, lo recordó todo y comprendió el motivo. No conseguía adivinar de qué material deliciosamente elástico era la cama en la que yacía porque estaba hecha de brezo, que es el mejor tipo de lecho, y el brezo era algo que ella no había visto ni oído mencionar jamás.

La puerta se abrió y entró el ermitaño, con un gran cuenco de madera en la mano. Tras depositarlo con sumo cuidado en el suelo, el hombre se acercó a Aravis, y preguntó:

—¿Cómo te encuentras, hija mía?

—Me duele mucho la espalda, padre —respondió ella—, pero no me duele nada más.

El anciano se arrodilló junto al lecho, apoyó una mano en su frente, y le tomó el pulso.

—No tienes fiebre —declaró a continuación—. Te recuperarás. En realidad no hay ningún motivo por el que no puedas levantarte mañana. Pero ahora bebe esto.

Tomó el cuenco de madera y se lo acercó a los labios. Aravis no pudo evitar hacer una mueca cuando la probó, pues la leche de cabra resulta más bien desagradable cuando no se está acostumbrado a ella; pero estaba muy sedienta y consiguió bebérsela toda; se sintió mejor cuando terminó.

—Ahora, hija mía, puedes dormir cuando lo desees —dijo el ermitaño—. Pues tus heridas están limpias y vendadas y aunque escuecen, no son más graves de lo que habrían sido las heridas de un látigo. Debía de ser un león muy extraño; pues en lugar de arrancarte de la silla de montar y hundir los colmillos en tu carne, se ha limitado a pasar la zarpa por tu espalda. Diez arañazos: dolorosos, pero ni profundos ni peligrosos.

—¡Vaya! —exclamó ella—. Pues he tenido suerte.

—Hija —repuso el ermitaño—, he vivido ya ciento nueve inviernos en este mundo y no he encontrado aún lo que llamas «suerte». Hay algo en todo esto que no comprendo; pero si alguna vez hemos de enterarnos, puedes estar segura de que lo sabremos.

—¿Y que hay de Rabadash y sus doscientos hombres a caballo?

—No pasarán por aquí, creo —respondió él—. A estas horas sin duda han encontrado ya un vado muy al este de donde nosotros nos hallamos. Una vez crucen el río, probablemente intentarán cabalgar sin detenerse hasta Anvard.

—¡Pobre Shasta! —dijo Aravis—. ¿Tiene que ir muy lejos? ¿Llegará primero?

—Existe una buena posibilidad de que así sea —contestó el anciano.

Aravis volvió a acostarse —de costado esta vez— y dijo:

—¿He dormido mucho? Parece que empieza a oscurecer...

El ermitaño fue a mirar por la única ventana que daba al norte.

—Ésta no es la oscuridad de la noche —dijo al cabo—. Las nubes empiezan a descender del Pico de las Tormentas. Nuestro mal tiempo siempre viene de allí en esta región. Habrá una espesa niebla esta noche.

Al día siguiente, a excepción de la dolorida espalda, Aravis se sentía tan bien que tras el desayuno, que fue a base de avena y leche, el ermitaño dijo que podía levantarse. Y, claro está, salió de inmediato a hablar con los caballos. El tiempo había cambiado y todo aquel recinto verde estaba lleno, igual que una gran copa, de la luz del sol. Era un lugar tranquilo, solitario y silencioso.

Hwin trotó inmediatamente hacia Aravis y le dio un beso equino.

—Pero ¿dónde está Bree? —quiso saber Aravis cuando se hubieron preguntado mutuamente cómo se sentían y qué tal habían dormido.

—Ahí —respondió la yegua, indicando con el hocico el punto más alejado del círculo—. Estaría bien que intentaras hablar con él. Le pasa algo, no consigo sacarle una palabra.

Fueron hacia allí y encontraron a Bree acostado con el rostro de cara a la pared, y aunque sin duda las había oído llegar, no volvió para nada la cabeza ni dijo una palabra.

—Buenos días, Bree —saludó Aravis—. ¿Cómo te encuentras esta mañana?

El caballo farfulló algo que nadie consiguió entender.

—El ermitaño dice que Shasta probablemente consiguió llegar hasta el rey Lune a tiempo —continuó ella—, de modo que parece que todos nuestros problemas han terminado. ¡Narnia, por fin, Bree!

—Jamás veré Narnia —dijo Bree en voz baja.

—¿No te encuentras bien, querido? —inquirió Aravis.

Bree se volvió por fin, con una expresión tan lúgubre en el rostro como sólo es posible ver en la cara de un caballo.

—Regresaré a Calormen —declaró.

—¿Qué? —exclamó ella—. ¿De vuelta a la esclavitud?

—Sí —asintió él—; la esclavitud es lo único para lo que sirvo. ¿Cómo podría presentarme ahora ante los caballos libres de Narnia? ¡Yo, que dejé a una yegua, una chiquilla y un niño abandonados para que los devoraran los leones mientras galopaba a toda velocidad para salvar mi miserable pellejo!

—Todos corrimos tanto como pudimos —indicó Hwin.

—¡Shasta no lo hizo! —resopló él—. O al menos corrió en la dirección correcta: corrió hacia atrás. Y eso es lo que más me avergüenza. Yo, que me llamaba a mí mismo caballo de batalla y me he jactado de haber tomado parte en un centenar de combates, verme superado por un chiquillo humano; ¡un niño, un simple potrillo, que jamás había empuñado una espada, ni tenido una buena crianza ni ejemplo que seguir en su vida!

—Lo sé —dijo Aravis—. Yo sentí lo mismo. Shasta estuvo maravilloso. Yo soy tan mala como tú, Bree. Lo he estado desairando y mirando por encima del hombro desde que nos conocimos y ahora resulta ser el mejor de todos nosotros. Pero considero que sería mejor quedarnos y decirle que lo sentimos que regresar a Calormen.

—Eso puede estar bien para ti —repuso Bree—. Tú no te has deshonrado; pero yo lo he perdido todo.

—Mi buen caballo —intervino el ermitaño, que se había aproximado a ellos sin que lo advirtieran debido a que sus pies descalzos hacían poquísimo ruido sobre aquella hierba tierna y cubierta de rocío—. Mi buen caballo, no has perdido nada excepto tu vanidad. No, no, primo. No eches hacia atrás las orejas ni sacudas las crines ante mí. Si realmente te sientes tan humillado como parecía hace un minuto, debes aprender a atender a razones. No eres el caballo magnífico que habías llegado a creer que eras, porque vivías entre caballos incapaces de hablar. Desde luego eras más valiente e inteligente que ellos. ¡Eso era así! Pero eso no significa que vayas a ser alguien excepcional en Narnia. No obstante, desde el momento en que sepas esto, serás un caballo muy decente, y aceptarás las cosas tal como vienen. Y ahora, si tú y mi otro pariente de cuatro patas queréis venir a la puerta de la cocina, veremos cómo va ese salvado caliente.

Capítulo once

El inoportuno compañero de viaje

Una vez atravesado el portal, Shasta encontró una ladera de hierba y un pequeño brezal que ascendía ante él en dirección a unos árboles. Ya no tenía nada en qué pensar y ningún plan que elaborar: sólo tenía que correr, y eso era más que suficiente. Le temblaban las extremidades, empezaba a sentir unas terribles punzadas en el costado, y el sudor que no dejaba de caerle en los ojos se los cegaba e irritaba. Además, avanzaba con paso vacilante, y en más de una ocasión estuvo a punto de torcerse un tobillo con una piedra suelta.

Los árboles eran más abundantes que antes y en los espacios más despejados había helechos. El sol se había ocultado sin que por ello se refrescara el ambiente y el día se había convertido en uno de esos grises y calurosos en los que parece haber el doble de moscas de lo habitual. Shasta tenía el rostro cubierto de ellas, pero ni siquiera intentaba apartarlas; estaba demasiado ocupado.

De improviso oyó el sonido de una trompeta; no el de una gran trompa vibrante como las de Tashbaan sino un son alegre, *¡Ti-ro-ri-ro!* Y al cabo de un instante fue a salir a un amplio claro y se encontró con un montón de gente.

Al menos, a él le pareció un montón de gente. En realidad eran unas quince o veinte personas, caballeros todos con trajes de caza de color verde, acompañados de sus caballos; algunos iban montados y otros estaban de pie junto a las cabezas de sus monturas. En el centro alguien sostenía el estribo para que montara un hombre, que era el rey más jovial, gordo, mofletudo y de ojos centelleantes que nadie pueda imaginar.

En cuanto apareció Shasta, aquel rey se olvidó completamente de subirse al caballo. Extendió los brazos en dirección al niño, su rostro se iluminó, y gritó con una voz potente y grave que parecía surgir de lo más profundo de su pecho:

—¡Corin! ¡Hijo! ¡A pie y vestido con harapos! ¿Qué...?

—No —jadeó Shasta, sacudiendo la cabeza—. No soy el príncipe Corin. Sé... sé que soy como él... vi a su alteza en Tashbaan... envía sus saludos.

El monarca contemplaba fijamente al niño con una extraordinaria expresión en el rostro.

—¿Es usted el... el rey Lune? —inquirió Shasta con voz entrecortada, e inmediatamente, sin esperar respuesta—: Señor rey... huid... Anvard... cerrad las puertas... vienen enemigos... Rabadash y doscientos jinetes.

—¿Estás seguro de esto, chico? —preguntó uno de los otros gentileshombres.

—Con mis propios ojos —declaró Shasta—... los he visto. Hemos corrido por delante de ellos desde Tashbaan.

—¿A pie? —dijo el gentil hombre, arqueando ligeramente las cejas.

—A caballo... están con el ermitaño —respondió el muchacho.

—No lo interrogues más, Darrin —intervino el rey Lune—. Veo verdad en su rostro. Hay que salir a toda velocidad, caballeros. Traed un caballo, para el chico. ¿Sabes cabalgar de prisa, amigo?

Por toda respuesta Shasta puso el pie en el estribo del caballo que habían conducido hacia él y al cabo de un instante ya estaba sobre la silla. Lo había hecho un centenar de veces con Bree durante las últimas semanas, y su forma de montar era muy distinta entonces de lo que había sido aquella primera noche cuando Bree dijo que montaba sobre un caballo igual que si trepara por un almiar.

Se sintió complacido al escuchar que lord Darrin le decía al rey:

—El muchacho monta como un auténtico jinete, majestad. Estoy seguro de que tiene sangre noble.

—Su sangre sí, ésa es la cuestión —dijo el rey, y volvió a mirar fijamente a Shasta con aquella curiosa expresión, una expresión casi ávida, en sus serenos ojos grises.

Para entonces todo el grupo se movía ya a un enérgico medio galope. Shasta montaba de un modo magnífico pero estaba desconcertado con las riendas, pues jamás las había tocado cuando montaba a Bree y no sabía qué hacer con ellas. No obstante, observó con atención por el rabillo del ojo para ver qué hacían los otros —igual que hacemos algunos en las bodas cuando no estamos muy seguros de qué cuchillo o tenedor debemos usar— e intentó colocar los dedos correctamente. De todos modos no se atrevió a intentar conducir realmente al animal; confiaba en que siguiera al resto. El caballo era, desde luego, una bestia corriente, no un caballo parlante; pero tenía suficiente inteligencia como para darse cuenta de que el niño desconocido que llevaba sobre el lomo no tenía látigo ni espuelas y no era realmente dueño de la situación. Así fue como Shasta no tardó en encontrarse a la cola de la comitiva.

Pero aun así, iba bastante de prisa. Ya no había moscas y el aire que azotaba su rostro resultaba delicioso. Además, había recuperado el aliento, y su misión había tenido éxito. Por vez primera desde la llegada a Tashbaan, ¡y qué lejano parecía aquello!, empezaba a disfrutar.

Alzó la vista para comprobar si las cimas de las montañas se habían acercado más, pero, con gran desilusión por su parte, no pudo verlas: únicamente una vaga masa gris que descendía hacia ellos. Nunca antes había estado en terreno montañoso y se sorprendió.

—Es una nube —dijo para sí—, una nube que baja. Ya veo. Aquí arriba en las colinas uno está realmente en el cielo. Veré cómo es el interior de una nube. ¡Qué divertido! Me lo he preguntado muy a menudo.

A lo lejos, a su izquierda y un poco por detrás de él, el sol estaba a punto de ponerse.

En aquellos momentos se encontraban ya en una especie de accidentada calzada y avanzaban a buen paso. No obstante, el caballo de Shasta seguía siendo el último del grupo, y en una o dos ocasiones cuando el camino doblaba un recodo —el bosque se extendía ahora ininterrumpidamente a ambos lados de él— el niño perdió de vista a los demás durante un segundo o dos.

Entonces se sumergieron en la niebla, o más bien la niebla los atrapó. El mundo se tornó gris. Shasta no había caído en la cuenta de lo frío y húmedo que sería el interior de una nube; ni tampoco de lo oscuro que estaría. El gris se transformó en negro con alarmante velocidad.

Alguien en la cabeza de la columna hacía sonar la trompeta de vez en cuando, y en cada ocasión el sonido llegaba un poco más lejano. Ya no veía a ninguno de los otros, pero claro está, podría hacerlo en cuanto doblara el siguiente recodo. Sin embargo, cuando lo doblo siguió sin verlos. En realidad no pudo ver nada en absoluto. Ahora su caballo iba al paso.

—Sigue adelante, caballo, sigue adelante —instó Shasta.

Entonces oyó de nuevo la trompeta, muy débilmente. Bree siempre le había dicho que debía mantener los talones vueltos hacia fuera, y Shasta se había formado la idea de que algo muy terrible sucedería si hundía los talones en los costados de un caballo. Aquélla parecía una buena ocasión para probarlo.

—Mira, caballo —dijo—, si no te das prisa, ¿sabes lo que haré? Te clavaré los talones. Hablo en serio.

El animal, no obstante, no hizo el menor caso de su amenaza, de modo que Shasta se instaló firmemente en la silla, se sujetó con fuerza con las rodillas, apretó los dientes, y golpeó los costados del caballo con los talones con toda la fuerza de la que fue capaz.

El único resultado fue que el caballo inició una especie de fingido trote durante cinco o seis pasos y luego volvió a ir al paso. Y en aquellos momentos ya estaba muy oscuro y los otros parecían haber desistido de hacer sonar la trompeta. El único sonido era un continuo goteo procedente de las ramas de los árboles.

—Bueno, supongo que incluso al paso llegaremos a alguna parte en algún momento —dijo Shasta para sí—. Sólo espero no tropezarme con Rabadash y su gente.

Siguió adelante durante lo que pareció mucho tiempo, siempre al paso. Empezaba a odiar a aquel caballo, y también estaba empezando a sentirse muy hambriento.

Al cabo llegó a un lugar en el que la calzada se dividía en dos. Se estaba preguntando cuál conduciría a Anvard cuando lo sobresaltó un ruido a su espalda. Era el sonido de caballos trotando. «¡Rabadash!», pensó, y no tenía modo de adivinar qué camino tomaría el príncipe.

—Pero si yo tomo uno —dijo para sí—, tal vez él tome el otro: y si me quedó en el cruce «es seguro» que me atraparán.

Desmontó y condujo a su montura tan de prisa como pudo por la senda que partía hacia la derecha.

El sonido de la caballería se acercó rápidamente y al cabo de un minuto o dos Shasta se dio cuenta de que habían llegado al cruce. Contuvo la respiración, aguardando para ver qué camino tomarían.

—¡Alto! —se oyó ordenar en voz baja.

Hubo un instante de sonidos equinos; resoplar de ollares, patear de cascos, mordisqueo de bocados, palmear de cuellos. Luego una voz dijo:

—Prestad atención, todos vosotros. Nos encontramos a un estadio del castillo. Recordad vuestras órdenes. Una vez que estemos en Narnia, lugar al que deberíamos llegar al amanecer, mataréis tan poco como os sea posible. En esta empresa deberéis considerar cada gota de sangre narniana más valiosa que un litro de la vuestra. En «esta» empresa, digo. Los dioses nos enviarán un tiempo más feliz y entonces no deberéis dejar nada con vida entre Cair Paravel y el desierto occidental. Pero aún no estamos en Narnia. Aquí en Archenland es otra cosa. En el asalto al castillo del rey Lune, nada importa excepto la velocidad. Mostrad vuestra valía. Debe ser mío en una hora. Y si lo es, os lo entregaré todo a vosotros. No me reservo ningún botín para mí. Matad a todo varón bárbaro que encontréis entre sus paredes, incluida cualquier criatura nacida ayer, y todo lo demás es vuestro para que os lo repartáis como deseéis: las mujeres, el oro, las joyas, las armas y el vino. El hombre que vea quedarse atrás cuando lleguemos a las puertas será quemado vivo. ¡En nombre de Tash el irresistible, el inexorable... adelante!

Con gran golpeteo de cascos la columna empezó a moverse, y Shasta volvió a respirar. Habían tomado el otro camino.

Le pareció que tardaban una eternidad en pasar, pues aunque había estado hablando y pensando en «doscientos jinetes» durante todo el día, en ningún momento había sido consciente de cuántos eran en realidad. Pero por fin el sonido se apagó y de nuevo se quedó solo en medio del gotear de los árboles.

Ahora sabía en qué dirección se encontraba Anvard, pero no podía ir allí: eso sólo significaría ir a parar a los brazos de los soldados de Rabadash. «¿Qué diablos voy a hacer?», pensó. De todos modos, volvió a montar en su caballo y prosiguió por la calzada que había elegido con la débil esperanza de encontrar alguna casa donde pudiera pedir albergue y comida. Había pensado, desde luego, en regresar a la ermita junto a Aravis, Bree y Hwin, pero no podía hacerlo porque en aquellos momentos no tenía la menor idea de dónde estaba.

—Al fin y al cabo —dijo—, esta calzada sin duda me llevará a alguna parte.

Pero eso depende siempre de lo que quiera decir uno con «alguna parte». El camino siguió dirigiéndose hacia algún sitio, en el sentido de que lo llevó a través de más y más árboles, todos ellos oscuros y chorreando humedad, y hacia una atmósfera cada vez más fría. Extraños vientos helados pasaban por su lado arrastrando la niebla con ellos, aunque sin disolverla jamás. De haber estado acostumbrado a territorios montañosos habría comprendido que aquello significaba que se encontraba a gran altura, tal vez justo en la cumbre del puerto de montaña; pero Shasta no sabía nada sobre montañas.

—Creo —dijo— que debo de ser el chico más desgraciado del mundo. A todo el mundo le van bien las cosas excepto a mí. Aquellos nobles y damas narnianos consiguieron abandonar sin problemas Tashbaan; yo me quedé atrás. Aravis, Bree y Hwin se encuentran muy cómodos con aquel anciano ermitaño; pero, claro está, es a mí a quien envían a dar el aviso. Seguro que el rey Lune y su gente han llegado sanos y salvos al castillo y han cerrado las puertas mucho antes de que Rabadash apareciera, pero yo me he quedado fuera.

Y puesto que estaba muy cansado y con el estómago vacío, sintió tanta pena de sí mismo que las lágrimas corrieron por sus mejillas.

Lo que puso fin a todo aquello fue un repentino sobresalto. Shasta descubrió que alguien o algo andaba junto a él. Estaba negro como boca de lobo y no veía nada, y la cosa (¿o era una persona?) avanzaba tan silenciosamente que apenas lograba oír sus pisadas. Lo que sí oía era su respiración. Su invisible compañero parecía respirar a gran escala, y el muchacho tuvo la impresión de que era una criatura de gran tamaño. Además, había advertido aquella respiración de un modo tan gradual que en realidad no tenía ni idea de cuánto tiempo llevaba allí. Fue un susto terrible.

De improviso le vino a la mente que, mucho tiempo atrás, había oído decir que existían gigantes en aquellos países del norte, y se mordió el labio aterrorizado. Sin embargo, ahora que tenía algo por lo que llorar, dejó de hacerlo.

La cosa (o persona) siguió a su lado tan silenciosamente que Shasta empezó a tener la esperanza de que sólo se tratara de imaginaciones suyas. Pero justo cuando empezaba a convencerse, surgió de improviso un profundo y sonoro suspiro de la oscuridad, a su lado. ¡Aquello no podían ser imaginaciones! Había sentido el aliento cálido del suspiro sobre su mano helada.

Si el caballo hubiera servido de algo —o de haber sabido él cómo conseguir sacar algo del animal—, lo habría arriesgado todo en una huida y un galope desenfrenado; pero sabía que no podría hacer galopar a aquel animal. Así pues, siguió al paso y su invisible compañero anduvo y respiró a su lado. Finalmente ya no pudo soportarlo más.

—¿Quién eres? —dijo con una voz que apenas se oyó más que un susurro.

—Alguien que ha esperado mucho rato a que hablaras —respondió la cosa; su voz no era fuerte, pero sí sonora y profunda.

—¿Eres... eres un gigante? —inquirió Shasta.

—Podríamos decir que soy un gigante —respondió la Gran Voz—. Pero no me parezco a las criaturas a las que llamas gigantes.

—No te veo —declaró él, tras mirar con suma fijeza, y a continuación, pues una idea aún más terrible acababa de pasar por su cabeza, dijo, casi gritando—: No estarás... no estarás «muerto», ¿verdad? Por favor, por favor, márchate. ¿Qué daño te he hecho yo? ¡Vaya, soy la persona con menos suerte de todo el mundo!

De nuevo sintió el cálido aliento del misterioso acompañante en las manos y en el rostro.

—Ya te habrás dado cuenta de que éste no es el aliento de un fantasma —dijo—. Cuéntame tus penas.

Shasta se sintió un poco tranquilizado por el aliento, de modo que le contó que no había conocido a sus padres y que el pescador lo había criado de un modo muy severo. Y luego le contó la historia de su huida y el modo en que los persiguieron los leones y se vieron obligados a nadar para salvar la vida; y todos los peligros corridos en Tashbaan y la noche que había pasado entre las Tumbas y cómo las bestias le aullaban desde el desierto. Le habló también del calor y la sed padecidos durante el viaje por el desierto y que casi habían alcanzado su objetivo cuando otro león los persiguió e hirió a Aravis. También mencionó lo mucho que hacía que no probaba bocado.

—Yo no diría que eres desafortunado —dijo la Gran Voz.

—¿No te parece mala suerte que me haya encontrado con tantos leones? —inquirió él.

—Sólo había un león —declaró la Voz.

—Pero ¡qué dices! ¿No has oído que había al menos dos la primera noche, y...?

—Sólo había uno: pero era muy veloz.

—¿Cómo lo sabes?

—Yo era el león.

Y cuando Shasta se quedó boquiabierto e incapaz de decir nada, la Voz siguió:

—Yo era el león que te obligó a unirte a Aravis. Yo era el gato que te consoló entre las casas de los muertos. Yo era el león que alejó a los chacales de ti mientras dormías. Yo era el león que dio a los caballos las renovadas fuerzas del miedo durante los dos últimos kilómetros para que pudieras llegar ante el rey Lune a tiempo. Y yo fui el león que no recuerdas y que empujó el bote en el que yacías, una criatura al borde de la muerte, de modo que llegaras a la orilla donde estaba sentado un hombre, desvelado a medianoche, para recibirte.

—Entonces ¿fuiste tú quién hirió a Aravis?

—Fui yo.

—Pero ¿por qué?

—Niño —respondió la Voz—, te estoy contando tu historia, no la suya. A cada uno le cuento su propia historia, y ninguna otra.

—¿Quién eres?

—Yo mismo —contestó la Voz, en un tono tan profundo y grave que la tierra tembló. Y repitió en tono fuerte, claro y alegre—: Yo mismo. —Y luego una tercera vez—: Yo mismo. —Lo musitó tan quedo que apenas se oía y, sin embargo, el sonido pareció surgir de su alrededor, como si las hojas susurraran con él.

Shasta ya no temía que la Voz perteneciera a un ser que fuera a comérselo, ni que se tratara de la voz de un fantasma; pero una clase de temblor nuevo y distinto lo embargó. Aunque a la vez se sentía contento.

La neblina iba pasando de negro a gris y de gris a blanco, y aquello debía de haber empezado a suceder hacía algún tiempo, si bien mientras había estado hablando con la criatura no había prestado atención a nada más. Entonces, la blancura a su alrededor se convirtió en una blancura reluciente, y sus ojos empezaron a parpadear. De algún punto situado al frente le llegó el canto de los pájaros y supo que la noche había terminado por fin. Podía ver ya las crines y las orejas del caballo con cierta facilidad. Una luz dorada cayó sobre ellos desde la izquierda, e imaginó que era el sol.

Volvió la cabeza y vio, andando junto a él, más alto que el caballo, un león. El caballo no parecía tenerle miedo, o tal vez no podía verlo. Era del león de donde procedía la luz, y nadie vio jamás nada más terrible ni hermoso.

Por suerte Shasta había vivido toda su vida demasiado al sur de Calormen para haber oído las historias que se susurraban en Tashbaan sobre un espantoso demonio narniano que se presentaba bajo la forma de un león. Y desde luego, no conocía ninguna de las historias verídicas sobre Aslan, el gran león, el hijo del emperador de Allende los Mares, el monarca que gobernaba sobre todos los grandes reyes de Narnia. No obstante, tras echar una ojeada al rostro del león saltó de la silla y cayó a sus pies. No pudo decir nada, pero lo cierto era que tampoco deseaba decir nada, y supo que no necesitaba decir nada.

El gran rey inclinó la cabeza hacia él. Su melena, y un extraño y solemne perfume que flotaba alrededor de la melena, lo envolvió. El león le tocó la frente con la lengua. El niño alzó el rostro y sus ojos se encontraron. Entonces, al instante, el pálido resplandor de la neblina y el llameante brillo del león se juntaron en una arremolinada aureola, que se elevó por los aires y desapareció. Shasta estaba solo con el caballo sobre una ladera cubierta de hierba bajo un cielo azul. Y los pájaros cantaban.

Capítulo doce

Shasta en Narnia

«¿Ha sido todo un sueño?», se preguntó Shasta; pero no podía haber sido un sueño porque en la hierba ante él vio la profunda y enorme huella de la zarpa delantera derecha del león. Quitaba la respiración pensar en el peso capaz de dejar una pisada como aquélla. Sin embargo, había algo aún más extraordinario que su tamaño. Mientras la contemplaba, su fondo se había llenado de agua. No tardó en llenarse hasta el borde y en empezar a rebosar, y en seguida se formó un pequeño arroyo que fluyó por la hierba, ladera abajo, alejándose del niño.

Shasta se inclinó y bebió —un trago muy largo— y luego sumergió el rostro y se echó agua por la cabeza. Estaba sumamente fría y era transparente como el cristal, y además lo refrescó enormemente. Después de eso se irguió, sacudiéndose el agua de las orejas a la vez que se echaba hacia atrás los cabellos mojados que le caían sobre la frente, y empezó a examinar sus alrededores.

Aparentemente era todavía muy temprano. El sol acababa de salir, y se había alzado desde los bosques que contemplaba muy abajo y lejanos, a su derecha. Aquel territorio era del todo nuevo para él. Se trataba de un valle verde salpicado de árboles por entre los cuales distinguió el destello de un río que se alejaba serpenteando ligeramente en dirección noroeste. En el extremo opuesto del valle había unas colinas rocosas elevadas y uniformes, pero eran más bajas que las montañas que había visto el día anterior. Entonces empezó a adivinar dónde se encontraba. Volvió la cabeza y miró a su espalda: vio que la ladera en la que estaba formaba parte de a una cordillera de montañas mucho más altas.

—Vaya —dijo para sí—. Ésas son las grandes montañas situadas entre Archenland y Narnia. Ayer estaba al otro lado. Debo de haber cruzado el desfiladero durante la noche. ¡Qué suerte que diera con él!... Aunque no fue suerte, fue gracias a él. Y ahora estoy en Narnia.

Se dio la vuelta, desensilló el caballo y le quitó la brida.

—A pesar de que tengo un caballo horrible —declaró.

El animal no prestó la menor atención al comentario y empezó inmediatamente a pastar. Aquel caballo tenía una opinión muy pobre de Shasta.

«¡Ojalá pudiera comer hierba! —pensó el niño—. De nada sirve regresar a Anvard, pues estará totalmente asediado. Será mejor que siga descendiendo hacia el interior del valle y vea si puedo conseguir algo de comer.»

Marchó, pues, ladera abajo —el espeso rocío le helaba terriblemente los pies desnudos— hasta que penetró en un bosque. Había una especie de senda que lo cruzaba y no llevaba muchos minutos siguiéndola cuando oyó una voz pastosa y muy jadeante que le decía:

—Buenos días, vecino.

Shasta volvió la cabeza rápidamente en busca del propietario de la voz y se encontró a un pequeño ser cubierto de púas y de rostro oscuro que acababa de salir de entre los árboles. Era pequeño para ser una persona y muy grande para ser un erizo, pero eso era.

—Buenos días —respondió Shasta—; pero no soy un vecino. En realidad soy forastero en este lugar.

—¿Ah, sí? —repuso el erizo en tono inquisitivo.

—He venido del otro lado de las montañas... de Archenland, ¿sabes?

—Ah, Archenland —repuso el erizo—. Eso está terriblemente lejos. Nunca he estado allí.

—Y creo —siguió Shasta— que alguien debería saber que hay un ejército de salvajes calormenos atacando Anvard en este mismo instante.

—¡No me digas! —respondió el erizo—. Vaya, qué cosas. Y eso que dicen que Calormen se encuentra a cientos de miles de kilómetros de distancia, justo en el fin del mundo, al otro lado de un gran mar de arena.

—No está tan lejos como crees —le explicó Shasta—. Y ¿no habría que hacer algo con ese ataque a Anvard? ¿No debería informarse al Sumo Monarca?

—Ciertamente, ya lo creo, habría que hacer algo al respecto. Pero, ¿sabes?, ahora me dirigía a mi cama para disfrutar del buen día durmiendo. ¡Hola, vecino!

Aquellas últimas palabras fueron dirigidas a un enorme conejo de color beige que acababa de sacar la cabeza de algún punto situado junto al sendero. El erizo se apresuró a contar al recién llegado lo que acababa de decirle Shasta, y éste estuvo de acuerdo en que aquélla era una noticia extraordinaria y que alguien debería informar a otro alguien para que se hiciera algo.

Y así siguió la cosa. Cada pocos minutos se les unían otras criaturas, algunas procedentes de las ramas extendidas sobre sus cabezas y otras de pequeñas casas subterráneas situadas a sus pies, hasta que el grupo lo formaron cinco conejos, una ardilla, dos urracas, un fauno con pezuñas de cabra, y un ratón, que hablaban todos a la vez y estaban de acuerdo con el erizo. Pues lo cierto era que en aquella edad dorada en que la bruja y el invierno habían desaparecido y Peter, el Sumo Monarca, gobernaba en Cair Paravel, los habitantes más menudos de los bosques de Narnia se sentían tan seguros y felices que se estaban volviendo un poco despreocupados.

Al poco, no obstante, dos personas mucho más prácticas hicieron su aparición en el bosquecillo. Una era un enano rojo cuyo nombre parecía ser Vaguete, y el otro un ciervo, una hermosa y noble criatura de enormes ojos transparentes, flancos moteados y patas tan finas y gráciles que parecían poderse quebrar con dos dedos.

—¡Por el León! —rugió el enano en cuanto escuchó la noticia—. Y si eso es así, ¿por qué estamos todos aquí quietos, parloteando? ¡Hay enemigos en Anvard! Hay que llevar la noticia a Cair Paravel inmediatamente. Hay que reunir el ejército. Narnia debe ir en ayuda del rey Lune.

—¡Ah! —exclamó el erizo—. Pero no encontraréis al Sumo Monarca en Cair. Se ha marchado al norte a dar una buena paliza a esos gigantes. Y hablando de gigantes, vecinos, eso me trae a la mente...

—¿Quién llevará el mensaje? —interrumpió el enano—. ¿Hay alguien aquí más veloz que yo?

—Yo soy veloz —dijo el ciervo—. ¿Cuál es mi mensaje? ¿Cuántos calormenos?

—Al menos doscientos, al mando del príncipe Rabadash. Y...

Pero el ciervo ya había partido; dio un salto sobre las cuatro patas, y en un instante sus blancos cuartos traseros habían desaparecido entre los árboles más alejados.

—Quisiera saber adónde va —dijo el conejo—. No encontrará al Sumo Monarca en Cair Paravel, sabéis.

—Encontrará a la reina Lucy —respondió Vaguete—. Y entonces... ¡Vaya! ¿Qué le sucede al humano? Se ha puesto de color verde. Creo que está medio desmayado. A lo mejor se trata de hambre mortal. ¿Cuándo fue la última vez que comiste, jovencito?

—Ayer por la mañana —respondió Shasta con voz débil.

—Vamos, pues, vamos —instó el enano, pasando al instante los gruesos y cortos brazos alrededor de la cintura de Shasta para sostenerlo—. ¡Vaya, vecinos, debería darnos vergüenza! Vamos chico, ven conmigo. ¡A desayunar! Es mejor que charlar.

Con gran alboroto, sin dejar de murmurar reproches para sí, el enano fue llevando como pudo a Shasta a gran velocidad hasta adentrarse en el bosque, un poco cuesta abajo. La caminata fue más larga de lo que Shasta deseaba en aquel momento y sus piernas empezaron a temblar antes de que salieran de entre los árboles a una ladera desnuda. Allí encontraron una casita con una chimenea humeante y una puerta abierta y, mientras se acercaba a la entrada, Vaguete gritó:

—¡Eh, hermanos! Traigo a un visitante a desayunar.

De inmediato, mezclado con un chisporroteo, a Shasta le llegó un aroma sencillamente delicioso. Jamás había olido algo tan rico, aunque confío en que tú sí. Se trataba, en realidad, del olor a tocino, huevos y champiñones friéndose en una sartén.

—Cuidado con la cabeza, chico —advirtió Vaguete cuando ya era demasiado tarde, pues Shasta acababa de golpearse la frente contra el bajo dintel de la puerta—. Ahora siéntate —prosiguió el enano—. La mesa es un poco baja para ti, pero el taburete también lo es. Así. Y aquí tienes avena... y una jarra de leche cremosa... y una cuchara.

Para cuando Shasta hubo terminado su avena, los dos hermanos del enano, que se llamaban Rogin y Pulgares de Acero, ya depositaban la fuente de tocino, huevos y champiñones, la cafetera, la leche caliente y las tostadas sobre la mesa.

Todo resultaba nuevo y maravilloso para el muchacho, ya que la comida calormena era bastante distinta. Ni siquiera sabía qué eran aquellas rebanadas de color castaño, pues jamás había visto una tostada; tampoco sabía qué era la sustancia amarilla que esparcían sobre la tostada, porque en Calormen casi siempre le daban a uno aceite en lugar de mantequilla. Y la casa en sí era muy diferente de la cabaña oscura, de atmósfera viciada y con olor a pescado de Arsheesh y de las estancias con columnas de los palacios de Tashbaan. El techo era muy bajo, y todo estaba hecho de madera. Había un reloj de cucú, un mantel de cuadros rojos y blancos, un jarrón con flores silvestres y unas diminutas cortinas en las ventanas de gruesos cristales. También resultaba bastante molesto tener que usar tazas, platos, cuchillos y tenedores para enanos. Aquello significaba que las raciones eran muy pequeñas, pero al mismo tiempo Sharta podía repetir cuanto quisiera porque le llenaban el plato o la taza a cada momento. Incluso los mismos enanos decían sin cesar:

—Mantequilla, por favor.

—Otra taza de café.

—¿Alguien me pasa unos champiñones más?

—¿Qué tal si freímos otro huevo o algo así?

Y cuando por fin hubieron comido hasta hartarse, los tres enanos sortearon a quién le tocaba lavar los platos y perdió Rogin. Luego Vaguete y Pulgares de Acero condujeron a Shasta al exterior, a un banco situado junto a la pared de la casa, y todos estiraron las piernas y lanzaron un suspiro de satisfacción. Los dos enanos encendieron sus pipas. El rocío había desaparecido de la hierba ya y el sol calentaba bastante; a decir verdad, de no haber soplado una ligera brisa, habría hecho demasiado calor.

—Ahora, forastero —dijo Vaguete—, te mostraré el territorio. Puedes ver casi todo el sur de Narnia desde aquí, y nos sentimos muy orgullosos de la vista. Justo ahí a lo lejos, a tu izquierda, detrás de esas colinas cercanas, puedes ver las montañas occidentales. Y a esa loma redondeada a tu derecha la llaman la Colina de la Mesa de Piedra. Y más allá de...

En aquel momento, lo interrumpió un ronquido procedente de Shasta, quien, tras el viaje nocturno y el excelente desayuno, se había quedado profundamente dormido. En cuanto lo advirtieron, los bondadosos enanos empezaron a hacerse señas unos a otros para que nadie lo despertara; aunque lo cierto es que, con tantos susurros y gesticulaciones, y con todo el ruido que hicieron al levantarse y alejarse con disimulo, habrían terminado por conseguirlo de no haber estado tan cansado.

Durmió casi todo el día, aunque se despertó a tiempo para la cena. Las camas de la casa eran demasiado pequeñas para él pero le prepararon una cama magnífica de brezo en el suelo, y ni se movió ni soñó en toda la noche. A la mañana siguiente acababan de dar cuenta del desayuno cuando oyeron un agudo y emocionante sonido procedente del exterior.

—¡Trompetas! —exclamaron todos los enanos, mientras salían de la casa acompañados por Shasta.

Las trompetas volvieron a sonar: un sonido nuevo para Shasta, no enorme y solemne como las trompetas de Tashbaan ni alegre y divertido como la trompa de caza del rey Lune, sino nítido, agudo y valeroso. El sonido surgía de los bosques situados al este, y muy pronto se mezcló con el repicar de los cascos de caballos. Al cabo de un instante llegó ante ellos la cabeza de la columna.

Primero apareció lord Peridan sobre un caballo bayo sosteniendo el enorme estandarte de Narnia: un león rojo sobre un fondo verde. Shasta lo reconoció al instante. A continuación aparecieron tres personas que marchaban una al lado de la otra, dos sobre enormes corceles y una sobre un poni. Los dos que iban montados en corceles eran el rey Edmund y una dama de cabellos rubios con un rostro muy alegre que lucía un yelmo y una cota de malla. Además, llevaba un arco colgado al hombro junto con una aljaba sujeta al costado.

—La reina Lucy —musitó Vaguete.

La persona montada en el poni era Corin. Tras ellos iba el grueso principal del ejército: hombres sobre caballos normales, hombres sobre caballos parlantes —a quienes no importaba que los montaran en las ocasiones que lo requerían, como cuando Narnia iba a la guerra—, centauros, osos aguerridos, grandes perros parlantes y, por último, seis gigantes; pues existían gigantes buenos en Narnia. A pesar de saber que se hallaban del lado de los buenos, al principio Shasta apenas era capaz de mirarlos; existen algunas cosas a las que uno tarda mucho en acostumbrarse.

En el mismo instante en que el rey y la reina llegaban ante la casa y los enanos empezaban a dedicarles profundas reverencias, el rey Edmund gritó:

—¡Bien, amigos! ¡Hora de hacer un alto y tomar un bocado!

E inmediatamente se produjo un gran revuelo de gente que desmontaba, de mochilas que se abrían y de inicio de conversaciones en tanto que Corin se dirigía corriendo a Shasta y le tomaba las manos, gritando:

—¡Vaya! ¡Estás aquí! ¿De modo que conseguiste salir sin problemas? Me alegro. Ahora nos divertiremos. ¿No es eso tener suerte? Apenas llegamos al puerto de Cair Paravel ayer por la mañana y la primera persona que viene a nuestro encuentro es el ciervo *Chervy* con esa noticia de un ataque a Anvard. No crees...

—¿Quién es el amigo de su alteza? —preguntó el rey Edmund, que acababa de desmontar.

—¿No lo veis, majestad? —dijo Corin—. Es mi doble: el chico al que confundisteis conmigo en Tashbaan.

—Vaya, ya lo creo que es su doble —exclamó la reina Lucy—. Son tan iguales como dos gemelos. Es maravilloso.

—Por favor, majestad —suplicó Shasta al rey Edmund—. Yo no era un traidor, lo prometo. No pude evitar escuchar vuestros planes; pero jamás se me habría ocurrido contárselos a vuestros enemigos.

—Ahora sé que no eras un traidor, muchacho —dijo el rey Edmund, posando una mano sobre la cabeza de Shasta—; pero si no quieres que te tomen por uno, en otra ocasión intenta no escuchar lo que está dirigido a otros oídos. Pero no hay de qué preocuparse.

Después de eso hubo tanto bullicio, y tantas conversaciones e idas y venidas, que durante unos pocos minutos Shasta perdió de vista a Corin, Edmund y Lucy. De todos modos, Corin era la clase de chico del que uno oye hablar en seguida y no pasó mucho tiempo antes de que Shasta oyera decir al rey Edmund con voz sonora:

—¡Por la Melena del León, príncipe, esto es demasiado! ¿Es que su alteza no se emmendará jamás? ¡Das más miedo tú que todo nuestro ejército junto! Antes preferiría tener un regimiento de avispones a mis órdenes que a ti.

Shasta se deslizó entre los reunidos y vio a Edmund, con expresión realmente enojada, a Corin, que parecía algo avergonzado de sí mismo, y a un enano desconocido sentado en el suelo haciendo muecas. Al parecer, un par de faunos lo habían estado ayudando a quitarse la armadura.

—Si tuviera mi cordial conmigo —decía la reina Lucy—, no tardaría en reparar esto. Pero el Sumo Monarca me ha prohibido terminantemente llevarlo por regla general a las guerras ¡Debo reservarlo para situaciones muy extremas!

Lo que había sucedido es que, en cuanto Corin acabó de hablar con Shasta, un enano del ejército, llamado Espinoso, asió al príncipe por el codo.

—¿Qué sucede, Espinoso? —preguntó Corin.

—Alteza real —dijo Espinoso, apartándolo a un lado—, nuestra marcha de hoy nos llevará a través del desfiladero y directos al castillo de vuestro real padre. Puede que entremos en combate antes del anochecer.

—Lo sé —respondió Corin—. ¿No es fabuloso?

—Fabuloso o no —replicó Espinoso—, tengo órdenes sumamente estrictas del rey Edmund de encargarme de que su alteza no tome parte en el combate. Se os permitirá verlo, y eso es un regalo más que suficiente para los pocos años de su alteza.

—¡Qué tontería! —profirió Corin—. Claro que voy a pelear. Pero si la reina Lucy estará con los arqueros.

—Su majestad la reina Lucy hará lo que le plazca —dijo Espinoso—; pero vos estáis a mi cargo. O me dais vuestra solemne y principesca palabra de que mantendréis a vuestro poni junto al mío, ni medio cuello por delante, hasta que dé a su alteza permiso para partir, o de lo contrario, y son órdenes de su majestad, deberemos ir atados por las muñecas igual que prisioneros.

—Te derribaré si intentas atarme —afirmó Corin.

—Me gustaría ver cómo lo hace su alteza.

Aquello fue reto más que suficiente para un muchacho como Corin y en un segundo él y el enano luchaban a brazo partido. Habría sido una pelea igualada pues, aunque Corin tenía los brazos más largos y era más alto, el enano tenía más edad y fuerza; pero no llegó a librarse hasta el final —eso es lo peor de las peleas en una ladera escarpada—, pues Espinoso tuvo la pésima suerte de pisar una piedra suelta; cayó de bruces sobre la nariz y, cuando intentó incorporarse, descubrió que se había torcido el tobillo: una torcedura realmente atroz que le impediría andar o cabalgar durante al menos dos semanas.

—Mira lo que has hecho, alteza —dijo el rey Edmund—. Nos has privado de un guerrero de gran valía justo antes de la batalla.

—Yo ocuparé su lugar, majestad —se ofreció Corin.

—¡Bah! —dijo Edmund—. Nadie duda de tu valor; pero un muchacho en una batalla sólo supone un peligro para su propio bando.

En aquel momento el rey tuvo que alejarse para ocuparse de otra cosa, y Corin, tras disculparse elegantemente con el enano, corrió hacia Shasta y susurró.

—¡Rápido! Ahora sobra un poni, y también la armadura del enano. Póntela antes de que se den cuenta.

—¿Por qué? —quiso saber Shasta.

—Pues ¡para que tú y yo podamos pelear en la batalla, claro! ¿No quieres?

—Oh... ah, sí, desde luego —respondió Shasta.

Sin embargo, era lo último que pensaba hacer y empezó a sentir un desagradable hormigueo en la espalda.

—Eso es —indicó Corin—. Por encima de la cabeza. Ahora el talabarte. Pero debemos cabalgar cerca de la cola de la columna y permanecer callados como ratones. Una vez que empiece la batalla todos estarán demasiado ocupados para fijarse en nosotros.

Capítulo trece

La batalla de Anvard

Sobre las once toda la compañía volvía a estar en marcha, cabalgando hacia el este con las montañas a la izquierda. Corin y Shasta cabalgaban justo a la retaguardia, con los gigantes inmediatamente delante. Lucy, Edmund y Peridan estaban ocupados con sus planes para la batalla, aunque Lucy dijo en una ocasión:

—Pero ¿dónde está ese *metomentodo* de su alteza?

—No al frente, y eso ya es una buena noticia —se limitó a responder Edmund—. Déjalo tranquilo.

Shasta contó a Corin gran parte de sus aventuras y le explicó que un caballo le había enseñado a montar y que en realidad no sabía cómo utilizar las riendas. Entonces el príncipe le enseñó a hacerlo, además de contárselo todo sobre su sigilosa huida de Tashbaan.

—Y ¿dónde está la reina Susan?

—En Cair Paravel. No es como Lucy, ¿sabes? Ella vale tanto como un hombre o, al menos, como un muchacho. La reina Susan es más parecida a una dama adulta corriente. No cabalga en las guerras, aunque es una excelente arquera.

El sendero de la ladera que seguían se fue tornando más estrecho y la pendiente a su derecha más escarpada. Al final tuvieron que ir en fila india a lo largo del borde del precipicio y Shasta se estremeció al pensar que había hecho lo mismo la noche anterior sin saberlo.

«Pero claro —pensó—, yo estuve totalmente a salvo gracias al león, que se mantuvo a mi izquierda. Estuvo entre el borde y yo todo el tiempo.»

Entonces el sendero giró a la izquierda y al sur alejándose del precipicio y aparecieron espesos bosques a ambos lados de él. Empezaron a ascender por una empinada cuesta hasta entrar en el desfiladero. Habría habido una vista espléndida desde lo alto de haberse tratado de terreno despejado, pero en medio de toda aquella espesura no se podía ver nada; únicamente, de vez en cuando, algún enorme pináculo de roca por encima de las copas de los árboles, y un águila o dos describiendo círculos en el cielo azul.

—Huelen el combate —dijo Corin, señalando las aves—. Saben que nos estamos preparando para alimentarlas.

A Shasta aquello no le gustó nada.

Tras cruzar el cuello del desfiladero y descender un buen trecho llegaron a terreno más despejado y desde allí Shasta pudo contemplar todo Archenland, azul y nebuloso, extendido a sus pies e incluso, le pareció, un atisbo del desierto en la lejanía. No obstante, el sol, al que faltaban unas dos horas para ponerse, le daba en los ojos y no pudo distinguir nada con nitidez.

Allí el ejército se detuvo y se desplegó en una hilera, y tuvieron lugar gran cantidad de cambios en las posiciones. Todo un destacamento de bestias parlantes de aspecto muy peligroso cuya presencia no había advertido Shasta hasta entonces y que pertenecían principalmente a la familia de los felinos —leopardos, panteras y animales parecidos— marcharon con paso lento y sin dejar de gruñir a ocupar posiciones en el lado izquierdo. A los gigantes se los envió al lado derecho, y antes de ponerse en movimiento todos sacaron algo que habían transportado a sus espaldas y se sentaron un momento. Shasta descubrió entonces que lo que transportaban y se ponían en ese momento eran pares de botas: horribles y pesadas botas de clavos que les llegaban hasta las rodillas. A continuación se echaron los enormes garrotes a los hombros y marcharon a su posición de combate. Los arqueros, junto con la reina Lucy, se colocaron en la retaguardia. Se veía cómo doblaban los arcos y a continuación se escuchaba el chasquido de las cuerdas al ser comprobadas. Y dondequiera que uno mirara veía gente que tensaba cinchas, se colocaba yelmos, desenvainaba espadas y se despojaba de ropa. Apenas se hablaba. Todo era muy solemne y horrible. «Ahora sí que me espera una buena... Realmente me espera una buena», pensó Shasta. Entonces se oyeron unos ruidos más adelante: el sonido de muchos hombres que gritaban y un golpeteo continuo.

—Un ariete —musitó Corin—. Intentan derribar las puertas.

Incluso el príncipe mostraba un semblante serio entonces.

—¿Por qué no sigue adelante el rey Edmund? —gimió—. No soporto esta espera. Hace frío, además.

Shasta asintió: esperando no parecer tan asustado como en realidad se sentía.

¡Por fin sonó la trompeta! Avanzaban ya —trotaban— con el estandarte ondeando al viento. Coronaron una loma baja, y a sus pies se desplegó de improviso toda la escena; un pequeño castillo de innumerables torreones con las puertas mirando hacia ellos. No había foso, por desgracia, pero desde luego las puertas estaban cerradas y el rastrillo bajado. En las murallas vieron, como pequeños puntos, los rostros de los defensores. Abajo, unos cincuenta calormenos, a pie, golpeaban sin pausa las puertas con un enorme tronco de árbol. Sin embargo, la escena cambió de inmediato. El grueso principal de los hombres de Rabadash había descabalgado listo para atacar las puertas; pero ahora el príncipe había descubierto a los narnianos que descendían a toda velocidad de la loma. No cabía la menor duda de que aquellos calormenos estaban maravillosamente adiestrados, pues a Shasta le pareció que en apenas un segundo ya había vuelto a formarse toda una fila de jinetes enemigos, y ésta empezaba a girar para ir a su encuentro, blandiendo sus armas.

Y a continuación se lanzaron al galope. El terreno que mediaba entre ambos ejércitos se redujo por momentos. Rápido, más rápido. Todas las espadas estaban desenvainadas, todos los escudos colocados a la altura de la nariz, todas las oraciones dichas, todos los dientes apretados. Shasta estaba terriblemente asustado, pero de repente le pasó por la cabeza una frase: «Si huyes de esto, huirás de todas las batallas que tengas que librar en tu vida. Es ahora o nunca».

De todos modos, cuando por fin se encontraron los dos bandos no se enteró demasiado de lo que sucedía. Todo fue una aterradora confusión, mezclada con un ruido espantoso. Le arrebataron la espada de un golpe casi al principio, y sin saber cómo se le enredaron las riendas. Luego descubrió que empezaba a resbalar de la silla. Entonces una lanza fue directa hacia él y al agacharse para esquivarla cayó del caballo, se dio un golpe terrible en los nudillos contra la armadura de otra persona, y a continuación...

De todos modos no sirve de nada describir la batalla desde el punto de vista de Shasta; el muchacho apenas comprendía la lucha en general, ni siquiera entendía su parte en ella. El mejor modo en que puedo relatar lo que realmente sucedió es retrocediendo a varios kilómetros de distancia, hasta donde el ermitaño del Linde Meridional estaba sentado mirando al interior del tranquilo estanque situado bajo el frondoso árbol, con Bree, Hwin y Aravis a su lado.

Pues era en aquel estanque donde miraba el ermitaño cuando quería saber qué sucedía en el mundo fuera de los verdes muros de su ermita. Allí, como en un espejo, podía ver, en ciertas ocasiones, lo que sucedía en las calles de ciudades situadas mucho más al sur que Tashbaan, o qué naves atracaban en Redhaven, en las remotas Siete Islas, o qué salteadores o animales salvajes se movían en los inmensos bosques occidentales entre el Erial del Farol y Telmar. Y durante todo aquel día el anciano apenas había abandonado el estanque, ni para comer o beber, pues sabía que se preparaban grandes acontecimientos en Archenland. Aravis y los caballos también miraban en su interior. Comprendían que se trataba de un estanque mágico, pues en lugar de reflejar el árbol y el cielo mostraba formas nebulosas y multicolores que se movían, se movían sin cesar, en sus profundidades, aunque ellos no conseguían ver nada con claridad. El ermitaño sí podía y de vez en cuando les contaba lo que veía. Un poco antes de que Shasta cabalgara a su primera batalla, el anciano había empezado a hablar así:

—Veo una... dos... tres águilas que describen círculos en la brecha que hay en el Pico de las Tormentas. Una es la más vieja de todas, y no estaría allí si no fuera a tener lugar una batalla dentro de poco. Veo cómo da vueltas de un lado a otro, atisbando unas veces en dirección a Anvard y otras al este, más allá de la montaña. Ah, ahora veo en qué han estado ocupados Rabadash y sus hombres durante todo el día. Han talado y podado un árbol grande y ahora salen del bosque transportándolo como un ariete. Han aprendido algo del fracaso del ataque de anoche. Habría sido más sensato si hubiera puesto a sus hombres a construir escalas: pero eso lleva demasiado tiempo y él es un hombre impaciente. ¡Es un estúpido! Debería haber cabalgado de regreso a Tashbaan en cuanto fracasó el primer ataque, ya que todo su plan dependía de la velocidad y la sorpresa. Ahora colocan el ariete en posición. Los hombres del rey Lune disparan sin cesar desde las murallas. Cinco calormenos han caído, pero no caerán muchos más, pues sostienen los escudos sobre sus cabezas. Ahora Rabadash está dando órdenes. Lo acompañan sus caballeros de más confianza, fieros tarkaanes de las provincias orientales. Veo sus rostros. Está Corradin del castillo Tormunt y Azrooh y Chlamash, e Igamuth el del labio torcido, y un tarkaan alto de barba roja...

—¡Por la Melena, mi antiguo señor Anradin! —exclamó Bree.

—Chist —instó Aravis.

—Ahora han empezado a usar el ariete. ¡Si se oyera igual que se ve, vaya ruido que se escucharía! Asestan un golpe tras otro: y ninguna puerta puede resistir eternamente. Pero ¡aguardad! Algo en las alturas cerca del Pico de las Tormentas ha asustado a las aves. Salen en masa. Y aguardad otra vez... no puedo verlo aún... ¡ah! Ahora sí puedo. Toda la cresta, allá en el este, queda oscurecida por figuras de jinetes. Si al menos el viento hiciera ondear ese estandarte y lo desplegara. Han dejado atrás la cima quienesquiera que sean. ¡Ajá! Ya he visto el estandarte. Narnia. ¡Narnia! Es el león rojo. Descienden a toda velocidad. Veo al rey Edmund. Hay una mujer detrás entre los arqueros. ¡Oh!...

—¿Qué sucede? —preguntó Hwin, sin aliento.

—Todos sus felinos están saliendo disparados desde el lado izquierdo de la hilera.

—¿Felinos? —inquirió Aravis.

—Felinos enormes, leopardos y animales parecidos —respondió el ermitaño, impaciente—. Lo veo. Sí veo. Los felinos están describiendo un círculo para llegar hasta los caballos de los hombres que van a pie. Un buen golpe. Los caballos calormenos ya están enloquecidos de terror. Los felinos están ya entre ellos. Pero Rabadash ha recompuesto sus filas y tiene a cien hombres a caballo. Cabalgan para ir al encuentro de los narnianos. Sólo median cien metros entre los dos bandos. Sólo cincuenta. Veo al rey Edmund, veo a lord Peridan. Hay dos chiquillos en la columna narniana. ¿En qué estará pensando el rey Edmund para permitir que participen en la batalla? Sólo diez metros... las columnas se enfrentan. Los gigantes a la derecha de los narnianos hacen maravillas... Pero han abatido a uno... Le habrán disparado al ojo, supongo. La parte central es todo un revoltijo. Veo algo hacia la izquierda. Ahí están los dos muchachos otra vez. ¡Por el León! Uno es el príncipe Corin. El otro es igual que él, son como dos gotas de agua. Es vuestro pequeño Shasta. Corin pelea como un hombre. Ha matado a un calormeno. Ahora puedo ver una parte del centro. Rabadash y Edmund estaban a punto de enfrentarse, pero la muchedumbre los ha separado...

—¿Qué hay de Shasta? —preguntó Aravis.

—¡Pobre tonto! —gimió el ermitaño—. ¡Ingenuo y valiente tonto! No sabe nada sobre este oficio. No hace el menor uso de su escudo. Tiene todo el costado al descubierto. No tiene ni la menor idea de qué hacer con la espada. Vaya, por fin se acuerda. La agita furiosamente a un lado y a otro... Ha estado a punto de cortarle la cabeza a su propio poni, y lo hará en cualquier momento si no tiene cuidado. Ahora se la han arrancado de la mano. Es un asesinato enviar a un niño a la batalla; no sobrevivirá ni cinco minutos. Agáchate, estúpido... vaya, ha caído.

—¿Lo han matado? —preguntaron tres voces jadeantes.

—¿Cómo voy a saberlo? —respondió él—. Los felinos han finalizado su tarea. Todos los caballos sin jinete están muertos o han huido ya: los calormenos ya no podrán utilizarlos para retirarse. Los felinos vuelven ahora a la batalla principal. Saltan sobre los hombres del ariete. El ariete ha caído. ¡Oh, bien! ¡Bien! Las puertas se abren desde el interior: va a haber una salida. Han salido los primeros tres. El rey Lune está en el centro, con los hermanos Dar y Darrin a cada lado. Detrás de ellos veo a Tran, Shar y Cole con su hermano Colin. Hay diez... veinte... casi treinta de ellos fuera ya. Están obligando a las filas calormenas a replegarse hacia ellos. El rey Edmund asesta unos mandobles maravillosos. Acaba de cercenar la cabeza de Corradin. Gran cantidad de calormenos han arrojado las armas y corren hacia los árboles, y los que siguen luchando están en apuros. Los gigantes se acercan por la derecha; los felinos por la izquierda; el rey Lune por la retaguardia. Los calormenos son sólo un pequeño grupo ahora, y pelean espalda con espalda. Tu tarkaan ha caído, Bree. Lune y Azrooh combaten mano a mano; parece que el rey va ganando... El rey se defiende bien... El rey ha vencido. Azrooh ha caído. El rey Edmund ha caído... No, se ha vuelto a levantar: pelea con Rabadash. Combaten a las puertas mismas del castillo. Varios calormenos se han rendido. Darrin ha matado a Ilgamuth. No puedo ver qué sucede con Rabadash. Creo que está muerto, recostado contra la muralla del castillo, pero no lo sé. Chlamash y el rey Edmund siguen peleando pero la batalla ha terminado en el resto del terreno. Chlamash se ha rendido. La batalla ha finalizado. Los calormenos han sido derrotados por completo.

Al caer de su caballo, Shasta se dio por muerto; pero los caballos, incluso en combate, patean menos a los seres humanos de lo que uno supondría. Tras unos diez minutos horribles Shasta advirtió de repente que ya no había caballos piafando cerca de él y que el ruido —pues seguían oyéndose todavía muchos ruidos— ya no era el de una batalla. Se sentó en el suelo y miró con atención a su alrededor. Ni siquiera él, a pesar de lo poco que sabía sobre batallas, tardó en comprender que los habitantes de Archenland y Narnia habían vencido. Los únicos calormenos vivos que veía estaban prisioneros, las puertas del castillo estaban abiertas de par en par, y el rey Lune y el rey Edmund se estrechaban las manos por encima del ariete. Del círculo de nobles y guerreros que los rodeaba surgió el sonido de una conversación jadeante y excitada, pero evidentemente alegre. Y luego, de repente, todo se juntó y creció hasta convertirse en una sonora carcajada.

Shasta se puso en pie, sintiéndose extrañamente rígido, y corrió en dirección al sonido para averiguar qué había provocado las risas. Un espectáculo sumamente curioso apareció ante sus ojos. El desdichado Rabadash parecía pender de las murallas del castillo. Los pies, que se encontraban a medio metro del suelo, pataleaban violentamente. La cota de malla había quedado enganchada más arriba, de modo que se le subía, ciñéndolo bajo los brazos una barbaridad y le cubría la mitad del rostro. De hecho, parecía que intentase ponerse una camisa almidonada demasiado pequeña para él. Hasta donde se pudo averiguar después —y puedes estar seguro de que la historia pasó de boca en boca durante muchos días— lo que sucedió fue algo parecido a esto: al principio de la batalla uno de los gigantes había intentado sin éxito asestar un pisotón a Rabadash con la bota de clavos: sin éxito porque no aplastó al príncipe, que era lo que el gigante pretendía. No resultó una acción tan inútil porque uno de los clavos desgarró la cota de malla, del mismo modo que cualquiera de nosotros podría desgarrar una camisa corriente. Así pues, Rabadash, cuando se enfrentó a Edmund ante las puertas, tenía un agujero en la espalda de su malla protectora, y cuando Edmund lo obligó a retroceder más y más hacia la muralla, él saltó sobre un contrafuerte y permaneció allí descargando golpes sobre su adversario desde lo alto. Sin embargo, al darse cuenta de que aquella posición, al elevarlo por encima de las cabezas de todos los demás, lo convertía en un blanco para cualquier flecha de los arcos narnianos, decidió volver a saltar al suelo. Y su intención fue parecer espléndido y aterrador mientras saltaba —y sin duda por un momento fue así—. Mientras caía gritó: «¡El rayo de Tash cae desde las alturas!». Pero se vio obligado a saltar de lado debido a que la multitud colocada frente a él no le dejaba sitio para aterrizar en aquella dirección. Y entonces, del modo más limpio que se pueda desear, el desgarrón de la espalda de la cota de malla se enganchó en un saliente de la pared; en un gancho que en el pasado había sostenido un aro al que atar los caballos. Y allí se quedó el príncipe, como una pieza de ropa tendida a secar, mientras todos se reían de él.

—¡Bájame, Edmund! —aulló Rabadash—. Bájame y pelea conmigo como un rey contra un hombre; o si eres demasiado cobarde para hacerlo, mátame al instante.

—Desde luego —empezó a decir el rey Edmund, pero el rey Lune lo interrumpió.

—Con el permiso de su majestad —dijo el rey Lune a Edmund—, no lo hagáis. —Luego se volvió hacia Rabadash y prosiguió—: Alteza real, si hubierais lanzado ese desafío hace una semana, os puedo asegurar que no habría habido nadie en los dominios del rey Edmund, desde el Sumo Monarca al ratón parlante más humilde, que lo hubiera rehusado. Pero al atacar nuestro castillo de Anvard en tiempo de paz sin enviar un desafío previo, habéis demostrado no ser un caballero, sino un traidor, y uno a quien debería azotar el verdugo en lugar de permitírsele cruzar su espada con ninguna persona honorable. Bajadlo, atadlo y conducidlo adentro, hasta que demos a conocer nuestra decisión.

Manos fuertes le arrancaron la espada a Rabadash y lo transportaron al interior del castillo, entre gritos, amenazas, maldiciones e incluso lloros. Pues aunque habría sido capaz de enfrentarse a la tortura no podía soportar ser puesto en ridículo. En Tashbaan todo el mundo lo había tomado siempre en serio.

En ese momento Corin corrió hacia Shasta, lo agarró de la mano y empezó a arrastrarlo en dirección al rey Lune.

—Aquí está, padre, aquí está —gritó Corin.

—Sí, y aquí estás tú también, por fin —dijo el rey en tono sumamente áspero—. Y has participado en la batalla, desobedeciendo totalmente las órdenes. ¡Un muchacho capaz de partirle el corazón a su padre! A tu edad, una vara sobre los calzones sería más apropiada que una espada en tu mano, ¡ja!

Sin embargo todos, incluido Corin, se daban cuenta de que el rey se sentía muy orgulloso de él.

—No lo reprendáis más, majestad, por favor —intervino lord Darrin—. Su alteza no sería vuestro hijo si no hubiera heredado vuestro carácter. Apenaría mucho más a su majestad si se lo tuviera que reprender por la falta opuesta.

—Bueno, bueno —refunfuñó el monarca—. Lo dejaremos pasar por esta vez. Y ahora...

Lo que sucedió a continuación sorprendió a Shasta tanto como cualquier otra cosa que le hubiera sucedido durante su vida. El rey Lune lo abrazó repentinamente con gran energía y también lo besó en ambas mejillas. Luego el monarca lo dejó en el suelo y dijo:

—Permaneced aquí juntos, muchachos, y dejad que toda la corte os contemple. Alzad las cabezas. Ahora, caballeros, miradlos a los dos. ¿Tiene alguien alguna duda?

Y todavía Shasta siguió sin comprender por qué todos los miraban con asombro a él y a Corin, ni a cuento de qué venían todas aquellas aclamaciones.

CAPÍTULO CATORCE

BREE SE VUELVE MÁS SENSATO

Debemos regresar ahora junto a Aravis y los caballos. El ermitaño, mediante la contemplación de su estanque, pudo decirles que Shasta no había resultado muerto, ni siquiera gravemente herido, pues vio como se levantaba y el modo tan afectuoso en que lo saludaba el rey Lune. Pero puesto que únicamente podía ver, no oír, no sabía lo que decían y, una vez que finalizó la batalla y se iniciaron las conversaciones, ya no valía la pena seguir contemplando el estanque.

A la mañana siguiente, mientras el ermitaño se hallaba dentro de la casa, Aravis y los caballos discutieron qué debían hacer a continuación.

—Ya he tenido suficiente de esto —declaró Hwin—. El ermitaño ha sido muy bueno con nosotros y, desde luego, le estoy muy agradecida por todo. Sin embargo, estoy engordando igual que un poni doméstico, comiendo todo el día y sin hacer el menor ejercicio. Sigamos camino hasta Narnia.

—Hoy no, señora —dijo Bree—. Yo no apresuraría las cosas. Algún otro día, ¿no crees?

—Debemos ver a Shasta primero y despedirnos de él y... pedir disculpas —indicó Aravis.

—¡Exactamente! —asintió Bree con gran entusiasmo—. Justo lo que iba a decir.

—Desde luego —repuso Hwin—. Supongo que está en Anvard. Naturalmente pasaríamos a visitarlo y a decirle adiós. Pero eso nos viene de camino. Y ¿por qué no tendríamos que ponernos en marcha inmediatamente? Al fin y al cabo, ¡creía que era a Narnia adonde todos queríamos ir!

—Supongo que sí —dijo Aravis.

La muchacha empezaba a preguntarse qué haría exactamente cuando llegara allí, y se sentía un poco sola.

—Desde luego, desde luego —se apresuró a responder Bree—. Pero no hay necesidad de precipitar las cosas, si entendéis a qué me refiero.

—No, no entiendo a qué te refieres —indicó Hwin—. ¿Por qué no quieres ir?

—Hum, bru-ju —farfulló el caballo—. Bueno, no te das cuenta, señora mía..., es un acontecimiento importante..., eso de regresar a tu propio país..., de entrar en sociedad... en la mejor sociedad... Resulta esencial causar una buena impresión... y no es que tengamos muy buen aspecto... aún, ¿no es cierto?

Hwin prorrumpió en una carcajada equina.

—¡Lo dices por la cola, Bree! Ahora lo comprendo todo. ¡Quieres esperar hasta que te haya vuelto a crecer la cola! Pero si ni siquiera sabemos si en Narnia se llevan las colas largas. ¡Realmente, Bree, eres tan vanidoso como aquella tarkina de Tashbaan!

—¡Qué tonto eres, Bree! —dijo Aravis.

—Por la Melena del León, tarkina, no soy tonto —respondió él, indignado—. Siento el debido respeto por mí mismo y mis camaradas caballos, eso es todo.

—Bree —dijo Aravis, que no estaba demasiado interesada en el corte de su cola—, hace tiempo que deseo preguntarte algo. ¿Por qué siempre juras diciendo «Por el León» y «Por la Melena del León»? Creía que odiabas a los leones.

—Así es —respondió él—. Pero cuando hablo de «El León», desde luego me refiero a Aslan, el gran libertador de Narnia que acabó con la bruja y el invierno. Todos los narnianos juran por su nombre.

—Pero ¿es un león?

—No, no, claro que no —respondió Bree en tono más bien escandalizado.

—Todas las historias que se cuentan de él en Tashbaan dicen que lo es —replicó ella—. Y ¿si no es un león por qué lo llamáis «león»?

—Bueno, difícilmente podrías entender eso a tu edad —dijo Bree—. Y yo no era más que un potrillo cuando me marché de modo que tampoco lo entiendo del todo.

Es importante que mencione que Bree estaba de espaldas a la pared verde mientras hablaba, y los otros dos estaban frente a él. El caballo se expresaba en un cierto tono de superioridad, con los ojos entrecerrados, y por ese motivo no vio el cambio en las expresiones de Hwin y Aravis. Ellos tenían un buen motivo para haberse quedado boquiabiertos y sin pestañear, porque mientras Bree hablaba vieron a un león enorme que saltaba desde el exterior y se colocaba en equilibrio en lo alto del verde muro; sólo que éste tenía un color amarillo más radiante y era más grande, hermoso e inquietante que cualquier otro león que hubieran visto nunca. Y el animal saltó inmediatamente al interior del recinto y empezó a aproximarse a Bree por detrás. No hacía el menor ruido, y tampoco Hwin ni Aravis podían emitir el menor sonido, pues estaban paralizadas.

—No dudo —prosiguió Bree— que cuando hablan de él como un león, sólo se refieren a que es fuerte como un león o, en lo que respecta a nuestros enemigos, claro está, tan fiero como un león. O algo parecido. Incluso una niña como tú, Aravis, tiene que comprender que resultaría absurdo suponer que es un león «auténtico». A decir verdad, resultaría irreverente. Si fuera un león tendría que ser una bestia igual que el resto de nosotros. ¡Vaya! —y en este punto Bree empezó a reír—. Si fuera un león tendría cuatro garras, y una cola, y ¡bigotes!... ¡Hiii, ooh, jo-jo! ¡Socorro!

Pues justo cuando dijo la palabra «bigotes» uno de los de Aslan le hizo cosquillas en la oreja. Bree salió disparado como una flecha al otro extremo del recinto y allí se dio la vuelta; la pared era demasiado alta para que pudiera saltarla y no podía seguir huyendo. Aravis y Hwin dieron un salto atrás. Hubo un segundo de intenso silencio.

Entonces Hwin, aunque temblaba de pies a cabeza, lanzó un curioso relincho ahogado, y trotó hasta el león.

—¡Qué hermoso eres! Puedes comerme si quieres. Prefiero que me devores tú a servir de alimento a cualquier otro.

—Queridísima hija —respondió Aslan, depositando un beso de león en el estremecido hocico aterciopelado de Hwin—. Ya sabía que no tardarías en venir a mí. Bienaventurada seas.

A continuación alzó la cabeza y dijo con voz sonora:

—Ahora, Bree, pobre caballo orgulloso y asustado, acércate. Más cerca, hijo mío. No tengas miedo de atreverte. Tócame. Olfatéame. Aquí están mis zarpas, aquí tienes mi cola, éstos son mis bigotes. Soy una auténtica bestia.

—Aslan —repuso Bree con voz estremecida—, perdona, soy estúpido.

—Afortunado el caballo que se da cuenta de eso mientras aún es joven. Y también el humano. Acércate, Aravis, hija mía. ¡Ves! Mis zarpas están almohadilladas. No recibirás arañazos en esta ocasión.

—¿En esta ocasión, señor?

—Fui yo quien te hirió —declaró Aslan—. Soy el único león con el que os habéis tropezado durante todos vuestros viajes. ¿Sabes por qué te herí?

—No, señor.

—Los arañazos de tu espalda, desgarrón a desgarrón, punzada a punzada, gota de sangre a gota de sangre, eran idénticos a los azotes dados en la espalda de la esclava de tu madrastra por culpa del sueño drogado que le provocaste. Era necesario que supieras qué se sentía al recibirlos.

—Sí, señor. Por favor...

—Pregunta, querida.

—¿Le sucederá algo más por culpa de lo que hice?

—Niña —dijo él—, te estoy contando tu historia, no la de ella. A cada uno le cuento su propia historia, y ninguna otra.

Sacudió entonces la melena y habló en tono más ligero:

—Alegraos, pequeños. Volveremos a encontrarnos pronto. Pero antes de eso tendréis otro visitante.

Dicho aquello se subió a lo alto de la pared de un salto y desapareció de su vista.

Curiosamente, ninguno de los tres se sintió inclinado a hablar con los otros después de que partiera. Todos marcharon con paso lento a distintos lugares del tranquilo césped y allí deambularon de un lado a otro, cada uno a solas, pensando.

Una media hora más tarde, los dos caballos fueron llamados a la parte posterior de la casa para comer algo delicioso que el ermitaño les había preparado, y Aravis, que seguía paseando mientras pensaba, se vio sobresaltada por el discordante sonido de una trompeta al otro lado de la puerta.

—¿Quién está ahí? —preguntó.

—Su alteza real el príncipe Cor de Archenland —respondió una voz desde el exterior.

Aravis corrió el pestillo y abrió la puerta, retrocediendo un poco para dejar pasar a los desconocidos.

Dos soldados con alabardas entraron primero y fueron a apostarse uno a cada lado de la entrada. A continuación les siguió un heraldo y un trompetero.

—Su alteza real el príncipe Cor de Archenland desea una audiencia con lady Aravis —dijo el heraldo.

Acto seguido él y el trompetero se apartaron e hicieron una reverencia, los soldados saludaron y el príncipe en persona entró. Todos los miembros de su séquito se retiraron y cerraron la puerta tras ellos.

El príncipe se inclinó, y lo cierto es que fue un saludo un tanto desmañado para ser un príncipe. Aravis hizo a su vez una reverencia según el estilo calormeno —que no se parece en absoluto al nuestro— y lo hizo a la perfección porque, desde luego, le habían enseñado a hacerla. Luego la niña alzó los ojos y vio qué clase de persona era aquel príncipe.

Vio un simple muchacho, con la cabeza descubierta y los cabellos rubios rodeados por un aro muy fino de oro, apenas más grueso que un alambre. La túnica superior era de batista blanca, tan fina como un pañuelo, de modo que se transparentaba la túnica de intenso color rojo que llevaba debajo. La mano izquierda, que descansaba sobre la empuñadura esmaltada de su espada, estaba vendada.

Aravis lo miró dos veces al rostro antes de lanzar una exclamación de asombro y decir:

—¡Vaya! ¡Es Shasta!

Shasta enrojeció al instante y empezó a hablar muy de prisa.

—Oye, Aravis —dijo—, realmente espero que no creas que voy disfrazado así y con trompetero y todo eso, para intentar impresionarte o pretender que soy diferente o cualquier tontería de ésas. Porque habría preferido venir con mis viejas ropas, pero las han quemado, y mi padre dijo...

—¿Tu padre? —preguntó ella.

—Al parecer el rey Lune es mi padre —explicó Shasta—. Realmente debería haberlo adivinado, al ser Corin tan parecido a mí. Somos gemelos, sabes. Ah, y mi nombre no es Shasta, es Cor.

—Cor es un nombre más bonito que Shasta —observó Aravis.

—Los nombres de los hermanos van así en Archenland —dijo Shasta, o el príncipe Cor, como debemos llamarlo ahora—. Igual que Dar y Darrin, Cole y Colin y otros.

—Shasta... quiero decir, Cor —repuso Aravis—. No, no hables. Hay algo que tengo que decir inmediatamente. Siento haberme portado tan mal contigo. Pero cambié antes de saber que eras un príncipe, de verdad que lo hice: cuando diste la vuelta, y te enfrentaste al león.

—En realidad aquel león no iba a matarte —comentó Cor.

—Lo sé —dijo ella, asintiendo.

Ambos permanecieron muy quietos y solemnes por un momento mientras comprendían que el otro también conocía la existencia de Aslan.

De repente Aravis prestó atención a la mano vendada de Cor.

—¡Vaya! —exclamó—. ¡Lo olvidaba! Has estado en una batalla. ¿Te han herido?

—Un simple rasguño —respondió él, usando por vez primera un tono de voz ligeramente altivo; pero al cabo de un instante se echó a reír y prosiguió—: Si quieres saber la verdad, a esto no se le puede llamar herida. Sencillamente me despellejé los nudillos igual que le podría pasar a cualquier idiota torpe sin acercarse siquiera a una batalla.

—De todos modos estuviste en la batalla —dijo Aravis—. Debe de haber sido maravilloso.

—No se pareció en nada a lo que yo pensaba —replicó Cor.

—Pero Sha... Cor, quiero decir, no me has contado nada aún sobre cómo descubrió el rey Lune quién eras.

—Bien, sentémonos —indicó él—. Pues es una historia bastante larga. Y a propósito, mi padre es un tipo fantástico. Me habría alegrado igual, o casi, descubrir que era mi padre aunque no fuera rey. A pesar de que ahora tendré que enfrentarme a la educación y toda clase de cosas horribles. Pero, bueno, lo que tú quieres es oír el relato. Bien, Corin y yo somos gemelos. Y, al parecer, más o menos una semana después de nuestro nacimiento nos llevaron a un anciano centauro sabio de Narnia para que nos bendijera o algo así. Ahora bien, aquel centauro era un profeta, como lo son gran número de centauros. A lo mejor no has visto nunca un centauro... Había algunos en la batalla ayer. Son unos seres notables, pero no puedo decir que me sienta cómodo junto a ellos, al menos todavía. ¿Sabes, Aravis?, habrá una gran cantidad de cosas a las que tendremos que acostumbrarnos en estos países del norte.

—Sí, tienes razón —asintió ella—. Pero sigue con la historia.

—Bueno, en cuanto nos vio a Corin y a mí, parece que el centauro me miró y dijo: «Llegará un día en que este niño salvará Archenland del peor peligro que correrá jamás». De modo que, desde luego, mis padres se sintieron muy complacidos. Sin embargo, había alguien presente que no sintió lo mismo. Éste era un tipo llamado lord Bar, que antes había sido el lord canciller, y, al parecer, había hecho algo malo, *esfalcar* o una palabra parecida, no entendí muy bien esa parte, y mi padre había tenido que destituirlo. Pero no le hicieron nada más y se le permitió seguir viviendo en Archenland. De todos modos, debía de ser muy malvado, porque se descubrió más tarde que había estado al servicio del Tisroc y que había enviado gran cantidad de informaciones secretas a Tashbaan. Así pues en cuanto se enteró de que yo iba a salvar Archenland de un gran peligro decidió que era necesario hacerme desaparecer. Consiguió secuestrarme, no sé exactamente cómo, y cabalgó siguiendo el río Flecha Sinuosa hasta la costa. Lo tenía todo preparado y allí lo esperaba una nave tripulada por sus propios seguidores en la que zarpó conmigo a bordo. Mi padre se enteró, no obstante, aunque no a tiempo, y fue tras él tan rápido como pudo. Lord Bar estaba ya en alta mar cuando mi padre alcanzó la costa, pero el barco de lord Bar aún estaba a la vista; y mi padre se embarcó en uno de sus propios barcos de guerra en menos de veinte minutos.

»Sin duda fue una persecución magnífica. Siguieron el galeón de Bar durante seis días y se entabló combate al séptimo. Fue una gran batalla naval, según me explicaron detalladamente ayer por la tarde, que duró desde las diez de la mañana hasta la puesta del sol. Al final nuestra gente se apoderó del barco; pero yo no estaba allí. El mismo lord Bar había muerto en la batalla. Sin embargo, uno de sus hombres dijo que, a primeras horas de la mañana, tan pronto como comprendió que acabaría siendo alcanzado, Bar me había entregado a uno de sus caballeros y nos había hecho marchar a ambos en el bote de la nave. Y aquel bote jamás se encontró. Desde luego era el mismo bote que Aslan, que parece hallarse detrás de todos los relatos, empujó a tierra en el lugar oportuno para que Arsheesh me encontrara. Me gustaría saber el nombre de aquel caballero, ya que sin duda me mantuvo con vida y se dejó morir de hambre para conseguirlo.

—Supongo que Aslan diría que eso era parte de la historia de otra persona —dijo Aravis.

—Me olvidaba de eso —reconoció Cor.

—Y me pregunto cómo se desarrollará esa profecía —comentó Aravis—, y cuál será ese gran peligro del que tienes que salvar a Archenland.

—Bueno —respondió él con cierto embarazo—, al parecer, ellos creen que ya lo he hecho.

—¡Claro, por supuesto! —exclamó ella, dando una palmada—. ¡Qué tonta soy! ¡Es maravilloso! Archenland no estará jamás en un peligro mayor del que estaba cuando Rabadash cruzó el Flecha Sinuosa con sus doscientos jinetes y tú aún no habías podido entregar tu mensaje. ¿No te sientes orgulloso?

—Creo que me siento un poco asustado —respondió Cor.

—Y ahora vivirás en Anvard —dijo ella con cierta melancolía.

—¡Ah! Casi había olvidado el motivo por el que vine. Mi padre quiere que vengas a vivir con nosotros. Dice que no ha habido ninguna dama en la corte, lo llaman la corte, no sé por qué, desde que murió mi madre. Hazlo, Aravis. Te gustará mi padre... y Corin. No son como yo; a ellos los han educado como corresponde. No tienes que temer que...

—Bueno, cállate —interrumpió ella—, o nos pelearemos de verdad. Claro que iré.

—Ahora vayamos a ver a los caballos —indicó Cor.

Tuvo lugar un reencuentro muy emotivo entre Bree y Cor, y Bree, que se hallaba aún en un estado de ánimo más bien abatido, aceptó partir en dirección a Anvard al momento: él y Hwin cruzarían a Narnia al día siguiente. Los cuatro se despidieron cariñosamente del ermitaño y prometieron volver a visitarlo muy pronto. A media mañana ya estaban en camino. Los caballos esperaban que Aravis y Cor los montaran, pero Cor explicó que excepto en tiempos de guerra, cuando todos debían hacer lo que hacían mejor, nadie en Narnia ni en Archenland soñaría jamás con montar a un caballo parlante.

Aquello volvió a recordar al pobre Bree lo poco que sabía sobre las costumbres narnianas y los terribles errores que podría cometer; por ese motivo, mientras Hwin avanzaba tranquilamente sumida en una feliz ensoñación, Bree se sentía más nervioso y cohibido a cada paso que daba.

—Anímate, Bree —dijo Cor—. Resulta mucho peor para mí que para ti. A ti no te van a «instruir». Yo tendré que aprender a leer y a escribir, estudiaré heráldica, baile, historia y música mientras que tú te dedicarás a galopar y revolcarte por las colinas de Narnia hasta que te canses.

—Pero ésa es la cuestión —gimió Bree—. ¿Se revuelcan los caballos parlantes? ¿Y si no lo hacen? No soportaría tener que dejarlo. ¿Qué crees tú, Hwin?

—Yo pienso revolcarme de todos modos —respondió la yegua—. Supongo que a ninguno de ellos les importa ni dos terrones de azúcar si uno se revuelca o no.

—¿Estamos cerca del castillo? —preguntó Bree a Cor.

—Está justo detrás del siguiente recodo —respondió el príncipe.

—Bien, pues voy a darme un buen revolcón ahora: tal vez sea el último. Esperadme un minuto.

Transcurrieron cinco minutos antes de que volviera a incorporarse, resoplando con fuerza y cubierto de trozos de helecho.

—Ahora estoy listo —anunció con una voz profundamente entristecida—. Condúcenos, príncipe Cor. ¡Narnia y el norte nos esperan!

Pero tenía más aspecto de un caballo dirigiéndose a un funeral que de un animal que tras un largo cautiverio regresa al hogar y a la libertad.

Capítulo quince

Rabadash el Ridículo

El siguiente recodo de la calzada los sacó de entre los árboles y allí, al otro lado de verdes pastos, resguardado del viento del norte por un elevado risco cubierto de árboles situado a su espalda, vieron el castillo de Anvard. Era muy antiguo y estaba construido con una cálida piedra de un color marrón rojizo.

Antes de que llegaran a las puertas el rey Lune salió a recibirlos, totalmente distinto a la idea que tenía Aravis de un monarca y vestido con unas ropas viejísimas; pues acababa de hacer una visita a las perreras con su montero y sólo se había detenido un momento para lavarse las manos manchadas por los perros. No obstante, la reverencia que dedicó a Aravis mientras le besaba la mano habría sido digna de un emperador.

—Mi pequeña dama —saludó—, te damos de todo corazón la bienvenida. Si mi querida esposa siguiera con vida te ofreceríamos un recibimiento más alegre aún pero desde luego no con mejor voluntad. Y lamento que hayas padecido desgracias y te hayas visto obligada a abandonar la casa de tu padre, lo que no puede ocasionarte más que pena. Mi hijo Cor me ha hablado de vuestras aventuras juntos y de tu valor.

—Fue él quien lo hizo todo, señor —respondió Aravis—. Pero ¡si hasta se abalanzó sobre un león para salvarme!

—¿Eh, qué es eso? —exclamó el rey Lune, iluminándosele el rostro—. No he oído esa parte de la historia.

Aravis lo contó entonces, y Cor, que había deseado ansiosamente que se conociera la historia, aunque sentía que no podía contarla él mismo, no disfrutó con ella tanto como había esperado, y en realidad se sintió más bien estúpido. Pero a su padre le encantó y durante el transcurso de las siguientes semanas la relató a tanta gente que Cor deseó que no hubiera sucedido nunca.

Entonces el rey se volvió hacia Hwin y Bree y se mostró tan educado con ellos como lo había sido con Aravis, haciéndoles también muchas preguntas sobre sus familias y el lugar donde habían vivido en Narnia antes de ser capturados. Los caballos se mostraron un tanto cohibidos pues todavía no estaban acostumbrados a que los humanos —humanos adultos, además— les hablaran como a iguales. Que Aravis y Cor lo hicieran no les importaba.

Al poco salió la reina Lucy del castillo para reunirse con ellos y el rey Lune dijo a Aravis:

—Querida, aquí tienes a una fiel amiga de nuestra casa, y se ha estado ocupando de que tus aposentos estén preparados para ti mejor de lo que podría haberlo hecho yo.

—Te gustaría ir a verlos, ¿verdad? —preguntó Lucy, besando a Aravis.

Se cayeron bien de inmediato y no tardaron en marcharse juntas para charlar sobre la habitación de la chiquilla y su saloncito privado, sobre cómo conseguir ropas para ella, y también sobre toda esa clase de cosas de las que hablan las muchachas en tales ocasiones.

Tras el almuerzo, que tomaron en la terraza, y que estuvo compuesto por fiambre de aves y empanada de carne, vino, pan y queso, el rey Lune arrugó la frente y lanzó un suspiro, diciendo:

—¡Ay! Todavía tenemos a ese infeliz Rabadash en nuestro poder, amigos míos, y no nos queda más remedio que decidir qué hacer con él.

Lucy estaba sentada a la derecha del rey y Aravis a su izquierda. El rey Edmund ocupaba un extremo de la mesa y lord Darrin estaba colocado frente a él en el otro. Dar, Peridan, Cor y Corin estaban en el mismo lado del rey.

—Su majestad tendría todo el derecho a cortarle la cabeza —declaró Peridan—. Un ataque como el que llevó a cabo lo coloca al mismo nivel que los asesinos.

—Es muy cierto —dijo Edmund—; pero incluso un traidor puede enmendarse. Yo conocí a uno que lo hizo. —Y adoptó una expresión muy pensativa.

—Matar a Rabadash podría llevarnos a una guerra con el Tisroc —indicó Darrin.

—Me importa un comino el Tisroc —declaró el rey Lune—. Su fuerza está en el número y un ejército numeroso jamás cruzará el desierto. Sin embargo, no sirvo para matar hombres, ni siquiera traidores, a sangre fría. Si le hubiera rebanado la garganta en la batalla me habría quitado un peso de encima: pero esto es algo distinto.

—Mi consejo —dijo Lucy— es que su majestad vuelva a ponerlo a prueba. Dejadlo libre si hace la solemne promesa de actuar rectamente en el futuro. Tal vez mantenga su palabra.

—Tal vez también los monos se vuelvan honrados, hermana —dijo Edmund—. Pero, por el León, si la rompe otra vez, que sea en tal momento y lugar que cualquiera de nosotros le pueda arrancar la cabeza en combate limpio.

—Se probará —repuso el rey, y luego se dirigió a un miembro de su séquito—. Haz venir al prisionero, amigo mío.

Trajeron a Rabadash encadenado, y al contemplarlo cualquiera habría supuesto que había pasado la noche en un calabozo asqueroso sin comida ni bebida, cuando en realidad había estado encerrado en una habitación bastante cómoda y se le había facilitado una cena excelente. Sin embargo, como estaba demasiado enfurruñado para tocar la cena y había pasado toda la noche lanzando patadas, gritos y maldiciones, no tenía en absoluto el mejor de los aspectos.

—No es necesario decir a su alteza real —dijo el rey Lune— que según la ley de las naciones así como por todas las razones que rigen una política prudente, tenemos tanto derecho a vuestra cabeza como nunca lo ha tenido un hombre mortal sobre otro. Sin embargo, en consideración a vuestra juventud y la mala educación, despojada de toda gentileza y cortesía, que sin duda habéis recibido en el país de los esclavos y los tiranos, estamos dispuestos a poneros en libertad, ileso, bajo estas condiciones: primero, que...

—¡Maldito seas, perro bárbaro! —farfulló Rabadash—. ¿Acaso crees que escucharé siquiera tus condiciones? ¡Fu! Hablas con mucha grandilocuencia de educación y no sé qué otras cosas. Eso es fácil hacerlo, ante un hombre encadenado, ¡ja! Quítame estas repugnantes cadenas, dame una espada, y que cualquiera de vosotros que se atreva discuta eso conmigo.

Casi todos los nobles se pusieron en pie de un salto, y Corin gritó:

—¡Padre! ¿Puedo darle un sopapo? Por favor.

—¡Orden! ¡Majestades! ¡Nobles! —gritó el rey Lune—. ¿Es que poseemos tan poco sentido de la contención que dejamos que nos irrite la mofa de un necio? Siéntate, Corin, o abandona la mesa. Pido a su alteza que escuche nuestras condiciones.

—Yo no escucho condiciones de bárbaros y hechiceros —declaró Rabadash—. Que ni uno solo de vosotros ose tocarme un pelo de la cabeza. Cada insulto que me habéis lanzado se pagará con océanos de sangre de Narnia y de Archenland. Terrible será la venganza del Tisroc, tal como están las cosas; pero matadme, y los incendios y torturas en estas tierras del norte se convertirán en un relato con el que aterrorizar al mundo durante mil años. ¡Cuidado! ¡Cuidado! ¡Cuidado! ¡El rayo de Tash cae desde las alturas!

—Y ¿se engancha alguna vez en un saliente a mitad de camino? —preguntó Corin.

—Corin, debería darte vergüenza —lo reprendió el rey—. Jamás te burles de un hombre excepto cuando sea más fuerte que tú: entonces, haz lo que quieras.

—Ay, insensato Rabadash —suspiró Lucy.

Al cabo de un instante Cor se preguntó por qué todos los que estaban a la mesa se había puesto en pie y permanecían totalmente inmóviles. Desde luego, él hizo lo mismo. Y entonces comprendió el motivo. Aslan se hallaba entre ellos aunque nadie lo había visto llegar. Rabadash dio un salto cuando la inmensa figura del león empezó a pasear lentamente entre él y sus acusadores.

—Rabadash —dijo Aslan—, presta atención. Tu fin está muy próximo, pero todavía puedes evitarlo. Olvida tu orgullo, pues ¿qué posees de lo que puedas enorgullecerte? Despréndete de la cólera, pues ¿quién te ha hecho algo malo? Y acepta la clemencia de estos buenos reyes.

Entonces Rabadash puso los ojos en blanco y abrió la boca en una mueca horrible, como la de un tiburón, y movió las orejas arriba y abajo; algo que cualquiera puede aprender a hacer si se toma la molestia. Pero tal gesto siempre le había resultado muy eficaz en Calormen. Los más valientes habían temblado cuando había hecho esas muecas, la gente corriente se había arrojado al suelo y las personas sensibles a menudo habían perdido el conocimiento. No obstante, Rabadash no había tenido en cuenta que resulta muy fácil asustar a la gente que sabe que puedes hacer que la hiervan viva con sólo dar la orden. Las muecas no resultaron nada inquietantes en Archenland; en realidad Lucy sólo pensó que el príncipe iba a vomitar.

—¡Demonio! ¡Más que demonio! —aulló el prisionero—. Te conozco. Eres el diablo perverso de Narnia. Eres el enemigo de los dioses. Entérate de quién soy yo, horrible fantasma. Desciendo de Tash, el inexorable, el irresistible. Que la maldición de Tash caiga sobre ti. Rayos en forma de escorpiones descenderán sobre tu ser. Las montañas de Narnia serán reducidas a polvo. El...

—Ten cuidado, Rabadash —dijo Aslan con voz pausada—. Tu castigo está más cerca ahora: se encuentra ante la puerta, y acaba de levantar el pestillo.

—¡Que el cielo se desplome! —chilló el príncipe—. ¡Que la tierra se abra! ¡Que la sangre y el fuego arrasen el mundo! Pero ten por seguro que no desistiré jamás, hasta que haya arrastrado por los cabellos hasta mi palacio a la reina bárbara, esa hija de perros, esa...

—Ha sonado la hora —declaró Aslan: y Rabadash vio, ante su supremo horror, que todos se echaban a reír.

No podían evitarlo. Rabadash no había dejado de mover las orejas y en cuanto Aslan dijo: «¡Ha llegado la hora!», éstas empezaron a cambiar. Crecieron más largas y puntiagudas y no tardaron en quedar cubiertas de pelo gris. Y mientras todos se preguntaban dónde habían visto orejas parecidas, el rostro de Rabadash empezó a cambiar también. Se tornó más largo, y más grueso por la frente y con los ojos más grandes; la nariz se hundió en el rostro, o si no, fue el rostro el que se hinchó y se convirtió todo él en hocico, y el pelo lo cubrió por entero. Y los brazos se alargaron y descendieron ante él hasta que las manos quedaron apoyadas en el suelo: sólo que entonces no eran manos sino cascos. A continuación se encontró a cuatro patas, y sus ropas desaparecieron, y todos rieron más y más fuerte, incapaces de contenerse, porque en aquel momento lo que había sido Rabadash era, simplemente y sin la menor duda, un asno. Lo terrible fue que su habla duró sólo un instante más que su forma humana, de modo que cuando se dio cuenta del cambio que experimentaba, gritó:

—¡No, un asno, no! ¡Misericordia! Si al menos fuera un caballo... siquiera... un ca... hi... ha, hi ha.

Y sus palabras se desvanecieron en un rebuzno.

—Ahora escúchame, Rabadash —dijo Aslan—. La justicia se mezclará con la clemencia. No serás siempre un asno.

Al oír aquello, claro está, el asno movió las orejas al frente; y aquello resultó tan divertido también que todos rieron aún más. Intentaron no hacerlo, pero lo intentaron en vano.

—Has apelado a Tash —siguió Aslan—. Y en el templo de Tash te curarás. Debes colocarte ante su altar en Tashbaan durante la gran fiesta de otoño de este año y allí, a la vista de todo Tashbaan, tu forma de asno desaparecerá y todos reconocerán en ti al príncipe Rabadash. Pero mientras vivas, si en algún momento te alejas más de quince kilómetros del gran templo de Tashbaan volverás a convertirte al instante en lo que eres ahora. Y de ese segundo cambio ya no existirá marcha atrás.

Se produjo un corto silencio y luego todos se estremecieron e intercambiaron miradas como si despertaran de un sueño. Aslan había desaparecido; pero había un brillo en el aire y en la hierba, y una alegría en sus corazones, que les aseguraba que no se había tratado de un sueño: y además, allí estaba el asno, delante de todos ellos.

El rey Lune era el más bondadoso de los hombres y al ver a su enemigo en aquel lamentable estado olvidó toda su cólera.

—Alteza real —declaró—, me apena sinceramente que las cosas hayan llegado a este extremo. Su alteza es testigo de que no ha sido cosa nuestra. Y desde luego estaremos encantados de proporcionar a su alteza una nave con la que regresar a Tashbaan para el... ejem... tratamiento que ha prescrito Aslan. Disfrutaréis de todas las comodidades que la situación de su alteza permita: la mejor de las embarcaciones para ganado; las zanahorias y cardos más frescos...

Sin embargo, un ensordecedor rebuzno del asno y una certera patada a uno de los guardas dejó bien claro que aquellas amables ofertas no eran nada bien recibidas.

Y en este punto, para deshacernos de una vez de él, será mejor que ponga fin a la historia de Rabadash. Él, o más bien el asno, fue devuelto a su debido tiempo por barco a Tashbaan y conducido al interior del templo de Tash durante el gran festival de otoño, y allí volvió a convertirse en un hombre. Pero desde luego, cuatrocientas o quinientas personas habían visto la transformación y el asunto no podía ser silenciado de ningún modo, y tras la muerte del Tisroc cuando Rabadash fue nombrado Tisroc en su lugar, el príncipe se convirtió en el gobernante más pacífico que Calormen había conocido. Eso se debió a que, no atreviéndose a alejarse más de quince kilómetros de Tashbaan, no podía ir en persona a ninguna guerra: y no quería que sus tarkaanes obtuvieran fama en las batallas a sus expensas, pues así era como se derrocaba a los Tisrocs. De todos modos, aunque sus motivos fueran egoístas, aquello hizo las cosas mucho mejores para todos los países más pequeños que rodeaban Calormen. Sus propios súbditos tampoco olvidaron jamás que había sido un asno. Durante su reinado, y delante de él, lo llamaban Rabadash el Conciliador, pero tras su muerte y también a sus espaldas lo llamaban Rabadash el Ridículo, y si se lo busca en un buen libro de historia de Calormen —puedes probar en la biblioteca local—, aparecerá bajo ese nombre. E incluso hoy en día, en las escuelas de Calormen, si alguien hace algo extraordinariamente estúpido, lo más probable es que digan que es «un segundo Rabadash».

Entretanto, en Anvard todos estaban muy satisfechos de haberse librado de él antes de que diera comienzo la auténtica diversión, que fue un gran banquete celebrado aquella noche en el césped frente al castillo, con docenas de faroles para ayudar a la luz de la luna. Corrió el vino, se relataron historias y se contaron chistes, y luego se hizo el silencio y el poeta del rey, junto con dos violinistas, fue a colocarse en el centro del círculo. Aravis y Cor se dispusieron a aburrirse, pues la única poesía que conocían era la de Calormen, y es bien sabido cómo era. Sin embargo, con el primer rasgueo de los violines pareció dispararse un cohete en el interior de sus cabezas, y el poeta entonó la antigua y magnífica endecha del Rubio Olvin y el modo en que peleó contra el gigante Pire y lo convirtió en piedra, dando origen al Monte Pire —se trataba de un gigante de dos cabezas—, y obtuvo a lady Liln por esposa; y cuando terminó desearon que volviera a empezar otra vez. Y si bien no sabía cantar, Bree les contó la historia de la batalla de Zulindreh. Y Lucy volvió a contar —todos, excepto Aravis y Cor, lo habían escuchado muchas veces, pero todos deseaban oírlo otra vez— *La historia del armario* y cómo ella, el rey Edmund, la reina Susan y Peter, el Sumo Monarca, habían llegado por vez primera a Narnia.

Y al cabo de un rato, como siempre acaba por suceder tarde o temprano, el rey Lune dijo que ya era hora de que los más jóvenes se fueran a dormir.

—Y mañana, Cor —añadió—, recorrerás todo el castillo conmigo y visitarás el territorio, y te señalaré sus puntos fuertes y débiles: pues será todo tuyo para protegerlo cuando yo ya no esté.

—Pero entonces Corin será el rey, padre —dijo Cor.

—No, muchacho —dijo el monarca—, tú eres el heredero. La corona te pertenece a ti.

—Pero no la quiero —protestó Cor—. Yo preferiría...

—No es cuestión de lo que tú quieras, Cor, ni tampoco de lo que yo quiera. Así es como funciona la ley.

—Pero si somos gemelos debemos de tener la misma edad.

—No —respondió el rey con una carcajada—; uno nació primero. Eres veinte minutos completos mayor que Corin. Y más de fiar que él, espero, aunque eso no supone gran esfuerzo. —Y miró a Corin con un centelleo en los ojos.

—Pero, padre, ¿tú no puedes nombrar a quien quieras como siguiente rey?

—No. El rey debe someterse a la ley, pues es la ley la que lo convierte en monarca. Te resultará tan imposible apartarte de tu corona como a cualquier centinela abandonar su puesto.

—Oh, cielos —exclamó él—. Pero ¡no la quiero! Y Corin... lo siento terriblemente. Jamás pensé que mi vuelta fuera a escamotearte el reino.

—¡Hurra! ¡Hurra! —gritó Corin—. ¡No tendré que ser rey! ¡No tendré que ser rey! Seré siempre un príncipe, y los príncipes son los que disfrutan de toda la diversión.

—Y eso es más cierto de lo que piensa tu hermano, Cor —dijo el rey Lune—. Pues escucha lo que significa ser rey: ser el primero en cada ataque desesperado y el último en toda retirada desesperada, y cuando el país pasa hambre, como sucede siempre en los años malos, lucir las ropas más elegantes y reír más alegremente ante la comida más parca que la de cualquier otro hombre de tu país.

Cuando los dos muchachos subían a acostarse Cor volvió a preguntar a Corin si no podía hacerse nada al respecto, y su gemelo respondió:

—Si vuelves a mencionarlo, te... te derribaré de un puñetazo.

Resultaría agradable finalizar el relato diciendo que tras aquello los dos hermanos jamás volvieron a pelear por nada, pero me temo que eso no sería verdad. En realidad discutieron y pelearon casi tan a menudo como lo harían otros muchachos cualquiera, y todas sus peleas finalizaron, si es que no empezaban así, con Cor siendo derribado de un puñetazo. Pues aunque, cuando los dos crecieron y se convirtieron en espadachines, Cor resultaba el más peligroso en combate, ni él ni nadie en todos los países del norte consiguió jamás igualar a Corin como boxeador. Así fue como consiguió su sobrenombre de Corin Puño de Trueno y como llevó a cabo su gran hazaña contra el Oso Retrógrado del Corazón de la Tormenta, que en realidad era un oso parlante que había vuelto a las costumbres de los osos salvajes. Corin escaló hasta su madriguera en el lado narniano de la montaña un día de invierno, cuando la nieve cubría las colinas y peleó con él sin un cronómetro durante treinta y tres asaltos. Y al final el oso ya no veía nada y se convirtió en un individuo reformado.

Aravis también tuvo muchas discusiones (y me temo que también muchas peleas) con Cor, pero siempre terminaban haciendo las paces: así que años más tarde, cuando eran mayores, estaban tan acostumbrados a discutir y a volver a ser amigos que se casaron para poder seguir haciéndolo de un modo más cómodo. Tras la muerte del rey Lune se convirtieron en buenos monarcas de Archenland, y Ram el Magno, el más famoso de todos los reyes de Archenland, fue su hijo. Bree y Hwin vivieron felizmente hasta una edad muy avanzada en Narnia y ambos se casaron aunque no entre sí. Y no pasaban muchos meses sin que uno o los dos cruzaran al trote el desfiladero para visitar a sus amigos en Anvard.

El Príncipe Caspian

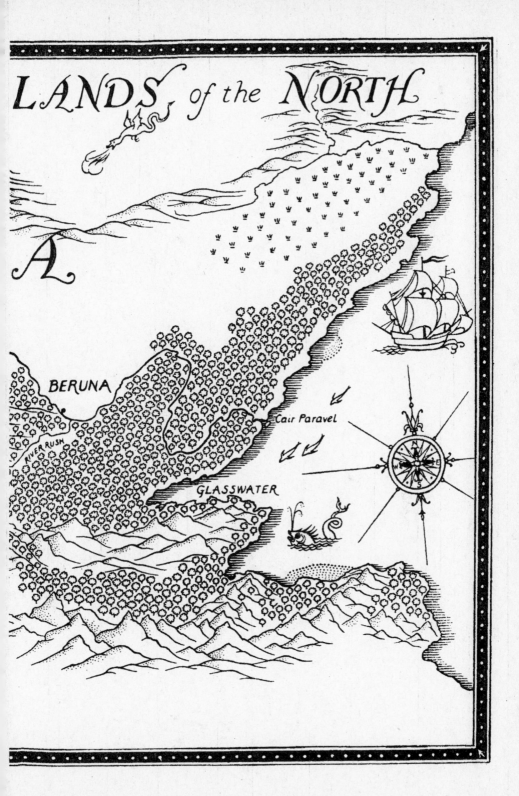

LANDS *of the* NORTH

BERUNA

RIVER RUSH

Cair Paravel

GLASSWATER

El Príncipe Caspian

Índice

PARA MARY CLARE HAVARD

Capítulo uno

La isla

Había una vez cuatro niños llamados Peter, Susan, Edmund y Lucy que, según se cuenta en un libro llamado *El león, la bruja y el armario,* habían corrido una extraordinaria aventura. Tras abrir la puerta de un armario mágico, habían ido a parar a un mundo muy distinto del nuestro, y en aquel mundo distinto se habían convertido en reyes y reinas de un lugar llamado Narnia. Mientras estuvieron allí les pareció que reinaban durante años y años; pero cuando regresaron a través de la puerta y volvieron a encontrarse en su mundo, resultó que no habían estado fuera ni un minuto de nuestro tiempo. En cualquier caso, nadie se dio cuenta de que habían estado ausentes, y ellos jamás se lo contaron a nadie, a excepción de a un adulto muy sabio.

Había transcurrido ya un año de todo aquello, y los cuatro estaban en ese momento sentados en un banco de una estación de ferrocarril con baúles y cajas de juegos amontonados a su alrededor. Iban, de hecho, de regreso a la escuela. Habían viajado juntos hasta aquella estación, que era un cruce de vías; y allí, unos cuantos minutos más tarde, debía llegar un tren que se llevaría a las niñas a una escuela y, al cabo de una media hora, llegaría otro en el que los niños partirían en dirección a otra escuela. La primera parte del viaje, que realizaban juntos, siempre les parecía una prolongación de las vacaciones; pero ahora que iban a decirse adiós y a marcharse en direcciones opuestas tan pronto, todos sentían que las vacaciones habían finalizado de verdad y también que regresaban las sensaciones provocadas por el retorno del período escolar. Por eso estaban un tanto deprimidos y a nadie se le ocurría nada que decir. Lucy iba a ir a un internado por primera vez en su vida.

Era una estación rural, vacía y soñolienta, y no había nadie en el andén excepto ellos. De improviso Lucy profirió un grito agudo, como alguien a quien ha picado una avispa.

—¿Qué sucede, Lu? —preguntó Edmund; y entonces, de repente, se interrumpió y emitió un ruidito que sonó parecido a «¡Ou!».

—¿Qué diablos...? —empezó a decir Peter, y a continuación también él cambió lo que había estado a punto de decir, y en su lugar exclamó—: ¡Susan, suelta! ¿Qué haces? ¿Adónde me estás arrastrando?

—Yo no te he tocado —protestó ella—. Alguien está tirando de *mí*. ¡Oh... oh... oh... basta!

Todos advirtieron que los rostros de los demás habían palidecido terriblemente.

—Yo he sentido justo lo mismo —dijo Edmund con voz jadeante—. Como si me estuvieran arrastrando. Un tirón de lo más espantoso... ¡Uy! Ya empieza otra vez.

—Yo siento lo mismo —indicó Lucy—. Ay, no puedo soportarlo.

—¡Pronto! —gritó Edmund—. Agarraos todos de las manos y manteneos bien juntos. Esto es magia; lo sé por la sensación que produce. ¡Rapido!

—Sí —corroboró Susan—. Tomémonos de la mano. Cómo deseo que pare... ¡Ay!

En un instante el equipaje, el asiento, el andén y la estación se habían desvanecido totalmente, y los cuatro niños, asidos de la mano y sin aliento, se encontraron de pie en un lugar frondoso, tan lleno de árboles que se les clavaban las ramas y apenas había espacio para moverse. Se frotaron los ojos y aspiraron con fuerza.

—¡Cielos, Peter! —exclamó Lucy—. ¿Crees que es posible que hayamos regresado a Narnia?

—Podría ser cualquier sitio —respondió él—. No veo más allá de mis narices con todos estos árboles. Intentemos salir a campo abierto..., si es que existe.

Con algunas dificultades, y bastantes escozores producto de las ortigas y pinchazos recibidos de los matorrales de espinos, consiguieron abrirse paso fuera de la espesura. Fue entonces cuando recibieron otra sorpresa. Todo se tornó mucho más brillante, y tras unos cuantos pasos se encontraron en el linde del bosque, contemplando una playa de arena. Unos pocos metros más allá, un mar muy tranquilo lamía la playa con olas tan diminutas que apenas producían ruido. No se avistaba tierra y no había nubes en el cielo. El sol se encontraba donde se suponía que debía estar a las diez de la mañana, y el mar era de un azul deslumbrante. Permanecieron inmóviles olisqueando el mar.

—¡Diantre! —dijo Peter—. Esto es fantástico.

A los cinco minutos todos estaban descalzos y remojándose en las frescas y transparentes aguas.

—¡Esto es mejor que estar en un tren sofocante de vuelta al latín, el francés y el álgebra! —declaró Edmund.

Y durante un buen rato nadie volvió a hablar y se dedicaron sólo a chapotear y buscar camarones y cangrejos.

—De todos modos —dijo Susan finalmente—, supongo que tendremos que hacer planes. No tardaremos en querer comer algo.

—Tenemos los sándwiches que nuestra madre nos dio para el viaje —indicó Edmund—. Al menos yo tengo los míos.

—Yo no —repuso Lucy—, los míos estaban en la bolsa.

—Los míos también —añadió Susan.

—Los míos están en el bolsillo del abrigo, allí en la playa —dijo Peter—. Es decir: dos almuerzos para repartir entre cuatro. No va a resultar muy divertido.

—En estos momentos tengo más sed que hambre —declaró Lucy.

Todos se sentían sedientos, como acostumbra a suceder después de remojarse en agua salada bajo un sol ardiente.

—Es como si fuéramos náufragos —comentó Edmund—. En los libros siempre encuentran manantiales de agua dulce y transparente en las islas. Así que será mejor que vayamos en su busca.

—¿Significa eso que debemos regresar al interior de ese bosque tan espeso? —inquirió Susan.

—En absoluto —contestó Peter—. Si hay arroyos, seguro que descienden hasta el mar, y si recorremos la playa ya veréis como los encontraremos.

Vadearon de vuelta entonces y atravesaron primero la arena suave y húmeda y luego ascendieron por la arena seca y desmenuzada que se pega a los dedos, y empezaron a ponerse los calcetines y los zapatos. Edmund y Lucy querían dejarlos allí y explorar con los pies descalzos, pero Susan dijo que era una locura.

—¡Imaginaos que no volvemos a encontrarlos nunca! —señaló—. Además, los necesitaremos si seguimos aquí cuando llegue la noche y empiece a hacer frío.

Una vez que volvieron a estar vestidos, empezaron a recorrer la orilla con el mar a su izquierda y el bosque a la derecha. A excepción de alguna gaviota ocasional, era un lugar muy tranquilo. El bosque era tan espeso y enmarañado que apenas conseguían ver en su interior; y no se movía nada en él... ni un pájaro, ni siquiera un insecto.

Las conchas, las algas y las anémonas, o los cangrejos diminutos en charcas formadas en las rocas están muy bien, pero uno no tarda en cansarse de todo eso si tiene sed. Los pies de los niños, ahora que habían abandonado el frescor del agua, les ardían y pesaban; además, Susan y Lucy tenían que cargar con sus impermeables. Edmund había dejado el suyo sobre el asiento de la estación justo antes de que la magia los sorprendiera, y él y Peter se turnaban en llevar el gabán de Peter.

Al rato la playa empezó a describir una curva hacia la derecha. Alrededor de un cuarto de hora más tarde, después de que hubieran atravesado una cresta rocosa que finalizaba en un cabo, la orilla giró bruscamente. A su espalda quedaba entonces el mar que los había recibido al salir del bosque, y en aquellos momentos, al mirar al frente, podían contemplar a través del mar otra playa, tan densamente poblada de árboles como la que estaban explorando.

—Oíd, ¿es una isla o acabarán por juntarse los dos extremos? —dijo Lucy.

—No lo sé —respondió Peter, y todos siguieron avanzando pesadamente en silencio.

La orilla por la que avanzaban se fue acercando cada vez más a la orilla opuesta, y cada vez que rodeaban un promontorio, los niños esperaban encontrar el lugar donde las dos se unían. Sin embargo se llevaron una desilusión. Llegaron a unas rocas a las que tuvieron que trepar y desde lo alto pudieron ver un buen trecho por delante de ellos.

—¡Caray! —exclamó Edmund—. No sirve de nada. No podremos llegar a esos otros bosques. ¡Estamos en una isla!

Era cierto. En aquel punto, el canal entre ellos y la costa opuesta tenía sólo unos veinte o treinta metros de anchura, pero se dieron cuenta de que era el punto en el que resultaba más estrecho. Después de eso, la costa por la que andaban doblaba de nuevo hacia la derecha, y podían ver el mar abierto entre ella y el continente. Resultaba evidente que habían dado la vuelta a más de la mitad de la isla.

—¡Mirad! —gritó Lucy de repente—. ¿Qué es eso?

Señaló una especie de larga cinta plateada y sinuosa que discurría por la playa.

—¡Un arroyo! ¡Un arroyo! —gritaron sus hermanos y, cansados como estaban, no perdieron tiempo en descender precipitadamente por entre las rocas y correr en dirección al agua potable. Eran conscientes de que el agua del arroyo sabría mejor algo más arriba, lejos de la playa, de modo que se dirigieron sin pensarlo más al punto por el que surgía del bosque.

Los árboles seguían igual de tupidos, pero el arroyo había abierto un profundo curso entre elevadas orillas cubiertas de musgo, de modo que si uno se agachaba podía avanzar corriente arriba por una especie de túnel de hojas. Se arrodillaron junto al primer estanque de rizadas aguas oscuras y bebieron y bebieron, y sumergieron los rostros en el agua, y luego introdujeron los brazos hasta los codos.

—Bien —dijo Edmund—, ¿qué pasa con esos sándwiches?

—No sé, ¿no sería mejor guardarlos? —preguntó Susan—. Tal vez nos hagan mucha más falta después.

—Cómo desearía que, ahora que no tenemos sed, pudiéramos seguir sin sentir hambre como antes —dijo Lucy.

—Pero ¿qué hay de los sándwiches? —repitió Edmund—. De nada sirve guardarlos hasta que se estropeen. Tenéis que recordar que hace mucho más calor aquí que en Inglaterra, y hace horas que los llevamos en los bolsillos.

Así pues, sacaron los dos paquetes y los dividieron en cuatro porciones, y nadie tuvo suficiente, pero fue mucho mejor que nada. Después hablaron sobre sus planes respecto a la siguiente comida. Lucy quería regresar al mar y pescar camarones, hasta que alguien señaló que no tenían redes. Edmund dijo que lo mejor era buscar huevos de gaviota en las rocas, pero cuando se pusieron a considerarlo no recordaron haber visto ningún huevo de gaviota y, de haberlos encontrado, tampoco habrían podido cocerlos. Peter pensó para sus adentros que a menos que tuvieran un golpe de suerte no tardarían en darse por satisfechos si podían comer huevos crudos, pero no le pareció que sirviera de nada decirlo en voz alta. Susan manifestó que era una lástima que hubieran comido los sándwiches tan pronto, y más de uno estuvo a punto de perder los estribos llegados a aquel punto. Finalmente Edmund dijo:

—Mirad. Sólo hay una cosa que se puede hacer. Debemos explorar el bosque. Ermitaños, caballeros y gente parecida siempre se las arreglan para sobrevivir si están en un bosque. Encuentran raíces y bayas y cosas.

—¿Qué clase de raíces? —quiso saber Susan.

—Siempre he pensado que se referían a raíces de árboles —manifestó Lucy.

—Vamos —dijo Peter—, Edmund tiene razón. Y debemos intentar hacer algo. Además, será mejor que volver a salir a la luz deslumbrante del sol.

Todos se pusieron en pie y empezaron a seguir el curso de agua, lo que resultó una tarea muy ardua. Tuvieron que agacharse bajo algunas ramas y pasar por encima de otras, y avanzaron a trompicones por entre grandes masas de plantas parecidas a rododendros. También se desgarraron las ropas y se mojaron los pies en el arroyo; y seguían sin oírse otros ruidos que no fueran el del agua y los que producían ellos mismos. Empezaban a sentirse muy cansados de todo aquello cuando percibieron un aroma delicioso y, a continuación, un destello de color brillante por encima de ellos, en lo alto de la orilla derecha.

—¡Caracoles! —exclamó Lucy—. Estoy segura de que eso es un manzano.

Y lo era. Ascendieron jadeantes la empinada orilla, se abrieron paso por entre unas zarzas, y se encontraron rodeando un viejo árbol cargado de enormes manzanas de un amarillo dorado, tan carnosas y jugosas como cualquiera desearía ver.

—Y éste no es el único árbol —indicó Edmund con la boca llena de manzana—. Mirad ahí... y ahí.

—Vaya, pero si hay docenas —dijo Susan, arrojando el corazón de su primera manzana y tomando la segunda—. Esto debía de ser un huerto, hace mucho, mucho tiempo, antes de que el lugar se volviera salvaje y surgiera el bosque.

—Entonces, en el pasado la isla estaba habitada —dijo Peter.

—Y ¿qué es eso? —preguntó Lucy, señalando al frente.

—Cielos, es una pared —contestó Peter—. Una vieja pared de piedra.

Abriéndose paso por entre las cargadas ramas llegaron ante el muro. Era muy viejo, y estaba desmoronado en algunos puntos, con musgo y alhelíes creciendo

sobre él, pero era más alto que todos los árboles excepto los más grandes.
Y cuando se acercaron lo suficiente descubrieron un gran arco que antigua-
mente debía de haber tenido una verja, pero que en aquellos momentos estaba
casi ocupado por el más grande de los manzanos. Tuvieron que romper algunas
de las ramas para poder pasar, y cuando lo consiguieron, todos parpadearon
porque la luz del día se tornó repentinamente mucho más brillante. Se hallaban
en un amplio espacio abierto rodeado de muros. Allí dentro no había árboles,
únicamente un césped uniforme y margaritas, y también enredaderas, y paredes grises. Era un lugar luminoso, secreto y bastante triste; y los cuatro fueron
hasta su parte central, contentos de poder erguir la espalda y mover las extremidades con libertad.

Capítulo dos

La vieja cámara del tesoro

—Esto no era un jardín —declaró Susan al cabo de un rato—. Esto era un castillo y aquí debía de estar el patio.

—Ya veo lo que quieres decir —dijo Peter—. Sí; eso son los restos de una torre. Y allí hay lo que sin duda era un tramo de escalera que subía a lo alto de las murallas. Y mirad esos otros escalones, los que son anchos y bajos, que ascienden hasta aquella entrada. Eso debía de ser la puerta que daba a una sala enorme.

—Hace una eternidad, por lo que parece —apostilló Edmund.

—Sí, hace una eternidad —coincidió Peter—. Ojalá pudiéramos descubrir quiénes eran los que vivían en este castillo; y cuánto tiempo hace de ello.

—Me produce una sensación rara —dijo Lucy.

—¿Lo dices en serio, Lu? —inquirió Peter, volviéndose y mirándola con fijeza—. Porque a mí me sucede lo mismo. Es la cosa más rara que ha sucedido en este día tan extraño. Me pregunto: ¿dónde estamos y qué significa todo esto?

Mientras hablaban habían cruzado el patio y atravesado la otra entrada para pasar al interior de lo que en una ocasión había sido la sala. En aquellos momentos la estancia se parecía mucho al patio, ya que el techo había desaparecido hacía mucho tiempo y no era más que otro espacio cubierto de hierba y margaritas, con la excepción de que era más corto y estrecho y las paredes eran más altas. A lo largo del extremo opuesto había una especie de terraza aproximadamente un metro más alta que el resto.

—Me gustaría saber a ciencia cierta si era la sala —dijo Susan—. ¿Qué es esa especie de terraza?

—Claro, tonta —intervino Peter, que se mostraba extrañamente nervioso—, ¿no lo ves? Ésa era la tarima donde se encontraba la mesa real, donde se sentaban el rey y los lores principales. Cualquiera pensaría que habéis olvidado que nosotros mismos fuimos en una ocasión reyes y reinas y nos sentamos en una plataforma igual que ésa, en nuestra gran sala.

—En nuestro castillo de Cair Paravel —prosiguió Susan en una especie de sonsonete embelesado—, en la desembocadura del gran río de Narnia. ¿Cómo he podido olvidarlo?

—¡Cómo regresa todo! —exclamó Lucy—. Podríamos fingir que ahora estamos en Cair Paravel. Esta sala debe de ser muy parecida a la enorme sala en la que celebrábamos banquetes.

—Pero por desgracia sin el banquete —indicó Edmund—. Se hace tarde, ¿sabéis? Mirad cómo se alargan las sombras. ¿Y os habéis dado cuenta de que ya no hace tanto calor?

—Necesitaremos una hoguera si hemos de pasar la noche aquí —dijo Peter—. Yo tengo cerillas. Vayamos a ver si podemos reunir un poco de leña seca.

Todos encontraron muy sensata la sugerencia, y durante la siguiente media hora estuvieron muy ocupados. El huerto a través del cual habían llegado a las ruinas resultó no ser un buen lugar para encontrar leña. Probaron en el otro lado del castillo, saliendo de la sala por una puertecita lateral que daba a un laberinto de montecillos y cavidades de piedra que en el pasado habían sido sin duda corredores y habitaciones más pequeñas, pero que ahora eran todo ortigas y escaramujos olorosos. Fuera encontraron una enorme abertura en la muralla del castillo y a través de ella penetraron en un bosque de árboles más oscuros y grandes en el que encontraron ramas secas, troncos podridos, palitos, hojas secas y piñas en abundancia. Fueron de un lado para otro con haces de leña hasta que tuvieron una buena pila sobre la grada. En el quinto viaje descubrieron el pozo, a las puertas de la sala, oculto entre la maleza, pero profundo y de aguas limpias y potables una vez que hubieron retirado todas las malas hierbas. Los restos de un pavimento de piedra lo rodeaban en parte. Luego las niñas salieron a por más manzanas, y los niños encendieron el fuego sobre la tarima y muy cerca de la esquina entre dos paredes, que consideraron el lugar más cómodo y cálido. Experimentaron grandes dificultades para encenderlo y utilizaron gran cantidad de cerillas, pero acabaron por conseguirlo. Finalmente, los cuatro se sentaron con la espalda vuelta hacia la pared y el rostro en dirección al fuego. Intentaron asar algunas manzanas en las puntas de unos palos; pero las manzanas asadas no son gran cosa sin azúcar, y están tan calientes que, para comerlas con los dedos, hay que esperar hasta que están demasiado frías para que valga la pena comerlas. De modo que tuvieron que contentarse con manzanas crudas, lo que, tal como Edmund dijo, hacía que uno se diera cuenta de que, al fin y al cabo, las cenas del colegio no eran tan malas.

—No me importaría tener una gruesa rebanada de pan con margarina ahora mismo. ¡Estaría buenísima! —añadió.

No obstante el espíritu aventurero empezaba a despertar en todos ellos, y ninguno deseaba de corazón regresar al colegio.

Poco después de que comieran la última manzana, Susan salió al pozo para tomar otro trago. Cuando regresó llevaba algo en la mano.

—Mirad —dijo con una voz algo ahogada—, lo encontré junto al pozo.

Se lo entregó a Peter y se sentó en el suelo. A los demás les dio la impresión de que estaba a punto de echarse a llorar. Edmund y Lucy se apresuraron a inclinarse al frente para ver lo que Peter tenía en la mano; era un objeto pequeño y brillante que relucía a la luz de la hoguera.

—¡Vaya por Dios! —exclamó Peter, y su voz también sonó extraña; a continuación entregó el objeto a sus hermanos.

Todos vieron entonces de qué se trataba: un pequeño caballo de ajedrez, normal de tamaño pero extraordinariamente pesado debido a que estaba hecho de oro macizo; y los ojos de la cabeza del animal eran dos diminutos rubíes, mejor dicho, uno lo era, porque el otro había desaparecido.

—¡Vaya! —dijo Lucy—. Es exactamente igual que una de las piezas de ajedrez con las que jugábamos cuando éramos reyes y reinas en Cair Paravel.

—Anímate, Su —dijo Peter a su otra hermana.

—No puedo evitarlo —respondió ella—. Me ha recordado... una época tan hermosa... Y recuerdo cómo jugaba al ajedrez con faunos y gigantes buenos, y los tritones que cantaban en el mar, y mi hermoso caballo... y... y...

—Bien —dijo entonces Peter con una voz bastante distinta—, es hora de que los cuatro empecemos a usar el cerebro.

—¿Por qué lo dices? —inquirió Edmund.

—¿Es que ninguno ha adivinado dónde estamos? —preguntó su hermano mayor.

—Sigue, sigue —dijo Lucy—. Hace horas que presiento que hay algún misterio maravilloso flotando en este lugar.

—Adelante, Peter —exigió Edmund—. Todos te escuchamos.

—Nos encontramos en las ruinas de Cair Paravel —respondió su hermano.

—Pero, oye —replicó Edmund—; quiero decir, ¿cómo has llegado a esa conclusión? Este lugar lleva en ruinas una eternidad. Mira todos esos árboles que crecen justo hasta las puertas. Fíjate en las piedras mismas. Cualquiera puede darse cuenta de que nadie ha vivido aquí en cientos de años.

—Lo sé —respondió Peter—. Ésa es la dificultad. Pero dejemos eso por el momento. Quiero ir punto por punto. Primer punto: esta sala tiene exactamente la misma forma y tamaño que la sala de Cair Paravel. Imaginaos simplemente cómo sería con techo y un pavimento de color en lugar de hierba, y con tapices en las paredes. Así tendréis nuestra sala de banquetes.

Nadie dijo nada.

—Segundo punto —continuó Peter—: el pozo del castillo está exactamente donde estaba nuestro pozo, un poco al sur del gran salón; y tiene exactamente el mismo tamaño y forma.

De nuevo no hubo respuesta.

—Tercer punto: Susan ha encontrado una de nuestras viejas piezas de ajedrez..., o algo que se parece a ellas como una gota de agua a otra.

Siguió sin obtener respuesta.

—Cuarto punto: ¿no os acordáis? Fue justo el día antes de que llegaran los embajadores del rey de Calormen. ¿No recordáis haber plantado el huerto frente a la puerta norte de Cair Paravel? El miembro más importante del pueblo de los bosques, la misma Pomona, vino a lanzar hechizos buenos sobre él. Fueron aquellos tipos tan decentes, los topos, los que se ocuparon de cavar. ¿Os habéis olvidado de aquel viejo y divertido *Guantes de Azucena*, el topo jefe, apoyado sobre su pala y diciendo: «Creedme, Majestad, algún día os alegraréis de tener estos árboles frutales»?

—¡Sí, lo recuerdo! ¡Lo recuerdo! —dijo Lucy, y empezó a dar palmas.

—Pero oye, Peter —intervino Edmund—. Eso no son más que bobadas. Para empezar, no plantamos el huerto pegado a la entrada. No habríamos sido tan idiotas.

—No, claro que no —respondió él—; pero ha crecido hasta las puertas desde entonces.

—Y otra cosa —siguió Edmund—. Cair Paravel no estaba en una isla.

—Sí, eso también me intriga. Pero estaba en una, cómo se llamaba, una península. Algo muy parecido a una isla. ¿No podría haberse convertido en una isla desde que estuvimos aquí? Podrían haber excavado un canal.

—Pero ¡espera un momento! —dijo Edmund—. No haces más que decir «desde que estuvimos aquí». Pero hace sólo un año que regresamos de Narnia. Y pretendes que en un año se hayan derrumbado castillos, crecido enormes bosques y que árboles pequeños que nosotros mismos vimos plantar se hayan convertido en un enorme y viejo manzanal... Es totalmente imposible.

—Una cosa —intervino Lucy—. Si esto es Cair Paravel debería existir una puerta al final de esta tarima. En realidad tendríamos que estar sentados con la espalda apoyada en ella en estos momentos. Ya sabéis; la puerta que descendía a la sala del tesoro.

—Supongo que no habrá puertas —dijo Peter, poniéndose en pie.

La pared que tenían a su espalda era una masa de enredaderas.

—Eso se averigua en seguida —anunció Edmund, tomando uno de los palos que tenían preparados para arrojar al fuego.

Empezó a golpear la pared de hiedra. *Toc, toc*, golpeó el bastón contra la piedra; y de nuevo, *toc, toc*; y luego, de repente, *bum, bum*, con un sonido muy distinto, un sonido hueco a madera.

—¡Válgame Dios! —exclamó.

—Tenemos que quitar todas estas enredaderas —anunció Peter.

—¡Vamos, dejémoslo en paz! —dijo Susan—. Podemos probarlo por la mañana. Si hemos de pasar la noche aquí no quiero una puerta abierta a mi espalda y un enorme agujero negro por el que pueda salir cualquier cosa, además de corrientes de aire y humedad. Y no tardará en oscurecer.

—¡Susan! ¿Cómo puedes? —reprendió Lucy, echándole una mirada de reproche.

Pero los dos muchachos estaban demasiado emocionados para hacer caso del consejo de Susan, y se pusieron a hurgar en las enredaderas con las manos y con la navaja de Peter hasta que ésta se rompió. Después, usaron la de Edmund. Pronto todo el lugar en el que habían estado sentados quedó cubierto de enredaderas; y finalmente se descubrió la puerta.

—Cerrada con llave, claro —dijo Peter.

—Pero la madera está toda podrida —indicó su hermano—. Podemos hacerla pedazos en un momento, y servirá de leña extra. Vamos.

Tardaron más de lo que esperaban y, antes de que terminaran, la gran sala se había vuelto oscura y una o dos estrellas habían hecho su aparición sobre sus cabezas. Susan no fue la única que sintió un ligero escalofrío mientras los niños permanecían de pie sobre el montón de madera astillada, limpiándose la suciedad de las manos y con la vista fija en la fría y oscura abertura que habían hecho.

—Ahora necesitamos una antorcha —dijo Peter.

—¿De qué servirá? —replicó Susan—. Y como dijo Edmund...

—Ahora no lo digo —interrumpió éste—. Todavía no lo entiendo, pero podemos resolver eso más tarde. Supongo que vas a bajar, ¿verdad, Peter?

—Debemos hacerlo. Ánimo, Susan. No sirve de nada comportarse como niños ahora que estamos de vuelta en Narnia. Aquí eres una reina. Y de todos modos, nadie podría dormir con un misterio como éste en la cabeza.

Intentaron utilizar palos largos como antorchas, pero no resultó. Si los sostenían con el extremo encendido hacia arriba se apagaban, y si los sostenían al revés les chamuscaban la mano y el humo les irritaba los ojos. Al final tuvieron que usar la linterna de Edmund; por suerte se la habían regalado hacía menos de una semana, por su cumpleaños, y la pila era casi nueva. Entró él primero, con la luz. Luego pasó Lucy, luego Susan, y Peter cerró la marcha.

—He llegado a lo alto de los escalones —anunció Edmund.

—Cuéntalos —pidió Peter.

—Uno, dos, tres —dijo Edmund, mientras descendía con cautela, y siguió hasta llegar a dieciséis—. Ya estoy abajo —les gritó.

—En ese caso realmente debe de ser Cair Paravel —declaró Lucy—. Había dieciséis.

No se volvió a decir nada más hasta que los cuatro se reunieron al final de la escalera. Entonces Edmund paseó la linterna despacio a su alrededor.

—¡Ooooh! —dijeron todos a la vez.

Pues entonces tuvieron la certeza de que aquélla era realmente la vieja cámara del tesoro de Cair Paravel, donde en una ocasión habían reinado como reyes y reinas de Narnia. Existía una especie de sendero en el centro —como podría haberlo en un invernadero—, y a lo largo de cada lado, de trecho en trecho, se alzaban preciosas armaduras, como caballeros custodiando los tesoros. Entre las armaduras, y a cada lado del sendero, había estantes repletos de cosas valiosas; collares, brazaletes, anillos, cuencos y bandejas de oro, largos colmillos de marfil, broches, diademas y cadenas de oro, y montones de piedras preciosas sin engastar apiladas como si fueran canicas o patatas: diamantes, rubíes, esmeraldas, topacios y amatistas. Bajo los estantes descansaban enormes cofres de roble reforzados con barras de hierro y asegurados con fuertes candados. Hacía un frío terrible, y reinaba tal silencio que oían su propia respiración, y los tesoros estaban tan cubiertos de polvo que, de no haberse dado cuenta de dónde se encontraban y recordado la mayoría de cosas, no habrían sabido que se trataba de tesoros. Había algo triste y un poco atemorizador en el lugar, debido a que todo parecía tan abandonado y antiguo. Fue por ese motivo por lo que nadie dijo nada durante al menos un minuto.

Luego, claro, empezaron a dar vueltas y a tomar cosas para mirarlas. Fue como encontrar a viejos amigos. De haber estado allí, uno habría escuchado cosas como: «¡Mirad! Nuestros anillos de coronación... ¿Recordáis la primera vez que llevamos esto?... Pero si éste es el pequeño broche que todos creíamos perdido... Vaya, ¿no es ésa la armadura que llevaste en el gran torneo de las Islas Solitarias?... ¿Recuerdas que el enano hizo esto para mí?... ¿Recuerdas cuando bebías en ese cuerno?... ¿Recuerdas, recuerdas?».

—Escuchad —dijo Edmund de repente—; no debemos malgastar la pila; más tarde podemos necesitarla. ¿No sería mejor que tomásemos lo que quisiéramos y volviésemos a salir?

—Tenemos que hacernos con los regalos —indicó Peter.

Mucho tiempo atrás, durante unas Navidades en Narnia, él, Susan y Lucy habían recibido ciertos regalos que valoraban más que todo su reino. Edmund no había recibido ningún regalo porque no se encontraba con ellos en aquel momento; había sido culpa suya no estar allí, y el relato de lo sucedido aparece en otro libro.

Todos estuvieron de acuerdo con Peter y recorrieron el pasillo hasta la pared del fondo de la sala del tesoro, y allí, efectivamente, seguían colgados los regalos. El de Lucy era el más pequeño, pues se trataba únicamente de un frasquito, tallado en diamante en lugar de cristal, y estaba aún más que medio lleno del licor mágico que podía curar casi cualquier herida y enfermedad. Lucy no dijo nada y adoptó una expresión muy solemne mientras tomaba su regalo y se pasaba la bandolera por el hombro y volvía a sentir la botella junto a la cadera, donde acostumbraba a colgarla en los viejos tiempos. El regalo de Susan había sido un arco, unas flechas y un cuerno. El arco seguía allí, y también la aljaba de marfil, llena de flechas bien emplumadas, pero...

—¡Ven, Susan! —dijo Lucy—. ¿Dónde está el cuerno?

—¡Maldita sea, maldita sea, maldita sea! —exclamó Susan después de haberlo pensado unos instantes—. Ahora lo recuerdo. Lo llevaba conmigo el último día, el día en que fuimos a cazar el Ciervo Blanco. Debe de haberse perdido cuando sin querer regresamos al otro lugar; a Inglaterra, quiero decir.

Edmund lanzó un silbido. Desde luego se trataba de una pérdida terrible; pues era un cuerno encantado y, cada vez que uno lo hiciera sonar, recibiría ayuda, estuviera donde estuviera.

—Justo la clase de cosa que podría ser de utilidad en un lugar como éste —comentó Edmund.

—No importa —repuso Susan—. Todavía tengo el arco. —Y se hizo con él.

—¿No se habrá estropeado la cuerda, Su? —preguntó Peter.

Pero tanto si era debido a la magia que flotaba en el aire de la cámara del tesoro como si no, el arco seguía en perfecto estado. El tiro al arco y la natación eran las dos cosas en las que Susan era experta. No tardó ni un momento en doblar el arco y dar un leve tirón a la cuerda. Ésta chasqueó con un tañido gorjeante que vibró por toda la habitación. Y aquel ruidito devolvió los viejos tiempos a las mentes de los niños más que cualquier otra cosa que hubiera sucedido hasta entonces. Todas las batallas, cacerías y banquetes regresaron de golpe a su memoria.

Luego la niña destensó el arco otra vez y se colgó la aljaba al costado.

A continuación, Peter tomó su regalo; el escudo con el gran león rojo en él, y la espada real. Sopló sobre ellos y les dio golpecitos contra el suelo para eliminar el polvo, luego se encajó el escudo en el brazo y se colgó la espada al costado. En un principio temió que el arma pudiera estar oxidada y se enganchara a la vaina; pero no fue así. Con un veloz gesto la desenvainó y la sostuvo en alto, brillando a la luz de la linterna.

—Es mi espada *Rhindon* —dijo—, con la que maté al lobo.

Había un nuevo tono en su voz, y todos los demás sintieron que realmente era Peter el Sumo Monarca otra vez. Luego, tras una corta pausa, todos recordaron que debían ahorrar pila.

Volvieron a subir la escalera e hicieron una buena hoguera y se acostaron pegados los unos a los otros para mantenerse calientes. El suelo era muy duro e incómodo, pero acabaron por dormirse.

CAPÍTULO TRES

EL ENANO

Lo peor de dormir al aire libre es que uno se despierta terriblemente temprano. Y cuando uno se despierta tiene que levantarse porque el suelo es tan duro que resulta muy incómodo. Además, empeora mucho las cosas que no haya nada más que manzanas como desayuno y que uno tampoco haya tenido otra cosa que manzanas en la cena de la noche anterior. Una vez que Lucy dijo —sin faltar a la verdad— que era una mañana espléndida, no pareció que hubiera ninguna otra cosa agradable que mencionar. Edmund expresó lo que todos sentían.

—Tenemos que salir de esta isla.

Después de que hubieran bebido en el pozo y se hubieran lavado la cara, volvieron a bajar hasta la playa siguiendo el arroyo, y una vez allí contemplaron fijamente el canal que los separaba del continente.

—Tendremos que nadar —declaró Edmund.

—Eso no será un problema para Su —dijo Peter, pues su hermana había ganado trofeos de natación en la escuela—. Pero no sé cómo nos irá al resto.

Al decir «el resto» se refería realmente a Edmund, que aún no era capaz de efectuar dos largos en la piscina de la escuela, y a Lucy, que apenas sabía nadar.

—De todos modos —repuso Susan—, podría haber corrientes. Papá dice que no es sensato bañarse en lugares que uno no conoce.

—Pero, oye, Peter —intervino Lucy—. Ya sé que soy incapaz de nadar en casa; en Inglaterra, quiero decir. Pero ¿acaso no sabíamos nadar hace mucho tiempo, si es que eso fue hace mucho tiempo, cuando éramos reyes y reinas en Narnia? Entonces sabíamos montar a caballo también, y hacer toda clase de cosas. ¿No crees que...?

—Ah, pero entonces era como si fuéramos adultos —contestó Peter—. Reinamos durante años y años y aprendimos a hacer cosas. Sin embargo, ¿acaso no hemos regresado ya a nuestras edades reales de verdad?

—¡Oh! —dijo Edmund con una voz que hizo que todos dejaran de hablar y le prestaran atención.

—Acabo de comprenderlo todo —anunció.

—¿Comprender qué? —preguntó Peter.

—Pues, todo —respondió él—. Ya sabéis lo que nos desconcertaba anoche, que hace sólo un año que abandonamos Narnia y sin embargo parece como si nadie hubiera vivido en Cair Paravel durante cientos de años. Bien, ¿no os dais cuenta? Ya sabéis que, por mucho tiempo que pareciera que habíamos vivido en Narnia, cuando regresamos por el armario parecía que no hubiera transcurrido ni un minuto.

—Sigue —dijo Susan—. Creo que empiezo a comprender.

—Y eso significa —prosiguió Edmund— que, una vez que estás fuera de Narnia, no tienes ni idea de cómo funciona el tiempo narniano. ¿Por qué no podrían haber transcurrido cientos de años en Narnia mientras que sólo ha pasado un año para nosotros en casa?

—Diablos, Ed —dijo Peter—, has dado en el clavo. En ese sentido realmente han transcurrido cientos de años desde que vivimos en Cair Paravel. ¡Y ahora regresamos a Narnia igual que si fuéramos cruzados o anglosajones o antiguos britanos o alguien que regresara a la moderna Gran Bretaña!

—Qué entusiasmados estarán de vernos... —empezó Lucy.

Pero en ese mismo instante todos los demás dijeron: «¡Silencio!» o «¡Cuidado!», pues algo sucedía en aquel momento.

Había un promontorio arbolado en tierra firme un poco a su derecha, y todos estaban seguros de que al otro lado se hallaba la desembocadura del río. Y entonces, rodeando el cabo apareció un bote. Una vez que hubo dejado atrás el promontorio, la embarcación giró y empezó a avanzar por el canal en dirección a ellos. Había dos personas a bordo; una remaba, la otra estaba sentada en la popa y sujetaba un bulto que se retorcía y movía como si estuviera vivo. Las dos personas parecían soldados. Llevaban cascos de metal y ligeras cotas de malla. Ambos soldados tenían barba y mostraban una expresión torva. Los niños retrocedieron desde la playa al interior del bosque y observaron totalmente inmóviles.

—Esto servirá —dijo el soldado situado en la popa cuando el bote quedó aproximadamente frente a ellos.

—¿Y si le atamos una piedra a los pies, cabo? —preguntó el otro, descansando sobre los remos.

—¡Bah! —gruñó el aludido—. No es necesario, además, no hemos traído piedras. Se ahogará igualmente sin una piedra, siempre y cuando hayamos atado bien las cuerdas.

Dicho aquello se levantó y alzó el fardo. Peter se dio cuenta entonces de que era algo vivo; se trataba de un enano, atado de pies y manos, pero que forcejeaba con todas sus fuerzas. Al cabo de un instante sonó un chasquido junto a su oreja, y de repente el soldado alzó los brazos, soltando al enano sobre el suelo del bote, y cayó al agua. El hombre vadeó como pudo hasta la orilla opuesta y Peter comprendió que la flecha de Susan le había dado en el casco. Volvió la cabeza y vio que su hermana estaba muy pálida pero colocando ya una segunda flecha en la cuerda. Sin embargo, no llegó a usarla. En cuanto vio caer a su compañero, el otro soldado, con un fuerte grito, saltó del bote por el lado opuesto, y también vadeó por el agua, cuya profundidad aparentemente no era mayor que su propia altura, desapareciendo entre los árboles de tierra firme.

—¡Rápido! ¡Antes de que se marche a la deriva! —gritó Peter.

Él y Susan, vestidos como estaban, se zambulleron en el agua, y antes de que ésta les llegara a los hombros, sus manos sujetaron el borde de la embarcación. En unos segundos ya habían conseguido arrastrarla hasta la orilla y sacar al enano, y Edmund se hallaba ocupado en cortar las ligaduras con su navaja. Desde luego la espada de Peter estaba más afilada, pero una espada resulta muy incómoda para esa clase de tarea porque no se la puede sujetar por ninguna parte que esté situada por debajo de la empuñadura. Cuando el enano quedó por fin libre, se incorporó, se frotó brazos y piernas, y exclamó:

—Bueno, digan lo que digan, desde luego no parecéis fantasmas.

Como la mayoría de enanos, era muy rechoncho y de pecho corpulento. Habría medido apenas un metro de haber estado de pie, y una barba y unas patillas inmensas de áspero cabello rojo no dejaban ver gran cosa del rostro a excepción de una nariz ganchuda y unos centelleantes ojos negros.

—De todos modos —prosiguió—, fantasmas o no, me habéis salvado la vida y os estoy muy agradecido.

—Pero ¿por qué tendríamos que ser fantasmas? —preguntó Lucy.

—Toda mi vida me han dicho —explicó el enano— que estos bosques situados a lo largo de la orilla estaban tan llenos de fantasmas como de árboles. Eso es lo que se cuenta. Y por eso, cuando quieren deshacerse de alguien, acostumbran a traerlo aquí, tal como hacían conmigo, y dicen que se lo dejarán a los fantasmas. Pero siempre me pregunté si no los ahogarían o les cortarían el cuello. Nunca creí del todo en los fantasmas. Pero esos dos cobardes a los que acabáis de disparar sí que creían. ¡Les asustaba más conducirme a la muerte que a mí ir a ella!

—Vaya —dijo Susan—; de modo que por eso huyeron los dos.

—¿Eh? ¿Qué quieres decir con eso? —inquirió el enano.

—Huyeron —contestó Edmund—. A tierra firme.

—No disparaba a matar, ¿sabes? —explicó Susan.

A la niña no le habría gustado que nadie pensara que podía errar el disparo a tan poca distancia.

—Hum —dijo el enano—. No me gusta mucho; puede traerme problemas más adelante. A menos que se muerdan la lengua por su propio bien.

—¿Por qué te iban a ahogar? —preguntó Peter.

—Soy un criminal peligroso, eso es lo que soy —respondió él alegremente—. Pero eso es una larga historia. Entretanto, me preguntaba si podríais ofrecerme algo de desayunar. No tenéis ni idea del apetito que despierta en uno eso de ser ejecutado.

—Sólo hay manzanas —repuso Lucy, entristecida.

—Mejor que nada, pero no tan bueno como el pescado fresco —dijo el enano—. Parece que tendré que ser yo quien os ofrezca el desayuno. Vi aparejos de pescar en ese bote. Y, de todos modos, tenemos que llevarlo al otro lado de la isla. No queremos que nadie de tierra firme venga por aquí y lo vea.

—Tendría que haberlo pensado yo también —dijo Peter.

Los cuatro niños y el enano bajaron hasta la orilla, empujaron el bote al agua con ciertas dificultades, y se introdujeron en él. El enano tomó el mando al instante. Evidentemente, los remos resultaban demasiado grandes para que él pudiera usarlos, de modo que Peter remó y el enano gobernó la embarcación dirigiéndola al norte a lo largo del canal y luego al este rodeando la punta de la isla. Desde allí los niños pudieron ver directamente río arriba, y todas las bahías y cabos de la costa situada más allá. Les pareció reconocer partes de ella, pero los bosques, que habían crecido desde su estancia allí, hacían que todo tuviera un aspecto distinto.

Una vez que hubieron dado la vuelta y salido a mar abierto en el lado este de la isla, el enano se puso a pescar. Realizaron una excelente captura de pavenders, un hermoso pez con los colores del arco iris que todos recordaban haber comido en Cair Paravel en los viejos tiempos. Cuando hubieron capturado suficientes, introdujeron el bote en una pequeña cala y lo amarraron a un árbol. El enano, que era una persona muy competente (y, si hay que ser sincero, a pesar de que uno pueda tropezarse con enanos malos, jamás he oído decir de ninguno que fuera tonto), limpió el pescado y dijo:

—Ahora, lo siguiente que necesitamos es un poco de leña.

—Tenemos en el castillo —indicó Edmund.

—¡Barbas y bigotes! —exclamó—. ¿Así que realmente existe un castillo?

—No son más que unas ruinas —explicó Lucy.

El enano paseó la mirada por los cuatro con una expresión muy curiosa en el rostro.

—Y ¿quién diablos...? —empezó, pero luego se interrumpió y siguió—: No importa. El desayuno primero. Pero una cosa antes de que sigamos. ¿Podéis poneros la mano sobre el corazón y decirme que estoy vivo de verdad? ¿Estáis seguros de que no me ahogué y somos todos fantasmas?

Una vez que lo hubieron tranquilizado al respecto, la siguiente cuestión fue cómo transportar el pescado. No tenían nada para ensartarlo ni tampoco un cesto, y finalmente se vieron obligados a utilizar el sombrero de Edmund porque nadie más llevaba sombrero. El niño habría protestado mucho más de no haber tenido un hambre canina.

Al principio el enano no parecía muy cómodo en el castillo, y se dedicó a mirar a su alrededor y a olisquear mientras decía:

—Hum. Parece un poco fantasmal después de todo. También huele a fantasmas.

Pero se animó cuando llegó el momento de encender el fuego y mostrarles cómo asar los pavenders recién pescados sobre las brasas. Comer pescado caliente sin tenedores, y con una sola navaja para cinco personas, resulta bastante tosco, y hubo varios dedos quemados antes de que finalizara la comida; pero, como ya eran las nueve y llevaban levantados desde las cinco, a nadie le importaron las quemaduras tanto como podría haberse esperado. Cuando todos hubieron puesto fin a la comida con un buen trago de agua del pozo y una manzana o dos, el enano sacó una pipa casi del tamaño de su propio brazo, la llenó, la encendió, echó una enorme bocanada de humo aromático, y declaró:

—Magnífico.

—Cuéntanos tu historia primero —pidió Peter—. Y luego te contaremos la nuestra.

—Bien —repuso él—, puesto que me habéis salvado la vida, es justo que se haga a vuestro modo. Pero apenas sé por dónde empezar. En primer lugar soy un mensajero del rey Caspian.

—¿Quién es? —preguntaron cuatro voces a la vez.

—Caspian X, rey de Narnia, ¡y que por muchos años reine! —respondió el enano—. Es decir, debería ser el rey de Narnia y confiamos en que algún día lo sea. En la actualidad sólo es rey de todos nosotros, los viejos narnianos...

—¿Qué quieres decir con «viejos» narnianos, por favor? —preguntó Lucy.

—Bueno, pues lo que somos —contestó el enano—. Somos una especie de sublevación, supongo.

—Entiendo —dijo Peter—. Y Caspian es el viejo narniano en jefe.

—Bueno, si es que se le puede llamar así —respondió el enano, rascándose la cabeza—. Pero él es en realidad un nuevo narniano, un telmarino, no sé si me comprendéis.

—Yo no —dijo Edmund.

—Es peor que la guerra de las Dos Rosas —se quejó Lucy.

—Cielos —dijo el enano—, lo estoy haciendo muy mal. Mirad: creo que tendré que retroceder hasta el principio y contaros cómo el príncipe Caspian se crió en la corte de su tío y cómo se puso de nuestro lado. Pero será una larga historia.

—Mucho mejor —dijo Lucy—. Nos encantan las historias.

Así pues, el enano se acomodó y relató su historia. No la narraré con sus propias palabras, incluyendo todas las preguntas e interrupciones de los niños, porque tomaría mucho tiempo y resultaría confusa e, incluso así, excluiría algunos aspectos que los niños únicamente averiguaron más adelante. Pero la esencia del relato, tal como lo conocieron al final, fue la siguiente:

Capítulo cuatro

El enano habla del príncipe Caspian

El príncipe Caspian vivía en un gran castillo en el centro de Narnia con su tío, Miraz, el rey de Narnia, y su tía, que era pelirroja y por lo tanto recibía el nombre de reina Prunaprismia. Su padre y su madre habían muerto y la persona a la que Caspian más quería era su aya y, aunque, por ser un príncipe, tenía juguetes maravillosos capaces de hacer casi cualquier cosa excepto hablar, lo que más le gustaba era la última hora del día, cuando los juguetes habían vuelto a sus alacenas y el aya le contaba cuentos.

No sentía un cariño especial por sus tíos, pero unas dos veces por semana su tío enviaba a buscarlo y paseaban juntos durante media hora por la terraza situada en el lado sur del castillo. Un día, mientras lo hacían, el rey le dijo:

—Bueno, muchacho, pronto tendremos que enseñarte a montar y a usar una espada. Ya sabes que tu tía y yo no tenemos hijos, de modo que podrías ser rey cuando yo no esté. ¿Qué te parecería eso, eh?

—No lo sé, tío.

—No lo sabes ¿eh? —dijo Miraz—. Vaya, pues creo que no hay nada mejor. ¡¿Qué otra cosa podrías desear!?

—Pues la verdad es que sí tengo un deseo —repuso Caspian.

—¿Qué deseas?

—Desearía, desearía, desearía haber podido vivir en los Viejos Tiempos —respondió él, que no era más que un chiquillo por aquella época.

Hasta aquel momento el rey Miraz había estado hablando en el tono tedioso típico de algunos adultos, que deja bien claro que en realidad no están nada interesados en lo que uno dice, pero entonces, al oír aquello, dirigió repentinamente a Caspian una mirada aguda.

—¿Eh? ¿Qué es eso? —preguntó—. ¿A qué «Viejos Tiempos» te refieres?

—¿No lo sabes, tío? —respondió Caspian—. Pues a cuando todo era muy distinto. Cuando todos los animales hablaban y había unas gentes muy simpáticas que vivían en los arroyos y los árboles. Náyades y dríadas, se llamaban. Y había enanos. Y vivían faunos adorables en todos los bosques, que tenían patas como las de las cabras. Y...

—Son todas tonterías, ¡cosas de niños pequeños! —dijo el rey con severidad—. Sólo apropiadas para bebés, ¿me oyes? ¡Ya eres mayor para esa clase de cosas! A tu edad deberías estar pensando en batallas, no en cuentos de hadas.

—Pero si en aquellos días había batallas y aventuras —protestó Caspian—. Aventuras maravillosas. Una vez existió una Bruja Blanca que se nombró a sí misma reina de todo el país. E hizo que fuera siempre invierno. Y entonces dos niños y dos niñas vinieron de no se sabe dónde y mataron a la bruja y los nombraron reyes y reinas de Narnia, y sus nombres eran Peter, Susan, Edmund y Lucy. Y reinaron durante mucho tiempo y todo el mundo lo pasó maravillosamente, y todo sucedió porque Aslan...

—¿Quién es él? —inquirió Miraz.

Y si Caspian hubiera sido un poco mayor, el tono de la voz de su tío le habría advertido de que era más sensato callarse; pero siguió hablando sin pensar.

—¿Tampoco lo sabes? Aslan es el gran león procedente del otro lado del mar.

—¿Quién te ha contado todas estas tonterías? —tronó el monarca, y Caspian se asustó y no respondió.

—Alteza Real —dijo el rey Miraz, soltando la mano del niño, que había estado sujetando hasta entonces—, insisto en tener una respuesta. Mírame a la cara. ¿Quién te ha contado esa sarta de mentiras?

—El... el aya —titubeó Caspian, y prorrumpió en lágrimas.

—Deja de hacer ese ruido —ordenó su tío, sujetando a Caspian por los hombros y zarandeándolo—. Para. Y que no vuelva a encontrarte hablando, o pensando siquiera, en todos esos cuentos estúpidos. No existieron nunca esos reyes y reinas. ¿Cómo podía haber dos reyes al mismo tiempo? Y no hay nadie llamado Aslan. Y no existen seres tales como leones. Y no hubo jamás un tiempo en que los animales hablaran. ¿Me oyes?

—Sí, tío —sollozó Caspian.

—Entonces, no se hable más —dijo el rey.

A continuación llamó a uno de los gentilhombres de cámara que estaban en el otro extremo de la terraza y ordenó con voz impasible:

—Conduce a su Alteza Real a sus aposentos y di al aya de su Alteza Real que venga a verme INMEDIATAMENTE.

Al día siguiente Caspian descubrió qué cosa tan terrible había hecho, pues habían echado al aya sin siquiera permitirle que se despidiera de él, y le comunicaron que iba a tener un tutor.

Caspian echó mucho de menos a su aya y derramó muchas lágrimas; y debido a que se sentía tan desdichado, pensó en las viejas historias sobre Narnia mucho más que antes. Soñó con enanos y dríadas cada noche y se esforzó por conseguir que los perros y gatos del castillo le hablaran; pero los perros se limitaron a menear la cola y los gatos a ronronear.

Caspian estaba seguro de que odiaría al nuevo tutor, pero cuando éste llegó aproximadamente una semana después resultó ser la clase de persona que es casi imposible que a uno no le caiga bien. Era el hombre más pequeño (y también más gordo) que Caspian había visto en su vida. Tenía una larga barba plateada y puntiaguda que le llegaba hasta la cintura, y el rostro, que era moreno y cubierto de arrugas, parecía muy sabio, muy feo y muy bondadoso. Su voz era solemne y los ojos chispeantes, de modo que, hasta que uno no llegaba a conocerlo realmente bien, resultaba difícil saber cuándo bromeaba y cuándo hablaba en serio. Su nombre era doctor Cornelius.

De todas sus clases con el doctor Cornelius, la que gustaba más a Caspian era la de Historia. Hasta aquel momento, a excepción de los relatos de su aya, no había sabido nada sobre la historia de Narnia, y se sintió muy sorprendido cuando averiguó que la familia real no era oriunda del país.

—Fue el antepasado de Su Alteza, Caspian I —dijo el doctor Cornelius—, quien conquistó Narnia y la convirtió en su reino. Fue él quien llevó a toda vuestra nación al país. No sois narnianos nativos, ¡en absoluto! Sois telmarinos, es decir, todos vinisteis de la Tierra de Telmar, situada mucho más allá de las Montañas Occidentales. Por eso Caspian I recibe el nombre de Caspian el Conquistador.

—Por favor, doctor Cornelius —rogó Caspian un día—, ¿quién vivía en Narnia antes de que llegáramos todos nosotros desde Telmar?

—En Narnia no vivían hombres, o eran muy pocos, antes de que los telmarinos la conquistaran —respondió él.

—Entonces ¿quién vencieron mis tatara-tatara-tatarabuelos?

—*A quién*, no *quién*, Alteza —respondió el doctor Cornelius—. Tal vez sea hora de pasar de la Historia a la Gramática.

—Aún no, por favor —dijo Caspian—. Quiero decir, ¿no hubo una batalla? ¿Por qué le llaman Caspian el Conquistador si no había nadie para pelear con él?

—Dije que había muy pocos «hombres» en Narnia —repuso el doctor, mirando al pequeño de un modo muy extraño a través de sus enormes anteojos.

Por un instante el niño se quedó perplejo y luego, repentinamente, el corazón le dio un vuelco.

—Quieres decir —dijo con voz entrecortada— ¿qué había otras criaturas? ¿Quieres decir que fue como en las historias? ¿Había...?

—¡Silencio! —dijo el doctor Cornelius, acercando mucho la cabeza a la de Caspian—. Ni una palabra más. ¿Acaso no sabes que a tu aya la echaron por hablarte de la Vieja Narnia? Al rey no le gusta. Si descubriera que te cuento secretos, te azotaría y a mí me cortarían la cabeza.

—Pero ¿por qué?

—Ya es hora de que empecemos con la Gramática —dijo el doctor Cornelius en voz alta—. ¿Querrá Su Alteza Real abrir la obra de Pulverulentus Siccus por la página cuatro de su *Jardín gramático o el emparrado del accidente gramatical gratamente revelado a mentes tiernas*?

Tras aquello todo fueron sustantivos y verbos hasta la hora del almuerzo, pero no creo que Caspian aprendiera gran cosa. Se sentía demasiado emocionado. Estaba seguro de que el doctor Cornelius no le habría contado tanto si no tuviera la intención de contarle más cosas tarde o temprano.

En eso no se vio decepcionado. Unos cuantos días después, su tutor dijo:

—Esta noche os daré una clase de Astronomía. En plena noche dos nobles planetas, Tarva y Alambil, pasarán a menos de un grado el uno del otro. Tal conjunción no se ha dado en doscientos años, y Su Alteza no vivirá para volver a verla. Será mejor si os acostáis un poco antes que de costumbre. Cuando se acerque el momento de la conjunción iré a despertaros.

Aquello no parecía tener nada que ver con la Vieja Narnia, que era de lo que Caspian realmente quería oír hablar, pero levantarse en plena noche siempre resulta interesante, y se sintió moderadamente complacido. Cuando se acostó, en un principio pensó que no conseguiría dormirse; pero no tardó en hacerlo y apenas parecía que hubieran transcurrido unos minutos cuando sintió que alguien lo zarandeaba con suavidad.

Se sentó en la cama y vio que la luz de la luna inundaba la habitación. El doctor Cornelius, embozado en un manto con capucha y sosteniendo un pequeño farol en la mano, se hallaba de pie junto al lecho. Caspian recordó al instante lo que iban a hacer. Se levantó y se puso algo de ropa. A pesar de que era una noche de verano sentía más frío del que había esperado y más bien se alegró cuando el doctor lo cubrió con un manto como el suyo y le dio un par de cálidos y suaves borceguíes para los pies. Al cabo de un instante, embozados ambos de modo que apenas pudieran verlos en los oscuros corredores, y también calzados de manera que no hicieran casi ruido, maestro y pupilo abandonaron la habitación.

Caspian recorrió junto al maestro gran número de pasillos y ascendieron varios tramos de escalera. Por fin, tras cruzar un puertecita de un torreón, salieron al parapeto. A un lado estaban las almenas; al otro, un tejado empinado; a sus pies, imprecisos y relucientes, los jardines del castillo; sobre sus cabezas, las estrellas y la luna. Al poco tiempo llegaron a otra puerta que conducía al interior de la gran torre central del castillo; el doctor Cornelius la abrió con una llave e iniciaron el ascenso por la oscura escalera de caracol de la torre. Caspian se sentía cada vez más emocionado; jamás le habían permitido subir por aquella escalera.

La ascensión fue larga y empinada, pero cuando salieron al tejado de la torre y hubo recuperado el aliento, Caspian sintió que había valido la pena. Lejos, a su derecha, podía distinguir, con bastante claridad, las Montañas Occidentales. A su izquierda centelleaba el Gran Río, y todo estaba tan silencioso que se oía el sonido de la cascada en el Dique de los Castores, a casi dos kilómetros de distancia. No hubo ninguna dificultad para distinguir los dos astros que habían ido a ver, pues se hallaban bastante bajos en el cielo meridional, casi tan brillantes como dos pequeñas lunas y muy juntas.

—¿Chocarán? —preguntó con voz atemorizada.

—Ni por asomo, querido príncipe —respondió el doctor, hablando también en susurros—. Los grandes señores del cielo superior conocen los pasos de su danza demasiado bien para eso. Miradlos bien. Su encuentro es afortunado y significa algún gran bien para el triste reino de Narnia. Tarva, el Señor de la Victoria, saluda a Alambil, la Señora de la Paz. Ahora están llegando a su máxima aproximación.

—Es una lástima que ese árbol quede en medio —observó Caspian—. Realmente lo veríamos mejor desde la Torre Oeste, aunque no sea tan alta.

El doctor Cornelius no dijo nada durante unos dos minutos, pues se limitó a permanecer con los ojos fijos en Tarva y Alambil. Luego aspiró con fuerza y se volvió hacia Caspian.

—Ya está —dijo—. Habéis visto lo que ningún hombre vivo hoy en día ha visto, ni volverá a ver. Y tenéis razón. Lo habríamos visto mejor desde la torre más pequeña. Os traje aquí por otro motivo.

El príncipe alzó los ojos hacia él, pero la capucha le ocultaba al doctor la mayor parte del rostro.

—La ventaja de esta torre —dijo el doctor Cornelius—, es que tenemos seis habitaciones vacías por debajo de nosotros, y una larga escalera; y que la puerta del final de la escalera está cerrada con llave. Nadie puede escucharnos.

—¿Me vas a contar lo que no quisiste contarme el otro día? —inquirió Caspian.

—Así es —respondió él—. Pero recordad: vos y yo jamás debemos hablar de estas cosas excepto aquí, en lo más alto de la Gran Torre.

—No. Lo prometo. Pero sigue, por favor.

—Escuchad —dijo el doctor—. Todo lo que habéis oído sobre la Vieja Narnia es cierto. No es el país de los hombres. Es el país de Aslan, el país de los árboles vigilantes y las náyades visibles, de los faunos y los sátiros, de los enanos y los gigantes, de los dioses y los centauros, de las bestias parlantes. Contra ellos fue contra quienes luchó el primer Caspian. Sois vosotros, los telmarinos, quienes silenciasteis a las bestias, los árboles y los manantiales, y los que matasteis y expulsasteis a los enanos y los faunos, e intentáis ahora ocultar incluso su recuerdo.

—Cómo deseo que no lo hubiéramos hecho —repuso Caspian—. Y me alegro de que fuera todo verdad, incluso aunque ya no exista.

—Muchos de los de vuestra raza lo desean en secreto —replicó el doctor Cornelius.

—Pero, doctor, ¿por qué dices «mi» raza? Al fin y al cabo, supongo que también eres telmarino.

—¿Ah, sí?

—Bueno, lo que está claro es que eres un hombre —dijo Caspian.

—¿Ah, sí? —repitió el doctor en una voz más grave, al tiempo que se echaba hacia atrás la capucha para que Caspian pudiera ver su rostro con claridad a la luz de la luna.

Inmediatamente el niño comprendió la verdad y sintió que debería haberse dado cuenta mucho antes. El doctor Cornelius era diminuto y gordo, y tenía una barba larguísima. Dos pensamientos pasaron por su cabeza al mismo tiempo. Uno fue de terror: «No es un hombre, ¡qué va a ser un hombre!, es un *enano*, y me ha traído aquí arriba para matarme». El otro fue de auténtico regocijo: «Todavía existen auténticos enanos, y he visto uno por fin».

—De modo que al final lo habéis adivinado —dijo el doctor Cornelius—. O «casi» lo habéis adivinado. No soy un enano puro. También tengo sangre humana. Muchos enanos escaparon durante las grandes batallas y sobrevivieron, afeitándose las barbas y llevando zapatos de tacón alto para fingir ser hombres. Se han mezclado con vuestros telmarinos. Yo soy uno de ellos, sólo un medio enano, y si algunos de mis parientes, los auténticos enanos, siguen vivos en alguna parte del mundo, sin duda me despreciarían y me llamarían traidor. Pero jamás en todos estos años hemos olvidado a nuestra gente y a todas las otras criaturas felices de Narnia, ni los hace tiempo perdidos días de libertad.

—Lo... lo siento, doctor —dijo Caspian—. No fue culpa mía, ya lo sabes.

—No os cuento estas cosas para echaros la culpa, querido príncipe —respondió él—. Podríais muy bien preguntar por qué os las cuento al fin y al cabo. Pero tengo dos motivos. En primer lugar, porque mi viejo corazón ha cargado con estos recuerdos secretos durante tanto tiempo que el dolor resulta insoportable y estallaría si no pudiera contároslos. Pero en segundo lugar, por este otro: para que cuando seáis rey podáis ayudarnos, pues sé que también vos, a pesar de ser un telmarino, amáis las cosas de antaño.

—Claro que sí, claro que sí —afirmó Caspian—. Pero ¿cómo puedo ayudar?

—Podéis mostraros bondadoso con los pobres restos del pueblo enano, como yo mismo. Podéis reunir magos sabios e intentar encontrar un modo de despertar otra vez a los árboles. Podéis buscar por todos los rincones y lugares salvajes del país para averiguar si quedan aún faunos, bestias parlantes o enanos ocultos en alguna parte.

—¿Crees que queda alguno? —preguntó Caspian con avidez.

—No lo sé..., no lo sé —respondió él con un profundo suspiro—. A veces temo que no pueda ser. Llevo toda la vida buscando rastros de ellos. En ocasiones me ha parecido escuchar un tambor enano en las montañas. A veces de noche, en los bosques, me parece vislumbrar faunos y sátiros que bailan a lo lejos; pero cuando llego al lugar, nunca hay nadie. He desesperado a menudo;

pero siempre sucede algo que me devuelve la esperanza. No lo sé. Pero al menos vos podéis intentar ser un rey como el Sumo Monarca Peter de la antigüedad, y no como vuestro tío.

—Entonces ¿es cierto lo de los reyes y reinas también, y lo de la Bruja Blanca?

—Naturalmente que es cierto —respondió Cornelius—. Su reinado fue la Edad de Oro de Narnia, y este mundo no los ha olvidado jamás.

—¿Vivían en este castillo, doctor?

—No, hijo mío —respondió el anciano—. Este castillo es una construcción moderna. Tu tatara-tatarabuelo lo construyó. Pero cuando Aslan en persona nombró a los dos Hijos de Adán y las dos Hijas de Eva reyes y reinas de Narnia, la residencia de los monarcas estaba en el castillo de Cair Paravel. Ningún hombre vivo ha contemplado ese lugar bendito y tal vez incluso sus ruinas hayan desaparecido ya; pero creemos que se encontraba lejos de aquí, abajo, en la desembocadura del Gran Río, en la misma orilla del mar.

—¡Uf! —dijo Caspian con un estremecimiento—. ¿Quieres decir en los Bosques Negros? ¿Dónde viven todos los... los..., ya sabes, los fantasmas?

—Su Alteza habla tal como le han enseñado —respondió el doctor—; pero son todo mentiras. No hay fantasmas allí. Eso es un cuento inventado por los telmarinos. Vuestros reyes tienen pavor al mar porque les es imposible olvidar que en todos los relatos Aslan viene del otro lado del mar. No quieren acercarse a él y no quieren que nadie se acerque a él, y por eso han dejado que los bosques crezcan, para así aislar a su gente de la costa. Pero debido a que se han enemistado con los árboles, temen a los bosques; y puesto que temen a los bosques imaginan que están llenos de fantasmas. Y los reyes y nobles, puesto que odian tanto el mar como el bosque, en parte creen esas historias, y en parte las alientan. Se sienten más seguros si nadie en Narnia se atreve a bajar a la costa y a mirar el mar, en dirección al país de Aslan y el alba y el extremo oriental del mundo.

Se produjo un profundo silencio entre ellos durante unos minutos. Luego el doctor Cornelius siguió:

—Vamos. Hemos estado aquí demasiado tiempo. Es hora de bajar e irse a dormir.

—¿Debemos hacerlo? —protestó Caspian—. Me gustaría seguir hablando de estas cosas durante horas y más horas.

—Si hiciéramos eso alguien podría empezar a buscarnos —advirtió su tutor.

CAPÍTULO CINCO

LA AVENTURA DE CASPIAN EN LAS MONTAÑAS

Después de aquello, Caspian y su tutor mantuvieron muchas más conversaciones secretas en lo alto de la Gran Torre, y con cada conversación Caspian aprendía más cosas sobre la Vieja Narnia, de modo que pensar y soñar en los Viejos Tiempos, y anhelar que regresaran, ocupaban casi todo su tiempo libre. Aunque desde luego no le sobraban demasiadas horas, pues su educación empezaba a ir ya muy en serio. Aprendió esgrima y equitación, natación y buceo, a disparar con arco y a tocar la flauta y la tiorba, que era una especie de laúd, a cazar el ciervo y a descuartizarlo una vez muerto, además de Cosmografía, Retórica, Heráldica, Versificación y, desde luego, Historia, con un poco de Derecho, Física, Alquimia y Astronomía. En cuanto a la magia, aprendió únicamente la teoría, pues el doctor Cornelius dijo que la parte práctica no era estudio adecuado para príncipes.

—Y yo mismo —añadió—, sólo soy un mago muy deficiente y puedo realizar apenas los experimentos más sencillos.

En lo referente a navegación, que, en palabras del doctor, «es un arte noble y heroico», no se le enseñó nada, porque el rey Miraz desaprobaba los barcos y el mar.

Aprendió también muchas cosas usando sus propios ojos y oídos. De pequeño a menudo se había preguntado por qué sentía antipatía por su tía, la reina Prunaprismia; comprendió entonces que se debía a que ella le tenía aversión. También empezó a darse cuenta de que Narnia era un país desdichado. Los impuestos eran elevados; las leyes, severas, y Miraz, un hombre cruel.

Al cabo de unos años llegó un día en que la reina pareció enfermar y se produjo un gran revuelo y alboroto a su alrededor en el castillo y llegaron doctores y murmuraron los cortesanos. Aquello sucedió a principios del estío; y una noche, mientras proseguía toda aquella agitación, Caspian se vio despertado inesperadamente por el doctor Cornelius cuando apenas llevaba unas pocas horas en la cama.

—¿Vamos a estudiar un poco de Astronomía, doctor? —preguntó.

—¡Chist! —indicó éste—. Confiad en mí y haced exactamente lo que os diga. Poneos todas vuestras ropas; os espera un largo viaje.

Caspian se sintió muy sorprendido, pero había aprendido a confiar en su tutor y se puso a hacer lo que le decía. Cuando estuvo vestido, el doctor dijo:

—Tengo un morral para vos. Debemos ir a la habitación contigua y llenarlo con vituallas procedentes de la cena de Su Alteza.

—Mis gentilhombres de cámara estarán allí —advirtió Caspian.

—Están profundamente dormidos y no despertarán —repuso su tutor—. Soy un mago menor pero al menos soy capaz de crear una pócima para hacer dormir.

Entraron en la antesala y allí, en efecto, estaban los dos gentilhombres, tumbados en sillones y roncando sonoramente. El doctor Cornelius se apresuró a cortar los restos de pollo y unas tajadas de carne de venado y lo colocó todo, junto con pan, unas manzanas y un pequeño frasco de buen vino, en el morral que a continuación entregó a Caspian. El muchacho se lo colgó al hombro mediante una correa, como haría cualquiera con la cartera de los libros de la escuela.

—¿Tenéis vuestra espada? —preguntó el doctor.

—Sí —respondió Caspian.

—Entonces colocaos este manto por encima para ocultar la espada y el morral. Eso es. Y ahora debemos ir a la Gran Torre y conversar.

Una vez que hubieron llegado a lo alto de la torre —era una noche encapotada, en nada parecida a la noche en que habían contemplado la conjunción de Tarva y Alambil—, el doctor Cornelius dijo:

—Querido príncipe, debéis abandonar este castillo de inmediato y partir al ancho mundo en busca de vuestra fortuna. Vuestra vida corre peligro aquí.

—¿Por qué? —preguntó el príncipe.

—Porque sois el auténtico rey de Narnia: Caspian X, el hijo legítimo y heredero de Caspian IX. Larga vida a Su Majestad.

Y de repente, ante el gran asombro del príncipe, el hombrecillo hincó la rodilla en tierra y le besó la mano.

—¿Qué significa todo esto? No comprendo.

—Me sorprende que no hayáis preguntado antes —dijo el doctor Cornelius— por qué, siendo el hijo del rey Caspian, no sois el rey Caspian. Todo el mundo excepto Su Majestad sabe que Miraz es un usurpador. Cuando empezó a gobernar ni siquiera pretendió ser el rey: se denominaba a sí mismo lord Protector. Pero entonces vuestra real madre murió, y tras la buena reina, el único telmarino que ha sido amable conmigo jamás. Y luego, uno a uno, todos los grandes lores que habían conocido a vuestro padre murieron o desaparecieron. No por accidente, además. Miraz los fue suprimiendo. Belisar y Uvilas murieron de un disparo de flecha durante una cacería: por casualidad, según se quiso hacer creer. A toda la gran casa de los Passarid la envió a combatir contra los gigantes en la frontera septentrional hasta que uno por uno fueron cayendo. A Arlian y Erimon y a una docena más los hizo ejecutar por traición basándose en una acusación falsa. A los dos hermanos del Dique de los Castores los encerró diciendo que estaban locos. Y finalmente persuadió a los siete nobles lores, que eran los únicos de entre todos los telmarinos que no temían al mar, para que zarparan en busca de nuevas tierras más allá del Océano Oriental y, como era su intención, jamás regresaron. Y cuando no quedó nadie que pudiera hablar en vuestro favor, entonces sus aduladores, así como él les había indicado que hicieran, le suplicaron que se convirtiera en rey. Y desde luego, eso hizo.

—¿Quieres decir que ahora quiere matarme a mí también?

—Eso es casi seguro —respondió el doctor Cornelius.

—Pero ¿por qué ahora? Quiero decir, ¿por qué no lo hizo hace mucho tiempo si quería hacerlo? Y ¿qué daño le he hecho?

—Ha cambiado de idea sobre vos debido a algo que ha sucedido hace sólo dos horas. La reina ha tenido un hijo varón.

—No veo qué tiene eso que ver —dijo Caspian.

—¡No lo veis! —exclamó el doctor—. ¿Acaso todas mis lecciones de Historia y Política no os han enseñado algo más que eso? Escuchad. Mientras no tenía hijos propios, estaba más que dispuesto a dejar que fueseis rey cuando él muriera. Tal vez no le importarais mucho, pero prefería que tuvierais vos el trono a que lo tuviera un desconocido. Ahora que tiene un hijo de su propia sangre querrá que su hijo sea el siguiente monarca. Vos os interponéis en su camino, y os quitará de en medio.

—¿Realmente es tan malo? —inquirió Caspian—. ¿Realmente me asesinaría?

—Asesinó a vuestro padre —dijo el doctor Cornelius.

Caspian tuvo una sensación muy rara y no dijo nada.

—Os puedo contar toda la historia —siguió su tutor—. Pero no ahora. No hay tiempo. Debéis huir de inmediato.

—¿Vendrás conmigo?

—No me atrevo —respondió el doctor—, porque empeoraría el peligro que corréis. Es más fácil seguir el rastro de dos que de uno. Querido príncipe, querido rey Caspian, debéis ser muy valiente. Debéis marchar solo y en seguida. Intentad cruzar la frontera meridional hasta la Corte del rey Nain de Archenland. Él os acogerá.

—¿No te volveré a ver nunca? —quiso saber Caspian con voz temblorosa.

—Espero que sí, querido rey —dijo el doctor—. ¿Qué amigo tengo yo en el ancho mundo excepto Vuestra Majestad? Y poseo algunos conocimientos de magia. Pero entretanto, la rapidez lo es todo. Aquí tenéis dos regalos para vos. Esto es una pequeña bolsa de oro; ¡ay!, y pensar que todo el tesoro del castillo debería ser vuestro por derecho. Y aquí tenéis algo mucho mejor.

Colocó en las manos de Caspian algo que éste apenas pudo ver pero que supo por su tacto que se trataba de un cuerno.

—Ése —explicó el doctor Cornelius— es el mayor y más sagrado tesoro de Narnia. Muchos terrores tuve que soportar, muchos conjuros tuve que pronunciar para encontrarlo, cuando aún era joven. Se trata del cuerno mágico de la mismísima reina Susan, que dejó atrás cuando desapareció de Narnia al final de la Edad de Oro. Se dice que quienquiera que haga sonar el cuerno recibirá una extraña ayuda; nadie es capaz de decir hasta qué punto extraña. Puede que posea el poder de traer a la reina Lucy, al rey Edmund, a la reina Susan y al Sumo Monarca Peter desde el pasado, y ellos lo arreglarían todo. Tal vez pueda invocar al mismo Aslan. Tomadlo, rey Caspian, pero no lo uséis si no es en vuestro momento de mayor necesidad. Y ahora, apresuraos, apresuraos. La puertecilla que hay al pie de la Torre, la puerta que da al jardín, no está cerrada con llave. Allí debemos separarnos.

—¿Puedo llevar a mi caballo, *Batallador*? —preguntó Caspian.

—Ya está ensillado y aguardando justo en la esquina del manzanal.

Durante el largo descenso por la escalera de caracol Cornelius susurró muchas más instrucciones y consejos. Caspian sentía que se le caía el alma a los pies, pero intentaba tomar nota de todo. Luego llegó el aire fresco del jardín, un ferviente apretón de manos con el doctor, una carrera a través del césped, un relincho de bienvenida por parte de *Batallador*, y así el rey Caspian X abandonó el castillo de sus progenitores. Cuando volvió la vista atrás, vio fuegos artificiales que celebraban el nacimiento del nuevo príncipe.

Cabalgó toda la noche en dirección sur, eligiendo caminos apartados y senderos de herradura a través de bosques mientras estuvo en terreno que conocía; pero una vez en terreno desconocido se mantuvo en el camino real. *Batallador* se mostraba tan excitado como su dueño ante aquel inusual viaje, y Caspian, a pesar de que sus ojos se habían llenado de lágrimas al decir adiós al doctor Cornelius, se sentía valeroso y, en cierto modo, feliz, al pensar que era el rey Caspian que cabalgaba en busca de aventuras, con su espada sujeta al costado izquierdo de su cadera y el cuerno mágico de la reina Susan en el derecho. Sin embargo, cuando llegó la mañana acompañada de unas gotas de lluvia, y miró a su alrededor y vio por todas partes bosques desconocidos, brezales salvajes y montañas azules, pensó en lo enorme y extraño que era el mundo y se sintió asustado y pequeño.

En cuanto se hizo totalmente de día abandonó la carretera y encontró un lugar despejado y cubierto de hierba en medio de un bosque en el que podía descansar. Le quitó la brida a *Batallador* y dejó que pastara, comió un poco de pollo y bebió un vaso de vino, y finalmente se quedó dormido. Despertó entrada la tarde. Comió un poco más y prosiguió el viaje, todavía en dirección sur, siguiendo innumerables sendas poco frecuentadas. Desde cada nueva colina podía ver como las montañas se tornaban más grandes y oscuras al frente, y cuando cayó la tarde, ya cabalgaba por sus estribaciones más bajas. Empezó a soplar el viento, y no tardó en llover a raudales. *Batallador* se tornó inquieto; el trueno flotaba en el aire. Entonces penetraron en un oscuro y aparentemente interminable bosque de pinos, y todas las historias que Caspian había escuchado durante su vida sobre árboles que se mostraban hostiles con el hombre se apelotonaron en su mente. Recordó que él era, al fin y al cabo, un telmarino, un miembro de la raza que talaba árboles allí donde podía y estaba en guerra con todas las criaturas salvajes; y aunque él pudiera ser distinto a otros telmarinos, no se podía esperar que los árboles lo supieran.

Evidentemente no lo sabían. El viento se convirtió en una tempestad, los bosques rugieron y crujieron a su alrededor. Se oyó un gran estrépito y un árbol cayó atravesado en el camino justo detrás de él.

—¡Tranquilo, *Batallador*, tranquilo! —ordenó Caspian, palmeando el cuello del caballo.

Sin embargo, también él temblaba y sabía que había escapado a la muerte de milagro. Centellearon los relámpagos y un sonoro trueno pareció hender el cielo en dos justo sobre su cabeza. *Batallador* se desbocó por completo, y aunque Caspian era un buen jinete, no tenía la fuerza suficiente para refrenarlo. El príncipe se mantuvo en la silla, pero sabía que su vida pendía de un hilo durante la salvaje carrera que siguió.

Un árbol tras otro se alzó ante ellos en el crepúsculo y fue esquivado en el último instante. Luego, casi demasiado inesperado para que doliera, aunque también le dolió, algo golpeó a Caspian en la frente y el muchacho perdió el conocimiento.

Cuando despertó, yacía en un lugar iluminado por la luz de una fogata con las extremidades magulladas y un terrible dolor de cabeza. Unas voces bajas conversaban a poca distancia.

—Y ahora —decía una—, antes de que despierte debemos decidir qué hacemos con eso.

—Matarlo —dijo otra—. No podemos dejarlo con vida. Nos delataría.

—Tendríamos que haberlo matado al momento, o de lo contrario haberlo dejado allí —indicó una tercera voz—. No podemos matarlo ahora. No después de haberlo rescatado y de haberle vendado la cabeza y todo eso. Sería asesinar a un invitado.

—Caballeros —dijo Caspian con voz débil—, sea lo que sea lo que hagáis conmigo, espero que seáis benévolos con mi pobre caballo.

—Tu caballo había huido mucho antes de que te encontráramos —dijo la primera voz; una voz curiosamente ronca y tosca, como Caspian advirtió entonces.

—Ahora no dejéis que os engatuse con su bonita palabrería —intervino una segunda voz—. Sigo diciendo que...

—¡Cuernos y cornejas! —exclamó la tercera voz—. Desde luego que no vamos a asesinarlo. Qué vergüenza, Nikabrik. ¿Qué dices tú, Buscatrufas? ¿Qué debemos hacer con eso?

—Le daré un trago —anunció la primera voz, presumiblemente Buscatrufas.

Una figura oscura se acercó a la cama, y Caspian sintió que deslizaban un brazo con suavidad bajo sus hombros; si es que se trataba exactamente de un brazo. La forma no parecía la habitual. El rostro que se inclinó sobre él tampoco parecía estar bien. Tuvo la impresión de que era muy peludo y con una nariz muy larga, y había unas curiosas manchas blancas a cada lado de él. «Es una especie de máscara —pensó—. O tal vez tengo fiebre y lo estoy imaginando.» Le acercaron un tazón de algo dulce y caliente a los labios y bebió. En ese momento uno de los otros atizó el fuego. Saltó una llamarada y Caspian estuvo a punto de chillar del susto cuando la repentina luz le mostró el rostro que contemplaba el suyo. No era el rostro de un hombre sino el de un tejón, aunque más grande, afable e inteligente que el de cualquier tejón que hubiera visto jamás. Y sin duda le había hablado.

Descubrió, también, que estaba en un lecho de brezo, en el interior de una cueva. Junto al fuego estaban sentados dos hombres barbudos, aunque más estrafalarios, bajos, peludos y gruesos que el doctor Cornelius supo al instante que se trataba de enanos auténticos, antiguos enanos sin una sola gota de sangre humana en sus venas. Y Caspian comprendió que, finalmente, había encontrado a los viejos narnianos.

Durante los días siguientes aprendió a reconocerlos por sus nombres. El tejón recibía el nombre de Buscatrufas; era el más anciano y amable de los tres. El enano que había querido matar a Caspian era un avinagrado enano negro, es decir, sus cabellos y barba eran negros, espesos y duros como las crines de un caballo, y su nombre era Nikabrik. El otro enano era un enano rojo con los cabellos iguales a los de un zorro y recibía el nombre de Trumpkin.

—Y ahora —dijo Nikabrik la primera tarde que Caspian estuvo lo bastante bien como para sentarse en la cama y charlar—, todavía tenemos que decidir qué hacemos con este humano. Vosotros dos pensáis que le habéis hecho un gran favor al no permitirme que lo matara. Pero supongo que el resultado ahora es que tendremos que mantenerlo prisionero de por vida. Yo desde luego no pienso dejarlo marchar vivo, para que regrese con los suyos y nos delate a todos.

—¡Tablas y tablones, Nikabrik! —gritó Trumpkin—. ¿Por qué tienes que hablar de un modo tan descortés? No es culpa de la criatura haberse dado un porrazo contra un árbol frente a nuestro agujero. Y no creo que tenga aspecto de delator.

—¡Caracoles! —intervino Caspian—, pero si ni siquiera habéis averiguado si «deseo» regresar. No quiero hacerlo. Quiero quedarme con vosotros... si me dejáis. Llevo toda la vida buscando a gente como vosotros.

—Vaya cuento —gruñó Nikabrik—. Eres un telmarino y un humano, ¿no es cierto? Desde luego que quieres regresar con los tuyos.

—Bueno, incluso aunque quisiera, no podría —respondió Caspian—. Huía para salvar mi vida cuando tuve mi accidente. El rey me quiere matar. Y si me mataseis, harías justo lo que más le complacería.

—Vaya, vaya —intervino Buscatrufas—, ¡no me digas!

—¡Eh! —dijo Trumpkin—. ¿Qué es eso? ¿Qué has hecho, humano, para enemistarte con Miraz siendo tan joven?

—Es mi tío —empezó Caspian, e inmediatamente Nikabrik se puso en pie de un salto con la mano sobre su daga.

—¡Lo veis! —gritó—. No sólo es un telmarino sino que es pariente cercano y heredero de nuestro mayor enemigo. ¿Seguís estando todavía tan locos como para permitir que esta criatura viva?

Habría apuñalado al príncipe allí y en aquel momento, si el tejón y Trumpkin no se hubieran interpuesto, lo hubieran obligado a regresar a su asiento y lo hubieran retenido allí.

—Ahora, de una vez por todas, Nikabrik —dijo Trumpkin—. ¿Vas a dominarte o tendremos Buscatrufas y yo que sentarnos sobre tu cabeza?

Nikabrik prometió de mala gana comportarse bien, y los dos pidieron a Caspian que contara toda su historia. Cuando lo hubo hecho se produjo un momento de silencio.

—Es la cosa más rara que he oído nunca —declaró Trumpkin.

—No me gusta —dijo Nikabrik—. No sabía que todavía se contaban historias sobre nosotros entre los humanos. Cuanto menos sepan sobre nosotros mucho mejor. Esa vieja aya, por ejemplo. Habría sido mejor que se hubiera callado. Y está todo mezclado con ese tutor: un enano renegado. Los odio. Los odio más que a los humanos. Fijaos bien en lo que os digo; nada bueno saldrá de esto.

—No te pongas a hablar de cosas que no entiendes, Nikabrik —reprendió Buscatrufas—. Vosotros los enanos sois tan desmemoriados y variables como los mismos humanos. Yo soy una bestia, eso soy, y un tejón, además. Nosotros no cambiamos. Nos mantenemos firmes. Yo digo que un gran bien saldrá de esto. Éste es el auténtico rey de Narnia. Y nosotros, las bestias, recordamos, aunque los enanos lo hayan olvidado, que Narnia sólo estaba bien cuando un Hijo de Adán era rey.

—¡Torbellinos y remolinos!, Buscatrufas —dijo Trumpkin—. ¿No estarás diciendo que quieres entregar el país a los humanos?

—No he dicho nada de eso —respondió el tejón—. No es país de humanos, ¿quién podría saberlo mejor que yo?, pero es un país hecho para que un humano sea su rey. Nosotros los tejones poseemos una memoria lo suficientemente larga como para saberlo. Además, que el cielo nos asista, ¿no era el Sumo Monarca Peter un humano?

—¿Crees en todas esas viejas historias? —inquirió Trumpkin.

—Ya te digo que nosotros, las bestias, no cambiamos —respondió él—. No olvidamos. Creo en el Sumo Monarca Peter y los otros reyes y reinas de Cair Paravel tan firmemente como creo en el mismo Aslan.

—No dudo que lo creas tan firmemente como «eso» —repuso Trumpkin—. Pero ¿quién cree en Aslan actualmente?

—Yo creo —dijo Caspian—. Y si no hubiera creído en él antes, lo haría ahora. Allá entre los humanos, las gentes que se reían de Aslan se habían reído de las historias sobre bestias parlantes y enanos. A veces me preguntaba yo también si realmente existía alguien como Aslan: pero también en ocasiones me preguntaba si existía gente como vosotros. Sin embargo, aquí estáis.

—Es cierto —dijo Buscatrufas—. Tienes razón, rey Caspian. Y mientras seas fiel a la Vieja Narnia serás mi rey, digan lo que digan. Larga vida a Su Majestad.

—Me pones enfermo, tejón —refunfuñó Nikabrik—. El Sumo Monarca Peter y el resto tal vez fueran humanos, pero eran una clase distinta de humanos. Éste es uno de los malditos telmarinos. Ha cazado animales por diversión. ¿Lo has hecho, verdad? —añadió, enfrentándose repentinamente a Caspian.

—Bueno, para ser sincero, sí lo he hecho —reconoció éste—. Pero no eran bestias parlantes.

—Da lo mismo —repuso Nikabrik.

—No, no, no —intervino Buscatrufas—, sabes que no es así. Sabes perfectamente que las bestias de Narnia hoy en día son diferentes y no son más que las pobres criaturas mudas y estúpidas que encontrarías en Calormen o Telmar. También son más pequeñas. Son mucho más diferentes de nosotros que los semienanos de vosotros.

La conversación se prolongó un buen rato, pero todo finalizó con el acuerdo de que Caspian se quedaría e incluso con la promesa de que, tan pronto como estuviera en condiciones de salir, lo llevarían a ver a quienes Trumpkin llamaba «los otros»; pues al parecer en aquellos territorios inhóspitos todavía vivía toda clase de criaturas procedentes de la Narnia de los viejos tiempos.

Capítulo seis

La gente que vivía escondida

Se iniciaron entonces los días más felices que Caspian había vivido jamás. Una deliciosa mañana de verano, mientras el rocío cubría aún la hierba, partió con el tejón y los dos enanos, ascendiendo a través del bosque hasta un elevado paso en las montañas para, a continuación, descender hasta sus soleadas laderas meridionales, desde donde se podían contemplar las verdes y onduladas llanuras de Archenland.

—Iremos a ver primero a los Tres Osos Barrigudos —anunció Trumpkin.

En un claro encontraron un viejo roble hueco cubierto de musgo, y Buscatrufas dio tres golpecitos sobre el tronco con la zarpa sin recibir respuesta. Luego volvió a golpear y una especie de voz amortiguada dijo desde el interior:

—Vete. No es hora de levantarse aún.

Pero cuando golpeó por tercera vez se oyó un sonido parecido a un pequeño terremoto en el interior y se abrió una especie de puerta y tres osos pardos salieron; los tres realmente barrigudos y pestañeando sin parar. Y una vez que les explicaron todo, lo que llevó algún tiempo porque estaban demasiado adormilados, declararon, tal como había dicho Buscatrufas, que un Hijo de Adán debería ser rey de Narnia y todos besaron a Caspian —fueron unos besos muy húmedos y resollantes— y le ofrecieron un poco de miel. Caspian en realidad no deseaba comer miel, sin pan, a aquellas horas de la mañana, pero le pareció de buena educación aceptar. Aunque luego le costó un buen rato eliminar los restos de miel.

Después de aquello siguieron adelante hasta que se encontraron entre altas hayas, y Buscatrufas llamó a grandes voces: «¡Pasosligeros! ¡Pasosligeros! ¡Pasosligeros!», y casi al instante, saltando de rama en rama hasta quedar justo por encima de sus cabezas, apareció la ardilla roja más magnífica que Caspian había visto nunca. Era mucho mayor que las ardillas mudas corrientes que en ocasiones había visto en los jardines del castillo; a decir verdad tenía casi el tamaño de un terrier y en cuanto se la miraba a la cara uno se daba cuenta de que podía hablar. En realidad el problema estaba en conseguir que callara, pues, como todas las ardillas, era una charlatana. Dio la bienvenida a Caspian al instante y le preguntó si le gustaría una nuez, y él le dio las gracias y le dijo que sí. Mientras Piesligeros marchaba dando saltos a buscarla, Buscatrufas susurró al oído de Caspian:

—No miréis. Desviad la mirada. Es de muy mala educación entre las ardillas observar a cualquiera que vaya a su almacén, así como dar la impresión de que uno quiere saber dónde se encuentra éste.

Entonces Piesligeros regresó con la nuez, y Caspian la comió, y después de eso la ardilla preguntó si podía llevar algún mensaje a otros amigos.

—Puedo ir casi a cualquier sitio sin poner los pies en el suelo —declaró.

Buscatrufas y los enanos consideraron que era una buena idea y dieron a Piesligeros mensajes para toda clase de gente con nombres curiosos pidiendo que acudieran todos a un banquete y consejo en el Prado Bailarín a medianoche al cabo de tres noches.

—Y será mejor que se lo digas también a los Tres Osos Barrigudos —añadió Trumpkin—. Olvidamos mencionárselo.

Su siguiente visita fue a los Siete Hermanos del Bosque Tembloroso. Trumpkin encabezó la marcha de regreso al paso entre las montañas y luego abajo hacia el este por la ladera septentrional de las mismas, hasta que llegaron a un lugar muy solemne situado entre rocas y abetos. Avanzaron silenciosamente, y al poco tiempo Caspian sintió que el suelo temblaba bajo sus pies como si alguien diera martillazos bajo tierra. Trumpkin fue hacia una roca plana del tamaño de la parte superior de un tonel de agua, y la golpeó con la planta del pie. Tras una larga pausa alguien o algo situado debajo la apartó, y apareció un oscuro agujero redondo con gran cantidad de calor y vapor surgiendo de él y en medio del agujero la cabeza de un enano muy parecido a Trumpkin. Entonces tuvo lugar una larga conversación y el enano pareció sentir más suspicacias que la ardilla o los Osos Barrigudos, aunque finalmente todo el grupo fue invitado a descender. Caspian se encontró bajando por una oscura escalera al interior de la tierra, pero cuando llegó al final vio la luz de una lumbre. Eran las llamas de un horno. Todo el lugar era una herrería. Un arroyo subterráneo discurría por uno de los lados. Dos enanos se ocupaban de los fuelles, otro sujetaba un pedazo de metal al rojo vivo sobre un yunque con un par de tenazas, un cuarto le asestaba martillazos, y dos, que se limpiaban las callosas manos en un trapo grasiento, se acercaban en aquellos momentos a recibir a los visitantes. Hizo falta algún tiempo para convencerlos de que Caspian era un amigo y no un enemigo, pero cuando lo hicieron, todos gritaron: «¡Larga vida al rey!», y sus regalos fueron regios: cotas de malla, yelmos y espadas para Caspian, Trumpkin y Nikabrik. El tejón podría haber recibido lo mismo de haber querido, pero dijo que era un animal (que es lo que era), y que si sus zarpas y dientes no eran capaces de conservarle el pellejo intacto, no valía la pena conservarlo. La manufactura de las armas era mucho más refinada que ninguna otra que Caspian hubiera visto, y aceptó de buena gana la espada de forja enana en lugar de la suya, que, en comparación, parecía tan frágil como un juguete y tan pesada como un palo. Los siete hermanos —todos ellos enanos rojos— prometieron ir a la fiesta del Prado Danzarín.

Un poco más allá, en una cañada seca y pedregosa, llegaron a la cueva de los cinco enanos negros. Éstos contemplaron suspicazmente a Caspian, pero al final el mayor de ellos dijo:

—Si está en contra de Miraz, lo aceptaremos como rey.

Y el siguiente de más edad indicó:

—¿Quieres que vayamos un poco más arriba, hasta los despeñaderos? Hay un ogro o dos y una hechicera que te podríamos presentar, allí arriba.

—Naturalmente que no —dijo Caspian.

—Ya lo creo que no —confirmó Buscatrufas—. No queremos a nadie de esa clase en nuestro bando.

Nikabrik discrepó en aquello, pero Trumpkin y el tejón decidieron en contra. Caspian se llevó un buen sobresalto al darse cuenta de que las horribles criaturas de los antiguos relatos, lo mismo que las agradables, todavía tenían descendientes en Narnia.

—No tendríamos a Aslan como amigo si aceptáramos a esa chusma —declaró Buscatrufas mientras se alejaban de la cueva de los enanos negros.

—¡Siempre hablas de Aslan! —exclamó Trumpkin, alegremente pero también con desdén—. Lo que importa mucho más es que no me tendríais a mí.

—¿Crees en Aslan? —preguntó Caspian a Nikabrik.

—Creeré en cualquiera o en cualquier cosa —respondió éste— que muela a palos hasta hacerlos pedazos a esos malditos telmarinos o los expulse de Narnia. Quien sea o lo que sea, Aslan o la Bruja Blanca, ¿comprendes?

—Silencio, silencio —intervino Buscatrufas—. No sabes lo que dices. Ella era una enemiga peor que Miraz y toda su raza.

—No para los enanos, ya lo creo que no —declaró Nikabrik.

La siguiente visita que hicieron resultó más agradable. A medida que descendían, las montañas fueron dando paso a una gran cañada o vaguada llena de árboles con un veloz río discurriendo por el fondo. Las zonas despejadas cerca de la orilla del agua eran una masa de dedaleras y escaramujos olorosos, y el aire estaba inundado del zumbido de las abejas. Allí Buscatrufas volvió a llamar: «¡Borrasca de las Cañadas! ¡Borrasca de las Cañadas!», y tras una pausa Caspian oyó un sonido de cascos. Éste fue aumentando hasta que el valle tembló y por fin, quebrando y pisoteando los matorrales, aparecieron las criaturas más nobles que Caspian había visto hasta el momento, el gran centauro Borrasca de las Cañadas y sus tres hijos. Sus ijares tenían un reluciente color castaño y la barba que cubría el amplio pecho mostraba un rojo dorado. Era profeta y astrólogo y sabía para qué habían ido.

—Larga vida al rey —gritó—. Mis hijos y yo estamos listos para la guerra. ¿Cuándo tendrá lugar la batalla?

Hasta aquel momento ni Caspian ni sus compañeros habían pensado en serio en una guerra. Tenían alguna vaga idea, quizá, de alguna incursión fortuita a alguna granja o pensaban en atacar a un grupo de cazadores, si se aventuraban demasiado al interior de aquellos territorios salvajes. Pero, en general, habían imaginado únicamente que vivirían aislados en los bosques y cuevas e intentarían crear una Vieja Narnia en la clandestinidad. En cuanto Borrasca habló, todos adoptaron una actitud más seria.

—¿Te refieres a una auténtica guerra para echar a Miraz de Narnia? —preguntó Caspian a Borrasca de las Tormentas.

—¿Qué otra cosa si no? —respondió el centauro—. ¿Por qué otro motivo va Su Majestad ataviado con una cota de malla y ciñe una espada?

—¿Es posible la guerra, Borrasca de las Tormentas? —quiso saber el tejón.

—Ha llegado el momento —respondió él—. Vigilo los cielos, tejón, pues es mi misión vigilar, como es la tuya recordar. Tarva y Alambil se han encontrado en las estancias celestes, y en la Tierra se ha vuelto a alzar un Hijo de Adán para gobernar y dar nombre a las criaturas. Ha llegado la hora. Nuestro consejo en el Prado Danzarín debe ser un consejo de guerra.

Hablaba en un tono de voz tal que ni Caspian ni los otros vacilaron por un momento: en aquellos momentos les parecía más que probable que ganaran una guerra y estaban seguros de que debían librarla.

Puesto que ya pasaba el mediodía, descansaron junto a los centauros y comieron lo que éstos les facilitaron: pasteles de avena, manzanas, hierbas, vino y queso.

El siguiente lugar que debían visitar se hallaba bastante cerca, pero tenían que dar un largo rodeo para evitar una región habitada por los hombres. Era bien entrada la tarde cuando llegaron a terrenos llanos, circundados por setos. Allí Buscatrufas hizo una visita a un pequeño agujero en un terraplén cubierto de hierba, y de él salió lo último que Caspian habría esperado ver: un ratón parlanchín. Desde luego era más grande que un ratón corriente, de más de treinta centímetros de altura cuando se alzaba sobre las patas traseras, y con orejas casi tan largas como las de un conejo, aunque más anchas. Su nombre era Reepicheep y era un ratón alegre y marcial. Llevaba un pequeño espadín al costado y se retorcía los largos bigotes como si fueran un mostacho.

—Somos doce, Majestad —anunció con una enérgica y elegante reverencia—, y pongo todos los recursos de mi gente, sin reservas, a disposición de Su Majestad.

Caspian hizo un gran esfuerzo, recompensado por el éxito, para no echarse a reír, pero no pudo evitar pensar que a Reepicheep y toda su gente se les podía colocar tranquilamente en un cesto de la colada y transportarlos a casa colgados a la espalda.

Se tardaría demasiado en mencionar a todas las criaturas que Caspian conoció aquel día: Cavador Clodsley, el topo, los tres Trituradores —que eran tejones igual que Buscatrufas—, la liebre Camilo y el puerco espín Hogglestock. Descansaron finalmente junto a un pozo en el linde de un amplio y llano círculo de hierba bordeado por elevados olmos que proyectaban ya largas sombras sobre él, pues el sol se ponía, las margaritas se cerraban y los grajos volaban a sus nidos para pasar la noche. Cenaron allí, algunas de las provisiones que habían traído con ellos, y Trumpkin encendió su pipa; Nikabrik no fumaba.

—Bueno —dijo el tejón—, si al menos pudiéramos despertar el espíritu de estos árboles y este pozo, habríamos llevado a cabo un buen trabajo.

—¿No podemos hacerlo? —inquirió Caspian.

—No —respondió Buscatrufas—, no tenemos poder sobre ellos. Desde que llegaron los humanos al país, talando árboles y contaminando arroyos, las dríadas y náyades se han sumido en un sueño profundo. ¿Quién sabe si volverán a despertar algún día? Y ésa es una gran pérdida para nuestro bando. Los telmarinos tienen un miedo cerval a los bosques, y en cuanto los árboles se movieran enfurecidos, nuestros enemigos enloquecerían de miedo y serían expulsados de Narnia a toda la velocidad que les permitieran sus piernas.

—¡Qué imaginación tenéis vosotros los animales! —exclamó Trumpkin, que no creía en tales cosas—. Pero ¿por qué limitarse a los árboles y las aguas? ¿No sería más agradable aún si las piedras empezaran a lanzarse ellas solas sobre el viejo Miraz?

El tejón se limitó a contestar con un gruñido, y después de aquello se produjo tal silencio que Caspian casi se había dormido, cuando le pareció oír un débil sonido musical procedente de las profundidades del bosque situado a su espalda. En seguida pensó que no era más que un sueño y volvió a darse la vuelta, pero en cuanto su oído tocó el suelo, sintió u oyó, pues resultaba difícil decidir cuál de las dos cosas era, un débil golpeteo y tamborileo. Alzó la cabeza. El golpeteo se tornó inmediatamente más tenue, pero la música regresó, más nítida entonces. Parecían flautas. Vio que Buscatrufas se había sentado en el suelo y tenía la vista fija en el bosque. La luna brillaba con fuerza; Caspian había dormido más tiempo del que creía. La música se fue acercando, una melodía desenfrenada y a la vez vaga, y también el sonido de muchos pies ligeros, hasta que por fin, saliendo del bosque a la luz de la luna, aparecieron unas figuras danzarinas muy parecidas a aquellas que Caspian había imaginado toda su vida. No eran mucho más altos que los enanos, pero sí mucho más esbeltos y más donairosos que ellos. Las rizadas cabezas tenían cuernecillos, la parte superior de sus cuerpos centelleaba desnuda bajo la pálida luz, pero las patas y las pezuñas eran como las de las cabras.

—¡Faunos! —chilló Caspian, incorporándose de un salto, y al cabo de un instante todos lo rodearon.

No tardaron nada en explicarles la situación, y los faunos aceptaron a Caspian al momento. Antes de que se diera cuenta, el príncipe se encontró tomando parte en la danza. Trumpkin, con movimientos más pesados y espasmódicos, hizo lo propio e incluso Buscatrufas se dedicó a dar saltos y a moverse pesadamente lo mejor que pudo. Únicamente Nikabrik permaneció donde estaba, mirando en silencio. Los faunos bailaron alrededor de Caspian al son de sus flautas de caña. Sus curiosos rostros, que parecían afligidos y divertidos a la vez, se dedicaban a inspeccionar el del muchacho; eran docenas de faunos, *mentius, obentinus* y *dumnus, voluns, voltinus, girbius, nimienus, nausus* y *oscuns*. Piesligeros los había enviado a todos.

Cuando Caspian despertó a la mañana siguiente apenas podía creer que no hubiera sido todo un sueño; pero la hierba estaba cubierta de pequeñas marcas de pezuñas hendidas.

Capítulo siete

La Vieja Narnia está en peligro

El lugar donde se habían encontrado con los faunos era, desde luego, el Prado Danzarín, y allí Caspian y sus amigos permanecieron hasta la noche del Gran Consejo. Dormir bajo las estrellas, no beber otra cosa que agua de manantial y alimentarse principalmente de nueces y frutos silvestres fue una experiencia extraña para Caspian, después de su lecho de sábanas de seda en una habitación cubierta de tapices en el castillo, con comidas servidas en platos de oro y plata en la antesala, y sirvientes listos para acudir a cualquier llamada suya. Sin embargo nunca había disfrutado tanto. Jamás el sueño había resultado tan reparador ni la comida más sabrosa, y empezaba ya a tornarse más aguerrido y su rostro mostraba una expresión más regia.

Cuando llegó la gran noche, y sus diferentes y curiosos súbditos penetraron a hurtadillas en el prado de uno en uno, de dos en dos, de tres en tres o de seis en seis y de siete en siete —con la luna brillando casi totalmente llena—, su corazón se hinchó al ver cuántos eran y escuchar sus saludos. Todos aquellos que había conocido se hallaban allí: Osos Barrigudos, enanos rojos y enanos negros, topos y tejones, liebres y puerco espines, y otros a los que no había visto antes; cinco sátiros rojos como zorros, todo el contingente de ratones parlantes, armados hasta los dientes y siguiendo el agudo toque de una trompeta, algunos búhos y el Viejo Cuervo de Cuervocaur. Por último, y fue algo que dejó a Caspian sin respiración, con los centauros llegó un pequeño pero genuino gigante, Turbión de la Colina del Hombre Muerto, que transportaba a la espalda un cesto lleno de enanos medio mareados que habían aceptado su oferta de transporte y que en aquellos momentos desearían no haberlo hecho y haber llegado hasta allí por sus propios pies.

Los Osos Barrigudos se mostraron muy ansiosos por celebrar el banquete primero y dejar el consejo para después; tal vez hasta la mañana siguiente. Reepicheep y sus ratones declararon que tanto consejos como banquetes podían esperar, y propusieron atacar a Miraz en su propio castillo aquella misma noche. Piesligeros y las otras ardillas dijeron que podían charlar y comer al mismo tiempo, de modo que ¿por qué no celebrar el banquete y el consejo simultáneamente? Los topos propusieron levantar trincheras alrededor del prado antes de hacer cualquier otra cosa. Los faunos pensaron que sería mejor empezar con una danza solemne, y el Viejo Cuervo, si bien estuvo de acuerdo con los osos en que llevaría demasiado tiempo celebrar todo un consejo antes de la cena, rogó se le permitiera dirigir un breve discurso a todos los reunidos. Pero Caspian, los centauros y los enanos decidieron en contra de todas aquellas sugerencias e insistieron en celebrar un auténtico consejo de guerra al momento.

Una vez que se consiguió persuadir a todas las demás criaturas para que se sentaran en silencio en un gran círculo, y una vez que —con bastantes más dificultades— consiguieron que Piesligeros dejara de correr de un lado a otro diciendo: «¡Silencio! A callar todos, el rey va a hablar», Caspian, algo nervioso, se levantó.

—¡Narnianos! —empezó a decir, pero no consiguió ir más allá, pues en aquel momento la liebre Camilo dijo:

—¡Silencio! Hay un humano por aquí.

Todas eran criaturas salvajes, acostumbradas a que las cazaran, y todas se quedaron inmóviles como estatuas. Los animales volvieron los hocicos en la dirección que Camilo había indicado.

—Huele a hombre, aunque no del todo a hombre —susurró Buscatrufas.

—Se aproxima cada vez más —indicó la liebre.

—Dos tejones y vosotros tres, enanos, con los arcos preparados, marchad en silencio para salirle al paso —ordenó Caspian.

—Nos ocuparemos de él —declaró un enano negro en tono sombrío, encajando una flecha en la cuerda de su arco.

—No disparéis si está solo —dijo Caspian—. Capturadlo.

—¿Por qué? —preguntó el enano.

—Haz lo que se te dice —indicó el centauro Borrasca de las Cañadas.

Todo el mundo aguardó en silencio mientras los tres enanos y los dos tejones corrían sigilosamente hacia los árboles del lado noroeste del prado. Al poco rato se dejó oír la chillona voz de un enano.

—¡Alto! ¿Quién anda ahí?

Y hubo un repentino chasquido. Casi al instante, oyeron una voz que Caspian conocía muy bien, que decía:

—De acuerdo, de acuerdo, estoy desarmado. Sujetad mis muñecas si queréis, respetables tejones, pero no las atraveséis de un mordisco. Quiero hablar con el rey.

—¡Doctor Cornelius! —gritó Caspian, lleno de júbilo, y se adelantó corriendo para dar la bienvenida a su tutor, mientras todos los demás se amontonaban a su alrededor.

—¡Uf! —dijo Nikabrik—. Un enano renegado. ¡Un mitad y mitad! ¿Queréis que le atraviese la garganta con mi espada?

—Tranquilo, Nikabrik —dijo Trumpkin—. La criatura no puede evitar su ascendencia.

—Éste es mi mejor amigo y el que me salvó la vida —explicó Caspian—. Y a quien no le guste su compañía puede abandonar mi ejército, inmediatamente. Queridísimo doctor, cómo me alegra volverte a ver. ¿Cómo conseguiste encontrarnos?

—Usando un poco de sencilla magia, Majestad —respondió el doctor, que seguía resollando y jadeando por haber andado tan de prisa—. Pero ahora no tenemos tiempo para hablar de eso. Debemos huir de este lugar al instante. Os han delatado y Miraz está ya en camino. Antes del mediodía de mañana estaréis rodeados.

—¡Delatado! —exclamó Caspian—. ¿Y quién ha sido?

—Otro enano renegado, sin duda —dijo Nikabrik.

—Vuestro caballo *Batallador* —respondió el doctor Cornelius—. El pobre animal no pudo hacer otra cosa. Cuando fuisteis derribado, como es natural, marchó tranquilamente de vuelta a su establo en el castillo. Entonces fue cuando se descubrió vuestra marcha. Yo, por mi parte, decidí esfumarme, pues no sentía el menor deseo de ser interrogado en la sala de torturas de Miraz. Gracias a mi bola de cristal tenía una idea bastante buena de dónde os podría encontrar. Pero durante todo el día, eso fue anteayer, vi a los grupos de búsqueda de Miraz rastreando los bosques. Ayer me enteré de que su ejército se ha puesto en marcha. Creo que algunos de vuestros, ejem, enanos de pura raza no poseen tantos conocimientos sobre los bosques como cabría esperar. Habéis dejado rastros por todas partes. Un gran descuido. En cualquier caso, algo ha advertido a Miraz de que la Vieja Narnia no está tan muerta como él desearía, y se ha puesto en marcha.

—¡Hurra! —gritó una vocecita aguda desde algún punto a los pies del doctor—. ¡Que vengan! Todo lo que pido es que el rey me coloque a mí y a mi gente en la primera línea de ataque.

—¿Qué diablos? —dijo el doctor Cornelius—. ¿Tiene Su Majestad saltamontes, o mosquitos, en su ejército?

Entonces, tras inclinarse hacia el suelo y atisbar con atención a través de sus lentes, lanzó una carcajada.

—Por el León —juró—, es un ratón. *Signor* ratón, me gustaría conoceros mejor. Me siento honrado de poder tratar con una bestia tan valiente.

—Mi amistad tendrás, docto humano —respondió Reepicheep con voz aflautada—. Y cualquier enano, o gigante, del ejército que no se dirija a ti con buenas palabras tendrá que vérselas con mi espada.

—¿Es que vamos a perder el tiempo en estas tonterías? —inquirió Nikabrik—. ¿Qué planes tenemos? ¿Luchar o huir?

—Luchar si es necesario —dijo Trumpkin—; pero no estamos demasiado preparados para ello en estos momentos, y éste no es un lugar muy defendible.

—No me gusta la idea de salir corriendo —indicó Caspian.

—¡Bravo! ¡Bravo! —gritaron los Tres Osos Barrigudos—. Hagamos lo que hagamos, no hay que correr. Especialmente no antes de cenar; ni inmediatamente después de ello.

—Los que corren primero no siempre son los últimos en correr —observó el centauro—. Y ¿por qué hemos de dejar que el enemigo elija nuestra posición en lugar de elegirla nosotros mismos? Vayamos en busca de un lugar donde podamos hacernos fuertes.

—Eso es algo muy sensato, Majestad, muy sensato —corroboró Buscatrufas.

—Pero ¿adónde debemos ir? —preguntaron varias voces.

—Majestad —intervino el doctor Cornelius—, y todas vosotras, variopintas criaturas, creo que debemos huir al este y río abajo en dirección a los grandes bosques. Los telmarinos odian esa región. Siempre han sentido miedo al mar y a algo que puede venir del otro lado del mar. Si la tradición no se equivoca, el antiguo Cair Paravel se encuentra en la desembocadura del río. Toda esa parte es favorable a nosotros y odia a nuestros enemigos. Debemos ir al Altozano de Aslan.

—¿El Altozano de Aslan? —inquirieron varias voces—. No sabemos qué es eso.

—Se encuentra dentro de las lindes de los Grandes Bosques y se trata de un enorme montículo que alzaron los narnianos en épocas muy remotas sobre un lugar mágico, donde se levantaba, y tal vez todavía siga allí, una piedra aún más mágica. El montículo está excavado en su interior con galerías y cuevas, y la piedra se encuentra en la cueva central. En el montículo hay espacio para todas nuestras provisiones, y aquellos de nosotros que necesiten resguardarse mejor y estén más acostumbrados a la vida bajo tierra pueden alojarse en las cuevas. Los demás podemos instalarnos en el bosque. En caso de necesidad, todos, a excepción de este noble gigante, podríamos refugiarnos en el montículo mismo, y allí estaríamos fuera del alcance de cualquier peligro, excepto el hambre.

—Es una suerte que tengamos a una persona instruida entre nosotros —dijo Buscatrufas; pero Trumpkin masculló en voz baja:

—¡Sopa y apio! Ojalá nuestros líderes pensaran menos en estos cuentos de comadres y más en víveres y armas.

No obstante, todos aprobaron la propuesta de Cornelius y aquella misma noche, media hora más tarde, se pusieron en marcha. Llegaron al Altozano de Aslan antes del amanecer.

Ciertamente resultaba un lugar imponente, era una colina verde y redondeada en lo alto de otra colina que, con el transcurso del tiempo, se había recubierto de árboles y contaba con una entrada pequeña y baja que conducía a su interior. Dentro, los túneles eran un perfecto laberinto hasta que uno los conocía, y estaban forrados y techados con piedras lisas, y en las piedras, al atisbar en la penumbra, Caspian distinguió extraños caracteres y dibujos sinuosos, e imágenes en las que la figura de un león se repetía una y otra vez. Todo parecía pertenecer a una Narnia aún más antigua que la Narnia de la que le había hablado su aya.

Fue después de que se hubieran instalado en el altozano y a su alrededor cuando la suerte empezó a volverse en su contra. Los exploradores del rey Miraz no tardaron en localizar su nueva guarida, y el monarca y su ejército aparecieron en el linde del bosque. Y como sucede tan a menudo, el enemigo resultó ser más numeroso de lo que habían calculado. A Caspian se le cayó el alma a los pies al ver llegar una compañía tras otra. Y aunque los hombres de Miraz tuvieran miedo de penetrar en el bosque, sentían más miedo aún del monarca, y con él al mando llevaron la batalla al interior del bosque, y en ocasiones casi hasta el mismo altozano. Caspian y los otros capitanes realizaron, desde luego, más de una salida a campo abierto. Así pues, se produjeron combates casi todos los días y en ocasiones incluso de noche; pero el bando de Caspian se llevó por lo general la peor parte.

Por fin llegó una noche en que todo había salido al revés y la lluvia que había caído con fuerza durante todo el día había cesado sólo para dejar paso a un frío insoportable. Aquella mañana Caspian había organizado la que había sido su batalla más importante hasta el momento, y todos habían puesto sus esperanzas en ella. El muchacho, junto con la mayoría de enanos, tenía que caer sobre el ala derecha del rey al amanecer, y luego, cuando estuvieran en pleno combate, el gigante Turbión, con los centauros y algunos de los animales más feroces, tenía que salir por otro lado y procurar aislar el lado derecho del rey del resto del ejército. Pero fue un fracaso. Nadie había advertido a Caspian, pues nadie en aquella época más reciente de Narnia lo recordaba, que los gigantes no son nada listos. El pobre Turbión, si bien era bravo como un león, era un auténtico gigante respecto a su inteligencia. Había salido cuando no debía y desde el lugar equivocado, y tanto su grupo como el de Caspian habían recibido un fuerte castigo a la vez que hacían muy poco daño al enemigo. El mejor de los osos había resultado lesionado, uno de los centauros estaba gravemente herido y pocos eran en el bando de Caspian los que no habían sufrido heridas. Apenas un grupo desalentado se acurrucó bajo los árboles goteantes para comer la parca cena.

El más desalentado era el gigante, que sabía que todo había sido culpa suya. Se sentó en silencio derramando enormes lágrimas que se acumularon en la punta de su nariz y luego cayeron con un fuerte chapoteo sobre el campamento de los ratones, que acababan de empezar a entrar en calor y a dormirse.

Los roedores se incorporaron de un salto, sacudiéndose el agua de las orejas y escurriendo las pequeñas mantas, y preguntaron al gigante con voces agudas pero enérgicas si le parecía que no estaban suficientemente mojados ya sin necesidad de aquello. Y entonces otros se despertaron y dijeron a los ratones que habían sido alistados como exploradores y no como cuadrilla musical, y les preguntaron por qué no podían permanecer en silencio. Y Turbión se alejó de puntillas para encontrar un lugar donde pudiera sentirse desgraciado en paz, y pisó la cola de alguien y ese alguien —más adelante se dijo que fue un zorro— lo mordió. Y, como se puede ver, todos estaban de muy mal humor.

Pero en la secreta y mágica estancia situada en el corazón del altozano, el rey Caspian, Cornelius, el tejón, Nikabrik y Trumpkin celebraban consejo. Gruesos pilares de antigua construcción sostenían el techo, y en el centro estaba la piedra misma, una mesa de piedra, partida justo en el centro, y cubierta con lo que en el pasado había sido escritura de alguna clase: pero siglos de viento, lluvia y nieve casi la habían borrado en épocas pasadas cuando la Mesa de Piedra se había alzado en lo alto de la colina y no se había construido aún el montículo sobre ella. No usaban la Mesa ni se sentaban a su alrededor: era algo demasiado mágico para darle un uso corriente. Estaban sentados en troncos a cierta distancia de ella, y entre ellos había una tosca mesa de madera, sobre la que habían colocado un sencillo farol de arcilla que iluminaba sus rostros pálidos y proyectaba enormes sombras sobre las paredes.

—Si Su Majestad ha de usar alguna vez el cuerno —dijo Buscatrufas—, creo que el momento ha llegado.

Caspian, desde luego, les había hablado de su tesoro hacía varios días.

—Ciertamente estamos muy apurados —respondió él—, pero es difícil estar seguro de que se trate del mayor de los apuros. ¿Y si llegara un momento peor aún y ya lo hubiéramos utilizado?

—Según ese razonamiento —dijo Nikabrik—, Su Majestad no lo usará hasta que sea demasiado tarde.

—Estoy de acuerdo con eso —coincidió el doctor Cornelius.

—Y ¿qué piensas tú, Trumpkin? —preguntó Caspian.

—Eh, en cuanto a mí —dijo el enano rojo, que había estado escuchando con total indiferencia—, Su Majestad sabe que pienso que el cuerno, y ese pedazo de piedra rota de ahí, y vuestro Sumo Monarca Peter, y vuestro león Aslan, son todo pamplinas. Me da igual cuándo haga sonar Su Majestad el cuerno. Sólo insisto en que al ejército no se le mencione nada al respecto. De nada sirve suscitar esperanzas de ayuda mágica que, en mi opinión, sin duda se verán decepcionadas.

—En ese caso, en el nombre de Aslan, haremos sonar el cuerno de la reina Susan —declaró Caspian.

—Hay una cosa, señor —dijo el doctor Cornelius—, que tal vez debiera hacerse primero. No sabemos qué forma adoptará la ayuda. Puede traer al mismo Aslan desde ultramar; pero yo creo que lo más probable es que traiga a Peter, el Sumo Monarca y a sus poderosos hermanos desde el remoto pasado. No obstante, en cualquier caso, no creo que podamos estar seguros de que la ayuda vaya a llegar a este lugar exactamente...

—Jamás has dicho algo más cierto —indicó Trumpkin.

—Creo —prosiguió el docto tutor— que ellos... o él... regresarán a uno de los antiguos lugares de Narnia. Éste, en el que ahora nos encontramos, es el más antiguo y el más mágico de todos, y aquí, pienso, es donde es más probable que llegue la respuesta. Pero existen otros dos. Uno es el Erial del Farol, río arriba, al oeste del Dique de los Castores, lugar en el que los niños reales aparecieron por primera vez en Narnia, según indican los archivos. El otro es abajo, en la desembocadura del río, donde en el pasado se alzaba su castillo de Cair Paravel. Y si aparece el mismo Aslan, ése sería el mejor lugar para encontrarse con él también, pues todos los relatos cuentan que es el hijo del gran emperador de Allende los Mares, y por mar llegará. Me gustaría enviar mensajeros a ambos lugares, al Erial del Farol y a la desembocadura del río, para recibirlos, a ellos, a él o a lo que sea.

—Justo lo que pensaba —murmuró Trumpkin—. El primer resultado de toda esta bufonada no es conseguir ayuda sino hacer que nos quedemos sin dos combatientes.

—¿A quién enviarías, doctor Cornelius? —preguntó Caspian.

—Las ardillas son las mejores para atravesar territorio enemigo sin que las atrapen —indicó Buscatrufas.

—Todas nuestras ardillas, y no tenemos demasiadas —indicó Nikabrik—, son bastante alocadas. La única en la que podría confiar para un trabajo como ese sería Piesligeros.

—Que sea ella entonces —asintió el rey Caspian—. Y ¿quién puede ser nuestro otro mensajero? Ya sé que tú irías, Buscatrufas, pero no eres veloz. Ni tampoco lo es el doctor Cornelius.

—Yo no pienso ir —declaró Nikabrik—. Con todos estos humanos y bestias por aquí, tiene que haber un enano para ocuparse de que se trate a los enanos con imparcialidad.

—¡Dedales y tormentas! —gritó Trumpkin, enfurecido—. ¿Es así cómo le hablas al rey? Enviadme a mí, señor, yo iré.

—Pero pensaba que no creías en el cuerno, Trumpkin —dijo Caspian.

—Sigo sin creer, Majestad. Pero ¿qué importa eso? Tanto da que muera en una persecución inútil como que lo haga aquí. Sois mi rey, y conozco la diferencia entre dar consejos y aceptar órdenes. Habéis recibido mi consejo, y ahora ha llegado el momento de las órdenes.

—Jamás olvidaré esto, Trumpkin —dijo Caspian—. Que uno de vosotros vaya a buscar a Piesligeros. Y ¿cuándo deberé hacer sonar el cuerno?

—Yo esperaría hasta el amanecer, Majestad —opinó el doctor Cornelius—. Eso en ocasiones da resultado en las actividades de magia blanca.

Unos pocos minutos más tarde llegó Piesligeros y se le explicó su cometido. Puesto que estaba, como la mayoría de ardillas, llena de valentía, empuje, energía, entusiasmo y picardía, por no decir vanidad, en cuanto lo escuchó se mostró ansiosa por partir. Se decidió que correría en dirección al Erial del Farol mientras que Trumpkin realizaría el trayecto hasta la desembocadura del río, que era más corto. Tras una comida ligera los dos partieron con el ferviente agradecimiento y los mejores deseos del monarca, el tejón y Cornelius.

Capítulo ocho

Cómo abandonaron la isla

—Y así —dijo Trumpkin, pues, como ya habrás comprendido, era él quien había estado relatando toda aquella historia a los cuatro niños, sentado sobre la hierba de la sala en ruinas de Cair Paravel—, así fue como metí unos mendrugos de pan seco en mi bolsillo, dejé atrás todas las armas excepto mi daga, y me dirigí hacia el bosque con las primeras luces del día. Anduve sin pausa durante muchas horas hasta que oí un sonido que no se parecía a nada que hubiera oído en todos mis días de vida. No lo olvidaré jamás. Todo el aire se llenó de él, sonoro como el trueno pero mucho más largo, fresco y dulce, como música sobre el agua, pero lo bastante poderoso para estremecer los árboles. Y me dije a mí mismo: «Si eso no es el cuerno, podéis llamarme conejo». Y, al cabo de un momento, me pregunté por qué no lo había hecho sonar antes.

—¿Qué hora era? —preguntó Edmund.

—Entre las nueve y las diez de la mañana —respondió el enano.

—¡Justo cuando estábamos en la estación de ferrocarril! —exclamaron los niños, e intercambiaron miradas con ojos brillantes.

—Por favor, sigue —indicó Lucy al enano.

—Bien, tal y como iba diciendo, me intrigó, pero seguí adelante corriendo tan de prisa como me era posible. Seguí así toda la noche, y entonces, cuando empezaba a amanecer esta mañana, como si no tuviera más sentido común que un gigante, me arriesgué a tomar un atajo a través de campo abierto para acortar por una larga curva que describía el río, y me atraparon. No me capturó el ejército, sino un pomposo idiota que está a cargo de un pequeño castillo que es la última fortaleza de Miraz que existe en dirección a la costa. No es necesario que os diga que no consiguieron sacarme nada, pero era un enano y eso fue suficiente. Pero, langostas y langostinos, fue toda una suerte que el senescal fuera un imbécil presumido. Cualquier otro me habría atravesado con su espada allí mismo; pero él no estaba dispuesto a conformarse con nada que no fuera una ejecución a lo grande: quiso enviarme a reunirme con «los fantasmas» con todo el ceremonial necesario. Y entonces esta joven señorita —señaló a Susan con un movimiento de cabeza— llevó a cabo su exhibición de tiro con arco, y fue un gran disparo, permitid que os lo diga, y aquí estamos. Y sin mi armadura, pues desde luego me la quitaron. —Dio unos golpecitos en la pipa para vaciarla y la volvió a llenar.

—¡Válgame el cielo! —dijo Peter—. ¡De modo que fue el cuerno, tu propio cuerno, Su, el que nos arrancó de aquel asiento en el andén ayer por la mañana! Casi no puedo creerlo; sin embargo, todo encaja.

—No sé por qué no ibas a creerlo —intervino Lucy—, si crees en la magia realmente. ¿No existen gran cantidad de historias sobre la magia que saca a la gente de un lugar, de un mundo, y lo lleva a otro? Quiero decir, cuando un mago en *Las mil y una noches* invoca a un genio, éste tiene que aparecer. Nosotros hemos venido, justamente igual.

—Sí —respondió Peter—, supongo que lo que lo convierte en algo tan curioso es que en los relatos es siempre alguien de nuestro mundo quien efectúa la llamada. Uno no piensa realmente en el lugar del que viene el genio.

—Y ahora ya sabemos lo que siente el genio —indicó Edmund con una risita ahogada—. ¡Cáspita! Resulta un poco incómodo saber que se nos puede llamar con un silbido de ese modo. Es peor que lo que dice nuestro padre sobre vivir a merced del teléfono.

—Pero si Aslan nos necesita, deseamos estar aquí, ¿no es cierto? —dijo Lucy.

—Entretanto —dijo el enano—, ¿qué vamos a hacer? Supongo que será mejor que regrese junto al rey Caspian y le diga que aquí no ha llegado ninguna ayuda.

—¿Ninguna ayuda? —dijo Susan—. Pero sí que ha funcionado. Y aquí estamos.

—Hum, hum, sí, sin duda. Ya lo veo —repuso el enano, cuya pipa parecía estar atascada, o por lo menos él se mostró muy atareado limpiándola—. Pero... bien... quiero decir...

—Pero ¿es qué no comprendes aún quiénes somos? —gritó Lucy—. Eres tonto.

—Supongo que sois los cuatro niños salidos de los viejos relatos —dijo Trumpkin—. Y me alegro mucho de conoceros, desde luego. Y resulta muy interesante, sin duda. Pero... ¿no os ofenderéis? —Y volvió a vacilar.

—Haz el favor de seguir y decir lo que quieras decir —dijo Edmund.

—Bueno, pues... sin ánimo de ofender —siguió el enano—; pero, como ya sabéis, el rey, Buscatrufas y el doctor Cornelius esperan... bueno, si comprendéis lo que quiero decir, ayuda. Para expresarlo de otro modo, creo que os han estado imaginando como grandes guerreros. Tal como están las cosas... Nos encantan los niños y todo eso, pero justo en este momento, en mitad de una guerra... Bueno, estoy seguro de que me comprendéis.

—Quieres decir que crees que no servimos de nada —dijo Edmund, enrojeciendo.

—Os lo ruego, no os ofendáis —interrumpió el enano—. Os aseguro, mis queridos y pequeños amigos...

—Que tú nos llames «pequeños» realmente es pasarte de la raya —dijo Edmund, poniéndose en pie de un salto—. ¿Supongo que no crees que ganáramos la batalla de Beruna? Bueno, pues puedes decir lo que quieras sobre mí porque yo sé...

—De nada sirve perder los estribos —dijo Peter—. Equipémoslo con una armadura nueva y equipémonos también nosotros en la sala del tesoro. Ya hablaremos después de eso.

—No veo por qué tenemos que... —empezó Edmund, pero Lucy le susurró al oído.

—¿No sería mejor que hiciéramos lo que dice Peter? Es el Sumo Monarca, ya sabes. Y creo que tiene una idea.

De modo que Edmund accedió y con la ayuda de su linterna todos, incluido Trumpkin, volvieron a bajar por la escalera en dirección a la oscura frialdad y al polvoriento esplendor de la cámara del tesoro.

Los ojos del enano brillaron al ver las riquezas colocadas en las estanterías —aunque tuvo que colocarse de puntillas para hacerlo— y murmuró para sí:

—No hay que dejar que Nikabrik vea esto; jamás.

No les costó demasiado encontrar una cota de malla para él, ni tampoco una espada, un yelmo, un escudo, un arco y una aljaba llena de flechas, todas de talla enana. El yelmo era de cobre, incrustado de rubíes, y había oro en la empuñadura de la espada: Trumpkin no había visto nunca, y aún menos había llevado puestas, tantas riquezas en toda su vida. Los niños también se pusieron cotas de malla y yelmos; encontraron una espada y un escudo para Edmund y un arco para Lucy, pues Peter y Susan llevaban ya sus regalos. Mientras regresaban escaleras arriba, con las cotas de malla tintineando, parecían y se sentían más próximos a los narnianos que a otros escolares, y los dos niños cerraron la marcha, al parecer preparando un plan. Lucy oyó que Edmund decía:

—No, deja que lo haga. Le fastidiará más si yo gano, y no será una decepción tan grande para todos nosotros si fracaso.

—De acuerdo, Ed —respondió Peter.

Cuando salieron a la luz del día, Edmund se volvió hacia el enano con suma educación y dijo:

—Tengo algo que pedirte. Los chicos como nosotros no tienen a menudo la oportunidad de conocer a un gran guerrero como tú. ¿Querrías celebrar una pequeña competición de esgrima conmigo? Sería algo muy decente por tu parte.

—Pero, muchacho —dijo Trumpkin—, estas espadas están afiladas.

—Lo sé. Pero yo no conseguiré acercarme a ti y tú serás tan hábil que me desarmarás sin hacerme ningún daño.

—Es un juego peligroso —dijo Trumpkin—. Pero puesto que te importa tanto, probaré un pase o dos.

En un instante estuvieron desenvainadas las espadas, y los otros tres saltaron de la tarima y se pusieron a observar. Valió la pena. No fue como esos combates tontos con espadas de dos filos que se contemplan en los escenarios; ni siquiera fue como las peleas con estoques que a veces se ven llevar a cabo con mayor pericia. Fue un auténtico combate con espadones, en el que lo principal es asestar un tajo a las piernas y pies del enemigo porque son la parte que no lleva armadura. Y cuando el adversario te ataca, saltas en el aire con los dos pies juntos de modo que el mandoble pase por debajo de ellos. Aquello daba ventaja al enano, ya que Edmund, al ser mucho más alto, tenía que agacharse todo el tiempo. Seguramente el muchacho no habría tenido la menor posibilidad de haberse enfrentado con Trumpkin veinticuatro horas antes. Pero el aire de Narnia había estado actuando sobre él desde que llegaron a la isla, y recordó todas sus viejas batallas, y sus brazos y piernas recuperaron la antigua destreza. Volvía a ser el rey Edmund. Los dos combatientes describieron círculos sin cesar, mientras asestaban un golpe tras otro, y Susan, a quien jamás había gustado aquello, gritó:

—¡Tened cuidado!

Y entonces, con tal rapidez que nadie —a menos que estuviera al tanto, como estaba Peter— pudo darse cuenta de cómo sucedía, Edmund hizo girar la espada a toda velocidad con una peculiar torsión, la espada del enano salió disparada por los aires y Trumpkin se apretó la mano igual que uno haría al recibir el «aguijonazo» de un bate de críquet.

—No te habrás lastimado, ¿verdad?, querido amigo —dijo Edmund, algo jadeante mientras devolvía la espada a su vaina.

—Ya lo he entendido —respondió el otro con frialdad—. Sabes un truco que yo no sé.

—Eso es muy cierto —intervino Peter—. Se puede desarmar al mejor espadachín del mundo mediante un truco que no conozca. Creo que lo justo es dar a Trumpkin una oportunidad en otro campo. ¿Te gustaría celebrar una competición de tiro al blanco con mi hermana? No existen trucos en el tiro al arco, ¿sabes?

—Ya veo que sois unos bromistas —respondió el enano—. Cómo si no supiera lo buena tiradora que es, después de lo sucedido esta mañana. De todos modos, lo probaré.

Lo dijo en tono brusco, pero sus ojos se iluminaron, pues era un arquero famoso entre los suyos.

Los cinco salieron al patio.

—¿Qué usaremos como diana?

—Creo que esa manzana que cuelga de aquella rama sobre el muro servirá —indicó Susan.

—Ésa está muy bien, muchacha —dijo Trumpkin—. ¿Te refieres a aquella amarilla cerca de la parte central del arco?

—No, ésa no —respondió ella—. La roja de allí arriba; encima de la almena.

—Parece más una cereza que una manzana —murmuró el enano, poniendo cara larga, pero no dijo nada en voz alta.

Echaron una moneda al aire para ver quién disparaba primero, algo que despertó un gran interés en Trumpkin, que jamás había visto lanzar una moneda, y Susan perdió. Dispararían desde lo alto de la escalinata que conducía de la sala al patio, y todos comprendieron, por el modo en que el enano se colocaba y manejaba el arco, que sabía lo que hacía.

Clang, chasqueó la cuerda. Fue un disparo magnífico. La diminuta manzana se movió al pasar la flecha, y una hoja revoloteó hasta el suelo. A continuación Susan se apostó en lo alto de la escalinata y tensó su arco. No disfrutaba con el concurso ni la mitad de lo que había disfrutado Edmund; no porque sintiera alguna duda sobre si acertaría a la manzana sino porque era tan bondadosa que casi le dolía vencer a alguien que ya había sido vencido. El enano observó con profundo interés mientras su adversaria se acercaba la flecha a la oreja. Al cabo de un instante, con un sordo chasquido que todos oyeron perfectamente en aquel lugar tan silencioso, la manzana cayó sobre la hierba atravesada por la flecha de Susan.

—Muy bien, Su —gritaron los otros niños.

—En realidad no ha sido mejor que tu disparo —dijo Susan al enano—. Creo que soplaba un poco de aire cuando disparaste.

—No, no es cierto —repuso Trumpkin—. No lo digas. Sé cuando me han vencido en buena lid. Ni siquiera mencionaré que la cicatriz de la última herida que recibí me molesta un poco cuando echo hacia atrás el brazo.

—¿Estás herido? —preguntó Lucy—. Deja que le eche un vistazo.

—No es una visión agradable para una niña —empezó a decir Trumpkin, pero en seguida se interrumpió—. Ya vuelvo a hablar como un idiota —dijo—. Supongo que resultarás ser tan buena cirujana como tu hermano espadachín o tu hermana tiradora con arco.

Se sentó en los peldaños, se quitó la coraza y se despojó de la camisa, mostrando un brazo tan peludo y fornido (en proporción) como el de un marino, aunque no mucho más grande que el de un niño. El hombro lucía un vendaje chapucero que Lucy procedió a desenrollar. Debajo de las vendas, el corte tenía bastante mal aspecto y estaba muy inflamado.

—¡Oh!, pobre Trumpkin —exclamó la niña—. ¡Qué horroroso!

Luego procedió a verter sobre la herida, con sumo cuidado, una gota del licor de su frasco.

—¡Oye! ¿Eh? ¿Qué has hecho? —inquirió el enano.

Pero por mucho que volviera la cabeza, bizqueara y sacudiera la barba de un lado a otro, no conseguía ver bien su hombro. Entonces lo palpó lo mejor que pudo, colocando brazos y dedos en posiciones imposibles como uno hace al intentar rascarse en un lugar situado fuera de su alcance. A continuación balanceó el brazo, lo levantó y puso a prueba los músculos, y finalmente se puso en pie de un salto exclamando:

—¡Gigantes y jamelgos! ¡Está curado! ¡Está como nuevo! —Dicho aquello profirió una sonora carcajada y siguió—: Vaya, he hecho el ridículo como ningún enano lo ha hecho jamás. No estaréis ofendidos, espero. Presento mis más humildes respetos a Vuestras Majestades... Mis más humildes respetos. Y os doy las gracias por salvarme la vida, curarme, darme de desayunar... y darme, también, una lección.

Todos los niños dijeron que no pasaba nada y que ni lo mencionara.

—Y ahora —dijo Peter—, si realmente has decidido creer en nosotros...

—¡Por supuesto!

—Está muy claro lo que debemos hacer. Tenemos que reunirnos con Caspian de inmediato.

—Cuanto antes mejor —asintió Trumpkin—. Mi estúpido comportamiento ya nos ha hecho perder casi una hora.

—Son unos dos días de viaje, por el camino que tomaste —dijo Peter—. Para nosotros, quiero decir. No podemos andar todo el día y toda la noche como vosotros, los enanos. —Entonces se volvió hacia los demás—. Evidentemente, lo que Trumpkin denomina el Altozano de Aslan es la Mesa de Piedra. Recordaréis que había más o menos medio día de marcha, o un poco menos, desde allí hasta los Vados de Beruna...

—El Puente de Beruna, lo llamamos —indicó Trumpkin.

—No existía ningún puente en nuestra época —repuso Peter—. Y luego desde Beruna hasta llegar aquí era otro día y un poco más. Por lo general llegábamos a casa aproximadamente a la hora de la cena del segundo día, andando sin prisas. Yendo de prisa, quizá podríamos realizar todo el trayecto en un día y medio.

—Pero recuerda que ahora todo está lleno de bosques —dijo Trumpkin—, y también hay que esquivar al enemigo.

—Escuchad —intervino Edmund—, ¿es necesario ir por el mismo camino que utilizó nuestro «Querido Amiguito»?

—No sigáis con eso, Majestad, si me apreciáis —protestó el enano.

—Muy bien —respondió éste—. ¿Podría decir nuestro QA?

—Vamos, Edmund —dijo Susan—, no sigas tratándolo así.

—No pasa nada, muchacha... quiero decir, Majestad —dijo Trumpkin con una risita—. Una mofa no levanta ampollas.

Y después de aquello lo llamaron tan a menudo QA que llegó un momento en que casi olvidaron lo que significaba la sigla.

—Como decía —continuó Edmund— no es necesario que vayamos por ahí. ¿Por qué no podríamos remar un poco en dirección sur hasta llegar al Cabo del Mar de Cristal y luego remar hasta tierra? Eso nos conduciría justo detrás de la Colina de la Mesa de Piedra. Además, estaremos a salvo mientras nos hallemos en el mar. Si nos ponemos en marcha al momento, podemos estar en el Cabo del Mar de Cristal antes de que anochezca, dormir unas cuantas horas, y llegar hasta Caspian muy temprano mañana.

—Qué gran cosa es conocer la costa —dijo Trumpkin—. Ninguno de nosotros sabe nada sobre el Mar de Cristal.

—¿Qué hay de la comida? —preguntó Susan.

—Tendremos que arreglárnoslas con manzanas —respondió Lucy—. Pongámonos en marcha de una vez. No hemos hecho nada aún, y llevamos aquí casi dos días.

—Ah, y por si se os había ocurrido, nadie va a volver a usar mi gorra como cesto para el pescado —declaró Edmund.

Utilizaron uno de los impermeables a modo de bolsa y colocaron una buena cantidad de manzanas en su interior. Luego todos tomaron un buen trago de agua en el pozo, ya que no encontrarían más agua potable hasta que desembarcaran en el Cabo del Mar de Cristal, y bajaron hasta donde estaba el bote. Los niños se sintieron apenados por tener que abandonar Cair Paravel, pues incluso en ruinas, de nuevo había empezado a parecerles su hogar.

—Será mejor que el QA se ponga al timón —dijo Peter— y Ed y yo nos haremos cargo de un remo cada uno. Esperad un momento. Más vale que nos quitemos las cotas de malla: vamos a sudar bastante antes de haber acabado. Las chicas que se coloquen en la proa y vayan dando instrucciones al QA, porque no conoce el camino. Será mejor que nos llevéis bastante mar adentro hasta que hayamos dejado atrás la isla.

Y, muy pronto, la verde costa poblada de árboles de la isla quedó atrás, sus pequeñas bahías y cabos se tornaron más planos, y la embarcación se balanceó en el suave oleaje. El mar fue ensanchándose a su alrededor y tornándose más azul a lo lejos, mientras que alrededor del bote aparecía verde y burbujeante. Todo olía a sal, y no se oía otro ruido que el susurro del agua, el chapoteo de las olas contra los costados, el salpicar de los remos y el traqueteo de los escálamos. El sol empezó a calentar con fuerza.

Estar en la proa resultó delicioso para Lucy y Susan, que se inclinaban por encima del borde e intentaban introducir las manos en el agua sin conseguirlo. El fondo, en su mayor parte compuesto de arena limpia y clara pero con alguna que otra parcela de algas color púrpura, se distinguía perfectamente debajo de ellos.

—Es como en los viejos tiempos —declaró Lucy—. ¿Recuerdas nuestro viaje a Terebinthia, a Galma, a las Siete Islas y a las Islas Solitarias?

—Sí —respondió Susan—, ¿y recuerdas tú nuestra gran nave, el *Esplendor diá-*

fano, con la cabeza de cisne en la proa y las alas de cisne talladas que retrocedían casi hasta el combés?

—¿Y las velas de seda, y los enormes faroles de popa?

—Y los banquetes en la toldilla y los músicos.

—¿Recuerdas cuando hicimos que los músicos tocaran la flauta en las jarcias para que pareciera música salida del cielo?

Al cabo de un rato Susan se hizo cargo del remo de Edmund y éste fue a reunirse con Lucy en la proa. Ya habían dejado atrás la isla y se hallaban más cerca de la costa, que estaba desierta y llena de árboles. La habrían encontrado muy bonita de no haber recordado la época en que estaba despejada y ventosa y llena de alegres camaradas.

—¡Uf! Es una tarea agotadora —dijo Peter.

—¿Puedo remar un rato? —preguntó Lucy.

—Los remos son demasiado grandes para ti —respondió Peter con sequedad, no porque estuviera enojado sino porque no le quedaban fuerzas para conversar.

Capítulo nueve

Lo que vio Lucy

Susan y los dos muchachos estaban totalmente agotados de tanto remar cuando por fin rodearon el último cabo e iniciaron el trecho final en el interior del Mar de Cristal, y a Lucy le dolía la cabeza debido a las largas horas pasadas al sol y al resplandor del agua. Incluso Trumpkin ansiaba que el viaje tocara a su fin. El asiento que ocupaba para dirigir el timón había sido hecho para hombres, no para enanos, y sus pies no alcanzaban las tablas del suelo; y todo el mundo sabe lo incómodo que es eso aunque sólo sea durante diez minutos. Y a medida que el cansancio iba en aumento, los ánimos también decaían. Hasta aquel momento los niños únicamente habían pensado en el modo de llegar hasta Caspian; ahora se preguntaban qué harían cuando lo encontraran y cómo un puñado de enanos y criaturas de los bosques podrían derrotar a un ejército de humanos adultos.

Anochecía mientras remaban despacio, ascendiendo por los recovecos de la Cala del Mar de Cristal; un crepúsculo que se intensificaba a medida que ambas orillas se acercaban y las ramas de los árboles, extendidas sobre el agua, casi se tocaban. Reinaba un gran silencio allí mientras el sonido del mar se apagaba a su espalda; oían incluso el discurrir de los pequeños arroyos que descendían del bosque para desaguar en el Mar de Cristal.

Finalmente desembarcaron, demasiado cansados para intentar encender una hoguera, e incluso una cena a base de manzanas —aunque muchos se dijeron que no querían volver a ver una manzana en su vida— pareció mejor que intentar pescar o cazar algo. Tras un corto período de silenciosa masticación se acostaron bien juntos sobre el musgo y las hojas secas entre cuatro enormes hayas.

Todos excepto Lucy se durmieron de inmediato. La niña, que estaba mucho menos cansada, descubrió que le resultaba imposible sentirse cómoda. Además, hasta aquel momento había olvidado que todos los enanos roncaban. Puesto que sabía que el mejor modo de conseguir dormirse es dejar de intentar hacerlo, abrió los ojos. A través de una abertura en los helechos y las ramas distinguió un trozo de agua de la cala y el cielo sobre éste. Luego, con un recuerdo emocionado, volvió a ver, después de tantos años, las brillantes estrellas de Narnia. En otro tiempo las había conocido mejor que las estrellas de nuestro propio mundo, porque como reina en Narnia se había ido a dormir mucho más tarde que como niña en su país. Allí estaban; al menos se podían ver tres de las constelaciones de verano desde donde ella se encontraba: la Nave, el Martillo y el Leopardo.

—El querido Leopardo —murmuró para sí, llena de felicidad.

En lugar de adormilarse, cada vez se sentía más despierta, con una curiosa clase de nebuloso insomnio nocturno. La cala resultaba más brillante por momentos, y comprendió que la luna se hallaba sobre ella, a pesar de que no podía verla. Y entonces empezó a percibir que el bosque despertaba igual que ella. Sin apenas saber el motivo, se levantó rápidamente y se apartó un poco del improvisado campamento.

—Esto es precioso —se dijo.

El aire era fresco y limpio, con aromas deliciosos flotando por doquier. De algún punto cercano le llegó el gorjeo de un ruiseñor que empezaba a cantar, luego se detenía, luego volvía a empezar. Al frente se veía un poco más de luz, de modo que fue hacia allí y llegó a un lugar en el que crecían menos árboles y había enormes zonas iluminadas por la luna, pero la luz de la luna y las sombras se entremezclaban de tal modo que uno no podía estar seguro de dónde estaba nada ni de qué era lo que veía. En aquel instante el ruiseñor, satisfecho por fin con su afinación, rompió a cantar.

Los ojos de Lucy empezaron a adaptarse a la luz disponible y vio los árboles situados más cerca con mayor nitidez. Una gran añoranza de los tiempos en que los árboles podían hablar en Narnia se apoderó de ella. Sabía con exactitud cómo debería hablar cada uno de ellos si pudiera despertarlos, y qué clase de forma humana adoptaría. Contempló un abedul plateado: éste poseería una voz dulce y lluviosa y tendría la apariencia de una joven delgada, con los cabellos desparramados sobre el rostro y gran amante de la danza. Miró el roble: éste sería un anciano arrugado pero vigoroso, con una barba rizada y verrugas en el rostro y las manos, y pelos creciendo en las verrugas. Clavó la mirada en el haya bajo la que se encontraba. ¡Aquél sería el mejor de todos! Sería una diosa gentil, refinada y majestuosa, la dama del bosque.

—Árboles, árboles, árboles —dijo Lucy, aunque no había sido su intención hablar en voz alta—. ¡Despertad, despertad, despertad, árboles! ¿No os acordáis? ¿No os acordáis de mí? Dríadas y náyades, salid, venid a mí.

A pesar de que no soplaba ni una ráfaga de aire todos se agitaron a su alrededor y el susurro de las hojas sonó casi igual que las palabras. El ruiseñor dejó de cantar como si quisiera escuchar, y Lucy tuvo la impresión de que en cualquier momento comprendería lo que los árboles intentaban decir. Pero el momento no llegó, el susurro de las hojas se apagó, y el ruiseñor reanudó su canto. Incluso a la luz de la luna el bosque volvía a parecer más vulgar. Sin embargo, Lucy tenía la sensación, igual que cuando uno intenta recordar un nombre o una fecha y está a punto de conseguirlo, pero se le olvida en el último momento, de que se le había escapado algo: como si hubiera hablado con los árboles una milésima de segundo demasiado pronto o demasiado tarde o utilizado todas las palabras correctas excepto una o añadido una palabra totalmente equivocada.

Repentinamente empezó a sentirse cansada. Regresó al campamento, se acurrucó entre Susan y Peter, y se durmió en cuestión de minutos.

La mañana siguiente les ofreció un despertar frío y melancólico, con una media luz gris —el sol no había salido aún— y todo a su alrededor húmedo y sucio.

—¡Manzanas, bah! —exclamó Trumpkin con una mueca pesarosa—. Debo deciros que vosotros, antiguos reyes y reinas, ¡no sobrealimentáis precisamente a vuestros cortesanos!

Se levantaron, se sacudieron la ropa y miraron a su alrededor. Los árboles estaban muy pegados y no veían más allá de unos metros en cualquier dirección.

—¿Supongo que Sus Majestades conocen el camino perfectamente? —observó el enano.

—Yo no —respondió Susan—. Nunca antes había visto estos bosques. En realidad yo creía que lo mejor era ir por el río.

—¡Pues haberlo dicho antes! —replicó Peter, con disculpable rudeza.

—Vamos, no le hagas ni caso —dijo Edmund—. Siempre ha sido una aguafiestas. Tienes esa brújula de bolsillo, ¿verdad, Peter? Bien, pues no hay de qué preocuparse. Sólo tenemos que seguir en dirección noroeste... cruzar ese río pequeño, el ¿cómo lo llamas? El Torrente...

—Ya lo sé —respondió su hermano—, es el que se une al gran río en los Vados de Beruna o el Puente de Beruna, como lo llama nuestro QA.

—Es cierto. Lo cruzamos y marchamos colina arriba, y estaremos en la Mesa de Piedra, en el Altozano de Aslan, imagino, entre las ocho y las nueve. ¡Espero que el rey Caspian nos ofrezca un buen desayuno!

—Confío en que tengas razón —dijo Susan—. Esto no me suena nada.

—Eso es lo peor de las chicas —comentó Edmund a Peter y al enano—; jamás llevan un mapa en la cabeza.

—Eso se debe a que tenemos algo más dentro de ella —replicó Lucy.

Al principio, las cosas parecían ir bastante bien. Incluso pensaron que habían dado con el viejo sendero, pero si conoces un poco los bosques, sabrás que siempre se encuentran senderos imaginarios. Desaparecen al cabo de cinco minutos y entonces parece como si se encontrara otro, y uno espera que no sea otro sino una nueva parte del antiguo, y éste desaparece también, y una vez que se ha ido a parar bien lejos de la dirección correcta uno comprende que ninguno de ellos era un sendero de verdad. De todos modos, los chicos y el enano estaban acostumbrados a los bosques y no se dejaron engañar durante más de unos segundos.

Llevaban una media hora de lento avance —tres de ellos estaban totalmente entumecidos por haber tenido que remar el día anterior— cuando Trumpkin susurró de improviso:

—Deteneos. —Todos obedecieron—. Nos sigue algo —anunció en voz baja—. O más bien nos acompaña; por allí a la izquierda.

Se quedaron muy quietos, escuchando y mirando con atención hasta que les dolieron las orejas y los ojos.

—Será mejor que tú y yo coloquemos una flecha en el arco —indicó Susan a Trumpkin.

El enano asintió y, en cuanto los dos arcos estuvieron preparados para entrar en acción, el grupo reanudó la marcha.

Recorrieron con ojo avizor unas cuantas docenas de metros por un terreno con árboles bastante despejado. Luego llegaron a un lugar en el que el monte bajo se espesaba y tenían que pasar más cerca de él. Justo cuando cruzaban por allí, algo apareció de improviso como una rugiente exhalación, surgiendo como un rayo de entre las ramas que se quebraban. Lucy cayó al suelo sin aliento, escuchando el chasquido de la cuerda de un arco mientras caía. Cuando volvió a ser consciente de lo que la rodeaba, vio a un enorme oso gris de aspecto feroz que yacía muerto con la flecha de Trumpkin clavada en el flanco.

—El QA te ha vencido en ese disparo, Su —dijo Peter con una sonrisa ligeramente forzada, pues incluso él se había sentido conmocionado por aquella aventura.

—He... he esperado demasiado —respondió Susan, en tono avergonzado—. Tenía tanto miedo de que se tratara de, ya sabes, uno de nuestros queridos osos, un oso parlante. —La niña odiaba matar.

—Ése es el problema —indicó Trumpkin—, pues aunque la mayoría de osos se han vuelto enemigos y mudos, aún quedan algunos de los otros. Nunca se sabe, pero uno no puede arriesgarse a esperar para comprobarlo.

—Pobre Bruin —dijo Susan—. ¿No creerás que era él?

—No era él —declaró el enano—. Vi el rostro y oí el rugido. Sólo quería a la pequeña como desayuno. Y hablando de desayunos, no quise desanimar a Sus Majestades cuando dijeron que esperaban que el rey Caspian les ofreciera uno abundante: pero la carne escasea bastante en el campamento. Y un oso es un buen manjar. Sería una vergüenza abandonar el cuerpo sin tomar un poco, y no nos retrasará más de media hora. Quizá vosotros dos, jovencitos, reyes, debería decir, sepáis cómo desollar un oso...

—Vayamos a sentarnos un poco más allá —sugirió Susan a Lucy—. Eso va a ser una chapuza horrible.

Lucy se estremeció y asintió, y una vez que estuvieron sentadas dijo:

—Se me acaba de ocurrir una idea atroz, Su.

—¿Cuál?

—¿No sería terrible si un día, en nuestro propio mundo, allá en casa, los hombres se volvieran salvajes, como los animales aquí, pero siguieran teniendo el aspecto de hombres, de modo que nunca se supiera quién era qué?

—Ya tenemos bastante de qué preocuparnos aquí y ahora en Narnia —repuso la práctica Susan— sin tener que imaginar cosas como ésa.

Cuando volvieron a reunirse con los muchachos y el enano, éstos ya habían cortado tanto de la mejor carne del animal como pensaban que podían transportar. La carne cruda no es una cosa agradable que meterse en los bolsillos, pero la envolvieron en hojas frescas y se las arreglaron como pudieron. Tenían suficiente experiencia como para saber que pensarían de modo muy distinto respecto a aquellos paquetes blandos y asquerosos cuando llevaran andando el tiempo suficiente y estuvieran realmente hambrientos.

Reanudaron la penosa marcha —deteniéndose para lavar tres pares de manos que lo necesitaban en el primer arroyo que encontraron— hasta que salió el sol y los pájaros empezaron a cantar, y más moscas de las deseadas se pusieron a zumbar en los helechos. La rigidez producto del manejo de los remos del día anterior empezó a disiparse y a todos se les levantó el ánimo. El sol empezó a calentar y tuvieron que quitarse los yelmos y llevarlos en la mano.

—Supongo que vamos bien, ¿no? —inquirió Edmund una hora más tarde.

—No veo cómo podemos ir mal mientras no nos desviemos demasiado a la izquierda —declaró Peter—. Si nos dirigimos demasiado a la derecha, lo peor que puede suceder es que perdamos un poco de tiempo al tropezar con el Gran Río demasiado pronto y que no podamos tomar el atajo.

Y de nuevo siguieron avanzando lentamente sin oír otro sonido que el golpear de sus pies en el suelo y el tintineo de sus cotas de malla.

—¿Adónde ha ido a parar ese condenado Torrente? —inquirió Edmund al cabo de un buen rato.

—Desde luego pensaba que habríamos dado con él ya —dijo su hermano—. Pero no podemos hacer otra cosa que seguir adelante.

Los dos se dieron cuenta de que el enano los contemplaba con ansiedad, pero éste no dijo nada.

Y siguieron caminando y sus cotas de malla empezaron a resultar muy pesadas y calurosas.

—¿Qué diablos...? —exclamó Peter de repente.

Habían ido a parar, sin darse cuenta, casi al borde de un pequeño precipicio desde el que se podía contemplar una garganta con un río en el fondo. En el otro extremo, el precipicio era mucho más alto. Ningún miembro del grupo, excepto Edmund y tal vez Trumpkin, sabía nada sobre escalar.

—Lo siento —se disculpó Peter—, es culpa mía por venir por aquí. Nos hemos perdido. Jamás en la vida había visto este lugar.

El enano emitió un sordo silbido por entre los dientes.

—Demos media vuelta y vayamos por el otro camino —propuso Susan—. Desde el principio sabía que nos perderíamos en estos bosques.

—¡Susan! —reprendió Lucy—. No sermonees a Peter de ese modo. Es odioso y, además, él hace lo que puede.

—Y tú no regañes tampoco a Su de ese modo —intervino Edmund—. Creo que tiene toda la razón.

—¡Tinas y tinajas! —exclamó Trumpkin—. Si nos hemos perdido en el camino de ida, ¿qué posibilidades tenemos de encontrar el camino de vuelta? Y si hemos de regresar a la isla y empezar de nuevo desde el principio... incluso suponiendo que pudiéramos... más nos valdría dejarlo así. Miraz habrá acabado con Caspian antes de que consigamos llegar si seguimos como hasta ahora.

—¿Crees que deberíamos seguir adelante? —preguntó Lucy.

—No estoy seguro de que el Sumo Monarca se haya perdido —respondió Edmund—. ¿Qué impide que este río sea el Torrente?

—Pues que el Torrente no está en una garganta —dijo Peter, conteniéndose con cierta dificultad.

—Su Majestad dice «está» —replicó el enano—, pero ¿no debería decir «estaba»? Conocisteis este país hace cientos, tal vez miles, de años. ¿No podría haber cambiado? Un desprendimiento de tierras podría haber arrancado la mitad de la ladera de esa colina, dejando roca viva, y eso habría creado los precipicios que hay más allá de la garganta. Luego el Torrente habría ido hundiendo su curso año tras año hasta formar los precipicios pequeños de este lado. También podría haber habido un terremoto o algo parecido.

—No se me había ocurrido —dijo Peter.

—Y, de todos modos —siguió Trumpkin—, incluso aunque no sea el Torrente, fluye más o menos hacia el norte y, por lo tanto, tiene que ir a parar al Gran Río igualmente. Creo que pasé junto a algo que podría haber sido él cuando me dirigía al mar. Así pues, si seguimos río abajo, por nuestra derecha, daremos con el Gran Río. Tal vez no tan arriba como esperábamos, pero al menos no estaremos peor que si hubiéramos ido por el camino que utilicé.

—Trumpkin, eres un gran tipo —dijo Peter—. Vamos, pues. Bajemos por este lado de la garganta.

—¡Mirad! ¡Mirad! ¡Mirad! —gritó Lucy.

—¿Dónde? ¿Qué? —dijeron todos.

—El león —respondió ella—. El mismo Aslan. ¿No lo habéis visto? —Su rostro había cambiado por completo y sus ojos brillaban.

—¿Realmente quieres decir que...? —empezó Peter.

—¿Dónde te ha parecido verlo? —inquirió Susan.

—No hables igual que un adulto —dijo Lucy, golpeando el suelo con el pie—. No me «ha parecido» verlo. Lo he visto.

—¿Dónde, Lu? —quiso saber Peter.

—Justo allí arriba, entre aquellos serbales. No, a este lado de la garganta. Y arriba, no abajo. Justo en la dirección opuesta a la que queréis tomar. Y quería que fuéramos hacia donde estaba él: ahí arriba.

—¿Cómo sabes que era eso lo que quería? —quiso saber Edmund.

—Él... yo... simplemente lo sé por su rostro.

Sus compañeros intercambiaron miradas en medio de un perplejo silencio.

—Es muy probable que Su Majestad haya visto un león —intervino Trumpkin—. Hay leones en estos bosques, según me han contado. Pero no tendría por qué haber sido un león amistoso y parlante, como tampoco lo era el oso.

—Vamos, no seas tan estúpido —dijo Lucy—. ¿Crees que no reconozco a Aslan cuando lo veo?

—¡Sería un león bastante anciano a estas alturas —observó Trumpkin—, si lo conocisteis la otra vez que estuvisteis aquí! Y si pudiera ser el mismo, ¿qué le habría impedido volverse salvaje y necio como tantos otros?

Lucy enrojeció violentamente y creo que se habría arrojado sobre el enano, si Peter no hubiera posado la mano sobre su brazo.

—El QA no lo entiende. ¿Cómo iba a hacerlo? Debes aceptar, Trumpkin, que realmente conocemos a Aslan; sabemos ciertas cosas sobre él, quiero decir. Y no debes hablar de él de ese modo. No trae buena suerte, para empezar: y no son más que disparates, por otra parte. La única cuestión es si Aslan estaba realmente allí.

—Pero yo sé que sí estaba —insistió Lucy mientras sus ojos se llenaban de lágrimas.

—Sí, Lu, pero nosotros no lo sabemos, ¿comprendes? —dijo Peter.

—No se puede hacer otra cosa que votar —indicó Edmund.

—De acuerdo —repuso Peter—. Tú eres el mayor, QA. ¿Por qué votas? ¿Subimos o bajamos?

—Bajamos —contestó el enano—. No sé nada sobre Aslan. Pero sí sé que si giramos a la izquierda y seguimos la garganta hacia arriba, podríamos andar todo el día antes de encontrar un lugar por donde cruzarla. Mientras que si giramos a la derecha y descendemos, acabaremos por llegar al Gran Río en un par de horas. Y si hay leones auténticos por ahí, lo que debemos hacer es alejarnos de ellos, no ir a su encuentro.

—¿Qué dices tú, Susan?

—No te enojes, Lu —respondió ésta—, pero realmente creo que debemos bajar. Estoy muerta de cansancio. Salgamos de este espantoso bosque y vayamos a campo abierto tan rápido como podamos. Y ninguno de nosotros excepto tú ha visto nada.

—¿Edmund? —preguntó Peter.

—Bueno, lo que sucede es esto —dijo él, hablando muy de prisa a la vez que enrojecía ligeramente—; cuando descubrimos Narnia hace un año, o mil años, da lo mismo, fue Lucy quien llegó primero y ninguno de nosotros quiso creerla. Yo menos que nadie, ya lo sé. Sin embargo, ella tenía razón. ¿No sería justo creerla ahora? Yo voto por subir.

—¡Gracias, Edmund! —dijo Lucy y le oprimió la mano.

—Y ahora te toca a ti, Peter —dijo Susan—. Y realmente confío en que...

—Vamos, callaos, callaos y dejad que piense —la interrumpió él—. Preferiría no tener que votar.

—Eres el Sumo Monarca —observó Trumpkin con voz severa.

—Abajo —declaró Peter con firmeza tras una larga pausa—. Sé que Lucy puede tener razón después de todo, pero no puedo evitarlo. Debemos hacer una cosa u otra.

Así pues, giraron hacia la derecha siguiendo el borde, río abajo. Y Lucy iba la última del grupo, llorando amargamente.

Capítulo diez

El regreso del león

Seguir por el borde de la garganta no resultó tan fácil como parecía. No llevaban recorridos muchos metros cuando se encontraron con jóvenes bosques de abetos que crecían justo en el borde, y después de que intentaran atravesarlos, agachándose y apartando ramas durante unos diez minutos, comprendieron que, allí dentro, tardarían horas en recorrer un kilómetro. Así pues, dieron media vuelta y decidieron rodear el bosque. Aquello los condujo mucho más a la derecha de lo que deseaban ir, tan lejos que dejaron de ver los riscos y oír el río, hasta que llegó un momento en que temieron haberlo perdido por completo. Nadie sabía qué hora era, pero empezaban a acercarse a la hora más calurosa del día.

Cuando por fin consiguieron regresar al borde de la garganta —casi dos kilómetros más abajo del punto del que habían partido— descubrieron que los acantilados de su lado de la garganta eran mucho más bajos y accidentados. No tardaron en localizar un camino para descender a la cañada y proseguir la marcha por la orilla del río. Pero primero descansaron y bebieron un buen trago. Nadie hablaba ya de desayunar, ni siquiera de comer, con Caspian.

Tal vez lo más sensato fuera seguir el Torrente en lugar de avanzar por la parte alta del acantilado, pues los mantenía seguros de la dirección en que avanzaban: desde el encuentro con el bosque de abetos todos habían temido verse obligados a apartarse demasiado de su ruta y perderse en el bosque. Era un lugar antiguo y sin senderos, y era imposible andar en línea recta por él. Zonas de zarzas imposibles, árboles caídos, pantanos y maleza espesa se cruzaban continuamente en su camino. No obstante, la garganta del Torrente tampoco era un lugar agradable por el que viajar. Quiero decir que no era un lugar agradable para quien lleva prisa, aunque resultaría un lugar ideal para dar un paseo tras una merienda campestre. Contaba con todo lo que se podría desear en una ocasión parecida; cataratas atronadoras, cascadas plateadas, profundos estanques de color ambarino, rocas cubiertas de musgo y gruesas capas de musgo en las riberas en las que uno podía hundirse hasta los tobillos, todas las especies existentes de helechos, libélulas que brillaban como joyas diminutas, de vez en cuando un halcón sobrevolaba el cielo y en una ocasión —según les pareció a Peter y a Trumpkin— un águila. Pero desde luego lo que los niños y el enano deseaban contemplar lo antes posible era el Gran Río a sus pies y Beruna, así como el sendero que conducía al Altozano de Aslan.

A medida que andaban, el Torrente empezó a descender más vertiginosamente y el viaje se convirtió más en una ascensión que en una caminata; en algunos lugares incluso se trataba de una peligrosa escalada por rocas resbaladizas con un terrible precipicio que se hundía en oscuras simas y con el río rugiendo furioso en el fondo.

Puedo asegurar que observaban ansiosamente los acantilados a su izquierda en busca de alguna señal de una abertura o de algún lugar por el que pudieran escalarlos; pero los riscos siguieron mostrándose despiadados con ellos. Resultaba exasperante, porque todos sabían que si conseguían salir de la garganta por aquel lado encontrarían al fin una suave ladera y una corta caminata hasta el cuartel general de Caspian.

Los niños y el enano se mostraron entonces a favor de encender una hoguera y cocinar la carne de oso. Susan no estaba de acuerdo; sólo deseaba, tal como dijo: «Seguir adelante y acabar con esto, y salir de semejantes bosques horrendos». Lucy, por su parte, se sentía demasiado cansada y desdichada para opinar. De todos modos, puesto que no había forma de encontrar leña seca, importaba muy poco lo que pensaran los caminantes. Los niños empezaron a preguntarse si la carne cruda era realmente tan desagradable como les habían dicho siempre. Trumpkin les aseguró que sí.

Desde luego, si los niños hubieran intentado realizar un viaje parecido a aquél días atrás, en su propio país, habrían quedado hechos polvo. Creo que ya he explicado antes que Narnia los estaba transformando. Incluso Lucy era en aquellos momentos, por así decirlo, sólo en una tercera parte una niña pequeña que iba al internado por primera vez, y en las otras dos partes, la reina Lucy de Narnia.

—¡Por fin! —gritó Susan.

—¡Hurra! —exclamó Peter.

La garganta del río acababa de doblar un recodo y todo el territorio se extendió a sus pies. Distinguieron un terreno abierto que se alargaba ante ellos hasta la línea del horizonte y, entre éste y ellos, la amplia cinta plateada del Gran Río. Pudieron ver, incluso, la zona especialmente amplia y poco profunda que en el pasado habían sido los Vados de Beruna pero que ahora atravesaba un puente de numerosos arcos. Había una ciudad pequeña al otro lado.

—¡Vaya! —dijo Edmund—. ¡Libramos la Batalla de Beruna justo donde está la ciudad!

Aquello animó a los muchachos más que otra cosa. Uno no puede evitar sentirse más fuerte cuando contempla el lugar donde obtuvo una victoria gloriosa, por no mencionar un reino, cientos de años atrás. Peter y Edmund no tardaron en estar tan absortos charlando sobre la batalla que se olvidaron de sus pies doloridos y del terrible estorbo que significaban las cotas de malla sobre sus hombros. El enano también se sintió interesado.

Avanzaban a un paso más rápido entonces, y la marcha resultaba más fácil. A pesar de que seguían existiendo acantilados a su izquierda, el terreno descendía a su derecha y no tardó en dejar de ser una cañada para convertirse en un valle. Desaparecieron las cascadas y al poco tiempo se encontraron de nuevo en medio de bosques bastante espesos.

Entonces —de improviso— escucharon un silbido junto con un sonido parecido al golpear de un pájaro carpintero. Los niños se preguntaban aún dónde, hacía una eternidad, habían oído un sonido como aquél y por qué les desagradaba tanto, cuando Trumpkin gritó: «¡Al suelo!», a la vez que obligaba a Lucy, que por casualidad estaba junto a él, a caer de bruces sobre los helechos. Peter, que miraba hacia arriba por si podía distinguir alguna ardilla, había visto de qué se trataba: una flecha larga y mortífera se había clavado en el tronco de un árbol justo por encima de su cabeza. Mientras empujaba a Susan al suelo y se dejaba caer también, otro proyectil pasó rozándole el hombro y se hundió en el suelo a su lado.

—¡Rápido! ¡Rápido! ¡Retroceded! ¡Arrastraos! —jadeó Trumpkin.

Dieron media vuelta y se deslizaron colina arriba, bajo los helechos, por entre nubes de horribles moscas que zumbaban sin parar y con flechas silbando a su alrededor. Una golpeó el yelmo de Susan con un agudo chasquido y rebotó en el suelo. Se arrastraron más de prisa, sudorosos. Luego corrieron, doblándose casi por la mitad. Los niños sostenían las espadas en la mano por temor a tropezar con ellas.

Fue una tarea angustiosa; de nuevo colina arriba todo el tiempo, regresando por donde habían llegado. Cuando sintieron que ya no podían correr más, ni siquiera para salvar la vida, se dejaron caer sobre el musgo húmedo que había junto a una cascada y detrás de un peñasco, jadeantes. Los sorprendió comprobar lo alto que se encontraban ya.

Escucharon atentamente y no oyeron ningún sonido de persecución.

—Ya pasó —anunció Trumpkin, aspirando con energía—. No están peinando el bosque. Supongo que no eran más que centinelas. Pero eso significa que Miraz tiene un puesto de avanzada allí. Corchos y recorchos, no obstante, nos salvamos por los pelos.

—Tendrías que darme un coscorrón por haberos traído por aquí —dijo Peter.

—Al contrario, Majestad —replicó el enano—; en primer lugar no fuisteis vos, fue vuestro real hermano, el rey Edmund, quien sugirió ir por el Mar de Cristal.

—Me temo que QA tiene razón —corroboró éste, que sinceramente lo había olvidado desde el momento en que las cosas habían empezado a salir mal.

—Y por otra parte —continuó Trumpkin—, si hubierais seguido mi ruta, lo más probable es que hubiéramos ido a parar de cabeza a este nuevo puesto de avanzada, o al menos habríamos sufrido los mismos inconvenientes para esquivarlo. Creo que la ruta por el Mar de Cristal ha resultado ser la mejor.

—No hay mal que por bien no venga —dijo Susan.

—¡Vaya consuelo! —exclamó Edmund.

—Supongo que ahora tendremos que volver a ascender por toda la garganta —dijo Lucy.

—Lu, eres una campeona —dijo Peter—. Eso es lo más cerca que has estado hoy de decirnos «Ya os lo dije». Sigamos adelante.

—Y en cuanto estemos bien metidos en el bosque —declaró Trumpkin—, digáis lo que digáis, voy a encender una hoguera y a preparar la cena. Pero tenemos que irnos bien lejos de aquí.

No creo necesario describir cómo ascendieron de nuevo, a duras penas, por la cañada. Resultó muy laborioso, pero, curiosamente, todos se sentían más animados. Empezaban a recuperar el aliento; y la palabra «cena» había producido un efecto mágico.

Llegaron al bosque de abetos que les había causado tantos problemas mientras era aún de día y acamparon en una hondonada justo encima de él. Hacerse con la leña resultó bastante pesado, pero fue magnífico cuando el fuego llameó con fuerza y empezaron a extraer los húmedos y manchados paquetes de carne de oso que habrían parecido tan poco apetecibles a cualquiera que hubiera pasado el día en casa sin moverse. El enano resultó ser un cocinero muy imaginativo. Envolvieron las manzanas (todavía les quedaban unas cuantas) en carne de oso —como si se tratara de pastelitos de manzana, sólo que envueltos en carne en lugar de en masa de pastel, y mucho más gruesos— y a continuación las ensartaron en un palo afilado y las pusieron a asar. Y el jugo de la manzana empapó la carne, igual que si se tratase de salsa de manzana con cerdo asado. Un oso que se ha alimentado demasiado tiempo de otros animales no resulta muy gustoso, pero un oso que ha comido gran cantidad de miel y fruta tiene un sabor excelente, y aquél resultó ser de esos últimos. Realmente fue una comida espléndida. Y, además, no había que lavar los platos; bastaba con acostarse, observar cómo se elevaba el humo de la pipa de Trumpkin, estirar las fatigadas piernas y charlar. Todos se sintieron muy esperanzados entonces de poder encontrar al rey Caspian al día siguiente y derrotar a Miraz en unos cuantos días. Tal vez no era muy sensato que pensaran así, pero lo hicieron.

Se fueron quedando dormidos uno a uno, pero con mucha rapidez.

Lucy despertó del sueño más profundo que imaginarse pueda, con la sensación de que la voz que más le gustaba en el mundo la había estado llamando por su nombre. En un principio pensó que se trataba de la voz de su padre, pero algo no encajaba. Luego pensó que era la voz de Peter, pero tampoco la convencía. No quería levantarse; no porque se sintiera cansada aún —muy al contrario, se sentía totalmente descansada y ya no le dolía ningún hueso—, sino porque se sentía sumamente feliz y cómoda. Contemplaba directamente la luna narniana, que es más grande que la nuestra, y el cielo estrellado, ya que el lugar donde habían acampado estaba bastante despejado de árboles.

—Lucy —volvieron a llamarla, y no era ni la voz de su padre ni la de Peter.

Se sentó en el suelo, temblando de emoción y nada asustada. La luna era tan brillante que todo el paisaje boscoso que la rodeaba resultaba tan nítido como si fuera pleno día, aunque tenía un aspecto más salvaje. A su espalda estaba el bosque de abetos; a lo lejos, a su derecha, los escarpados picos de los acantilados en el otro extremo de la garganta; justo al frente, una extensión de hierba hasta donde empezaba un umbroso claro de árboles situado a un tiro de arco de distancia. La niña contempló fijamente los árboles de aquel claro.

—Pues yo diría que se mueven —dijo para sí—. Están andando.

Se puso en pie, con el corazón latiendo violentamente, y fue hacia ellos. Desde luego se oía un ruido en el prado, un ruido como el que hacen los árboles cuando sopla un fuerte viento, a pesar de que no había viento aquella noche. No obstante tampoco era exactamente un ruido arbóreo corriente. A Lucy le dio la impresión de que existía una musicalidad en él, aunque no pudo captar la melodía, igual que le había ocurrido con las palabras cuando los árboles estuvieron a punto de hablarle la noche anterior. Pero existía, al menos, una cadencia; sintió que sus propios pies deseaban ponerse a danzar cuando se acercó. Y ya no existía la menor duda de que los árboles se movían realmente; se movían arriba y abajo entre ellos como si efectuaran un complicado baile campestre. «Y supongo —pensó la niña— que cuando los árboles danzan, debe de tratarse de un baile muy, pero que muy campestre.» Para entonces se hallaba ya casi entre ellos.

El primer árbol al que miró no le pareció un árbol a primera vista, sino un humano enorme con una barba enmarañada y grandes matas de pelo. No sintió miedo: había visto tales cosas antes. Pero cuando volvió a mirar no era más que un árbol, aunque seguía moviéndose. Era imposible distinguir si tenía pies o raíces, claro, porque cuando los árboles se mueven no andan por la superficie de la tierra, sino que vadean por ella como hacemos nosotros en el agua. Lo mismo sucedió con todos los árboles a los que miraba. En un momento dado parecían ser las amistosas y encantadoras figuras gigantes que la comunidad de árboles adoptaba cuando una magia buena les infundía vida, y al siguiente todos volvían a parecer árboles. Sin embargo, cuando parecían árboles, eran árboles extrañamente humanos, y cuando parecían personas, eran personas curiosamente ramificadas y frondosas; y no dejaba de oírse aquel curioso sonido cadencioso, susurrante, fresco y alegre.

—Están casi despiertos, pero no del todo —dijo Lucy; la niña sabía que ella misma estaba despierta y muy despejada, mucho más de lo que se acostumbra a estar.

Se introdujo intrépidamente entre ellos, danzando también mientras saltaba a un lado y a otro para evitar ser atropellada por sus inmensos compañeros. De todos modos sólo estaba interesada a medias en ellos, pues lo que deseaba era conseguir llegar hasta algo situado al otro lado; era desde un punto situado detrás de ellos de donde la voz la había llamado.

No tardó en dejarlos atrás, preguntándose en cierto modo si había estado utilizando los brazos para apartar ramas o para asirse de las manos a una gran cadena de danzarines enormes que se inclinaban para llegar hasta ella, pues se trataba realmente de un círculo de árboles alrededor de una zona central despejada. Por fin salió de entre la movediza confusión de exquisitas luces y sombras.

Un círculo de hierba, blanda como si fuera césped, apareció ante sus ojos, con oscuros árboles danzando a su alrededor. Y entonces... ¡Qué gran alegría! Él estaba allí: el enorme león, despidiendo un fulgor blanco bajo la luz de la luna, con su enorme sombra negra proyectándose bajo su cuerpo.

De no haber sido por el movimiento de la cola habría podido pasar por un león de piedra, pero Lucy jamás lo pensó. Ni siquiera se detuvo a pensar si era un león amigo o no, sino que se abalanzó sobre él. Le parecía que el corazón le estallaría si perdía un momento. Y al cabo de un instante se encontró besándolo y pasándole los brazos alrededor del cuello hasta donde éstos alcanzaban, a la vez que metía el rostro en la hermosa y soberbia sedosidad de su melena.

—Aslan, Aslan. Querido Aslan —sollozó—. Por fin.

La enorme bestia se tumbó sobre el costado de modo que Lucy cayó, medio sentada y medio tumbada, entre sus patas delanteras. El león se inclinó entonces al frente y le rozó la nariz con la lengua. El cálido aliento la envolvió, y alzó los ojos hacia el enorme y sabio rostro.

—Bienvenida, pequeña —saludó.

—Aslan —dijo Lucy—, eres más grande.

—Eso se debe a que tú eres mayor, pequeña —respondió él.

—Entonces, ¿no has crecido?

—No. Pero cada año que crezcas, me verás más grande.

Durante un tiempo, la niña se sintió tan feliz que no quiso hablar. Pero Aslan sí lo hizo.

—Lucy, no debemos permanecer aquí mucho tiempo. Tienes trabajo que hacer y hoy se ha perdido mucho tiempo.

—Sí, ¿no ha sido una vergüenza? —respondió ella—. Yo te vi, pero no quisieron creerme. Son tan...

De algún punto en el interior del león surgió un levísimo asomo de gruñido.

—Lo siento —dijo Lucy, que comprendía algunos de sus estados de ánimo—, no era mi intención empezar a criticar a los demás. Pero de todos modos no fue culpa mía, ¿verdad?

El león la miró directamente a los ojos.

—Por favor, Aslan —protestó la niña—. ¿No querrás decir que sí? ¿Cómo iba a...? No podía abandonar a los otros y subir hasta ti yo sola, ¿cómo iba a hacerlo? No me mires de ese modo... Oh, bueno, supongo que sí podía. Sí, y no habría estado sola, lo sé, no si estaba contigo. Pero ¿de qué habría servido?

Aslan no dijo nada.

—Quieres decir —siguió Lucy con voz algo desmayada— que habría salido bien al final... ¿de algún modo? Pero ¿cómo? ¡Por favor, Aslan! ¿Es que no puedo saberlo?

—¿Saber lo que habría sucedido, pequeña? —respondió el león—. No. A nadie se le cuenta eso.

—Vaya.

—Pero cualquiera puede averiguar lo que sucederá —siguió Aslan—. Si regresas junto a los otros ahora y los despiertas, y les dices que me has vuelto a ver, y que todos tenéis que levantaros inmediatamente y seguirme... ¿qué sucederá? Sólo existe un modo de averiguarlo.

—¿Quieres decir que deseas que haga eso? —inquirió ella, atónita.

—Sí, pequeña.

—¿Te verán los otros también?

—Desde luego, no al principio. Más tarde, tal vez.

—Pero ¡no me creerán!

—No importa —repuso Aslan.

—Cielos, cielos —dijo Lucy—. Y yo que me alegré tanto de volverte a encontrar. Y que pensaba que me dejarías quedarme. Creía que aparecerías rugiendo y harías huir a todos los enemigos... como la última vez. Y ahora todo será horroroso.

—Resulta duro para ti, niña —repuso Aslan—. Pero las cosas nunca suceden del mismo modo dos veces. Ya hemos pasado por tiempos difíciles en Narnia antes de ahora.

Lucy hundió la cabeza en su melena para ocultarse de su rostro; pero debía de existir magia en su melena, pues sintió que la energía del león penetraba en ella. Se incorporó repentinamente.

—Lo siento, Aslan —dijo—. Estoy lista.

—Ahora eres una leona —declaró el león—. Y toda Narnia se renovará. Pero ven. No tenemos tiempo que perder.

Se puso en pie y avanzó con pasos majestuosos y silenciosos de vuelta al círculo de árboles danzantes a través del cual la niña había llegado hasta allí: y Lucy lo acompañó, posando una mano algo temblorosa sobre su melena. Los árboles se hicieron a un lado para dejarlos pasar y por un segundo adoptaron totalmente sus formas humanas. Lucy tuvo una fugaz visión de altos y hermosos dioses y diosas del bosque que se inclinaban ante el león; al cabo de un instante volvían a ser árboles, pero seguían inclinándose, con movimientos de ramas y troncos tan elegantes que las mismas reverencias eran una especie de danza.

—Ahora, pequeña —indicó Aslan cuando hubieron dejado los árboles a su espalda—. Esperaré aquí. Ve y despierta a los otros y diles que te sigan. Si ellos no quieren, por lo menos deberás seguirme tú sola.

Es algo terrible tener que despertar a cuatro personas, todas mayores que uno y todas muy cansadas, con el objeto de decirles algo que probablemente no creerán y conseguir que hagan algo que desde luego no les gustará. «No debo pensar en ello, simplemente debo hacerlo», pensó Lucy.

Fue hacia Peter primero y lo zarandeó.

—Peter —le susurró al oído—, despierta. ¡Rápido! Aslan está aquí. Dice que debemos seguirlo al instante.

—Claro que sí, Lu. Lo que quieras —respondió su hermano inesperadamente.

Aquello resultó alentador, pero puesto que Peter se dio la vuelta inmediatamente y volvió a dormirse, no sirvió de gran cosa.

Luego probó con Susan. Susan sí que se despertó, pero únicamente para decir con su más fastidiosa voz de adulto:

—Estabas soñando, Lucy. Vuélvete a dormir.

Probó con Edmund a continuación. Resultó difícil despertarlo, pero cuando por fin lo consiguió su hermano estaba totalmente despejado y se sentó en el suelo.

—¿Eh? —dijo con voz malhumorada— ¿De qué estás hablando?

Ella se lo repitió. Era una de las peores partes de la tarea, ya que cada vez que lo decía, sonaba menos convincente.

—¡Aslan! —exclamó Edmund, poniéndose en pie de un salto—. ¡Hurra! ¿Dónde?

Lucy se volvió hacia donde podía ver al león que aguardaba con los pacientes ojos fijos en ellos.

—¡Ahí! —dijo, señalando con el dedo.

—¿Dónde? —volvió a preguntar él.

—Ahí. Ahí. ¿No lo ves? Justo a este lado de los árboles.

Edmund miró fijamente durante un rato y luego dijo:

—No; ahí no hay nada. La luz de la luna te ha deslumbrado; te has confundido. A veces sucede, ¿sabes? A mí también me pareció ver algo por un momento. No es más que una ilusión op... como se llame.

—Yo le veo todo el tiempo —indicó Lucy—. Está mirando directamente hacia nosotros.

—Entonces ¿por qué no lo veo?

—Dijo que tal vez no podríais.

—¿Por qué?

—No lo sé. Eso es lo que dijo.

—Oh, al diablo con todo —dijo su hermano—. Cómo desearía que no te dedicaras a ver cosas. Pero supongo que tendremos que despertar a los demás.

Capítulo once

El león ruge

Cuando por fin todo el grupo estuvo despierto, Lucy tuvo que relatar su historia por cuarta vez. El silencio que siguió fue de lo más desalentador.

—No veo nada —declaró Peter después de haber mirado hasta dolerle los ojos—. ¿Ves tú algo, Susan?

—No, claro que no —le espetó ella—. Porque no hay nada que ver. Lo ha soñado. Anda, acuéstate y duerme, Lucy.

—Y realmente espero —dijo Lucy con voz temblorosa— que vengáis todos conmigo. Porque... porque tengo que ir con él tanto si alguien me acompaña como si no.

—No digas tonterías, Lucy —replicó Susan—. Desde luego que no te puedes ir sola. No se lo permitas, Peter. Se está portando como una niña malcriada.

—Yo iré con ella, si realmente tiene que ir —declaró Edmund—. Ya ha tenido razón en otras ocasiones.

—Ya lo sé —repuso Peter—. Y probablemente tenía razón esta mañana. Desde luego no tuvimos ninguna suerte descendiendo por la garganta. De todos modos... a estas horas de la noche. Y ¿por qué tendría que resultar Aslan invisible para nosotros? Antes no lo era. No es normal. ¿Qué dice el QA?

—Oh, yo no digo nada —respondió el enano—. Si vais todos, desde luego iré con vosotros; y si vuestro grupo se divide, iré con el Sumo Monarca. Ése es mi deber para con él y el rey Caspian. Pero, si me pedís mi opinión personal, soy un enano corriente que no cree que existan muchas posibilidades de encontrar un sendero por la noche donde no se pudo encontrar uno de día. Y detesto a los leones mágicos que son leones parlantes y no hablan, y los leones amistosos que no nos sirven para nada, y los leones enormes que nadie puede ver. Todo eso son sandeces, en mi opinión.

—Está golpeando el suelo con la pata para que nos demos prisa —dijo Lucy—. Debemos marchar ahora. Al menos yo debo hacerlo.

—No tienes ningún derecho a intentar obligar al resto de nosotros de ese modo. Estamos cuatro a uno y eres la más joven —dijo Susan.

—Vamos, vamos —refunfuñó Edmund—. Tenemos que ir. No estaremos tranquilos hasta que lo hagamos.

Pensaba seriamente respaldar a Lucy, pero se sentía molesto por perder una noche de sueño y lo compensaba refunfuñando tanto como le era posible.

—En marcha, pues —indicó Peter, introduciendo fatigosamente el brazo en la correa del escudo para luego colocarse el yelmo.

En cualquier otro momento habría dicho algo agradable a Lucy, que era su hermana favorita, pues sabía lo desgraciada que debía de sentirse, y también sabía que, fuera lo que fuera lo que hubiera sucedido no era culpa suya. Sin embargo, no podía evitar sentirse algo molesto con ella de todos modos.

Susan fue la peor.

—Supongamos que empezara a comportarme como Lucy —dijo—. Podría amenazar con quedarme aquí tanto si el resto seguía adelante como si no. Además, creo que lo haré.

—Obedeced al Sumo Monarca, Majestad —indicó Trumpkin—, y pongámonos en marcha. Si no se me permite dormir, prefiero ponerme en marcha a quedarme aquí quieto charlando.

Y así, finalmente, iniciaron el camino. Lucy fue delante, mordiéndose el labio mientras pensaba en todas las cosas que tenía ganas de decirle a Susan. Pero las olvidó en cuanto fijó los ojos en Aslan. Éste giró y empezó a andar con paso lento a unos treinta metros por delante de ellos. Los otros sólo tenían las indicaciones de Lucy para guiarlos, pues Aslan no sólo era invisible para ellos sino también silencioso; las enormes garras felinas no producían el menor ruido al pisar la hierba.

Los condujo a la derecha de los árboles danzantes —si todavía bailaban nadie lo supo, pues Lucy tenía los ojos puestos en el león y los demás tenían los suyos fijos en ella— y más cerca del borde de la garganta.

«¡Adoquines y timbales! —pensó Trumpkin—. Espero que esta locura no vaya a acabar en una escalada a la luz de la luna y unos cuantos cuellos rotos.»

Aslan avanzó por la parte superior de los riscos durante un buen rato. Luego llegaron a un punto donde algunos arbustos crecían justo en el borde; allí giró y desapareció entre ellos. Lucy contuvo la respiración, pues parecía que se hubiera lanzado por el acantilado; pero estaba demasiado ocupada intentando no perderlo de vista para detenerse y pensar en ello. Apresuró el paso y no tardó en estar también entre los árboles. Al mirar abajo, distinguió un sendero empinado y estrecho que descendía oblicuamente al interior de la garganta por entre las rocas, y a Aslan, que bajaba por él. El león se volvió y la miró con sus alegres ojos.

Lucy batió palmas y empezó a descender cautelosamente tras él. A su espalda oyó las voces de sus compañeros que gritaban:

—¡Eh! ¡Lucy! Ten cuidado, por Dios. Estás justo en el borde del precipicio. Regresa...

Y luego, al cabo de un momento, la voz de Edmund que decía:

—No, chicos, tiene razón. Hay un sendero para bajar.

A mitad del descenso Edmund la alcanzó.

—¡Mira! —dijo muy nervioso—. ¡Mira! ¿Qué es aquella sombra que se desliza por delante de nosotros?

—Es su sombra —respondió Lucy.

—Estoy convencido de que tienes razón, Lu —dijo Edmund—. No sé cómo no lo comprendí antes. Pero ¿dónde está él?

—Con su sombra, claro. ¿No lo ves?

—Bueno, casi me pareció verlo... por un momento. Esta luz es tan rara.

—Seguid adelante, rey Edmund, seguid adelante —se oyó decir a Trumpkin desde un punto situado detrás y por encima de ellos.

A continuación, más atrás aún y todavía muy cerca de la cima, sonó la voz de Peter que decía:

—Vamos, date prisa, Susan. Dame la mano. Vaya, pero si hasta un bebé podría bajar por aquí. Y haz el favor de no quejarte más.

Al cabo de unos pocos minutos estuvieron todos en el fondo, y el rugir del agua inundó sus oídos. Avanzando con la delicadeza de un gato, Aslan saltó de piedra en piedra para cruzar el río. Cuando llegó al centro se detuvo, se inclinó para beber, y al alzar la melenuda cabeza del agua, chorreando, se volvió para mirarlos de nuevo. Esa vez Edmund sí lo vio.

—¡Oh, Aslan! —gritó, lanzándose al frente.

Pero el león giró en redondo y empezó a ascender por la ladera del otro extremo del Torrente.

—¡Peter, Peter! —llamó Edmund—. ¿Lo has visto?

—He visto algo —respondió él—; pero esta luz engaña. Sigamos adelante, de todos modos, y tres vítores por Lucy. Ahora tampoco me siento ni la mitad de cansado.

Sin una vacilación, Aslan los condujo hacia la izquierda, cada vez más arriba de la garganta. Todo el viaje resultó extraño y como si se tratara de un sueño; el arroyo que rugía, la hierba húmeda y gris, los relucientes acantilados a los que se aproximaban, y siempre la gloriosa y silenciosa bestia que avanzaba lentamente delante de ellos. Todos excepto Susan y el enano veían ya al león.

Al poco tiempo llegaron ante otro sendero empinado, que ascendía por la ladera de los precipicios más lejanos. Eran mucho más altos que aquellos por los que habían descendido, y la subida fue un largo y tedioso zigzag. Por suerte la luna brillaba justo encima de la garganta, de modo que ningún lado quedaba sumido en sombras.

Lucy estaba casi exhausta cuando la cola y las patas traseras de Aslan desaparecieron en la cima: pero con un último esfuerzo trepó tras él y salió, con las piernas temblorosas y sin aliento, a la colina que habían estado intentando alcanzar desde que abandonaron el Mar de Cristal. La larga y suave cuesta, cubierta de brezos, hierba y unas pocas rocas enormes que brillaban blancas bajo la luz de la luna, ascendía hasta desvanecerse en un vago vislumbre de árboles a casi un kilómetro de distancia. La reconoció. Era la colina de la Mesa de Piedra.

Con un tintineo de cotas de malla el resto trepó a lo alto del precipicio tras ella. Aslan se deslizó al frente ante ellos y los niños lo siguieron.

—Lucy —dijo Susan con una voz apenas audible.

—¿Sí?

—Ahora le veo. Lo siento.

—No pasa nada.

—Pero es que me he portado mucho peor de lo que crees. Creía firmemente que era él, quiero decir, ayer, cuando nos advirtió que no fuéramos por el bosque de abetos. Y creía firmemente que era él esta noche, cuando nos despertaste. Me refiero a que lo creía en mi interior. O podría haberlo hecho, si hubiera querido. Pero sencillamente quería salir del bosque y... y... vaya, no lo sé. Y ¿qué le voy a decir?

—A lo mejor no tendrás que decir gran cosa —sugirió Lucy.

No tardaron en alcanzar los árboles y a través de ellos los niños distinguieron el Gran Montículo, el Altozano de Aslan, que alguien había alzado sobre la Mesa de Piedra después de marchar ellos de Narnia.

—Nuestro bando no está muy atento —masculló Trumpkin—. Tendrían que habernos dado el alto hace rato...

—¡Silencio! —dijeron los otros cuatro, pues Aslan se había detenido y girado en aquel momento y se encontraba frente a ellos, con un aspecto tan majestuoso que se sintieron tan contentos como puede estarlo alguien atemorizado, tan atemorizados como puede estarlo alguien contento. Los niños avanzaron; Lucy se hizo a un lado para dejarlos pasar y Susan y el enano retrocedieron.

—Aslan —dijo el rey Peter, hincando una rodilla en el suelo y alzando la pesada zarpa del león hasta su rostro—, me alegro tanto... Y estoy muy apenado. Los he conducido por el camino equivocado desde que nos pusimos en marcha y en especial ayer por la mañana.

—Querido hijo —respondió Aslan.

Luego se volvió y saludó a Edmund. «Bien hecho», fueron sus palabras.

A continuación, tras una pausa atroz, la profunda voz dijo:

—Susan.

Susan no respondió, pero a los demás les pareció que lloraba.

—Has escuchado al miedo, pequeña —siguió Aslan—. Ven, deja que sople sobre ti. Olvídalo. ¿Vuelves a ser valiente?

—Un poco, Aslan —respondió ella.

—¡Y ahora! —dijo el león en voz mucho más alta con sólo un atisbo de rugido en ella, al mismo tiempo que su cola le azotaba los flancos—. Y ahora, ¿dónde está ese pequeño enano, ese famoso espadachín y arquero que no cree en leones? ¡Ven aquí, Hijo de la Tierra, ven AQUÍ! —Y la última palabra ya no era el atisbo de un rugido sino casi un rugido auténtico.

—¡Espectros y escombros! —resolló Trumpkin con un hilillo de voz.

Los niños, que conocían a Aslan lo suficiente como para saber que le caía muy bien el enano, no se sintieron preocupados, pero fue muy distinto para Trumpkin, que jamás había visto un león, y mucho menos aquel león. Sin embargo, hizo la única cosa sensata que podía haber hecho; es decir, en lugar de salir huyendo, avanzó vacilante hacia Aslan.

Aslan saltó. ¿Has visto alguna vez a un gatito muy pequeño siendo transportado en la boca de su madre? Fue algo parecido. El enano, hecho un desmadejado ovillo, colgaba de la boca del león. Éste lo zarandeó con violencia y toda la armadura tintineó como la alforja de un hojalatero, y luego —abracadabra— el enano voló por los aires. Trumpkin estaba tan a salvo como si estuviera en la cama, aunque a él no le parecía que fuera así. Mientras descendía, las enormes y aterciopeladas zarpas lo capturaron con la misma suavidad que los brazos de una madre y lo depositaron, de pie, además, sobre el suelo.

—Hijo de la Tierra, ¿seremos amigos? —preguntó Aslan.

—S... s... sí —jadeó el enano, que no había recuperado aún el aliento.

—Bien —dijo Aslan—. La luna se está poniendo. Mirad a vuestra espalda: amanece. No tenemos tiempo que perder. Vosotros tres, Hijos de Adán e Hijo de la Tierra, apresuraos a ir al interior del montículo y ocupaos de lo que encontréis allí.

El enano seguía sin habla y ninguno de los niños osó preguntar si Aslan los seguiría. Los tres desenvainaron las espadas y saludaron, luego giraron y se perdieron en la penumbra entre tintineos metálicos. Lucy advirtió que no había ninguna señal de cansancio en sus rostros: tanto el Sumo Monarca como el rey Edmund tenían más aspecto de hombres hechos y derechos que de niños.

Las niñas contemplaron cómo se perdían de vista, de pie junto a Aslan. La luz empezaba a cambiar. Muy hundida en el este, Aravir, el lucero del alba de Narnia, brillaba como una luna pequeña. Aslan, que parecía más grande que antes, alzó la cabeza, sacudió la melena y rugió.

El sonido, profundo y vibrante al principio como un órgano que empieza con una nota grave, se elevó y adquirió potencia, y luego se tornó aún más potente, hasta que la tierra y el aire se estremecieron con él. El sonido se alzó de aquella colina y flotó sobre toda Narnia. Abajo, en el campamento de Miraz, los hombres despertaron, se miraron los unos a los otros con rostros pálidos y asieron sus armas. Más abajo, en el Gran Río, que se hallaba en su hora más fría en aquellos momentos, las cabezas y los hombros de las ninfas, y la gran cabeza con barba de algas del dios del río, se alzaron de las aguas. Al otro lado, en todos los campos y bosques, los oídos vigilantes de los conejos surgieron de sus agujeros, las cabezas adormecidas de los pájaros salieron de debajo de las alas, los búhos ulularon, las zorras gritaron, los puerco espines gruñeron, los árboles se agitaron. En ciudades y pueblos las madres apretaron a sus bebés contra el pecho, con ojos despavoridos, los perros lanzaron gruñidos y los hombres saltaron del lecho buscando a tientas una luz. Muy lejos, en la frontera septentrional, los gigantes de las montañas atisbaron desde las oscuras entradas de sus castillos.

Lo que Lucy y Susan vieron fue algo oscuro que venía hacia ellas, casi desde todas direcciones, cruzando las colinas. En un principio pareció una neblina negra que se arrastrara por el suelo, luego fue como las tempestuosas olas de un mar negro alzándose más y más a medida que se acercaban, y después, por fin, lo que era en realidad: bosques en movimiento. Todos los árboles del mundo parecían correr hacia Aslan. Pero a medida que se acercaban se parecían menos a árboles, y cuando toda aquella multitud, entre inclinaciones y reverencias y saludando con los finos y largos brazos a Aslan, rodearon a Lucy, ésta vio que se trataba de una multitud de figuras humanas. Pálidas muchachas abedules agitaban la cabeza a modo de saludo, mujeres sauces se apartaban los cabellos del rostro pensativo para contemplar a Aslan, las majestuosas hayas se detenían y lo veneraban, peludos hombres roble, delgados y melancólicos olmos, desgreñados acebos —oscuros ellos, mientras que sus esposas aparecían resplandecientes cubiertas de bayas— y risueños serbales, todos se inclinaron y volvieron a alzarse, gritando: «¡Aslan, Aslan!» en sus distintas voces roncas, rechinantes u ondulantes.

La multitud y el baile alrededor de Aslan (pues se había convertido en una danza una vez más) adquirieron tales proporciones y velocidad que Lucy se sintió aturdida. No consiguió ver de dónde surgían ciertos personajes que rápidamente se pusieron a dar cabriolas entre los árboles. Uno era un joven, cubierto únicamente con una piel de cervatillo y con hojas de parra ciñendo los rizados cabellos; el rostro habría resultado casi demasiado hermoso para pertenecer a un muchacho, de no haber sido por su aspecto tan salvaje. Uno sentía que, tal como dijo Edmund cuando lo vio unos días después: «Ése es un muchacho capaz de hacer cualquier cosa... absolutamente cualquier cosa». Parecía tener toda una profusión de nombres: Bromios, Bassareus y el Carnero eran tres de ellos. Lo acompañaban gran cantidad de muchachas, todas tan bulliciosas como él. Apareció incluso, inesperadamente, alguien montado en un asno. Y todo el mundo reía y gritaba: «Euan, euan, eu-oi-oi-oi».

—¿Están jugando, Aslan? —gritó el joven.

Y al parecer así era; pero casi todos parecían tener ideas distintas sobre a qué se jugaba. Tal vez fuera a «pilla pilla», pero Lucy no llegó a descubrir quién «pillaba» a quién. Se parecía a la «gallinita ciega», sólo que todo el mundo se comportaba como si llevara puesta la venda; tampoco era muy distinto de «frío y caliente», pero nunca apareció lo que se tenía que buscar. Lo que lo complicó aún más fue que el hombre montado en el asno, que era viejo y terriblemente gordo, empezó a gritar entonces: «¡Refrigerios! ¡Es la hora del refrigerio!», y se cayó del asno para ser izado de vuelta a él por los demás, en tanto que el asno parecía tener la impresión de que todo aquello era un circo e intentaba alardear de su capacidad para andar sobre los cuartos traseros. Y cada vez había más hojas de parra por todas partes. Y pronto no eran sólo hojas sino también parras, que se encaramaban por doquier. Ascendían por las piernas de las personas-árboles y se enroscaban a sus cuellos. Lucy alzó las manos para echarse hacia atrás los cabellos y descubrió que empujaba ramas de vid. El asno era una masa de ellas; tenía la cola totalmente envuelta en ellas y algo oscuro se balanceaba entre sus orejas. La niña volvió a mirar y vio que se trataba de un racimo de uvas. Después de aquello todo fueron uvas: arriba, en el suelo y por todas partes.

—¡Refrigerios! ¡Refrigerios! —rugía el anciano.

Todo el mundo empezó a comer, y sean como sean los invernaderos de tu país, jamás habrás saboreado uvas semejantes. Uvas realmente buenas, firmes y tersas por fuera, pero que estallaban en una fresca dulzura cuando te las llevabas a la boca, eran una de las cosas que las niñas jamás se habrían cansado de comer. Allí había más de las que uno podría desear, y no había que guardar las formas. Por todas partes se veían dedos manchados y pegajosos y, aunque las bocas estaban llenas, las risas no cesaban ni tampoco los agudos gritos de «Euan, euan, eu-oi-oi-oi», hasta que, repentinamente, todos sintieron al mismo tiempo que el juego —fuera el que fuera— y la fiesta tenían que finalizar, y todos se dejaron caer pesadamente al suelo sin aliento y volvieron el rostro hacia Aslan para escuchar lo que tuviera que decir a continuación.

En aquel momento el sol empezaba a salir y Lucy recordó algo y susurró a Susan.

—¿Sabes, Su? Sé quiénes son.

—¿Quiénes?

—El muchacho del rostro salvaje es Baco y el anciano que monta el asno es Sileno. ¿No recuerdas que el señor Tumnus nos habló de ellos hace tiempo?

—Sí, claro. Pero oye, Lu...

—¿Qué?

—No me habría sentido segura con Baco y todas sus alocadas chicas si nos los hubiéramos encontrado sin estar Aslan con nosotras.

—Creo que yo tampoco —repuso su hermana.

CAPÍTULO DOCE

HECHICERÍA Y VENGANZA INESPERADA

Entretanto Trumpkin y los dos muchachos llegaron al pequeño y oscuro arco de piedra que conducía al interior del montículo, y dos tejones centinelas (las manchas blancas de sus mejillas fue todo lo que Edmund pudo ver de ellos) se levantaron de un salto mostrando los dientes y les preguntaron con voces roncas:

—¿Quién anda ahí?

—Trumpkin —respondió el enano—, que trae con él al Sumo Monarca de Narnia desde el pasado.

—Por fin —dijeron los tejones, olfateando las manos de los niños—. Por fin.

—Dadnos algo con que alumbrarnos, amigos —pidió Trumpkin.

Los tejones localizaron una antorcha justo en el interior de la arcada, y Peter la encendió y se la entregó al enano.

—Será mejor que el QA nos guíe —dijo—. Nosotros no conocemos este lugar.

Trumpkin tomó la antorcha y se adelantó por el túnel. Era un lugar frío, oscuro y que olía a humedad, con algunos que otros murciélagos revoloteando a la luz de la antorcha, y gran cantidad de telarañas. Los niños, que habían estado principalmente al aire libre desde aquella mañana en la estación de ferrocarril, se sintieron como si entraran en una trampa o una prisión.

—Oye, Peter —susurró Edmund—, fíjate en esas cosas esculpidas en las paredes. ¿No parecen muy viejas? Y, no obstante, nosotros somos más viejos aún. La última vez que estuvimos aquí no estaban.

—Sí —respondió Peter—; eso le da a uno qué pensar.

El enano siguió adelante y luego giró a la derecha, a continuación a la izquierda, más adelante descendió unos peldaños y luego torció de nuevo a la izquierda. Finalmente vieron una luz al frente; una luz que salía por debajo de una puerta. Y entonces, por primera vez oyeron voces, pues habían llegado a la puerta de la sala central. Las voces del interior eran voces enojadas. Alguien hablaba en un tono de voz tan alto que había impedido que oyeran cómo se acercaban los niños y el enano.

—No me gusta cómo suena eso —susurró Trumpkin a Peter—. Escuchemos unos instantes.

Permanecieron totalmente inmóviles al otro lado de la puerta.

—Sabéis muy bien —decía una voz («Ése es el rey», musitó Trumpkin)— por qué no se hizo sonar el cuerno al salir el sol esta mañana. ¿Habéis olvidado que Miraz cayó sobre nosotros casi antes de que Trumpkin partiera, y luchamos encarnizadamente durante tres horas y más? Lo hice sonar en cuanto tuve un momento de respiro.

—No creo que lo olvide, precisamente —respondió la voz enojada—, cuando fueron mis enanos los que soportaron el peso del ataque y uno de cada cinco cayó.

—Ése es Nikabrik —susurró Trumpkin.

—¡Qué vergüenza, enano! —se oyó decir a una voz apagada («La de Buscatrufas», indicó Trumpkin)—. Todos hicimos tanto como los enanos y nadie más que el rey.

—Por mí puedes contar la historia como te parezca —respondió Nikabrik—. Pero tanto si fue porque el cuerno sonó demasiado tarde, o porque carece de magia, lo cierto es que no ha llegado ayuda. Tú, tú, gran escribano, tú, gran mago, tú, sabelotodo; ¿todavía nos pides que pongamos todas nuestras esperanzas en Aslan y en el rey Peter y en todo eso?

—Debo confesar, desde luego no puedo negarlo, que me siento profundamente decepcionado por el resultado de la operación —respondió otra voz.

—Ése debe de ser el doctor Cornelius —dijo Trumpkin.

—Para decirlo claramente —intervino Nikabrik—, tienes la cartera vacía, los huevos podridos, el pescado por pescar y las promesas incumplidas. Apártate pues y deja que otros trabajen. Y por eso...

—La ayuda llegará —dijo Buscatrufas—, yo estoy del lado de Aslan. Tened paciencia, como la tenemos nosotros las bestias. La ayuda llegará. Tal vez esté incluso detrás de la puerta.

—¡Bah! —refunfuñó Nikabrik—. Vosotros los tejones nos haríais esperar hasta que el cielo cayese y todos pudiésemos atrapar alondras. Os digo que no podemos esperar. Nos estamos quedando sin comida; perdemos más de lo que nos podemos permitir con cada enfrentamiento; nuestros seguidores empiezan a escabullirse.

—Y ¿por qué? —inquirió Buscatrufas—. Os diré por qué. Porque se ha propagado entre ellos que hemos llamado a los reyes del pasado y éstos no han respondido. Las últimas palabras que dijo Trumpkin antes de marcharse, y lo más probable es que fuera directo a su propia muerte, fueron: «Si tenéis que hacer sonar el cuerno, no dejéis que el ejército sepa por qué lo hacéis o qué esperáis de él». Pero aquella misma tarde todo el mundo parecía saberlo.

—Habría sido mejor que introdujeras tu hocico gris en un avispero, tejón, antes que sugerir que soy un bocazas —dijo Nikabrik—. Retíralo o...

—Vamos, dejadlo ya los dos —intervino el rey Caspian—. Quiero saber qué es eso que Nikabrik no hace más que insinuar que debemos hacer. Pero antes quiero saber quiénes son esos dos desconocidos que ha traído a nuestro consejo y que permanecen ahí con las orejas bien abiertas y las bocas cerradas.

—Son amigos míos —dijo Nikabrik—. Y ¿qué otro derecho tenéis vos a estar aquí que el de ser amigo de Trumpkin y del tejón? Y ¿qué derecho tiene ese demente de la túnica negra a estar aquí excepto que es vuestro amigo? ¿Por qué he de ser yo el único que no puede traer a sus amigos?

—Su Majestad es el rey a quien hemos jurado lealtad —dijo Buscatrufas con severidad.

—Modales cortesanos, modales cortesanos —se mofó Nikabrik—. Pero en este agujero podemos hablar con claridad. Tú sabes, y él sabe, que este muchacho telmarino no será rey de ninguna parte y de nadie a menos que le ayudemos a salir de la trampa en que se encuentra.

—Tal vez —dijo Cornelius—, tus nuevos amigos quieran hablar por sí mismos... Eh, tú, ¿quién y qué eres?

—Excelentísimo maese doctor —dijo una voz fina y gimoteante—. Si me lo permitís, no soy más que una pobre anciana, y estoy muy agradecida al excelentísimo enano por su amistad, ya lo creo. Su Majestad, bendito sea su hermoso rostro, no debe temer a una anciana encorvada por el reumatismo y que no tiene dónde caerse muerta. Poseo una cierta habilidad, no como vos, maese doctor, desde luego, para efectuar pequeños conjuros y encantamientos que me sentiría muy contenta de poder usar contra nuestros enemigos, si estuvieran de acuerdo todos los interesados. Pues los odio. Oh, sí. Nadie los odia más que yo.

—Eso resulta muy interesante y... ejem... satisfactorio —respondió el doctor Cornelius—. Creo que ya sé lo que sois, señora. Tal vez tu otro amigo, Nikabrik, quiera contarnos algo sobre sí mismo...

Una voz apagada y lúgubre que a Peter le puso la carne de gallina contestó:

—Soy hambre. Soy sed. Lo que muerdo, no lo suelto hasta la muerte, e incluso después de muerto tienen que cortar mi bocado del cuerpo del enemigo y enterrarlo conmigo. Puedo ayunar durante cien años sin morir. Puedo dormir cien noches sobre hielo y no congelarme. Puedo beber un río de sangre y no reventar. Mostradme a vuestros enemigos.

—¿Y es en presencia de estos dos como deseas revelar tu plan? —preguntó Caspian.

—Sí —contestó Nikabrik—, y es con su ayuda como pienso ponerlo en práctica.

Transcurrieron un minuto o dos durante los cuales Trumpkin y los muchachos oyeron conversar en voz baja a Caspian y sus dos amigos, pero no consiguieron entender lo que decían. Luego Caspian habló en voz alta.

—Bien, Nikabrik, escucharemos tu plan.

Se produjo una pausa tan larga que los muchachos llegaron a preguntarse si Nikabrik empezaría a hablar alguna vez; cuando lo hizo, fue en una voz más baja, como si a él mismo no le gustara demasiado lo que decía.

—Al fin y al cabo —dijo entre dientes—, ninguno de nosotros conoce la verdad sobre el pasado de Narnia. Trumpkin no creía ninguna de las historias. Yo estaba dispuesto a ponerlas a prueba. Probamos primero el cuerno y no ha funcionado. Si alguna vez existió un rey Peter, una reina Susan, un rey Edmund y una reina Lucy, o bien no nos han oído o no pueden venir, o son nuestros enemigos...

—O están de camino —apostilló Buscatrufas.

—Por mí, puedes seguir diciendo eso hasta que Miraz nos haya arrojado a los perros. Pues como decía, hemos probado un eslabón en la cadena de antiguas leyendas, y no nos ha servido de nada. Bien; pero cuando a uno se le rompe la espada, saca la daga. Los relatos hablan de otros poderes además de los antiguos reyes y reinas. ¿Y si los invocamos?

—Si te refieres a Aslan —dijo Buscatrufas—, es lo mismo invocarlo a él que a los reyes. Eran sus sirvientes. ¿Si no los envía a ellos, aunque no dudo de que lo hará, creéis que es más probable que venga él?

—No; en eso tienes razón —respondió Nikabrik—. Aslan y los reyes van juntos. O bien Aslan está muerto o no está de nuestro lado. O tal vez algo más poderoso que él lo retiene. Y si viniera, ¿cómo sabemos que sería nuestro amigo? No siempre fue un buen amigo de los enanos según lo que se cuenta. Ni siquiera de todas las bestias. Preguntad a los lobos. Y de todos modos, estuvo en Narnia sólo una vez, que yo haya oído, y no se quedó mucho tiempo. Podéis dejar a Aslan fuera de vuestros cálculos. Pensaba en alguien distinto.

No hubo respuesta, y durante unos minutos se produjo tal quietud que Edmund pudo oír la ruidosa respiración resollante del tejón.

—¿A quién te refieres? —preguntó Caspian por fin.

—Me refiero a un poder hasta tal punto más poderoso que el de Aslan, que mantuvo a Narnia hechizada durante años y años, si lo que se cuenta es cierto.

—¡La Bruja Blanca! —gritaron tres voces al unísono, y por el ruido Peter adivinó que tres personas se habían puesto en pie de golpe.

—Sí —dijo Nikabrik muy despacio y con toda claridad—, me refiero a la bruja. Volved a sentaros. No os asustéis como si fuerais niños. Queremos poder: y queremos poder que se ponga de nuestro lado. En cuanto a poder, ¿no cuentan todas las historias que la bruja derrotó a Aslan, lo ató y lo mató aquí mismo, sobre esa piedra que hay ahí, justo más allá de la luz?

—Pero también dicen que volvió a la vida —apostilló el tejón con severidad.

—Sí, eso es lo que dicen —respondió Nikabrik—, pero observaréis que apenas sabemos nada de lo que hizo después de aquello. Sencillamente desaparece del relato. ¿Cómo se explica eso, si realmente volvió a la vida? ¿No sería mucho más probable que no lo hubiera hecho, y que los relatos no cuenten nada sobre él porque no hay nada más que contar?

—Instauró a los reyes y reinas —indicó Caspian.

—Un rey que acaba de ganar una gran batalla por lo general puede instaurarse a sí mismo en el puesto sin la ayuda de un león amaestrado —respondió Nikabrik.

Se oyó un feroz gruñido, probablemente de Buscatrufas.

—Y de todos modos —siguió el enano—, ¿qué fue de los reyes y su reino? También desaparecieron. Pero es muy distinto con la bruja. Dicen que gobernó durante cien años: cien años de invierno. Ahí hay poder, no me lo negaréis. Ahí tenéis algo práctico.

—Pero ¡por el amor de Dios! —exclamó el rey—. ¿No se nos ha dicho siempre que fue el peor enemigo de todos? ¿Acaso no era una tirana diez veces peor que Miraz?

—Es posible —respondió Nikabrik en tono frío—. Es posible que lo fuera para vosotros los humanos, si es que existía alguno en aquellos tiempos. Es posible que lo fuera para algunos de los animales. Acabó con los castores, creo; al menos ahora no queda ninguno en Narnia. Pero se llevaba bien con nosotros los enanos. Yo soy un enano y estoy del lado de mi gente. Nosotros no tememos a la bruja.

—Pero os habéis unido a nosotros —observó Buscatrufas.

—Sí, y mira de qué les ha servido a los míos hasta ahora —espetó él—. ¿A quién se envía en todas las incursiones peligrosas? A los enanos. ¿Quién se queda sin comida suficiente cuando las raciones menguan? Los enanos. ¿Quién...?

—¡Mentiras! ¡Todo mentiras! —gritó el tejón.

—Y por lo tanto —siguió Nikabrik, cuya voz se elevó entonces hasta convertirse en un alarido—, si no podéis ayudar a mi gente, acudiré a alguien que puede.

—¿Vas a traicionarnos, enano? —inquirió el rey.

—Devuelve esa espada a su vaina, Caspian —dijo Nikabrik—. Un asesinato en el consejo, ¿eh? ¿Es así como actúas? No seas tan estúpido como para intentarlo. ¿Crees que te tengo miedo? Hay tres de mi parte, y tres de la tuya.

—Vamos, pues —rezongó Buscatrufas, pero fue inmediatamente interrumpido.

—Basta, basta, basta —intervino el doctor Cornelius—. Vais demasiado rápido. La bruja está muerta. Todos los relatos están de acuerdo en eso. ¿Qué quiere decir Nikabrik con lo de invocar a la bruja?

—¿Lo está? —dijo aquella voz lúgubre y terrible que únicamente había hablado una vez hasta entonces.

Y a continuación la voz aguda y gimoteante empezó a decir:

—Válgame el cielo, Su Majestad no tiene que preocuparse porque la Señora Blanca, que es como la llamamos, esté muerta. El excelentísimo maese doctor no hace más que burlarse de una pobre anciana como yo cuando dice eso. Querido maese doctor, docto maese doctor, ¿quién ha oído hablar jamás de una bruja que muriese realmente? Siempre es posible hacerlas regresar.

—Invócala —dijo la voz lúgubre—. Estamos todos preparados. Dibuja el círculo. Prepara el fuego azul.

Por encima de los gruñidos cada vez más fuertes del tejón y el agudo «¿Qué?» de Cornelius, se alzó la voz del rey Caspian como un trueno.

—¡Así que ése es tu plan, Nikabrik! Magia negra y la invocación de un fantasma maldito. ¡Y ya veo quiénes son tus compañeros: una vieja hechicera y un hombre lobo!

El siguiente minuto resultó bastante confuso. Se oyó un rugido animal, un entrechocar de metales; y los muchachos y Trumpkin irrumpieron en la habitación; Peter vislumbró una horrible criatura gris y enjuta, medio hombre y medio lobo, en el preciso instante en que saltaba sobre un muchacho de aproximadamente su misma edad, y Edmund vio a un tejón y un enano que rodaban por el suelo en una especie de pelea de gatos. Trumpkin se encontró cara a cara con la vieja bruja. La nariz y barbilla de la mujer sobresalían como un cascanueces, los sucios cabellos grises revoloteaban alrededor de su rostro y acababa de agarrar al doctor Cornelius por la garganta. Trumpkin le asestó un tajo con la espada y la cabeza rodó al suelo. Entonces alguien derribó la luz y todo fue entrechocar de espadas, dientes, zarpas, puños y botas durante casi un minuto. Luego se hizo el silencio.

—¿Estás bien, Ed?

—Eso... eso creo —jadeó éste—. Tengo a ese bruto de Nikabrik, pero sigue vivo.

—¡Pesas y botellas de agua! —exclamó una voz enojada—. Es encima de mí donde estáis sentado. Levantaos. Sois como un elefante recién nacido.

—Lo siento, QA —dijo Edmund—. ¿Estás mejor?

—¡Uf! ¡No! —tronó Trumpkin—. Me estáis metiendo la bota en la boca. Apartaos.

—¿Veis al rey Caspian por alguna parte? —preguntó Peter.

—Estoy aquí —respondió una voz bastante débil—. Algo me ha mordido.

Se escuchó el sonido de alguien que encendía una cerilla. Era Edmund. La pequeña llama mostró su rostro, pálido y sucio. El muchacho avanzó a trompicones unos instantes, encontró la vela (pues ya no utilizaban la lámpara porque se habían quedado sin aceite), la colocó sobre la mesa y la encendió. Cuando la llama se elevó con fuerza, varias personas se pusieron en pie apresuradamente; seis rostros intercambiaron parpadeantes miradas a la luz de la vela.

—Parece que nos hemos quedado sin enemigos —dijo Peter—. Ahí está la hechicera, muerta —apartó rápidamente los ojos de ella—. Y Nikabrik, muerto también. Y supongo que esta cosa es un hombre lobo. Hace tanto tiempo que no veía uno... Cabeza de lobo y cuerpo de hombre. Eso significa que empezaba a pasar de hombre a lobo en el momento en que lo mataron. Y tú, supongo, eres el rey Caspian.

—Sí —respondió el otro muchacho—. Pero no tengo ni idea de quién eres.

—Es el Sumo Monarca, el rey Peter —dijo Trumpkin.

—Doy la bienvenida a Su Majestad —dijo Caspian.

—Y también se la doy yo a Su Majestad —repuso Peter—. No he venido a ocupar vuestro lugar, sabéis, sino a colocaros en él.

—Majestad —llamó otra voz junto al codo de Peter.

Éste se volvió y se encontró cara a cara con el tejón; inclinándose al frente Peter rodeó con los brazos al animal y le besó la peluda cabeza: no fue un gesto infantil en su caso, porque era el Sumo Monarca.

—Eres el mejor de los tejones —declaró—. No dudaste de nosotros ni por un instante.

—No es mérito mío, Majestad —respondió Buscatrufas—. Soy una bestia y nosotros no cambiamos. Soy un tejón, por si fuera poco, y siempre nos mantenemos firmes.

—Lo siento por Nikabrik —dijo Caspian—, a pesar de que me odió desde el primer momento en que me vio. Su carácter se había avinagrado de tanto padecer y odiar. De haber obtenido la victoria con rapidez podría haberse convertido en un buen enano en los tiempos de paz. No sé quién de nosotros lo mató, y me alegro de ello.

—Estáis sangrando —indicó Peter.

—Sí, me han mordido. Fue ese... esa criatura lobo.

Limpiar y vendar la herida les llevó bastante tiempo, y cuando terminaron Trumpkin anunció:

—Ahora, antes de cualquier otra cosa queremos algo de desayunar.

—Pero no aquí —dijo Peter.

—No —declaró Caspian con un estremecimiento—. Y hemos de enviar a alguien para que se lleve los cuerpos.

—Que arrojen a esas alimañas a un pozo —dijo Peter—. Pero al enano se lo entregaremos a su gente para que lo entierren según sus costumbres.

Finalmente desayunaron en otro de los oscuros sótanos del Altozano de Aslan. No fue la clase de desayuno que habrían elegido, pues Caspian y Cornelius pensaban en empanadas de carne de venado, y Peter y Edmund en huevos con mantequilla y café caliente, pero lo que todos comieron fue un poco de carne de oso fría —sacada de los bolsillos de los niños—, un pedazo de queso duro, una cebolla y un tazón de agua. Sin embargo, por el modo en que se abalanzaron sobre todo ello, cualquiera habría pensado que era una comida deliciosa.

Capítulo trece

El Sumo Monarca toma el mando

—Bien —dijo Peter, cuando terminaron de comer—, Aslan y las chicas, es decir la reina Susan y la reina Lucy, Caspian, están cerca de aquí. No sabemos cuándo actuará él. Cuando él lo considere oportuno, sin duda, no nosotros. Mientras tanto le gustaría que hiciéramos lo que nos fuera posible por nuestra propia cuenta. Según vos, Caspian, no tenemos un ejército lo bastante poderoso para enfrentarnos a Miraz en una batalla campal.

—Eso me temo, Sumo Monarca —respondió Caspian.

Cada vez le caía mejor Peter, pero se sentía un tanto cohibido. Le resultaba más extraño a él encontrarse con los grandes reyes de las viejas historias que a ellos encontrarse con él.

—Muy bien, pues —declaró Peter—, le enviaré un desafío para un combate cuerpo a cuerpo.

A nadie se le había ocurrido aquella posibilidad.

—Por favor —dijo Caspian—, ¿no podría ser yo? Quiero vengar a mi padre.

—Estáis herido —contestó Peter—. Y además, ¿no se reiría de un desafío vuestro? Quiero decir, nosotros hemos comprobado que sois un rey y un guerrero, pero él os considera un niño.

—Pero, señor —intervino el tejón, que estaba sentado muy cerca de Peter y no apartaba los ojos de él ni un segundo—. ¿Aceptará un desafío que provenga de vos? Sabe que posee el ejército más poderoso.

—Es muy probable que no lo haga, pero siempre existe la posibilidad de que acepte. E incluso aunque no lo haga, pasaremos la mayor parte del día enviando heraldos de un lado a otro y todo eso. Para entonces tal vez Aslan haya hecho algo. Y al menos podré inspeccionar el ejército y reforzar la posición. Enviaré el desafío. Es más, lo escribiré ahora mismo. ¿Tiene pluma y tinta, maese doctor?

—Un hombre de letras jamás anda por ahí sin ellas, Majestad —respondió el doctor Cornelius.

—Magnífico, empezaré a dictar —dijo Peter.

Mientras el doctor extendía un pergamino y abría su tintero de cuerno y afilaba la pluma, Peter se recostó hacia atrás con los ojos medio cerrados y rememoró la lengua en la que había redactado tales cosas mucho tiempo atrás durante la era dorada de Narnia.

—Bien —dijo por fin—. Y ahora, ¿está listo, doctor?

El doctor Cornelius humedeció la pluma y aguardó, y Peter dictó como sigue:

—*Peter, por el don de Aslan, por elección, por prescripción y por conquista, Sumo Monarca sobre todos los reyes de Narnia, Emperador de las Islas Solitarias y Señor de Cair Paravel, Caballero de la muy Noble Orden del León, a Miraz, hijo de Caspian VIII, en un tiempo Lord Protector de Narnia y que ahora se llama a sí mismo rey de Narnia, saludos.* ¿Lo has apuntado bien?

—*Narnia, coma, saludos* —murmuró el doctor—. Sí, señor.

—Entonces empieza un nuevo párrafo —indicó Peter—. *Para impedir el derramamiento de sangre, y para el soslayamiento de todos los demás inconvenientes que puedan surgir de las guerras que tienen lugar en nuestro reino de Narnia, tenemos el placer de aventurar nuestra real persona en nombre de nuestro leal y querido Caspian en limpio combate para demostrar sobre el cuerpo de Su Señoría que dicho Caspian es rey legítimo de Narnia tanto por nuestro obsequio como por las leyes de los telmarinos, y que Su Señoría es culpable doblemente de traición tanto por denegar el dominio de Narnia a dicho Caspian como por el muy abomminable,* no olvide escribirlo con dos emes, doctor, *sanguinario, y antinatural asesinato de vuestro bondadoso señor y hermano el llamado rey Caspian IX. Por lo cual muy gustosamente provocamos, desafiamos y retamos a Su Señoría a dicho combate y monomaquia, y enviamos esta misiva de la mano de nuestro muy amado y real hermano Edmund, antiguo monarca bajo nuestro reinado en Narnia, Duque del Erial del Farol y Conde del Linde Occidental, caballero de la Noble Orden de la Mesa, a quien hemos otorgado completos poderes para fijar con Su Señoría todas las condiciones del susodicho combate. Fechado en nuestros aposentos del Altozano de Aslan este día duodécimo del mes de la Bóveda Verde del primer año de Caspian X de Narnia.*

»Eso debería servir —declaró Peter, aspirando con energía—. Y ahora debemos enviar a otros dos con el rey Edmund. Creo que el gigante debería ser uno de ellos.

—No es... no es muy listo, ¿sabéis? —dijo Caspian.

—Claro que no. Pero cualquier gigante tiene un aspecto impresionante si mantiene la boca cerrada. Y eso le dará ánimos. Pero ¿quién será el otro?

—Os aseguro —dijo Trumpkin— que si queréis a alguien de mirada asesina, Reepicheep sería el mejor.

—Ya lo creo, a juzgar por lo que he oído —respondió Peter con una carcajada—. Si no fuera tan pequeño... Si lo mandamos, ¡ni siquiera lo verán hasta que esté muy cerca!

—Enviad a Borrasca de las Cañadas, Majestad —sugirió Buscatrufas—. Nadie se ha reído jamás de un centauro.

Al cabo de una hora dos grandes nobles del ejército de Miraz, lord Glozelle y lord Sopespian, que paseaban ante sus líneas de defensa escarbándose los dientes con un palillo después de haber desayunado, alzaron los ojos y vieron descendiendo hacia ellos desde el bosque al centauro y al gigante Turbión, a los que ya habían visto en combate, y entre ellos una figura que no reconocieron. Tampoco podrían haber reconocido a Edmund sus compañeros de escuela de haberlo visto en aquel momento. Aslan había soplado sobre él durante su encuentro y una especie de grandeza lo envolvía.

—¿Qué hay que hacer? —preguntó lord Glozelle—. ¿Atacar?

—Parlamentar, diría yo —respondió Sopespian—. Fijaos, llevan ramas verdes. Probablemente vienen a rendirse.

—El que anda entre el centauro y el gigante no tiene aspecto de venir a rendirse —observó Glozelle—. ¿Quién puede ser? No es ese chico, Caspian.

—No, desde luego que no —repuso su compañero—. Éste es un guerrero fiero, os lo garantizo, me gustaría saber de dónde lo han sacado los rebeldes. Es una persona más regia, se lo digo a Su Señoría en privado, de lo que jamás fue Miraz. ¡Y qué cota de malla lleva! Ninguno de nuestros herreros es capaz de crear algo semejante.

—Apostaría mi tordo *Pomely* a que trae un desafío, no una rendición —dijo Glozelle.

—¿Cómo puede ser? —inquirió el otro—. Tenemos atrapado al enemigo aquí. Miraz jamás sería tan estúpido como para desperdiciar su ventaja en un combate.

—Puede verse obligado a hacerlo —indicó su compañero en voz mucho más queda.

—Hablad en voz baja —dijo Sopespian—. Vayamos un poco hacia allí, donde no puedan oírnos esos centinelas. Bien. ¿He entendido correctamente el comentario de Su Señoría?

—Si el rey aceptara librar combate —susurró Glozelle— o bien mataría o lo matarían.

—Claro —respondió el otro, asintiendo con la cabeza.

—Y si él matara habríamos ganado esta guerra.

—Desde luego. ¿Y si no lo hiciera?

—Pues, si no, tendríamos las mismas probabilidades de ganarla sin el rey que con él. Pues no hace falta que diga a Su Señoría que Miraz no es un gran capitán. Y tras ello, nos encontraríamos a la vez victoriosos y sin monarca.

—Y lo que queréis decir, mi señor, es que vos y yo podríamos gobernar este país tan cómodamente sin rey como con él...

—Sin olvidar —dijo Glozelle, con una expresión repulsiva en el rostro—, que fuimos nosotros quienes lo pusimos en el trono. Y durante todos los años que lleva disfrutando de él, ¿qué frutos hemos obtenido? ¿Qué gratitud nos ha demostrado?

—No digáis más —respondió Sopespian—. Mirad; ya vienen a llamarnos a la tienda del rey.

Cuando llegaron a la tienda de Miraz vieron a Edmund y a sus dos compañeros sentados en el exterior, agasajados con pasteles y vino, tras haber entregado el desafío y haberse retirado mientras el rey lo estudiaba. Ahora que los veían tan de cerca los dos nobles telmarinos se dijeron que los tres resultaban muy alarmantes.

En el interior, encontraron a Miraz, desarmado y terminando de desayunar. Tenía el rostro sonrojado y el entrecejo fruncido.

—¡Tomad! —gruñó, arrojándoles el pergamino a través de la mesa—. Mirad qué cuento infantil nos ha enviado ese mequetrefe de mi sobrino.

—Con vuestro permiso, Majestad —dijo Glozelle—, si el joven guerrero que acabamos de ver ahí fuera es el rey Edmund que se menciona en el escrito, yo no llamaría a eso un cuento infantil. ¡Parece un caballero muy peligroso!

—El rey Edmund, ¡bah! —exclamó Miraz—. ¿Es que Su Señoría cree en esos cuentos de viejas sobre Peter y Edmund y el resto?

—Creo en mis ojos, Majestad —respondió Glozelle.

—Vaya, esto es inútil —replicó Miraz—, pero en lo referente al desafío, ¿supongo que somos de la misma opinión?

—Eso supongo, desde luego, señor —indicó él.

—Y ¿cuál es? —preguntó el monarca.

—Indudablemente rechazarlo —dijo el noble—. Pues si bien jamás me han llamado cobarde, debo decir con toda claridad que enfrentarse a ese joven en combate es más de lo que mi corazón permitiría. Y si, como es probable, su hermano el Sumo Monarca es más peligroso que él..., pues, ni en sueños, mi señor rey, debéis tener nada que ver con él.

—¡Maldito seáis! —gritó Miraz—. No era ésa la clase de consejo que deseaba. ¿Creéis que os pregunto si debería sentir miedo de enfrentarme a ese Peter, si es que existe tal persona? ¿Creéis que le temo? Deseaba vuestro consejo sobre lo prudente de la medida; sobre si nosotros, estando en ventaja, deberíamos arriesgarla en un desafío.

—A lo cual sólo puedo responder a Su Majestad —dijo Glozelle— que se dan todas las razones posibles por las que se debe rechazar el duelo. La muerte está pintada en el rostro del caballero desconocido.

—¡Ya volvéis a empezar! —exclamó Miraz, totalmente furioso—. ¿Es que intentáis que parezca tan cobarde como Su Señoría?

—Su Majestad puede decir lo que le plazca —indicó el noble, malhumorado.

—Habláis como una anciana, Glozelle —dijo el rey—. ¿Qué decís vos, lord Sopespian?

—Ni lo toquéis, señor —fue la respuesta—. Y lo que Su Majestad dice sobre lo prudente de la medida nos viene muy bien. Da a Su Majestad razones para una negativa sin que haya motivos para cuestionar el honor o el valor del rey.

—¡Cielos! —exclamó Miraz, poniéndose en pie de un salto—. ¿Estáis también hechizado hoy? ¿Creéis que busco motivos para rechazarlo? En ese caso podríais llamarme cobarde directamente.

La conversación discurría exactamente tal como los dos nobles deseaban, de modo que no dijeron nada.

—Ya comprendo lo que sucede —siguió Miraz, tras contemplarlos con tanta fijeza que pareció que sus ojos fueran a saltar de las órbitas—, ¡sois tan cobardes como liebres y tenéis la desfachatez de imaginar que soy como vosotros! ¡Motivos para una negativa! ¡Excusas para no pelear! ¿Os llamáis soldados? ¿Sois telmarinos? ¿Sois hombres? Y si rehúso, como todos los argumentos de capitanía y política militar me instan a hacer, pensaréis, y enseñaréis a pensar a los otros, que tuve miedo. ¿No es cierto?

—Ningún soldado sensato —dijo Glozelle— llamaría cobarde a un hombre de vuestra edad por rechazar el combate con un gran guerrero que se halla en la flor de su juventud.

—De modo que también soy un viejo chocho con un pie en la sepultura, además de un cobarde —rugió Miraz—. Os diré lo que sucede, nobles míos. Con vuestros consejos afeminados, que no hacen más que huir de la auténtica cuestión, que es la de los principios, habéis conseguido todo lo contrario de lo que intentabais. Había pensado rechazarlo. Pero lo aceptaré. ¿Lo oís? ¡Lo aceptaré! No dejaré que me avergüencen sólo porque algún encantamiento o traición os ha helado la sangre.

—Os lo suplicamos, Majestad... —dijo Glozelle, pero Miraz había salido como una exhalación de la tienda y oyeron cómo chillaba su aceptación a Edmund.

Los dos nobles intercambiaron miradas y rieron por lo bajo.

—Sabía que lo haría si lo irritábamos lo suficiente —comentó Glozelle—. Pero no olvidaré que me llamó cobarde. Pagará por ello.

Hubo una gran agitación en el Altozano de Aslan cuando llegó la noticia y se comunicó a las diferentes criaturas. Edmund, junto con uno de los capitanes de Miraz, había señalado ya el lugar del combate, y lo habían circundado con cuerdas y palos. Dos telmarinos se colocarían en dos de las esquinas, y uno en el centro de uno de los lados, como jueces de la liza. Otros tres jueces para las otras dos esquinas los proporcionaría el Sumo Monarca. Peter explicaba en aquel momento a Caspian que él no podía ser uno de ellos, porque era por su derecho al trono por lo que peleaban, cuando de improviso una voz apagada y soñolienta dijo:

—Majestad, por favor.

Peter se volvió, y allí estaba el mayor de los Osos Barrigudos.

—Si lo permitís, Majestad —dijo—. Yo soy un oso.

—Desde luego, claro que lo eres, y un buen oso, además, no tengo la menor duda —respondió Peter.

—Sí —siguió el oso—; pero siempre fue un derecho de los osos facilitar un juez en las lizas.

—No se lo permitáis —susurró Trumpkin a Peter—. Es una criatura excelente, pero nos avergonzará a todos. Se dormirá y se chupará las patas. Enfrente del enemigo, además.

—No puedo evitarlo —replicó Peter—, porque tiene toda la razón. Los osos poseían ese privilegio. No sé cómo es que aún se acuerda después de todos estos años, cuando tantas otras cosas se han olvidado.

—Por favor, Majestad —insistió el oso.

—Es tu derecho —dijo Peter—, y serás uno de los jueces. Pero debes recordar no chuparte las patas.

—Desde luego que no —respondió el oso con voz escandalizada.

—Pero ¡si lo estás haciendo en estos momentos! —rugió Trumpkin.

El oso se sacó la pata de la boca y fingió no haber oído nada.

—¡Majestad! —dijo una voz aguda desde muy cerca del suelo.

—¡Ah, Reepicheep! —exclamó Peter, tras mirar arriba, abajo y a su alrededor como acostumbra a hacer la gente cuando les dirige la palabra un ratón.

—Señor —siguió Reepicheep—, mi vida está a vuestra disposición, pero mi honor es mío. Majestad, tengo entre mi gente al único trompeta de vuestro ejército. Había pensado que, tal vez, nos enviariais con el desafío. Majestad, mi gente se siente apenada. Quizá si tuvierais a bien que fuera un juez en la liza, ello la contentaría.

Un sonido no muy distinto de un trueno surgió de algún punto sobre sus cabezas en aquel momento, cuando el gigante Turbión prorrumpió en una de sus no muy inteligentes carcajadas a las que los gigantes de buena pasta son tan propensos. Se contuvo al instante y ya había adoptado una expresión tan seria como la de un nabo cuando Reepicheep descubrió por fin de dónde provenía el ruido.

—Me temo que no podrá ser —dijo Peter muy solemnemente—. Algunos humanos tienen miedo a los ratones...

—Eso había observado, Majestad —respondió el ratón.

—Y no sería muy justo para Miraz —siguió el monarca— tener a la vista cualquier cosa que pudiera embotar el filo de su valor.

—Su Majestad es un modelo de honor —dijo el ratón con una de sus admirables reverencias—. Y en esta cuestión pensamos lo mismo... Me pareció oír que alguien se reía hace un momento. Si alguno de los presentes desea convertirme en el tema de su ingenio, estoy totalmente a su servicio... con mi espada... en cuanto lo desee.

Un silencio terrible siguió a aquel comentario, que rompió Peter al decir:

—El gigante Turbión, el oso y el centauro Borrasca de las Cañadas serán nuestros jueces. El combate se celebrará dos horas después del mediodía. La comida se servirá al mediodía exactamente.

—Oye —dijo Edmund mientras se alejaban—, supongo que todo saldrá bien. Quiero decir, supongo que puedes derrotarlo...

—Por eso peleo contra él, para descubrirlo —respondió su hermano.

Capítulo catorce

Todos tienen un día muy ajetreado

Un poco antes de las dos de la tarde, Trumpkin y el tejón estaban sentados junto con el resto de las criaturas en el linde del bosque, contemplando la reluciente hilera del ejército de Miraz situada a unos dos tiros de flecha. Entre ambos se había delimitado con estacas un espacio cuadrado de hierba rasa para el duelo. En los dos extremos más alejados estaban Glozelle y Sopespian con las espadas desenvainadas. Las dos esquinas más cercanas las ocupaban el gigante Turbión y el Oso Barrigudo, quien a pesar de todas las advertencias recibidas se dedicaba a lamerse las patas y mostraba un aspecto, si hay que ser sincero, extraordinariamente estúpido. Para compensarlo, Tormenta de las Cañadas, al lado derecho del terreno de la liza, completamente inmóvil excepto cuando golpeaba el suelo con uno de los cascos traseros, aparecía mucho más impresionante que el barón telmarino, situado frente a él a la izquierda. Peter acababa de estrechar las manos de Edmund y del doctor, y se dirigía al lugar del combate. Era igual que el momento antes de que suene el disparo en una carrera importante, o mucho peor.

—Ojalá Aslan hubiera aparecido antes de tener que llegar a esto —comentó Trumpkin.

—También lo pensaba yo —dijo Buscatrufas—, pero mira a tu espalda.

—¡Cuervos y cacharros! —masculló el enano en cuanto lo hizo—. ¿Qué son? Son gente enorme, gente hermosa, igual que dioses, diosas y gigantes. Cientos de miles de ellos, que se aproximan por detrás. ¿Qué son?

—Son las dríadas, hamadríadas y silvanos —respondió el tejón—. Aslan los ha despertado.

—¡Vaya! —dijo el otro—. Serán muy útiles si el enemigo intenta alguna traición. Pero no ayudarán demasiado al Sumo Monarca si Miraz resulta ser más diestro con su espada.

El tejón no dijo nada, pues en aquel momento Peter y Miraz entraban en el terreno cercado, ambos a pie, ambos con cotas de malla, yelmos y escudos. Avanzaron hasta estar muy cerca el uno del otro. Ambos realizaron una inclinación y parecieron hablar, pero fue imposible oír lo que decían. Al cabo de un instante las dos espadas centellearon bajo la luz del sol, y durante un segundo se pudo oír el estrépito del metal, pero éste quedó inmediatamente ahogado porque los dos ejércitos empezaron a gritar igual que una multitud enfervorizada en un partido de fútbol.

—¡Bien hecho, Peter, muy bien hecho! —gritó Edmund al ver como Miraz retrocedía un paso y medio—. ¡Sigue así, rápido!

Y Peter lo hizo, y durante unos segundos pareció que el combate estaba ganado. Pero entonces Miraz se recuperó, y empezó a hacer auténtico uso de su peso y estatura.

—¡Miraz! ¡El rey! ¡El rey! —rugieron los telmarinos.

Caspian y Edmund palidecieron, llenos de horrible ansiedad.

—¡Menudos golpes está recibiendo Peter! —dijo Edmund.

—¡Vaya! —exclamó Caspian—. ¿Qué sucede ahora?

—Se están separando —indicó Edmund—. Espero que recuperen el aliento. Observa. Ya vuelven a empezar, de un modo más técnico. Describen círculos sin parar, tanteándose las defensas mutuamente.

—Me temo que este Miraz sabe lo que se hace —refunfuñó el doctor.

Pero apenas acababa de decirlo cuando hubo tales aplausos, gritos y voltear de capuchas en el aire entre los viejos narnianos que resultó casi ensordecedor.

—¿Qué ha sido eso? ¿Qué ha sido eso? —inquirió el doctor—. Mis ancianos ojos no lo han captado.

—El Sumo Monarca acaba de pincharlo en la axila —explicó Caspian, sin dejar de aplaudir—. Justo donde el agujero de la manga de la cota de malla deja pasar la punta. Se acaba de derramar sangre.

—De todos modos vuelve a no pintar bien —indicó Edmund—. Peter no utiliza el escudo correctamente. Sin duda tiene el brazo izquierdo herido.

Era muy cierto. Resultaba evidente para todos que el escudo de Peter colgaba sin fuerza. Los gritos de los telmarinos se redoblaron.

—Vos habéis visto más combates que yo —dijo Caspian—. ¿Hay alguna posibilidad ahora?

—Poquísimas —respondió Edmund—. Supongo que tal vez pueda conseguirlo. Con suerte.

—¡Ay! ¿Por qué permitimos que sucediera?

De repente todo el vocerío en ambos bandos se acalló. Edmund se sintió desconcertado por un instante; luego dijo:

—Ya comprendo. Los dos han acordado un descanso. Vamos, doctor. Usted y yo podríamos hacer algo por el Sumo Monarca.

Bajaron corriendo al cercado y Peter salió fuera de las cuerdas para ir a su encuentro, con el rostro rojo y sudoroso, y el pecho jadeante.

—¿Tienes una herida en el brazo izquierdo? —preguntó su hermano.

—No es exactamente una herida —respondió él—. Recibí todo el peso de su hombro sobre el escudo, como una carretada de ladrillos, y el borde del escudo se clavó en mi muñeca. No creo que esté rota, pero podría ser una torcedura. Si pudierais atarla muy fuerte creo que me las arreglaría.

Mientras lo hacían, Edmund preguntó, ansioso:

—¿Qué opinas, Peter?

—Es duro —respondió él—. Muy duro. Podré vencerlo si lo mantengo en movimiento hasta que su peso y el cansancio se vuelvan en su contra. De lo contrario, no tengo demasiadas posibilidades. Dale todo mi amor a todo el mundo en casa, Ed, si acaba conmigo. Bueno, ya vuelve a la palestra. Hasta luego, chico. Adiós, doctor. Y oye, Ed, dile algo especialmente agradable a Trumpkin. Ha sido un gran tipo.

Edmund no consiguió decir nada. Regresó junto con el doctor a sus propias filas con una horrible sensación en el estómago.

Sin embargo, en el nuevo asalto le fue bien. Peter parecía ya capaz de usar un poco el escudo, y desde luego hacía un buen uso de los pies. Casi jugaba a «tú la llevas» con Miraz, manteniéndose fuera de su alcance, cambiando de posición y haciendo que el enemigo se moviera.

—¡Cobarde! —abuchearon los telmarinos—. ¿Por qué no os enfrentáis a él? No os gusta, ¿eh? Pensábamos que habíais venido aquí a luchar, no a bailar. ¡Uh!

—Espero que no les haga caso —dijo Caspian.

—No lo hará —respondió Edmund—. No lo conocéis. ¡Vaya!

Miraz había conseguido asestar un golpe al yelmo de Peter, quien se tambaleó, resbaló a un lado y cayó sobre una rodilla. El rugido de los telmarinos se elevó como el sonido del mar.

—¡Ahora, Miraz! —aullaron—. ¡Ahora! ¡Rápido! ¡Rápido! ¡Matadlo!

Desde luego no era necesario incitar al usurpador, pues éste se hallaba ya de pie junto a Peter. Edmund se mordió los labios hasta hacer brotar sangre, mientras la espada descendía sobre su hermano. Pareció que iba a rebanarle la cabeza, pero, ¡a Dios gracias!, rebotó en el hombro derecho. La cota de malla forjada por los enanos era resistente y no se rompió.

—¡Diablos! —gritó Edmund—. Se ha vuelto a levantar. ¡Vamos, Peter, vamos!

—No he podido ver qué sucedía —dijo el doctor—. ¿Cómo lo ha hecho?

—Ha sujetado el brazo de Miraz mientras descendía —explicó Trumpkin, dando saltos de júbilo—. ¡Eso es un guerrero! Utiliza el brazo del enemigo como escala. ¡Viva el Sumo Monarca! ¡Viva el Sumo Monarca! ¡Arriba, Vieja Narnia!

—Mirad —indicó Buscatrufas—. Miraz está enojado. Eso es bueno.

Desde luego en aquel momento luchaban a brazo partido: tal era el frenesí de golpes que parecía imposible que no perecieran ambos. A medida que aumentaba la excitación, los gritos casi se apagaron. Los espectadores contenían el aliento. Era un espectáculo horrible y magnífico a la vez.

Un gran grito surgió de los viejos narnianos. Miraz había caído; no golpeado por Peter, sino de bruces, después de haber tropezado con un montecillo de hierbas. Peter retrocedió, aguardando a que se incorporara.

—Maldita sea, maldita sea, maldita sea —dijo Edmund para sí—. ¿Es que tiene que ser caballeroso hasta ese punto? Supongo que sí. Es el resultado de ser un caballero y un Sumo Monarca. Supongo que es lo que le gustaría a Aslan. Pero ese bruto se pondrá en pie dentro de nada y entonces...

Pero aquel «bruto» nunca se levantó. Los lores Glozelle y Sopespian tenían sus propios planes preparados. En cuanto vieron a su rey caído saltaron a la palestra gritando:

—¡Traición! ¡Traición! El traidor narniano lo ha apuñalado por la espalda mientras yacía impotente. ¡A las armas! ¡A las armas, Telmar!

Peter apenas comprendió lo que sucedía. Vio a dos hombres fornidos que corrían hacia él con las espadas desenvainadas. Luego un tercer telmarino saltó también las cuerdas a su izquierda.

—¡A las armas, Narnia! ¡Traición! —gritó Peter.

Si los tres se hubieran abalanzado sobre él a la vez no habría vuelto a hablar jamás; pero Glozelle se detuvo para apuñalar a su propio rey allí donde yacía.

—Eso es por vuestro insulto, esta mañana —musitó mientras la hoja se hundía.

Peter se dio la vuelta para enfrentarse a Sopespian, le acuchilló las piernas y, con el mismo movimiento de retorno del arma, le rebanó la cabeza. Edmund se hallaba ya junto a él gritando:

—¡Narnia, Narnia! ¡Por el león!

Todo el ejército telmarino se abalanzaba sobre ellos; pero el gigante empezó a avanzar con fuertes pisadas, bien inclinado y balanceando el garrote. Los centauros cargaron. *Clanc, clanc* detrás y *zum, zum* sobre sus cabezas sonaban los arcos de los enanos. Trumpkin combatía a su izquierda. Se había iniciado una batalla campal.

—¡Retrocede, Reepicheep, insensato! —gritó Peter—. Sólo conseguirás que te maten. Éste no es lugar para ratones.

Pero las menudas criaturitas no dejaban de danzar de un lado a otro por entre los pies de ambos ejércitos. Muchos guerreros telmarinos sintieron ese día como si les perforaran el pie con una docena de espetones, saltaron sobre una pierna maldiciendo de dolor, y fueron derribados en no pocas ocasiones. Si alguno caía, los ratones acababan con él; si no lo hacía, otros se ocupaban de él.

Sin embargo, incluso antes de que hubieran empezado a entusiasmarse con la tarea, los viejos narnianos se encontraron con que el enemigo empezaba a retroceder. Guerreros de aspecto duro palidecían, contemplaban aterrorizados no a los viejos narnianos sino algo situado detrás de ellos, y a continuación arrojaban las armas al suelo, aullando:

—¡El bosque! ¡El bosque! ¡El fin del mundo!

Muy pronto ya no pudieron oírse ni sus gritos ni el sonido de las armas en medio del rugido parecido a un oleaje de los árboles recién despertados que se abrían paso por entre las filas del ejército de Peter, y luego seguían adelante, persiguiendo a los telmarinos. ¿Has estado alguna vez en el linde de un gran bosque, en una cordillera elevada, cuando el violento viento del sudoeste se abate sobre él con toda la furia de una tarde de otoño? Imagina ese sonido y luego imagina que el bosque, en lugar de estar fijo en un sitio, corriera hacia ti; y que ya no se tratara de árboles sino de gente enorme; pero que no obstante recordaran a los árboles porque los largos brazos se agitaran igual que ramas y las cabezas se balancearan y una lluvia de hojas cayera a su alrededor. Eso fue lo que vieron los telmarinos. Incluso resultó un tanto alarmante para los narnianos. En unos minutos todos los seguidores de Miraz corrían hacia el Gran Río con la esperanza de cruzar el puente hasta la ciudad de Beruna y defenderse allí al amparo de murallas y puertas cerradas.

Llegaron al río, pero no había puente. Había desaparecido de la noche a la mañana. Entonces un terror y horror incontrolables se apoderaron de todos ellos y se rindieron.

Pero ¿qué le había sucedido al puente?

Con las primeras luces del día, tras unas pocas horas de sueño, las niñas despertaron y se encontraron con Aslan de pie junto a ellas, que les decía:

—Vamos a divertirnos.

Se frotaron los ojos y miraron a su alrededor. Los árboles se habían ido pero todavía se podían ver alejándose en dirección al Altozano de Aslan en forma de oscuras masas. Baco y las bacantes —sus impetuosas y atolondradas muchachas— y Sileno estaban allí. Lucy, totalmente descansada, se levantó de un salto. Todo el mundo estaba despierto, y todo el mundo reía, sonaban flautas, golpeaban los platillos. Animales, no Bestias Parlantes, se aproximaban a ellos desde todas las direcciones.

—¿Qué sucede, Aslan? —preguntó Lucy, con los ojos brillantes y los pies deseando bailar.

—Venid, niñas —dijo él—. Volved a montar en mi lomo.

—¡Magnífico! —exclamó Lucy, y las dos niñas montaron sobre el cálido lomo como habían hecho nadie sabía cuántos años atrás.

A continuación todo el grupo se puso en movimiento; con Aslan a la cabeza, con Baco y sus bacantes pegando saltos, corriendo y dando volteretas, con los animales retozando a su alrededor y con Sileno y su asno cerrando la marcha.

Giraron un poco a la derecha, descendieron corriendo por una empinada colina, y encontraron el largo puente de Beruna frente a ellos. Sin embargo, antes de que empezaran a cruzarlo, de las aguas surgió una enorme y mojada cabeza barbuda, más grande que la de un hombre, coronada de juncos. Miró a Aslan y de su boca surgió una voz profunda.

—Saludos, mi señor —dijo—. Soltad mis cadenas.

—¿Quién diantres es ése? —musitó Susan.

—Creo que es el dios del río —respondió Lucy.

—Baco —indicó Aslan—, libéralo de sus cadenas.

«Supongo que se refiere al puente», pensó Lucy.

Y así era. Baco y sus acompañantes se introdujeron con un gran chapoteo en las poco profundas aguas, y al cabo de un minuto empezó a suceder algo muy curioso. Enormes y poderosos troncos de hiedra se enroscaron alrededor de todos los pilares del puente, creciendo con la misma velocidad que las llamas, para envolver las piedras por completo, agrietarlas, romperlas y separarlas. Las paredes del puente se convirtieron en setos adornados de espinos durante un instante y a continuación desaparecieron cuando toda la estructura, con un estremecimiento y un retumbo se derrumbó en las arremolinadas aguas. Entre chapoteos, gritos y risas el alegre grupo se puso a vadear, nadar o bailar a través del remanso —«¡Viva, vuelve a ser el Vado de Beruna!», gritaban las muchachas—, para luego ascender por la orilla del lado opuesto y dirigirse a la ciudad.

Toda la gente que había en las calles huyó ante ellos. La primera casa a la que llegaron era una escuela: una escuela para niñas, donde un buen número de pequeñas narnianas, con las melenas bien repeinadas, horribles cuellos rígidos alrededor de la garganta y gruesas medias rasposas en las piernas, asistían a una lección de Historia. La clase de «Historia» que se enseñaba en Narnia bajo el mandato de Miraz era más aburrida que la historia más auténtica que uno haya leído nunca y menos cierta que el relato de aventuras más emocionante.

—Si no prestas atención, Gwendolen —dijo la profesora—, y dejas de mirar por la ventana, tendré que ponerte una mala nota en disciplina.

—Por favor, señorita Prizzle... —empezó la niña.

—¿No me has oído, Gwendolen? —inquirió la señorita Prizzle.

—Pero por favor, señorita Prizzle —repitió ella—. ¡Hay un LEÓN!

—Tienes dos faltas de disciplina por decir tonterías —indicó la profesora—. Y ahora...

Un rugido interrumpió sus palabras, y zarcillos de enredaderas penetraron zigzagueantes por las ventanas del aula. Las paredes se transformaron en una masa de reluciente color verde, y ramas llenas de hojas formaron arcos sobre sus cabezas allí donde había estado el techo. La señorita Prizzle descubrió que se encontraba sobre un suelo de hierba en un claro del bosque. Se aferró al pupitre para recuperar la serenidad, y se encontró con que el pupitre era un rosal. Gentes estrafalarias como nunca había imaginado siquiera se amontonaban a su alrededor. Entonces vio al león, lanzó un alarido y salió huyendo, y con ella huyó su clase, compuesta principalmente por niñas regordetas y remilgadas con piernas rechonchas. Gwendolen vaciló.

—¿Te quedarás con nosotros, querida? —preguntó Aslan.

—¿Puedo? Gracias, gracias —respondió ella.

Al instante tomó las manos de dos de las bacantes, que la hicieron dar vueltas en una alegre danza y la ayudaron a desprenderse de algunas de las incómodas e innecesarias prendas que llevaba.

Dondequiera que fueran en la pequeña población de Beruna sucedía lo mismo. La mayoría de la gente huía, pero unos cuantos se unían a ellos. Cuando abandonaron la ciudad eran un grupo más grande y jubiloso.

Siguieron avanzando por los llanos campos de la orilla norte, o de la orilla izquierda, del río. En cada granja, salían animales a unirse a ellos. Viejos y tristes asnos que jamás habían conocido la alegría se tornaban repentinamente jóvenes otra vez; perros encadenados rompían sus cadenas; los caballos pateaban sus carretas hasta hacerlas pedazos y trotaban para reunirse con ellos —*clop, clop*— relinchando alegremente mientras hacían volar terrones de barro con sus cascos.

Junto a un pozo situado en un patio encontraron a un hombre que le pegaba a un muchacho. El palo floreció en la mano del hombre, que intentó arrojarlo al suelo, pero éste permaneció pegado a su mano. El brazo se convirtió en una rama, su cuerpo en el tronco de un árbol y sus pies echaron raíces. El muchacho, que momentos antes lloraba, prorrumpió en carcajadas y se unió a ellos.

En un pueblecito a medio camino del Dique de los Castores, donde se unían dos ríos, llegaron a otra escuela en la que una joven de aspecto cansado enseñaba Aritmética a un grupo de muchachos de aspecto porcino. La muchacha miró por la ventana y vio a los divinos festejantes que subían cantando por la calle y una punzada de alegría atravesó su corazón. Aslan se detuvo justo bajo la ventana y alzó los ojos hacia ella.

—Oh, no, no —dijo ella—. Me encantaría. Pero no debo hacerlo. Tengo que cumplir con mi trabajo. Y los niños se asustarían si te vieran.

—¿Que nos asustaríamos? —inquirió el muchacho que más aspecto de cerdito tenía—. ¿Con quién habla por la ventana? ¡Vamos a contarle al inspector que habla con gente por la ventana cuando debería darnos clase!

—Vayamos a ver quién es —propuso otro muchacho, y todos se apelotonaron en la ventana.

Pero en cuanto sus rostros mezquinos asomaron al exterior, Baco gritó con todas sus fuerzas: «Euan, euoi-oi-oi-oi» y los niños empezaron a chillar aterrorizados y a pisotearse unos a otros para conseguir salir por la puerta o saltar por las ventanas. Y se dijo después, aunque no se sabe si es cierto o no, que a aquellos niños en concreto no se los volvió a ver nunca más, pero que aparecieron gran cantidad de cerditos magníficos que nadie había visto antes en esa parte del país.

—Ya está, querida mía —dijo Aslan a la profesora; y ella saltó al suelo y se unió al grupo.

En el Dique de los Castores volvieron a cruzar el río y siguieron hacia el oeste por la orilla meridional. Llegaron a una casita en la que había un niño en la puerta, llorando.

—¿Por qué lloras, cariño? —preguntó Aslan.

El niño, que jamás había visto un dibujo de un león, no sintió miedo de él.

—Mi tía está muy enferma —explicó—. Se va a morir.

Entonces Aslan hizo ademán de entrar por la puerta de la casa, pero era demasiado pequeña para él. Así pues, una vez que consiguió introducir la cabeza, empujó con los hombros —Lucy y Susan cayeron de su lomo cuando lo hizo— y levantó toda la casa en el aire y ésta se desplomó hacia atrás y se hizo pedazos. Y allí, todavía en la cama, a pesar de que la cama estaba ahora al aire libre, yacía una anciana que parecía tener sangre enana. Estaba a las puertas de la muerte, pero cuando abrió los ojos y vio la reluciente y peluda cabeza del león que la miraba fijamente a la cara, no chilló ni se desmayó, sino que dijo:

—¡Aslan! Ya sabía que era cierto. He esperado esto toda mi vida. ¿Has venido a llevarme contigo?

—Sí, querida mía —respondió él—. Pero no para efectuar el largo viaje, todavía.

Y mientras él hablaba, igual que el arrebol que surge por debajo de una nube al amanecer, el color regresó a su rostro pálido, los ojos recuperaron el brillo y la mujer se sentó en la cama y declaró:

—Vaya, me siento estupendamente. Creo que desayunaré algo.

—Pues aquí tienes, anciana —dijo Baco, sumergiendo una jarra en el pozo de la casa y entregándosela.

Pero en el recipiente no había agua sino el vino más exquisito, rojo como la jalea de grosellas, suave como el aceite, reconstituyente como la carne, reconfortante como el té y fresco como el rocío.

—Le has hecho algo a nuestro pozo —comentó la mujer—. Es todo un cambio, ya lo creo. —Y saltó de la cama.

—Monta sobre mi lomo —indicó Aslan, y añadió, dirigiéndose a Susan y a Lucy—: Ahora vosotras dos tendréis que correr.

—¡Encantadas! —respondió Susan; y ambas se bajaron.

Y así, finalmente, entre saltos, bailes y canciones, acompañados de música, risas, rugidos, ladridos y relinchos, todos llegaron al lugar donde estaba el ejército de Miraz, que arrojaba ya las armas al suelo y alzaba las manos, rodeado por el ejército de Peter, que seguía empuñando sus armas con respiración jadeante, y los contemplaba con rostros severos y satisfechos. Y lo primero que sucedió fue que la anciana descendió del lomo de Aslan y corrió hacia Caspian y ambos se abrazaron, pues se trataba de su antigua aya.

Capítulo quince

Aslan abre una puerta en el aire

En cuanto vieron al león, las mejillas de los soldados telmarinos adquirieron un color ceniciento, las rodillas empezaron a temblarles y muchos cayeron de bruces al suelo. No creían en leones y aquello aumentaba aún más su miedo. Incluso los enanos rojos, que sabían que venía como amigo, se quedaron boquiabiertos y fueron incapaces de hablar. Algunos de los enanos negros, que habían estado de parte de Nikabrik, empezaron a alejarse disimuladamente. Pero todas las Bestias Parlantes rodearon al león, entre ronroneos, gruñidos, chillidos y relinchos de satisfacción, haciéndole fiestas con la cola, restregándose contra él, acariciándolo respetuosamente con el hocico y paseando de un lado a otro bajo su cuerpo y entre sus patas. Si alguna vez has contemplado a un gatito haciéndole carantoñas a un perro enorme al que quiere y en quien confía, podrás hacerte una buena idea de cómo se comportaban. Entonces Peter, conduciendo a Caspian, se abrió paso por entre la multitud de animales.

—Éste es Caspian, señor —presentó.

Y Caspian se arrodilló y besó la pata del león.

—Bienvenido, príncipe —saludó Aslan—. ¿Te consideras capaz de tomar posesión del trono de Narnia?

—No... no sé si lo soy —respondió él—. Soy sólo un niño.

—Estupendo —respondió Aslan—. Si te hubieras sentido capaz, ello habría sido prueba de que no lo eras. Por lo tanto, bajo nuestro mando y el del Sumo Monarca, serás Rey de Narnia, Señor de Cair Paravel y Emperador de las Islas Solitarias. Lo serás tú y lo serán tus herederos mientras dure tu estirpe. Y tu coronación... pero ¿qué tenemos aquí?

Se interrumpió al ver acercarse en aquel momento a una pequeña y curiosa procesión; once ratones, seis de los cuales transportaban algo sobre una camilla hecha de ramas, una camilla que no era mayor que un atlas grande. Nunca se habían visto unos ratones más desconsolados que aquéllos. Estaban manchados de barro —algunos también de sangre— y tenían las orejas gachas y los bigotes caídos. Sus colas arrastraban por la hierba y su cabecilla entonaba con su flauta una triste melodía. En la camilla yacía lo que no parecía más que un montón de piel mojada; todo lo que quedaba de Reepicheep. Respiraba todavía, pero estaba más muerto que vivo, cubierto de innumerables heridas, con una pata aplastada y, en el lugar que había ocupado la cola, un muñón vendado.

—Ahora te toca a ti, Lucy —indicó Aslan.

La niña sacó su botella de diamante al momento. A pesar de que sólo se necesitaba una gota para cada una de las heridas del ratón, éstas eran tantas que se produjo un largo e inquieto silencio hasta que hubo terminado y el ratón abandonó la camilla de un salto. La mano del roedor salió disparada hacia la empuñadura de su espada, mientras que con la otra se retorcía los bigotes.

—¡Se os saluda, Aslan! —dijo con voz aguda—. Tengo el honor de... —Entonces se interrumpió bruscamente.

Lo cierto era que seguía sin tener cola; ya fuera porque Lucy la había olvidado o porque su licor, aunque capaz de curar heridas, no podía hacer crecer cosas. Reepicheep se dio cuenta de su pérdida al efectuar la reverencia; tal vez porque alteró en cierto modo su equilibrio. Miró por encima del hombro derecho, y al no conseguir ver la cola, estiró aún más el cuello hasta que se vio obligado a girar los hombros y todo el cuerpo siguió el movimiento. Pero entonces también los cuartos traseros giraron y siguieron fuera de su vista. Volvió a estirar el cuello para mirar por encima del hombro, con el mismo resultado. Únicamente tras girar en redondo tres veces seguidas comprendió la horrible verdad.

—Estoy desconcertado —dijo a Aslan—. Estoy totalmente avergonzado y debo implorar vuestra indulgencia por aparecer de un modo tan indecoroso.

—Te sienta muy bien, Pequeña Criatura —respondió el león.

—De todos modos —respondió Reepicheep—, si pudiera hacerse algo... ¿Tal vez Su Majestad? —y al decir eso dedicó una reverencia a Lucy.

—Pero ¿para qué quieres cola? —inquirió Aslan.

—Señor —respondió él—, puedo comer, dormir y morir por mi rey sin cola. Pero una cola es el honor y la gloria de un ratón.

—A veces me he preguntado, amigo mío —dijo Aslan—, si no daréis demasiada importancia a vuestro honor.

—Supremo Señor de todos los Sumos Monarcas —respondió Reepicheep—, permitid que os recuerde que a nosotros los ratones se nos ha concedido una talla muy pequeña, y que si no protegiéramos nuestra dignidad, algunos, que calculan la valía por centímetros, se podrían permitir chanzas impropias a nuestra costa. Por ese motivo me he esforzado por dejar bien claro que nadie que no desee sentir mi espada pegada a su corazón debe hablar en mi presencia de trampas, queso tostado o velas: no, señor... ¡ni el más tonto de toda Narnia!

En aquel punto dirigió una mirada furiosa a Turbión, pero el gigante, que era un poco lento para captar las cosas, todavía no había descubierto de quién hablaban allí abajo, a sus pies, y por lo tanto no captó la insinuación.

—¿Por qué han desenvainado sus espadas todos tus seguidores, si es que puedo preguntarlo? —inquirió el león.

—Con el permiso de Su Excelentísima Majestad —respondió el segundo ratón, que se llamaba Peepiceek—, aguardamos todos para cortarnos la cola en el caso de que nuestro jefe deba seguir sin ella. No soportaremos la vergüenza de exhibir un honor que se le niega al Gran Ratón.

—¡Ah! —rugió Aslan—. Me habéis vencido. Tenéis un gran corazón. No será por salvaguardar tu dignidad, Reepicheep, sino por el amor que existe entre tu gente y tú, y aún más por la bondad que tu raza me demostró hace mucho tiempo cuando royeron las cuerdas que me ataban sobre la Mesa de Piedra (fue entonces, aunque hace tiempo que lo olvidasteis, cuando empezasteis a ser Ratones Parlantes). Por eso volverás a tener cola.

Antes de que terminara de hablar, la nueva cola estaba ya en su lugar. Luego, a una orden de Aslan, Peter otorgó el título de caballero de la Orden del León a Caspian, y Caspian, en cuanto fue nombrado caballero, la otorgó a Buscatrufas, a Trumpkin y a Reepicheep, y nombró al doctor Cornelius su Lord Canciller, y confirmó al Oso Barrigudo en su título hereditario de Juez de la Palestra. Y a continuación se oyó una gran ovación.

Después de aquello se llevó a los soldados telmarinos, con firmeza pero sin mofas ni golpes, al otro lado del vado y encerró bajo siete llaves en la ciudad de Beruna, dándoles carne y cerveza. Todos armaron un gran escándalo al tener que vadear el río, pues odiaban y temían el agua corriente tanto como odiaban y temían a los bosques y a los animales. Pero finalmente se puso fin a toda aquella lata, y dieron comienzo las actividades más agradables de aquel largo día.

Lucy, sentada muy cerca de Aslan y muy cómoda, se preguntaba qué estarían haciendo los árboles. En un principio creyó que se limitaban a danzar; desde luego daban lentas vueltas en dos círculos, uno de izquierda a derecha y el otro de derecha a izquierda. Entonces advirtió que no dejaban de arrojar algo al centro de ambos círculos. Hubo momentos en que le parecía como si cortaran largos mechones de sus cabellos; en otras ocasiones era como si arrancaran pedazos de los dedos... pero si era así, tenían muchos dedos de sobra y no les dolía. Sin embargo, lo que fuera que arrojaran, cuando llegaba al suelo se convertía en matorrales o palos secos. Luego tres o cuatro enanos rojos se adelantaron con sus encendedores y prendieron la pila, que primero chisporroteó, a continuación llameó y luego se encendió como se espera de una hoguera encendida en el bosque en una noche de verano. Y todos se sentaron en un amplio círculo a su alrededor.

Entonces Baco, Sileno y las bacantes iniciaron una danza, mucho más movida que la de los árboles; no era únicamente una danza divertida y hermosa (aunque ya lo creo que lo era), sino también una danza mágica de la abundancia, y allí donde sus manos y pies tocaban, se materializaba el banquete; lonjas de carne asada que llenaron la arboleda de un aroma delicioso, tortas de trigo y de avena, miel y azúcar de muchos colores, crema espesa como pudin y suave como el agua, y pirámides y cascadas de frutas: melocotones, ciruelas, granadas, peras, uvas, fresas, frambuesas. Luego, en enormes copas, cuencos y escudillas de madera, engalanados con ramas de enredaderas, llegaron los vinos: unos oscuros y espesos como jarabes de zumo de moras; otros de un rojo claro como jalea roja licuada; y aún otros de tonos amarillos, verdes, amarillo verdosos y verde amarillentos.

A la comunidad de árboles se le proporcionó otra clase de comida. Cuando Lucy vio a Cavador Clodsley y a sus topos escarbando el suelo en diversos lugares —lugares que Baco les había indicado— y comprendió que los árboles iban a comer «tierra», la recorrió un escalofrío; sin embargo, cuando vio la clase de tierra que se les llevaba sintió algo muy distinto. Empezaron con un sabroso mantillo que tenía el mismo aspecto que el chocolate; tan parecido al chocolate, en realidad, que Edmund probó un pedazo, aunque no lo encontró nada bueno. Una vez que el mantillo acalló un poco su apetito, los árboles dedicaron su atención a una tierra de la clase que uno ve en el condado de Somerset, que es casi de color rosa, y declararon que era la más ligera y dulce. En el apartado de quesos se les sirvió una tierra cretácea, y a continuación pasaron a delicados dulces de las piedras más exquisitas espolvoreadas con arena plateada de primera calidad. Bebieron muy poco vino, y éste hizo que los acebos se volvieran muy parlanchines: pero por lo general saciaron la sed con grandes tragos de rocío mezclado con lluvia, sazonado con flores silvestres y un ligero toque de las nubes más delgadas.

De este modo agasajó Aslan a los narnianos hasta mucho después de que el sol se hubiera puesto, y las estrellas salieran; y la enorme hoguera, más ardiente entonces pero menos ruidosa, brilló como un faro en el oscuro bosque, y los atemorizados telmarinos la vieron desde lejos y se preguntaron qué significaría. Lo mejor de aquella fiesta fue que no había separaciones ni despedidas, pero a medida que las conversaciones se tornaban más quedas y lentas, uno tras otro empezaron a cabecear y a quedarse finalmente dormidos con los pies vueltos hacia el fuego y buenos amigos a cada lado, hasta que por fin se hizo el silencio en todo el círculo, y volvió a dejarse oír el murmullo del agua sobre las piedras en el Vado de Beruna. Pero durante toda la noche Aslan y la luna se contemplaron con ojos gozosos y fijos.

Al día siguiente, enviaron mensajeros, que fueron principalmente ardillas y pájaros, por todo el territorio con una proclama a todos los telmarinos diseminados por el país; incluidos, claro está, los prisioneros de Beruna. Se les informó que Caspian era ahora rey y que Narnia pertenecería a partir de entonces a las Bestias Parlantes y a los enanos, dríadas, faunos y otras criaturas tanto como a los seres humanos. Los que eligieran quedarse bajo aquellas nuevas condiciones podrían hacerlo; pero a quienes no les gustara la idea, Aslan les facilitaría otro hogar. Todos los que desearan irse de allí debían reunirse con Aslan y los reyes en el Vado de Beruna al mediodía del quinto día. Es fácil imaginar que aquello provocó no poca perplejidad entre los telmarinos. Algunos, principalmente los jóvenes, habían oído relatos sobre los Viejos Tiempos, igual que Caspian, y les encantó que regresaran, pues ya habían empezado a trabar amistad con aquellas criaturas. Todos esos decidieron quedarse en Narnia. Pero la mayoría de las gentes de más edad, en especial los que habían sido importantes bajo el reinado de Miraz, se sentían resentidos y no deseaban vivir en un lugar donde no podían llevar la voz cantante. «¿Vivir aquí con un montón de animales amaestrados? Ni hablar», dijeron. «Y con fantasmas, además», añadieron otros con un estremecimiento. «Eso es lo que son esas dríadas en realidad. No es nada prudente.» Algunos se mostraban recelosos, incluso. «No confío en ellos», decían. «No con ese horrible león. No mantendrá esas garras suyas apartadas de nosotros durante mucho tiempo, ya lo veréis.» Pero al mismo tiempo, también se mostraban igualmente recelosos de su oferta de darles un nuevo hogar. «Lo más probable es que nos lleve a todos a su guarida y nos coma de uno en uno», murmuraban. Y cuanto más hablaban entre ellos más enfurruñados y recelosos se volvían. De todos modos, más de la mitad se presentaron allí cuando llegó el día.

En un extremo del claro Aslan había hecho clavar dos estacas de madera, más altas que un hombre y con una separación de un metro aproximadamente. Un tercer trozo más ligero de madera estaba atado de una a otra, por la parte superior, uniéndolas, de modo que toda la estructura parecía una puerta que iba de ningún sitio a ninguna parte. Justo enfrente aguardaban Aslan en persona con Peter a su derecha y Caspian a su izquierda. Agrupados a su alrededor estaban, Susan, Edmund y Lucy, Trumpkin y Buscatrufas, lord Cornelius, Borrasca de las Cañadas, Reepicheep y otros. Los niños y los enanos habían hecho buen uso de los roperos reales de lo que había sido el castillo de Miraz y entonces era el castillo de Caspian, y entre sedas y telas de oro, con forros blancos como la nieve asomando desde las mangas acuchilladas, cotas de malla de plata y empuñaduras de espada adornadas con piedras preciosas, yelmos dorados y gorros de plumas, resplandecían tanto que casi deslumbraban. Incluso las bestias lucían magníficas cadenas alrededor del cuello. Sin embargo nadie tenía los ojos puestos en los niños, pues la melena dorada de Aslan, viva y acariciadora, los eclipsaba a todos. El resto de viejos narnianos permanecía de pie a ambos lados del claro, y en el extremo opuesto estaban los telmarinos. El sol brillaba con fuerza y los estandartes ondeaban en la brisa.

—Gentes de Telmar —dijo Aslan—, aquellos que busquéis una nueva tierra, escuchad mis palabras. Os enviaré a todos a vuestro propio país, que yo conozco y vosotros no.

—No recordamos Telmar. No sabemos dónde está. No sabemos cómo es —refunfuñaron ellos.

—Vinisteis a Narnia desde Telmar —siguió Aslan—. Pero llegasteis a Telmar desde otro lugar. No pertenecéis a este mundo, en absoluto. Vinisteis aquí, hace unas cuantas generaciones, desde el mismo mundo al que pertenece el Sumo Monarca Peter.

Al escuchar aquello, la mitad de los telmarinos empezaron a lloriquear: «Ya lo veis. Ya os lo dijimos. Va a matarnos a todos, nos va a enviar fuera del mundo», y la otra mitad se dedicaron a hinchar el pecho y a darse palmadas unos a otros en la espalda mientras murmuraban: «¡Cómo no lo habíamos adivinado! Deberíamos haber sabido que no pertenecíamos a este lugar con todas estas criaturas estrafalarias, desagradables y sobrenaturales. Tenemos sangre real, ya lo veréis». E incluso Caspian, Cornelius y los niños se volvieron hacia Aslan con expresiones sorprendidas.

—Tranquilos —dijo el león con aquella voz baja suya que tanto se parecía a su gruñido; la tierra pareció temblar un poco y todos los seres vivos de la arboleda se quedaron quietos como estatuas.

—Tú, sir Caspian —indicó Aslan—, deberías haber sabido que no podías ser un auténtico rey de Narnia a menos que, como los reyes de antaño, fueras un Hijo de Adán y vinieras del mundo de los Hijos de Adán. Y eso eres. Hace muchos años en aquel mundo, en un profundo mar que recibe el nombre de Mar del Sur, un barco cargado de piratas fue empujado por una tormenta a una isla. Y allí hicieron lo que hacen los piratas: mataron a los nativos y tomaron a las nativas por esposas, y elaboraron vino de palma, y luego se dedicaron a beber y a emborracharse, y a tumbarse a la sombra de las palmeras a dormir, y cuando despertaban peleaban entre ellos, y en ocasiones también se mataban. Y en una de aquellas refriegas seis de ellos fueron puestos en fuga por el resto y huyeron con sus mujeres al centro de la isla y montaña arriba y entraron, según creyeron, en una cueva para esconderse. Pero se trataba de uno de los lugares mágicos de aquel mundo, uno de los resquicios o abismos entre mundos que existían en épocas pasadas, pero que se han vuelto muy escasos. Aquél era uno de los últimos: no digo el último. Y así pues cayeron, subieron, se metieron o descendieron a través de él, y se encontraron en este mundo, en el País de Telmar, que estaba deshabitado por aquel entonces. Pero por qué estaba deshabitado es una larga historia que no contaré ahora. Y en Telmar sus descendientes vivieron y se convirtieron en un pueblo fiero y orgulloso, y tras varias generaciones padecieron una hambruna e invadieron Narnia, que se hallaba sumida en un cierto desorden (pero eso también es una historia muy larga), y la conquistaron y gobernaron. ¿Escucháis todo esto con atención, rey Caspian?

—Ya lo creo, señor. Me habría gustado descender de un linaje más honorable.

—Desciendes de lord Adán y lady Eva —respondió el león—. Y eso es honor suficiente para que el mendigo más pobre mantenga la cabeza bien alta y vergüenza suficiente para inclinar los hombros del emperador más importante de la tierra. Date por satisfecho.

Caspian inclinó la cabeza.

—Y ahora —siguió Aslan—, vosotros, hombres y mujeres de Telmar, ¿regresaréis a esa isla del mundo de los hombres de la que vinieron vuestros antepasados? No es un mal lugar. La raza de aquellos piratas que la descubrieron se ha extinguido, y carece de habitantes. Existen buenos pozos de agua potable, el suelo es fértil y hay madera para construir y peces en las lagunas; y el resto de los hombres de ese mundo no la han descubierto todavía. La sima está abierta para que podáis regresar; pero debo advertiros que, una vez atravesada, se cerrará detrás de vosotros. Dejará de existir comunicación entre los mundos por esa puerta.

Reinó el silencio durante unos instantes. Luego un tipo fornido de aspecto simpático que formaba parte de los soldados telmarinos se abrió paso al frente y anunció:

—Aceptaré la oferta.

—Es una buena elección —respondió Aslan—. Y puesto que has sido el primero en hablar, llevarás contigo una magia poderosa. Tu futuro en ese mundo será feliz. Adelante.

El hombre, algo pálido entonces, avanzó. Aslan y su corte se hicieron a un lado, dejándole libre acceso a la entrada vacía situada entre las estacas.

—Atraviésala, hijo mío —dijo el león, inclinándose hacia él y rozando la nariz del hombre con la suya.

En cuanto el aliento del animal cayó sobre él, una expresión nueva apareció en los ojos del soldado —sobresaltada, pero no desdichada— como si intentara recordar algo. Luego irguió los hombros y atravesó la puerta.

Los ojos de todo el mundo estaban fijos en él. Vieron los tres pedazos de madera, y a través de ellos los árboles, la hierba y el cielo de Narnia, y vieron también cómo el hombre pasaba por entre los postes: luego, en un instante, el soldado se esfumó.

Desde el otro extremo del claro los restantes telmarinos lanzaron un lamento.

—¡Ay! ¿Qué le ha sucedido? ¿Es que piensa asesinarnos? No pasaremos por ahí.

Y entonces uno de aquellos astutos telmarinos declaró:

—No vemos ningún otro mundo a través de esos palos. Si quieres que creamos en él, ¿por qué no cruza uno de vosotros? Todos tus amigos se mantienen bien alejados de ellos.

—Si mi ejemplo puede servir de algo, Aslan —dijo Reepicheep adelantándose al instante y efectuando una reverencia—, conduciré a mis ratones a través de ese arco si lo deseas sin una dilación.

—No, pequeño —respondió él, posando la aterciopelada zarpa con toda suavidad sobre la cabeza del ratón—. Os harían cosas terribles en ese mundo. Os mostrarían en las ferias. Son los otros los que deben dar ejemplo.

—Vamos —dijo Peter de improviso a Edmund y a Lucy—, es la hora.

—Por aquí —indicó Susan, que parecía estar al tanto de todo—, volvamos a los árboles. Tenemos que cambiarnos.

—¿Cambiar qué? —quiso saber Lucy.

—Las ropas, desde luego —respondió su hermana—. Pareceríamos bobos en el andén de una estación inglesa vestidos así.

—Pero nuestras cosas están en el castillo de Caspian —protestó Edmund.

—No, no lo están —dijo Peter, sin dejar de conducirlos a la zona más frondosa del bosque—. Están todas aquí. Las trajeron empaquetadas esta mañana. Está todo dispuesto.

—¿Sobre eso os hablaba Aslan a ti y a Susan esta mañana? —preguntó Lucy.

—Sí... De eso y de otras cosas —respondió Peter con rostro muy solemne—. No puedo contároslo todo. Había cosas que quería decirnos a Su y a mí porque no vamos a regresar a Narnia.

—¿Jamás? —exclamaron Edmund y Lucy, consternados.

—Vosotros dos sí volveréis —respondió Peter—. Al menos, por lo que dijo, estoy muy seguro de que quiere que regreséis algún día. Pero Su no, ni tampoco yo. Dice que nos estamos haciendo demasiado mayores.

—Vaya, Peter —dijo Lucy—, qué mala suerte. Y ¿qué vas a hacer?

—Nada, ya lo tengo casi asumido —respondió su hermano—. Es bastante diferente de lo que pensé. Lo comprenderás cuando llegue tu última vez. Pero, démonos prisa, aquí están nuestras cosas.

Resultaba extraño, y no muy agradable, quitarse las prendas regias y regresar vestidos con las ropas del colegio (no demasiado limpias por aquel entonces) a la gran asamblea. Uno o dos de los telmarinos más antipáticos se mofaron; pero las otras criaturas aplaudieron y se pusieron en pie en honor de Peter, el Sumo Monarca, la reina Susan del Cuerno, el rey Edmund y la reina Lucy. Tuvieron lugar afectuosas y, por parte de Lucy, llorosas despedidas con todos sus viejos amigos; besos de animales, apretones afectuosos por parte de los Osos Barrigudos, apretones de mano con Trumpkin, y un último abrazo hormigueante y bigotudo con Buscatrufas. Y por supuesto Caspian ofreció devolver el cuerno a Susan y obviamente ella le dijo que se lo quedara. Y luego, de un modo maravilloso y terrible, llegó el momento de despedirse de Aslan, y Peter ocupó su lugar con las manos de Susan sobre sus hombros y las manos de Edmund en los de Susan y las de Lucy en los de éste y las del primero de los telmarinos en los de Lucy, y así en una larga fila fueron avanzando hacia la puerta. Después de eso llegó un momento difícil de describir, pues a los niños les pareció que veían tres cosas a la vez. Una era la entrada de una cueva que daba al deslumbrante verde y azul de una isla del Pacífico, a la que irían a parar todos los telmarinos en cuanto atravesaran la puerta. La segunda era un prado en Narnia, los rostros de los enanos y los animales, la mirada profunda de Aslan y las manchas blancas de las mejillas del tejón. Pero la tercera, que engulló rápidamente a las otras, era la superficie gris y guijarrosa de un andén en una estación de pueblo, y un asiento con equipaje a su alrededor, en el que estaban todos ellos sentados como si jamás se hubieran movido de allí; un lugar un poco insulso y aburrido por un instante tras todo lo que habían vivido, pero también, inesperadamente, agradable a su modo, con el familiar aroma a ferrocarril, el cielo británico sobre sus cabezas y el trimestre de verano a punto de empezar.

—¡Bien! —exclamó Peter—. No digáis que no lo hemos pasado bien.

—¡Maldición! —dijo Edmund—. He dejado la linterna nueva en Narnia.

La Travesía del

Viajero del Alba

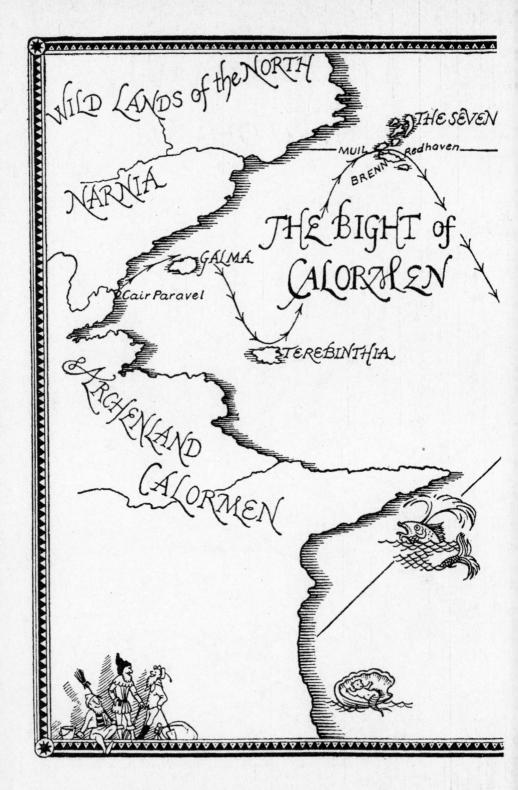

ISLES

The first part of the VOYAGE

About here they joined the ship

FELIMATH THE LONE ISLANDS
DOORN AVRA

THE GREAT EASTERN OCEAN

La Travesía del
Viajero del Alba

Índice

FORECASTLE

POOP

Plan of the
Dawn Treader

tiller

poop deck

lookout man

boat

hen coop

hatch

Lucy's cabin

Drinian's cabin

stern cabin

galley

quarters

starboard

Caspian's cabin

port

Capítulo uno

El cuadro del dormitorio

Había una vez un chico llamado Eustace Clarence Scrubb, y casi se merecía tal nombre. Sus padres lo llamaban Eustace Clarence y los profesores, Scrubb. No puedo decirte cómo se dirigían a él sus amigos porque no tenía. Él, por su parte, no llamaba a su padre y a su madre «papá» y «mamá», sino Harold y Alberta. Eran una familia muy progresista y moderna, y, además, eran vegetarianos, no fumaban ni bebían alcohol y llevaban ropa interior especial. En su casa había muy pocos muebles y muy poca ropa en las camas; además, las ventanas estaban siempre abiertas.

A Eustace Clarence le gustaban los animales, en especial los escarabajos si estaban muertos y clavados con un alfiler en una cartulina; también le gustaban los libros si eran de divulgación y tenían fotografías de elevadores de grano o de niños extranjeros gordos que hacían ejercicio en escuelas modelo.

Eustace Clarence sentía aversión por sus primos, los cuatro Pevensie: Peter, Susan, Edmund y Lucy; pero se alegró bastante al enterarse de que Edmund y Lucy irían a pasar con él una temporada. En lo más profundo de su ser sentía una gran debilidad por mangonear e intimidar a la gente y, si bien era una criatura enclenque y menuda que no habría podido enfrentarse ni siquiera a Lucy, y mucho menos a Edmund, en una pelea, sabía que existían docenas de formas para hacer que la gente lo pasara mal si uno estaba en su propia casa y los demás sólo de visita.

Ni Edmund ni Lucy querían ir a pasar una temporada con el tío Harold y la tía Alberta, pero no había otro remedio. Su padre había conseguido un trabajo como conferenciante en Estados Unidos durante dieciséis semanas aquel verano, y su madre iba a ir con él porque la pobre no había disfrutado de unas auténticas vacaciones desde hacía diez años. Peter estaba estudiando mucho para aprobar un examen y pasaría las vacaciones dando clases con el anciano profesor Kirke, en cuya casa los cuatro niños habían disfrutado de maravillosas aventuras tiempo atrás, en los años de la guerra. Si el profesor hubiera seguido en su antigua vivienda los habría invitado a todos a quedarse con él; pero su situación económica había empeorado bastante desde entonces y vivía en una casa pequeña con una única habitación de invitados. Como habría costado demasiado dinero llevar a los tres niños restantes a Estados Unidos, sólo había podido ir Susan.

Susan era la más bonita de la familia, en opinión de las personas mayores, y no demasiado buena en los estudios —aunque por lo demás muy madura para su edad— y su madre dijo que «obtendría mucho más del viaje a Estados Unidos que los más pequeños». Edmund y Lucy intentaron no tomarse a mal la suerte de su hermana, pero resultaba espantoso tener que pasar las vacaciones de verano en casa de su tía.

—Pero es mucho peor para mí —dijo Edmund—, porque tú, al menos, tendrás tu propia habitación, y yo tendré que compartir el dormitorio con ese odioso Eustace.

El relato se inicia un tarde en que Edmund y Lucy habían conseguido pasar unos minutos preciosos los dos juntos. Y como es natural hablaban de Narnia, que era el nombre de su mundo particular y secreto. Supongo que casi todos nosotros poseemos un país secreto, pero para la mayoría no es más que un país imaginario. Edmund y Lucy tenían más suerte que otras personas en ese sentido, pues su mundo secreto era real y lo habían visitado ya en dos ocasiones; no jugando o en sueños sino en la realidad. Desde luego habían llegado allí mediante la magia, que es el único modo de acceder a Narnia. Y en la misma Narnia se les había hecho la promesa, o algo muy parecido a una promesa, de que regresarían algún día. Puedes imaginar, por lo tanto, que hablaban largo y tendido sobre ello cada vez que tenían la oportunidad.

Estaban en la habitación de Lucy, sentados en el borde de la cama y contemplando un cuadro situado en la pared opuesta. Era el único cuadro de la casa que les gustaba. A tía Alberta no le gustaba nada —motivo por el que había ido a parar a una pequeña habitación trasera del piso superior de la casa—, pero no podía deshacerse de él ya que había sido un regalo de boda de una persona a la que no quería ofender.

Era la pintura de un barco; un barco que navegaba directo hacia el espectador. La proa era dorada y tenía la forma de la cabeza de un dragón con las fauces totalmente abiertas. Poseía un único mástil y una vela cuadrada enorme de un intenso color púrpura, y los costados de la nave —lo que uno podía ver de ellos donde terminaban las alas doradas del dragón— eran verdes. El navío acababa de ascender a lo alto de una soberbia ola azul, cuya pendiente frontal descendía vertiginosamente hacia el observador, veteada de espuma y burbujas. Era evidente que el barco navegaba a toda vela con el viento a favor, y ligeramente escorado a babor. (A propósito, para poder leer este relato, y por si no lo sabías, será mejor que recuerdes que el lado izquierdo de un barco cuando miras al frente se llama «babor» y el lado derecho, «estribor».) Toda la luz del sol caía sobre la nave desde babor y allí el agua estaba llena de tonos verdes y morados, mientras que en el otro lado era de un azul más oscuro debido a la sombra que proyectaba la embarcación.

—La cuestión es si no empeora las cosas contemplar un barco narniano cuando uno no puede ir a Narnia —dijo Edmund.

—Pero mirar es mejor que nada —repuso su hermana—. Y es una nave tan narniana...

—¿Todavía seguís con esa canción? —inquirió Eustace Clarence, que había estado escuchando al otro lado de la puerta y entraba entonces con una sonrisa de oreja a oreja.

El año anterior, mientras pasaba unos días con los Pevensie, se las había arreglado para escucharlos mientras hablaban sobre Narnia y le encantaba mencionarlo en tono burlón. Desde luego pensaba que todo eran invenciones de sus primos; y puesto que él era demasiado estúpido para inventar algo, no le parecía nada bien.

—Márchate, no queremos verte —dijo Edmund en tono cortante.

—Intentaba pensar en un poema humorístico —respondió él—. Algo parecido a esto:

Unos niños que cosas sobre Narnia se inventaron,
la sesera perdieron poco a poco...

—Vaya, pues para empezar, «inventaron» y «poco» no riman —dijo Lucy.

—Es una asonancia —indicó Eustace.

—No le preguntes qué es una «aso» lo que sea —advirtió Edmund—. Está deseando que lo hagamos. No digas nada y a lo mejor se va.

Muchos niños, ante un recibimiento parecido, o bien se habrían marchado o se habrían enfurecido. Eustace no hizo ninguna de las dos cosas, sino que se limitó a permanecer allí con una sonrisa estúpida en el rostro, y al cabo de un rato volvió a hablar.

—¿Os gusta ese cuadro? —preguntó.

—Por el amor de Dios, que no empiece ahora con ese rollo sobre el arte —se apresuró a decir Edmund, pero Lucy, que era muy sincera, ya había respondido.

—Sí, me gusta mucho.

—Es una pintura asquerosa —dijo Eustace.

—Pues no tendrás que verla si sales de la habitación —replicó Edmund.

—¿Por qué te gusta? —preguntó Eustace a Lucy.

—Bueno, pues para empezar —contestó ésta— porque parece que el barco se mueve de verdad. Y el agua parece realmente líquida. Y las olas dan la impresión de subir y bajar como si fueran reales.

Desde luego Eustace conocía gran cantidad de respuestas para aquello, pero no dijo nada, y el motivo fue que en aquel momento miró las olas y vio que sí daban la impresión de ascender y descender. Había estado en un barco solamente en una ocasión (aunque no había ido más allá de la isla de Wight) y se había mareado muchísimo, y, ahora, el aspecto de las olas del cuadro volvía a provocarle náuseas. Su rostro adquirió una tonalidad verdosa pero intentó mirar de nuevo el cuadro. Y entonces los tres niños se quedaron boquiabiertos.

Lo que veían puede resultar difícil de creer leído en letra impresa, pero resultaba casi igual de difícil de creer cuando ellos lo vieron con sus propios ojos. Los objetos del cuadro se movían. Ni siquiera se parecía a una película; los colores eran demasiado reales, nítidos y naturales para eso. La proa del barco descendió al interior de una ola lanzando al aire una cortina de agua. Y la ola ascendió detrás de éste, y la popa y la cubierta resultaron visibles por vez primera, y a continuación desaparecieron cuando la siguiente ola fue a su encuentro y la proa volvió a ascender. Al mismo tiempo un cuaderno que había junto a Edmund, sobre la cama, aleteó, se alzó y salió volando por los aires hasta la pared situada detrás, y Lucy sintió que sus cabellos se arremolinaban con fuerza como sucede en un día ventoso. ¡Y lo cierto es que era un día ventoso!, pero el viento soplaba sobre ellos desde el cuadro. Y de repente, junto con el viento llegaron los sonidos; el rumor de las olas y el chapoteo del agua contra los costados de la nave y los crujidos y el dominante rugido general del aire y el agua. Pero fue el olor, el profundo olor salino, lo que realmente convenció a la niña de que no soñaba.

—Basta —oyeron decir a Eustace, con un chillido de terror y mal genio—. No es más que algún absurdo truco vuestro. Basta ya. Se lo diré a Alberta... ¡Ay!

Los otros dos estaban mucho más acostumbrados a las aventuras, pero, justo en el mismo instante en que Eustace Clarence decía «¡Ay!», también ellos dos exclamaron «¡Ay!». El motivo era que un gran chorro de fría agua salada había surgido del marco y el violento impacto los había dejado sin aliento, además de empapados de pies a cabeza.

—Voy a destrozar esa cosa repugnante —gritó Eustace.

En aquel momento sucedieron varias cosas a la vez. Eustace se abalanzó sobre la pintura. Edmund, que sabía algo sobre magia, saltó tras él, advirtiéndole que tuviera cuidado y no fuera idiota. Lucy intentó sujetar a su primo desde el otro lado y se vio arrastrada al frente. Y para entonces o bien ellos se habían vuelto muy pequeños o bien el cuadro había crecido, pues Eustace saltó para intentar arrancarlo de la pared y se encontró de pie sobre el marco; frente a él no había un cristal sino un mar auténtico, y el viento y las olas se abalanzaban hacia el marco como lo harían hacia una roca. El pánico se apoderó del niño, que se aferró a los otros dos, que habían saltado al marco detrás de él. Se produjo un instante de forcejeos y gritos, y justo cuando pensaban que habían recuperado el equilibrio, una enorme ola azul se alzó a su alrededor, los derribó y los arrastró al agua. El grito de desesperación de Eustace se ahogó bruscamente al llenársele de agua la boca.

Lucy dio gracias al cielo por haberse esforzado tanto por mejorar su natación durante el trimestre de verano. Es cierto que le habría ido mucho mejor si hubiera empleado una brazada más lenta, pero es que además el agua resultaba bastante más fría de lo que parecía en la pintura. Aun así, mantuvo la serenidad y se quitó los zapatos con una sacudida de los pies, como debe hacer todo aquel que cae vestido a aguas profundas. Incluso mantuvo la boca cerrada y los ojos abiertos. Se encontraban todavía bastante cerca del barco; vio como el costado verde de la nave se alzaba sobre sus cabezas, y a gente que miraba desde la cubierta. Entonces, como era de esperar, Eustace se agarró a ella, presa del pánico, y los dos se hundieron.

Cuando volvieron a salir a la superficie, la niña vio una figura blanca que se zambullía desde el costado del buque. Edmund ya estaba cerca de ella, pataleando en el agua, y había agarrado los brazos del vociferante Eustace. Luego otra persona, cuyo rostro resultaba vagamente familiar, le pasó a Lucy un brazo por debajo desde el otro lado. En el barco la gente gritaba, las cabezas se agolpaban en la borda y arrojaban al mar gran cantidad de cuerdas. Edmund y el desconocido le sujetaron cuerdas a la cintura. Después de aquello siguió lo que pareció una larga espera, en la que su rostro se tornó azulado y los dientes empezaron a castañetearle. En realidad la demora no fue muy larga; lo que hacían era esperar el momento en que pudieran izarla a bordo de la nave sin que se estrellara contra el costado del barco. A pesar de todos los esfuerzos, Lucy descubrió que tenía una rodilla magullada cuando por fin se encontró de pie en la cubierta, chorreando y temblando de frío. Después de ella izaron a Edmund, y por último al desconsolado Eustace. El último en subir fue el desconocido: un muchacho de melena dorada unos cuantos años mayor que Lucy.

—¡Ca... Ca... Caspian! —dijo la niña con un grito ahogado en cuanto tuvo aliento suficiente para ello.

Verdaderamente se trataba de Caspian; Caspian, el niño rey de Narnia al que habían ayudado a acceder al trono durante su última visita. Inmediatamente Edmund también lo reconoció y los tres se estrecharon las manos y se palmearon la espalda mutuamente con gran alegría.

—Y ¿quién es vuestro amigo? —dijo Caspian casi al momento, volviéndose hacia Eustace con su jovial sonrisa.

Pero Eustace lloraba más fuerte de lo que corresponde a un muchacho de su edad al que no le ha sucedido nada peor que haberse mojado hasta los huesos, y se limitó a chillar a voz en grito:

—¡Soltadme! ¡Dejadme regresar! ¡Esto no me gusta!

Corrió hacia el costado del barco, como si esperase ver el marco del cuadro colgando por encima del mar, o tal vez una fugaz visión del dormitorio de Lucy. Lo que vio fueron olas azules salpicadas de espuma y un cielo de un azul más pálido, ambos extendiéndose sin interrupción hasta la línea del horizonte. Tal vez no debamos culparlo si sintió que se le caía el alma a los pies. No tardó ni un minuto en vomitar.

—¡Eh! Rynelf —gritó Caspian a uno de los marineros—. Trae vino aromático a Sus Majestades. Necesitaréis algo que os ayude a entrar en calor después de ese chapuzón.

Llamaba Majestades a Edmund y a Lucy porque ellos, junto con Peter y Susan, habían sido reyes y reinas de Narnia mucho antes que él. El tiempo en Narnia discurre de un modo muy distinto al nuestro, y aunque uno pase cien años en Narnia, regresará a su propio mundo a la misma hora del mismo día en que se fue. Y luego, si uno regresa a Narnia al cabo de una semana, descubrirá que pueden haber transcurrido mil años de tiempo narniano, o sólo un día o ni un minuto. Nunca se sabe hasta que se llega allí. Por consiguiente, cuando los niños Pevensie regresaron a Narnia la última vez para su segunda visita a aquel mundo, fue —para los narnianos— como si el rey Arturo hubiera regresado a Gran Bretaña, como algunas personas dicen que hará. Y yo diría que, cuanto antes lo haga, mejor que mejor.

Rynelf regresó con el vino aromático humeante en una jarra, y cuatro copas de plata. Era justo lo que les hacía falta, y mientras lo tomaban a sorbos, Lucy y Edmund sintieron cómo el calor les llegaba hasta la punta misma de los dedos de los pies. Eustace, por su parte, hizo unas cuantas muecas, resopló y lo escupió, y volvió a vomitar y a llorar y preguntó si no tenían Alimento Vitaminado para los Nervios de Arbolote y si se lo podían preparar con agua destilada y, de todos modos, insistió en que lo desembarcaran en la siguiente parada.

—Vaya alegre camarada de a bordo nos has traído, hermano —murmuró Caspian al oído de Edmund con una risita; pero antes de que pudiera decir nada más, Eustace volvió a exclamar:

—¡Cielos! ¡Uf! ¿Qué diablos es eso? ¡Llevaos esa cosa horrenda!

En realidad tenía motivos para sentirse un tanto sorprendido. Algo realmente curioso había salido de la cabina de la toldilla de popa y se aproximaba lentamente a ellos. Podríamos llamarlo —y en realidad lo era— un ratón. Pero era un ratón que andaba sobre los cuartos traseros y medía unos sesenta centímetros. Una fina cinta de oro le rodeaba la cabeza por debajo de una oreja y por encima de la otra y en ella iba sujeta una larga pluma carmesí. (Puesto que el pelaje del ratón era muy oscuro, casi negro, el efecto resultaba llamativo y sorprendente.) La garra izquierda descansaba sobre la empuñadura de una espada que era casi tan larga como su cola, y su equilibrio, mientras avanzaba con solemnidad por la oscilante cubierta, era perfecto; los modales, distinguidos. Lucy y Edmund lo reconocieron al momento: era Reepicheep, la más valiente de todas las Bestias Parlantes de Narnia, y Gran Ratón del país, que había obtenido gloria imperecedera durante la segunda Batalla de Beruna. Lucy deseó, como siempre le había sucedido, poder tomar a Reepicheep entre sus brazos y abrazarlo. Pero aquello, como bien sabía, era un placer que jamás obtendría: habría ofendido terriblemente al roedor. Así pues, en lugar de ello se inclinó sobre una rodilla para hablarle.

El ratón adelantó la pata izquierda, echó hacia atrás la derecha, hizo una reverencia, le besó la mano, se irguió, se retorció los bigotes y dijo con su voz aflautada:

—Soy un humilde servidor de Su Majestad. Y también del rey Edmund. —Aquí volvió a inclinarse—. Nada excepto la presencia de Sus Majestades faltaba en esta gloriosa aventura.

—Uf, sacadlo de aquí —gimió Eustace—. Odio a los ratones. Y no soporto a los animales amaestrados. Son bobos, vulgares y... y sensibleros.

—¿Debo interpretar —preguntó Reepicheep a Lucy tras dedicar una prolongada mirada a Eustace— que esta persona singularmente descortés se halla bajo la protección de Su Majestad? Porque, de no ser así...

En aquel momento tanto Lucy como Edmund estornudaron.

—Qué idiota soy al teneros aquí de pie con las ropas mojadas —dijo Caspian—. Venid abajo y cambiaos. Te cederé mi camarote, desde luego, Lucy, pero me temo que no disponemos de prendas femeninas a bordo. Tendrás que arreglártelas con algunas de las mías. Ve tú delante, Reepicheep, como un buen chico.

—A la conveniencia de una dama —repuso el ratón—, incluso una cuestión de honor debe posponerse, al menos por el momento... —Y en aquel punto dirigió una severa mirada a Eustace.

Pero Caspian los empujó al frente, y al cabo de pocos minutos Lucy se encontró atravesando la puerta del camarote de popa. Se enamoró de él al instante; tenía tres ventanas cuadradas que daban a las azules y arremolinadas aguas que dejaban atrás, bancos bajos acolchados alrededor de tres lados de la mesa, una lámpara de plata que se balanceaba del techo (obra de enanos, como comprendió al instante por su exquisita delicadeza) y la imagen en oro del león Aslan en la pared de proa encima de la puerta. Asimiló todo aquello en un abrir y cerrar de ojos, pues Caspian abrió inmediatamente una puerta en el lado de estribor y anunció:

—Ésta será tú habitación, Lucy. Sólo voy a por un poco de ropa seca para mí... —revolvió en uno de los armarios mientras hablaba— y luego dejaré que te cambies. Si arrojas tus prendas mojadas al otro lado de la puerta haré que las lleven a la cocina para que se sequen.

Lucy se sintió en seguida tan a gusto allí como si llevara semanas en el camarote de Caspian, y el movimiento del barco no le molestaba en absoluto, pues en los viejos tiempos, cuando había sido reina en Narnia, había navegado mucho. El camarote era muy pequeño pero también muy alegre, con paneles pintados (todo eran aves, animales, dragones color carmesí y enredaderas) e impecablemente limpio. Las ropas de Caspian eran demasiado grandes para ella, pero pudo arreglárselas. Los zapatos del rey, sandalias y botas marineras, eran excesivamente grandes para que pudiera ponérselos, pero no le importó ir descalza a bordo del barco. Una vez que terminó de vestirse miró por la ventana el agua que discurría por los costados del barco y aspiró con fuerza. Tuvo la seguridad de que iban a pasarlo estupendamente.

Capítulo dos

A bordo del Viajero del Alba

—Ah, estás ahí, Lucy —saludó Caspian—. Te esperábamos. Éste es mi capitán, lord Drinian.

Un hombre de pelo oscuro dobló una rodilla en tierra y le besó la mano. Las únicas otras personas presentes eran Reepicheep y Edmund.

—¿Dónde está Eustace? —preguntó Lucy.

—En la cama —respondió su hermano—, y no creo que podamos hacer nada por él. Intentar ser amable sólo consigue que se comporte peor.

—Entretanto —dijo Caspian—, debemos hablar.

—Vaya, ya lo creo —replicó Edmund—. Y en primer lugar, sobre el tiempo. Hace un año de los nuestros que te dejamos justo antes de tu coronación. ¿Cuánto tiempo ha transcurrido en Narnia?

—Exactamente tres años —respondió Caspian.

—¿Todo va bien? —quiso saber Edmund.

—Como podrás imaginar, no habría abandonado mi reino y me habría hecho a la mar si todo no fuera bien —respondió el monarca—. Las cosas no podrían ir mejor. Ahora no existe problema alguno entre telmarinos, enanos, Bestias Parlantes, faunos y todos los demás. Además, dimos a los conflictivos gigantes de la frontera tal tunda el verano pasado que, ahora, nos rinden homenaje. Y disponía de una persona magnífica a la cual dejar como regente mientras estoy fuera: Trumpkin, el enano. ¿Lo recordáis?

—El querido Trumpkin —dijo Lucy—, claro que lo recuerdo. No podrías haber elegido mejor.

—Leal como un tejón, señora, y valiente como... como un ratón —indicó Drinian—, había estado a punto de decir «como un león» pero había observado que Reepicheep tenía los ojos fijos en él.

—Y ¿adónde nos dirigimos? —inquirió Edmund.

—Bueno —respondió Caspian—, eso es una historia más bien larga. Tal vez recordéis que cuando era niño mi tío, el usurpador Miraz, se deshizo de siete amigos de mi padre (que podrían haberse puesto de mi parte) enviándolos lejos a explorar los desconocidos Mares Orientales situados más allá de las Islas Solitarias.

—Sí —respondió Lucy—, y ninguno de ellos regresó jamás.

—Exacto. Bien, el día de mi coronación, con la aprobación de Aslan, juré que, si conseguía instaurar la paz en Narnia, zarparía hacia el este yo mismo durante un año y un día para buscar a los amigos de mi padre o al menos averiguar si habían muerto y vengarlos si podía. Éstos eran sus nombres: lord Revilian, lord Bern, lord Argoz, lord Mavramorn, lord Octesian, lord Restimar y..., hum, ese otro que resulta tan difícil de recordar.

—Lord Rhoop, señor —dijo Drinian.

—Rhoop, Rhoop, eso es —repuso Caspian—. Ésa es mi intención principal. Pero Reepicheep, aquí presente, alberga una esperanza aún más grande.

Los ojos de todos se volvieron hacia el ratón.

—Tan grande como mi valor —respondió él—, aunque tal vez tan pequeña como mi estatura. ¿Por qué no intentamos llegar hasta el extremo más oriental del mundo? Y ¿qué podríamos hallar allí? Yo espero encontrar el país del propio Aslan. Siempre es por el este, desde el otro lado del mar, por donde el gran león se acerca a nosotros.

—Pues es una gran idea —dijo Edmund con voz admirada.

—Pero ¿crees —intervino Lucy— que el país de Aslan será de esa clase de países... quiero decir, de ésos hasta los que uno puede navegar?

—No lo sé, señora —repuso Reepicheep—. Pero oíd bien: cuando estaba en la cuna, una criatura del bosque, una dríada, pronunció este poema sobre mi persona:

> *Donde el cielo y el agua se unen,*
> *donde las olas dulces se vuelven,*
> *Reepicheep,*
> *si algo buscas, no lo dudes,*
> *la respuesta hallarás en el este.*

»No sé lo que significa; pero su sortilegio me ha acompañado toda la vida.

—Y ¿dónde estamos ahora, Caspian? —preguntó Lucy tras un corto silencio.

—El capitán te lo dirá mejor que yo —respondió él, de modo que Drinian sacó su carta náutica y la desplegó sobre la mesa.

—Ésta es nuestra posición —indicó, posando el dedo sobre ella—. O lo era hoy al mediodía. Soplaba un viento favorable al abandonar Cair Paravel y pusimos rumbo al norte de Galma, adonde llegamos al día siguiente. Permanecimos en el puerto durante una semana, pues el duque de Galma organizó un gran torneo para Su Majestad que, durante éste, descabalgó a muchos caballeros...

—Y también sufrí unas cuantas caídas desagradables, Drinian. Todavía tengo algunos de los moretones —intervino Caspian.

—... Y descabalgó a muchos caballeros —repitió Drinian con una amplia sonrisa—. Pensamos que el duque se habría sentido complacido si Su Majestad se hubiera casado con su hija, pero no hubo suerte...

—Bizquea y tiene pecas —indicó Caspian.

—Pobre chica —se compadeció Lucy.

—Y zarpamos de Galma —continuó Drinian—, y encontramos calma chicha durante casi dos días enteros y tuvimos que remar. Luego volvió a soplar el viento y no llegamos a Terebinthia hasta cuatro días después de abandonar Galma. Y allí su rey nos advirtió que no desembarcáramos porque había una enfermedad en la isla, pero doblamos el cabo y atracamos en una cala pequeña lejos de la ciudad para conseguir agua. Después tuvimos que seguir allí durante tres días hasta que sopló el viento del sudeste y partimos en dirección a Siete Islas. El tercer día de navegación una nave pirata (terebinthia a juzgar por su aparejo) nos alcanzó, pero cuando vio que íbamos bien armados se mantuvo apartada tras el disparo de unas cuantas flechas por ambas partes...

—Y deberíamos haberle dado caza y haberla abordado. Tendríamos que haber colgado a todo bicho —intervino Reepicheep.

—... y al cabo de otros cinco días avistamos Muil, que, como sabéis, es la más occidental de las Siete Islas. Luego remamos a través de los estrechos y entramos al ponerse el sol en Puerto Rojo en la isla de Brenn, donde se nos agasajó con todo cariño y nos aprovisionamos de víveres y agua potable a voluntad. Abandonamos Puerto Rojo hace seis días y hemos llevado una velocidad magnífica, hasta tal punto que esperamos ver las Islas Solitarias pasado mañana. Resumiendo, llevamos cerca de treinta días de navegación y hemos recorrido más de cuatrocientas leguas desde que salimos de Narnia.

—Y ¿después de las Islas Solitarias? —quiso saber Lucy.

—Nadie lo sabe, Majestad —respondió Drinian—. A menos que los mismos habitantes de las islas nos lo sepan decir.

—En nuestra época no supieron —indicó Edmund.

—En ese caso —dijo Reepicheep—, será después de las Islas Solitarias cuando se iniciará nuestra verdadera aventura.

Caspian sugirió entonces que visitaran el barco antes de cenar, pero a Lucy le remordió la conciencia y respondió:

—Creo que debería ir a ver a Eustace. Sentir mareo es algo horrible, ya lo sabéis. Si tuviera mi viejo cordial conmigo podría curarlo.

—Pero sí que lo tienes —dijo Caspian—. Casi me había olvidado de él. Como lo dejaste al marchar pensé que podía considerarse uno de los tesoros reales y por lo tanto lo traje conmigo; si crees que debería malgastarse en algo tan tonto como un mareo...

—Sólo hará falta una gota.

Caspian abrió una de las gavetas situadas bajo el banco y sacó el hermoso frasquito de diamante que Lucy recordaba tan bien.

—Recupera lo que es tuyo, Majestad —declaró, y todos abandonaron el camarote y salieron a la luz del sol.

En la cubierta había dos escotillas grandes y alargadas, a proa y a popa del mástil, y las dos abiertas, como lo estaban siempre cuando hacía buen tiempo, para permitir que la luz y el aire penetraran en la panza de la nave. Caspian encabezó el descenso por la escalera de la escotilla de popa. Allí se encontraron en un lugar en el que había bancos de remo dispuestos a un lado y al otro y la luz se colaba por los agujeros de los remos y danzaba sobre el suelo. Desde luego, el barco de Caspian no era una de aquellas naves horribles, una galera con esclavos como remeros, sino que los remos se usaban únicamente cuando no había viento o para entrar y salir de un puerto y todo el mundo —excepto Reepicheep, que tenía las patas demasiado cortas— había ocupado alguno de aquellos puestos en más de una ocasión. A cada lado del barco se había dejado un espacio despejado bajo los bancos para los pies de los remeros, pero a lo largo de la parte central había una especie de foso que descendía hasta la misma quilla y que estaba repleto de toda clase de cosas: sacos de harina, toneles de agua y cerveza, barriles de carne de cerdo, jarras de miel, odres de vino, manzanas, nueces, quesos, galletas, nabos, lonjas de tocino... Del techo —es decir, de la parte inferior de la cubierta— colgaban jamones y ristras de cebollas, y también los marineros de la guardia que no estaban de servicio, acostados en sus hamacas. Caspian los condujo hasta la popa, dando zancadas de banco en banco; al menos, para él era zancada, para Lucy eran algo entre un paso y un salto y para Reepicheep suponían casi un salto mortal. De aquel modo llegaron a una partición que tenía una puerta. Caspian abrió la puerta y los llevó hasta un camarote que ocupaba la popa por debajo de los camarotes de cubierta de la toldilla. Sin duda no era un lugar tan bonito. Era muy bajo y los costados se inclinaban el uno hacia el otro al descender, de modo que apenas había suelo; y aunque tenía ventanas de cristal grueso, no estaban pensadas para abrirse, ya que se encontraban bajo el agua. De hecho, en aquel mismo instante, con el cabeceo de la nave, aparecían alternativamente doradas debido a la luz del sol y de un verde opaco debido al mar.

—Tú y yo debemos alojarnos aquí, Edmund —indicó Caspian—. Dejaremos a tu pariente la litera y colgaremos hamacas para nosotros.

—Suplico a Su Majestad... —comenzó a decir Drinian.

—No, no, compañero —replicó Caspian—, ya hemos discutido sobre esto. Rhince y tú —Rhince era el piloto— gobernáis la nave y tendréis preocupaciones y tareas muchas noches, mientras nosotros pasamos el rato canturreando o contando historias, de modo que vosotros debéis ocupar el camarote de babor de arriba. El rey Edmund y yo estaremos muy cómodos aquí abajo. Pero ¿cómo está el forastero?

Eustace, con el rostro verdoso, frunció el entrecejo y preguntó si había alguna señal de que amainara la tormenta.

—¿La tormenta? —inquirió Caspian, mientras Drinian prorrumpía en carcajadas.

—¿Tormenta, joven señor? —rugió—. Pero ¡si tenemos el mejor tiempo que uno podría pedir!

—¿Quién es ése? —dijo Eustace con voz irritada—. ¡Que lo echen! Su voz me taladra la cabeza.

—Te he traído algo que te hará sentir mejor, Eustace —dijo Lucy.

—Anda, vete y déjame solo —refunfuñó él.

Pero tomó una gota del frasco y, aunque dijo que era una cosa abominable —el olor en la cabina cuando la niña abrió el frasco fue delicioso—, lo cierto fue que su rostro adquirió el color esperado a los pocos instantes de haberla bebido, y sin duda debió de sentirse mejor porque, en lugar de gemir sobre la tormenta y su cabeza, empezó a exigir que lo desembarcaran y anunció que en el primer puerto «interpondría una disposición» contra todos ellos ante el cónsul británico. Pero cuando Reepicheep preguntó qué era una disposición y cómo se interponía, pues pensaba que era un modo nuevo de organizar un combate singular, Eustace sólo pudo responder: «¡Mira que no saber eso!». Al final consiguieron convencer al niño de que ya navegaban tan rápido como podían en dirección a la tierra más próxima que conocían, y que tenían el mismo poder para enviarlo de vuelta a Cambridge —que era donde vivía el tío Harold— que para enviarlo a la luna. Tras aquello, aceptó de mala gana ponerse las prendas limpias que habían dispuesto para él y salir a la cubierta.

Caspian les mostró entonces el barco, aunque ya habían visto gran parte de él. Subieron al castillo de proa y vieron al vigía de pie en una pequeña plataforma en el interior del cuello del dragón dorado, atisbando por las fauces abiertas. Dentro del castillo de proa se hallaba la cocina de la nave y las dependencias de miembros de la tripulación tales como el contramaestre, el carpintero, el cocinero y el maestro arquero. Si consideras curioso que la cocina esté en la proa e imaginas el humo de su chimenea flotando hacia atrás por encima del barco, es debido a que piensas en los buques de vapor, donde el viento siempre sopla de proa. En un barco de vela el viento sopla por detrás, y cualquier cosa que huela se coloca tan al frente como sea posible. Los hicieron subir a la cofa militar, y al principio resultó un tanto alarmante balancearse de un lado a otro allí arriba y ver la cubierta tan pequeña y lejana a sus pies. Uno se daba cuenta de que, si caía, no existía ninguna razón concreta por la que tuviera que caer sobre la cubierta y no en el mar. A continuación los llevaron a la toldilla de popa, donde Rhince estaba de guardia con otro hombre junto a la enorme caña del timón, y detrás de

ésta se alzaba la cola del dragón, cubierta de pintura dorada. Formando un semicírculo, en su parte interior había un banco pequeño. El barco se llamaba *Viajero del Alba*. No era más que una cosa insignificante comparada con uno de
nuestros buques, o incluso con las naos, galeazas, carracas y galeones que Narnia
poseía cuando Lucy y Edmund reinaban allí bajo el gobierno de Peter como
Sumo Monarca, ya que toda navegación había desaparecido durante los reina-
dos de los antepasados de Caspian. Cuando su tío, Miraz el Usurpador, había enviado a alta mar a los siete lores, éstos habían tenido que adquirir una nave
galmiana y contratar marineros galmianos para tripularla. Sin embargo, en la
actualidad Caspian había empezado a enseñar a los narnianos a ser de nuevo un
pueblo marinero, y el *Viajero del Alba* era la mejor nave que se había construido
hasta el momento. Era tan pequeña que, por delante del mástil, apenas existía
espacio de cubierta entre la escotilla central y el bote del barco en un lado y el
gallinero en el otro (por cierto, Lucy dio de comer a las gallinas). Pero era una
preciosidad entre las de su clase, una «dama», como dicen los marineros, de líneas perfectas, colores puros y con cada palo, soga y clavija hechos con sumo cariño. Eustace, claro está, se negó a sentirse satisfecho, y no dejó de alardear sobre
transatlánticos, lanchas motoras y aeroplanos («Como si supiera algo sobre
ellos», masculló Edmund), pero los otros dos niños se sintieron encantados con
la nave, y cuando regresaron a popa para cenar, y vieron todo el cielo occidental
iluminado por una inmensa puesta de sol carmesí, percibieron el estremecimiento del navío, paladearon el sabor de la sal en los labios y pensaron en las tierras desconocidas del extremo oriental del mundo. Lucy sintió que era
demasiado feliz para poder expresarlo.

Es mejor que Eustace cuente con sus propias palabras lo que pensaba, pues
cuando les devolvieron a todos las prendas secas a la mañana siguiente, sacó inmediatamente un cuadernillo negro y un lápiz y empezó a escribir un diario.
Siempre llevaba aquel cuaderno con él y apuntaba allí sus notas escolares, pues
aunque no sentía el menor interés por las materias que estudiaba, sí le preocupaban mucho las notas e incluso se acercaba a los demás y les decía: «He sacado
tanto. ¿Cuánto has sacado tú?». Pero, puesto que no parecía muy probable que
obtuviera puntuaciones en el *Viajero del Alba*, empezó a redactar un diario. Ésta
fue su primera reflexión:

7 de agosto

Llevo ya veinticuatro horas en este espantoso barco, si es que no se trata de
un sueño. Una tormenta terrible no ha dejado de rugir ni un momento (es
una suerte que no me haya mareado). Unas olas enormes no paran de caer
sobre la parte delantera y he visto como esta barca estaba a punto de hundirse gran cantidad de veces. Todos los demás fingen no darse cuenta, bien
porque son unos fanfarrones o porque, como dice Harold, una de las cosas
más cobardes que hace la gente corriente es cerrar los ojos a los «hechos».

Es una locura hacerse a la mar en una porquería como ésta. Ni siquiera es mucho más grande que un bote salvavidas. Y, desde luego, por dentro es absolutamente rudimentario. No existe un salón propiamente dicho, no hay radio, ni cuartos de baño, ni tumbonas. Me arrastraron a visitar toda la nave ayer por la tarde y cualquiera se habría puesto enfermo sólo de escuchar cómo Caspian exhibía su dichoso barquito igual que si se tratara del *Queen Mary*. Intenté explicarle cómo son los barcos auténticos, pero el chico no tiene muchas luces. E. y L., claro está, no me apoyaron. Supongo que una criatura como L. no se da cuenta del peligro y E. se dedica a hacerle la pelota a C. como hace todo el mundo aquí. Lo llaman «rey». Dije que yo era republicano, ¡y me preguntó qué significaba eso! Parece que no sabe nada de nada. Sobra decir que me han puesto en el peor camarote del barco, que es igual que una mazmorra, y a Lucy le han dado toda una habitación para ella sola, una estancia casi bonita comparada con el resto de este lugar. C. dice que es porque es una chica y yo intenté hacerle ver lo que Alberta dice sobre que esa clase de cosas no hace más que humillar a las chicas, pero el pobre es duro de entendederas. De todos modos, podría darse cuenta de que enfermaré si me mantiene en este «agujero» mucho más tiempo. E. dice que no debemos quejarnos porque C. lo comparte también con nosotros. Como si eso no hiciera que resultara más atestado y aún peor. Casi olvidaba mencionar que también hay una especie de ratón que se muestra de lo más impertinente con todo el mundo. Los demás tal vez estén dispuestos a aguantarlo, pero yo pienso retorcerle la cola muy pronto si intenta insolentarse conmigo. La comida también es espantosa.

El enfrentamiento entre Eustace y Reepicheep llegó incluso antes de lo que uno habría esperado. Antes de la cena del día siguiente, mientras los demás permanecían sentados alrededor de la mesa aguardando —estar en alta mar proporciona un apetito excelente—, Eustace entró como un rayo, retorciéndose las manos mientras gritaba:

—Esa bestia casi me ha matado. Insisto en que se la mantenga bajo control. Podría entablar un juicio contra ti, Caspian. Podría ordenar que la sacrificases.

En aquel mismo instante hizo su aparición Reepicheep. Tenía la espada desenvainada y sus bigotes mostraban un aspecto muy fiero, aunque se comportó con la misma educación de siempre.

—Os pido mil disculpas a todos —dijo— y especialmente a Su Majestad Lucy. De haber sabido que vendría a refugiarse aquí habría aguardado a un momento más prudente para su correctivo.

—¿Qué diablos sucede? —inquirió Edmund.

Lo que había sucedido en realidad era esto. A Reepicheep, que jamás consideraba que la nave iba lo bastante rápido, le encantaba sentarse en la parte de la proa de la borda, justo al lado de la cabeza del dragón, para contemplar el horizonte oriental y canturrear con su vocecita gorjeante la canción que la dríada había compuesto para él. Jamás se sujetaba a nada, por mucho que la nave se balanceara, y mantenía el equilibrio con total naturalidad; tal vez la larga cola, que colgaba hasta la cubierta por la parte interior, se lo facilitaba. Todos a bordo estaban familiarizados con aquella costumbre, y a los marineros les gustaba porque al que estaba de guardia cómo vigía le permitía tener a alguien con quien conversar. ¿Cuál fue, exactamente, el motivo que llevó a Eustace a dirigirse entre resbalones, balanceos y trompicones, hasta el castillo de proa (todavía no se había acostumbrado al balanceo del barco)? Jamás lo supe. Puede que esperara poder divisar tierra, o a lo mejor quería rondar por la cocina y hurtar algo. En todo caso, en cuanto vio aquella cola larga que colgaba —y tal vez sí que resultaba muy tentadora— se dijo que sería fantástico agarrarla, darle una vuelta o dos a Reepicheep en el aire cabeza abajo, y luego salir corriendo para ir a reírse lejos de allí. En un principio el plan pareció funcionar a las mil maravillas. El ratón no pesaba mucho más que un gato grande, y Eustace lo sacó de la barandilla en un abrir y cerrar de ojos, mientras se decía que el roedor resultaba muy ridículo con las cortas extremidades estiradas y separadas y la boca abierta. Pero por desgracia Reepicheep, que había peleado por su vida en innumerables ocasiones, no perdió la serenidad ni por un instante. Tampoco sus habilidades. No es muy fácil desenvainar la espada cuando a uno lo están haciendo girar en el aire llevado por la cola, pero lo hizo. Y con lo siguiente que se encontró Eustace fue con dos dolorosos pinchazos en la mano que lo obligaron a soltar la cola; y lo siguiente después de eso fue que el ratón se levantó de nuevo como si fuera una pelota que rebotara en la cubierta, y se plantó ante él, con una horrorosa cosa larga, brillante y afilada, parecida a una brocheta, que se balanceaba de un lado a otro a poquísimos centímetros de su estómago. (Esto no se considera un golpe bajo en el caso de los ratones en Narnia porque no puede esperarse de ellos que lleguen por encima de ese punto.)

—Para —farfulló Eustace—, vete. Aparta esa cosa. Es peligrosa. Para de una vez, te digo. Se lo diré a Caspian. Haré que te pongan un bozal y que te aten.

—¿Por qué no desenvainas tu espada, cobarde? —gorjeó el ratón—. Desenvaina y pelea o te azotaré con la hoja plana hasta llenarte de moretones.

—No tengo arma —protestó Eustace—. Soy un pacifista. No creo en las peleas.

—¿Debo entender —dijo Reepicheep, retirando la espada durante unos instantes al tiempo que hablaba con toda severidad—, que no piensas darme una satisfacción?

—No sé a qué te refieres —replicó él, acariciándose la mano—. Si no sabes aceptar una broma no pienso molestarme contigo.

—En ese caso toma esto —indicó el ratón—, y esto... para que aprendas modales... y el respeto debido a un caballero... a un ratón... y a la cola de un ratón...

Y con cada palabra asestaba a Eustace un golpe con el costado de su espadín, que era de un acero de forja enana, fino y excelente, y tan flexible y eficaz como una vara de abedul. El niño, desde luego, iba a una escuela en la que no existía el castigo corporal, de modo que la sensación le resultó bastante nueva. Por eso, a pesar de no estar acostumbrado aún a moverse por el barco, tardó menos de un minuto en abandonar el castillo de proa, recorrer toda la longitud de la cubierta y atravesar apresuradamente la puerta del camarote; perseguido de cerca por el acalorado Reepicheep. A Eustace le parecía que incluso la espada misma estaba al rojo, a juzgar por la sensación que le producía al pincharlo.

No resultó demasiado difícil solucionar la cuestión una vez que Eustace comprendió que todos se tomaban muy en serio la idea de un duelo y escuchó cómo Caspian se ofrecía a prestarle una espada, y como Drinian y Edmund discutían la posibilidad de poner alguna traba a sus movimientos para compensar el hecho de que su tamaño fuera mucho mayor que el de Reepicheep. El niño se disculpó de mala gana y se marchó con Lucy para que ésta le lavara y vendara la mano. Luego fue a acostarse en su litera, teniendo buen cuidado de hacerlo de lado.

Capítulo tres

Las Islas Solitarias

—¡Tierra a la vista! —gritó el vigía situado en la proa.

Lucy, que había estado conversando con Rhince en el castillo de popa, descendió apresuradamente la escalera y corrió al frente. En el camino se le unió Edmund, y encontraron a Caspian, Drinian y Reepicheep ya en el castillo de proa. Era una mañana fresquita, el cielo lucía descolorido y el mar era de un azul muy oscuro con pequeñas crestas de espuma, y allí, un poco hacia el lado de estribor de la proa, estaba la más cercana de las Islas Solitarias, Felimath, como una colina verde en medio del mar, y detrás de ella, más lejos, las laderas grises de su hermana Doorn.

—¡La misma vieja Felimath! ¡La misma vieja Doorn! —exclamó Lucy, dando palmadas—. Vaya, Edmund, ¡cuánto tiempo ha pasado desde la última vez que las vimos!

—Jamás he comprendido por qué pertenecen a Narnia —dijo Caspian—. ¿Las conquistó el Sumo Monarca Peter?

—Claro que no —respondió Edmund—. Pertenecían a Narnia antes de nuestra época... en los tiempos de la Bruja Blanca.

(A propósito, jamás he oído cómo fue que estas remotas islas quedaron anexionadas a la corona de Narnia; si alguna vez me entero, y si la historia resulta interesante, tal vez la cuente en otro libro.)

—¿Haremos escala, señor? —inquirió Drinian.

—No creo que fuera una gran idea desembarcar en Felimath —dijo Edmund—. Estaba casi deshabitada en nuestros tiempos y parece que sigue estándolo. La gente vivía principalmente en Doorn y unos cuantos en Avra, que es la tercera isla; aún no se puede ver desde aquí. Solamente utilizan Felimath para criar ovejas.

—En ese caso habrá que doblar ese cabo, supongo —dijo Drinian—, y desembarcar en Doorn. Eso significará que tendremos que remar.

—Lamento que no desembarquemos en Felimath —dijo Lucy—. Me gustaría volver a pasear por allí. Era un lugar muy solitario; con una clase agradable de soledad, con todos esos pastos y tréboles y la suave brisa marina.

—También a mí me encantaría estirar las piernas —repuso Caspian—. Os propongo una cosa: ¿qué tal si vamos a tierra en el bote y lo enviamos de vuelta, y luego atravesamos Felimath a pie y hacemos que el *Viajero del Alba* nos recoja al otro lado?

Si Caspian hubiera tenido tanta experiencia entonces como la que adquirió más tarde durante aquel viaje no habría hecho aquella sugerencia; pero en aquel momento pareció una idea excelente.

—Sí, hagámoslo —dijo Lucy.

—Vendrás, ¿verdad? —preguntó Caspian a Eustace, que había subido a cubierta con la mano vendada.

—Cualquier cosa con tal de abandonar esta condenada embarcación —respondió él.

—¿Condenada? —dijo Drinian—. ¿A qué te refieres?

—En un país civilizado como el mío —respondió Eustace—, los barcos son tan grandes que cuando estás en su interior ni siquiera te das cuenta de que estás en alta mar.

—En ese caso daría lo mismo que uno se quedara en tierra —replicó Caspian—. ¿Puedes pedir que bajen el bote, Drinian?

El rey, el ratón, los dos hermanos y Eustace se metieron en el bote y fueron conducidos hasta la playa de Felimath. Una vez que el bote los dejó y remó de regreso a la nave se dieron la vuelta y miraron a su alrededor. Les sorprendió comprobar lo pequeño que parecía el *Viajero del Alba*.

Lucy iba descalza, claro, pues se había desprendido de los zapatos mientras nadaba, pero aquello no era ningún suplicio si había que andar sobre pastos blandos. Resultaba delicioso volver a tener una superficie firme bajo los pies y oler la tierra y la hierba, incluso aunque al principio el suelo pareciera moverse arriba y abajo como un barco, como acostumbra a suceder durante unos minutos cuando se ha estado un tiempo embarcado. Hacía bastante más calor allí del que había hecho a bordo y Lucy encontró el contacto con la arena muy agradable mientras atravesaban la isla. Oyeron el canto de una alondra.

Se marcharon tierra adentro y ascendieron por una colina bastante empinada, aunque baja. Una vez en lo alto miraron atrás, como es natural, y allí estaba el *Viajero del Alba* brillando como un enorme y reluciente insecto y deslizándose lentamente hacia el noroeste impulsado por sus remos. Luego descendieron por el otro lado de la cima y dejaron de ver la nave.

Doorn apareció entonces frente a ellos, separada de Felimath por un canal de casi dos kilómetros de ancho; detrás de ella y a la izquierda estaba Avra. La pequeña ciudad blanca de Puerto Angosto en Doorn se distinguía fácilmente.

—¡Vaya! ¿Qué es esto? —exclamó Edmund de improviso.

En el valle verde hacia el que descendían había seis o siete hombres de aspecto rudo, todos armados, sentados junto a un árbol.

—No les digáis quiénes somos —advirtió Caspian.

—Y ¿por qué no, Majestad, si puede saberse? —inquirió Reepicheep, que había consentido en ir subido al hombro de Lucy.

—Se me acaba de ocurrir —respondió Caspian—, que la gente del lugar no debe de haber tenido noticias de Narnia durante mucho tiempo. Es perfectamente posible que no reconozcan ya nuestra soberanía, en cuyo caso no tendrían por qué saber que soy el rey.

—Tenemos nuestras espadas, señor —dijo el ratón.

—Sí, Reep, ya sé que las tenemos. Pero si se trata de una cuestión de reconquistar las tres islas, preferiría regresar con un ejército un poco más numeroso.

En aquellos momentos se hallaban bastante cerca de los desconocidos, uno de los cuales —un tipo fornido de melena negra— les gritó:

—Buenos días tengáis.

—Y muy buenos días también a vos —respondió Caspian—. ¿Existe todavía un gobernador de las Islas Solitarias?

—Ya lo creo que sí —respondió el hombre—. El gobernador Gumpas. Su Suficiencia está en Puerto Angosto; pero vosotros os quedaréis y beberéis con nosotros.

Caspian le dio las gracias, aunque ni a él ni a sus acompañantes les gustó demasiado el aspecto de su nuevo compañero. Pero apenas se habían llevado las copas a los labios cuando el hombre de cabellos negros hizo una seña a sus camaradas y, con la rapidez del rayo, los cinco visitantes se vieron sujetos por fuertes brazos. Hubo un corto forcejeo pero nuestros amigos estaban en desventaja y no tardaron en verse todos desarmados y con las manos atadas a la espalda; excepto Reepicheep, que se retorcía en las manos de su captor al tiempo que lo mordía con rabia.

—Ten cuidado con ese animal, Tachuelas —advirtió el jefe del grupo—. No le hagas daño. Nos darán un mejor precio por todo el lote, estoy seguro.

—¡Cobarde! ¡Pusilánime! —chirrió el ratón—. Dame mi espada y suéltame las patas si te atreves.

—¡Vaya! —silbó el traficante de esclavos; pues ése era realmente su oficio—. ¡Sabe hablar! Jamás lo habría imaginado. ¡Qué me aspen si acepto menos de doscientas medialunas por él!

La medialuna calormena, que es la moneda principal en aquellos lugares, equivale aproximadamente a un tercio de la libra esterlina.

—De modo que eso es lo que eres —dijo Caspian—. Un secuestrador y un vendedor de esclavos. Supongo que estarás orgulloso de ello.

—Vamos, vamos, vamos —respondió el otro—. No empieces a enfurecerte. Cuanto mejor te lo tomes, más fácil resultará para todos, ¿de acuerdo? No hago esto por diversión. Tengo que ganarme la vida, como todo el mundo.

—¿Adónde nos llevarás? —preguntó Lucy, articulando las palabras con cierta dificultad.

—A Puerto Angosto —respondió él—. Al mercado que se celebra mañana.

—¿Hay cónsul británico? —inquirió Eustace.

—Si hay ¿qué?

Pero mucho antes de que Eustace se molestara en intentar explicarlo, el traficante de esclavos se limitó a decir:

—Bien, ya me he cansado de toda esta jerigonza. El ratón resulta agradable pero éste habla por los codos. Nos vamos, camaradas.

Ataron entonces a los cuatro prisioneros humanos, no con crueldad pero sí de modo que no pudieran huir, y los hicieron marchar en dirección a la playa. A Reepicheep lo llevaron a cuestas. El ratón había dejado de morder después de que lo amenazaron con atarle el hocico, pero sí tenía mucho que decir aún, y Lucy se preguntó cómo podía soportar alguien que le dijeran todas las cosas que el roedor le decía al traficante de esclavos. Sin embargo, el hombre, lejos de protestar, se limitaba a decir «Sigue» cada vez que Reepicheep paraba para tomar aire, añadiendo de vez en cuando: «Es tan entretenido como una obra de teatro» o «¡Caramba, si hasta parece que sabe lo que dice!» o «¿Lo domesticó alguno de vosotros?». Aquello llegó a enfurecer de tal modo al ratón que, al final, a éste se le ocurrieron tantas cosas que decir que se atragantó y tuvo que callar.

Al llegar a la playa que daba a Doorn encontraron un pueblecito y una chalupa en la arena y, algo más allá, un barco sucio de aspecto destartalado.

—Ahora, jovencitos —indicó el traficante de esclavos—, no provoquéis problemas y no tendréis que lamentarlo. Todos a bordo.

En ese momento un hombre barbudo de aspecto elegante salió de una de las casas —una posada, creo— y dijo:

—Vaya, Pug. ¿Más de tu mercancía de costumbre?

El traficante, cuyo nombre parecía ser Pug, hizo una profunda reverencia, y dijo en un tono de voz zalamero:

—Sí, con el permiso de Su Señoría.

—¿Cuánto quieres por ese muchacho? —preguntó el otro, señalando a Caspian.

—Vaya —respondió Pug—, ya sabía que Su Señoría elegiría lo mejor. No hay forma de engañar a Su Señoría con nada de segunda categoría. En cuanto a ese chico, la verdad es que le he tomado cariño. Lo cierto es que me gusta. Soy tan compasivo que no debería haberme dedicado a este trabajo. De todos modos, para un cliente como Su Señoría...

—Dime tu precio, carroña —replicó el lord con severidad—. ¿Crees que deseo escuchar todas esas monsergas sobre tu asqueroso oficio?

—Trescientas mediaslunas, milord, por tratarse de Su Honorable Señoría, pero para cualquier otro...

—Te daré ciento cincuenta.

—No, por favor, por favor —intervino Lucy—, no nos separe, haga lo que haga. Usted no sabe que... —Pero entonces se detuvo pues vio que Caspian no deseaba ni siquiera entonces que supieran quién era.

—Ciento cincuenta, entonces —dijo el lord—. En cuanto a ti, muchachita, lamento no poder compraros a todos. Desata al chico, Pug. Y ten cuidado; trata a los otros bien mientras estén en tu poder o sabrás lo que es bueno.

—¡Vaya! —exclamó Pug—. ¿Quién ha oído hablar de algún caballero que se dedicara a mi negocio y que tratara a su mercancía mejor que yo? ¡A ver! ¡Los trato como si fuesen mis propios hijos!

—Es muy probable que eso sea totalmente cierto —replicó el otro, sombrío.

Había llegado el terrible momento. Desataron a Caspian y su nuevo amo dijo:

—Por aquí, muchacho.

Lucy prorrumpió en lágrimas y Edmund se mostró desconcertado. Sin embargo, Caspian volvió la cabeza por encima del hombro y les dijo:

—Animaos. Estoy seguro de que todo saldrá bien al final. Hasta pronto.

—Y tú, señorita —indicó Pug—, no empieces a ponerte frenética y a estropear tu aspecto para el mercado de mañana. Sé una buena chica y no tendrás nada por lo que llorar, ¿de acuerdo?

A continuación, los trasladaron en el bote de remos hasta el barco negrero y los bajaron hasta un lugar alargado y bastante oscuro, no demasiado limpio, donde encontraron a otros muchos prisioneros desdichados; pues Pug era, desde luego, un pirata y acababa de llegar de recorrer las islas y capturar a todo el que había podido. Los niños no encontraron a nadie que conocieran; los prisioneros eran en su mayoría galmianos y terebinthios. Así pues, se sentaron en la paja del suelo mientras se preguntaban qué le sucedería a Caspian, e intentaban impedir que Eustace hablara como si todo el mundo excepto él fuera culpable de aquello.

Entretanto Caspian lo estaba pasando bastante mejor. El hombre que lo había comprado lo condujo por una callejuela que discurría entre dos de las casas del pueblo y desde allí a un espacio abierto situado detrás de la población. Entonces se volvió y lo miró.

—No tienes por qué sentir miedo de mí, muchacho —dijo—. Te trataré bien. Te compré debido a tu rostro, pues me recuerdas a alguien.

—¿Puedo preguntar a quién, milord?

—Me recuerdas a mi señor, el rey Caspian de Narnia.

Entonces Caspian decidió arriesgarlo todo a una carta.

—Milord —repuso—, soy vuestro señor. Soy Caspian, rey de Narnia.

—Hablas muy alegremente —respondió el otro—. ¿Cómo puedo saber que eso es cierto?

—En primer lugar por mi rostro —replicó Caspian—. En segundo lugar porque puedo adivinar, si me das seis posibilidades, quién sois. Sois uno de los siete nobles de Narnia a los que mi tío Miraz envió a navegar y a los que he venido a buscar: Argoz, Bern, Octesian, Restimar, Mavramorn, o... o... he olvidado los otros nombres. Y finalmente, si Su Señoría quiere darme una espada demostraré sobre el cuerpo de cualquier hombre en combate limpio que soy Caspian, hijo de Caspian, legítimo rey de Narnia, señor de Cair Paravel, y emperador de las Islas Solitarias.

—¡Cielos! —exclamó el hombre—. Tenéis la misma voz que vuestro padre y su forma de hablar. Mi señor... Majestad... —Y allí en medio del campo se arrodilló y besó la mano del rey.

—El dinero que Su Señoría ha desembolsado por mi persona le será devuelto de nuestro propio tesoro —anunció Caspian.

—No se encuentra aún en la bolsa de Pug, mi señor —declaró lord Bern, pues de él se trataba—. Y jamás lo estará, confío. He recomendado a Su Suficiencia el gobernador un centenar de veces que aplaste este repugnante tráfico de carne humana.

—Milord Bern —dijo el rey—, debemos hablar del estado de estas islas. Pero primero, ¿cuál es la historia de Su Señoría?

—Es bastante corta, mi señor —respondió Bern—. Llegué hasta aquí con mis seis compañeros, me enamoré de una muchacha de las islas, y decidí que ya estaba cansado de navegar. Además, puesto que no servía de nada regresar a Narnia mientras el tío de Su Majestad tuviera el control, me casé y he vivido aquí desde entonces.

—Y ¿qué tal es ese gobernador, ese tal Gumpas? ¿Reconoce aún al rey de Narnia como su señor?

—De palabra, sí. Todo se hace en nombre del rey. Pero no se sentirá muy complacido al ver a un auténtico rey de Narnia vivo apareciendo ante él. Y si Su Majestad se presentara ante él solo y desarmado..., bien, sin duda no negaría su lealtad, pero fingiría no creeros. La vida de Su Excelencia estaría en peligro. ¿Qué séquito tiene Su Majestad en estas aguas?

—Mi barco está doblando el cabo —indicó Caspian—. Somos unos treinta espadachines si hubiera que luchar. ¿Y si hacemos entrar mi nave y caemos sobre Pug y liberamos a mis amigos, a los que retiene cautivos?

—No os lo aconsejaría —repuso Bern—. En cuanto se iniciara un combate, dos o tres naves zarparían de Puerto Angosto para rescatar a Pug. Su Majestad debe actuar mediante una exhibición de más fuerza de la que realmente tiene, y usando también el terror que inspira el nombre del rey. No hay que llegar a un enfrentamiento físico. Gumpas es un cobarde y se lo puede intimidar.

Tras unos minutos más de conversación, Caspian y Bern bajaron hasta la costa un poco al oeste del pueblo, y allí el rey hizo sonar su cuerno, que no era el gran cuerno mágico de Narnia, el cuerno de la reina Susan: el suyo lo había dejado en el castillo para que lo utilizara su regente Trumpkin si una gran necesidad se abatía sobre el territorio en ausencia del rey. Drinian, que estaba en el puesto del vigía aguardando una señal, reconoció el cuerno real al instante y el *Viajero del Alba* puso rumbo a la orilla. En seguida echaron un bote al agua y en unos instantes Caspian y lord Bren estuvieron en la cubierta explicando la situación a Drinian. Éste, igual que Caspian, deseaba colocar la nave junto al barco negrero y abordarlo al instante, pero Bern hizo la misma objeción.

—Descended por ese canal, capitán —indicó Bern—, y luego girad en dirección a Avra, donde se encuentran mis propiedades. Pero primero izad el estandarte del rey, colgad todos los escudos, y enviad tantos hombres a la cofa como os sea posible. Y a unos cinco tiros de arco de aquí, cuando tengáis mar abierto en el lado de babor, haced unas cuantas señales.

—¿Señales? ¿A quién? —inquirió Drinian.

—Pues a quién va a ser, a todos los demás barcos que no tenemos pero que Gumpas podría muy bien creer que existen.

—Ya veo —repuso el capitán, frotándose las manos—. Y ellos leerán nuestras señales. ¿Qué diremos? ¿Qué toda la flota vaya al sur de Avra y se reúna en...?

—La Hacienda Bern —dijo lord Bern—. Eso servirá de maravilla, pues el movimiento de las naves, de existir éstas, no podría verse desde Puerto Angosto.

Caspian se sentía apenado por sus amigos, que languidecían en las bodegas del barco negrero de Pug, pero no pudo evitar disfrutar enormemente del resto de aquel día. Entrada la tarde —pues tenían que avanzar a remo—, tras haber girado a estribor alrededor del extremo noreste de Doorn y luego a babor otra vez doblando el cabo de Avra, penetraron en un buen puerto situado en la costa sur de la isla, donde las magníficas tierras de Bern descendían hasta el borde del mar. Los súbditos de Bern, a gran cantidad de los cuales vieron trabajando en los campos, eran todos hombres libres y se trataba de un feudo feliz y próspero. Una vez que desembarcaron, fueron festejados magníficamente en una casa baja con arcadas que daba a la bahía. Bern, su gentil esposa y sus alegres hijas les dieron de comer opíparamente. En cuanto oscureció, Bern envió un mensajero en un bote a Doorn para ordenar ciertos preparativos —no quiso decir exactamente cuáles— para el día siguiente.

Capítulo cuatro

Lo que Caspian hizo allí

A la mañana siguiente, lord Bern despertó a sus invitados temprano y, tras desayunar, pidió a Caspian que ordenara a todos los hombres de los que disponía que se pusieran las armaduras.

—Y lo más importante —añadió—, que todo esté tan cuidado y limpio como si fuera la mañana del primer combate de una gran guerra entre reyes nobles, con todo el mundo como espectador.

Así se hizo; y luego, en tres barcas bien cargadas, Caspian y sus hombres, y Bern con unos cuantos de los suyos, partieron hacia Puerto Angosto. La bandera del rey ondeaba en la popa de su embarcación y la acompañaba su trompetero.

Cuando llegaron al malecón de la ciudad, Caspian encontró una gran multitud reunida allí para recibirlos.

—Esto es lo que envié a decir anoche —explicó Bern—. Son todos amigos míos y gente honrada.

Y, en cuanto Caspian puso pie en tierra, la muchedumbre estalló en vítores y aclamaciones de: «¡Narnia! ¡Narnia! ¡Larga vida al rey!». Al mismo tiempo —y ello también se debía a los mensajeros de Bern— empezaron a sonar campanas en muchas partes de la ciudad. Entonces Caspian hizo que colocaran al frente su estandarte y que hicieran sonar la trompeta, y todo el mundo desenvainó la espada y adoptó una divertida expresión severa, y, de aquella forma, marcharon calle adelante haciendo que el suelo se estremeciera, con las armaduras brillando de tal modo (pues era una mañana soleada) que apenas se las podía mirar de frente.

En un principio, las únicas personas que los aclamaban eran aquellas a las que el mensajero de Bern había advertido y que sabían lo que sucedía y deseaban que sucediera; pero luego todos los niños se les unieron porque les gustaban los desfiles y habían visto muy pocos. Y a continuación se unieron también todos los colegiales, porque también les gustaban los desfiles y consideraban que cuanto más ruido y agitación hubiera, menos probabilidades había de que tuvieran clase aquella mañana. Y, luego, todas las ancianas sacaron la cabeza por la ventana y empezaron a parlotear y vitorear porque se trataba de un rey, y ¿qué era un gobernador comparado con aquello? Y las jóvenes se unieron a ellas por el mismo motivo y también debido a que Caspian, Drinian y el resto eran muy apuestos. Y después fueron los hombres jóvenes los que acudieron a ver qué miraban las muchachas, de modo que cuando Caspian llegó a las puertas del castillo, casi toda la ciudad lo aclamaba; y el estruendo llegó hasta la habitación del castillo donde estaba Gumpas, hecho un lío con sus cuentas, formularios, normas y leyes, quien oyó el ruido.

A las puertas del castillo, el trompetero de Caspian lanzó un toque de trompeta y gritó:

—Abrid al rey de Narnia, que ha venido a visitar a su fiel y bienamado siervo, el gobernador de las Islas Solitarias.

En aquellos tiempos todo en las islas se realizaba de un modo desaliñado e indolente, de modo que únicamente se abrió un postigo pequeño, y de él salió un tipo desgreñado con un gorro viejo y sucio en la cabeza en lugar de casco, y una pica oxidada en la mano. Guiñó los ojos al contemplar las relucientes figuras que tenía delante.

—No *odéis... zu... zuficianci* —farfulló (lo que era su modo de decir: «No podéis ver a Su Suficiencia».)—. No hay entrevistas sin cita *esepto* de nueve a diez de la noche el segundo sábado de cada mes.

—Descúbrete ante Narnia, perro —tronó lord Bern, y le asestó un golpecito con la mano enfundada en el guantelete que le arrancó el sombrero de la cabeza.

—¿Aquí? ¿Qué es todo esto? —empezó el portero, pero nadie le prestó atención.

Dos de los hombres de Caspian cruzaron la portezuela y tras un cierto forcejeo con barras y cerrojos —todo estaba oxidado—, abrieron de par en par las dos hojas de la entrada. Entonces el rey y su séquito penetraron en el patio. En el interior ganduleaban unos cuantos guardas del gobernador y varios más —en su mayoría limpiándose la boca— salieron precipitadamente de varias entradas. Aunque tenían las armaduras en un estado deplorable, se trataba de hombres que habrían peleado de haber tenido quien los mandase o de haber sabido lo que sucedía; era aquél, por lo tanto, el momento más peligroso. Caspian no les dio tiempo a reflexionar.

—¿Dónde está el capitán? —preguntó.

—Soy yo, más o menos, no sé si me explico —respondió un joven de aspecto lánguido y excesivamente acicalado que no llevaba ni una coraza.

—Es nuestro deseo —indicó Caspian— que nuestra real visita a vuestro reino de las Islas Solitarias sea, si es posible, motivo de júbilo y no de terror para nuestros leales súbditos. Si no fuera por esto, tendría algo que decir respecto al estado de las armaduras y armas de tus hombres. De todos modos, estáis perdonados. Ordena que abran un barril de vino para que tus hombres puedan beber a nuestra salud. Pero mañana al mediodía quiero verlos aquí en este patio con todo el aspecto de soldados y no de vagabundos. Ocúpate de ello so pena de incurrir en nuestro mayor enojo.

El capitán se quedó boquiabierto pero Bern se apresuró a gritar.

—Tres hurras por el rey.

Y los soldados, que habían comprendido lo del barril de vino aunque no hubieran entendido nada más, se unieron a él. Caspian ordenó entonces a la mayoría de sus hombres que permaneciera en el patio, mientras él, acompañado por Bern, Drinian y otros cuatro, entraban en la sala.

Tras una mesa situada en el otro extremo y rodeada por varios secretarios estaba sentado Su Suficiencia, el gobernador de las Islas Solitarias. Gumpas era un hombre de aspecto colérico con un cabello que en otro momento fue rojo y ahora era prácticamente gris. Alzó la vista al entrar los desconocidos y luego la bajó hacia sus papeles mientras decía de un modo automático:

—No hay entrevistas sin cita previa excepto de nueve a diez de la noche el segundo sábado de cada mes.

Caspian hizo una seña con la cabeza a Bern y luego se apartó. El lord y Drinian dieron un paso al frente y cada uno agarró un extremo de la mesa. La alzaron y la arrojaron a un lado de la sala donde se volcó, desperdigando una cascada de cartas, expedientes, frascos de tinta, plumas, lacre y documentos. A continuación, firmes pero sin rudeza, como si sus manos fueran tenazas de acero, arrancaron a Gumpas de su sillón y lo colocaron de cara al rey, a un metro y medio de distancia. Caspian se apresuró a sentarse en el asiento vacío y colocó la espada desnuda atravesada sobre sus rodillas.

—Milord —dijo, clavando los ojos en Gumpas—, no nos habéis ofrecido la bienvenida que esperábamos. Soy el rey de Narnia.

—No hay nada al respecto en la correspondencia —respondió el gobernador—. No hay nada en las actas. No se nos ha notificado tal cosa. Todo es muy irregular. Tendré a bien considerar cualquier solicitud...

—Y hemos venido a examinar el modo en que Su Suficiencia desempeña el cargo —prosiguió Caspian—. Existen dos puntos en especial sobre los que preciso una explicación. En primer lugar, no consigo encontrar ningún registro de que el tributo que estas islas deben a la Corona de Narnia haya sido abonado en los últimos ciento cincuenta años.

—Esa cuestión debería presentarse en el consejo del próximo mes —replicó Gumpas—. Si alguien propone que se organice una comisión de investigación para informar sobre el historial financiero de las islas en la primera reunión que se celebre el año próximo, entonces...

—También encuentro escrito con toda claridad en nuestras leyes —siguió Caspian— que si el tributo no es entregado, toda la deuda debe ser abonada del bolsillo del gobernador de las Islas Solitarias.

Al escuchar aquello, Gumpas empezó a prestar atención de verdad.

—Vaya, eso es imposible —respondió—. Es una imposibilidad económica... Ah... Su Majestad debe de estar bromeando.

Mientras tanto se preguntaba interiormente si existiría algún modo de deshacerse de aquellos molestos visitantes. De haber sabido que Caspian sólo tenía una nave y la dotación de un barco con él, habría hablado con amabilidad de momento, con la esperanza de rodearlos y matarlos a todos durante la noche; pero había visto un buque de guerra descendiendo por el estrecho el día anterior y cómo hacía señales, suponía, a sus compañeros. No había sabido entonces que era la nave del rey, pues no había viento suficiente para desplegar la bandera y hacer visible el león dorado, de modo que había aguardado a ver qué sucedía. En aquellos momentos imaginaba que Caspian tenía toda una flota en la Hacienda Bern. A Gumpas jamás se le habría ocurrido que alguien pudiera presentarse en Puerto Angosto para tomar las islas con menos de cincuenta hombres; desde luego no era la clase de cosa que se le ocurriría hacer a él.

—En segundo lugar —siguió Caspian—, quiero saber por qué habéis permitido que este abominable y antinatural tráfico de esclavos se establezca aquí, contrariamente a las antiguas costumbres y usos de nuestros dominios.

—Es necesario, inevitable —dijo Su Suficiencia—. Una parte esencial del desarrollo económico de las islas, os lo aseguro. Nuestra prosperidad actual depende de ello.

—¿Para qué necesitáis esclavos?

—Para exportarlos, Majestad. Los vendemos a Calormen principalmente; y tenemos otros mercados. Somos un gran centro de comercio.

—Es decir —replicó Caspian—, que no los necesitáis. ¿Decidme para qué sirven excepto para llenar de dinero los bolsillos de gente como Pug?

—La juventud de Su Majestad —dijo Gumpas, con lo que quería ser una sonrisa paternal— hace que os sea muy difícil comprender el problema económico que supone. Poseo estadísticas, gráficos, tengo...

—Por joven que sea —replicó el monarca—, creo que comprendo la esencia del tráfico de esclavos casi tan bien como Su Suficiencia. Y no veo que proporcione a las islas carne, pan, cerveza, vino, madera, coles, libros, instrumentos musicales, caballos, armaduras ni nada que valga la pena poseer. Pero tanto si lo hace como si no, hay que ponerle fin.

—Pero eso sería dar marcha atrás al reloj —resolló el gobernador—. ¿Es que no comprendéis lo que es el progreso, el desarrollo?

—He visto ambas cosas en un huevo —respondió Caspian—. A eso lo llamamos «estropearse» en Narnia. Este comercio debe acabarse.

—No puedo hacerme responsable de una medida así —declaró Gumpas.

—Muy bien, pues —replicó Caspian—, os relevamos de vuestro cargo. Milord Bern, venid aquí.

Y antes de que Gumpas se diera cuenta exactamente de lo que sucedía, Bern ya se arrodillaba con las manos entre las manos del rey y juraba gobernar las Islas Solitarias de acuerdo con las antiguas costumbres, derechos, usos y leyes de Narnia.

—Creo que ya hemos tenido suficientes gobernadores —anunció Caspian entonces, y nombró a Bern duque, duque de las Islas Solitarias.

—En cuanto a vos, milord —siguió, dirigiéndose a Gumpas—, os perdono la deuda del tributo. Pero antes del mediodía de mañana vos y los vuestros debéis estar fuera del castillo, que ahora es la residencia del duque.

—Mirad, esto está muy bien —intervino uno de los secretarios de Gumpas—, pero supongamos que todos ustedes, caballeros, dejan esta pantomima y hablamos en serio. La cuestión a la que nos enfrentamos realmente es...

—La cuestión es —dijo el duque— si vos y el resto de la chusma os iréis antes de recibir una buena azotaina o después de ella. Podéis elegir lo que preferís.

Una vez que todo se hubo solucionado favorablemente, Caspian pidió caballos, pues había unos cuantos en el castillo, aunque mal cuidados; y junto con Bern, Drinian y unos cuantos más, cabalgó a la ciudad en dirección al mercado de esclavos. Era un edificio largo y bajo situado cerca del puerto y la escena que tenía lugar en el interior se parecía mucho a cualquier otra subasta; es decir, había una gran multitud y Pug, sobre un estrado, rugía con voz estridente:

—Ahora, caballeros, el lote veintitrés. Un magnífico jornalero terebinthio, apropiado para minas o galeras. Tiene menos de veinticinco años y una dentadura perfecta. Un tipo musculoso, ya lo creo. Sácale la camisa, Tachuelas, y deja que los caballeros lo vean. ¡Ahí tenéis unos buenos músculos! Contemplad ese pecho. Diez medialunas del caballero de la esquina. Sin duda debe de estar bromeando, señor. ¡Quince! ¡Dieciocho! Dieciocho es la oferta por el lote veintitrés. ¿Alguien da más de dieciocho? Veintiuna. Gracias, señor. Veintiuna es la oferta...

Pug se interrumpió y contempló boquiabierto a las figuras en cota de malla que habían avanzado con un ruido metálico hasta la tarima.

—De rodillas, todos los presentes, ante el rey de Narnia —ordenó el duque.

Todos oyeron el tintineo y patear de los caballos en el exterior, y muchos habían oído rumores sobre el desembarco y lo acaecido en el castillo. La mayoría obedeció, y los que no lo hicieron se vieron empujados al suelo por sus vecinos. Unos cuantos lanzaron aclamaciones.

—Tu vida pende de un hilo, Pug, por poner las manos sobre mi real persona ayer —declaró Caspian—. Pero se te perdona tu ignorancia. El tráfico de esclavos ha quedado prohibido en todos nuestros dominios desde hace un cuarto de hora. Declaro libres a todos los esclavos de este mercado.

Alzó una mano para detener las aclamaciones de los esclavos y siguió:

—¿Dónde están mis amigos?

—¿La hermosa niñita y el joven y amable caballero? —inquirió Pug con una sonrisa zalamera—. Vaya, pues me los arrebataron de las manos en seguida...

—Estamos aquí, estamos aquí, Caspian —gritaron Lucy y Edmund juntos.

—A vuestro servicio, señor —chilló Reepicheep con voz aflautada desde otra esquina.

Los habían vendido a los tres, pero los hombres que los habían comprado se habían quedado para pujar por otros esclavos y por lo tanto seguían allí. La multitud se separó para dejarlos pasar a los tres y hubo gran profusión de saludos y apretones de manos entre ellos y Caspian. Dos mercaderes de Calormen se acercaron de inmediato. Los calormenos tienen rostro oscuro y barbas largas; se visten con túnicas amplias y turbantes de color naranja, y son un pueblo prudente, rico, cortés, cruel y antiguo. Se inclinaron muy educadamente ante Caspian y le dedicaron largos cumplidos, todos sobre las fuentes de prosperidad que riegan los jardines de la prudencia y la virtud —y cosas parecidas— pero desde luego lo que querían era el dinero que habían pagado.

—Eso es muy justo, caballeros —declaró el rey—. Todo aquel que haya adquirido un esclavo hoy debe recuperar su dinero. Pug, trae todas tus ganancias hasta el último mínimo.

(Un mínimo es la cuadragésima parte de una medialuna.)

—¿Es que Su Majestad pretende arruinarme? —lloriqueó Pug.

—Has vivido de corazones destrozados toda tu vida —replicó Caspian—, y si te arruinas, es mejor ser un mendigo que un esclavo. Pero ¿dónde está mi otro amigo?

—Ah, ¿ése? —respondió el otro—. Podéis llevároslo tranquilamente. Me alegraré de quitármelo de encima. Jamás había visto algo tan invendible en el mercado en todos los días de mi vida. Lo valoré en cinco mediaslunas al final y ni así lo quisieron. Lo ofrecí gratis junto con otros lotes y nadie lo quiso tampoco. No me lo quedaría por nada. No quiero ni verlo, Tachuelas, trae al señor Caralarga.

Así pues, trajeron a Eustace, y realmente tenía un aspecto muy enfurruñado; pues aunque a nadie le gustaría que lo vendieran como esclavo, quizá hiere aún más el amor propio ser una especie de esclavo suplente que nadie quiere adquirir. El niño se acercó a Caspian y dijo:

—Ya veo. Como de costumbre, has estado divirtiéndote mientras nosotros estábamos prisioneros. Supongo que ni siquiera has averiguado lo del cónsul británico. No, claro que no.

Aquella noche celebraron un gran banquete en el castillo de Puerto Angosto.

—¡Mañana se iniciarán nuestras auténticas aventuras! —declaró Reepicheep después de haberse despedido con una reverencia de todos y marchado a acostarse.

Pero en realidad no podía ser al día siguiente ni mucho menos, pues se preparaban para dejar atrás todo territorio conocido, y había que realizar grandes preparativos. Vaciaron el *Viajero del Alba* y lo subieron a tierra con la ayuda de ocho caballos y rodillos, y los carpinteros de buques más hábiles repasaron la nave de arriba abajo. Luego volvieron a botarla al mar y la aprovisionaron de comida y agua hasta el límite de su capacidad; es decir, para veintiocho días de navegación. Sin embargo, como Edmund advirtió con desilusión, aquello sólo les permitía viajar catorce días en dirección este antes de tener que abandonar su búsqueda.

Mientras todo eso se llevaba a cabo, Caspian no perdió oportunidad de interrogar a los capitanes de navío más ancianos que pudo encontrar en Puerto Angosto para averiguar si sabían algo, aunque no fueran más que rumores, sobre la existencia de tierra más al este. Sirvió innumerables jarras de cerveza del castillo a hombres curtidos de cortas barbas grises y ojos azul claro, y a cambio recibió más de una historia increíble. Sin embargo, aquellos que parecían los más veraces no sabían nada de tierras situadas más allá de las Islas Solitarias, y muchos creían que si se navegaba demasiado lejos en dirección este se iría a parar a una zona de oleaje de un mar sin tierras que formaba remolinos perpetuos alrededor del borde del mundo.

—Y ahí, pienso yo, es donde los amigos de Su Majestad se hundieron.

El resto no tenía más que historias delirantes sobre islas habitadas por hombres sin cabezas, islas que flotaban, trombas marinas y un fuego que ardía sobre el agua. Únicamente uno, con gran satisfacción por parte de Reepicheep, dijo:

—Y después de todo eso está el país de Aslan. Aunque se encuentra más allá del final del mundo y no se puede llegar a él.

Pero cuando lo interrogaron más a fondo sólo pudo decir que se lo había oído contar a su padre.

Bern sólo pudo contarles que había visto como sus seis compañeros zarpaban en dirección este y que nada más se había vuelto a saber de ellos. Lo dijo mientras él y Caspian se encontraban en el punto más alto de Avra contemplando el océano oriental.

—Subo aquí arriba a menudo —explicó el duque—, y he visto salir el sol del mar, y en ocasiones parecía que apenas se encontraba a unos pocos kilómetros de distancia. Y no sé qué habrá sido de mis compañeros ni qué habrá realmente detrás de ese horizonte. Lo más probable es que nada, sin embargo siempre me siento un tanto avergonzado por haberme quedado aquí. Aun así, desearía que

Su Majestad no se fuera. Tal vez necesitemos vuestra ayuda aquí. Haber cerrado el mercado de esclavos podría dar origen a un nuevo mundo; lo que barrunto es que habrá guerra con Calormen. Mi señor, recapacitad.

—He hecho un juramento, mi querido duque —respondió Caspian—. Y de todos modos, ¿qué podría decirle a Reepicheep?

Capítulo cinco

La tormenta y lo que salió de ésta

Casi tres semanas después de desembarcar remolcaron al *Viajero del Alba* fuera del embarcadero de Puerto Angosto. Se habían pronunciado solemnes discursos de despedida y reunido una gran multitud para presenciar su partida, y también hubo aclamaciones y lágrimas cuando Caspian pronunció su último discurso a los habitantes de las Islas Solitarias y se despidió del duque y su familia, pero cuando la nave, con la vela púrpura ondeando aún ociosamente, se alejó de la orilla, y el sonido de la trompeta de Caspian desde la popa se fue apagando, todos callaron. Entonces el navío encontró viento favorable; la vela se hinchó, el remolcador soltó amarras y empezó a remar de vuelta a tierra, la primera ola auténtica corrió bajo la proa del *Viajero del Alba* y la embarcación volvió a cobrar vida. Los hombres que estaban fuera de servicio marcharon bajo cubierta, Drinian hizo la primera guardia en popa, y el barco giró la proa al este para rodear la parte sur de Avra.

Los días siguientes resultaron deliciosos. Lucy se sentía la niña más afortunada del mundo al despertar cada mañana y contemplar el reflejo del agua iluminada por el sol danzando en el techo de su camarote, y pasear la mirada por todas las cosas bonitas que había conseguido en las Islas Solitarias: botas para el agua, borceguíes, capas, jubones y chales. Y luego salía a cubierta y, desde el castillo de proa, echaba una ojeada al mar, que era de un azul más brillante cada mañana, y aspiraba con fuerza el aire que era un poco más cálido de día en día. Después llegaba la hora del desayuno y sentía un apetito como sólo se consigue en alta mar.

Pasaba gran parte del tiempo sentada en el banquito de popa jugando al ajedrez con Reepicheep. Era divertido verlo levantar las piezas, que eran excesivamente grandes para él, con ambas zarpas y ponerse de puntillas si efectuaba un movimiento cerca del centro del tablero. Era un buen jugador y cuando recordaba que no era más que un juego acostumbraba a ganar. Pero, de vez en cuando, Lucy ganaba porque el ratón efectuaba algún movimiento ridículo como enviar a un caballo a una posición amenazada por una combinación de reina y torre. Aquello sucedía porque había olvidado por un momento que se trataba de un juego de ajedrez y pensaba en una auténtica batalla y hacía que el caballo actuara como sin duda él lo haría de estar en su lugar. La mente del ratón estaba repleta de empresas desesperadas, gloriosas cargas suicidas y defensas imposibles.

Pero aquellos días tan agradables no duraron. Llegó una tarde en que Lucy, mientras contemplaba tranquilamente el largo surco o estela que dejaban tras ellos, vio una gran masa de nubes que crecía por el oeste a una velocidad sorprendente. Entonces se abrió una rendija en ella y una puesta de sol amarilla se derramó por la abertura. Todas las olas situadas detrás de ellos parecieron adquirir unas formas desacostumbradas y el mar se tornó de un color pardo o amarillento como el de una lona sucia. El aire se enfrió, y el barco pareció moverse inquieto como si percibiera el peligro a su espalda. La vela caía plana e inerte un instante y se hinchaba violentamente al siguiente. Mientras observaba todo aquello y se interrogaba sobre un siniestro cambio que se había producido en el ruido mismo del viento, Drinian gritó:

—Todos a cubierta.

En un instante todos estuvieron frenéticamente ocupados. Se aseguraron las escotillas, se apagó el fuego de la cocina y algunos hombres subieron a la arboladura para plegar la vela. La tormenta los alcanzó antes de que terminaran. A Lucy le dio la impresión de que un valle inmenso se abría justo ante la proa, y se precipitaron a su interior, descendiendo más de lo que habría creído posible. Una enorme montaña gris de agua, mucho más alta que el mástil, se abalanzó a su encuentro; parecía que fueran a perecer sin lugar a dudas, pero se vieron arrojados a lo alto de la ola. En seguida, el barco pareció girar en redondo. Una cascada de agua se derramó sobre la cubierta; la popa y el castillo de proa eran como dos islas con un mar embravecido entre ambos. Arriba en la arboladura los marineros se estiraban sobre la verga en un intento desesperado de hacerse con el control de la vela. Un cabo roto sobresalía oblicuamente empujado por el viento tan tieso como si fuera un atizador.

—Id abajo, señora —gritó Drinian a voz en cuello.

Y Lucy, que sabía que los marineros de agua dulce —y también las marineras— son una molestia para la tripulación, se dispuso a obedecer. No resultó fácil. El *Viajero del Alba* escoraba terriblemente a estribor y la cubierta estaba inclinada como el tejado de una casa. La pequeña tuvo que gatear hasta alcanzar la parte superior de la escalera, agarrándose a la barandilla, luego quedarse allí mientras dos hombres subían por ella, y a continuación descender lo mejor que pudo. Fue una suerte que estuviera ya bien agarrada a ella, pues al llegar al pie de la escalera otra ola barrió con violencia la cubierta, cubriéndola hasta los hombros. Ya estaba casi empapada debido a las salpicaduras y la lluvia pero aquello resultó más frío aún. Se precipitó hacia la puerta del camarote, entró en él y dejó fuera por un momento la aterradora imagen de la velocidad con la que se precipitaban a la oscuridad, pero no, desde luego, la horrible confusión de crujidos, gemidos, chasquidos, golpeteos, rugidos y retumbos que resultaban más alarmantes allí abajo que fuera, en la popa.

Y aquello siguió todo el día siguiente y el siguiente después de aquél. Siguió hasta que apenas recordaban un momento en que no hubiera existido. Y en todo momento tenía que haber tres hombres sujetando la caña del timón y, ni aun así, podían mantener el rumbo entre los tres. Y siempre tenía que haber hombres en la bomba de achicar. Y apenas había tiempo para descansar, y no se podía cocinar nada, ni secar nada, y un hombre cayó por la borda, y no se veía el sol.

Cuando por fin terminó, Eustace efectuó la siguiente anotación en su diario:

3 de septiembre

Es el primer día desde hace una eternidad en que puedo escribir por fin. Nos ha empujado un huracán durante trece días y trece noches. Lo sé porque llevé la cuenta con sumo cuidado. ¡Es «estupendo» estar embarcado en un viaje de lo más peligroso con gente que ni siquiera sabe contar correctamente! Lo he pasado fatal, subiendo y bajando a lomos de olas inmensas una hora tras otra, por lo general mojado hasta los huesos, y sin que nadie intentara siquiera proporcionarnos una comida decente. Sobra decir que no hay radio ni cohetes, de modo que no existía la menor posibilidad de lanzar señales de socorro. Todo eso demuestra lo que no hago más que repetirles, que es una locura hacerse a la mar en una bañera infame como ésta. Ya sería bastante malo aunque uno estuviera con gente decente en lugar de demonios con apariencia humana. Caspian y Edmund se comportan de un modo despiadado conmigo. La noche que perdimos el mástil (ahora sólo queda un fragmento), a pesar de que yo no me sentía nada bien, me obligaron a subir a cubierta y a trabajar como un esclavo. Lucy metió baza diciendo que Reepicheep ansiaba ir pero era demasiado pequeño. Me maravilla que no se dé cuenta de que todo lo que hace ese animalillo es para presumir. Por muy pequeña que sea, Lucy debería tener ya un poco de sentido común. Hoy la repugnante barca se mantiene horizontal por fin y ha salido el sol y todos hemos hablado por los codos para decidir qué hacer. Tenemos comida suficiente, una bazofia horrible en su mayoría, para dieciséis días. (Las olas tiraron las aves de corral por la borda; pero aunque no hubiera sido así, la tormenta les habría impedido poner huevos.) El auténtico problema es el agua. Al parecer un golpe abrió una vía de agua en dos barriles y están vacíos. (Otra muestra de la eficiencia narniana.) Si se raciona a un cuarto de litro por día para cada uno, tenemos suficiente para doce días. (Todavía queda una barbaridad de toneles de ron y de vino, pero incluso ellos se dan cuenta de que beberlo sólo les produciría más sed.)

Si pudiéramos, desde luego, lo más sensato sería virar al oeste de inmediato y dirigirnos a las Islas Solitarias; pero hicieron falta dieciocho días para llegar a donde estamos, corriendo como locos con una galerna a nuestra espalda, e incluso aunque tuviéramos viento del este podríamos tardar mucho más en regresar. Y por el momento no hay ni rastro de viento del este. En cuanto a remar de regreso, se tardaría demasiado y Caspian dice que los hombres no podrían remar con sólo un cuarto de litro de agua al día. Estoy totalmente seguro de que se equivoca. Intenté explicar que el sudor en realidad refresca a la gente, de modo que los hombres necesitarían menos agua si trabajaran; pero no me hizo el menor caso, que es lo que suele hacer cuando no se le ocurre una respuesta. Los demás votaron por seguir adelante con la esperanza de encontrar tierra. Consideré que era mi deber señalar que ignorábamos si había tierra más adelante e intenté que comprendieran los peligros de hacerse ilusiones, y entonces, en lugar de presentar un plan mejor tuvieron la desfachatez de preguntarme qué sugería yo. Así que les expliqué con toda serenidad y sin alzar la voz que a mí me habían secuestrado y arrastrado a aquel viaje idiota sin mi consentimiento, y que no era precisamente asunto mío sacarlos del apuro.

4 de septiembre

Sigue sin soplar viento. Hubo raciones muy escasas para cenar y a mí me dieron menos que a los demás. ¡Caspian es un espabilado en cuestión de raciones y cree que no lo veo! Por algún motivo, Lucy quiso compensarme ofreciéndome un poco de la suya pero ese presuntuoso entrometido de Edmund no se lo permitió. El sol calienta de lo lindo. He pasado una sed terrible toda la tarde.

5 de septiembre

Sigue sin soplar viento y hace mucho calor. Me he sentido mal todo el día y estoy seguro de que tengo fiebre. Como es natural, ni siquiera tienen termómetro a bordo.

6 de septiembre

Un día horrible. Desperté en plena noche totalmente seguro de que tenía fiebre y debía tomar un trago de agua. Cualquier médico lo habría dicho. Sabe Dios que soy la última persona que intentaría obtener una ventaja injusta, pero jamás se me ocurrió que este racionamiento del agua se aplicaría también a una persona enferma. En realidad habría despertado a los demás y pedido un poco, pero pensé que era egoísta de mi parte despertarlos. Así pues me levanté, tomé mi taza y salí de puntillas del agujero negro en el que dormimos, teniendo sumo cuidado de no molestar a Caspian y a Edmund, pues han dormido mal desde que comenzó el calor y empezamos a quedarnos sin agua. Siempre intento tomar en consideración a los demás, tanto si se muestran amables conmigo como si no. Salí sin problemas a la habitación grande, si es que se le puede llamar habitación, donde están los bancos de los remeros y el equipaje. El depósito del agua está en el extremo. Todo iba a las mil maravillas, pero antes de que pudiera sacar un tazón de agua ¿quién va y me encuentra allí? Era ese diminuto espía de Reep. Intenté explicar que iba a subir a cubierta para tomar un poco de aire fresco, pues la cuestión del agua no era asunto suyo, y me preguntó por qué tenía una taza. Armó tanto escándalo que despertó a todo el barco. Me trataron de un modo escandaloso. Pregunté, como creo que habría hecho cualquiera, por qué Reepicheep merodeaba cerca del tonel de agua en plena noche, y él respondió que puesto que era demasiado pequeño para ser de utilidad en cubierta, custodiaba el agua cada noche para que otro hombre más pudiera dormir. Y ahora viene la maldita injusticia de esta gente: todos lo creyeron. ¿Cómo es posible?

Tuve que pedir disculpas o el peligroso animalillo me habría atacado con su espada. Y entonces Caspian se quitó finalmente la máscara para mostrarse como el tirano brutal que es y declaró bien fuerte para que todos lo oyeran que cualquiera que encontraran «robando» agua en el futuro «recibiría dos docenas». No sabía lo que aquello significaba hasta que Edmund me lo explicó. Aparece en la clase de libros que leen esos Pevensie.

Tras esta amenaza cobarde, Caspian cambió de tono y empezó a mostrarse condescendiente. Dijo que se sentía apenado por mi situación y que todo el mundo se sentía igual de febril que yo y que todos debíamos sacar el mejor partido de todo aquello, etc..., etc. Es un pedante odioso y engreído. Hoy me he quedado en la cama todo el día.

7 de septiembre

Hoy ha soplado un poco de viento pero también del oeste. Hemos recorrido unas cuantas millas en dirección este con parte de la vela, colocada en lo que Drinian llama la bandola; eso quiere decir el bauprés colocado vertical y atado (ellos lo llaman «amarrado») al trozo que queda del mástil auténtico. Sigo teniendo una sed terrible.

8 de septiembre

Seguimos navegando en dirección este. Ahora me quedo todo el día en mi litera y no veo a nadie excepto a Lucy hasta que esos dos «malos bichos» vienen a dormir. Lucy me da un poco de su ración de agua. Dice que las chicas no sienten tanta sed como los chicos. A mí ya se me había ocurrido, pero tendría que ser algo más conocido en alta mar.

9 de septiembre
Hay tierra a la vista; una montaña muy alta a lo lejos en dirección sudeste.

10 de septiembre
La montaña resulta más grande y nítida pero sigue estando muy lejos. Hemos vuelto a ver gaviotas hoy por primera vez desde no recuerdo cuánto tiempo hace.

11 de septiembre
Pescamos unos cuantos peces y los comimos para cenar. Echamos el ancla sobre las siete de la tarde en tres brazas de agua en una bahía de esta isla montañosa. Ese idiota de Caspian no quiso dejarnos ir a tierra porque empezaba a oscurecer y tenía miedo de que hubiera salvajes y animales peligrosos. Esta noche hemos tenido ración extra de agua.

Lo que les aguardaba en aquella isla iba a atañer más a Eustace que a cualquier otro, pero no lo puedo relatar en sus propias palabras porque después del 11 de septiembre se olvidó de escribir en su diario durante mucho tiempo.

Cuando llegó la mañana, con un cielo gris y encapotado, pero muy calurosa, los aventureros descubrieron que estaban en una bahía circundada por acantilados y riscos tales que parecía un fiordo noruego. Frente a ellos, en la cabecera de la bahía, había un trozo de terreno llano profusamente poblado de árboles que parecían cedros, por entre los que discurría un veloz arroyo. Más allá había una empinada cuesta que finalizaba en una escarpada cresta y, detrás de ésta, una vaga oscuridad de montañas que se perdían en el interior de nubes de tonos apagados de modo que era imposible distinguir sus cimas. Los acantilados más cercanos, a cada lado de la bahía, estaban surcados aquí y allá por líneas blancas que todos comprendieron que eran cascadas aunque a aquella distancia no mostraban ningún movimiento ni producían ruido. A decir verdad todo el lugar estaba muy silencioso y el agua de la bahía aparecía fina como el cristal, y reflejaba cada uno de los detalles de los farallones. La escena habría resultado pintoresca en un cuadro pero era bastante opresiva en la realidad. No era un lugar que diera la bienvenida a los visitantes.

Toda la tripulación del barco bajó a tierra en el bote, que tuvo que hacer dos viajes, y todos bebieron, se dieron un buen baño en el río, comieron y descansaron antes de que Caspian enviara a cuatro hombres de vuelta para vigilar el barco, y se iniciara la jornada de trabajo. Había que hacer de todo. Había que llevar los barriles a tierra, reparar los que estaban en mal estado si era posible y volver a llenarlos todos; había que talar un árbol —un pino si podían conseguirlo— y convertirlo en un nuevo mástil; había que reparar las velas; era necesario organizar una partida de caza para conseguir cualquier tipo de comida que se pudiera encontrar allí; había que lavar y remendar prendas; y a bordo existían innumerables desperfectos que tenían que repararse. Pues, en aquellos momentos, el *Viajero del Alba* —y eso resultaba más evidente al contemplarlo desde cierta distancia— estaba lejos de ser la espléndida nave que había zarpado de Puerto Angosto. Parecía una carraca estropeada y descolorida que cualquiera habría tomado por un barco naufragado. Los oficiales y la tripulación no se hallaban en mejor estado: escuálidos, pálidos, con los ojos enrojecidos por falta de sueño y vestidos con andrajos.

Eustace, acostado bajo un árbol, sintió que el alma se le caía a los pies al escuchar todos aquellos planes. ¿Es qué no descansarían nunca? Parecía que su primer día en la muy ansiada tierra firme iba a resultar tan agotador como un día en alta mar. Entonces se le ocurrió una idea encantadora. Nadie miraba; todos parloteaban sobre el barco como si realmente les gustara aquella cosa detestable. ¿Por qué no escabullirse tranquilamente? Daría un paseo hacia el interior de la isla, encontraría un lugar fresco y ventilado arriba en las montañas, se echaría una buena siesta y no volvería a reunirse con los demás hasta que hubiera finalizado la jornada de trabajo. Se dijo que le sentaría bien; aunque tendría buen cuidado de mantener la bahía y el barco a la vista para estar seguro del camino de vuelta. No le gustaría nada verse abandonado en aquel lugar.

Puso en práctica el plan inmediatamente. Se levantó de donde estaba sin hacer ruido y se alejó por entre los árboles, esforzándose por andar despacio y dando la impresión de vagar sin rumbo fijo de modo que si alguien lo veía pensara que se limitaba a estirar las piernas. Le sorprendió descubrir lo rápido que el sonido de las conversaciones se apagó y lo terriblemente silencioso, cálido y verde oscuro que se tornó el bosque. Al poco tiempo consideró que podía aventurarse a avanzar con pasó más rápido y decidido.

No tardó en abandonar el bosque, y el terreno empezó a ascender vertiginosamente frente a él. La hierba estaba seca y resbaladiza pero manejable si utilizaba las manos además de los pies, y aunque jadeaba y se secaba la frente muy a menudo, perseveró con tenacidad en su ascenso. Aquello demostró, de paso, que su nueva vida, sin que él lo sospechara, ya le había sentado bastante bien; el antiguo Eustace, el Eustace de Harold y Alberta, habría abandonado la ascensión al cabo de diez minutos.

Despacio, y con varios descansos, alcanzó la cumbre. Allí había esperado obtener una visión del corazón de la isla, pero las nubes habían descendido más y estaban más próximas, y un mar de niebla avanzaba a su encuentro. Se sentó en el suelo y miró atrás. Se encontraba a tal altura que la bahía se veía diminuta a sus pies y se distinguían muchas millas de extensión de agua. Entonces la niebla de las montañas lo envolvió, espesa pero no fría, y se acostó y giró a un lado y a otro para encontrar la posición más cómoda para poder disfrutar del momento.

Pero no disfrutó, o al menos no lo hizo durante mucho tiempo. Casi por primera vez en su vida empezó a sentirse solo. En un principio la sensación creció de modo muy gradual. Y entonces empezó a preocuparse por la hora. No se oía el menor sonido, y de improviso se le ocurrió que tal vez llevaba horas acostado. ¡A lo mejor los otros se habían ido! ¡Tal vez lo habían dejado alejarse a propósito sencillamente para poder abandonarlo allí! Se puso en pie de un salto, presa del pánico, e inició el descenso.

Al principio intentó hacerlo demasiado rápido, resbaló por la pendiente cubierta de hierba y patinó varios metros. Entonces se dijo que aquello lo había llevado demasiado hacia la izquierda, y mientras ascendía había visto precipicios en aquel lado. Así pues volvió a subir a gatas, tan cerca como le pareció del lugar del que había partido, y reanudó el descenso, desviándose hacia la derecha. Después de eso las cosas parecieron ir mejor. Avanzaba con suma cautela, ya que no podía ver a más de un metro por delante de él, y a su alrededor reinaba un silencio total. Resultaba muy molesto tener que moverse con cuidado cuando uno escucha una voz en su interior que le dice sin parar: «Date prisa, date prisa, date prisa». A cada momento la terrible idea de verse abandonado allí cobraba más fuerza. De haber comprendido realmente cómo eran Caspian y los hermanos Pevensie habría sabido, claro está, que no existía la menor posibilidad de que fueran a hacer nada parecido. Pero estaba convencido de que todos ellos eran seres diabólicos con apariencia humana.

—¡Por fin! —exclamó mientras se deslizaba por una pendiente de piedras sueltas (guijarros, las llaman) e iba a parar a terreno llano—. Y ahora, ¿dónde están esos árboles? Veo algo oscuro ahí delante. Caramba, parece como si la niebla empezara a disolverse.

Así era. La luz aumentaba de intensidad por momentos, obligándolo a pestañear. La niebla desapareció, y se encontró en un valle totalmente desconocido para él y sin que el mar apareciera por ninguna parte.

Capítulo seis

Las aventuras de Eustace

En aquel mismo instante sus compañeros se lavaban las manos y el rostro en el río, y empezaban a prepararse para comer y descansar. Los tres mejores arqueros habían ascendido a las colinas situadas al norte de la bahía, y habían vuelto cargados con un par de cabras monteses que en aquellos momentos se asaban sobre una fogata. Caspian, por su parte, había hecho bajar a tierra un barril de vino, un vino fuerte de Archenland que había que mezclar con agua antes de beberlo, de modo que habría cantidad suficiente para todos. El trabajo había ido bien hasta el momento y resultó una comida muy festiva. No fue hasta después de servirse asado por segunda vez cuando Edmund comentó:

—¿Dónde está ese sinvergüenza de Eustace?

Mientras tanto Eustace paseaba una mirada asombrada por el valle desconocido. Era tan estrecho y profundo, y los precipicios que lo rodeaban tan altos, que parecía un foso o una trinchera enorme. El suelo estaba cubierto de hierba, aunque salpicado de rocas, y aquí y allá distinguió zonas negras quemadas como las que se ven a los lados de un terraplén del ferrocarril en un verano sin lluvia. A unos quince metros de distancia había un estanque de aguas lisas y transparentes. No había, en un principio, ninguna otra cosa en el valle; ni un animal, ni un pájaro ni un insecto. El sol caía con fuerza, y picos sombríos y promontorios montañosos se atisbaban por encima del borde del valle.

El niño comprendió que debido a la niebla había descendido por el lado equivocado de la elevación, de modo que se dio la vuelta al instante para regresar por donde había venido. Pero en cuanto hubo echado una mirada se estremeció. Al parecer, y por una asombrosa buena suerte, había encontrado el único camino que existía para bajar; una larga lengua de tierra verde, terriblemente empinada y angosta, con precipicios a cada lado. No existía otro modo de regresar.

Pero ¿podría hacerlo, ahora que veía cómo era realmente? La cabeza le daba vueltas sólo de pensarlo.

Volvió a girar, pensando que en cualquier caso sería mejor que tomara un buen trago del estanque primero. Sin embargo, en cuanto se dio la vuelta y antes de haber dado un paso al interior del valle oyó un ruido a su espalda. No era más que un ruidito pero sonó muy fuerte en aquel silencio formidable. El sonido lo dejó petrificado allí mismo durante un segundo; luego giró el cuello y miró.

Al pie del despeñadero, un poco a su izquierda, había un agujero bajo y oscuro; tal vez la entrada de una cueva. Y de éste surgían dos finas espirales de humo; además las piedras sueltas situadas justo debajo del oscuro hueco se movían —aquél era el ruido que había oído— igual que si algo se arrastrara en la oscuridad detrás de ellas.

Desde luego, algo se arrastraba. Peor aún, algo salía de allí. Edmund, Lucy o tú mismo lo habríais reconocido al momento, pero Eustace no había leído ninguno de los libros apropiados. Lo que salió de la cueva era algo que él jamás había imaginado siquiera: un hocico largo de color plomizo, ojos de un rojo apagado, sin plumas ni pelaje, un cuerpo largo y flexible que se arrastraba a ras del suelo, patas cuyos codos quedaban más altos que su lomo como las de una araña, garras afiladas, alas parecidas a las de un murciélago que chirriaban contra las piedras, una cola kilométrica. Y las columnas de humo surgían de los dos orificios de su hocico. A Eustace jamás se le ocurrió la palabra «dragón», aunque tampoco habría mejorado las cosas de haberlo hecho.

Pero tal vez si hubiera sabido algo sobre dragones habría experimentado una cierta sorpresa ante el comportamiento de aquel ejemplar. No se sentó muy erguido ni agitó las alas, tampoco brotó un surtidor de llamas de sus fauces. El humo que le salía del hocico era como el humo de un fuego que se extingue. Tampoco pareció haber visto a Eustace. Marchó muy despacio en dirección al estanque; lentamente y con muchas pausas. Incluso a pesar del miedo que sentía, Eustace advirtió que era una criatura vieja y triste, y se preguntó si debía atreverse a echar a correr en dirección a la cuesta. Pero aquella cosa podía volver la cabeza si él hacía algún ruido. Podía cobrar más vida. Tal vez aquello no era más que una simulación. De todos modos, ¿de qué servía intentar huir escalando de una criatura capaz de volar?

El ser alcanzó el estanque y deslizó la horrible barbilla cubierta de escamas por encima de la grava para beber: pero antes de que pudiera hacerlo surgió de él un potente graznido o grito metálico y tras unas cuantas contracciones y convulsiones rodó sobre un costado y se quedó totalmente inmóvil con una zarpa en alto. Un hilillo de sangre oscura manó de las fauces abiertas. El humo de su hocico se tornó negro por un instante y luego se alejó flotando. No volvió a salir más humo.

Durante un buen rato, Eustace no se atrevió a moverse. Tal vez aquello era el truco que empleaba la bestia, la forma en que atraía a los viajeros a su perdición. De todos modos, tampoco podía aguardar eternamente. Dio un paso hacia él, luego dos pasos, y volvió a detenerse. El dragón siguió totalmente inmóvil; advirtió también que el fuego rojo había desaparecido de sus ojos. Finalmente fue a detenerse junto a él. En aquellos momentos el niño se hallaba ya muy seguro de que el animal estaba muerto. Lo tocó con un estremecimiento; nada sucedió.

La sensación de alivio fue tan grande que estuvo a punto de soltar una carcajada en voz alta, y empezó a sentirse como si hubiera peleado y matado al dragón en lugar de haberse limitado a verlo morir. Pasó por encima de él y se dirigió al estanque para beber, pues el calor empezaba a resultar insoportable. No lo sorprendió oír un trueno. Casi a continuación el sol desapareció, y antes de que Eustace terminara de beber caían ya gotas de lluvia.

El clima de aquella isla era de lo más antipático. En menos de un minuto, Eustace estaba mojado hasta los huesos y medio cegado por una lluvia torrencial como jamás se ve en Europa. De nada serviría intentar trepar fuera del valle mientras aquello durara. Salió disparado en dirección al único refugio visible: la cueva del dragón. Una vez allí, se tumbó en el suelo e intentó recuperar el aliento.

La mayoría de nosotros sabe qué se puede encontrar en la guarida de un dragón pero, como ya he dicho, Eustace sólo había leído libros aburridos. Sus lecturas contaban muchas cosas sobre exportaciones e importaciones, gobiernos y alcantarillado, pero resultaban bastante deficientes en el tema de los dragones. Fue por ese motivo por el que lo desconcertó tanto la superficie sobre la que yacía. Partes de ella eran demasiado punzantes para ser piedras y demasiado duras para ser espinos, y parecía haber gran cantidad de cosas planas redondas, además, todo tintineaba cuando se movía. En la boca de la cueva había luz suficiente para examinarla, así que Eustace descubrió que se trataba de lo que cualquiera de nosotros habría podido decirle de antemano: riquezas. Había coronas —los objetos punzantes—, monedas, anillos, brazaletes, lingotes, copas, bandejas y piedras preciosas.

Eustace, al contrario que la mayoría de niños, jamás había pensado en tesoros, pero vio en seguida lo útil que sería éste en aquel mundo nuevo al que tan absurdamente había ido a parar a través del cuadro del dormitorio de Lucy que había en su casa.

—Aquí no tienen impuestos —dijo— y no hay que entregar los tesoros al gobierno. Con una parte de todo esto podría pasarlo bastante bien en este lugar; tal vez en Calormen. Parece el sitio menos absurdo de todas estas tierras. ¿Cuánto podría transportar? Veamos ese brazalete... esas cosas que lleva son probablemente diamantes... me lo colocaré en la muñeca. Es demasiado grande, pero lo subiré justo por encima del codo. Luego me llenaré los bolsillos de diamantes... resultan más cómodos que el oro. Me gustaría saber cuándo va a aflojar esta lluvia infernal.

Fue a colocarse en un lugar menos incómodo de la pila, donde todo eran monedas en su mayoría, y se acomodó a esperar. Pero un buen susto, cuando ya ha pasado, y en especial un buen susto después de un paseo por la montaña, lo deja a uno muy cansado. Eustace se durmió.

Mientras él estaba profundamente dormido y roncando, sus compañeros ya habían acabado de comer y empezaban a sentirse realmente alarmados por su ausencia. Gritaron: «¡Eustace! ¡Eustace! ¡Yuju!» hasta quedarse afónicos, y Caspian hizo sonar su cuerno.

—No está cerca de aquí o lo habría oído —dijo Lucy muy pálida.

—¡Maldito muchacho! —masculló Edmund—. ¿En qué demonios estaría pensando para escabullirse así?

—Tenemos que hacer algo —intervino Lucy—. A lo mejor se ha perdido, ha caído en un agujero o lo han capturado unos salvajes.

—O lo han matado las fieras —añadió Drinian.

—Pues sería todo un alivio si así fuera, eso pienso yo —masculló Rhince.

—Maese Rhince —observó Reepicheep—, eso que habéis dicho no es nada digno de vos. La criatura no es amiga mía pero es pariente de la reina, y mientras forme parte de nuestro grupo concierne a nuestro honor encontrarla y vengarla si está muerta.

—Desde luego que tenemos que encontrarlo, si es que podemos —intervino Caspian en tono fatigado—. Eso es lo fastidioso, porque significa organizar un grupo de búsqueda y un sinfín de molestias. Qué lío con Eustace.

Entretanto, Eustace dormía y dormía... y siguió durmiendo. Lo que lo despertó fue un dolor en el brazo. La luz de la luna penetraba en la boca de la cueva, y el lecho de tesoros parecía haberse tornado mucho más cómodo: en realidad apenas lo notaba. En un principio, el dolor del brazo le desconcertó, pero luego pensó que era el brazalete que había empujado hasta pasar por encima del codo y que se le había clavado. Sin duda el brazo, era el izquierdo, se había hinchado mientras dormía.

Movió el brazo derecho para palparse el izquierdo, pero se detuvo antes de haberlo movido ni un centímetro y se mordió el labio, aterrorizado. Frente a él, y un poco a su derecha, allí donde la luz de la luna caía sobre el suelo de la cueva, vio una silueta espantosa que se movía. Sabía lo que era aquella silueta: era la garra de un dragón. Se había movido cuando él desplazó la mano y se quedó quieta cuando él dejó de moverla.

«Vaya, qué idiota he sido —pensó Eustace—. Claro, el animal tenía una compañera y ahora está acostada a mi lado.»

Durante varios minutos no se atrevió a mover ni un músculo. Vio cómo dos finas columnas de humo se alzaban ante sus ojos, negras al recortarse contra la luz de la luna; del mismo modo que se habían elevado del hocico del otro dragón antes de que muriera. Aquello le resultó tan alarmante que contuvo la respiración. Las dos columnas de humo se desvanecieron. Cuando ya no pudo contener la respiración más tiempo la dejó escapar furtivamente; al instante volvieron a aparecer dos chorros de humo. Pero ni siquiera así comprendió la verdad.

Al cabo de un rato decidió que se deslizaría cautelosamente hacia la izquierda para intentar escabullirse fuera de la cueva. A lo mejor la criatura estaba dormida; y de todos modos era su única posibilidad. Pero, claro está, antes de moverse hacia la izquierda echó una mirada en aquella dirección y... ¡Qué horror! También había una zarpa de dragón en aquel lado.

Nadie podría haber culpado a Eustace por echarse a llorar en aquel momento. El niño se sorprendió del tamaño de sus propias lágrimas mientras contemplaba cómo caían sobre el tesoro ante a él. Además parecían extrañamente calientes, pues despedían vapor.

Sin embargo, de nada servía llorar. Debía intentar arrastrarse lejos de los dos dragones. Empezó a alargar el brazo derecho, y la pata delantera y la zarpa de su lado derecho realizaron exactamente el mismo movimiento. A continuación se le ocurrió probar con el brazo izquierdo. La extremidad del dragón de aquel lado también se movió.

¡Dos dragones, uno a cada lado, imitando todo lo que él hacía! El pánico se apoderó de él y sencillamente salió huyendo hacia la entrada.

Se escuchó tal estrépito, chirridos, tintineo de monedas de oro y crujir de rocas, mientras se precipitaba fuera de la cueva, que pensó que los dos seres lo seguían; aunque no se atrevió a volver la mirada. Corrió en dirección al estanque. La figura retorcida del dragón muerto yaciendo a la luz de la luna habría sido suficiente para asustar a cualquiera pero ahora apenas advirtió su presencia. Su intención era meterse en el agua.

Pero en el mismo instante en que llegaba a la orilla del agua sucedieron dos cosas. En primer lugar, se dio cuenta de que había estado corriendo a cuatro patas... ¿por qué diablos lo había hecho? Y en segundo lugar, mientras se inclinaba hacia el agua, le pareció por un momento que otro dragón más lo miraba desde el interior del estanque. Pero al instante comprendió lo que sucedía. El rostro de dragón del agua era su propio reflejo. No existía la menor duda. Se movía cuando él se movía: abría y cerraba la boca cada vez que él la abría y la cerraba.

Se había convertido en un dragón mientras dormía. Dormido sobre el tesoro de un dragón con codiciosos pensamientos draconianos, se había convertido él mismo en uno de aquellos seres.

Eso lo explicaba todo. No había dos dragones junto a él en el interior de la cueva. Las zarpas a su derecha e izquierda eran las suyas propias. Las dos columnas de humo habían salido de los orificios de su nariz. En cuanto al dolor en el brazo izquierdo (o lo que había sido su brazo izquierdo) supo lo que había sucedido en cuanto miró de reojo con el ojo izquierdo. El brazalete, que había encajado tan perfectamente en el brazo de un muchacho, era demasiado pequeño para la gruesa y achaparrada pata delantera de un dragón y se había clavado profundamente en la carne cubierta de escamas, dejando un bulto punzante a cada uno de sus lados. Intentó quitárselo con sus dientes de dragón pero no consiguió sacarlo.

A pesar del dolor, su primera sensación fue de alivio. Ya no tendría nada que temer. Él mismo era aterrador y nada en el mundo excepto un caballero —y no todos— se atrevería a atacarlo. Incluso podía arreglar las cuentas con Caspian y Edmund ahora...

Pero en cuanto lo pensó se dio cuenta de que no lo deseaba. Quería su amistad; deseaba regresar con los humanos y hablar, reír y compartir cosas. Comprendió que se había convertido en un monstruo aislado de la raza humana, y una espantosa soledad se adueñó de él. Empezó a comprender que sus compañeros no habían sido unas malas personas en absoluto y ello le hizo preguntarse si él habría sido una persona tan agradable como siempre había supuesto. Anhelaba escuchar sus voces. Habría agradecido incluso una palabra amable del mismo Reepicheep.

Al pensar en todo aquello, el pobre dragón que había sido Eustace alzó la voz y lloró. Un dragón poderoso llorando a moco tendido bajo la luz de la luna en un valle desierto es un espectáculo y un sonido que resulta difícil de imaginar.

Finalmente, decidió que intentaría encontrar el camino de vuelta a la playa. Comprendía ahora que Caspian jamás habría zarpado sin él, y tuvo la seguridad de que hallaría un modo u otro de hacer que la gente se diera cuenta de quién era.

Bebió largo y tendido y luego —y ya sé que suena horroroso, aunque no lo es si se piensa con calma— se comió casi todo el dragón muerto. Se había zampado ya la mitad cuando se dio cuenta de lo que estaba haciendo; pues, ¿sabes?, si bien su mente era la de Eustace, sus gustos y apetito eran los de un dragón. Y no hay nada que le guste tanto a un dragón como la carne de otro de su especie. Ése es el motivo de que pocas veces se encuentre más de un dragón en un mismo condado.

Luego inició el ascenso fuera del valle. Empezó a subir y en cuanto saltó se encontró volando. Había olvidado por completo la existencia de sus alas y se sintió gratamente sorprendido; fue la primera sorpresa agradable que había tenido durante bastante tiempo. Se elevó por los aires y vio innumerables cimas de montañas extendidas a sus pies bajo la luz de la luna. Al poco tiempo, distinguió la bahía como si fuera una losa plateada y al *Viajero del Alba* anclado en sus aguas, y vio las fogatas que centelleaban en el bosque junto a la playa. Desde las alturas se lanzó hacia el suelo en un planeo.

Lucy dormía profundamente ya que había permanecido despierta hasta el regreso del grupo de búsqueda, con la esperanza de recibir buenas noticias acerca de Eustace. Caspian había encabezado el grupo que había regresado muy

tarde y con todos sus integrantes exhaustos. Las noticias que traían eran preo-
cupantes. No habían hallado ni rastro del niño pero habían visto a un dragón
muerto en un valle. Todos intentaron tomarlo de la mejor manera posible y se
aseguraron unos a otros que no era nada probable que hubiera más dragones
por allí, y que uno que estaba muerto sobre las tres de la tarde —que era cuando
lo habían descubierto— no era probable que anduviera matando gente unas
pocas horas antes.

—A menos que se comiera a ese mocoso y muriera debido a ello: ése sería
capaz de envenenar cualquier cosa —comentó Rhince; pero lo dijo muy por lo
bajo y nadie lo oyó.

Pero más entrada la noche Lucy se despertó con suma suavidad, y descubrió
a todo el mundo reunido y conversando en susurros.

—¿Qué sucede? —preguntó.

—Debemos mostrar una gran fortaleza —decía Caspian—. Un dragón
acaba de aparecer volando por encima de las copas de los árboles y se ha posado
en la playa. Sí, me temo que se interpone entre nosotros y el barco. Y las flechas
no sirven de nada contra esas criaturas. Y no les asusta en absoluto el fuego.

—Con el permiso de Su Majestad... —empezó Reepicheep.

—No, Reepicheep —declaró el monarca con firmeza—, no quiero que intentes entablar combate con él. Y a menos que prometas obedecerme en esta
cuestión, haré que te aten. Lo que debemos hacer es mantener una estrecha vigilancia y, en cuanto haya luz, descender a la playa y enfrentarnos a él. Yo iré delante. El rey Edmund estará a mi derecha y lord Drinian a mi izquierda. No se
tomarán otras disposiciones. Dentro de un par de horas será de día. En una hora
serviremos la comida y lo que queda del vino. Y que todo se realice en silencio.

—Tal vez se vaya —indicó Lucy.

—Será peor si lo hace —dijo Edmund—, porque entonces no sabremos
dónde está. Si hay una avispa en la habitación, prefiero verla.

El resto de la noche resultó espantoso, y cuando llegó la comida, aunque sabían que debían comer, muchos descubrieron que apenas sentían apetito. Y parecieron transcurrir horas interminables hasta que por fin la oscuridad empezó
a disiparse, los pájaros iniciaron sus gorjeos aquí y allá, todo se tornó más frío y
húmedo de lo que había estado durante la noche y Caspian anunció:

—Vamos por él, amigos míos.

Se levantaron, todos con las espadas desenvainadas, y formaron una masa
compacta con Lucy en el centro y Reepicheep en el hombro de la niña. Resultaba mejor que la espera y todo el mundo parecía sentir más afecto por los
demás que de ordinario. Al cabo de un momento se pusieron en marcha. La luz
aumentó de intensidad mientras llegaban al linde del bosque. Y, allí en la arena,
como un lagarto gigante, un cocodrilo flexible o una serpiente con patas,
enorme, horrible y jorobado, estaba el dragón.

Pero cuando los vio, en lugar de alzarse y lanzar fuego y humo, el animal retrocedió —uno casi podría haberlo descrito como anadear— hacia los bajíos de la bahía.

—¿Por qué menea la cabeza de ese modo? —inquirió Edmund.

—Y ahora está asintiendo —dijo Caspian.

—Y sale algo de sus ojos —indicó Drinian.

—¿Es qué no lo veis? —intervino Lucy—. Está llorando. Son lágrimas.

—Yo no confiaría en eso, señora —advirtió Drinian—. Eso es lo que hacen los cocodrilos, para que uno baje la guardia.

—Ha movido la cabeza cuando has dicho eso —comentó Edmund—. Igual que si quisiera decir «No». Fijaos, vuelve a hacerlo.

—¿Crees que entiende lo que decimos? —preguntó Lucy.

El dragón asintió violentamente con la cabeza.

Reepicheep se escabulló del hombro de Lucy y fue a colocarse al frente.

—Dragón —llamó con su voz aguda—, ¿comprendes lo que decimos?

La criatura asintió.

—¿Sabes hablar?

El animal negó con la cabeza.

—En ese caso —siguió Reepicheep—, no sirve de nada preguntarte qué te trae por aquí. Pero si deseas jurarnos amistad alza la pata delantera izquierda por encima de la cabeza.

Así lo hizo, pero con torpeza ya que la pata estaba dolorida e hinchada por culpa del brazalete de oro.

—Fijaos —dijo Lucy—, le pasa algo en la pata. Pobrecito; seguramente era ése el motivo por el que lloraba. A lo mejor ha venido a nosotros para que lo curemos igual que en el relato de *Androcles y el león*.

—Ten cuidado, Lucy —advirtió Caspian—. Es un dragón muy listo, pero también puede ser un mentiroso.

No obstante, Lucy ya se había adelantado seguida por Reepicheep, que lo hizo a toda la velocidad que le permitían sus cortas piernas, y luego, claro está, Drinian y los muchachos fueron también.

El dragón Eustace extendió la pata dolorida de buena gana, recordando el modo en que el cordial de la niña había curado su mareo en alta mar antes de que se convirtiera en un dragón. Sin embargo, en aquella ocasión, sufrió una desilusión. El líquido mágico redujo la hinchazón y alivió el dolor un poco pero no pudo disolver el oro.

Todo el mundo se había apelotonado ahora a su alrededor para observar la cura, y entonces Caspian exclamó de improviso:

—¡Mirad! —Sus ojos estaban fijos en el brazalete.

Capítulo siete

Cómo terminó la aventura

—Mirar ¿qué? —inquirió Edmund.

—Mirad el emblema que aparece en el oro —respondió Caspian

—Es un martillo pequeño con un diamante encima como si fuera una estrella —dijo Drinian—. Caramba, yo he visto eso antes.

—¡¿Lo has visto?! —exclamó Caspian—. Pues claro que lo has visto. Es el símbolo de una gran casa narniana. Es el brazal de lord Octesian.

—Canalla —increpó Reepicheep al dragón—, ¿has devorado a un lord narniano?

Pero éste negó violentamente con la cabeza.

—O tal vez —intervino Lucy— sea lord Octesian convertido en un dragón; por culpa de un hechizo, ya sabéis.

—No tiene por qué ser ninguna de las dos cosas —dijo Edmund—. Todos los dragones coleccionan oro. Sin embargo, creo que podemos suponer, sin temor a equivocarnos, que Octesian no fue más allá de esta isla.

—¿Eres lord Octesian? —preguntó Lucy al dragón, y luego, cuando éste meneó la cabeza tristemente—. ¿Eres alguien hechizado... alguien humano, quiero decir?

El animal asintió con energía.

Y entonces alguien preguntó, aunque los marineros no se pusieron de acuerdo luego sobre si fue Lucy o Edmund quien lo preguntó primero:

—¿No serás... no serás Eustace, por casualidad?

Y Eustace asintió con su terrible testa draconiana y golpeó con la cola en el suelo y todos dieron un salto atrás (algunos de los marineros con exclamaciones que no pienso poner por escrito) para esquivar las lágrimas enormes y ardientes que brotaron de sus ojos.

Lucy se esforzó por consolarlo e incluso se armó de valor para besar su rostro cubierto de escamas, y casi todo el mundo dijo: «Mala suerte» y varios aseguraron a Eustace que todos estarían siempre a su lado y muchos dijeron que sin duda existiría algún modo de desencantarlo y que volvería a estar perfectamente bien en un día o dos. Y desde luego todos se mostraron muy ansiosos por escuchar su historia, pero él no podía hablar. En más de una ocasión, en los días siguientes intentó escribírsela en la arena; pero jamás lo consiguió. Para empezar, Eustace, que jamás había leído los libros apropiados, no tenía ni idea de cómo contar historias. Y aparte de eso, los músculos y nervios de las zarpas de dragón que tenía que utilizar no habían aprendido a escribir y tampoco estaban pensados para hacerlo. Como resultado jamás consiguió llegar hasta el final antes de que la marea subiera y borrara todo lo escrito excepto los pedazos que él ya había pisoteado o eliminado con un movimiento de la cola. Y todo lo que habían podido ver era algo parecido a lo siguiente (los puntos corresponden a las partes que él mismo había emborronado):

FIU A DORM... RONES AGONES QUIERO DECIR CUEVA DRANGO-NES POQUE ESTABA MUERTO Y OVIA MUCH... AL DESPERTAR Y NO PU... SACAR DE BRAZO MALDICIÓN...

De todos modos, resultó evidente para todos que el carácter de Eustace había mejorado mucho tras haberse convertido en dragón. Éste se mostraba ansioso por ayudar. Sobrevoló toda la isla y descubrió que estaba llena de montañas y habitada únicamente por cabras monteses y piaras de cerdos salvajes; de estos últimos trajo muchos, ya muertos, para aprovisionar el barco. Mataba de un modo muy piadoso, también, ya que podía matar a un animal con un golpe de la cola de modo que éste ni siquiera se enteraba de que lo habían matado (y presumiblemente sigue sin saberlo). Devoró unos cuantos él mismo, desde luego, pero siempre cuando estaba a solas, pues ahora que era un dragón le gustaba la comida cruda aunque no soportaba que los demás contemplaran el modo tan repugnante en que se alimentaba. Y un día, volando despacio y agotado pero con aire triunfal, llevó al campamento un enorme pino que había arrancado de raíz en un valle lejano y que podía convertirse en un mástil estupendo. Y, entrada la tarde, si refrescaba, como sucedía en ocasiones después de lluvias torrenciales, resultaba un consuelo para todos, pues todo el grupo acudía a sentarse con las espaldas apoyadas en sus calientes costados para entrar en calor y secarse. De vez en cuando llevaba a un grupo escogido a efectuar un vuelo sobre su lomo, para que pudieran contemplar, a sus pies, las laderas verdes, las elevaciones rocosas, los valles angostos como fosas y, a lo lejos, mar adentro en dirección este, un punto de un azul más oscuro en el horizonte azul que podría ser tierra firme.

El placer —nuevo para él— de sentir que caía bien a la gente y, aún más, de sentir afecto por la gente, era lo que impedía a Eustace caer en la desesperación. Era muy deprimente ser un dragón y, además, se estremecía cada vez que captaba su reflejo al volar sobre un lago montañoso. Odiaba las enormes alas de murciélago, la cresta dentada de su lomo y las zarpas afiladas y curvas. Casi temía quedarse a solas consigo mismo y sin embargo le avergonzaba estar con los demás. Las tardes que no lo usaban como botella de agua caliente se escabullía fuera del campamento y se enroscaba como una serpiente entre el bosque y el agua. En tales ocasiones, y con gran sorpresa por su parte, era Reepicheep quien le proporcionaba más consuelo. El noble ratón abandonaba sigilosamente el alegre círculo alrededor de la hoguera del campamento e iba a sentarse junto a la testa del dragón, totalmente a barlovento para que no cayera sobre él su aliento humeante. Allí se dedicaba a explicar que lo que le había sucedido a Eustace era un ejemplo sorprendente de cómo giraba la rueda de la fortuna, y que si tuviera a Eustace en su casa de Narnia —en realidad era un agujero, no una casa, y la cabeza del dragón no habría cabido dentro, ¡por no hablar de su cuerpo!— podría mostrarle más de un centenar de ejemplos de emperadores, reyes, duques, caballeros, poetas, amantes, astrónomos, filósofos y magos, que habían ido a parar de la prosperidad a una situación de lo más angustiosa, y cómo muchos se habían recuperado y vivido felizmente a partir de entonces. Tal vez no parecía tan reconfortante en aquel momento, pero la intención era buena y Eustace jamás lo olvidó.

Pero lo que desde luego pesaba sobre todos como una losa era el problema de qué hacer con el dragón cuando estuvieran listos para zarpar. Intentaban no hablar de ello cuando él estaba allí, pero la criatura no podía evitar oír sin querer cosas como: «¿Cabría a lo largo de un lado de la cubierta? Tendríamos que mover todas las provisiones al otro lado de la bodega para equilibrarlo», «¿Serviría de algo remolcarlo?», «¿Podría seguirnos volando?» y (el más frecuente de todos los comentarios), «Pero ¿cómo vamos a alimentarlo?». Y el pobre Eustace cada vez se daba más cuenta de que había sido una molestia constante desde su primer día a bordo y de que ahora lo era aún más. Y aquello le corroía la mente, igual que el brazalete se le hincaba en la pata. Sabía que no hacía más que empeorar las cosas si intentaba romperlo con los enormes dientes, pero no podía evitar probarlo de vez en cuando, en especial en las noches calurosas.

Unos seis días después de su desembarco en la Isla del Dragón, Edmund se despertó muy temprano. La luz era aún grisácea, de modo que uno podía distinguir los troncos de los árboles si se encontraban entre él y la bahía, pero no en la otra dirección. Al despertar le pareció oír que algo se movía, así que se incorporó sobre un codo y miró a su alrededor: al poco tiempo le pareció ver una figura oscura que avanzaba por el lado del bosque que daba al mar. La primera idea que le vino a la mente fue: «¿Tan seguros estamos de que no hay nativos en esta isla?». A continuación pensó que se trataba de Caspian —era aproximadamente de la misma estatura— pero sabía que éste había dormido a su lado y podía advertir que seguía allí. Edmund se aseguró de que su espada seguía donde tenía que estar y luego se levantó para investigar.

Descendió sin hacer ruido hasta el linde del bosque y vio que la figura seguía allí. Entonces se dio cuenta de que era demasiado pequeña para ser Caspian y demasiado grande para pertenecer a Lucy. Como no salió huyendo, Edmund desenvainó la espada y estaba a punto de dar el alto al desconocido cuando éste dijo en voz baja:

—¿Eres tú, Edmund?

—Sí, ¿quién eres?

—¿No me conoces? —preguntó el otro—. Soy yo... Eustace.

—Cielos. Claro que eres tú. Pero ¿cómo...?

—Chist —dijo Eustace, y se tambaleó como si fuera a caer.

—¡Cuidado! —advirtió Edmund, sujetándolo—. ¿Qué sucede? ¿Te encuentras mal?

Eustace permaneció en silencio tanto tiempo que Edmund creyó que se había desmayado; pero finalmente dijo:

—Ha sido horroroso. No te haces a la idea... pero ahora ya ha pasado. ¿Podríamos ir a charlar a alguna parte? No quiero encontrarme con los demás, aún no.

—Sí, claro, donde tú quieras —respondió su primo—. Podemos ir a sentarnos en aquellas rocas de ahí. Oye, realmente me alegro de verte... de verte... siendo tú mismo otra vez. Debes de haberlo pasado muy mal.

Fueron hasta las rocas y se sentaron de cara a la bahía mientras el cielo se iba tornando más pálido y las estrellas desaparecían a excepción de una muy brillante situada muy baja y cerca de la línea del horizonte.

—No te contaré cómo me convertí en... un dragón hasta que se lo pueda contar a los demás y acabar con ello —dijo Eustace—. A propósito, ni siquiera sabía que era un dragón hasta que te oí utilizar la palabra cuando aparecí aquí la otra mañana. Lo que quiero es contarte cómo dejé de serlo.

—Adelante.

—Bueno, anoche me sentía más desdichado que nunca. Y ese espantoso brazalete me hacía un daño horrible...

—¿Ahora ya no te duele?

Eustace se echó a reír —con una risa muy distinta de cualquier otra que Edmund le hubiera oído jamás— y se quitó sin problemas la joya del brazo.

—Ahí lo tienes —declaró— y, por mí, quien lo quiera puede quedárselo. Bien, como decía, estaba ahí acostado en el suelo sin dormir y preguntándome qué iba a ser de mí. Y entonces... aunque, claro, podría haber sido un sueño. No lo sé.

—Sigue —dijo Edmund, con una paciencia considerable.

—Bueno, sea lo que sea, levanté los ojos y vi lo último que esperaba ver: un león enorme que se acercaba despacio a mí. Y una cosa muy extraña era que anoche no había luna pero brillaba la luz de la luna donde estaba el león. Se acercó cada vez más, y yo me sentí muy atemorizado. Uno pensaría que, siendo un dragón, podría haber derribado a cualquier león sin problemas. Pero no era esa clase de miedo. No temía que fuera a comerme, simplemente le tenía miedo... no sé si me explico. Se acercó a mí y me miró directamente a los ojos. Yo los cerré con fuerza; pero no sirvió de nada porque me dijo que lo siguiera.

—¿Quieres decir que habló?

—No lo sé. Ahora que lo mencionas, no creo que lo hiciera. Pero me lo dijo igualmente. Y supe que tenía que hacer lo que me decía, de modo que me levanté y lo seguí. Y me condujo al interior de las montañas. Y había siempre esa luz de luna sobre el felino y alrededor de él, allí donde iba. Por fin llegamos a la cima de una montaña que no había visto nunca y en lo alto de aquella montaña había un jardín; con árboles y frutas y todas esas cosas. En el centro había un pozo.

»Supe que era un pozo porque se veía el agua borboteando desde el fondo: pero era mucho más grande que la mayoría de pozos; igual que una enorme bañera de mármol con peldaños que descendían a su interior. El agua era totalmente transparente y pensé que si podía meterme allí dentro y bañarme, seguramente se aliviaría el dolor de mi pata. Pero el león me dijo que debía desvestirme primero. En realidad no sé si lo dijo en voz alta o no.

»Estaba a punto de responder que no podía desvestirme porque no llevaba ropas cuando de repente se me ocurrió que los dragones son una especie de reptiles y que las serpientes pueden desprenderse de la piel. Claro, me dije, eso es lo que quiere decir el león. Así pues empecé a rascarme y las escamas comenzaron a caer por todas partes. Y a continuación arañé un poco más fuerte y, en lugar de caer únicamente escamas, toda la piel empezó a despegarse limpiamente, como sucede después de una enfermedad o como si se tratara de un plátano. Al cabo de un minuto o dos me deshice de toda ella, y pude contemplarla allí junto a mí, mostrando un aspecto repulsivo. Fue una sensación deliciosa. Entonces inicié el descenso al pozo para tomar un baño.

»Pero justo cuando iba a introducir los pies en el agua bajé los ojos y descubrí que seguían siendo duros, ásperos, arrugados y llenos de escamas. "Vaya, no pasa nada —me dije—, sólo significa que tenía otro traje más pequeño debajo del anterior, y tendré que quitármelo también." De modo que arañé y desgarré otra vez y aquella otra piel también se desprendió sin problemas y salí de ella y la dejé allí tirada en el suelo junto a la otra y fui hacia el pozo para bañarme.

»Bueno, pues volvió a suceder exactamente lo mismo. Y pensé: "Cielos, pero ¿de cuántas capas de piel tengo de desprenderme?". Porque ansiaba meter los brazos en el agua. Así que volví a rascar por tercera vez y me deshice de una tercera piel, igual que había sucedido con las otras dos, y me la quité. Pero en cuanto me miré en el agua supe que no había servido de nada.

»Entonces el león dijo, pero no sé si lo dijo en voz alta: "Tendrás que permitir que te desvista yo". Me daban miedo sus garras, te lo aseguro, pero en aquellos momentos estaba tan desesperado que me acosté bien estirado sobre el lomo para que lo hiciera.

»El primer desgarrón fue tan profundo que creí que había penetrado hasta el mismo corazón. Y cuando empezó a tirar de la piel para sacarla, sentí un dolor mayor del que he sentido jamás. Lo único que me permitió ser capaz de soportarlo fue el placer de sentir cómo desprendían aquella cosa. Ya sabes, es como cuando te arrancas la costra de una herida. Duele horrores pero resulta divertidísimo ver cómo se desprende.

—Sé exactamente lo que quieres decir —repuso Edmund.

—Bueno, pues arrancó por completo aquella cosa espantosa; igual que pensaba que lo había hecho yo mismo las otras tres veces, sólo que entonces no había sentido daño; y allí estaba, sobre la hierba, aunque mucho más gruesa, oscura y con un aspecto más nudoso que las otras. Y allí estaba yo suave, y blandito como un palo descortezado y más pequeño que antes. Entonces me sujetó —lo que no me gustó demasiado, ya que todo mi cuerpo resultaba muy delicado ahora que no tenía piel— y me arrojó al agua. Me escoció una barbaridad pero sólo unos instantes. Después de eso resultó una sensación deliciosa y, en cuanto empecé a nadar y a chapotear, descubrí que el dolor del brazo había desaparecido. Y en seguida comprendí el motivo. Volvía a ser un muchacho. Sin duda pensarías que estoy loco si te contara cómo me sentí al ver de nuevo mis brazos. Ya sé que no tengo músculos y que son bastante fofos comparados con los de Caspian, pero me alegré tanto de volver a verlos...

»Al cabo de un rato el león me sacó y me vistió...

—¿Te vistió? ¿Con sus garras?

—Bueno, la verdad es que no recuerdo muy bien esa parte. Pero lo hizo de un modo u otro: con prendas nuevas... Las mismas que llevo puestas ahora, precisamente. Y luego, de repente, me encontré de vuelta aquí. Lo que me hace pensar que debe de haber sido un sueño.

—No, no era un sueño —respondió Edmund.

—¿Por qué no?

—Bueno, pues están las ropas, para empezar. Y te han... digamos que «desdragonado», en segundo lugar.

—¿Qué crees que fue, entonces? —preguntó Eustace.

—Creo que has visto a Aslan.

—¡Aslan! —exclamó su primo—. He oído mencionar ese nombre varias veces desde que nos unimos al *Viajero del Alba*. Y sentía, no sé, que lo odiaba. Pero, claro, entonces lo odiaba todo. Y, a propósito, desearía disculparme; me temo que me he comportado de un modo horroroso.

—No es nada —repuso Edmund—. Entre tú y yo, te contaré que no has sido ni la mitad de malo de lo que fui yo en mi primer viaje a Narnia. Tú no has sido más que un burro, pero yo fui un traidor.

—Bueno, pues no me lo cuentes —dijo él—. Pero ¿quién es Aslan? ¿Lo conoces?

—Bueno, digamos que él me conoce a mí —repuso Edmund—. Es el gran león, el hijo del Emperador de Allende los Mares, que me salvó a mí y salvó a Narnia. Todos lo hemos visto. Lucy es quien lo ve más a menudo. Y tal vez sea al país de Aslan adonde nos dirigimos.

Ninguno dijo nada durante un rato. La última estrella brillante se había desvanecido y aunque no veían la salida del sol debido a las montañas situadas a su derecha, sabían que tenía lugar porque el cielo sobre sus cabezas y la bahía que tenían delante adquirieron el color de las rosas. Entonces una ave de la familia de los loros chilló en el bosque detrás de ellos, y oyeron movimientos entre los árboles, y finalmente sonó un toque del cuerno de Caspian. El campamento despertaba.

Grande fue el regocijo cuando Edmund y el recuperado Eustace penetraron en el círculo de personas que desayunaban alrededor de la fogata. Y entonces, claro, todos oyeron la primera parte de la historia. Los allí sevo mástil, una nueva capa de pintura y bien aprovisionado, estuvo listo para zarpar. Antes de embarcar, Caspian hizo tallar en la cara lisa de un acantilado que miraba al mar lo siguiente:

ISLA DEL DRAGÓN
DESCUBIERTA POR CASPIAN X,
REY DE NARNIA, ETC.,
EN EL CUARTO AÑO DE SU REINADO.
AQUÍ, SUPONEMOS,
ENCONTRÓ LA MUERTE
LORD OCTESIAN.

Sería agradable, y bastante cierto, decir que «desde aquel momento en adelante Eustace fue un chico distinto». Pero si hay que ser estrictamente precisos deberíamos decir: «empezó a ser» un chico distinto, pues padeció algunas recaídas. Todavía hubo muchos días en los que podía mostrarse muy odioso; pero la mayoría de ellos no los reseñaré. La curación había empezado.

El brazalete de lord Octesian tuvo un curioso destino. Eustace no lo quería y se lo ofreció a Caspian, quien, a su vez, se lo ofreció a Lucy. Ésta no sentía demasiado interés por poseerlo, de modo que Caspian dijo: «Muy bien, entonces, que sea para quien lo agarre», y lo lanzó al aire mientras todos estaban de pie contemplando la inscripción. El aro ascendió, centelleando bajo la luz del sol, y se enganchó, quedando colgado, tan limpiamente como un tejo bien lanzado, en una pequeña hendidura de la roca. Nadie podía trepar para recuperarlo desde abajo y nadie podía descender desde la cima, tampoco. Y allí, por lo que yo sé, sigue colgado aún y puede que siga hasta el fin del mundo.

Capítulo ocho

Salvados por los pelos en dos ocasiones

Todo el mundo se sentía muy animado cuando el *Viajero del Alba* abandonó la Isla del Dragón. Tuvieron viento a favor en cuanto salieron de la bahía y llegaron muy temprano a la mañana siguiente a la tierra desconocida que algunos habían divisado mientras volaban sobre las montañas cuando Eustace era todavía un dragón. Era una isla llana y verde, en la que no vivían más que conejos y unas cuantas cabras, pero a juzgar por las ruinas de cabañas de piedra y por algunos lugares ennegrecidos allí donde había habido hogueras, supusieron que estaba habitada no hacía mucho tiempo. También había algunos huesos y armas rotas.

—Cosa de piratas —dijo Caspian.

—O del dragón —añadió Edmund.

La única otra cosa que encontraron fue un pequeño bote de cuero, o barquilla, en la playa. Estaba hecha de cuero tensado sobre una estructura de mimbre, y era diminuta, con apenas un metro y veinte centímetros de longitud, y la paleta que todavía se hallaba en su interior guardaba las mismas proporciones. Pensaron que o bien había sido construida para un niño o los pobladores del país habían sido enanos. Reepicheep decidió quedársela, ya que tenía el tamaño justo para él; así pues, la llevaron a bordo. Bautizaron el lugar como Isla Quemada, y reanudaron la navegación antes del mediodía.

Durante cinco días navegaron empujados por un viento sur-sudeste, sin avistar tierra y sin ver peces ni gaviotas. Luego hubo un día en que llovió con fuerza hasta la tarde. Eustace perdió dos partidas de ajedrez contra Reepicheep y empezó a actuar de nuevo como el antiguo y desagradable niño que había sido, y Edmund declaró que ojalá hubieran podido ir a América con Susan. Entonces Lucy miró por la ventana de popa y exclamó:

—¡Eh! Me parece que empieza a parar. Y ¿qué es aquello?

Todos se amontonaron en la toldilla al escucharlo y descubrieron que la lluvia había cesado y que Drinian, que estaba de guardia, también contemplaba con fijeza algo situado a popa. O sería mejor decir, varias cosas. Parecían rocas pequeñas y lisas, toda una hilera de ellas dispuestas a intervalos de poco más de un metro.

—Pero no pueden ser rocas —decía Drinian—, porque hace cinco minutos no estaban ahí.

—Y una acaba de desaparecer —indicó Lucy.

—Sí, y ahí hay otra que está saliendo —añadió Edmund.

—Y más cerca —observó Eustace.

—¡Cielos! —exclamó Caspian—. Todo eso viene hacia aquí.

—Y se mueve mucho más de prisa de lo que nosotros podemos navegar, señor —dijo Drinian—. Nos alcanzarán dentro de un minuto.

Todos contuvieron la respiración, pues no resulta nada agradable verse perseguido por algo desconocido ni en tierra firme ni en alta mar. Sin embargo, lo que resultó ser era mucho peor de lo que ninguno había sospechado. De improviso, apenas a la distancia de un campo de cricket de babor, una cabeza horrorosa se alzó de las aguas; era de color verde y bermellón, con manchas moradas —excepto allí donde tenía pegados crustáceos— y tenía la forma de una cabeza de caballo, aunque sin orejas. Los ojos eran enormes, ojos concebidos para mirar en las oscuras profundidades del océano, y las fauces estaban abiertas y mostraban una doble hilera de dientes afilados como los de los peces. Se alzó sobre lo que en un principio creyeron que era un cuello inmenso; pero a medida que emergía más y más, comprendieron que no se trataba del cuello sino del cuerpo y que lo que veían era lo que tantas personas, en su estupidez, habían deseado siempre contemplar: una gran serpiente marina. Los pliegues de la cola gigantesca se distinguían en la distancia, elevándose de la superficie a intervalos. En aquellos momentos, la cabeza de la criatura se alzaba ya por encima del mástil.

Todos corrieron a tomar las armas, pero no podía hacerse nada, el monstruo estaba fuera de su alcance. «¡Disparad! ¡Disparad!», gritó el maestro arquero, y algunos obedecieron, pero las flechas rebotaron en el pellejo de la serpiente marina como si estuviera recubierto de placas de hierro. Luego, durante un minuto espantoso, todos se quedaron inmóviles, con la cabeza alzada hacia aquellos ojos y aquellas fauces, mientras se preguntaban sobre qué se abalanzaría.

Pero no se abalanzó, sino que lanzó la cabeza al frente por encima del barco a la altura de la verga del mástil. La testa quedó, entonces, justo al lado de la cofa militar. La criatura siguió estirándose y estirándose hasta que la cabeza quedó por encima de la borda de estribor. En ese punto empezó a descender; no sobre la atestada cubierta sino en dirección al agua, de modo que toda la nave quedó bajo el arco que describía el cuerpo de la serpiente. Y casi al momento el arco empezó a encogerse; a decir verdad, por el lado de estribor la serpiente marina casi tocaba al *Viajero del Alba*.

Eustace —que realmente había intentado con todas sus fuerzas comportarse bien, hasta que la lluvia y el ajedrez lo hicieron regresar a sus malos hábitos— realizó en aquel momento la primera acción valerosa de su vida. Llevaba la espada que Caspian le había prestado, y en cuanto el cuerpo de la serpiente estuvo lo bastante cerca del lado de estribor saltó sobre la borda y empezó a asestarle golpes con todas sus fuerzas. Bien es cierto que no consiguió nada aparte de hacer pedazos la segunda mejor espada de Caspian, pero fue una acción hermosa para un principiante.

Otros se habrían unido a él si en aquel momento Reepicheep no hubiera gritado:

—¡No peleéis! ¡Empujad!

Resultaba tan insólito que el ratón aconsejara a alguien que no luchara que, incluso en aquel terrible momento, todos los ojos se volvieron hacia él. Y cuando saltó sobre la borda, por delante de la serpiente, apretó la diminuta espalda peluda contra su enorme lomo viscoso y cubierto de escamas, y empezó a empujar con todas sus fuerzas, unos cuantos comprendieron lo que quería decir y corrieron a ambos lados de la nave para hacer lo mismo. Entonces, cuando al cabo de un instante, la cabeza de la serpiente marina apareció otra vez, en esa ocasión por el lado de babor, y dándoles la espalda, todos comprendieron lo que sucedía.

La bestia se había enroscado alrededor del *Viajero del Alba* y empezaba a apretar el lazo. Cuando estuviera lo bastante tenso —¡*clac*!— no habría más que astillas flotando donde había estado el barco y la criatura podría irlos pescando del agua uno a uno. La única posibilidad que tenían era empujar el lazo hacia atrás hasta que resbalara sobre la popa; o sino (para decirlo de otro modo) empujar la nave hacia delante para que saliera del aro.

Reepicheep tenía, desde luego, las mismas posibilidades de lograrlo que de alzar en segundos una catedral, pero casi había dejado la piel en su intento antes de que otros miembros de la tripulación lo apartaran a un lado. Muy pronto toda la tripulación, excepto Lucy y el ratón —que estaba medio desvanecido—, estuvo colocada en dos filas a lo largo de las dos bordas, con el pecho de cada hombre apretado contra la espalda del que tenía enfrente, de modo que el peso de toda la fila quedaba sobre el último marinero, que empujaba con todas sus fuerzas. Durante unos cuantos segundos terribles —que parecieron horas— no sucedió nada. Las articulaciones crujieron, el sudor brotó a raudales y la respiración de los marineros sonó quejumbrosa y jadeante. Luego pareció como si la nave se moviera y observaron que el aro que formaba el cuerpo de la serpiente se encontraba más apartado del mástil que antes; pero también se dieron cuenta de que se había encogido. Y entonces surgió un segundo peligro. ¿Podrían conseguir que pasara por encima de la popa, o estaba demasiado apretado ya? Sí, pasaría aunque muy justo. El cuerpo descansaba sobre las barandillas de popa. Una docena o más de hombres saltaron sobre la zona. Aquello resultaba mucho mejor. El cuerpo de la serpiente marina se encontraba tan bajo que podían colocarse en hilera a lo largo de la popa y empujar unos al lado de los otros. Crecieron las esperanzas hasta que recordaron la elevada popa esculpida, la cola del dragón, del *Viajero del Alba*. Resultaría imposible hacer pasar a la bestia por encima de aquello.

—Una hacha —chilló Caspian con voz ronca—, y seguid empujando.

Lucy, que sabía dónde estaba todo, lo oyó desde su puesto en la cubierta principal con la mirada fija en la popa. En unos segundos descendió bajo la cubierta, cogió el hacha y corrió escaleras arriba hasta la popa. Pero justo cuando llegaba a lo alto se oyó un estrépito tremendo como si se desplomara un árbol y la nave se balanceó violentamente y salió disparada al frente. Pues en aquel mismo instante, tanto si fue debido a que empujaban a la criatura con tanta fuerza o porque ésta, muy estúpidamente, decidió apretar más el lazo, todo el trozo de popa esculpida se desprendió y la nave quedó libre.

La tripulación estaba demasiado agotada para ver lo que Lucy vio. Allí, a pocos metros por detrás de ellos, el aro formado por el cuerpo de la serpiente marina se fue encogiendo a toda velocidad y desapareció con un chapoteo. Lucy siempre dijo —claro que se sentía muy nerviosa en aquel momento, y podría haber sido producto de su imaginación— que vio una expresión de satisfacción idiota en el rostro de la criatura. Lo que sí es cierto es que el animal era muy estúpido, pues en lugar de perseguir el barco giró la cabeza y empezó a deslizar el hocico por todo su cuerpo como si esperara hallar los restos del *Viajero del Alba* allí. Pero la nave estaba ya muy lejos, empujada por una brisa recién levantada, y los hombres fueron a recostarse o a sentarse por toda la cubierta entre gemidos y jadeos, hasta que por fin pudieron comentar lo sucedido, y más adelante reírse de ello. Y después de que se les sirviera un poco de ron incluso profirieron algunas aclamaciones; y todos alabaron el valor de Eustace (aunque no había servido de nada) y el de Reepicheep.

Después de eso navegaron durante tres días más y no vieron otra cosa que mar y cielo. Al cuarto día el viento cambió para soplar hacia el norte y las aguas se encresparon; pasado el mediodía casi se había convertido en una tempestad. Pero, al mismo tiempo, avistaron tierra al frente, a babor.

—Con vuestro permiso, señor —dijo Drinian—, intentaremos colocarnos a sotavento de ese lugar y buscar refugio, quizá hasta que pase el temporal.

Caspian estuvo de acuerdo, pero aunque remaron con energía no consiguieron llegar a tierra hasta muy entrada la tarde. Con las últimas luces del día navegaron al interior de un puerto natural y echaron el ancla, aunque nadie bajó a tierra aquella noche. Por la mañana se encontraron en la verde bahía de un territorio de aspecto escarpado y solitario que ascendía hasta una cima rocosa. Del ventoso norte situado al otro lado de aquella cumbre aparecieron unas nubes que se aproximaban veloces. Botaron la barca al agua y la cargaron con todos los toneles de agua que estaban vacíos en aquellos momentos.

—¿A qué arroyo debemos ir a buscar agua, Drinian? —preguntó Caspian mientras se sentaba en la cámara de la embarcación—. Parece que hay dos que descienden hasta la bahía.

—Resulta un tanto difícil decidir, señor —respondió éste—; pero creo que habría que remar menos si nos dirigiéramos al situado a estribor... el más oriental.

—Ya empieza a llover —indicó Lucy.

—¡Ya lo creo que llueve! —exclamó Edmund, pues llovía ya a cántaros—. Yo propondría que fuéramos hacia el otro arroyo. Allí hay árboles y tendremos un poco de protección.

—Sí, hagámoslo —dijo Eustace—. No tenemos por qué mojarnos más de lo necesario.

Pero Drinian seguía virando hacia estribor, como aquellos conductores tan tercos que siguen conduciendo a setenta kilómetros por hora mientras uno les explica que se han equivocado de carretera.

—Tienen razón, Drinian —dijo Caspian—. ¿Por qué no viramos y nos dirigimos al arroyo situado al oeste?

—Como desee Su Majestad —respondió él en tono seco.

El capitán había tenido una jornada llena de preocupaciones el día anterior, y no le gustaba recibir consejos de marineros inexpertos. Sin embargo, alteró el rumbo; y, más adelante, resultó ser una buena idea haberlo hecho.

Había cesado de llover cuando terminaron de recoger agua y Caspian, junto con Eustace, los Pevensie y Reepicheep, decidió subir hasta lo alto de la colina para ver qué se divisaba desde allí. Resultó una ascensión penosa por entre maleza áspera y brezos y no vieron ni a hombres ni a bestias, únicamente gaviotas. Cuando alcanzaron la cima descubrieron que se trataba de una isla muy pequeña, de no más de ocho hectáreas; y desde aquella altura el mar se veía más inmenso y desolado que desde la cubierta o la cofa militar del *Viajero del Alba*.

—Resulta disparatado, ¿sabes? —dijo Eustace a Lucy en voz baja, contemplando el horizonte oriental—. Eso de navegar sin descanso sin tener la menor idea de adónde podemos ir a parar.

Pero lo dijo sólo por costumbre, no de un modo realmente ofensivo como habría hecho en el pasado.

Hacía demasiado frío para permanecer mucho tiempo allí arriba, pues seguía soplando un fresco viento del norte.

—En vez de regresar por el mismo camino —propuso Lucy mientras daban la vuelta—, sigamos un poco más y descendamos por el otro arroyo, aquél al que Drinian quería ir.

Todos estuvieron de acuerdo y al cabo de unos quince minutos llegaron al origen del segundo río. Era un lugar más interesante de lo que habían esperado; un lago de montaña, pequeño y profundo, rodeado de riscos excepto por un pequeño canal, del lado que daba al mar, por el que discurría el agua. Allí al menos estaban resguardados del viento, y se sentaron entre los brezos situados en lo alto para descansar.

Se sentaron todos, pero uno de ellos —Edmund— volvió a incorporarse de un salto casi de inmediato.

—Tienen unas piedras muy afiladas en esta isla —dijo, palpando a su alrededor entre los brezos—. ¿Dónde está esa maldita cosa?... Ah, ya la tengo... ¡Vaya! No es una piedra, es la empuñadura de una espada. No, diantre, es una espada entera; lo que la herrumbre ha dejado de ella. Sin duda llevaba aquí una eternidad.

—Narniana también, a juzgar por su aspecto —dijo Caspian, cuando todos se apiñaron para contemplarla.

—Yo también estoy sentada sobre algo —anunció Lucy—. Algo duro.

Resultaron ser los restos de una cota de malla, y, a partir de aquel momento todos se pusieron a gatas para palpar los espesos brezos en todas direcciones. La búsqueda reveló, uno a uno, un yelmo, una daga y unas cuantas monedas; no mediaslunas calormenas sino genuinos «leones» y «árboles» narnianos como los que se podían encontrar cualquier día en el mercado del Dique de los Castores o de Beruna.

—Parece que es todo lo que queda de uno de nuestros siete lores —dijo Edmund.

—Justo lo que pensaba —asintió Caspian—. Me pregunto quién sería. No hay nada en la daga que lo indique. Y me gustaría saber cómo murió.

—Y cómo vamos a vengarlo —añadió Reepicheep.

Mientras tanto, Edmund, el único miembro del grupo que había leído varias historias de detectives, iba pensando.

—Oíd —dijo—, hay algo muy sospechoso en todo esto. No puede haber muerto en una pelea.

—¿Por qué no? —preguntó Caspian.

—No hay huesos —declaró Edmund—. Un adversario podría llevarse la armadura y dejar el cuerpo. Pero ¿quién ha oído jamás que alguien que haya ganado un combate se lleve el cuerpo y deje la armadura?

—A lo mejor lo mató un animal salvaje —sugirió Lucy.

—Pues sería un animal muy listo —dijo su hermano— si fue capaz de sacarle la cota de malla.

—¿A lo mejor un dragón? —sugirió Caspian.

—Ni hablar —repuso Eustace—. Un dragón no podría hacerlo. Os lo digo por experiencia.

—Bueno, pues vayámonos de aquí, de todos modos —dijo Lucy, que no se había sentido con ánimos para sentarse desde que Edmund había mencionado lo de los huesos.

—Si quieres —respondió Caspian, poniéndose en pie—; no creo que valga la pena llevarse ninguna de estas cosas.

Descendieron y rodearon la pequeña abertura por la que el arroyo salía del lago, y se quedaron contemplando las profundas aguas enmarcadas por los elevados riscos. De haber sido un día caluroso, sin duda alguno de ellos se habría sentido tentado a bañarse y todos habrían bebido. A decir verdad, incluso así, Eustace estaba a punto de inclinarse y tomar agua entre las manos, cuando Reepicheep y Lucy exclamaron al unísono: «Mirad», y entonces se olvidó de beber y miró.

El suelo del estanque estaba formado por grandes piedras de color azul grisáceo y el agua era totalmente transparente, y allí, en el fondo, yacía una figura a tamaño natural de un hombre, aparentemente hecha de oro, boca bajo con los brazos extendidos por encima de la cabeza. Y sucedió que, mientras la contemplaban, las nubes se abrieron y salió el sol, y la figura dorada quedó iluminada de un extremo al otro. Lucy pensó que era la estatua más hermosa que había visto jamás.

—¡Vaya! —silbó Caspian—. ¡Valía la pena venir aquí para ver esto! ¿Creéis que podríamos sacarla?

—Podríamos sumergirnos para hacernos con ella, señor —sugirió Reepicheep.

—No serviría de nada —dijo Edmund—. Como mínimo, si es de oro, de oro macizo, será demasiado pesada para subirla. Y ese estanque tiene al menos cuatro o cinco metros de profundidad. Esperad un segundo. Menos mal que he traído una lanza de caza conmigo. Veamos qué profundidad tiene esto. Sujétame la mano, Caspian, mientras me inclino sobre el agua un poco.

Caspian le tomó la mano y Edmund, inclinándose al frente, empezó a hundir la lanza en el agua.

—No creo que la estatua sea de oro —declaró Lucy antes de que la mitad de la lanza hubiera quedado sumergida—. No es más que la luz. Ahora tu lanza parece del mismo color.

—¿Qué sucede? —inquirieron varias voces a la vez; pues Edmund acababa de soltar la lanza de repente.

—No he podido sujetarla —jadeó él—, pesaba muchísimo.

—Y ahora está en el fondo —dijo Caspian—, y Lucy tiene razón. Tiene el mismo color que la estatua.

Pero Edmund, que parecía tener algún problema con las botas —al menos se había inclinado y las contemplaba con atención— se irguió de improviso y chilló en un tono tan agudo que nadie habría osado desobedecerle.

—¡Atrás! Apartaos del agua. Todos. ¡Ahora mismo!

Todos obedecieron y lo miraron con asombro.

—Fijaos —dijo Edmund—, mirad las puntas de mis botas.

—Parecen un poco amarillas —empezó a decir Eustace.

—Son de oro, de oro macizo —interrumpió Edmund—. Miradlas. Tocadlas. El cuero ha desaparecido. Y pesan como si fueran de plomo.

—¡Por Aslan! —exclamó Caspian—. ¿No estarás diciendo que...?

—Sí, ya lo creo. El agua convierte las cosas en oro. Convirtió la lanza en oro, por eso pesaba tanto. Y me lamía los pies (es una suerte que no estuviera descalzo) y convirtió las puntas de las botas en oro. Y ese pobre desgraciado del fondo... pues, ya lo veis.

—O sea que no es una estatua —dijo Lucy en voz baja.

—No. Ahora está todo muy claro. Estuvo aquí en un día caluroso y se desvistió en lo alto de la colina, donde estábamos sentados nosotros. Las ropas se habrán podrido o se las habrán llevado las aves para forrar sus nidos; la armadura sigue ahí. Luego se zambulló en el agua y...

—No sigas —intervino Lucy—. ¡Qué horrible!

—Nos hemos librado por los pelos —declaró su hermano.

—Ya lo creo —coincidió Reepicheep—. Un dedo, un pie, un bigote o la cola de cualquiera de nosotros podrían haber ido a parar al agua en cualquier momento.

—De todos modos —intervino Caspian—, deberíamos hacer una prueba.

Se inclinó sobre el suelo y arrancó un ramillete de brezo. A continuación, con suma cautela, se arrodilló junto al estanque y lo sumergió en él. Era brezo lo que introdujo; lo que sacó era una reproducción perfecta del brezo hecha del oro más puro, pesada y lisa como el plomo.

—El rey que poseyera esta isla —declaró Caspian despacio, y su rostro se sonrojó mientras lo decía—, no tardaría en ser el más rico de todos los reyes del mundo. Reclamo esta isla para siempre como posesión de Narnia. De ahora en adelante recibirá el nombre de Isla del Agua de Oro. Y os apremio a mantenerlo en secreto. Nadie debe enterarse de esto. Ni siquiera Drinian... bajo pena de muerte, ¿me oís?

—¿Con quién te crees que hablas? —replicó Edmund—. No soy súbdito tuyo. Si acaso debería ser al contrario. Soy uno de los cuatro antiguos soberanos de Narnia y tú le debes lealtad al Sumo Monarca, mi hermano.

—Así que ésas tenemos, rey Edmund... Pues... —dijo Caspian, posando la mano sobre la empuñadura de su espada.

—Vamos, haced el favor de parar, vosotros dos —intervino Lucy—. Esto es lo peor de hacer algo con chicos. Sois una pandilla de idiotas fanfarrones y pendencieros... ¡Oh!... —Su voz se apagó en un grito de asombro. Y todos vieron lo que la niña había visto.

Por la ladera gris de la colina situada por encima de ellos —gris, debido a que el brezo no había florecido todavía—, silencioso, sin mirarlos y brillando como si se hallara bajo una reluciente luz solar a pesar de que el sol se había vuelto a ocultar, pasó con andares lentos el león más grande que ojo humano haya contemplado jamás. Más tarde, al describir la escena Lucy dijo: «Tenía el tamaño de un elefante», aunque en otra ocasión se limitó a indicar: «El tamaño de un caballo de tiro». Sin embargo, no era el tamaño lo que importaba. Nadie osó preguntar qué era, pues todos sabían que se trataba de Aslan.

Y nadie vio cómo o por dónde se marchaba. Se miraron los unos a los otros como si despertaran de un sueño.

—¿De qué hablábamos? —preguntó Caspian—. ¿Me he comportado de un modo ridículo?

—Señor —dijo Reepicheep—, este lugar está maldito. Regresemos a bordo de inmediato. Y si pudiera tener el honor de bautizar esta isla, yo la llamaría Isla del Agua Letal.

—Me parece un nombre muy apropiado, Reep —repuso Caspian—, aunque ahora que lo pienso, no sé por qué. Pero parece que el tiempo mejora y diría que Drinian estará ansioso por zarpar. ¡Cuántas cosas podremos contarle!

Pero en realidad no tuvieron gran cosa que contar ya que el recuerdo de la última hora se había vuelto totalmente confuso.

—Sus Majestades parecían hechizados cuando subieron a bordo —comentó Drinian a Rhince algunas horas más tarde cuando el *Viajero del Alba* volvió a surcar las aguas y la Isla del Agua Letal quedó por debajo de la línea del horizonte—. Algo les sucedió en ese lugar, pero lo único que he conseguido sacar en claro ha sido que creen haber encontrado el cuerpo de uno de esos lores que buscamos.

—¿Es eso cierto, capitán? —preguntó Rhince—. Bueno, pues ya son tres. Sólo quedan cuatro más. A este paso podríamos estar en casa poco después de Año Nuevo. Y no estaría nada mal. Me estoy quedando sin tabaco. Buenas noches, señor.

Capítulo nueve

La Isla de las Voces

Y entonces los vientos, que durante tanto tiempo habían soplado del noroeste, empezaron a soplar del oeste mismo y cada mañana cuando el sol surgía del mar, la proa curva del *Viajero del Alba* se alzaba justo en medio del astro rey. Algunos pensaron que el sol parecía más grande allí que en Narnia, pero otros discreparon. Navegaron sin pausa impelidos por una brisa suave pero a la vez constante y no avistaron ni peces, ni gaviotas, ni barcos, ni costas. Y las provisiones volvieron a escasear, y se deslizó furtivamente en sus corazones la idea de que tal vez hubieran llegado a un mar sin fin. No obstante, cuando amaneció el último día que podían arriesgarse a proseguir con su viaje al este, justo al frente entre ellos y la salida del sol, divisaron una tierra llana posada en el agua como una nube.

Atracaron en una bahía amplia mediada la tarde y desembarcaron. Era un lugar muy distinto de los que habían visto hasta entonces; pues una vez que atravesaron la playa de fina arena lo hallaron todo silencioso y vacío como si fuera un territorio deshabitado, mientras que ante ellos se extendían céspedes uniformes en los que la hierba era suave y corta como la que acostumbraba a haber en los jardines de una gran mansión inglesa que dispusiera de diez jardineros. Los árboles, que abundaban, estaban todos bien separados unos de otros, y no había ramas rotas ni hojas caídas en el suelo. De cuando en cuando se oía el arrullo de alguna paloma pero ningún otro ruido.

Al cabo de un rato llegaron a un sendero de arena, largo y recto, en el que no crecía ni una mala hierba, con árboles a ambos lados. A lo lejos, en el otro extremo de aquella avenida, divisaron una casa; muy alargada y gris y de aspecto silencioso bajo el sol de la tarde.

Nada más entrar en aquel sendero, Lucy advirtió que se le había metido una piedrecilla en el zapato. En aquel lugar desconocido tal vez habría sido mejor que pidiera a los otros que aguardaran mientras se la quitaba, pero no lo hizo; se quedó rezagada sin hacer ruido y se sentó para quitarse el zapato. Se le había hecho un nudo en el lazo.

Antes de que hubiera conseguido deshacer el nudo sus compañeros estaban ya a bastante distancia, y cuando por fin se sacó el guijarro y volvió a calzarse el zapato ya no los oía. Pero casi al momento oyó otra cosa, que no provenía de la casa.

Lo que oyó fue un golpeteo, que sonaba como si docenas de trabajadores fornidos dieran en el suelo con todas sus fuerzas con enormes mazos de madera. Y el sonido se acercaba con rapidez. Estaba sentada ya de espaldas a un árbol, y puesto que éste no era uno al que pudiera trepar, no pudo hacer otra cosa que quedarse allí, totalmente inmóvil, y aplastarse contra el tronco con la esperanza de que no la vieran.

Plomp, plomp, plomp... y fuera lo que fuese tenía que estar muy cerca ya porque notaba que el suelo se estremecía. Sin embargo, no veía nada y pensó que la cosa —o cosas— debían estar detrás de ella. Pero entonces oyó otro *plomp* en el sendero justo delante de ella. Supo que era en el sendero no únicamente por el sonido sino porque vio como la arena se desparramaba como si le hubieran asestado un golpe tremendo. Pero no vio qué la había golpeado. A continuación todos los sonidos de golpes se juntaron a unos seis metros de distancia de ella y cesaron de improviso. Entonces se oyó una voz.

Realmente resultaba aterrador porque seguía sin ver nada. Toda aquella especie de parque seguía mostrando el mismo aspecto tranquilo y vacío que había tenido cuando desembarcaron. Sin embargo, a apenas unos pocos metros de ella, una voz habló. Y lo que dijo fue:

—Compañeros, ésta es nuestra oportunidad.

—Bien dicho. Bien dicho. «Ésta es nuestra oportunidad», ha dicho —contestó al instante un coro de otras voces—. Bien hecho, jefe. Jamás has dicho nada más cierto.

—Lo que yo digo —siguió la primera voz— es que nos coloquemos en la playa entre ellos y su bote, y que cada hijo de vecino se sirva de sus armas. Los atraparemos cuando intenten zarpar.

—Sí, ése es el modo de hacerlo —gritaron las demás voces—. Jamás se te ha ocurrido un plan mejor, jefe. Mantenlo, jefe. No podrías tener mejor plan que ése.

—Aprisa, pues, camaradas, aprisa —volvió a decir la primera voz—. En marcha.

—Acertado otra vez, jefe —replicaron los demás—. No podrías haber dado una orden mejor. Justo lo que íbamos a decir nosotros. En marcha.

Los golpes volvieron a empezar al momento; muy sonoros al principio pero luego cada vez más débiles, hasta que se apagaron por completo en dirección al mar.

Lucy sabía que no podía permanecer allí sentada devanándose los sesos sobre qué podrían ser aquellas criaturas invisibles, de modo que en cuanto el ruido de golpes dejó de oírse se levantó y corrió sendero adelante tras sus compañeros tan de prisa como le permitieron las piernas. Había que advertirles a toda costa.

Entretanto, los demás habían llegado hasta la casa. Era un edificio bajo —de sólo dos pisos— construido con una hermosa piedra de tonalidad suave, con muchas ventanas y parcialmente cubierto de hiedra. Todo estaba tan silencioso que Eustace dijo:

—Creo que está vacía.

Pero Caspian señaló en silencio la columna de humo que surgía de una chimenea.

Encontraron un gran portalón abierto y lo cruzaron, yendo a parar a un patio pavimentado. Y fue allí donde recibieron su primer indicio de que había algo extraño en aquella isla. En medio del patio había una bomba de agua, y bajo la bomba, un cubo; en principio no había nada raro en eso, pero la manivela de la bomba se movía arriba y abajo, a pesar de que no parecía haber nadie manejándola.

—¡Aquí hay magia! —dijo Caspian.

—¡Maquinaria! —exclamó Eustace—. Me parece que por fin hemos llegado a un país civilizado.

En aquel momento Lucy, sudorosa y sin aliento, penetró corriendo en el patio detrás de ellos. En voz baja intentó hacerles comprender lo que había escuchado, y una vez que lo hubieron entendido en parte ni el más valiente de ellos se mostró nada contento.

—Enemigos invisibles —masculló Caspian—, y que nos quieren aislar del bote. Esto no pinta nada bien.

—¿No tienes ni idea de qué clase de criaturas son, Lu? —preguntó Edmund.

—¿Cómo puedo tenerla, Ed, si no podía verlas?

—¿Parecían humanos por sus pisadas?

—No oí ningún sonido de pies; únicamente voces y ese aterrador golpeteo... como de un mazo.

—Me gustaría saber —intervino Reepicheep— si se vuelven visibles cuando los atraviesas con una espada.

—Me parece que no tardaremos en descubrirlo —indicó Caspian—. Pero salgamos de esta entrada. Hay uno de ellos junto a la bomba de agua escuchando todo lo que decimos.

Salieron y regresaron al sendero, donde los árboles tal vez harían que resultasen menos visibles.

—No es que vaya a servir de mucho —observó Eustace— intentar ocultarse de gente a la que uno no puede ver. Pueden estar por todas partes a nuestro alrededor.

—Bien, Drinian —dijo Caspian—. ¿Qué tal si diéramos el bote por perdido, descendiéramos a otra parte de la bahía, e hiciéramos señales al *Viajero del Alba* para que pusiera rumbo hacia nosotros y nos rescatara?

—No hay suficiente profundidad para la nave, señor —respondió Drinian.

—Podríamos nadar —sugirió Lucy.

—Majestades —intervino Reepicheep—, escuchadme. Es una tontería pensar en esquivar a un enemigo invisible avanzando a hurtadillas o sigilosamente. Si estas criaturas están decididas a enfrentarse a nosotros, tened por seguro que lo conseguirán. Y acabe como acabe esto, yo preferiría pelear con ellas cara a cara a que me atrapen por la cola.

—Realmente creo que Reep tiene razón esta vez —declaró Edmund.

—Sin duda —añadió Lucy—, si Rhince y los que siguen en el *Viajero del Alba* nos ven peleando en la orilla podrán hacer «algo».

—Pero no nos verán pelear si no pueden ver al enemigo —indicó Eustace en tono desdichado—. Pensarán que agitamos las espadas en el aire para divertirnos.

Se produjo un incómodo silencio.

—Bueno —dijo Caspian finalmente—, acabemos con esto. Debemos bajar y enfrentarnos a ellos. Estrechémonos las manos... Coloca una flecha en el arco, Lucy... Desenvainad las espadas todos los demás... Y ahora, vamos. Tal vez quieran parlamentar.

Resultaba extraño contemplar los céspedes y los enormes árboles con aquel aspecto tan pacífico mientras regresaban a la playa. Y cuando llegaron allí, y vieron el bote justo donde lo habían dejado y la arena totalmente lisa sin descubrir a nadie en ella, más de uno se planteó que tal vez Lucy hubiera imaginado todo lo que les había contado. Pero antes de que llegaran a la arena, sonó una voz en el aire.

—No sigáis, señores míos, no sigáis adelante —dijo—. Tenemos que hablar con vosotros primero. Hay más de cincuenta de nosotros aquí empuñando armas.

—Eso, eso —apostilló el coro—. Ése es nuestro jefe. Uno puede confiar en lo que dice. Os dice la verdad, desde luego que sí.

—Yo no veo a esos cincuenta guerreros —comentó Reepicheep.

—Es cierto, es muy cierto —respondió la voz principal—. No nos veis. Y ¿por qué no? Pues porque somos invisibles.

—Mantente firme, jefe, mantente firme —dijeron las otras voces—. Hablas como un libro. No podrían pedir mejor respuesta que ésa.

—Permanece callado, Reep —indicó Caspian, y luego añadió en voz más alta—. Gente invisible, ¿qué queréis de nosotros? Y ¿qué hemos hecho para ganarnos vuestra enemistad?

—Queremos algo que la niña puede hacer por nosotros —dijo la voz del jefe, y los demás apuntaron que era exactamente lo que habrían dicho ellos.

—¡La niña! —exclamó Reepicheep—. La dama es una reina.

—No sabemos nada de reinas —declaró la voz principal («Ni tampoco nosotros, ni tampoco nosotros», corearon los otros)—. Pero queremos algo que ella puede hacer.

—¿Qué es? —preguntó Lucy.

—Y si se trata de algo que vaya en contra del honor o la seguridad de Su Majestad —añadió el ratón—, os asombrará ver a cuántos podemos matar antes de morir.

—Bueno —respondió la voz del jefe—, se trata de una larga historia. ¿Y si nos sentáramos todos?

La propuesta fue calurosamente aceptada por las demás voces pero los narnianos permanecieron de pie.

—Bueno —empezó la voz—, la historia es la siguiente. Esta isla ha sido propiedad de un gran mago desde tiempo inmemorial. Y todos nosotros somos, o tal vez debería decir que éramos, sus sirvientes. Bueno, en pocas palabras, este mago del que hablaba nos dijo que hiciéramos algo que no nos gustó. Y ¿por qué no? Pues porque no queríamos hacerlo. Bueno, entonces el mago se enfureció; pues debería deciros que era el propietario de la isla y no estaba acostumbrado a que lo contrariaran. Era terriblemente insoportable, ¿sabéis? Pero, dejadme ver, ¿por dónde iba? Ah, sí, el mago subió entonces al piso superior (pues debéis saber que guardaba todos sus objetos mágicos allí arriba y todos nosotros vivíamos abajo); como os decía, subió y nos lanzó un hechizo. Un hechizo para volver fea a la gente. Si nos vierais ahora, y en mi opinión deberíais dar gracias de que no sea así, no creeríais el aspecto que teníamos antes de que nos afearan. Ya lo creo que no os los creeríais. Y allí estábamos nosotros, tan feos que no podíamos soportar contemplarnos los unos a los otros. Así que, ¿qué hicimos? Os diré lo que hicimos. Aguardamos hasta que pensamos que el mago estaría echando la siesta y nos deslizamos a hurtadillas escaleras arriba y fuimos hasta donde estaba su libro mágico, con una total desvergüenza, para ver si podíamos hacer algo respecto a aquel afeamiento. Aunque todos temblábamos de pies a cabeza, no os voy a engañar. De todos modos, tanto si me creéis como si no, os aseguro que no conseguimos encontrar ninguna clase de hechizo que eliminara la fealdad. Y entre que se nos acababa el tiempo y que temíamos que el anciano caballero despertara en cualquier momento... Yo sudaba a chorros, para qué os voy a engañar... Bueno, para resumir, al final vimos un hechizo para hacer invisible a la gente. Y se nos ocurrió que casi preferiríamos ser invisibles a seguir siendo tan feos como éramos. Y ¿por qué? Pues porque creíamos que nos gustaría más eso. Así que mi pequeña, que es más o menos de la edad de vuestra pequeña, y una criatura preciosa antes de que la volvieran fea, aunque ahora... Pero cuanto menos se diga mejor... Como decía, mi pequeña pronunció el hechizo, porque tiene que ser una niña o el mago en persona quien lo haga, no sé si me explico, pues de lo contrario no funciona. Y ¿por qué no? Porque no sucede nada. Así que mi Clipsie pronunció el conjuro, pues debería haberos dicho que lee de maravilla, y todos nos volvimos tan invisibles como cabría esperar. Y os aseguro que fue un alivio no vernos mutuamente las caras. Al principio, al menos. Pero en resumidas cuentas estamos ya más que hartos de ser invisibles. Y hay otra cosa. Jamás se nos ocurrió que este mago, aquel del que os hablaba, también se volvería invisible. Pero lo cierto es que no lo hemos vuelto a ver. O sea que no sabemos si está muerto, si se ha ido o si sencillamente está sentado en el piso de arriba totalmente invisible, ni tampoco si, de vez en cuando, también desciende a la planta baja, totalmente invisible. Y, podéis creerme, de nada sirve aguzar el oído porque siempre andaba descalzo por todas partes, sin hacer más ruido que un felino de grandes dimensiones. Y os lo diré claramente, caballeros, nuestros nervios ya no pueden soportar esta situación.

Tal fue el relato de la voz principal, pero bastante más abreviado, ya que he omitido todo lo que las otras voces añadían. En realidad el jefe jamás conseguía pronunciar más de seis o siete palabras sin ser interrumpido por sus asentimientos y palabras de ánimo, lo que casi volvió locos de impaciencia a los narnianos. Finalizada la narración hubo un largo silencio.

—Pero —dijo Lucy por fin—, ¿qué tiene esto que ver con nosotros? No lo comprendo.

—Vaya, válgame el cielo, ¡si me he olvidado lo más importante! —respondió el jefe.

—Desde luego que lo has hecho, desde luego que lo has hecho —rugieron las otras voces con gran entusiasmo—. Nadie podría habérselo dejado de un modo más claro y mejor. Así se hace, jefe, así se hace.

—Bien, no necesito repetir toda la historia —empezó éste.

—No, desde luego que no —dijeron Caspian y Edmund.

—Entonces, para decirlo en pocas palabras, llevamos esperando una eternidad a que aparezca una gentil niña del extranjero, como podrías ser tú, señorita, que suba al lugar donde está el libro mágico, encuentre el hechizo que elimina la invisibilidad y lo pronuncie. Y todos juramos que a los primeros extranjeros que desembarcaran en esta isla (que llevaran con ellos a una gentil niña, quiero decir, porque si no la llevaban sería otra cosa) no los dejaríamos marchar con vida hasta que hubieran hecho lo que necesitábamos. Y por eso, caballeros, si vuestra niña no satisface nuestros requisitos, será nuestro doloroso deber rebanaros el cuello a todos. Simplemente por una cuestión de necesidad, como podría decirse, y sin querer ofenderos, desde luego.

—No veo vuestras armas —indicó Reepicheep—. ¿Son invisibles, también?

Apenas habían salido las palabras de su boca cuando oyeron un silbido y al cabo de un instante había una lanza clavada, temblando aún, en uno de los árboles situados a su espalda.

—Eso es una lanza, ya lo creo —dijo la voz principal.

—Desde luego, jefe, desde luego —dijeron sus compañeros—. No podrías haberlo dicho mejor.

—Y salió de mi mano —siguió la voz—. Se vuelven visibles cuando se separan de nosotros.

—Pero ¿por qué queréis que sea yo quien haga esto? —preguntó Lucy—. ¿Por qué no lo hace uno de los vuestros? ¿No tenéis ninguna niña?

—No nos atrevemos, no nos atrevemos —dijeron todas las voces—. No vamos a volver a subir.

—Es decir —intervino Caspian—, ¡estáis pidiendo a esta dama que se enfrente a un peligro que no os atrevéis a pedir que asuman vuestras hermanas e hijas!

—Eso es, eso es —respondieron alegremente todas las voces—. No podrías haberlo expresado mejor. Desde luego se ve que eres una persona con educación. Cualquiera puede darse cuenta.

—Vaya, es lo más vergonzoso que... —empezó Edmund, pero Lucy le interrumpió.

—¿Tendré que subir por la noche o puede hacerse de día?

—De día, de día, por supuesto —respondió la voz del jefe—. No de noche. Nadie te pedirá que hagas eso. ¿Subir de noche? ¡Uf!

—Muy bien, pues, lo haré —anunció la niña—. No —siguió, volviéndose hacia sus compañeros—, no intentéis detenerme. ¿No os dais cuenta de que no sirve de nada? No podemos pelear contra ellos. Y del otro modo existe una posibilidad.

—Pero ¡es un mago! —dijo Caspian.

—Lo sé. Pero podría no ser tan malo como dan a entender. ¿No tenéis la impresión de que esta gente no es muy valiente?

—Desde luego, lo que no son es muy listos —repuso Eustace.

—Oye, Lu —intervino Edmund—, realmente no podemos permitir que hagas algo así. Pregunta a Reep, estoy seguro de que dirá exactamente lo mismo.

—Pero es para salvar mi propia vida al igual que las vuestras —respondió ella—. Deseo tan poco que me hagan trocitos con espadas invisibles como cualquier otro.

—Su Majestad tiene razón —indicó Reepicheep—. Si tuviéramos alguna seguridad de poder salvarla peleando, nuestro deber estaría muy claro; pero me parece que no tenemos ninguna. Y el favor que se le solicita no es en absoluto contrario al honor de Su Majestad, sino una acción noble y heroica. Si a la reina su corazón la impele a arriesgarse con el mago, no diré nada en contra.

Puesto que nadie había visto nunca que el ratón le tuviera miedo a nada, éste podía decir aquello sin temor a sentirse incómodo. Pero los muchachos, que sí habían sentido miedo a menudo, enrojecieron violentamente. No obstante, aquello era tan sensato que tuvieron que ceder. Sonoras aclamaciones surgieron del invisible grupo cuando se les anunció la decisión tomada, y la voz principal —con el caluroso apoyo de todos los demás— invitó a los narnianos a cenar y a pasar la noche con ellos. Eustace no quería aceptar, pero Lucy dijo:

—Estoy segura de que no nos traicionarán. No son de esa clase en absoluto.

Y los demás estuvieron de acuerdo. Así pues, acompañados por el ensordecedor golpeteo —que aumentó de intensidad cuando llegaron al resonante patio de losas— todos regresaron a la casa.

CAPÍTULO DIEZ

EL LIBRO DEL MAGO

La gente invisible agasajó a sus invitados espléndidamente, aunque resultaba muy gracioso ver cómo las bandejas y platos se dirigían a la mesa y no ver a nadie que los transportara. Habría sido divertido incluso de haberse movido en un plano horizontal con el suelo, como uno esperaría que hicieran las cosas transportadas por manos invisibles. Pero no lo hacían, y avanzaban por el largo comedor mediante una serie de botes o saltos. En el punto más alto de cada salto, un plato podía llegar a estar a casi cinco metros de altura; luego descendía y se detenía con bastante brusquedad aproximadamente a un metro del suelo. En los casos en que el plato contenía algo parecido a sopa o estofado, el resultado era bastante catastrófico.

—Empiezo a sentir bastante curiosidad respecto a esta gente —susurró Eustace a Edmund—. ¿Crees que son humanos? Yo diría que son algo más bien parecido a grandes saltamontes o ranas gigantes.

—Eso parece —respondió su primo—. Pero no le metas a Lucy en la cabeza la idea de los saltamontes. No le gustan los insectos, especialmente los grandes.

La comida habría resultado más agradable de no haber sido tan sumamente chapucera, y también si la conversación no hubiera consistido sólo en asentimientos. Los seres invisibles daban su conformidad a todo. En realidad la mayoría de sus comentarios era de esos que no era fácil rebatir: «Lo que siempre digo es: cuando un tipo tiene hambre, nunca están de más unas viandas» o, «Empieza a oscurecer, siempre sucede por la noche», o incluso, «Vaya, venís del otro lado del agua. Un material muy húmedo, ¿no es cierto?». Y Lucy no podía evitar echar miradas a la oscura abertura situada al pie de la escalera —la veía desde donde estaba sentada— y preguntarse qué encontraría cuando ascendiera aquellos peldaños a la mañana siguiente. Pero, a pesar de todo, fue una buena comida, con crema de champiñones, pollo hervido, jamón hervido, grosellas, requesón, crema, leche y aguamiel. A sus compañeros les gustaba el aguamiel, pero Eustace lamentó luego haberla bebido.

Cuando Lucy despertó a la mañana siguiente fue como despertar el día de un examen o un día que tienes que ir al dentista. Era una mañana preciosa, con las abejas entrando y saliendo por la ventana abierta de su habitación y el césped del exterior idéntico al que uno encontraría en Gran Bretaña. Se levantó, se vistió e intentó hablar y comer como si nada durante el desayuno. Luego, tras recibir instrucciones de la voz principal sobre lo que debía hacer en el piso de arriba, se despidió de los demás, no dijo nada, fue hacia el pie de la escalera y empezó a subir sin mirar atrás ni una sola vez.

Había bastante luz, lo cual era bueno. En realidad había una ventana justo delante de ella en lo alto del primer rellano. Mientras permaneció en aquel tramo de escalera llegó hasta ella el *tic-tac, tic-tac* de un reloj de péndulo situado abajo, en el vestíbulo. Luego, llegó al rellano y tuvo que girar a la izquierda en el siguiente tramo de escalones; después de eso dejó de oír el reloj.

Una vez que alcanzó lo alto de la escalera, Lucy miró y vio un pasillo largo y ancho con una ventana enorme en el otro extremo. Al parecer el corredor discurría a lo largo de toda la casa, y estaba lleno de figuras cinceladas, revestido con paneles de madera y alfombrado. Tenía innumerables puertas a cada lado. Se quedó muy quieta y no oyó ni el chirriar de un ratón, ni el zumbido de una mosca, ni el balanceo de una cortina ni nada de nada: únicamente el latir de su propio corazón.

—La última puerta a la izquierda —se dijo en voz queda.

La prueba era todavía más difícil al tratarse de la última puerta, porque para llegar a ella tendría que pasar ante una habitación tras otra. Y en cualquiera de aquellas estancias podía estar el mago: dormido, despierto, invisible o incluso muerto. Pero de nada servía pensar en aquello, así que se puso en marcha. La alfombra era tan gruesa que sus pies no producían ruido alguno.

—No hay nada de lo que sentir miedo por el momento —se dijo.

Y desde luego se trataba de un pasillo silencioso e iluminado por el sol; tal vez demasiado silencioso. Habría sido más agradable de no haber habido símbolos pintados en color escarlata sobre las puertas; formas retorcidas y elaboradas que evidentemente poseían un significado que podía no ser muy agradable. También habría resultado más placentero sin las máscaras colgadas de la pared. No es que fueran precisamente feas —al menos no horrendas— pero las órbitas vacías tenían un aspecto misterioso, y si uno se dejaba llevar no tardaba en imaginar que las máscaras gesticulaban en cuanto se les volvía la espalda.

Después de la sexta puerta se llevó el primer susto propiamente dicho. Por un segundo tuvo casi la certeza de que un rostro menudo, perverso y barbudo, había surgido de repente de la pared y le había dedicado una mueca. Se obligó a detenerse y mirar, y descubrió que no era ningún rostro. Era un espejito justo del tamaño y la forma de su rostro, con cabello en la parte superior y una barba colgando de él, de modo que cuando uno se miraba en el espejo el rostro encajaba entre los cabellos y la barba y parecía como si le pertenecieran.

—Sencillamente he captado mi propio reflejo con el rabillo del ojo al pasar —se dijo Lucy—. Eso ha sido todo. No pasa nada.

Sin embargo, no le gustó el aspecto de su rostro con cabellos y barba, y siguió adelante. Debo reconocer que no sé para qué servía el Espejo Barbudo, porque no soy mago.

Antes de alcanzar la última puerta a su izquierda, Lucy empezaba ya a preguntarse si el pasillo no se habría alargado desde que iniciara la marcha y si aquello sería parte de la magia de la casa. Finalmente, no obstante, llegó hasta ella, y la encontró abierta.

Era una habitación enorme con tres ventanales, y las paredes cubiertas de libros desde el suelo hasta el techo; más libros de los que Lucy había visto nunca, libros diminutos, libros gordos y no tan gordos, y libros más grandes que cualquier Biblia de iglesia que hayas visto jamás, encuadernados en piel y con olor a viejo, a sabiduría y a magia. De todos modos, sabía, por las instrucciones recibidas, que no debía perder el tiempo con ninguno de aquellos. «El libro», el libro mágico, estaba colocado sobre un atril justo en el centro de la habitación. Comprendió que tendría que leerlo de pie —de todos modos no había sillas— y también que debería colocarse de espaldas a la puerta mientras lo hacía. Así que fue hacia ella al momento para cerrarla.

No hubo forma de hacerlo.

Algunas personas podrían no estar de acuerdo con Lucy respecto a eso, pero creo que tenía toda la razón. Declaró que no le habría importado permanecer allí si hubiera podido cerrar la puerta, pero que resultaba muy molesto estar de pie en un lugar como aquél con una puerta abierta a la espalda. Yo me habría sentido igual, pero no había otro remedio.

Una cosa que le preocupó mucho fue el tamaño del libro. La voz principal no había podido darle ninguna pista sobre en qué parte del libro aparecía el hechizo para hacer visibles las cosas, e incluso pareció sorprenderlo que se lo preguntara. Esperaba que empezara por el principio y fuera siguiendo hasta encontrarlo; era evidente que jamás se le había ocurrido que existían otros modos de localizar una cosa en un libro.

—Pero ¡puedo tardar días, semanas! —protestó Lucy, contemplando el enorme volumen—. Y ya tengo la impresión de que llevo horas en este lugar.

Fue hasta el atril y posó la mano sobre el libro; sintió un hormigueo en los dedos al tocarlo como si estuviera electrificado. Intentó abrirlo pero al principio no pudo; aunque eso se debió tan sólo a que estaba sellado mediante dos cierres de plomo, y en cuanto los desabrochó se abrió sin problemas. ¡Era un libro sorprendente!

Estaba escrito a mano, no impreso; escrito con letra clara y uniforme, con gruesos trazos descendentes y finos trazos ascendentes, muy grande y más fácil de leer que la letra impresa, y tan hermosa que Lucy la contempló con fijeza durante todo un minuto y se olvidó de leer. El papel era tieso y liso y despedía un aroma agradable; y en los márgenes, y alrededor de las enormes letras mayúsculas de colores del principio de cada hechizo, había dibujos.

No había portada ni título; los hechizos empezaban directamente, y los primeros eran poco importantes. Había remedios para las verrugas —bañando las manos a la luz de la luna en una jofaina de plata—, el dolor de muelas y de barriga, y un hechizo para capturar un enjambre de abejas. El dibujo del hombre con dolor de muelas era tan realista que habría provocado dolor de muelas a cualquiera que lo mirara durante mucho tiempo y, por un momento, las abejas doradas colocadas alrededor del cuarto hechizo parecieron volar de verdad.

A Lucy le costó una barbaridad pasar de aquella primera página, pero cuando la volvió, la siguiente resultó igual de interesante. «Pero debo seguir adelante», pensó. Y así lo hizo durante unas treinta páginas que, si las hubiera recordado, le habrían enseñado a encontrar tesoros enterrados, a recordar cosas olvidadas, a olvidar cosas que uno quería olvidar, a saber si alguien decía la verdad, a invocar o evitar, vientos, niebla, nieve, granizo o lluvia, a adormecer a alguien mágicamente y a dar a alguien una cabeza de asno (como le sucedió al pobre Bottom, en *El sueño de una noche de verano*). Y cuanto más leía, más maravillosos y reales se volvían los dibujos.

Entonces llegó a una página que mostraba tal esplendor de imágenes que apenas se advertía lo que había escrito. Apenas... pero sí que vio las primeras frases. Éstas decían: «Hechizo infalible para convertir en hermosa a aquella que lo pronuncie, más hermosa que el común de los mortales». Lucy miró con atención los dibujos con el rostro muy pegado a la página, y si bien al principio habían parecido amontonados y confusos, descubrió que entonces podía distinguirlos con toda claridad. El primer dibujo era el de una niña de pie ante un atril leyendo un libro enorme. Y la pequeña iba vestida exactamente igual que Lucy; en el dibujo siguiente Lucy (pues la niña de la ilustración era Lucy) estaba de pie con la boca abierta y una expresión más bien terrible en el rostro, entonando o recitando algo. En el tercer dibujo la belleza superior al común de los mortales había llegado a ella. Resultaba extraño, si se tenía en cuenta lo pequeñas que habían parecido las ilustraciones al principio, que la Lucy del dibujo pareciera entonces casi tan grande como la Lucy real; y se miraron mutuamente a los ojos y la Lucy auténtica desvió la mirada al cabo de unos minutos porque se sentía deslumbrada ante la belleza de la otra Lucy; aunque todavía distinguía un cierto parecido consigo misma en aquel rostro tan hermoso. Y entonces los dibujos se amontonaron en tropel sobre ella. Se vio ocupando un trono en un torneo en Calormen y todos los reyes del mundo combatían debido a su belleza. Después de aquello se pasó de los torneos a guerras auténticas, y toda Narnia, Archenland, Telmar y Calormen, Galma y Terebinthia quedaron devastadas por la furia de los reyes, duques y grandes lores que peleaban por su favor. Luego cambió y Lucy, más hermosa aún que el común de los mortales, estaba de vuelta en Gran Bretaña. Y Susan —que siempre había sido la guapa de la familia— regresaba a casa desde América. La Susan del dibujo era exactamente igual a la Susan real, sólo que más fea y con una expresión maliciosa. Y Susan estaba celosa de la belleza deslumbrante de Lucy, pero eso no importaba en absoluto, porque entonces nadie le prestaba atención a Susan.

—Pronunciaré el hechizo —dijo Lucy—. No me importa. Lo haré.

Dijo «no me importa» porque tenía una fuerte sensación de que no debía hacerlo.

Pero cuando volvió a mirar las palabras iniciales del hechizo, allí entre de las letras, donde estaba más que segura de que no había ningún dibujo antes, encontró el rostro enorme de un león, el León, el mismo Aslan, que la contemplaba con fijeza. Estaba pintado de un dorado tan brillante que parecía ir hacia ella desde la página; y, a decir verdad, más tarde no pudo asegurar que no se hubiera movido un poco. En cualquier caso conocía muy bien la expresión de su rostro. Gruñía y se distinguían casi todos sus dientes. La pequeña se asustó terriblemente y volvió la página al momento.

Algo después llegó a un hechizo que te permitía saber lo que tus amigos pensaban de ti. Puesto que había deseado ardientemente probar el otro hechizo, el que concedía una belleza superior al común de los mortales, sintió que, para compensar no haberlo pronunciado, tenía que pronunciar aquél. Y a toda prisa, por temor a cambiar de opinión, dijo las palabras (nada podrá inducirme a decir cuáles eran). Luego aguardó a que sucediera algo.

Como no sucedió nada empezó a contemplar los dibujos. Y al instante vio lo último que habría esperado ver: una imagen de un vagón de tercera clase de un tren, con dos colegialas sentadas en él. Las reconoció en seguida. Eran Marjorie Preston y Anne Featherstone. Sólo que entonces era más que una imagen. Estaba viva, pues vio como los postes de telégrafo pasaban veloces al otro lado de la ventanilla. Luego, poco a poco, igual que cuando se empieza a sintonizar la radio, pudo oír lo que hablaban.

—¿Nos veremos este trimestre? —preguntó Anne—, ¿o seguirás pasando todo el día pegada a Lucy Pevensie?

—No sé qué quieres decir con «pegada» —respondió Marjorie.

—Claro que lo sabes —replicó la otra—. El trimestre pasado sólo ibas detrás de ella.

—No es verdad. No soy un perrito faldero. Además, no es mala chica; pero empezaba a estar bastante harta de ella antes de que terminara el trimestre.

—Pues ¡te aseguro que eso no volverá a sucederte! —gritó Lucy—. ¡Eres una estúpida y una falsa!

Pero el sonido de su propia voz le recordó al momento que le hablaba a un dibujo y que la auténtica Marjorie se encontraba muy lejos, en otro mundo.

—Vaya —se dijo Lucy—, pensaba que era mi mejor amiga. E hice toda clase de cosas por ella el trimestre pasado, y me mantuve a su lado cuando no muchas niñas lo habrían hecho. Y, además, lo sabe. ¡Y decírselo precisamente a Anne Featherstone! ¿Es que todas mis amigas son así? Hay muchos otros dibujos. No, no pienso mirar nada más. No pienso hacerlo, no pienso hacerlo... —Y con un gran esfuerzo pasó la página, pero no antes de que una lágrima enorme y furiosa fuera a caer sobre ella.

En la página siguiente encontró un hechizo «para el consuelo del espíritu». Los dibujos eran más escasos, pero muy hermosos. Y lo que Lucy empezó a leer era más parecido a una historia que a un conjuro. Siguió durante tres páginas y antes de que llegara al final de la página ya había olvidado que estaba leyendo. Vivía la historia como si fuera real, y todas las imágenes lo fueran también. Cuando llegó a la tercera página y al final, dijo:

—Es la historia más preciosa que he leído jamás y que leeré en toda mi vida. ¡Cómo desearía haber seguido leyéndola durante diez años! Al menos la volveré a leer.

Pero aquí parte de la magia del libro entró en acción. No se podía volver atrás. Las páginas del lado derecho, las que iban hacia delante, se podían girar; las del lado izquierdo no.

—¡Qué lástima! —exclamó Lucy—. Con las ganas que tenía de volver a leerla. Bueno, al menos voy a recordarla. Veamos... trataba de... de... cielos, se está desvaneciendo otra vez. E incluso esta última página se está borrando. Éste es un libro muy extraño. ¿Cómo puedo haberlo olvidado? Hablaba de una copa y una espada y un árbol y una colina verde, eso lo sé. Pero no me acuerdo de nada más, ¿qué voy a hacer?

Jamás pudo recordarla; y desde aquel día, Lucy describe las buenas historias como relatos que le recuerdan la historia olvidada del libro del mago.

Siguió adelante, y con gran sorpresa encontró una página sin dibujos; pero las primeras palabras eran «Hechizo para hacer visibles cosas ocultas». Lo leyó hasta el final para asegurarse de todas las palabras difíciles y luego lo pronunció en voz alta. Supo inmediatamente que funcionaba porque mientras hablaba, aparecieron los colores de las palabras en mayúscula de la parte superior de la página y empezaron a surgir dibujos en los márgenes. Fue como cuando uno acerca al fuego algo escrito con tinta invisible y la escritura empieza a manifestarse; sólo que en lugar del color sucio de zumo de limón —que es la tinta invisible más fácil de hacer— aquél era dorado, azul y escarlata. Eran dibujos curiosos que contenían muchas figuras que a Lucy no le gustó demasiado contemplar. Y a continuación pensó: «Supongo que lo he vuelto todo visible, y no sólo a los Aporreadores. Sin duda existe gran cantidad de cosas invisibles en un lugar como éste y no estoy muy segura de querer verlas todas».

En aquel momento oyó unas pisadas sordas y pesadas que se acercaban por el corredor a su espalda; y, claro está, recordó lo que le habían dicho sobre que el mago andaba descalzo y no hacía más ruido que un gato. Siempre es mejor darse la vuelta que tener algo aproximándose furtivamente por detrás. Lucy lo hizo.

Entonces el rostro se le iluminó hasta que, por un momento (aunque desde luego ella no lo supo), se volvió casi tan hermosa como la otra Lucy del dibujo, y corrió al frente con un gritito de alegría y con los brazos extendidos. Pues quien había en el umbral no era otro que Aslan en persona, el León, el más poderoso de todos los Sumos Monarcas; y era de carne y hueso, real y cálido, y permitió que la niña lo besara y se enredara en su melena reluciente. Y a juzgar por el sonido ronco, parecido a un terremoto, que surgió de su interior, Lucy incluso se atrevió a pensar que ronroneaba.

—Aslan —dijo—, qué amable has sido al venir.

—He estado aquí siempre, pero acabas de hacerme visible.

—¡Aslan! —exclamó ella casi con un cierto tono de reproche—. No te burles de mí. ¡Como si algo que yo pudiera hacer consiguiera volverte visible!

—Lo hizo —respondió el león—. ¿Crees que yo no obedecería mis propias normas?

Tras una corta pausa, el león volvió a hablar, diciendo:

—Niña, creo que has escuchado a escondidas.

—¿Escuchado a escondidas?

—Escuchaste lo que tus dos compañeras de colegio decían de ti.

—¿Eso? Jamás se me ocurrió que fuera escuchar a escondidas, Aslan. ¿No era magia?

—Espiar a la gente mediante la magia es lo mismo que espiar de cualquier otro modo. Y has juzgado mal a tu amiga. Es una persona débil, pero te aprecia. Temía a la niña de más edad y dijo lo que en realidad no piensa.

—No creo que pueda olvidar jamás lo que le oí decir.

—No, no lo harás.

—Cielos —dijo Lucy—. ¿Lo he estropeado todo? ¿Quieres decir que habríamos seguido siendo amigas si no hubiera sido por esto...? ¿Que habíamos sido realmente buenas amigas... toda nuestra vida..., y que ahora ya no lo seremos nunca?

—Pequeña —respondió Aslan—, ¿no te expliqué en una ocasión que a uno jamás se le cuenta lo que «habría sucedido»?

—Sí, Aslan. Lo siento. Pero, por favor...

—Habla, querida mía.

—¿Podré volver a leer alguna vez aquella historia, la que no pude recordar? Dime que sí, Aslan, por favor. O mejor, ¡cuéntamela tú!

—Claro que sí, te la contaré durante años y años. Pero ahora, ven. Debemos saludar al dueño de esta casa.

Capítulo once

Los Farfapodos vuelven a ser felices

Lucy siguió al enorme león al pasillo y al instante vio ir hacia ellos a un anciano, descalzo, vestido con una túnica roja. Una guirnalda de hojas de roble coronaba su melena blanca, la barba le caía hasta el cinto y se apoyaba en un bastón curiosamente tallado. Al ver a Aslan le dedicó una profunda reverencia y dijo.

—Bienvenido, señor, a la más humilde de vuestras casas.

—Coriakin, ¿empiezas a cansarte de gobernar a súbditos tan necios como los que te he dado aquí?

—No —respondió el mago—, cierto es que son necios, pero no son malos. Más bien empiezo a tomarles cariño. En ocasiones, tal vez, me muestro un poco impaciente, aguardando el día en que sea posible gobernarlos mediante la sensatez, en lugar de esta tosca magia.

—Todo a su tiempo, Coriakin —dijo Aslan.

—Sí, todo a su tiempo, señor —fue la respuesta—. ¿Tenéis intención de mostraros a ellos?

—No —respondió el león, con un medio gruñido que venía a ser una carcajada, pensó Lucy—, se volverían locos de miedo. Muchas estrellas envejecerán e irán a descansar a islas antes de que tu gente esté preparada para eso. Y hoy, antes de la puesta del sol, debo visitar al enano Trumpkin, que se halla en el castillo de Cair Paravel contando los días hasta que su señor Caspian regrese a casa. Le contaré toda vuestra historia, Lucy. Vamos, no pongas esa cara tan triste. Volveremos a vernos pronto.

—Por favor, Aslan —dijo ella—, ¿a qué llamas «pronto»?

—A todo le llamo pronto —respondió él; y se desvaneció al instante y Lucy se quedó a solas con el mago.

—¡Se ha ido! —exclamó el anciano—. Y tú y yo aquí tan desconcertados. Siempre sucede lo mismo, no hay manera de conseguir que se quede; no es lo mismo que si fuera un león domesticado. ¿Te ha gustado mi libro?

—Algunas partes me han gustado muchísimo —respondió Lucy—. ¿Sabías que yo estaba allí desde el principio?

—Bueno, lo cierto es que cuando permití que los Farfallones se hicieran invisibles sabía que tú acabarías apareciendo para suprimir el hechizo. No estaba muy seguro del día exacto. Y no estaba especialmente alerta esta mañana. Ellos me hicieron invisible también a mí y ser invisible siempre me da mucho sueño. ¡Uf! Ya está, ya vuelvo a bostezar. ¿Tienes hambre?

—Bueno, tal vez un poco. No tengo ni idea de qué hora es.

—Ven —indicó el mago—. Siempre es pronto para Aslan; pero en mi casa, cuando tengo hambre, siempre es la una en punto.

La condujo un corto trecho, pasillo abajo, y abrió una puerta. Al cruzar el umbral, Lucy se encontró en una habitación muy agradable inundada por la luz del sol y repleta de flores. La mesa estaba vacía cuando entraron, pero desde luego se trataba de una mesa mágica, y, a una palabra del anciano, aparecieron mantel, cubertería de plata, platos, copas y comida.

—Espero que te guste —dijo él—. He intentado ofrecerte comida parecida a la de tu tierra, más que la que tal vez hayas comido últimamente.

—Es deliciosa —declaró Lucy.

Y lo era: una tortilla bien calentita, fiambre de cordero con guisantes, helado de fresa, limonada para beber con la comida y una taza de chocolate para finalizar. Sin embargo, el mago no bebió más que vino y sólo comió pan. No había nada alarmante en el anciano, y Lucy y él no tardaron en conversar como si fueran viejos amigos.

—¿Cuándo funcionará el hechizo? —preguntó Lucy—. ¿Volverán a ser visibles los Farfallones de inmediato?

—Ya lo creo, ahora ya son visibles. Pero probablemente sigan dormidos; siempre se echan una siesta al mediodía.

—Y ahora que son visibles, ¿dejarás que sigan siendo feos? ¿Harás que vuelvan a ser como eran antes?

—Bueno, ésa es una cuestión más bien delicada —respondió el mago—. Verás, son «ellos» los que piensan que antes tenían un aspecto más agraciado. Dicen que los han afeado, pero no es así como yo lo llamaría. Muchos dirían que el cambio fue para mejorar.

—¿Son terriblemente vanidosos?

—Ya lo creo. O por lo menos el Jefe Farfallón lo es, y ha enseñado al resto a serlo. Siempre creen todo lo que les dice.

—Ya nos hemos dado cuenta —respondió Lucy.

—Sí; nos iría mejor sin él, en cierto modo. Desde luego podría transformarlo en otra cosa, o incluso lanzarle un hechizo que hiciera que los otros no creyeran ni una palabra de lo que les dijera. Pero no me gusta hacer eso. Es mejor para ellos admirarlo a él que no admirar a nadie.

—¿No te admiran a ti? —preguntó Lucy.

—No, ¡a mí, no!, desde luego —respondió el mago—. No me admirarían a mí.

—Y ¿por qué los afeaste? Me refiero a lo que ellos llaman «afear»...

—Pues porque no querían hacer lo que se les decía. Su trabajo es cuidar del jardín y cultivar comida; no para mí, como se imaginan, sino para ellos mismos. Sin embargo, no lo harían si no los obligara a ello. Y desde luego, en un jardín necesitas agua. Hay un manantial precioso a menos de un kilómetro colina arriba, y de ese manantial fluye un arroyo que pasa justo junto al jardín. Todo lo que les pedí fue que tomaran el agua del arroyo en lugar de efectuar esa penosa ascensión hasta el manantial con los cubos dos o tres veces al día y agotarse, además de derramar la mitad en el camino de vuelta. Pero no hubo forma de que lo comprendieran, y al final se negaron rotundamente.

—¿Tan estúpidos son? —inquirió Lucy.

—No creerías los problemas que he tenido con ellos —respondió él con un suspiro—. Hace unos cuantos meses estaban a favor de lavar los platos y los cuchillos antes de cenar: decían que les ahorraba tiempo luego. Los he pescado plantando patatas hervidas para ahorrarse tener que cocerlas cuando las desenterraran. Un día el gato se metió en la lechería y veinte de ellos se dedicaron a sacar toda la leche; a nadie se le ocurrió sacar al gato. Pero veo que has terminado. Vayamos a contemplar a los Farfallones ahora que son visibles.

Pasaron a otra habitación que estaba llena de instrumentos pulimentados difíciles de comprender —como astrolabios, planetarios, cronoscopios, poesimétricos, coriambos y teodolindos— y allí, una vez que se hubieron acercado a la ventana, el mago anunció:

—Ahí. Ahí están tus Farfallones.

—No veo a nadie —dijo Lucy—. Pero ¿qué son esa especie de hongos?

Las cosas que señaló estaban desperdigadas por todo el césped y realmente tenían un gran parecido con los hongos, pero eran demasiado grandes, con los tallos de casi un metro de altura y las sombrillas casi de la misma longitud de un borde al otro. Cuando miró con más detenimiento advirtió, también, que los tallos se unían a las sombrillas no en el centro sino en un lado, lo que les proporcionaba un aspecto desequilibrado. Y había algo —una especie de bulto pequeño— en la hierba al pie de cada tallo. A decir verdad, cuanto más los contemplaba, menos se parecían a las setas, pues la parte de la sombrilla no era realmente redonda como había creído al principio. Era más larga que ancha, y se ensanchaba en un extremo. Había muchas de aquellas cosas, cincuenta o más.

El reloj dio las tres.

Al instante tuvo lugar un suceso de lo más extraordinario. Cada una de las «setas» se dio la vuelta de repente, y los bultitos que habían estado al pie de los tallos resultaron ser cabezas y cuerpos. Los mismos tallos resultaron ser piernas; pero no dos piernas para cada cuerpo. Cada cuerpo poseía una única y gruesa pierna en el centro del tronco (no a un lado como en un hombre cojo) y al final de ésta, un único y enorme pie: un pie de planta ancha con la punta un poco vuelta hacia arriba de modo que parecía una canoa pequeña. Comprendió al momento por qué le habían parecido setas; estaban tumbados de espaldas con la única pierna estirada en alto y el enorme pie extendido por encima de ella. Más tarde, averiguó que aquél era el modo en el que acostumbraban a descansar; el pie los resguardaba a la vez de la lluvia y el sol, y para un Monópodo yacer bajo su propio pie resulta casi tan satisfactorio como estar dentro de una tienda.

—¡Qué graciosos, qué graciosos! —chilló Lucy, rompiendo a reír—. ¿Lo convertiste en eso?

—Sí, sí. Convertí a los Farfallones en Monópodos —respondió el mago, echándose a reír de tal modo que las lágrimas le corrían por las mejillas—. Pero observa... —añadió.

Valió la pena. Desde luego aquellos hombrecillos de un solo pie no podían andar ni correr como nosotros, sino que se movían a saltos, como las pulgas o las ranas. Y ¡vaya saltos los que daban! Era como si cada pie enorme fuera un resorte. Y ¡cómo rebotaban al descender!; era aquello lo que producía el sonido de golpes que tanto había desconcertado a Lucy el día anterior. En aquellos momentos, los hombrecillos saltaban en todas direcciones y se chillaban unos a otros:

—¡Eh, chicos! Volvemos a ser visibles.

—Sí que somos visibles —dijo uno que llevaba una gorra roja adornada con una borla, que evidentemente era el Jefe Monópodo—. Y lo que yo digo es que, cuando los seres son visibles, pues se pueden ver unos a otros.

—Eso es, eso es, jefe —gritaron los demás—. Eso es lo que cuenta. Nadie tiene una mente más lúcida que la tuya. No podrías haberlo dejado más claro.

—Pescó al viejo echando una siesta, esa niñita —siguió el Jefe Monópodo—. Esta vez le hemos ganado.

—Exactamente lo que íbamos a decir nosotros —terció el coro—. Te muestras más fuerte que nunca, jefe. Mantente así, mantente así.

—Pero ¿se atreven a hablar de ti de ese modo? —dijo Lucy—. Ayer parecían tenerte muchísimo miedo. ¿No saben que podrías estar escuchando?

—Ésa es una de las cosas curiosas respecto a los Farfallones —indicó el mago—. Un momento están hablando como si yo lo gobernara todo y lo oyera todo y fuera sumamente peligroso, y al siguiente creen que pueden engañarme con trucos que no engañarían ni a un niño de pecho... ¡Santo cielo!

—¿Habrá que devolverlos a su aspecto auténtico? —inquirió Lucy—. Cómo desearía que no fuera cruel dejarlos tal como están. ¿Realmente les importa mucho? Parecen muy felices. Quiero decir... mira ese salto. ¿Cómo eran antes?

—Enanos corrientes —respondió él—. Ni por asomo tan agradables como los que tenéis en Narnia.

—Sería una auténtica lástima volverlos a su forma anterior —declaró la niña—. Son tan divertidos: y resultan muy lindos. ¿Crees que cambiaría algo si les dijera eso?

—Estoy seguro de que sí... si consiguieras meterles esa idea en la cabeza.

—¿Vendrás conmigo a intentarlo?

—No, no. Te irá mucho mejor sin mí.

—Muchísimas gracias por el almuerzo —dijo Lucy y se alejó a toda prisa.

Descendió corriendo la escalera por la que había subido tan nerviosa aquella mañana y chocó contra Edmund al pie de ella. Todos sus compañeros estaban allí con él, aguardando, y a Lucy le remordió la conciencia contemplar sus rostros inquietos y darse cuenta de que se había olvidado de ellos durante mucho tiempo.

—Todo va bien —gritó—. Todo va de maravilla. El mago es un buen tipo... Y he visto... a Aslan.

Después se alejó de ellos como una ventolera y salió al jardín. Allí la tierra se estremecía con los saltos, y el aire resonaba con los gritos de los Monópodos. Ambas cosas se redoblaron cuando la divisaron.

—Aquí viene, aquí viene —chillaron—. ¡Tres hurras por la pequeña! ¡Vaya! Engañó bien al anciano caballero, no hay duda.

—Y lamentamos en el alma —dijo el Jefe Monópodo— no poder ofrecerte el placer de vernos como éramos antes de ser afeados, pues no podrías creer la diferencia que existe, y ésa es la verdad, pues no se puede negar que somos mortalmente feos ahora, así que no te engañamos.

—Vaya, sí que lo somos, jefe, sí que lo somos —repitieron los demás, dando botes como si fueran globos de juguete—. Tú lo has dicho, tú lo has dicho.

—Pero yo no creo que seáis feos —indicó Lucy, gritando para hacerse oír—. Creo que tenéis un aspecto muy lindo.

—Bien dicho, bien dicho —dijeron ellos—. Muy cierto por tu parte, señorita. Tenemos un aspecto muy lindo. No encontrarías un grupo más apuesto.

Lo dijeron sin la menor sorpresa y no parecieron darse cuenta de que habían cambiado de idea.

—Ella se refería a lo lindos que éramos antes de ser afeados —comentó el Jefe Monópodo.

—Cierto, jefe, cierto —salmodiaron ellos—. Eso es a lo que se refería. La hemos oído.

—¡No es cierto! —berreó Lucy—. He dicho que sois muy lindos ahora.

—Eso ha dicho, eso ha dicho —repuso su jefe—, ha dicho que éramos muy lindos entonces.

—Escuchad a ambos, escuchadlos —dijeron los Monópodos—. ¡Qué buena pareja! Siempre en lo cierto. No podrían haberlo expresado mejor.

—Pero si decimos justo lo contrario —protestó ella, golpeando el suelo con el pie, impaciente.

—Claro que sí, sin duda, claro que sí —replicaron ellos—. Nada como un contrario. Seguid así, los dos.

—Sois capaces de volver loco a cualquiera —declaró Lucy, y se dio por vencida.

Sin embargo, los Monópodos parecían muy satisfechos, y decidió que, a grandes rasgos, la conversación había sido un éxito.

Y antes de que todos se acostaran, aquella noche sucedió algo que los hizo sentir aún más satisfechos con su condición de seres de una sola pierna. Caspian y sus compañeros regresaron en cuanto les fue posible a la playa para informar a Rhince y a los que habían quedado a bordo del *Viajero del Alba*, que se sentían ya muy inquietos. Y, desde luego, los Monópodos los acompañaron, saltando como pelotas de fútbol y dándose la razón mutuamente a grandes gritos hasta que Eustace dijo:

—Ojalá el mago los convirtiera en inaudibles en lugar de invisibles.

Claro que no tardó en lamentar haber hablado porque entonces tuvo que explicar que algo inaudible es una cosa que no se puede oír, y si bien se tomó muchas molestias jamás estuvo seguro de que los Monópodos lo hubieran comprendido realmente, y lo que le molestó especialmente fue que ellos dijeran al final:

—¿Veis? No puede expresar las cosas como nuestro jefe. Pero aprenderás, jovencito. Escúchale con atención. Te enseñará a expresarte. ¡Es un orador magnífico!

Cuando llegaron a la bahía, Reepicheep tuvo una idea genial. Hizo que bajaran al agua su barquilla de cuero y mimbre y remó en ella de un lado a otro hasta despertar el total interés de los Monópodos. Luego se irguió en ella y anunció:

—Respetables e inteligentes Monópodos, vosotros no tenéis necesidad de botes. Cada uno posee un pie que puede prestarle ese servicio. Saltad tan suavemente como podáis sobre el agua y veamos qué sucede.

El Jefe Monópodo vaciló y advirtió a sus compañeros que descubrirían que el agua estaba poderosamente húmeda, pero uno o dos de los más jóvenes lo probaron casi al instante; y luego unos pocos más siguieron su ejemplo, y finalmente todo el grupo lo hizo. Funcionó a la perfección. El enorme pie único de aquellas criaturas actuaba como balsa o bote natural, y una vez que Reepicheep les hubo enseñado a fabricarse burdos remos, todos se dedicaron a remar por la bahía y alrededor del *Viajero del Alba*, como si fueran una flota de canoas pequeñas con un enano gordo de pie en el extremo de popa de cada una. Y celebraron carreras, y desde el barco les bajaron botellas de vino a modo de premios, y los marineros se inclinaron sobre la borda del barco y rieron hasta que les dolieron los costados.

Los Farfallones se mostraron también muy contentos con su nuevo nombre de Monópodos, que les parecía un nombre magnífico aunque jamás consiguieron pronunciarlo correctamente.

—Eso es lo que somos —tronaron—. *Pomonodos, Podimonos.* Justo el nombre que teníamos en la punta de la lengua.

De todos modos, no tardaron en hacerse un lío entre aquél y su antiguo nombre de Farfallones y finalmente optaron por llamarse a sí mismos Farfapodos; y así es como probablemente los llamarán durante siglos.

Aquella noche todos los narnianos cenaron arriba con el mago, y Lucy advirtió lo distinto que todo aquel piso parecía entonces, pues ya no le producía miedo. Los símbolos misteriosos de las puertas seguían siendo misteriosos pero parecía que poseyeran significados amables y alegres, e incluso el espejo barbudo resultaba entonces más divertido que aterrador. Durante la cena cada uno comió, mediante la magia, lo que más le gustaba comer y beber, y tras la cena el mago realizó un hechizo muy útil y hermoso. Colocó dos trozos de pergamino en blanco sobre la mesa y pidió a Drinian que le relatara con exactitud su viaje hasta aquel momento: y mientras el capitán hablaba, todo lo que describía aparecía en el pergamino en forma de líneas elegantes y nítidas hasta que al final cada hoja fue un espléndido mapa del Océano Oriental, que mostraba Galma, Terebinthia, las Siete Islas, las Islas Solitarias, la Isla del Dragón, la Isla Quemada, la Isla del Agua Letal y el País de los Farfallones, todo exactamente del tamaño correcto y en su sitio exacto. Fueron los primeros mapas que se dibujaron jamás de aquellos mares, y mejores que muchos que se han realizado más tarde sin la ayuda de la magia. Pues, aunque las ciudades y montañas dibujadas en ellos parecían al principio iguales a las que aparecerían en un mapa corriente, cuando el mago les entregó una lente de aumento pudieron comprobar que se trataba de pequeños dibujos perfectos del lugar real, de modo que se podía ver el castillo, el mercado de esclavos y las calles en Puerto Angosto, todo con suma claridad aunque muy lejano, como las cosas al mirarlas por el lado equivocado de un telescopio. El único inconveniente era que la línea de la costa de la mayoría de las islas estaba incompleta, ya que el mapa mostraba únicamente lo que Drinian había visto con sus propios ojos. Cuando terminaron, el mago se quedó con un mapa y regaló el otro a Caspian: éste todavía sigue colgado en la Sala de los Instrumentos de Cair Paravel. Pero el mago no pudo decirles nada sobre mares o tierras situados más al este, aunque sí les contó que unos siete años antes un barco de Narnia había atracado en sus aguas y que llevaba a bordo a los lores Revilian, Argoz, Mavramorn y Rhoop: de modo que decidieron que el hombre de oro que habían visto en la Isla del Agua Letal era, sin duda, lord Restimar.

Al día siguiente, el mago reparó mágicamente las partes de la popa del

Viajero del Alba que había dañado la serpiente marina y cargó la nave con regalos útiles. La despedida fue de lo más cariñosa, y cuando zarparon, dos horas después del mediodía, todos los Farfapodos acompañaron al barco remando hasta la entrada del puerto, y lo despidieron con aclamaciones hasta que ya no se oían sus gritos.

CAPÍTULO DOCE

LA ISLA OSCURA

Tras aquella aventura siguieron navegando hacia el sur y un poco al este durante doce días con viento moderado, el cielo despejado la mayor parte del tiempo y un tiempo cálido, y no vieron ni aves ni peces, a excepción de una ocasión en la que avistaron ballenas que lanzaban chorros de agua al aire a lo lejos, desde estribor. Lucy y Reepicheep jugaron innumerables partidas de ajedrez durante aquellos días. Luego, en el día decimotercero, Edmund, desde la cofa, divisó lo que parecía una enorme y oscura montaña alzándose del mar por babor.

Cambiaron de rumbo y se dirigieron hacia aquella tierra, principalmente a remo, ya que el viento no les era útil para navegar al nordeste. Al caer la tarde se encontraban todavía a una distancia considerable, así que tuvieron que remar toda la noche. A la mañana siguiente el tiempo era bueno pero prevalecía una calma total. La oscura masa se encontraba al frente, mucho más cercana y grande, pero todavía muy borrosa, de modo que algunos pensaron que seguía estando muy lejos y otros que se introducían en un banco de niebla.

Alrededor de las nueve de aquella mañana, de un modo repentino, estaba ya tan cerca que se dieron cuenta de que no se trataba de tierra, ni tampoco de una niebla normal y corriente. Era una Oscuridad. Resultaba bastante difícil de describir, pero sabrás cómo era si te imaginas mirando el interior de la boca de un túnel; un túnel tan largo o tortuoso que no se puede distinguir la luz en el otro extremo.

Así sabes qué aspecto tenía. Si anduvieses por ese túnel, durante un corto trecho podrías ver los raíles, las traviesas y la gravilla a plena luz del día; luego llegaría un punto en el que estarían en penumbra; y entonces, de un modo repentino, pero sin una línea divisoria definida, desaparecerían totalmente en una negrura uniforme y compacta. Lo mismo sucedía allí. Durante una corta distancia por delante de la proa podían ver el oleaje de las brillantes aguas azul verdoso. Más allá, veían como las aguas aparecían descoloridas y grises como lo harían entrada la tarde; pero un poco más lejos, todo era una negrura total como si hubieran llegado al borde de una noche sin luna ni estrellas.

Caspian gritó al contramaestre que mantuviera la nave apartada de aquello, y todos excepto los remeros se abalanzaron al frente y miraron desde la proa. Pero no había nada que ver. A su espalda estaba el mar y el sol; ante ellos, la Oscuridad.

—¿Vamos a entrar aquí? —inquirió Caspian finalmente.

—Yo no os lo aconsejaría —respondió Drinian.

—El capitán tiene razón —dijeron varios marineros.

—Creo que opino lo mismo —indicó Edmund.

Lucy y Eustace no dijeron nada, pero se sintieron muy satisfechos por el giro que parecían tomar los acontecimientos. De repente la voz clara de Reepicheep se abrió paso en medio del silencio.

—Y ¿por qué no? —dijo—. ¿Quiere explicarme alguien por qué no?

Nadie tenía ganas de discutir, de modo que el ratón continuó:

—Si me dirigiera a campesinos o esclavos —manifestó—, podría suponer que esta sugerencia estaba movida por la cobardía. Pero espero que jamás se diga en Narnia que una tripulación de personas nobles y reales en la flor de la edad pusieron pies en polvorosa porque les asustaba la oscuridad.

—Pero ¿de qué serviría abrirse camino por entre esa oscuridad? —inquirió Drinian.

—¿Servir? —replicó Reepicheep—. ¿Servir, capitán? Si al decir servir os referís a llenar nuestros estómagos o nuestras bolsas, confieso que no servirá de nada. Por lo que yo sé no salimos a navegar en busca de cosas que pudieran servir sino en busca de honor y aventuras. Y aquí tenemos una aventura tan grande como jamás se haya oído contar, y también, si damos la vuelta, un gran motivo de censura a nuestro honor.

Varios marineros mascullaron por lo bajo cosas que sonaron algo así como: «Al cuerno con el honor», pero Caspian dijo:

—Vaya, maldito seas, Reepicheep. Ojalá te hubiera dejado en casa. ¡De acuerdo! Si lo expresas de ese modo, supongo que tendremos que seguir adelante. A menos que Lucy prefiera no hacerlo...

Desde luego, Lucy habría preferido no hacerlo, pero lo que dijo en voz alta fue:

—Por mí, adelante.

—Su Majestad ordenará encender luces al menos, ¿verdad? —dijo Drinian.

—Por supuesto —respondió Caspian—. Ocupaos de ello, capitán.

Así pues, se encendieron los tres fanales, en la popa, la proa y la punta del mástil, y Drinian ordenó encender dos antorchas en medio del barco. Las luces resultaban pálidas y débiles bajo los rayos del sol. Entonces a todos los hombres, excepto a algunos que se quedaron abajo con los remos, se les ordenó subir a cubierta, armados de la cabeza a los pies y se los ubicó en sus puestos de combate con las espadas desenvainadas. A Lucy, junto con dos arqueros, la enviaron a la cofa militar con los arcos tensados y flechas listas para ser disparadas. Rynelf se quedó en la proa con su cabo listo para sondear la profundidad. Reepicheep, Edmund, Eustace y Caspian, cubiertos con relucientes cotas de malla, lo acompañaban. Drinian se ocupó de la caña del timón.

—Y ahora, en nombre de Aslan, ¡adelante! —gritó Caspian—. Con golpes de remo lentos y uniformes. Y que todos los hombres permanezcan en silencio y mantengan los oídos atentos para recibir órdenes.

Con un crujido y un gemido, el *Viajero del Alba* empezó a deslizarse lentamente al frente mientras los hombres comenzaban a remar. Lucy, en lo alto de la cofa militar, dispuso de una magnífica visión del momento exacto en que penetraron en la oscuridad. La proa había desaparecido ya antes de que la luz del sol abandonara la popa. Vio cómo se desvanecía. La popa dorada, el mar azul y el cielo estaban bajo la luz del día un instante, y al siguiente el mar y el cielo se esfumaron, el fanal de popa —que antes apenas se destacaba— era entonces lo único que indicaba el punto donde finalizaba la nave. Frente al farol veía la figura oscura de Drinian agachada junto a la caña del timón. Por debajo de ella las dos antorchas hacían visibles dos pedazos pequeños de la cubierta, y centelleaban sobre espadas y cascos, y al frente existía otra isla de luz en el castillo de proa. Aparte de eso, la cofa militar, iluminada por la luz de la punta del mástil que se encontraba justo encima de la niña, parecía un pequeño mundo con luz propia flotando en la solitaria oscuridad. Y las luces mismas, como sucede siempre con las luces cuando hay que encenderlas fuera de su hora apropiada, parecían espeluznantes y anormales. Advirtió, también, que sentía mucho frío.

Nadie supo cuánto tiempo duró aquel viaje al interior de la oscuridad. A excepción del chirriar de los escálamos y el chapoteo de los remos, nada indicaba que se movieran. Edmund, que atisbaba desde la proa, no conseguía ver otra cosa que el reflejo del fanal en el agua delante de él. Parecía una especie de reflejo untuoso, y las ondulaciones producidas por la proa al avanzar se veían pesadas, menudas y sin vida. A medida que transcurría el tiempo todos, excepto los remeros, empezaron a tiritar de frío.

Repentinamente, de alguna parte —nadie tenía el sentido de la dirección claro a aquellas alturas— les llegó un grito, bien de una voz inhumana o de alguien presa de tal terror que casi había perdido su humanidad.

Caspian intentaba hablar —tenía la boca reseca— cuando la voz aguda de Reepicheep, que sonó más fuerte que de costumbre en aquel silencio, se dejó oír.

—¿Quién anda ahí? —chirrió—. Si eres un enemigo, no te tememos, y si eres un amigo, tus enemigos aprenderán a temernos.

—¡Misericordia! —gritó la voz—. ¡Misericordia! Aunque no seáis más que otro sueño, tened misericordia. Subidme a bordo. Subidme, aunque me matéis luego. Pero en nombre de todo lo que es misericordioso no os desvanezcáis y me dejéis en esta tierra horrible.

—¿Dónde estás? —llamó Caspian—. Ven a bordo y sé bienvenido.

Se oyó otro grito, que tanto pudo ser de alegría como de terror, y en seguida comprendieron que alguien nadaba hacia ellos.

—Preparaos para izarlo, amigos —indicó Caspian.

—Sí, sí, Majestad —respondieron los marineros.

Varios se agolparon en el lado de babor con cuerdas y uno, inclinándose todo lo que pudo sobre el costado, sostuvo la antorcha. Un rostro frenético y pálido apareció en la negrura de las aguas, y entonces, tras unos cuantos forcejeos y tirones, una docena de manos amistosas consiguieron izar al desconocido a la cubierta.

Edmund se dijo que jamás había visto a un hombre con un aspecto tan espantoso. Si bien no parecía precisamente anciano, sus cabellos eran una desgreñada pelambrera blanca, tenía el rostro delgado y macilento y, por toda ropa, llevaba unos cuantos harapos mojados. Pero lo que más llamaba la atención eran sus ojos, que estaban tan abiertos que parecían carecer de párpados, y miraban como presas de un pánico mortal. En cuanto sus pies alcanzaron la cubierta dijo:

—¡Escapad! ¡Escapad! ¡Levad anclas y escapad! Remad, remad, remad con todas vuestras fuerzas para alejaros de esta costa maldita.

—Sosegaos —dijo Reepicheep—, y contadnos cuál es el peligro. No estamos acostumbrados a huir.

El desconocido se sobresaltó terriblemente al oír la voz del ratón, cuya presencia no había advertido aún.

—De todos modos huiréis de aquí —jadeó—. Ésta es la isla donde los sueños se hacen realidad.

—Ésa es la isla que he estado buscando durante tanto tiempo —observó uno de los marineros—. Siempre imaginaba que, si desembarcábamos aquí, resultaría estar casado con Nancy.

—Y yo que volvería a encontrar vivo a Tom —dijo otro.

—¡Necios! —exclamó el hombre, dando una rabiosa patada contra el suelo—. Ésa es la clase de palabrería que me trajo aquí, y habría sido mejor que me hubiera ahogado o que no hubiera nacido jamás. ¿Oís lo que digo? Aquí es donde los sueños... los sueños, ¿comprendéis? Se hacen realidad, se materializan. No las ilusiones: los sueños.

Se produjo apenas medio minuto de silencio y a continuación, con un gran estrépito de armaduras, toda la tripulación descendió atropelladamente por la escotilla principal tan de prisa como les fue posible y se arrojaron sobre los remos para remar como nunca lo habían hecho antes; y Drinian giró inmediatamente el timón, y el contramaestre marcó el ritmo de las paladas más veloces que se conocen en el mar. Nadie había necesitado más de medio minuto para recordar ciertos sueños que habían tenido —sueños que hacen que uno sienta miedo de volverse a dormir— y darse cuenta de lo que significaría desembarcar en un país donde los sueños se hacen realidad.

Únicamente Reepicheep permaneció impávido.

—Majestad, Majestad —dijo—, ¿vais a tolerar este amotinamiento, esta cobardía? Esto es pánico, esto es una huida vergonzosa.

—Remad, remad —rugió Caspian—. Nos va la vida en esto. ¿Está bien encarada la proa, Drinian? Puedes decir lo que quieras, Reepicheep. Hay cosas a las que ningún hombre se puede enfrentar.

—En ese caso, tengo la buena suerte de no ser un hombre —repuso éste con una reverencia muy estirada.

Lucy lo había escuchado todo desde las alturas. En un instante aquél de todos sus sueños que con más intensidad había intentado olvidar regresó a ella con tanta nitidez como si acabara de despertar de él. ¡De modo que era eso lo que había detrás de ellos, en la isla, en la oscuridad! Por unos segundos deseó bajar a la cubierta y estar con Edmund y Caspian. Pero ¿de qué serviría? Si los sueños empezaban a hacerse realidad, tanto Edmund como Caspian podrían convertirse en algo horrible justo cuando llegara junto a ellos. Se agarró con fuerza a la barandilla de la cofa militar e intentó serenarse. Remaban de regreso a la luz con toda la velocidad de la que eran capaces: todo se arreglaría en unos segundos. Pero ¡ojalá todo se hubiera arreglado ya en aquellos momentos!

A pesar de que los remos hacían mucho ruido, no ocultaban del todo el completo silencio que rodeaba el barco. Todos sabían que lo mejor era no escuchar, no aguzar los oídos en busca de algún sonido en la oscuridad; pero nadie podía evitar hacerlo. Y pronto todo el mundo oía cosas. Cada uno oía algo distinto.

—¿No oyes un ruido como... como de unas tijeras enormes que se abren y se cierran... por ahí? —preguntó Eustace a Rynelf.

—¡Chist! —respondió éste—. Las oigo trepar por los costados de la nave.

—Va a posarse sobre el mástil —declaró Caspian.

—¡Uy! —exclamó un marinero—. Ya empiezan los gongs. Ya sabía que empezarían.

Caspian, intentando no mirar a nada, y en especial no mirar a su espalda, fue a popa a ver a Drinian.

—Drinian —dijo en voz muy baja—, ¿cuánto tiempo remamos para entrar? Quiero decir, cuánto remamos hasta el lugar donde encontramos al desconocido.

—Cinco minutos, tal vez —susurró éste—. ¿Por qué?

—Porque ya llevamos bastante más tiempo intentando salir.

La mano de Drinian tembló sobre la caña del timón y un sudor frío le corrió por el rostro. La misma idea empezaba a ocurrírsele a todo el mundo a bordo.

—Jamás saldremos, jamás saldremos —gimieron los remeros—. Nos está dirigiendo mal. Estamos dando vueltas y más vueltas en círculos. No saldremos jamás.

El desconocido, que había estado tumbado hecho un ovillo sobre cubierta, se sentó muy erguido y soltó una horrible risa chillona.

—¡No salir jamás! —aulló—. Eso es. Desde luego. Jamás saldremos. Qué estúpido fui al pensar que me dejarían marchar tan fácilmente. No, no, no saldremos jamás.

Lucy inclinó la cabeza por encima del borde de la cofa y musitó:

—Aslan, Aslan, si alguna vez nos has amado, envíanos ayuda ahora.

La oscuridad no disminuyó, pero la niña empezó a sentirse un poco —sólo un poquito— mejor. «Al fin y al cabo, en realidad aún no nos ha sucedido nada», pensó.

—¡Mirad! —gritó la voz ronca de Rynelf desde la proa.

Al frente se veía un diminuto punto luminoso, y mientras observaban, un amplio haz de luz cayó sobre el barco. No alteró lo que los rodeaba, pero toda la nave quedó iluminada como por un foco. Caspian parpadeó, miró fijamente a su alrededor y vio los rostros de sus compañeros con expresiones fijas y extraviadas. Todo el mundo miraba en la misma dirección: detrás de cada uno yacía su sombra negra y bien definida.

Lucy siguió la dirección del haz de luz con la mirada y finalmente vio algo en él. Al principio pareció una cruz, luego un aeroplano, más tarde una cometa, y por fin, con un batir de alas, fue a colocarse justo encima de ellos y resultó ser un albatros. Describió tres círculos alrededor del mástil y luego se posó por un instante sobre la cresta del dragón dorado de la proa. Gritó con una voz dulce y potente lo que parecieron ser palabras aunque nadie las comprendió, y a continuación desplegó las alas, se alzó y empezó volar despacio por delante de ellos, girando ligeramente a estribor.

Drinian hizo virar la nave para seguirlo, sin dudar ni un instante de que les ofrecía una buena guía. Pero nadie excepto Lucy supo que mientras daba vueltas al mástil había susurrado a la pequeña: «Valor, querida mía», y la voz, la niña estaba segura, era la de Aslan, y con la voz un aroma delicioso acarició su rostro.

En unos instantes la oscuridad se transformó en una semi oscuridad al frente, y luego, casi antes de que se atrevieran a tener esperanzas, ya habían salido veloces a la luz del sol y se encontraban otra vez en el mundo cálido y azul. Y de súbito todos comprendieron que no había nada a lo que temer ni lo había habido nunca. Pestañearon y miraron a su alrededor. La luminosidad del mismo barco los dejó asombrados: casi habían esperado que la oscuridad se aferrase a los colores blancos, verdes y dorados en forma de alguna especie de tizne o telilla.

Y a continuación primero uno y luego otro, empezaron a reír.

—Creo que nos hemos puesto en ridículo —declaró Rynelf.

Lucy no perdió ni un minuto en descender a cubierta, donde encontró a los demás reunidos alrededor del recién llegado, que, por un buen rato, se sintió demasiado feliz para hablar y no pudo hacer más que contemplar el mar y el sol y palpar las bordas y las cuerdas, como si quisiera asegurarse de que estaba realmente despierto, mientras las lágrimas corrían por sus mejillas.

—Gracias —dijo por fin—. Me habéis salvado de... pero no hablaré de eso. Y ahora dadme a conocer quiénes sois. Yo soy un telmarino de Narnia, y cuando se me valoraba en algo la gente me llamaba lord Rhoop.

—Y yo —declaró Caspian— soy Caspian, rey de Narnia, y navego para buscaros a vos y a vuestros compañeros, que fuisteis amigos de mi padre.

—Señor —dijo lord Rhoop, cayendo de rodillas y besando la mano del rey—, sois el hombre que más deseaba ver en todo el mundo. Concededme un favor.

—¿Cuál es?

—No me volváis a traer jamás aquí —dijo él, y señaló a popa.

Todos miraron; pero vieron únicamente un brillante mar azul y un reluciente cielo, también azul. La Isla Oscura y la Oscuridad se habían desvanecido para siempre.

—¡Vaya! —exclamó lord Rhoop—. ¡La habéis destruido!

—No creo que fuéramos nosotros —observó Lucy.

—Señor —intervino entonces Drinian—, este viento sopla del sudeste. ¿Hago subir a nuestros pobres camaradas e izamos la vela? Después, yo enviaría a todo aquel que no fuera necesario a descansar a su hamaca.

—Sí —respondió Caspian—, y, además, distribuid ponche a todo el mundo. Cielos, yo también me siento como si pudiera dormir doce horas seguidas.

Así que toda la tarde, llenos de alegría, navegaron hacia el sudeste con buen viento. Sin embargo, nadie advirtió cuándo desapareció el albatros.

Capítulo trece

Los tres durmientes

El viento no dejó de soplar pero se tornó más suave con el paso de los días, hasta que por fin las olas eran apenas leves ondulaciones, y la nave se deslizaba hora tras hora casi como si navegaran por un lago. Y cada noche veían que se alzaban en el este constelaciones nuevas que nadie había visto nunca en Narnia y que tal vez, como Lucy pensaba con una mezcla de júbilo y temor, ningún ser vivo había contemplado jamás. Aquellas estrellas nuevas eran grandes y brillantes, y las noches resultaban cálidas. Casi todo el mundo dormía en cubierta y conversaba hasta altas horas de la noche, o se inclinaba sobre el costado de la nave contemplando la danza luminosa de la espuma que la proa arrojaba a lo alto.

Una tarde de sorprendente belleza, cuando la puesta de sol a su espalda era tan roja y púrpura, y tan extensa que el mismo cielo parecía haber aumentado de tamaño, avistaron tierra a estribor de la proa. Se fue acercando despacio y la luz que brillaba detrás de ellos hacía que los cabos y promontorios de aquel nuevo territorio parecieran estar en llamas. Finalmente se encontraron navegando a lo largo de su costa y su cabo occidental se alzó entonces a popa, negro contra el cielo rojo y tan definido como si se tratara de una cartulina recortada, y entonces pudieron distinguir mejor cómo era aquel territorio. No tenía montañas pero sí muchas colinas suaves con laderas parecidas a almohadas. De él surgía un aroma atrayente; lo que Lucy llamaba «una especie de nebuloso olor púrpura», expresión que, según dijo Edmund (y pensó Rhince) era una sandez, pero a lo que Caspian replicó:

—Sé a lo que te refieres.

Navegaron un buen trecho, dejando atrás un cabo tras otro, con la esperanza de localizar un puerto profundo y agradable, pero tuvieron que contentarse al final con una bahía amplia y poco profunda. Aunque las aguas parecían tranquilas en alta mar, desde luego había oleaje en la playa y no pudieron entrar el *Viajero del Alba* tanto como les habría gustado. Echaron el ancla bastante lejos de la playa y tuvieron un desembarco húmedo y agitado en el bote. Lord Rhoop permaneció a bordo de la nave, pues no deseaba saber nada más de islas. Durante todo el tiempo que estuvieron en aquel lugar el sonido de las enormes rompientes resonó en sus oídos.

Dejaron dos hombres custodiando el bote y Caspian condujo al resto hacia el interior, pero no muy lejos, ya que era demasiado tarde para explorar y la luz no tardaría en desaparecer. Pero no fue necesario ir muy lejos para correr una aventura. El valle llano situado frente a la bahía no mostraba carretera ni senda ni ninguna otra señal de ocupación. Bajo los pies había una turba delicada y elástica salpicada aquí y allá con una vegetación baja y tupida que Edmund y Lucy tomaron por brezo. Eustace, que en realidad era bastante bueno en botánica, dijo que no lo era, y probablemente tenía razón; pero era algo que se le parecía mucho.

Apenas se habían alejado un tiro de flecha de la playa, cuando Drinian dijo:

—¡Mirad! ¿Qué es aquello? —Y todos se detuvieron.

—¿Son árboles grandes? —inquirió Caspian.

—Torres, creo —respondió Eustace.

—Podrían ser gigantes —dijo Edmund en voz más baja.

—El modo de averiguarlo es ir a colocarse justo entre ellos —declaró Reepicheep, desenvainando la espada y avanzando a buen paso por delante de todos los demás.

—Creo que son unas ruinas —indicó Lucy cuando se hubieron acercado bastante más, y su suposición fue la que más se aproximó a la verdad.

Lo que encontraron fue un espacio amplio y oblongo, enlosado con piedras lisas, y rodeado de pilares grises pero sin techo. Una mesa muy larga lo recorría de un extremo al otro, cubierta con un mantel de un rojo vivo que descendía casi hasta el suelo. A cada lado de ella había muchas sillas de piedra, magníficamente talladas y con cojines de seda en los asientos, y en la mesa misma estaba dispuesto un banquete como no se había visto nunca, ni siquiera cuando Peter el Sumo Monarca tenía su corte en Cair Paravel. Había ocas, patos y pavos reales, cabezas de jabalíes y costillares de venado, bizcochos en forma de veleros o dragones y elefantes, pudín helado, langostas relucientes y salmones resplandecientes, nueces y uvas, piñas y melocotones, granadas, melones y tomates. Había jarros de oro, de plata y de cristal curiosamente trabajado; y el aroma de la fruta y el vino volaron hacia ellos como una promesa de toda clase de prosperidad.

—¡Cielos! —exclamó Lucy.

Se acercaron sin hacer ruido.

—Pero ¿dónde están los invitados? —preguntó Eustace.

—Los podemos facilitar nosotros, señor —repuso Rhince.

—¡Fijaos! —dijo Edmund con brusquedad.

Se encontraban ya entre los pilares y sobre la zona enlosada, y todos miraron hacia donde Edmund había indicado. Las sillas no estaban todas vacías. En la cabecera de la mesa y en dos lugares junto a ella había algo; posiblemente tres seres.

—¿Qué es eso? —inquirió Lucy en un susurro—. Parecen tres castores sentados a la mesa.

—O un enorme nido de ave —replicó Edmund.

—A mí me parece más bien un almiar —dijo Caspian.

Reepicheep corrió al frente, saltó sobre una silla y de allí a la mesa, y la recorrió veloz, avanzando con la agilidad de un bailarín por entre copas adornadas con piedras preciosas, pirámides de fruta y saleros de marfil. Fue hasta la misteriosa masa gris del extremo: la inspeccionó, la tocó, y a continuación declaró:

—Éstos no pelearán, me parece.

Todos se acercaron entonces y vieron que lo que ocupaba aquellos tres asientos eran tres hombres, aunque resultaba difícil reconocerlos como hombres hasta que los miraban con atención. Sus cabellos, que eran grises, habían crecido por encima de los ojos hasta casi ocultar los rostros, y las barbas habían crecido por encima de la mesa, trepando y enroscándose alrededor de platos y copas del mismo modo que las zarzas se enroscan a una valla hasta que, entremezclados en una enorme mata de cabellos, habían caído por encima del borde de la mesa y habían llegado al suelo. Y de sus cabezas colgaban las melenas por encima de los respaldos de sus asientos hasta ocultarlos por completo. En realidad los tres hombres eran casi únicamente pelo.

—¿Muertos? —preguntó Caspian.

—No lo creo, señor —respondió Reepicheep, levantando una de las manos fuera de la maraña de cabellos con la ayuda de sus dos zarpas—. Éste está caliente y le late el pulso.

—A éste también, y a éste —anunció Drinian.

—Vaya, sólo están dormidos —comentó Eustace.

—Pero ha sido un sueño muy largo —indicó Caspian—, para que sus cabellos crecieran así.

—Sin duda es un sueño hechizado —dijo Lucy—. En cuanto desembarcamos en esta isla sentí que estaba llena de magia. ¿Creéis que a lo mejor hemos venido aquí a romper el hechizo?

—Podemos intentarlo —repuso Caspian, y empezó a zarandear a uno de los tres durmientes.

Por un momento todos pensaron que iba a tener éxito, ya que el hombre respiró con fuerza y murmuró: «No iré más al este. Fuera los remos por Narnia». Pero volvió a sumirse casi de inmediato en un sueño todavía más profundo que antes: es decir, la pesada cabeza se inclinó unos centímetros más en dirección a la mesa y todos los esfuerzos por volver a despertarlo fueron infructuosos.

Con el segundo sucedió algo muy parecido: «No nacimos para vivir como animales. Ve al este mientras tengas una posibilidad de hacerlo... Tierras detrás del sol», y volvió a dormirse. Y el tercero se limitó a decir: «Mostaza, por favor», y se durmió profundamente.

—Fuera remos por Narnia, ¿eh? —dijo Drinian.

—Sí —asintió Caspian—, tenéis razón, Drinian. Creo que nuestra búsqueda ha llegado a su fin. Echemos una mirada a sus anillos. Sí, éstos son sus símbolos. Éste es lord Revilian. Éste es lord Argoz; y éste, lord Mavramorn.

—Pero no podemos despertarlos —indicó Lucy—. ¿Qué haremos?

—Si me disculpan Sus Majestades —intervino Rhince—, ¿por qué no empezamos a comer mientras lo discuten? No se ve una cena como ésta todos los días.

—¡Ni se te ocurra! —exclamó Caspian.

—Tiene razón, tiene razón —dijeron varios de los marineros—. Hay demasiada magia por aquí. Cuanto antes regresemos a bordo, mejor.

—Podéis estar seguros —dijo Reepicheep— de que fue por comer estos alimentos por lo que los tres lores se sumieron en este sueño de siete años.

—No los tocaría ni para salvar mi vida —declaró Drinian.

—Oscurece con una rapidez extraordinaria —observó Rynelf.

—Regresemos al barco, regresemos al barco —mascullaron los hombres entre dientes.

—Realmente pienso que tienen razón —dijo Edmund—. Podemos decidir qué hacer con los tres durmientes mañana. No nos atrevemos a probar la comida y no existe ningún motivo para que nos quedemos a pasar la noche aquí. Todo el lugar huele a magia y a peligro.

—Comparto totalmente la opinión del rey Edmund —declaró Reepicheep— en lo que concierne a la tripulación del barco en general. Pero yo, por mi parte, me sentaré a esta mesa hasta el amanecer.

—¿Por qué diantre? —dijo Eustace.

—Porque —contestó el ratón— ésta es una gran aventura, y ningún peligro me parece tan grande como el de saber, a mi regreso a Narnia, que dejé un misterio tras de mí por culpa del miedo.

—Me quedaré contigo, Reep —anunció Edmund.

—También yo —dijo Caspian.

—Y yo —declaró Lucy.

Y a continuación Eustace también se ofreció como voluntario, lo que fue un gran acto de valentía por su parte, ya que no haber leído jamás sobre tales cosas ni haber oído hablar de ellas hasta que se unió al *Viajero del Alba* empeoraba más las cosas para él que para los demás.

—Imploro a Su Majestad... —empezó Drinian.

—No, milord —dijo Caspian—. Vuestro lugar está en el barco, y habéis tenido todo un día de trabajo mientras que nosotros hemos estado ociosos.

Se produjo una larga discusión al respecto, pero finalmente Caspian se salió con la suya. Mientras la tripulación partía hacia la playa en medio de la creciente oscuridad ninguno de los cinco vigilantes, excepto tal vez Reepicheep, pudo evitar sentir un helado nudo en el estómago.

Tardaron bastante tiempo en elegir asientos ante la peligrosa mesa. Probablemente todos tenían el mismo motivo pero nadie lo dijo en voz alta; pues en realidad se trataba de una elección desagradable. A todos les resultaba difícil soportar la idea de tener que pasar toda la noche sentado cerca de aquellos tres horribles objetos peludos que, si bien no estaban muertos, desde luego no estaban vivos en el sentido corriente de la palabra. Por otra parte, sentarse en el otro extremo, de modo que los distinguirían cada vez menos a medida que oscureciera, y no podrían darse cuenta de si se movían, y quizá no podrían verlos en absoluto a partir de las dos de la madrugada... no, aquello resultaba impensable. Así pues, deambularon alrededor de la mesa diciendo: «¿Qué os parece aquí?» y «¿O tal vez un poco más adelante?» o «¿Por qué no en este lado?». Hasta que por fin se acomodaron en un punto cerca del centro pero más cerca de los durmientes que del otro extremo. Para entonces eran alrededor de las diez y ya casi de noche. Las extrañas constelaciones brillaban en el este, y a Lucy le habría gustado más si hubieran sido el Leopardo, la Nave y otras viejas amigas del firmamento narniano.

Arrebujados en sus capas marinas, se sentaron muy quietos y aguardaron. Al principio hubo algún intento de mantener una conversación pero no prosperó; así que permanecieron sentados horas y horas, sin dejar de oír cómo rompían las olas en la playa.

Tras horas que parecieron siglos llegó un momento en el que todos comprendieron que habían estado dormitando un momento antes pero que, de repente, se hallaban totalmente despiertos. Las estrellas ocupaban posiciones distintas de las que tenían la última vez que las observaron, y el cielo estaba muy negro, a excepción de un gris apenas perceptible en el este. Estaban helados, sedientos y entumecidos, y ninguno habló porque en aquel momento por fin sucedía algo.

Ante ellos, más allá de las columnas, había la ladera de una colina baja. Y, justo entonces, una puerta se abrió en la falda de la elevación, apareció luz en la entrada, salió una figura al exterior y la puerta se cerró tras ella. La aparición sostenía un candil, y su luz era en realidad lo único que distinguían con claridad, mientras se acercaba despacio hasta detenerse justo ante la mesa, frente a ellos. Entonces pudieron ver que se trataba de una joven alta, vestida con una única prenda larga de color azul claro que dejaba los brazos al descubierto. Llevaba la cabeza sin cubrir y los dorados cabellos le caían por la espalda. Y cuando la miraron se dijeron que nunca antes habían sabido lo que realmente significaba la belleza.

La luz que sostenía era una vela larga en un candelero de plata que depositó sobre la mesa. Si había soplado viento desde el mar a primeras horas de la noche sin duda se había desvanecido ya, pues la llama de la vela ardía tan recta e inmóvil como si estuviera en una habitación con las ventanas cerradas y las cortinas corridas. El oro y la plata de la mesa relucían bajo aquella luz.

Entonces Lucy advirtió algo colocado longitudinalmente sobre la mesa que había escapado a su atención antes. Era un cuchillo de piedra, afilado como el acero, un objeto de aspecto antiguo y cruel.

Nadie había dicho una palabra todavía. Entonces —Reepicheep primero, y Caspian después— todos se pusieron en pie, pues sentían que estaban en presencia de una gran dama.

—Viajeros que habéis venido desde lejos a la mesa de Aslan —dijo la muchacha—. ¿Por qué no coméis ni bebéis?

—Señora —respondió Caspian—, temíamos la comida porque pensábamos que había sumido a nuestros amigos en un sueño hechizado.

—Jamás la han probado —declaró ella.

—Por favor —pidió Lucy—, ¿qué les sucedió?

—Hace siete años —dijo la joven—, vinieron aquí en un barco cuyas velas estaban hechas jirones y los maderos a punto de desprenderse. Había unos cuantos hombres más con ellos, marineros, y cuando llegaron ante esta mesa uno dijo: «Aquí tenemos un buen sitio. ¡Dejemos de largar velas, de plegarlas y de remar y sentémonos para acabar nuestros días en paz!». Y el segundo dijo: «No, volvamos a embarcar y naveguemos en dirección a Narnia y el oeste; puede que Miraz haya muerto». Pero el tercero, que era un hombre muy autoritario, se levantó de un salto y les espetó: «No, cielos. Somos hombres y telmarinos, no bestias. ¿Qué deberíamos hacer sino buscar una aventura tras otra? No nos queda mucho tiempo de vida, de todos modos, así que utilicémoslo en buscar el mundo deshabitado situado tras la salida del sol». Y mientras disputaban, el tercero se apoderó del Cuchillo de Piedra que descansa ahí sobre la mesa, dispuesto a pelear contra sus compañeros. Pero es un objeto que él no debía tocar, y en cuanto sus dedos se cerraron sobre la empuñadura, un sueño profundo se apoderó de los tres. Y hasta que se deshaga el hechizo no despertarán.

—¿Qué es este Cuchillo de Piedra? —preguntó Eustace.

—¿Ninguno de vosotros lo conoce? —inquirió la muchacha.

—Creo... creo —dijo Lucy— que he visto algo parecido. Era un cuchillo como ése el que la Bruja Blanca usó cuando mató a Aslan en la Mesa de Piedra hace mucho tiempo.

—Era el mismo —respondió ella—, y fue traído aquí para ser conservado con honor mientras perdure el mundo.

Edmund, que se había mostrado cada vez más incómodo durante los últimos minutos, dijo entonces:

—Escuchad. Espero no ser un cobarde... respecto a lo de comer estos alimentos, me refiero... y, desde luego, no es mi intención ser grosero. Pero nos ha sucedido gran cantidad de aventuras extrañas en este viaje nuestro y las cosas no son siempre lo que parecen. Cuando os miro al rostro no puedo evitar creer todo lo que decís; pero eso es también lo que sucedería con una bruja. ¿Cómo podemos saber que sois una amiga?

—No podéis. Sólo podéis creer... o no.

Tras una corta pausa se oyó la fina voz de Reepicheep:

—Señor —dijo a Caspian—, si sois tan amable, llenad mi copa con vino de esa jarra: es demasiado grande para que la pueda levantar. Beberé a la salud de la dama.

Caspian aceptó y el ratón, de pie sobre la mesa, alzó una copa de oro entre sus diminutas patas y dijo:

—Señora, brindo por vos.

A continuación empezó a comer fiambre de pavo real, y al poco rato todos siguieron su ejemplo. Estaban muy hambrientos y la comida, aunque no fuera lo ideal para un desayuno temprano, era excelente como cena tardía.

—¿Por qué la llaman la Mesa de Aslan? —preguntó Lucy al cabo de un rato.

—Está colocada aquí siguiendo sus órdenes —respondió la joven—, para aquellos que lleguen tan lejos. Algunos llaman a esta isla el Fin del Mundo, pues aunque se puede navegar más allá, éste es el principio del fin.

—Pero ¿cómo es que la comida no se estropea? —inquirió el práctico Eustace.

—Es comida renovada diariamente —respondió ella—. Ya lo veréis.

—Y ¿qué vamos a hacer respecto a los Durmientes? —quiso saber Caspian—. En el mundo del que vienen mis amigos —en aquel punto indicó con la cabeza a Eustace y a los hermanos Pevensie—, existe una historia de un príncipe o un rey que llega a un castillo en el que todos duermen un sueño mágico. En aquella historia el príncipe no podía romper el hechizo hasta haber besado a la princesa.

—Pero aquí —repuso la joven— es distinto. Aquí no puede besar a la princesa hasta que haya roto el hechizo.

—En ese caso —declaró Caspian—, en nombre de Aslan, mostradme cómo puedo ponerme manos a la obra de inmediato.

—Mi padre os lo enseñará —respondió ella.

—¡Vuestro padre! —exclamaron todos—. ¿Quién es? Y ¿dónde está?

—Mirad —dijo la muchacha, dándose la vuelta y señalando la puerta de la ladera de la colina.

La vieron entonces con más facilidad, pues mientras habían estado hablando, las estrellas habían perdido luminosidad y grandes brechas de luz blanca empezaban a aparecer en la semioscuridad del cielo oriental.

Capítulo catorce

El principio del Fin del Mundo

Lentamente, la puerta volvió a abrirse y por ella salió una figura tan alta y erguida como la muchacha, pero no tan esbelta. No llevaba candil pero de ella misma parecía surgir luz. Al acercarse más, Lucy vio que tenía el aspecto de un hombre anciano. La barba plateada descendía hasta sus pies descalzos por delante, la cabellera también plateada colgaba hasta sus talones por detrás y la túnica parecía confeccionada con lana de ovejas plateadas. Su aspecto era tan bondadoso y solemne a la vez que, de nuevo, todos se pusieron en pie y permanecieron en silencio.

Pero el anciano se aproximó sin hablar a los viajeros y fue a colocarse en el extremo de la mesa opuesto al de su hija; después, los dos alzaron los brazos ante ellos y se volvieron hacia el este, y en aquella posición empezaron a cantar. Me gustaría poder escribir esa canción, pero ninguno de los presentes pudo recordarla. Lucy dijo más tarde que era aguda, casi chillona, pero muy hermosa: «Un especie de canto frío, un canto de primera hora de la mañana». Y mientras cantaban, las nubes grises desaparecieron del cielo oriental y las manchas blancas aumentaron de tamaño hasta que todo quedó blanco, y el mar empezó a brillar como si fuera de plata. Mucho después —aunque los dos no dejaron de cantar ni un momento— el este empezó a tornarse rojo y por fin, sin una nube, el sol surgió del mar y su largo rayo horizontal cayó a lo largo de toda la longitud de la mesa sobre las piezas de oro y de plata, y también sobre el Cuchillo de Piedra.

En una o dos ocasiones con anterioridad, los narnianos se habían preguntado si el sol al salir no parecía mayor en el mar que en casa. En aquella ocasión estuvieron seguros de que así era. No cabía la menor duda. Y la luminosidad de sus rayos sobre el rocío y la mesa estaba más allá de cualquier luminosidad matutina que hubieran visto jamás. Y como Edmund dijo luego: «Aunque sucedieron gran cantidad de cosas en aquel viaje que parecen más interesantes, aquel momento fue en verdad el más emocionante». Pues entonces supieron que de veras habían llegado al principio del Fin del Mundo.

Entonces algo pareció volar hacia ellos desde el centro mismo del sol: aunque, desde luego, no se podía mirar fijamente en aquella dirección para asegurarse. Pero al poco, el aire se llenó de voces; voces que hicieron suya la misma canción que la dama y su padre entonaban, pero con cadencias mucho más delirantes y en una lengua que nadie conocía. Y al poco rato se pudo divisar ya a los propietarios de aquellas voces. Eran pájaros, enormes y blancos, que venían a centenares y a miles, y se iban posando sobre todo lo que allí había; en la hierba, en el pavimento, sobre la mesa, sobre los hombros, en las manos, en la cabeza, hasta que pareció como si hubiera caído una fuerte nevada. Pues, igual que la nieve, no sólo lo tornaron todo blanco, sino que desdibujaron y embotaron las formas. Lucy, mirando por entre las alas de las aves que la cubrían, vio que un pájaro volaba hasta el anciano con algo en el pico que parecía un fruto pequeño, a menos que fuera un carbón encendido, lo que podría haber sido, ya que era demasiado brillante para mirarlo. Y el pájaro lo depositó en la boca del anciano.

Entonces, las aves dejaron de cantar y parecieron estar muy ocupadas con los alimentos de la mesa. Cuando volvieron a levantarse de ella, todo lo bebible o comestible que había en la superficie había desaparecido, y las aves se elevaron de su comida a cientos y a miles y se llevaron todas las cosas que no se podían comer ni beber, como huesos, cáscaras y conchas, y volaron de regreso al sol naciente. Pero ahora, debido a que no cantaban, el zumbido de sus alas pareció estremecer el aire. Y allí quedó la mesa limpia y vacía, y con los tres lores de Narnia todavía profundamente dormidos.

En ese momento, el anciano se volvió por fin hacia los viajeros y les dio la bienvenida.

—Señor —dijo Caspian—, ¿nos diréis cómo deshacer el hechizo que mantiene a estos tres lores narnianos dormidos?

—Te lo diré de buen grado, hijo mío —respondió él—. Para romper este hechizo debes navegar al Fin del Mundo, o tan cerca como puedas llegar de él, y debes regresar tras dejar allí al menos a uno de tus acompañantes.

—Y ¿qué le sucederá a esa persona? —preguntó Reepicheep.

—Deberá marchar allí donde finaliza el este y no regresar jamás al mundo.

—Eso es lo que yo más deseo —declaró el ratón.

—Y ¿estamos cerca del Fin del Mundo, señor? —inquirió Caspian—. ¿Sabéis algo de los mares y tierras situados más al este de aquí?

—Los vi hace mucho tiempo —respondió el anciano—, pero fue desde una gran altura. No puedo decirte aquello que los marineros necesitan saber.

—¿Queréis decir que volabais por los aires? —soltó Eustace.

—Me encontraba muy por encima del aire, hijo mío —respondió él—. Soy Ramandu. Pero ya veo que intercambiáis miradas de extrañeza y no habíais oído este nombre. No me sorprende, pues los días en que era una estrella habían cesado mucho antes de que ninguno de vosotros conociera este mundo, y todas las constelaciones han cambiado.

—¡Recórcholis! —musitó Edmund—. Es una estrella «jubilada».

—¿Ya no sois una estrella? —preguntó Lucy.

—Soy una estrella en reposo, hija mía —respondió Ramandu—. Cuando me puse por última vez, decrépito y más viejo de lo que podéis imaginar, se me transportó a esta isla. No soy tan viejo ahora como era entonces, pues cada mañana un pájaro me trae una baya de fuego de los valles del Sol, y cada una de estas bayas elimina un poco de mi edad. Y cuando me haya vuelto tan joven como el niño que nació ayer, ascenderé de nuevo, pues nos encontramos en el borde oriental, y volveré a tomar parte en la gran danza.

—En nuestro mundo —dijo Eustace—, una estrella es una enorme bola de gas llameante.

—Incluso en tu mundo, hijo, no es eso lo que «es» una estrella sino sólo de qué está hecha. Y en este mundo ya habéis conocido a una estrella: pues creo que habéis estado con Coriakin.

—¿También él es una estrella «jubilada»? —quiso saber Lucy.

—Bueno, no es exactamente lo mismo —repuso Ramandu—. No fue para descansar por lo que lo enviaron a gobernar a los Farfallones. Más bien podríais llamarlo un castigo. Podría haber brillado durante miles de años más en el cielo invernal meridional si todo hubiera ido bien.

—¿Qué hizo? —preguntó Caspian.

—Hijo mío, no es asunto tuyo, siendo un Hijo de Adán, conocer qué faltas puede cometer una estrella. Pero vamos, malgastamos el tiempo con esta conversación. ¿Has tomado una decisión? ¿Navegarás más al este y volverás aquí, dejando a uno que no regresará jamás, y romperás de este modo el hechizo? ¿O zarparás hacia el oeste?

—Sin duda, señor —intervino Reepicheep—. No cabe la menor duda al respecto, ¿verdad? Es parte de nuestra misión rescatar a estos tres lores de su hechizo, ¡por supuesto!

—Pienso lo mismo, Reepicheep —replicó Caspian—. E incluso de no ser así, me partiría el corazón no llegar tan cerca del Fin del Mundo como el *Viajero del Alba* pueda llevarnos. Pero pienso en la tripulación. Ellos se alistaron para ir en busca de los siete lores, no para llegar al borde de la Tierra. Si zarpamos al este desde aquí, zarpamos en busca del borde, del este total. Y nadie sabe a qué distancia está. Son gente valerosa, pero veo indicios de que algunos están cansados del viaje y ansían poner proa en dirección a Narnia otra vez. No creo que deba llevarlos más lejos sin su conocimiento y consentimiento. Y luego está el pobre lord Rhoop, que está destrozado.

—Hijo mío —dijo la estrella—, no serviría de nada, incluso aunque lo desearas, navegar hacia el Fin del Mundo con gentes renuentes o engañadas. No es así como se consiguen los grandes desencantamientos. Deben saber adónde van y por qué. Pero ¿quién es este hombre destrozado del que hablas?

Caspian contó a Ramandu la historia de Rhoop.

—Puedo darle lo que más necesita —indicó él—. En esta isla existe sueño sin limitación ni medida, y sueño en el que jamás se oyó la más leve pisada de una pesadilla. Que se siente junto a los otros tres y se sumerja en la inconsciencia hasta vuestro regreso.

—Hagamos eso, Caspian —propuso Lucy—. Estoy segura de que es lo que más le gustaría.

En aquel momento se vieron interrumpidos por el sonido de muchos pies y voces: Drinian y el resto de la tripulación del barco se acercaban. Se pararon en seco, sorprendidos, cuando vieron a Ramandu y a su hija; y entonces, puesto que aquellas personas eran sin duda gente importante, todos los hombres se quitaron el sombrero. Algunos marineros miraron los platos y jarras vacíos de la mesa con pesar.

—Milord —dijo el rey a Drinian—, os ruego que enviéis a dos hombres de regreso al *Viajero del Alba* con un mensaje para lord Rhoop. Decidle que lo que queda de sus antiguos compañeros de navegación está aquí dormido, en un sueño sin pesadillas, y que puede compartirlo si lo desea.

Una vez hecho eso, Caspian indicó al resto que se sentaran y les expuso toda la situación. Al terminar se produjo un largo silencio y algunos cuchicheos hasta que por fin el maestro remero se puso en pie, y dijo:

—Lo que algunos de nosotros hace tiempo deseamos preguntar, Majestad, es cómo vamos a conseguir regresar a casa cuando demos la vuelta, tanto si viramos aquí o en otra parte. Todos los vientos han sido del oeste y del noroeste durante el camino, salvo alguna calma ocasional. Y si eso no cambia, me gustaría saber qué esperanzas tenemos de volver a ver Narnia. No hay muchas probabilidades de que las provisiones duren mientras «remamos» todo ese trecho.

—Eso es palabrería de marineros inexpertos —declaró Drinian—. Siempre existe un viento predominante del oeste en estas aguas durante la última parte del verano, y siempre cambia después del Año Nuevo. Tendremos todo el viento que queramos para navegar al oeste; más del que nos gustaría, según dicen.

—Eso es cierto, patrón —dijo un marinero anciano que era galmiano de nacimiento—. Uno encuentra un tiempo bastante desapacible procedente del este en enero y febrero. Y con vuestro permiso, señor, si yo mandara esta nave, aconsejaría que pasáramos el invierno aquí e iniciáramos el viaje de vuelta a casa en marzo.

—¿Qué comeríais mientras pasáramos el invierno aquí? —preguntó Eustace.

—Esta mesa —dijo Ramandu— se llenará con un festín digno de un rey cada día al ponerse el sol.

—¡Así se habla! —exclamaron varios marineros.

—Majestades, caballeros y damas —dijo Rynelf—, hay únicamente una cosa que deseo decir. No hay nadie aquí que fuera presionado para realizar este viaje. Somos voluntarios. Y hay quienes contemplan con fijeza esa mesa y piensan en festines regios, pero que hablaban con mucho entusiasmo de aventuras el día que zarpamos de Cair Paravel, y juraban que no volverían a casa hasta que hubiéramos encontrado el Fin del Mundo. Y había algunos de pie en el muelle que habrían dado todo lo que poseían por venir con nosotros, pues se consideraba más admirable poseer un camarote de grumete en el *Viajero del Alba* que lucir el cinto de un caballero. No sé si comprendéis lo que digo; pero lo que quiero decir es que creo que unos tipos que partieron como lo hicimos nosotros parecerían tan estúpidos como... como aquellos Farfapodos... si regresaran a casa y dijeran que llegaron hasta el principio del Fin del Mundo y no tuvieron valor para seguir adelante.

Algunos de los marineros aclamaron sus palabras pero otros dijeron que todo aquello era palabrería.

—Esto no va a ser muy divertido —susurró Edmund a Caspian—. ¿Qué haremos si la mitad de ellos se queda atrás?

—Aguarda —respondió Caspian en otro susurro—, todavía tengo un as en la manga.

—¿No vas a decir nada, Reep? —murmuró Lucy.

—No, ¿por qué debería Su Majestad esperar que lo hiciera? —respondió el ratón en un tono de voz que la mayoría oyó—. He hecho mis propios planes. Mientras pueda, navegaré al este en el *Viajero del Alba*. Cuando la nave me falle, remaré al este en mi barquilla. Cuando ésta se hunda, nadaré al este con mis patas; y cuando ya no pueda nadar más, si no he llegado al país de Aslan o he sido arrastrado por encima del borde del mundo por una catarata enorme, me hundiré con el hocico dirigido a la salida del sol y Peepiceek será el jefe de los ratones parlantes de Narnia.

—¡Bravo, bravo! —gritó un marinero—. Yo diría lo mismo, excluyendo la parte de la barquilla, que no soportaría mi peso. —Y añadió en voz más baja—. No pienso permitir que me supere un ratón.

—Amigos —dijo Caspian en aquel punto, poniéndose en pie de un salto—, creo que no habéis comprendido exactamente nuestro propósito. Habláis como si hubiéramos acudido a vosotros sombrero en mano, suplicando tripulación. No es eso en absoluto. Nosotros y nuestros reales hermano y hermana y su pariente, junto con Reepicheep, el buen caballero, y lord Drinian tenemos una misión que realizar en el borde del mundo. Nos complacerá elegir entre aquellos de vosotros que estéis dispuestos a venir, a los que consideremos dignos de tan magnífica empresa. Por ese motivo ordenaremos ahora a lord Drinian y a maese Rhince que consideren con atención qué hombres de entre vosotros son los más resistentes en combate, los marinos más expertos, los más limpios de corazón, los más leales a nuestra persona y los de vida y costumbres más irreprochables. —Se detuvo y luego siguió más rápido—: ¡Por la melena de Aslan! —exclamó—. ¿Creéis que el privilegio de ver lo último que existe se puede comprar con una canción? Cada hombre que venga con nosotros legará el título de «Viajero del Alba» a todos sus descendientes, y cuando desembarquemos en Cair Paravel en el viaje de vuelta recibirá oro o tierras suficientes para hacer de él un hombre rico toda su vida. Ahora, desperdigaos por la isla, todos vosotros. Dentro de media hora recibiré los nombres que me traiga lord Drinian.

Se produjo un silencio más bien tímido y a continuación los hombres hicieron una reverencia y se alejaron, uno en una dirección, otro en otra, pero la mayoría en pequeños grupos, conversando.

—Y ahora ocupémonos de lord Rhoop —anunció Caspian.

Pero al regresar a la cabecera de la mesa comprobó que Rhoop ya se encontraba allí. Había llegado, silencioso y sin que nadie lo advirtiera, mientras tenía lugar la discusión, y estaba sentado junto a lord Argoz. La hija de Ramandu se hallaba a su lado como si acabara de acompañarlo hasta su asiento; el anciano fue a colocarse a su espalda y posó las dos manos sobre la canosa cabeza del noble. Incluso a plena luz del día una tenue luz gris surgió de las manos de la estrella. En el rostro macilento de Rhoop apareció una sonrisa y tendió una de sus manos a Lucy y la otra a Caspian. Por un momento pareció como si fuera a decir algo. Luego su sonrisa se iluminó más, como si experimentase una sensación deliciosa, un largo suspiro de satisfacción brotó de sus labios, su cabeza se inclinó al frente y se durmió.

—Pobre Rhoop —dijo Lucy—. Me alegro. Deben de haberle ocurrido cosas terribles.

—No lo pensemos siquiera —manifestó Eustace.

Entretanto, el discurso de Caspian, con la ayuda tal vez de alguna magia presente en la isla, tenía justo el efecto que deseaba. Una buena cantidad de hombres que habían estado ansiosos por «abandonar» el viaje no estaban tan conformes entonces con la idea de que «los dejaran fuera». Y, desde luego, cada vez que algún marinero anunciaba que había decidido solicitar permiso para navegar con ellos, los que no lo habían dicho advertían que cada vez eran menos y se sentían más incómodos. Así pues, antes de que transcurriera la media hora, varios hombres se dedicaban ya sin tapujos a adular a Drinian y a Rhince (al menos así era como lo llamaban en mi escuela), para conseguir un buen informe. Y pronto sólo quedaron tres que no querían ir, y aquellos tres se esforzaban en persuadir al resto para que se quedase con ellos. Y poco después ya sólo quedaba uno, que, al final, empezó a temer que se quedaría solo y cambió de parecer.

Finalizada la media hora, todos regresaron en tropel a la Mesa de Aslan y se quedaron de pie en un extremo mientras Drinian y Rhince iban a sentarse con Caspian y entregaban su informe; y Caspian aceptó a todos los hombres excepto al que había cambiado de idea en el último momento. Éste, que se llamaba Pittencream, se quedó en la Isla de la Estrella todo el tiempo que sus compañeros estuvieron fuera buscando el Fin del Mundo y acabó deseando fervientemente haber ido con ellos. No era la clase de persona que podía disfrutar conversando con Ramandu y su hija —ni ellos se divertían con él—, además, llovió mucho, y aunque aparecían banquetes fantásticos en la Mesa cada noche, no disfrutó demasiado de su estancia. Dijo que le ponía la carne de gallina estar allí sentado, solo (y probablemente bajo la lluvia) con aquellos cuatro lores dormidos en el otro extremo de la Mesa. Y cuando regresaron los demás se sintió tan fuera de lugar que en el viaje de vuelta desertó al llegar a las Islas Solitarias y se marchó a vivir a Calormen, donde contó historias fantásticas sobre sus aventuras en el Fin del Mundo, hasta que al final llegó a creérselas él mismo. De modo que uno podría decir que vivió feliz desde entonces, aunque jamás pudo soportar a los ratones.

Aquella noche todos comieron y bebieron juntos en la gran Mesa situada entre las columnas donde el festín se renovaba mágicamente; y a la mañana siguiente el *Viajero del Alba* volvió a zarpar justo después de que las enormes aves llegaran y se fueran otra vez.

—Señora —dijo Caspian—, espero poder hablar con vos de nuevo cuando haya roto el hechizo.

Y la hija de Ramandu lo miró y sonrió.

Capítulo quince

Las maravillas del Último Mar

Al poco tiempo de haber abandonado la tierra de Ramandu empezaron a sentir que ya habían navegado hasta el Fin del Mundo. Todo era diferente. En primer lugar descubrieron que necesitaban menos horas de sueño; que no deseaban irse a la cama, ni comer demasiado, ni siquiera hablar si no era en voz baja. En segundo lugar, estaba la luz. Había demasiada. El sol al salir por las mañanas parecía el doble, por no decir el triple de grande. Y cada mañana —lo que producía en Lucy la sensación más extraña de todas—; los enormes pájaros, entonando su canción con voces humanas en una lengua que nadie conocía, pasaban en tropel por encima de sus cabezas y se desvanecían por detrás de la nave con rumbo a su desayuno en la Mesa de Aslan. Al cabo de un rato volvían a pasar volando y se perdían por el este.

—¡Qué transparente es el agua! —se dijo Lucy en voz baja, mientras se inclinaba sobre el lado de babor a primeras horas de la tarde del segundo día.

Y lo era. Lo primero que advirtió fue un pequeño objeto negro, aproximadamente del tamaño de un zapato, que viajaba junto a ellos a la misma velocidad del barco. Por un momento pensó que era algo que flotaba en la superficie. Entonces vio en el agua un pedazo de pan duro que el cocinero acababa de arrojar fuera de la cocina y pareció como si el trozo de pan fuera a chocar con el objeto negro, pero no fue así. Pasó por encima de él, y Lucy se dio cuenta de que la cosa negra no podía estar en la superficie. A continuación el objeto negro se volvió de repente mucho más grande, para recuperar luego su tamaño normal al cabo de un momento.

Lucy sabía que había visto algo igual en otra parte... si al menos pudiera recordar dónde. Se llevó la mano a la cabeza y torció el rostro a la vez que sacaba la lengua en un esfuerzo por recordar. Finalmente lo logró. ¡Claro! Era igual que lo que se veía desde un tren en un día soleado. Primero se veía la sombra del vagón corriendo por los campos a la misma velocidad que el tren. Luego el tren entraba en una zanja; y al momento la misma sombra se acercaba y aumentaba de tamaño, corriendo sobre la hierba del terraplén. Luego, se salía de la zanja y —¡zas!— la sombra negra volvía a tener su tamaño normal y corría por los campos.

—¡Es nuestra sombra! La sombra del *Viajero del Alba* —dijo Lucy—. Nuestra propia sombra deslizándose por el fondo del mar. Cuando se hizo mayor fue porque pasó por encima de una colina. Pero ¡en ese caso el agua debe de ser más transparente de lo que pensaba! ¡Válgame Dios, sin duda veo el fondo del mar; a brazas y brazas por debajo de nosotros!

En cuanto dijo aquello se dio cuenta de que la enorme extensión de color plateado que había estado contemplando —sin darse cuenta— durante un buen rato era en realidad la arena del lecho marino y que todas las clases de manchas más oscuras o brillantes no eran luces y sombras sobre la superficie sino cosas reales situadas en el fondo. En aquellos momentos, por ejemplo, pasaban sobre una masa de un suave verde morado con una amplia y sinuosa franja color gris pálido en el centro. Pero ahora que sabía que estaba en el fondo la veía mucho mejor. Vio que partes de la masa oscura eran mucho más altas que otras y se balanceaban con suavidad.

—Igual que los árboles bajo el viento —dijo Lucy—. Y creo que eso es lo que son. Es un bosque submarino.

Pasaron por encima de aquello y al rato a la franja de color claro se unió otra franja pálida. «Si estuviera ahí abajo —pensó la niña—, esa franja sería igual que una carretera que atraviesa el bosque. Y ese lugar donde se une con la otra sería un cruce de caminos. Ojalá lo fuera. ¡Vaya! El bosque se acaba. ¡Y realmente creo que la franja era una carretera! Todavía la veo recorriendo la arena. Tiene un color distinto. Y está marcada con algo en los bordes... como líneas de puntos. A lo mejor son piedras. Y ahora se está ensanchando.»

Pero no se estaba ensanchando, se estaba acercando. Se dio cuenta por el modo en que la sombra del barco se aproximaba veloz hacia ella. Y la carretera —estaba segura ahora de que era una carretera— empezó a zigzaguear. Era evidente que ascendía por una colina empinada, y cuando la niña ladeó la cabeza y miró atrás, lo que vio se parecía mucho a lo que se ve al contemplar una carretera sinuosa desde lo alto de una colina. Incluso distinguió los haces de luz solar que atravesaban las profundas aguas hasta alcanzar el valle boscoso; y, muy a lo lejos, todo se fundía en un verde nebuloso. Sin embargo, algunos lugares —los soleados, se dijo— eran de un color azul ultramar.

No obstante, no pudo pasar mucho tiempo mirando atrás; lo que empezaba a avistarse ante ella resultaba demasiado emocionante. Al parecer, la carretera había llegado a lo alto de la colina y discurría recta al frente. Unos puntos pequeños se movían de un lado a otro sobre ella. Y entonces algo de lo más maravilloso, por suerte a plena luz del sol —o tan a plena luz como se puede estar cuando ésta atraviesa brazas y brazas de agua— apareció ante sus ojos. Era nudoso y accidentado y de un color nacarado o tal vez de marfil, y la niña se encontraba casi tan encima de ello que al principio apenas consiguió distinguir de qué se trataba. Todo quedó muy claro cuando advirtió la sombra que proyectaba. La luz del sol caía sobre los hombros de Lucy, de modo que la sombra del objeto se alargaba sobre la arena detrás de él. Y mediante su forma vio con claridad que se trataba de la sombra de torres y pináculos, minaretes y cúpulas.

—¡Cielos! Es una ciudad o un castillo enorme —se dijo Lucy—. Pero ¿por qué lo han construido en lo alto de una montaña elevada?

Mucho después, cuando estuvo de vuelta en casa y comentó todas aquellas aventuras con Edmund, se les ocurrió una razón y estoy muy seguro de que es la verdadera. En el mar, cuanto más desciendes, más oscuro y frío se vuelve todo, y es allí abajo, en la oscuridad y el frío, dónde viven las criaturas peligrosas: el calamar, la serpiente marina y los kraken. Los valles son lugares inhóspitos y hostiles. Los habitantes de los mares sienten por sus valles lo mismo que nosotros por nuestras montañas. Es en las alturas, o, como nosotros diríamos, «en las zonas bajas», donde existe el calor y la tranquilidad. Los cazadores imprudentes y los caballeros valientes del mar descienden a las profundidades en misiones o en busca de aventuras, pero regresan a las alturas para encontrar descanso y paz, cortesía y consejo, deportes, bailes y canciones.

Habían dejado atrás la ciudad y el lecho marino seguía alzándose, encontrándose en aquellos momentos a unos pocos cientos de metros por debajo del barco. La calzada había desaparecido. Navegaban sobre un territorio despejado que recordaba un parque natural, salpicado de pequeños bosquecillos de vegetación de brillantes colores. Y entonces... Lucy casi lanzó un gritito de emoción... ¡Acababa de ver gente!

Había entre quince y veinte de personas, y todos montaban en caballitos de mar; no en los diminutos caballitos de mar que puedes haber visto en los museos sino en criaturas bastante mayores que sus jinetes. Lucy pensó que debían de ser gentes nobles y señoriales, pues distinguió el centelleo del oro en algunas frentes, y tiras de un material de color esmeralda o naranja ondulaban desde sus espaldas en la corriente. Entonces:

—¡Malditos peces! —exclamó Lucy, pues todo un banco de pequeños peces gordezuelos, que nadaban bastante cerca de la superficie, se había interpuesto entre ella y el Pueblo del Mar. No obstante, aunque aquello estropeó el panorama también dio pie a algo de lo más interesante. De improviso un pececillo feroz de una clase que la niña no había visto nunca surgió como una exhalación del fondo, lanzó una dentellada, hizo su captura y se hundió rápidamente con uno de los peces gordezuelos en la boca. Y todos los miembros del Pueblo del Mar estaban sentados en sus monturas con los ojos alzados, contemplando lo que había sucedido. Parecían conversar y reír. Y antes de que el pez cazador hubiera regresado junto a ellos con su presa, otro de la misma clase ascendió desde donde estaban aquellos seres. Lucy tuvo casi la certeza de que un hombre del mar, grandullón, que estaba montado en su caballo en el centro del grupo, lo había enviado o soltado; como si lo hubiera estado reteniendo hasta entonces en la mano o sobre la muñeca.

—Vaya por Dios —dijo Lucy—, es una partida de caza. Yo diría que más parecida a una cacería con halcones. Sí, eso es. Cabalgan con esos fieros peces en la muñeca igual que nosotros salíamos con los halcones cuando éramos reyes y reinas de Cair Paravel hace mucho tiempo. Y luego los echan a volar, o supongo que debería decir a nadar, contra los otros. ¿Qué...?

Se interrumpió bruscamente porque la escena cambiaba. El Pueblo del Mar había advertido la presencia del *Viajero del Alba*. El banco de peces se había desperdigado en todas direcciones: los seres acuáticos en persona ascendían para averiguar qué significaba aquella enorme cosa negra que se había interpuesto entre ellos y el sol. Y se encontraban ya tan cerca de la superficie que de haber estado en el aire en lugar de en el agua, la niña podría haber hablado con ellos. Había tanto hombres como mujeres, y todos lucían diademas de alguna clase e innumerables ristras de perlas. No llevaban ninguna otra clase de prenda. Los cuerpos eran del color del marfil viejo, los cabellos de un morado oscuro. El rey, situado en el centro —era imposible confundirlo con una persona que no fuera el rey—, contempló con expresión orgullosa y fiera el rostro de Lucy y agitó una lanza que empuñaba. Sus caballeros hicieron lo mismo. Los rostros de las damas aparecían atónitos. Lucy estuvo segura de que no habían visto jamás ni un barco ni un humano..., y ¿cómo iban a hacerlo, si habitaban mares situados más allá del Fin del Mundo a los que no llegaban jamás las naves?

—¿Qué contemplas con tanta atención, Lu? —dijo una voz muy cerca de ella.

La niña había estado tan absorta en lo que veía que se sobresaltó al oír aquello, y cuando se dio la vuelta descubrió que tenía el brazo dormido por haber estado tanto tiempo apoyada en la barandilla en una misma posición. Drinian y Edmund estaban junto a ella.

—¡Mirad! —respondió.

Ambos lo hicieron, pero casi al instante Drinian dijo en voz baja:

—Daos la vuelta de inmediato, Majestades; eso es, con la espalda al mar. Y no pongáis cara de estar hablando de nada importante.

—¿Por qué, qué sucede? —inquirió Lucy mientras obedecía.

—No conviene que los marineros vean todo eso —respondió el capitán—. Los hombres se enamorarían de una sirena, o del mundo submarino mismo, y saltarían por la borda. He oído que cosas así han sucedido en mares desconocidos. Siempre trae mala suerte ver a «esos» seres.

—Pero nosotros los conocíamos —replicó Lucy—, en los viejos tiempos en Cair Paravel cuando mi hermano Peter era Sumo Monarca. Todos salieron a la superficie y cantaron durante nuestra coronación.

—Creo que ésos debían de ser de una clase distinta, Lu —indicó Edmund—. Podían vivir en el aire tanto como bajo el agua. Yo diría que éstos no pueden. Por su aspecto habrían salido a la superficie y nos habrían atacado hace rato, de haber podido. Parecen muy feroces.

—En cualquier caso... —dijo Drinian, pero en aquel momento se oyeron dos sonidos.

Uno fue un chapoteo. El otro una voz desde la cofa militar que gritaba:

—¡Hombre al agua!

A continuación todos estuvieron muy ocupados. Algunos marineros treparon corriendo por la arboladura para plegar la vela; otros corrieron abajo para sacar los remos; y Rhince, que se encontraba de guardia en la popa, empezó a hacer girar el timón con energía para dar la vuelta y regresar junto al hombre que había caído por la borda. Para entonces, sin embargo, todo el mundo sabía que no era exactamente un hombre. Era Reepicheep.

—¡Maldito sea ese ratón! —masculló Drinian—. Da más problemas él que todo el resto de la tripulación junta. ¡Si existe un lío en el que meterse, en él se mete! Tendríamos que encadenarlo... pasarlo por la quilla... abandonarlo en una isla desierta... cortarle los bigotes. ¿Alguien puede ver a ese pequeño sinvergüenza?

Todo aquello no significaba que a Drinian le desagradara Reepicheep. Muy al contrario, le caía muy bien y por lo tanto sentía muchísimo miedo por él, y al estar asustado se ponía de malhumor; igual que una madre se enfada mucho más con uno si lo ve cruzar la calle delante de un coche de lo que se enfadaría un extraño. Nadie, desde luego, temía que el ratón se ahogara, pues era un nadador excelente; pero los tres que sabían qué sucedía bajo la superficie sentían miedo de aquellas largas y afiladas lanzas que empuñaban las criaturas marinas.

En unos pocos minutos el *Viajero del Alba* había dado la vuelta y todos pudieron ver en el agua la mancha oscura que era el ratón. Éste parloteaba con enorme excitación pero puesto que la boca no dejaba de llenársele de agua nadie conseguía comprender lo que decía.

—Va a desvelarlo todo si no lo hacemos callar —exclamó Drinian.

Para impedirlo se abalanzó hacia el costado y bajó una cuerda él mismo, mientras ordenaba a los marineros:

—Muy bien, muy bien. Todos de vuelta a vuestros puestos. Espero poder ser capaz de izar a un ratón sin ayuda.

Y mientras Reepicheep empezaba a trepar por la cuerda —sin demasiada agilidad debido a que su pelaje mojado pesaba en exceso—, Drinian se inclinó hacia él y le susurró:

—No hables. No digas una palabra.

Pero cuando el chorreante ratón alcanzó la cubierta resultó no estar en absoluto interesado en el Pueblo del Mar.

—¡Dulce! —chirrió—. ¡Dulce, dulce!

—¿De qué estás hablando? —inquirió Drinian, malhumorado—. Y no es necesario que te sacudas el agua encima de mí.

—Os digo que el agua es dulce —declaró el ratón—. Dulce, potable. No es salada.

Por un momento nadie comprendió la importancia de aquello; pero entonces Reepicheep volvió a repetir la antigua profecía:

> *Donde las olas dulces se vuelven,*
> *Reepicheep, si algo buscas no lo dudes,*
> *la respuesta hallarás en el este.*

Entonces, finalmente, todos comprendieron.

—Dame un cubo, Rynelf —dijo Drinian.

En cuanto se lo entregaron, lo bajó hasta el agua y lo volvió a subir. El líquido de su interior relucía como el cristal.

—¿Tal vez Su Majestad quiera probarla primero? —ofreció el capitán a Caspian.

El rey tomó el cubo con ambas manos, se lo llevó a los labios, sorbió un poco, luego tomó un buen trago y alzó el rostro. La expresión de su cara había cambiado; no sólo los ojos sino también todo en él parecía más luminoso.

—Sí —declaró—, es dulce. Es agua auténtica. No estoy muy seguro de que no vaya a matarme; pero es la muerte que habría elegido... si hubiera conocido su existencia antes de ahora.

—¿Qué quieres decir? —preguntó Edmund.

—Es, es más parecida a luz que a otra cosa —respondió él.

—Eso es lo que es —asintió Reepicheep—. Luz que se puede beber. Sin duda estamos ya muy cerca del Fin del Mundo.

Hubo un momento de silencio y entonces Lucy se arrodilló en la cubierta y bebió del cubo.

—Es la cosa más deliciosa que he probado nunca —declaró con un dejo de asombro. Además... es revigorizante. Ya no necesitaremos comer nada.

Y uno a uno, todo el mundo a bordo bebió. Y durante un buen rato todos permanecieron en silencio, pues se sentían casi demasiado bien y demasiado fuertes para soportarlo; y al cabo de un rato empezaron a observar otro efecto. Como ya mencioné antes, había un exceso de luz desde que abandonaron la isla de Ramandu; el sol era demasiado grande —aunque no demasiado ardiente—, el mar demasiado brillante, el aire demasiado reluciente. La luz no disminuyó entonces —más bien, aumentó— pero podían soportarla y mirar directamente al sol sin pestañear. Eran capaces de ver más luz de la que habían visto antes. Y la cubierta, la vela y sus propios cuerpos se tornaron cada vez más brillantes e incluso todas y cada una de las cuerdas relucían. A la mañana siguiente, cuando salió el sol, ahora cinco o seis veces mayor que su antiguo tamaño, lo miraron con fijeza y distinguieron incluso las plumas de los pájaros que salían volando de él.

Casi nadie habló a bordo aquel día, hasta que llegó la hora de la cena —nadie quería cenar, el agua era suficiente para ellos—, cuando Drinian dijo:

—No lo comprendo. No hay ni un soplo de aire. La vela cuelga sin vida. El mar está plano como un estanque. Y sin embargo seguimos adelante a la misma velocidad que si soplara un vendaval a nuestra espalda.

—Yo también lo pensaba —manifestó Caspian—. Sin duda estamos atrapados en una corriente muy fuerte.

—Vaya —intervino Edmund—. Eso no resulta tan agradable si es que el mundo tiene realmente un borde y nos estamos acercando a él.

—Quieres decir —dijo Caspian—, ¿qué podríamos... como si dijéramos, caer por él?

—Sí, sí —exclamó Reepicheep, dando palmadas con las patas—. Así es como lo he imaginado siempre: el mundo como una gran mesa redonda y con las aguas de todos los océanos derramándose perpetuamente por el borde. El barco se alzará, se elevará sobre la proa, por un momento podremos ver por encima del borde... y luego, caeremos y caeremos, como un torrente, a toda velocidad...

—Y ¿qué crees que nos estará aguardando en el fondo? —inquirió Drinian.

—El país de Aslan tal vez —declaró el ratón con ojos brillantes—. O a lo mejor no hay fondo. Quizá se desciende eternamente. Pero sea lo que sea, ¿no valdrá la pena haber podido echar una ojeada por un momento al borde del mundo?

—Escuchad —intervino Eustace—, todo eso son sandeces. El mundo es redondo; quiero decir, redondo como una pelota, no como una mesa.

—Nuestro mundo lo es —dijo Edmund—. Pero ¿lo es éste?

—¿Me estáis diciendo —interrumpió Caspian— que vosotros tres venís de un mundo redondo, como una pelota, y nunca me lo habéis contado? Eso es una lástima. Porque nosotros tenemos cuentos de hadas en los que hay mundos redondos y siempre me han gustado muchísimo, aunque jamás creí que existieran de verdad. Sin embargo, siempre he deseado que existieran y ansiado poder vivir en uno. Vaya, daría cualquier cosa... ¿cómo es posible que vosotros podáis entrar en nuestro mundo y nosotros no podamos entrar jamás en el vuestro? ¡Si tuviera esa posibilidad! Debe de resultar emocionante vivir en una cosa que es como una pelota. ¿Habéis estado alguna vez en los lugares en los que la gente vive del revés?

—No se parece en nada a eso —declaró Edmund, negando con la cabeza, y luego añadió—: No hay nada especialmente emocionante en un mundo redondo cuando uno está allí.

CAPÍTULO DIECISÉIS

EL AUTÉNTICO FIN DEL MUNDO

Reepicheep era el único a bordo, además de Drinian y los hermanos Pevensie, que había advertido la presencia del Pueblo del Mar. Se había zambullido al instante al ver que el Rey del Mar agitaba la lanza, pues lo consideró una especie de amenaza o desafío y quiso solventar el asunto allí mismo. La excitación que le produjo descubrir que el agua era potable había distraído su atención, y antes de que recordara otra vez a los seres marinos, Lucy y Drinian se lo habían llevado aparte y advertido que no mencionara lo que había visto.

En realidad no tendrían que haberse tomado tantas molestias, pues para entonces el *Viajero del Alba* se deslizaba por una parte del mar que parecía deshabitada. Nadie excepto Lucy volvió a ver a las criaturas, e incluso ella las vislumbró sólo por un breve instante. Toda la mañana del día siguiente navegaron por aguas poco profundas y el fondo estaba cubierto de maleza. Justo antes del mediodía Lucy vio un gran banco de peces que pastaban en las hierbas. Comían sin parar y se movían todos en la misma dirección. «Igual que ovejas», pensó, y de repente vio a una menuda niña marina, más o menos de su misma edad, en medio de todos ellos; una niña de aspecto tranquilo y retraído con una especie de cayado en la mano. Lucy tuvo la seguridad de que aquella niña debía de ser una pastora —una pastora marina, claro— y que el banco de peces era en realidad un rebaño que pastaba. Tanto los peces como la niña estaban bastante cerca de la superficie, y justo cuando la niña, deslizándose en las someras aguas, y Lucy, inclinada sobre la borda, quedaron la una frente a la otra, la niña alzó los ojos y miró a Lucy directamente a la cara. Ninguna podía hablar a la otra y en un instante la niña marina quedó a popa; pero Lucy jamás olvidaría su rostro. No parecía asustada ni enojada como los otros miembros del Pueblo del Mar. A Lucy le había caído bien aquella pequeña y estaba segura de que a la niña también le había caído simpática ella y en aquel momento se habían convertido en amigas en cierto modo. No creo que existan demasiadas posibilidades de que vuelvan a encontrarse en ese mundo o en ningún otro; pero si alguna vez lo hacen correrán la una al encuentro de la otra con los brazos extendidos.

Después de aquello, durante muchos días, el *Viajero del Alba* se deslizó suavemente hacia el este, sin viento en los obenques ni espuma en la proa, a través de un mar sin olas. De día en día y de hora en hora la luz se tornaba más brillante y ellos seguían soportándola sin problemas. Nadie comía ni dormía ni tampoco deseaba hacerlo, pero sacaban cubos de deslumbrante agua del mar, más fuerte que el vino y en cierto modo más mojada, más líquida, que el agua corriente, y brindaban unos a la salud de los otros en silencio tomando grandes tragos. Y uno o dos de los marineros de más edad al inicio del viaje empezaron a rejuvenecer día tras día. Todo el mundo a bordo se sentía lleno de alegría y emoción, pero no era la clase de emoción que nos obliga a hablar. Cuanto más lejos navegaban menos hablaban, y cuando lo hacían era casi en susurros. La quietud de aquel último mar los dominaba.

—Milord —dijo Caspian a Drinian un día—, ¿qué se ve al frente?

—Señor —respondió él—, veo blancura. A lo largo de toda la línea del horizonte de norte a sur, hasta donde alcanzan mis ojos.

—Eso es lo que veo yo también, y no imagino qué puede ser.

—Si nos halláramos en latitudes más elevadas, Majestad —indicó Drinian—, diría que se trata de hielo. Pero no puede ser eso; no aquí. De todos modos, lo mejor será que pongamos hombres a remar e impidamos que la corriente nos arrastre. ¡Sea lo que sea aquella cosa, es mejor que no nos estrellemos contra ella a esta velocidad!

Hicieron lo que Drinian decía, y siguieron adelante cada vez más despacio. La blancura no perdió ni un ápice de su aire misterioso a medida que se acercaban. Si se trataba de tierra debía de ser una tierra muy extraña, pues parecía tan lisa como el agua y a su mismo nivel. Cuando estuvieron muy cerca, Drinian hizo girar con fuerza el timón para colocar el *Viajero del Alba* de cara al sur, de modo que quedara de costado a la corriente, y remaron un poco en esa dirección a lo largo del borde de aquella superficie blanca. Al hacerlo, realizaron accidentalmente el importante descubrimiento de que la corriente tenía poco más de doce metros de anchura y de que el resto del mar estaba tan quieto como un estanque. Aquello fue una buena noticia para la tripulación, que ya había empezado a pensar que el viaje de regreso a la isla de Ramandu, remando sin cesar contra corriente, no sería nada divertido. (Aquello explicaba también por qué la pastora había quedado tan rápidamente a popa. La niña no se encontraba en la corriente, pues de haberlo estado se habría movido hacia el este a la misma velocidad que la nave.)

Y puesto que seguían siendo incapaces de descifrar qué era aquella cosa blanca, arriaron el bote y éste partió a investigar. Los que quedaron a bordo del

Viajero del Alba vieron cómo la embarcación se abría paso por entre la blancura, y en seguida oyeron las voces del grupo del bote —con suma claridad a través de las quietas aguas— conversando en tonos agudos y sorprendidos. Luego hubo una pausa mientras Rynelf sondeaba la profundidad desde la proa de la barca; y cuando, después de eso, la embarcación remó de vuelta a la nave parecía haber gran cantidad de aquella cosa blanca en su interior. Todos se amontonaron en el costado del barco para escuchar lo que tenían que decir.

—¡Lirios, Majestad! —gritó Rynelf, poniéndose en pie en la proa.

—¿Qué habéis dicho?

—Lirios en flor, Majestad —dijo Rynelf—. Igual que en un estanque o en un jardín de nuestro país.

—¡Mira! —dijo Lucy, que estaba en la popa del bote, alzando los húmedos brazos llenos de pétalos blancos y hojas amplias y planas.

—¿Qué profundidad hay, Rynelf? —preguntó Caspian.

—Eso es lo más curioso, Majestad —respondió éste—. Sigue siendo profundo. Un mínimo de tres brazas y media.

—No pueden ser lirios; no lo que nosotros llamamos «lirios» —dijo Eustace.

Probablemente no lo eran, pero se parecían mucho a ellos. Y cuando, tras charlar unos minutos, el *Viajero del Alba* regresó a la corriente y empezó a deslizarse a través del Lago de los Lirios o Mar de Plata —probaron ambos nombres pero fue el de Mar de Plata el que permaneció y el que aparece en el mapa de Caspian— se inició la parte más peculiar del viaje. Muy pronto el mar abierto que abandonaban quedó reducido a un fino reborde azul en el horizonte occidental y la blancura, veteada del más tenue de los dorados, se extendió a su alrededor por todas partes, excepto justo en la popa, donde su paso había apartado los lirios y dejado una senda despejada de agua que brillaba como un espejo de color verde oscuro. En aspecto, aquel último mar se parecía mucho al mar Ártico; y de no ser porque sus ojos se habían vuelto tan resistentes como los de un águila, el sol sobre toda aquella blancura —especialmente a primera hora de la mañana cuando el sol era mayor— habría resultado insoportable. Y cada tarde la blancura provocaba que la luz diurna durara más. Los lirios no parecían tener fin. Día tras día, de todos aquellos kilómetros y leguas de lirios se alzaba un perfume que a Lucy le costaba mucho describir: dulce... sí, pero en absoluto letárgico y abrumador, sino un aroma fresco, silvestre y solitario que parecía penetrar en el cerebro y provocar que uno sintiera deseos de subir montañas corriendo o de pelear con un elefante. Tanto la niña como Caspian se decían mutuamente:

—Siento que no voy a poder soportarlo durante más tiempo, y sin embargo, no deseo que cese.

Echaban la sonda muy a menudo pero hasta varios días más tarde el agua no empezó a resultar menos profunda. Después de aquello siguió perdiendo profundidad de un modo constante, y llegó un momento en que tuvieron que remar fuera de la corriente y avanzar a paso de tortuga, remando. Y no tardó en quedar claro que el *Viajero del Alba* ya no podía seguir navegando hacia el este. En realidad se salvó de encallar gracias a un manejo muy hábil.

—Arriad el bote —ordenó Caspian—, y luego llamad a los hombres a popa. Debo hablar con ellos.

—¿Qué va a hacer? —musitó Eustace a Edmund—. Tiene una mirada extraña en los ojos.

—Creo que la tenemos todos —respondió éste.

Se reunieron con Caspian en la toldilla y muy pronto toda la tripulación estaba agrupada al pie de la escalera para oír lo que tenía que decir el monarca.

—Amigos —dijo Caspian—, hemos cumplido ya la misión en la que nos embarcamos. Hemos averiguado lo que les sucedió a los siete lores, y puesto que sir Reepicheep ha jurado no regresar jamás, cuando lleguéis al País de Ramandu sin duda encontraréis que los lores Revilian, Argoz y Mavramorn se han despertado. A vos, milord Drinian, os confío la nave, y os ordeno que naveguéis en dirección a Narnia a toda la velocidad que os sea posible, y sobre todo que no desembarquéis en la Isla del Agua Letal. Y dad instrucciones a mi regente, el enano Trumpkin, para que entregue a todos estos camaradas de la tripulación las recompensas que prometí. Se las han ganado con creces. Y, si no regreso, es mi voluntad que el regente, maese Cornelius, el tejón, Buscatrufas y lord Drinian elijan un rey de Narnia con el consentimiento...

—Pero señor —interrumpió Drinian—, ¿estáis abdicando?

—Me marcho con Reepicheep a ver el Fin del Mundo —anunció Caspian.

Un sordo murmullo de consternación recorrió la tripulación.

—Nos llevaremos el bote —siguió Caspian—. No lo necesitaréis en estas aguas mansas y ya construiréis otro en la Isla de Ramandu. Y ahora...

—Caspian —dijo Edmund de improviso y con severidad—, no puedes hacerlo.

—Ciertamente —intervino Reepicheep—, Su Majestad no puede hacerlo.

—Desde luego que no —corroboró Drinian.

—¿No puedo? —replicó Caspian con brusquedad, recordando por un momento a su tío Miraz.

—Si me disculpa, Su Majestad —intervino Rynelf desde la cubierta inferior—, si uno de nosotros hiciera lo mismo se le llamaría desertar.

—Os tomáis demasiadas libertades a cuenta de vuestros muchos años de servicio, Rynelf —replicó Caspian.

—¡No, señor! Tiene toda la razón —dijo Drinian.

—¡Por la Melena de Aslan! —exclamó Caspian—. Pensaba que erais mis súbditos, no mis maestros.

—Yo no lo soy —dijo Edmund—, y te digo que no puedes hacer eso.

—¡Y dale con que no puedo! —replicó él—. ¿Qué quieres decir?

—Con el permiso de Su Majestad, queremos decir que «no debéis» —indicó

Reepicheep con una profunda reverencia—. Sois el rey de Narnia. Faltáis a la palabra dada a todos vuestros súbditos, y en especial a Trumpkin, si no regresáis. No podéis correr las aventuras que os vengan en gana como si fuerais una persona corriente. Y si Su Majestad no quiere atender a razones será una demostración de auténtica lealtad por parte de cada hombre de a bordo ayudarme a desarmaros y ataros hasta que hayáis recobrado el juicio.

—Exacto —dijo Edmund—. Igual que hicieron con Ulises cuando quiso acercarse a las sirenas.

La mano de Caspian había ido hacia la empuñadura de su espada, cuando Lucy dijo:

—Y casi prometiste a la hija de Ramandu que regresarías.

—Muy bien, sea como queréis. La misión ha finalizado. Regresamos todos. Volved a subir el bote.

—Señor —dijo Reepicheep—, no regresamos todos. Yo, tal como dije antes...

—¡Silencio! —vociferó Caspian—. Me habéis amonestado pero no permitiré que se me acose. ¿Es que nadie hará callar a ese ratón?

—Su Majestad prometió —protestó Reepicheep— ser un buen señor para las Bestias Parlantes de Narnia.

—Bestias Parlantes, sí —replicó Caspian—. No dije nada respecto a bestias que no se callan jamás. —Se lanzó escaleras abajo hecho una furia y entró en el camarote, dando un portazo.

Cuando los demás volvieron a reunirse con él algo más tarde lo encontraron cambiado; tenía el rostro pálido y había lágrimas en sus ojos.

—Es inútil —anunció—. Habría sido mejor que me comportara de un modo decente, para lo que ha servido mi malhumor y mis fanfarronadas. Aslan me ha hablado. No; no quiero decir que haya estado aquí de verdad. Para empezar, no cabría en el camarote. Pero esa cabeza de león de oro de la pared cobró vida y me habló. Fue terrible... la expresión de sus ojos. No es que se mostrara grosero conmigo; sólo un poco severo al principio. Y dijo... dijo..., no puedo soportarlo. Lo peor que podría haber dicho. Vosotros debéis seguir adelante... Reep, Edmund, Lucy y Eustace; y yo debo regresar. Solo. Y de inmediato. Y ¿de qué sirve todo lo que hemos hecho?

—Querido Caspian —dijo Lucy—. Sabías que tendríamos que regresar a nuestro mundo tarde o temprano.

—Sí —respondió él con un sollozo—, pero es demasiado pronto.

—Te sentirás mejor cuando regreses a la Isla de Ramandu —declaró la niña.

El joven rey se animó al cabo de un rato, pero fue una despedida dolorosa por ambas partes y no me extenderé en ella. Sobre las dos de la tarde, bien aprovisionados y con suficiente agua —aunque pensaban que no tendrían necesidad de comida ni agua— y con la barquilla de Reepicheep a bordo, el bote se apartó del *Viajero del Alba* para alejarse remando a través de la interminable alfombra de lirios. La nave hizo ondear todos sus estandartes y colgó todos sus escudos en honor de su marcha, apareciendo enorme y hogareña desde donde ellos se encontraban allí abajo, rodeados de lirios. Y antes de que se perdiera de vista vieron cómo viraba y empezaba a remar despacio hacia el oeste. Sin embargo, a pesar de que derramaron algunas lágrimas, Lucy no lo sintió tanto como podría haberse esperado. La luz, el silencio, el estimulante olor del Mar de Plata, incluso (de un modo curioso) la soledad misma, resultaban demasiado emocionantes.

No había necesidad de remar, pues la corriente los empujaba sin pausa hacia el este. Ninguno durmió ni comió. Toda aquella noche y todo el día siguiente se deslizaron hacia el este, y cuando amaneció el tercer día —con una luminosidad que ni tú ni yo podríamos soportar ni siquiera con gafas de sol— contemplaron un prodigio al frente. Era como si se alzara un muro entre ellos y el cielo, una pared temblorosa y reluciente de un color gris verdoso. Luego el sol se alzó, y mientras se elevaba pudieron contemplarlo a través de la pared, que se convirtió en un maravilloso arco iris de colores. Comprendieron que el muro era en realidad una ola larga y alta; una ola eternamente fija en un lugar como se ve a menudo en el borde de una cascada. Parecía medir unos nueve metros de altura, y la corriente los empujaba veloz hacia ella. Podría suponerse que habrían pensado en el peligro que podían correr en aquellos momentos, pero no lo hicieron. No creo que nadie lo hubiera hecho en su lugar; pues, justo entonces, vieron algo no ya detrás de la ola, sino detrás del sol. Aunque no habrían podido ver ni siquiera el sol si el agua del Último Mar no hubiera reforzado sus ojos. Sin embargo, ahora podían contemplar el sol naciente con claridad y distinguir cosas situadas más allá. Lo que vieron —al este, detrás del sol— fue una cordillera montañosa. Era tan alta que o bien jamás vieron su parte superior, o bien olvidaron haberla visto, pues ninguno recordó haber visto el cielo en aquella dirección. Y las montañas realmente debían de hallarse fuera del mundo, pues cualquier montaña que tuviera siquiera una vigésima parte de aquella altura tendría que haber estado cubierta de hielo y nieve. Pero aquellas aparecían cálidas y verdes, y llenas de bosques y cascadas por muy alto que uno mirara. Y de repente empezó a soplar una brisa del este, dando a la parte superior de la ola formas cubiertas de espuma a la vez que agitaba las tranquilas aguas que rodeaban el bote. Duró sólo un segundo aproximadamente pero lo que aquel segundo les proporcionó ninguno de los tres niños lo olvidará jamás. Ofreció a la vez un aroma y un sonido, un sonido musical. Edmund y Eustace jamás quisieron hablar de ello después. Lucy sólo pudo decir:

—Nos partió el corazón.

—¿Por qué? —pregunté yo—. ¿Tan triste era?

—¡¡Triste!! No —respondió Lucy.

Nadie en aquel bote tuvo la menor duda de que veían más allá del Fin del Mundo y contemplaban el país de Aslan.

En aquel momento, con un crujido, el bote encalló. El agua tenía muy poca profundidad para él.

—Aquí —anunció Reepicheep— es donde yo sigo solo.

Ni siquiera trataron de detenerlo, pues todo parecía entonces como si estuviera predestinado o hubiera sucedido antes, limitándose a ayudar a su amigo a bajar la barca al agua. A continuación el ratón se quitó la espada («ya no la necesitaré más», declaró) y la arrojó muy lejos, al mar de lirios. El arma quedó en posición vertical, allí donde cayó, con la empuñadura sobresaliendo por encima de la superficie. Luego se despidió de ellos, intentando mostrarse triste para no ofenderlos, aunque en realidad temblaba de felicidad. Lucy hizo entonces, por primera y última vez, lo que siempre había deseado hacer, tomarlo en sus brazos y acariciarlo. Acto seguido, el ratón subió apresuradamente a su embarcación y tomó el remo, y la corriente lo atrapó y lo arrastró con ella, una figura muy oscura recortándose contra los lirios. Pero no crecían lirios en la ola, que era una ladera verde y lisa. La pequeña barca avanzó cada vez más de prisa, y con toda elegancia ascendió por la pared de la ola. Durante una fracción de segundo vieron su silueta y la de Reepicheep en la cima misma. Luego se desvaneció, y desde aquel momento nadie puede afirmar realmente haber visto al ratón Reepicheep. Sin embargo, lo que yo creo es que llegó sano y salvo al país de Aslan y sigue viviendo allí hoy día.

A medida que el sol se alzaba, la imagen de aquellas montañas situadas fuera del mundo se fue desvaneciendo. La ola permaneció allí pero no había más que cielo azul detrás de ella.

Los niños saltaron de la embarcación y vadearon, pero no en dirección a la ola sino hacia el sur, con la pared de agua a su izquierda. No podrían haber explicado por qué lo hacían; era su destino. Y aunque se habían sentido —y habían actuado— como adultos a bordo del *Viajero del Alba*, ahora experimentaban todo lo contrario y se tomaron de las manos mientras vadeaban por entre los lirios. No notaron cansancio. El agua estaba caliente y cada vez era menos profunda. Por fin llegaron a un lugar donde había arena seca, y de allí pasaron a una superficie con hierba; una enorme extensión de hierba muy corta, casi al mismo nivel que el Mar de Plata y extendiéndose en todas direcciones sin una topera siquiera.

Y desde luego, como sucede siempre en un lugar totalmente llano y sin árboles, parecía como si el cielo descendiera al encuentro de la hierba frente a ellos. De todos modos, a medida que seguían adelante tuvieron la extrañísima impresión de que allí sí que el cielo descendía realmente para unirse a la tierra, en forma de pared azul, muy brillante, pero real y sólida: más parecida a cristal que a cualquier otra cosa. Y no tardaron en estar muy seguros de que así era. Se encontraba muy cerca ya.

No obstante, entre ellos y la parte inferior del cielo había algo tan blanco sobre la hierba verde que ni siquiera sus ojos de águila podían contemplarlo. Se acercaron y descubrieron que se trataba de una oveja.

—Venid a desayunar —dijo la oveja con su voz dulce y tierna.

En ese momento advirtieron por vez primera que había un fuego encendido en la hierba y pescado asándose en él. Se sentaron y devoraron el pescado, hambrientos por vez primera desde hacía muchos días. Y fue la comida más deliciosa que habían probado jamás.

—Por favor, oveja —dijo Lucy—, ¿es éste el camino al país de Aslan?

—No para vosotros —respondió ella—. Para vosotros la puerta al país de Aslan se encuentra en vuestro propio mundo.

—¿Qué? —exclamó Edmund—. ¿También hay un modo de llegar al país de Aslan desde nuestro mundo?

—Existe un camino hasta mi país desde todos los mundos —dijo la oveja, pero mientras hablaba, su manto níveo se transformó en rojo dorado y su tamaño cambió y se convirtió en el mismísimo Aslan, elevándose por encima de ellos a la vez que proyectaba haces de luz desde su melena.

—Aslan —dijo Lucy—, ¿nos dirás cómo entrar en tu país desde nuestro mundo?

—Os lo diré tantas veces como haga falta —respondió él—. Pero no os diré lo largo o corto que será; únicamente que se encuentra al otro lado de un río. Pero no temáis, porque yo soy el gran Constructor de Puentes. Y ahora venid; abriré una puerta en el cielo y os enviaré de vuelta a vuestro país.

—Por favor, Aslan —dijo Lucy—. Antes de que nos vayamos, ¿nos dirás cuándo podremos regresar a Narnia otra vez? Por favor. Y por favor, por favor, haz que sea pronto.

—Querida mía —respondió Aslan con dulzura—, ni tú ni tu hermano regresaréis jamás a Narnia.

—¡Aslan! —exclamaron Edmund y Lucy a la vez, con un tono de desesperación en sus voces.

—Sois demasiado mayores, chicos —dijo él—, y ahora debéis empezar a acercaros más a vuestro propio mundo.

—No se trata de Narnia, ¿sabes? —sollozó Lucy—. Se trata de ti. No te veremos allí. Y ¿cómo podremos vivir sin volver a verte?

—Pero me veréis, querida mía —respondió Aslan.

—¿Estás... estás también allí, señor? —preguntó Edmund.

—Lo estoy —respondió el león—, pero allí tengo otro nombre. Tenéis que aprender a conocerme por ese nombre. Éste fue el motivo por el que se os trajo a Narnia, para que al conocerme aquí durante un tiempo, me pudierais reconocer mejor allí.

—¿Y tampoco volverá nunca Eustace? —quiso saber Lucy.

—Pequeña —dijo Aslan—, ¿realmente necesitas saber eso? Vamos, estoy abriendo la puerta en el cielo.

Entonces, de repente, se produjo un desgarrón en la pared azul —como si se rasgara una cortina—, surgió una terrible luz blanca de más allá del cielo, percibieron el contacto de la melena de Aslan y un beso de león en la frente y a continuación... se encontraron de vuelta en el dormitorio de la parte de atrás de la casa de la tía Alberta, en Cambridge.

Sólo hay dos cosas más que es necesario contar. Una es que Caspian y sus hombres regresaron sanos y salvos a la Isla de Ramandu, los tres lores despertaron de su sueño, Caspian se casó con la hija de Ramandu y todos llegaron finalmente a Narnia, donde la joven se convirtió en una gran reina y en madre y abuela de grandes reyes. La otra es que, una vez de vuelta en nuestro propio mundo, la gente no tardó en comentar lo mucho que había mejorado Eustace, y cómo «Es increíble que se trate del mismo muchacho»; todos lo decían excepto la tía Alberta, que declaró que se había vuelto muy vulgar y pesado, y que sin duda se debía a la influencia de aquellos niños Pevensie.

La Silla de Plata

A MAP OF THE
WILD LANDS
OF THE NORTH

LANTERN
WASTE

GREAT RIVER

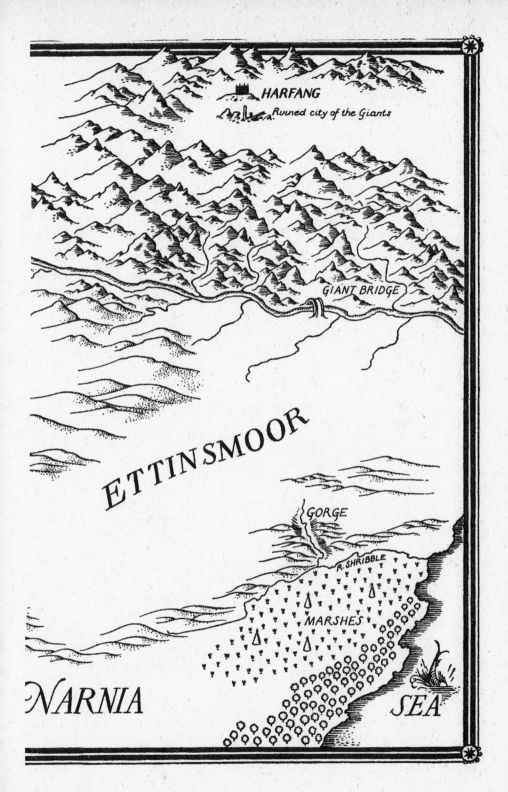

La Silla de Plata

Indice

PARA NICHOLAS HARDIE

Capítulo uno

Detrás del gimnasio

Era un día desapacible de otoño y Jill Pole lloraba detrás del gimnasio.

Lloraba porque se habían reído de ella. Éste no va a ser un relato escolar, de modo que contaré lo menos posible sobre el colegio de Jill, pues no es un tema agradable. Era un centro coeducacional, una escuela tanto para chicos como para chicas, lo que se daba en llamar una escuela «mixta»; había quien decía que el problema no era la mezcla de alumnos sino la confusión mental de los que la dirigían. Eran personas que pensaban que había que permitir a los alumnos hacer lo que quisieran; y, por desgracia, lo que más gustaba a diez o quince de los chicos y chicas mayores era intimidar a los demás. Ocurrían toda clase de cosas, cosas horrendas, que en una escuela corriente habrían salido a la luz y se habrían zanjado al cabo de medio trimestre; pero no sucedía así en aquélla. O incluso aunque sí se desvelaran, a los alumnos que las hacían no se les expulsaba ni castigaba. El director decía que eran casos psicológicos muy interesantes y los hacía llamar a su despacho y conversaba con ellos durante horas. Y si uno sabía qué decirle, acababa convirtiéndose en un alumno favorito en lugar de todo lo contrario.

Por ese motivo lloraba Jill aquella desapacible tarde de otoño en el sendero húmedo que discurría entre la parte trasera del gimnasio y la zona de arbustos. Y seguía llorando aún cuando un niño dobló la esquina del gimnasio silbando, con las manos en los bolsillos, y casi se dio de bruces con ella.

—¿Por qué no miras por dónde vas? —lo increpó Jill Pole.

—Vale, vale —respondió él—, no es necesario que armes ... —Y entonces le vio el rostro—. Oye, Pole, ¿qué sucede?

La niña se limitó a hacer muecas, de esas que uno hace cuando intenta decir algo pero descubre que si habla empezará a llorar otra vez.

—Es por «ellos», supongo... como de costumbre —dijo el muchacho en tono sombrío, hundiendo aún más las manos en los bolsillos.

Jill asintió. Sobraban las palabras, así que no habría dicho nada incluso aunque hubiera podido hablar. Los dos lo sabían.

—¡Oye, mira! —siguió él—, de nada sirve que todos nosotros...

La intención era buena, pero realmente hablaba como quien está a punto de echar un sermón, y Jill se enfureció; algo bastante frecuente cuando a uno lo interrumpen mientras llora.

—Anda, ve y ocúpate de tus asuntos —le espetó la niña—. Nadie te ha pedido que te entrometas, ¿no es cierto? Y, precisamente, no eres quién para andar diciendo a la gente lo que debería hacer, ¿no crees? Supongo que lo que quieres decir es que deberíamos pasarnos todo el tiempo admirándolos y congraciándonos y desviviéndonos por ellos como haces tú.

—¡Ay, no! —exclamó el niño, sentándose en el terraplén de hierba situado al borde de los matorrales y volviéndose a incorporar a toda prisa ya que la hierba estaba empapada. Su nombre, por desgracia, era Eustace Scrubb, pero no era un mal chico.

—¡Pole! —dijo—. ¿Te parece justo? ¿Acaso he hecho algo parecido este trimestre? ¿Acaso no me enfrenté a Carter por lo del conejo? Y ¿no guardé el secreto sobre Spivvins?... ¡y, eso que me «torturaron»! Y no...

—No, no lo sé ni me importa —sollozó Jill.

Scrubb comprendió que todavía seguía muy afectada y, muy sensatamente, le ofreció un caramelo de menta. También tomó uno él. De inmediato, Jill empezó a ver las cosas con más claridad.

—Lo siento, Scrubb —dijo al cabo de un rato—, no he sido justa. Sí que has hecho todo eso... este trimestre.

—Entonces olvídate del curso pasado si puedes —indicó Eustace—. Era un chico distinto. Era... ¡Cielos! Era un parásito con todas las letras.

—Bueno, si he de ser franca, sí lo eras —manifestó Jill.

—¿Crees que he cambiado, entonces?

—No lo creo sólo yo —respondió la niña—. Todo el mundo lo dice. También «ellos» se han dado cuenta. Eleanor Blakiston oyó a Adela Pennyfather hablando de eso en nuestro vestuario ayer. Decía: «Alguien le ha hecho algo a ese Scrubb. No está nada dócil este curso. Tendremos que ocuparnos de él».

Eustace se estremeció. Todo el mundo en la Escuela Experimental sabía qué quería decir que «se ocuparan de alguien».

Los dos niños permanecieron callados unos instantes. Gotas de lluvia resbalaron al suelo desde las hojas de los laureles.

—¿Por qué eras tan diferente el curso pasado? —inquirió Jill.

—Me sucedieron gran cantidad de cosas curiosas durante las vacaciones —respondió él en tono misterioso.

—¿Qué clase de cosas?

Eustace no dijo nada durante un buen rato. Luego contestó:

—Oye, Pole, tú y yo odiamos este lugar con todas nuestras fuerzas, ¿no es cierto?

—Por lo menos yo sí —dijo ella.

—En ese caso creo que puedo confiar en ti.

—Me parece estupendo por tu parte.

—Sí, pero voy a contarte un secreto impresionante. Pole, oye, ¿te crees las cosas? Me refiero a cosas de las que aquí todos se reirían.

—Nunca he tenido esa oportunidad, pero me parece que las creería.

—¿Me creerías si te dijera que estuve totalmente fuera del mundo, fuera de este mundo el verano pasado?

—No sé si te entendería.

—Bien, pues dejemos de lado eso de los mundos, entonces. Supongamos que te digo que he estado en un lugar donde los animales hablan y donde hay... pues... hechizos y dragones..., y... bueno, toda la clase de cosas que encuentras en los cuentos de hadas. —Scrubb se sintió muy azorado mientras lo decía y enrojeció sin querer.

—¿Cómo llegaste ahí? —quiso saber Jill, que también se sentía curiosamente vergonzosa.

—Del único modo posible... mediante la magia —respondió Eustace casi en un susurro—. Estaba con dos primos míos. Sencillamente fuimos... trasladados de repente. Ellos ya habían estado allí.

Puesto que hablaban en susurros a Jill le resultaba, en cierto modo, más fácil creer todo aquello; pero entonces, de pronto, una terrible sospecha se adueñó de ella y dijo, con tal ferocidad que por un instante pareció una tigresa:

—Si descubro que me has tomado el pelo jamás te volveré a hablar; jamás, jamás, jamás.

—No te tomo el pelo —respondió Eustace—, te lo juro. Lo juro por... por todo.

(Cuando yo iba a la escuela uno acostumbraba a decir: «Lo juro por la Biblia». Pero en la Escuela Experimental no se fomentaba el uso de la Biblia.)

—De acuerdo —dijo Jill—, te creeré.

—Y ¿no se lo dirás a nadie?

—¿Por quién me tomas?

Estaban muy emocionados cuando lo dijeron. Pero a continuación Jill miró a su alrededor y vio el nebuloso cielo otoñal, escuchó el gotear de las hojas y pensó en lo desesperado de la situación en la Escuela Experimental —era un trimestre de trece semanas y todavía quedaban once—, y no pudo evitar decir:

—Pero a fin de cuentas, ¿de qué sirve eso? No estamos allí: estamos aquí. Y está claro que no podemos ir a Ese Lugar. O ¿sí podemos?

—Eso es lo que me preguntaba —repuso Eustace—. Cuando regresamos de Ese Lugar, alguien dijo que los dos Pevensie, mis dos primos, no podrían regresar nunca más. Era la tercera vez que iban, ¿sabes? Supongo que ya cubrieron su cupo. Pero no dijo que yo no pudiera. Seguramente lo habría dicho, a menos que su intención fuera que yo regresara. Y no dejo de preguntarme: ¿podemos... podríamos...?

—¿Te refieres a hacer algo para conseguir que suceda?

Eustace asintió.

—¿Quieres decir que quizá podríamos dibujar un círculo en el suelo... y escribir cosas con letras raras dentro... y meternos en él... y recitar hechizos y conjuros?

—Bueno —respondió Eustace después de reflexionar intensamente durante un rato—, creo que yo también pensaba en algo así, aunque nunca lo he hecho. Además, ahora que lo pienso mejor, los círculos y cosas como ésas me dan un poco de repugnancia y no creo que a él le gustaran. Sería como obligarlo a hacer cosas, cuando en realidad sólo podemos pedirle que las haga.

—¿Quién es esa persona que no paras de mencionar?

—En Ese Lugar lo llaman Aslan —repuso él.

—¡Qué nombre más curioso!

—Ni la mitad de curioso que él mismo —indicó Eustace en tono solemne—. Pero sigamos. No hará ningún daño pedirlo. Coloquémonos el uno al lado del otro, así. Y extendamos las manos con las palmas hacia abajo: como hicieron ellos en la Isla de Ramandu...

—¿La isla de quién?

—Ya te lo contaré en otra ocasión. Y a lo mejor le gustaría que miráramos al este. Veamos, ¿dónde está el este?

—No lo sé —respondió Jill.

—Resulta sorprendente que las chicas nunca sepáis dónde están los puntos cardinales —observó Eustace.

—Tampoco lo sabes tú —respondió ella, indignada.

—Sí que lo sé, sólo que no dejas de interrumpirme. Ya lo tengo. Ahí está el este, en dirección a los laureles. Bien, ¿repetirás las palabras después de mí?

—¿Qué palabras?

—Las palabras que voy a decir, claro —respondió él—. Ya... —Y empezó a repetir—: ¡Aslan, Aslan, Aslan!

—Aslan, Aslan, Aslan —repitió a su vez Jill.

—Por favor, déjanos entrar en...

En aquel momento se oyó una voz desde el otro lado del gimnasio que gritaba:

—¿Pole? Sí, sé dónde está: lloriqueando detrás del gimnasio. ¿Voy a buscarla?

Jill y Eustace intercambiaron una veloz mirada, se metieron bajo los laureles y empezaron a gatear por la empinada pendiente de tierra de la zona de arbustos a una velocidad muy meritoria por su parte, pues, debido a los curiosos métodos de enseñanza de la Escuela Experimental, uno no aprendía demasiado Francés, Matemáticas, Latín o cosas parecidas; pero sí aprendía cómo escabullirse de prisa y sin ruido cuando «ellos» te buscaban.

Tras gatear durante un minuto se detuvieron a escuchar, y supieron por los sonidos que les llegaron que los seguían.

—¡Si al menos la puerta volviera a estar abierta! —exclamó Scrubb mientras seguían adelante, y Jill asintió.

En la parte superior de la zona de matorrales había un muro de piedra muy alto y en la pared una puerta por la que se podía salir al páramo. Aquella puerta estaba casi siempre cerrada con llave, pero en determinadas ocasiones había aparecido abierta; o tal vez sólo había ocurrido una vez. Sin embargo, se puede imaginar cómo el recuerdo siquiera de una única vez hacía que los alumnos mantuvieran la esperanza y siguieran probando la puerta por si acaso; pues si por casualidad uno se la encontrara abierta sería un modo magnífico de salir del recinto de la escuela sin ser visto.

Jill y Eustace, muy acalorados y sucios por haber tenido que avanzar casi a gatas bajo los laureles, alcanzaron la pared jadeantes. Y allí estaba la puerta, cerrada como de costumbre.

—Seguro que no servirá de nada —declaró Eustace con la mano en la manilla; y a continuación—: ¡Caray! —Pues el picaporte giró y la puerta se abrió.

Un momento antes, ambos habían tenido la intención de cruzar aquel umbral a toda velocidad, si, por casualidad, se encontraban la puerta abierta. Sin embargo, cuando ésta se desplazó, los dos permanecieron inmóviles como estatuas de sal. Lo que veían era muy distinto de lo que habían esperado.

Habían esperado ver la ladera gris y cubierta de brezo del páramo ascendiendo sin pausa hasta unirse al nublado cielo otoñal, pero, en su lugar, un sol esplendoroso apareció ante ellos. Penetró por el umbral igual que la luz de un día de junio penetra en un garaje cuando se abre la puerta, e hizo que las gotas de agua de la hierba centellearan como cuentas de cristal a la vez que resaltaba la suciedad del rostro manchado por las lágrimas de Jill. Además, el sol provenía de lo que ciertamente parecía un mundo distinto; al menos lo que podían ver de él. Contemplaron una hierba lisa, más lisa y brillante que cualquier otra que la niña hubiera visto nunca, un cielo azul y, pasando veloces de un lado a otro, criaturas tan relucientes que podrían haber sido joyas o mariposas enormes.

A pesar de desear algo parecido, Jill se asustó. Miró la cara de su compañero y vio que también él tenía miedo.

—Adelante, Pole —dijo el niño con voz jadeante.

—¿Podemos regresar? ¿Es seguro? —inquirió ella.

En aquel momento una voz gritó a su espalda, una vocecita mezquina y malévola:

—Vamos, Pole —chirrió—. Todos sabemos que estás aquí. Baja de una vez.

Era la voz de Edith Jackle, no una de «ellos» exactamente, pero sí uno de sus satélites y soplones.

—¡Rápido! —dijo Scrubb—. Vamos. Tomémonos de la mano. No debemos separarnos.

Antes de que ella supiera exactamente qué sucedía, él la había agarrado de la mano y arrastrado al otro lado de la puerta, fuera de los terrenos de la escuela, fuera de Inglaterra, fuera de nuestro mundo y al interior de Ese Lugar.

La voz de Edith Jackle se cortó tan de repente como la voz en la radio cuando uno la apaga y, al instante, se oyó un sonido totalmente distinto alrededor de los dos niños, proveniente de aquellas criaturas brillantes que volaban sobre sus cabezas, que resultaron ser pájaros. Producían un sonido bullicioso, pero se parecía más a la música —una música moderna y atrevida que uno no entiende bien la primera vez que la oye— que al canto de los pájaros en nuestro mundo. Sin embargo, a pesar de los cantos, existía una especie de inmenso silencio de fondo. Aquel silencio, combinado con la frescura del aire, hizo pensar a Jill que debían de hallarse en lo alto de una montaña imponente.

Scrubb apresaba todavía su mano y avanzaban juntos, mirando a todas partes con asombro. Jill vio que árboles enormes, muy parecidos a cedros aunque más grandes, crecían en todas direcciones; pero debido a que no crecían muy pegados, y a que no había monte bajo, aquello no les impedía ver el interior del bosque a derecha e izquierda. Y hasta donde alcanzaba la vista de la niña, todo era muy parecido: hierba lisa, aves que volaban veloces como flechas con plumajes amarillos, azul libélula o de todos los colores del arco iris, sombras azules y soledad. No soplaba la menor brisa en aquella atmósfera fresca y luminosa. Era un bosque muy solitario.

Justo al frente no había árboles; sólo cielo azul. Siguieron adelante sin hablar hasta que de improviso Jill oyó gritar a su compañero: «¡Cuidado!» y sintió que tiraban de ella hacia atrás. Estaban en el borde mismo de un farallón.

Jill era una de esas personas afortunadas que no padecen de vértigo, y no le importó en absoluto estar al borde de un precipicio. Por eso se sintió un tanto molesta con Scrubb por tirar de ella hacia atrás —«como si fuera una cría», se dijo—, y se desasió con violencia. Al ver lo pálido que se había quedado el niño, sintió un gran desprecio por él.

—¿Qué sucede? —inquirió.

Para demostrar que no sentía miedo, fue a colocarse muy cerca del borde; en realidad, mucho más cerca de lo que incluso a ella le habría gustado. Luego miró abajo.

Comprendió entonces que Scrubb tenía una cierta excusa para palidecer, pues ningún precipicio en nuestro mundo podía compararse a aquello. Intenta imaginar que estás en el acantilado más alto que conozcas, luego imagina que miras al fondo y a continuación imagina que el precipicio sigue descendiendo aún más, mucho más abajo, diez veces, veinte veces más abajo. Y después de haber contemplado toda esa distancia imagina cositas blancas que podrían confundirse a primera vista con ovejas, pero que en seguida se distingue que son nubes —no pequeñas espirales de neblina sino nubes enormes, blancas e hinchadas que en sí mismas son tan grandes como la mayoría de montañas. Y por fin, entre aquellas nubes, ves la superficie, un suelo tan lejano que no puedes apreciar si se trata de un campo, un bosque, tierra o agua: mucho más abajo de esas nubes de lo que tú te encuentras por encima de ellas.

Jill lo contempló con fijeza y, a continuación, se dijo que tal vez, después de todo, podría apartarse un paso o dos del borde, pero no le apetecía hacerlo por temor a lo que pudiera pensar Scrubb. Entonces, repentinamente, decidió que no le importaba lo que él pensara, y que sería mejor que se apartara de aquel precipicio tremendo y no volviera a reírse jamás de nadie por temer a las alturas. Sin embargo, cuando intentó moverse, descubrió que no podía; sus piernas parecían haberse convertido en masilla y todo daba vueltas ante sus ojos.

—¿Qué haces, Pole? Retrocede... ¡no seas tonta! —gritó Scrubb.

Pero su voz parecía venir de muy lejos. Notó que el niño la asía; pero para entonces carecía de control sobre sus brazos y piernas. Se produjo un breve forcejeo al borde del precipicio. Jill estaba demasiado asustada y mareada para saber exactamente qué hacía, pero hubo dos cosas que sí recordó mientras vivió, y a menudo regresaban a ella en sus sueños. Una fue que se había liberado de las garras del niño; la otra fue que, en ese mismo instante, Eustace, con un alarido de terror, perdió el equilibrio y se precipitó al abismo.

Afortunadamente, no tuvo tiempo de reflexionar sobre lo que había hecho, porque un animal enorme de color brillante se había precipitado al borde del acantilado. El ser estaba agachado, inclinado sobre el margen, y (aquello era lo curioso) soplaba. No rugía ni bufaba, sino que soplaba con las enormes fauces abiertas; lo hacía con la misma regularidad con la que aspira un aspirador. Jill estaba tan cerca de la criatura que percibía como vibraba su aliento de un modo continuo por todo su cuerpo, y yacía totalmente inmóvil, porque no podía alzarse. Sentía como si estuviera a punto de desmayarse; a decir verdad, deseaba poder desmayarse realmente, pero los desmayos no aparecen sólo con desearlo. Por fin distinguió, muy por debajo de donde estaba, un diminuto punto negro que flotaba alejándose del precipicio y ascendía ligeramente. A medida que ascendía, también se alejaba, y para cuando estuvo casi a la altura de la cima del acantilado estaba tan lejos que la niña lo perdió de vista. Era evidente que se alejaba de ellos a gran velocidad y Jill no pudo evitar pensar que la criatura situada junto a ella lo estaba empujando lejos con sus soplidos.

Se volvió, pues, y miró a la criatura. Era un león.

Capítulo dos

Una tarea para Jill

Sin dedicar ni una mirada a la niña, el león se puso en pie y lanzó un último soplido. Luego, como si se sintiera satisfecho de su trabajo, se dio la vuelta y se alejó lentamente con paso majestuoso, de vuelta al interior del bosque.

—Tiene que ser un sueño, tiene que serlo, tiene que serlo —se dijo Jill—. Despertaré en cualquier momento.

Pero no lo era, y no despertó.

—Ojalá no hubiéramos venido nunca a este lugar espantoso —siguió la niña—. No creo que Scrubb supiera más de él de lo que sé yo. O si lo sabía, no tenía derecho a traerme aquí sin advertirme de cómo era. No es culpa mía que se cayera por el precipicio. Si me hubiera dejado tranquila a ninguno de los dos nos habría pasado nada.

Entonces volvió a recordar el alarido que Scrubb había lanzado, y se echó a llorar. En cierto modo, llorar está muy bien mientras dura; pero uno tiene que parar tarde o temprano, y entonces hay que decidir qué hacer. Cuando Jill dejó de llorar, descubrió que sentía una sed terrible. Estaba tumbada boca abajo así que se incorporó. Los pájaros habían dejado de cantar y había un silencio absoluto a excepción de un sonido débil pero persistente, que parecía provenir de muy lejos. Escuchó con atención, y se sintió casi segura de que era el sonido de una corriente de agua.

Se puso en pie y paseó la mirada a su alrededor con suma atención. No se veía ni rastro del león; pero había tantos árboles por allí que fácilmente podía estar muy cerca sin que ella lo viera. Por lo que sabía, podía haber varios leones. De todos modos, la sensación de sed era muy fuerte ya, así que se armó de valor para ir en busca del agua. Caminó de puntillas, escabulléndose sigilosamente de árbol en árbol, y deteniéndose para atisbar a su alrededor a cada paso.

El bosque estaba tan silencioso que no fue difícil decidir de dónde provenía el sonido. Resultaba más nítido por momentos y, antes de lo que esperaba, llegó a un claro despejado y vio el arroyo, brillante como el cristal, discurriendo sobre la hierba a un paso de ella. Pero aunque la visión del agua la hizo sentirse diez veces más sedienta que antes, no corrió al frente y bebió, sino que se quedó tan inmóvil como si se hubiera convertido en piedra, boquiabierta. Tenía una buena razón para ello; justo en aquel lado del arroyo estaba tumbado el león.

Estaba echado con la cabeza erguida y las dos patas delanteras extendidas ante él, igual que los leones de Trafalgar Square en Londres, y la niña supo de inmediato que el animal la había visto, ya que sus ojos miraron directamente a los suyos durante un instante y luego se desviaron; como si la conociera bien y no le tuviera demasiada estima.

«Si echo a correr, me perseguirá al momento —pensó ella—. Y si sigo adelante, iré a parar directamente a sus fauces.»

De todos modos, no habría podido moverse aunque lo hubiera intentado, y tampoco podía apartar los ojos de él. Cuánto duró aquello, no estuvo segura, aunque le pareció que transcurrían horas. Y la sed empeoró tanto que casi pensó que no le importaría que el león se la comiera si al menos pudiera estar segura de tomar un buen trago de agua antes.

—Si tienes sed, puedes beber.

Eran las primeras palabras que oía desde que Scrubb le había hablado en el borde del precipicio, y por un momento miró con asombro a un lado y a otro, preguntándose quién había hablado. Entonces la voz volvió a decir:

—Si tienes sed, ven y bebe.

Y desde luego, recordó lo que había dicho Scrubb sobre los animales que hablaban en aquel otro mundo, y comprendió que era el león quien lo había hecho. De todos modos, había visto como se movían sus labios en aquella ocasión, y la voz no se parecía a la de un hombre. Era más profunda, salvaje y potente; una especie de voz intensa y dorada. No hizo que se sintiera menos asustada que antes, pero sí que su miedo fuera distinto.

—¿No tienes sed? —preguntó el león.

—Me muero de sed —respondió Jill.

—Entonces bebe.

—Puedo... podría... ¿te importaría alejarte mientras lo hago? —inquirió ella.

El león se limitó a responder con una mirada y un gruñido sordo. Y mientras contemplaba su mole inmóvil, Jill comprendió que era como si hubiera pedido a toda la montaña que se apartara para su propia conveniencia.

El delicioso borboteo del arroyo empezaba a ponerla frenética.

—¿Me prometerás no... no hacerme nada, si me acerco? —preguntó.

—Yo no hago promesas —respondió el león.

Tenía tanta sed ya que, sin darse cuenta, la niña había dado un paso al frente.

—¿Comes chicas? —quiso saber.

—Me he tragado chicas, chicos, mujeres, hombres, reyes, emperadores, ciudades y reinos —declaró él.

Aunque no lo dijo como si presumiera de ello, lo sintiera o estuviera enojado. Sencillamente lo afirmó.

—No me atrevo a acercarme a beber.

—En ese caso morirás de sed —dijo el león.

—¡Cielos! —exclamó Jill, dando otro paso más—. Supongo que tendré que ir a buscar otro arroyo.

—No hay ningún otro arroyo.

Jill no dudó de las palabras del león —nadie que haya contemplado su rostro severo puede hacerlo— y de repente tomó una decisión. Fue el peor dilema al que se había enfrentado jamás, pero se acercó al arroyo, se arrodilló y empezó a tomar agua con la mano. Era el agua más fría y reconfortante que había probado nunca, y no era necesario beber gran cantidad, porque aplacaba la sed al instante. Antes de probarla su intención había sido apartarse corriendo del león en cuanto hubiera terminado de beber; pero entonces comprendió que aquello sería, en realidad, lo más peligroso. Se puso en pie y se quedó allí quieta con los labios húmedos aún por el agua.

—Ven aquí —dijo el león.

Y ella tuvo que hacerlo. Estaba casi entre sus patas delanteras, mirándolo directamente al rostro; pero no pudo soportar aquello por mucho tiempo, y bajó los ojos.

—Niña humana —la llamó el león—, ¿dónde está el muchacho?

—Cayó por el acantilado —respondió ella, y añadió—, señor.

No sabía de qué otro modo llamarlo, y le parecía poco educado no llamarlo de ningún modo.

—¿Cómo le sucedió eso, niña humana?

—Intentaba impedir que me cayera, señor.

—¿Por qué estabas tan cerca del borde, niña humana?

—Alardeaba, señor.

—Muy buena respuesta, niña humana, pero no lo hagas más. Y ahora escucha. —En ese punto el rostro del león adquirió por primera vez un aspecto menos severo—: El niño está a salvo. Lo he enviado de un soplo a Narnia. Pero tu tarea será la más difícil debido a lo que has hecho.

—Por favor, ¿qué tarea es, señor? —quiso saber Jill.

—La tarea para la que os saqué a ti y a él de vuestro mundo.

Aquello desconcertó en gran medida a la niña. «Me confunde con otra persona», pensó; pero no se atrevió a decírselo al león, aunque sentía que las cosas se embrollarían terriblemente si no lo hacía.

—Di lo que piensas, niña humana —dijo el león.

—Me preguntaba si..., quiero decir... ¿no podría ser un error? Porque nadie nos llamó ni a Scrubb ni a mí, ¿sabe? Fuimos nosotros los que pedimos venir aquí. Scrubb dijo que había que llamar a... alguien... era un nombre que yo no conocía... y tal vez ese alguien nos dejara entrar. Y lo hicimos, y entonces encontramos la puerta abierta.

—No me habríais llamado a menos que yo os hubiera estado llamando —indicó el león.

—Entonces ¿usted es ese alguien, señor?

—Sí. Y ahora escucha tu misión. Muy lejos de aquí, en el país de Narnia, vive un rey anciano que está triste porque no tiene ningún príncipe de su sangre que pueda ser rey después de él. No tiene heredero porque le robaron a su único hijo hace muchos años, y nadie en Narnia sabe adónde fue ese príncipe ni si sigue todavía vivo. Pero lo está. Esto es lo que te ordeno: busca al príncipe perdido hasta que lo hayas encontrado y conducido a la casa de su padre, o bien hayas muerto en el intento o bien hayas regresado a tu mundo.

—¿Cómo, por favor?

—Te lo diré, niña —respondió el león—. Éstas son las indicaciones mediante las que te guiaré en tu búsqueda. Primera: en cuanto el pequeño Eustace ponga el pie en Narnia, se encontrará con un viejo amigo muy querido. Debe saludar a ese amigo de inmediato; si lo hace, los dos recibiréis una buena ayuda. Segunda: debéis viajar fuera de Narnia en dirección norte hasta que lleguéis a la ciudad en ruinas de los antiguos gigantes. Tercera: encontraréis una cosa escrita en una piedra en esa ciudad en ruinas, y tenéis que hacer lo que diga allí. Cuarta: si lo halláis reconoceréis al príncipe perdido por esto: será la primera persona que encontréis en vuestro viaje que os pida que hagáis algo en mi nombre, en el nombre de Aslan.

Puesto que el león parecía haber terminado, Jill pensó que debía contestar algo; así que dijo:

—Muchas gracias, ya lo entiendo.

—Niña —dijo Aslan, en una voz más dulce de la que había usado hasta entonces—, puede que no lo entiendas tan bien como crees. Pero el primer paso es recordar. Repíteme, por orden, las cuatro señales.

Jill lo intentó, y no lo hizo del todo bien. Así que el león la corrigió, y se las hizo repetir una y otra vez hasta que pudo enumerarlas a la perfección. El león se mostró muy paciente respecto a aquello, de modo que cuando terminó, Jill se armó de valor para preguntar:

—Por favor, ¿cómo llegaré a Narnia?

—Mediante mi aliento —respondió él—. Te enviaré al oeste del mundo de un soplo, como hice con Eustace.

—¿Lo alcanzaré a tiempo de darle la primera indicación? Aunque supongo que no importará. Si ve a un viejo amigo, seguro que irá a hablar con él, ¿no es cierto?

—No tienes tiempo que perder —indicó el león—. Por eso debo enviarte de inmediato. Ven. Anda por delante de mí hasta el borde del precipicio.

Jill recordaba perfectamente que si no había tiempo que perder, era por su propia culpa. «Si no hubiera hecho el ridículo de ese modo, Scrubb y yo habríamos ido juntos. Y él habría escuchado todas las instrucciones igual que yo», pensó. Así que hizo lo que le decían. Resultaba muy inquietante regresar al borde del precipicio, en especial porque el león no andaba a su lado sino detrás de ella, sin hacer ruido con sus blandas patas.

Pero mucho antes de que estuviera cerca del borde, la voz a su espalda dijo:

—Quédate quieta. Dentro de un momento soplaré. Pero primero, recuerda, recuerda, recuerda las señales. Repítelas cuando despiertes por la mañana y cuando te acuestes por la noche, y cuando despiertes en mitad de la noche. Y por extrañas que sean las cosas que puedan sucederte, no dejes que nada distraiga tu mente de seguir las indicaciones. Y en segundo lugar, te hago la siguiente advertencia. Aquí en la montaña te he hablado con claridad: no lo haré a menudo en Narnia. Aquí en la montaña, el aire es limpio y tu mente está despejada; cuando desciendas al interior de Narnia, el aire se espesará. Ten cuidado de que no aturda tu mente. Y las señales que has memorizado aquí no tendrán en absoluto el aspecto que esperas que tengan cuando las encuentres allí. Por eso es tan importante saberlas de memoria y no prestar atención a las apariencias. Recuerda las indicaciones y cree en ellas. Nada más importa. Y ahora, Hija de Eva, adiós...

La voz se había ido apagando hacia el final del discurso hasta que se desvaneció por completo. Jill miró a su espalda. Con total asombro por su parte descubrió que el precipicio se encontraba ya a más de cien metros por detrás de ella, y que el mismo león no era más que un punto de brillante color dorado en su borde. Había apretado los dientes y los puños a la espera de una terrible ráfaga de aliento leonino; pero el soplo había sido en realidad tan suave que ni siquiera había advertido el momento en que abandonaba el suelo. Y ahora no había más que aire a lo largo de miles y miles de metros bajo sus pies.

Sintió miedo sólo durante un segundo. Por una parte, el mundo situado a sus pies se encontraba tan lejos que no parecía tener nada que ver con ella. Por otra parte, flotar impelida por el aliento del león resultaba sumamente agradable. Descubrió que podía tumbarse de espaldas o de cara y dar vueltas y cabriolas, igual que se puede hacer en el agua (si uno ha aprendido a flotar realmente bien). Y debido a que se movía al mismo ritmo que el aliento, no soplaba viento y el aire parecía deliciosamente cálido. No se parecía en nada a estar en un avión, pues no había ni ruido ni vibración. Si Jill hubiera estado alguna vez en un globo podría haber pensado que se parecía más a eso; sólo que mejor.

Al volver la cabeza para mirar pudo abarcar por primera vez el tamaño auténtico de la montaña que abandonaba, y se preguntó por qué una montaña tan enorme como aquélla no estaba cubierta de nieve y hielo; «Supongo que todas esas cosas son distintas en este mundo», pensó. A continuación miró a sus pies;

pero estaba a tal altura que no podía distinguir si flotaba sobre tierra o mar, ni a qué velocidad iba.

—¡Diantre! ¡Las señales! —exclamó de improviso—. Será mejor que las repita.

Fue presa del pánico por unos segundos, pero descubrió que aún podía enumerarlas todas correctamente.

—Perfecto —dijo, y se recostó en el aire como si fuera un sofá, con un suspiro de satisfacción.

—Válgame Dios —murmuró para sí unas cuantas horas más tarde—. He estado durmiendo. ¡Mira que dormirse en el aire! Me gustaría saber si alguien lo ha hecho antes. No creo que lo haya hecho nadie. ¡Maldita sea, Scrubb probablemente sí! En este mismo viaje, un poco antes que yo. Veamos qué aspecto tiene lo de ahí abajo.

El aspecto que tenía era el de una enorme llanura de un azul muy oscuro. No se veían colinas, pero había unas enormes cosas blancas moviéndose despacio a través de ella. «Ésas deben de ser nubes —pensó—, pero muchísimo más grandes que las que vimos desde el precipicio. Imagino que son más grandes porque están más cerca. Sin duda estoy descendiendo. Maldito sol.»

El sol, que estaba en lo alto, sobre su cabeza, cuando inició el viaje, empezaba a darle en los ojos, lo que significaba que se hallaba cada vez más bajo, por delante de ella. Scrubb tenía bastante razón al decir que Jill (no sé si se puede aplicar a todas las chicas en general) no tenía demasiada idea sobre los puntos cardinales, pues de lo contrario, cuando el sol empezó a darle en los ojos habría sabido, que viajaba hacia el oeste.

Fijó la mirada en la llanura azul situada por debajo de ella y, finalmente, observó que había puntitos de un color más brillante y pálido aquí y allá. «¡Es el mar! —pensó—. Creo que eso son islas.» Y desde luego que lo eran. Tal vez se hubiera sentido algo celosa de haber sabido que algunas de ellas eran islas que Scrubb había contemplado desde la cubierta de un barco y en las que incluso había desembarcado; pero no lo sabía. Luego, más adelante, empezó a ver diminutos pliegues en la superficie azul: pequeñas arrugas que debían de ser olas oceánicas de un tamaño considerable si uno se encontraba allí abajo entre ellas. A continuación, a lo largo de toda la línea del horizonte apareció un oscuro trazo grueso que se fue tornando más grueso y más oscuro a tal velocidad que se podía ver cómo crecía. Fue el primer indicio que tuvo de la gran velocidad a la que viajaba. Y comprendió que el trazo cada vez más grueso debía de ser tierra firme.

De improviso, de su izquierda (pues el viento soplaba del sur) surgió una nube enorme que se abalanzó sobre ella, en esa ocasión a su misma altura. Y antes de que supiera dónde estaba, había ido a parar justo en medio de su bruma fría y húmeda. Aquello la dejó sin aliento, aunque permaneció en su interior sólo un instante. Salió a la luz solar parpadeando y descubrió que tenía la ropa mojada. (Llevaba puestos un blazer, un suéter, unos pantalones cortos, calcetines y unos zapatos muy gruesos; había hecho un día de perros en su mundo.) Salió más abajo de lo que había entrado; y en cuanto lo hizo advirtió algo que, supongo, debería haber esperado, pero que le llegó como una sorpresa. Era el ruido. Hasta aquel momento había viajado en un silencio total, y, ahora, por primera vez, escuchaba el sonido de las olas y los gritos de las gaviotas. Al mismo tiempo, olía el olor del mar. Ya no cabía la menor duda sobre la velocidad a la que viajaba en aquellos momentos. Vio cómo se unían dos olas con un violento encontronazo y el chorro de espuma que se alzaba entre ellas; pero apenas tuvo tiempo de contemplarlo antes de que quedara a más de cien metros a su espalda.

La tierra se acercaba rauda. Distinguió montañas tierra adentro, y otras montañas más próximas a su izquierda; también vio bahías y cabos, bosques y campos, tramos de playas de arena. El sonido de las olas al estrellarse contra la orilla aumentaba a cada segundo y ahogaba otros sonidos marinos.

De repente la tierra se abrió justo frente a ella. Se acercaba a la desembocadura de un río. Estaba muy baja ya, apenas a unos metros por encima del agua. La parte superior de una ola chocó contra la punta de su pie y un gran surtidor de espuma ascendió hacia ella, empapándola casi hasta la cintura. Perdía velocidad y en lugar de verse transportada río arriba se deslizaba hacia la orilla del río situada a su izquierda.

Había tantas cosas que observar que apenas pudo percibirlas todas; un césped suave y verde, un barco de colores tan brillantes que parecía una joya, torres y almenas, estandartes que ondeaban al viento, una multitud, ropas vistosas, armaduras, oro, espadas, el sonido de la música. Pero todo aparecía revuelto. Lo primero que distinguió con claridad fue que había aterrizado y estaba de pie en un bosquecillo cercano a la orilla del río, y allí, apenas a unos pocos metros de distancia, estaba Scrubb.

Lo primero que pensó fue lo sucio, desaliñado y en general insignificante que parecía. Lo segundo fue «¡Qué mojada estoy!».

CAPÍTULO TRES

EL REY SE HACE A LA MAR

Lo que hacía que Scrubb pareciera tan desaliñado —y también Jill, de haberse podido ver— era el esplendor de lo que los rodeaba, que me apresuraré a describir.

A través de una hendidura en aquellas montañas que Jill había visto a lo lejos, muy al interior, mientras se aproximaba a tierra firme, la luz de la puesta de sol se derramaba sobre un césped uniforme. En el extremo más alejado del césped, con las veletas centelleando bajo la luz, se alzaba un castillo de innumerables torres y torreones; el castillo más hermoso que Jill hubiera visto nunca. A un lado había un muelle de mármol blanco y, atracado en él, el barco: un barco alto con un castillo de proa elevado y una toldilla también elevada, de color dorado y carmesí, con una gran bandera en el tope del mástil, e innumerables estandartes ondeando desde las cubiertas, junto con una hilera de escudos, brillantes como si fueran de plata, dispuestos a lo largo de la borda. Tenía la pasarela colocada, y al pie de ésta, a punto para subir a bordo, había un hombre terriblemente anciano, ataviado con una capa de color escarlata que se abría al frente para dejar al descubierto la cota de malla de plata. Llevaba un fino aro de oro alrededor de la cabeza y su barba, blanca como la lana, le caía casi hasta la cintura. Se mantenía bastante erguido, con una mano apoyada en el hombro de un noble magníficamente ataviado que parecía más joven de lo que era, aunque se podía advertir que también era muy anciano y frágil. Parecía como si un soplo de aire pudiera derribarlo y tenía los ojos llorosos.

Justo frente al monarca —que había girado para hablar a sus súbditos antes de subir a bordo— había un pequeño carrito y, enjaezado a él, un asno pequeño: no mucho mayor que un perro perdiguero grande. En aquel carrito estaba sentado un enano gordo. Iba vestido tan magníficamente como el rey, pero debido a su gordura y a que estaba encorvado entre almohadones, el efecto era bastante distinto: daba la impresión de ser un fardo informe de pieles, sedas y terciopelos. Era tan viejo como el rey, pero más fuerte que un roble, con una vista muy aguda. Su cabeza desnuda, que era calva y sumamente grande, relucía como una bola de billar gigante bajo la luz del atardecer.

Algo más atrás, en un semicírculo, estaban lo que Jill comprendió al instante que eran cortesanos; eran todos dignos de contemplar aunque sólo fuera por sus ropas y armaduras. En realidad, parecían más un arriate de flores que una multitud. Pero lo que realmente hizo que a la niña se le desorbitaran los ojos y se quedara boquiabierta fue la gente en sí; si es que «gente» era la palabra correcta. Pues sólo uno de cada cinco era humano. El resto eran seres que no se ven nunca en nuestro mundo. Faunos, sátiros, centauros: Jill únicamente pudo dar nombre a éstos, ya que había visto dibujos de ellos. También había enanos. Se veían gran cantidad de animales que también conocía; osos, tejones, topos, leopardos, ratones y varias clases de pájaros. Sin embargo, eran muy diferentes de los animales a los que damos esos nombres en nuestro mundo. Algunos eran mucho más grandes; los ratones, por ejemplo, se sostenían sobre las patas traseras y medían más de sesenta centímetros. Pero aparte de eso, todos tenían un aspecto distinto. Se advertía por las expresiones de sus rostros que podían hablar y pensar igual que cualquiera de nosotros.

«¡Cáspita! —pensó Jill—. De modo que es cierto.» Pero al cabo de un momento añadió: «Me gustaría saber si son de buena pasta». Pues acababa de detectar, en la parte más apartada de la multitud, a uno o dos gigantes y a algunas criaturas que no reconocía.

Entonces Aslan y las indicaciones regresaron precipitadamente a su memoria, pues se había olvidado de todo durante la última media hora.

—¡Scrubb! —musitó, sujetándolo del brazo—. ¡Scrubb, rápido! ¿Ves a alguien que conozcas?

—Vaya, así que has vuelto a aparecer, ¿eh? —respondió él en tono desagradable (tenía motivos para estar enojado)—. Bueno, pues quédate callada, ¿quieres? Intento escuchar.

—No seas idiota —dijo Jill—. No hay un momento que perder. ¿No ves algún viejo amigo aquí? Porque tienes que ir a hablar con él al instante.

—¿De qué estás hablando? —inquirió el niño.

—Se trata de Aslan, el león, dice que tienes que hacerlo —respondió ella con desesperación—. Lo he visto.

—¿Lo has visto? ¿En serio? ¿Qué dijo?

—Dijo que la primera persona con quien te encontraras en Narnia sería un viejo amigo, y que tenías que hablarle al instante.

—Bueno, pues no hay nadie aquí a quien haya visto nunca antes; y de todos modos, no sé si esto es Narnia.

—Creía que habías estado aquí antes.

—Bueno, pues creíste mal.

—¡Vaya, eso me gusta! Me dijiste...

—¡Por el amor de Dios, cállate y oigamos lo que dicen!

El rey hablaba al enano, pero Jill no conseguía oír lo que decía. Y, hasta donde pudo discernir, el enano no respondía, aunque asentía y meneaba mucho la cabeza. Entonces el monarca elevó la voz y se dirigió a toda la corte: pero su voz era tan anciana y quebradiza que no entendió gran cosa de su discurso; especialmente debido a que hablaba de gente y lugares que ella jamás había oído mencionar.

Finalizado el discurso, el rey se inclinó y besó al enano en ambas mejillas. Se irguió, alzó la mano derecha como si impartiera su bendición y ascendió despacio y con pasos débiles por la pasarela y a bordo de la nave. Los cortesanos parecían muy conmovidos por su partida, pues sacaron pañuelos y se oyeron sollozos en todas direcciones. Retiraron la pasarela, sonaron las trompetas desde la toldilla y el barco se alejó del muelle. En realidad lo arrastraba un bote de remos, pero Jill no lo vio.

—Bien... —empezó a decir Scrubb, pero no siguió, porque en aquel momento un voluminoso objeto blanco —Jill pensó por un segundo que se trataba de una cometa— apareció deslizándose por el aire y se posó ante ellos. Se trataba de un búho de color blanco, pero tan alto como un enano.

El ave pestañeó y entornó los ojos como si fuera miope, luego ladeó ligeramente la cabeza y dijo en una voz suave y ligeramente ululante:

—¡Uhú, uhú! ¿Quiénes sois?

—Yo me llamo Scrubb, y ésta es Pole —dijo Eustace—. ¿Te importaría decirnos dónde estamos?

—En el país de Narnia, en el castillo del rey en Cair Paravel.

—¿Era el rey el que acaba de partir en barco?

—Así es, así es —respondió el búho con voz entristecida, meneando la enorme cabeza—. Pero ¿quiénes sois? Hay algo mágico en vosotros dos. Os vi llegar: *volabais*. Todos los demás estaban tan ocupados despidiendo al rey que nadie se dio cuenta. Excepto yo. Dio la casualidad de que os vi, y volabais.

—Aslan nos ha enviado aquí —respondió Eustace en voz baja.

—¡Uhú, uhú! —exclamó el búho, erizando las plumas—. ¡No me digáis esas cosas, a una hora tan temprana de la tarde! Me superan; no estoy en plenas facultades hasta que ha descendido el sol.

—Y se nos ha enviado a encontrar a un príncipe perdido —intervino Jill, que aguardaba ansiosamente poder tomar parte en la conversación.

—¡Primera noticia! —dijo Eustace—. ¿Qué príncipe?

—Será mejor que vengáis y habléis con el Lord Regente de inmediato —dijo el ave—. Es ése, allí, en el carruaje tirado por el asno; el enano Trumpkin. —El pájaro se dio la vuelta y empezó a conducirlos hacia allí, murmurando para sí—. ¡Uh! ¡Uhú! ¡Vaya jaleo! No puedo pensar con claridad todavía. Es demasiado temprano.

—¿Cómo se llama el rey? —preguntó Eustace.

—Caspian décimo —respondió el búho.

Jill se preguntó por qué Eustace se habría detenido de golpe y adquirido aquel color tan curioso. Se dijo que jamás lo había visto con aquel aspecto tan enfermizo. Sin embargo, antes de que tuviera tiempo de hacer preguntas ya habían alcanzado al enano, que recogía las riendas del asno y se preparaba para regresar al castillo. La muchedumbre de cortesanos se había disuelto y marchaba en la misma dirección, de uno en uno, de dos en dos o en pequeños grupos, como la gente que se va después de presenciar un partido o una carrera.

—¡Uhú! ¡Ejem! Lord Regente —dijo el búho, inclinándose un poco y colocando el pico cerca de la oreja del enano.

—¡Eh! ¿Qué sucede? —inquirió éste.

—Dos forasteros, milord —indicó el ave.

—¡Rastreros! ¿Qué quieres decir? —preguntó el enano—. Yo veo dos cachorros humanos extraordinariamente sucios. ¿Qué quieren?

—Me llamo Jill —se presentó la niña, adelantándose presurosa, pues se moría de ganas de explicar el importante asunto para el que habían ido a Narnia.

—La chica se llama Jill —dijo el búho, tan alto como pudo.

—¿Qué dices? —inquirió el enano—. ¿Que en vez de una chica hay mil? No me creo una palabra. ¿Dónde ves tú mil chicas?

—Sólo hay una, milord —respondió el búho—. Se llama Jill.

—Habla más fuerte, habla más fuerte —indicó el enano—. No te quedes ahí cuchicheando y gorjeando en mi oído. ¿Dónde se han metido las demás?

—No hay nadie más —ululó el ave.

—¿Cómo?

—¡NO HAY NADIE MÁS!

—De acuerdo, de acuerdo. No tienes que gritar. No estoy tan sordo. Y ¿por qué vienes a decirme que no hay nadie? ¡Menuda noticia tan tonta!

—Será mejor que le digas que soy Eustace —indicó Scrubb.

—El chico es Eustace, milord —ululó el búho tan alto como pudo.

—¿Llega tarde? —dijo el enano, irritado—. Ya lo creo que sí. Pero ¿es ése un motivo para traerlo a la corte? ¿Eh?

—No llega tarde —insistió el búho—. ES EUSTACE.

—¿Siempre lo hace? Os aseguro que no sé de qué estáis hablando. Os diré lo que sucede, maese Plumabrillante: cuando yo era un enano joven había bestias «parlantes» en este país que realmente sabían hablar. No emitían todos estos farfulleos, murmullos y susurros. No se habría tolerado ni por un segundo. Ni por un momento, señor mío. Urnus, mi trompetilla, por favor...

Un fauno pequeño que había permanecido en silencio junto al enano todo aquel tiempo le entregó entonces una trompetilla de plata. Estaba construida igual que el instrumento musical denominado serpentón, de modo que el tubo se arrollaba alrededor del cuello del enano. Mientras se lo acomodaba, el búho, Plumabrillante, dijo de improviso a los niños en un susurro:

—Ahora empiezo a pensar con más claridad. No digáis nada sobre el príncipe perdido. Os lo explicaré más tarde. No serviría de nada, de nada... ¡Uhú! ¡Vaya lío!

—Ahora —dijo el enano— si tenéis algo sensato que decir, maese Plumabrillante, intentad manifestarlo. Aspirad con fuerza y no habléis demasiado rápido.

Con la ayuda de los niños, y a pesar de un ataque de tos por parte del enano, Plumabrillante explicó que a los forasteros los había enviado Aslan a visitar la Corte de Narnia. El enano alzó rápidamente la mirada hacia ellos con una nueva expresión en los ojos.

—Enviados por el león directamente, ¿eh? —dijo—. Y desde... mm... desde el Otro Lugar... Más allá del fin del mundo, ¿no?

—Sí, milord —berreó Eustace en la trompetilla.

—Un Hijo de Adán y una Hija de Eva, ¿eh? —siguió el enano.

Pero los alumnos de la Escuela Experimental no habían oído hablar de Adán y Eva, de modo que Jill y Eustace no pudieron responder a aquello, aunque el enano no pareció advertirlo.

—Bien, queridos —dijo, tomando primero a uno y luego al otro de la mano e inclinando un poco la cabeza—. Se os da la bienvenida de todo corazón. Si el buen rey, mi pobre señor, no acabara de zarpar en dirección a las Siete Islas, se habría sentido complacido con vuestra llegada. Le habría devuelto la juventud por un momento... por un momento. Y ahora, ya es hora de cenar. Ya me contaréis qué os trae aquí mañana por la mañana en el consejo. Maese Plumabrillante, ocupaos de que se faciliten aposentos, ropas apropiadas y todo lo demás a estos invitados del modo más honorable. Y... Plumabrillante... permite que te diga al oído...

En aquel punto el enano acercó la boca a la cabeza del búho y, sin duda, su intención era susurrar, pero, como hacen las personas sordas, no era muy buen juez de su propia voz, y los dos niños lo oyeron gritar:

—Ocúpate de que les den un buen baño.

Después de aquello, el enano dio un golpecito con el látigo al asno y éste se puso en marcha en dirección al castillo a un paso que estaba entre un trote y un anadeo —era un animalito muy rechoncho—, en tanto que el fauno, el búho y los niños lo seguían a un paso bastante más lento. El sol se había puesto y empezaba a refrescar.

Cruzaron el césped y luego un manzanal y fueron a parar a la Puerta Norte de Cair Paravel, que estaba abierta de par en par. En el interior encontraron un patio cubierto de hierba. Se veían ya luces en las ventanas de la gran sala situada a su derecha y en una masa de edificios más complejos situados justo al frente.

El búho condujo a los niños al interior de éstos, y allí se llamó a una persona de lo más encantadora para que se ocupara de Jill. Ésta no era mucho más alta que la niña, y sí mucho más delgada, aunque evidentemente desarrollada, grácil como un sauce y con los cabellos ondulantes, también como las ramas de un sauce, y con algo que parecía musgo en ellos.

La muchacha condujo a Jill a una habitación redonda de uno de los torreones, en la que había una pequeña bañera hundida en el suelo, un fuego de maderas perfumadas ardiendo en el hogar y una lámpara que colgaba del techo mediante una cadena de plata. La ventana daba al oeste del curioso país de Narnia, y Jill vio los restos rojos de la puesta de sol brillando todavía tras las lejanas montañas. El espectáculo le hizo anhelar más aventuras y sentirse segura de que aquello no era más que el principio.

Tras haberse bañado, cepillado el pelo y puesto las prendas que habían elegido para ella —eran de esas que, además de producir una sensación agradable, resultan bonitas, huelen bien y emiten un sonido delicioso cuando uno se mueve—, estaba dispuesta a mirar de nuevo por aquella emocionante ventana, pero la interrumpió un golpe en la puerta.

—Adelante —dijo.

Y entró Scrubb en la habitación, también recién bañado y ataviado espléndidamente con ropas narnianas; aunque por su expresión no parecía muy complacido.

—Vaya, aquí estás, ¡por fin! —declaró de malhumor, dejándose caer en una silla—. Hace una barbaridad que te estoy buscando.

—Bueno, pues ya me has encontrado. Oye, Scrubb, ¿no te parece todo esto tan emocionante y fabuloso que es imposible expresarlo con palabras?

La niña había olvidado momentáneamente todo lo referente a las señales y al príncipe perdido.

—¡Ah! ¿Conque te parece emocionante? —repuso él: y luego, tras una pausa, siguió—: Pues yo desearía que no hubiéramos venido.

—¿Por qué?

—No puedo soportarlo —respondió él—. Eso de ver al rey... a Caspian... como un viejo chocho. Es... es espantoso.

—¿Por qué, qué tiene que ver contigo?

—Tú no lo comprendes. Y ahora que lo pienso bien, no lo entenderías por mucho que te lo explicara. No te he dicho que este mundo tiene un tiempo distinto del nuestro.

—¿A qué te refieres?

—El tiempo que uno pasa aquí no ocupa nada de nuestro tiempo. ¿Me explico? Quiero decir, por mucho tiempo que estemos aquí, seguiremos regresando a la escuela justo en el mismo instante en que la dejamos...

—¡Pues vaya gracia!

—¡Haz el favor de callarte! Deja de interrumpir, ¿quieres? Y cuando regresemos a Inglaterra, a nuestro mundo, no sabremos cómo transcurrirá el tiempo aquí. Podría transcurrir cualquier cantidad de años en Narnia mientras para nosotros transcurre un año en casa. Los Pevensie me lo explicaron pero se me olvidó. ¡Soy un desastre! Y ahora al parecer han pasado unos setenta años... años narnianos... desde la última vez que estuve aquí. ¿No lo comprendes? Y he vuelto para encontrar a Caspian convertido en un anciano.

—Entonces ¡el rey era un viejo amigo tuyo! —exclamó Jill, y un pensamiento horrible la estremeció.

—Yo diría que sí —respondió Scrubb en tono desdichado—. Casi mi mejor amigo. Y la última vez apenas tenía unos cuantos años más que yo. Y ver ahora a ese anciano de barba blanca, y recordar a Caspian como era la mañana que capturamos las Islas Solitarias, o en la pelea contra la serpiente marina... es espantoso. Es peor que regresar y encontrarlo muerto.

—Vamos, cierra el pico —dijo Jill, impaciente—. Es mucho peor de lo que crees. Hemos fastidiado la primera señal.

Como era natural, Scrubb no comprendió de qué hablaba, y entonces Jill le contó la conversación con Aslan, las cuatro señales y la tarea de encontrar al príncipe perdido que se les había encomendado.

—Así que ya ves —finalizó—, sí que viste a un viejo amigo, tal como dijo Aslan, y tendrías que haber ido a hablar con él al instante. Y no lo hiciste, así que hemos empezado con mal pie.

—Pero ¿cómo podía saberlo? —protestó él.

—Si al menos me hubieras escuchado cuando intenté decírtelo, todo habría ido bien.

—Sí, y si tú no te hubieras comportado como una idiota en el borde de aquel precipicio... ¡Estuviste a punto de asesinarme!..., pues sí, he dicho «asesinarme», y lo repetiré tantas veces como me parezca, de modo que no te sulfures..., habríamos llegado juntos y los dos sabríamos lo que había que hacer.

—Supongo que fue él exactamente la primera persona que viste. —Tanteó Jill—. Sin duda llegaste aquí varias horas antes que yo. ¿Estás seguro de que no viste a nadie antes?

—Llegué apenas un minuto antes que tú —respondió Scrubb—. Aslan debe de haberte soplado hacia aquí a más velocidad que a mí. Para recuperar el tiempo que perdiste.

—Te comportas de un modo repugnante, Scrubb —dijo Jill—. ¡Vaya! ¿Qué es eso?

Era la campana del castillo que anunciaba la cena, y así se interrumpió felizmente lo que de otro modo habría derivado en una pelea en toda regla. Para entonces los dos estaban bastante hambrientos.

La cena en el gran salón del castillo fue la cosa más espléndida que ninguno de ellos había visto jamás; pues, aunque Eustace había estado ya en aquel mundo antes, toda su visita había transcurrido en alta mar y no conocía nada de la magnificencia y cortesía de los narnianos cuando estaban en casa, en su propia tierra.

Del techo colgaban estandartes y todos los platos llegaban acompañados por trompeteros y timbaleros. Hubo sopas que te habrían hecho la boca agua sólo de pensar en ellas, deliciosos pescados llamados pavenders, carne de venado, de pavo real y empanadas, helados, jaleas, frutas y nueces, y toda clase de vinos y refrescos de fruta. Incluso Eustace se animó y admitió que «no estaba nada mal». Cuando el banquete finalizó, hizo su aparición un poeta ciego y entonó el magnífico y antiguo relato del príncipe Cor, Aravis y el caballo Bree, que se llama *El caballo y el muchacho* y cuenta una aventura que sucedió en Narnia, en Calormen y en las tierras situadas entre ambas, en la Edad de Oro, cuando Peter era Sumo Monarca en Cair Paravel. (No tengo tiempo ahora de contarlo, aunque realmente vale la pena oírlo.)

Mientras se arrastraban escaleras arriba hacia sus habitaciones, bostezando sin cesar, Jill comentó: «Apuesto a que dormiremos bien esta noche»; pues había sido un día muy atareado. Lo que viene a demostrar lo poco que uno sabe sobre lo que le va a suceder a continuación.

Capítulo cuatro

Un parlamento de búhos

Resulta muy curioso que cuanto más sueño tiene uno, más tarda en meterse en la cama; especialmente si se tiene la suerte de disponer de una chimenea encendida en la habitación. Jill se dijo que no podría ni empezar a desvestirse a menos que se sentara primero ante el fuego un ratito. Y en cuanto se sentó, ya no quiso volver a levantarse. Se había repetido ya a sí misma unas cinco veces: «Tengo que acostarme», cuando la sobresaltó un golpecito en la ventana.

Se levantó, descorrió la cortina, y al principio no vio otra cosa que oscuridad. Luego dio un salto y retrocedió, pues algo muy grande se había abalanzado contra la ventana, golpeando con fuerza el cristal al hacerlo. Una idea de lo más desagradable cruzó por su mente: «¡Espero que no tengan polillas gigantes en este país! ¡Uf!». Pero entonces la cosa regresó, y en esa ocasión estuvo más que segura de haber visto un pico, y el pico había sido lo que había golpeado el cristal. «Es una especie de pájaro grande —se dijo—. ¿Podría ser una águila?» Desde luego no deseaba visitas, ni siquiera de una águila, pero abrió la ventana y miró al exterior. Al instante, con un sonoro aleteo, la criatura se posó en el alféizar y se quedó allí, ocupando toda la ventana, de modo que la niña tuvo que retroceder para dejarle sitio. Era el búho.

—¡Chist, chist! Uhú, uhú —dijo el búho—. No hagas ruido. Veamos, ¿decíais en serio eso de llevar a cabo esa misión vuestra?

—¿Lo del príncipe desaparecido, quieres decir? —preguntó Jill—. Sí, claro que sí.

Pues en aquel momento recordaba la voz y el rostro del león, que casi había olvidado durante el banquete y la narración que habían tenido lugar en la sala.

—¡Magnífico! En ese caso no hay tiempo que perder. Debéis marcharos de aquí al momento. Iré a despertar al otro humano. Será mejor que te quites esas ropas cortesanas y te pongas algo más cómodo para viajar. Regresaré dentro de un instante. ¡Uhú!

Y sin aguardar su respuesta, desapareció.

De haber estado más acostumbrada a las aventuras, Jill podría haber dudado de la palabra del búho, pero ni se le ocurrió, e imbuida por la emocionante idea de una fuga a medianoche olvidó su somnolencia. Volvió a ponerse el suéter y los pantalones cortos —había un cuchillo de explorador en el cinturón de los pantalones que podría resultar útil— y añadió unas cuantas de las cosas que había dejado en la habitación para ella la muchacha de los cabellos ondulantes. Escogió una capa corta que le llegaba hasta las rodillas y tenía capucha («es lo más apropiado por si llueve», pensó), unos cuantos pañuelos y un peine. Luego se sentó y esperó.

Empezaba a adormilarse otra vez cuando regresó el búho.

—Ya estamos listos —anunció.

—Será mejor que guíes tú —indicó Jill—. No conozco todos los pasillos aún.

—¡Uhú! —dijo el búho—. No vamos a atravesar el castillo. Eso no sería nada sensato. Tienes que montar en mí. Volaremos.

—¡Cielos! —exclamó la niña, y se puso en pie con la boca abierta, nada contenta con la idea—. ¿No pesaré demasiado?

—¡Uhú, uhú! No seas tonta. Ya he llevado al otro. Vamos. Apagaremos la lámpara primero.

En cuanto la lámpara se apagó, el trozo de noche que se veía por la ventana pareció menos oscuro; ya no era negro, sino gris. El búho se colocó sobre el alféizar de espaldas a la habitación y alzó las alas, y Jill tuvo que subirse a su cuerpo corto y rechoncho, colocar las rodillas bajo las alas y sujetarse con fuerza. Las plumas resultaban deliciosamente cálidas y blandas pero no había nada a lo que agarrarse. «¡Me gustaría saber qué le pareció a Scrubb el viaje!», pensó. Y justo mientras lo pensaba, abandonaron el alféizar con un salto horrible, las alas batieron a toda velocidad junto a sus orejas y el aire nocturno, más bien fresco y húmedo, le azotó el rostro.

Había más luz de la que esperaba y, aunque el cielo estaba encapotado, se distinguía una mancha de un pálido tono plateado allí donde la luna quedaba oculta por encima de las nubes. Los campos situados a sus pies mostraban un color grisáceo, y los árboles parecían negros. Soplaba el viento; un viento siseante y alborotador que indicaba la proximidad de lluvia.

El búho giró de modo que el castillo quedó frente a ellos. Se veía luz en muy pocas ventanas. Volaron justo por encima de él, en dirección al norte, cruzando el río: el aire se enfrió, y a Jill le pareció distinguir el reflejo blanco del ave en el agua a sus pies. No tardaron en hallarse en la ribera norte del río, volando sobre terreno boscoso.

El búho atrapó algo con el pico que Jill no pudo distinguir.

—¡No, por favor! —exclamó—. No des sacudidas de este modo. Casi me tiras al suelo.

—Lo siento —se disculpó él—. Acababa de atrapar un murciélago. No hay nada tan nutritivo, a pequeña escala, como un delicioso murciélago rellenito. ¿Quieres uno?

—No, gracias —respondió Jill con un estremecimiento.

El búho volaba un poco más bajo entonces y un objeto enorme y negro se alzaba en dirección a ellos. Jill tuvo el tiempo justo de ver que se trataba de una torre —una torre parcialmente en ruinas, recubierta por gran cantidad de hiedra, se dijo— antes de verse obligada a agachar la cabeza para esquivar el arco de una ventana, mientras el búho se introducía con ella por la abertura recubierta de hiedra y telarañas, abandonando la noche fresca y gris para penetrar en un lugar oscuro en el interior de la parte alta de la torre.

Dentro olía bastante a moho y, en cuanto descendió del lomo del ave, supo —como uno acostumbra a saber instintivamente—, que el lugar estaba bastante concurrido. Y cuando, de todas partes, empezaron a surgir voces en la oscuridad que decían «¡Uhú! ¡Uhú!» comprendió que estaba atestado de búhos. Se sintió bastante aliviada cuando una voz muy diferente dijo:

—¿Eres tú, Pole?

—¿Eres tú, Scrubb?

—Bien —empezó Plumabrillante—, creo que ya estamos todos. Celebremos un parlamento de búhos.

—¡Uhú, uhú! Como dices tú, es lo que debemos hacer —replicaron varias voces.

—Un momento —dijo la voz de Scrubb—. Hay algo que quiero decir antes.

—Hazlo, hazlo, hazlo —dijeron los búhos.

—Adelante —añadió Jill.

—Supongo que todos vosotros, muchachos... búhos, quiero decir —empezó Scrubb—. Supongo que todos vosotros sabéis que el rey Caspian X, en su juventud, navegó hasta el extremo oriental del mundo. Bueno, pues yo estuve con él en ese viaje; con él y con Reepicheep el Ratón, y lord Drinian y todos ellos. Sé que parece difícil de creer, pero la gente no envejece en nuestro mundo a la misma velocidad que en el vuestro. Y lo que quiero decir es esto, que soy un hombre del rey; y si este parlamento de búhos es una especie de complot contra el monarca, no pienso tener nada que ver con él.

—Uhú, uhú, nosotros somos todos búhos del rey —declararon las aves.

—Entonces ¿de qué trata todo esto? —quiso saber el niño.

—No es más que eso —dijo Plumabrillante—, que si el Lord Regente, el enano Trumpkin, se entera de que vais a ir en busca del príncipe desaparecido, no dejará que os pongáis en marcha. Antes preferirá manteneros encerrados bajo llave.

—¡Cielos! —exclamó Scrubb—. ¿No estaréis diciendo que Trumpkin es un traidor? Oí hablar mucho de él en aquellos días, mientras navegábamos. Caspian, el rey, quiero decir, confiaba plenamente en él.

—Claro que no —dijo una voz—, Trumpkin no es ningún traidor. Pero más de treinta paladines, entre caballeros, centauros, gigantes buenos y toda clase de seres, han intentado en una ocasión u otra buscar al príncipe perdido, y ninguno de ellos ha regresado jamás. Y finalmente el rey dijo que no iba a permitir que siguieran desapareciendo los narnianos más valientes por ir en busca de su hijo. Y ahora no se permite ir a nadie.

—Pero sin duda nos dejaría ir a nosotros —indicó Scrubb—, cuando se enterara de quién soy yo y quién me envía.

—Nos envía a los dos —intervino Jill.

—Sí —repuso Plumabrillante—, creo que es muy probable que lo hiciera. Pero el rey no está. Y Trumpkin se atendrá a las normas. Es fiel como el acero, pero está más sordo que una tapia y es muy irascible. Jamás conseguiríais hacerle comprender que éste podría ser el momento para hacer una excepción.

—Tal vez penséis que podría hacernos caso a nosotros, porque somos búhos y todo el mundo sabe lo sabios que son los búhos —dijo otro—. Pero es tan viejo ahora que se limitaría a decir, «No eres más que un polluelo. Recuerdo cuando eras un huevo, así que no vengas a intentar darme lecciones, señor mío. ¡Cangrejos y bogavantes!».

Aquel búho imitaba bastante bien la voz de Trumpkin, y se oyeron carcajadas de búho por todas partes. Los niños empezaron a comprender que los narnianos sentían por Trumpkin lo mismo que se siente en la escuela por algún profesor de carácter brusco, al que todos temen un poco y del que todos se burlan pero al que en realidad todo el mundo quiere.

—¿Cuánto tiempo estará ausente el rey? —preguntó Scrubb.

—¡Ojalá lo supiéramos! —contestó Plumabrillante—. Verás, ha corrido el rumor, últimamente, de que se ha visto a Aslan en las islas... en Terebinthia, creo que fue. Y el rey dijo que haría otro intento antes de morir para poder ver a Aslan cara a cara, y pedirle consejo sobre quién deberá ser rey después de él. Pero todos tememos que, si no encuentra a Aslan en Terebinthia, parta hacia el este, a las Siete Islas y las Islas Solitarias, y siga adelante. Jamás habla al respecto, pero todos sabemos que no ha olvidado jamás aquel viaje al fin del mundo. Estoy seguro de que en el fondo de su corazón quiere regresar allí.

—En ese caso no sirve de nada esperar su regreso, ¿verdad? —intervino Jill.

—No, no sirve de nada —corroboró el búho—. ¡Vaya lío! ¡Si al menos lo hubierais reconocido y hablado con él de inmediato! Lo habría organizado todo... probablemente os habría entregado un ejército para acompañaros en la búsqueda del príncipe.

Jill mantuvo la boca cerrada al escucharlo y esperó que Scrubb fuera lo bastante caballeroso para no contar a los búhos por qué aquello no había sucedido.

Lo fue, o casi, pues se limitó a farfullar por lo bajo «Bueno, pues no fue culpa mía», antes de decir en voz alta:

—Muy bien. Tendremos que arreglárnoslas sin el ejército. Pero hay una cosa más que quiero saber. Si este parlamento de búhos, como lo llamáis, es algo legítimo y correcto y está libre de malicia, ¿por qué tiene que ser tan condenadamente secreto?... ¿Por qué tenemos que reunirnos en unas ruinas en plena noche, y todo eso?

—¡Uhú! ¡Uhú! —ulularon varias aves—. ¿Dónde deberíamos reunirnos? ¿Cuándo debería reunirse la gente si no es de noche?

—Verás —explicó Plumabrillante—, la mayoría de las criaturas de Narnia tiene unas costumbres de lo más estrafalarias. Hacen las cosas de día, bajo la plena y ardiente luz solar (¡uf!), cuando todo el mundo debería estar durmiendo. Y, como resultado, por la noche están tan ciegos y atontados que no se les puede sacar ni una palabra. De modo que nosotros, los búhos, hemos adoptado la costumbre de reunirnos a horas sensatas, por nuestra cuenta, cuando queremos hablar sobre cosas.

—Comprendo —dijo Scrubb—. Bueno, pues sigamos. Contádnoslo todo sobre el príncipe desaparecido.

Entonces un búho anciano, no Plumabrillante, relató la historia.

Al parecer, hacía unos diez años, cuando Rilian, el hijo de Caspian, era un caballero muy joven, partió a cabalgar con la reina, su madre, una mañana de mayo por la zona norte de Narnia. Llevaban muchos escuderos y damas con ellos y todos lucían guirnaldas de hojas frescas en la cabeza y llevaban cuernos colgados al costado; pero no llevaban perros, ya que iban de celebración del primero de mayo, no de caza.

Durante la parte más calurosa del día llegaron a un agradable claro en el que brotaba un manantial de agua fresca de la tierra, y allí desmontaron, comieron, bebieron y se divirtieron. Al cabo de un rato la reina sintió sueño, así que extendieron capas para ella sobre la orilla cubierta de hierba, y el príncipe Rilian junto con el resto del grupo se alejó un poco, para que sus narraciones y risas no la despertaran.

Y sucedió que, al poco, una gran serpiente salió del espeso bosque y mordió a la reina en la mano. Todos oyeron su grito y corrieron hacia ella, y Rilian fue el primero en llegar a su lado. Vio a la alimaña que se alejaba reptando y la persiguió espada en mano. Era enorme, brillante y verde como el veneno, de modo que pudo verla bien: pero se deslizó al interior de unos espesos matorrales y no pudo alcanzarla. Así pues, regresó junto a su madre, y los halló a todos muy atareados a su alrededor. Pero fue en vano, pues con sólo una ojeada a su rostro, Rilian supo que ningún medicamento de este mundo la curaría. Mientras siguió con vida, la reina pareció esforzarse por decirle algo; pero no podía hablar con claridad y, fuera el que fuese el mensaje, murió sin poder transmitirlo. Apenas habían transcurrido diez minutos desde que la oyeran chillar.

Transportaron a la difunta reina de vuelta a Cair Paravel, donde la lloraron amargamente Rilian, el rey y toda Narnia. Había sido una gran dama, prudente, afable y feliz, la esposa que el rey Caspian había traído desde el extremo oriental del mundo. Y la gente decía que la sangre de las estrellas corría por sus venas.

El príncipe quedó terriblemente afectado por la muerte de su madre, como es natural, y, después de aquello, salía siempre a cabalgar por los lindes septentrionales de Narnia, buscando aquel reptil venenoso, para matarlo y vengarse. Nadie prestó demasiada atención a sus salidas, a pesar de que el príncipe regresaba a casa de aquellos vagabundeos con aspecto cansado y enloquecido. Sin embargo, alrededor de un mes después de la muerte de la reina, algunos dijeron que percibían un cambio en él. Había una expresión en sus ojos como la de un hombre que ha visto visiones, y aunque permanecía fuera todo el día, su caballo no mostraba señales de haber cabalgado mucho. Su principal amigo entre los cortesanos de más edad era lord Drinian, que había sido capitán de su padre en aquel gran viaje a las partes más orientales de la tierra.

—Su alteza tiene que cesar en la búsqueda del reptil —dijo Drinian una tarde al príncipe—. No hay auténtica venganza cuando se trata de una bestia estúpida en lugar de un hombre. Os agotáis en vano.

—Milord —respondió el príncipe—, estos siete días he estado a punto de olvidar el reptil.

Drinian le preguntó por qué, si así era, cabalgaba tan continuamente por los bosques del norte.

—Milord —dijo él—, he visto allí la cosa más hermosa que jamás se haya creado.

—Mi buen príncipe —repuso Drinian—, os ruego que me dejéis cabalgar con vos mañana, para que yo también pueda ver esa cosa tan bella.

—De buen grado —contestó él.

Al día siguiente, al despuntar el alba, ensillaron sus caballos y partieron a veloz galope a los bosques del norte, descabalgando en el mismo manantial en el que la reina había hallado la muerte. Drinian consideró extraño que el príncipe eligiera aquel lugar precisamente para pasear. Descansaron allí hasta el mediodía: entonces Drinian alzó la vista y vio a la dama más hermosa que había visto jamás; la mujer permaneció de pie en el lado norte del manantial, sin decir nada, pero hizo señas al príncipe con la mano como si le instara a ir hacia ella. Era alta y magnífica, radiante, y se cubría con una fina prenda verde como el veneno. Y el príncipe la contempló fijamente como alguien que ha perdido el juicio. Pero, de repente, la dama desapareció, Drinian no supo por dónde; y los dos regresaron a Cair Paravel. En la mente del noble quedó grabada la idea de que aquella reluciente mujer de verde era malvada.

Drinian tuvo serias dudas sobre si contar aquella aventura al rey, pero como no deseaba ser un chismoso ni un soplón, calló. Aunque más tarde se arrepintió de no haber hablado, pues al día siguiente el príncipe Rilian salió a cabalgar solo. Aquella noche no regresó y desde aquel momento no se ha hallado ni rastro de él en toda Narnia ni en ningún territorio vecino. Tampoco se encontró jamás su caballo ni su sombrero ni su capa ni nada que le perteneciera.

Entonces Drinian, con el corazón lleno de amargura, fue a ver a Caspian y le dijo: «Majestad, matadme al momento por traidor: pues mediante mi silencio he destruido a vuestro hijo». Y le contó la historia.

Caspian tomó una hacha de guerra y se abalanzó sobre lord Drinian para matarlo, y Drinian permaneció inmóvil como una roca a la espera del golpe mortal. Pero cuando tenía el hacha alzada, Caspian la tiró repentinamente al suelo y exclamó: «He perdido a mi reina y a mi hijo: ¿debo perder también a mi amigo?» Y se arrojó al cuello de lord Drinian, lo abrazó y ambos lloraron, y su amistad no se rompió.

Tal era la historia de Rilian. Y cuando terminaron de contarla, Jill dijo:

—Apuesto a que esa serpiente y la mujer eran la misma persona.

—Cierto, cierto, pensamos lo mismo que tú —ulularon los búhos.

—Pero no creemos que matara al príncipe —indicó Plumabrillante—, porque no había huesos...

—Sabemos que no lo hizo —dijo Scrubb—. Aslan dijo a Pole que seguía vivo en alguna parte.

—Eso casi lo empeora —replicó el búho más anciano—. Significa que le es útil para algo, y que existe algún complot terrible contra Narnia. Hace mucho, mucho tiempo, en el principio de los tiempos, la Bruja Blanca surgió del norte y enterró nuestro país en nieve y hielo durante cien años. Y creemos que la mujer en cuestión puede ser de la misma calaña.

—Muy bien, pues —dijo Scrubb—. Pole y yo tenemos que encontrar a ese príncipe. ¿Nos podéis ayudar?

—¿Tenéis alguna pista? —preguntó Plumabrillante.

—Sí —respondió él—. Sabemos que debemos ir al norte. Y sabemos que debemos llegar a las ruinas de una ciudad de gigantes.

Al escuchar aquello sonaron más «¡uhús!» que nunca, y también el ruido de aves que se removían inquietas y erizaban las plumas, y a continuación todos los búhos empezaron a hablar a la vez. Todos explicaron lo mucho que lamentaban no poder acompañar a los niños en su búsqueda del príncipe desaparecido.

—Querréis viajar de día, y nosotros querremos hacerlo de noche —dijeron—. No resultaría, no resultaría.

Una o dos de las aves añadieron que incluso allí en la torre en ruinas ya no estaba tan oscuro como había estado cuando empezaron, y que el parlamento había durado ya demasiado. En realidad, la simple mención de un viaje a la ciudad en ruinas de los gigantes parecía haber desanimado a aquellas criaturas.

—Si quieren ir en esa dirección —dijo Plumabrillante, no obstante—, al interior del Páramo de Ettin, debemos conducirlos hasta los meneos de la Marisma. Son los únicos que pueden ayudarlos.

—Cierto, cierto, hagámoslo —dijeron los búhos.

—Vamos, pues —siguió Plumabrillante—. Yo llevaré a uno. ¿Quién llevará al otro? Debe hacerse esta noche.

—Yo lo haré; vamos a buscar a los meneos de la Marisma —respondió otro búho.

—¿Estás lista? —preguntó Plumabrillante a Jill.

—Me parece que Pole se ha dormido —dijo Scrubb.

CAPÍTULO CINCO

CHARCOSOMBRÍO

Jill estaba dormida. Desde el mismo instante en que se había iniciado el parlamento de los búhos no había dejado de bostezar con fuerza y había acabado por dormirse. No le hizo la menor gracia que la despertaran otra vez, ni encontrarse tumbada sobre unas tablas de madera en una especie de campanario polvoriento, totalmente oscuro, y lleno casi por completo de búhos. Pero aún se sintió menos complacida cuando oyó que tenían que ponerse en marcha hacia otra parte —y no, al parecer, para dormir mejor, precisamente— en el lomo del búho.

—Vamos, Pole, anímate —dijo Scrubb—. Al fin y al cabo, es una aventura.

—Estoy harta de aventuras —respondió ella de malhumor.

Accedió, no obstante, a montar en el lomo de Plumabrillante, y se despertó por completo —al menos durante un rato— al sentir la inesperada frialdad del aire cuando el ave salió volando con ella en mitad de la noche. La luna había desaparecido y no había estrellas. A lo lejos a su espalda distinguió una única ventana iluminada muy por encima del suelo; sin duda, en una de las torres de Cair Paravel. Aquello le hizo anhelar estar de vuelta en el delicioso dormitorio, bien abrigada en la cama mientras contemplaba el reflejo de las llamas de la chimenea sobre las paredes.

Introdujo las manos bajo la capa y se arrebujó bien en ella. Le resultó extraño escuchar dos voces en el aire oscuro a poca distancia de ella; Scrubb y su búho conversaban. «Su voz no suena cansada», pensó Jill, que no se daba cuenta de que el niño había corrido grandes aventuras en aquel mundo con anterioridad y que el aire narniano le estaba devolviendo aquella energía adquirida cuando navegaba por los Mares Orientales con el rey Caspian.

Jill tuvo que pellizcarse para mantenerse despierta, pues sabía que si dormitaba sobre el lomo de Plumabrillante probablemente se caería. Cuando por fin llegaron a puerto los dos búhos, descendió muy agarrotada de su montura y se encontró en terreno llano. Soplaba un viento helado y parecían hallarse en un lugar desprovisto de árboles.

—¡Uhú, uhú! —oyeron llamar a Plumabrillante—. Despierta, Charcosombrío. Despierta. Es un asunto del león.

Durante un buen rato no hubo respuesta. Luego, muy a lo lejos, apareció una luz tenue que empezó a acercarse. Con ella llegó una voz.

—¡Ah de los búhos! —dijo—. ¿Qué sucede? ¿Ha muerto el rey? ¿Ha desembarcado el enemigo en Narnia? ¿Hay una inundación? ¿O dragones?

Cuando la luz llegó hasta ellos, resultó ser la de un farol enorme. Jill apenas pudo distinguir a la persona que lo sostenía. Parecía ser todo piernas y brazos. Los búhos hablaban con él, y le explicaban lo ocurrido, pero ella estaba demasiado cansada para escuchar. Intentó despertarse un poco cuando descubrió que se despedían de ella; pero nunca consiguió recordar gran cosa después excepto que, al cabo de un tiempo, ella y Scrubb tuvieron que agacharse para pasar por un portal bajo y a continuación (¡gracias al cielo!) estaban ya tumbados sobre algo blando y cálido, y una voz les decía:

—Eso es. Es lo mejor que os podemos proporcionar. Pasaréis frío y estará duro. Húmedo también, seguramente. Lo más probable es que no peguéis ojo, incluso aunque no haya tormentas, ni inundaciones ni el *wigwam* se nos caiga encima, como ya he visto suceder. Hay que conformarse...

Pero la niña estaba ya profundamente dormida antes de que la voz terminara de hablar.

Cuando despertaron, ya tarde, a la mañana siguiente, descubrieron que descansaban, muy secos y calentitos, sobre camas de paja en un lugar oscuro. Una abertura triangular dejaba entrar la luz del día.

—¿Dónde demonios estamos? —preguntó Jill.

—En el *wigwam* de un meneo de la Marisma. No me preguntes qué es. No conseguí verlo anoche. Voy a levantarme. Salgamos en su busca.

—Qué asquerosa se siente una después de dormir vestida —manifestó la niña al incorporarse.

—Pues yo estaba pensando en lo cómodo que era no tener que vestirse —dijo Eustace.

—Ni lavarse tampoco, supongo —replicó ella, desdeñosa.

Pero Scrubb ya se había levantado, bostezado, alisado las ropas y arrastrado fuera del *wigwam*. Jill le imitó.

Lo que encontraron en el exterior no se parecía en nada a la Narnia que habían visto el día antes. Estaban en una enorme llanura uniforme dividida en innumerables islotes por innumerables canales de agua. Las islas estaban cubiertas de maleza áspera y bordeadas de cañas y juncos. En ocasiones había lechos de juncos de un acre de extensión. Nubes de aves se posaban continuamente en ellas y volvían a alzarse: patos, agachadizas, avetoros, garzas. Desperdigados por la zona se veían muchos *wigwams* como aquel en el que habían pasado la noche, pero todos a una buena distancia unos de otros; pues los meneos de la Marisma son gentes amantes de la intimidad.

A excepción del linde del bosque a varios kilómetros al sur y al oeste de donde estaban ellos, no se veía un árbol por ninguna parte. Hacia el este la llana marisma se extendía hasta unas bajas lomas de arena en la línea del horizonte, y uno advertía por el gusto salobre del viento que soplaba de aquella dirección que el mar se encontraba allá abajo. Al norte se veían unas colinas bajas de tonalidades pálidas, en algunos lugares fortificadas con rocas. El resto era marisma plana. Habría resultado un lugar deprimente en una tarde lluviosa, pero visto bajo el sol de la mañana, con un viento fresco soplando y el aire inundado por los gritos de los pájaros, había algo vivificante y limpio en su soledad. Los niños sintieron que sus ánimos se levantaban.

—Me gustaría saber adónde ha ido la cosa ésa —dijo Jill.

—¿Te refieres al meneo de la Marisma? —repuso Scrubb, como si se sintiera orgulloso de conocer la palabra—. Supongo que... vaya, debe de ser aquél.

Y entonces los dos lo vieron, sentado de espaldas a ellos, pescando, a unos cincuenta metros de distancia. Les había costado distinguirlo al principio porque era casi del mismo color que la marisma y porque estaba sentado muy quieto.

—Supongo que lo mejor será que vayamos a hablar con él —indicó Jill.

Scrubb asintió. Los dos se sentían algo nerviosos.

Mientras se acercaban, la figura volvió la cabeza y les mostró un rostro enjuto con las mejillas bastante hundidas, la boca firmemente cerrada, la nariz afilada y nada de barba. Llevaba un sombrero alto y puntiagudo como una espira, con una enorme ala ancha y plana. El pelo, si es que se le podía llamar así, que colgaba sobre sus grandes orejas era de un gris verdoso, y los mechones eran planos en lugar de redondeados, de modo que parecían juncos diminutos. La expresión era solemne, la tez terrosa, y se comprendía al instante que se tomaba muy en serio las cosas.

—Buenos días, huéspedes míos —saludó—. Aunque cuando digo «buenos» no quiero decir que no vaya a llover, o que no pueda nevar o haber niebla o truenos. No habéis podido dormir nada, imagino.

—Sí, y mucho.

—Vaya —dijo él, meneando la cabeza—, ya veo que intentáis sacar el mejor partido a la situación. Eso está bien. Se os ha educado bien, ya lo creo. Habéis aprendido a poner al mal tiempo buena cara.

—Si eres tan amable, aún no sé cómo te llamas —dijo Scrubb.

—Me llamo Charcosombrío. Pero no importa si lo olvidáis. Siempre os lo puedo volver a decir.

Los niños se sentaron uno a cada lado de él, y comprobaron que tenía unas piernas y brazos muy largos, de modo que aunque su cuerpo no era mucho mayor que el de un enano, sería más alto que muchos hombres cuando se pusiera en pie. Los dedos de las manos eran palmeados como los de una rana, y lo mismo sucedía con sus pies desnudos, que se balanceaban en el agua fangosa. Iba vestido con ropas color tierra que le venían muy holgadas.

—Estoy intentado pescar unas cuantas anguilas para hacer estofado de anguilas para cenar —explicó Charcosombrío—. Si bien no me sorprendería no atrapar ninguna. Y si las pesco, tampoco os gustarán mucho.

—¿Por qué no? —preguntó Scrubb.

—Pues porque no está dentro de lo razonable que os tengan que gustar nuestras vituallas, aunque no dudo que os lo tomaréis con valentía. De todos modos, mientras me dedico a pescarlas, podéis intentar encender el fuego... ¡no hay nada de malo en probar! La leña está detrás del *wigwam*. Tal vez esté húmeda. Podríais encenderlo dentro, y entonces se nos metería el humo en los ojos; o podríais hacerlo fuera, y entonces llovería y lo apagaría. Aquí tenéis mi yesquero. Supongo que no sabréis usarlo.

Pero Scrubb había aprendido a hacerlo en su última aventura. Los dos niños corrieron de regreso a la tienda, localizaron la leña —que estaba totalmente seca— y consiguieron encender un fuego con bastante menos dificultades de las acostumbradas. A continuación Scrubb se sentó y se ocupó de él mientras Jill fue a darse una especie de baño —que no resultó muy agradable— en el canal más próximo. Después de eso ella se ocupó del fuego y el niño tomó también un baño. Ambos se sintieron mucho más descansados, aunque muy hambrientos.

El meneo de la Marisma no tardó en reunirse con ellos. A pesar de sus expectativas de no atrapar ninguna anguila, llevaba aproximadamente una docena que ya había despellejado y limpiado. Colocó un puchero grande a hervir, avivó el fuego y encendió su pipa. Los meneos de la Marisma fuman una clase de tabaco muy extraño (hay quien dice que lo mezclan con barro) y los niños observaron que el humo de la pipa de Charcosombrío apenas se alzaba en el aire. Salía en forma de hilillos de la cazoleta, descendía hacia el suelo y deambulaba por él como una neblina. Era muy negro e hizo toser a Scrubb.

—Bien —dijo Charcosombrío—, esas anguilas tardarán una barbaridad en cocinarse, y cualquiera de vosotros podría desmayarse de hambre antes de que estén preparadas. Conocí a un niña que..., pero será mejor que no os cuente esa historia, porque podría desanimaros, y eso es algo que nunca hago. Así pues, para evitar que penséis en el hambre que sentís, podríamos charlar sobre vuestros planes.

—Sí, hagámoslo —asintió Jill—. ¿Puedes ayudarnos a encontrar al príncipe Rilian?

El meneo de la Marisma se succionó las mejillas hasta dejarlas más hundidas de lo que uno habría creído posible.

—Bueno, no sé si lo llamaríais ayuda —respondió—. En realidad, dudo que nadie pueda ayudar. Es evidente que lo más seguro es que no lleguemos muy lejos en un viaje hacia el norte, no en esta época del año, con el invierno a punto de llegar y todo eso. Y un invierno adelantado además, por lo que parece. Pero no debéis permitir que eso os desanime, pues lo más probable es que, entre los enemigos, las montañas, los ríos que hay que cruzar, las veces que nos perderemos, la falta de comida y los pies doloridos, ni nos demos cuenta del tiempo que haga. Y si no llegamos lo bastante lejos como para que sirva de algo, tal vez sí lleguemos lo bastante lejos como para no tener que regresar a toda prisa.

Los dos niños advirtieron que se refería siempre a «nosotros» en lugar de «vosotros», y los dos exclamaron al mismo tiempo:

—¿Vendrás con nosotros?

—Sí, desde luego que iré. No hay razón para que no lo haga, ¿sabéis? No creo que volvamos a ver al rey de regreso en Narnia, ahora que ha partido hacia tierras extranjeras; y tenía una tos muy fea cuando marchó. Luego está Trumpkin, pero se apaga por momentos. Y descubriréis que la cosecha será mala después de este verano tan terriblemente seco. Y no me extrañaría que algún enemigo nos atacara. Tened bien presente lo que os digo.

—Y ¿cómo empezaremos? —inquirió Scrubb.

—Bueno —contestó su anfitrión muy despacio—, todos los que fueron en busca del príncipe Rilian empezaron por el manantial donde lord Drinian vio a la dama. La mayoría partieron hacia el norte. Y puesto que ninguno de ellos regresó jamás, no podemos saber exactamente cómo les fue.

—Hemos de empezar encontrando una ciudad de gigantes en ruinas —declaró Jill—. Lo dijo Aslan.

—Hemos de empezar encontrándola, ¿no es eso? —respondió Charcosombrío—. No se nos permite empezar buscándola, supongo.

—Eso es lo que quiero decir, desde luego —indicó Jill—. Y luego, cuando la hayamos encontrado...

—Sí, «cuando» —intervino Charcosombrío con frialdad.

—¿Es que nadie sabe dónde está? —preguntó Scrubb.

—No sé si lo sabrá ese Nadie —replicó el otro—. Y no diré que no haya oído hablar de esa Ciudad en Ruinas. No, vosotros no empezaréis desde el manantial. Tendréis que atravesar el Páramo de Ettin. Ahí es dónde está la Ciudad en Ruinas, si es que está en alguna parte. Pero yo he viajado en esa dirección tan lejos como la mayoría de gente y jamás llegué a ningunas ruinas, de modo que no os engañaré.

—¿Dónde está el Páramo de Ettin? —quiso saber Scrubb.

—Mirad hacia allí en dirección norte —indicó él, señalando con su pipa—. ¿Veis esas colinas y trozos de farallones? Eso es el principio del Páramo de Ettin. Pero hay un río entre él y nosotros; el río Shribble. No hay puentes, claro está.

—Aunque supongo que podríamos vadearlo —sugirió Scrubb.

—Bueno, en realidad ya lo han vadeado otros —admitió Charcosombrío.

—A lo mejor encontramos gente en el Páramo de Ettin que nos pueda indicar el camino —dijo Jill.

—Tienes razón respecto a lo de encontrar gente —admitió él.

—¿Qué clase de gente vive allí? —preguntó la niña.

—No soy yo quién para decir que no sean buena gente a su manera —respondió Charcosombrío—. Si te gusta su forma de ser.

—Sí, pero ¿qué son? —insistió Jill—. Hay criaturas tan raras en este país. Quiero decir, ¿son animales, pájaros, enanos o qué?

—¡Uf! —dijo el meneo de la Marisma, tras soltar un largo silbido—. ¿No lo sabéis? Pensé que los búhos os lo habrían contado. Son gigantes.

Jill se estremeció. Ni siquiera le gustaban los gigantes de los libros, y en una ocasión había conocido a uno en una pesadilla. Entonces vio el rostro de Scrubb, que había adquirido un tono verdoso, y se dijo: «Apuesto a que está más acobardado él que yo». Eso la hizo sentir más valiente.

—El rey me contó hace tiempo —dijo Scrubb—, en la época en que estuve embarcado con él, que les había dado una buena paliza a esos gigantes en una guerra y les había hecho pagar tributo.

—Es totalmente cierto —respondió Charcosombrío—, ya lo creo que están en paz con nosotros. Mientras permanezcamos en nuestro lado del Shribble, no nos harán ningún daño. En su lado, en el Páramo... De todos modos, siempre existe una posibilidad. Si no nos acercamos a ninguno de ellos, si ninguno de ellos pierde el control y si no nos ven, tal vez podamos recorrer un buen trecho.

—¡Oye! —exclamó Scrubb, enojándose de improviso, como sucede tan fácilmente cuando a uno lo han asustado—. No creo que todo eso pueda ser ni la mitad de malo de lo que imaginas; al fin y al cabo, las camas del *wigwam* no eran duras ni estaba húmeda la madera. No creo que Aslan nos hubiera enviado siquiera si existieran tan pocas posibilidades de éxito.

Esperaba que el otro le respondiera con enojo, pero éste se limitó a decir:

—Ése es el espíritu, Scrubb. Así se habla. Poniendo buena cara a las contrariedades. Pero todos debemos tener mucho cuidado con nuestro genio, teniendo en cuenta las dificultades que tendremos que afrontar. No estaría nada bien pelear, ¿sabes? Al menos no empezar tan pronto. Sé que estas expediciones acostumbran a finalizar así: acuchillándose unos a otros, seguramente, antes de que todo haya terminado. Pero cuanto más tiempo podamos evitarlo...

—Bueno, pues si consideras que es tan inútil —interrumpió Scrubb—, creo que lo mejor será que te quedes. Pole y yo podemos ir solos, ¿no te parece, Pole?

—Cállate y no seas ridículo, Scrubb —se apresuró a decir Jill, aterrada por si el meneo de la Marisma le tomaba la palabra.

—No te desanimes, Pole —dijo Charcosombrío—, iré, no te quepa la menor duda. No pienso perder una oportunidad como ésta. Me irá bien. Todos dicen, quiero decir que los otros meneos dicen, que soy demasiado inconstante; que no me tomo la vida lo bastante en serio. Si no lo han dicho una vez, lo han dicho miles. «Charcosombrío», me dicen, «tienes la cabeza llena de pájaros. Eres un despreocupado. Tienes que aprender que la vida no es simplemente comer ranas estofadas y empanadas de anguilas. Necesitas algo que te calme un poco. Lo decimos únicamente por tu bien, Charcosombrío.» Eso es lo que dicen. Así pues una tarea como ésta, un viaje al norte justo al inicio del invierno, para buscar a un príncipe que probablemente no esté allí, pasando por una ciudad en ruinas que nadie ha visto nunca, será justo lo que necesito. Si eso no consigue que uno siente la cabeza, no sé qué lo hará. —Y se frotó las enormes manos parecidas a las de una rana como si hablara de acudir a una fiesta o a una representación teatral—. Y ahora —añadió—, veamos cómo les va a esas anguilas.

Cuando estuvo lista, la comida resultó deliciosa y los niños se sirvieron dos raciones enormes cada uno. Al principio el meneo de la Marisma no quería creer que realmente les gustara aquello, y después de que comieran tanto que tuvo que creerles, recurrió a decir que sin duda les sentaría fatal.

—No me sorprendería nada que lo que es comida para los meneos pueda ser veneno para los humanos —dijo.

Después de la comida tomaron té en tazones de hojalata (como habrás visto hacer a los hombres que efectúan trabajos en las carreteras), y Charcosombrío dio una buena cantidad de sorbos de un botella cuadrada de color negro. Ofreció un poco a los niños, pero a éstos les pareció bastante desagradable.

El resto del día lo pasaron realizando preparativos para poder ponerse en marcha bien temprano a la mañana siguiente. Charcosombrío, al ser con mucho el de mayor tamaño, dijo que transportaría tres mantas con un gran trozo de tocino enrollado en su interior. Jill llevaría los restos de las anguilas, unas cuantas galletas y el yesquero; Scrubb cargaría tanto con su capa como con la de Jill cuando no tuvieran que llevarlas puestas. Scrubb —que había aprendido un poco a disparar cuando navegaba al este con Caspian— llevaba el segundo mejor arco de Charcosombrío, pues el mejor lo llevaba él mismo; si bien dijo que debido a los vientos, a las cuerdas de arco húmedas, la mala luz y los dedos helados, estaba casi seguro de que no acertarían al disparar. Tanto él como Scrubb tenían espadas —el niño había traído la que le habían dejado en su habitación de Cair Paravel— mientras que Jill tenía que contentarse con su cuchillo. Habría tenido lugar una disputa al respecto, pero en cuanto empezaron a discutir el meneo se frotó las manos y dijo:

—Ya está. Justo lo que pensaba. Eso es lo que acostumbra a suceder en las aventuras. —Y aquello los hizo callar.

Los tres se acostaron temprano en el interior del *wigwam*, y en aquella ocasión los niños sí que durmieron muy mal, debido principalmente a que Charcosombrío, tras decir: «Será mejor que intentéis dormir un poco vosotros dos; aunque no creo que peguéis ojo en toda la noche», se durmió con unos ronquidos tan potentes y continuados que, cuando por fin consiguió conciliar el sueño, Jill se pasó la noche soñando con máquinas taladradoras, con cascadas y con trenes expreso que atravesaban túneles.

Capítulo seis

Los Páramos Salvajes del Norte

Alrededor de las nueve de la mañana siguiente las tres figuras solitarias cruzaban ya con sumo cuidado el río Shribble a través de bajíos y pasaderos. Era un río poco profundo y ruidoso, y ni siquiera Jill se había mojado por encima de las rodillas cuando alcanzaron la orilla norte. Unos cincuenta metros más adelante, el terreno empezó a elevarse hasta alcanzar el inicio del páramo, muy empinado por todas partes y a menudo en forma de riscos.

—¡Supongo que ése es el camino que debemos seguir! —dijo Scrubb, señalando a la izquierda y al oeste, a un punto donde un arroyo surgía del páramo mediante una garganta poco profunda; pero el meneo de la Marisma negó con la cabeza.

—Los gigantes viven principalmente en las orillas de esa garganta —explicó—. Podrías decir que la garganta es como una calle para ellos. Será mejor que sigamos todo recto, aunque sea un poco empinado.

Localizaron un lugar por el que podían trepar, y al cabo de unos diez minutos se encontraron, jadeantes, en lo alto. Lanzaron una ansiosa mirada a su espalda, al valle de Narnia, y luego volvieron los rostros hacia el norte. El inmenso y solitario páramo se extendía ante ellos hasta donde alcanzaba la vista. A su izquierda el terreno era más pedregoso. Jill se dijo que debía de ser el linde de la garganta de los gigantes y no sintió demasiadas ganas de mirar en aquella dirección. Iniciaron la marcha.

Era un terreno mullido y cómodo para andar, y más en un día de pálida luz solar invernal. A medida que se adentraban en el páramo, la soledad aumentó: de vez en cuando se podía oír el canto de avefrías y se veía algún que otro halcón. Cuando se detuvieron a media mañana para descansar y tomar un trago en una pequeña hondonada junto a un arroyo, Jill empezó a pensar que al fin y al cabo tal vez le gustara eso de correr aventuras, y así lo dijo.

—Aún no hemos corrido ninguna —declaró el meneo de la Marisma.

Las caminatas tras la primera parada —igual que las mañanas en la escuela después de la pausa o los viajes en ferrocarril después de cambiar de tren— jamás prosiguen igual que antes. Cuando volvieron a ponerse en marcha, Jill advirtió que el borde rocoso de la garganta se hallaba más cerca, y que las rocas eran menos planas, más verticales, de lo que habían sido antes. De hecho eran como torres pequeñas de roca. ¡Y tenían unas formas la mar de curiosas!

«Realmente —pensó Jill— creo que todos los relatos sobre gigantes podrían haber salido de esas rocas tan curiosas. Si se pasa por aquí cuando empieza a oscurecer, es fácil pensar que esos montones de rocas son gigantes. ¡Sólo hay que fijarse en ésa! Da la impresión de que ese bloque de lo alto es una cabeza, algo grande para el cuerpo, pero ideal para un gigante feo. Y toda esa cosa tan tupida de ahí... supongo que en realidad es brezo y nidos de aves..., pero quedaría muy bien como pelo y barba. Y las cosas que sobresalen a cada lado parecen orejas. Son horriblemente grandes, pero me atrevería a decir que los gigantes tienen orejas enormes, como los elefantes. Y... ¡oooh!...»

La sangre se le heló en las venas. La cosa se movía. Era un gigante de verdad. No había error posible; había visto cómo giraba la cabeza y también había vislumbrado el rostro enorme, tontuno y mofletudo. Todas aquellas cosas eran gigantes, no rocas, y había unos cuarenta o cincuenta, todos en fila; evidentemente, estaban de pie con los pies sobre el fondo de la cañada y los codos apoyados en la parte superior, igual que hombres de pie asomados a una tapia... hombres ociosos, una mañana soleada después de desayunar.

—Seguid recto —musitó Charcosombrío, que también había advertido su presencia—. No los miréis. Y hagáis lo que hagáis, no corráis. Nos perseguirían al instante.

Así pues, siguieron adelante, fingiendo no haber visto a los gigantes. Era como pasar ante la verja de una puerta en la que hay un perro feroz, o incluso peor. Había docenas y docenas de gigantes, pero no parecían enojados, ni amables, ni siquiera interesados. No mostraban ninguna señal de haber visto a los viajeros.

Entonces —*zas, zas, zas*— un objeto pesado hendió el aire a toda velocidad, y con un fuerte estrépito, un peñasco enorme cayó a unos veinte pasos por delante de ellos. Y luego —¡*pof*!— otro cayó veinte metros a su espalda.

—¿Disparan contra nosotros? —preguntó Scrubb.

—No —respondió Charcosombrío—, estaríamos mucho más a salvo si así fuera. Intentan darle a «eso», a ese montón de piedras situado ahí a la derecha. Pero no acertarán, ¿sabes? Estamos bastante a salvo; tienen una puntería pésima. Juegan al tiro al blanco casi todas las mañanas que hace buen tiempo. Es casi el único juego que son capaces de entender.

Fueron unos momentos terribles. La fila de gigantes parecía no tener fin, y no cesaron de lanzar piedras ni un instante, algunas de las cuales cayeron sumamente cerca. Aparte del auténtico peligro, la misma visión y el sonido de sus caras y voces era suficiente para atemorizar a cualquiera. Jill intentó no mirarlos.

Al cabo de unos veinticinco minutos los gigantes iniciaron, lo que parecía una discusión y eso puso fin a los disparos, aunque no es agradable hallarse a menos de dos kilómetros de varios gigantes enzarzados en una pelea. Éstos vociferaban y se insultaban unos a otros con palabras largas y sin sentido de unas veinte sílabas cada una. Soltaban espumarajos, farfullaban y saltaban enfurecidos, y cada salto estremecía la tierra como una bomba; también se zurraban unos a otros en la cabeza con martillos de piedra enormes y toscos; pero tenían una cabeza tan dura que los martillos rebotaban, y entonces el monstruo que había asestado el golpe soltaba el arma y aullaba de dolor porque se había hecho daño en los dedos. Sin embargo, eran tan estúpidos que volvían a hacer exactamente lo mismo al instante. A la larga resultó beneficioso, ya que al cabo de una hora todos los gigantes estaban tan magullados que se sentaron en el suelo y empezaron a llorar. Al sentarse, las cabezas quedaron por debajo del borde de la cañada, de manera que ya no se los veía. De todos modos, Jill los oyó aullar, sollozar y llorar ruidosamente igual que bebés enormes incluso después de que aquel lugar quedara a casi dos kilómetros de distancia.

Aquella noche durmieron al raso en el páramo desnudo, y Charcosombrío mostró a los niños cómo sacar el mejor provecho de las mantas durmiendo espalda contra espalda. (Las espaldas en contacto proporcionan calor y de ese modo se pueden colocar las dos mantas encima.) Pero incluso así fue una noche helada y el suelo estaba duro y aterronado. Su compañero les dijo que se sentirían más cómodos si pensaban en cómo aumentaría el frío más adelante y más al norte; pero aquello no los animó en absoluto.

Viajaron por el Páramo de Ettin durante muchos días, guardando el tocino y alimentándose principalmente de las aves de los páramos —desde luego no eran aves parlantes— que cazaban Eustace y el meneo. Jill casi envidiaba a Eustace por saber disparar; el niño había aprendido a hacerlo durante su viaje con el rey Caspian. Puesto que en el páramo había innumerables arroyos, tampoco les faltaba nunca agua. Jill se dijo que cuando, en los libros, la gente vive de lo que caza, nunca explican lo tediosa, maloliente y repugnante que es la tarea de desplumar y limpiar un pájaro muerto, y lo helados que se quedan los dedos. Sin embargo, lo más fantástico fue que apenas tropezaron con otros gigantes. Uno los vio a ellos, pero se limitó a prorrumpir en ruidosas carcajadas y se marchó con sonoras pisadas a ocuparse de sus asuntos.

Alrededor del décimo día llegaron a un lugar donde el paisaje cambiaba. Alcanzaron el borde norte del páramo y a sus pies se extendía una larga ladera empinada que penetraba en un territorio distinto y más siniestro. La pendiente terminaba en unos riscos: más allá de éstos, un país de montañas altas, precipicios oscuros, valles pedregosos, barrancos tan profundos y estrechos que no se podía ver gran parte de su interior y ríos que surgían de gargantas resonantes para zambullirse tétricamente en negras profundidades. Huelga decir que fue Charcosombrío quien señaló una pizca de nieve en las vertientes más lejanas.

—Pero habrá más en la cara norte, seguro —añadió.

Tardaron un poco en alcanzar el fondo de la pendiente y, cuando lo hicieron, contemplaron desde lo alto de los farallones un río que discurría a sus pies de oeste a este. La corriente quedaba encerrada entre precipicios tanto en el extremo más alejado como en aquel en el que se encontraban ellos, y era de color verde y umbría, llena de rápidos y cascadas. El rugido del agua estremecía el suelo incluso allí donde estaban ellos.

—El lado bueno —dijo Charcosombrío— es que si nos partimos el cuello bajando por el risco, nos evitaremos el ahogarnos en el río.

—¿Qué hay de eso? —indicó Scrubb de improviso, señalando río arriba a su izquierda.

Entonces todos miraron y vieron lo último que habrían esperado ver: un puente. Y ¡menudo puente! Era un arco enorme y único que cruzaba el desfiladero desde la parte superior de un risco al otro; y la corona del arco quedaba tan por encima de lo alto de los riscos como la cúpula de la catedral de St. Paul de Londres queda por encima del nivel de la calle.

—¡Vaya, sin duda es un puente de gigantes! —exclamó Jill.

—O de un hechicero, probablemente —dijo Charcosombrío—. Debemos estar atentos a los hechizos en un lugar como éste. Creo que es una trampa. Creo que se convertirá en niebla y se desvanecerá en cuanto estemos en su parte central.

—¡Por Dios, no seas tan aguafiestas! —protestó Scrubb—. ¿Por qué demonios no podría ser un puente y ya está?

—¿Creéis que cualquiera de los gigantes que hemos visto sería lo bastante inteligente para construir algo así? —inquirió Charcosombrío.

—Pero ¿no podrían haberlo construido otros gigantes? —indicó Jill—. Quiero decir, gigantes que vivieran hace cientos de años, y fueran mucho más listos que los actuales. Podrían haberlo construido los mismos que construyeron la ciudad gigante que buscamos. Y eso significaría que estamos en el camino correcto; ¡el viejo puente conduciría a la antigua ciudad!

—Ésa es una idea genial, Pole —dijo Scrubb—. Debe de ser eso. Vamos.

Así pues dieron la vuelta y se marcharon en dirección al puente. Y cuando lo alcanzaron, desde luego les pareció muy sólido. Cada piedra individual era tan grande como las de Stonehenge y sin duda las habían tallado canteros muy buenos en un pasado remoto, aunque en aquellos momentos estaban agrietadas y desmoronadas. Aparentemente, la barandilla había estado cubierta de tallas magníficas, de las que quedaban algunos vestigios; mohosos rostros y figuras de gigantes, minotauros, calamares, ciempiés y dioses espantosos. Charcosombrío seguía sin confiar en él, pero consintió en cruzarlo con los niños.

La ascensión hasta la corona del puente fue larga y pesada. Las enormes piedras habían caído en muchos lugares, dejando aberturas terribles por las que se podía ver la furiosa corriente de agua a cientos de metros por debajo de ellos. Incluso vieron una águila que pasaba volando bajo sus pies. Cuanto más subían, más frío hacía, y el viento soplaba con tal fuerza que apenas podían mantener el equilibrio; parecía hacer temblar el mismo puente.

Al llegar a lo alto y contemplar la pendiente que les aguardaba al otro lado descubrieron lo que parecían los restos de una antigua calzada de gigantes extendiéndose ante ellos hasta perderse en el interior de las montañas. Faltaban muchas losas y existían amplias zonas de hierba entre las que quedaban. Y cabalgando hacia ellos por aquella vieja carretera había dos personas del tamaño de un humano adulto.

—Seguid. Vayamos hacia ellos —indicó Charcosombrío—. Es probable que cualquiera que uno encuentre en un lugar como éste sea un enemigo, pero no debemos permitir que piensen que tenemos miedo.

Cuando por fin abandonaron el puente y pisaron la hierba del otro extremo, los dos desconocidos se hallaban ya bastante cerca. Uno era un caballero con una armadura completa y la visera bajada. Tanto la armadura como el caballo eran negros, y no había ningún símbolo en el escudo ni banderín en la lanza. El otro viajero era una dama montada en un caballo blanco, un caballo tan hermoso que entraban ganas de besarle el hocico y darle un terrón de azúcar nada más verlo; pero la dama, que montaba a mujeriegas y llevaba un vestido largo y vaporoso de deslumbrante color verde, era más hermosa aún.

—Buen día tengáis, viajerrros —exclamó con una voz tan dulce como el canto más dulce de un pájaro, haciendo trinar las erres de un modo delicioso—. Algunos de vosotrrros debéis serr jóvenes peregrrrinos para estar recorrriendo este pedrrregoso erial.

—Puede ser, señora —respondió Charcosombrío en tono envarado y en guardia.

—Buscamos la Ciudad en Ruinas de los gigantes —dijo Jill.

—¿La Ciudad en Rrruinas? —inquirió la dama—. Es extraño buscar un lugar así. ¿Qué haréis si lo encontráis?

—Hemos de... —empezó a decir Jill, pero Charcosombrío la interrumpió.

—Disculpad, señora. Pero no os conocemos ni a vos ni a vuestro amigo, que es un tipo muy callado, ¿no es cierto?, y vos no nos conocéis a nosotros. Y la verdad es que preferimos no hablar de nuestros asuntos a desconocidos, si no os importa. ¿Creéis que va a llover?

La dama lanzó una carcajada: la carcajada más sonora y musical que imaginar se pueda.

—Bien, niños —dijo—, os acompaña un guía sabio y solemne. No me molesta que sea rrreservado, pero yo no lo seré. He oído mencionar a menudo el nombre de la «Ciudad Ruinosa» de los gigantes, pero jamás he encontrado a nadie que me dijera cómo llegar allí. Esta calzada conduce a la villa y al castillo de Harfang, donde habitan los gigantes bondadosos. Son tan apacibles, educados, prudentes y corteses como estúpidos, feroces, salvajes y dados a toda clase de brutalidades son los que viven en el Páramo de Ettin. En Harfang tal vez o tal vez no obtengáis noticias sobre la Ciudad Ruinosa, pero lo que desde luego encontraréis será buen alojamiento y anfitriones divertidos. Lo más prudente sería que pasarais allí el invierno o, al menos, que os quedarais unos cuantos días para descansar y recuperar fuerzas. Allí encontraréis baños humeantes, camas blandas y chimeneas encendidas; y tendréis asados, panes, dulces y bebida en vuestra mesa cuatro veces al día.

—¡Vaya! —exclamó Scrubb—. ¡Eso no está nada mal! Imagina volver a dormir en una cama.

—Sí, y darse un buen baño caliente —repuso Jill—. ¿Creéis que nos pedirán que nos quedemos? No los conocemos, ¿sabéis?

—Limitaos a decirles que la Dama de la Saya Verde los saluda a través de vosotros, y les ha envía a dos hermosos niños del sur para el Banquete de Otoño.

—Gracias, muchísimas gracias —dijeron Jill y Scrubb.

—Pero tened cuidado —siguió la dama— de que, sea cual sea el día que lleguéis a Harfang, no os presentéis allí demasiado tarde. Pues cierran las puertas pocas horas después del mediodía y es costumbre en el castillo no abrirlas a nadie una vez que han corrido el cerrojo, por muy fuerte que llamen.

Los niños le volvieron a dar las gracias, con ojos relucientes, y la dama se despidió de ellos agitando la mano. El meneo de la Marisma se quitó el sombrero picudo y le dedicó una envarada reverencia. Luego el caballero silencioso y la dama hicieron que sus caballos iniciaran la ascensión por la empinada pendiente del puente con un gran estrépito de cascos.

—¡Vaya! —dijo Charcosombrío—. No sabéis lo que daría por saber de dónde venía y adónde iba. No es de la clase de personas que uno espera encontrar en las zonas salvajes del País de los Gigantes, ¿no es cierto? No trama nada bueno, estoy seguro.

—¡Tonterías! —soltó Scrubb—. En mi opinión fue sencillamente estupenda. Y pensad en las comidas calientes y las habitaciones acogedoras. Espero que Harfang no esté demasiado lejos.

—Lo mismo pienso yo —indicó Jill—. Y ¿no os parece que llevaba un vestido magnífico? Y ¡qué caballo!

—De todos modos —intervino Charcosombrío—. Desearía que supiéramos un poco más sobre ella.

—Yo iba a preguntarle más cosas —repuso Jill—, pero ¿cómo podía hacerlo cuando tú no quisiste decirle nada sobre nosotros?

—Sí —dijo Scrubb—. Y ¿por qué te mostraste tan estirado y desagradable? ¿No te gustaban?

—¿Que si no me gustaban? —inquirió él—. ¿Quiénes? Yo sólo vi a una persona.

—¿No viste al caballero? —preguntó Jill.

—Vi una armadura —respondió Charcosombrío—. ¿Por qué no habló?

—Supongo que era tímido —repuso la niña—. O tal vez sólo quiere mirarla a ella y escuchar su encantadora voz. Estoy segura de que yo lo haría si fuera él.

—Me preguntaba —comentó Charcosombrío— qué se vería realmente si se alzase la visera de aquel yelmo y se mirase en su interior.

—¡Maldita sea! —dijo Scrubb—. ¡Piensa en la forma de la armadura! ¿Qué podía haber en su interior excepto un hombre?

—¿Qué tal un esqueleto? —inquirió el meneo de la Marisma como si fuera lo más divertido del mundo—. O tal vez —añadió como si se le acabara de ocurrir—, ¡nada! Quiero decir, nada que se pudiera ver. Alguien invisible.

—Realmente, Charcosombrío —dijo Jill con un estremecimiento—, tienes unas ideas espantosas. ¿Cómo se te ocurren esas cosas?

—¡Al demonio con sus ideas! —exclamó Scrubb—. Siempre espera lo peor, y siempre se equivoca. Pensemos en esos gigantes bondadosos y pongámonos en marcha hacia Harfang tan de prisa como podamos. Ojala supiera a qué distancia está.

Y entonces estuvieron a punto de tener la primera de aquellas disputas que Charcosombrío había pronosticado: no era que Jill y Scrubb no hubieran discutido e intercambiado insultos con bastante frecuencia antes, pero aquélla era la primera desavenencia seria. Charcosombrío no quería que fueran a Harfang. Dijo que no sabía cuál podría ser la idea que tenía un gigante sobre ser «amable», y que, de todos modos, las señales de Aslan no habían mencionado nada sobre alojarse con gigantes, amables o no.

Los niños que, por otra parte, estaban hartos del viento y la lluvia, de aves flacuchas asadas en fogatas y de dormir sobre un suelo frío y duro, estaban empeñados en visitar a los gigantes bondadosos. Finalmente, Charcosombrío dio su conformidad, pero con una única condición: los niños debían prometerle que, a menos que él les diera permiso, no contarían a los gigantes bondadosos que venían de Narnia ni que buscaban al príncipe Rilian. Lo prometieron y reanudaron la marcha.

Tras aquella conversación con la dama las cosas empeoraron de dos maneras distintas. En primer lugar el terreno era mucho más difícil. La calzada discurría a través de interminables valles estrechos por los que siempre les soplaba en el rostro un cortante viento del norte. No había nada que pudieran utilizar como leña ni existían hondonadas pequeñas y agradables en las que acampar, como las que había habido en el páramo; además, el suelo estaba cubierto de piedras, que hacían que los pies les dolieran durante el día y todo el resto del cuerpo durante la noche.

En segundo lugar, fuera cual fuese la intención de la dama al hablarles sobre Harfang, el efecto que tuvo sobre los niños fue malo. No eran capaces de pensar en otra cosa que no fueran camas, baños, comida caliente y lo agradable que sería estar dentro de una casa. Ya nunca hablaban sobre Aslan ni tampoco sobre el príncipe desaparecido; y además Jill abandonó su costumbre de repetir para sí las señales cada noche y cada mañana. Al principio, se dijo que estaba demasiado cansada, pero pronto se olvidó completamente. Y si bien se habría esperado que la idea de pasárselo bien en Harfang los hiciera sentirse más animados, en realidad provocó que tuvieran más lástima de sí mismos y se mostraran más gruñones e irascibles entre sí y con Charcosombrío.

Finalmente, una tarde llegaron a un lugar donde el desfiladero por el que viajaban se ensanchaba, y abetos oscuros se alzaban a ambos lados. Al mirar al frente vieron que habían cruzado las montañas. Ante ellos se extendía una llanura desolada y rocosa: más allá de ésta, nuevas montañas coronadas de nieve. Sin embargo, entre ellos y esas otras montañas se elevaba una colina baja con una cima achatada e irregular.

—¡Mirad! ¡Mirad! —gritó Jill, y señaló al otro lado de la llanura.

Allí, por entre la creciente oscuridad, de detrás de la colina achatada, todos pudieron ver luces. ¡Luces! No la luz de la luna, ni de fogatas, sino una hogareña y reconfortante hilera de ventanas iluminadas. Si no has estado nunca en una zona desierta, de día y de noche, durante semanas, difícilmente comprenderás cómo se sintieron.

—¡Harfang! —chillaron Scrubb y Jill con voces satisfechas y emocionadas.

—Harfang —repitió Charcosombrío con voz apagada y abatida; pero añadió—: ¡Vaya! ¡Gansos salvajes!

Se quitó el arco del hombro al instante y derribó un ganso bien cebado. Era demasiado tarde para pensar en llegar hasta la ciudad aquel día, pero tuvieron una comida caliente y una fogata, y por primera vez en una semana, entraron en calor. Cuando se apagó la fogata, la noche se tornó terriblemente fría, y cuando despertaron a la mañana siguiente, las mantas estaban rígidas por culpa de la escarcha.

—¡No importa! —declaró Jill, pateando el suelo—. ¡Tomaremos un baño caliente esta noche!

Capítulo siete

La colina de las Zanjas Asombrosas

No se puede negar que el día fue espantoso. Sobre sus cabezas el cielo estaba gris, cubierto de nubes que presagiaban nieve; bajo los pies, una helada negra cubría el suelo y, a su alrededor, soplaba un viento que parecía capaz de arrancarle a uno la piel. Cuando por fin alcanzaron la llanura descubrieron que aquella parte de la antigua calzada estaba en un estado mucho más ruinoso que cualquier otra que hubieran visto hasta entonces. Tuvieron que avanzar con cuidado por encima de enormes piedras rotas, entre peñascos y a través de cascotes: un avance difícil para unos pies doloridos. Y, no obstante lo cansado que resultaba, hacía demasiado frío para detenerse.

Sobre las diez de la mañana los primeros copos de nieve diminutos descendieron perezosamente y se posaron en el brazo de Jill. Al cabo de diez minutos caían con más abundancia y unos veinte minutos más tarde el suelo resultaba ya perceptiblemente blanco. Pasada una buena media hora, una nevada fuerte y continua, que daba la impresión de ir a durar todo el día, les azotaba el rostro de tal modo que apenas podían ver.

Para comprender lo que sucedió a continuación hay que recordar lo poco que podían ver. A medida que se acercaban a la colina baja que los separaba del lugar en el que habían aparecido las ventanas iluminadas, se quedaron sin una visión de conjunto, pues apenas distinguían unos pocos pasos al frente, y eso después de entrecerrar bien los ojos. Huelga decir que nadie hablaba.

Cuando llegaron al pie de la colina vislumbraron lo que podrían ser rocas a ambos lados, unas rocas más o menos cuadradas si se las miraba con atención, pero nadie lo hizo. Todos estaban más preocupados por el desnivel situado justo frente a ellos, que les impedía el paso y que tenía una altura aproximada de un metro veinte. El meneo de la Marisma, con sus piernas tan largas, no tuvo ninguna dificultad para saltar por encima de ésta, y a continuación ayudó a los niños a subir. Resultó una tarea húmeda y desagradable para ellos, aunque no para él, pues había una buena capa de nieve sobre el desnivel en aquellos momentos. Luego tuvieron que realizar una ascensión empinadísima —Jill se cayó en una ocasión— por terreno muy accidentado durante unos cien metros, hasta que llegaron a un segundo desnivel. En conjunto había cuatro de ellos, situados a intervalos irregulares.

Cuando finalmente consiguieron subir el cuarto desnivel, quedó bien claro que se encontraban ya en lo alto de la colina chata. Hasta aquel momento la ladera les había proporcionado cierta protección; allí, recibieron de pleno toda la furia del viento. Pues la colina, curiosamente, era tan plana en lo alto como lo había parecido desde lejos: una enorme meseta uniforme por la que la tormenta discurría violentamente sin encontrar resistencia. En muchas zonas apenas había una capa de nieve, ya que el viento no dejaba de levantarla del suelo en forma de láminas y nubes que arrojaba contra sus rostros. Y alrededor de sus pies corrían pequeños remolinos de copos como se ven correr a menudo sobre el hielo; en realidad, en muchos lugares la superficie era casi tan lisa como el hielo. Además, para empeorar más las cosas, estaba cruzada y entrecruzada por curiosos terraplenes o diques, que a veces la dividían en cuadrados y rectángulos. Como era natural, había que escalarlos todos; sus alturas variaban entre el medio metro y el metro y medio y tenían un grosor de unos doscientos metros. En el lado norte de cada terraplén la nieve formaba ya profundos ventisqueros; y tras cada ascensión iban a parar al interior de uno de ellos y quedaban empapados.

Avanzando a duras penas con la capucha subida, la cabeza gacha y las manos entumecidas en el interior de la capa, Jill distinguía fugaces imágenes de otras cosas raras en aquella horrible meseta; cosas a su derecha que tenían un vago parecido con chimeneas de fábricas, y, a su izquierda, un enorme risco, más recto que ningún otro. Pero no le interesaba, así que no hizo ni caso. En lo único en lo que pensaba era en sus manos heladas (y también en la nariz, la barbilla y las orejas) y en baños calientes y camas en Harfang.

De repente resbaló, patinó algo así como metro y medio, y descubrió, horrorizada, que se deslizaba al interior de una sima negra y estrecha que daba la impresión de acabar de aparecer ante ella. Medio segundo más tarde había llegado al fondo. Se encontraba en una especie de zanja o surco, de apenas noventa centímetros de anchura, y aunque estaba trastornada por la caída, casi lo primero que advirtió fue su sensación de alivio al encontrarse fuera del alcance del viento; pues las paredes de la zanja se alzaban muy por encima de ella. Lo siguiente que vio fue, naturalmente, los rostros ansiosos de Scrubb y Charcosombrío que la miraban desde el borde.

—¿Te has hecho daño, Pole? —gritó Scrubb.

—Las dos piernas rotas, seguro —gritó Charcosombrío.

Jill se incorporó y les dijo que estaba bien, pero que tendrían que ayudarla a salir.

—¿Dónde te has caído? —preguntó Scrubb.

—En una especie de zanja o un camino hundido o algo así —respondió ella—, discurre bastante recto.

—Sí, diantre —dijo el niño—, ¡y va en dirección norte! ¿No será una carretera? Si lo fuera, estaríamos a cubierto de este viento infernal ahí abajo. ¿Hay mucha nieve en el fondo?

—Casi nada. Supongo que el viento la arrastra por la parte superior.

—¿Qué hay más adelante?

—Espera un segundo. Iré a ver.

Se levantó y avanzó por la zanja; pero antes de que hubiera ido muy lejos, el sendero giró bruscamente a la derecha. La niña les transmitió la información a gritos.

—¿Qué hay al doblar la esquina? —quiso saber Scrubb.

Resultaba que Jill sentía por los pasillos tortuosos y los lugares oscuros y subterráneos lo mismo que Scrubb por los bordes de los precipicios. La niña no tenía la menor intención de doblar aquella esquina sola; en especial tras escuchar a Charcosombrío que berreaba a voz en cuello a su espalda:

—Ten cuidado, Pole. ¡Podría conducir a la cueva de un dragón! Y en un país de gigantes, podrían existir gusanos o cucarachas gigantes.

—No creo que conduzca demasiado lejos —respondió Jill, regresando apresuradamente.

—Creo que voy a echar un vistazo —declaró Scrubb—. ¿Qué quieres decir con «no demasiado lejos»? Vamos a ver.

Así que se sentó en el borde de la zanja —todos estaban tan calados que no se preocupaban por si se mojaban un poco más— y se dejó caer al interior. Apartó a Jill y, aunque el muchacho no dijo nada, la niña estaba convencida de que él sabía que había sentido miedo. Por lo tanto lo siguió de cerca, aunque tuvo buen cuidado de no colocarse delante de él.

De todos modos, resultó una exploración decepcionante. Doblaron a la derecha y siguieron recto unos pasos, luego llegaron a un punto donde debían elegir la dirección a seguir: recto de nuevo o un brusco giro a la derecha.

—Eso no sirve de nada —declaró Scrubb, echando una ojeada a la curva a la derecha—, eso volvería a llevarnos de vuelta... al sur.

Siguió recto, pero una vez más, unos cuantos pasos más allá, encontraron un segundo giro a la derecha. En aquella ocasión no había elección, pues la zanja por la que iban finalizaba allí.

—Inútil —gruñó el niño.

Jill no perdió tiempo en dar la vuelta y encabezar la marcha de regreso al punto de partida. Cuando estuvieron de vuelta en el lugar donde había caído la niña, el meneo de la Marisma no tuvo ninguna dificultad en sacarlos con la ayuda de sus largos brazos.

Sin embargo, resultó espantoso volver a estar en lo alto. Abajo, en aquellas zanjas tan estrechas, las orejas casi habían empezado a descongelárseles, y también habían podido ver con claridad, respirar bien y escucharse mutuamente sin tener que chillar. Fue algo espantoso regresar a aquel frío insoportable. Y realmente pareció muy duro cuando Charcosombrío escogió aquel momento para decir:

—¿Estás todavía segura de esas indicaciones, Pole? ¿Cuál deberíamos buscar ahora?

—¡Vaya! Al cuerno con las indicaciones —exclamó ella—. Algo sobre mencionar el nombre de Aslan, creo. Pero desde luego no voy a ponerme a recitar aquí.

Como puedes ver, había cambiado por completo el orden, y eso se debía a que había dejado de recitar las señales por las noches. Todavía las conocía, si se molestaba en hacer memoria; pero ya no se las sabía tan al dedillo como para estar segura de poder enumerarlas en el orden correcto en un instante y sin pensar. La pregunta de Charcosombrío la irritó porque, en lo más hondo de su ser, estaba ya molesta consigo misma por no saberse la lección del león tan bien como debía hacerlo. Aquel disgusto, añadido al suplicio de estar helada y cansada, le hizo decir: «Al cuerno con las señales». Aunque puede que en realidad no lo pensara.

—Ésa era la siguiente ¿no? —dijo Charcosombrío—. ¿Seguro que no te equivocas? No me sorprendería que te hubieras hecho un lío con ellas. Me parece que esta colina, este lugar llano sobre el que estamos, merece que nos detengamos a echarle un vistazo. Habéis observado que...

—¡Cielos! —exclamó Scrubb—. ¿Te parece que éste es el mejor momento para detenerse y admirar el paisaje? Por el amor de Dios, sigamos adelante.

—Mirad, mirad, mirad —gritó Jill y señaló con la mano.

Todos se volvieron y todos lo vieron. A cierta distancia hacia el norte, y mucho más alta que la meseta en la que se encontraban, había aparecido una hilera de luces. En aquella ocasión, de un modo mucho más evidente que cuando los viajeros las habían visto la noche anterior, se advertía que eran ventanas: ventanas pequeñas que hacían pensar en dormitorios mullidos y ventanas más grandes que hacían pensar en grandes salas con un fuego vivo en la chimenea y sopa caliente o solomillos jugosos humeando sobre la mesa.

—¡Harfang! —exclamó Scrubb.

—Eso está muy bien —dijo Charcosombrío—; pero lo que yo decía era que...

—Cállate —lo atajó Jill, malhumorada—. No tenemos un momento que perder. ¿No recordáis lo que la dama dijo sobre que cerraban las puertas tan temprano? Debemos llegar a tiempo, debemos hacerlo. Moriremos si nos quedamos fuera en una noche como ésta.

—Bueno, no es exactamente de noche. Aún no —empezó a decir Charcosombrío; pero los dos niños dijeron al unísono: «Vamos», y empezaron a andar trastabillando sobre la resbaladiza meseta tan de prisa como lo permitían sus piernas. El meneo de la Marisma los siguió, hablando aún, pero ahora que tenían que avanzar contra el viento otra vez no habrían podido oírlo ni aunque hubieran querido. Y lo cierto era que no querían. Pensaban en cuartos de baño, camas y bebida caliente; y la idea de llegar a Harfang demasiado tarde y quedarse fuera les resultaba casi insoportable.

A pesar de su celeridad, tardaron mucho tiempo en cruzar la llana superficie de aquella colina. E incluso cuando la hubieron cruzado, todavía hubo varios desniveles que tuvieron que bajar del otro lado. No obstante, finalmente llegaron abajo y pudieron ver cómo era Harfang.

Se alzaba sobre un elevado risco y, pese a sus muchas torres, era más parecido a una casa enorme que a un castillo. Era evidente que los Gigantes Bondadosos no temían ningún ataque. Había ventanas en el muro exterior bastante cerca del suelo; algo que nadie tendría en una fortaleza seria. Incluso existían curiosas puertecitas aquí y allá, de modo que resultaba bastante fácil entrar y salir del castillo sin pasar por el patio. Aquello animó a Jill y Scrubb. Hacía que todo el lugar resultara más amigable y menos imponente.

Al principio la altura y pendiente del risco los asustó, pero al poco observaron que había un sendero más practicable a la izquierda y que la carretera discurría hacia él. Fue una ascensión terrible, tras el viaje que habían realizado, y Jill estuvo a punto de abandonar. Scrubb y Charcosombrío tuvieron que ayudarla durante los últimos cien metros hasta que por fin se encontraron ante la entrada del castillo. El rastrillo estaba alzado y la puerta abierta.

Por muy cansado que uno esté, hace falta bastante descaro para presentarse ante la puerta principal de un gigante; así pues, a pesar de todas sus anteriores advertencias contra Harfang, fue Charcosombrío quien demostró más valor.

—Con paso firme, ahora —dijo—. No os mostréis asustados, hagáis lo que hagáis. Hemos cometido la mayor estupidez del mundo al venir aquí; pero ahora que hemos llegado, será mejor que nos enfrentemos a ello lo mejor posible.

Con estas palabras avanzó con paso decidido hasta la entrada, se detuvo bajo el arco donde el eco ayudaría a aumentar la voz, y llamó tan fuerte como pudo:

—¡Eh! ¡Portero! Tienes huéspedes que buscan alojamiento.

Y mientras aguardaba a que sucediera algo, se quitó el sombrero y le dio unos golpecitos para desprender la pesada capa de nieve acumulada en la amplia ala.

—Oye —susurró Scrubb a Jill—, tal vez sea un aguafiestas, pero tiene muchas agallas... y descaro.

Se abrió una puerta, proyectando un delicioso resplandor de fuego de chimenea, y el portero hizo su aparición. Jill se mordió los labios por temor a lanzar un grito. No se trataba de un gigante enorme; es decir, era bastante más alto que un manzano pero no tan alto como un poste de telégrafos. Tenía el pelo rojo y erizado, llevaba un jubón de cuero con placas metálicas sujetas por todas partes para convertirlo en una especie de cota de malla, las rodillas al descubierto —y muy peludas por cierto— y cosas parecidas a polainas en las piernas. Se inclinó y contempló a Charcosombrío con ojos desorbitados.

—Y ¿qué clase de criatura eres tú? —preguntó.

—Por favor —gritó Jill al gigante, haciendo acopio de todo su valor—, la Dama de la Saya Verde saluda al rey de los Gigantes Bondadosos, y nos ha enviado a nosotros, dos niños del sur, y a este meneo de la Marisma, que se llama Charcosombrío, a vuestro Banquete de Otoño. Si eso os resulta conveniente, claro —añadió.

—¡Ajá! —dijo el gigante—. Eso es otra historia muy distinta. Entrad, gente menuda, entrad. Será mejor que entréis a la portería mientras informo a su majestad. —Contempló a los niños con curiosidad—. Rostros azules —dijo—, no sabía que fueran de ese color. No es que me gusten, la verdad, pero apuesto a que os encontráis hermosos el uno al otro. A las cucarachas les gustan otras cucarachas, dicen.

—Nuestros rostros sólo están azules debido al frío —aclaró Jill—. No somos de ese color.

—Entonces entrad y calentaos. Entrad, criaturitas —dijo el portero.

Le siguieron a interior de la portería, y aunque resultó terrible escuchar como una puerta tan enorme se cerraba a su espalda, lo olvidaron todo en cuanto vieron aquello que venían anhelando desde la hora de la cena de la noche anterior: un fuego. Y ¡vaya fuego! Parecía como si cuatro o cinco árboles enteros ardieran en él, y era tan caliente que no podían acercarse a menos de cien metros. Pero todos se dejaron caer sobre el suelo de ladrillos, tan cerca como les fue posible soportar el calor, y lanzaron profundos suspiros de alivio.

—Ahora, jovencito —dijo el portero a otro gigante que había permanecido al fondo de la habitación, contemplando fijamente a los visitantes hasta que pareció que los ojos iban a salírsele de las órbitas—, corre hasta la Casa con este mensaje.

Y repitió lo que Jill le había dicho. El gigante más joven, tras dedicarles una última mirada, y una enorme risotada, abandonó la estancia.

—Ahora, Ranita —dijo el portero a Charcosombrío—, parece que necesitas animarte. —Sacó una botella negra muy parecida a la de Charcosombrío, pero veinte veces mayor—. Veamos, veamos —siguió—. No puedo servirte una copa porque te ahogarías. Veamos. Este salero será justo lo que necesito. No hace falta que lo menciones cuando estés en la Casa. La plata seguirá llegando aquí, y no es culpa mía.

El salero no se parecía a los nuestros, ya que era más estrecho y recto, y resultó una copa bastante adecuada para Charcosombrío cuando el gigante lo colocó en el suelo junto a él.

Los niños esperaban que su compañero la rechazara, desconfiando como lo hacía de los Gigantes Bondadosos; pero se limitó a farfullar:

—Es tarde para pensar en tomar precauciones ahora que estamos dentro y la puerta está cerrada a nuestra espalda. —A continuación olisqueó el licor—. Huele bien —declaró—. Pero eso no sirve como guía. Será mejor asegurarse. —Y tomó un sorbito—. También sabe bien. Pero puede que lo parezca al primer sorbo. ¿Cómo sabrá si se sigue bebiendo? —Tomó un trago más largo—. ¡Ah! Pero ¿sabe siempre igual de bien? —Y tomó otro—. Seguro que habrá algo malo en el fondo —afirmó, y se acabó la bebida; a continuación se lamió los labios y comentó a los niños—: Esto será una prueba, ¿sabéis? Si me hago un ovillo, estallo, me convierto en un lagarto o en cualquier otra cosa, sabréis que no debéis tomar nada de lo que os ofrezcan.

Pero el gigante, que se encontraba demasiado alto para escuchar lo que Charcosombrío había murmurado, lanzó una carcajada y dijo:

—Vaya, Ranita, eres todo un hombre. ¡Hay que ver cómo se lo ha echado entre pecho y espalda!

—Un hombre no... un meneo de la Marisma —replicó Charcosombrío con una voz algo confusa—. Tampoco soy una rana, sino un meneo de la Marisma.

En aquel momento la puerta se abrió a sus espaldas y el gigante más joven entró anunciando:

—Tienen que ir al salón del trono inmediatamente.

Los niños se pusieron en pie pero Charcosombrío permaneció sentado y dijo:

—Meneo de la Marisma. Meneo de la Marisma. Meneo de la Marisma. Un meneo de la Marisma muy respetable. Un «respetameneo».

—Muéstrales el camino, jovencito —indicó el gigante Portero—. Será mejor que lleves a cuestas a Ranita. Ha tomado un trago más de lo que le convenía.

—No me sucede nada —protestó Charcosombrío—. No soy una rana. No tengo nada de rana. Soy un respetamovido.

Pero el joven gigante lo agarró por la cintura e hizo una seña a los niños para que lo siguieran, y de ese modo tan poco decoroso atravesaron el patio. Charcosombrío, sujeto en el puño del gigante, y pateando ligeramente el aire, realmente parecía una rana; aunque los niños no tuvieron mucho tiempo para advertirlo, pues no tardaron en cruzar la enorme puerta del edificio principal del castillo —con el corazón latiéndoles mucho más de prisa de lo normal— y, tras recorrer varios corredores al trote para poder seguir el ritmo de los pasos del gigante, se encontraron parpadeando bajo la luz de una sala enorme, donde relucían las lámparas y un fuego ardía con fuerza en la chimenea y ambas cosas se reflejaban en los dorados del techo y de las cornisas. Había más gigantes de los que pudieron contar de pie a su derecha e izquierda, todos espléndidamente ataviados; y en dos tronos situados en el otro extremo estaban sentadas dos figuras enormes que parecían ser el rey y la reina.

Se detuvieron a unos seis metros de los tronos. Scrubb y Jill realizaron un torpe intento de reverencia (a los niños no se les enseñaba a hacer reverencias en la Escuela Experimental) y el joven gigante depositó con cuidado a Charcosombrío en el suelo, donde se desplomó en una especie de posición sentada. Para ser sinceros, lo cierto es que sus largas extremidades le daban un aspecto extraordinariamente parecido al de una araña enorme.

Capítulo ocho

La Casa de Harfang

—Vamos, Pole, te toca a ti —susurró Scrubb.

Jill descubrió que tenía la boca tan seca que era incapaz de articular palabra e hizo enérgicas señas con la cabeza a su compañero.

Diciéndose que jamás la perdonaría, ni tampoco a Charcosombrío, Scrubb se pasó la lengua por los labios y gritó en dirección al rey gigante:

—Con vuestro permiso, majestad, la Dama de la Saya Verde os envía saludos a través de nosotros y dijo que estaríais encantados de tenernos aquí para vuestro Banquete de Otoño.

El rey y la reina gigantes intercambiaron una mirada, y sonrieron de un modo que a Jill le dio muy mala espina. A la niña le gustó más el rey que la reina, pues éste tenía una elegante barba rizada y una nariz recta y aguileña, y resultaba bastante apuesto para ser un gigante. La reina estaba espantosamente gorda y tenía papada y un rostro rechoncho y empolvado; lo que no resulta muy agradable en ningún caso, y desde luego mucho menos cuando se es diez veces demasiado grande. Entonces el rey sacó la lengua y se lamió los labios. Cualquiera podría hacerlo: pero su lengua era tan grande y roja, y salió de un modo tan inesperado, que sobresaltó a Jill.

—¡Qué niños tan buenos! —exclamó la reina.

«Tal vez sea ella la simpática, después de todo», pensó la niña.

—Sí, desde luego —repuso el rey—. Unos niños excelentes. Os damos la bienvenida a nuestra corte. Dadme vuestras manos.

Alargó hacia abajo la mano derecha, que estaba muy limpia y con innumerables anillos en los dedos, pero también con uñas terriblemente puntiagudas. El monarca era demasiado grande para poder estrechar las manos que los niños, el uno detrás del otro, alzaron hacia él; pero les agarró los brazos.

—Y ¿«esto» qué es? —preguntó el rey, señalando a Charcosombrío.

—Ressspetamneo —contestó éste.

—¡Ay! —chilló la reina, subiéndose las faldas por encima de los tobillos—. ¡Qué cosa tan horrible! Está viva.

—Es buena persona, majestad, de verdad que lo es —se apresuró a decir Scrubb—. Os gustará mucho más cuando lo conozcáis mejor. Estoy seguro.

Espero que no pierdas todo interés por Jill durante el resto del libro si te digo que en aquel momento rompió a llorar. Realmente tenía una buena excusa para hacerlo. Sus pies, manos, orejas y nariz estaban empezando a descongelarse; nieve derretida corría por sus ropas; apenas había comido ni bebido en todo el día; y las piernas le dolían tanto que le parecía que no podría seguir de pie mucho más tiempo. De todos modos, aquello fue más beneficioso en aquel momento que ninguna otra cosa, ya que la reina dijo:

—¡Pobre criatura! Mi señor, no está bien que obliguemos a nuestros huéspedes a permanecer de pie. ¡Aprisa, uno de vosotros! Llevaoslos. Dadles comida, vino y un buen baño. Consolad a la niña. Dadle pirulís, muñecas, medicamentos, dadle todo lo que se os ocurra... bebidas calientes, caramelos, alcaraveas, nanas y juguetes. No llores, niñita, o no servirás para nada cuando llegue la hora del banquete.

Jill se sintió tan indignada como lo estaríamos tú y yo ante la mención de juguetes y muñecas; y, aunque las golosinas y los caramelos podían estar muy bien, esperaba con ansia que le proporcionasen algo más sólido. De todos modos, el estúpido discurso de la reina produjo excelentes resultados, pues unos gentilhombres de cámara de tamaño gigantesco alzaron inmediatamente del suelo a Charcosombrío y a Scrubb, y lo propio hizo con Jill una dama de honor gigantesca, y los transportaron a sus habitaciones.

La habitación de Jill era casi del tamaño de una iglesia, y habría resultado bastante lóbrega de no haber sido por el gran fuego que ardía en la chimenea y una alfombra carmesí muy gruesa en el suelo. Y aquí empezaron a sucederle cosas muy agradables. La entregaron a la vieja nodriza de la reina, que era, desde el punto de vista de los gigantes, una mujer diminuta casi totalmente encorvada por la edad, y, desde el punto de vista humano, una giganta lo bastante pequeña como para moverse por una habitación corriente sin golpearse la cabeza contra el techo. Era una mujer muy capaz, aunque Jill deseó que no estuviera todo el tiempo haciendo chasquear la lengua y diciendo cosas como: «¡Oh la, la! Aúpa», «Pichoncito» y «Ahora todo irá bien, muñequita mía».

Llenó un baño de pies para gigantes con agua caliente y ayudó a Jill a meterse en él. Si se sabe nadar —como sucedía con Jill— una bañera de gigantes es algo delicioso. Y las toallas para gigantes, aunque un poco ásperas y toscas, también resultan magníficas, porque no se acaban nunca. En realidad no hace falta secarse, simplemente se dan volteretas sobre ellas frente al fuego y, mientras uno se divierte, se seca. Y cuando aquello finalizó, vistieron a Jill con ropas limpias, nuevas y calientes: prendas espléndidas y un poco demasiado grandes para ella, pero hechas sin lugar a dudas para humanos no gigantes. «Supongo que si esa mujer de la saya verde viene aquí, es que deben de usarlas para huéspedes de nuestro tamaño», pensó la niña.

Pronto comprobó que estaba en lo cierto respecto a aquello, pues colocaron para ella una mesa y una silla del tamaño apropiado para un adulto humano, y los cuchillos, tenedores y cuchillos también lo eran. Resultó encantador sentarse, calentita y limpia por fin. Seguía descalza y era una delicia pisar la alfombra gigante, pues se hundía en ella hasta los tobillos y era justo lo que necesitaban unos pies doloridos. La comida —que supongo que deberíamos llamar cena, aunque era más bien la hora de la merienda— consistió en caldo de pollo y puerros, pavo asado, pudín hervido, castañas asadas y toda la fruta que pudiera comer.

El único fastidio fue que la nodriza no dejaba de entrar y salir, y cada vez que entraba, llevaba un juguete gigante con ella: una muñeca enorme, más grande que la propia Jill, un caballo de madera sobre ruedas, del tamaño de un elefante, un tambor que parecía un pequeño gasómetro y una oveja lanuda. Eran objetos toscos y mal hechos, pintados de colores brillantes, y Jill los aborreció nada más verlos. No dejó de repetir a la nodriza que no los quería, pero ésta dijo:

—Vaya, vaya, vaya. Ya lo creo que los querrás cuando hayas descansado un poco, ¡estoy segura! ¡Vamos, vamos! A la cama. ¡Mi preciosa muñeca!

La cama no era gigante sino una simple cama de cuatro postes, como las que se pueden ver en hoteles anticuados; y además se parecía muy pequeña en aquella habitación enorme. Se sintió encantada de echarse en ella.

—¿Nieva todavía, nodriza? —preguntó, adormilada.

—No, ahora llueve, corazón —respondió la giganta—. La lluvia se llevará toda esa nieve tan repugnante. ¡La muñequita preciosa podrá salir a jugar mañana! —Y arropó a Jill y le deseó buenas noches.

No conozco nada tan desagradable como ser besado por una giganta. Jill pensó lo mismo, pero se quedó dormida al cabo de cinco minutos.

La lluvia cayó sin interrupción toda la tarde y toda la noche, chocando contra las ventanas del castillo, pero Jill no la oyó, pues durmió profundamente hasta pasada la hora de la cena y pasada también la medianoche. Y entonces llegó la hora más silenciosa de la noche y nada se movía excepto los ratones en la casa de los gigantes. Fue en esa hora cuando Jill tuvo un sueño.

Le pareció que despertaba en aquella misma habitación y veía el fuego, medio apagado y rojo, y a la luz de las llamas el enorme caballo de madera. Y el caballo se acercaba por sí solo, rodando sobre sus ruedas por la alfombra, y fue a detenerse junto a su cabeza. Y entonces ya no era un caballo, sino un león tan grande como el caballo; y en seguida ya no fue un león de juguete, sino un león auténtico. El León Real, tal como lo había visto en la montaña situada más allá del Fin del Mundo. Y un aroma a todas las cosas fragantes que existen inundó la habitación. Sin embargo, algo preocupaba a Jill, aunque no se le ocurría qué era, y las lágrimas corrían por sus mejillas y mojaban la almohada. El león le dijo que repitiera las señales, y la niña descubrió que las había olvidado todas. Al darse cuenta, un pavor inmenso se apoderó de ella. Aslan la levantó entre sus fauces —sintió sus labios y su aliento pero no sus dientes—, la transportó hasta la ventana y le hizo mirar al exterior. La luna brillaba con fuerza; y escrito en grandes letras sobre el mundo o el cielo, no supo cuál de las dos cosas, estaban las palabras DEBAJO DE MÍ. Después de aquello el sueño se desvaneció, y cuando despertó, muy tarde a la mañana siguiente, no recordaba haber soñado.

Estaba levantada, vestida y había terminado de desayunar junto al fuego cuando la nodriza abrió la puerta y anunció:

—Aquí están los amiguitos de la muñequita linda que vienen a jugar con ella.

Scrubb y el meneo de la Marisma entraron en la habitación.

—¡Hola! Buenos días —saludó Jill—. ¿No es divertido? Creo que he dormido durante quince horas. Me siento realmente bien, ¿y vosotros?

—Yo sí —respondió Scrubb—, pero Charcosombrío dice que tiene dolor de cabeza. ¡Vaya! Tu ventana tiene un alfeizar. Si nos subimos ahí, podríamos ver el exterior.

Lo hicieron al instante: y tras echar la primera ojeada Jill exclamó:

—¡Cielos, qué espantoso!

Brillaba el sol y, a excepción de unos pocos montones de nieve, ésta había sido totalmente eliminada por la lluvia. Abajo, a sus pies, extendida como un mapa, yacía la plana cima de la colina por la que habían avanzado penosamente la tarde anterior; vista desde el castillo, no se la podía confundir con nada que no fueran las ruinas de una ciudad de gigantes. Había sido plana, como Jill veía entonces, porque estaba todavía, en general, pavimentada, aunque en ciertos lugares el pavimento estaba resquebrajado. Los terraplenes que se entrecruzaban eran lo que quedaba de las paredes de edificios enormes que tal vez habían sido palacios y templos de gigantes en el pasado. Un trozo de muralla, de unos quince metros de altura seguía aún en pie; aquello era lo que la niña había creído que era un risco. Los objetos que habían parecido chimeneas de fábricas eran columnas enormes, rotas a alturas distintas; los fragmentos descansaban junto a sus bases como árboles talados de piedra monstruosa. Los desniveles por los que habían descendido en el lado norte de la colina —y también, sin duda los otros que habían escalado en el lado sur— eran los peldaños que quedaban de una escalera gigantesca. Para coronarlo todo, en letras enormes y oscuras a lo largo del centro del pavimento, estaban escritas las palabras DEBAJO DE MÍ.

Los tres viajeros intercambiaron miradas de desaliento y, tras un corto silbido, Scrubb dijo lo que todos pensaban.

—Hemos pasado por alto la segunda señal. ¡Y la tercera!

Y en ese momento el sueño de Jill regresó a su memoria.

—Es culpa mía —dijo con desesperación—. Había dejado de repetirme las señales por las noches. De haber estado pensando en ellas habría podido ver que se trataba de una ciudad, incluso con toda aquella nieve.

—Peor lo he hecho yo —indicó Charcosombrío—. Yo sí vi, o casi. Pensé que se parecía muchísimo a una ciudad en ruinas.

—Eres el único a quien no se puede culpar —dijo Scrubb—. Intentaste detenernos.

—Pero no lo intenté con suficiente empeño —repuso el meneo de la Marisma—, y mi obligación no era intentarlo, sino hacerlo. ¡Como si no hubiera podido deteneros a cada uno con una mano!

—Lo cierto es —manifestó Scrubb— que estábamos tan ansiosos por llegar a este lugar que no nos preocupábamos de otra cosa. Al menos hablo por mí. Desde el momento en que nos encontramos con aquella mujer que iba acompañada del caballero que no hablaba, no hemos pensado en nada más. Casi nos habíamos olvidado del príncipe Rilian.

—No me sorprendería —apuntó Charcosombrío— que fuera eso exactamente lo que ella pretendía.

—Lo que no acabo de entender —intervino Jill— es cómo no vimos la inscripción. ¿O habrá ido a parar allí anoche? ¿Podría haberla puesto él, Aslan, durante la noche? He tenido un sueño tan raro. —Y les contó lo que había soñado.

—¡Cielos, que estúpidos somos! —exclamó Scrubb—. La vimos. Caímos en la inscripción. ¿No lo entiendes? Caímos dentro de una E. Ésa era tu senda hundida. Anduvimos por el trazo inferior de la E, hacia el norte, giramos a la derecha por el palo vertical, llegamos a otra curva a la derecha, ése era el trazo central, y luego seguimos adelante hasta la esquina superior izquierda, y regresamos. Como los idiotas rematados que somos. —Asestó una violenta patada al alfeizar, y siguió—: Así que no sirve de nada, Pole. Sé en lo que estás pensando porque yo pienso lo mismo. Piensas en lo agradable que habría sido si Aslan no hubiera puesto las instrucciones en las piedras de la ciudad en ruinas hasta después de que hubiéramos pasado por ellas. Y entonces habría sido culpa suya, no nuestra. Podría ser, ¿no? Pues no. Tenemos que reconocerlo. Sólo tenemos cuatro señales para guiarnos, y ya la hemos fastidiado en las tres primeras.

—Querrás decir que la he fastidiado —dijo Jill—. Es cierto. Lo he estropeado todo desde que me trajiste aquí. Sin embargo... lo siento en el alma, pero... ¿cuáles son las instrucciones? DEBAJO DE MÍ no parece tener mucho sentido.

—No obstante lo tiene —dijo Charcosombrío—. Significa que tenemos que buscar al príncipe debajo de esa ciudad.

—Pero ¿cómo podemos hacerlo? —inquirió la niña.

—Ésa es la cuestión —respondió él, frotándose las grandes manos palmeadas—. ¿Cómo podemos hacerlo ahora? Sin duda, si hubiéramos estado pensando en nuestra tarea cuando estábamos en la Ciudad Ruinosa, se nos habría mostrado cómo; habríamos encontrado una puertecita, una cueva o un túnel, encontrado a alguien que nos habría ayudado. Podría haber sido, porque uno nunca sabe, el mismísimo Aslan. Habríamos penetrado bajo esas losas de un modo u otro. Las instrucciones de Aslan siempre funcionan: sin excepción. Pero cómo hacerlo «ahora»... ésa es otra cuestión.

—Bueno, pues tendremos que regresar ahí, supongo —dijo Jill.

—Fácil, ¿no es cierto? —indicó Charcosombrío—. Podríamos intentar abrir esa puerta, para empezar.

Todos miraron la puerta y comprobaron que ninguno de ellos podía alcanzar la manija, y que casi con toda seguridad ninguno podría moverla si lo conseguían.

—¿Creéis que nos dejarán salir si lo pedimos? —inquirió Jill.

Nadie lo dijo, pero todos pensaron: «Supongamos que no nos dejan».

No era una idea agradable. Charcosombrío se oponía radicalmente a cualquier idea que incluyera contar a los gigantes lo que los había llevado hasta allí en realidad y pedir sin más que los dejaran salir al exterior; y desde luego los niños no podían contarlo sin su permiso, porque lo habían prometido. Y los tres estaban más que seguros de que no tendrían la menor oportunidad de escapar del castillo de noche. Una vez que estuvieran en sus habitaciones con las puertas cerradas, estarían prisioneros hasta la mañana; podrían, desde luego, pedir que les dejaran las puertas abiertas, pero eso levantaría sospechas.

—Nuestra única posibilidad —dijo Scrubb— es intentar escabullirnos de día. ¿No podría haber una hora después del mediodía en que los gigantes durmieran?... Y si pudiéramos bajar a la cocina sin ser vistos, ¿no podría haber allí una puerta abierta?

—No es precisamente lo que yo llamaría una «esperanza» —interpuso el meneo de la Marisma—. Pero es la única esperanza que nos queda.

En realidad, el plan de Scrubb no era tan desesperado como podríamos pensar. Si uno quiere salir de una casa sin ser visto, por la tarde es en cierto modo un mejor momento para intentarlo que en plena noche, pues es más probable que puertas y ventanas estén abiertas; y si te pescan, siempre se puede fingir que uno ha salido a pasear y no tiene ningún plan en especial. Sin embargo, resulta muy difícil convencer de eso a gigantes o adultos si a uno lo descubren saltando por la ventana de su dormitorio a la una de la madrugada.

—Aunque debemos tomarlos por sorpresa —siguió Scrubb—. Tenemos que fingir que nos encanta estar aquí y que ansiamos que llegue ese Banquete de Otoño.

—Es mañana por la noche —dijo Charcosombrío—. Oí que uno lo decía.

—Bien —repuso Jill—, pues debemos fingir estar emocionadísimos, y no dejar de hacer preguntas. De todos modos, creen que somos unos niños ingenuos y eso facilitará las cosas.

—Alegres —indicó Charcosombrío con un profundo suspiro—. Así es como debemos mostrarnos. Alegres. Como si no nos preocupara nada. Juguetones. Vosotros dos, jovencitos, no acostumbráis a mostraros muy animados, según he notado. Debéis observarme, y hacer lo que yo haga. Me mostraré alegre. Así. —Y adoptó una espantosa sonrisa burlona—. Y juguetón. —En ese punto realizó una cabriola de lo más lúgubre—. Pronto os acostumbraréis, si mantenéis los ojos puestos en mí. Creen ya que soy un tipo gracioso, ¿sabéis? Me atrevería a decir que vosotros dos pensabais que estaba un poquitín achispado anoche, pero os aseguro que era, bueno, en gran parte, fingido. Se me ocurrió que tal vez resultara útil.

Los niños, al hablar sobre sus aventuras más tarde, jamás se sintieron muy seguros de si aquella última declaración era estrictamente cierta; pero sí estuvieron seguros de que Charcosombrío la consideraba cierta cuando la hizo.

—De acuerdo. Alegre es la palabra —dijo Scrubb—. Ahora, si consiguiéramos que alguien nos abriera esta puerta... Mientras nos dedicamos a hacer el tonto y a ser alegres, hemos de descubrir todo lo que podamos sobre este castillo.

Por suerte, justo en ese instante la puerta se abrió, y la nodriza gigante entró a toda velocidad diciendo:

—Vamos, hijitos. ¿Os gustaría ver al rey y a toda la corte disponiéndose a salir de cacería? ¡Es un espectáculo precioso!

No perdieron ni un momento en pasar corriendo por su lado y descender por la primera escalera que encontraron. El sonido de los perros, los cuernos de caza y las voces de los gigantes los guiaron, de modo que a los pocos minutos llegaron al patio. Todos los gigantes iban a pie, pues no existen caballos gigantes en esa parte del mundo, y los gigantes cazan a pie; como la caza con perros en Inglaterra. Los sabuesos también eran de tamaño normal.

Al ver que no había caballos, Jill se sintió sumamente decepcionada, pues estaba segura de que aquella reineta gorda jamás correría a pie tras los sabuesos; y resultaría un gran impedimento tenerla en la casa todo el día. Pero entonces vio a la soberana en una especie de litera sostenida sobre los hombros de seis gigantes jóvenes. La muy ridícula iba toda vestida de verde y tenía un cuerno de caza junto a ella. Veinte o treinta gigantes, incluido el rey, se habían reunido, listos para la caza, charlando y riendo de tal modo que ensordecían: y abajo a sus pies, casi a la altura de Jill, había colas en movimiento, ladridos, bocas abiertas y babeantes y hocicos de perros que les lamían las manos.

Charcosombrío empezaba ya a adoptar lo que consideraba una actitud alegre y juguetona —que lo habría estropeado todo si hubiera sido advertida— cuando Jill, exhibiendo su sonrisa infantil más atractiva, corrió hacia la litera de la reina y gritó:

—¡Por favor! No os vais, ¿verdad? ¿Regresaréis?

—Sí, querida —respondió la reina—. Regresaré esta noche.

—Magnífico. ¡Genial! —siguió Jill—. Y podemos ir al banquete mañana por la noche, ¿verdad? ¡Tenemos tantas ganas de que llegue mañana por la noche! Y nos encanta estar aquí. Y mientras no estáis, podemos recorrer el castillo y verlo todo, ¿verdad que podemos? Decid que sí.

La reina dijo sí, pero las carcajadas de todos los cortesanos casi ahogaron su voz.

CAPÍTULO NUEVE

Cómo Descubrieron Algo que Valía la Pena Saber

Sus compañeros admitieron más tarde que Jill había estado magnífica aquel día. En cuanto el rey y el resto del grupo de caza partieron, la niña inició una visita a todo el castillo y se dedicó a hacer preguntas, pero todo con un aire tan inocente e infantil que nadie podía sospechar una doble intención. Si bien su lengua no estuvo quieta ni un instante, no se podía decir que hablara, precisamente: parloteaba y reía tontamente. Dedicó carantoñas a todo el mundo; a los mozos, a los porteros, a las doncellas, a las damas de honor y a los ancianos lores gigantes cuyos días de caza habían quedado atrás. Permitió que un número indefinido de gigantas la besaran y acariciaran, muchas de las cuales parecían apenadas y la llamaron «pobre criatura» aunque ninguna le explicó el motivo. Se hizo amiga íntima de la cocinera y descubrió el importantísimo dato de que existía una puerta en el fregadero que permitía salir al otro lado de la muralla principal, de modo que no se tenía que cruzar el patio ni pasar ante la enorme torre de la entrada. En la cocina fingió ser muy glotona, y devoró toda clase de sobras que la cocinera y los pinches le dieron encantados. Por otra parte, arriba entre las damas hizo preguntas sobre cómo iría vestida para el gran banquete, cuánto tiempo le permitirían permanecer levantada, y si podría bailar con algún gigante muy, muy pequeñito. Y luego —y se sonrojaba terriblemente al recordarlo más tarde— ladeaba la cabeza de un modo idiota que los adultos, tanto los gigantes como los que no lo son, consideraban muy atractivo, sacudía los rizos y se removía inquieta, diciendo:

—¡Ojalá fuera ya mañana por la noche! ¿no os parece? ¿Creéis que el tiempo pasará de prisa hasta entonces?

Y todas las gigantas decían que era una niñita encantadora; y algunas se llevaban enormes pañuelos a los ojos como si estuvieran a punto de echarse a llorar.

—Son tan dulces a esa edad —dijo una giganta a otra—. Es una lástima...

Scrubb y Charcosombrío hicieron todo lo que pudieron, pero las chicas son mejores para ese tipo de cosas que los chicos. Y por supuesto, incluso los chicos lo hacen mejor que los meneos de la Marisma.

A la hora del almuerzo sucedió algo que hizo que los tres desearán más ansiosamente que nunca abandonar el castillo de los Gigantes Bondadosos. Almorzaron en una mesa pequeña para ellos solos, cerca de la chimenea. En una mesa más grande, a unos veinte metros de distancia, comía media docena de gigantes. Su conversación era tan escandalosa y resonaba tan alto, que los niños no tardaron en prestarle tan poca atención como la que se presta a las bocinas o a los ruidos del tráfico de la calle cuando uno está en casa. Comían fiambre de carne de venado, una comida que Jill no había probado nunca antes, y que encontraba muy sabrosa.

De improviso Charcosombrío se volvió hacia ellos, y su rostro se había vuelto tan pálido que se distinguía la palidez por debajo de su tez, que era de un color turbio por naturaleza.

—No toméis ni un bocado más —les dijo.

—¿Qué sucede? —preguntaron los otros dos en un susurro.

—¿No habéis oído lo que han dicho esos gigantes? «Es una pierna de venado muy tierna», ha dicho uno de ellos. «Entonces ese ciervo era un mentiroso», responde otro. «¿Por qué?», pregunta el primero. El segundo dice: «Pues porque dijeron que cuando lo atraparon les dijo: "No me matéis, estoy duro. No os gustaré"».

Por un momento Jill no comprendió el significado real de aquello. Pero lo hizo cuando Scrubb abrió los ojos con expresión horrorizada y declaró:

—De modo que nos hemos comido un ciervo «parlante».

Aquel descubrimiento no tuvo exactamente el mismo efecto sobre todos ellos. Jill, que era nueva en aquel mundo, sintió pena por el pobre ciervo y consideró que era asqueroso que los gigantes lo hubieran matado. Scrubb, que había estado antes allí y había tenido al menos una Bestia Parlante como amigo, se sintió horrorizado; igual que uno se sentiría ante un asesinato. Pero Charcosombrío, que era narniano, se sintió enfermo y mareado, y sus sentimientos fueron los mismos que habrías notado tú al descubrir que te habías comido a un bebé.

—La cólera de Aslan caerá sobre nosotros —declaró—. Eso pasa por no prestar atención a las señales. Supongo que ahora pesa una maldición sobre nosotros. Si estuviera permitido, lo mejor que podríamos hacer sería tomar estos cuchillos y hundírnoslos en el corazón.

Y poco a poco incluso Jill empezó a verlo desde su punto de vista. En todo caso, ninguno de los tres quiso seguir comiendo. Y, en cuanto les pareció seguro, abandonaron sigilosamente la sala.

Se acercaba la hora del día de la que dependían sus esperanzas de huida, y empezaron a sentirse nerviosos mientras rondaban por los pasillos y esperaban a que todo quedara en silencio. Los gigantes de la sala permanecieron sentados a la mesa un tiempo interminable después de la comida, pues uno calvo estaba contando una historia. Cuando finalizó, los tres viajeros descendieron despacio hacia las cocinas. No obstante, allí había muchos gigantes, o al menos en el fregadero, lavando y guardando las cosas. Resultó una espera angustiosa hasta que éstos terminaron sus tareas y, uno a uno, se secaron las manos y marcharon. Por fin sólo una giganta anciana quedó en la habitación; ésta se entretuvo por aquí y por allá, y finalmente los tres aventureros comprendieron horrorizados que no tenía la menor intención de marcharse.

—Bien, queridos —les dijo—. Esta tarea ya casi está. Vamos a colocar la tetera aquí. Dentro de un rato me tomaré una buena taza de té. Ahora descansaré un poquito. Sed buenos chicos y echad un vistazo en el fregadero y decidme si está abierta la puerta trasera.

—Sí, sí que lo está —dijo Scrubb.

—Magnífico. Siempre la dejo abierta para que Minino pueda entrar y salir, pobrecito.

A continuación se sentó en una silla y colocó los pies sobre otra.

—A lo mejor echo un sueñecito —declaró la giganta—. Ojalá esa maldita partida de caza tarde en regresar.

Sus ánimos se elevaron al oír mencionar lo de la cabezadita, y volvieron a decaer cuando mencionó el regreso de la partida de caza.

—¿A qué hora acostumbran a regresar? —preguntó Jill.

—Nunca se sabe —respondió ella—. Vamos, estaos calladitos un rato, queridos míos.

Retrocedieron al extremo más alejado de la cocina, y se habrían deslizado al interior del fregadero en aquel mismo instante si la giganta no se hubiera incorporado, abierto los ojos y ahuyentado una mosca con la mano.

—Es mejor no intentarlo hasta asegurarnos de que está realmente dormida —susurró Scrubb—. O lo estropearemos todo.

De modo que se acurrucaron en el extremo de la cocina, aguardando y observando. La idea de que los cazadores pudieran regresar en cualquier momento resultaba terrible y, además, la giganta no dejaba de removerse inquieta. Cada vez que pensaban que se había quedado dormida, se movía.

«No puedo soportarlo», se dijo Jill, y para distraerse, empezó a mirar a su alrededor. Justo frente a ella había una mesa amplia y despejada con dos bandejas para empanada sobre ella, y un libro abierto. Desde luego se trataba de bandejas gigantes para empanada y Jill se dijo que cabría perfectamente, tumbada en una de ellas. Luego trepó al banco situado ante la mesa para echar una mirada al libro y leyó:

GANSO SILVESTRE. Esta deliciosa ave se puede cocinar de distintos modos.

«Es un libro de cocina», pensó sin demasiado interés, y echó una ojeada por encima del hombro. Los ojos de la giganta estaban cerrados pero no parecía que estuviera dormida. La niña volvió la mirada hacia el libro. Estaba dispuesto alfabéticamente: y al ver la siguiente entrada su corazón estuvo a punto de dejar de latir. Decía lo siguiente:

HOMBRE. Este elegante y pequeño bípedo hace ya tiempo que es considerado como un manjar exquisito. Tradicionalmente, forma parte del Banquete de Otoño, y se sirve entre el pescado y la carne. Cada hombre...

No pudo seguir leyendo. Giró en redondo. La giganta se había despertado y era presa de un ataque de tos. Jill dio un codazo a sus dos compañeros y señaló el libro. Éstos subieron también al banco y se inclinaron sobre las enormes páginas. Scrubb leía aún cómo cocinar hombres cuando Charcosombrío indicó una reseña situada más adelante. El texto era el siguiente:

MENEO DEL PANTANO. Algunos entendidos rechazan a este animal rotundamente como no adecuado para el consumo por parte de los gigantes debido a su consistencia fibrosa y su gusto fangoso. No obstante, el gusto puede reducirse en gran medida si...

Jill le tocó el pie, y también el de Scrubb, con suavidad. Los tres volvieron la mirada hacia la giganta. La mujer tenía la boca ligeramente abierta y de su nariz surgía un sonido que en aquel momento les resultó más grato que cualquier música; roncaba. Y entonces fue cuestión de moverse de puntillas, sin atreverse a ir demasiado de prisa, sin apenas osar respirar, hasta haber atravesado el fregadero (los fregaderos de los gigantes apestan), para salir finalmente a la pálida luz solar de una tarde de invierno.

Estaban en la parte alta de un abrupto y pequeño sendero que descendía en una pendiente pronunciada. Y, por suerte, en el lado derecho del castillo; a la vista tenían la Ciudad Ruinosa. En unos pocos minutos estuvieron de vuelta en la amplia y empinada calzada que descendía desde la puerta principal del castillo; aunque también quedaban a la vista de todas las ventanas que daban a ese lado. De haber habido una, dos o cinco ventanas habría existido una razonable posibilidad de que nadie estuviera mirando al exterior; pero su número se acercaba más a cincuenta que a cinco. También advirtieron entonces que la calzada por la que andaban, y a decir verdad todo el terreno entre ellos y la Ciudad

Ruinosa, no ofrecía refugio ni para ocultar un zorro; sólo había hierba áspera, guijarros y piedras planas. Para empeorar las cosas, llevaban puestas las ropas que les habían facilitado los gigantes la noche anterior: excepto Charcosombrío, al que nada le había sentado bien. Jill llevaba una túnica de brillante color verde demasiado larga para ella, y sobre ésta una capa escarlata ribeteada de piel blanca. Scrubb vestía medias escarlata, una túnica azul y una capa, una espada con empuñadura de oro, y una gorra adornada con una pluma.

—Vaya puntos de color tan bonitos que sois vosotros dos —masculló Charcosombrío—. Destacáis perfectamente en un día de invierno. El peor arquero del mundo no podría errar a ninguno de los dos si estuvieseis a su alcance. Y hablando de arqueros, no tardaremos mucho en lamentar no tener nuestros arcos. Además, esas ropas vuestras son un poco delgadas, ¿no?

—Sí, ya me estoy congelando —dijo Jill.

Unos minutos antes, cuando se encontraban en la cocina, la niña había pensado que si conseguían salir del castillo, su huida sería casi completa; pero ahora comprendía que la parte más peligrosa estaba aún por llegar.

—Tranquilos, tranquilos —dijo Charcosombrío—. No miréis atrás. No andéis demasiado rápido. Hagáis lo que hagáis, no corráis. Dad la impresión de que paseamos sin más y entonces, si alguien nos ve, a lo mejor no le da importancia. En cuanto parezca que huimos, estamos perdidos.

La distancia hasta la Ciudad Ruinosa parecía más larga de lo que Jill habría creído posible. Sin embargo, poco a poco la iban recorriendo. Entonces se oyó un sonido, y sus dos compañeros lanzaron una exclamación ahogada. Jill, que no sabía lo que era, preguntó:

—¿Qué es eso?

—Un cuerno de caza —musitó Scrubb.

—No corráis, ni siquiera ahora —indicó Charcosombrío—. No, hasta que yo lo diga.

En esa ocasión Jill no pudo evitar echar un vistazo por encima del hombro. Allí, aproximadamente a un kilómetro de distancia, estaban los cazadores, que regresaban por detrás de ellos, a la izquierda.

Siguieron andando. De repente se alzó un gran clamor de voces de gigantes: luego gritos y chillidos.

—Nos han visto. A correr —dijo Charcosombrío.

Jill se subió las faldas —una prenda horrible para correr— y corrió. No cabía error posible sobre el peligro que corrían. Oía el ladrido de los perros; oía vociferar al rey:

—¡Tras ellos, tras ellos! O mañana no tendremos empanadas de hombre.

Iba la última de los tres, obstaculizados los movimientos por el vestido, resbalando sobre piedras sueltas, con el cabello metiéndosele en la boca y con una opresión en el pecho. Los sabuesos estaban cada vez más cerca, y ahora tenía que correr colina arriba, por la cuesta pedregosa que conducía hasta el peldaño más bajo de la escalera gigante. No tenía ni idea de lo que harían cuando llegaran allí, ni cómo podrían estar en mejor posición incluso aunque alcanzaran la cima; pero no pensó en ello. Era como un animal perseguido; mientras la jauría fuera tras ella, debía correr hasta desplomarse de agotamiento.

El meneo de la Marisma iba delante. Al llegar al peldaño más bajo se detuvo, miró ligeramente a su derecha, y se introdujo de repente en un agujerito o hendidura que había a sus pies. Sus largas piernas, al desaparecer en su interior, recordaron las de una araña. Scrubb vaciló y luego desapareció tras él. Jill, jadeante y dando traspiés, llegó al lugar al cabo de un minuto. Era un agujero muy poco atractivo; una grieta entre la tierra y la piedra de unos noventa centímetros de longitud y apenas más de treinta de altura. Había que echarse de bruces sobre el rostro y arrastrarse al interior, y eso no se podía hacer muy de prisa. La niña estaba segura de que los dientes de un perro se cerrarían sobre su talón antes de que lograra introducirse en el cobijo.

—Rápido, rápido. Piedras. Tapad la abertura —oyó decir a Charcosombrío en la oscuridad junto a ella.

Estaba negro como boca de lobo allí dentro, excepto por la luz grisácea de la abertura por la que se habían arrastrado. Sus dos compañeros trabajaban denodadamente. Veía las manos menudas de Scrubb y las manos grandes y palmeadas del meneo de la Marisma recortadas contra la luz, trabajando con desesperación para amontonar piedras. Entonces comprendió lo importante que era aquello y empezó a buscar a tientas piedras de gran tamaño, y a entregárselas a los otros. Antes de que los perros empezaran a ladrar y aullar en la entrada de la cueva, consiguieron tenerla bien tapada; y entonces, claro está, todo quedó totalmente a oscuras.

—Más adentro, rápido —instó la voz de Charcosombrío.

—Démonos las manos —dijo Jill.

—Buena idea —repuso Scrubb.

Pero necesitaron un buen rato para encontrarse las manos los unos a los otros en la oscuridad. Los perros olisqueaban ya al otro lado de la barrera.

—Probemos a ver si podemos ponernos en pie —sugirió Scrubb.

Lo hicieron y comprobaron que podían. Luego, con Charcosombrío alargando una mano a su espalda a Scrubb, y Scrubb extendiendo la suya hacia atrás para Jill —que deseaba con todas sus fuerzas hallarse en el centro del grupo y no en el último puesto—, empezaron a tantear con los pies y a avanzar trastabillando en las tinieblas. Todo eran piedras sueltas bajo sus pies. Entonces Charcosombrío llegó a una pared de roca, de modo que giraron un poco a la derecha y siguieron adelante. Tuvieron que realizar muchas más vueltas y giros, y Jill se encontró con que había perdido todo sentido de la orientación, y ya no tenía ni idea de dónde estaba la entrada de la cueva.

—La cuestión es —oyeron decir a la voz de Charcosombrío desde la oscuridad situada ante ellos— si, bien mirado, no sería mejor retroceder (si podemos) y dejar que los gigantes nos devoren en ese banquete suyo, en lugar de perdernos en las entrañas de una colina donde apuesto diez a uno a que hay dragones, simas profundas, gases, agua y... ¡Uy! ¡Soltaos! Salvaos. Estoy...

Después de eso todo sucedió con gran rapidez. Se oyó un alarido, un silbido, un sonido vago y guijarroso, un repiqueteo de piedras, y Jill se encontró resbalando, resbalando irremediablemente y resbalando cada vez a mayor velocidad por una pendiente que se volvía más pronunciada por momentos. No se trataba de una ladera lisa y firme, sino de una formada por piedrecitas y cascotes, e incluso aunque hubiera podido incorporarse, no habría servido de nada; cualquier parte de aquella ladera sobre la que hubiera puesto el pie se habría deslizado bajo su cuerpo y la habría arrastrado con ella. Pero Jill estaba más tumbada que de pie; y cuanto más resbalaban más se desprendían las piedras y la tierra, de modo que el torrente que descendía con todos los materiales —incluidos ellos— era cada vez más veloz, ruidoso, polvoriento y sucio. Por los agudos chillidos y maldiciones que le llegaban de sus dos compañeros, Jill se dijo que muchas de las piedras que desalojaba golpeaban con bastante fuerza a Scrubb y a Charcosombrío. Descendía ya a una velocidad rabiosa y tuvo la seguridad de que acabaría hecha pedazos en el fondo.

Sin embargo, inesperadamente, no fue así. Toda ella era una masa de moretones, y la sustancia pegajosa y húmeda de su rostro parecía sangre. Y había tal cantidad de tierra suelta, guijarros y piedras grandes apilados a su alrededor (y en parte sobre ella) que no conseguía levantarse. La oscuridad era tal que poco importaba si tenía los ojos abiertos o cerrados. No se oía ningún ruido. Y aquél fue el peor momento que Jill había pasado en toda su vida. Y si estaba sola, y si sus compañeros... Entonces oyó movimientos a su alrededor. Al poco, los tres, todos con voces temblorosas, se tranquilizaron mutuamente diciendo que no parecían tener ningún hueso roto.

—Jamás conseguiremos volver a subir eso —dijo la voz de Scrubb.

—Y ¿habéis observado qué caliente se está? —indicó la voz de Charcosombrío—. Eso significa que estamos muy abajo. Podría ser casi un kilómetro.

Nadie dijo nada. Al cabo de un buen rato Charcosombrío añadió:

—He perdido el yesquero.

Tras otra larga pausa Jill manifestó:

—Tengo una sed terrible.

Nadie sugirió hacer nada. Era evidente que no se podía hacer nada. Por un momento, no lo percibieron con tanta intensidad como habría sido de esperar, pero eso fue debido a que estaban agotados.

Muchísimo más tarde, sin ninguna advertencia previa, una voz totalmente desconocida habló. Supieron de inmediato que no era la voz que, secretamente, todos habían deseado oír: la voz de Aslan. Era una voz tenebrosa, monótona, una voz negra como el carbón, que dijo:

—¿Qué hacéis aquí, criaturas del Mundo Superior?

Capítulo diez

Viaje sin sol

—¿Quién anda ahí? —gritaron los tres viajeros.

—Soy el Guardián de los Lindes de la Tierra Inferior, y me acompañan un centenar de terranos armados —fue la respuesta que recibieron—. Decidme al momento quiénes sois y qué os trae al Reino de las Profundidades?

—Caímos aquí por accidente —dijo Charcosombrío, sin faltar a la verdad.

—Muchos caen aquí abajo, y pocos regresan a las tierras iluminadas por la luz del sol —indicó la voz—. Preparaos para venir conmigo a ver a la soberana del Reino de las Profundidades.

—¿Qué quiere de nosotros? —inquirió Scrubb con cautela.

—No lo sé —respondió la voz—. No se puede cuestionar su voluntad sino sólo acatarla.

Mientras decía aquello se oyó un ruido como una explosión sorda y al instante una luz fría, gris con un toque de azul en ella, inundó la caverna. Toda esperanza de que el orador hubiera fanfarroneado cuando hablaba de sus cien seguidores armados se desvaneció al instante. Jill se encontró parpadeando y contemplando con asombro una multitud compacta. Eran de todos los tamaños, desde gnomos diminutos de apenas treinta centímetros de altura hasta figuras majestuosas más altas que los hombres. Todos sostenían tridentes, todos estaban terriblemente pálidos y todos permanecían tan quietos como estatuas. Aparte de aquello, eran muy diferentes entre sí; unos tenían colas y otros no, algunos lucían largas barbas y otros mostraban rostros muy redondos y lampiños, grandes como calabazas. Había narices largas y puntiagudas, narices largas y blandas como pequeñas trompas y narices enormes y cubiertas de grumos. Varios tenían un único cuerno en el centro de la frente. Pero en un aspecto eran todos iguales: todos los rostros del centenar de seres parecían tan tristes como pueda estarlo un rostro. Eran unas expresiones tan lúgubres que, tras una primera ojeada, Jill casi olvidó tenerles miedo y sintió ganas de hacer que se mostraran más alegres.

—¡Bien! —exclamó Charcosombrío, frotándose las manos—. Es justo lo que necesitaba. Si estos tipos no me enseñan a tomarme más en serio la vida, no sé qué lo hará. Fijaos en ese con el bigote de morsa... o aquel con el...

—Levantaos —dijo el jefe de los terranos.

No podían hacer otra cosa. Los tres viajeros se incorporaron y se tomaron de las manos. Uno desea tocar la mano de un amigo en un momento como ése. Y los terranos los rodearon, avanzando silenciosos sobre pies enormes y blandos, en los que unos tenían diez dedos, algunos doce, otros ninguno.

—En marcha —ordenó el jefe; y se pusieron a andar.

La fría luz procedía de una esfera enorme situada en lo alto de un palo largo que el gnomo más alto sostenía en la cabeza de la procesión. A la luz de sus rayos sombríos observaron que se encontraban en una caverna natural; las paredes y el techo estaban deformados, retorcidos y acuchillados en miles de formas fantásticas, y el suelo de piedra descendía a medida que avanzaban. Para Jill era peor que para los demás, porque la niña odiaba los lugares oscuros y subterráneos. Y cuando, mientras seguían adelante, la cueva se tornó más baja y estrecha y, por fin, el portador de la luz se hizo a un lado, y los gnomos, uno a uno, se inclinaron —todos excepto los más pequeños— y penetraron en una hendidura pequeña y oscura y desaparecieron, le pareció que ya no podía soportarlo más.

—¡No puedo entrar ahí dentro, no puedo! ¡No puedo! ¡No lo haré! —jadeó.

Los terranos no dijeron nada pero todos bajaron las lanzas y la apuntaron con ellas.

—Tranquila, Pole —dijo Charcosombrío—. Esos tipos grandotes no se arrastrarían ahí dentro si no fuera a ensancharse más adelante. Y existe una ventaja en esta marcha subterránea, no nos lloverá encima.

—No lo comprendes. No puedo —gimió Jill.

—Piensa en cómo me sentí en aquel precipicio, Pole —indicó Scrubb—. Pasa tú primero, Charcosombrío, y yo iré tras ella.

—Eso es —repuso el meneo de la Marisma, poniéndose a cuatro patas—. Sujétate a mis tobillos, Pole, y Scrubb se asirá a los tuyos. Así todos estaremos cómodos.

—¡Cómodos! —exclamó ella.

Pero se agachó y reptaron al interior sobre los codos. Era un lugar desagradable. Uno tenía que arrastrarse con la cara contra el suelo durante lo que parecía una media hora, aunque en realidad tal vez no fueran más de cinco minutos. No obstante, finalmente apareció una luz tenue al frente, el túnel se ensanchó y aumentó en altura, y salieron, acalorados, sucios y temblorosos, a una cueva tan enorme que apenas parecía una cueva.

Estaba inundada por un resplandor apagado y somnoliento, de modo que ya no necesitaron el extraño farol de los terranos. El suelo estaba cubierto con una blanda capa de alguna especie de musgo y de éste crecían muchas formas estrafalarias, ramificadas y altas como árboles, pero blandas como hongos, que estaban demasiado separadas para formar un bosque y recordaban más bien un parque. La luz, de un gris verdoso, parecía proceder tanto de ellas como del musgo, y no era lo bastante potente como para alcanzar el techo de la cueva, que sin duda se encontraba muy por encima de sus cabezas. Los obligaron a atravesar entonces aquel lugar templado, blando y adormilado. Reinaba en él una gran tristeza, pero una clase de tristeza tranquila, igual que una música suave.

Pasaron junto a docenas de animales curiosos tumbados en la hierba, muertos o tal vez dormidos, Jill no estaba segura. La mayor parte recordaba a dragones o murciélagos; Charcosombrío no sabía lo que era ninguno de ellos.

—¿Se crían aquí? —preguntó Scrubb al Guardián.

Éste pareció muy sorprendido de que le dirigieran la palabra, pero respondió:

—No; todas son bestias que han venido a parar aquí cayendo por simas y cuevas, abandonando el Mundo Superior para llegar al Reino de las Profundidades. Muchos bajan aquí, y pocos regresan a las tierras iluminadas por el sol. Se dice que todos despertarán cuando llegue el fin del mundo.

Cerró la boca con fuerza tras decir aquello, y en el gran silencio de la cueva los niños sintieron que ya no volverían a atreverse a hablar. Los pies desnudos de los gnomos, sobre el blando musgo, no producían el menor sonido. No soplaba viento, no había pájaros y no se escuchaba el murmullo del agua. Tampoco se oía respirar a las extrañas bestias.

Después de andar varios kilómetros, llegaron a una pared de roca; en ella se abría un arco bajo que conducía a otra caverna. Sin embargo, no era tan terrible como la última entrada y Jill pudo atravesarlo sin inclinar la cabeza; los condujo a una cueva más pequeña, larga y estrecha, aproximadamente de la forma y tamaño de una catedral. Allí, ocupando casi toda su longitud, yacía un hombre inmenso que dormía profundamente. Era mucho más grande que cualquiera de los gigantes, y su rostro no se parecía al de un gigante, sino que era noble y hermoso. El pecho ascendía y descendía acompasadamente bajo una barba nívea que lo cubría hasta la cintura. Una luz plateada (nadie vio de dónde procedía) caía sobre él.

—¿Quién es ése? —inquirió Charcosombrío.

Y hacía tanto tiempo que nadie había hablado, que Jill se sorprendió de que se atreviera a hacerlo.

—Es el viejo Padre Tiempo, que en una ocasión fue rey en el Mundo Superior —respondió el Guardián—. Y ahora ha descendido al Reino de las Profundidades y yace soñando con todas las cosas que suceden en el mundo de la superficie. Muchos descienden aquí abajo, y pocos regresan a las tierras iluminadas por el sol. Dicen que despertará cuando llegue el fin del mundo.

Y de aquella cueva pasaron a otra, y luego a otra y otra más, y así hasta que Jill perdió la cuenta, pero siempre iban cuesta abajo y cada cueva estaba más baja que la anterior, hasta que sólo pensar en el peso y la cantidad de tierra que tenían encima resultaba asfixiante. Finalmente llegaron a un lugar donde el Guardián ordenó que volvieran a encender su deprimente farol. Luego penetraron en una cueva tan enorme y oscura que sólo consiguieron ver que ante ellos una faja de arena blanquecina descendía hasta unas aguas quietas. Y allí, junto a un pequeño espigón, había un barco sin mástil ni vela pero con muchos remos; los hicieron subir a bordo y los condujeron al frente hasta la proa, donde había un espacio despejado frente a los bancos de los remeros y un asiento que recorría la parte interior de la borda.

—Una cosa que quisiera saber —dijo Charcosombrío— es si alguien de nuestro mundo, de la parte de arriba, me refiero, ha realizado este viaje antes.

—Muchos han tomado el barco en las playas blanquecinas —respondió el Guardián—, y...

—Sí, ya lo sabemos —interrumpió Charcosombrío—. «Y pocos han regresado a las tierras iluminadas por el sol». No hace falta que vuelvas a decirlo. ¿Es que no se te ocurre otra frase?

Los niños se acurrucaron muy pegados a cada lado de Charcosombrío. Lo habían considerado un aguafiestas mientras estaban aún en la superficie, pero allí abajo parecía el único consuelo del que disponían. Entonces, tras colgar el mortecino farol en la parte central de la nave, los terranos se sentaron junto a los remos, y la embarcación empezó a moverse. El farol proyectaba su luz a muy poca distancia y si miraban al frente no podían ver otra cosa que aguas lisas y oscuras, que se desvanecían en una negrura total.

—¿Qué va a ser de nosotros? —dijo Jill, desesperada.

—Vamos, no te dejes desanimar, Pole —indicó el meneo de la Marisma—. Hay una cosa que debes recordar. Volvemos a estar en la ruta correcta. Teníamos que introducirnos debajo de la Ciudad en Ruinas, y estamos «debajo» de ella. Volvemos a seguir las instrucciones.

En seguida les dieron comida: una especie de pasteles planos y blandengues que apenas sabían a nada. Y después de eso, se fueron quedando dormidos poco a poco. Cuando despertaron, todo continuaba igual; los gnomos remaban aún, el barco seguía deslizándose y seguían teniendo ante ellos la misma negrura insondable. Cuántas veces despertaron, durmieron, comieron y volvieron a dormir, ninguno de ellos pudo recordarlo jamás. Y lo peor era que empezaban a sentir como si siempre hubieran vivido en aquel barco, en aquella oscuridad, y a preguntarse si el sol, el cielo azul, el viento y los pájaros no habían sido sólo un sueño.

Casi habían renunciado a esperar o temer a nada cuando por fin vieron luces más adelante: luces mortecinas, como la de su propio farol. Luego, de un modo bastante repentino, una de las luces se acercó y vieron que pasaban junto a otro barco. Después de eso encontraron varios barcos. Luego, fijando la mirada hasta que les dolieron los ojos, vieron que algunas de las luces situadas al frente brillaban sobre lo que parecían muelles, muros, torres y muchedumbres en movimiento; sin embargo, seguía sin oírse apenas un ruido.

—¡Diantre! ¡Una ciudad! —exclamó Scrubb, y no tardaron en comprobar que estaba en lo cierto.

Pero se trataba de una ciudad curiosa. Las luces eran tan escasas y estaban tan separadas que como mucho recordaban casitas de campo en nuestro mundo. No obstante, los pequeños retazos del lugar que se podían ver mediante las luces eran como atisbos de un gran puerto marítimo. En un lugar se podía distinguir toda una multitud de barcos que cargaban o descargaban; en otro, fardos de material y almacenes; en un tercero, paredes y columnas que sugerían grandes palacios y templos; y siempre, allí donde caía la luz, multitudes interminables: cientos de terranos abriéndose paso a empujones mientras iban a sus cosas con pasos silenciosos por calles estrechas, plazas amplias o enormes escalinatas. Su continuo movimiento producía una especie de sordo murmullo a medida que la nave se acercaba; pero no se oía ni una canción ni un grito ni el tañido de una campana, ni siquiera el traqueteo de una rueda por ninguna parte. La ciudad estaba tan silenciosa, y casi tan oscura, como el interior de un hormiguero.

Por fin atracaron la nave en un muelle y la amarraron. Los tres viajeros fueron bajados a tierra y conducidos al interior de la ciudad. Multitudes de terranos, todos diferentes, se entremezclaron con ellos en las calles atestadas, y la luz mortecina cayó sobre innumerables rostros tristes y grotescos. Nadie mostraba interés por los forasteros, y los gnomos parecían tan atareados como tristes, aunque Jill jamás descubrió qué era lo que los mantenía tan ocupados. El interminable movimiento, los empujones, las prisas y el sordo repiqueteo de las pisadas siguieron sin pausa.

Por fin llegaron a lo que parecía ser un castillo enorme, si bien pocas de las ventanas que poseía estaban iluminadas. Los hicieron pasar al interior, cruzar un patio y luego subir muchas escaleras. El paseo los llevó finalmente a una habitación muy grande pobremente iluminada. Pero en uno de sus rincones — ¡qué alegría!— había una arcada inundada por una clase distinta de luz; la genuina luz amarilla y cálida de una lámpara como las que usan los humanos. Lo que mostraba aquella luz dentro de la arcada era el pie de una escalera de caracol que ascendía entre paredes de piedra. La luz parecía provenir de lo alto. Dos terranos estaban de pie a cada lado del arco como si fueran centinelas o lacayos.

El Guardián fue hacia ellos, y dijo, como si se tratara de un santo y seña:

—Muchos descienden al Mundo Subterráneo.

—Y pocos regresan a las tierras iluminadas por el sol —respondieron ellos como si eso fuera la contraseña.

A continuación los tres juntaron las cabezas y conversaron. Por fin uno de los dos gnomos dijo:

—Te digo que su excelencia la reina ha partido de aquí con motivo de su importante asunto. Será mejor que mantengamos a estos habitantes de la superficie bien encerrados hasta su vuelta. Pocos regresan a las tierras iluminadas por el sol.

En aquel momento la conversación fue interrumpida por lo que a Jill le pareció el sonido más delicioso del mundo. Vino de arriba, de lo alto de la escalera; y era una voz clara, resonante y totalmente humana, la voz de un joven.

—¿Qué tumulto estáis organizando ahí abajo, Mulliguterum? —gritó—. Habitantes de la Superficie, ¡ja! Traedlos ante mí, y al instante.

—Agradecería a su alteza que recordara... —empezó Mulliguterum, pero la voz lo atajó en seco.

—Lo que agradecería su alteza principalmente es que lo obedecieran, viejo cascarrabias. Subidlos —ordenó.

Mulliguterum meneó la cabeza, hizo una seña a los viajeros para que lo siguieran e inició el ascenso por la escalera. A cada peldaño la luz aumentaba. De las paredes colgaban tapices suntuosos, y la luz de la lámpara brillaba dorada a través de delgadas cortinas colgadas en lo alto de la escalera.

El terrano separó las cortinas y se hizo a un lado. Los tres pasaron al interior. Estaban en una habitación muy hermosa, con tapices magníficos, un buen fuego en una chimenea impoluta y vino tinto y cristal tallado centelleando sobre la mesa. Un hombre joven de cabellos rubios se alzó para darles la bienvenida. Era apuesto y parecía a la vez intrépido y amable, aunque había algo en su rostro que no parecía normal; iba vestido de negro y en conjunto recordaba un poco a Hamlet.

—Bienvenidos, habitantes de la superficie —exclamó—. Pero ¡esperad un instante! ¡Os ruego me perdonéis! Hermosas criaturas, yo os he visto a vosotros y a éste, vuestro extraño tutor, con anterioridad. ¿No erais vosotros las tres personas con las que me crucé en el puente de los límites del Páramo de Ettin cuando pasé por allí junto a mi señora?

—Vaya... ¿erais el Caballero Negro que no dijo ni una palabra? —preguntó Jill.

—Y ¿era esa dama la reina de la Tierra Inferior? —preguntó Charcosombrío, en un tono de voz nada amistoso.

Y Scrubb, que pensaba lo mismo, espetó:

—Porque si lo era, se comportó de un modo muy mezquino al enviarnos al castillo de unos gigantes que tenían la intención de devorarnos. ¿Qué daño le habíamos hecho a ella, me gustaría saber?

—¿Cómo? —respondió el Caballero Negro, frunciendo el entrecejo—. Si no fueras un guerrero tan joven, muchacho, tú y yo habríamos peleado a muerte por este motivo. No permito que nadie hable en contra del honor de mi dama. Pero puedes estar seguro de que, fuera lo que fuera lo que os dijese, lo dijo con buena intención. No la conoces. Es un conjunto de todas las virtudes, como la verdad, la misericordia, la fidelidad, la bondad, el valor y todas las demás. Digo lo que sé. Su bondad para conmigo en particular, que no puedo recompensar de ningún modo, compondría un relato admirable. Pero la conoceréis y amaréis de ahora en adelante. Entretanto, ¿qué os trae al Reino de las Profundidades?

Y antes de que Charcosombrío pudiera detenerla, Jill contó de buenas a primeras:

—Por favor, intentamos encontrar al príncipe Rilian de Narnia.

Y entonces comprendió lo arriesgado que era aquello que acababa de hacer: aquellas gentes podían ser enemigos. Pero el caballero no mostró el menor interés.

—¿Rilian? ¿Narnia? —dijo con despreocupación—. ¿Narnia? ¿Qué tierra es ésa? Jamás he oído el nombre. Debe encontrarse a miles de leguas de las partes del Mundo Superior que conozco. Pero ha sido una fantasía extraña la que os ha conducido a buscar a éste... ¿cómo lo llamasteis? ¿Billian? ¿Trillian? en el reino de mi dama. A decir verdad, por lo que sé, tal hombre no está aquí.

Lanzó una sonora carcajada en aquel punto, y Jill se dijo para sí: «Me pregunto si será eso lo que no encuentro normal en su rostro. ¿Es acaso un poco bobo?».

—Se nos dijo que buscáramos un mensaje en las piedras de la Ciudad Ruinosa —dijo Scrubb—. Y vimos las palabras DEBAJO DE MÍ.

El caballero rió aún con más ganas que antes.

—Os habéis llamado a engaño —dijo—. Esas palabras no tienen nada que ver con vuestro empeño. De haber preguntado a mi señora, ella os habría dado mejor consejo, pues esas palabras son todo lo que queda de un texto más largo, que en tiempos remotos, como ella bien recuerda, mostraba esta estrofa:

Aunque bajo tierra y sin trono ahora esté aquí
la Tierra dominé por encima y por debajo de mí.

De la que se deduce que algún rey poderoso de los antiguos gigantes, que yace enterrado allí, hizo que tallaran tal vanagloria en la piedra sobre su sepulcro; aunque la rotura de algunas piedras, el que se hayan llevado otras para nuevas edificaciones y también que las hendiduras se hayan llenado de cascotes, ha provocado que sólo tres palabras resulten legibles todavía. ¿No os parece lo más divertido del mundo que pensarais que estaban escritas para vosotros?

Fue como un chorro de agua fría en la espalda para Scrubb y Jill; pues parecía muy probable que las palabras no tuvieran nada que ver con su misión, y que ellos hubieran ido a parar allí por casualidad.

—No le hagáis caso —dijo Charcosombrío—. La casualidad no existe. Nuestro guía es Aslan; y él estaba allí cuando el rey gigante hizo tallar las palabras, y sabía ya todo lo que saldría de ellas; incluido «esto».

—Ese guía vuestro debe de ser un gran juerguista, amigo —replicó el caballero con otra de sus carcajadas.

Jill empezó a encontrarlas un tanto irritantes.

—Y a mí me parece, señor —respondió Charcosombrío—, que esta dama vuestra también debe de ser una juerguista, si recuerda la estrofa tal como estaba cuando la escribieron.

—Muy agudo, Cara de Rana —dijo el otro, dando una palmada a Charcosombrío en el hombro y volviendo a reír—. Habéis dado en el clavo. Es de raza divina, y no conoce ni la vejez ni la muerte. Por eso le estoy aún más agradecido por su infinita generosidad para con un desdichado mortal como yo. Pues debéis saber, señores, que soy un hombre aquejado de las más extrañas dolencias, y nadie excepto su excelencia la reina habría tenido paciencia conmigo. ¿Paciencia, he dicho? Pero si es mucho más que eso. Me ha prometido un gran reino en la Tierra Superior y, cuando sea rey, su propia mano en matrimonio. Pero el relato es demasiado largo para que lo escuchéis de pie y en ayunas. ¡Que venga alguno de vosotros! Traed vino y comida de los habitantes de la superficie, para mis invitados. Por favor, sentaos, caballeros. Mi pequeña dama, sentaos en esta silla. Os lo contaré todo.

Capítulo once

En el Castillo Sombrío

Después de que les trajeran la comida —compuesta por empanada de pichón, jamón frío, ensalada y pasteles—, y que todos acercaran las sillas a la mesa y empezaran a comer, el caballero continuó:

—Debéis comprender, amigos, que no sé nada sobre quién era y de dónde llegué a este Mundo Oscuro. No recuerdo ningún momento en el que no residiera, como ahora, en la corte de esta casi celestial reina; pero lo que pienso es que me salvó de algún hechizo maligno y me trajo aquí debido a su extraordinaria generosidad. (Honorable Patas de Rana, vuestra copa está vacía. Permitid que vuelva a llenarla.) Y me parece lo más probable porque incluso en estos momentos estoy bajo el poder de un hechizo, del que únicamente mi dama me puede liberar.

»Cada noche llega una hora en que mi mente se ve terriblemente perturbada y, tras mi mente, mi cuerpo. Pues primero me muestro furioso y salvaje y me abalanzaría sobre mis amigos más queridos para matarlos, si no estuviera atado. Y poco después de eso, adopto la apariencia de una serpiente enorme, hambrienta, feroz y mortífera. (Señor, tomad por favor otra pechuga de pichón, os lo suplico.) Eso es lo que me cuentan, y desde luego cuentan la verdad, pues mi dama dice lo mismo. Yo, por mi parte, no sé nada de lo que sucede, pues cuando ha transcurrido esa hora despierto sin recordar nada del odioso ataque, con mi aspecto normal, y recuperada la cordura. (Mi pequeña dama, comed uno de estos pasteles de miel, que traen para mí de alguna tierra bárbara en el lejano sur del mundo.)

»Ahora bien, su majestad la reina sabe por su arte que seré liberado de este hechizo en el momento en que ella me convierta en rey de un país del Mundo Superior y coloque una corona en mi cabeza. El país ya ha sido elegido y también el lugar exacto de nuestra salida al exterior. Sus terranos han trabajado día y noche cavando un paso por debajo de ella, y han llegado ya tan lejos y tan arriba que el túnel se encuentra a menos de un puñado de metros de la misma hierba que pisan los habitantes de la superficie de ese país. Dentro de muy poco tiempo esos moradores de la superficie se encontrarán con su destino. Ella misma se halla en la excavación en estos momentos, y espero un mensaje para reunirme con ella. Entonces se perforará el fino techo de tierra que todavía me mantiene alejado de mi reino, y con ella para guiarme y un millar de terranos detrás de mí, cabalgaré en armas, caeré repentinamente sobre nuestros enemigos, mataré a su caudillo, derribaré sus fortalezas y, sin duda, seré coronado su rey en menos de veinticuatro horas.

—Pues vaya mala suerte para «ellos», ¿no os parece? —dijo Scrubb.

—¡Sois un muchacho dotado de un intelecto maravilloso y muy ágil! —exclamó el caballero—. Pues, por mi honor, que no había pensado en ello. Comprendo lo que queréis decir.

Pareció ligeramente, muy ligeramente preocupado por un segundo o dos; pero su rostro no tardó en animarse y estalló en otra de sus sonoras carcajadas.

—Pero ¡avergoncémonos de tanta seriedad! ¿No es la cosa más cómica del mundo pensar en ellos, atareados en sus cosas y sin soñar siquiera con que, bajo sus tranquilos campos y suelos, sólo a una braza por debajo, hay un gran ejército listo para aparecer entre ellos como un surtidor? ¡Y sin que lo sospechen! ¡Vaya, pero si es que ellos mismos, una vez que desaparezca el primer resquemor de la derrota, difícilmente podrán hacer otra cosa que no sea reír al pensarlo!

—Yo no creo que sea divertido —indicó Jill—. Creo que seréis un tirano perverso.

—¿Qué? —repuso el caballero, riendo todavía a la vez que le palmeaba la cabeza de un modo más bien exasperante—. ¿Acaso es nuestra joven dama un sesudo político? Pero no temáis, querida mía. Al gobernar ese país, lo haré siguiendo en todo el consejo de mi dama, que entonces será mi reina también. Su palabra será mi ley, del mismo modo que mi palabra será la ley para el pueblo que hayamos conquistado.

—De donde yo vengo —manifestó Jill, que cada vez sentía más aversión por él—, no tienen en demasiado buen concepto a los hombres que dejan que los gobiernen sus esposas.

—Pensaréis muy distinto cuanto tengáis esposo, os lo aseguro —respondió el caballero, que al parecer consideraba aquello muy divertido—. Pero con mi dama es algo totalmente distinto. Me siento más que satisfecho de vivir según su parecer, pues ya me ha salvado de miles de peligros. Ninguna madre se ha mostrado tan tierna y dedicada con su hijo como lo ha hecho la reina conmigo. Además, fijaos, en medio de todas sus preocupaciones y tareas, sale a cabalgar conmigo al Mundo Superior en más de una ocasión para que mis ojos se acostumbren a la luz del sol. Y en esas salidas debo ir totalmente armado y con la visera baja, de modo que nadie pueda ver mi rostro, y no debo hablar con nadie. Pues ha descubierto mediante artes mágicas que esto retrasaría mi liberación del penoso hechizo bajo el que estoy. ¿No es una dama así digna de la veneración de un hombre?

—Suena como si fuera una dama muy amable —dijo Charcosombrío en un tono de voz que indicaba justo lo contrario.

Todos estaban más que hartos de la conversación del caballero antes de haber finalizado la cena. Charcosombrío pensaba: «Me gustaría saber a qué juega esa bruja con este estúpido joven». Scrubb, por su parte, se decía: «En realidad es como un niño grande: agarrado a las faldas de esa mujer; es un pobre diablo». Y Jill pensaba: «Es el tipo más engreído y ridículo que he conocido en mucho tiempo». Pero cuando finalizó la comida, el humor del caballero había cambiado. Ya no se reía.

—Amigos —anunció—, se acerca mi hora ya. Me avergüenza que podáis verme pero sin embargo temo quedarme solo. No tardarán en aparecer para atarme de pies y manos a aquella silla. Por desgracia, así debe ser: pues en mi furia, me dicen, destruiría todo lo que estuviera a mi alcance.

—Oíd —dijo Scrubb—, siento muchísimo eso de vuestro encantamiento, desde luego, pero ¿qué nos harán esos tipos cuando vengan a ataros? Hablaron de meternos en prisión. Y no nos gustan demasiado todos esos lugares oscuros. Preferiríamos permanecer aquí hasta que estéis... mejor... si es posible.

—Está bien pensado —dijo el caballero—. Aunque, según la costumbre nadie excepto la reina en persona permanece conmigo durante mi hora maléfica. Es tal su tierna solicitud por mi honor que no permite de buen grado que otros oídos que no sean los suyos escuchen lo que brota de mi boca durante ese frenesí. Y no me resultaría fácil persuadir a mis sirvientes gnomos para que os dejaran conmigo. Además, creo que oigo sus suaves pisadas ya en la escalera. Atravesad aquella puerta de allí: conduce a mis otros aposentos. Y allí, aguardad hasta que vaya a veros cuando me hayan soltado; o, si lo deseáis, regresad y acompañadme en mis desvaríos.

Siguieron sus instrucciones y abandonaron la estancia por una puerta que no habían visto abrir todavía. Los condujo, les satisfizo comprobar, no a la oscuridad sino a un pasillo iluminado. Probaron varias puertas y encontraron algo que necesitaban desesperadamente: agua para lavarse e incluso un espejo.

—Ni siquiera nos ofreció la posibilidad de lavarnos antes de cenar —dijo Jill, secándose el rostro—. Es un cerdo egoísta.

—¿Vamos a regresar a observar el hechizo o nos quedaremos aquí? —preguntó Scrubb.

—Yo voto por quedarnos aquí —dijo Jill—. Preferiría no verlo —añadió, aunque sentía algo de curiosidad de todos modos.

—No, regresemos —indicó Charcosombrío—. Podríamos obtener algo de información, y necesitamos toda la que podamos conseguir. Estoy seguro de que la reina es una bruja y una enemiga. Y esos terranos nos arrearían un golpe en la cabeza en cuanto nos echaran la vista encima. Existe un olor más fuerte a peligro, mentiras, magia y traición en este lugar del que he olido nunca. Debemos mantener los ojos y los oídos bien abiertos.

Regresaron por el pasillo y empujaron la puerta con suavidad.

—Todo en orden —anunció Scrubb, indicando que no había terranos por allí.

Entonces volvieron a entrar en la habitación en la que habían cenado.

La puerta principal estaba cerrada, y ocultaba la cortina por la que habían pasado al entrar. El caballero estaba sentado en un curioso trono de plata, al que estaba atado por los tobillos, las rodillas, los codos, las muñecas y la cintura. Tenía la frente cubierta de sudor y el rostro angustiado.

—Entrad, amigos —dijo, alzando rápidamente la vista—. El ataque todavía no ha llegado. No hagáis ruido, pues dije al entrometido chambelán que os habíais ido a acostar. Ya... siento que se acerca. ¡Rápido! Escuchad mientras soy dueño de mí. Cuando el ataque se apodere de mí, podría muy bien ser que os rogara e implorara, con súplicas y amenazas, que soltarais mis ataduras. Dicen que lo hago. Os lo pediré por todo lo que es más querido y más aterrador. Pero no me hagáis caso. Endureced vuestros corazones y tapaos los oídos. Pues mientras esté atado estáis a salvo. Pero en cuanto estuviera en pie y fuera de este trono, primero me sobrevendría la furia, y tras eso... —se estremeció—... el cambio en serpiente repugnante.

—No hay miedo de que os soltemos —declaró Charcosombrío—. No tenemos ningún deseo de enfrentarnos a salvajes; ni a serpientes.

—Ya lo creo que no —dijeron Scrubb y Jill a la vez.

—De todos modos —añadió Charcosombrío en un susurro—. No estemos tan seguros. Será mejor que nos mantengamos alerta. Ya hemos estropeado todo lo demás, como sabéis. Será astuto, estoy casi seguro, una vez que empiece. ¿Podemos confiar los unos en los otros? ¿Prometemos todos que diga lo que diga no tocaremos esas cuerdas? ¡Diga lo que diga, tenedlo bien en cuenta!

—¡Ya lo creo! —exclamó Scrubb.

—No hay nada en el mundo que pueda decir o hacer que me haga cambiar de idea —declaró Jill.

—¡Chist! Algo sucede —indicó Charcosombrío.

El caballero gemía. Su rostro estaba pálido como la masilla, y se retorcía en sus ataduras. Y tal vez porque sentía lástima por él o por alguna otra razón, Jill se dijo que parecía una persona mucho más agradable que antes.

—¡Ah! —dijo él con voz quejumbrosa—. Encantamientos, encantamientos... la pesada, enmarañada, fría y pegajosa telaraña de la magia maligna. Enterrado en vida. Arrastrado bajo tierra, al interior de la ennegrecida oscuridad... ¿Cuántos años hace?... ¿He vivido diez años o mil años en este pozo? Hombres gusano me rodean. Tened piedad. Dejadme marchar, dejadme regresar. Dejadme sentir el viento y ver el cielo... Había un pequeño estanque. Cuando te mirabas en él veías los árboles creciendo bocabajo en el agua, verdes, y debajo de ellos, en el fondo, muy al fondo, el cielo azul.

Había estado hablando en voz baja, pero a continuación alzó los ojos, los clavó en ellos y dijo en voz alta y clara:

—¡Rápido! Estoy cuerdo ahora. Todas las noches estoy cuerdo. Si pudiera abandonar este sillón encantado, seguiría estándolo para siempre. Volvería a ser un hombre. Pero todas las noches me atan, de modo que noche tras noche mi oportunidad desaparece. Sin embargo vosotros no sois enemigos. No soy «vuestro» prisionero. ¡Aprisa! Cortad estas cuerdas.

—¡Manteneos firmes! —dijo Charcosombrío a los dos niños.

—Os imploro que me escuchéis —instó el caballero, obligándose a hablar con calma—. ¿Os han dicho que si me soltáis de este sillón os mataré y me convertiré en una serpiente? Veo por vuestros rostros que lo han hecho. Es una mentira. Ahora es cuando estoy en mi sano juicio: durante el resto del día es cuando estoy hechizado. Vosotros no sois terranos ni brujas. ¿Por qué tendríais que estar de su parte? Os lo ruego, cortad mis ataduras.

—¡Calma! ¡Calma! ¡Calma! —se dijeron los tres viajeros unos a otros.

—Tenéis el corazón de piedra —manifestó el caballero—. Creedme, contempláis a un desdichado que ha padecido más de lo que cualquier corazón mortal puede soportar. ¿Qué mal os he hecho jamás, para que os pongáis del lado de mis enemigos para mantenerme en tal suplicio? Y los minutos vuelan. Ahora me podéis salvar; cuando esta hora haya transcurrido, volveré a ser un idiota: el juguete y perro faldero, no, más probablemente el peón e instrumento, de la hechicera más diabólica que jamás planeara la desgracia de los hombres. ¡Y precisamente esta noche, en que ella no está! Me arrebatáis una oportunidad que puede no repetirse jamás.

—Esto es espantoso. Ojala nos hubiéramos mantenido alejados hasta que hubiera terminado —dijo Jill.

—¡Calma! —exclamó Charcosombrío.

La voz del prisionero se elevó entonces en un alarido.

—Soltadme, os digo. Dadme mi espada. ¡Mi espada! ¡En cuanto esté libre me vengaré de tal modo de los terranos que en la Tierra Inferior se hablará de ello durante miles de años!

—Ahora empieza a retorcerse —dijo Scrubb—. Espero que esos nudos resistan.

—Sí —asintió Charcosombrío—. Tendría el doble de su fuerza normal si se liberara ahora. Y yo no soy muy bueno con la espada. Acabaría con los dos, sin duda; y entonces Pole se quedaría sola para enfrentarse a la serpiente.

El prisionero forcejeaba entonces con las ligaduras de tal modo que éstas se clavaban en sus muñecas y tobillos.

—Tened cuidado —advirtió—. Tened cuidado. Una noche conseguí romperlas. Pero la bruja estaba aquí entonces. No la tendréis aquí para que os ayude esta noche. Liberadme ahora, y seré vuestro amigo. De lo contrario seré vuestro mortal enemigo.

—Astuto, ¿no es cierto? —indicó Charcosombrío.

—De una vez por todas —siguió el prisionero—. Os imploro que me soltéis. Por todos los temores y amores, por los cielos brillantes de la Tierra Superior, por el gran león, por el mismo Aslan, os exhorto...

—¡Oh! —gritaron los tres viajeros como si les hubieran herido.

—Es la señal —dijo Charcosombrío.

—Son las «palabras» de la señal —indicó Scrubb con más cautela.

—¿Qué debemos hacer? —inquirió Jill.

Era una pregunta espantosa. ¿De qué había servido prometerse mutuamente que bajo ningún concepto liberarían al caballero, si iban a hacerlo en cuanto invocara por casualidad el nombre de alguien que realmente les importaba? Por otra parte, ¿de qué habría servido aprenderse las señales si no iban a obedecerlas? Sin embargo, ¿acaso la intención de Aslan era que desataran a cualquiera —incluso un lunático— que lo pidiera en su nombre? ¿Se trataba de un simple hecho fortuito? ¿Y si la reina del Mundo Subterráneo estuviera enterada de las señales y hubiera hecho que el caballero aprendiera aquel nombre para poder atraparlos? Pero al mismo tiempo, ¿y si aquélla era la auténtica señal? Ya habían echado tres por la borda; no se atrevían a pifiar la cuarta.

—¡Ojalá lo supiéramos! —dijo Jill.

—Creo que sí lo sabemos —declaró Charcosombrío.

—¿Quieres decir que crees que todo se arreglará si lo desatamos? —preguntó Scrubb.

—Eso no lo sé —respondió él—. Verás, Aslan no le dijo a Pole lo que sucedería. Únicamente le dijo lo que debía hacer. Ese tipo acabará con nosotros en cuanto se ponga en pie, no me cabe la menor duda. Pero eso no nos dispensa de seguir la señal.

Se quedaron quietos, mirándose unos a otros con ojos brillantes. Fue un instante horrible.

—¡De acuerdo! —exclamó Jill—. Acabemos con esto. ¡Adiós a todos!

Se estrecharon las manos. El caballero aullaba ya en aquellos momentos; tenía las mejillas llenas de espumarajos.

—Vamos, Scrubb —dijo Charcosombrío.

Tanto él como el niño desenvainaron las espadas y se acercaron al cautivo.

—En nombre de Aslan —declararon y empezaron a cortar metódicamente las ligaduras.

En cuanto quedó libre, el prisionero atravesó la habitación de un solo salto, agarró su espada, que le habían quitado y depositado sobre la mesa, y la desenvainó.

—¡Tú primero! —chilló y se abalanzó sobre el sillón de plata.

Sin duda era una espada muy buena, pues la plata cedió bajo su filo como una cuerda, y en un momento unos pocos fragmentos retorcidos, que brillaban en el suelo, eran todo lo que quedaba de ella. De todos modos, en el instante en que se rompía, de la silla surgió un potente fogonazo, como un trueno pequeño, y, por un momento, también un olor repugnante.

—Yace aquí, maldita máquina de hechicería —declaró—, no sea que tu señora pueda usarte con otra víctima.

Se volvió entonces y examinó a sus rescatadores; y aquello que no resultaba normal en él, fuera lo que fuese, había desaparecido de su rostro.

—¡Vaya! —exclamó, volviéndose hacia Charcosombrío—. ¿Veo realmente ante mí a un meneo de la Marisma... un auténtico, vivo y honrado meneo de la Marisma narniano?

—¿De modo que sí que habíais oído hablar de Narnia? —intervino Jill.

—¿La había olvidado cuando estaba bajo el hechizo? —preguntó el caballero—. Bueno, eso y todos los demás encantamientos han acabado. Ya podéis creer que conozco Narnia, pues soy Rilian, príncipe de Narnia, y Caspian el gran rey es mi padre.

—Alteza real —dijo Charcosombrío, doblando una rodilla en tierra (y los niños hicieron lo mismo)—, nuestro viaje aquí no tenía otro motivo que buscaros.

—Y ¿quiénes sois vosotros, mis otros libertadores? —preguntó el príncipe a Scrubb y Jill.

—Nos envió Aslan en persona desde más allá del Fin del Mundo a buscar a su alteza —explicó Scrubb—. Yo soy Eustace, el que navegó con vuestro padre hasta la isla de Ramandu.

—Tengo con vosotros tres una deuda mucho mayor de la que podré pagar jamás —declaró el príncipe Rilian—. Pero ¿y mi padre? ¿Vive aún?

—Zarpó de nuevo al este antes de que abandonáramos Narnia, milord —explicó Charcosombrío—. Pero su alteza debe tener en cuenta que el rey es muy anciano. Lo más probable es que su majestad fallezca durante el viaje.

—¿Es anciano, dices? ¿Cuánto tiempo he estado en poder de la bruja?

—Han transcurrido más de diez años desde que su alteza se perdió en los bosques situados en el lado norte de Narnia.

—¿Diez años? —exclamó él, pasándose la mano por el rostro como si quisiera borrar el pasado—. Sí, te creo. Pues ahora que soy yo mismo puedo recordar esa vida hechizada, a pesar de que cuando estaba hechizado no podía recordar mi auténtica personalidad. Y ahora, nobles amigos... Pero ¡aguardad! Oigo sus pisadas (¡cómo lo enferma a uno, ese andar sordo y blando! ¡Uf!) en la escalera. Cierra la puerta con llave, muchacho. O espera. Se me ocurre algo mejor que eso. Engañaré a esos terranos, si Aslan me concede el ingenio. Seguid mi ejemplo.

Se dirigió muy decidido a la puerta y la abrió de par en par.

Capítulo doce

La reina de la Tierra Inferior

Entraron dos terranos, pero en lugar de avanzar hacia el interior de la habitación, se colocaron uno a cada lado de la puerta e hicieron una profunda reverencia. A éstos siguió inmediatamente la última persona que esperaban o deseaban ver: la Dama de la Saya Verde, la reina de la Tierra Inferior. Se quedó totalmente inmóvil en la entrada, y vieron que sus ojos se movían mientras asimilaba la situación; tres desconocidos, el sillón de plata destruido y el príncipe libre empuñando su espada.

Palideció terriblemente; pero Jill pensó que era la clase de lividez que aparece en los rostros de las personas no cuando están asustadas sino cuando están furiosas. La bruja clavó los ojos por un momento en el príncipe, y había una expresión asesina en ellos. Luego pareció cambiar de idea.

—Dejadnos —ordenó a los dos terranos—. Y que nadie nos moleste hasta que llame, bajo pena de muerte.

Los gnomos se alejaron obedientes, y la bruja cerró la puerta y giró la llave.

—¿Y bien, mi señor príncipe? —dijo—. ¿No habéis tenido aún vuestro ataque nocturno o es que ha pasado ya? ¿Por qué estáis aquí sin atar? ¿Quiénes son estos forasteros? ¿Son ellos los que han destruido el sillón que era vuestra única seguridad?

El príncipe Rilian se estremeció cuando ella le habló; lo que no era extraño, pues no es fácil desprenderse en media hora de un hechizo que te ha tenido esclavizado durante diez años. Luego, hablando con un gran esfuerzo, respondió:

—Señora, ya no habrá necesidad de ese sillón. Y vos, que me habéis dicho un centenar de veces lo profundamente que me compadecíais por las brujerías que me tenían prisionero, sin duda escucharéis con gran alegría que ahora han finalizado para siempre. Existía, al parecer, algún pequeño error en el modo en que su señoría las trataba. Éstos, mis auténticos amigos, me han liberado. Ahora estoy en mi sano juicio, y hay dos cosas que os diré. Primero, que en lo relativo a la intención de su señoría de colocarme a la cabeza de un ejército de terranos para que pudiera irrumpir en el Mundo Superior y allí, por la fuerza, convertirme en rey de algún estado que jamás me ha hecho ningún daño, asesinando a sus legítimos nobles y apoderándome del trono como un tirano extranjero y sanguinario, ahora que me conozco a mí mismo, abomino totalmente de ello y lo denuncio como una villanía total. Y segundo: soy el hijo del rey de Narnia, Rilian, el único hijo de Caspian, décimo de ese nombre, a quien algunos llaman Caspian el Navegante. Por lo tanto, señora, es mi propósito, como también es mi deber, abandonar en seguida la corte de su majestad para regresar a mi país. Os ruego que me concedáis a mí y a mis amigos salvoconducto y guía por vuestro oscuro reino.

La bruja no dijo nada, y se limitó a avanzar despacio por la habitación, manteniendo en todo momento el rostro y los ojos muy fijos en el príncipe. Cuando llegó junto a una arqueta encajada en la pared, no muy lejos de la chimenea, la abrió y sacó primero un puñado de polvo verde, que arrojó al fuego. Éste no llameó en exceso, pero un aroma dulce y soporífero brotó de él, y durante toda la conversación que siguió, aquel olor aumentó en intensidad, inundó la habitación y dificultó la capacidad de pensar. A continuación, extrajo un instrumento musical bastante parecido a una mandolina, y empezó a tocarlo con los dedos; un rasgueo constante y monótono que dejaba de advertirse al cabo de unos pocos minutos. Pero cuanto menos consciente se era de él, más se introducía en el cerebro y la sangre. Aquello también dificultaba la capacidad de pensar. Después de haber rasgueado durante un rato (y cuando el aroma dulzón era ya muy fuerte) la dama empezó a hablar con su voz dulce y sosegada.

—¿Narnia? ¿Narnia? A menudo he oído a su señoría pronunciar ese nombre en sus delirios. Querido príncipe, estáis muy enfermo. No existe ningún lugar llamado Narnia.

—Sí existe, señora —intervino Charcosombrío—. ¿Sabéis?, se da la circunstancia de que he vivido allí toda mi vida.

—¿De verdad? —preguntó la bruja—. Decidme, os lo ruego, ¿dónde se halla ese país?

—Ahí arriba —respondió Charcosombrío, resueltamente, señalando a lo alto—. No... no sé exactamente dónde.

—¿Cómo es eso? —siguió ella, con una especie de risa suave y musical—. ¿Existe un país ahí arriba entre las piedras y la argamasa del techo?

—No —dijo Charcosombrío, esforzándose a la vez por respirar un poco—. Está en el Mundo Superior.

—Y ¿qué o dónde, por favor, está... cómo lo llamáis... ese Mundo Superior?

—Vamos, no seáis ridícula —dijo Scrubb, que peleaba con energía contra el hechizo del aroma dulzón y el rasgueo—. ¡Como si no lo supierais! Está ahí arriba, ahí donde pueden verse el cielo, el sol y las estrellas. Pero si vos misma habéis estado allí. Os conocimos allí.

—Os suplico clemencia, muchachito —rió la bruja (no se habría podido escuchar una risa más deliciosa)—. No tengo el menor recuerdo de ese encuentro. Pero a menudo encontramos a nuestros amigos en lugares extraños cuando soñamos. Y a menos que todos soñaran lo mismo, no se les debe pedir que lo recuerden.

—Señora —intervino el príncipe en tono severo—, ya he dicho a su excelencia que soy el hijo del rey de Narnia.

—Lo seréis, querido amigo —repuso la bruja con una voz sedante, como si estuviera siguiendo la corriente a un niño—, seréis rey de muchos países imaginarios en vuestras fantasías.

—Nosotros también hemos estado allí —espetó Jill.

La niña estaba enojada porque sentía como el hechizo se iba apoderando de ella por momentos; pero desde luego el hecho mismo de sentirlo demostraba que todavía no había funcionado por completo.

—Y vos sois reina de Narnia también, no lo dudo, preciosa niña —respondió la bruja con el mismo tono halagador y medio burlón.

—Nada de eso —replicó ella, dando una patada en el suelo—. Venimos de otro mundo.

—Vaya, este juego todavía me gusta más —dijo la bruja—. Contadnos, pequeña doncella, ¿dónde está ese otro mundo? ¿Qué naves y carruajes se mueven entre él y el nuestro?

Desde luego gran cantidad de cosas desfilaron veloces por la mente de Jill a la vez: la Escuela Experimental, Adela Pennyfather, su propia casa, aparatos de radio, cines, coches, aeroplanos, libretas de racionamiento, colas. Pero todo ello parecía nebuloso y muy lejano. (*Dring... dring... dring...* sonaban las cuerdas del instrumento de la bruja.) Jill no conseguía recordar los nombres de las cosas de nuestro mundo, aunque en aquel momento no le pasó por la cabeza que la estaban hechizando, ya que la magia ejercía entonces todo su poder; y, como es natural, cuanto más hechizado está uno, más seguro se siente de no estarlo en absoluto.

Se encontró diciendo, y en aquel momento fue un gran alivio decirlo:

—No; supongo que ese otro mundo debe de ser por completo un sueño.

—Sí; es un sueño —afirmó la bruja, sin dejar de tocar.

—Sí, un sueño —repitió Jill.

—Jamás ha existido un mundo así —siguió la bruja.

—No —dijeron Jill y Scrubb—, jamás ha existido un mundo así.

—Jamás ha existido otro mundo aparte del mío —declaró la mujer.

—Jamás ha existido otro mundo aparte del vuestro —dijeron ellos.

Charcosombrío seguía luchando con energía.

—No sé exactamente qué queréis decir todos con eso de otro mundo —

anunció, hablando como quien ha perdido el resuello—. Pero podéis tocar ese violín hasta que se os caigan los dedos, y seguiréis sin conseguir que olvide Narnia, ni todo el Mundo Superior. Jamás volveremos a verlo, supongo. Es probable que lo hayáis aniquilado y convertido en un lugar oscuro como éste. Nada es más probable. Pero sé que estuve allí en una ocasión. He visto el cielo lleno de estrellas. He visto alzarse el sol desde el mar por la mañana y hundirse tras las montañas por la noche. Y lo he visto allí arriba, en el cielo del mediodía, cuando no podía mirarlo de frente debido a su resplandor.

La palabras de Charcosombrío tuvieron un efecto estimulante. Los otros tres volvieron a respirar e intercambiaron miradas igual que personas que se acaban de despertar.

—¡Vaya, eso es! —gritó el príncipe—. ¡Desde luego! Que Aslan bendiga a este honrado meneo de la Marisma. Estos últimos minutos hemos estado soñando. ¿Cómo podemos haberlo olvidado? Claro que todos hemos visto el sol.

—¡Diantre, desde luego que lo hemos visto! —exclamó Scrubb—. ¡Felicitaciones, Charcosombrío! Creo que eres el único de todos nosotros con algo de sensatez.

Entonces se oyó la voz de la bruja, arrullando dulcemente como el canto de una paloma torcaz desde los altos olmos de un viejo jardín a las tres del mediodía en una tarde somnolienta de verano; y ésta dijo:

—¿Qué es ese «sol» del que todos habláis? ¿Queréis decir algo con esa palabra?

—Sí, ya lo creo que sí —afirmó Scrubb.

—¿Podéis decirme cómo es? —inquirió ella, y las cuerdas siguieron con su interminable *dring, dring, dring*.

—Con vuestro permiso majestad —dijo el príncipe, con suma frialdad y educación—. ¿Veis esa lámpara? Es redonda y amarilla y emite luz a toda la habitación; y además, cuelga del techo. Pues esa cosa a la que llamamos sol es como la lámpara, sólo que mucho más grande y brillante. Da luz a todo el Mundo Superior y cuelga del cielo.

—¿Cuelga de dónde, milord? —preguntó la bruja; y luego, mientras todos seguían pensando cómo responderle, añadió, con otra de sus dulces y argentinas risas—. ¿Veis? Cuando intentáis pensar con claridad en lo que debe de ser ese «sol», no podéis decírmelo. Sólo podéis decirme que es como la lámpara. Vuestro «sol» es un sueño; y no hay nada en ese sueño que no esté copiado de la lámpara. La lámpara es lo real; el «sol» no es más que un cuento, un relato para niños.

—Sí, ya lo entiendo —repuso Jill en un tono de voz lento y desesperanzado—. Debe de ser así. —Y mientras lo decía, le pareció que era algo muy sensato.

—No existe el sol —repitió la bruja despacio y con voz solemne.

Ellos no dijeron nada, de modo que repitió, con una voz más suave y profunda si cabe:

—El sol no existe.

—Tenéis razón. El sol no existe —dijeron los cuatro a la vez, tras una pausa, y un forcejeo mental; y resultó un gran alivio darse por vencidos y decirlo.

—El sol nunca ha existido —siguió ella.

—No; el sol nunca ha existido —dijeron el príncipe, el meneo de la Marisma y los niños.

Durante los últimos minutos Jill había tenido la sensación de que había algo que debía recordar costara lo que costase. Y en aquel momento lo hizo; pero resultó terriblemente difícil decirlo. Sintió como si unos pesos enormes descansaran sobre sus labios, pero finalmente, con un esfuerzo que pareció dejarla sin energías, dijo:

—Existe Aslan.

—¿Aslan? —preguntó la bruja, acelerando de modo apenas perceptible el ritmo de sus rasgueos—. ¡Qué nombre tan bonito! ¿Qué significa?

—Es el gran león que nos sacó de nuestro mundo —explicó Scrubb— y nos envió a éste para localizar al príncipe Rilian.

—¿Qué es un león? —preguntó la bruja.

—¡Caray! —exclamó Scrubb—. ¿No lo sabéis? ¿Cómo se lo podemos describir? ¿Habéis visto alguna vez un gato?

—Desde luego. Adoro los gatos.

—Bueno pues un león se parece un poco... sólo un poco, claro ésta... a un gato grande... con melena. Pero no es como las crines de un caballo, ¿sabéis?, es más parecida a la peluca de un juez. Y es espantosamente fuerte.

—Ya veo —repuso ella, meneando la cabeza— que no nos irá mejor con vuestro «león», como lo llamáis vosotros; es tan imaginario como vuestro «sol». Habéis visto lámparas, y por lo tanto habéis imaginado una lámpara mayor y mejor y le habéis dado el nombre de «sol». Habéis visto gatos, y ahora queréis uno más grande y mejor, al que se llamará «león». Bueno, es una simulación muy entretenida, aunque, si he de ser franca, resultaría más apropiada para vosotros si fuerais más jóvenes. Y fijaos en cómo no sois capaces de introducir nada en vuestra simulación sin copiarlo de mi mundo real, que es el único mundo. Pero incluso vosotros, niños, sois demasiado mayores para un juego así. En cuanto a vos, mi señor príncipe, que sois un hombre adulto, ¡vaya vergüenza! ¿No os avergüenzan esos jueguecitos? Vamos, todos vosotros. Guardad esos trucos infantiles. Tengo trabajo para todos en el mundo real. No existe Narnia, ni Mundo Superior, ni cielo, ni sol, ni Aslan. Y ahora, todos a dormir. Y empecemos todos una vida más sensata mañana. Pero primero, a la cama; a dormir; un sueño profundo, en almohadas mullidas, un sueño sin sueños absurdos.

El príncipe y los dos niños permanecían de pie con la cabeza inclinada hacia abajo, las mejillas arreboladas, los ojos medio cerrados; toda la energía desaparecida de sus cuerpos; el hechizo casi completado. Sin embargo, Charcosombrío, haciendo desesperadamente acopio de todas sus fuerzas, se dirigió hacia el fuego e hizo algo muy valeroso por su parte. Sabía que no le haría tanto daño como a un humano, pues sus pies —que estaban desnudos— eran palmeados, duros y de sangre fría como los de un ganso. Pero sabía que le haría bastante daño; y así fue. Con el pie desnudo golpeó el fuego, convirtiendo una buena parte en cenizas sobre la plana superficie del hogar. Y tres cosas sucedieron a la vez.

Primero, el aroma dulce y embriagador se redujo bastante; pues aunque no se había apagado todo el fuego, en gran parte sí lo había hecho, y lo que quedaba olía sobre todo a meneo de la Marisma chamuscado, lo que no es precisamente un olor delicioso. Aquello hizo que, inmediatamente, a todos se les aclararan bastante las ideas. El príncipe y los niños volvieron a alzar la cabeza y abrieron los ojos.

En segundo lugar, la bruja, con una voz potente y terrible, por completo distinta de los tonos dulces que había estado utilizando hasta entonces, gritó:

—¿Se puede saber qué haces? Atrévete a tocar otra vez mi fuego, porquería fangosa, y convertiré tu sangre en fuego en el interior de tus propias venas.

En tercer lugar, el dolor hizo que a Charcosombrío se le aclararan las ideas por un instante y eso le permitió saber lo que realmente pensaba. No hay como una buena punzada de dolor para disolver ciertas clases de magia.

—Os diré algo, señora —dijo, apartándose del fuego; cojeando debido al dolor—. Os diré algo. Todo lo que habéis estado diciendo es bastante cierto, sin duda. Soy un tipo al que siempre le ha gustado saber lo peor y luego le ha puesto la mejor cara que ha podido. Así pues, no negaré nada de lo que habéis declarado. Pero hay algo más que debe mencionarse. Supongamos que no hemos hecho más que soñar o inventar todas esas cosas: árboles, hierba, sol, luna, estrellas y al mismo Aslan. Supongamos que sea así. Entonces todo lo que puedo decir es que, en ese caso, las cosas inventadas parecen mucho más importantes que las reales. Supongamos que este pozo negro que tenéis por reino es el único mundo. Pues lo cierto es que me resulta muy poca cosa. ¡Qué curioso! No somos más que criaturas que han inventado un juego, si es que tenéis razón; pero nuestro mundo ficticio deja en mantillas a vuestro mundo real. Por eso voy a quedarme en ese mundo imaginario. Estoy del lado de Aslan incluso aunque no exista ningún Aslan para actuar de guía. Voy a vivir de forma tan parecida a la de un narniano como pueda, aunque no exista Narnia. Así pues, os doy las gracias por la cena que nos habéis ofrecido y, si estos dos caballeros y la joven dama están listos, abandonaremos vuestra corte al momento y marcharemos por la oscuridad para pasar nuestras vidas en la Tierra Superior. Sin duda nuestro tiempo no será largo, diría yo; pero eso no es una gran desgracia si el mundo es un lugar tan aburrido como decís.

—¡Bravo! ¡Vaya con el bueno de Charcosombrío! —exclamaron Scrubb y Jill.

—¡Cuidado! ¡Mirad a la bruja! —gritó entonces el príncipe, de improviso.

Cuando miraron, casi se les pusieron los pelos de punta.

El instrumento musical cayó de las manos de la mujer. Los brazos parecían inmovilizados a los costados; las piernas estaban entrelazadas entre sí, y los pies habían desaparecido. La larga cola verde de la falda se tornó más gruesa y sólida, y pareció formar una única pieza con la retorcida columna que eran sus piernas entrelazadas. Y esa contorsionada columna verde se curvaba y balanceaba como si careciera de articulaciones o por el contrario fuera toda ella articulada. Tenía la cabeza echada hacia atrás y mientras su nariz se alargaba sin cesar, todas las otras partes del rostro parecieron desaparecer, a excepción de los ojos. Enormes ojos llameantes ahora, sin cejas ni pestañas. Hace falta tiempo para relatar todo esto, pero en realidad sucedió con tal rapidez que apenas hubo el tiempo justo de contemplarlo. Mucho antes de que se pudiera hacer nada, el cambio finalizó, y la serpiente enorme en que se había convertido la bruja, verde como el veneno, gruesa como la cintura de Jill, había arrollado dos o tres anillos de su repulsivo cuerpo alrededor de las piernas del príncipe. Rápido como el rayo, otro anillo se movió sinuoso con intención de inmovilizarle el brazo que empuñaba la espada contra el costado; pero el príncipe reaccionó a tiempo. Alzó los brazos y los liberó: el nudo viviente se limitó a enroscarse en su cuerpo, listo para aplastarle las costillas como si fueran leña cuando se cerrara.

El príncipe agarró el cuello de la criatura con la mano izquierda, presionando para intentar asfixiarla. Aquello hizo que el rostro del ser —si es que podemos llamarlo rostro— quedara a apenas unos diez centímetros del suyo. La lengua bífida aleteó horriblemente, entrando y saliendo de las fauces, aunque no consiguió alcanzarlo. Con la mano derecha echó hacia atrás la espada para golpear con todas sus fuerzas. Entretanto Scrubb y Charcosombrío habían desenvainado sus espadas y corrido en su ayuda. Los tres golpes cayeron a la vez: el de Scrubb (que ni siquiera agujereó las escamas del animal y no sirvió de nada) por debajo de la mano del príncipe, y los del príncipe y de Charcosombrío sobre el cuello de la serpiente. Ni siquiera aquello acabó completamente con ella, aunque consiguió que aflojara los anillos que rodeaban las piernas y el pecho de Rilian. Con una serie de insistentes mandobles lograron por fin cercenarle la cabeza, pero la horrible criatura siguió enroscándose y moviéndose como un pedazo de alambre hasta mucho después de haber muerto; y el suelo, como podréis imaginar, quedó hecho una porquería.

—Caballeros —dijo el príncipe, cuando recuperó el aliento—, os doy las gracias.

Los tres triunfadores se quedaron quietos, contemplándose unos a otros, jadeantes, sin decir nada más durante un buen rato. Jill, muy sensatamente, se había sentado y permanecía en silencio; la niña pensaba para sí: «Confío en no desmayarme, romper a llorar ni hacer alguna tontería».

—Mi real madre ha sido vengada —declaró Rilian por fin—. Éste es sin duda alguna el mismo reptil que perseguí en vano junto al manantial del bosque de

Narnia, hace tantos años. Todo este tiempo he sido esclavo de la asesina de mi madre. Sin embargo me alegro, caballeros, de que la execrable bruja adoptara su aspecto de serpiente en el último momento. No habría ido con mi corazón ni con mi honor matar a una mujer. Pero atendamos a la dama. —Con esto se refería a Jill.

—Estoy bien, gracias —respondió ésta.

—Mocita —dijo el príncipe, dedicándole una reverencia—, tenéis un gran valor, y por lo tanto, no dudo de que provenís de sangre noble en vuestro propio mundo. Pero venid, amigos. Queda un poco de vino. Recuperémonos y que cada uno brinde por sus compañeros. Después de eso, dediquémonos a hacer planes.

—Una idea magnífica, señor —declaró Scrubb.

Capítulo trece

La Tierra Inferior sin la reina

Todos sentían que se habían ganado lo que Scrubb llamaba un «respiro». La bruja había cerrado la puerta y había dicho a los terranos que no la molestaran, de modo que no existía peligro de que los interrumpieran por el momento. Su primera ocupación fue, desde luego, el pie quemado de Charcosombrío. Un par de camisas limpias procedentes del dormitorio del príncipe, hechas jirones y bien engrasadas por la parte interior con mantequilla y aceite de aliñar obtenidos de la mesa de la cena, sirvieron de excelente vendaje. Una vez que lo hubieron colocado, se sentaron y comieron algo, mientras discutían planes para escapar del Mundo Subterráneo.

Rilian explicó que existían un buen número de salidas por las que se podía acceder a la superficie; a él lo habían sacado al exterior por la mayoría de ellas en una u otra ocasión. Sin embargo, jamás había ido solo, siempre con la bruja; y siempre había llegado a aquellas salidas viajando en una nave por el Mar Sin Sol. Qué dirían los terranos si descendía al puerto sin la bruja, en compañía de unos desconocidos y sencillamente pedía un barco, nadie podía adivinarlo; aunque lo más probable era que hicieran preguntas incómodas. Por otra parte la nueva salida, la abierta para la invasión del Otro Mundo, se encontraba en aquel lado del mar, y a unos pocos kilómetros de distancia. El príncipe sabía que estaba casi terminada; sólo unos pocos metros separaban la excavación del aire libre. Incluso podía que ya estuviera terminado casi por completo. Tal vez la bruja hubiera regresado para decírselo e iniciar el ataque. Incluso aunque no lo estuviera, probablemente ellos mismos podrían abrirse paso por aquella ruta, cavando, en unas pocas horas; eso si conseguían llegar sin que los detuvieran y si no encontraban vigilantes en la excavación. Aquéllas eran las dificultades.

—Si me preguntáis... —empezó Charcosombrío, cuando Scrubb lo interrumpió.

—Oíd —dijo—, ¿qué es ese ruido?

—¡Hace rato que me pregunto lo mismo! —indicó Jill.

En realidad, todos habían oído el ruido pero se había iniciado y aumentado de un modo tan gradual que no sabían cuándo habían empezado a advertirlo. Durante un tiempo había sido únicamente un vago desasosiego como de suaves ráfagas de viento o tráfico muy lejano, luego aumentó hasta un murmullo parecido al rumor del mar. Más tarde llegaron los retumbos y la impetuosidad. En aquellos momentos parecía haber también voces y un rugido constante que no eran voces.

—¡Por el León! —dijo el príncipe Rilian—, parece que este mundo silencioso ha encontrado por fin la capacidad de hablar.

Se alzó, fue hacia la ventana y apartó a un lado las cortinas. Sus compañeros se apelotonaron a su alrededor para mirar.

Lo primero que advirtieron fue un enorme fulgor rojo, cuyo reflejo formaba una mancha roja en el techo del Mundo Subterráneo a cientos de metros por encima de ellos, de modo que podían ver la rocosa bóveda que tal vez había estado oculta en la oscuridad desde la creación del mundo. El resplandor mismo procedía del otro extremo de la ciudad, con lo que muchos edificios, tétricos y enormes, se recortaban negros contra él. Pero también proyectaba luz sobre muchas calles que se dirigían al castillo. Y en aquellas calles sucedía algo muy extraño. Las muchedumbres apretujadas y silenciosas de terranos habían desaparecido, y en su lugar se veían figuras que corrían veloces solas o en grupos de dos o de tres. Se comportaban como quien no quiere que lo vean: acechando en la sombra detrás de contrafuertes o en los portales, y a continuación moviéndose veloces por terreno descubierto hasta llegar a nuevos lugares en los que ocultarse. Pero lo más curioso de todo, para cualquiera que conociera a los gnomos, era el ruido. De todas direcciones llegaban gritos y chillidos, mientras que del puerto ascendía un sordo rugido atronador que era cada vez más fuerte y estremecía a toda la ciudad.

—¿Qué les ha sucedido a los terranos? —preguntó Scrubb—. ¿Son ellos los que chillan?

—No creo —respondió el príncipe—. Jamás he oído que ninguno de esos bribones hablara siquiera con voz sonora durante los tediosos años de mi cautiverio. Alguna nueva perversidad, sin duda.

—Y ¿qué es esa luz roja de ahí? —inquirió Jill—. ¿Arde algo?

—Si me lo preguntáis —respondió Charcosombrío—, yo diría que se trata de los fuegos del centro de la Tierra que se abren paso hacia las alturas para formar un nuevo volcán. No me sorprendería nada que nos encontráramos en pleno centro de él.

—¡Mirad ese barco! —exclamó Scrubb—. ¿Por qué se acerca a tanta veloci-dad? No hay nadie remando.

—¡Fijaos! ¡Fijaos! —dijo el príncipe—. El barco está ya muy metido en este lado del puerto... ¡Está en la calle! ¡Mirad! ¡Todos los barcos están entrando en la ciudad! Por mi cabeza que el mar se está alzando. Se nos viene encima una marea. Demos gracias a Aslan de que este castillo esté situado en terreno ele-vado. Pero las aguas se acercan a una velocidad espantosa.

—¿Qué debe de estar sucediendo? —gritó Jill—. Fuego y agua y toda esa gente zigzagueando por las calles.

—Os diré qué es —intervino Charcosombrío—. Esa bruja ha colocado una serie de conjuros mágicos de modo que si alguna vez la mataban, en ese mismo instante todo su reino se hiciera pedazos. Es de la clase de persona a la que no le importaría demasiado morir si supiera que el tipo que acabó con ella iba a re-sultar quemado, enterrado o ahogado cinco minutos más tarde.

—Habéis acertado, amigo meneo —dijo el príncipe—. Cuando nuestras espadas cortaron a tajos la cabeza de la bruja, ese golpe puso fin a todas sus creaciones mágicas, y ahora el Reino de las Profundidades se desmorona. Con-templamos el fin del Mundo Subterráneo.

—Eso es, señor —repuso Charcosombrío—, a menos que vaya a ser el final de todos los mundos.

—Pero ¿es que tenemos que quedarnos aquí quietos a... esperar? —dijo Jill con voz entrecortada.

—Si queréis mi opinión, no —replicó el príncipe—. Yo salvaría a mi ca-ballo, *Tizón*, y al caballo de la bruja, *Copo de Nieve*, que es una bestia noble y digna de poseer mejor dueña, que están en un establo situado en el patio. Después de eso, arreglémonoslas para llegar a terreno elevado y roguemos para que podamos hallar una salida. Los caballos pueden transportar a dos de noso-tros cada uno si es necesario, y si los presionamos podrían dejar atrás la inun-dación.

—¿No se pondrá armadura su alteza? —preguntó Charcosombrío—. No me gusta el aspecto de esos... —Y señaló en dirección a la calle.

Todos miraron abajo. Docenas de criaturas (y ahora que estaban cerca, evi-dentemente se trataba de terranos) ascendían desde el puerto. Pero no se mo-vían como una muchedumbre sin rumbo, sino que se comportaban igual que soldados modernos en un ataque, realizando carreras cortas y colocándose a cubierto, ansiosas por no ser vistas desde las ventanas del castillo.

—No me atrevo a volver a ponerme esa armadura —declaró el príncipe—. Cabalgaba con ella como si estuviera en una mazmorra móvil, y apesta a magia y a esclavitud. Pero tomaré el escudo.

Abandonó la habitación y regresó con una luz curiosa en los ojos al cabo de un momento.

—Mirad, amigos —dijo, alargando el escudo hacia ellos—. Hace una hora era negro y sin emblema; y ahora, observad.

El escudo se había vuelto brillante como la plata, y sobre él, más roja que la sangre o las cerezas, se veía la figura del león.

—Sin duda —siguió el príncipe— esto significa que Aslan será nuestro buen señor, tanto si su intención es que muramos como que vivamos. Y para el caso es indiferente. Ahora, mi consejo es que nos arrodillemos y besemos su imagen, y luego que todos nos estrechemos las manos, como auténticos amigos que tal vez se vean obligados a separarse dentro de poco. Y a continuación, descendamos a la ciudad y aceptemos la aventura que se nos envía.

Y todos hicieron lo que decía el príncipe. Pero cuando Scrubb estrechó la mano de Jill, dijo:

—Hasta pronto, Jill. Lamento haber sido un gallina y un cascarrabias. Espero que llegues a casa sana y salva.

—Hasta pronto, Eustace —dijo ella por su parte—. Y siento haberme comportado tan mal.

Y aquélla fue la primera vez que usaron sus nombres de pila, porque nadie lo hacía en la escuela.

El príncipe hizo girar la llave de la puerta y descendieron la escalera: tres de ellos empuñaban espadas y Jill llevaba un cuchillo. Los sirvientes habían desaparecido y la enorme habitación situada al pie del torreón del príncipe estaba vacía. Las lámparas grises y lúgubres continuaban ardiendo y a su luz no tuvieron ninguna dificultad en cruzar galería tras galería y descender una escalera tras otra. Los ruidos del exterior del castillo no se oían con tanta facilidad allí como en la habitación de la parte superior. Dentro del edificio todo estaba tan silencioso como un sepulcro, y desierto. Hasta que doblaron una esquina para penetrar en el inmenso salón de la planta baja no encontraron al primer terrano: una criatura rechoncha y blanquecina con un rostro muy parecido al de un cerdo pequeño que estaba engullendo todos los restos de comida de las mesas. Chilló —un chillido que recordó sobremanera al de un cerdo— y corrió a refugiarse bajo un banco, apartando la larga cola lejos del alcance de Charcosombrío justo a tiempo. Luego salió huyendo por la puerta situada al otro extremo, demasiado aprisa para que pudieran seguirlo.

Desde el salón salieron al patio. Jill, que iba a una escuela de equitación durante las vacaciones, acababa de detectar el olor de un establo (un olor que resultaba muy agradable, franco y acogedor en un lugar como la Tierra Inferior) cuando Eustace dijo:

—¡Cielos! ¡Mirad eso!

Un cohete magnífico se había alzado desde algún punto situado más allá de las murallas del castillo y había estallado en una lluvia de estrellas verdes.

—¡Fuegos artificiales! —exclamó Jill en tono perplejo.

—Sí —convino Eustace—, pero no diría yo que esos terranos los disparen por pura diversión. Sin duda es una señal.

—Y no significa nada bueno para nosotros, me temo —declaró Charcosombrío.

—Amigos —intervino el príncipe—, cuando a uno lo lanzan a una aventura como ésta, debe despedirse de esperanzas y temores, de lo contrario la muerte o la liberación llegarán ambas demasiado tarde para salvar su honor y su razón. So, preciosidades. —Abría ya en aquellos momentos la puerta del establo—. ¡Hola, amigos! ¡Tranquilo, *Tizón*! ¡Con suavidad, *Copo de Nieve*! No nos hemos olvidado de vosotros.

Los caballos estaban asustados tanto de las extrañas luces como de los ruidos. Jill, que había sido tan cobarde cuando había tenido que atravesar un agujero negro entre una cueva y otra, penetró sin temor en medio de los animales que resoplaban y pateaban el suelo, y ella y el príncipe los tuvieron ensillados y con las bridas puestas en unos minutos. Espléndido era el aspecto de los caballos cuando salieron al patio, agitando la cabeza. Jill montó a *Copo de Nieve*, y Charcosombrío se colocó tras ella. Eustace montó detrás del príncipe sobre *Tizón*. Luego con un gran resonar de cascos, salieron por la puerta principal a la calle.

—No corremos peligro de quemarnos. Ése es el lado menos preocupante —observó Charcosombrío, indicando a la derecha del grupo, donde, apenas a cien metros de distancia, lamiendo las paredes de las casas, se veía ya el agua.

—¡Valor! —dijo el príncipe—. Por allí la calzada desciende en una pendiente pronunciada. El agua ha llegado sólo a la mitad de la colina más alta de la ciudad. Podría acercarse mucho en la primera media hora y luego no ascender más durante las dos siguientes. Mi temor está más bien dirigido a eso...

Señaló con la espada a un terrano alto y fornido con colmillos de jabalí, seguido por otros seis de formas y tamaños variados que acababan de salir a toda velocidad de una callejuela para introducirse bajo las sombras de las casas, donde nadie podía verlos.

El príncipe los condujo, dirigiéndose siempre en dirección a la reluciente luz roja pero un poco a la izquierda de ésta. Su plan era rodear el fuego —si era un fuego— para llegar a terreno elevado, con la esperanza de que pudieran encontrar el camino hasta la nueva excavación. Al contrario de los otros tres, parecía divertirse. Silbaba al cabalgar, y cantó fragmentos de una vieja canción sobre Corin Puño de Trueno de Archenland. Lo cierto era que se sentía tan contento de ser libre de su prolongado hechizo que todos los peligros le parecían un juego en comparación. Al resto, no obstante, les pareció un viaje estremecedor.

A su espalda se oía el sonido de naves que chocaban y se entrecruzaban, y el retumbar de edificios que se derrumbaban. En lo alto había un retazo de luz pálida en el techo del Mundo Subterráneo y al frente el resplandor misterioso, que no parecía aumentar de tamaño. De la misma dirección llegaba un continuo barullo de gritos, alaridos, pitidos, risas, chirridos y bramidos; y fuegos artificiales de toda clase se elevaban en el oscuro aire. Nadie era capaz de adivinar su significado. Más cerca de ellos, la ciudad estaba iluminada en parte por el resplandor rojo, y en parte por la iluminación, muy diferente de la deprimente luz de las lámparas de los gnomos. No obstante, había muchos lugares sobre los que no caía ninguna de aquellas luces, y dichos lugares estaban negros como boca de lobo. Figuras de terranos entraban y salían sin parar, como exhalaciones, de aquellos sitios, siempre con los ojos fijos en los viajeros, siempre intentando mantenerse fuera de su vista. Había rostros enormes y rostros menudos, ojos inmensos, como de peces, y ojos pequeños como los de los osos. Había plumas y púas, cuernos y colmillos, hocicos como látigos y barbillas tan largas que parecían barbas. De vez en cuando un grupo se tornaba demasiado numeroso o se acercaba en exceso, y en aquellas ocasiones el príncipe blandía la espada y hacía amago de ir a cargar contra ellos.

Y las criaturas, con toda clase de silbidos, chirridos y cloqueos, se perdían en la oscuridad.

Pero cuando llevaban ascendidas muchas calles empinadas y se hallaban lejos de la inundación y casi fuera de la ciudad por el lado de tierra firme, ocurrió algo más serio. Se encontraban ya cerca del resplandor rojo y casi a la misma altura que él, aunque seguían sin poder ver lo que era en realidad. De todos modos, a su luz sí pudieron ver a sus enemigos con mayor claridad. Cientos —tal vez unos cuantos miles— de gnomos se movían hacia el resplandor. Pero lo hacían en carreras cortas, y tras cada una, se detenían, giraban y se quedaban de cara hacia los viajeros.

—Si su alteza me preguntara —dijo Charcosombrío—, yo diría que esos tipos tienen la intención de cortarnos el paso por delante.

—Eso es justo lo que yo pensaba, Charcosombrío —repuso el príncipe—. Y jamás podremos abrirnos paso por entre tantos terranos. ¡Escuchad! Sigamos cabalgando hasta llegar junto a aquella casa de allí, y en cuanto lleguemos a ella, escabullíos entre su sombra! La dama y yo seguiremos adelante un poco más. Algunos de estos demonios nos seguirán, no lo dudo; tenemos un montón detrás de nosotros. Vos, que tenéis los brazos largos, agarrad a uno vivo si podéis, cuando pase junto a vuestro escondite. Tal vez podamos sacarle información o averiguar qué tienen en nuestra contra.

—Pero ¿no se abalanzarán los otros contra nosotros para rescatar al que atrapemos? —preguntó Jill con una voz no tan firme como pretendía.

—Entonces, señora —respondió el príncipe—, nos veréis morir peleando a vuestro alrededor, y deberéis encomendaros al león. Ahora, buen Charcosombrío.

El meneo de la Marisma descabalgó, perdiéndose en la oscuridad con la rapidez de un gato. El resto, durante un angustioso minuto, siguió adelante. Entonces, repentinamente, de detrás de ellos surgieron una serie de alaridos que helaban la sangre, mezclados con la voz familiar de Charcosombrío, que decía:

—¡Vamos, vamos! No empieces a chillar antes de que te hagan daño, o sí que te harán daño, ¿entiendes? Cualquiera diría que están degollando a un cerdo.

—Hemos cobrado una pieza —exclamó el príncipe, haciendo girar a *Tizón* inmediatamente para regresar a la esquina de la casa—. Eustace —indicó—, os ruego que sujetéis la cabeza de *Tizón*.

Desmontó a continuación, y los tres observaron en silencio mientras Charcosombrío arrastraba a su presa a la luz. Era un gnomo menudo y con un aspecto de lo más miserable, de apenas noventa centímetros de altura. Tenía una especie de cresta, como la de un gallo, aunque más dura, en lo alto de la cabeza, ojillos rosados y una boca y una barbilla tan larga y redonda que el rostro recordaba el de un hipopótamo pigmeo. De no haberse encontrado en el aprieto en el que estaban, habrían estallado en carcajadas nada más verlo.

—Bien, terrano —dijo el príncipe, irguiéndose ante él y sosteniendo la punta de su espada muy cerca del cuello del prisionero—, habla como un gnomo sincero y quedarás libre. Compórtate como un bellaco y serás terrano muerto. Mi buen Charcosombrío, ¿cómo queréis que hable si le mantenéis la boca tapada?

—Es que así tampoco puede morder —respondió éste—. Si yo poseyera esas ridículas manos que tenéis vosotros los humanos, con perdón de su alteza sea dicho, estaría todo cubierto de sangre a estas alturas. No obstante, incluso un meneo de la Marisma se cansa de que lo mordisqueen.

—Señor mío —dijo el príncipe al gnomo—, un mordisco más y morirás. Deja que abra la boca, Charcosombrío.

—Uuhh —chilló el terrano—. Soltadme, soltadme. No soy yo. Yo no lo hice.

—No hiciste ¿qué? —inquirió Charcosombrío.

—Lo que sea que sus señorías digan que hice —respondió la criatura.

—Di cómo te llamas —ordenó el príncipe— y qué estáis tramando.

—Os lo ruego, señorías, por favor, amables caballeros —gimoteó el gnomo—. Prometed que no contaréis a su excelencia la reina nada de lo que diga.

—Su excelencia la reina, como la llamas —repuso el príncipe con severidad—, está muerta. La maté yo mismo.

—¡Qué! —exclamó el gnomo, abriendo desmesuradamente la ridícula boca, asombrado—. ¿Muerta? ¿La bruja está muerta? ¿Y por la mano de vuestra señoría? —Profirió un enorme suspiro de alivio y añadió—: ¡Vaya, pues en ese caso su señoría es un amigo!

El príncipe apartó la espada unos tres centímetros, y Charcosombrío dejó que la criatura se enderezara. El ser paseó la mirada por los cuatro viajeros con ojos rojos centelleantes, rió entre dientes, y empezó a hablar.

Capítulo catorce

El Fondo del Mundo

—Me llamo Golg —dijo el gnomo— y contaré a sus señorías todo lo que sé. Hará una hora estábamos todos ocupados en nuestra obra, la obra de ella, debería decir, tristes y silenciosos, como hemos hecho todos los días durante años y más años. Entonces se oyó un estrépito y un golpe enormes. En cuanto lo oyeron, todos se dijeron a sí mismos: «Hace mucho tiempo que no he cantado, bailado ni soltado un petardo; ¿por qué será?». Y todos pensaron: «Vaya, sin duda he estado hechizado». Y a continuación todos se dijeron: «Que me cuelguen si sé por qué transporto esta carga. No pienso seguir haciéndolo: está decidido». Y todos arrojamos nuestros sacos, fardos y herramientas. Luego todo el mundo se dio la vuelta y vio el enorme resplandor rojo de allí delante. Y todos se preguntaron: «¿Qué es eso?». Y todos se respondieron: «Eso es una sima que se acaba de abrir y un resplandor agradablemente cálido asciende por ella desde la Tierra Realmente Profunda, a miles de brazas bajo nosotros».

—¡Cielos! —exclamó Eustace—, ¿existen otras tierras más abajo aún?

—Desde luego, señoría —respondió Golg—. Lugares preciosos; lo que nosotros llamamos el País de Bism. Este territorio en el que estamos ahora, el territorio de la bruja, es lo que nosotros llamamos las Tierras Superficiales. Se encuentra demasiado cerca de la superficie para nuestro gusto. ¡Uf! Es casi como vivir en el exterior, en la superficie misma. Lo cierto es que somos todos unos pobres gnomos procedentes de Bism a los que la bruja trajo aquí arriba mediante la magia para que trabajaran para ella. Pero lo habíamos olvidado todo hasta que ocurrió ese estallido y el hechizo se rompió. No sabíamos quiénes éramos ni adónde pertenecíamos. No éramos capaces de hacer nada, ni pensar nada, excepto lo que ella colocaba en nuestras mentes. Y fueron cosas tristes y tenebrosas las que puso allí durante todos estos años. Casi he olvidado cómo contar un chiste o bailar una giga. Pero en cuanto se produjo la explosión y se abrió la sima y el mar empezó a subir, todo regresó. Y desde luego todos nos pusimos en marcha tan rápido como pudimos para descender por la grieta y dirigirnos a nuestro país. Y los podéis ver allí a todos, lanzando cohetes y dando volteretas de alegría. Y agradeceré enormemente a sus señorías que me dejen marchar en seguida para unirme a ellos.

—Creo que esto es espléndido —declaró Jill—. ¡Me alegro tanto de que hayamos liberado a los gnomos a la vez que a nosotros mismos cuando le cortamos la cabeza a la bruja! Y me encanta que no sean antipáticos y tristes por naturaleza, como tampoco lo era el príncipe... aunque, bueno, lo parecía.

—Todo eso está muy bien, Pole —dijo Charcosombrío con cautela—. Pero esos gnomos no me han dado la impresión de ser tipos que estuvieran huyendo. Parecían más bien formaciones militares. Mírame a la cara, señor Golg, y dime si no os estabais preparando para pelear.

—Claro que lo hacíamos, señoría —respondió el aludido—. No sabíamos que la bruja estaba muerta. Pensábamos que nos observaba desde el castillo. Intentábamos escabullirnos sin ser vistos. Y luego, cuando vosotros cuatro salisteis con las espadas y los caballos, todo el mundo pensó, como es natural, que su señoría estaba del lado de la bruja. Y nosotros estábamos decididos a pelear como nadie antes que abandonar la esperanza de regresar a Bism.

—Juraría que se trata de un gnomo sincero —dijo el príncipe—. Soltadlo, amigo Charcosombrío. En cuanto a mí, buen Golg, he estado hechizado igual que tú y tus compañeros, y acabo de recordar cómo era. Y ahora, una pregunta más. ¿Conoces el camino hasta esas nuevas excavaciones, por las que la hechicera pensaba conducir un ejército contra la Tierra Superior?

—¡Uy! —chirrió Golg—. Sí, claro que conozco esa carretera inmunda. Os enseñaré dónde empieza. Pero de nada sirve que su señoría me pida que lo acompañe. Antes preferiría morir.

—¿Por qué? —inquirió Eustace lleno de inquietud—. ¿Qué hay tan espantoso en ella?

—Está demasiado cerca del exterior —respondió él, estremeciéndose—. Eso es lo peor que la bruja nos hizo. Íbamos a ser conducidos al aire libre... a la parte exterior del mundo. Dicen que allí no hay techo; únicamente un vacío horrible que llaman cielo. Y las excavaciones han avanzado tanto que unos pocos golpes de pico os sacarían al exterior. No me atrevería a acercarme.

—¡Bravo! ¡Así se habla! —exclamó Eustace.

—Pero la superficie no es horrible —añadió Jill—. Nos gusta. Vivimos ahí.

—Ya sé que vosotros, los habitantes de la superficie, vivís ahí —declaró Golg—. Pero creía que era porque no encontrabais el modo de bajar al interior. No puede ser que os guste ... ¡arrastraros como moscas por la parte superior del mundo!

—¿Qué tal si nos muestras el camino ahora mismo? —inquirió Charcosombrío.

—En buena hora —dijo el príncipe.

El grupo se puso en marcha. El príncipe volvió a montar en su caballo de batalla, Charcosombrío subió detrás de Jill, y Golg encabezó la marcha. Mientras avanzaba gritaba las buenas nuevas sobre la muerte de la bruja y anunciaba que los cuatro habitantes de la superficie no eran peligrosos; y los que lo oyeron lo gritaron a otros, de modo que en pocos minutos toda la Tierra Inferior resonaba con sus gritos y aclamaciones, y miles de gnomos, dando saltos y volteretas, haciendo el pino, jugando a la pídola y tirando enormes petardos, se amontonaron alrededor de ellos. El príncipe tuvo que contar la historia de su propio encantamiento y liberación al menos diez veces.

De ese modo llegaron al borde de la sima, que tenía unos trescientos metros de longitud y unos sesenta de ancho. Desmontaron y fueron hasta el borde para mirar en su interior. Un calor muy fuerte azotó sus rostros, mezclado con un olor que no se parecía a nada que hubieran olido jamás. Era intenso, agudo, excitante y hacía estornudar. El fondo era tan brillante que al principio los deslumbró y no pudieron ver nada. Cuando se acostumbraron, les pareció distinguir un río de fuego, y, en las orillas de éste, lo que parecían campos y bosquecillos de un insoportable fulgor abrasador; aunque resultaban tenues comparados con el río. Había azules, rojos, verdes y blancos todos revueltos: una magnífica vidriera emplomada con el sol tropical brillando justo a través de ella en pleno mediodía podría parecérseles. Descendiendo por las escarpadas laderas del abismo, negros como moscas al recortarse en aquella luz llameante, había cientos de terranos.

—Señorías —dijo Golg (y cuando se volvieron para mirarlo no pudieron ver nada excepto tinieblas durante unos pocos minutos, debido al deslumbramiento de sus ojos)—. Señorías, ¿por qué no bajáis a Bism? Seríais más felices allí que en ese país frío, desprotegido y desnudo que hay arriba. Al menos, bajad para efectuar una corta visita.

Jill dio por supuesto que ninguno de sus compañeros tomaría en cuenta tal sugerencia ni por un momento; por eso, se horrorizó al oír que el príncipe decía:

—Realmente, amigo Golg, casi me dan ganas de ir contigo. Pues sería una aventura maravillosa, y puede que ningún mortal haya contemplado Bism o vuelva a tener jamás la oportunidad de hacerlo. Y no sé cómo, con el paso de los años, soportaré pensar que en una ocasión pude haber investigado la fosa más profunda de la Tierra y que me abstuve de hacerlo. Pero ¿podría ir ahí un hombre? ¿No vivís en el río de fuego?

—Claro que no, señoría. Nosotros no. Únicamente las salamandras viven en el mismo fuego.

—¿Qué clase de bestia es una salamandra? —preguntó el príncipe.

—Es difícil explicar a qué clase pertenecen, señoría —respondió Golg—.

Pues están demasiado al rojo vivo para poderlas mirar, pero en su mayoría son como dragones pequeños. Nos hablan desde el fuego. Son fantásticamente hábiles con la lengua: muy ingeniosas y elocuentes.

Jill dirigió una veloz mirada a Eustace. Había tenido la seguridad de que a él le gustaría aún menos que a ella la idea de descender por aquella sima. El corazón le dio un vuelco cuando vio que su rostro mostraba una expresión muy distinta. Se parecía mucho más al príncipe que al viejo aburrido Scrubb de la Escuela Experimental; todas sus aventuras, y la época en que había navegado con el rey Caspian regresaban a su memoria.

—Alteza —dijo—, si mi viejo amigo, el ratón Reepicheep, estuviera aquí diría que ahora no podíamos rechazar la aventura de Bism sin que significara un grave agravio a nuestro honor.

—Ahí abajo —indicó Golg— os podría mostrar oro, plata y diamantes auténticos.

—¡Tonterías! —exclamó Jill, en tono desabrido—. Como si no supiéramos que nos encontramos por debajo de las minas más profundas.

—Sí —repuso Golg—, he oído hablar de esos arañazos insignificantes en la corteza que vosotros, en la superficie, llamáis minas. Pero ahí es donde obtenéis oro, plata y gemas sin vida. Abajo en Bism los tenemos vivos y en crecimiento. Allí os recogería ramilletes de rubíes que podríais comer y exprimir para conseguir una copa llena de jugo de diamante. No encontraréis ningún placer en manosear los tesoros fríos y muertos de vuestras minas superficiales después de haber probado los llenos de vida de Bism.

—Mi padre fue al Fin del Mundo —declaró Rilian, pensativo—. Sería maravilloso si su hijo fuera al Fondo del Mundo.

—Si su alteza desea ver a su padre mientras éste sigue vivo, lo que creo que preferirá —intervino Charcosombrío—, es hora ya de que alcancemos esa calzada que lleva a las excavaciones.

—Y yo no pienso bajar por ese agujero digáis lo que digáis —declaró Jill.

—Bien, si sus señorías realmente están decididas a regresar al Mundo Superior —dijo Golg— hay un pedazo de la calzada que se encuentra bastante por debajo de esto. Y tal vez, si la inundación sigue subiendo...

—¡Vamos, vamos, sigamos! —suplicó Jill.

—Me temo que así debe ser —indicó el príncipe con un profundo suspiro—. Sin embargo, he dejado la mitad de mi corazón en la tierra de Bism.

—¡Por favor! —imploró la niña.

—¿Dónde está la calzada? —preguntó Charcosombrío.

—Hay linternas que la iluminan durante todo el camino —respondió Golg—. Sus señorías pueden ver el inicio al otro extremo de la sima.

—¿Durante cuánto tiempo permanecerán encendidas las linternas? —preguntó Charcosombrío.

En aquel momento una voz siseante y abrasadora como la voz del mismo fuego —más tarde se preguntaron si no podría haber sido la de una salamandra— surgió sibilante de las profundidades de Bism.

—¡Rápido! ¡Rápido! ¡Rápido! ¡A los precipicios, a los precipicios! —dijo—. La grieta se cierra. Se cierra. Se cierra. ¡Rápido! ¡Rápido!

Y al mismo tiempo, con un conjunto de crujidos y chirridos ensordecedores, las rocas se movieron. Ya mientras las miraban, la sima se tornó más angosta. De todas partes, gnomos retrasados se precipitaban a su interior. No esperaban a bajar por las rocas, sino que se arrojaban de cabeza y, o bien debido a que una potente ráfaga de aire caliente ascendía con fuerza de fondo o por otro motivo desconocido, vieron cómo descendían flotando como hojas. Cada vez eran más los que flotaban, amontonándose de tal modo que su negra masa casi ocultaba el río llameante y los bosquecillos de gemas vivas.

—Adiós, señorías. Me voy —gritó Golg y se lanzó al interior.

Sólo quedaban unos pocos para seguirlo. La sima ya no era más ancha que un arroyo. Al poco se volvió tan estrecha como la abertura de un buzón y luego no fue más que una brillante cinta roja. Entonces, con una sacudida como si un millar de trenes de mercancías se estrellaran contra miles de pares de topes, los rebordes de roca se cerraron. El ardiente y enloquecedor olor desapareció. Los viajeros se quedaron solos en el Mundo Subterráneo, que ahora resultaba mucho más oscuro que antes. Pálidas, tenues y deprimentes, las linternas marcaban la dirección de la calzada.

—Bien —dijo Charcosombrío—, apuesto a que ya nos hemos demorado demasiado, pero podemos intentarlo. No me sorprendería que esas luces se apagaran en menos de cinco minutos.

Instaron a los caballos a iniciar un medio galope y marcharon ruidosamente por la senda en sombras con gran elegancia. Pero casi al momento ésta empezó a descender y habrían pensado que Golg los había enviado por el camino equivocado de no haber visto, al otro lado del valle, que las luces seguían adelante y hacia arriba hasta donde alcanzaba la vista. Sin embargo, en el fondo del valle las linternas brillaban sobre agua en movimiento.

—Démonos prisa —gritó el príncipe.

Galoparon ladera abajo. Sólo cinco minutos más tarde habría sido bastante desagradable el paso por el fondo, pues la marea ascendía por el valle como un saetín, y de haber tenido que nadar, habría resultado difícil que los caballos consiguieran pasar. Sin embargo, aún no tenía más de unos treinta o sesenta centímetros de profundidad, y aunque formaba terribles remolinos alrededor de las patas de los animales, consiguieron alcanzar el otro lado sanos y salvos.

Entonces empezó la lenta y fatigosa marcha colina arriba con nada más ante los ojos que las pálidas luces que ascendían y ascendían hasta donde alcanzaba la vista. Cuando miraron atrás vieron cómo crecía el agua. Todas las colinas de la Tierra Inferior eran ya islas, y sólo en esas islas permanecían las lámparas. A cada momento se extinguía alguna luz lejana. Pronto reinaría la oscuridad por todas partes excepto en la calzada que seguían; e incluso en la parte inferior de ésta a su espalda, si bien no se había extinguido ninguna aún, la luz de las lámparas brillaba sobre el agua.

Aunque tenían buenos motivos para apresurarse, los caballos no podían seguir eternamente sin un descanso. Se detuvieron; y en silencio escucharon el chapoteo del agua.

—Me gustaría saber si, ése como se llame, el Padre Tiempo, estará inundado —dijo Jill—. Y también todos aquellos animales extraños.

—No creo que estemos tan cerca de la superficie —repuso Eustace—. ¿No recuerdas que tuvimos que descender para llegar al Mar Sin Sol?

—De cualquier modo —intervino Charcosombrío—, me preocupan más los faroles de esta calzada. Tienen un aspecto un poco macilento, ¿no os parece?

—Siempre lo han tenido —respondió Jill.

—Ya —dijo él—, pero ahora están más verdes.

—¿No querrás decir que crees que se están apagando? —gritó Eustace.

—Bueno, funcionen como funcionen, no se puede esperar que duren eternamente, ya lo sabes —replicó el meneo de la Marisma—. Pero no te desanimes, Scrubb. También tengo la mirada puesta en el agua, y no creo que esté subiendo tan de prisa como antes.

—¡Menudo consuelo, amigo! —dijo el príncipe—, ¿de qué nos servirá si no podemos hallar la salida? Os suplico misericordia a todos, pues se me debe culpar a mí por mi orgullo y fantasía, que nos retrasó en la boca de la tierra de Bism. Ahora, sigamos adelante.

Durante aproximadamente la hora que siguió, hubo ocasiones en que Jill pensó que quizá Charcosombrío estaba en lo cierto respecto a los faroles, y otras en que se convenció de que no era más que su imaginación. Entretanto el terreno cambiaba. El techo de la Tierra Inferior estaba tan cerca que incluso bajo aquella luz mortecina podían verlo con bastante claridad. Y las paredes, enormes y escarpadas, se acercaban cada vez más por ambos lados. De hecho, la senda los conducía hacia el interior de un empinado túnel. Empezaron a pasar junto a picos, palas y carretillas y otras señales de que los cavadores habían trabajado allí no hacía mucho. Si pudieran estar seguros de que iban a lograr salir al exterior, todo aquello resultaría muy alentador; pero la idea de seguir adelante, por un agujero que cada vez sería más estrecho, lo que haría más difícil maniobrar en su interior, resultaba muy desagradable.

Finalmente el techo resultó tan bajo que Charcosombrío y el príncipe se golpeaban la cabeza contra él. El grupo desmontó y condujo a los caballos de las riendas. El camino era irregular allí y había que pisar con cuidado. Así fue como Jill advirtió que la oscuridad aumentaba. Ya no había la menor duda al respecto; los rostros de los demás resultaban extraños y fantasmagóricos en el verde resplandor. Entonces, de improviso —no pudo evitarlo—, Jill lanzó un alarido.

Una luz, la siguiente situada delante, se extinguió por completo. La de detrás hizo lo mismo. A continuación se quedaron en la más absoluta oscuridad.

—Valor, amigos —dijo la voz del príncipe Rilian—, tanto si vivimos como si morimos Aslan será nuestro buen señor.

—Es cierto, señor —repuso la voz de Charcosombrío—. Y siempre debéis recordar que hay algo positivo en quedarse atrapado aquí abajo: ahorrará gastos en funerales.

Jill se mordió la lengua, pues si uno no desea que los demás sepan lo asustado que está, es un gesto muy sensato no abrir la boca; es la voz la que siempre lo delata a uno.

—Tanto da si seguimos adelante como si nos quedamos aquí —declaró Eustace, y al escuchar el temblor en su voz, Jill supo lo acertada que había sido la decisión de no confiar en la suya.

Charcosombrío y Eustace pasaron delante con los brazos extendidos al frente, por miedo a tropezar con algo; Jill y el príncipe los siguieron, conduciendo a los caballos.

—Oíd —escucharon decir a la voz de Eustace mucho más tarde—, ¿me fallan los ojos o hay una zona de luz allí arriba?

Antes de que nadie pudiera responder, Charcosombrío gritó:

—Alto. He ido a parar a un callejón sin salida. Y es tierra, no roca. ¿Qué es lo que decías, Scrubb?

—Por el león —dijo el príncipe—. Eustace tiene razón. Hay una especie de...

—Pero no es la luz del día —indicó Jill—. Es sólo una especie de fría luz azulada.

—De todos modos es mejor que nada —dijo Eustace—. ¿Podemos subir hasta ella?

—No está en lo más alto —repuso Charcosombrío—. Se encuentra por encima de nosotros, pero en esta pared contra la que hemos ido a parar. ¿Qué te parece, Pole, si te subes sobre mis hombros y miras a ver si puedes llegar hasta ella?

Capítulo quince

La desaparición de Jill

La mancha de luz no revelaba nada allá abajo en la oscuridad en que se encontraban. El grupo sólo podía oír, no ver, los esfuerzos de Jill por montar sobre la espalda del meneo de la Marisma. Es decir, lo oían a él decir: «No hace falta que me metas el dedo en el ojo» y «Ni tampoco el pie en la boca» seguido de «Eso está mejor» y «Ya está, te sujetaré las piernas. Eso te dejará los brazos libres para que te apoyes en la tierra».

Entonces miraron arriba y no tardaron en ver la figura oscura de la cabeza de la niña recortada en la zona de luz.

—¿Bien? —gritaron todos con ansiedad.

—Es un agujero —respondió la voz de Jill—. Podría pasar por él si subiera un poco más.

—¿Qué ves? —preguntó Charcosombrío.

—No gran cosa todavía. Oye, Charcosombrío, suéltame las piernas para que pueda subirme a tus hombros en lugar de estar sentada en ellos. Puedo sujetarme perfectamente contra el borde.

Oyeron como la niña se movía y luego una parte mucho mayor de ella apareció ante su vista recortada en la semioscuridad de la abertura; de hecho, la veían desde la cabeza a la cintura.

—Oíd... —empezó Jill, pero de repente se interrumpió con un grito: no un grito agudo.

Sonó más bien como si le hubieran tapado la boca o algo se le hubiera introducido en ella. Después de eso recuperó la voz y parecía chillar con todas sus fuerzas, pero no entendían qué decía. Entonces dos cosas sucedieron al mismo tiempo. La zona de luz quedó totalmente oscurecida más o menos un segundo;

y oyeron a la vez un sonido tanto de refriega como de forcejeo, y la voz del meneo de la Marisma que jadeaba:

—¡Rápido! Sujetadle las piernas. Alguien tira de ella. ¡Vamos! No, aquí. ¡Demasiado tarde!

La abertura, y la fría luz que la inundaba, volvieron a hacerse visibles. Jill había desaparecido.

—¡Jill! ¡Jill! —gritaron con desesperación, pero no obtuvieron respuesta.

—¿Por qué demonios no le sujetabas los pies? —inquirió Eustace.

—No lo sé, Scrubb —gimió él—. Sin duda nací para ser un inútil. Es mi mal sino. Éste era provocar la muerte de Pole, igual que lo era comer ciervo parlante en Harfang. Aunque también tengo parte de culpa, desde luego.

—Ésta es la mayor vergüenza y fatalidad que podría haber caído sobre nosotros —declaró el príncipe—. Hemos dejado que una dama valiente cayera en manos enemigas y nos hemos quedado aquí a salvo.

—No lo pintéis demasiado negro, señor —dijo Charcosombrío—, pues no estamos tan a salvo, ya que moriremos de hambre.

—Me pregunto si soy lo bastante pequeño para pasar por donde se coló Jill —comentó Eustace.

Lo que en realidad le había sucedido a la niña era lo siguiente. En cuanto consiguió sacar la cabeza por el agujero descubrió que miraba hacia abajo como si lo hiciera por una ventana superior, no hacia arriba como si lo hiciera por una trampilla. Había estado tanto tiempo en la oscuridad que sus ojos no consiguieron, al principio, comprender lo que veían: excepto que no contemplaba el mundo soleado, iluminado por la luz diurna, que tanto deseaba ver. El aire helaba, y la luz era pálida y azul. Además, se oía mucho ruido y había una barbaridad de objetos blancos que volaban por el aire. Fue entonces cuando le gritó a Charcosombrío que le permitiera ponerse de pie sobre sus hombros.

Una vez que lo hubo hecho, pudo ver y escuchar mucho mejor. Los ruidos que había oído resultaron ser de dos clases: el rítmico golpeteo de varios pies, y la música de cuatro violines, tres flautas y un tambor. También le quedó muy clara su propia posición. Miraba desde un agujero en un empinado terraplén que descendía y alcanzaba la horizontal unos cuatro metros por debajo de ella. Todo estaba muy blanco, y había muchísimas personas yendo de un lado a otro. ¡Entonces lanzó una exclamación ahogada! Las personas eran en realidad esbeltos y menudos faunos y dríades con los cabellos coronados de hojas flotando a su espalda. Por un segundo le pareció que se movían de cualquier manera; luego comprendió que lo que hacían en realidad era danzar; una danza con tantos pasos complicados y figuras que se tardaba un poco en comprenderla. Entonces supo de improviso que la luz pálida y azulada era en realidad la luz de la luna y que la sustancia blanca del suelo era nieve. Y ¡naturalmente! Allí estaban las estrellas en lo alto mirando desde un cielo negro y helado. Y las cosas altas y oscuras situadas detrás de los danzantes eran árboles. No sólo habían llegado al mundo de la superficie por fin, sino que habían ido a parar al corazón de Narnia. Jill sintió ganas de desmayarse de alegría; y la música —la música desenfrenada, intensamente dulce y a la vez un punto misteriosa; tan repleta de magia buena como el rasgueo de la bruja de magia malvada— hizo que lo sintiera con más fuerza.

Se tarda bastante en contar todo esto, pero desde luego hizo falta muy poco tiempo para comprenderlo. Jill giró casi al momento para gritar a sus compañeros de abajo:

—¡Oíd! Todo va bien. Estamos fuera y en casa.

Pero el motivo de que no consiguiera decir más allá de «Oíd» fue el siguiente. Dando vueltas alrededor de los danzantes había un círculo de enanos, todos vestidos con sus mejores galas; la mayoría de escarlata con capuchas ribeteadas de piel con borlas doradas, y enormes botas altas peludas. Mientras éstos describían círculos, se dedicaban diligentemente a arrojar bolas de nieve. (Aquéllas eran las cosas blancas que Jill había visto volar por los aires.) No las lanzaban contra los bailarines, como podrían haberlo hecho niños tontos en nuestro país, sino a través de la danza, siguiendo a la perfección el compás de la música y con una puntería tan magnífica que si todos los bailarines se encontraban exactamente en el lugar que les correspondía en el momento justo, nadie resultaría tocado. Este baile recibe el nombre de Gran Danza de la Nieve y se celebra cada año en Narnia la primera noche de luna en que la nieve cubre el suelo. Es también una especie de juego, porque de vez en cuando algún bailarín se encuentra ligeramente descolocado y recibe el impacto de una bola de nieve en pleno rostro, y entonces todo el mundo se ríe. Pero un buen grupo de danzarines, enanos y músicos pueden mantener el juego en marcha durante horas sin una sola diana. En las noches despejadas cuando el frío, el retumbar de los tambores, el ulular de los búhos y la luz de la luna se adueñan de su sangre salvaje y silvestre, son capaces de danzar hasta el amanecer. Ojalá pudieras verlo.

Lo que había interrumpido a Jill cuando apenas había conseguido llegar hasta la palabra «Oíd» fue, claro está, sencillamente una enorme y magnífica bola de nieve que llegó volando a través de los danzantes procedente de un enano situado en el otro extremo y que le acertó en plena boca. No le importó; ni veinte bolas de nieve habrían conseguido desanimarla. De todos modos, por muy feliz que uno se sienta, es imposible hablar con la boca llena de nieve. Y cuando, tras un considerable farfulleo, consiguió volver a hablar, olvidó en su entusiasmo que los demás, abajo en la oscuridad, seguían sin saber la buena noticia y se limitó a estirarse fuera del agujero todo lo que pudo a la vez que chillaba a los danzantes:

—¡Socorro! ¡Socorro! Estamos enterrados en la colina. Venid a sacarnos.

Los narnianos, que ni siquiera había advertido el pequeño agujero de la ladera, se quedaron, como es natural, muy sorprendidos y miraron en varias direcciones antes de descubrir de dónde procedía la voz. Pero en cuanto divisaron a Jill corrieron hacia ella, y todos los que pudieron treparon por el terraplén, y una docena de manos o más se alargó para ayudarla. La niña se agarró a ellas y de aquel modo abandonó el agujero y resbaló ladera abajo de cabeza, incorporándose luego para decirles:

—Por favor, id a desenterrar a los otros. Hay tres más, además de los caballos. Y uno de ellos es el príncipe Rilian.

Se encontraba ya en medio de una multitud cuando dijo aquello, pues, aparte de los bailarines, todos los diferentes seres que habían estado contemplando la danza y que ella no había visto antes, se acercaron corriendo. De los árboles surgieron ardillas a montones y también búhos. Los erizos se aproximaron contoneándose a toda la velocidad que les permitían sus cortas patas, en tanto que osos y tejones los seguían a un paso más lento. Una pantera enorme, que agitaba la cola nerviosa, fue la última en unirse al grupo.

En cuanto comprendieron lo que Jill les decía, todos se pusieron manos a la obra.

—Pico y pala, muchachos, pico y pala. ¡Vayamos a buscar nuestras herramientas! —dijeron los enanos, y echaron a correr al interior del bosque a toda velocidad.

—Despertad a algunos topos, son los más indicados para cavar. Son tan buenos como los enanos —dijo una voz.

—¿Qué es lo que ha dicho sobre el príncipe Rilian? —inquirió otra.

—¡Chist! —intervino la pantera—. La pobre criatura está trastornada, y no es extraño después de haberse perdido en el interior de la colina. No sabe lo que dice.

—Es cierto —dijo un oso anciano—. Vaya, ¡si incluso ha dicho que el príncipe era un caballo!

—No, no lo ha dicho —replicó una ardilla, muy vivaracha.

—Sí, sí que lo ha dicho —repuso otra ardilla, más vivaracha aún.

—Es to-to-totalmente cierto-to. No se-seáis bobos —respondió Jill, que hablaba así porque los dientes le castañeteaban debido al frío.

Al instante, una de las dríades le echó por encima una capa peluda que algún enano había dejado caer al salir corriendo en busca de sus herramientas de minero, y un fauno servicial marchó veloz por entre los árboles hasta un lugar donde Jill vio arder una hoguera en la entrada de una cueva, para buscarle una bebida caliente. Antes de que regresara, todos los enanos reaparecieron con palas y picos y arremetieron contra la ladera de la colina. En seguida la niña oyó gritos que decían: «¡Eh! ¿Qué haces? Baja esa espada», «No, jovencito; nada de eso» y «Vaya, tiene mal genio, ¿no os parece?». Jill corrió hacia el lugar y no supo si reír o llorar cuando vio el rostro de Eustace, muy pálido y sucio, surgiendo de la oscuridad del agujero, y blandiendo en la mano derecha una espada con la que lanzaba estocadas a cualquiera que se le acercara.

Pues desde luego Eustace no lo había pasado tan bien como Jill durante los últimos minutos. El niño la había oído gritar y luego desaparecer en lo desconocido, y, al igual que el príncipe y Charcosombrío, pensó que algún enemigo la había capturado. Además, desde allí abajo no podía ver que la luz pálida y azulada era la luz de la luna y pensaba que el agujero conduciría a alguna otra cueva, iluminada por una especie de fosforescencia fantasmal y repleta de Dios sabe qué diabólicas criaturas del Mundo Subterráneo. Así pues cuando convenció a Charcosombrío de que lo aupara en su espalda, desenvainó la espada y sacó la cabeza por allí, en realidad estaba siendo muy valiente. Los otros lo habrían hecho antes que él de haber podido, pero el agujero era demasiado estrecho para que pasaran. Eustace era un poco mayor y bastante más torpe que Jill, de modo que al mirar al exterior se golpeó la cabeza contra la parte superior del agujero y provocó una pequeña avalancha de nieve sobre su rostro. Por lo tanto, cuando volvió a mirar, y vio docenas de figuras que se abalanzaban sobre él a toda velocidad, no resulta sorprendente que intentara rechazarlas.

—¡Detente, Eustace, detente! —gritó Jill—. Son todos amigos. ¿No lo ves? Hemos aparecido en Narnia. Todo va bien.

Entonces Eustace sí se dio cuenta, pidió disculpas a los enanos, que le quitaron importancia al asunto, y docenas de manos gruesas y peludas lo ayudaron a salir igual que habían ayudado a la niña minutos antes. Luego Jill trepó por el terraplén, introdujo la cabeza en el oscuro agujero y gritó las buenas nuevas a los prisioneros. Mientras se apartaba oyó murmurar a Charcosombrío:

—¡Ah, pobre Pole! Este último tramo ha sido demasiado para ella. Le ha afectado la cabeza, no me sorprendería. Está empezando a ver visiones.

Jill se reunió con Eustace y ambos se estrecharon las manos y aspiraron con fuerza el fresco aire nocturno. En seguida trajeron una cálida capa para Eustace y bebidas calientes para ambos. Mientras las tomaban a sorbos, los enanos ya habían conseguido retirar toda la nieve y toda la hierba de una gran franja de terreno de la ladera alrededor del agujero original, y los picos y las palas se movían con la misma alegría que los pies de faunos y dríades durante la danza diez minutos antes. ¡Sólo diez minutos antes! Sin embargo a Jill y a Eustace les parecía como si todos los peligros pasados en la oscuridad, el calor y la atmósfera sofocante de la tierra hubieran sido solamente un sueño. Allí en el exterior, en medio del frío, con la luna y las enormes estrellas sobre la cabeza (las estrellas narnianas están más cerca que las estrellas de nuestro mundo) y rodeados de rostros amables y alegres, apenas se podía creer en la existencia de la Tierra Inferior.

Antes de que terminaran sus bebidas calientes, una, más o menos, docena de topos, a los que acababan de despertar y que estaban aún bastante adormilados y no demasiado contentos, hicieron su aparición. De todos modos, en cuanto averiguaron de qué iba todo aquello, se pusieron a trabajar con entusiasmo. Incluso los faunos se mostraron útiles transportando la tierra en pequeñas carretillas, y las ardillas bailotearon y saltaron de un lado a otro con gran entusiasmo, aunque Jill jamás averiguó exactamente qué creían que estaban haciendo. Los osos y búhos se contentaron con dar consejos, y se dedicaron a preguntar a los niños si no les apetecía entrar en la cueva —allí era donde Jill había visto la luz de la hoguera— para calentarse y cenar. Pero los niños no soportaban la idea de ir allí sin haber visto antes libres a sus amigos.

Nadie de nuestro mundo es capaz de realizar una tarea semejante como lo hacen los enanos y los topos parlantes de Narnia; pero claro está, los topos y los enanos no lo consideran un trabajo. A ellos les gusta cavar.

Por lo tanto no transcurrió mucho tiempo antes de que consiguieran abrir una enorme grieta negra en la ladera de la colina. Y de la oscuridad salieron a la luz de la luna —habría resultado bastante terrible si no hubieran sabido quiénes eran—, primero, la alta y zanquilarga figura coronada por el sombrero picudo del meneo de la Marisma, y a continuación, conduciendo dos caballos enormes, el príncipe Rilian en persona.

Cuando Charcosombrío apareció se oyeron gritos por todas partes que decían:

—Vaya, pero si es un meneo... pero, si es el viejo Charcosombrío... el viejo Charcosombrío de los Lindes Orientales... ¿qué demonios has estado haciendo, Charcosombrío?... Han salido grupos de salvamento en tu busca... Lord Trumpkin ha colocado avisos... ¡Incluso se ofrecía una recompensa!

Pero todas las voces callaron, sumiéndose en un silencio total, con la misma rapidez con que el ruido se apaga en un dormitorio alborotado cuando el director abre la puerta. Pues entonces vieron al príncipe.

Nadie puso en duda ni por un momento quién era, pues había gran cantidad de bestias, dríades, enanos y faunos que lo recordaban de los tiempos anteriores a su hechizo. Había incluso algunos ancianos que se acordaban todavía del aspecto que tenía su padre, el rey Caspian, cuando era joven, y vieron el parecido. Sin embargo, creo que lo habrían reconocido de todos modos. A pesar de lo pálido que estaba debido a su largo encierro en el Mundo Subterráneo, de ir vestido de negro, estar cubierto de polvo, desaliñado y fatigado, había algo en su rostro y porte que resultaba inconfundible. Es la expresión que aparece en el rostro de todos los reyes auténticos de Narnia, que gobiernan por la voluntad de Aslan y se sientan en Cair Paravell en el trono de Peter el Sumo Monarca. Al instante, todas las cabezas se descubrieron y todos hincaron la rodilla en tierra; en seguida se produjeron grandes aclamaciones y gritos, enormes saltos y volteretas de alegría, y todo el mundo empezó a estrechar las manos de todo el mundo y a besarse y abrazarse de tal manera que a Jill se le llenaron los ojos de lágrimas. Su misión había valido todas las penalidades padecidas.

—Por favor, alteza —dijo el más anciano de los enanos—, tenemos una especie de cena en aquella cueva de allí, preparada para después de finalizar la Danza de la Nieve...

—Acepto de buen grado, anciano —respondió Rilian—, pues jamás ha tenido príncipe, caballero, noble u oso un estómago tan ansioso de vituallas como lo tienen hoy estos cuatro trotamundos.

Toda la multitud empezó a alejarse por entre los árboles en dirección a la cueva, y Jill oyó a Charcosombrío decir a los que se amontonaban a su alrededor:

—No, no, mi historia puede esperar. No me ha sucedido nada que valga la pena mencionar. Quiero escuchar las novedades. No intentéis darme las noticias con suavidad, pues preferiría saberlo todo de golpe. ¿Ha naufragado el rey? ¿Ha habido algún incendio forestal? ¿Alguna guerra en la frontera con Calormen? ¿Tal vez unos cuantos dragones?

Y todas las criaturas reían en voz alta y decían.

—¿No es eso muy propio de un meneo de la Marisma?

Los dos niños casi se caían de cansancio y hambre, pero el calor de la cueva, y su misma contemplación, con la luz de las llamas danzando en las paredes, muebles, copas, platillos, platos y sobre el liso suelo de piedra, tal como sucede en la cocina de una granja, los reanimó un poco. De todos modos se quedaron profundamente dormidos durante la preparación de la cena, y mientras ellos dormían el príncipe Rilian relató toda la aventura a las bestias y enanos de más edad y más sabios. Fue entonces cuando todos comprendieron lo que significaba aquello; cómo una bruja perversa (sin duda de la misma clase que aquella Bruja Blanca que había provocado el Gran Invierno en Narnia hacía muchísimo tiempo) había ideado aquel complot, matando primero a la madre de Rilian y luego hechizando al mismo príncipe. Y vieron cómo había cavado justo hasta llegar debajo de Narnia y estaba dispuesta a atacarla y gobernarla a través del príncipe. Y a éste jamás se le había ocurrido que el país del que lo harían rey —rey de nombre, pero en realidad esclavo de la bruja— era en realidad su propio país. Por la parte de la historia que contaron los niños se enteraron de que estaba aliada y era amiga de los peligrosos gigantes de Harfang.

—Y la lección que se saca de todo ello, alteza —dijo el enano más anciano— es que esas brujas del norte siempre quieren lo mismo, pero en cada era tienen un plan distinto para conseguirlo.

Capítulo dieciséis

El fin de todas las penas

Cuando Jill despertó a la mañana siguiente y se encontró en una cueva, pensó por un horrible instante que volvía a estar en el Mundo Subterráneo. Sin embargo, al advertir que yacía en una cama de brezo con una manta de pelo cubriéndola, y ver un alegre fuego chisporroteando, como si acabaran de encenderlo, sobre un hogar de piedra y, más allá, el sol de la mañana penetrando por la entrada de la cueva, se acordó de la feliz realidad. Habían disfrutado de una cena estupenda, apelotonados en aquella cueva, a pesar de estar tan adormilados antes de que finalizara por completo. Tenía un vago recuerdo de enanos apretujados alrededor del fuego con sartenes bastante más grandes que ellos, y del olor siseante y delicioso de unas salchichas y de muchas más salchichas. No se trataba de tristes salchichas medio llenas de pan y habas de soja, sino de auténticas salchichas repletas de carne y bien condimentadas, gordas, calientes y reventadas, bien tostaditas. Había también jarras enormes de chocolate espumeante, y patatas y castañas asadas, y manzanas cocidas con pasas colocadas en el lugar de los corazones, y luego helados para refrescarse después de todos aquellos manjares calientes.

Jill se incorporó y miró a su alrededor. Charcosombrío y Eustace estaban tumbados no muy lejos, los dos profundamente dormidos.

—¡Eh, vosotros dos! —gritó la niña con voz sonora—. ¿Es que no vais a levantaros nunca?

—¡Fuera, fuera! —dijo una voz soñolienta en algún lugar por encima de ella—. Es hora de descansar. Echa un buen sueñecito, vamos, vamos. No armes jaleo. ¡Uhú!

—Vaya, pero... —exclamó Jill, alzando la mirada hacia un bulto blanco de plumas sedosas encaramado en lo alto de un reloj de péndulo en un rincón de la cueva—... ¡Si me parece que es Plumabrillante!

—Cierto, cierto —aleteó el búho, alzando la cabeza de debajo del ala y abriendo un ojo—. Llegué con un mensaje para el príncipe sobre las dos. Las ardillas nos trajeron la buena noticia. Un mensaje para el príncipe. Se ha ido. Vosotros tenéis que seguirlo también. Buenos días... —Y la cabeza volvió a desaparecer.

Puesto que parecía improbable conseguir más información del búho, Jill se levantó y empezó a mirar a su alrededor para ver si podía lavarse y desayunar algo. Casi al instante un fauno menudo trotó al interior de la cueva con un agudo taconeo de sus cascos de cabra sobre el suelo de piedra.

—¡Vaya! Por fin te has despertado, Hija de Eva —dijo—. Tal vez sería mejor que despertaras al Hijo de Adán. Tenéis que poneros en marcha dentro de pocos minutos y dos centauros se han ofrecido amablemente a permitir que los montéis hasta Cair Paravel. —Añadió luego en voz más baja—: Sin duda, comprenderás que es un honor especial e insólito que a uno le permitan montar en un centauro. No creo haber oído nunca que alguien lo hubiera hecho antes. No estaría bien hacerlos esperar.

—¿Dónde está el príncipe? —fue lo primero que preguntaron Eustace y Charcosombrío en cuanto los despertaron.

—Ha ido a reunirse con el rey, su padre, en Cair Paravel —respondió el fauno, que se llamaba Orruns—. Se espera que el barco de su majestad entre en el puerto en cualquier momento. Parece ser que el rey se encontró con Aslan..., no sé si fue una visión o si se vieron cara a cara..., antes de haber navegado mucho trecho, y Aslan lo hizo volver y le dijo que encontraría a su hijo perdido esperándolo cuando llegara a Narnia.

Eustace ya estaba levantado y él y Jill se pusieron a ayudar a Orruns con el desayuno. A Charcosombrío le dijeron que se quedara en cama. Un centauro llamado Nebulosidad, un sanador famoso, o —como lo llamó Orruns—, un «curandero», venía de camino para ver su pie quemado.

—¡Vaya! —dijo Charcosombrío en un tono casi de satisfacción—, no me sorprendería que quisiera cortarme la pierna a la altura de la rodilla. Ya veréis como lo hace. —Pero se sintió muy contento de poderse quedar en cama.

El desayuno estuvo compuesto de huevos revueltos y tostadas y Eustace lo devoró como si no hubiera tomado una cena magnífica la noche anterior.

—Oye, Hijo de Adán —dijo el fauno, contemplando con cierto temor los bocados del niño—. No hay necesidad de apresurarse tanto. No creo que los centauros hayan terminado de desayunar.

—Entonces deben de haberse levantado muy tarde —respondió Eustace—, apuesto a que son pasadas las diez de la mañana.

—No —repuso Orruns—, se levantaron antes de que amaneciera.

—En ese caso tienen que haber esperado una barbaridad de tiempo para desayunar.

—No, ¡qué va! —replicó el fauno—. Empezaron a comer en cuanto despertaron.

—¡Recórcholis! —exclamó Eustace—. Pues ¿cuándo desayunan?

—Vaya, Hijo de Adán, ¿no lo comprendes? Un centauro posee el estómago de un hombre y el de un caballo. Y desde luego los dos quieren desayunar. Así que primero comen gachas, pavenders, riñones, tocino, tortilla, jamón frío, tostadas, mermelada, café y cerveza. Y después de eso se ocupan de la parte equina de su cuerpo, pastando durante una hora más o menos, para terminar con un afrecho caliente, algo de avena y un saco de azúcar. Ése es el motivo de que no sea ninguna broma invitar a un centauro a pasar el fin de semana. Es algo muy serio.

En aquel momento se oyó un sonido de cascos de caballo golpeando la roca en la entrada de la cueva, y los niños alzaron la mirada. Los dos centauros, uno con una barba negra y el otro con una barba dorada ondeando sobre sus magníficos pechos, los aguardaban allí parados, inclinando un poco la cabeza para poder mirar al interior. Entonces los niños se mostraron muy educados y se terminaron el desayuno rápidamente. Nadie piensa que un centauro sea divertido cuando lo ve. Son seres solemnes y majestuosos, llenos de antigua sabiduría que aprenden de las estrellas, a los que no es fácil hacer reír o enojar; pero su cólera es tan terrible como un maremoto cuando estalla.

—Adiós, querido Charcosombrío —dijo Jill, acercándose al lecho del meneo de la Marisma—. Lamento que te llamáramos aguafiestas.

—Yo también —indicó Eustace—. Has sido el mejor amigo del mundo.

—Y realmente espero que nos volvamos a ver —añadió Jill.

—No es muy probable —respondió él—. No creo que vuelva a ver mi viejo *wigwam* tampoco. Y ese príncipe, es un tipo agradable, pero ¿creéis que es muy fuerte? No me sorprendería que su constitución se haya echado a perder al vivir bajo tierra. Parece de esos que pueden apagarse en cualquier momento.

—¡Charcosombrío! —dijo Jill—. Eres un completo farsante. Suenas tan lastimero como un funeral pero creo que te sientes muy feliz. Y hablas como si tuvieras miedo de todo, cuando en realidad eres tan valiente como... como un león.

—Bien, hablando de funerales...

Empezó a decir Charcosombrío, pero Jill, que había oído a los centauros golpear con los cascos en el suelo a su espalda, lo sorprendió enormemente pasándole los brazos alrededor del delgado cuello y besando el rostro de aspecto fangoso, mientras Eustace le estrechaba la mano. Luego los dos corrieron hacia los centauros, y el meneo de la Marisma, dejándose caer de nuevo en la cama, comentó para sí:

—Vaya, jamás habría soñado que fuera a darme un beso. A pesar de que soy un tipo muy apuesto.

Montar en un centauro es, sin duda, un gran honor —y con excepción de Jill y Eustace probablemente nadie vivo hoy en día en el mundo lo ha tenido— pero resulta muy incómodo. Pues nadie que estime en algo su vida osará sugerir ponerle una silla de montar a un centauro, y montar a pelo no es divertido; en especial si, como Eustace, no sabes montar. Los centauros se mostraron muy educados, de un modo solemne, cortés y adulto, y mientras cabalgaban por los bosques narnianos hablaban, sin volver la cabeza, contando a los niños las propiedades de hierbas y raíces, las influencias de los planetas, los nueve nombres de Aslan con sus significados y cosas por el estilo. Pero por muy doloridos y zarandeados que estuvieran los dos humanos, en aquellos momentos habrían dado cualquier cosa por repetir de nuevo aquel viaje: por contemplar aquellos claros y laderas centelleando cubiertos por la nieve caída la noche anterior, ser saludados por conejos, ardillas y pájaros que les deseaban los buenos días, volver a respirar el aire de Narnia y escuchar las voces de los árboles narnianos.

Descendieron hasta el río, que discurría refulgente y azul bajo el sol invernal, muy por debajo del último puente —que se encuentra en el acogedor pueblecito de tejados rojos de Beruna— y los cruzó en una gabarra plana el barquero, o más bien el meneo barquero, pues son los meneos de la Marisma quienes realizan la mayor parte de las labores acuáticas y de pesca en Narnia. Después de cruzar, cabalgaron por la orilla sur del río hasta que llegaron a Cair Paravel. Y nada más llegar vieron el mismo barco de brillantes colores que habían visto la primera vez que pisaron Narnia, deslizándose río arriba como un pájaro enorme. Toda la corte volvía a estar reunida en el césped entre el castillo y el muelle para dar la bienvenida al rey Caspian en su regreso a casa. Rilian, que había cambiado sus prendas negras y llevaba ahora una capa escarlata sobre una cota de malla de plata, estaba muy cerca del agua, con la cabeza al descubierto, para recibir a su padre; y el enano Trumpkin estaba sentado a su lado en su carrito tirado por un asno. Los niños comprendieron que no tendrían ninguna posibilidad de abrirse paso hasta el príncipe a través de toda aquella muchedumbre y además cierta timidez les impedía intentarlo. Así que pidieron a los centauros que los dejaran seguir sentados sobre sus lomos un poco más para verlo todo por encima de las cabezas de los cortesanos. Y los centauros dijeron que no había inconveniente.

Un toque de trompetas de plata llegó por encima del agua desde la cubierta del barco: los marineros arrojaron un cabo; ratas (ratas parlantes, desde luego) y meneos de la Marisma lo amarraron con fuerza a la orilla y remolcaron el barco hasta el muelle. Músicos, escondidos en alguna parte de la multitud, empezaron a tocar unos sones solemnes y triunfales, y pronto el galeón del rey quedó atracado de costado y las ratas colocaron la pasarela sobre su borda.

Jill esperaba ver descender por ella al anciano rey. Sin embargo, parecía haber complicaciones, y un noble con rostro demudado bajó a tierra y se arrodilló ante el príncipe y Trumpkin. Los tres conversaron con las cabezas muy juntas unos minutos, pero nadie pudo oír lo que decían. La música siguió sonando, pero se advertía que todo el mundo empezaba a sentirse inquieto. Entonces cuatro caballeros, transportando algo y avanzando muy despacio, aparecieron en cubierta. En cuanto empezaron a descender por la pasarela se pudo ver qué transportaban: era al anciano rey en un lecho, muy pálido e inmóvil. Lo depositaron sobre el suelo, y el príncipe se arrodilló junto a él y lo abrazó. Vieron como el rey Caspian alzaba la mano para bendecir a su hijo. Todo el mundo lo aclamó, pero fue una aclamación poco entusiasta, pues todos se daban cuenta de que algo iba mal. Entonces, repentinamente, la cabeza del monarca cayó hacia atrás sobre los almohadones, los músicos dejaron de tocar y se produjo un silencio sepulcral. El príncipe, arrodillado junto al lecho del rey, bajó la cabeza y lloró.

Se oyeron murmullos e idas y venidas, y luego Jill observó que todos los que lucían sombreros, gorros, yelmos o capuchas se los quitaban; Eustace incluido. A continuación oyó un susurro y un aleteo en lo alto por encima del castillo; al mirar descubrió que bajaban el gran estandarte con el león dorado a media asta. Y después de eso, lentamente, de un modo implacable, con cuerdas gimientes y un desconsolado sonar de cuernos, la música volvió a empezar: esta vez era una melodía capaz de partirle a uno el corazón.

Los dos niños saltaron de los centauros, que no les prestaron la menor atención.

—Cómo desearía estar en casa —dijo Jill.

Eustace asintió, sin decir nada, y se mordió el labio.

—Aquí estoy —dijo una voz profunda a su espalda.

Se dieron la vuelta y vieron al león en persona, tan brillante y real que todo lo demás pareció al momento pálido y desdibujado comparado con él. Y en menos tiempo del que hace falta para respirar Jill se olvidó del difunto rey de Narnia y recordó únicamente cómo había hecho caer a Eustace por el precipicio, y cómo había ayudado a echar por la borda casi todas las señales y también todas las discusiones y peleas. Y deseó decir «lo siento» pero le fue imposible hablar. Entonces el león los atrajo hacia él con los ojos, se inclinó, rozó sus rostros pálidos con la lengua y dijo:

—No penséis más en eso. No siempre vengo a regañar a la gente. Habéis llevado a cabo la tarea para la que os envié a Narnia.

—Por favor, Aslan —dijo Jill—, ¿podemos ir a casa ahora?

—Sí; he venido a llevaros a casa —respondió él.

Abrió la boca de par en par y sopló; pero en aquella ocasión no les pareció volar por los aires: era más bien como si ellos permanecieran inmóviles y el salvaje aliento de Aslan se llevara con él el barco, el rey difunto, el castillo, la nieve y el cielo invernal. Pues todas aquellas cosas desaparecieron flotando como vo-

lutas de humo, y de repente estaban de pie en medio de una fuerte luminosidad
proyectada por un sol de pleno verano, sobre una hierba mullida, entre árboles
enormes, y junto a un hermoso arroyo de agua cristalina. Vieron entonces que
se encontraban de nuevo en la Montaña de Aslan, muy por encima y más allá
del final de aquel mundo en el que se encuentra Narnia. Sin embargo, lo curioso
era que la música fúnebre por el rey Caspian seguía sonando, aunque era imposible saber de dónde procedía. Andaban junto al arroyo y el león avanzaba por
delante de ellos: y la criatura se tornó tan hermosa y la música tan desconsolada
que Jill no sabía cuál de las dos cosas era la que llenaba sus ojos de lágrimas.

Entonces Aslan se detuvo, y los niños miraron al interior del arroyo. Y allí,
sobre la dorada grava del lecho del río, yacía el rey Caspian, muerto, con el agua
fluyendo sobre él como cristal líquido. La larga barba blanca se balanceaba en
ella como una hierba acuática, y los tres se detuvieron y lloraron. Incluso el león
lloró: lágrimas enormes de león, más preciosas que un diamante macizo del tamaño de la Tierra. Y Jill advirtió que Eustace no parecía un niño gimoteando ni
un muchacho que llora e intenta ocultarlo, sino un adulto que llora de pena. Al
menos, así fue como mejor pudo describirlo; pero en realidad, como dijo la
niña, las personas no tenían una edad concreta en aquella montaña.

—Hijo de Adán —dijo Aslan—, entra en esos matorrales, arranca la espina
que encontrarás allí y tráemela.

Eustace obedeció. La espina tenía treinta centímetros de largo y era afilada
como un estoque.

—Húndela en mi pata, Hijo de Adán —indicó el león, alzando la pata delantera derecha y extendiendo la enorme almohadilla en dirección al niño.

—¿Tengo que hacerlo? —preguntó éste.

—Sí —respondió Aslan.

Eustace apretó los dientes y hundió la espina en la almohadilla del león. Y de
ella brotó una gran gota de sangre, más roja que cualquier color rojo que hayas
visto o imaginado jamás, que fue a caer en el arroyo, sobre el cuerpo sin vida del
rey. En aquel mismo instante la música lúgubre se detuvo, y el rey muerto empezó a cambiar. La barba blanca se tornó gris, y de gris pasó a amarillo, y luego se
acortó hasta desaparecer por completo; y las mejillas hundidas se tornaron re-
dondeadas y lozanas, y las arrugas se alisaron, y los ojos se abrieron, y sus labios
rieron, y de improviso se incorporó de un salto y se colocó ante ellos; un hombre muy joven, o un muchacho (aunque Jill no pudo decidir qué, debido a que
las personas no tienen una edad concreta en el país de Aslan. Pero incluso en ese
mundo, son los niños más estúpidos los que parecen más infantiles y los adultos
más estúpidos los que parecen más adultos). Corrió hacia Aslan y le arrojó los
brazos al cuello hasta donde pudo llegar; y dio al león los fuertes besos de un rey
y Aslan, por su parte, le devolvió los besos salvajes de un león.

Finalmente Caspian se volvió hacia los otros y lanzó una gran carcajada de
sorprendida alegría.

—¡Cielos! ¡Eustace! —exclamó—. ¡Eustace! De modo que sí llegasteis al Fin del Mundo. ¿Qué hay de mi segunda mejor espada que rompiste contra el cuello de la serpiente marina?

Eustace dio un paso hacia él con las dos manos extendidas, pero luego retrocedió con una expresión algo sobresaltada.

—¡Oye! Vaya —tartamudeó—. Todo esto está muy bien. Pero ¿no estás...? Quiero decir, ¿no te...?

—Vamos, no seas idiota —dijo Caspian.

—Pero —siguió Eustace, mirando a Aslan—. ¿No se ha... muerto?

—Sí —respondió el león con una voz muy tranquila, casi (pensó Jill) como si se riera—. Ha muerto. Mucha gente lo ha hecho, ya sabes. Incluso yo. Hay muy pocos que no hayan muerto.

—Vaya —intervino Caspian—, ya veo qué te preocupa. Crees que soy un fantasma o alguna tontería así. Pero ¿no lo comprendes? Lo sería si ahora apareciera en Narnia, porque ya no pertenezco allí. Pero uno no puede ser un fantasma en su tierra. Podría serlo en vuestro mundo, no sé. Aunque supongo que tampoco es el vuestro, pues ahora estáis aquí.

Una gran esperanza creció en los corazones de los niños; pero Aslan meneó la peluda cabeza.

—No, queridos míos —dijo—. Cuando volváis a encontraros conmigo aquí, habréis venido para quedaros. Pero ahora no. Debéis regresar a vuestro propio mundo durante un tiempo.

—Señor —dijo Caspian—, siempre he deseado echar una ojeada a «su» mundo. ¿Acaso está mal?

—Hijo mío ya no puedes desear cosas malas, ahora que has muerto —respondió el león—. Y verás su mundo; durante cinco minutos de «su» tiempo. No necesitarás más para arreglar las cosas allí.

Entonces Aslan explicó a Caspian a lo que iban a regresar Jill y Eustace y también todo sobre la Escuela Experimental: el león parecía conocerla casi tan bien como ellos.

—Hija —indicó Aslan a Jill—, arranca una vara de ese arbusto.

Así lo hizo ella; y en cuanto estuvo en su mano se convirtió en una fusta de montar magnífica.

—Ahora, Hijos de Adán, desenvainad las espadas —ordenó Aslan—. Pero usad únicamente la hoja plana, pues es contra cobardes y niños, no guerreros, contra los que os envío.

—¿Vienes con nosotros, Aslan? —preguntó Jill.

—Ellos sólo verán mi espalda —indicó el león.

Los condujo rápidamente a través del bosque, y antes de que hubieran dado muchos pasos, el muro de la Escuela Experimental apareció ante ellos. Entonces Aslan rugió de tal modo que el sol se estremeció en el cielo y nueve metros de pared se derrumbaron ante ellos. Por la abertura contemplaron el macizo de arbustos de la escuela y el tejado del gimnasio, todos bajo el mismo cielo otoñal y gris que habían visto antes del inicio de su aventura. Aslan se volvió hacia Jill y Eustace, y lanzó su aliento sobre ellos y les rozó las frentes con la lengua. A continuación se tumbó en medio de la abertura que había abierto en la pared y volvió el dorado lomo en dirección a Inglaterra en tanto que el noble rostro miraba hacia sus propias tierras. En aquel mismo instante Jill vio figuras que conocía muy bien ascendiendo a la carrera por los laureles en dirección a ellos.

Casi toda la banda estaba allí: Adela Pennyfather y Cholmondely Major, Edith Winterblott, «Manchas» Sorner, el gran Bannister y los dos odiosos gemelos Garrett. Pero de repente todos se detuvieron. Sus rostros cambiaron y toda la mezquindad, engreimiento, crueldad y actitud furtiva casi desapareció reemplazada por una única expresión de terror; pues vieron que la pared había caído, a un león tan grande como un elefante tumbado en la abertura y a tres figuras con ropas fastuosas y armas en las manos que se abalanzaban sobre ellos. Pues, con la energía de Aslan en su interior, Jill empleó la fusta para las chicas y Caspian y Eustace la hoja plana de sus espadas para los chicos con tal eficiencia que en dos minutos todos los matones corrían como locos, chillando:

—¡Asesinos! ¡Tiranos! ¡Leones! No es justo.

Y luego, la directora llegó corriendo para ver qué sucedía. Al ver al león y la pared rota y a Caspian, Jill y Eustace (a los que no reconoció) tuvo un ataque de histeria y regresó a la escuela, donde empezó a llamar a la policía con historias sobre un león huido de un circo, y presos fugados que derribaban muros y empuñaban espadas. En medio de todo aquel jaleo Jill y Eustace se escabulleron silenciosamente al interior del colegio y cambiaron sus trajes suntuosos por prendas corrientes, mientras Caspian regresaba a su mundo. Y la pared, a una orden de Aslan, volvió a estar intacta, de modo que cuando llegó la policía, no encontró ni león ni muro derribado ni tampoco a ningún presidiario, pero sí a la directora comportándose como una lunática, así que llevaron a cabo una investigación sobre todo lo sucedido. Y en la investigación surgieron toda clase de cosas sobre la Escuela Experimental, y unas diez personas fueron expulsadas. Después de aquello, los amigos de la directora se dieron cuenta de que ésta no servía para el puesto, de modo que consiguieron que la nombraran inspectora para que pudiera entrometerse en el trabajo de otros directores. Y cuando descubrieron que tampoco servía para aquello siquiera, la introdujeron en el Parlamento, donde vivió felizmente para siempre.

Eustace enterró sus magníficas ropas en secreto una noche, en los terrenos de la escuela, pero Jill consiguió llevarlas clandestinamente a su casa y se las puso para un baile de disfraces que celebraron en vacaciones. A partir de aquel día las cosas cambiaron para mejor en la Escuela Experimental, que se convirtió en una escuela muy buena. Y Jill y Eustace fueron siempre amigos.

Pero allá en Narnia, el rey Rilian enterró a su padre, Caspian el Navegante, décimo de aquel nombre, y lo lloró. Él mismo gobernó Narnia con buen tino y el país fue feliz durante su reinado, aunque Charcosombrío (cuyo pie estuvo como nuevo al cabo de tres semanas) a menudo indicaba que las mañanas radiantes acostumbraban a traer tardes lluviosas, y que uno no podía esperar que los buenos tiempos durasen. Dejaron abierta la hendidura de la ladera de la colina y, a menudo, en los días calurosos del verano los narnianos entran allí con faroles y barcos y descienden hasta el agua para navegar de un lado a otro, cantando, en el fresco y oscuro mar subterráneo, contándose unos a otros relatos sobre las ciudades que yacen muchas brazas por debajo de ellos. Si alguna vez tienes la suerte de ir a Narnia, no olvides echar un vistazo a esas cuevas.

La Última Batalla

La Última Batalla

Índice

Capítulo uno

Junto al estanque del Caldero

En los últimos días de Narnia, muy al oeste, pasado el Erial del Farol y cerca de la gran cascada, vivía un mono. Era tan viejo que nadie recordaba cuándo había ido a vivir a aquel lugar, y era el mono más listo, feo y arrugado que pueda imaginarse. Tenía una casita de madera y cubierta con hojas, en lo alto de la copa de un árbol enorme, y su nombre era Triquiñuela. No había demasiadas bestias parlantes, ni hombres, ni enanos, ni seres de ninguna clase en aquella parte del bosque, pero Triquiñuela tenía un amigo y vecino, que era un asno llamado Puzzle. Al menos ambos decían que eran amigos, pero por la forma como se comportaban se podría haber pensado que Puzzle era el criado de Triquiñuela en lugar de su amigo, pues era él quien hacía todo el trabajo. Cuando iban juntos al río, Triquiñuela llenaba los grandes odres de piel con agua, pero era Puzzle quien los llevaba de vuelta. Cuando querían algo de las poblaciones situadas río abajo era Puzzle quien bajaba con cestos vacíos sobre el lomo y regresaba con los cestos llenos y pesados. Y las cosas más deliciosas que Puzzle transportaba se las comía Triquiñuela; pues tal como él mismo decía:

Ya sabes, Puzzle, que yo no puedo comer hierba y cardos como tú, de modo que es justo que pueda compensarlo de otras maneras.

A lo que el asno respondía:

—Desde luego, Triquiñuela, desde luego. Lo comprendo.

Puzzle nunca se quejaba, porque sabía que el mono era más listo que él y pensaba que era muy amable de su parte querer ser amigo suyo. Y si alguna vez Puzzle intentaba discutir por algo, Triquiñuela siempre decía:

—Vamos, Puzzle, yo sé mejor que tú lo que hay que hacer. Ya sabes que no eres inteligente, *amigo*.

Y éste siempre respondía:

—No, Triquiñuela. Es muy cierto. No soy inteligente.

Luego suspiraba y hacía lo que su compañero había ordenado.

Una mañana de principios de año la pareja salió a pasear por la orilla del estanque del Caldero. El estanque del Caldero es el gran embalse situado justo bajo los riscos del extremo occidental de Narnia. La gran cascada cae a su interior con un ruido que recuerda un tronar interminable y el río de Narnia fluye a raudales por el otro lado. El salto de agua mantiene el estanque siempre en movimiento y con un borboteo y agitación constantes, como si estuviera en ebullición, y de ahí, claro está, le viene su nombre de estanque del Caldero. Su época de mayor ebullición es a principios de primavera, cuando la cascada está muy crecida por toda la nieve que se ha fundido en las montañas situadas más allá de Narnia, en el territorio salvaje del oeste, de donde proviene el río. Mientras contemplaban el estanque, Triquiñuela señaló de repente con su dedo oscuro y flaco y dijo:

—¡Mira! ¿Qué es eso?

—¿Qué es qué? —preguntó Puzzle.

—Esa cosa amarilla que acaba de bajar por la cascada. ¡Mira! Ahí está otra vez, flotando. Debemos averiguar qué es.

—¿Debemos?

—Desde luego que sí —dijo Triquiñuela—. Podría ser algo útil. Anda, salta al estanque como un buen chico y sácalo. Entonces podremos verlo bien.

—¿Saltar dentro del estanque? —inquirió el burro, moviendo las orejas.

—Y ¿cómo quieres que lo atrapemos si no lo haces? —replicó el mono.

—Pero... pero —repuso Puzzle—, ¿no sería mejor que entraras tú? Porque, ¿sabes?, eres tú quien quiere saber qué es, y a mí no me interesa demasiado. Y tú tienes manos, ¿sabes? Puedes asir cosas tan bien como un hombre o un enano. Yo sólo tengo cascos.

—Hay que ver, Puzzle —dijo Triquiñuela—, no imaginaba que pudieras decir jamás una cosa así. No esperaba esto de ti, la verdad.

—Vaya, ¿qué he dicho que esté mal? —repuso el asno, hablando en un tono humilde, pues se daba cuenta de que el otro estaba profundamente ofendido—. Lo único que quería decir era que...

—Querías que entrara yo en el agua —replicó el mono—. ¡Cómo si no supieras perfectamente lo delicado que tenemos siempre el pecho los monos y lo fácilmente que nos resfriamos! Muy bien. Entraré yo. Siento mucho frío con este viento tan cortante, pero entraré. Probablemente será mi muerte y entonces te arrepentirás de ello.

La voz de Triquiñuela sonó como si estuviera a punto de deshacerse en lágrimas.

—Por favor, no lo hagas, por favor, por favor —dijo Puzzle, medio rebuznando y medio hablando—. No quería decir nada parecido, Triquiñuela, desde luego que no. Ya sabes lo estúpido que soy. Soy incapaz de pensar en más de una cosa a la vez. Me había olvidado de la debilidad de tu pecho. Claro que entraré yo. Ni se te ocurra hacerlo tú. Prométeme que no lo harás, Triquiñuela.

El mono lo prometió, y Puzzle rodeó el borde rocoso del estanque con gran ruido de sus cuatro cascos en busca de un lugar de acceso. Aparte del frío no tenía ninguna gracia meterse en aquellas aguas arremolinadas y espumeantes, y el asno permaneció quieto y tembloroso durante un minuto entero antes de decidirse. Pero entonces Triquiñuela le gritó desde atrás:

—Tal vez sea mejor que lo haga yo, Puzzle.

Y cuando el asno lo oyó se apresuró a decir:

—No, no. Lo prometiste. Ya entro. —Y se metió en el agua.

Una masa enorme de espuma le golpeó la cara, inundó su boca de agua y lo cegó. A continuación se hundió por completo durante unos segundos y cuando volvió a salir se encontraba en otra zona distinta del estanque. Entonces el remolino lo atrapó y le hizo dar vueltas y vueltas, cada vez más de prisa, hasta llevarlo justo debajo de la cascada misma, y la fuerza del agua lo empujó hacia abajo más y más; tanto, que creyó que no podría contener la respiración hasta volver a la superficie. Y cuando consiguió salir y acercarse por fin un poco a la cosa que intentaba atrapar, ésta se alejó de él hasta ir a parar también a la catarata y hundirse hasta el fondo bajo la fuerza del agua. Cuando volvió a salir a flote se encontraba todavía más lejos.

Finalmente, cuando el asno estaba ya casi exhausto, lleno de contusiones y entumecido por el frío, consiguió agarrar la cosa con los dientes. Salió del agua con el objeto en la boca y se enredó los cascos delanteros en él, pues era tan grande como una alfombra grande de chimenea y resultaba muy pesado, frío y viscoso.

Lo arrojó al suelo frente a Triquiñuela y se quedó allí parado, chorreando y tiritando mientras intentaba recuperar el aliento. Pero el mono no lo miró ni le preguntó cómo se encontraba, pues estaba demasiado ocupado dando vueltas y más vueltas a la cosa, extendiéndola, dándole golpecitos y olisqueándola. Luego una lucecilla perversa apareció en sus ojos y dijo:

—Es una piel de león.

—Eeeh... uh... uh... Vaya, ¿eso es? —jadeó el asno.

—Me pregunto... me pregunto... me pregunto —dijo Triquiñuela para sí, pues pensaba muy intensamente.

—Yo me pregunto quién mató al pobre león —indicó Puzzle al cabo de un rato—. Habría que enterrarlo. Debemos hacer un funeral.

—Va, no era un león parlante —replicó Triquiñuela—. No tienes por qué preocuparte por eso. No hay bestias parlantes más allá de la cascada, allí en las tierras salvajes del oeste. Esta piel, sin duda, pertenecía a un león salvaje y necio.

Eso, dicho sea de paso, era cierto. Un cazador, un hombre, había matado y despellejado a aquel león en algún lugar de las tierras salvajes del oeste varios meses antes; pero eso no forma parte de esta historia.

—De todos modos, Triquiñuela —siguió el asno—, incluso aunque la piel sólo perteneciera a un león salvaje y necio, ¿no deberíamos darle un entierro decente? Quiero decir, ¿no son todos los leones... digamos, seres importantes?, ya sabes por qué lo digo.

—No le des tantas vueltas, Puzzle —replicó el mono—. Porque ya sabes que pensar no es tu punto fuerte. Convertiremos esta piel en un excelente y cálido abrigo de invierno para ti.

—No me gusta mucho la idea —contestó él—. Parecería..., quiero decir que las otras bestias podrían pensar... es decir, no me sentiría...

—¿De qué hablas? —interrumpió Triquiñuela, rascándose al revés, como hacen los monos.

—No creo que resulte respetuoso con el Gran León, con Aslan, que un asno como yo vaya por ahí vestido con una piel de león —respondió Puzzle.

—No te quedes ahí divagando por favor —dijo el otro—. ¿Qué sabe un asno como tú de esas cosas? No hace falta que te recuerde que no sirves para pensar, Puzzle, así que ¿por qué no dejas que piense yo por ti? ¿Por qué no me tratas como yo te trato a ti? Yo no creo que sea capaz de hacerlo todo. Sé que tú eres mejor que yo en ciertas cosas. Por eso te dejé entrar en el estanque; sabía que lo harías mejor que yo. Pero ¿por qué no dejas que actúe cuando se trata de algo que yo puedo hacer y tú no? ¿Es que jamás se me permitirá hacer nada? Sé justo. Piénsalo un poco.

—Vaya, desde luego, si lo expones así.

—Te diré una cosa —siguió el mono—. Será mejor que bajes a trote ligero hasta Chippingford y veas si tienen naranjas o plátanos.

—Pero estoy agotado, Triquiñuela —alegó Puzzle.

—Sí, pero estás helado y mojado. Lo que necesitas es algo que te haga entrar en calor, y un veloz trote hará maravillas. Además, hoy es día de mercado en Chippingford.

Y, claro, Puzzle dijo que iría.

En cuanto se quedó solo, Triquiñuela marchó arrastrando los pies, en ocasiones sobre dos patas y en otras sobre las cuatro, hasta alcanzar su árbol. A continuación se aupó con un balanceo de rama en rama, parloteando y sin dejar de sonreír de oreja a oreja, y entró en su casita. Allí encontró aguja, hilo y unas tijeras grandes; pues era un mono inteligente y los enanos le habían enseñado a coser. Se introdujo el ovillo de hilo —era un material muy grueso, más parecido a cuerda que a hilo— en la boca de modo que la mejilla se le hinchó como si chupara un caramelo enorme, sujetó la aguja entre los labios y agarró las tijeras con la mano izquierda. Luego descendió del árbol y marchó con paso desgarbado hasta donde estaba la piel de león. Se acuclilló y empezó a trabajar.

Comprobó de inmediato que el cuerpo de la piel de león sería demasiado largo para Puzzle, y el cuello, demasiado corto. Así pues, cortó un buen pedazo del cuerpo y lo usó para confeccionar un cuello largo para el del asno. A continuación cortó la cabeza y cosió el cuello entre la cabeza y los hombros. Colocó hebras en ambos lados de la piel para poder atarlo bajo el pecho y el estómago de Puzzle. De vez en cuando pasaba un pájaro en lo alto y Triquiñuela detenía el trabajo, echando una ansiosa mirada al cielo. No quería que nadie viera lo que hacía, pero, como ninguna de las aves que vio era un pájaro parlante, no le importó.

Puzzle regresó entrada la tarde. No trotaba sino que caminaba pesada y pacientemente, tal como hacen los asnos.

—No había naranjas —anunció— ni plátanos. Y estoy muy cansado. —Se acostó en el suelo.

—Ven y pruébate tu hermoso abrigo de piel de león —dijo Triquiñuela.

—Al diablo con esa piel —refunfuñó Puzzle—. Ya me la probaré por la mañana. Esta noche estoy cansado.

—Eres un antipático, Puzzle —replicó el mono—. Si tú estás cansado, ¿cómo crees que estoy yo? Durante todo el día, mientras has estado disfrutando de un reconfortante paseo hasta el valle, yo me he dedicado a trabajar mucho para hacerte un abrigo. Tengo las manos tan agotadas que apenas puedo sostener estas tijeras. Y ahora no quieres ni darme las gracias. Y ni siquiera has mirado el abrigo, ni te importa... Y... y...

—Mi querido Triquiñuela —dijo Puzzle, levantándose al instante—. Lo siento tanto. Me he comportado muy mal. Desde luego que me encantará probármelo. Y tiene un aspecto espléndido. Pruébamelo en seguida, por favor.

—Bien, pues quédate quieto entonces —indicó el mono.

La piel era demasiado pesada para levantarla, pero al final, tras mucho estirar, empujar, resoplar y bufar, consiguió colocarla sobre el asno. La ató por debajo del cuerpo de Puzzle y sujetó las patas y la cola a las del asno. Se veía un buen trozo del hocico y el rostro gris de Puzzle a través de la boca abierta de la cabeza del león y nadie que hubiera visto jamás un león auténtico se habría dejado engañar ni por un instante. Pero si alguien que nunca había visto un león miraba a Puzzle con su piel de león encima, tal vez podría confundirlo con uno, si no se acercaba demasiado, si la luz era tenue y si el asno no soltaba un rebuzno ni hacía ruido con los cascos.

—Tienes un aspecto magnífico, magnífico —dijo el mono—. Si alguien te viera, pensaría que eres Aslan, el Gran León.

—Sería horrible —replicó Puzzle.

—No, ¡qué va! —contestó Triquiñuela—. Todos harían lo que les pidieras.

—Pero no quiero pedirles nada.

—¿Ah no? ¡Piensa en el bien que podríamos hacer! Me tendrías a mí para aconsejarte, ya sabes. Pensaría órdenes sensatas para que las dijeras. Y todos tendrían que obedecernos, incluso el rey. Arreglaríamos las cosas en Narnia.

—Pero ¿acaso no va todo bien ya? —inquirió el asno.

—¡Qué! —exclamó Triquiñuela—. ¿Va todo bien cuando no hay ni naranjas ni plátanos?

—Bueno, ya sabes que no hay mucha gente, mejor dicho, no creo que haya nadie excepto tú, que quiera esas cosas.

—También está el azúcar —indicó Triquiñuela.

—Humm, sí —repuso Puzzle—. Me encantaría que hubiera más azúcar.

—Bien, pues, queda decidido —declaró el mono—. Fingirás ser Aslan y te diré qué debes pedir.

—No, no, no. No digas esas cosas. Sé que estaría mal, Triquiñuela. Puede que no sea muy inteligente pero eso sí lo sé. ¿Qué nos pasaría si apareciera el auténtico Aslan?

—Imagino que estaría muy complacido —respondió el mono—. Probablemente nos ha enviado la piel de león a propósito, para que podamos arreglar las cosas. De todos modos, jamás aparece, ya lo sabes. Y menos en estos tiempos.

En aquel momento se oyó un trueno tremendo justo encima de sus cabezas y el suelo tembló con un pequeño terremoto. Los dos animales perdieron el equilibrio y cayeron de bruces.

—¿Lo ves? —jadeó Puzzle en cuanto recuperó el aliento necesario para hablar—. Es una señal, una advertencia. Sabía que hacíamos algo terriblemente malvado. Quítame esta asquerosa piel ahora mismo.

—No, no —respondió su compañero, cuya mente trabajaba muy rápido—, es una señal de todo lo contrario. Estaba a punto de decir que si «el auténtico Aslan», como tú lo llamas, quisiera que siguiéramos adelante con esto, nos enviaría un trueno y un temblor de tierra. Lo tenía justo en la punta de la lengua, sólo que la señal llegó antes de que pudiera expresarlo en palabras. Tienes que hacerlo, Puzzle. Y, por favor, dejemos de discutir. Sabes que no entiendes de estas cosas. ¿Qué va a saber un asno de señales?

Capítulo dos

La impetuosidad del rey

Unas tres semanas después, el último de los reyes de Narnia estaba sentado bajo el gran roble que crecía junto a la puerta de su pabellón de caza, donde a menudo permanecía unos diez días durante el agradable tiempo primaveral. Era un edificio bajo con el techo de paja, situado no muy lejos del extremo oriental del Erial del Farol y un poco por encima del punto de unión de los dos ríos. Le encantaba vivir allí con sencillez y tranquilidad, lejos del lujo y la ceremonia de Cair Paravel, la ciudad real. Se llamaba rey Tirian, y tenía entre veinte y veinticinco años; su espalda era ancha y fuerte, y las extremidades llenas de potente musculatura, aunque su barba era aún escasa. Tenía los ojos azules y un rostro intrépido y honrado.

No había nadie con él aquella mañana de primavera excepto su mejor amigo, el unicornio Perla. Se querían como hermanos y cada uno había salvado la vida al otro durante las guerras. La señorial bestia estaba junto al sillón del rey con el cuello doblado hacia un lado, abrillantándose el cuerno azul sobre la blancura cremosa de su flanco.

—Hoy me veo incapaz de trabajar o de hacer deporte, Perla —dijo el rey—. Me es imposible pensar en algo que no sea esa noticia maravillosa. ¿Crees que hoy nos enteraremos de más cosas?

—Son las nuevas más increíbles que se hayan escuchado en nuestro tiempo o en el de nuestros padres o abuelos, señor —respondió Perla—; si son ciertas.

—¿Cómo pueden no serlo? —inquirió el monarca—. Hace más de una semana que los primeros pájaros vinieron volando a vernos y a decirnos «Aslan está aquí, Aslan ha regresado a Narnia». Y después de ellos fueron las ardillas. No lo han visto, pero aseguraron que estaba en el bosque. Luego vino el ciervo. Dijo que lo había visto con sus propios ojos, a gran distancia, a la luz de la luna, en el

Erial del Farol. A continuación llegó el hombre moreno de barba, el comerciante de Calormen. Los calormenos no sienten afecto por Aslan como nosotros; pero el hombre lo mencionó como algo fuera de toda duda. Y anoche apareció el tejón; también él había visto a Aslan.

—Realmente, majestad —respondió el unicornio—, lo creo. Si parezco no hacerlo es sólo porque mi júbilo es demasiado grande para permitir que mi creencia se aposente. Es casi demasiado hermoso para creerlo.

—Sí —asintió el rey con un gran suspiro, casi un estremecimiento, de placer—, está más allá de todo lo que jamás esperé en toda mi vida.

—¡Escuchad! —dijo Perla, ladeando la cabeza a un lado y echando las orejas al frente.

—¿Qué es?

—Cascos, majestad. Un caballo al galope. Un caballo muy pesado. Debe de ser uno de los centauros. Y mirad, ahí está.

Un centauro enorme, de barba dorada, con el sudor de un hombre en la frente y el de un caballo en los flancos color castaño, llegó corriendo ante el rey, se detuvo e hizo una profunda reverencia.

—Saludos, majestad —exclamó con una voz profunda como la de un toro.

—Eh, los de ahí —dijo el rey, mirando por encima del hombro en dirección a la puerta del pabellón de caza—, un cuenco de vino para el noble centauro. Bienvenido, Roonwit. Cuando hayas recuperado el aliento cuéntanos qué te trae aquí.

Un paje salió de la casa trayendo un gran cuenco de madera, minuciosamente tallado, y se lo entregó al centauro. Éste alzó el recipiente y dijo:

—Bebo primero a la salud de Aslan y, si me permitís, en segundo lugar a la de su majestad.

Se terminó el vino, que habría saciado a seis hombres fuertes, de un trago y devolvió el cuenco vacío al paje.

—Bien, Roonwit —dijo el rey—, ¿nos traes más noticias de Aslan?

—Señor —respondió él con expresión solemne, frunciendo un poco el entrecejo—, ya sabéis cuánto tiempo he vivido y estudiado las estrellas; pues nosotros los centauros vivimos más tiempo que vosotros los hombres, incluso más que los de tu raza, unicornio. Jamás en todos los días de mi vida he visto cosas tan terribles escritas en los cielos como las que han aparecido todas las noches desde que comenzó el año. Las estrellas no dicen nada sobre la venida de Aslan, ni tampoco sobre paz o alegría. Sé por mi arte que conjunciones tan desastrosas no se han dado en quinientos años.

»Tenía ya en mente venir y advertir a su majestad de que alguna gran desgracia pende sobre Narnia. Pero anoche me llegó el rumor de que Aslan anda por aquí. Señor, no creáis esa historia. No puede ser cierta. Las estrellas no mienten nunca, pero los hombres y las bestias sí. Si Aslan viniera realmente a Narnia, el cielo lo habría pronosticado. Si realmente fuera a venir, todas las estrellas más halagüeñas se habrían reunido en su honor. Es todo mentira.

—¡Mentira! —gritó el rey con ferocidad—. ¿Qué criatura en Narnia o en todo el mundo osaría mentir sobre tal cuestión? —Y sin darse cuenta, posó la mano sobre la empuñadura de la espada.

—Lo ignoro, majestad —respondió el centauro—, pero sé que hay mentirosos en la Tierra; en las estrellas no hay ninguno.

—Me pregunto —dijo Perla— si Aslan no podría venir incluso a pesar de que las estrellas pronosticaran otra cosa. No es esclavo de las estrellas, sino su creador. ¿No se ha dicho en todos los relatos antiguos que no es un león domesticado?

—Bien dicho, bien dicho, Perla —exclamó el monarca—. Ésas son las palabras exactas: «No es un león domesticado». Aparece en muchos relatos.

Roonwit acababa de alzar la mano y se inclinaba hacia delante para decir algo con gran seriedad al rey cuando los tres volvieron la cabeza al oír un gemido que se acercaba con rapidez. El bosque era tan espeso al oeste de ellos que aún no podían ver al recién llegado; pero sus palabras no tardaron en llegarles.

—¡Ay de mí, ay de mí, ay de mí! —gritaba la voz—. ¡Lloremos por mis hermanos y hermanas! ¡Lloremos por los árboles sagrados! Arrasan los bosques. Se vuelve a descargar el hacha contra nosotros. Árboles enormes caen, caen y caen.

Con el último «caen» el orador apareció ante su vista. Parecía una mujer, pero era tan alta que su cabeza quedaba a la misma altura que la del centauro; sin embargo, también era como un árbol. Resulta difícil de explicar si no has visto nunca una dríade, pero son inconfundibles una vez que las has visto; hay algo característico en el color, la voz, el pelo... El rey Tirian y las dos bestias supieron al momento que era la ninfa de una haya.

—¡Justicia, majestad! —gritó—. Venid en nuestra ayuda. Proteged a nuestro pueblo. Nos están talando en el Erial del Farol. Cuarenta grandes troncos de mis hermanos y hermanas ya han caído al suelo.

—¿Qué decís, señora? ¿Están talando en el Erial del Farol? ¿Asesinando los árboles parlantes? —exclamó el monarca, incorporándose de un salto y desenvainando la espada—. ¿Cómo se atreven? Y ¿quién se atreve? Por la melena de Aslan...

—Aaah —jadeó la dríade, estremeciéndose como si fuera presa de un dolor terrible, como si estuviera recibiendo una sucesión de golpes.

Luego, de improviso, el ser cayó de costado tan repentinamente como si le acabaran de cortar los pies. Contemplaron su cuerpo sin vida sobre la hierba durante un segundo y luego éste se desvaneció. Comprendieron al momento lo que había sucedido. Su árbol, a kilómetros de distancia, acababa de ser talado.

Por un momento la pena y la cólera del rey fueron tan grandes que le resultó imposible hablar. Luego dijo:

—Vamos, amigos. Debemos marchar río arriba y encontrar a los villanos que han hecho esto, tan de prisa como nos sea posible. No dejaré ni a uno solo con vida.

—Majestad, os acompaño de buena gana —dijo Perla.

Pero Roonwit advirtió:

—Señor, tened cuidado incluso en vuestra justa ira. Suceden cosas extrañas. De haber rebeldes en armas más arriba del valle, somos sólo tres para enfrentarnos a ellos. Si quisierais aguardar mientras...

—No aguardaré ni la décima parte de un segundo —declaró el rey—. Pero mientras Perla y yo nos adelantamos, galopa tan de prisa como puedas hasta Cair Paravel. Aquí tienes mi anillo como prenda. Tráeme a una veintena de hombres armados, todos a caballo, una veintena de perros parlantes, diez enanos, un leopardo o dos y a Pie de Piedra, el gigante. Que todos ellos vengan a reunirse con nosotros cuanto antes.

—Encantado, majestad —respondió Roonwit, y se dio la vuelta para marchar al galope sin perder tiempo, por el valle, en dirección este.

El rey se puso en camino con grandes y veloces zancadas, en ocasiones rezongando para sí y en otras apretando los puños. Perla marchaba a su lado, sin decir nada, de modo que no producían ningún sonido a excepción del tenue tintineo de una preciosa cadena de oro que colgaba del cuello del unicornio y del repicar de dos pies y cuatro cascos.

No tardaron en llegar al río y remontar la corriente siguiendo una calzada cubierta de hierba: tenían el agua a la izquierda y el bosque a la derecha. Poco después llegaron a un lugar donde el suelo se tornaba más accidentado y el espeso bosque descendía hasta el borde del agua. La calzada, o lo que quedaba de ella, discurría entonces por la orilla meridional y tuvieron que vadear la corriente para alcanzarla. El agua le llegaba al rey hasta las axilas, pero Perla, que por sus cuatro patas mantenía mejor el equilibrio, se colocó a la derecha del monarca para reducir la fuerza de la corriente, Tirian rodeó con su fuerte brazo el fornido cuello del unicornio y ambos llegaron a la otra orilla sin problemas. El rey seguía tan enfadado que apenas advirtió lo fría que estaba el agua; no obstante, en cuanto salieron del río, secó la espada con sumo cuidado en el extremo superior de la capa, que era la única parte seca de su cuerpo.

Marchaban ahora en dirección sur con el río a la derecha y el Erial del Farol justo delante de ellos. No habían recorrido ni dos kilómetros cuando ambos se detuvieron y hablaron al mismo tiempo.

—¿Qué tenemos aquí? —dijo el rey.

—¡Mirad! —exclamó Perla.

—Es una balsa —indicó Tirian.

Y ciertamente lo era. Media docena de troncos magníficos, todos recién cortados y con las ramas recién podadas, habían sido atados para formar una balsa y descendían veloces por el río. En la parte delantera de la misma había una rata de agua con una pértiga para gobernarla.

—¡Eh! ¡Rata de agua! ¿Qué haces? —gritó el rey.

—Bajar troncos para venderlos a los calormenos, majestad —respondió la rata de agua, tocándose la oreja como habría podido tocarse la gorra de haber llevado una.

—¡Calormenos! —tronó Tirian—. ¿Qué quieres decir? ¿Quién ordenó que se talaran estos árboles?

El río fluye a tal velocidad en esa época del año que la balsa ya había dejado atrás al rey y a Perla; sin embargo, la rata de agua volvió la cabeza por encima del hombro y gritó:

—Órdenes del león, majestad. Del mismo Aslan. —Añadió algo más, pero no lo oyeron.

El rey y el unicornio intercambiaron miradas de asombro. Parecían más asustados de lo que lo habían estado jamás en la batalla.

—Aslan —dijo el monarca finalmente, en voz muy baja—. Aslan. ¿Podría ser verdad? ¿Acaso podría él mandar talar los árboles sagrados y asesinar a las dríades?

—A menos que las dríades hayan hecho algo atroz... —murmuró Perla.

—Pero ¿venderlos a los calormenos? —preguntó indignado el rey—. ¿Te parece normal?

—No sé —respondió Perla con abatimiento—. No es un león domesticado.

—Bueno —dijo el soberano finalmente—, debemos seguir adelante y aceptar la aventura que encontremos.

—Es lo único que podemos hacer, señor —repuso su acompañante.

En aquel momento el unicornio no comprendió lo estúpido de seguir adelante solos; ni tampoco lo hizo el rey. Estaban demasiado furiosos para pensar con claridad; pero al final, su impetuosidad fue el origen de muchas desgracias.

De repente, el rey se apoyó con fuerza en el cuello de su amigo e inclinó la cabeza.

—Perla —dijo—, ¿qué nos aguarda? Pensamientos horribles surgen de mi corazón. ¡Ojalá hubiéramos muerto antes de hoy! Así habríamos sido más felices.

—Sí —respondió él—. Hemos vivido demasiado. El peor acontecimiento del mundo ha caído sobre nosotros.

Permanecieron así durante uno o dos minutos y luego siguieron adelante.

No tardaron en oír el *chac-chac-chac* de unas hachas sobre los troncos, aunque no consiguieron ver nada debido a una elevación del terreno justo frente a ellos. Una vez que alcanzaron la cima pudieron contemplar ante sí el Erial del Farol, y el rey palideció al verlo.

Justo en el centro del antiguo bosque —aquel bosque en el que habían crecido en el pasado los árboles de oro y plata y en el que un niño de nuestro mundo había plantado el Árbol Protector— habían abierto ya una amplia senda. Era una senda horrible, como una herida en carne viva sobre el terreno, llena de surcos fangosos allí donde habían arrastrado por el suelo los árboles talados hasta el río. Una multitud de gente trabajaba, se oía un gran chasquear de látigos y había caballos que tiraban y se esforzaban arrastrando los troncos. Lo primero que llamó la atención del rey y del unicornio fue que la mitad de los que formaban la multitud no eran bestias parlantes, sino hombres, y lo siguiente fue que aquéllos no eran los hombres rubios de Narnia. Eran hombres morenos y barbudos procedentes de Calormen, aquel país enorme y cruel situado más allá de Archenland, al otro lado del desierto en dirección sur.

No había ningún motivo, desde luego, por el que uno no pudiera tropezarse con un calormeno o dos en Narnia —un mercader o un embajador—, pues había paz entre Calormen y Narnia en aquellos tiempos. Sin embargo, Tirian no comprendía cómo había tantos ni por qué talaban un bosque narniano. Sujetó con más fuerza la espada y se enrolló la capa en el brazo izquierdo mientras descendían veloces hasta donde estaban los hombres.

Dos calormenos conducían un caballo enganchado a un tronco, y en el mismo instante en que el rey llegaba hasta ellos el tronco acababa de atascarse en un lugar asquerosamente embarrado.

—¡Sigue, hijo de la pereza! ¡Tira, cerdo holgazán! —chillaban los calormenos, chasqueando los látigos.

El caballo se esforzaba todo lo que podía; tenía los ojos enrojecidos y estaba cubierto de espuma.

—Trabaja, bestia holgazana —gritó uno de los calormenos: y mientras lo decía azotaba salvajemente al animal con su látigo.

Fue entonces cuando sucedió lo peor.

Hasta aquel momento Tirian había dado por supuesto que los animales que los calormenos conducían eran sus propios caballos; animales mudos y estúpidos como los de nuestro mundo. Y aunque odiaba ver cómo se hacía trabajar en exceso a un animal sin intelecto, desde luego estaba más preocupado por el asesinato de los árboles. En ningún momento se le había pasado por la cabeza que alguien osara ponerle arreos a uno de los caballos parlantes libres de Narnia, y mucho menos que utilizara un látigo contra él. Pero mientras el salvaje golpe descendía, el caballo se alzó sobre las patas traseras y dijo, medio chillando:

—¡Idiota y tirano! ¿No ves que ya hago todo lo que puedo?

Cuando Tirian se dio cuenta de que el caballo era uno de los narnianos, se apoderó tal cólera de él y de Perla que perdieron el control de sus actos. La espada del monarca se alzó, el cuerno del unicornio descendió, y ambos se abalanzaron al frente. En un instante los dos calormenos estaban muertos, uno decapitado por la espada de Tirian y el otro con el corazón atravesado por el cuerno de Perla.

Capítulo tres

El mono en toda su gloria

—Maese caballo, maese caballo —dijo Tirian mientras le cortaba a toda prisa los tirantes del arnés—. ¿Por qué te han esclavizado estos forasteros? ¿Ha sido conquistada Narnia? ¿Ha habido una batalla?

—No, majestad —jadeó el caballo—. Aslan está aquí. Es todo debido a sus órdenes. Ha ordenado...

—Cuidado, peligro, majestad —dijo Perla.

Tirian alzó los ojos y vio que calormenos —mezclados con unas pocas bestias parlantes— empezaban a correr hacia ellos desde todas las direcciones. Los dos hombres habían muerto sin lanzar un grito y por lo tanto había transcurrido un momento antes de que el resto de la multitud supiera lo que acababa de suceder. Pero ahora lo sabían. La mayoría empuñaba cimitarras.

—¡Rápido! ¡Sobre mi lomo! —indicó Perla.

El monarca montó a horcajadas sobre su viejo amigo, que dio la vuelta y marchó al galope. Cambió de dirección dos o tres veces en cuanto estuvieron fuera de la vista de sus enemigos, cruzó un arroyo y gritó sin aminorar la marcha.

—¿Adónde, señor? ¿A Cair Paravel?

—Detente, amigo —ordenó Tirian—. Déjame bajar.

Saltó del unicornio y se colocó frente a él.

—Perla —dijo—, hemos hecho algo terrible.

—Recibimos una terrible provocación.

—Pero saltar sobre ellos hallándolos desprevenidos... sin desafiarlos... mientras estaban desarmados... ¡Fu! Somos dos asesinos, Perla. He quedado deshonrado para siempre.

El unicornio inclinó la cabeza. También él estaba avergonzado.

—Y luego —siguió el rey— el caballo dijo que eran órdenes de Aslan. La rata dijo lo mismo. Todos dicen que Aslan está aquí. ¿Y si fuera cierto?

—Pero, majestad, ¿cómo podría Aslan ordenar cosas tan espantosas?

—No es un león domesticado. ¿Cómo podemos saber lo que hará? Nosotros, que somos asesinos. Perla, regresaré. Entregaré mi espada, me pondré en manos de esos calormenos y les pediré que me conduzcan ante Aslan. Que él dicte justicia sobre mi persona.

—Iréis a vuestra muerte —respondió él.

—¿Crees que me importa si Aslan me condena a muerte? —repuso el rey—. Eso no supondría nada, nada en absoluto. ¿No sería mejor morir que temer hasta lo más profundo que Aslan haya venido y no sea como el Aslan en el que hemos creído y al que hemos ansiado ver? Es como si el sol se alzara un día y fuera un sol negro.

—Lo sé —respondió Perla—, o como si uno bebiera agua y se tratara de agua seca. Tenéis razón, señor. Esto es el final de todas las cosas. Regresemos y entreguémonos.

—No es necesario que vayamos los dos.

—Si alguna vez hemos sentido afecto el uno por el otro, dejad que vaya con vos ahora. Si vos estáis muerto y si Aslan no es Aslan, ¿qué vida me queda?

Dieron media vuelta y regresaron andando juntos, derramando lágrimas.

En cuanto llegaron al lugar donde se llevaba a cabo la tarea, los calormenos iniciaron un griterío y fueron hacia ellos empuñando las armas. Pero el rey alargó la suya con la empuñadura hacia ellos y dijo:

—Yo que era rey de Narnia y soy ahora un caballero deshonrado me entrego a la justicia de Aslan. Llevadme ante él.

—Y yo también me entrego —dijo Perla.

Entonces los hombres morenos los rodearon en apretada multitud, olían a ajo y a cebolla y el blanco de los ojos centelleaba de un modo espantoso en sus rostros morenos. Colocaron una cuerda alrededor del cuello del unicornio, y al rey le quitaron la espada y le ataron las manos atrás. Uno de los calormenos, que llevaba un yelmo en lugar de un turbante y parecía estar al mando, arrebató a Tirian la corona de oro y se la guardó presuroso en algún lugar entre sus ropas. Condujeron a los dos prisioneros colina arriba hasta un lugar en el que había un claro muy grande. Y esto fue lo que vieron los prisioneros.

En el centro del claro, que era también el punto más alto de la colina, había una cabaña pequeña parecida a un establo, con un tejado de paja. Tenía la puerta cerrada, y sobre la hierba frente a ella había un mono sentado. Tirian y Perla, que esperaban ver a Aslan y todavía no habían oído mencionar nada sobre un mono, se sintieron muy desconcertados al verlo. El mono era, desde luego, Triquiñuela, pero parecía diez veces más feo que cuando vivía en el estanque del Caldero, pues ahora iba disfrazado. Vestía una chaqueta escarlata que no le quedaba bien, ya que había sido confeccionada para un enano. Llevaba zapatillas enjoyadas en las patas posteriores que no encajaban como debían porque, como sabrás, las patas de un mono son en realidad parecidas a las manos. En la cabeza lucía lo que parecía una corona de papel. Había un montón enorme de nueces junto a él y se dedicaba a partirlas con las mandíbulas y a escupir las cáscaras. Al mismo tiempo no dejaba de subirse la chaqueta escarlata constantemente para rascarse.

Un gran número de bestias parlantes estaba de pie frente a él, y casi todos los rostros de aquella multitud mostraban un aspecto desdichado y perplejo. Cuando vieron quiénes eran los prisioneros, todos gimieron y lloriquearon.

—Lord Triquiñuela, portavoz de Aslan —dijo el jefe calormeno—, os traemos prisioneros. Mediante nuestra habilidad y valor y con el permiso del gran dios Tash hemos tomado vivos a estos dos asesinos peligrosos.

—Dadme la espada de ese hombre —ordenó el mono.

Así que tomaron la espada del rey y la entregaron, con el talabarte y todo lo demás, al mono. Éste se la colgó al cuello: aquello hizo que pareciera aún más ridículo.

—Ya nos ocuparemos de ellos dos más tarde —indicó el mono, escupiendo una cáscara en dirección a los dos prisioneros—. Tengo otros asuntos primero. Pueden esperar. Ahora escuchadme todos vosotros. Lo primero que quiero decir se refiere a las nueces. ¿Adónde ha ido esa ardilla jefe?

—Estoy aquí, señor —dijo una ardilla roja, adelantándose y haciendo una nerviosa reverencia.

—Vaya, estás aquí, ¿no es cierto? —repuso el mono con una expresión desagradable—. Pues préstame atención. Quiero... mejor dicho, Aslan quiere... unas cuantas nueces más. Estas que has traído no son suficientes. Debes traer más, ¿lo oyes? El doble. Y tienen que estar aquí al ponerse el sol mañana, y no debe haber ninguna mala ni pequeña entre ellas.

Un murmullo de desaliento recorrió a las otras ardillas, y la ardilla jefe se armó de valor para decir:

—Por favor, ¿podría Aslan hablar de eso con nosotras? Si se nos permitiera verlo...

—Bueno, pues no lo veréis —replicó el mono—. Tal vez sea muy amable, aunque es más de lo que la mayoría de vosotros merecéis, y salga unos minutos esta noche. Entonces podréis echarle un vistazo. Pero no piensa permitir que os amontonéis a su alrededor y lo acoséis con preguntas. Cualquier cosa que queráis decirle tendrá que pasar por mí: si considero que es algo por lo que valga la pena molestarlo, se lo diré; entretanto, todas vosotras, ardillas, será mejor que vayáis a ocuparos de las nueces. Y aseguraos de que estén aquí mañana por la tarde o, os lo prometo, ¡os pesará!

Las pobres ardillas se marcharon corriendo igual que si las persiguiera un perro. Aquella nueva orden resultaba una noticia terrible para ellas. Las nueces que habían acumulado con sumo cuidado para el invierno casi habían sido ya consumidas; y de las pocas que quedaban le habían entregado al mono muchas más de las prescindibles.

Entonces una voz grave —que pertenecía a un jabalí peludo de colmillos enormes— habló desde otra parte de la multitud.

—Pero ¿por qué no podemos ver a Aslan como es debido y hablar con él? Cuando aparecía por Narnia en los viejos tiempos todo el mundo podía hablar con él cara a cara.

—No lo creáis —respondió el mono—. E incluso aunque fuera cierto, los tiempos han cambiado. Aslan dice que ha sido excesivamente blando con vosotros, ¿comprendéis? Bueno, pues ya no va a ser blando nunca más. Os va a poner firmes esta vez. ¡Os dará un escarmiento si pensáis que es un león domesticado!

Gemidos y lloriqueos sordos surgieron de las bestias; y tras aquello, un silencio sepulcral que resultaba aún más deprimente.

—Y ahora hay otra cosa que debéis aprender —siguió el mono—. He oído que algunos de vosotros vais diciendo que soy un mono. Bueno, pues no lo soy. Soy un hombre, si tengo aspecto de mono es porque soy muy viejo: tengo cientos y cientos de años. Y debido a que soy tan viejo, soy muy sabio. Y debido a que soy tan sabio, soy el único a quien Aslan va a hablar jamás. No puede perder el tiempo hablando con un montón de animales estúpidos. Me dirá lo que tenéis que hacer y yo os lo comunicaré. Así que hacedme caso y procurad hacerlo el doble de rápido, pues no está dispuesto a tolerar impertinencias.

Se produjo otro silencio sepulcral a excepción del sonido de un tejón muy joven que lloraba y el de su madre intentando hacer que permaneciera en silencio.

—Y hay otra cosa —prosiguió el mono, introduciéndose una nuez en la boca—. He oído que algunos caballos decían: «Démonos prisa y acabemos con este trabajo de acarrear madera tan rápido como podamos, y luego volveremos a ser libres». Bueno, pues os podéis quitar esa idea de la cabeza ahora mismo. Y no me refiero sólo a los caballos. Todos los que puedan trabajar van a tener que trabajar en el futuro. Aslan lo ha acordado con el rey de Calormen; el Tisroc, como lo llaman nuestros amigos calormenos de rostro moreno. Todos los caballos, toros y asnos seréis enviados a Calormen a trabajar para ganaros la vida: tirando y transportando igual que hacen los caballos y animales parecidos en otros países. Y todos los animales cavadores como los topos y conejos, y también los enanos, vais a ir a trabajar a las minas del Tisroc. Y...

—No, no, no —aullaron las bestias—. No puede ser cierto. Aslan jamás nos vendería como esclavos al rey de Calormen.

—¡Nada de eso! ¡Dejad de alborotar! —gritó el mono con un gruñido—. ¿Quién ha hablado de esclavitud? No seréis esclavos. Se os pagará; muy buenos salarios, además. Es decir, vuestra paga será entregada al tesoro de Aslan y él la usará para beneficio de todos.

Entonces echó una veloz mirada, y casi guiñó un ojo, al jefe calormeno.

El calormeno se inclinó y respondió, en el estilo pomposo de los suyos:

—Muy sapiente portavoz de Aslan, el Tisroc (que viva eternamente) está totalmente de acuerdo con vuestra señoría en este plan tan juicioso.

—¡Eso es! ¡Ahí lo tenéis! —dijo el mono—. Está todo dispuesto. Y es todo por vuestro bien. Con el dinero que ganéis podremos convertir Narnia en un país en el que valga la pena vivir. Habrá naranjas y plátanos en abundancia, y también carreteras, grandes ciudades, escuelas, oficinas, látigos, bozales, sillas de montar, jaulas, perreras y prisiones..., de todo.

—Pero no queremos esas cosas —protestó un oso anciano—. Queremos ser libres. Y queremos oír a Aslan hablar por sí mismo.

—No empecéis a discutir —replicó el mono—, pues es algo que no voy a tolerar. Soy un hombre: tú no eres más que un oso viejo, gordo y estúpido. ¿Qué sabéis vosotros de la libertad? Pensáis que libertad significa hacer lo que queráis. Bueno, pues estáis equivocados. Ésa no es libertad auténtica. Libertad auténtica significa hacer lo que os digo.

—Humm —gruñó el oso y se rascó la cabeza, pues encontraba todo aquello difícil de comprender.

—Por favor, por favor —dijo la voz aguda de una oveja lanuda, tan joven que todos se sorprendieron de que osara hablar.

—¿Qué sucede ahora? —preguntó el mono—. Habla rápido.

—Por favor —siguió la oveja—, no lo entiendo. ¿Qué tenemos que ver con los calormenos? Pertenecemos a Aslan. Ellos pertenecen a Tash. Tienen un dios llamado Tash. Dicen que tiene cuatro brazos y la cabeza de un buitre, y matan hombres en su altar. No creo que exista alguien como Tash; pero incluso aunque existiera, ¿cómo podría Aslan ser amigo suyo?

Todos los animales ladearon la cabeza y todos los ojos brillantes centellearon en dirección al mono. Sabían que era la mejor pregunta que se había hecho hasta el momento.

El mono pegó un salto en el aire y escupió a la oveja.

—¡Criatura! —siseó—. ¡Estúpido animal balador! Ve con tu madre y bebe leche. ¿Qué entiendes tú de tales cosas? Pero vosotros, escuchad. Tash no es más que otro nombre de Aslan. Toda esa antigua idea de que nosotros estamos en lo cierto y los calormenos equivocados es una tontería. Ahora lo sabemos. Los calormenos usan palabras diferentes, pero todos queremos decir lo mismo. Tash y Aslan son únicamente dos nombres distintos para ya sabéis quién. Por eso jamás puede existir ninguna disputa entre ellos. Meteos esto en la sesera, bestias estúpidas. Tash es Aslan: Aslan es Tash.

Ya sabes lo triste que puede parecer el rostro de un perrito a veces. Piensa en eso y luego piensa en todos los rostros de aquellas pobres bestias parlantes —todos aquellos honrados, humildes y desconcertados pájaros, osos, tejones, conejos, topos y ratones; todos mucho más tristes que un perrito. Todas las colas estaban bajadas, y todos los bigotes, alicaídos. Le habría partido el corazón a cualquiera ver sus lastimeros rostros. Únicamente había uno que no parecía en absoluto desdichado.

Era un gato anaranjado —un enorme macho en la flor de la vida— sentado muy erguido, con la cola enrollada alrededor de las garras, justo en primera fila de todos los animales. Había contemplado con fijeza al mono y al capitán calormeno todo el tiempo sin parpadear ni una sola vez.

—Excusadme —dijo el gato con suma educación—, pero esto me interesa. ¿Dice lo mismo vuestro amigo de Calormen?

—Sin la menor duda —respondió éste—. El iluminado mono... hombre, quiero decir... está en lo cierto. Aslan no significa ni más ni menos que Tash.

—¿Estáis diciendo que Aslan no significa más que Tash? —sugirió el gato.

—Nada más, en absoluto —declaró el calormeno, mirando al gato directamente al rostro.

—¿Es eso suficiente para ti, Pelirrojo? —inquirió el mono.

—Por supuesto —respondió éste con frialdad—. Muchas gracias. Sólo quería que quedara claro. Creo que empiezo a comprender.

Hasta aquel momento ni el rey ni Perla habían dicho nada: aguardaban hasta que el mono les pidiera que hablaran, pues pensaban que no servía de nada interrumpir. Pero entonces, cuando paseó la mirada por los rostros desdichados de los narnianos, y vio que todos creerían que Aslan y Tash eran uno y lo mismo, Tirian ya no pudo soportarlo más.

—¡Mono! —chilló con voz sonora—, mientes. Mientes de un modo infame. Mientes como un calormeno. Mientes como un mono.

Su intención era seguir hablando y preguntar cómo el terrible dios Tash, que se alimentaba de la sangre de su propia gente, podía ser igual que el buen león que había salvado a Narnia con su propia sangre. De habérsele permitido hablar, el dominio del mono podría haber finalizado aquel mismo día; las bestias podrían haber comprendido la verdad y derrocado al mono. Pero antes de que pudiera decir otra palabra dos calormenos lo golpearon en la boca con todas sus fuerzas, y un tercero, por detrás, lo derribó de una patada en los pies. Y mientras caía, el mono chilló enfurecido y aterrorizado:

—Llevaoslo. Llevaoslo. Llevadlo a donde no pueda oírnos, ni nosotros oírlo a él. Una vez allí, atadlo a un árbol. Aplicaré... quiero decir, Aslan aplicará justicia sobre él más tarde.

Capítulo cuatro

Lo que sucedió aquella noche

El rey estaba tan mareado a causa de los golpes, que apenas supo lo que sucedía hasta que los calormenos le desataron las muñecas, le pusieron los brazos estirados y pegados a los costados y lo colocaron con la espalda apoyada contra un fresno. Luego lo ataron con cuerdas por los tobillos, las rodillas, la cintura y el pecho y lo dejaron allí. Lo que más le preocupó en aquel momento —pues son a menudo las cosas insignificantes las más difíciles de soportar— fue que el labio le sangraba debido al golpe recibido y no podía limpiarse el fino hilillo de sangre a pesar de que le hacía cosquillas.

Desde donde estaba veía aún el pequeño establo situado en lo alto de la colina y al mono sentado frente a él. También oía la voz del mono y, de vez en cuando, alguna respuesta de la multitud, pero no conseguía distinguir las palabras.

«Me gustaría saber qué le han hecho a Perla», pensó.

Por fin el grupo de animales se disolvió y empezaron a dispersarse. Algunos pasaron cerca de Tirian, y lo miraron como si estuvieran a la vez asustados y compadecidos de verlo atado, pero ninguno dijo nada. No tardaron en desaparecer todos y el silencio reinó en el bosque. Transcurrieron horas y horas y Tirian empezó a sentirse primero muy sediento y luego muy hambriento; y a medida que pasaba lentamente la tarde para convertirse en atardecer, también empezó a sentir frío. La espalda le dolía muchísimo. El sol se ocultó y comenzó a anochecer.

Cuando era casi de noche, Tirian oyó un ligero repicar de pies y vio a algunas criaturas pequeñas que avanzaban hacia él. Las tres de la izquierda eran ratones, y había un conejo en el centro; a la derecha iban dos topos. Estos dos transportaban pequeñas bolsas sobre los lomos que les proporcionaban un aspecto curioso en la oscuridad, de modo que el monarca se preguntó al principio qué clase de bestias serían. Luego, en un instante, todos estuvieron erguidos sobre las patas traseras, apoyando las frías patas delanteras en las rodillas del rey, mientras daban a éstas resoplantes besos animales. (Alcanzaban sus rodillas porque las bestias parlantes de Narnia son más grandes que los animales mudos de la misma raza que tenemos en nuestro mundo.)

—¡Su majestad! Querida majestad —dijeron con sus voces agudas—, lo sentimos tanto por vos. No nos atrevemos a desataros porque Aslan podría enojarse con nosotros. Pero os hemos traído cena.

Al momento el primer ratón trepó ágilmente por él hasta encaramarse en la cuerda que sujetaba el pecho de Tirian y empezó a arrugar el chato hocico justo frente al rostro del monarca. Luego, el segundo ratón trepó también y se colocó justo debajo del primero. Los otros animales permanecieron en el suelo y fueron entregando cosas a los de arriba.

—Bebed, señor, y en seguida os hallaréis en condiciones de comer —dijo el ratón situado más arriba.

Tirian descubrió que le acercaban una diminuta taza de madera a los labios. Era del tamaño de una taza para huevo duro, de modo que apenas pudo saborear el vino antes de que estuviera vacía. Pero entonces el ratón la pasó hacia abajo y sus compañeros volvieron a llenarla y a entregarla a los de arriba, de modo que Tirian la vació por segunda vez. Siguieron así hasta que hubo tomado un buen trago, que fue mucho mejor al llegar en pequeñas dosis, pues se sacia mejor la sed así que con un solo trago largo.

—Aquí tenéis queso, majestad —dijo el primer ratón—, pero no demasiado, no sea que os dé mucha sed.

Después del queso lo alimentaron con galletas de avena y mantequilla, y luego con un poco más de vino.

—Ahora subid el agua —indicó el primer ratón—, y lavaré el rostro del rey. Tiene sangre.

Tirian sintió que algo parecido a una esponja diminuta le daba golpecitos en el rostro, y lo encontró muy reconfortante.

—Pequeños amigos —dijo—, ¿cómo puedo agradeceros todo esto?

—No es necesario, no es necesario —respondieron las diminutas voces—. ¿Qué otra cosa podíamos hacer? No queremos a ningún otro rey. Somos vuestro pueblo. Si fueran sólo el mono y los calormenos quienes estuvieran en vuestra contra habríamos peleado hasta caer hechos pedazos antes que permitir que os ataran. Lo habríamos hecho, ya lo creo que lo habríamos hecho. Pero no podemos ir en contra de Aslan.

—¿Realmente creéis que es Aslan? —preguntó el rey.

—Sí, sí —contestó el conejo—. Anoche salió del establo. Todos lo vimos.

—¿Cómo era?

—Como un león enorme y terrible, desde luego —dijo uno de los ratones.

—¿Y creéis que es realmente Aslan quien está matando a las ninfas del bosque y convirtiéndolos en esclavos del rey de Calormen?

—Eso espantoso, ¿no es cierto? —replicó el segundo ratón—. Habría sido mejor si hubiéramos muerto antes de que esto empezara. Pero no hay duda al respecto. Todo el mundo dice que son órdenes de Aslan. Y lo hemos visto. No imaginábamos así a Aslan. Y pensar que... pensar que queríamos que regresara a Narnia.

—Parece que ha regresado muy enfadado esta vez —indicó el primer ratón—. Sin duda hemos hecho algo espantosamente malo sin saberlo. Nos debe de estar castigando por algo. Pero ¡creo que al menos debería decirnos por qué!

—Supongo que lo que hacemos ahora podría estar mal —sugirió el conejo.

—No me importa —replicó uno de los topos—. Lo haría otra vez.

Pero el resto dijo: «Chist» y luego «Ten cuidado», y finalmente todos dijeron:

—Lo sentimos, querido rey, pero ahora debemos regresar. No sería nada bueno que nos descubrieran aquí.

—Marchad al instante, bestias queridas —indicó Tirian—. Ni por toda Narnia querría poneros en peligro.

—Buenas noches, buenas noches —se despidieron los animales, restregando los hocicos contra sus rodillas—. Regresaremos... si podemos.

Luego se alejaron correteando y el bosque pareció más oscuro, frío y solitario que antes de que fueran a visitarlo.

Las estrellas hicieron su aparición y el tiempo transcurrió despacio —ya puedes imaginar hasta qué punto— mientras el último rey de Narnia permanecía de pie, entumecido y dolorido, atado al árbol. Pero finalmente, algo sucedió.

A lo lejos apareció una luz roja. A continuación desapareció por un momento y volvió a aparecer más grande y luminosa. Después, Tirian distinguió figuras oscuras que iban de un extremo a otro en aquel lado de la luz, transportando fardos que arrojaban al suelo. Entonces supo qué era lo que contemplaba. Era una hoguera, recién encendida, y la gente arrojaba haces de leña a su interior. No tardó en llamear y Tirian comprendió que estaba en la misma cima de la colina. Vio con toda claridad el establo detrás de ella, todo iluminado por el resplandor rojo, y una multitud de bestias y hombres entre el fuego y él. Una figura pequeña permanecía acuclillada junto al fuego, sin duda era el mono. Éste decía algo a los reunidos, pero el monarca no lo oía. Luego el animal se inclinó tres veces sobre el suelo frente al establo, para, a continuación, erguirse y abrir la puerta. Y algo que andaba sobre cuatro patas —algo que andaba con cierta dificultad— salió del establo y se detuvo de cara a la multitud.

Se oyeron grandes gemidos o aullidos, tan potentes que Tirian consiguió entender algunas de las palabras.

—¡Aslan! ¡Aslan! ¡Aslan! —chillaban los animales—. Háblanos. Reconfórtanos. No sigas enojado con nosotros.

Desde donde estaba, Tirian no podía distinguir con claridad lo que era aquella cosa, pero sí veía que era amarilla y peluda. Jamás había visto al Gran León. Nunca había visto a un león normal y corriente. No podía estar seguro de que lo que veía no fuera el auténtico Aslan. No había esperado que éste tuviera el aspecto de aquella criatura entumecida que permanecía inmóvil y sin hablar. Pero ¿cómo podía estar seguro? Por un momento pasaron por su cabeza pensamientos horribles: luego recordó la estupidez de que Tash y Aslan eran la misma cosa y comprendió que todo aquello debía de ser un engaño.

El mono acercó la cabeza hasta la del ser amarillo como si escuchara algo que éste le susurraba. Luego se volvió y habló a la multitud, y la multitud volvió a gemir. A continuación la cosa amarilla giró torpemente y anduvo —uno casi podría decir, anadeó— de regreso al establo y el mono cerró la puerta tras ella. Después, apagaron la hoguera, la luz desapareció repentinamente, y Tirian volvió a quedarse solo con el frío y la oscuridad.

Pensó en otros reyes que habían vivido y muerto en Narnia en épocas pasadas y le pareció que ninguno había sido tan desgraciado como él. Pensó en el bisabuelo de su bisabuelo, el rey Rilian, secuestrado por una bruja cuando era un príncipe joven y retenido durante años en las oscuras cuevas situadas bajo el territorio de los gigantes del norte. Pero al final todo se había solucionado, pues dos niños misteriosos habían aparecido de repente desde el país situado más allá del Fin del Mundo y lo habían rescatado, de modo que había regresado a su hogar en Narnia y disfrutado de un reinado largo y próspero.

—No sucede lo mismo conmigo —se dijo Tirian.

Luego hizo retroceder aún más la memoria y pensó en el padre de Rilian, Caspian el Navegante, al que su perverso tío el rey Miraz había intentado asesinar, y en cómo Caspian había huido a los bosques y vivido entre los enanos. Pero aquella historia también había tenido un final feliz: pues a Caspian también lo habían ayudado niños —sólo que en aquella ocasión fueron cuatro— que llegaron de algún lugar situado más allá del mundo, libraron una gran batalla y colocaron al muchacho en el trono de su padre.

—Pero eso fue hace mucho tiempo —volvió a decirse Tirian—. Esa clase de cosas ya no suceden.

Y a continuación recordó —pues siempre había sido bueno en historia cuando era niño— cómo aquellos mismos cuatro niños que habían ayudado a Caspian habían estado en Narnia mil años antes; y fue entonces cuando habían llevado a cabo las acciones más extraordinarias: habían derrotado a la terrible Bruja Blanca y puesto fin a los Cien Años de Invierno, y tras eso habían reinado (los cuatro juntos) en Cair Paravel, hasta que dejaron de ser niños y se convirtieron en reyes magníficos y reinas encantadoras, y su reinado había sido la Edad de Oro de Narnia. Y Aslan había aparecido muchas veces en aquella época. También había aparecido en todas las otras épocas, como Tirian recordó entonces. «Aslan y niños de otro mundo —pensó el rey—. Siempre han aparecido cuando las cosas iban muy mal. ¡Ojalá lo hicieran también ahora!»

—¡Aslan! ¡Aslan! ¡Aslan! Ven a ayudarnos ahora —gritó.

Pero la oscuridad, el frío y el silencio siguieron igual que antes.

—Deja que me maten —exclamó el monarca—, no pido nada para mí. Pero ven y salva a toda Narnia.

Y siguió sin producirse ningún cambio en la noche o el bosque, pero sí empezó a tener lugar una especie de cambio en el interior de Tirian. Sin saber por qué, comenzó a sentir una débil esperanza; también se sintió, de algún modo, más fuerte.

—Aslan, Aslan —susurró—, si no quieres venir tú mismo, al menos envíame a los ayudantes del Más Allá. O permite que los llame. Deja que mi voz llegue al Más Allá.

Entonces, sin apenas saber qué hacía, gritó de improviso con voz sonora:

—¡Niños! ¡Niños! ¡Amigos de Narnia! Rápido. Venid a mí. A través de los mundos os invoco; yo, ¡Tirian, Rey de Narnia, Señor de Cair Paravel y Emperador de las Islas Solitarias!

E inmediatamente se vio sumergido en un sueño —si es que era un sueño— más vívido que ninguno que hubiera tenido en su vida.

Le pareció estar de pie de una habitación iluminada en la que había siete personas sentadas alrededor de una mesa. Parecía que acabaran de comer. Dos de aquellas personas eran muy viejas: un anciano con una barba blanca y una anciana con ojos juiciosos, alegres y centelleantes. La persona que se sentaba a la derecha del anciano apenas había llegado a la edad adulta, desde luego era más joven que Tirian, pero su rostro poseía ya el aspecto de un rey y un guerrero. Y casi lo mismo podía decirse del otro joven que estaba sentado a la derecha de la anciana. De cara a Tirian en el otro extremo de la mesa estaba sentada una muchacha de pelo rubio más joven que los otros dos, y a cada lado de ella, un muchacho y una muchacha que eran aún más jóvenes que ella. Iban vestidos con lo que a Tirian le parecieron las prendas más extravagantes del mundo.

Sin embargo, no tuvo tiempo para pensar en detalles como ése, pues al instante el muchacho más joven y las dos muchachas se pusieron en pie de un salto, y uno de ellos lanzó un grito. La anciana dio un respingo y aspiró con fuerza. También el anciano debió de hacer algún movimiento repentino, pues la copa de vino que tenía a la derecha cayó de la mesa; Tirian escuchó el tintineo del cristal al romperse contra el suelo.

Entonces el rey comprendió que aquellas personas lo veían; lo contemplaban con fijeza como si vieran a un fantasma. Pero también observó que el joven de aspecto regio sentado a la derecha del anciano no se movía (aunque palideció) aparte de apretarse con fuerza las manos, antes de decir:

—Habla, si no eres un fantasma o un sueño. Tienes aspecto narniano y nos-otros somos los siete amigos de Narnia.

Tirian deseaba hablar, e intentó gritar a voz en cuello que era Tirian de Nar-nia y que necesitaba ayuda con desesperación. Pero descubrió —como me ha sucedido también a mí en sueños— que su voz no emitía el menor sonido.

El que le había hablado se puso en pie.

—Sombra, espíritu o lo que sea —dijo, clavando los ojos directamente en Ti-rian—, si vienes de Narnia, te ordeno en el nombre de Aslan que me hables. Soy Peter, el Sumo Monarca.

La habitación empezó a dar vueltas ante los ojos de Tirian. Escuchó las voces de aquellas siete personas hablando todas a la vez, y todas apagándose por mo-mentos, y éstas decían cosas como: «¡Mirad! Se desvanece», «Se disuelve», «Está desapareciendo».

Al minuto siguiente estaba totalmente despierto, atado aún al árbol, más he-lado y entumecido que nunca. El bosque estaba inundado por la luz pálida y sombría que aparece antes del amanecer, y él estaba empapado de rocío; era casi de día.

Aquel despertar fue uno de los peores momentos que había vivido jamás.

Capítulo cinco

Cómo le llegó ayuda al rey

Pero su desventura no duró mucho tiempo. Casi de inmediato se pudo oír un golpe, y luego otro, y dos niños aparecieron de pie ante él. El bosque que tenía delante estaba completamente vacío un segundo antes y sabía que no habían salido de detrás de un árbol, ya que los habría oído. En realidad habían aparecido sencillamente de la nada.

De un vistazo supo que vestían la misma clase de ropas extravagantes y apagadas que las personas de su sueño; y vio, al mirar con más detenimiento, que eran el muchacho y la muchacha más jóvenes de aquel grupo de siete.

—¡Caramba! —exclamó el chico—. ¡Esto dejaría sin aliento a cualquiera! Pensé que...

—Date prisa y desátalo —dijo la niña—. Hablaremos luego. —A continuación añadió, volviéndose hacia Tirian—: Siento que hayamos tardado tanto. Vinimos en cuanto pudimos.

Mientras ella hablaba, el muchacho había sacado un cuchillo de su bolsillo y cortaba a toda prisa las ligaduras del rey; demasiado de prisa, de hecho, pues el rey estaba tan entumecido y agarrotado, que cuando cortaron la última cuerda él cayó de frente, y no consiguió alzarse de nuevo hasta que se reanimó un poco las piernas mediante una enérgica fricción.

—Oíd —siguió la muchacha—, ¿fuisteis vos, no es cierto, el que se nos apareció esa noche en que estábamos todos cenando? Hará casi una semana.

—¿Una semana, hermosa doncella? —inquirió Tirian—. Mi sueño me condujo a vuestro mundo hará apenas diez minutos.

—Es el lío del tiempo, como siempre, Pole —indicó el muchacho.

—Ahora lo recuerdo —asintió Tirian—. Eso también aparece en los antiguos relatos. El tiempo en vuestra extraña tierra es distinto del nuestro. Pero hablando de tiempo, es hora de desaparecer de aquí, pues mis enemigos se encuentran muy cerca. ¿Vendréis conmigo?

—Desde luego —respondió la niña—. Es a vos a quien hemos venido a ayudar.

Tirian se puso en pie y los condujo a toda velocidad colina abajo, en dirección sur y lejos del establo. Sabía muy bien adónde quería ir, pero su primer objetivo era llegar a zonas rocosas donde no pudieran dejar huellas, y el segundo, cruzar alguna corriente de agua para no dejar un rastro olfativo.

Para conseguir todo aquello necesitaron una hora de trepar y vadear y, mientras lo hacían, a nadie le quedó aliento para hablar. No obstante, incluso así, Tirian no dejaba de mirar a hurtadillas a sus compañeros. El prodigio de andar junto a criaturas procedentes de otro mundo le producía una cierta sensación de vértigo, pero también hacía que todas las viejas historias parecieran mucho más reales que antes... Cualquier cosa podía suceder a partir de entonces.

—Bueno —anunció el monarca cuando llegaron a la cabecera de un valle pequeño que discurría ante ellos por entre abedules jóvenes—, hemos puesto un buen trecho entre esos villanos y nosotros, ahora podemos andar con más tranquilidad.

El sol se había alzado, las gotas de rocío centelleaban en cada rama y los pájaros cantaban.

—¿Qué hay de un poco de manduca? Quiero decir para vos, señor; nosotros dos hemos desayunado —dijo el niño.

Tirian se preguntó a qué se refería al decir «manduca», pero cuando el niño abrió una abultada cartera que transportaba y sacó un paquete bastante grasiento y blando, lo comprendió. Tenía un hambre voraz, aunque no había pensado en ello hasta aquel momento.

Había dos sándwiches de huevo duro, dos de queso y dos con alguna especie de pasta en ellos. De no haber estado tan hambriento, la pasta no le habría parecido demasiado apetitosa, pues se trata de un alimento que nadie come en Narnia. Para cuando terminó de comerse los seis sándwiches habían llegado ya al fondo del valle y allí encontraron un risco cubierto de musgo con un manantial pequeño que brotaba de él. Los tres se detuvieron, bebieron y se mojaron los rostros acalorados.

—Y ahora —dijo la niña mientras se apartaba el flequillo mojado de la frente—, ¿no vais a decirnos quién sois y por qué estabais atado? ¿Y qué es lo que sucede?

—De buena gana, mi pequeña dama —respondió Tirian—. Pero debemos seguir andando.

De modo que mientras lo hacían les contó quién era y todas las cosas que le habían sucedido.

—Y ahora —dijo al final—, me dirijo a una torre muy particular, una de las tres que se construyeron en tiempos de mi abuelo para proteger el Erial del

Farol de ciertos proscritos peligrosos que habitaban aquí en sus tiempos. Merced a la benevolencia de Aslan no me robaron las llaves. En esa torre encontraremos una provisión de armas y cotas de malla y también algunos víveres, aunque no sean más que galletas secas. Allí también podremos descansar a salvo mientras hacemos nuestros planes. Y ahora, os lo ruego, contadme quiénes sois y toda vuestra historia.

—Yo soy Eustace Scrubb y ella es Jill Pole —empezó el muchacho—. Y estuvimos aquí en otra ocasión, hace una eternidad, más de un año de nuestro tiempo, y había un tipo llamado príncipe Rilian, y lo tenían retenido bajo tierra, y Charcosombrío puso el pie en...

—¡Vaya! —exclamó Tirian—. ¿Sois vosotros entonces aquel Eustace y aquella Jill que rescataron al rey Rilian de su largo encantamiento?

—Sí, los mismos —respondió Jill—. Así que ahora es el «rey» Rilian, ¿no es cierto? Pues claro que tendría que serlo. Olvidé...

—No —replicó Tirian—, soy su séptimo descendiente. Lleva muerto más de doscientos años.

—¡Uf! —exclamó Jill, haciendo una mueca—. Eso es lo horroroso de regresar a Narnia.

Pero Eustace siguió hablando.

—Bueno, ahora ya sabéis quiénes somos, señor —dijo—. Y lo que sucedió fue lo siguiente: el profesor y la tía Polly nos habían reunido a todos los amigos de Narnia...

—No conozco esos nombres, Eustace —dijo Tirian.

—Son los dos que llegaron a Narnia justo en su principio, el día en que los animales aprendieron a hablar.

—¡Por la melena del León! —gritó el rey—. ¡Esos dos! ¡Lord Digory y lady Polly! ¡Procedentes de los albores del mundo! Y ¿siguen vivos en vuestro mundo? ¡Qué cosa tan maravillosa y gloriosa! Pero contadme, contadme.

—Ella no es realmente nuestra tía, ¿sabéis? —siguió Eustace—. Es la señorita Plummer, pero la llamamos tía Polly. Bueno, ellos dos nos reunieron a todos, en parte para divertirnos, de modo que pudiéramos charlar sobre Narnia, pues, como es natural, no hay nadie más con quien podamos hablar de esas cosas, pero en parte también porque el profesor tenía la sensación de que se nos necesitaba aquí.

»Entonces aparecisteis vos como si fuerais un fantasma o Dios sabe qué y casi nos matáis del susto y luego desaparecisteis sin decir una palabra. Después de eso, tuvimos la seguridad de que pasaba algo. La siguiente cuestión era cómo llegar aquí. Uno no puede venir sólo con desearlo. De modo que hablamos y hablamos y por fin el profesor dijo que el único modo sería mediante los anillos mágicos. Fue con esos anillos como él y la tía Polly llegaron aquí hace muchísimo tiempo, cuando no eran más que unos niños, años antes de que nosotros, los más jóvenes, naciéramos.

»Pero todos los anillos habían sido enterrados en el jardín de una casa de Londres (ésa es la capital de nuestro país, señor) y habían vendido la casa. Así pues, el problema era cómo llegar hasta ellos. ¡Jamás adivinaréis lo que hicimos al final! Peter y Edmund, ése es el Sumo Monarca Peter, el que os habló, fueron a Londres para entrar en el jardín por la parte trasera a primeras horas de la mañana, antes de que los inquilinos se levantaran. Iban vestidos como operarios, de modo que, si alguien los veía, pareciera que habían ido a arreglar algo en los desagües. Ojalá los hubiera acompañado, debió de ser divertidísimo. Y sin duda tuvieron éxito pues, al día siguiente, Peter nos envió un telegrama (eso es una especie de mensaje, señor, ya os lo explicaré en otra ocasión), para decir que tenían los anillos. Al día siguiente Jill y yo debíamos regresar a la escuela (somos los únicos que todavía van a la escuela, y vamos a la misma). De modo que Peter y Edmund tenían que reunirse con nosotros en un lugar de camino a la escuela y entregarnos los anillos. Éramos nosotros dos los que teníamos que venir a Narnia, ¿sabéis?, porque los mayores no pueden regresar.

»Así que subimos al tren, que es una cosa en la que la gente viaja en nuestro mundo: una serie de carros encadenados entre sí, y el profesor, la tía Polly y Lucy vinieron con nosotros. Queríamos estar juntos el mayor tiempo posible. Bueno, pues ahí estábamos en el tren, y llegábamos ya a la estación donde se iban a reunir con nosotros, y yo miraba por la ventana para intentar verlos cuando de improviso se produjo una sacudida y un ruido espantosos: y a continuación nos encontramos en Narnia y ahí estaba vuestra majestad, atado a un árbol.

—¿De modo que jamás usasteis los anillos? —dijo Tirian.

—No —respondió Eustace—. Ni siquiera los llegamos a ver. Aslan lo hizo todo por nosotros a su modo, sin ningún anillo.

—Pero el Sumo Monarca Peter los tiene —observó Tirian.

—Sí —contestó Jill—, pero no creemos que pueda usarlos. Cuando los otros dos Pevensie, el rey Edmund y la reina Lucy estuvieron aquí la última vez, Aslan les dijo que nunca podrían regresar a Narnia. Y le dijo algo parecido al Sumo Monarca, sólo que hace más tiempo. Podéis estar seguro de que vendrá disparado si se lo permiten.

—¡Caramba! —exclamó Eustace—. Este sol empieza a calentar de lo lindo. ¿Falta mucho para llegar, señor?

—Mirad —respondió el rey y señaló con la mano.

No muchos metros más allá unas almenas grises se alzaban por encima de las copas de los árboles, y tras otro minuto más de marcha salieron a un espacio despejado cubierto de hierba. Un arroyo lo cruzaba y en el extremo más alejado de éste se alzaba una torre cuadrada, con muy pocas y muy estrechas ventanas y una puerta de aspecto resistente en la pared, frente a ellos.

Tirian giró la cabeza rápidamente a un lado y a otro para asegurarse de que no había enemigos a la vista. Luego avanzó hasta la torre y permaneció inmóvil unos instantes mientras buscaba el manojo de llaves que llevaba en el interior de su traje de caza, colgado de una cadena de plata que le rodeaba el cuello. Era un juego de llaves muy hermoso, pues dos eran de oro y muchas estaban bellamente decoradas: se advertía al momento que eran llaves hechas para abrir habitaciones serias y secretas de palacios o arcas y cofres de maderas olorosas que contenían tesoros reales. Sin embargo, la llave que colocó en la cerradura de la puerta era grande y vulgar y de fabricación más tosca. La cerradura estaba enmohecida y por un momento Tirian empezó a temer que la llave no giraría; pero finalmente lo consiguió y la puerta se abrió hacia atrás con un crujido tétrico.

—Bienvenidos, amigos —dijo el rey—. Me temo que éste es el mejor palacio que el rey de Narnia puede ofrecer ahora a sus huéspedes.

Tirian se sintió complacido al ver que los dos forasteros habían recibido una buena educación. Ambos dijeron que no importaba y que estaban seguros de que sería muy bonito.

En realidad no era particularmente bonito, pues resultaba bastante oscuro y olía mucho a humedad. Había tan sólo una habitación y ésta ascendía hasta el techo de piedra: una escalera de madera en una esquina conducía a una trampilla por la que se podía acceder a las almenas. Había unos cuantos camastros rudimentarios para dormir, y gran cantidad de armarios y fardos. Había también un fogón en el que parecía que nadie hubiera encendido un fuego desde hacía muchísimos años.

—Sería mejor que saliéramos a recoger un poco de leña antes que nada, ¿no creéis? —dijo Jill.

—Aún no, camarada —indicó Tirian.

El monarca estaba decidido a que no los cogieran desarmados, y empezó a rebuscar en los armarios, recordando con satisfacción que siempre había tenido buen cuidado de hacer que aquellas torres de guarnición se inspeccionaran una vez al año para asegurarse de que estaban provistas de todo lo necesario. Las cuerdas para arco estaban allí en sus envolturas de seda aceitada, las espadas y lanzas se hallaban engrasadas para protegerlas de la herrumbre y las corazas seguían relucientes bajo sus fundas. Pero había algo aún mejor.

—¡Fijaos! —dijo Tirian a la vez que extraía una cota de malla larga con un dibujo curioso y la exhibía ante los ojos de los niños.

—¡Qué aspecto tan curioso tiene esa cota de malla señor! —dijo Eustace.

—Ya lo creo, muchacho —respondió Tirian—. Ningún enano narniano la ha forjado. Ésta es una cota de malla de Calormen, una prenda extranjera. Siempre he guardado unas cuantas, pues no sabía si algún día mis amigos o yo podríamos tener motivos para pasar inadvertidos en el país del Tisroc. Y mirad esta botella de piedra. Aquí dentro hay un ungüento que, al frotarlo en el rostro y las manos, lo vuelve a uno moreno como los calormenos.

—¡Fantástico! —exclamó Jill—. ¡Un disfraz! Me encantan los disfraces.

Tirian les mostró cómo verter un poco del ungüento en las palmas de las manos y después restregárselo bien por el rostro y el cuello, hasta los hombros, y luego por las manos, hasta la altura de los codos. Él hizo lo mismo.

—Una vez que esto se haya secado sobre nuestra piel —explicó—, podemos lavarnos con agua y no se irá. Nada, excepto el aceite y las cenizas, volverá a convertirnos en narnianos de piel blanca. Y ahora, dulce Jill, veamos cómo te queda esta cota de malla. Es un poquito larga, pero no tanto como temía. Sin duda pertenecía a un paje del séquito de uno de sus tarkaanes.

Después de las cotas de malla se pusieron yelmos calormenos, que son pequeños y redondos, encajan a la perfección en la cabeza y tienen una punta en lo alto. A continuación Tirian tomó rollos muy largos de un material blanco del armario y lo enrolló alrededor de los cascos hasta que se convirtieron en turbantes: pero la pequeña punta de acero siguió sobresaliendo en el centro. Eustace y él cogieron cimitarras calormenas y escudos pequeños y redondos. No había ninguna espada lo bastante ligera para Jill, pero el monarca le entregó un cuchillo de monte largo y recto que podía servir como espada si era necesario.

—¿Poséeis alguna habilidad en el manejo del arco, muchacha? —preguntó Tirian.

—Nada digno de mención —respondió Jill, sonrojándose—. A Scrubb no le va mal.

—No la creáis, señor —dijo Eustace—. Los dos hemos estado practicando tiro con arco desde que regresamos de Narnia, y ella es tan buena como yo ahora. Aunque no es que seamos muy diestros.

Entonces Tirian entregó a Jill un arco y un carcaj lleno de flechas. La tarea siguiente fue encender un fuego, pues el interior de la torre seguía pareciendo una cueva desde dentro y producía escalofríos. De todos modos, entraron en calor recogiendo la leña —el sol estaba entonces en su punto más alto— y una vez que las llamas ardieron con fuerza en la chimenea, el lugar empezó a parecer más alegre.

Aun así, la cena resultó bastante deslucida, pues lo mejor que pudieron hacer fue machacar unas cuantas galletas secas que encontraron en un armario y verterlas en agua hirviendo, con sal, para preparar una especie de sopa. Y desde luego no había nada más que agua para beber.

—Cómo desearía haber traído unas bolsas de té —observó Jill.

—O una lata de cacao —dijo Eustace.

—Un barrilito o dos de buen vino en cada una de estas torres no habría estado mal —apuntó Tirian.

CAPÍTULO SEIS

UNA NOCHE MUY FRUCTÍFERA

Unas cuatro horas más tarde Tirian se acostó en una de las literas para dormir una siesta. Los dos niños roncaban ya: los había enviado a dormir antes de hacerlo él porque tendrían que estar despiertos casi toda la noche y sabía que a su edad no podían pasar sin dormir. Además, los había dejado exhaustos. Primero había practicado con Jill el tiro con arco y había descubierto que, aunque sin llegar al nivel narniano, en realidad no era del todo mala. A decir verdad, había conseguido cazar un conejo —no un conejo parlante, desde luego: hay gran cantidad de conejos normales y corrientes en la zona oriental de Narnia— y ya estaba despellejado, limpio y colgado. Había descubierto que los dos niños sabían cómo llevar a cabo aquella tarea escalofriante y maloliente; habían aprendido a hacerlo durante su gran viaje por el País de los Gigantes en los tiempos del príncipe Rilian.

Luego había intentado enseñar a Eustace el uso de la espada y el escudo. El niño había aprendido mucho sobre esgrima en su primera aventura, pero había sido siempre con una espada recta narniana. Jamás había manejado una cimitarra curva calormena y ello hizo que le resultara más duro, pues muchos de los golpes son bastante diferentes y tenía que olvidar algunos de los hábitos aprendidos con la espada larga. Tirian descubrió que tenía buen ojo y era rápido con los pies. Le sorprendió la energía de los dos niños: en realidad los dos parecían ya mucho más fuertes y mayores, más adultos, de lo que habían parecido la primera vez que los vio unas horas antes. Es uno de los efectos que la atmósfera de Narnia tiene sobre los visitantes de nuestro mundo.

Los tres estuvieron de acuerdo en que lo primero que debían hacer era regresar a la colina del establo e intentar rescatar al unicornio Perla. Después de eso, si tenían éxito, intentarían dirigirse al este y reunirse con el pequeño ejército que el centauro Roonwit debía conducir desde Cair Paravel.

Un guerrero y cazador experimentado como Tirian siempre puede despertarse a la hora que desee; así pues, se dio tiempo hasta las nueve de aquella noche y luego apartó todas las preocupaciones de su mente y se quedó dormido al instante. Pareció como si sólo hubiera transcurrido un instante cuando despertó más tarde, pero supo por la luz y el tacto mismo de las cosas que había calculado su sueño a la perfección. Se levantó, se colocó su casco-turbante (había dormido con la cota de malla puesta), y luego zarandeó a los otros dos hasta que despertaron. Los dos niños, hay que reconocerlo, tenían un aspecto gris y deprimente mientras abandonaban sus literas y se dedicaban a bostezar sin parar.

—Bien —dijo Tirian—, vamos a ir hacia el norte desde aquí y, puesto que tenemos la gran suerte de que es una noche estrellada, el viaje será mucho más corto que el de esta mañana, pues entonces dimos un rodeo, mientras que ahora iremos en línea recta. Si nos ordenan detenernos, vosotros dos guardad silencio y yo haré todo lo posible por hablar como un maldito, cruel y orgulloso lord de Calormen. Si desenvaino la espada, entonces tú, Eustace, deberás hacer lo mismo, y que Jill se coloque rápidamente a nuestra espalda y permanezca allí con una flecha en el arco. Pero si grito «¡A casa!», huid hacia la torre, los dos. Y que ninguno intente pelear, ni siquiera asestar un mandoble, una vez que haya dado la orden de retirada: tal falso valor ha estropeado muchos planes notables en las guerras. Y ahora, amigos, en nombre de Aslan, sigamos adelante.

Tras aquello, salieron a la fría noche. Todas las grandes estrellas del norte brillaban por encima de las copas de los árboles. La Estrella Polar de ese mundo recibe el nombre de Punta de Lanza y es más brillante que la nuestra.

Durante un tiempo pudieron avanzar en línea recta hacia la Punta de Lanza, pero al poco tiempo llegaron a un bosquecillo muy espeso que los obligó a abandonar su curso para rodearlo. Y después de eso —pues seguían todavía bajo la sombra de las ramas— resultó difícil volver a orientarse. Fue Jill quien los puso de nuevo en la ruta correcta, pues había sido una excelente chica exploradora en Inglaterra. Y desde luego conocía las estrellas narnianas a la perfección, tras haber viajado tan extensamente por las salvajes tierras del norte, y era incluso capaz de averiguar el camino mediante otras estrellas aun cuando la Punta de Lanza quedara oculta.

En cuanto Tirian vio que la niña era la mejor exploradora de los tres, la colocó al frente. Y en seguida se sintió asombrado al descubrir que era capaz de deslizarse por delante de ellos de un modo totalmente silencioso y casi invisible.

—¡Por la melena del León! —susurró a Eustace—. Esta chica es una fabulosa doncella del bosque. No podría hacerlo mejor ni teniendo sangre de dríade en las venas.

—Ser tan pequeña la ayuda —susurró Eustace.

—Chist, haced menos ruido —ordenó Jill desde la cabecera de la marcha.

A su alrededor el bosque estaba muy silencioso. A decir verdad, demasiado silencioso. En una noche narniana corriente debería haber ruidos; algún que otro alegre «Buenas noches» por parte de un erizo, el grito de un búho sobre sus cabezas, tal vez una flauta a lo lejos para indicar que había faunos danzando, o zumbidos y martillazos de los enanos del subsuelo. Todo era silencio: el desaliento y el miedo reinaban en Narnia.

Al cabo de un rato empezaron a ascender por una empinada colina y los árboles aparecieron más distanciados. Tirian distinguió vagamente la bien conocida cima de la colina y el establo. Jill avanzaba cada vez con más cautela: la niña no dejaba de hacer señas a sus compañeros con la mano para que hicieran lo mismo. Luego se detuvo por completo y Tirian vio como se hundía poco a poco entre la hierba del suelo y desaparecía sin hacer el menor ruido. Al cabo de un momento volvió a levantarse, acercó los labios a la oreja del rey, y dijo en un susurro lo más bajo posible:

—Abajo. «Veréiz» mejor.

Dijo «veréiz» en lugar de «veréis» no porque ceceara sino porque sabía que el siseo de una ese es lo que antes se oye de un susurro.

Tirian se tumbó al instante, casi tan silenciosamente como Jill, pero no tanto, pues pesaba más y tenía más edad. Una vez que estuvieron pegados al suelo, vio como desde aquella posición se podía ver el reborde de la colina recortándose perfectamente contra el cielo estrellado. Dos figuras negras se alzaban allí: una era la silueta del establo, y la otra, unos pocos pasos por delante de éste, la de un centinela calormeno. El hombre montaba guardia fatal, pues no andaba ni permanecía en pie, sino que estaba sentado con la lanza sobre el hombro y la barbilla apoyada en el pecho.

—Muy bien —dijo Tirian a Jill; la niña le había mostrado exactamente lo que necesitaba ver.

Se incorporaron y Tirian se colocó a la cabeza. Muy despacio, sin apenas atreverse a respirar, ascendieron hasta un pequeño grupo de árboles que se hallaba a tan sólo un metro del centinela.

—Aguardad aquí hasta que regrese —susurró a los otros dos—. Si fracaso, huid.

Luego se acercó lenta y descaradamente, sin ocultarse del enemigo. El hombre se sobresaltó al verlo y estuvo a punto de ponerse en pie de un salto: temía que se tratara de uno de sus oficiales y que fuera a meterse en un lío por haber permanecido sentado. Sin embargo, antes de que pudiera alzarse, Tirian ya había hincado una rodilla en tierra a su lado, diciendo:

—¿Sois un guerrero del ejército del Tisroc, que viva eternamente? Alegra mi corazón encontraros en medio de todas estas bestias y demonios narnianos. Dadme la mano, amigo.

Antes de comprender muy bien qué sucedía, el centinela calormeno encontró su mano derecha aferrada en un poderoso apretón, y al momento siguiente estaba arrodillado en el suelo y con una daga apoyada contra la garganta.

—Un solo ruido y eres hombre muerto —le dijo Tirian al oído—. Dime dónde está el unicornio y vivirás.

—De... detrás del establo, mi señor —tartamudeó el desdichado.

—Bien. Levántate y condúceme hasta él.

Mientras el hombre se incorporaba, la punta de la daga no se separó ni un momento de su cuello; Tirian se limitó a darle la vuelta (fría e inquietante) mientras él se colocaba detrás del prisionero y la apoyaba en un lugar conveniente detrás de la oreja de éste. Temblando, el hombre fue hacia la parte trasera del establo.

A pesar de la oscuridad, Tirian distinguió la figura blanca de Perla al instante.

—¡Chist! —ordenó—. No, no relinches. Sí, Perla, soy yo. ¿Cómo te han atado?

—Me han sujetado las cuatro patas y amarrado con una brida a una argolla de la pared del establo —dijo el unicornio.

—Quédate aquí, centinela, con la espalda contra la pared. Así. Ahora, Perla, coloca la punta de tu cuerno contra el pecho de este calormeno.

—Con todo gusto, majestad —respondió el unicornio.

—Si se mueve, atraviésale el corazón.

En unos pocos segundos Tirian cortó las ligaduras y, con los restos de éstas, ató al centinela de pies y manos. Finalmente le hizo abrir la boca, se la llenó de hierba y le pasó una cuerda desde la coronilla hasta la barbilla para que no pudiera hacer ruido, sentó al prisionero y lo apoyó contra la pared.

—Te he tratado con cierta descortesía, soldado —se disculpó—, pero era necesario que lo hiciera. Si algún día nos volvemos a encontrar, tal vez tenga más consideración. Ahora, Perla, marchémonos sin hacer ruido.

Pasó el brazo izquierdo alrededor del cuello del animal y se inclinó y le besó el hocico. Ambos se sintieron muy felices. Regresaron tan silenciosamente como les fue posible al lugar en el que había dejado a los niños. Estaba más oscuro allí bajo los árboles y el monarca casi chocó con Eustace antes de verlo.

—Todo va bien —susurró Tirian—. Ha sido una noche muy fructífera. Ahora, a casa.

Emprendieron el camino de vuelta y habían dado unos cuantos pasos cuando Eustace dijo:

—¿Dónde estás, Pole? —No obtuvo respuesta—. ¿Está Jill al otro lado de vos, señor? —preguntó.

—¿Qué? —respondió el rey—. ¿Acaso no está junto a ti?

Fue un momento terrible. No se atrevían a gritar, pero susurraron su nombre de la forma más sonora que pudieron. No recibieron respuesta.

—¿Se apartó de ti mientras yo no estaba? —inquirió Tirian.

—No la vi ni la oí marcharse —respondió él—. Pero podría haberse ido sin que me diera cuenta. Puede ser tan silenciosa como un gato; vos mismo lo habéis visto.

En aquel momento se oyó un toque de tambor a lo lejos. Perla giró las orejas al frente.

—Enanos —dijo.

—Y enanos traidores, enemigos, con toda seguridad —refunfuñó Tirian.

—Y por ahí viene algo que tiene cascos, mucho más cerca —apuntó el unicornio.

Los dos humanos y el animal permanecieron totalmente inmóviles. Tenían tantas cosas distintas de las que preocuparse en aquellos momentos, que no sabían qué hacer. El sonido de cascos se fue acercando.

Y luego, muy próxima a ellos, una voz susurró:

—¡Eh! ¿Estáis todos ahí?

Gracias al cielo era Jill.

—¿Dónde diablos has estado? —inquirió Eustace en un susurro enfurecido, pues se había asustado mucho.

—En el establo —jadeó ella, pero fue la clase de jadeo que uno emite cuando se esfuerza por contener la risa.

—Vaya —gruñó él—, así que lo encuentras divertido, ¿verdad? Bueno, pues todo lo que puedo decir es...

—¿Habéis recuperado a Perla, señor? —preguntó Jill.

—Sí. Aquí está. ¿Qué es esa bestia que os acompaña?

—Es «él» —respondió la niña—. Pero vayamos a casa antes de que alguien se despierte. —Y de nuevo se oyeron pequeños estallidos de risa.

Sus compañeros obedecieron al punto pues ya habían permanecido demasiado tiempo en aquel lugar tan peligroso y los tambores de los enanos parecían haberse acercado un poco.

No fue hasta después de haber andado hacia el sur durante varios minutos cuando Eustace dijo:

—¿Lo tienes a «él»? ¿Qué quieres decir?

—Al falso Aslan —respondió Jill.

—¿Qué? —exclamó Tirian—. ¿Dónde habéis estado? ¿Qué habéis hecho?

—Veréis, majestad —repuso Jill—, en cuanto vi que habíais quitado de en medio al centinela, se me ocurrió que tal vez sería buena idea echar un vistazo al establo y ver qué había allí dentro en realidad. Así que me arrastré hasta el lugar. Resultó sencillísimo descorrer el pestillo. Desde luego, estaba negro como boca de lobo en el interior y olía igual que cualquier otro establo. Entonces encendí una cerilla y, ¿queréis creerlo?, no había nada allí, excepto un asno viejo con un pedazo de piel de león atado a su lomo. Así que saqué el cuchillo y le dije que tendría que venir conmigo. A decir verdad no habría tenido necesidad de amenazarlo con el cuchillo, ya que estaba más que harto del establo y más que dispuesto a venir... ¿no es cierto eso, querido Puzzle?

—¡Vaya! —exclamó Eustace—. Vaya... vaya por Dios. Estaba enfurecido contigo hace un instante, y sigo pensando que fue mezquino por tu parte escabullirte sin el resto de nosotros, pero debo admitir que... quiero decir... pues que lo que has hecho ha sido fantástico. Si ella fuera un chico tendría que ser nombrado caballero, ¿no es cierto, majestad?

—Si fuera un chico —respondió Tirian—, lo azotarían por haber desobedecido órdenes.

Y en la oscuridad nadie pudo ver si lo decía con el ceño fruncido o con una sonrisa. Al cabo de un minuto se oyó un chirrido metálico.

—¿Qué hacéis, señor? —inquirió Perla al instante.

—Desenvainar la espada para cortarle la cabeza al maldito asno —respondió él en un tono de voz terrible—. Aparta, muchacha.

—No, por favor, no —imploró Jill—. ¡No lo hagáis! No fue culpa suya. Fue todo cosa del mono. Él no sabía lo que hacía. Y está muy apenado. Es un asno muy bueno, se llama Puzzle. Y le estoy rodeando el cuello con los brazos.

—Jill —dijo Tirian—, sois la más valiente y experta en bosques de todos mis súbditos, pero también la más descarada y desobediente. Bien, dejemos que el asno viva. ¿Qué tienes tú que decir por tu parte, asno?

—¿Yo, señor? —dijo el animal—. Desde luego estoy muy arrepentido si he hecho algo malo. El mono dijo que Aslan quería que me disfrazara así. Y yo pensé que él sabía lo que hacía. Yo no soy listo como él. Sólo hice lo que me decía. No era nada divertido para mí vivir en aquel establo. Ni siquiera sé qué ha pasado fuera. No me dejaba salir jamás, excepto durante un minuto o dos por la noche. Había días en que se olvidaban incluso de darme agua.

—Señor —intervino Perla—, esos enanos están cada vez más cerca. ¿Queremos encontrarnos con ellos?

Tirian pensó unos instantes y a continuación lanzó una repentina y sonora carcajada. Luego habló, pero esta vez no en susurros.

—Por el León —dijo—. ¡Qué tonto soy! ¿Encontrarnos con ellos? Desde luego que lo haremos. Ahora podemos encontrarnos con cualquiera. Tenemos a este asno para mostrárselo. Que vean aquello que han temido y ante lo que se han inclinado. Podemos darles a conocer la verdad sobre el infame complot del mono. Se ha descubierto su secreto. Se han cambiado los papeles. Mañana colgaremos a ese mono del árbol más alto de Narnia. Ya no habrá más cuchicheos, nadie eludirá sus compromisos ni se disfrazará. ¿Dónde están esos honrados enanos? Tenemos buenas noticias para ellos.

Cuando se ha estado susurrando durante horas, el simple sonido de alguien que habla en voz alta tiene un efecto maravillosamente conmovedor. Todo el grupo empezó a hablar y a reír: incluso Puzzle alzó la cabeza y emitió un magnífico rebuzno; algo que el mono no le había permitido hacer durante días.

Luego se pusieron en marcha en dirección al tamborileo. Éste fue aumentando de volumen y no tardaron en poder distinguir también la luz de unas antorchas. Salieron a una de aquellas carreteras pedregosas —desde luego no las llamaríamos carreteras en nuestro mundo— que atraviesan el Erial del Farol. Y allí, marchando decididos, había unos treinta enanos, todos con palas pequeñas y picos al hombro. Dos calormenos armados conducían la columna y dos más cubrían la retaguardia.

—¡Quietos! —tronó Tirian al tiempo que salía al camino—. Quietos, soldados. ¿Adónde conducís a estos enanos narnianos y por orden de quién?

CAPÍTULO SIETE

EL ASUNTO DE LOS ENANOS

Los dos soldados calormenos situados a la cabeza de la columna, viendo a lo que tomaron por un tarkaan o gran señor con dos pajes armados, se detuvieron y alzaron las lanzas a modo de saludo.

—Mi señor —dijo uno de ellos—, conducimos a estos hombrecillos a Calormen a trabajar en las minas del Tisroc, que viva eternamente.

—Por el gran dios Tash, son muy obedientes —dijo Tirian.

Luego se volvió de repente hacia los enanos. Al menos uno de cada seis sostenía una antorcha y a su parpadeante luz vio que sus rostros barbudos lo contemplaban con expresiones lúgubres y obstinadas.

—¿Ha librado el Tisroc una gran batalla, enanos, y conquistado vuestra tierra —preguntó—, para que marchéis pacientemente a morir en los pozos de sal de Pugrahan?

Los dos soldados le dirigieron miradas iracundas de sorpresa, pero los enanos respondieron:

—Son órdenes de Aslan. Nos ha vendido. ¿Qué podemos hacer contra él?

—¡Vencernos el Tisroc! —añadió uno, y escupió al suelo—. ¡Me gustaría ver cómo lo intenta!

—¡Silencio, perro! —dijo el soldado en jefe.

—¡Mirad! —exclamó Tirian, arrastrando a Puzzle al frente en dirección a la luz—. Todo ha sido una mentira. Aslan no ha venido a Narnia. El mono os ha engañado. Esto es lo que sacaba del establo para mostrároslo. Miradlo.

Lo que los enanos vieron, ahora que podían contemplarlo de cerca, fue, desde luego, suficiente para que se preguntaran cómo habían podido dejarse engañar. El largo encierro de Puzzle en el establo había dejado la piel de león bastante desaliñada y el viaje por el oscuro bosque la había enmarañado, así que la mayor parte de ella formaba entonces un enorme bulto sobre un hombro. La cabeza, aparte de quedar ladeada, también había retrocedido bastante, de modo que cualquiera podía ver el rostro del asno, necio y amable, mirando desde su interior. De una esquina de la boca sobresalía un poco de hierba, pues había echado un bocado sin hacer ruido mientras lo conducían. Mascullaba:

—No fue culpa mía. No soy listo. Jamás dije que lo fuera.

Durante un segundo todos los enanos contemplaron con fijeza a Puzzle boquiabiertos y entonces uno de los soldados espetó:

—¿Estáis loco, mi señor? ¿Qué estáis haciendo con los esclavos?

—Y ¿quién sois? —preguntó otro.

Ninguna de las lanzas estaba en posición de saludo ya; las dos estaban bajadas y listas para actuar.

—Decid la contraseña —ordenó el soldado jefe.

—Ésta es mi contraseña —respondió el rey a la vez que desenvainaba la espada—: «Brilla la luz, la mentira se ha descubierto». Ahora, en guardia, bellaco, pues soy Tirian de Narnia.

Cayó sobre el soldado jefe con la velocidad del rayo. Eustace, que había desenvainado su espada al ver que el rey sacaba la suya, se abalanzó sobre el otro: su rostro mostraba una palidez cadavérica, pero yo no lo culparía por ello. Y tuvo la suerte que acostumbra acompañar a los novatos; olvidó todo lo que Tirian había intentado enseñarle aquella tarde, lanzó mandobles a diestra y siniestra (a decir verdad, no estoy seguro de que tuviera los ojos abiertos) y de repente descubrió, con gran sorpresa, que el calormeno yacía muerto a sus pies. Y si bien aquello fue un gran alivio, resultó, en aquel momento, bastante aterrador. El combate del rey duró un segundo o dos más: luego también él despachó a su contrincante y gritó a Eustace:

—Cuidado con los otros dos.

Pero los enanos se habían ocupado ya de los dos calormenos restantes. No quedaba ningún enemigo.

—¡Bien hecho, Eustace! —exclamó el rey, dándole una palmada en la espalda—. Ahora, enanos, sois libres. Mañana os conduciré a liberar todo Narnia. ¡Tres hurras por Aslan!

Pero lo que sucedió a continuación fue sencillamente lamentable. Hubo una débil tentativa por parte de unos pocos enanos, unos cinco, que se desvaneció al instante: de varios de los otros no surgieron más que gruñidos malhumorados. Muchos no dijeron nada en absoluto.

—¿Es qué no lo comprenden? —dijo Jill, impaciente—. ¿Qué os sucede, enanos? ¿No oís lo que dice el rey? Todo ha terminado. El mono ya no gobernará en Narnia. Todo el mundo puede regresar a su vida normal. Podéis volver a ser felices. ¿No estáis contentos?

Tras una pausa de casi un minuto, un enano de aspecto no demasiado agradable, con los cabellos y la barba negros como el hollín, dijo:

—Y ¿quién se supone que eres tú, señorita?

—Soy Jill —respondió ella—. La misma Jill que rescató al rey Rilian del hechizo... y él es Eustace, que también lo hizo... y hemos regresado desde otro mundo después de transcurridos cientos de años. Aslan nos envió.

Los enanos se miraron unos a otros entre sonrisas; sonrisas despectivas, no de alegría.

—Vaya —dijo el enano negro (cuyo nombre era Griffle)—, no sé cómo os sentís vosotros, amigos, pero a mí me parece que ya he oído todo lo que quiero oír sobre Aslan durante el resto de mi vida.

—Es verdad, es verdad —gruñeron los otros enanos—. Es todo una treta, una maldita treta.

—¿Qué queréis decir? —dijo Tirian.

El monarca no había palidecido mientras peleaba, pero lo hizo en aquellos momentos. Había pensado que aquél sería un momento magnífico, pero se estaba convirtiendo más bien en una pesadilla.

—Sin duda piensas que somos terriblemente estúpidos, eso debes de pensar —replicó Griffle—. Ya nos han embaucado una vez y ahora esperas que nos volvamos a dejar embaucar. No vamos a aguantar ningún cuento más sobre Aslan, ¿entendido? ¡Miradle! ¡Un burro viejo con orejas largas!

—¡Cielos, me hacéis enfurecer! —exclamó Tirian—. ¿Quién de nosotros ha dicho que éste fuera Aslan? Ésta es la imitación que hizo el mono del auténtico Aslan. ¿No lo comprendéis?

—¡Y supongo que tú tienes una imitación mejor! —repuso Griffle—. No, gracias. Ya nos han engañado una vez y no van a engañarnos de nuevo.

—No la tengo —replicó Tirian—. Yo sirvo al auténtico Aslan.

—¿Dónde está? ¿Quién es? ¡Muéstranoslo! —gritaron varios enanos.

—¿Es qué creéis que lo guardo en el morral, estúpidos? —dijo Tirian—. ¿Quién soy yo para hacer que Aslan aparezca a mi antojo? No es un león domesticado.

En cuanto aquellas palabras salieron de su boca comprendió que había hecho un movimiento en falso, pues los enanos empezaron a repetir al instante: «No es un león domesticado, no es un león domesticado», con un sonsonete burlón.

—Eso es lo que los otros no dejaban de decirnos —dijo uno de ellos.

—¿Estáis diciendo que no creéis en el auténtico Aslan? —inquirió Jill—. Pero yo lo he visto. Él nos ha enviado a los dos aquí desde un mundo diferente.

—¡Ajá! —replicó Griffle con una amplia sonrisa—. Eso es lo que dices tú. Te han enseñado bien lo que debes decir. Recitas bien la lección aprendida, ¿no es eso?

—Patán —gritó Tirian—, ¿osas llamar mentirosa a una dama en su propia cara?

—Guardaos las cortesías, amigo —replicó el enano—. Me parece que ya no queremos más reyes, si es que eres Tirian, pues por tu aspecto no lo pareces, ni tampoco queremos más «Aslanes». Vamos a ocuparnos de nosotros mismos a partir de ahora y no vamos a hacerle reverencias a nadie. ¿Entendido?

—Eso es —dijeron los otros enanos—. Ahora somos independientes. Se acabó Aslan, se acabaron los reyes, se acabaron las historias estúpidas sobre otros mundos. Los enanos son para los enanos.

Y empezaron a colocarse de nuevo en sus puestos y a prepararse para emprender la marcha de vuelta al lugar del que habían venido.

—¡Pequeñas bestias! —dijo Eustace—. ¿Ni siquiera vais a darnos las gracias por haberos salvado de las minas de sal?

—No nos engañáis —respondió Griffle por encima del hombro—. Queríais utilizarnos, por eso nos rescatasteis. Algo os traéis entre manos. Vamos, muchachos.

Y los enanos empezaron a cantar la curiosa cancioncita de marcha que seguía el ritmo del tambor, y se perdieron en la oscuridad en medio de un gran ruido de pasos.

Tirian y sus compañeros los siguieron con la mirada. Luego el monarca pronunció una única palabra, «¡Vamos!», y prosiguieron su viaje.

Formaban un grupo silencioso. Puzzle se sentía todavía en desgracia, y tampoco entendía exactamente qué había sucedido. Jill, además de estar indignada con los enanos, estaba muy impresionada por la victoria de Eustace sobre el calormeno y sentía cierta timidez. En cuanto a Eustace, su corazón todavía latía a gran velocidad.

Tirian y Perla andaban juntos, muy tristes, cerrando la marcha. El rey tenía el brazo sobre el lomo del unicornio y de vez en cuando éste acariciaba la mejilla del monarca con su suave hocico. No intentaban consolarse mutuamente con palabras, pues no era fácil pensar en nada que decir que resultara reconfortante. A Tirian no se le había ocurrido en ningún momento que una de las consecuencias de que un mono creara un falso Aslan pudiera ser que la gente dejara de creer en el auténtico. Estaba convencido de que los enanos se pondrían de su lado en cuanto les mostrara cómo los habían engañado; luego, la noche siguiente, habrían ido todos a la colina del establo y les habría mostrado a Puzzle a todas las criaturas y todo el mundo se habría vuelto contra el mono y, tal vez tras una escaramuza con los calormenos, todo habría terminado. Sin embargo, ahora parecía que no podía contar con nada. ¿Cuántos narnianos más podrían adoptar la misma postura que los enanos?

—Alguien nos sigue, creo —indicó Puzzle de repente.

Se detuvieron y escucharon. No cabía la menor duda, se oía el golpeteo de unos pies pequeños a su espalda.

—¿Quién va? —gritó el rey.

—Sólo yo, señor —dijo una voz—. Yo, el enano Poggin, que acabo de conseguir librarme de los otros. Estoy de vuestro lado, señor, y del de Aslan. Si ponéis una espada enana en mi mano, de buena gana lanzaré unos cuantos mandobles del lado correcto antes de que todo acabe.

Todos se agruparon a su alrededor y le dieron la bienvenida y lo elogiaron y le palmearon la espalda. Desde luego, un solo enano no cambiaba mucho las cosas, pero de algún modo era muy alentador tener al menos a uno de su parte. Todo el grupo se animó, aunque Jill y Eustace no mantuvieron tal actitud animosa durante mucho tiempo, ya que empezaron a bostezar escandalosamente y estaban demasiado cansados para pensar en algo que no fuera una cama.

A la hora más fría de la noche, justo antes del amanecer, llegaron de vuelta a la torre. De haber habido una comida preparada para ellos, la habrían devorado de buena gana, pero la molestia y lo que tardarían en los preparativos descartaron toda idea de preparar algo. Bebieron del arroyo, se remojaron el rostro y se acostaron en las literas, a excepción de Puzzle y Perla, que dijeron que estarían más cómodos en el exterior. Aquello tal vez era lo mejor, pues un unicornio y un asno gordo y criado dentro de una casa siempre hacen que la habitación resulte demasiado atestada.

Los enanos de Narnia, aunque miden menos de ciento veinte centímetros de estatura son de las criaturas más resistentes y robustas que existen, de modo que Poggin, a pesar de un día de trabajo duro y de haberse ido a dormir muy tarde, despertó fresco como una rosa antes que cualquiera de los otros. Inmediatamente tomó el arco de Jill, salió al exterior y abatió una pareja de palomas torcaces, que luego se dedicó a desplumar, sentado en el umbral mientras conversaba con Perla y Puzzle.

El asno tenía mejor aspecto y se sentía mucho mejor aquella mañana. Perla, al ser un unicornio y por lo tanto una de las bestias más nobles y delicadas, había sido muy amable con él, hablándole de cosas de las que ambos entendieran, como hierba, azúcar y el cuidado de los respectivos cascos.

Cuando Jill y Eustace salieron de la torre bostezando y frotándose los ojos casi a las diez y media, el enano les mostró dónde podían recoger gran cantidad de una hierba narniana llamada fresney silvestre, que se parece mucho a nuestra acederilla pero tiene un sabor mucho más agradable cuando se cocina. (Necesita un poco de mantequilla y pimienta para que resulte perfecta, pero carecían de ellas.) De modo que, entre unas cosas y otras, obtuvieron los ingredientes para un estofado excelente para su desayuno o comida, como prefieras llamarlo. Tirian se adentró un poco más en el bosque con una hacha y regresó con algunas ramas para alimentar el fuego.

Mientras se cocinaba la comida —lo que pareció una eternidad, en especial porque cuanto menos le faltaba para estar preparada olía cada vez mejor— el rey encontró todo un equipo enano completo para Poggin: cota de malla, casco, escudo, espada, cinto y daga. Luego inspeccionó la espada de Eustace y descubrió que éste la había devuelto sucia a la funda tras la eliminación del calormeno. El niño recibió una regañina por ello y fue obligado a limpiarla y pulirla.

Durante todo ese tiempo Jill estuvo yendo de un lado a otro, en ocasiones removiendo el puchero y en otras mirando con envidia al asno y al unicornio que pastaban tan satisfechos. ¡Cuánto deseó poder comer hierba aquella mañana!

Sin embargo, cuando llegó la comida todos sintieron que había valido la pena esperar, y todo el mundo repitió.

Cuando todos hubieron comido hasta hartarse, los tres humanos y el enano fueron a sentarse en el umbral, con los seres de cuatro patas tumbados de cara a ellos; el enano —con el permiso de Jill y Tirian— encendió su pipa, y el rey dijo:

—Bien, amigo Poggin, es posible que tengas más noticias del enemigo que nosotros. Cuéntanos todo lo que sepas. Y en primer lugar, ¿qué cuentan de mi huida?

—Una historia tan maliciosa, señor, como jamás se haya concebido —respondió el enano—. Fue el gato, Pelirrojo, quién la contó, y lo más probable es que también fuera su creador. Este Pelirrojo, señor..., que es un pillo astuto..., dijo que pasaba junto al árbol al que aquellos villanos ataron a su majestad. Y dijo que, querer ofender a su reverencia, que aullabais, jurabais y maldecíais a Aslan: «En un lenguaje que no repetiré», fueron las palabras que utilizó, adoptando una expresión muy remilgada y estirada; ya sabéis, de ese modo en que saben hacerlo los gatos cuando les conviene. Y entonces, contó Pelirrojo, el mismísimo Aslan apareció de repente en medio de un rayo de luz y se tragó a su majestad de un bocado.

»Todas las bestias se estremecieron ante aquel relato y algunas se desmayaron directamente. Y, desde luego, el mono lo aprovechó. «¿Lo veis?», dijo, «¿veis lo que Aslan hace con todos aquellos que no lo respetan? Que eso sea una advertencia para todos vosotros.» Y las pobres criaturas gimieron y lloriquearon y respondieron: «Lo respetaremos, lo respetaremos». Así pues, el resultado final es que la huida de su majestad no les ha hecho pensar que todavía tenéis amigos leales que os ayudan, sino que les ha hecho temer y obedecer más al mono.

—¡Qué sagacidad más diabólica! —dijo Tirian—. Este Pelirrojo, pues, conoce lo que trama el mono.

—En estos momentos es más una cuestión, señor, de si no será el mono quien se deja asesorar por él —respondió el enano—. El mono ha empezado a beber, ¿sabéis? Lo que yo creo es que la conspiración ahora la controlan principalmente Pelirrojo y Rishda, el capitán calormeno. Y creo que algunas de las historias que Pelirrojo ha extendido entre los enanos son las principales culpables del mal recibimiento que os dedicaron. Y os contaré por qué.

»Acababa de finalizar una de esas espantosas reuniones anteanoche y había recorrido una parte del trayecto de vuelta a casa cuando descubrí que había olvidado la pipa. Era una realmente buena, una de mis viejas favoritas, de modo que regresé a buscarla. Pero antes de que llegara al lugar donde había estado sentado (estaba negro como boca de lobo) oí la voz de un gato que decía «miau» y una voz calormena que decía: «Aquí... habla en voz baja». De modo que me quedé tan quieto como si estuviera congelado. Y los dos eran Pelirrojo y Rishda Tarkaan, como le llaman.

»"Noble tarkaan", dijo el gato con esa voz sedosa suya, "deseaba saber exactamente qué queríamos decir ambos hoy al indicar que Aslan no significaba más que Tash."

»"Sin duda, tú que eres el más sagaz de entre los gatos", respondió el otro "te habrás percatado de lo que quería decir."

»"Quieres decir", siguió el gato "que no existe ninguna de tales personas."

»"Todos aquellos que son inteligentes lo saben", respondió el tarkaan.

»"En ese caso podemos entendernos mutuamente", ronroneó el felino. "¿No empiezas a hartarte un poco del mono, como me sucede a mí?"

»"Un animal estúpido y codicioso", manifestó el tarkaan, "pero debemos utilizarlo por el momento. Tú y yo debemos encargarnos de todas las cosas en secreto y hacer que el mono haga lo que deseemos."

»"Y sería mejor dejar que algunos de los narnianos más inteligentes estén al tanto, ¿no crees?", propuso Pelirrojo, "irlos incorporando uno a uno a medida que encontremos que son aptos. Pues las bestias que realmente creen en Aslan pueden rebelarse en cualquier momento: y lo harán, si el desatino del mono traiciona su secreto. Sin embargo, aquellos a quienes no les importa ni Tash ni Aslan, sino que únicamente piensan en su propio provecho y en la recompensa que el Tisroc pueda darles cuando Narnia sea una provincia calormena, se mantendrán firmes."

»"Excelente, gato", dijo el capitán. "Pero elígelos con cuidado."

Mientras el enano hablaba, el tiempo cambió. Estaba soleado cuando se sentaron, pero ahora Puzzle se estremeció; Perla agitó la cabeza, inquieto, y Jill alzó los ojos.

—Se está nublando —dijo.

—Y hace mucho frío —manifestó el asno.

—¡Un frío insoportable, por el León! —exclamó Tirian, soplándose las manos—. Y ¡fu! ¿Qué olor nauseabundo es ése?

—¡Uf! —jadeó Eustace—. Huele a algo muerto. ¿Hay algún pájaro muerto por ahí? Y ¿cómo es que no lo advertimos antes?

—¡Mirad! —exclamó Perla, incorporándose con gran agitación a la vez que señalaba con el cuerno—. ¡Mirad eso! ¡Fijaos, fijaos!

Entonces los seis lo vieron; y en sus rostros apareció una expresión de total consternación.

Capítulo ocho

La noticia que trajo el águila

En las sombras de los árboles situados al otro extremo del claro se movía algo. Se deslizaba muy despacio hacia el norte. A primera vista se podría haber confundido con humo, pues era gris y se podía ver a través de él; pero el olor a muerte no era el olor del humo. Además, aquella cosa mantenía su forma, en lugar de ondularse y agitarse como habría hecho el humo. Tenía más o menos la forma de un hombre, pero con la cabeza de un pájaro; un pájaro de presa con un pico curvo y afilado. Tenía cuatro brazos que sostenía muy por encima de la cabeza, alargándolos hacia el norte como si deseara atrapar toda Narnia en ellos; y los dedos —los veinte— eran curvos como el pico y mostraban largas zarpas afiladas, como las de un ave, en lugar de uñas. Flotaba sobre la hierba en vez de andar, y la hierba parecía marchitarse a su paso.

En cuanto le echó una ojeada, Puzzle profirió un agudo rebuzno y corrió a refugiarse en la torre. Y Jill —que no era cobarde ni mucho menos— ocultó el rostro entre las manos para no verlo. Los otros lo contemplaron durante, tal vez, un minuto, hasta que flotó hacia los árboles más espesos situados a la derecha del grupo y desapareció. Luego el sol volvió a brillar y los pájaros reanudaron sus cantos.

Todos empezaron a respirar debidamente otra vez y se movieron, pues habían permanecido inmóviles como estatuas mientras lo tuvieron a la vista.

—¿Qué era eso? —preguntó Eustace en un susurro.

—Lo había visto en otra ocasión —respondió Tirian—. Pero entonces estaba tallado en piedra, recubierto de oro y con diamantes auténticos por ojos. Fue cuando no era mucho mayor que tú, y había ido como invitado a la corte del Tisroc en Tashbaan. Me llevó al gran templo de Tash, y allí lo vi, esculpido sobre el altar.

—Entonces ¿esa... esa cosa... era Tash? —inquirió Eustace.

Pero en lugar de responderle, Tirian rodeó con el brazo los hombros de Jill y preguntó:

—¿Cómo se encuentra nuestra pequeña dama?

—Bi... bien —respondió ella, apartando las manos de su rostro demudado a la vez que intentaba sonreír—. Estoy bien. Sólo he sentido náuseas por un instante.

—Parece, pues —comentó el unicornio—, que sí existe un auténtico Tash.

—Sí —asintió el enano—, y ¡ese idiota del mono, que no creía en Tash, va a encontrarse con algo que no espera! Ha invocado a Tash y Tash ha venido.

—¿Adónde ha ido... esa cosa? —dijo Jill.

—Al norte, al corazón de Narnia —respondió Tirian—. Ha venido a habitar entre nosotros. Lo han llamado y ha acudido.

—¡Jo, jo, jo! —rió entre dientes el enano, frotándose las manos peludas—. Será una sorpresa para el mono. La gente no debería invocar demonios a menos que realmente quiera verlos aparecer.

—¿Quién sabe si Tash resultará visible para el mono? —observó Perla.

—¿Adónde ha ido Puzzle? —preguntó Eustace.

Todos gritaron su nombre y Jill dio la vuelta a la torre para ver si había ido allí.

Estaban ya cansados de buscarlo cuando por fin su enorme cabeza gris atisbó con cautela por el umbral y les dijo:

—¿Se ha ido?

Y cuando finalmente consiguieron convencerlo para que saliera, temblaba igual que un perro antes de una tormenta.

—Ahora comprendo —declaró Puzzle— que he sido un asno muy malo. Jamás debí haber escuchado a Triquiñuela. Nunca pensé que fueran a ocurrir cosas como ésta.

—Si hubieras pasado menos tiempo diciendo que no eras inteligente y más intentando serlo... —empezó Eustace, pero Jill lo interrumpió.

—Deja tranquilo al pobre Puzzle. Fue todo un error, ¿no es cierto, querido Puzzle? —Y lo besó en el hocico.

Aunque bastante impresionados por lo que habían visto, todo el grupo se sentó de nuevo y reanudó la conversación.

Perla no tenía gran cosa que contar. Mientras había estado prisionero había permanecido casi todo el tiempo atado en la parte trasera del establo, y por lo tanto no había podido oír ninguno de los planes del enemigo. Había recibido patadas —también había asestado unas cuantas como respuesta—, además de golpes y amenazas de muerte si no decía que creía que era Aslan lo que sacaban y les mostraban a la luz de las llamas todas las noches. En realidad iban a ejecutar al unicornio aquella misma mañana de no haberlo rescatado. No sabía qué le había sucedido a la oveja.

Lo que tenían que decidir entonces era si regresaban a la colina del establo aquella noche, mostraban a Puzzle a los narnianos e intentaban que comprendieran que los habían engañado, o si se escabullían hacia el este para encontrarse con la ayuda que el centauro Roonwit traía desde Cair Paravel y regresaban para atacar al mono y a los calormenos con un ejército.

A Tirian le habría gustado mucho llevar a cabo el primer plan: odiaba la idea de permitir que el mono intimidara a su gente un minuto más de lo necesario. Por otra parte, el modo en que se habían comportado los enanos la noche anterior era una advertencia. Estaba claro que no podía estar seguro de cómo se lo tomarían, por mucho que les mostrara a Puzzle. Y luego había que tener en cuenta a los soldados calormenos. Poggin pensaba que había unos treinta. Tirian estaba seguro de que si los narnianos se ponían de su parte, Perla, los niños, Poggin y él (Puzzle no contaba demasiado) tendrían muchas posibilidades de derrotarlos; pero ¿y si la mitad de los narnianos —incluidos los enanos— se limitaban a sentarse y mirar? ¿Y si luchaban contra él? El riesgo era demasiado grande. También había que contar con la nebulosa figura de Tash. ¿Qué podría hacer éste?

Y luego, como señaló Poggin, no tenía nada de malo dejar que el mono se enfrentara a sus problemas él solito durante un día o dos. Ahora no tendría a Puzzle para sacarlo y mostrarlo, y no resultaba fácil adivinar qué historia inventaría él —o Pelirrojo— para explicarlo. Si las bestias solicitaban noche tras noche ver a Aslan, y no aparecía ningún Aslan, sin duda incluso los más ingenuos empezarían a recelar.

Finalmente, todos acordaron que lo mejor era partir e intentar encontrarse con Roonwit.

En cuanto lo decidieron, resultó maravilloso lo animados que se sintieron todos. Francamente no creo que se debiera a que a ninguno le asustara la idea de una pelea (excepto, tal vez, a Jill y Eustace). Pero me atrevería a decir que cada uno de ellos, en su fuero interno, estaba contento de no tener que acercarse —o no hacerlo por el momento— a aquella criatura horrible de cabeza de pájaro que, visible o invisible, probablemente rondaba en aquellos momentos la colina del establo. De todos modos, siempre nos sentimos mejor cuando hemos tomado una decisión.

Tirian dijo que lo mejor sería que se quitaran los disfraces, si no querían que los confundieran con calormenos y tal vez los atacaran los narnianos leales con que pudieran tropezarse. El enano preparó una masa de aspecto horrible con las cenizas del fogón y con grasa sacada de una jarra de aquella sustancia que se guardaba para frotarla sobre espadas y puntas de lanza, y a continuación se quitaron la armadura calormena y bajaron al arroyo.

La asquerosa mezcla formaba una espuma como la que deja un jabón blando: resultaba un espectáculo muy agradable y hogareño ver a Tirian y a los dos niños arrodillados junto al agua, restregándose el cuello o jadeando y resoplando mientras eliminaban la espuma con el agua. Luego regresaron a la torre con el rostro enrojecido y brillante, igual que alguien que se ha dado un baño largo y especial antes de asistir a una fiesta, y se volvieron a armar al auténtico estilo narniano, con espadas rectas y escudos triangulares.

—¡Cielos! —dijo Tirian—. Eso está mejor. Vuelvo a sentirme un hombre de verdad.

Puzzle rogó con vehemencia que le quitaran la piel de león de encima. Dijo que le producía demasiado calor y que el modo en que estaba arrugada sobre su lomo resultaba incómodo: además, le daba un aspecto ridículo. Pero le dijeron que tendría que llevarla un poco más, pues todavía deseaban mostrarlo con aquel disfraz a las otras bestias, incluso aunque fueran al encuentro de Roonwit primero.

No valía la pena llevarse lo que quedaba de la carne de paloma torcaz y de conejo, pero sí cogieron algunas galletas. Luego Tirian cerró la puerta de la torre con llave y aquél fue el final de su estancia allí.

Eran algo más de las dos de la tarde cuando se pusieron en marcha, y era el primer día realmente cálido de aquella primavera. Las hojas nuevas parecían hallarse mucho más crecidas que el día anterior: los copos de nieve habían desaparecido, aunque sí vieron algunas prímulas. Los rayos del sol caían oblicuamente por entre los árboles, los pájaros cantaban y siempre, aunque por lo general sin ser visto, los acompañaba el sonido de un manantial. Resultaba difícil pensar en cosas horribles como Tash. Los niños se decían: «Por fin estamos en Narnia». Incluso Tirian sintió que se le alegraba el corazón mientras andaba por delante de ellos, tarareando una vieja canción marcial narniana cuyo estribillo era:

Pom, retumba, retumba, retumba, retumba
Retumba, tambor, ¡con fuerza retumba!

Detrás del rey iban Eustace y el enano Poggin. Éste indicaba al niño los nombres de todos los árboles, aves y plantas narnianos que aún no conocía, y de vez en cuando Eustace le hablaba de otros de su propio mundo.

Tras ellos marchaba Puzzle, y detrás de él, Jill y Perla, andando muy juntos. Podía decirse que Jill se había prendado del unicornio. Pensaba —y no estaba muy equivocada— que se trataba del animal más radiante, delicado y elegante que había conocido jamás; y éste era tan amable y dulce que, si no lo hubiera sabido, apenas habría podido creer lo feroz y terrible que resultaba en combate.

—¡Qué agradable! —declaró la niña—. Me encanta andar así, tranquilamente. Ojalá pudiera haber más aventuras como ésta. Es una lástima que siempre sucedan tantas cosas en Narnia.

Pero el unicornio le explicó que estaba muy equivocada. Dijo que a los Hijos e Hijas de Adán y Eva los sacaban de su extraño mundo para traerlos a Narnia

únicamente en épocas en las que en Narnia reinaba el desorden y los contratiempos, pero que no debía pensar que siempre estaba así. Entre sus visitas existían cientos y miles de años en los que un rey pacífico seguía a otro rey pacífico
hasta que apenas se conseguía recordar sus nombres o contar cuántos habían
sido, y casi no había nada que hacer constar en los libros de Historia. Y pasó a hablarle de antiguas reinas y héroes de los que la niña nunca había oído hablar. Le
habló de Cisne Blanco, la reina que había vivido antes de los tiempos de la Bruja
Blanca y el Gran Invierno, que era tan hermosa que cuando se contemplaba en
cualquier estanque del bosque el reflejo de su rostro resplandecía en el agua
como una estrella durante un año y un día. Habló de la liebre Bosque Lunar,
que poseía unas orejas tales que podía sentarse junto al estanque del Caldero
bajo el tronar de la enorme cascada y oír lo que los hombres comentaban en susurros en Cair Paravel. Mencionó que el rey Vendaval, que era el noveno descendiente del rey Frank, el primero de todos los reyes, había navegado muy lejos
por los mares orientales y liberado a los habitantes de las islas Solitarias de un
dragón y cómo, a cambio, éstos le habían entregado las islas para que formaran
parte del territorio real de Narnia para siempre. Habló de siglos enteros en los
que todo Narnia era tan feliz que bailes y banquetes memorables o, como
mucho, torneos eran las únicas cosas que se recordaban, y todos los días y las semanas eran mejores que los anteriores. Y a medida que proseguía su relato, la
imagen de todos aquellos años felices, todos esos miles de años, se acumuló en la
mente de Jill hasta que fue como contemplar desde una colina elevada una llanura fértil y hermosa llena de bosques, arroyos y trigales, que se extendía a lo
lejos hasta difuminarse en la distancia. Y la niña dijo:

—Cómo deseo que podamos solucionar pronto lo del mono y regresar a esos
tiempos normales y felices. Y luego espero que sigan así para siempre jamás.
Nuestro mundo terminará algún día. Tal vez éste no lo haga. Oye, Perla, ¿no
sería fantástico si Narnia durara y durara, como has dicho que ha sido hasta
ahora?

—No, pequeña —respondió el unicornio—, todos los mundos llegan a su
fin, excepto el propio país de Aslan.

—Bueno, al menos —prosiguió Jill—, espero que el final de éste se encuentre a millones y millones de millones de años de distancia. ¡Vaya! ¿Por qué nos
detenemos?

El rey, Eustace y el enano tenían la vista fija en el cielo. Jill se estremeció, recordando los horrores que ya habían visto; pero no ocurría nada de eso en aquella ocasión. Sólo había algo pequeño, que parecía negro al recortarse contra el
azul del cielo.

—Por su forma de volar —comentó el unicornio—, juraría que se trata de
un pájaro parlante.

—Eso creo yo —respondió el rey—. Pero ¿es un amigo o un espía del mono?

—En mi opinión, señor —intervino el enano—, se parece al águila Sagaz.

—¿No deberíamos ocultarnos bajo los árboles? —preguntó Eustace.

—No —respondió Tirian—, es mejor que permanezcamos quietos como piedras. Seguro que nos verá si nos movemos.

—¡Mirad! Está girando, ya nos ha visto —indicó Perla—. Desciende en amplios círculos.

—Pon una flecha en el arco, muchacha —dijo Tirian a Jill—. Pero no dispares hasta que te lo ordene. Puede tratarse de un amigo.

Si alguien hubiera sabido lo que iba a suceder a continuación, habría resultado todo un placer contemplar la gracia y facilidad con que la enorme ave descendía. Fue a posarse en un peñasco a pocos metros de Tirian, inclinó la cabeza coronada por un penacho y dijo con su curiosa voz de águila:

—Saludos, majestad.

—Saludos, Sagaz —respondió Tirian—. Y puesto que me llamas majestad, puedo creer que no eres un seguidor del mono y de su falso Aslan. Me siento muy complacido con tu llegada.

—Señor —siguió el ave—, cuando hayáis oído mis noticias lamentaréis más mi llegada que la mayor aflicción que os haya sobrevenido jamás.

El corazón de Tirian pareció dejar de latir al escuchar aquellas palabras, pero apretó los dientes y respondió:

—Cuenta.

—Dos espectáculos he contemplado —explicó Sagaz—. Uno fue Cair Paravel lleno de narnianos muertos y calormenos vivos: el estandarte del Tisroc sobre vuestras reales almenas y vuestros súbditos huyendo de la ciudad, en todas direcciones, hacia el interior del bosque. Tomaron Cair Paravel desde el mar. Veinte barcos enormes de Calormen atracaron en plena noche anteayer.

Nadie fue capaz de hablar.

—Y el otro espectáculo, cinco leguas más cerca que Cair Paravel, fue el de Roonwit, el centauro, muerto con una flecha calormena en el costado. Estuve con él en sus últimos momentos y me dio este mensaje para su majestad: que recordarais que todos los mundos finalizan y que una muerte noble es un tesoro que nadie es demasiado pobre para obtener.

—Así pues —declaró el rey, tras un largo silencio—, Narnia ha dejado de existir.

Capítulo nueve

La gran reunión en la colina del establo

Durante un buen rato fueron incapaces de hablar y de derramar una lágrima siquiera. Luego, el unicornio pateó el suelo con un casco, sacudió las crines y habló.

—Señor —dijo—, no hay necesidad de más información. Ya vemos que los planes del mono estaban mejor maquinados de lo que imaginábamos. Sin duda hace tiempo que mantenía tratos secretos con el Tisroc, y en cuanto encontró la piel de león lo avisó de que preparara su armada para tomar Cair Paravel y toda Narnia. Nada podemos hacer nosotros siete, excepto regresar a la colina del establo, proclamar la verdad y aceptar la aventura que Aslan nos envía. Y si, por gran maravilla, derrotamos a aquellos treinta calormenos que están con el mono, luego regresaremos otra vez y moriremos combatiendo con el ejército mucho mayor que muy pronto marchará desde Cair Paravel.

Tirian asintió; pero se volvió hacia los niños y dijo:

—Bien, amigos, es hora de que os marchéis a vuestro mundo. Sin duda habéis hecho todo lo que os enviaron a hacer.

—Pe... pero no hemos hecho nada —protestó Jill, que temblaba, no de miedo exactamente, sino porque todo resultaba espantoso.

—Nada de eso —replicó el monarca—, me liberasteis del árbol; os deslizasteis ante mí como una serpiente anoche en el bosque y cogisteis a Puzzle; y tú, Eustace, mataste a tu adversario. Pero sois demasiado jóvenes para compartir un fin tan sangriento como el que los demás debemos encontrar esta noche o, tal vez, dentro de tres días. Os ruego... no, os ordeno que regreséis a vuestro hogar. Sería una vergüenza para mí permitir que guerreros tan jóvenes perecieran en combate a mi lado.

—No, no, no —dijo Jill (muy blanca cuando empezó a hablar y luego repentinamente ruborizada y a continuación blanca otra vez)—. No lo haremos, no me importa lo que digáis. Vamos a quedarnos junto a vos suceda lo que suceda, ¿no es cierto, Eustace?

—Sí, pero no hace falta que te exaltes tanto —respondió el niño, que se había metido las manos en los bolsillos, olvidando lo raro que eso parece cuando uno lleva puesta una cota de malla—. Porque lo cierto es que no tenemos elección. ¿De qué sirve hablar de regresar? ¿Cómo? ¡Carecemos de magia para hacerlo!

Aquello era de sentido común, pero en ese momento, Jill odió a Eustace por decirlo. Al niño le gustaba mostrarse tremendamente realista cuando los demás se emocionaban.

Cuando Tirian comprendió que los dos forasteros no podían regresar a su casa —a menos que Aslan los llevara allí de repente—, lo siguiente que quiso fue que cruzaran las montañas meridionales hacia el interior de Archenland, donde posiblemente estarían a salvo. Pero ellos no conocían el camino y no había nadie que pudiera acompañarlos. También, como dijo Poggin, una vez que los calormenos tuvieran Narnia, sin duda se apoderarían de Archenland al cabo de una o dos semanas: el Tisroc siempre había querido poseer aquellos países del norte. Al final Eustace y Jill suplicaron con tanta energía que Tirian dijo que podían ir con él y arriesgarse... o, como lo denominó con más sensatez, «aceptar la aventura que Aslan les enviara».

La primera idea del rey fue que no debían regresar a la colina del establo —estaban hartos incluso del nombre a aquellas alturas— hasta después del anochecer. Pero el enano les dijo que si llegaban allí de día probablemente hallarían el lugar desierto, con la excepción tal vez de un centinela calormeno. Las bestias estaban demasiado asustadas por lo que el mono y Pelirrojo les habían contado sobre aquel nuevo Aslan enfurecido —o Tashlan— para acercarse allí, excepto cuando las convocaban a aquellas horribles reuniones nocturnas. Y los calormenos nunca habían sido buenos moviéndose por los bosques. Poggin pensaba que incluso de día podían llegar a algún punto situado detrás del establo sin que los vieran. Algo que sería mucho más difícil de conseguir al caer la noche, cuando el mono hubiera convocado a las bestias y todos los calormenos se hallaran de guardia. Y cuando la reunión se iniciara podían dejar a Puzzle detrás del establo, bien oculto, hasta el momento en que quisieran mostrarlo. Aquello era evidentemente algo bueno: pues su única posibilidad era dar a los narnianos una sorpresa.

Todos estuvieron de acuerdo y el grupo se puso en marcha siguiendo una nueva ruta —noroeste— en dirección a la odiada colina. El águila unas veces volaba de un lado a otro por encima de ellos y en otras permanecía posada en el lomo de Puzzle. Nadie —ni siquiera el rey mismo, excepto en un momento de gran necesidad— soñaría con montar sobre un unicornio.

En aquella ocasión Jill y Eustace anduvieron juntos. Se habían sentido muy valientes cuando suplicaban que se les permitiera acompañar al resto, pero ahora habían perdido el coraje.

—Pole —dijo Eustace en un susurro—, creo que debería decirte que tengo mucho miedo.

—Tú no debes preocuparte, Scrubb —respondió ella—. Sabes pelear. Pero yo... yo estoy temblando, si quieres saber la verdad.

—Vaya, ¡temblar no es nada! —repuso él—. Yo tengo la sensación de que voy a vomitar.

—No menciones eso, por el amor de Dios —replicó Jill.

Siguieron andando en silencio durante un minuto o dos.

—Pole —dijo Eustace al poco tiempo.

—¿Sí?

—¿Qué sucederá si nos matan aquí?

—Bueno, estaremos muertos, supongo.

—Pero me refiero a ¿qué sucederá en nuestro mundo? ¿Despertaremos y nos encontraremos de vuelta en aquel tren? O ¿sencillamente nos desvaneceremos y nadie volverá a saber de nosotros? O ¿apareceremos muertos en Inglaterra?

—Caramba. Nunca había pensado en eso.

—A Peter y los demás les resultará muy raro vernos saludando desde la ventanilla y luego cuando el tren entre en la estación ¡que no aparezcamos por ninguna parte! O si encuentran dos... quiero decir, si estamos muertos allí en Inglaterra.

—¡Uf! —exclamó ella—. Qué idea tan horrible.

—No sería horrible para nosotros. Nosotros no estaríamos allí.

—Casi desearía... no, bien pensado, no lo desearía —dijo Jill.

—¿Qué ibas a decir?

—Iba a decir que desearía que no hubiéramos venido nunca. Pero no es cierto, no es cierto, no es cierto. Incluso aunque nos maten. Prefiero que me maten luchando por Narnia que envejecer y chochear allí en casa y a lo mejor tener que ir en una silla de ruedas para, además, acabar muriendo igualmente.

—¡O quedar hechos pedazos en un ferrocarril británico!

—¿Por qué dices eso?

—Bueno, cuando se produjo aquella sacudida tremenda, la que pareció arrojarnos a Narnia, pensé que había habido un accidente de trenes. De modo que me alegré muchísimo cuando aparecimos aquí.

Mientras Jill y Eustace conversaban sobre aquello, los demás discutían planes y se iban sintiendo cada vez menos desdichados. Se debía a que pensaban entonces en lo que tenían que hacer aquella misma noche y la idea de lo que le había sucedido a Narnia —que toda su gloria y felicidad habían tocado a su fin— quedó relegada al fondo de sus mentes. En cuanto dejaran de hablar volvería a reaparecer y a hacer que se sintieran desgraciados: pero siguieron hablando. Poggin se mostraba muy animado con la tarea nocturna que debían llevar a cabo. Estaba seguro de que el jabalí y el oso, y probablemente los perros, se pondrían de su lado al instante; tampoco podía creer que todos los demás enanos se mantuvieran fieles a Griffle. Y pelear a la luz de las llamas y entrando y saliendo del bosque sería una ventaja para el bando más débil. Y luego, si conseguían vencer aquella noche, ¿era realmente necesario que sacrificaran sus vidas yendo al encuentro del ejército calormeno al cabo de pocos días?

¿Por qué no ocultarse en los bosques o incluso arriba, en el desierto Occidental, más allá de la gran catarata y vivir como proscritos? Y luego tal vez se irían haciendo gradualmente más y más fuertes, pues se les unirían diariamente bestias parlantes y gentes de Archenland; hasta que, finalmente, saldrían de su escondrijo y barrerían a los calormenos (que se habrían vuelto descuidados para entonces) del país y Narnia volvería a revivir. ¡Al fin y al cabo ya había ocurrido algo muy parecido en tiempos del rey Miraz!

Y Tirian escuchaba todo aquello y pensaba: «Pero ¿qué sucederá con Tash?», y sentía en sus huesos que nada de eso iba a suceder, aunque no lo decía.

Cuando llegaron cerca de la colina del establo, todo el mundo, como es natural, calló. Entonces se inició la auténtica tarea de moverse por el bosque. Desde el momento en que avistaron por vez primera la colina hasta el momento en que llegaron a la parte de detrás del establo, transcurrieron más de dos horas. Es una de esas cosas que no se pueden describir adecuadamente a menos que uno dedique páginas y más páginas a ello. El trayecto desde cada escondrijo al siguiente era toda una aventura en sí mismo, y tuvieron lugar largas esperas entre unos y otros, y varias falsas alarmas. Si eres un buen explorador o exploradora sabrás cómo debió de ser. Cerca del atardecer estaban todos bien resguardados en un grupo de acebos, a unos quince metros por detrás del establo. Comieron unas cuantas galletas y se acostaron.

Entonces llegó la peor parte, la espera. Por suerte para ellos, los niños durmieron un par de horas, pero desde luego despertaron en cuanto la noche se tornó fría y, lo que fue peor, despertaron sedientos y sin la menor posibilidad de conseguir agua. Puzzle se limitó a permanecer allí parado, tiritando un poco debido a los nervios, y no dijo nada. Sin embargo, Tirian, con la cabeza apoyada en el costado de Perla, durmió tan profundamente como si se encontrara en su real cama en Cair Paravel, hasta que el sonido de un gong lo despertó y, al incorporarse, descubrió que había una hoguera encendida al otro lado del establo y comprendió que había llegado la hora.

—Dame un beso, Perla —dijo—. Pues ciertamente ésta es nuestra última noche en la tierra. Y si alguna vez te he ofendido en cualquier cuestión grande o pequeña, perdóname ahora.

—Querido rey —respondió el unicornio—, casi desearía que hubierais hecho algo malo para poder perdonarlo. Adiós. Hemos conocido grandes alegrías juntos. Si Aslan me dejara escoger, no elegiría otra vida que la que he tenido y ninguna otra muerte que aquella a la que nos dirigimos.

Entonces despertaron a Sagaz, que dormía con la cabeza bajo el ala y daba la impresión de carecer de cabeza. Avanzaron sigilosamente hasta el establo. Dejaron a Puzzle —no sin una palabra amable, pues nadie estaba enfadado ya con él— en la parte trasera, diciéndole que no se moviera hasta que alguien fuera a buscarlo, y ellos ocuparon sus posiciones en una esquina.

La hoguera no llevaba mucho tiempo encendida y justo entonces empezaba a arder con fuerza. Estaba a tan sólo unos pasos de ellos, y la gran multitud de criaturas narnianas estaba del otro lado, de modo que Tirian no pudo verlas muy bien al principio, aunque desde luego distinguió docenas de ojos que brillaban con el reflejo del fuego, igual que se ven los ojos de un conejo o un gato a la luz de los faros de un coche. Mientras Tirian ocupaba su lugar, el gong dejó de sonar y de algún punto situado a su izquierda surgieron tres figuras. Una era Rishda Tarkaan, el capitán calormeno; la segunda era el mono, que se sujetaba con una mano a la mano del tarkaan y no dejaba de gimotear y farfullar:

—No tan rápido, no andes tan de prisa, no me encuentro nada bien. ¡Mi pobre cabeza! Estas reuniones de medianoche empiezan a resultar demasiado agotadoras para mí. Los monos no han sido creados para estar levantados por la noche; no soy una rata ni un murciélago... Ay, mi pobre cabeza.

Al otro lado del mono, andando con elegancia y majestuosidad, con la cola bien erguida en el aire, iba el gato Pelirrojo. Se encaminaban hacia la hoguera y estaban tan cerca de Tirian que lo habrían visto de haber mirado en la dirección correcta; aunque por suerte no lo hicieron. Sin embargo, Tirian oyó que Rishda decía a Pelirrojo en voz baja:

—Ahora, gato, a tu puesto. Haz bien tu parte.

—¡Miau, miau! ¡Cuenta conmigo! —respondió él.

A continuación se alejó hasta el otro lado de la hoguera y se sentó en la primera fila de los animales allí reunidos: entre el público, se podría decir.

Pues en realidad, como se pudo ver, todo aquello fue como una representación. La multitud de narnianos era como la gente que ocupa los asientos; el pequeño trozo cubierto de hierba situado justo frente al establo, donde ardía la hoguera y donde el mono y el capitán se colocaron para hablar a los reunidos, era el equivalente al escenario; el mismo establo era como el decorado situado al fondo; y Tirian y sus amigos, las personas que atisban entre bambalinas. Era una posición magnífica, pues si cualquiera de ellos se adelantaba hasta quedar bajo la luz de las llamas, todos los ojos quedarían fijos en él al instante: por otra parte, mientras permanecieran inmóviles en las sombras de la pared posterior del establo, era muy poco probable que nadie advirtiera su presencia.

Rishda Tarkaan arrastró al mono cerca del fuego. La pareja se colocó de cara a la multitud, y eso significaba, claro, que daban la espalda a Tirian y a sus amigos.

—Ahora, mono —dijo Rishda Tarkaan en voz baja—, di las palabras que mentes más preclaras han puesto en tu boca. Y mantén la cabeza bien alta.

Mientras lo decía asestó al mono un puntapié para que avanzara.

—Déjame en paz —masculló Triquiñuela; pero se sentó más erguido y empezó a decir en voz más alta—: Escuchad, todos vosotros. Ha sucedido una cosa terrible. Algo malvado. La cosa más malvada que haya tenido lugar jamás en Narnia. Y Aslan...

—Tashlan, estúpido —susurró Rishda Tarkaan.

—Tashlan, quiero decir, claro —siguió el mono—, está muy irritado por ello.

Se produjo un silencio terrible mientras los animales aguardaban para oír qué nuevo infortunio los esperaba. El pequeño grupo situado junto a la pared posterior del establo también contuvo el aliento. ¿Qué iba a suceder?

—Sí —continuó el mono—, en este mismo instante, en que el Ser Terrible en persona se encuentra entre nosotros, ahí en el establo, justo detrás de mí, una bestia perversa ha decidido hacer lo que vosotros pensaríais que nadie osaría hacer, incluso aunque «él» se hallara a miles de kilómetros de distancia. Se ha disfrazado con una piel de león y deambula por estos mismos bosques fingiendo ser Aslan.

Jill se preguntó por un instante si el mono se había vuelto loco. ¿Iba a contar toda la verdad? Un rugido de horror brotó de los animales. «¡Grrr!», gruñeron.

—¿Quién es? ¿Dónde está? ¡Deja que le hinque el diente!

—Fue visto anoche —aulló el mono—, pero escapó. ¡Es un asno! ¡Un asno corriente y miserable! Si alguno de vosotros ve a ese asno...

—¡Grrr! —rugieron las bestias—. Lo haremos, lo haremos. Será mejor que se mantenga apartado de nosotros.

Jill miró al rey. Éste estaba boquiabierto y en su rostro se pintaba una expresión horrorizada. Y entonces comprendió la diabólica astucia del plan de sus enemigos. Al mezclar un poco de verdad en ella habían logrado que su mentira fuera mucho más poderosa. ¿De qué servía, ahora, decirles a los animales que habían disfrazado a un asno de león para engañarlos? El mono se limitaría a decir: «Eso es justo lo que he dicho». ¿De qué serviría mostrarles a Puzzle con la piel de león? La multitud lo despedazaría.

—Nos han tomado la delantera —musitó Eustace.

—Han socavado nuestra posición —declaró Tirian.

—¡Maldito, maldito ingenio! —exclamó Poggin—. Juraría que esta nueva mentira es obra de Pelirrojo.

Capítulo diez

¿Quién entrará en el establo?

Jill notó que algo le hacía cosquillas en la oreja. Era Perla, el unicornio, que le murmuraba al oído con el amplio susurro de una boca de caballo. En cuanto escuchó lo que le decía, asintió y regresó de puntillas a donde estaba Puzzle. Rápidamente y sin hacer ruido, cortó las últimas cuerdas que le sujetaban la piel de león. ¡Era mejor que no lo pescaran con aquello puesto, después de lo que había dicho el mono! Le habría gustado ocultar la piel en algún lugar muy alejado, pero era demasiado pesada; así que lo mejor que pudo hacer fue empujarla a patadas entre los matorrales más espesos. Luego hizo señas a Puzzle para que la siguiera y los dos se reunieron con el resto.

El mono volvía a hablar.

—Y tras una cosa espantosa como ésa, Aslan... Tashlan... está más enojado que nunca. Dice que ha sido excesivamente bondadoso con vosotros, saliendo cada noche para que lo vierais, ¿sabéis? Así que ya no va a volver a salir.

Aullidos, maullidos, chillidos y gruñidos fueron la respuesta de los animales a aquello, pero de repente una voz muy distinta hizo su aparición con una sonora carcajada.

—Escuchad lo que dice el mono —gritó—; nosotros sabemos por qué no va a sacar a su precioso Aslan. Os diré el motivo: porque ya no lo tiene. Jamás tuvo nada excepto un viejo asno con una piel de león sobre el lomo. Ahora lo ha perdido y no sabe qué hacer.

Tirian no podía ver bien los rostros situados al otro lado del fuego, pero adivinó que quien hablaba era Griffle, el jefe enano. Y tuvo la certeza de ello cuando, al cabo de un segundo, todas las voces de los enanos se le unieron para corear:

—¡No sabe qué hacer! ¡No sabe qué hacer! ¡No sabe qué haceeeer!

—¡Silencio! —tronó Rishda Tarkaan—. ¡Silencio, hijos del barro! Escuchadme, vosotros, los otros narnianos, no sea que ordene a mis guerreros que caigan con las espadas desenvainadas. Lord Triquiñuela ya os ha hablado de ese asno perverso. ¿Creéis acaso que debido a él no hay un auténtico Tashlan en el establo? ¿Lo creéis? ¡Tened cuidado, tened cuidado!

—No, no —gritó gran parte de la muchedumbre.

Sin embargo los enanos dijeron:

—Eso es, morenito, lo has entendido. Vamos, mono, muéstranos qué hay en el establo, «si no lo veo, no lo creo».

—Vosotros, enanos, creéis que sois muy listos, ¿no es cierto? —respondió el mono cuando se produjo un momento de silencio—. Pero no vayáis tan rápido. Jamás dije que no se pudiera ver a Tashlan. Cualquiera que lo desee puede hacerlo.

Toda la concurrencia calló. Luego, tras casi un minuto, el oso empezó a decir con voz lenta y perpleja.

—No acabo de entenderlo —refunfuñó—, pensaba que habías dicho que...

—¡Pensabas! —repitió el mono—. Cómo si alguien pudiera llamar «pensar» a lo que pasa por tu cabeza. Escuchad los demás. Cualquiera puede ver a Tashlan. Pero él no va a salir. Tenéis que entrar y verlo.

—Gracias, gracias, gracias —respondieron docenas de voces—. ¡Eso es lo que queríamos! Podemos entrar y verlo cara a cara. Y ahora será amable y todo será como antes.

Y los pájaros parlotearon, y los perros ladraron nerviosos. Luego, de repente, hubo un gran movimiento y el sonido de criaturas que se ponían en pie, y en un segundo todas ellas se habrían abalanzado al frente y amontonado a la vez en la puerta del establo.

—¡Atrás! —gritó el mono—. ¡Quietas! No tan de prisa.

Las bestias se detuvieron, muchas con una pata en el aire, otras meneando las colas, y todas ellas con las cabezas ladeadas.

—Pensaba que habías dicho... —empezó el oso, pero Triquiñuela lo interrumpió.

—Cualquiera puede entrar —dijo—, pero de uno en uno. ¿Quién irá primero? No he dicho que estuviera de buen humor. Se ha estado relamiendo una barbaridad desde que engulló al malvado rey la otra noche. Gruñía mucho esta mañana. A mí no me haría demasiada gracia entrar en ese establo esta noche. Pero haced lo que queráis. ¿A quién le gustaría entrar primero? No me culpéis si os engulle enteros u os convierte en ceniza con el simple terror de sus ojos. Eso es cosa vuestra. ¡Vamos pues! ¿Quién es el primero? ¿Qué tal uno de vosotros, enanos?

—¡Entremos, entremos, y ya nunca saldremos! —se burló Griffle—. ¿Cómo sabemos lo que tienes ahí dentro?

—¡Jo, jo! —gritó el mono—. Así que empiezas a pensar que sí hay algo ahí,

¿no? Bueno, todos vosotros armabais mucho alboroto hace un momento. ¿Qué es lo que os ha dejado mudos? ¿Quién entra primero?

Pero los animales se miraron unos a otros y empezaron a apartarse del establo. Muy pocas colas se agitaban entonces. El mono paseó contoneándose de un lado a otro mientras se burlaba de ellos.

—¡Jo, jo, jo! —rió por lo bajo—. ¡Pensaba que estabais todos ansiosos por ver a Tashlan cara a cara! Habéis cambiado de idea, ¿no es eso?

Tirian inclinó la cabeza para escuchar algo que Jill intentaba susurrarle al oído.

—¿Qué creéis que hay realmente en el interior del establo? —le preguntó.

—¿Quién sabe? —respondió él—. Lo más probable es que haya dos calormenos con las espadas desenvainadas, uno a cada lado de la puerta.

—¿No creéis —dijo Jill— que pueda tratarse... ya sabéis... de esa cosa horrible que vimos?

—¿Tash mismo? —musitó Tirian—. No hay modo de saberlo. Pero valor, pequeña, todos estamos en manos del auténtico Aslan.

Entonces sucedió una cosa sorprendente. El gato Pelirrojo anunció con voz tranquila y clara, sin el menor atisbo de nerviosismo.

—Yo entraré, si os parece.

Todas las criaturas se volvieron y clavaron los ojos en el felino.

—Fijaos en lo sutiles que son —indicó Poggin al rey—. Este maldito gato forma parte del complot, está en el meollo. Lo que sea que haya en el establo no le hará daño, estoy seguro. Entonces Pelirrojo saldrá otra vez y dirá que ha visto algo maravilloso.

Tirian no tuvo tiempo de responderle, pues el mono llamaba ya al gato para que se adelantara.

—¡Jo, jo! —dijo—. Así que tú, un minino insolente, vas a mirarlo cara a cara. ¡Vamos, pues! Te abriré la puerta. No me culpes si te pone los bigotes de punta. Eso es cosa tuya.

Y el gato se levantó y abandonó su lugar en la multitud, andando remilgada y delicadamente, con la cola bien erguida, sin un solo pelo del brillante pelaje fuera de lugar. Siguió avanzando hasta haber dejado atrás el fuego y se acercó tanto que Tirian, desde su puesto con el hombro pegado a la pared del fondo del establo, le podía ver directamente el rostro. Los grandes ojos verdes del felino ni siquiera pestañeaban.

—Fresco como una lechuga —masculló Eustace—. Sabe que no tiene nada que temer.

El mono, riendo por lo bajo y haciendo muecas, avanzó junto al gato, arrastrando los pies; alzó la mano, descorrió el pestillo y abrió la puerta. A Tirian le pareció oír el ronroneo del gato mientras atravesaba el oscuro umbral.

—¡Aii-aii-iaouuu!

El maullido más espantoso que nadie haya oído jamás hizo que todos dieran un salto. Si alguna vez te han despertado gatos peleando o cortejándose en el tejado en plena noche, ya puedes imaginar cómo fue su maullido.

Pues aquél fue peor. Pelirrojo derribó de espaldas al mono en su huida precipitada del establo, y de no haber sabido que se trataba de un gato, se podría haber creído que era un relámpago de color naranja. Como una exhalación, atravesó el trozo despejado de hierba hasta donde estaba el grupo de animales. Nadie desea encontrarse con un gato en ese estado, de modo que se podía ver a las criaturas apartándose de su camino a derecha e izquierda. El felino trepó veloz a un árbol, giró en redondo y se colgó cabeza abajo. Tenía la cola tan erizada que era casi tan gruesa como todo su cuerpo: los ojos eran como platos de fuego verde, y todos los pelos de su lomo estaban de punta.

—¡Daría mi barba —musitó Poggin— por saber si ese bruto se limita a actuar o si realmente ha encontrado algo que lo ha asustado!

—Silencio, amigo —indicó Tirian, pues el capitán y el mono también cuchicheaban y quería escuchar lo que decían.

No lo consiguió, únicamente pudo oír que el mono gimoteaba una vez más: «Mi cabeza, mi cabeza», pero le pareció que aquellos dos estaban casi tan perplejos por el comportamiento del gato como él mismo.

—Vamos, Pelirrojo —dijo el capitán—. Deja ya de hacer ese ruido. Diles lo que has visto.

—Aii... aii... miaouuu... aiaa —chilló el gato.

—¿No te llaman una bestia parlante? —inquirió el capitán—. Pues entonces deja de hacer ese ruido infernal y habla.

Lo que siguió fue horrible. Tirian estaba totalmente convencido —y los demás también— de que el felino intentaba decir algo: pero nada salía de su boca excepto los sonidos felinos corrientes y desagradables que se podrían oír de boca de un viejo gato callejero enfurecido o asustado en cualquier patio trasero de nuestro mundo. Y cuanto más maullaba, menos parecía una bestia parlante. Gimoteos inquietos y pequeños chillidos agudos surgieron de entre los otros animales.

—¡Mirad, mirad! —dijo la voz del oso—. No puede hablar. ¡Ha olvidado cómo hablar! Se ha vuelto a convertir en una bestia muda. Mirad su rostro.

Todos comprendieron que era cierto. Y entonces el mayor terror de todos cayó sobre los narnianos; pues a todos ellos se les había enseñado —cuando eran apenas una cría o un polluelo— cómo Aslan en el comienzo del mundo había convertido a las bestias de Narnia en bestias parlantes y les había advertido que si no eran buenas podrían perder un día esa capacidad y volver a ser como los pobres animales necios que se encuentra en otros países.

—Y ahora nos está ocurriendo —gimieron.

—¡Piedad! ¡Piedad! —se lamentaron los animales—. Ten misericordia, lord Triquiñuela, intercede por nosotros ante Aslan, tienes que entrar y hablar con él a nuestro favor. Nosotros no nos atrevemos, no nos atrevemos.

Pelirrojo desapareció en la zona más alta del árbol y nadie volvió a verlo jamás.

Tirian permaneció inmóvil, con la mano en la empuñadura de la espada y la cabeza inclinada. Se sentía aturdido por los horrores de aquella noche. En ocasiones pensaba que lo mejor sería desenvainar la espada al instante y cargar contra los calormenos; luego, al momento siguiente, pensaba que lo mejor era aguardar y ver qué nuevo cariz podían tomar las cosas. Y entonces se produjo un nuevo giro en los acontecimientos.

—Padre mío —se oyó que decía una voz clara y resonante desde el lado izquierdo de la multitud.

El rey supo al momento que era uno de los soldados calormenos quien hablaba, pues en el ejército del Tisroc los soldados rasos llaman a los oficiales «mi señor» pero lo oficiales llaman a los oficiales superiores «padre mío». Jill y Eustace no lo sabían, pero tras mirar a un lado y a otro, vieron al que había hablado, pues la gente situada a los lados de la multitud resultaba más fácil de distinguir que la que estaba en el centro, donde el resplandor de las llamas hacía que todo lo que quedaba del otro lado pareciera casi negro. Era un hombre joven, alto y delgado, e incluso bastante apuesto a la manera sombría y altanera de los calormenos.

—Padre mío —repitió al capitán—, yo también deseo entrar.

—Silencio, Emeth —ordenó éste—, ¿quién te ha pedido que intervengas? ¿Es acaso propio de un muchacho hablar?

—Padre mío —prosiguió Emeth—, realmente soy más joven que vos, sin embargo, también llevo sangre de tarkaanes como vos, y también soy un siervo de Tash. Por lo tanto...

—Silencio —dijo Rishda Tarkaan—. ¿No soy tu capitán? No tienes nada que ver con este establo. Es para los narnianos.

—No, padre mío —respondió Emeth—, vos habéis dicho que su Aslan y nuestro Tash son una misma cosa. Y si eso es cierto, entonces Tash en persona se encuentra ahí. Y ¿cómo decís vos que no tengo nada que ver con él? Pues de buena gana moriría mil veces a cambio de poder contemplar una sola el rostro de Tash.

—Eres un idiota y no entiendes nada —dijo Rishda Tarkaan—. Estamos hablando de cosas serias.

—¿No es entonces cierto que Tash y Aslan sean uno solo? —preguntó el soldado, y su rostro se tornó más severo—. ¿Nos ha mentido el mono?

—Claro que son uno solo —respondió el mono.

—Júralo, mono —exigió Emeth.

—¡Cielos! —lloriqueó Triquiñuela—. Cómo desearía que todos dejarais de fastidiarme. Me duele la cabeza. Sí, sí, lo juro.

—En ese caso, padre mío —declaró el joven—. Estoy totalmente decidido a entrar.

—Idiota —empezó a decir Rishda.

Pero al momento todos los enanos se pusieron a gritar:

—Vamos, morenito, ¿por qué no dejas que entre? ¿Por qué dejas entrar a los narnianos y no a tu propia gente? ¿Qué tienes ahí dentro que no quieres que tus hombres vean?

Tirian y sus amigos únicamente podían ver la espalda de Rishda Tarkaan, de modo que jamás supieron qué expresión tenía su rostro mientras se encogía de hombros y decía:

—Sed testigos de que no se me puede culpar por lo que le suceda a este joven. Entra, muchacho impetuoso, y date prisa.

Entonces, igual que había hecho Pelirrojo, Emeth se adelantó despacio por el trozo despejado de hierba situado entre la hoguera y el establo. Sus ojos brillaban, el rostro era solemne, su mano estaba apoyada en la empuñadura de la espada y mantenía la cabeza muy erguida. A Jill le entraron ganas de llorar al contemplar su rostro, y Perla susurró al oído del rey:

—¡Por la melena del León! casi siento afecto por este joven guerrero, por muy calormeno que sea. Es digno de un dios mejor que Tash.

—Ojalá supiéramos qué hay ahí dentro —dijo Eustace.

Emeth abrió la puerta y penetró en la negra boca del establo. Luego cerró la puerta a su espalda. Transcurrieron tan sólo unos momentos —aunque pareció mucho más tiempo— antes de que la puerta se volviera a abrir. Una figura con armadura calormena salió tambaleante al exterior, cayó de espaldas y se quedó inmóvil: la puerta se cerró detrás. El capitán se adelantó de un salto y se inclinó para contemplar su rostro. Lanzó un grito ahogado de sorpresa, pero en seguida se recuperó y giró hacia la multitud, gritando:

—El muchacho impetuoso ha cumplido su deseo. Ha contemplado a Tash y está muerto. Aceptad esta advertencia, todos vosotros.

—Lo haremos, lo haremos —respondieron las pobres bestias.

Pero Tirian y sus amigos contemplaron primero al calormeno muerto y luego intercambiaron miradas; pues ellos, al estar tan cerca, veían lo que la muchedumbre, al estar más lejos y al otro lado del fuego, no podía ver: aquel hombre muerto no era Emeth. Era totalmente distinto: un hombre de más edad, más grueso y no tan alto, con una gran barba.

—¡Jo, jo, jo! —rió por lo bajo el mono—. ¿Alguien más? ¿Alguien más quiere entrar? Bien, puesto que todos os mostráis vergonzosos, escogeré yo al siguiente. ¡Tú, tú, jabalí! Adelante. Empujadlo, calormenos. Verá a Tashlan cara a cara.

—Magnífico —gruñó el jabalí, incorporándose pesadamente—. Vamos pues. Probad mis colmillos.

Cuando Tirian vio que el valiente jabalí se disponía a luchar por su vida —y a los soldados calormenos acercándose con las cimitarras desenvainadas— algo pareció estallar en su interior, y ya no le importó si aquél era el mejor momento para intervenir o no.

—Sacad las espadas —susurró a los demás—. Preparad el arco. Seguidme.

Al cabo de un instante, los atónitos narnianos vieron a siete figuras que se colocaban de un salto frente al establo, cuatro de ellas cubiertas con relucientes corazas. La espada del rey centelleó a la luz de las llamas cuando la agitó por encima de su cabeza y gritó con voz estentórea:

—¡Aquí estoy yo, Tirian de Narnia, en nombre de Aslan, para demostrar con mi cuerpo que Tash es un demonio repugnante, el mono es un traidor consumado y estos calormenos son indignos de seguir viviendo! A mi lado, los narnianos auténticos. ¿Aguardaréis acaso hasta que vuestros nuevos amos os hayan matado a todos de uno en uno?

Capítulo once

Las cosas se precipitan

Veloz como el rayo, Rishda Tarkaan saltó hacia atrás, lejos del alcance de la espada del monarca. No era ningún cobarde, y habría luchado sin ayuda contra Tirian y el enano de haber sido necesario; pero no podía enfrentarse también al águila y al unicornio al mismo tiempo. Sabía que las águilas pueden lanzarse contra el rostro de uno, picotearle los ojos y cegarlo con sus alas. Y había oído decir a su padre —que se había enfrentado a narnianos en combate— que ningún hombre, excepto con flechas o una lanza larga, podía competir con un unicornio, pues se alza sobre sus patas traseras al lanzarse contra uno y entonces hay que enfrentarse a la vez con sus cascos, su cuerno y sus dientes. Así pues, el capitán se precipitó al interior de la muchedumbre y, una vez allí, gritó:

—A mí, a mí, guerreros del Tisroc, que viva eternamente. ¡A mí, narnianos leales, no sea que la cólera de Tashlan caiga sobre vosotros!

Mientras aquello sucedía, tenían lugar otras tres cosas. El mono no había advertido el peligro con tanta rapidez como el tarkaan, y durante un segundo o dos permaneció acuclillado junto al fuego, con los ojos fijos en los recién llegados. Entonces Tirian se abalanzó sobre la miserable criatura, la agarró por el pescuezo y corrió de vuelta al establo mientras gritaba:

—¡Abrid la puerta!

Así lo hizo Poggin y el monarca siguió:

—¡Ve y toma un poco de tu propia medicina, Triquiñuela!

Y arrojó al simio a la oscuridad. Pero mientras el enano cerraba de un portazo, un luz cegadora de un azul verdoso brilló en el interior del recinto, la tierra se estremeció y se oyó un sonido extraño; una mezcla de risita y alarido, como si se tratara de la voz áspera de algún pájaro monstruoso.

La bestias gimieron y aullaron, y también gritaron: «¡Tashlan! ¡Ocultadnos de él!», y muchas se echaron al suelo, y otras tantas escondieron sus rostros tras alas o zarpas. Nadie, excepto el águila Sagaz, que posee la vista más aguda de todos los seres vivos, se fijó en el rostro de Rishda Tarkaan en aquel momento. Y por lo que Sagaz pudo ver en él, supo al momento que el calormeno estaba igual de sorprendido, y casi tan asustado, como todos los demás.

«Ahí va uno —pensó el águila— que ha invocado a dioses en los que no cree. ¿Qué será de él si realmente han venido?»

La tercera cosa que ocurrió al mismo tiempo fue el único acontecimiento hermoso de la noche, pues todos los perros parlantes de la reunión (había unos quince) fueron corriendo entre saltos y ladridos de alegría a colocarse junto al rey. En su mayoría eran perros grandes con lomos gruesos y mandíbulas fuertes. Su llegada fue como el choque de una ola enorme contra la playa: casi los derribaron. Pues aunque eran perros parlantes eran tan perrunos como el que más, y todos se alzaron y apoyaron las patas delanteras en los humanos y les lamieron los rostros, diciendo todos a la vez:

—¡Bienvenidos! ¡Bienvenidos! Ayudaremos, ayudaremos, ayudaremos. Mostradnos cómo ayudar, mostradnos cómo, cómo.

Resultaba tan delicioso que casi daban ganas de llorar. Aquélla, al menos, era una de las cosas que habían estado esperando. Y cuando, al cabo de un momento, varios animales pequeños (ratones, topos, ardillas y otros por el estilo) se acercaron con pasitos rápidos, entre chillidos de alegría, diciendo: «Mirad, mirad. Aquí estamos», y después de eso, el oso y el jabalí también, Eustace empezó a sentir que tal vez, después de todo, las cosas podrían acabar saliendo bien. Sin embargo, Tirian paseó la mirada por su alrededor y vio qué pocos de los animales se habían movido.

—¡Venid a mí! ¡Venid a mí! —llamó—. ¿Es que os habéis vuelto todos cobardes desde que fui vuestro rey?

—No nos atrevemos —gimotearon docenas de voces—. Tashlan se enfadaría. Protegednos de Tashlan.

—¿Dónde están todos los caballos parlantes? —preguntó Tirian al jabalí.

—Los hemos visto, los hemos visto —chillaron los ratones—. El mono los ha hecho trabajar. Están todos atados... abajo, al pie de la colina.

—Entonces vosotros, pequeños —indicó el rey—, vosotros mordedores, roedores y cascanueces, marchad corriendo tan de prisa como podáis y averiguad si los caballos están de nuestro lado. Y si lo están, aplicad los dientes a sus cuerdas y roedlas hasta que estén libres y podáis traerlos aquí.

—Con sumo gusto, señor —dijeron las vocecitas, y con un meneo de colas aquellas criaturas de ojos brillantes y dientes afilados partieron a toda prisa.

Tirian sonrió cariñosamente al verlas marchar. Pero era ya tiempo de pensar en otras cosas. Rishda Tarkaan empezaba a dar órdenes.

—Adelante —decía—. Cogedlos a todos con vida si podéis y arrojadlos al interior del establo o empujadlos a él. Cuando estén todos dentro lo incendiaremos y los convertiremos en una ofrenda al gran dios Tash.

—¡Ja! —dijo Sagaz para sí—. Así que de este modo es como espera obtener el perdón por su incredulidad.

La línea enemiga —aproximadamente la mitad de los hombres de Rishda— avanzaba ya, y Tirian apenas había tenido tiempo de dar sus órdenes.

—A la izquierda, Jill, e intentad disparar todo lo que podáis antes de que nos alcancen. El jabalí y el oso junto a ella. Poggin a mi izquierda, Eustace a mi derecha. Defiende el ala derecha, Perla. Quédate a su lado, Puzzle, y usa los cascos. Muévete de lado a lado y ataca, Sagaz. Vosotros, perros, justo detrás de nosotros. Meteos entre ellos en cuanto empiece la pelea. ¡Que Aslan nos ayude!

Eustace se quedó de pie, con el corazón latiéndole violentamente, mientras esperaba y deseaba mostrarse valiente. Jamás había visto nada —a pesar de haber contemplado tanto un dragón como una serpiente marina— que le helara hasta tal punto la sangre como aquella hilera de hombres de rostros oscuros y ojos brillantes. Eran quince calormenos, un toro parlante de Narnia, el zorro Taimado y el sátiro Wraggle. Entonces oyó «clang» y «fiu» a su izquierda y un calormeno cayó, luego «clang» y «fiu» otra vez y fue el sátiro quien cayó. «¡Bien hecho, muchacha!», se oyó decir a Tirian; y a continuación el enemigo se lanzó sobre ellos.

Eustace jamás consiguió recordar qué sucedió durante los dos minutos siguientes. Fue todo como una pesadilla (como las que uno sufre cuando tiene fiebre muy alta) hasta que le llegó la voz de Rishda Tarkaan que gritaba desde lejos:

—Retiraos. Regresad aquí y reagrupaos.

Entonces Eustace volvió en sí y vio que los calormenos corrían de vuelta con sus amigos. Aunque no todos; dos yacían muertos, uno atravesado por el cuerno de Perla, otro por la espada de Tirian; el zorro yacía sin vida a sus propios pies, y se preguntó si habría sido él quien lo había abatido. El toro también había caído con una flecha de Jill clavada en un ojo y con el costado desgarrado por los colmillos del jabalí. Sin embargo, el bando de Tirian también había sufrido pérdidas. Habían matado a tres perros y un cuarto cojeaba tras las líneas sobre tres patas, gimoteando. El oso estaba tumbado en el suelo, casi sin fuerzas para moverse. Luego farfulló con su voz gutural, perplejo hasta el final:

—No... no... lo comprendo. —Apoyó la cabeza sobre la hierba con la tranquilidad de un niño que se acuesta y ya no volvió a moverse.

En realidad, el primer ataque contra ellos había fracasado; pero Eustace no parecía capaz de alegrarse: estaba terriblemente sediento y el brazo le dolía horrores.

Mientras los derrotados calormenos regresaban junto a su comandante, los enanos empezaron a mofarse de ellos.

—¿Ya habéis tenido suficiente, morenitos? —aullaron—. ¿No os gusta? ¿Por qué no va vuestro gran tarkaan a luchar en persona en lugar de enviaros a vosotros a que os maten? ¡Pobres morenitos!

—¡Enanos! —llamó Tirian—. Venid aquí y utilizad vuestras espadas, no vuestras lenguas. Todavía hay tiempo. ¡Enanos de Narnia! Podéis luchar bien, lo sé. Regresad junto a quien jurasteis fidelidad.

—¡Ja! —se burlaron los enanos—. No es probable. Sois un montón de farsantes semejantes a los otros. No queremos reyes. Los enanos para los enanos. ¡Bu!

Entonces empezó a sonar el tambor: no un tambor enano en aquella ocasión, sino un gran tambor calormeno de piel de toro. Los niños odiaron el sonido desde el principio. *Bum, bum, babababum*, tronaba. Pero lo habrían odiado aún más de haber sabido lo que significaba. Tirian sí lo sabía. Indicaba que había otras tropas calormenas en las cercanías y que Rishda Tarkaan las llamaba para que acudieran en su ayuda. Tirian y Perla se miraron entristecidos. Habían empezado a tener la esperanza de que podrían vencer aquella noche, pero si aparecían nuevos adversarios, lo tendrían todo perdido.

Tirian paseó la mirada desesperadamente a su alrededor. Varios narnianos permanecían junto a los calormenos, ya fuera por traición o debido a un temor auténtico a «Tashlan». Otros seguían sentados, mirando con fijeza, sin que existieran muchas probabilidades de que fueran a unirse a uno de los dos bandos. Sin embargo, había muchos menos animales: la multitud se había reducido. Estaba claro que varios de ellos se habían escabullido sin hacer ruido durante la pelea.

Bum, bum, babababum, sonó el horrible tambor. Entonces otro sonido empezó a mezclarse con él.

—¡Escuchad! —dijo Perla.

—¡Mirad! —dijo Sagaz a continuación.

Al cabo de un momento ya no hubo la menor duda sobre el origen del segundo sonido; con un tronar de cascos, las cabezas en movimiento, los ollares bien abiertos y las crines ondeando al viento, una veintena de caballos parlantes de Narnia ascendían como una exhalación por la colina. Los roedores habían hecho su trabajo.

El enano Poggin y los niños abrieron la boca para aclamarlos, pero la aclamación no llegó a salir. De repente, el aire se llenó del chasquido de las cuerdas de los arcos y del siseo de las flechas. Eran los enanos que disparaban y —por un momento Jill no pudo creer lo que veían sus ojos— disparaban a los animales. Los enanos son arqueros mortíferos, y los animales cayeron uno tras otro. Ni una de aquellas nobles bestias consiguió llegar hasta el rey.

—Pequeños canallas —chilló Eustace, dando saltos de rabia—. Sucias y pequeñas bestias repugnantes y traidoras.

—¿Queréis que vaya tras esos enanos, señor —dijo incluso Perla—, y ensarte a diez de ellos en mi cuerno con cada embestida?

Pero Tirian, con el rostro duro como una piedra, respondió:

—Mantente firme, Perla. Si tienes que llorar, preciosa —eso se lo dijo a Jill—, vuelve la cabeza y ten cuidado de no mojar la cuerda del arco. Y tú, silencio, Eustace. No farfulles como una criada. Ningún guerrero farfulla. Palabras corteses o golpes contundentes son su único lenguaje.

Pero los enanos gritaron burlones a Eustace.

—¡Menuda sorpresa!, ¿eh, muchachito? Pensabas que estábamos de vuestro lado, ¿no es cierto? No temas. No queremos caballos parlantes. No queremos que ganéis, igual que tampoco queremos que gane el otro bando. No podéis embaucarnos. Los enanos son para los enanos.

Rishda Tarkaan seguía hablando con sus hombres, sin duda efectuando preparativos para el siguiente ataque y probablemente deseando haber enviado a todos sus efectivos en el primero. Entonces, con gran horror por su parte, Tirian y sus amigos oyeron, mucho más apagada, como si estuviera muy lejos, la respuesta de un tambor. Otro destacamento de calormenos había oído la señal de Rishda y acudía en su apoyo. Nadie habría podido saber por el rostro de Tirian que éste había abandonado ya toda esperanza.

—Escuchad —murmuró como si tal cosa—, debemos atacar ahora, antes de que esos bellacos de ahí se vean reforzados por sus amigos.

—Se me ocurre, señor —dijo Poggin—, que aquí tenemos la fuerte pared de madera del establo a nuestras espaldas. Si avanzamos, ¿no quedaremos rodeados y con espadas apuntando entre nuestros omoplatos?

—Diría lo mismo que tú, enano —respondió el monarca—, si no fuera porque sus planes son obligarnos a entrar en el establo. Cuanto más lejos estemos de su mortífera puerta, mejor.

—El rey tiene razón —dijo Sagaz—. Mantengámonos lejos de este establo maldito, y del trasgo que habita en su interior, cueste lo que cueste.

—Sí, hagámoslo —asintió Eustace—. ¡Sólo de verlo ya siento repulsión!

—Bien —dijo Tirian—. Ahora mirad allá, a nuestra izquierda. Veréis una roca grande que brilla blanca como el mármol a la luz de las llamas. Primero caeremos sobre esos calormenos. Muchacha, colócate a nuestra izquierda y dispara tan rápido como puedas contra sus filas; y tú, águila, vuela contra sus rostros desde la derecha. Entretanto, los demás cargaremos contra ellos. Cuando estemos tan cerca, Jill, que ya no puedas disparar por temor a herirnos, ve hasta la roca blanca y aguarda. Los demás, mantened los oídos aguzados durante el combate. Debemos hacerlos huir en unos pocos minutos o dejarlo así, pues somos menos que ellos. En cuanto grite «Atrás», corred a reuniros con Jill en la roca blanca, donde tendremos protección a nuestra espalda y podremos respirar un poco. Ahora, en marcha, Jill.

Sintiéndose terriblemente sola, la niña salió corriendo unos seis metros, echó la pierna derecha atrás y la izquierda al frente, y colocó una flecha en el arco. Deseó que sus manos no temblaran tanto.

¡Vaya disparo tan desafortunado! —exclamó mientras su primera flecha corría hacia los enemigos y volaba por encima de sus cabezas.

Sin embargo, al cabo de un instante ya tenía otra flecha colocada: sabía que la velocidad era lo que importaba. Vio algo grande y negro que caía a toda velocidad sobre los rostros de los calormenos. Era Sagaz. Primero un hombre, y luego otro, soltaron la espada y alzaron las manos para defender sus ojos. Después una de sus propias flechas acertó a un soldado, y otra se clavó en un lobo narniano, que, al parecer, se había unido al enemigo.

Pero llevaba tan sólo unos segundos disparando cuando tuvo que parar. Con un centelleo de espadas, colmillos de jabalí y el cuerno del unicornio, además de los sonoros ladridos de los perros, Tirian y su grupo se abalanzaban sobre el enemigo, como si corrieran los cien metros lisos. Jill se asombró al comprobar lo poco preparados que parecían estar los calormenos. No comprendió que era el resultado de su trabajo y el del águila. Pocas tropas pueden seguir mirando al frente cuando les disparan flechas al rostro desde un lado y un águila los picotea desde el otro.

—Bien hecho. ¡Bien hecho! —gritó Jill.

El grupo del rey se abría paso entre el enemigo. El unicornio lanzaba hombres por los aires igual que se lanzaría heno con una horca. A Jill —quien al fin y al cabo no sabía gran cosa sobre esgrima— le pareció que incluso Eustace combatía con brillantez. Los perros saltaban sin cesar a la garganta del adversario. ¡Iba a salir bien! Vencerían por fin...

Con un horrible y gélido sobresalto, la niña advirtió un hecho muy curioso. A pesar de que los calormenos caían bajo cada mandoble, no había forma de que su número pareciera reducirse. De hecho, en realidad había más en aquellos momentos que al inicio del combate. Eran más numerosos con cada segundo que pasaba. Aparecían por todos los lados. Eran otros soldados y llevaban lanzas. Había tal multitud que apenas conseguía distinguir a sus compañeros.

Entonces oyó la voz de Tirian que gritaba:

—¡Atrás! ¡A la roca!

El enemigo se había visto reforzado. El tambor había cumplido su cometido.

Capítulo doce

A través de la puerta del establo

Jill tendría que haber estado ya en la roca blanca, pero había olvidado por completo aquella parte de sus órdenes en medio de la emoción de contemplar la batalla. Lo recordó entonces, y giró al momento, corrió y llegó apenas un segundo antes que los demás. Así pues sucedió que, por un instante, todos tuvieron la espalda vuelta hacia el enemigo, aunque giraron en redondo en cuanto alcanzaron el lugar. Una vez allí, sus ojos contemplaron algo terrible.

Un calormeno corría hacia la puerta del establo transportando algo que daba patadas y forcejeaba. Cuando pasó entre ellos y el fuego, pudieron ver con claridad tanto la figura del soldado como la de lo que transportaba. Era Eustace.

Tirian y el unicornio salieron corriendo al rescate; pero el soldado estaba ya mucho más cerca de la puerta que ellos y antes de que hubieran recorrido la mitad de la distancia había arrojado al niño al interior y cerrado la puerta tras él. Media docena de calormenos más habían corrido detrás de él para formar una hilera ante la zona despejada situada frente al edificio. Ya no había forma de llegar a él.

Incluso entonces, Jill recordó que debía mantener el rostro ladeado, lejos del arco.

—Aunque no pueda dejar de llorar, no pienso mojar la cuerda —dijo.

—Cuidado, flechas —advirtió Poggin de repente.

Todos se agacharon y se hundieron los cascos hasta la nariz. Los perros se acurrucaron detrás. Pero aunque unas pocas flechas cayeron por donde ellos estaban, no tardó en quedar claro que no era a ellos a quienes disparaban. Griffle y sus enanos volvían a usar sus arcos, y en aquella ocasión disparaban con total sangre fría contra los calormenos.

—¡Seguid, muchachos! —les llegó la voz de Griffle—. Todos juntos. Con cuidado. No queremos a los morenitos, igual que tampoco queremos monos, leones ni reyes. Los enanos son para los enanos.

Se diga lo que se diga sobre los enanos, lo que nadie puede decir es que no son valientes. Podrían muy bien haber huido a un lugar seguro, pero prefirieron quedarse y matar a tantos miembros de ambos bandos como pudieran, salvo en los momentos en que los bandos eran tan amables de ahorrarles la molestia matándose unos a otros. Querían que Narnia fuera para ellos.

Lo que tal vez no habían tenido en cuenta era que los calormenos llevaban cotas de malla y los caballos que habían atacado antes carecían de protección. Además, los calormenos tenían un jefe. La voz de Rishda Tarkaan gritó:

—Que treinta de vosotros vigilen a esos idiotas de la roca blanca. El resto, venid conmigo, les daremos una lección a estos hijos de la Tierra.

Tirian y sus amigos, jadeantes aún tras la pelea y agradecidos por tener unos minutos de respiro, se quedaron allí, inmóviles, y observaron mientras el tarkaan conducía a sus hombres contra los enanos. Resultaba una escena de lo más extraña. El fuego había perdido intensidad: la luz que despedía era menor y de un rojo más oscuro. Hasta donde se podía ver, todo el lugar de la reunión estaba en aquel momento desierto, a excepción de los enanos y los calormenos; aunque a aquella luz no se podía distinguir gran cosa de lo que sucedía. Por los ruidos parecía que los enanos se defendían con energía. Tirian oía a Griffle utilizando un lenguaje espantoso y, de vez en cuando, al tarkaan que gritaba:

—¡Coged a todos los que podáis con vida! ¡Cogedlos vivos!

Fuera como fuese el combate, no duró demasiado. El fragor de la pelea se apagó. Jill vio que el tarkaan regresaba al establo, seguido por once hombres que arrastraban a once enanos maniatados. (Si los otros habían muerto o si algunos habían podido huir, no lo supieron nunca.)

—Arrojadlos al santuario de Tash —ordenó Rishda Tarkaan.

Y después de que hubieran tirado o lanzado de una patada a los once enanos, uno a uno, al oscuro umbral y cerrado la puerta de nuevo, hizo una profunda reverencia ante el establo y dijo:

—Éstos también serán quemados en vuestro sacrificio, lord Tash.

Y todos los soldados golpearon sus escudos con la hoja de las espadas y gritaron:

—¡Tash! ¡Tash! ¡El gran dios Tash! ¡Tash el Inexorable!

Ahora ya no se mencionaba aquella tontería sobre el supuesto «Tashlan».

El reducido grupo situado junto a la roca blanca contempló tales actividades y todos intercambiaron cuchicheos. Habían localizado un hilillo de agua que descendía por la piedra y todos habían bebido con avidez; Jill, Poggin y el rey con las manos, mientras los miembros de cuatro patas bebían a lengüetazos del pequeño charco, que se había formado al pie de la piedra. Tenían tal sed que les pareció la bebida más deliciosa que habían tomado nunca, y mientras bebían se sintieron del todo felices y fueron incapaces de pensar en otra cosa.

—Tengo el presentimiento —declaró Poggin— de que todos, uno a uno, atravesaremos esa oscura entrada antes de que sea de día, y se me ocurren un centenar de muertes que preferiría a esa.

—Desde luego es una puerta lúgubre —dijo Tirian—. Más bien recuerda unas fauces.

—¿No podemos hacer nada para detener esto? —inquirió Jill con voz temblorosa.

—No, dulce amiga —respondió Perla, dándole suaves golpecitos con el hocico—. Puede que para nosotros sea la puerta al país de Aslan, y que cenemos en su mesa esta noche.

Rishda Tarkaan dio la espalda al establo y avanzó despacio hasta un lugar situado frente a la roca blanca.

—Oíd —dijo—, si el jabalí, los perros y el unicornio vienen aquí y se entregan a mi clemencia, se les perdonará la vida. El jabalí irá a una jaula del jardín del Tisroc; los perros, a las perreras del Tisroc, y el unicornio, una vez que le haya serrado el cuerno, tirará de una carreta. Pero el águila, los niños y aquel que fue rey serán ofrecidos a Tash esta noche.

La única respuesta que recibió fueron gruñidos.

—Adelante, guerreros —indicó el tarkaan—. Matad a las bestias, pero coged a las criaturas de dos patas con vida.

Y entonces se inició la última batalla del último rey de Narnia.

Lo que la convertía en algo desesperado, sin tener en cuenta el gran número de enemigos, eran las lanzas. Los calormenos que habían estado con el mono casi desde el principio no habían dispuesto de lanzas, y eso se debía a que habían entrado en Narnia de uno en uno o de dos en dos, fingiendo ser comerciantes pacíficos, y desde luego no habían llevado lanzas porque ésa no es un arma que se pueda ocultar. Los más nuevos debían de haber llegado más tarde, una vez que el mono tenía poder y podían avanzar abiertamente. Las lanzas lo cambiaban todo. Con una lanza larga se puede matar a un jabalí sin ponerse al alcance de sus colmillos y a un unicornio antes de que éste te hiera con el cuerno; si se es rápido y se mantiene la sangre fría. Y ahora las lanzas en posición horizontal se acercaban a Tirian y a sus últimos amigos. Dentro de un minuto pelearían a muerte.

En cierto modo no era tan terrible como se podría pensar. Cuando se utilizan todos los músculos al máximo —agachándose ante una punta de lanza aquí, saltando sobre ella allí, abalanzándose al frente, retirándose, girando en redondo—, no queda mucho tiempo para sentir ni miedo ni tristeza.

Tirian sabía que no podía hacer nada por sus compañeros; todos estaban condenados. Vagamente, vio caer al jabalí a uno de sus lados, y a Perla, que combatía con furia al otro. Por el rabillo del ojo vio, pero sólo vio, a un calormeno enorme que arrastraba a Jill por los cabellos hacía alguna parte. Sin embargo, apenas dedicó un pensamiento a todo ello. Su única idea en aquel momento era vender su vida tan cara como le fuera posible. Lo peor era que no podía mantener la posición en la que había empezado, bajo la roca blanca. Un hombre que pelea contra una docena de enemigos a la vez debe aprovechar todas las oportunidades que se le presenten; tiene que lanzarse al frente cada vez que ve el pecho o el cuello desprotegidos de un adversario. En unos pocos mandobles eso lo condujo a bastante distancia del punto de partida, y Tirian no tardó en descubrir que cada vez se movía más hacia la derecha, acercándose al establo. Tenía una vaga idea de que existía un buen motivo para mantenerse apartado de él; pero no conseguía recordarla. Y de todos modos, no podía evitarlo.

De repente todo resultó muy claro. Descubrió que combatía con el tarkaan en persona. La hoguera —lo que quedaba de ella— se hallaba justo al frente. En realidad peleaba ante el umbral mismo del establo, ya que dos calormenos habían abierto la puerta y la sostenían así, listos para cerrarla de golpe en cuanto él estuviera dentro. Lo recordó todo entonces, y comprendió que el enemigo lo había estado conduciendo hacia allí a propósito desde que se inició allí. Mientras pensaba aquello seguía peleando contra el tarkaan con todas sus energías.

Una idea nueva pasó entonces por la mente de Tirian, que, soltando la espada, se arrojó al frente, esquivó un mandoble de la cimitarra del tarkaan, agarró a su enemigo por el cinturón con ambas manos y saltó al interior del establo, gritando:

—¡Entra y ven a conocer a Tash por ti mismo!

Dentro se oyó un ruido ensordecedor. Igual que cuando habían arrojado al mono a su interior, la tierra se estremeció y brilló un fogonazo cegador.

—¡Tash, Tash! —gritaron los calormenos del exterior y cerraron de un portazo.

Si Tash quería a su capitán, debía tenerlo. Ellos, en cualquier caso, no estaban interesados en encontrarse con el dios.

Durante un momento o dos Tirian no supo dónde estaba ni quién era. Luego se tranquilizó, parpadeó y miró a su alrededor. En el interior del establo no estaba oscuro, como había esperado. Al contrario, se hallaba bajo una luz potente, que lo hacía pestañear.

Se dio la vuelta para mirar a Rishda Tarkaan, pero éste no lo miraba. El calormeno lanzó un gran gemido y señaló con el dedo; luego se cubrió el rostro con las manos y se dejó caer al suelo, boca abajo, cuan largo era. Tirian miró en la dirección que el tarkaan había indicado y comprendió.

Una figura espantosa se dirigía hacia ellos. Era mucho más pequeña que la forma que habían visto desde la torre, aunque seguía siendo mucho mayor que un hombre, y su aspecto era el mismo. Tenía cabeza de buitre y cuatro brazos. El pico estaba abierto y sus ojos llameaban. Una voz ronca surgió del pico.

—Tú me has llamado a Narnia, Rishda Tarkaan. Aquí estoy. ¿Qué tienes que decir?

Pero el tarkaan no alzó el rostro del suelo ni pronunció una sola palabra.

Temblaba como quien tiene un violento ataque de hipo. Era muy valiente en combate, pero la mitad de su valor lo había abandonado a primera hora de la noche, cuando había empezado a sospechar que podía existir un auténtico Tash. El resto lo acababa de abandonar en aquel momento.

Con un repentino tirón —como una gallina inclinándose para coger un gusano— Tash saltó sobre el miserable Rishda y se lo metió bajo el brazo superior derecho. A continuación volvió la cabeza de lado para contemplar fijamente a Tirian con uno de sus terribles ojos: pues, como es natural, al tener cabeza de ave, no podía mirarlo de frente.

Pero inmediatamente, detrás de Tash, una voz, potente y tranquila como el mar en verano, dijo:

—Fuera de aquí, monstruo, y llévate a tu presa legítima a tu propio reino: en nombre de Aslan y del abuelo de Aslan, el Emperador de Allende los Mares.

La horrenda criatura desapareció, con el tarkaan todavía bajo el brazo, y Tirian se volvió para ver quién había hablado. Lo que vio hizo que su corazón latiera como no había latido jamás en ninguna pelea.

Siete reyes y reinas se encontraban ante él, todos con coronas en la cabeza y ataviados con ropajes centelleantes. Al mismo tiempo, los reyes lucían magníficas cotas de malla y empuñaban espadas.

Tirian les dedicó una cortés reverencia e iba a decir algo cuando la más joven de las reinas se echó a reír. El monarca contempló con fijeza aquel rostro, y a continuación profirió una exclamación de sorpresa, pues conocía a la muchacha. Era Jill: pero no Jill tal como la había visto la última vez, con el rostro sucio de polvo y lágrimas y un viejo vestido de sarga medio resbalando de un hombro. En aquellos momentos tenía un aspecto fresco y resplandeciente, tan resplandeciente como si acabara de darse un buen baño; al principio pensó que parecía mayor, pero luego ya no, y no consiguió decidirse ni por lo uno ni por lo otro. Luego vio que el rey más joven era Eustace, pero también él aparecía cambiado, igual que Jill.

Tirian se sintió repentinamente incómodo por estar ante aquellas personas con la sangre, el polvo y el sudor de la batalla pegado aún a él, pero al cabo de un instante se dio cuenta de que no se sentía incómodo, ¡qué va! Estaba fresco, resplandeciente y limpio, y vestido con prendas como las que habría lucido en un gran banquete en Cair Paravel. (Pero en Narnia la ropa elegante no es jamás incómoda, pues saben cómo hacerla para sentirse bien vistiéndola, además de ser bonita: no existían allí cosas como el almidón, la franela o las ligas.)

—Señor —dijo Jill, avanzando a la vez que le dedicaba una elegante reverencia—, dejad que os presente a Peter, el Sumo Monarca de todos los reyes de Narnia.

Tirian no necesitó preguntar quién era el Sumo Monarca, pues recordaba su rostro, por un sueño —aunque allí resultaba más noble—. Se adelantó, hincó una rodilla en tierra y besó la mano de Peter.

—Se os saluda, Sumo Monarca —dijo—. Os doy la bienvenida.

Y el Sumo Monarca hizo que se incorporara y lo besó en ambas mejillas, como debe hacer un Sumo Monarca. Luego lo acompañó hasta la reina de más edad —pero ni siquiera ésta era muy mayor, y no tenía canas en el pelo ni arrugas en las mejillas— y dijo:

—Señor, ella es lady Polly, que vino a Narnia el Primer Día, cuando Aslan hizo crecer los árboles y hablar a las bestias.

A continuación lo acompañó hasta un hombre cuya barba dorada le caía sobre el pecho y cuyo rostro estaba lleno de sabiduría.

—Y él —siguió—, lord Digory, que estaba con ella ese día. Y él es mi hermano, el rey Edmund, y ella, mi hermana, la reina Lucy.

—Señor —dijo Tirian, cuando los hubo saludado a todos—, si he leído bien las crónicas, debería haber otra persona. ¿No tiene dos hermanas su majestad? ¿Dónde está la reina Susan?

—Mi hermana Susan —respondió Peter cortante y en tono severo—, ya no es amiga de Narnia.

—Sí —añadió Eustace—, y cada vez que has intentado conseguir que viniera y hablara de Narnia o hiciera algo referente a Narnia, se limita decir: «¡Qué memoria tan asombrosa tienes! Mira que pensar todavía en todos aquellos juegos divertidos a los que jugábamos cuando éramos niños...».

—¡Susan! —intervino Jill—. Ahora sólo le interesan las cosas relacionadas con medias, lápices de labios e invitaciones. Siempre deseaba ser adulta.

—¡Conque adulta! —dijo lady Polly—. Ojalá madurara de verdad. Malgastó todos sus años en la escuela deseando llegar a la edad que tiene ahora, y desperdiciará el resto de su vida intentando mantenerse en esa edad. Su idea es precipitarse a la época más tonta de la vida de uno lo más rápido posible y luego quedarse allí tanto tiempo como pueda.

—Bueno, no hablemos de eso ahora —indicó Peter—. ¡Mirad! Aquí tenemos unos deliciosos árboles frutales. Probémoslos.

Y entonces, por vez primera, Tirian miró a su alrededor y se dio cuenta de lo sumamente extraña que era aquella aventura.

Capítulo trece

Cómo los enanos rehusaron dejarse embaucar

Tirian había pensado —o lo habría pensado de haber tenido tiempo para pensar— que se encontraban en el interior de un pequeño establo con el techo de paja, de unos tres metros y medio de largo y un metro ochenta de ancho. En realidad estaban de pie sobre hierba, con un cielo de un azul profundo sobre sus cabezas, y el aire que soplaba dulcemente sobre sus rostros era el propio de un día de principios de verano.

No muy lejos de ellos se alzaba un bosquecillo de hojas tupidas, pero bajo cada hoja atisbaba el color dorado, amarillo pálido, púrpura o rojo reluciente de unas frutas que nadie ha visto jamás en nuestro mundo. La fruta hizo que Tirian tuviera la impresión de que debía de ser otoño, pero había algo en el aire que le indicaba que no podía ser más allá de junio. Todos se encaminaron hacia los árboles.

Cada uno alzó la mano para coger la fruta cuyo aspecto le resultara más atrayente, y luego todos se detuvieron durante un segundo. La fruta era tan hermosa que todos pensaban: «No puede ser para mí... Seguro que no tenemos permiso para cogerla».

—No hay ningún problema —dijo Peter—. Sé lo que todos estamos pensando. Pero estoy seguro, convencido, de que no hay de qué preocuparse. Tengo la impresión de que hemos ido a parar al país donde todo está permitido.

—¡Pues, ahí va! —declaró Eustace; y todos empezaron a comer.

¿A qué sabía la fruta? Por desgracia nadie puede describir un sabor. Todo lo que puedo decir es que, comparada con aquellas frutas, el pomelo más tierno que hayas comido nunca y la naranja más jugosa resultaban resecos, la pera más madura era dura y leñosa, y el fresón más dulce, amargo. Y no había ni semillas, ni huesos, ni avispas. Si se comía aquella fruta una sola vez, todas las cosas más deliciosas de nuestro mundo sabrían a jarabe a partir de entonces. Pero no puedo describirlo. No se puede saber cómo es a menos que se consiga llegar a ese país y probarla por uno mismo.

Después de comer suficiente, Eustace le dijo al rey Peter.

—Todavía no nos habéis contado cómo llegasteis aquí. Estabais a punto de explicarlo, cuando apareció Tirian.

—No hay mucho que contar. Edmund y yo estábamos en el andén y vimos que llegaba vuestro tren. Recuerdo que pensé que cogía la curva demasiado rápido. Y también recuerdo haber pensado que era gracioso que nuestra familia probablemente se hallaba en el mismo tren, aunque Lucy no lo sabía...

—¿Vuestra familia, Sumo Monarca? —inquirió Tirian.

—Quiero decir mi padre y mi madre..., los padres de Edmund, Lucy y míos.

—¿Por qué estaban allí? —quiso saber Jill—. ¿No querréis decir que saben lo de Narnia?

—No, no tenía nada que ver con Narnia. Iban de camino a Bristol. Me enteré de que iban a ir aquella mañana, y Edmund dijo que seguro que iban en el mismo tren.

(Edmund era la clase de persona que sabe mucho sobre ferrocarriles.)

—Y ¿qué sucedió entonces? —preguntó Jill.

—Bueno, no es fácil de describir, ¿no es cierto, Edmund? —respondió el Sumo Monarca.

—Lo cierto es que no —repuso su hermano—. No se pareció en nada a la otra vez que la magia nos sacó de nuestro mundo. Se oyó un estruendo horroroso y algo me golpeó con un estallido, pero no me hizo daño. Y no me sentí tan asustado como... digamos, emocionado. Ah... y hay una cosa curiosa. Tenía una rodilla dolorida, por una patada recibida jugando a rugby, y me di cuenta de que el dolor había desaparecido de improviso. Y me sentí muy liviano. Y luego... aparecimos aquí.

—A nosotros nos sucedió algo muy parecido en el vagón de tren —dijo lord Digory, limpiando los últimos restos de fruta de su barba dorada—. Sólo que creo que tú y yo, Polly, sentimos principalmente que nos habían desentumecido. Vosotros, jovencitos, no lo entenderéis. Pero dejamos de sentirnos viejos.

—¡Jovencitos, sí ya! —exclamó Jill—. No creo que vos seáis mucho mayor que nosotros. ¡Y lady Polly! tampoco.

—Bueno, pues si no lo somos, lo hemos sido —respondió lady Polly.

—Y ¿qué ha sucedido desde que llegasteis aquí? —preguntó Eustace.

—Bien —dijo Peter—, durante mucho tiempo, al menos supongo que fue mucho tiempo, no sucedió nada. Luego la puerta se abrió...

—¿La puerta? —inquirió Tirian.

—Sí —respondió él—, la puerta por la que entrasteis... o salisteis... ¿Lo habéis olvidado?

—Pero ¿dónde está?

—Mirad —indicó Peter, y señaló con el dedo.

Tirian miró y vio la cosa más extraña y ridícula que uno pueda imaginarse. Tan sólo a unos pocos metros de distancia, bien nítida bajo la luz del sol, se alzaba una tosca puerta de madera y, a su alrededor, el marco del portal: nada más, ni paredes, ni techo. Fue hacia ella, perplejo, y los otros lo siguieron, observando para ver qué haría. El monarca la rodeó para colocarse al otro lado; pero la puerta tenía exactamente el mismo aspecto desde allí: seguía estando al aire libre, en una mañana de verano. Sencillamente estaba allí plantada como si hubiera crecido en aquel lugar, igual que un árbol.

—Buen señor —dijo Tirian al Sumo Monarca—, esto es una maravilla.

—Es la puerta por la que pasaste con aquel calormeno hace cinco minutos —repuso Peter, sonriendo.

—Pero ¿acaso no salí del bosque para entrar en el establo? Esta puerta parece conducir de ningún sitio a ninguna parte.

—Eso parece si la rodeas —explicó Peter—. Pero pon el ojo en aquella rendija entre dos de las tablas y mira por ella.

Tirian acercó el ojo a la abertura. Al principio no pudo ver más que oscuridad. Luego, a medida que sus ojos se acostumbraban a ella, distinguió el apagado resplandor rojo de una hoguera que se apagaba, y por encima de ella, en un cielo negro, estrellas. A continuación vio figuras oscuras que se movían o permanecían inmóviles entre él y el fuego: los oía hablar y sus voces eran como las de los calormenos. Así pues, supo que miraba por la puerta del establo a la oscuridad del Erial del Faro, donde había librado su última batalla. Los hombres debatían si entrar e ir en busca de Rishda Tarkaan —aunque ninguno quería hacerlo— o quemar el establo.

Volvió a mirar a su alrededor y apenas pudo creer lo que veían sus ojos. En lo alto brillaba el cielo azul y un terreno cubierto de pastos se extendía hasta donde alcanzaba la vista en todas direcciones, y sus nuevos amigos lo rodeaban, riendo.

—Me parece —dijo Tirian, sonriendo también— que el establo visto desde dentro y el establo visto desde fuera son dos lugares distintos.

—Sí —repuso lord Digory—, su interior es mayor que su exterior.

—Sí —indicó la reina Lucy—, también en nuestro mundo, un establo contuvo en una ocasión algo que era mucho más grande que todo nuestro mundo.

Era la primera vez que había hablado, y por la emoción de su voz, Tirian supo entonces el motivo. La muchacha absorbía todo aquello más profundamente que los otros, y se había sentido demasiado feliz como para hablar. Deseó volver a oír su voz, de modo que dijo:

—Si me hacéis la merced, señora, seguid hablando. Contadme toda vuestra aventura.

—Tras el impacto y el ruido —dijo Lucy—, nos encontramos aquí. Y nos sorprendió la presencia de la puerta, igual que a vos. Luego la puerta se abrió por primera vez (vimos oscuridad a través del umbral cuando eso sucedió) y apareció un hombre grande con una espada desenvainada. Por sus armas supimos que era un calormeno.

»Se apostó junto a la puerta con la espada levantada, apoyada en el hombro, listo para abatir a quien entrara. Fuimos hacia él y le hablamos, pero nos pareció que no podía vernos ni oírnos. Y nunca miró a su alrededor, al cielo, la luz del sol o la hierba: creo que tampoco los veía. Luego oímos que descorrían el cerrojo al otro lado de la puerta; sin embargo, el hombre no se preparó para golpear con la espada hasta poder ver quién entraba. Así pues, dedujimos que le habían dicho que abatiera a unos y dejara con vida a otros. Pero en el mismo instante en que la puerta se abría, Tash apareció ahí de improviso, de este lado de la puerta; ninguno de nosotros vio de dónde salía. En ese momento entró un gato enorme. Lanzó una mirada a Tash y salió corriendo como una exhalación: justo a tiempo, porque aquél se abalanzó sobre el felino y la puerta le golpeó el pico al cerrarse. El hombre sí vio a Tash. Palideció y se inclinó ante el monstruo, pero éste desapareció.

»Entonces seguimos aguardando durante mucho rato. Por fin la puerta se abrió por tercera vez y entró un calormeno joven. Me gustó. El centinela de la puerta se sobresaltó, y pareció muy sorprendido al verlo. Creo que esperaba a alguien distinto...

—Ahora lo comprendo todo —intervino Eustace, que tenía la mala costumbre de interrumpir los relatos—. El gato tenía que entrar primero y el centinela tenía órdenes de no hacerle ningún daño. Luego el gato saldría, diría que había visto a su horroroso Tashlan y «fingiría» estar asustado para atemorizar a los otros animales. Pero lo que Triquiñuela jamás imaginó fue que apareciera el auténtico Tash; de modo que Pelirrojo salió realmente asustado. Después de eso, Triquiñuela enviaría a cualquiera de quien deseara deshacerse y el centinela lo eliminaría. Y...

—Amigo mío —dijo Tirian con suavidad—, no interrumpas el relato de la dama.

—Bien, pues —siguió Lucy—, el centinela se sorprendió, y eso dio al otro hombre tiempo suficiente para ponerse en guardia. Lucharon. El joven mató al centinela y lo arrojó por la puerta. Luego se acercó andando despacio hacia nosotros. Podía vernos, y también veía todo lo demás. Intentamos hablar con él pero era como un hombre que está en trance. No hacía más que decir: «Tash, Tash, ¿dónde está Tash? Voy a Tash». De modo que nos dimos por vencidos y se marchó a alguna parte... por allí. Me cayó bien. Y después de eso... ¡uf! —Lucy hizo una mueca.

—Después de eso —dijo Edmund—, alguien arrojó a un mono por la puerta. Y Tash estaba ahí de nuevo. Mi hermana tiene tan buen corazón que no quiere contarte que Tash le dio un picotazo al mono y ¡desapareció!

—¡Se lo merecía! —declaró Eustace—. De todos modos, espero que le siente mal a Tash...

Las Crónicas de Narnia

—Y a continuación —siguió Edmund— entraron una docena de enanos: y luego Jill y Eustace, y por último vos.

—Espero que Tash devorara también a los enanos —observó Eustace—. Pequeños canallas.

—No, no lo hizo —intervino Lucy—. Y no seas tan cruel. Siguen aquí. Allí puedes verlos. He intentado trabar amistad con ellos pero no hay manera.

—¡Trabar «amistad» con ellos! —exclamó Eustace—. ¡Si supieras lo que han estado haciendo esos enanos!

—Para ya, Eustace —rogó Lucy—. Por favor, rey Tirian, habladles, tal vez vos podríais conseguir algo de ellos.

—Me es imposible sentir afecto por los enanos después de todo lo que ha pasado —dijo éste—. No obstante, a petición vuestra, señora, haría cosas más terribles que ésta.

Lucy fue delante y no tardaron en ver a todos los enanos. Éstos actuaban de forma extraña. No paseaban ni se divertían —a pesar de que las cuerdas con las que los habían atado parecían haber desaparecido— ni estaban acostados y descansando. Permanecían sentados muy apretados entre sí en un círculo, mirándose unos a otros. No volvieron la cabeza ni prestaron atención a los humanos hasta que Lucy y Tirian estuvieron casi lo bastante cerca como para tocarlos. Entonces todos los enanos ladearon la cabeza como si no vieran a nadie pero escucharan con suma atención e intentaran adivinar por el sonido qué sucedía.

—¡Vigila! —gritó uno de ellos con voz hosca—. Cuidado por dónde andas. ¡No nos pises!

—¡Ya! —respondió Eustace, indignado—. No estamos ciegos. Tenemos ojos en la cara.

—Pues tienen que ser endiabladamente buenos si podéis ver aquí dentro —dijo el mismo enano, cuyo nombre era Diggle.

—¿Aquí dentro? —inquirió Eustace.

—Pues claro, estúpido, aquí dentro —replicó Diggle—. En el cuchitril negro como boca de lobo y maloliente que es este establo.

—¿Estáis ciegos? —inquirió Tirian.

—¿No está todo el mundo ciego en la oscuridad? —preguntó a su vez el enano.

—Pero si no está oscuro, pobres enanos estúpidos —dijo Lucy—. ¿No lo veis? ¡Alzad los ojos! ¡Mirad a vuestro alrededor! ¿No veis el cielo, los árboles y las flores? ¿No me veis a mí?

—¿Cómo, en el nombre de todos los farsantes, puedo ver lo que no está aquí?

—Pues yo sí te veo —replicó Lucy—. Te demostraré que así es. Tienes una pipa en la boca.

—Cualquiera que conozca el olor del tabaco puede adivinarlo —contestó él.

—¡Pobres criaturas! Esto es espantoso —dijo ella; entonces tuvo una idea

780

y se detuvo para recoger unas violetas silvestres—. Escucha, enano —prosiguió—, aunque tus ojos no responden, tal vez tu nariz sí lo haga: ¿hueles esto?

Se inclinó al frente y acercó las flores húmedas y recién talladas a la fea nariz de Diggle. Tuvo que apartarse rápidamente de un salto para esquivar un golpe de su pequeño y duro puño.

—Pero ¡qué haces! —gritó él—. ¿Cómo te atreves? ¿Qué es eso de meterme un montón de repugnante porquería del establo en el rostro? Incluso había un cardo. ¡Vaya frescura! Y ¿quién eres tú, vamos a ver?

—Hombre de la Tierra —dijo Tirian—, es la reina Lucy, enviada aquí por Aslan desde el remoto pasado. Y es por ella nada más que yo, Tirian, vuestro legítimo rey, no os corto la cabeza a todos, a pesar de ser unos traidores y unos traidores rematados, además.

—Vaya, ¡esto ya es el colmo! —exclamó Diggle—. ¿Cómo puedes seguir todavía con esos embustes? Tu maravilloso león no vino y te ayudó, ¿verdad? Creo que no. Y ahora, incluso ahora, cuando te han derrotado y arrojado a este agujero negro, igual que al resto de nosotros, sigues todavía dando la lata. ¡Sigues contando mentiras! Intentas hacernos creer que ninguno de nosotros está encerrado, que esto no está oscuro y quién sabe qué más.

—No hay ningún agujero oscuro, excepto en vuestra propia imaginación, tonto —gritó Tirian—. ¡Espabilad!

E, inclinándose al frente, agarró a Diggle por el cinturón y la capucha y lo sacó del círculo de enanos. Sin embargo, en cuanto Tirian lo dejó en el suelo, el enano corrió de vuelta a su puesto entre los otros, frotándose la nariz mientras aullaba.

—¡Ay! ¡Ay! ¿Por qué has hecho eso? ¿Por qué me has golpeado el rostro contra la pared? Casi me rompes la nariz.

—¡Cielos! —exclamó Lucy—. ¿Qué podemos hacer por ellos?

—Dejarlos en paz —declaró Eustace.

Pero mientras hablaba, la tierra se estremeció. La fresca atmósfera se tornó repentinamente más fresca y un resplandor centelleó detrás de ellos. Todos se volvieron. Tirian fue el último en hacerlo porque estaba asustado. Allí estaba lo que más había deseado ver en toda su vida, enorme y real, el león dorado, Aslan en persona, y sus compañeros se arrodillaban ya en círculo alrededor de sus patas delanteras y enterraban manos y rostros en su melena mientras él inclinaba la gran cabeza para acariciarlos con la lengua. Luego fijó los ojos en Tirian, y éste se acercó, temblando, y se arrojó a los pies del león, quien lo besó y dijo:

—Bien hecho, último de los reyes de Narnia que se mantuvo firme en su hora más sombría.

—Aslan —dijo Lucy sin dejar de llorar—, ¿podrías... querrías... hacer algo por estos pobres enanos?

—Querida mía —respondió él—, te mostraré lo que puedo y lo que no puedo hacer.

Se aproximó a los enanos y profirió un gruñido sordo: bajo, pero que hizo que el aire se estremeciera. Sin embargo, los enanos se dijeron unos a otros:

—¿Oís eso? Es la pandilla del otro lado del establo, que intenta asustarnos. Lo hace con alguna máquina. No hagáis caso. ¡No nos volverán a embaucar!

Aslan alzó la cabeza y sacudió la melena. Al instante apareció un banquete soberbio sobre las rodillas de los enanos: empanadas, lengua, bizcochos y helados, y cada enano tenía una copa de buen vino en la mano derecha. Pero no sirvió de gran cosa. Empezaron a comer y a beber con gran glotonería, pero estaba claro que no lo saboreaban como era debido, pues pensaban que comían y bebían sólo las cosas que se podrían encontrar en un establo. Uno dijo que intentaba comer heno; otro, que había conseguido un pedazo de nabo reseco, y un tercero, que había encontrado una hoja de col cruda. Y se llevaron las copas doradas llenas de magnífico vino tinto a los labios y dijeron:

—¡Uf! ¡Mira que tener que beber agua sucia de un abrevadero en el que ha bebido un asno! Jamás pensé que llegaríamos a esto.

No obstante, muy pronto todos los enanos empezaron a sospechar que los demás habían encontrado algo mejor que ellos y comenzaron a quitarse las cosas unos a otros con malos modos, y de ahí pasaron a pelear, hasta que en cuestión de minutos ya se había organizado una batalla campal y toda la suculenta comida fue a parar a sus rostros y ropajes o bajo sus pies.

Cuando por fin se sentaron en el suelo para ocuparse de sus ojos morados y narices sangrantes, todos dijeron:

—Bueno, al menos no nos han engañado. No hemos dejado que nadie nos tome el pelo. Los enanos son para los enanos.

—Ya lo veis —indicó Aslan—. No dejarán que los ayudemos. Han elegido la malicia en lugar de la fe. Su prisión sólo existe en sus mentes, y sin embargo se encuentran dentro de esa prisión; y tienen tanto miedo de que los engañen, que no hay forma de sacarlos de ahí. Pero venid, niños. Tengo otra tarea pendiente.

Fue hacia la puerta y todos lo siguieron. Una vez allí, alzó la cabeza y rugió: «¡Es la hora!». Luego con más fuerza aún: «¡Tiempo!». A continuación con tal potencia que podría haber estremecido las estrellas: «TIEMPO». Y la puerta se abrió de par en par.

Capítulo catorce

La noche cae sobre Narnia

Todos permanecieron inmóviles junto a Aslan, a su derecha, y miraron a través del umbral abierto.

La hoguera se apagó. En la tierra todo era oscuridad: en realidad, no habría podido saberse que se contemplaba un bosque de no haber visto dónde finalizaban las formas oscuras de los árboles y empezaban las estrellas. Pero después de que Aslan rugiera una vez más, los niños contemplaron a su izquierda otra forma oscura. Es decir, vieron otra zona en la que no había estrellas: y la forma se alzó cada vez más alta y se convirtió en la figura de un hombre, en el más enorme de todos los gigantes. Todos conocían Narnia lo bastante bien como para adivinar dónde debía de estar el hombre. Sin duda se encontraba en los páramos altos que se extienden hacia el norte, más allá del río Shribble.

Entonces Jill y Eustace recordaron que en una ocasión, tiempo atrás, en las profundas cavernas situadas bajo aquellos páramos, habían visto a un gigante enorme que dormía y les habían dicho que su nombre era Padre Tiempo, y que despertaría el día en que el mundo tocara a su fin.

—Sí —dijo Aslan, aunque ellos no habían dicho nada en voz alta—; mientras dormía, su nombre era Tiempo. Ahora que está despierto tendrá otro nombre.

Entonces, el enorme gigante se llevó un cuerno a la boca. Lo advirtieron por el cambio que tuvo lugar en la negra figura al recortarse contra las estrellas. Tras aquello —bastante más tarde, pues el sonido viaja muy despacio— oyeron la llamada del cuerno: aguda y terrible, pero también de una belleza extraña y letal.

Inmediatamente el cielo se llenó de estrellas fugaces. Incluso una sola estrella fugaz es algo precioso de contemplar, pero aquéllas eran docenas, y luego cientos, hasta que se convirtió en algo parecido a una lluvia de plata: y caía ininterrumpidamente. Después de que siguiera así durante un buen rato, uno o dos de ellos empezaron a pensar que había otra forma oscura recortándose contra el cielo además de la del gigante. Se encontraba en un lugar distinto, justo en lo alto, encima del «tejado» mismo del cielo.

«A lo mejor es una nube», pensó Eustace. En cualquier caso, allí no había estrellas: únicamente oscuridad. A su alrededor, el aguacero de estrellas siguió, y el pedazo sin estrellas empezó a crecer, extendiéndose cada vez más desde el centro del cielo. Y al poco tiempo una cuarta parte de éste estaba negra, y luego la mitad, y por fin la lluvia de estrellas fugaces ya sólo proseguía muy abajo, cerca de la línea del horizonte.

Con un escalofrío de asombro (y también algo de terror) todos comprendieron de repente qué sucedía. La oscuridad creciente no era una nube: era simplemente el vacío. La parte negra del cielo era donde no quedaban estrellas; todas ellas caídas, pues Aslan las había llamado de vuelta a casa.

Los segundos que precedieron al final de la lluvia de estrellas fueron muy emocionantes, ya que las estrellas empezaron a caer alrededor de ellos. Pero en aquel mundo, no son las enormes bolas de fuego que son en el nuestro. Son como personas, y Edmund y Lucy habían conocido a una en una ocasión. De modo que se encontraron con un aguacero de personas resplandecientes, todas con largas melenas que parecían plata ardiente y lanzas como metal al rojo vivo, que se precipitaban hacia ellos desde el negro aire, más veloces que un desprendimiento de rocas. Emitían un siseo al aterrizar y quemar la hierba. Y todas pasaron deslizándose junto a ellos y fueron a ubicarse más atrás, un poco a la derecha.

Aquello fue una gran ventaja porque, de lo contrario, al no haber ya estrellas en el firmamento, todo habría quedado totalmente a oscuras y no habrían visto nada. Pero lo cierto era que la multitud de estrellas situada tras ellos proyectaba una intensa luz blanca por encima de sus hombros, y pudieron contemplar kilómetros y kilómetros de bosques narnianos ante sí, que parecían iluminados por focos. Cada matorral y casi cada hierba tenía su negra sombra tras ella. El reborde de cada hoja destacaba con tal nitidez que daba la impresión de poder cortar un dedo con su filo.

En la hierba, ante ellos, yacían sus propias sombras. Pero lo más espléndido era la sombra de Aslan, que se alargaba a su izquierda, enorme y terrible. Y todo aquello sucedía bajo un cielo que se iba a quedar sin estrellas para siempre.

La luz que procedía de detrás de ellos (y un poco a su derecha) era tan fuerte que iluminaba incluso las laderas de los páramos del Norte. Algo se movía allí. Animales enormes se arrastraban y deslizaban hacia Narnia: grandes dragones, lagartos gigantes y aves sin plumas con alas parecidas a las de los murciélagos.

Aquellas criaturas desaparecieron en el interior de los bosques, y durante unos pocos minutos reinó el silencio.

Luego llegaron —al principio desde muy lejos— sonidos de llantos y, a continuación, de todas direcciones, crujidos, tamborileos y batir de alas. Cada vez se oían más cerca. Pronto nadie fue capaz de distinguir el correteo de pies menudos del sonido de garras enormes al avanzar, ni el *clac-clac* de cascos pequeños del tronar de los cascos grandes. Y a continuación pudo verse el resplandor de miles de pares de ojos. Y por fin, surgiendo de las sombras de los árboles, corriendo colina arriba como una exhalación, aparecieron miles, millones, de criaturas; bestias parlantes, enanos, sátiros, faunos, gigantes, calormenos, hombres procedentes de Archenland, monopodos y extraños seres sobrenaturales procedentes de islas remotas o de tierras occidentales desconocidas. Y todos ellos corrieron hasta el umbral donde estaba Aslan.

Aquella parte de la aventura fue la única que pareció como un sueño en su momento y resultó bastante difícil de recordar debidamente después. En especial, era imposible saber cuánto tiempo duró. En ocasiones parecía haber durado sólo unos minutos, en otras daba la sensación de que se hubiera desarrollado a lo largo de años. Evidentemente, a menos que la puerta se hubiera ensanchado de forma imposible o las criaturas hubieran encogido repentinamente hasta el tamaño de un mosquito, una multitud como aquella jamás habría podido cruzar por allí. Pero nadie pensaba en esas cosas en aquellos momentos.

Las criaturas seguían llegando como una marea, con los ojos cada vez más brillantes a medida que se acercaban a las estrellas allí posadas. Y a medida que llegaban ante Aslan, les sucedía una de dos cosas. Todas lo miraban directamente a la cara, no creo que tuvieran elección; y, al hacerlo, la expresión de sus rostros cambiaba de un modo terrible. Era miedo y odio, excepto que, en los rostros de las bestias parlantes, el miedo y el odio duraban únicamente una fracción de segundo. Se advertía que repentinamente algunas dejaban de ser bestias parlantes y se convertían en animales corrientes. Todas las criaturas que miraban a Aslan de aquel modo se desviaban a la izquierda del león, y desaparecían en el interior de su enorme sombra negra, que, como ya hemos dicho, se perdía a lo lejos a la izquierda del umbral. Los niños jamás volvieron a verlas. No sé qué fue de ellas. Pero las demás contemplaban el rostro de Aslan y lo amaban, aunque algunas se sentían muy asustadas al mismo tiempo. Y quienes lo hacían, entraban por la puerta, a la derecha de Aslan. Entre ellas había algunos especímenes curiosos. Eustace reconoció incluso a uno de los enanos que habían disparado a los caballos; pero no tuvo tiempo de hacerse preguntas respecto a aquello (y, además, no era asunto suyo), ya que una gran dicha apartó de su mente todo lo demás. Entre las criaturas felices que se amontonaban ya alrededor de Tirian y sus amigos estaban aquellas que había creído muertas. Vieron a

Roonwit, el centauro; Perla, el unicornio; el buen oso y el buen jabalí; Sagaz, el águila; los queridos perros y caballos, y Poggin, el enano.

—¡Entrad sin miedo y subid más! —gritó Roonwit y partió hacia el oeste en medio de un galope atronador.

Y si bien no lo comprendieron, las palabras parecieron provocarles un hormigueo por todo el cuerpo. El jabalí les dedicó un gruñido alegre, y el oso estaba a punto de farfullar que seguía sin entender, cuando divisó los árboles frutales situados detrás de los niños. La criatura marchó bamboleante hacia ellos tan de prisa como pudo y allí, sin duda, encontró algo que comprendía a la perfección. No obstante, los perros se quedaron meneando la cola, y Poggin estrechó las manos a todo el mundo con una enorme sonrisa en su rostro de persona honrada. Perla apoyó su nívea cabeza sobre el hombro del rey, y éste le susurró al oído. Luego todos volvieron su atención a lo que se veía por la puerta.

Los dragones y lagartos gigantes eran ahora los dueños de Narnia e iban de un lado a otro arrancando árboles de raíz y aplastándolos como si fueran ramitas de ruibarbo. En cuestión de minutos los bosques desaparecieron. Todo el terreno quedó desnudo y se advertían todos los detalles de su forma —todos los montículos y huecos pequeños— que nunca antes habían estado al descubierto. La hierba se secó. Tirian no tardó en darse cuenta de que contemplaba un mundo de roca pelada y tierra. Parecía imposible que algo hubiera vivido allí antes. Los propios monstruos envejecieron, se acostaron en el suelo y murieron, y su carne se secó y aparecieron los huesos: muy pronto no eran más que esqueletos enormes caídos sobre la roca inerte, igual que si hubieran muerto hacía miles de años. Durante mucho tiempo todo permaneció en silencio.

Por fin algo blanco —una blanca y larga línea horizontal que brillaba bajo la luz de las estrellas que permanecían de pie— avanzó hacia ellos desde el extremo oriental del mundo. Un ruido general rompió el silencio: primero en forma de murmullo, luego de retumbo y después de rugido. Y a continuación pudieron ver qué era lo que se acercaba, y a qué velocidad lo hacía. Se trataba de una espumeante pared de agua. El mar se alzaba, y en aquel mundo sin árboles se lo podía ver con absoluta claridad. Vieron cómo todos los ríos se ensanchaban y los lagos crecían, y cómo lagos separados se unían en uno solo, los valles se convertían en nuevos lagos, las colinas se transformaban en islas y luego esas mismas islas desaparecían. Y los páramos altos a su izquierda y las montañas más altas a su derecha se desmoronaban y resbalaban con un rugido y un chapoteo en las aguas cada vez más crecidas; y las aguas fueron a arremolinarse hasta el umbral mismo de la puerta —pero jamás lo traspasaron—, de modo que la espuma chapoteó alrededor de las patas de Aslan. Todo fue entonces una masa líquida, desde donde ellos se encontraban hasta el punto donde el agua se unía con el firmamento.

Y afuera empezó a clarear. El haz de luz de un amanecer deprimente y catastrófico se extendió por el horizonte, y creció y aumentó en intensidad, hasta que apenas advirtieron la luz de las estrellas situadas detrás de ellos. Finalmente salió el sol. Cuando lo hizo, lord Digory y lady Polly intercambiaron una mirada y asintieron levemente; los dos, en un mundo distinto, habían visto en una ocasión un sol moribundo, y por eso supieron entonces que aquel sol también moría. Era tres, o veinte veces mayor de lo que debía ser, y de un color rojo muy oscuro. Cuando sus rayos cayeron sobre el enorme gigante del tiempo, también él se tornó rojo: y bajo el reflejo de aquel sol toda aquella inmensidad de agua sin orillas parecía sangre.

Entonces salió la luna, en una posición totalmente errónea, muy cerca del sol, y también ella aparecía roja. Y al verla, el sol empezó a lanzar llamaradas enormes, como si fueran bigotes o serpientes de fuego carmesí, en dirección a ella; como si fuera un pulpo que intentara atraerla con sus tentáculos. Y tal vez era así, pues ella fue hacia él, despacio al principio, pero luego a mayor velocidad, hasta que por fin sus largas llamas la rodearon y ambos se unieron para convertirse en una esfera inmensa que parecía un tizón encendido. Pedazos enormes de fuego se desprendieron de él y fueron a caer al mar levantando nubes de vapor.

—Acabemos ya —dijo entonces Aslan.

El gigante arrojó el cuerno al mar, y a continuación alargó un brazo —que parecía muy negro y con una longitud de miles de kilómetros— a través del cielo hasta que su mano alcanzó el sol. Entonces lo cogió y lo oprimió en la mano igual que se exprimiría una naranja, y al instante todo quedó a oscuras.

Todos, excepto Aslan, dieron un salto atrás al sentir el aire gélido que sopló entonces a través de la puerta, cuyos bordes estaban ya recubiertos de carámbanos.

—Peter, Sumo Monarca de Narnia —dijo Aslan—. Cierra la puerta.

Peter, tiritando, se inclinó al exterior en la oscuridad y tiró hacia sí de la puerta, que chirrió sobre el hielo al moverse. Luego, con cierta torpeza, pues en aquel instante sus manos habían quedado entumecidas y azuladas por el frío, sacó una llave dorada y la hizo girar en la cerradura.

Habían visto cosas muy extrañas a través de aquella puerta; pero resultaba aún más extraño mirar en torno y encontrarse bajo la cálida luz del sol, con el cielo azul en lo alto, flores a los pies y la risa pintada en los ojos de Aslan.

El león se dio la vuelta rápidamente, se agachó aún más, se azotó con la propia cola y salió disparado al frente como una flecha.

—¡Entrad sin miedo! ¡Subid más! —gritó por encima del hombro.

Pero ¿quién podía mantenerse a su altura yendo a aquella velocidad? Empezaron a andar hacia el oeste, siguiéndolo.

—Bien —anunció Peter—, la noche cae sobre Narnia. ¡Vaya, Lucy! ¿No estarás llorando? ¿Con Aslan ahí delante y todos nosotros aquí?

—No intentes impedírmelo, Peter —respondió ella—. Estoy segura de que Aslan no lo haría. Estoy segura de que no está mal llorar por Narnia. Piensa en todo lo que yace muerto y congelado tras esa puerta.

—Sí, y yo realmente esperaba —dijo Jill— que perdurara para siempre. Sabía que nuestro mundo no era eterno, pero pensaba que Narnia podía serlo.

—Yo vi sus inicios —indicó lord Digory—. No creí que viviera para verla morir.

—Señores —intervino Tirian—, las damas hacen bien en llorar. Mirad, yo también lo hago. He visto morir a mi madre. ¿Qué otro mundo aparte de Narnia he conocido jamás? No sería una virtud, sino una gran descortesía, si no llorásemos.

Se alejaron de la puerta y de los enanos, que seguían juntos en su establo imaginario. Mientras andaban conversaron entre sí sobre pasadas guerras, viejas paces, antiguos reyes y toda la gloria de Narnia.

Los perros seguían a su lado. Se unieron a la conversación, pero no mucho, porque estaban demasiado ocupados corriendo arriba y abajo y precipitándose a olisquear la hierba hasta estornudar. De improviso captaron un rastro que pareció ponerlos muy nerviosos y empezaron a discutir sobre él.

—Sí, lo es.

—No, no lo es.

—Aparta tu enorme hocico de en medio y deja que todos los demás olisqueen.

—¿Qué sucede? —preguntó Peter.

—Un calormeno, señor —respondieron varios perros a la vez.

—Conducidnos a él, entonces —dijo Peter—. Tanto si nos recibe en son de paz como de guerra, le daremos la bienvenida.

Los perros salieron disparados al frente y regresaron al cabo de un momento, corriendo como si sus vidas dependieran de ello, a la vez que lanzaban sonoros ladridos para indicar que realmente se trataba de un calormeno. (Los perros parlantes, igual que los perros corrientes, se comportan como si cualquier cosa que hacen fuera sumamente importante.)

Todos siguieron a los perros y encontraron a un joven calormeno sentado bajo un castaño junto a un arroyo de aguas cristalinas. Era Emeth. El joven se alzó y les dedicó una solemne reverencia.

—Señor —dijo a Peter—, no sé si sois amigo o enemigo, pero consideraría un honor teneros por cualquiera de ambas cosas. ¿No ha dicho uno de los poetas que un amigo noble es el mejor regalo, y que un enemigo noble, el siguiente mejor?

—Señor —respondió Peter—, no pienso que deba haber ninguna disputa entre vos y yo.

—Decidnos quién sois y qué os ha sucedido —pidió Jill.

—Si se va a relatar una historia, bebamos y sentémonos —ladraron los perros—. Estamos sin aliento.

—No me extraña que lo estéis, después de correr de un lado a otro de ese modo —dijo Eustace.

Así pues, los humanos se sentaron sobre la hierba. Y una vez que hubieron bebido ruidosamente en el arroyo, los perros se sentaron también, bien tiesos, jadeantes, con la lengua colgando ligeramente a un lado para escuchar la historia. Perla permaneció de pie, frotándose el cuerno contra el costado.

Capítulo quince

¡Entrad sin miedo y subid más!

—Debéis saber, monarcas guerreros —comenzó Emeth—, y vos, damas cuya belleza ilumina el universo, que soy Emeth, el séptimo hijo de Harpha Tarkaan, de la ciudad de Tehishbaan, situada al oeste del desierto, y que llegué no hace mucho a Narnia con veintinueve guerreros bajo el mando de Rishda Tarkaan. Cuando me enteré de que íbamos a marchar sobre Narnia me alegré; pues había oído muchas cosas sobre vuestra tierra y deseaba enormemente enfrentarme a vosotros en combate. Pero cuando averigüé que íbamos a entrar disfrazados de comerciantes, que es un disfraz vergonzoso para un guerrero y un hijo de un tarkaan, y que debíamos actuar mediante mentiras y artimañas, toda la alegría me abandonó. Sobre todo cuando descubrí que teníamos que servir a un mono, y cuando se empezó a decir que Tash y Aslan eran uno solo. Entonces el mundo se oscureció ante mis ojos. Pues siempre, desde que era un muchacho, he servido a Tash y mi gran deseo era saber más cosas de él y, si era posible, contemplar su rostro. Sin embargo, el nombre de Aslan me resultaba odioso.

»Y como ya visteis, se nos convocaba al exterior de la casucha de tejado de paja, noche tras noche, y se encendía el fuego, y el mono sacaba de la casucha algo sobre cuatro patas que yo no conseguía ver con claridad. Y la gente y las bestias se inclinaban ante aquello y lo honraban. Pero yo pensaba: "El mono engaña al tarkaan, pues esta cosa que sale del establo no es ni Tash ni ningún otro dios". Sin embargo, cuando observé el rostro del tarkaan, y presté atención a cada palabra que decía al mono, cambié de idea, pues comprendí que tampoco él creía en aquello. Y luego me di cuenta de que no creía en absoluto en Tash, pues de haberlo hecho, ¿cómo habría osado burlarse de él?

»Al comprender todo esto, me embargó una cólera terrible y me pregunté por qué el auténtico Tash no fulminaba tanto al mono como al tarkaan con

790

fuego caído del cielo. No obstante, oculté mi enojo, cerré la boca y aguardé para ver cómo terminaba todo aquello. Pero anoche, como algunos de vosotros sabéis, el mono no sacó a la cosa amarilla, sino que dijo que todos los que desearan contemplar a Tashlan, pues mezclaban así las dos palabras para fingir que eran lo mismo, debían entrar de uno en uno en la casucha. Y yo me dije que sin duda aquello era otro engaño. No obstante, después de que el gato entrara y saliera de nuevo enloquecido de terror, volví a decirme que sin duda el auténtico Tash, al que habían invocado sin conocimiento ni fe, había aparecido entre nosotros y se vengaba. Y aunque mi corazón se había convertido en agua en mi interior debido a la grandeza y terror que inspiraba Tash, mi deseo era mayor que mi miedo, e hice acopio de valor para que mis rodillas no temblaran y los dientes no me castañetearan, y tomé la resolución de contemplar el rostro de Tash aunque éste me matara. Así pues, me ofrecí para entrar en la casucha; y el tarkaan, aunque de mala gana, me lo permitió.

»En cuanto traspasé el umbral, la primera maravilla que descubrí fue esta brillante luz solar, bajo la que estamos ahora, a pesar de que el interior de la casucha parecía a oscuras desde fuera. De todos modos no tuve tiempo para maravillarme de ello, pues inmediatamente me vi obligado a luchar para salvar la cabeza contra uno de nuestros propios hombres. En cuanto lo vi, comprendí que el mono y el tarkaan lo habían colocado allí para matar a cualquiera que entrara si no era cómplice. De modo que ese hombre era también un mentiroso y un escarnecedor y no un auténtico servidor de Tash. Por ese motivo, tuve mejor voluntad de pelear con él; y tras matar al villano, lo arrojé al exterior por la puerta.

»Luego miré a mi alrededor y vi el cielo y la gran extensión de terreno y olí el dulce aroma del aire. Y me dije: "Por los dioses, éste es un lugar agradable: tal vez he ido a parar al país de Tash". Y empecé a viajar dentro de este país extraño y a buscarlo.

»Así que pasé sobre gran cantidad de hierba y flores y por entre toda clase de árboles saludables y deliciosos hasta que he aquí que en un lugar angosto entre dos rocas vino a mi encuentro un león enorme. Su velocidad era la de un avestruz, y su tamaño, el de un elefante; la melena como oro puro y sus ojos tenían un brillo parecido al del oro fundido. Era más terrible que la Montaña Llameante de Lagour, y en belleza sobrepasaba todo lo que existe en el mundo, tal como la rosa en flor sobrepasa el polvo del desierto.

»Caí a sus pies y pensé: "Sin duda ha llegado la hora de mi muerte, pues el león, que es digno de todo honor, sabrá que he servido a Tash durante toda mi vida y no a él. Sin embargo, es mejor ver al león y morir que ser el Tisroc del mundo y vivir sin haberlo visto". Pero el Glorioso Ser inclinó la dorada cabeza y acarició mi frente con la lengua y dijo: "Hijo, se te da la bienvenida". Pero yo respondí: "¡Ay de mí, señor! No soy hijo vuestro, sino siervo de Tash". "Hijo", respondió él, "todo el servicio que has prestado a Tash, lo cuento como servicio prestado a mí". Entonces, debido a mi gran deseo de adquirir sabiduría y comprensión, superé mi miedo e interrogué al Glorioso Ser: "Señor", dije, "¿es cierto pues, como dijo el mono, que vos y Tash sois uno solo?". El león gruñó de modo que la tierra se estremeció, aunque su cólera no estaba dirigida a mí, y respondió: "Es falso. No porque seamos uno, sino porque somos opuestos... tomo para mí los servicios que le has prestado. Pues él y yo somos tan diferentes que ningún servicio que sea infame puede ofrecérseme a mí y ninguno que no lo sea puede prestársele a él. Por lo tanto, si alguien jura por Tash y mantiene su juramento cueste lo que cueste, es en mi nombre por el que ha jurado en realidad, aunque no lo sepa, y soy yo quien lo recompensa. Y si alguien lleva a cabo una crueldad en mi nombre, entonces, aunque pronuncie el nombre de Aslan, es a Tash a quien sirve y es Tash quien acepta su acción. ¿Lo comprendes, hijo?". "Señor, vos sabéis lo mucho que comprendo", dije. Aunque también añadí, porque la verdad me obligaba a ello: "No obstante, he estado buscando a Tash todos los días de mi vida". "Amado mío", respondió el Glorioso Ser, "si tu deseo no hubiera sido buscarme a mí no habrías buscado durante tanto tiempo y con tanta honestidad. Pues todos hallan lo que realmente buscan".

»A continuación sopló sobre mí y eliminó todo temblor de mis extremidades e hizo que me irguiera. Después de eso, no dijo mucho, excepto que nos volveríamos a encontrar, y que debía entrar sin miedo y subir más. Luego giró sobre sí mismo en un vendaval y remolino dorado y desapareció de repente.

»Y desde entonces, reyes y damas, he estado vagando para encontrarlo y mi felicidad es tan grande que incluso me debilita como una herida. Y la maravilla de las maravillas es que me llamó «Amado», a mí, que no soy más que un perro...

—¿Eh? ¿A qué viene esa comparación? —inquirió uno de los perros.

—Señor —respondió Emeth—, no es más que un modo de hablar que tenemos en Calormen.

—Vaya, pues no puedo decir que me guste mucho —replicó el perro.

—No lo dice con mala intención —intervino un perro de más edad—. Al fin y al cabo, nosotros llamamos a nuestros cachorros «niños» cuando no se comportan como deben.

—Es cierto —reconoció el perro—. O «niñas».

—Chist —lo reprendió el perro de más edad—. Ésa no es una palabra muy apropiada. Recuerda dónde estás.

—¡Mirad! —exclamó Jill de improviso.

Alguien se acercaba, con cierta timidez, para reunirse con ellos: una elegante criatura de cuatro patas, de un color gris plateado. Todos la contemplaron con fijeza durante unos buenos diez segundos antes de que cinco o seis voces dijeran a la vez:

—Pero ¡si es el viejo Puzzle!

Nunca lo habían visto a la luz del día sin la piel de león, y realmente resultaba ahora muy distinto. Volvía a ser él: un hermoso asno con un pelo tan gris y suave y un rostro tan amable y sincero que si lo hubieras visto habrías hecho exactamente lo mismo que Jill y Lucy hicieron: correr hacia él, rodearle el cuello con los brazos, besar su hocico y acariciarle las orejas.

Cuando le preguntaron dónde había estado, dijo que había pasado por la puerta junto con las otras criaturas pero que había... bueno, a decir verdad, lo cierto era que se había mantenido tan apartado de ellos como había podido; y también de Aslan. Pues la visión del auténtico león lo hizo sentirse tan avergonzado de la estupidez cometida al disfrazarse con la piel de uno que no era capaz de mirar a nadie a la cara. Pero al ver que todos sus amigos se dirigían al oeste, y tras haber tomado un bocado o dos de hierba («Y jamás he probado unos pastos más deliciosos», declaró), se armó de valor y los siguió.

—Pero ¿qué haré si realmente tengo que ver a Aslan? Es algo que no sé —añadió.

—Descubrirás que no pasa nada —repuso la reina Lucy.

Siguieron adelante juntos, siempre en dirección oeste, pues aquélla parecía la dirección que había querido indicar Aslan cuando gritó: «¡Entrad sin miedo y subid más!». Muchas otras criaturas avanzaban lentamente hacia el mismo sitio, pero aquel territorio de pastos era muy extenso y no había aglomeraciones.

Todavía parecía ser temprano, y el frescor de la mañana flotaba en el aire. Siguieron deteniéndose y mirando a su alrededor y también a sus espaldas, en parte porque todo era muy hermoso pero también porque había algo en todo aquello que no comprendían.

—Peter —dijo Lucy—, ¿dónde estamos?

—No lo sé —respondió el Sumo Monarca—. Me recuerda algún lugar, pero no puedo darle un nombre. ¿Podría ser algún sitio en el que estuvimos durante unas vacaciones cuando éramos muy, muy pequeños?

—Debieron de ser unas vacaciones magníficas —intervino Eustace—. Apuesto a que no hay un lugar como éste en ninguna parte de nuestro mundo. ¡Fijaos en los colores! No encontraríamos un azul como el azul que brilla sobre aquellas montañas en nuestro mundo.

—¿No es el país de Aslan? —inquirió Tirian.

—No se parece al país de Aslan visto desde lo alto de aquella montaña situada más allá del extremo oriental del mundo —dijo Jill—. He estado allí.

—Si me preguntáis —dijo Edmund—, es como algún lugar del mundo narniano. Mirad esas colinas de ahí delante... y las enormes montañas heladas situadas más allá. No hay duda de que se parecen bastante a las montañas que veíamos desde Narnia, las situadas al oeste, más allá de la cascada, ¿no creéis?

—Sí, sí lo son —repuso Peter—. Sólo que éstas son más grandes.

—No creo que se parezcan tanto a lo que había en Narnia —dijo Lucy—. Pero mirad ahí —señaló al sur a su izquierda, y todos se detuvieron y volvieron la cabeza para mirar—. Esas colinas —siguió ella—, ésas tan bonitas y cubiertas de árboles y las de color azul que hay detrás... ¿no se parecen mucho a la frontera sur de Narnia?

—¡Parecerse! —exclamó Edmund tras un momento de silencio—. Pero si son exactamente iguales. ¡Mirad, ahí está el monte Pire con su cima en horquilla, y allí está el desfiladero que conduce a Archenland y todo lo demás!

—Y aun así no se parecen —repuso Lucy—. Son diferentes. Tienen más colores y parecen más lejanas de lo que recordaba y son más... más... No lo sé...

—Más genuinas —indicó lord Digory.

Repentinamente el águila Sagaz desplegó las alas, se elevó un metro o más en el aire, describió un círculo y volvió a posarse en el suelo.

—¡Reyes y reinas! —gritó—, hemos estado ciegos. Ahora empezamos a ver dónde nos encontramos. Desde ahí arriba lo he visto todo: el páramo de Ettin, el dique de los Castores, el Gran Río y Cair Paravel brillando todavía en la orilla del mar Oriental. Narnia no ha muerto. Esto es Narnia.

—Pero ¿cómo puede ser? —dijo Peter—. Pues Aslan nos dijo a los mayores que no regresaríamos jamás a Narnia, y aquí estamos.

—Sí —corroboró Eustace—. Y la vimos destruida y con el sol extinguido.

—Y resulta tan distinta —indicó Lucy.

—El águila tiene razón —dijo lord Digory—. Escucha, Peter. Cuando Aslan dijo que no podríais regresar a Narnia, se refería a la Narnia en la que vosotros pensabais. Pero ésa no era la Narnia auténtica. Aquélla tenía un principio y un fin. No era más que una sombra o una copia de la Narnia real que siempre ha estado aquí y siempre estará: igual que nuestro propio mundo, Gran Bretaña y todos los demás países, no es más que una sombra o copia de algo en el mundo real de Aslan. No es necesario que llores por Narnia, Lucy. Todo aquello de la antigua Narnia que importaba, todas las queridas criaturas, ha sido trasladado a la Narnia real a través de la puerta. Y claro que resulta diferente; tan diferente como lo genuino lo es de una imagen o como la vida real lo es de un sueño.

Su voz los estimuló a todos como el son de una trompeta mientras pronunciaba aquellas palabras, pero cuando añadió: «Todo esto lo dice Platón, todo está en Platón: cielos, ¿qué les enseñan en la escuela hoy en día?», los mayores se echaron a reír. Era exactamente lo que le habían oído decir hacía mucho tiempo en aquel otro mundo en el que su barba era gris en lugar de dorada. Sabía por qué reían y él se unió también a las risas. Pero rápidamente volvieron a mostrarse solemnes: pues, como sabes, existe una clase de felicidad y asombro que hace que uno se sienta serio. Es demasiado espléndida para malgastarla en bromas.

Resulta tan difícil explicar cómo aquella tierra iluminada por el sol era diferente de la Narnia antigua como lo sería explicar a qué saben las frutas de ese mundo. Tal vez te hagas una cierta idea si piensas esto. Puede que hayas estado en una habitación en la que había una ventana que daba a una encantadora bahía marina o a un valle verde que se perdía entre las montañas. Y en la pared de la habitación situada justo frente a la ventana tal vez había un espejo. Y cuando te dabas la vuelta y te apartabas de la ventana volvías a contemplar de repente aquel mar o aquel valle en el espejo. Y el mar en el espejo o el valle en el espejo eran en cierto sentido los mismos que los reales: no obstante, a la vez eran de algún modo distintos: más intensos, más fantásticos, como lugares de un relato, un relato que no has oído jamás pero que te gustaría mucho conocer.

La diferencia entre la vieja Narnia y la nueva era algo parecido. La nueva era un país más intenso: cada roca, flor y brizna de hierba parecían significar más. Me es imposible describirlo mejor: si alguna vez puedes ir allí comprenderás lo que quiero decir.

Fue el unicornio quien resumió lo que todos sentían. Dio una patada en el suelo con el casco delantero derecho, relinchó y luego dijo:

—¡Por fin estoy en casa! ¡Éste es mi auténtico país! Pertenezco a este lugar. Ésta es la tierra que he buscado durante toda mi vida, aunque no lo he sabido hasta hoy. El motivo por el que amaba la vieja Narnia era porque se parecía un poco a esto. ¡Bri-ji-ji! ¡Entremos sin miedo, subamos más!

Sacudió la crin y saltó al frente en veloz galope; un galope de unicornio que, en nuestro mundo, lo habría hecho desaparecer de la vista en unos instantes. Pero entonces ocurrió algo muy curioso. Todos los demás echaron a correr, y descubrieron, con asombro, que podían mantenerse a su altura: no únicamente los perros y los humanos, incluso el rechoncho Puzzle y el enano Poggin, cuyas piernas eran bastante cortas. El aire les azotaba el rostro como si viajaran a toda velocidad en un coche que careciera de parabrisas. El paisaje pasaba raudo junto a ellos como si lo vieran desde las ventanillas de un tren expreso. Corrieron cada vez más rápido, pero nadie se acaloró, ni se cansó, ni se quedó sin aliento.

Capítulo dieciséis

Adiós al País de las Sombras

Si uno pudiera correr sin cansarse, no creo que deseara a menudo hacer algo distinto. Pero podría haber un motivo especial para detenerse, y fue ese motivo especial el que hizo que Eustace gritara:

—¡Eh! ¡Parad! ¡Mirad adónde estamos llegando!

Y valía la pena, pues entonces vieron ante ellos el estanque del Caldero y más allá del estanque, los elevados e inaccesibles riscos y, cayendo de las alturas, en forma de miles de toneladas de agua por segundo que centelleaban como diamantes en algunos lugares y aparecían de un verde oscuro y vítreo en otros, la Gran Catarata; y el tronar del agua resonaba ya en sus oídos.

—¡No os detengáis! Entremos sin miedo y subamos más —gritó Sagaz, inclinando ligeramente su vuelo.

—Para él no cuesta nada —dijo Eustace, pero Perla también les gritó:

—No os detengáis. ¡Entremos sin miedo y subamos más! Tomadlo con calma.

Apenas podían oír su voz por encima del rugido del agua, pero al cabo de un instante todos vieron que se había lanzado al estanque y que atropelladamente detrás de él, con un chapoteo continuado, todos los demás seres hacían lo mismo. El agua no estaba helada como todos —en especial Puzzle— esperaban, sino que poseía un delicioso frescor espumoso. Todos se encontraron nadando directamente hacia la cascada.

—Esto es disparatado —dijo Eustace a Edmund.

—Lo sé. Y no obstante... —respondió éste.

—¿No es maravilloso? —preguntó Lucy—. ¿No os habéis dado cuenta de que es imposible sentir miedo aunque uno quiera? Probadlo.

—¡Vaya!, tampoco yo puedo —dijo Eustace tras haberlo intentado.

Perla fue el primero en llegar a la base de la cascada, pero Tirian llegó justamente detrás. Jill fue la última, de modo que pudo verlo todo mejor que los demás. Vio algo blanco que se movía sin pausa por la pared de la cascada, y aquella cosa blanca era el unicornio. No se sabía si nadaba o trepaba, pero seguía adelante, sin dejar de subir. La punta del cuerno dividía el agua por encima de su cabeza, y ésta caía en cascada en dos ríos del color del arco iris alrededor de sus hombros. Precisamente detrás iba el rey Tirian. Movía piernas y brazos como si nadara, pero avanzaba recto hacia arriba: como si fuera posible ascender nadando por la pared de una casa.

Los que resultaban más divertidos eran los perros. Durante el galope no habían perdido el resuello ni un momento, pero en aquellos instantes, mientras hormigueaban y culebreaban hacia lo alto, todo eran farfulleos y estornudos entre ellos; eso se debía a que no dejaban de ladrar y, cada vez que lo hacían, la boca y el hocico se les llenaba de agua. Pero antes de que Jill tuviera tiempo de mirar todo aquello con atención, también ella estaba ascendiendo por la cascada. Habría resultado totalmente imposible en nuestro mundo, pues, aunque uno no se hubiera ahogado, la terrible fuerza del agua lo habría hecho pedazos contra innumerables aristas de rocas. Sin embargo, en aquel mundo se podía hacer. Se iba subiendo, más y más, con toda clase de luces centelleando desde el agua y toda clase de piedras de colores brillando a través de ella, hasta que daba la impresión de que se estaba escalando luz... y siempre subiendo hasta que la sensación de altura habría aterrorizado a cualquiera si fuera capaz de sentir miedo, pues allí no se experimentaba más que una emoción gloriosa. Y luego, por fin, se llegaba a la deliciosa curva verde por la que el agua se vertía desde lo alto y se descubría que se había alcanzado el río horizontal por encima de la cascada. La corriente se deslizaba rauda contra ellos, pero los aventureros eran nadadores tan fantásticos que podían avanzar contra la corriente. No tardaron en estar todos en la orilla, chorreando agua pero felices.

Un valle extenso se abría ante ellos y enormes montañas nevadas, mucho más cerca ya, se recortaban contra el cielo.

—Entremos sin miedo y subamos más —gritó Perla, y al instante volvieron a ponerse en marcha.

Ahora se hallaban fuera de Narnia y ascendían hacia el territorio salvaje del oeste que ni Tirian ni Peter, ni siquiera el águila, habían visto antes. Pero lord Digory y lady Polly sí.

—¿Recuerdas? ¿Lo recuerdas? —se decían. Y lo decían con voces firmes, sin jadear, a pesar de que todo el grupo corría ahora más de prisa que una flecha.

—¿Cómo, señor? —dijo Tirian—. ¿Es entonces cierto, tal como cuentan las historias, que los dos viajasteis aquí el mismo día en que se creó el mundo?

—Sí —respondió Digory—. Y parece que fue ayer.

—Y ¿sobre un caballo alado? —inquirió Tirian—. ¿Es cierta esa parte?

—Por supuesto.

—Más rápido, más rápido —ladraron los perros.

Así que corrieron más y más rápido hasta que era casi como si volaran en lugar de correr y ni siquiera el águila que volaba sobre sus cabezas iba más de prisa que ellos. Atravesaron un valle sinuoso tras otro y ascendieron las empinadas laderas de colinas y, más rápido que nunca, descendieron por el otro lado, siguiendo el río y en ocasiones cruzándolo, además de pasar, casi sin tocarlos, por encima de lagos de montaña como si fueran lanchas de motor, hasta que por fin, en el extremo opuesto de un largo lago tan azul como una turquesa, vieron una suave colina verde. Las laderas eran tan empinadas como los lados de una pirámide y alrededor de la cima discurría un muro verde, pero por encima del muro se alzaban ramas de árboles cuyas hojas parecían de plata, y su fruta, de oro.

—¡Entremos sin miedo y subamos más! —vociferó el unicornio, y nadie se quedó atrás.

Cargaron en dirección a la base de la colina y al instante se encontraron ascendiendo por ella a toda velocidad, casi como el agua de un ola que al chocar recorre una roca en la punta de una bahía. A pesar de que la ladera era casi tan empinada como el tejado de una casa y la hierba tan suave como un campo de golf, nadie resbaló.

Únicamente cuando alcanzaron la cima aminoraron la marcha, y se debió a que se encontraron ante unas enormes puertas doradas. Por un momento nadie fue lo bastante osado para comprobar si las puertas se abrían. Todos se sintieron igual que cuando se hallaban ante la fruta: «¿Nos atrevemos? ¿Debemos hacerlo? ¿Es posible que sea para nosotros?».

Pero mientras estaban allí parados, un cuerno enorme, maravillosamente vibrante y dulce, sonó en algún lugar en el interior del jardín amurallado y las puertas se abrieron.

Tirian contuvo la respiración mientras se preguntaba a quién verían. Y lo que vieron fue lo último que habrían esperado: un menudo ratón parlante, pulcro y de ojos brillantes, con una pluma roja sujeta a un aro que le rodeaba la cabeza y con la pata izquierda apoyada en una espada larga. Hizo una reverencia, una reverencia llena de elegancia, y dijo con voz aguda:

—Bienvenidos, en nombre del León. Entrad sin miedo y subid más.

Entonces Tirian vio como el rey Peter, el rey Edmund y la reina Lucy se adelantaban corriendo para arrodillarse y saludar al ratón y que todos gritaban:

—¡Reepicheep!

El monarca casi se quedó sin respiración ante aquella maravilla, pues entonces supo que estaba contemplando a uno de los grandes héroes de Narnia, el ratón Reepicheep, que había peleado en la gran Batalla de Beruna y luego zarpado hasta el Fin del Mundo con el rey Caspian el Navegante. Pero antes de que tuviera demasiado tiempo para pensar en aquello, sintió que lo estrechaban dos brazos llenos de energía y recibió un barbudo beso en las mejillas a la vez que oía una voz que le traía muy gratos recuerdos:

—¿Qué tal, muchacho? ¡Estás más grueso y alto que la última vez que te toqué!

Era su propio padre, el buen rey Erlian: pero no tal como Tirian lo había visto la última vez, cuando lo llevaron a casa pálido y herido tras su pelea con el gigante, ni siquiera como Tirian lo recordaba en sus últimos años, cuando era un guerrero de cabellos canosos. Aquél era su progenitor, joven y feliz, como apenas podía recordarlo de sus primeros años cuando él mismo no era más que un niño que jugaba con su padre en el jardín de Cair Paravel, antes de acostarse, las tardes de verano. El olor mismo del pan y la leche que tomaba para cenar regresó a él.

«Dejaré que hablen un poco y luego me acercaré y saludaré al buen rey Erlian —pensó Perla—. Más de una manzana reluciente me dio cuando no era más que un potrillo.» Pero al cabo de un instante tuvo algo más en qué pensar, pues por la puerta apareció un caballo tan noble e imponente que incluso un unicornio podría sentirse cohibido en su presencia: un caballo alado enorme. Éste contempló por un momento a lord Digory y a lady Polly y relinchó: «¡Amigos míos!» y ellos gritaron a la vez: «¡Alado! ¡Viejo y querido Alado!», y corrieron a besarlo.

Pero entonces el ratón volvió a instarles a que entraran, y todos cruzaron las puertas doradas para disfrutar del delicioso aroma que soplaba hacia ellos desde aquel jardín y de la fresca mezcla de luz solar y sombra que proyectaban los árboles, mientras andaban sobre un césped mullido salpicado de flores blancas. Lo primero que llamó la atención de todos fue que el lugar era mucho más grande de lo que parecía desde el exterior; aunque nadie tuvo tiempo de pensar en eso, pues más gente se acercaba a recibir a los recién llegados desde todas direcciones.

Todos aquellos de los que hayas oído hablar (si conoces la historia de estas tierras) parecían estar allí. Estaba el búho Plumabrillante, Charcosombrío, el meneo de la Marisma, el rey Rilian el Desencantado, su madre, la hija de la estrella, y su fantástico padre Caspian en persona. Y cerca de él estaban lord Drinian, lord Berne, el enano Trumpkin y el tejón Buscatrufas junto con Borrasca de las Cañadas, el centauro, y un centenar de héroes más de la gran Guerra de la Liberación. Luego, desde otro punto, aparecieron Cor, el rey de Archenland, con el rey Lune, su padre, su esposa la reina Aravis y el valiente príncipe Corin Puño de Trueno, su hermano, y el caballo Bree y la yegua Hwin. Y luego —la más maravillosa de todas las maravillas a ojos de Tirian— desde un pasado más lejano aparecieron los dos buenos castores y el fauno Tumnus. Y hubo saludos, besos y apretones de manos, y se revivieron antiguas bromas (ni te imaginas lo bien que suena un chiste viejo cuando uno lo vuelve a contar tras un lapso de quinientos o seiscientos años) y todo el grupo avanzó hacia el centro del huerto, donde el fénix estaba posado en un árbol y los contemplaba a todos, y al pie del árbol había dos tronos y en aquellos tronos un rey y una reina tan magníficos y hermosos que todos se inclinaron ante ellos. Y ya podían hacerlo, pues aquellos dos eran el rey Frank y la reina Helen, de los que descienden los reyes más antiguos de Narnia y de Archenland. Y Tirian se sintió igual que uno se sentiría si lo conducían ante Adán y Eva en toda su gloria.

Una media hora más tarde —o podría haber sido medio siglo más tarde, ya que el tiempo en Narnia no es igual al tiempo de aquí— Lucy fue con su querido amigo, su amigo narniano más antiguo, el fauno Tumnus, a mirar por encima de la pared del jardín para contemplar toda Narnia extendiéndose a sus pies. Pero cuando se miraba hacia abajo se descubría que aquella colina estaba mucho más alta de lo que se había creído: se hundía con riscos relucientes, a miles de metros por debajo de ellos y los árboles de aquel mundo inferior no parecían mayores que granos de sal verde. Entonces Lucy se dio la vuelta para mirar al interior de nuevo y apoyó la espalda en el muro mientras contemplaba el jardín.

—Ya lo veo —dijo por fin, pensativa—. Ahora lo veo. Este jardín es como el establo. Mucho mayor por dentro de lo que era por fuera.

—Desde luego, Hija de Eva —respondió el fauno—. Cuanto más subas y más te adentres, más grande se vuelve todo. El interior es mayor que el exterior.

Lucy contempló con atención el jardín y descubrió que no era realmente un jardín, sino todo un mundo, con sus propios ríos, bosques, mar y montañas. Pero no le eran desconocidos: los conocía todos.

—Ya entiendo —dijo—. ¡Esto sigue siendo Narnia, y más real y hermosa que la Narnia de ahí abajo, igual que ésa era más real y más hermosa que la Narnia del exterior de la puerta del establo! Entiendo... un mundo dentro de otro, Narnia dentro de Narnia...

—Sí —repuso el señor Tumnus—, igual que una cebolla: sólo que a medida que penetras en ella, cada círculo es mayor que el anterior.

Lucy miró a un lado y a otro y pronto descubrió que le había sucedido algo nuevo y hermoso. Mirara donde mirase, por muy lejos que pudiera estar, una vez que había fijado los ojos en ello, todo se tornaba nítido y cercano como si lo contemplara a través de un telescopio. Veía todo el desierto meridional y, más allá, la gran ciudad de Tashbaan; al este divisaba Cair Paravel sobre la orilla del mar e incluso la ventana de la habitación que había sido suya en el pasado.

Y a lo lejos, en alta mar, distinguió las islas, una isla tras otra hasta llegar al Fin del Mundo, y, más allá del final, la montaña enorme que habían llamado el país de Aslan, pero que, tal como veía ahora, formaba parte de una gran cadena montañosa que circundaba todo el mundo. Frente a ella parecía realmente próxima.

A continuación miró a su izquierda y vio lo que tomó por un banco de nubes de brillantes colores, separada de ellos por una brecha. Pero al mirar con más atención advirtió que no se trataba de ninguna nube, sino de un país real. Y en cuanto fijó los ojos en un punto concreto, gritó al instante:

—¡Peter! ¡Edmund! ¡Venid a ver esto! ¡Venid rápido!

Y fueron a mirar, pues sus ojos también se habían vuelto como los de ella.

—¡Caray! —exclamó Peter—. Es Inglaterra. Y eso es la casa... ¡la vieja casa de campo del profesor Kirke, donde empezaron nuestras aventuras!

—Creía que esa casa había sido destruida —dijo Edmund.

—Lo fue —indicó el fauno—, pero ahora estáis contemplando la Inglaterra que hay dentro de Inglaterra, la auténtica Inglaterra, igual que ésta es la auténtica Narnia. Y en esa Inglaterra interior nada bueno se destruye.

De repente desviaron las miradas hacia otro punto, y entonces tanto Peter como Edmund y Lucy lanzaron una ahogada exclamación de sorpresa y gritaron y empezaron a agitar las manos, pues vieron a sus propios padres que los saludaban también desde el otro lado del valle enorme y profundo. Era como cuando ves a gente que te saluda desde la cubierta de un barco mientras aguardas en el muelle para recibirlos.

—¿Cómo podemos llegar hasta ellos? —quiso saber Lucy.

—Es fácil —respondió el señor Tumnus—. Ese país y éste, todos los países reales, no son más que estribaciones que sobresalen de las enormes montañas de Aslan. Sólo tenemos que andar por la cresta, hacia arriba y hacia el interior, hasta que se unan. ¡Escuchad! Es el cuerno del rey Frank: debemos subir todos.

Y no tardaron en encontrarse andando todos juntos —y ¡menuda procesión enorme y brillante formaban!— hacia montañas más altas que las que podrías ver en este mundo incluso aunque estuvieran ahí para ser vistas. Pero no había nieve en aquellas montañas: había bosques, laderas verdes, arboledas fragantes y cascadas centelleantes, unos sobre otros, sucediéndose eternamente. El terreno por el que iban se fue estrechando sin cesar, con un valle profundo a cada lado: y al otro lado de aquel valle el país que era la Inglaterra real se fue acercando cada vez más.

La luz que brillaba al frente era cada vez más potente. Lucy vio que una serie de riscos multi-colores ascendía ante ellos como una escalera gigante. Luego se olvidó de todo, pues Aslan en persona se acercaba, saltando de risco en risco como una cascada viviente de energía y belleza.

Y al primero que Aslan llamó a su lado fue al asno Puzzle. No has visto nunca un asno que pareciera más endeble y cándido que Puzzle mientras avanzaba hacia Aslan, y, junto al león, parecía tan pequeño como un gatito al lado de un San Bernardo. El león inclinó la cabeza y susurró algo al asno que hizo que sus largas orejas se inclinaran, pero luego dijo otra cosa ante la cual las orejas volvieron a erguirse. Los humanos no oyeron nada de lo que le dijo en ambas ocasiones.

Entonces Aslan se volvió hacia ellos y dijo:

—Aún no parecéis tan felices como deseo que seáis.

—Tenemos miedo de que nos eches, Aslan —respondió Lucy—. Nos has enviado de vuelta a nuestro mundo tantas veces...

—No existe la menor posibilidad de eso —respondió él—. ¿No lo habéis adivinado?

El corazón les dio un vuelco a todos, y una frenética esperanza creció en su interior.

—Realmente hubo un accidente de ferrocarril —dijo Aslan con suavidad—. Vuestros padres y todos vosotros estáis, como acostumbráis a llamarlo en el País de las Sombras, muertos. El trimestre ha finalizado: empiezan las vacaciones. El sueño ha terminado: ha llegado la mañana.

Y mientras hablaba, ya no les pareció un león; pero las cosas que empezaron a suceder después de eso fueron tan magníficas y hermosas que no puedo escribirlas. Y para nosotros éste es el final de todas las historias, y podemos decir verdaderamente que todos vivieron felices para siempre. Sin embargo, para ellos fue sólo el principio de la historia real. Toda su vida en este mundo y todas sus aventuras en Narnia no habían sido más que la cubierta y la primera página: ahora por fin empezaban el Primer Capítulo del Gran Relato que nadie en la Tierra ha leído, que dura eternamente y en el que cada capítulo es mejor que el anterior.